Philipp Spitta
Johann Sebastian Bach

SEVERUS Verlag

Spitta, Philipp: Johann Sebastian Bach. Eine Biografie in zwei Bänden. Band 2. 2014

Neuauflage der Ausgabe von 1880
ISBN: 9-783-86347-905-3

Umschlaggestaltung: SEVERUS Verlag

Bibliografische Information der Deutschen Nationalbibliothek: Die Deutsche Nationalbibliothek verzeichnet diese Publikation in der Deutschen Nationalbibliografie; detaillierte bibliografische Daten sind im Internet über https://dnb.de abrufbar.

Der SEVERUS Verlag ist ein Imprint der Bedey & Thoms Media GmbH,
Hermannstal 119k, 22119 Hamburg

SEVERUS Verlag, 2014
http://www.severus-verlag.de
Gedruckt in Deutschland

Philipp Spitta

Johann Sebastian Bach.
Eine Biografie in zwei zwei Bänden.
Band 2

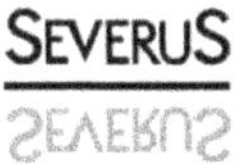

JOHANN SEBASTIAN BACH

VON

PHILIPP SPITTA.

ZWEITER BAND.

INHALT.

Fünftes Buch.

Leipziger Jahre von 1723—1734.

I.

Verschiedene Bewerber um das Thomas-Cantorat nach Kuhnaus Tode S. 3 ff. Zögernde Bewerbung Bachs S. 5 f. Entscheidung für ihn S. 6. Bach erklärt sich zur Ertheilung wissenschaftlichen Unterrichts bereit S. 6 f. Förmliche Berufung und Confirmation S. 8 f. Einführung S. 9 f. Wohnung S. 10 f.

II.

Alter und Entwicklung der Thomasschule S. 11 f. Hauptzweck des Alumnats die Pflege der Kirchenmusik S. 12. Des Cantors Rangordnung und Lehrfunctionen S. 12 ff. Öffentliche regelmäßige Verpflichtungen als Director der Kirchenchöre S. 14 ff. Außerordentliche Obliegenheiten S. 16 und 18 f. Chorpräfecten S. 16 ff. Gesangsumgänge der Schüler S. 17 f. Maß der Berufspflichten des Cantors S. 19 f. Einkommen S. 20 ff. Verfall der Thomasschule am Beginn des 18. Jahrhunderts S. 22 ff. Anstalten zur Reorganisation S. 24 f. Beschaffenheit der Singchöre S. 25 f. Einfluß des Opernwesens S. 26 f. Telemannscher Musikverein S. 27 ff. Kuhnaus vergebliche Versuche, den Schülerchor zu heben S. 30 f. Thomasschüler entlaufen zur Oper S. 31 f. Bachs begründete Bedenken, das Cantorat zu übernehmen S. 32 f. Johann Gottlieb Görner S. 33 ff. Motive der endlichen Entscheidung S. 35 f.

III.

Bach beginnt seine Thätigkeit als Universitäts-Musikdirector S. 36 ff. Beeinträchtigung durch Görner und Conflict mit der Universität S. 37 ff. Theilung der Functionen S. 49 f. Bach übernimmt die Direction des Telemannschen Musikvereins S. 50; bringt Carl Gotthelf Gerlach als Organisten an die Neue Kirche S. 51. Sein Cantorat weniger Lehramt als Musik-Directorat S. 51 f. Superintendent Deyling S. 53 f.; dessen Stellung zur Kirchenmusik und im besondern zu Bachs Thätigkeit S. 54 ff. Censur der Cantaten-Texte und Gemeindelieder S. 56 f. Bach vertheidigt seine Rechte gegen den Magister Gaudlitz S. 57 ff. Bachs Streben zur Verbesserung der Kirchenmusik S. 59 f. Zeugnisse über Gesangsprüfungen S. 60 ff. Anforderungen Bachs an die Sänger S. 62 ff. Persönliche und sachliche

Schwierigkeiten S. 64 f. Mangel an Unterstützung seitens der städtischen Behörde S. 65 ff. Differenzen S. 69 ff. Bachs Memorial über die Kirchenmusik S. 74 ff. Unempfänglichkeit und mangelndes Verständniß des Raths S. 80 ff. Bach will seine Stellung aufgeben S. 82. Brief an Erdmann in Danzig S. 82 ff. Ausgleichung S. 84 f. Gesner kommt nach Leipzig S. 85. Seine Thätigkeit als Rector der Thomasschule S. 86 ff. Freundschaft mit Bach S. 88 ff. Wiederherstellung seines Verhältnisses zum Rath S. 90 f. Günstigste Lage S. 92 ff.

IV.

Ordnung des lutherischen Gottesdienstes in Leipzig S. 93 ff. Reste aus katholischer Zeit in ihm S. 94 f. Gesangbücher in Leipzig S. 108 f. Orgelbegleitung beim Gemeinde- und Motetten-Gesang S. 109 f. Orgeln der beiden Hauptkirchen S. 111 ff. Gebrauch von zwei Orgeln und doppelchörige Aufführungen S. 115 f. Orgel der Universitätskirche und Bachs Begutachtung derselben S. 117 ff. Die Orgel als selbständige Macht im Gottesdienst S. 122 f.; als accompagnirendes Instrument S. 124. Beschaffenheit des Bachschen Accompagnements S. 124 ff. Gebräuche hinsichtlich der Benutzung des Klangmaterials beim Accompagnement S. 131 ff. Verhältniß der Orgel zu den übrigen musikalischen Organen S. 134 ff. Gruppirung der Instrumente S. 135. Verhältniß zwischen Instrumenten und Singstimmen S. 135 ff. Zusammensetzung des Singechors S. 138 f. Sologesang; Knaben, Falsettisten S. 139 ff. Vortrag des Bachschen Kirchen-Recitativs S. 141 ff.; der Arie S. 150 ff.; Variirung des dritten Arientheils, Ausführung der Cadenzen; Verzierungen S. 150 ff. Verzierungen im Chorgesang S. 152 f. Schwierigkeiten der Stimmung beim Zusammenwirken von Orgel und Instrumenten S. 153 ff. Direction S. 155 ff.

V.

Kuhnau als Vocalcomponist: Opern S. 162 f., Kirchenmusiken S. 163 ff. Bachs Stellung zur Opernmusik S. 166 ff. Herrschaft seiner Kunstrichtung in Leipzig S. 168 f. Neumeisters Cantatentexte in Leipzig S. 169. Christian Friedrich Henrici (Picander) S. 169 ff. Erste Beziehungen zu Bach S. 173 f. Sein Musiksinn S. 174. Der für Bach bestimmte Cantaten-Jahrgang S. 174 f. Bachs Einfluß auf Picanders kirchliche Dichtungen S. 175 ff. Verschiedene Stellung der Musik und Poesie zur kirchlichen Kunst S. 178 f. Fünf Jahrgänge Bachscher Kirchen-Cantaten S. 179 ff. Zwei Probestücke für Leipzig S. 181 ff. Cantaten aus den ersten Monaten der Amtsthätigkeit S. 184 ff. Die Festmusiken des ersten Kirchenjahrs S. 197 ff. Die gewöhnlichen Sonntagscantaten desselben S. 230 ff. Weitere Kirchencantaten bis 1727 S. 237 ff. Formenreichthum der Cantaten S. 266 ff. Überwiegen des freien Chors über den Choralchor S. 268. Anknüpfungen an Kuhnau, Telemann, Vetter S. 268 f.

VI.

Die Cantate »Wer nur den lieben Gott läßt walten« und ihr religiös-persönlicher Charakter S. 269 ff. Neun Cantaten aus Picanders Jahrgange S. 272 ff. Cantaten mit obligater Orgel S. 278 ff. Cantaten über Kirchenlieder S. 285 ff.; Behandlung der Choralmelodie in ihnen S. 287 ff. Erstes Auftreten der Choralcantate S. 290 ff. Zurücktreten derselben vor freieren Gebilden S. 292 ff. Solocantaten S. 301 ff. Häuslich-erbauliches Wesen derselben S. 304 ff. Periode der Mitte in Bachs Schaffen S. 306.

VII.

Die Passionsmusik in der protestantischen Kirche S. 307 f. Choralische Form S. 308 ff. Motettenartige Form S. 310 ff. Mittelbildungen S. 312. Eingang der concertirenden Musik in die Passion S. 312 f. Übergang des choralischen Gesangs ins ariose Recitativ S. 313 f. Ausbildung der dramatischen und betrachtenden Chöre S. 314 f. Die Passion gegen Ende des 17. Jahrhunderts S. 315 ff. Verwendung der Instrumente S. 316. Die geistliche Arie S. 316. Der Choral, zuerst als Gemeindegesang S. 317 f.; Hinneigung desselben zur Arie und Übertragung auf den Sängerchor S. 318 ff. Kuhnaus Marcus-Passion als Muster S. 320 f. Überhandnehmen italiänischen Einflusses S. 321. Die Passion geräth in die Bahn des italiänischen Oratoriums S. 321 ff. Dichtungen von Hunold, Postel, Neukirch, König, Beccau, Seebach S. 321 ff. Brockes' Passionstext S. 326. Wüstes Wesen der neueren Passion S. 327. Unwürdige Stellung des Chorals S. 327 f. Auch die wirklich oratorienhaften Bestandtheile verkümmern S. 328. Mißdeutung des Namens Oratorium S. 328. Die Passion läuft in die religiöse Cantate aus S. 329. Der dramatische Keim der altkirchlichen Passion hat den Verfall des geistlichen Schauspiels im Mittelalter überdauert S. 329. Bühnenaufführung einer Passionsmusik in Zittau 1571 S. 330. Zusammenhang der Passionsmusiken mit den geistlichen Volksschauspielen des 16. und 17. Jahrhunderts S. 330 f. Bachs Passionen eine Erneuerung und Vollendung der mittelalterlichen Mysterien auf höherer Kunststufe S. 331 ff. Fünf Passionen Bachs S. 333 f. Die Marcus-Passion S. 334 f. Picanders Passionsdichtung von 1725 muthmaßlich von Bach componirt S. 335 ff. Echtheit der Lucas-Passion als eines Bachschen Jugendwerkes S. 338 ff. Ihre Erneuerung gegen 1734 S. 347. Johannespassion S. 348 ff. Erste Aufführung S. 348. Entstehung, Text S. 348 ff. Spätere Umarbeitungen und Aufführungen S. 351 ff. Mängel der Disposition eine Folge der Verlegenheit um Texte zu lyrischen Gesangstücken S. 353 f. Eigenthümlicher Stil der dramatischen Chöre und Grund desselben S. 354 ff. Beschaffenheit des johanneischen Berichts S. 356. Folgen für die künstlerische Gestaltung S. 356 f. Verhältniß der Johannes-Passion zum italiänischen Oratorium S. 357 f. Alterthümlicher Charakter derselben S. 358 f. Recitativbehandlung S. 359 ff. Dramatische Chöre S. 361 f. Choräle S. 362. Sologesänge S. 362 ff. Madrigalische Chöre S. 364 f. Sinn und Bedeutung des Eingangschors S. 365 ff. Matthäuspassion S. 367 ff. Text S. 367 f. Disposition S. 369 f. Reiche Tonmittel und Verwendung derselben S. 370 f. Musikalische Charakterisirung der verschiedenen poetischen Bestandtheile S. 371 ff. Recitative, keine dramatische Charakteristik in ihnen S. 373 ff. Besonderer Passionsstil der biblischen Chorsätze S. 375 ff. Choräle S. 379 ff. Madrigalische Bestandtheile S. 384 ff. Stil der madrigalischen Chöre S. 384 ff. Madrigalischer und biblischer Stil verbunden S. 387. Sologesänge S. 387 ff. Das Recitativ »Am Abend, da es kühle war« S. 390 f. Naturstimmungen bei Bach S. 390 ff. Volksthümliches und den geistlichen Schauspielen nachgebildetes S. 392 ff. Volksthümlicher Charakter des Ganzen S. 397 f.

Erste Aufführung S. 398. Zeitdauer S. 399 f. Umarbeitung und wiederholte Aufführung S. 400.

VIII.

Weihnachts-, Oster- und Himmelfahrts-Oratorium S. 400 ff. Kirchlich-volksthümliche Beziehungen S. 400 f. Reste dramatischer Weihnachts-Ceremonien in der protestantischen Liturgie S. 401 f. Außerkirchliche Weihnachtsspiele S. 402. Gliederung des Weihnachts-Oratoriums nach der Festperiode der Zwölfnächte S. 403 f. Übertragungen aus weltlichen Gelegenheitsmusiken S. 404 f. Kleine Incongruenzen S. 405 f. Innere Möglichkeit und Berechtigung solcher Übertragungen S. 406 ff. Anklänge an die weihnachtlichen Volks-Schauspiele und -Lieder S. 408 ff. Hinneigung des Weihnachts-Oratoriums zum Stil der Kirchencantate S. 412 f. Analyse gemäß der Beschaffenheit des evangelischen Textes S. 413 ff. Charakter der drei ersten Theile S. 413 f.; des fünften und sechsten S. 415; des vierten S. 415 ff. Die Echo-Arie S. 417 ff. Ostermusiken im Stil der älteren Passion S. 419 f. Hammerschmidts kleines Oster-Drama S. 420 f. Ähnlichkeit zwischen ihm und Bachs Oster-Oratorium S. 421. Text S. 421 f. Muthmaßlicher Grund zur Composition S. 422 f. Anklang an die Volksspiele S. 423. Musikalischer Charakter S. 423 f. Im Himmelfahrts-Oratorium die altliturgische Form beibehalten S. 424. Chöre S. 425. Gestaltung der Sologesänge im Sinne der geistlichen Spiele S. 425.

IX.

Motetten S. 426 ff. »Unser Wandel ist im Himmel«, ein frühes Werk S. 426 f. Veranlassungen zur Motettencomposition in Leipzig S. 427 f. Bachs Motette ein Nebenzweig seiner Cantate S. 428 ff. Texte S. 430. Vierstimmige Motette »Lobet den Herrn, alle Heiden« S. 430. Fünfstimmige »Nun danket alle Gott« und »Jesu meine Freude« S. 430 ff. Vier doppelchörige S. 433 ff. Eigenthümlichkeit des doppelchörigen Stils im allgemeinen S. 435 f.; des Bachschen im besonderen S. 436. Orgelmäßiges S. 436 ff. Unterstützende Instrumentalbegleitung S. 438 ff. Pflege und Verbreitung der Bachschen Motetten S. 442 f.

X.

Die Kirchencompositionen bestimmen den Charakter der ersten leipzigischen Periode S. 443. Zusammenhang mit den Gelegenheitsmusiken, die größtentheils ebenfalls in ihr entstanden sind S. 443 f. Trauerode auf die Königin Christiane Eberhardine S. 444 ff. Kirchenpolitischer Hintergrund derselben S. 444 ff. Art der Trauerfeier S. 446 f. Mittelstellung der Bachschen Composition zwischen kirchlicher und weltlicher Musik S. 447 f. Entwicklung derselben S. 448. Aesthetische Berechtigung einer andern Textunterlage S. 449. Trauermusik auf den Fürsten Leopold von Cöthen S. 449 f. Weltliche Cantaten zur Verherrlichung des cöthenischen Fürstenhauses und Parodirungen derselben S. 450 ff. Dramatische Kammermusik im allgemeinen S. 452 ff. Verschiedenheit zwischen Händel und Bach S. 454. Bedingter Werth der dramatischen Kammermusik Bachs S. 454 f. »Der zufriedengestellte Aeolus« S. 455 ff. Parodirung S. 457. Promotions-Cantate für Kortte S. 458 f. Parodirung S. 459. Cantate »Siehe der Hüter Israels« S. 459.

Geburtstagscantate für August II. S. 459. Festcantaten für das Haus Augusts III. S. 460 ff. Cantate zur Einweihung der Thomasschule S. 463. Hochzeitscantaten: »Weichet nur, betrübte Schatten« S. 463 f.; »Vergnügte Pleißenstadt« S. 464 f. (Parodirung S. 465 f.); »O holder Tag, erwünschte Zeit« S. 466 (Parodirung S. 466). Huldigungsmusik für Hennicke S. 467. Italiänische Kammercantaten S. 467 ff. Nachbildungen italiänischen Stils und Anklänge an Lotti und Leo S. 468 ff. Deutsche Kammercantaten: »Ich bin in mir vergnügt« S. 470 f.; Caffee-Cantate S. 471 ff. Der Caffee als Gegenstand der Dichtung S. 471. Picanders Satire auf die Leipziger Caffeetrinker S. 471 f. Bachs Verbesserung des Cantatentextes S. 472 f. Composition S. 473. Die Caffeecantate in Frankfurt a. M. S. 473. »Der Streit zwischen Phöbus und Pan« S. 473 ff. Picanders Text S. 474. Allegorischer Charakter S. 474 f. Persönliche Bezüge S. 475 ff. Midas-Scheibe S. 476 ff. Opposition gegen Bachs Kunstrichtung S. 477 f. Hudemanns Tendenz-Gedicht S. 478. Biographisches Interesse der Composition S. 479.

Sechstes Buch.

Die letzte Lebensperiode.

(1734—1750.)

I.

Johann August Ernesti Rector der Thomasschule S. 483. Anfängliches Verhältniß zu Bach S. 483. Verfahren gegen G. Th. Krause S. 484. Bachs Verstimmung S. 484. J. G. Krause ein ihm mißliebiger Präfect S. 485. Absetzung desselben durch Bach und Wiedereinsetzung durch Ernesti S. 486. Conflict und öffentliches Ärgerniß S. 486 f. Bachs Beschwerdeführung S. 487 f. Bach wird Hofcompositeur S. 488. Ernesti setzt seinen Willen durch S. 489. Neue Beschwerden beim Consistorium und König S. 489 ff. Entscheidung S. 491. Folgen für das collegialische Verhältniß zwischen Rector und Cantor S. 491 ff. Würdigung von Ernestis Verhalten S. 492 f. Tieferliegende Gründe der Differenz S. 494 f. Halberstädter Analogie S. 495 f. Stand der musikalischen Entwicklung Bachs S. 497. Umschwung in der Musikpflege zu Leipzig; das Concertinstitut der Bürgerschaft gegründet S. 498 f.; andere Äußerungen neuen Musikinteresses unter der Bürgerschaft S. 499 f. Die studentischen Musikvereine verlieren ihre Bedeutung S. 500. Bach tritt von der Direction seines *Collegium musicum* zurück S. 500; bleibt, obschon sein hohes musikalisches Ansehen dauert, den neuen musikalischen Bestrebungen fern S. 500 ff. Lorenz Mizler und die Societät der musikalischen Wissenschaften S. 502 ff. Bachs Stellung zu theoretischen Untersuchungen S. 504. Sein später Eintritt in die Societät S. 505 f. Arbeiten für dieselbe S. 506.

II.

Messen 506 ff. Zusammenhang derselben mit dem protestantischen Gottesdienst zu Leipzig S. 506 ff. Bachs Interesse für italiänische Kirchenmusik und seine Verpflichtungen gegen den Hof zu Dresden S. 508 ff. *Missae breves* in G dur und G moll aus Cantatentheilen zusammengesetzt S. 510 f. Art der Zusammensetzung S. 511 f. Folgerungen S. 512. *Missa brevis* in A dur S. 512 f. *Kyrie* derselben S. 513 f. *Missa brevis* in F dur S. 514. *Kyrie* derselben, Bedeutung und liturgische Bestimmung S. 514 ff. Liturgische Bestimmung und Wesen des *Gloria* S. 516 f. Rückblick auf die A dur-Messe S. 517 f. Die große Messe in H moll S. 518 ff. *Kyrie* und *Gloria* früher entstanden, als die kurzen Messen S. 518. Dem Churfürsten von Sachsen überreicht S. 518 f. Entstehungszeit der übrigen Theile S. 520. Aufführung in Leipzig S. 520 ff. Das *Gloria* als Weihnachtsmusik S. 520 f. Das *Sanctus* als Schluß der Praefation am Weihnachtsfeste, auch an den übrigen hohen Festen, gleich andern Compositionen desselben Textes S. 521 f. *Osanna, Benedictus* und *Agnus* als Communion-Musik S. 522. Aufführungsmöglichkeiten für *Kyrie* und *Credo* S. 522. Das *Sanctus* und Graf Sporck S. 523 f. Wesen und Bedeutung der H moll-Messe im allgemeinen S. 524 ff. Entlehnte Stücke in ihr und deren Vergleichung mit ihren Urbildern S. 527 f. Sologesänge der H moll-Messe S. 528 ff. Die Chöre der Hauptbestandtheil des Werks S. 533. Analyse der Messe im Verfolg der Chöre S. 533 ff. Isolirtheit der H moll-Messe in ihrem Kunstgebiet S. 543 f. Händels Messias als Gegenstück S. 544.

III.

Cantaten »Lobe den Herrn, meine Seele« zu Neujahr 1735 S. 545 f.; »Wär Gott nicht mit uns« zum 30. Januar desselben Jahres S. 546 ff. Großer Cantaten-Reichthum des Jahres S. 548. Überarbeitungen früherer Werke S. 548 ff. Serie von neuen Cantaten für die Sonn- und Festtage zwischen Ostern und Pfingsten S. 550. Beschaffenheit der Texte S. 550 f. Musikalische Eigenthümlichkeiten S. 551 ff. Weitere Cantaten mit freien Hauptchören S. 553 ff. Fragment »Nun ist das Heil und die Kraft« S. 561 f. Solocantaten S. 562 ff. Übergangsbildungen zur Choralcantate S. 565 ff. Verzeichniß der Choralcantaten der späteren Periode S. 568 f. Genaueres über die Entstehungszeit S. 569. Wesen der Texte S. 570 ff. Picander unter Beeinflussung Bachs ihr muthmaßlicher Verfasser S. 575 f. Grundsatz der Unberührbarkeit der Choralmelodie S. 576 f. Melodiefragmente in madrigalische Compositionen verflochten S. 577 ff. Der einfach vierstimmige Schlußchoral S. 580. Choralchöre des Anfangs und ihre Formen S. 580 ff.; deren hauptsächlichste die Choralfantasie S. 583 ff. Die Choralcantate ist die letzte Consequenz der Entwicklung, welche zur Choralfantasie führte S. 585 ff. Rückblick S. 588.

IV.

Bachs Choralbuch S. 588 f. Erhaltene Reste desselben S. 589. Schemellis Gesangbuch S. 590. Bachs Arbeit daran S. 591. Originalmelodien S. 591 f., nicht als Choräle sondern als geistliche Arien gemeint S. 592 f. Andre geistliche Lieder S. 593 f. 88 Choräle zu Schemellis Gesangbuch vierstimmig gesetzt S. 594. Eigne vierstimmig gesetzte Melodien S. 594 ff. Bachs vierstimmige Choralsätze nach seinem Tode gesammelt und herausgegeben S. 596. Eigentlicher und richtiger Zweck der Sammlung S. 596. Kirnberger als Vermittler der von Bach beim Compositionsunterricht befolgten Methode S. 597. Prüfung seiner Glaubwürdigkeit S. 598 f. Die von Bach verfaßte, handschriftlich überlieferte Generalbasslehre S. 599 f. Seine Ansicht über die Anfangsgründe der Composition S. 600. Bachs

Polyphonie und Modulation beruht auf der »harmonischen« Grundanschauung S. 601; doch bei strengster Beobachtung der alten Satzregeln S. 601 f. Mit dem Generalbass die Compositionslehre zu beginnen, eine schon im Anfang des 17. Jahrhunderts bekannte Methode S. 602 f. Fux' Reaction gegen dieselbe S. 603. Rameaus System und Bachs ablehnende Haltung S. 604. Bach berührt sich mit Fux S. 605, ging aber von Orgel und Clavier aus, während jener vom Gesang S. 605 f. Gerbers und Agricolas Unterricht als Beispiel S. 606 f. Vierstimmige Harmonisirung von Chorälen als Anfang des Contrapunkts S. 607 f. Bachs eigne vierstimmige Choralsätze nicht als Muster des *a cappella*- Satzes aufzufassen S. 608. Mißverständnisse S. 608 f. Anwendung der Kirchentonarten S. 609 ff. Schwinden des Verständnisses für dieselben im 17. Jahrhundert und Übergang zum Dur- und Moll-System S. 609 f. Bach erneuert auf dem Grunde dieses Systems die Anwendung der Octavengattungen und ihres Empfindungs- und Stimmungs-Gehalts S. 611 ff.

V.

Instrumentalcompositionen der Leipziger Zeit S. 615 ff. Orchesterpartien S. 616. Der Musikverein und Bachs Hausconcerte S. 616 f. Umarbeitung von Violinconcerten für das Clavier S. 617 f. Art der Umarbeitung S. 619. Bachs Clavierconcerte ohne scharfen äußeren Gegensatz zwischen Solo und Tutti S. 620. Dominiren des Cembalostiles S. 620 f. Würdigung der Concerte unter diesem Gesichtspunkt S. 621 ff. *Concerti grossi* mit Clavier im *Concertino* S. 623. Fortgesetztes Streben, das Clavierconcert vom Tutti gegensätzlicher Instrumente zu befreien S. 624 f. C dur-Concert für zwei Claviere S. 625 f.; Anwendung der Fugenform S. 626. Zwei Concerte für drei Claviere S. 627; D moll S. 627 f., C dur S. 628 f. Bearbeitung eines Vivaldischen Violinconcerts für vier Claviere S. 629. Das Italiänische Concert als das endliche Ideal S. 629 ff. Scheibes Beurtheilung S. 631. Verhältniß zur neueren Claviersonate S. 631 f. Suiten S. 632 ff. Die sogenannten englischen S. 633 f. Die sechs Partiten der »Clavierübung« S. 634 ff. Benennung S. 635. Entstehungszeit der andern Theile der »Clavierübung«; Herstellung und Verlag S. 635 f. Die Partiten oder »deutschen« Suiten ein abschließendes und umfassendes Werk S. 637 ff. Würdigung der Mitwelt S. 642 f. Vergleich mit Händels Suiten von 1720 S. 643 f. Die H moll-Partita des zweiten Theils der »Clavierübung« eine Widerspiegelung der Orchesterpartie im Clavierstil S. 644 ff. Lautenpartiten S. 646 f. Die Clavierduette und ihr Verhältniß zu den zweistimmigen Inventionen S. 647 f. Die Arie mit 30 Veränderungen S. 648 ff. Volkslieder in der letzten Variation S. 654 ff. Die Bauerncantate S. 656 ff.; ihre Anlehnung an die Volksmusik S. 657 ff.; Volksmelodien darin S. 658 ff. Clavierfugen und Canons S. 661 ff. Die Chromatische Fantasie und Fuge S. 661 f. Die C moll-Fantasie und -Fuge S. 662 f. Die A moll-Fantasie und -Fuge S. 663. Der zweite Theil des Wohltemperirten Claviers S. 663 ff. Das Musikalische Opfer S. 671 ff. Die Kunst der Fuge S. 677 ff. Fugen über den Namen Bach S. 684 ff. Orgelmusik S. 687 ff. Praeludien und Fugen S. 687 ff. Die sechs Orgelsonaten für zwei Manuale und Pedal S. 691 f. Choralcompositionen für Orgel im dritten Theil der »Clavierübung« S. 692 ff. Sechs Choräle für zwei Manuale und Pedal S. 698. Die canonischen Veränderungen über »Vom Himmel hoch« S. 698 ff. Bedeutsamkeit der andauernden Pflege des Orgelchorals für Bachs Entwicklungsgang S. 701.

VI.

Bachs Stellung in der musikalischen Mitwelt S. 702 ff. Herzoglich weißenfelsischer Capellmeister S. 702 f. Fürstlich cöthenischer Capellmeister S. 703; Angebinde für den Erbprinzen S. 703 f. Beziehungen zur Dresdener Künstlerschaft und vornehmen Welt S. 705 ff. Freiherr von Kayserling S. 706. Reise nach Hamburg 1727 S. 707 f.; Dr. Hudemann und Telemann S. 708. Verbindung mit Weimar, Herzog Ernst August S. 708 f. Bach in Erfurt S. 709. Andre Reisen S. 710. Reise nach Potsdam an den Hof Friedrichs des Großen S. 710 f. Besuch Berlins S. 711. Das Musikalische Opfer Friedrich dem Großen gewidmet S. 712 ff. Ausbreitung der Bachschen Instrumentalcompositionen S. 714. Künstler und Musikfreunde suchen Bachs Bekanntschaft S. 715 ff. Vornehme Gönner S. 715 f. Georg von Bertuch S. 715. Musiker aus allen Ländern reisen zu S. 716 ff. Der siebenstimmige Canon über FABER S. 717 ff. Schüler S. 719 ff. Samuel Anton Bach S. 719. Johann Ernst Bach S. 719 f. Johann Elias Bach S. 720. Heinrich Nikolaus Gerber S. 720 f. Söhne von Johann Tobias Krebs S. 721; Johann Ludwig Krebs S. 721 f. Johann Schneider S. 723. Georg Friedrich Einicke S. 723. Johann Friedrich Agricola S. 723 f. Johann Friedrich Doles S. 724 f. Gottfried August Homilius S. 725. Johann Philipp Kirnberger S. 725. Rudolph Straube S. 725 f. Christoph Transchel S. 726. Johann Theophilus Goldberg S. 726 f. Johann Christoph Altnikol S. 727. Johann Christian Kittel S. 727. Johann Gottfried Müthel S. 728. Schüler in fernerem Verhältniß: Nichelmann, Peter Kellner, Trier S. 729. Gewicht von Bachs Empfehlung S. 729 f. Häusliches Leben S. 730 ff. Familienverkehr S. 730 f. Beziehungen zu Gottsched und dessen Frau S. 731 f. Freundschaft mit Johann Abraham Birnbaum S. 732 ff. Scheibes Angriff auf Bach S. 733 f. Birnbaums Vertheidigung und Weiteres S. 734 ff. Interesse Bachs an litterarischen Händeln S. 736 f. Das Freiberger Schulschauspiel S. 737 f. Biedermanns Schulprogramm von 1749 und der durch dasselbe erregte Streit S. 738. Bachs Betheiligung am Streit S. 738 f. Der »Streit zwischen Phöbus und Pan« zu polemischem Zwecke wiederaufgeführt S. 740 ff. Die Cantate »O holder Tag« in ein Lob der Tonkunst parodirt S. 742. Bachs Streitfreudigkeit S. 742. Sein Charakter im übrigen S. 743 f. Bereitwilligkeit zum Vorspielen S. 744. Läßt sich zum Fantasiren gern durch fremde Compositionen anregen S. 744. Interesse an der Musik anderer S. 745. Milde des Urtheils S. 745 f. Lebt und webt in Musik S. 746. Äußere Erscheinung S. 746 f. Frömmigkeit; Interesse für geistliche und theologische Schriften S. 747. Seine Bibliothek religiöser Bücher S. 747 ff. Werke Luthers S. 747; orthodoxer Lutheraner S. 747 f.; wenige Schriften der Mystiker und Pietisten S. 748 f.; Müllers *Judaismus* S. 749 f.: Büntings *Itinerarium* und Josephus' Geschichte der Juden S. 750 f. Bachs Kinder zweiter Ehe S. 751 f. Inniges Familienleben S. 752. Sorge für Ausbildung und Fortkommen der Söhne S. 752 ff. Zuneigung zu dem letztgeborenen S. 755. Die Tochter Elisabeth Juliane Friederike heirathet Altnikol S. 755. Briefe Bachs an den Vetter in Schweinfurt S. 756 ff. Wirthschaftliche und gastfreie Gesinnung S. 758. Bescheidene Wohlhabenheit, Hauseinrichtung S. 758 f. Augenleiden in den letzten

Jahren; Operation, Krankheit und Tod S. 759. Letzte musikalische Beschäftigung S. 759 f. Beerdigung, Grabstätte S. 760 f. Theilnahme der Welt an seinem Tode S. 761. Theilung der Hinterlassenschaft und Auflösung der Familie S. 761 f. Schicksale Anna Magdalenas und der unverheiratheten Töchter S. 762. Bachs Kunst und die Nachwelt S. 763.

Anhang A.

Kritische Ausführungen (S. 767—846).

1. Der Tag der Einführung Bachs. — 2. Scheibes Critischer Musikus S. 60 auf Johann Gottlieb Görner gedeutet. — 3. Die *Collegia musica* in Leipzig zwischen 1723 und 1750; Sänger und Instrumentisten in der Neuen Kirche. — 4. Das Rückpositiv der Thomasorgel. — 5. Die Nikolaiorgel zu Bachs Zeit stand im Chorton. — 6. Christian Carl Rolles »Neue Wahrnehmungen zur Aufnahme der Musik«. — 7. Über Vorkehrungen Kuhnaus und Bachs, Instrumente verschiedener Stimmung mit der Orgel in Harmonie zu bringen. — 8. Gesners und Kittels Schilderungen von Bachs Direction. Inventar der zwischen 1723 und 1750 im Besitz der Thomasschule gewesenen Instrumente. — 9 bis 23. Diplomatisch-chronologische Untersuchungen über Bachsche Cantaten. — 24. Das Cembalo als Directions-Instrument bei der Cantate »Mein liebster Jesus ist verloren«. — 25 bis 43. Diplomatisch-chronologische Untersuchungen über Cantaten. — 44. Autograph, Entstehung und Aufführung der Lucas-Passion. — 45. Bachs selbstgeschriebene Stimmen zu Keisers Marcus-Passion und ihre Anfertigung in verschiedenen Zeiten. — 46. Die Zeit der Entstehung, der Umarbeitungen und verschiedenen Aufführungen der Johannes-Passion. — 47. Zeit der erstmaligen und wiederholten Aufführung der Matthäus-Passion. — 48. Diplomatisch-chronologische Untersuchungen zum Oster-Oratorium. — 49. Über Anzahl und Echtheit der Bachschen Motetten. — 50. Zur Motette »Nun danket alle Gott«. — 51. Autograph und Bestimmung der cöthenischen Huldigungs-Cantate »Mit Gnaden bekröne«. — 52. Zeitbestimmung der Composition und wiederholten Aufführungen der Cantate »Schleicht, spielende Wellen«. — 53. Zur Caffee-Cantate. — 54. Diplomatisch-Chronologisches zur H moll-Messe. — 55 und 56. Diplomatisch-chronologische Untersuchungen über Cantaten. — 57. Über fünf Melodien zu geistlichen Liedern, die vermuthlich von Bach componirt sind. — 58. Chronologisches und Handschriftliches zu den englischen Suiten. — 59. Die Erscheinungsjahre der vier Theile der Clavierübung. — 60. Chronologisches und Kritisches zur Chromatischen Fantasie und Fuge. — 61. Das Dedications-Exemplar der Originalausgabe des Musikalischen Opfers. — 62. Zu den sechs Schüblerschen Chorälen. — 63. Zeit der Composition und Herausgabe der canonischen Veränderungen über »Vom Himmel hoch«.

Anhang B.

Mittheilungen aus den Quellen (S. 847—978).

I. Rathsprotokoll über die Wahl Bachs zum Thomas-Cantor. II. Rathsprotokoll über Bachs Anstellung und dessen Revers. III. Actenstücke Bachs Einführung betreffend. IV. Fünf Memoriale Johann Kuhnaus. V. Actenstück über eine vom Rath inhibirte Passionsaufführung Bachs. VI. Beschwerde des Magister Gaudlitz über Bach. VII. Actenstück über eine vom Rath beschlossene Maßregelung Bachs. VIII. Contract mit dem Orgelbauer Johann Scheibe zur Reparirung der Thomasorgel. IX. Actenstück über die Passionsaufführung Bachs im Jahre 1724. X. 1. Picanders Passionsdichtung von 1725. — 2. Bachs Umdichtung der Cantate »Der zufriedengestellte Aeolus«. — 3. Bachs Text zur Cantate auf den Geburtstag der Königin. — 4. Winklers Text zur Cantate für die Einweihung der Thomasschule. — 5. Bachs Umdichtung der Cantate »Vergnügte Pleißenstadt«. XI. Actenstücke über den Conflict zwischen Bach und Ernesti. XII. Bachs Generalbass-Lehre. XIII. Generalbassregeln für Anna Magdalena Bach. XIV. Kirnbergers Erläuterungen zum dritten Theil der »Clavierübung«. XV. Verzeichniß der Kinder Bachs aus zweiter Ehe. XVI. Acten über Bachs Hinterlassenschaft.

Nachträge und Berichtigungen zum ersten und zweiten Bande (S. 981—995).

Namen- und Sach-Register zum ersten und zweiten Bande.

Musikbeilagen.

1. Violin-Sonate von Albinoni mit einer von H. N. Gerber ausgesetzten und von Bach corrigirten Generalbass-Begleitung.

2. Arie aus der Marcus-Passion (B dur) von Telemann.

3. Schlußchoral des 1. Theils der Matthäus-Passion in ihrer ursprünglichen Gestalt.

4. A. »Gelobet seist du, Jesu Christ« mit beziffertem Basse und Zwischenspielen von Bach.

4. B. Sechs geistliche Lieder, wahrscheinlich von Bachs Composition.

5. Auflösung eines Bachschen siebenstimmigen Canons über einem *Basso ostinato*.

Fünftes Buch.

Leipziger Jahre von 1723—1734.

I.

Das Cantorat an der städtischen Schule zu St. Thomae in Leipzig war ein unscheinbarer Posten. Wer aber die Verhältnisse kannte, wußte, daß er schätzbare Eigenschaften besaß. Am 5. Juni 1722 war Kuhnau gestorben, einen Monat später hatte der Rath der Stadt schon zwischen sechs neuen Bewerbern die Wahl gehabt. Meistens waren es Leute gewesen, welche aus eigner Anschauung wußten, was man als Cantor der Thomasschule zu erwarten habe. Fasch, Rolle und Telemann ragten unter ihnen hervor. Johann Friedrich Fasch, Capellmeister des Fürsten von Anhalt-Zerbst, hatte von 1701—1707 die Thomasschule besucht und Kuhnaus Unterweisung genossen. Als Studiosus der Rechte bildete er aus Leipziger Studenten eine musikalische Gesellschaft und versah mit dieser im Jahre 1710 einen Theil der Kirchenmusik in der Universitäts- (Pauliner-) Kirche. Dann führte er ein wechselreiches Leben und war eben erst einige Wochen in seiner Zerbster Bedienstung, als ihn ein Leipziger Gönner, der Hofrath Lange, zur Bewerbung um das erledigte Cantorat veranlaßte[1]. Christian Friedrich Rolle ist uns in der Lebensgeschichte Bachs schon einmal begegnet: mit ihm und Kuhnau hatte Bach im Jahre 1716 die Orgel der Liebfrauenkirche zu Halle geprüft, damals in Quedlinburg befand er sich seit einem Jahre als Musikdirector in Magdeburg[2]. Telemann endlich, welcher von Eisenach nach Frankfurt am Main, von dort 1721 als Musikdirector und Cantor nach Hamburg gegangen war, hatte vor Zeiten in Leipzig

---

1 Archiv der Leipziger Universität, Repert. $\frac{II}{III}$. Nr. 3. Litt. B. Sect. II. Fol. 17 ff. — Gerber, N. L. II, Sp. 9.

2 S. Bd. I, S. 514. In den Acten des Leipziger Rathsarchivs wird er Johann Christian Rolle genannt, an der Identität ist aber nicht zu zweifeln.

zum ersten Male eine größere musikalische Wirksamkeit entfalte. Er war 1701 dorthin gekommen, mit dem Vorsatze Rechtswissen schaft zu studiren und alle musikalischen Neigungen zu unterdr cken. Aber sein Talent wurde entdeckt und er alsbald in Verpflic tung genommen, alle 14 Tage eine Composition für die Thomaskirc zu liefern, an welcher Kuhnau kürzlich Cantor geworden war. Au er gründete ein aus Studenten bestehendes *Collegium musicum,* d rasch zu Ansehen kam und für die ersten Jahrzehnte des 18. Jal hunderts in dem Musikleben Leipzigs eine Macht wurde. Bald fa er auch als dramatischer Componist Beschäftigung, schrieb für d Leipziger Theater eine Anzahl Opern, zu denen er zum Theil au die Texte verfertigt hatte, und trat sogar selber in ihnen auf. A er sich endlich um das Organistenamt an der Neuen Kirche bewa (8. Aug. 1704), beeilte sich der Rath, ihm dasselbe zu übertrag (18. Aug.): »er sei ein guter Componist — er könne sich ereignend Falls auch bei der Thomasschule gebrauchen lassen — er solle nic nur die Orgel schlagen, sondern auch die völlige Musik dirigiren des *Theatri* aber müsse er sich wohl enthalten und das Agir lassen«[3]. Noch in demselben Jahre war er als Capellmeister na Sorau berufen worden und hatte seitdem Deutschland mit sein Ruhme erfüllt. Ihn hatte man daher auch jetzt, da es sich um Neubesetzung des Cantorats an der Thomasschule handelte, all Mitbewerbern vorgezogen. Tags darauf, nachdem er die vorschrif mäßige Probe abgelegt, war vom Rathe seine Ernennung defini beschlossen worden. Schwierigkeiten machten nur die Obliegenh ten, welche der Cantor als wissenschaftlicher Lehrer an der Th masschule zu erfüllen hatte: hierauf wollte sich Telemann ni einlassen. Der Rath erklärte sich jedoch geneigt, wegen des w senschaftlichen Unterrichts eine andere Einrichtung zu treffen u bereitete alles vor, den berühmten Musiker in sein Amt einzuweise Da reiste dieser nach Hamburg zurück und schrieb, er könne Stelle nicht annehmen.

Der verstimmte Rath schritt zu einer neuen Wahl. Es wa

3) Acten des Leipziger Raths VII. B. 117. Fol. 182. — Rathsprotok vom 18. Aug. 1704 — 1. Sept. 1753. Fol. 1 und 2. — Telemanns Selbstbio phie bei Mattheson, Große General-Bass-Schule, S. 173 f. und Ehrenpf S. 358 f.

inzwischen noch Georg Friedrich Kauffmann aus Merseburg[4]) und später Christoph Graupner, Capellmeister in Darmstadt, als Bewerber aufgetreten: von einheimischen Künstlern kam der geachtete Georg Balthasar Schott, Organist an der Neuen Kirche, in Frage. Man entschied sich für Graupner, vor welchem Kauffmann freiwillig zurückgetreten war. Auch Graupner konnte sich als alten Leipziger betrachten, insofern er einem neunjährigen Aufenthalte auf der Thomasschule seine hauptsächliche wissenschaftliche und musikalische Ausbildung verdankte. Aus einem Specialschüler Kuhnaus im Clavierspiel und der Composition war er ein Meister geworden, der als Claviercomponist unter die besten seiner Zeit gehörte[5]). In der Cantorats-Angelegenheit hatte sein alter Freund, Capellmeister Heinichen in Dresden, ihn dem Rathe eigens empfohlen. Graupner kam nach Leipzig und scheint seine Probe abgelegt zu haben. Als aber alles soweit in Ordnung war, verweigerte der Landgraf von Hessen-Darmstadt die Entlassung. Da die Verhandlungen übrigens nur in privater Weise geführt waren, so konnte Graupner einen ehrenvolleren Rückzug antreten als Telemann.

Neben Graupner und wie es scheint später als dieser, jedenfalls erst am Ende des Jahres 1722 hatte sich Bach gemeldet[6]). Es ist nicht wahrscheinlich, daß er erst jetzt von der Vacanz an der Thomasschule gehört haben sollte. Sein spätes Erscheinen auf der Walstatt ging aus anderen Ursachen hervor. Er befand sich in einer kritischen Lage. Die Abnahme des Musik-Interesses beim Fürsten Leopold, die Sorge für eine höhere Ausbildung seiner Söhne, die Empfindung, daß im Dienste des Hofes nur ein Theil seines künstlerischen Wesens zur Geltung komme, alles dies ließ ihm den Aufenthalt in Cöthen unheimlich erscheinen. Andrerseits konnte er die sorgenfreie, bequeme und ehrenvolle Stellung, welche ihm der wohlwollende Fürst bereitete, nicht unterschätzen. In Leipzig erwartete ihn ein größerer Wirkungskreis, wurde er in einen stärkeren Strom des öffentlichen Lebens gestellt: aber »aus einem Capellmeister ein

4) S. Bd. I, S. 116.

5) S. Mattheson, Ehrenpforte S. 410 f.

6) Acten des Leipziger Raths VII. B. 117. Das Protokoll, welches vom 21. Dec. datirt ist, sagt: »es hätten sich noch mehrere gemeldet, als der Capellmeister Graupner in Darmstadt und Bach in Köthen«.

Cantor zu werden« wollte dem stolzen, berühmten Manne nicht in den Sinn. Selbst nachdem er die Hand schon nach der Erbschaft Kuhnaus ausgestreckt hatte, war er noch ein Vierteljahr lang unschlüssig, ob er nicht besser thäte, sie wieder zurückzuziehen. Aber Personen, von denen er sich Raths erholte, redeten so eifrig zu, daß er endlich den entscheidenden Schritt that. Anfang Februar des Jahres 1723 begab er sich nach Leipzig, und führte am 7., dem Sonntage Estomihi, als sein Probestück die Cantate »Jesus nahm zu sich die Zwölfe« auf[7]. Seine Ernennung erfolgte nicht sofort: noch war man mit Graupner in Unterhandlung, welcher drei Wochen zuvor seine Probe abgelegt hatte, außer ihm waren auch noch Kauffmann und Schott als Mitbewerber vorhanden. Nachdem aber Graupner zurückgetreten war, bedurfte es keines langen Bedenkens, um aus den drei übrigen Concurrenten den würdigsten heraus zu finden. Bach hatte mit Kuhnau verkehrt, er kannte Leipzig und Leipzig kannte ihn. War er doch schon 1717 zur Abnahme der großen Pauliner Orgel dorthin berufen gewesen. Der Rath wußte, daß er eine bedeutende Kraft an ihm gewann. Man sagte sich, er sei ein ausgezeichneter Clavierspieler, ein Mann, um deswillen man Telemann vergessen könne, der Graupner ebenbürtig sei, und der die nöthige Berühmtheit besäße, um auch die Studenten zur Theilnahme an seinen Musikaufführungen heranzulocken, was bei der damaligen Lage der Dinge besonders wünschenswerth war. Überdies schien Bach den Pflichten eines Thomascantors in ihrem ganzen Umfange genügen zu wollen und hierdurch vor sämmtlichen Bewerbern sich auszuzeichnen. Er erklärte sich bereit auch den wissenschaftlichen Unterricht zu übernehmen. Derselbe bestand aus wöchentlich fünf lateinischen Stunden in Tertia und Quarta; in diesen wurden schriftliche Arbeiten gemacht, Grammatik getrieben, die *Colloquia Corderii*[8] und der lateinische Katechismus Luthers erklärt[9]. Anfäng-

7) Laut einer Notiz auf einem zwar nicht autographen, aber von Bach durchgesehenen und ergänzten Manuscript dieser Cantate, welches sich auf der königl. Bibliothek zu Berlin befindet. Übrigens s. Bd. I, S. 764 f.

8) *Maturini Corderii Colloquia scholastica, pietati, literarum doctrinis, decoro puerili, omni muneri, ac sermoni praecipue scholastico, utiliter concinnata.* 3. Aufl. Leipzig, 1595.

9) Acten des Leipziger Raths »Schuel zu *S.* Thomas. *Vol:* III. *Stift.* VIII. *B.* 2.« Fol. 41a, 63, und 308.

lich scheint Bach das Ansinnen, zugleich Lehrer der lateinischen Sprache zu werden, abgewiesen zu haben [10], oder man hatte dies bei der Weigerung aller übrigen Bewerber auch von ihm vorausgesetzt. Als sich jedoch die Rathsherren am 22. April zur entscheidenden Berathung versammelten, war der Bürgermeister Lange zu der Mittheilung im Stande, Bach habe sich ausdrücklich sowohl officiell als auch im Privatgespräch verpflichtet, den lateinischen Unterricht zu ertheilen. Es konnte ihm nicht unbekannt geblieben sein, daß schon Telemann die Dispensation von dieser Verpflichtung in Aussicht gestellt worden war. Sicherlich wäre ihm sofort dieselbe Erleichterung zugestanden, ja die Rathsherren äußerten aus freien Stücken, wenn er im lateinischen Unterricht nicht allenthalben fortkommen könne, würde man nichts dagegen haben, daß er ihn gegen Entgelt von einem andern versehen ließe. Bach fühlte sich indessen Manns genug, seine Pflichten selbst zu erfüllen, sah es auch wohl als einen Ehrenpunkt an, hinter seinen Vorgängern in keiner Hinsicht zurückzustehen. Nach einem Kuhnau wollte das etwas besagen; daß aber Bach noch von der Schule her ein gewiegter Lateiner war, hatten wir schon Gelegenheit zu bemerken. Merkwürdig genug freilich wird es ihm vorgekommen sein, die Grammatik in der Hand und vielleicht eine Kirchencantate im Kopfe vor einen Haufen von Tertianern hinzutreten. Außer etwa seinen eignen Kindern hatte er zuverlässig derartigen Unterricht bisher niemals ertheilt. Er fühlte denn auch bald die Beschwerde der Aufgabe, und vermochte seinen Collegen, den Magister Pezold, gegen die Summe von jährlich fünfzig Thalern den größeren Theil des Unterrichts für ihn zu übernehmen; fortan ging er nur, wenn Pezold durch Krankheit oder sonst verhindert war, in die Classe und dictirte, »denen Knaben ein *Exercitium* zu *elabori*ren« [11].

10) »Alle drei (nämlich: Bach, Kauffmann und Schott) würden zugleich nicht *informir*en können.« Rathsacten VII. B. 117. Protokoll vom 9. April.

11) Diesen Sachverhalt meldet der Superintendent Deyling dem Consistorium unter dem 24. Febr. 1724. S. »*Acta* die Besetzung des Cantoramts bei der Schule zu St. Thomä zu Leipzig bet.« L. 127. (Aus den Leipziger Consistorialacten, jetzt im Consistorialarchiv zu Dresden.) — Das Actenstück über Bachs Berufung ist mitgetheilt Anhang B. I.

Etwa vierzehn Tage nach der genannten Rathsverhandlung, am 5. Mai, empfing Bach, welcher persönlich auf dem Rathhause erschienen war, die amtliche Eröffnung, man habe ihn für den tüchtigsten unter seinen Mitbewerbern erachtet und einstimmig erwählt; man übertrage ihm das Amt unter denselben Verhältnissen, unter welchen es sein Vorgänger bekleidet habe. Sodann mußte er einen Revers unterschreiben, der im Jahre vorher für Telemann angefertigt war (und auch nach 27 Jahren seinem Amtsnachfolger wieder vorgelegt wurde): er enthielt die üblichen Versprechungen eines ehrbaren und eingezogenen Lebens, der Treue und des Fleißes in Verrichtung der Amtsgeschäfte, der schuldigen Hochachtung und Folgsamkeit gegen den hochweisen Rath, und legte neben anderem die Verpflichtung auf, die Kirchenmusik nicht zu lang und nicht opernhaftig zu machen, die Knaben nicht nur im Gesange, sondern zur Vermeidung von Unkosten auch in der Instrumentalmusik zu unterrichten, dieselben human zu behandeln, keine untauglichen Sänger in den seiner Aufsicht entrückten Chor der Neuen Kirche zu schicken, nicht ohne Erlaubniß des Bürgermeisters zu verreisen, auch ohne Zustimmung des Rathes kein Amt an der Universität zu übernehmen[12]. Noch war indessen die Berufung keine vollzogene Thatsache. Es bedurfte hierzu der Bestätigung des Leipziger Consistoriums, einer staatlichen Aufsichtsbehörde geistlich-weltlichen Charakters[13]. Wollte der Rath an den städtischen Kirchen und Schulen eine Stelle besetzen, so mußte er seine Candidaten dem Consistorium präsentiren lassen, welches alsdann eine Art Examen mit denselben abhielt. Das Examen hatte den Zweck, die religiösen Grundsätze des Candidaten zu erforschen. War es befriedigend ausgefallen, so wurde der Geprüfte nunmehr von Seiten des Consistoriums »confirmirt«. Bachs Präsentation erfolgte am 8. Mai durch den Superintendenten und Consistorialassessor Deyling, sein Examinator war der Consistorialassessor Dr. Schmid. Mit Zustimmung Deylings stellte

12) S. Anhang B, II.

13) Den Bestand des Consistoriums im Jahre 1724 mit Nennung der einzelnen Mitglieder und der Zeit ihres Eintrittes giebt an Sicul, Leipziger Jahr-Buch, Band III, S. 358 f. Es befanden sich damals darin sechs Assessoren: die Doctoren Wagner, Lange, Schmid, Packbusch, Deyling, Mascov; Director war schon seit 1709 Dr. Johann Franz Born.

Schmid das Zeugniß aus. Herr Johann Sebastian Bach habe die von ihm gestellten Fragen in einer Weise beantwortet, daß ihm die Übernahme des Cantorats an der Thomasschule wohl gestattet werden könne[14]. Am 13. Mai wurde Bach durch das Consistorium confirmirt: er mußte die Concordienformel unterschreiben und einen Eid leisten.

Am Montag dem 31. Mai endlich fand die förmliche Einführung statt[15]. Um 9 Uhr Morgens begaben sich zwei Deputirte des Raths, nämlich der derzeitige Vorsteher der Schule Baumeister Lehmann[16] und der Ober-Stadtschreiber Menser nach der Thomasschule, wurden von dem Rector Joh. Heinrich Ernesti an der Thür des Hauses empfangen und in das zur Vornahme des Actes bestimmte Auditorium hinaufgeführt. Hier trafen sie den Prediger an der Thomaskirche Licentiaten Weiße, welcher in Vertretung des Superintendenten Deyling als Abgesandter des Consistoriums erschienen war. Nun versammelten sich mit ihrem neuen Collegen die sechs übrigen Lehrer der Anstalt: Licentiat Christian Ludovici der Conrector, Magister Carl Friedrich Pezold der Tertius, Christoph Schmied der Quartus, Johann Döhnert der Quintus, Johann Friedrich Breunigke der Sextus und Christian Ditmann der Septimus[17]. Man setzte sich: der Pastor und die beiden Rathsabgeordneten in einer Reihe, ihnen gegenüber nach der Rangordnung die Schul-Collegen. Vor der Thür sang der Chor ein Musikstück, dann traten sämmtliche Schüler ein. Der Ober-Stadtschreiber hielt eine Einweisungsrede: darauf

14) »*Dn. Jo. Sebastianus Bach ad quaestiones a me propositas ita respondit, ut eundem ad officium Cantoratus in Schola Thomana admitti posse censeam.*

D. Jo. Schmidius.«

Darunter steht: »*Consentit*

D. Salomon Deyling«.

Leipziger Consistorialacten »*Acta* die Besetzung des Cantoramts bei der Schule zu St. Thomä zu Leipzig bet.« L. 127.

15) S. Anhang A, Nr. 1.

16) Der Titel »Baumeister« bedeutet keinen Architecten, sondern eine Würde im städtischen Rath, analog dem römischen *aedilis;* s. Wustmann, Der Leipziger Baumeister Hieronymus Lotter. Leipzig, 1875. S. 27. »Baumeister« Lehmann war Jurist; s. Sicul, Leipziger Jahrbuch, Bd. IV, S. 764 ff.

17) Die damaligen Mitglieder des Lehrercollegiums werden aufgezählt in »E. E. Hochw. Raths | der Stadt Leipzig | Ordnung | Der Schule | zu *S. THOMAE.* | Gedruckt bey Jmmanuel Tietzen, 1723. |« S. 11 und 12.

erfolgte durch den Pastor Weiße noch eine besondere Einweisung mit den üblichen Ermahnungen und Wünschen. Bach erwiederte einige Worte, man beglückwünschte ihn zu seiner neuen Stellung und mit einer abermaligen Musikaufführung wurde der Einführungsact beschlossen. Übrigens zeigte es sich bei dieser Gelegenheit, daß das Consistorium, welches die Selbstherrlichkeit des Rathes in verschiedener Weise beschränkte, diesem ein Dorn im Auge war. Es war bisher nicht Sitte gewesen, daß an der Einführung eines Schulbeamten sich das Consistorium in der geschehenen Weise betheiligte. Die Rathsabgeordneten erklärten zur Stelle, dies sei ein Eingriff in ihre Rechte, Superintendent und Pastor, wenn sie bei der Einführung zugegen wären, hätten nichts weiter zu thun, als den neuen Schulcollegen zu beglückwünschen. Nur dem gemäßigten Auftreten Weißes war es zu verdanken, daß es zwischen ihm und den gereizten Rathsabgeordneten nicht schon vor der ganzen Versammlung zu einem Auftritte kam. Ein förmlicher Protest des Rathes folgte alsbald, dem gegenüber sich das Consistorium aber auf die Vorschriften der churfürstlich sächsischen Kirchenordnung berief[18].

Bach bezog eine Amtswohnung auf dem linken Flügel des Thomasschulgebäudes: vermuthlich war hier von Alters her die Behausung des Cantors gewesen, daß wenigstens Kuhnau dieselben Räume vor ihm innegehabt hatte, darf angenommen werden[19]. Das Gebäude war damals nur zweistöckig und für seine Zwecke bedeutend zu klein. Anfang der dreißiger Jahre wurde es umgebaut und um ein Stockwerk erhöht. In Folge dessen hatte Bach vom Frühjahr 1731 bis Neujahr 1732 eine Interimswohnung, wahrscheinlich im Hause des Dr. Christoph Dondorff, welcher seit 1730 Besitzer der Thomasmühle war[20], und der Bachschen Familie befreundet gewesen ist[21]. Die Thomasmühle lag außerhalb der Stadtmauer, die sich

18) S. Anhang B, III.

19) Das jetzt lebende und *flor*irende Leipzig. Leipzig, bey Joh. *Theodori Boetii* seel. Kindern. 1723. S. 78: »Joh. Sebastian Bach, *Director Music.* und *Cantor,* am Thomas-Kirchhofe auf der Thomas-Schule«. Daß Kuhnau am Thomas-Kirchhofe gewohnt habe, sagen die Leipziger Leichenregister bei Vermerk seines Begräbnisses.

20) Nach den Viertelsbüchern der Stadt Leipzig, auf dem Bezirksgericht daselbst.

21) Er stand Pathe bei dem 1732 geborenen Sohne Bachs.

hinter dem Schulgebäude herzog, an der Stelle des jetzigen Schlobachschen Besitzthums jenseits der Promenade. Als charakteristisch für die Lebensverhältnisse jener Zeit mag erwähnt werden, daß der Rath für diese Familienwohnung, welche Bach fast ein Jahr benutzte, eine Miethe von 60 Thalern zu zahlen hatte. Die Cantor-Wohnung erlitt unterdessen einige Veränderungen: ein Zimmer im ersten Stock kam durch den Umbau in Wegfall, dafür erhielt Bach ein neues im dritten Stock. Es scheint, daß die Wohnung im allgemeinen geräumiger gemacht wurde [22]. Sie wurde nun von Bach nicht wieder verlassen bis an seinen Tod, und hat auch nach ihm, wohl im wesentlichen unverändert, den Thomas-Cantoren zum Aufenthalte gedient bis auf Moritz Hauptmanns Zeit. Auch der Anblick des freien Platzes neben der Thomaskirche, welchem das Schulgebäude seine Frontseite zukehrt, und der zwei Seiten desselben umrahmenden Häuser dürfte ziemlich derselbe geblieben sein. Nur der große steinerne Brunnen, welcher damals die Mitte des Platzes zierte, ist verschwunden [23].

II.

Leipzig besaß in jener Zeit drei öffentliche Unterrichts-Anstalten: die Thomas-, Nikolai- und Waisenhausschule [1]. Von ihnen war die erstgenannte bei weitem die älteste, sie reicht als Stiftsschule der regulirten Augustiner zu St. Thomae bis ins 13. Jahrhundert hinab [2]. Städtisch wurde sie indessen erst vier Jahre nach Einführung der Reformation in Leipzig, indem im Jahre 1543 der Rath sie mit dem sogenannten Thomaskloster und den zugehörigen Klostergütern als Eigenthum erwarb. Das Kloster hatte ein Alumneum gehabt, in welchem zur Ausführung des liturgischen Gesanges und anderer Cultushandlungen eine Anzahl von Knaben unterhalten

22) Acten des Leipziger Raths »Die Schule zu *St. Thomae* betr. Fasc. II. sign. VIII, B. 6.«

23) Eine Ansicht des Platzes in Kupferstich findet sich vor der 1723 gedruckten Schulordnung. Übrigens hat die Thomasschule seit dem Herbst 1877 jene alten erinnerungsreichen Räume mit einem vor der Stadt gelegenen neuen Gebäude vertauscht.

1) Das jetzt lebende und *flori*rende Leipzig. 1723. S. 84 ff.

2) Gretschel, Kirchliche Zustände Leipzigs vor und während der Reformation. Leipzig, 1839. S. 128 ff.

wurde. Als protestantische Lehranstalt erfuhr die Schule bald bedeutende Erweiterungen. Zunächst hatte sie vier Classen und eben so viele Lehrer. Als die im Jahre 1511 gegründete Nikolaischule die lernbegierige Jugend nicht mehr fassen konnte, gestattete der Rath, zuerst bis auf weitere Verordnung, auch kleine Knaben in die Thomasschule aufzunehmen. Die Unterweisung mußte anfangs wiederum durch Schüler geschehen, sogenannte Locaten: später traten an deren Stelle Collaboratoren. Die Schule umfaßte nun sieben Classen, von denen namentlich die drei niedrigsten eine Zeit lang sehr gefüllt waren. Das Alumnat war geblieben, die Zahl der Stellen wurde durch eine Reihe von Stiftungen allmählig bedeutend vergrößert. Eine Weile betrug sie 32, wuchs dann auf 54 und endlich durch die Stiftung eines Geheimraths Born auf 55 an[3]. Der Hauptzweck, welchen man bei der Erhaltung und Vermehrung des Alumnats im Auge hatte, war die Pflege der Kirchenmusik. Schon den regulirten Augustiner-Chorherren war die Mehrzahl der Leipziger Kirchen, unter ihnen die Thomas- und Nikolai-Kirche, unterstellt gewesen. Die Reformation hielt an einer engen Verbindung von Kirche und Schule fest, und die Alumnen der Thomasschule waren demnach für eine musikalische Ausstattung des protestantischen Gottesdienstes die nächstgegebenen Organe. Mit wie großem Nachdrucke aber Luther die Übung der Musik empfahl, wie er grade von ihr sich große Erfolge für die Ausbreitung der neuen Lehre versprach, ist bekannt.

Der Cantor einer solchen Anstalt war also eine wichtige Persönlichkeit, doppelt wichtig, da er von jeher auch wissenschaftlichen Unterricht zu ertheilen gehabt hatte. Dies drückte sich auch in der Stellung aus, welche er im Lehrer-Collegium einnahm. Die Rangordnung wies ihm in demselben den dritten Platz an[4], und während

3) Acten des Leipziger Raths »Die Schule zu *St. Thomae* betr. *Fasc.* I. sign. VIII, B. 5.« und »*Fasc.* II. sign. VIII, B. 6.« — Stallbaum, Die Thomasschule zu Leipzig. Leipzig, 1839. — Derselbe, Über den innern Zusammenhang musikalischer Bildung der Jugend mit dem Gesammtzwecke des Gymnasiums. Nebst biographischen Nachrichten über die Cantoren an der Thomasschule zu Leipzig. Leipzig, Fritzsche 1842.

4) Im Wahlprotokoll (s. Anhang B, I) nennt einer der Rathsherren den Cantor *Collega quartus*. Dies ist ein ungenauer Ausdruck und soll sich nur auf den wissenschaftlichen Unterricht beziehen, in welchem allerdings der Cantor

e übrigen Lehrer täglich je vier Stunden geben mußten, war er bst dem Rector nur zu je dreien verpflichtet. In dieser geringeren elastung, die sich mit der Zeit noch mehr verringerte, liegt auch ohl der Grund, weshalb man zu sieben Schulclassen schließlich cht Lehrer nöthig hatte. Die Unterrichtszeit war Morgens von –10 Uhr und Mittags von 12—3 Uhr. Vor Erlaß der Schulordnung m Jahre 1634 hatte der Cantor täglich von 7—8 Uhr lateinische rammatik — nur am Sonnabend Luthers lateinischen Katechismus –, von 12—1 Uhr Musik, von 1—2 lateinische Syntax mit den Teranern zu treiben. In Gemäßheit der erwähnten Schulordnung urde die Zahl seiner Gesangstunden um etwas erhöht, diejenige er lateinischen Stunden bedeutend vermindert und von der üblichen rtheilung von drei Lectionen täglich einfach abgesehen. Der Geangunterricht fand jetzt am Montag, Dienstag und Mittwoch um 9 nd 12 Uhr, am Freitage nur um 12 Uhr statt. Er erstreckte sich uf alle Classen zusammen, d. h. auf die vier obersten und ursprünglichen, denn die Alumnen gehörten nur diesen an. Am Donnerstag rüh um 7 Uhr hatte der Cantor die Schüler zur Kirche zu führen, nd war übrigens den ganzen Tag frei: am Sonnabend mußte er zu erselben Stunde den Tertianern und Quartanern den lateinischen Katechismus erklären; an den übrigen Tagen hatte er in Tertia je ine lateinische Stunde zu geben. Dieser Lectionsplan erhielt sich nit merkwürdiger Stetigkeit bis zu Bachs Eintritt und trat einstveilen auch für ihn unverändert in Kraft, nur mußte er am Freitag rüh mit den Schülern die Kirche besuchen, und war dafür am Donierstage vollständig frei[5]. Gesangunterricht ertheilte der Cantor nur in den vier oberen Classen, seine wenigen wissenschaftlichen ectionen fast nur in der dritten Classe, deren Hauptlehrer sonst der sogenannte Tertius war. Mit diesem, dem Rector und dem Conrector

thatsächlich dem Tertius nachstand. Ordnungsmäßig folgte er auf den Conrector, dieser auf den Rector; s. Ordnung der Schule zu *S. Thomae*. 1723. S. 10 ff. Wenn aber die Schulordnung angiebt, es habe vorher außer dem Rector noch acht Lehrer an der Anstalt gegeben, so gilt dieses mindestens nicht für Kuhnaus Zeit. Nach Ausweis der Acten von 1717 existirten damals außer dem Rector nur sieben Lehrer, grade so wie es auch zu Bachs Zeit war; einen Quartus über den beiden Baccalaureen gab es nicht.

5) Ordnung der Schule zu *S. Thomae*. 1723. S. 30.

bildete er den Kreis der vier oberen Lehrer (*superiores*), welche sich gegen die übrigen, den *Baccalaureus funerum*, *Baccalaureus nosocomii*, den ersten und zweiten Collaborator, oder, wie sie seit 1723 hießen, den Quartus, Quintus, Sextus und Septimus vornehm abschlossen. Den elementaren Gesangunterricht in den drei unteren Classen pflegte der zweite Collaborator zu ertheilen[6]. Die vier oberen Lehrer, und also auch der Cantor, waren überdies noch zur Inspection der Alumnen verpflichtet, welche unter ihnen wochenweise wechselte. Sie wohnten dann zeitweilig ganz mit ihnen zusammen und mußten der herrschenden Hausordnung sich anbequemen, nach welcher Morgens um 5 Uhr (des Winters um 6 Uhr) aufgestanden, um 10 Uhr zu Mittag, um 5 Uhr Nachmittags zu Abend gegessen und um 8 Uhr schlafen gegangen wurde[7].

Dieses war es, was dem Cantor innerhalb der Schule oblag. Der Oeffentlichkeit gegenüber erwuchsen ihm weitere Verpflichtungen aus der Stellung, welche er als Director verschiedener durch die Alumnen gebildeter Kirchenchöre einnahm. Die beiden Hauptkirchen der Stadt waren die Thomas- und Nikolai-Kirche. Im Jahre 1699 war aber die reparirte Barfüßer-Kirche unter dem Namen »Neue Kirche« dem Gebrauche wieder übergeben und seit Telemanns Anstellung (1704) mit einer eignen Musik ausgestattet worden. Sodann hatte man 1711 den ganz eingegangenen Gottesdienst in der Peterskirche wieder hergestellt[8]. Seit dieser Zeit hatten die Alumnen der Thomasschule sonntäglich in vier Kirchen die Musik zu besorgen, an den hohen Festtagen außerdem in der Kirche des Hospitals zu St. Johannis[9]. Sie theilten sich demgemäß in vier Chöre.

6) Acten des Leipziger Raths »Schuel zu *S.* Thomas. *Vol:* III. *Stift.* VIII. B. 2.« Fol. 16 und 41ª, vrgl. Fol. 63, 113 und 114. — »*Acta*, Die Verhältnisse des Pfarrers der Nicolai-Kirche zu Leipzig zu dem Superintendenten daselbst betr.«, auf dem Ephoral-Archiv zu Leipzig, einen Lectionsplan aus dem Jahre 1714 enthaltend.

7) Rathsacten »Die Schule zu *St. Thomae* betr. Fasc. II. VIII. B. 6.«, Notiz J. M. Gesners. S. außerdem Ordnung der Schule zu *S. Thomae*. 1723. S. 27 ff. Unter Gesners Rectorat wurde die Hausordnung etwas verändert. S. Gesetze der Schule zu *S. Thomae*. 1733. S. 12 ff.

8) Rathsacten VII. B. 110. Fol. 77.

9) Sie erhielten hierfür ein besonderes Gratial, früher Speisen und Kuchen, später jährlich 13 Thlr. 3 gr. Rechnungen des Hospitals im Archiv der Stiftungsbuchhalterei auf dem Rathhause zu Leipzig.

Der Peterskirche, in welcher nur Choral-Musik zu singen war, wurden die Anfänger und Schwachen zugewiesen: vermuthlich bediente dieser Chor zugleich die Johanniskirche, deren Fest-Gottesdienst mit dem der Peterskirche nicht collidirte[10]. Die übrigen Sänger wurden wohl ziemlich gleich vertheilt, doch war der Dienst in der Neuen Kirche ein verhältnißmäßig leichter, da hier die Schüler nur Motetten und Choräle unter Direction des Chorpräfecten zu singen hatten, an den Festtagen aber und während der Meßen mit anderen Kräften eine concertirende Kirchenmusik aufgeführt wurde[11]. Dirigent der letzteren war seit Telemanns Zeit der jedesmalige Organist: die Functionen des Thomas-Cantors reichten hier nicht weiter, als daß er die Kirchenlieder und wahrscheinlich auch die Motetten zu bestimmen hatte, welche gesungen werden sollten[12]. In der Peters- und Johannis-Kirche war er gar nicht beschäftigt; mithin blieb ihm die Direction der Musik in der Thomas- und Nikolai-Kirche. An den gewöhnlichen Sonntagen wurden immer nur in einer der beiden Kirchen eine Cantate und Motetten aufgeführt und zwar in regelmäßiger Abwechslung; die Cantate sang der erste Chor unter Direction des Cantors. An den beiden ersten Tagen der drei hohen Feste aber, sowie am Neujahr-, Epiphanias-, Himmelfahrts- und Trinitatis-Tage, desgleichen am Tage Mariä Verkündigung wurde in beiden Kirchen gleichzeitig zweimal concertirende Musik gemacht, so nämlich, daß der erste Chor dieselbe Cantate, welche er Vormittags in der Nikolaikirche gesungen hatte, am Nachmittage in der Thomaskirche vortrug, an einem darauf folgenden zweiten Festtage aber des Vormittags in der Thomaskirche sang und seine Cantate des Nachmittags in der Nikolaikirche wiederholte, während der zweite Chor es umgekehrt machte. Letzterer sang unter Leitung seines Präfecten[13]. Die Proben zu den sonntäglichen Kirchenmusiken fanden

10) Bach bemerkt in einer von ihm aufgestellten Tabelle der vier Chöre zu dem vierten: »Und dieses letztere *Chor* muß auch (NB) die *Petri* Kirche besorgen«. Rathsacten »Schuel zu *St.* Thomas *Vol:* IV. *Stift.* VIII. *B.* 2.« Fol. 520.

11) S. Anhang B. IV. A. — Sicul, *Neo-Annalium Lipsiensium Continuatio* II. 2. Aufl. 1719. S. 568. — Außerdem die Actenstücke zum Streit zwischen Bach und Ernesti im sechsten Buche des vorliegenden Werkes.

12) S. Anhang B. IV, A.

13) Sicul, a. a. O. S. 568 f.

regelmäßig des Sonnabends nach dem auf 2 Uhr Nachmittags festgesetzten Vespergottesdienste in der Kirche statt und pflegten bis 4 Uhr zu dauern[14].

An die mit dem öffentlichen Gottesdienste in unmittelbarer Verbindung stehenden Amtsgeschäfte schlossen sich als kirchliche Obliegenheiten außerordentlicher Art die Musikaufführungen bei Trauungen und Leichenbegängnissen. Waren die Leichenbegängnisse solennen Charakters, so daß die ganze Schule oder wenigstens die genannte große halbe Schule, d. h. die drei obersten Classen nebst der fünften die Leiche begleiteten, so pflegte vor dem Trauerhause eine Motette gesungen zu werden. Während der Procession nach dem Kirchhofe sangen die der Leiche vorausgehenden Schüler einfache Choräle, Figural-Musik nur in besonders ausgezeichneten, feierlichen Fällen. Der Cantor mußte bei den Leichenbegängnissen immer zugegen sein, er hatte zu bestimmen, was gesungen werden sollte und dirigirte wohl die Motette in der Regel selbst. Daß er sich indessen nicht selten auch dieser Verpflichtung entzog und seine musikalischen Functionen dem Chorpräfecten überließ, lassen verschiedene amtliche Bestimmungen deutlich erkennen: auch Bach wurde es durch seinen Revers eingeschärft, bei Leichenbegängnissen jederzeit so viel wie möglich neben den Schülern herzugehen[15]. Was die Brautmessen betrifft, so war in ihnen die Verwendung der Musik gleichfalls eine verschiedenartige, je nach Stand und Wunsch der betreffenden Persönlichkeiten. Dem Cantor lag in allen Fällen die Anordnung der Musik ob, wenngleich er sich, wann es nur einfachen Choralgesang galt, an dem Acte selbst garnicht immer betheiligte. Er hatte in den Präfecten der verschiedenen Chöre seine Stellvertreter, welche ihn nicht nur der Mühe des Dirigirens sondern auch des Einstudirens vielfach überhoben. Dieser Brauch herrschte schon im 17. Jahrhundert. Nachdem durch die Schulordnung von 1634 für die ersten drei Wochentage je zwei Singstunden eingerichtet

14) Rathsacten »Die Schule zu *St. Thomae* betr. *Fasc.* 1. sign. VIII, B. 5.«, hinten unter »Anmerkungen über die Ordnung der Schule zu *St. Thomas*, 1. Des Herrn *Gesners Lit. A.* 2. Des Herrn *Rect. Ernesti Lit. B.*« S. 2. — S. Anhang B. IV, B unter 9 und IV, D.

15) Ordnung der Schule zu *S. Thomae.* 1723. S. 45 ff., 35 f., 71. — Anhang B. II unter 13.

waren, petitionirten bald darauf Rector, Conrector und Tertius beim Rathe, man solle doch dem Cantor die auf 12 Uhr festgesetzte Singstunde wieder nehmen und ihm dafür eine Stunde wissenschaftlichen Unterrichts zulegen: diese Singstunde sei ihm unbequem wegen des Mittagsessens und deshalb komme er nur selten in dieselbe: übrigens sei er auch nichts nütze darin, denn die Knaben vermöchten und pflegten auch zu singen ohne ihn [16]. Es blieb aber bei der einmal getroffenen Einrichtung und sie bestand, wie wir sahen, noch zu Bachs Zeit. Ebenso freilich die laxe Praxis des Cantors, wie denn auch Bach seinem Rector Joh. Aug. Ernesti Anlaß zu der Klage gab, er halte nur eine Singstunde, während er doch deren zwei zu halten schuldig, und folglich würden die Knaben in der Musik nicht genug geübt [17]. Es lag aber in der Natur der Sache, daß den Präfecten Raum zur Entwicklung einer gewissen Selbständigkeit gewährt wurde. Denn abgesehen davon, daß ein Schülerchor nicht selten von Persönlichkeiten, welche der Schule nahe standen, zu Hochzeits- oder andern Festlichkeiten verlangt wurde, um während der Tafel durch den Vortrag einiger Gesangstücke zu erfreuen [18], so hatten auch die Schüler regelmäßig zu bestimmten Zeiten des Jahres ihre Gesangsumgänge durch die Stadt zu halten; in diesem wie in jenem Falle waren sie bei der Ausführung der Gesänge ganz auf sich selbst angewiesen. Die Umgänge fanden in der Zeit um Michaelis und Neujahr, so wie an den Tagen Martini und Gregorii statt [19]. Die singfähige Masse der Alumnen unterlag auch bei dieser Gelegenheit einer Zertheilung in vier Chöre oder Cantoreien; wahrscheinlich wurde einem jeden derselben eines der vier Stadtviertel

16) Rathsacten »Schuel zu *S.* Thomas. *Vol*: III. *Stift.* VIII. *B.* 2.« Fol. 113 und 114.

17) S. das unter Anmerk. 14 angeführte Actenstück, unter den Anmerkungen Ernestis zu Cap. V, §. 13 der Schulordnung.

18) Gesetze der Schule zu *S. Thomae.* 1733. S. 23, und aus den Actenstücken zum Streit Bachs gegen Ernesti das Promemoria des letzteren vom 13. Sept. 1736.

19) Nach dem Protokoll über die im Jahre 1717 gehaltene Schulvisitation. Rathsacten »Die Schule zu *St. Thomae* betr. *Fasc.* I. sign. VIII, B. 5.« In der Schulordnung von 1723 ist auf S. 53 auch von einem »*Music*-Gelde« die Rede, »so im Sommer *colligi*ret wird«. Wann und in welcher Art diese sommerlichen Umgänge stattfanden, weiß ich nicht zu sagen.

als Feld seiner Wirksamkeit bestimmt. Im Jahr 1718 waren beispielsweise die vier Cantoreien folgendermaßen besetzt: die erste zählte drei Bassisten, drei Tenoristen, zwei Altisten und drei Discantisten; die zweite je zwei Sänger für jede Stimme; die dritte je zwei Sänger für Bass, Tenor und Alt und drei für den Discant: die vierte zwei Bassisten, drei Tenoristen, zwei Altisten und drei Discantisten; jede Cantorei hatte außerdem einen oder zwei Luminanten[20]. Die Thätigkeit des Cantors beschränkte sich darauf, die Cantoreien zusammenzusetzen, im allgemeinen zu bestimmen, was bei den Umgängen gesungen werden sollte und allenfalls bei den zu diesem Zweck gehaltenen Uebungen bisweilen zu inspiciren: das übrige war Sache der Präfecten. Namentlich die Präfecten der ersten beiden Chöre[21] bekleideten wichtige Posten. Sie mußten die sonn- und festtäglichen Motetten dirigiren und die Lieder in der Kirche anfangen, der Präfect des zweiten Chors hatte an Festtagen in der Kirche, in welcher der Cantor sich nicht befand, die Cantate zu dirigiren, während der erste sich dadurch auszeichnete, daß ihm die Leitung der Gesangsstücke bei Hochzeitstafeln und ähnlichen Gelegenheiten oblag, daß er in der Michaeliszeit mit seinem Chor allein singen ging, und daß er bei Verhinderung des Cantors diesen in der Direction der Cantate vertrat[22].

Fügt man nun noch hinzu, daß der Cantor als Musikdirector an den beiden städtischen Hauptkirchen auch die Inspection über die Organisten derselben und über die Stadtpfeifer und Kunstgeiger

20) Rathsacten »Die Schule zu *St. Thomae* betr. *Fasc.* I. sign. VIII, B. 5.«

21) Es ist anzunehmen, daß die vier Kirchenchöre etwas anders zusammengesetzt waren, als die behufs der Gesangsumgänge gebildeten vier Cantoreien. Auch letztere können nicht bei allen Umgängen gleich stark gewesen sein: zu Neujahr sangen im Ganzen nur 32 Alumnen, also 8 in jeder Cantorei, eine Einrichtung, die offenbar aus der Zeit beibehalten worden war, da es in der Anstalt überhaupt nur 32 Alumnenstellen gab. Hieraus erklärt es sich auch, wenn in den Acten und der Schulordnung hin und wieder von den 8 *Concentores* die Rede ist.

22) S. aus den in Anmerk. 18 erwähnten Actenstücken die Eingabe Bachs vom 12. Aug. 1736 und Ernestis Promemoria vom 13. Sept. 1736. — Das Anstimmen der Lieder gehörte eigentlich zu den Obliegenheiten des Cantors, aber dem Herkommen gemäß thaten es die Präfecten und dabei blieb es auch, wie in so manchen andern Dingen ebenfalls, trotz den Bestimmungen der Schulordnung von 1723.

hatte, welche bei den Kirchenmusiken mitwirken mußten[23], so sind seine Berufspflichten sämmtlich genannt. Daß dieselben sehr drückend gewesen wären, wird nicht behauptet werden können. Außer fünf lateinischen Lectionen, von denen wie wir sahen Bach sich bald frei machte, waren wöchentlich sieben Gesangstunden zu ertheilen, aber die Nachmittagsstunden unter diesen blieben häufig ganz den Präfecten überlassen. Ferien gab es an der Thomasschule nicht wenige. Während jeder Messe, also um Ostern, Michaelis und Neujahr, war eine Woche völlig und eine zweite an den Nachmittagen frei. In den Hundstagen fielen vier Wochen lang die Nachmittagsstunden aus. Bei der Feier der Aposteltage, bei Parentationen in der Universitätskirche und den vierteljährlichen akademischen Redeacten kamen die Vormittagsstunden in Wegfall. Bei den Namenstagen der vier oberen Lehrer war je ein Tag frei. Zur Einübung auf das Neujahr-, Gregorii- und Martini-Singen sollten jedesmal acht Tage freigegeben werden, doch so, daß Montag, Dienstag, Mittwoch und Sonnabend Vormittagsstunden wären, »und niemals dabey ausgeschlafen« würde. So bestimmte es die Schulordnung[24]). Thatsächlich aber waren zur Vorbereitung auf das Neujahrsingen nicht weniger als vier Wochen genommen worden. Im Jahre 1733 machte dann der Rector den Versuch, die Vorbereitungszeit für den Gregorius-Tag auf sechs bis acht Nachmittage, für den Martinus-Tag auf vier, für die Neujahrs-Umgänge auf zwölf bis vierzehn Nachmittage einzuschränken. Während dieser Vorbereitungen fielen sämmtliche Nachmittags-Singstunden des Cantors aus[25]. Auch der Kirchendienst dauerte nicht das ganze Jahr hindurch. In der Fastenzeit wurde keine concertirende Kirchenmusik gemacht, ausgenommen am Feste der Verkündigung Mariä: dasselbe galt von den drei letzten Adventsonntagen[26]. Sonst hatte der Cantor jeden Sonntag eine Cantate

23) Schulordnung von 1723, S. 37.

24) Rathsacten »Schuel zu *S.* Thomas. *Vol:* III. *Stift.* VIII. *B.* 2.« Fol. 36.

25) Bemerkungen Joh. Aug. Ernestis zu Cap. V, §. 13 der Schulordnung von 1723, in dem unter Anmerk. 14 angeführten Actenfascikel.

26) »Leipziger Kirchen-Staat, Das ist Deutlicher Unterricht vom Gottes-Dienst in Leipzig, wie es bey solchem so wohl an hohen und andern Festen, als auch an denen Sonntagen ingleichen die gantze Woche über gehalten wird,« u. s. w. »LEIPZIG verlegts Friedrich Groschuff. 1710.« 8. (Befindlich auf der Ponickauschen Bibliothek zu Halle.) S. 32 und 34.

aufzuführen. Nur an Festtagen war er stark in Anspruch genommen, besonders zur Zeit der drei hohen Feste, wo er für je zwei Fest-Tage je zwei Kirchenmusiken zu besorgen, und von einer jeden derselben zwei Aufführungen zu veranlassen hatte, wenn ihm auch der zweite Chorpräfect täglich die Direction der einen von ihnen abnahm.

Der Cantor hatte, wie schon berührt worden ist, eine freie Dienstwohnung. Sein übriges Jahreseinkommen belief sich ungefähr auf 700 Thaler[27]), entzog sich indessen seiner Natur nach einer ganz genauen Berechnung. Der feste Gehalt betrug von Seiten des Raths nur 100 Gülden = 87 Thlr. 12 ggr. und 13 Thlr. 3 ggr. Holz- und Lichtgeld. Außerdem erhielt der Cantor, wenigstens zu Bachs Zeit, 1 Thlr. 16 ggr. aus der Bergerschen, die gleiche Summe wie es scheint aus der Frau Bergerschen, die gleiche Summe aus der Adlershelmschen und 5 ggr. jährlich aus der Meyerschen Stiftung, ferner nahm er mit größeren oder kleineren Beträgen (3 Thlr. 18 ggr., 21 ggr., 10 ggr. 6 Pf. u. s. w.) an einigen der Thomasschule zugewendeten Legaten Theil, endlich wurden ihm an Naturalien 16 Scheffel Korn, 2 Klafter Scheitholz und aus den Mitteln der Thomaskirche je zwei Kannen Wein *à* 10 ggr. zu Ostern, Pfingsten und Weihnachten geliefert[28]). Alles übrige waren Accidentien. Diese flossen zunächst aus dem Schulgelde. Wöchentlich zweimal gingen acht Thomasschüler mit Büchsen durch die Stadt, um von einer bestimmten Anzahl von Wohlthätern der Schule milde Gaben — das sogenannte Currende-Geld — einzusammeln. Hiervon wurden für jeden Schüler sechs Pfennige als wöchentliches Schulgeld abgezogen und dieses monatlich unter die vier oberen Lehrer vertheilt[29]). Der sehr geringe Satz

27) Nach eigner Angabe Bachs in seinem Briefe an Erdmann.

28) »Jahres Rechnung des Raths der Stadt Leipzig über Einnahme und Ausgabe vom 29. *Augusti* 1723. bis 26. *dito* 1724.« — »Die Schule zu *St. Thomae* betr. *Fasc.* II.« VIII, B. 6. — Rechnungen der Schule zu St. Thomae von Lichtmeß 1723 bis Lichtmeß 1724.

29) So wurde es unter dem Rectorat Joh. Heinr. Ernestis gehalten, auch nachdem die Schulordnung von 1723 bestimmt hatte, daß nur für jeden Alumnen Schulgeld, und zwar im Betrage von wöchentlich 12 Pfennigen berechnet werden sollte. Überhaupt giebt die obenstehende Darstellung die Verhältnisse, wie sie zur Zeit von Bachs Eintritt wirklich waren, nicht wie sie den Vorschriften des Rathes gemäß sein sollten; ersteres deckte sich keineswegs überall mit letzterem.

findet seine Erklärung in dem Principe, vorzugsweise die Kinder unbemittelter Eltern in der Thomasschule zu erziehen. Von dem Gelde, welches bei den Michaelis- und Neujahr-Umgängen gesammelt wurde, erhielt, nach Abzug eines Thalers für den Rector, der Cantor zunächst $^1/_{11}$, und nach Abzug von $^1/_{11}$ für den Conrector und $^{16}/_{33}$ für die Sänger nochmals $^1/_4$ des Restbetrages. In ähnlicher Weise wurde ein gewisses im Sommer gesammeltes Geld vertheilt [30]. Was am Gregorius-Tage einkam, diente zu $^1/_{10}$ zunächst dem Rector für Anrichtung eines *Conviviums*, das er den vier obern Lehrern zu geben hatte, von dem Rest erhielt der Cantor $^1/_3$ [31]. Eine weitere Einnahme waren die Leichengelder. Ging die ganze Schule mit und wurde vor dem Trauerhause eine Motette gesungen, so erhielt der Cantor 1 Thlr. 15 ggr., ohne Motette 15 ggr., bei der großen halben Schule bekam er 1 Thlr., bei der kleinen halben Schule 4 ggr., bei der Viertels-Schule 6 Pfennige [32]. Von Brautmessen erhielt der Cantor 2 Thlr. [33]. Ein größtentheils auf Accidentien gegründetes Einkommen hatte natürlich seine mißlichen Eigenschaften. Es ließ sich niemals mit Sicherheit im Voraus überschlagen und war von allen möglichen Zufälligkeiten, ja buchstäblich von Wind und Wetter abhängig. Denn, schreibt Bach an Erdmann, wenn eine gesunde Luft in Leipzig herrscht, so giebt es weniger Leichen und folglich eine empfindliche Einbuße in den Einkünften des Cantors. Nach dieser Theorie hätte eigentlich das Behagen des Cantors mit der zunehmenden Sterblichkeit der Bürgerschaft wachsen müssen. Viele versuchten auch, durch Umgehung der gesetzlichen Vorschriften und Durchbrechung altherbrachter Sitten den Cantor um seine Gebühren zu bringen. Kuhnau mußte es dem Rathe klagen, daß viele vornehme Brautpaare sich ohne Sang und Klang oder gar auf dem Lande trauen ließen, daß an den Sonn- und Wochentags-Stunden, an welchen sonst nur solenne, einträgliche Brautmessen hätten stattfinden dürfen, jetzt alles und jedes zur Trauung zugelassen werde, daß viele auch ihre Verstorbe-

30) S. darüber Anmerk. 19.

31) Rathsacten »Die Schule zu *St. Thomae* betr. *Fasc.* I. sign. VIII, B. 5.«

32) Schulordnung von 1723. S. 47 ff.

33) Zu Kuhnaus und seiner Vorgänger Zeit, s. Rathsacten unter Anmerk. 31. Die Schulordnung von 1723, S. 36, widerspricht dem freilich und setzt 1 Thlr. fest.

nen mit der kleinen halben Schule, aber weil sie sich dessen vor der Öffentlichkeit schämten, in der Stille beisetzen ließen; neue Compositionen für solche Gelegenheiten würden vollends selten noch bei ihm bestellt[34]. Auch für das Unwürdige einer Einrichtung, welche geschehen ließ, daß einem hervorragenden Kirchen- und Schul-Beamten seine Subsistenzmittel bei Groschen und Pfennigen, und zum Theil gar durch Vermittlung spendensammelnder Schüler ins Haus gebracht wurden, fehlte trotz mancher Verschiedenheit jetziger und früherer Anschauungen die Empfindung nicht. Bei der zunehmenden Naseweisheit der Jugend, meinte der Rector Gesner, würde es sehr wünschenswerth sein und vieler üblen Nachrede die Wurzel abschneiden, wenn das Unterrichtsgeld für die Lehrer nicht mehr von den Currende-Geldern abgezogen würde. Die Vertheilung der Leichengelder hatte Joh. Heinr. Ernesti selbst übernommen, um nur das viele Klagen, den Verdruß und die Unruhe zu vermeiden, die jeder Zeit dieses Geldes wegen erregt worden seien. Hierbei müsse er aber viel leiden und sich auf dem Rathhause und in der ganzen Stadt als der ungerechteste Mann verleumden lassen[35]. Aber, wie dem auch sein mochte, so viel stand fest, daß das Einkommen des Thomas-Cantors selbst einem Bach mit seiner zahlreichen Familie in bürgerlich einfachen Verhältnissen bequem zu leben gestattete. Zeugen dafür sind die wohlgeordneten Finanzen und das solid ausgestattete Hauswesen, welches Bach bei seinem Tode zurückließ.

In Beziehung also auf amtliche Stellung und Beschäftigung, sowie auf materielle Versorgung war die Lage des Thomascantors eine günstige zu nennen. Blickt man über das Zunächstliegende hinaus, so fallen freilich in das helle Bild verschiedene tiefe Schatten. Die Thomasschule war seit dem Beginne des 18. Jahrhunderts in einem Zustande erschreckenden Verfalles. Zum Theil lag die Schuld an ihrer Organisation. In Gemäßheit der Stiftungen, auf welche sie sich gründete, sollte sie einerseits eine Pflegestätte kirchlicher Musik, andrerseits vorzugsweise eine *schola pauperum* sein. Gründlichkeit und Stetigkeit der geistigen Ausbildung, strenge und unablässige Ueberwachung der Schüler wurden durch die vielfachen Verwen-

34) S. Anhang B, IV, D.

35) Rathsacten unter Anmerk. 31.

dungen, welche dieselben zu musikalischen Zwecken fanden, fast unmöglich gemacht. Und doch war solches bei den Kindern der niedern Classen, und vollends unter der damaligen Generation, doppelt von nöthen. Allein es hatte auch unter den Lehrern zu lange an den Persönlichkeiten gefehlt, welche ihrer Stellung gewachsen waren. Als Bach sein Amt antrat, fand er als Rector der Schule einen Greis, der diese Stelle schon nahezu 40 Jahre bekleidete. Johann Heinrich Ernesti war im Jahre 1652 als Sohn eines sächsischen Dorfpredigers geboren, studirte in Leipzig Theologie und Philosophie, wurde 1680 Sonnabendsprediger an der Nikolaikirche und Conrector an der Thomasschule, 1684 an dieser Anstalt Rector, 1691 zugleich *Professor poeseos* an der Leipziger Universität[36]. Ein nicht ungelehrter Mann scheint er übrigens zur Leitung einer öffentlichen Unterrichtsanstalt dieser Art wenig geeignet gewesen zu sein. Weder Lehrer noch Schüler wußte er im Takte zu halten. Das Lehrercollegium lebte in Uneinigkeit, Eifersucht und mangelhafter Pflichterfüllung dahin, die Schüler verkamen in Zuchtlosigkeit und Unreinlichkeit. Jahrelang war die Thomasschule ein Heerd widerlicher Krankheiten, die sich um so tiefer einnisten mochten, als — wofür freilich der Rector endlich nicht verantwortlich war — in den Räumlichkeiten der Schule die größte Beschränktheit herrschte: vor dem im Jahre 1731 unternommenen Ausbau des Schulhauses wurden die Secundaner und Tertianer einerseits, und andrerseits die Quintaner, Sextaner und Septimaner in einem und demselben Locale von ihren verschiedenen Lehrern zu gleicher Zeit unterrichtet[37]. Die Folge war, daß die Frequenz der Schule sich sehr verringerte. Allerdings auf das Alumnat waren immer genug Aspiranten vorhanden, sicherte dieses doch eine fast kostenfreie Existenz und überdies einen nicht unbeträchtlichen Verdienst. Wie zu der Schule des reich dotirten Michaelisklosters in Lüneburg so zogen auch zu dem Alumnat der Thomasschule selbst aus entlegenen Gegenden die Knaben heran. Aber im übrigen fing die bessere Welt an, sich von der übel beleumdeten Anstalt fern zu halten. Am klarsten ließ sich dies aus dem

36) Sicul, Leipziger Jahrbuch. 4. Bd. S. 920 ff., und Neue Zeitungen von gelehrten Sachen. Leipzig. 1729. S. 791 f.

37) S. Anhang B. IV, B. 11, und IV, D. — Rathsacten »Die Schule zu *St. Thomae* betr. *Fasc.* II. sign. VIII, B. 6.«

Besuch der drei untersten Classen erkennen. Sie, die in Ernestis früheren Jahren zusammen oft über 120 Schüler gezählt hatten, wiesen im Jahre 1717 im Ganzen nur 53 Schüler auf[38]. Wer seine Kinder in der Nikolaischule nicht unterbrachte, gab sie lieber in eine der zahlreichen Winkelschulen oder hielt sich einen Privatlehrer, was auch nicht allzu kostspielig war, denn eine Privatstunde wurde damals in Leipzig mit 12 bis 18 Pfennigen bezahlt. In die untern Classen der Thomasschule gingen nur Knaben der allerschlechtesten Qualitäten, die sich aus dem Leichensingen einen Verdienst machen wollten, von den Lehrern angehalten werden mußten, nicht barfuß neben den Leichenzügen herzulaufen, und die gelegentlich in der Stadt umherbettelten[39]. Vor diesem verwahrlosten Zustande konnte der Rath endlich nicht mehr die Augen verschließen. Es wurde eine Visitation der Schule und eine Revision der Schulordnung beschlossen. Einstweilen blieb es bei dem guten Vorsatze. Der vom Rathe bestellte Vorsteher der Schule, Dr. Baudiß, mahnte im Jahre 1709, die Schule habe die längst beschlossene Visitation sowohl der Lehrer als der Schüler wegen höchst nöthig[40]: man scheute sich offenbar, die Sache anzurühren und ließ die wüste Wirthschaft fortdauern. Endlich im Jahre 1717 wurde mit der Reform scheinbar Ernst gemacht. Die Visitation erfolgte, außerdem hatte jeder Lehrer ein Gutachten über den Stand der Schule abzugeben und seine Wünsche auf Verbesserungen vorzutragen. Hier kamen denn sehr unerfreuliche Dinge zu Tage. Der alte Ernesti mußte selbst gestehen: »Sonsten kann ich bey dieser Gelegenheit nicht verhalten, wasmaßen bey denen *Classibus inferioribus* ein gar betrübter Zustand bishero sich hervorgethan, und sind sie beynahe dahin. So kann ich auch nicht anders, als mit Wehmuth schreiben, daß bey Beschaffenheit dieser Zeiten unter den *superioribus*, sonderlich bey dem *Choro musico*

38) Protokoll über die am 5. und 6. April 1717 gehaltene Schulvisitation, in den Rathsacten »Die Schule zu *St. Thomae* betr. *Fasc.* I. sign. VIII, B. 5.«

39) Nach einem wahrscheinlich von Gesner herrührenden Entwurf, wie man die drei untersten Classen der Thomasschule ganz eingehen lassen könnte, in den Rathsacten »Die Schule zu *St. Thomae* betr. *Fasc.* II. sign. VIII, B. 6.« — Außerdem s. Schulordnung von 1723, S. 46.

40) Rathsacten »Schuel zu *S.* Thomas. *Vol.* III. *Stift.* VIII. *B.* 2.« Fol. 364b.

mehr schlimmes zu besorgen, als gutes zu hoffen«[41]. Dann vergingen wieder einige Jahre. 1721 lag der Entwurf einer neuen Schulordnung vor, 1723 wurde er publicirt. Thatsächlich wurde dadurch wenig oder garnichts gebessert. Ernesti sträubte sich aufs äußerste gegen alle Änderungen. Soweit sie sich auf die Vertheilung des Schul- und Sing-Geldes und andre pecuniäre Dinge bezogen, sah er darin eine Kränkung seines Alters und eine Verkürzung seiner Emolumente, und von dem Cantor wurde ihm hierin secundirt. Man glaubte wohl Grund zu haben, dem alten Manne nicht allzu wehe thun zu sollen. So blieb denn bis zu seinem Tode (16. Oct. 1729) ziemlich alles beim Alten, oder richtiger, die Zustände verschlimmerten sich noch mehr. Am 11. Nov. des Jahres der Reorganisation mußten schon wieder sämmtliche Alumnen vor den Rath citirt und wegen ungebührlichen Lebenswandels und Unbotmäßigkeit gegen ihre Lehrer ernstlich vermahnt werden[42]. Am 30. Aug. 1730 berichtete der Schulvorsteher, Appellationsrath Dr. Stiglitz, die Uneinigkeit der Herren Praeceptoren und wie nicht alle und jede ihres Amtes gehörig wahrnähmen, ebenso der Verfall der Disciplin und die Unordnung in dem Leben und Wandel der Alumnen seien nur allzubekannt. Die Schule sei »sonderlich in Abfall und beynahe in verwildertes Wesen gerathen«[43]. Bald darauf war die Frequenz der Schülerzahl in den drei unteren Classen so gesunken, daß der Vorschlag gemacht werden konnte, sie ganz eingehen zu lassen.

Natürlicherweise wirkten diese Zustände auf die Beschaffenheit der Singchöre zurück. Man darf ohnehin von den Leistungen der Schulchöre im 17. und 18. Jahrhundert nicht allzu günstig denken. Das freimüthige Wort an das deutsche Volk, mit welchem J. A. Hiller seine »Anweisung zum musikalisch richtigen Gesange« (1774) eröffnete: »Jedermann singt, und der größte Theil singt — schlecht«, war fünfzig und hundert Jahre früher eine noch viel zutreffendere Wahrheit. Damals gab es wirklich überall unter den Deutschen keine echte Gesangskunst, geschweige daß sie in den Schülerchören eine Heimath gefunden hätte. Aus ungebildeten Knaben- und unreifen

41) Rathsacten »Die Schule zu *St. Thomae* betr. *Fasc.* I. sign. VIII, B. 5.«

42) Rathsacten »Ersetzung Derer Schul-Dienste in beyden Schulen zu *St. Thomae* und *St. Nicolai. Vol.* II. VII. B. 117.« Fol. 260.

43) Rathsacten »Die Schule zu *St. Thomae* betr. *Fasc.* II. sign. VIII, B. 6.«

Männerstimmen wäre ein vorzügliches Chormaterial auch dann nicht zu gewinnen gewesen, wenn günstigere allgemeine Culturverhältnisse und höhere Kunstanschauungen geherrscht hätten, als daß nächst der Ehre Gottes die Gesangstunden im Lectionsplan dem Zwecke dienten, die Verdauung der Schüler zu befördern[44]. Die allgemeine, Jahrhunderte alte Sitte des Current-Singens hat unzweifelhaft sehr viel beigetragen, im Volke die Liebe zur Musik zu nähren und den innern Zusammenhang zwischen Volk und Tonkunst zu wahren. Unzweifelhaft ist aber auch, daß das Current-Singen die Entwicklung der Gesangskunst mindestens in gleichem Maße gehindert hat. Diese langdauernden, fast immer in die rauheste Jahreszeit fallenden Umgänge, bei welchen die Schüler entweder in nebliger, kalter Luft stundenlang von Haus zu Haus sangen, oder in athemloser Hast durch alle Stockwerke kletterten, um vor der Thür eines jeden Bewohners ihre Lieder hören zu lassen, waren ein Ruin für die Stimmen. Kuhnau sprach aus langjähriger Erfahrung, wenn er 1717 berichtete, daß die besten Sänger und besonders die Discantisten, wenn sie bei dem vielen Leichen-, Hochzeits- und Current-Singen nicht geschont werden könnten, ihre Stimmen eher verlören, als sie es auch nur zu einer mäßigen Geschicklichkeit im Gesange gebracht hätten[45]. Nun denke man sich als diese Sänger zuchtlose junge Leute, die das durch ihren Gesang erworbene Geld in unerlaubten Vergnügungen vergeudeten, außerdem durch Krankheiten geplagt und geschwächt waren. Es mußte wenig erfreulich sein, mit einem solchen Materiale zu arbeiten.

Es kam noch etwas hinzu, was in den ersten Decennien des 18. Jahrhunderts den Thomanerchor vollständig herunter brachte. Leipzig lag in gefährlicher Nähe von Dresden und Weißenfels, zwei der Opernmusik sehr ergebenen Höfen. Bei dem starken Fremden-

44) Die *hora Cantoris* war allgemein von 12—1 Uhr, also gleich nach dem Mittagsessen; s. Ungewitter, Die Entwickelung des Gesangunterrichtes in den Gymnasien seit der Reformationszeit. Königsberg i. Pr. 1872. S. 11. Auf der Thomasschule war dies freilich nicht der Fall, da hier um 10 Uhr zu Mittag gegessen wurde. Aber noch ein so feiner Geist, wie Gesner, konnte vorschlagen, das Mittagsessen um eine Stunde hinauszuschieben und unmittelbar nach demselben Singstunde zu halten, denn die Singstunde diene zur gesündesten Bewegung nach Tische (Rathsacten unter Anmerk. 39).

45) S. Anhang B, IV, D.

zufluß erschien es ein zeitgemäßes Unternehmen, als im Jahre 1693 Nikolaus Strungk am Brühl ein eignes Opernhaus einrichtete, um in demselben während der Zeit der Messen »gewisse Operetten zu halten«. *Die Leipziger Oper hat freilich ebensowenig Bestand gehabt, wie die Hamburger, hinter der sie übrigens schon deshalb weit* zurückstand, weil sie nur in bestimmten kurzen Zeiten des Jahres existirte. Sie wurde im Jahre 1729 geschlossen und das Opernhaus abgetragen. Aber sie dauerte doch lange genug, um einige Jahrzehnte hindurch das dortige Musikleben merklich zu beeinflussen. In dem Erlaubniß-Decret hatte der Churfürst die Hoffnung ausgesprochen, es werde die Leipziger Oper zur Beförderung der Kunst beitragen und zugleich eine Art Vorschule für die Dresdener Oper abgeben, er meinte hinsichtlich der Instrumentalisten, denn deutsche Sänger konnte er unter seinen Italiänern nicht brauchen[46]. Sicher ist zunächst, daß die Oper die originalen Musikeinrichtungen Leipzigs für längere Zeit ruinirte. Derjenige, welcher, vielleicht unbewußt, den ersten entscheidenden Stoß gegen sie führte, war Telemann, und es ist eine eigne Fügung, daß nach Kuhnaus Tode der Rath sich eifrigst bemühte, grade ihn an die Spitze desjenigen Instituts zu bringen, dem er so sehr geschadet hatte. Es ist erwähnt worden, daß Telemann, während er in Leipzig studirte, eine rege Thätigkeit als Dichter, Componist und Darsteller von Opern entwickelte. Im Jahre 1704 wurde ihm mit dem Organistenamt auch die Direction der Kirchenmusik an der Neuen Kirche übertragen. Den gewöhnlichen Kirchenchor bildeten Thomaner, und daß man den Thomascantor bei der Directionsfrage ganz ignorirte, empfand Kuhnau mit Recht als eine Kränkung. Die directe Verbindung, welche in Telemanns Person zwischen Oper und Kirche hergestellt war, übte sofort ihren unheilvollen Einfluß. Früher hatten die Thomanerchöre durch musikalische, stimmbegabte Studenten, die zum Theil selbst der Schule angehört hatten und Anhänglichkeit an sie bewahrten, eine nicht unbeträchtliche Verstärkung erfahren. Auch als die Oper eingerichtet war und die gesangsfähigen Studenten in ihr Vergnügen und Gewinn suchten, blieb die Sitte, sich für die Sonn- und Festtags-Aufführungen dem Thomanerchore anzu-

46) Geschichte des Theaters in Leipzig. Von dessen ersten Spuren bis auf die neueste Zeit. Leipzig, 1818 (Verfasser: B. Blümner). S. 32 ff.

schließen, unter ihnen bestehen. Seit aber einer der Ihrigen die Opern für sie schrieb, einen Musikverein unter ihnen gründete und Kirchenmusiken dirigirte, gingen sie mit diesem und ließen Kuhnau im Stich[47]. Die Aufführungen in der Neuen Kirche fanden eine rasch wachsende Theilnahme. Hier konnte man nicht nur muntere, opernhafte Weisen hören, sondern sich auch an einer frischen, trefflichen Execution erfreuen. Der Musikverein, welcher diese Aufführungen veranstaltete, nahm bald bedeutende Dimensionen an: zwanzig Jahre hindurch und länger war er Leipzigs hervorragendstes musikalisches Institut. Seine Dirigenten waren die Organisten an der Neuen Kirche, es machte sich somit von selbst, daß der Verein mit dieser Kirche in engsten Beziehungen blieb. Unter dem Nachfolger Telemanns, Melchior Hoffmann 1705—1715), scheint er seine Glanzperiode erlebt zu haben. Er zählte oft gegen 60 Personen, welche sich wöchentlich zweimal, nämlich Mittwochs und Freitags, von 8 bis 10 Uhr Abends zu gemeinschaftlichen Übungen versammelten. Seine Productionen, die nur an den hohen Festen und in der Meßzeit stattfanden, waren für das musikliebende Publicum jedesmal ein Ereigniß. Mit der Oper hielt er sich schon durch seinen Dirigenten in Verbindung, der auch hierin in Telemanns Fußstapfen trat, daß er für die Leipziger Bühne componirte. Überhaupt aber ging es in jenem Kreise lustig her: des Tages musicirte man in fröhlichen Gesellschaften, des Nachts auf den Gassen, und auch bei den regelmäßigen Übungen, die in einem Kaffeehause am Markte stattfanden, und Zuhörer nicht ausschlossen[48], herrschte eine Heiterkeit, die gegen Schul-Singestunden scharf contrastirte. Die Hoffnung, welche der Churfürst Johann Georg auf die Leipziger Oper gesetzt hatte, ging zum Theil an dem *Collegium musicum* der dortigen Studenten in Erfüllung. Verschiedene Male, wenn die sächsischen und andre Landesherren nach Leipzig kamen, durfte es sich vor ihnen hören lassen, und seine besten Kräfte fanden Engagements an fürstlichen und andern Capellen. So gingen Pisendel und Bloch-

47) S. Anhang B, IV, A.

48) Musikalische Bibliothek Oder Gründliche Nachricht, nebst unpartheyischem Urtheil von Musikalischen Schrifften und Büchern. Erster Theil. Leipzig, *Anno* 1736. 8. S. 64.

witz nach Dresden, Böhm nach Darmstadt, die Sänger Bendler und Petzhold nach Wolfenbüttel und Hamburg. Andere, die schon anderswo in Opern gesungen hatten, traten, wenn sie nach Leipzig kamen, in das Collegium ein. Übrigens war der Gesang darin schwächer vertreten, als das Instrumentenspiel, wie es in jener Zeit das gewöhnliche war. Bei den Aufführungen in der Neuen Kirche war jede Singstimme nur einfach besetzt. Stölzel, der zwischen 1707 und 1710 dem Vereine ebenfalls angehörte, hat uns die Namen der vier damaligen Sänger aufbewahrt. Bassist war Langmasius, später Kammerrath zu Eisenach, Tenorist Helbig, nachmals Regierungs-Secretär zu Eisenach und Dichter von Cantaten-Texten[49], Sopranist Markgraf, der hernach als Conrector in Augsburg wirkte, und als Altistens glaubte sich Stölzel eines gewissen Krone zu erinnern, welcher als Kammermusiker in Weimar starb. Hoffmann selbst war ein feiner Musicus, der sich auch bemühte, seine Kunst in der Fremde zu zeigen: er soll 1710 eine zweijährige Kunstreise unternommen und auf ihr auch England besucht haben. Unterdessen vertrat ihn im Musikverein der treffliche Geiger Pisendel[50]. Hoffmanns Nachfolger wurde Johann Gottfried Vogler, »ein muntrer Componist und starker Violinist«, wie Telemann sagt. Eine gewisse »Munterkeit« scheint ihm auch im Leben eigenthümlich gewesen zu sein: er gerieth in Schulden und 1719 zur Zeit der Michaelismesse machte er sich heimlich aus dem Staube[51]. Die Sache erregte bedeutendes Aufsehen; man scheint ihn auch wieder eingefangen zu haben, denn er erhielt noch Besoldung bis zum ersten Quartale des folgenden Jahres einschließlich, für das zweite Quartal wurde sie zurückbehalten, weil er der Kirche einige Instrumente entfremdet und noch nicht wieder herbeigeschafft hatte[52]. Mit dem dritten Quartale trat

49) S. Bd. I, S. 624.

50) Mattheson, Große General-Bass-Schule, S. 173. — Derselbe, Ehrenpforte, S. 117 f. — »Das *Anno* 1713. *florir*ende Leipzig. Zu finden bei C. F. Rumpffen.« 8. S. 30. — Sicul, »Des Leipziger Jahr-Buchs Andere Probe, Auf das 1716 Jahr ausgefertiget«. 12. S. 414. — Gerber, L. I, Sp. 656. — Anhang B, IV, A, B und E.

51) »*Continuation* Derer Leipzigischen Jahrbücher von *Anno* 1714 bis 1728.« Manuscript in Fol. auf der Leipziger Stadtbibliothek. Fol. 18.

52) Rechnungen der Neuen Kirche zu Leipzig von Lichtmeß 1719—1720, S. 27; von Lichtmeß 1720—1721, S. 28.

dann Georg Balthasar Schott ein, den wir als Mitbewerber Bachs um das Thomas-Cantorat schon genannt haben.

Während so der studentische Musikverein und die Oper den Ton angaben, hatte der Thomascantor schlechte Tage. Der Ausfall an Mitwirkenden war für ihn um so empfindlicher, als er immer an den Festtagen und in der Meßzeit am sichersten eintrat, wo er selbst zahlreicherer Kräfte bedurfte und vor den Fremden gern im günstigen Lichte erscheinen wollte. Da konnte er denn zusehen, wie er sich mit einem wüsten Haufen krätziger Schüler, die sich auf den Gassen heiser geschrieen hatten, und einigen mittelmäßigen Stadtmusikanten behalf. Kunstvollere Stücke konnte er garnicht mehr singen lassen: wenn er es einmal versuchte, fiel die Ausführung so jämmerlich aus, daß er sich vor der Zuhörerschaft nur schämen mußte. Früher hatte der Rath der Stadt zur Hebung des Chores wohl ein Übriges gethan. Zu Johann Schelles Zeiten hatte er gestattet, daß immer vier bis fünf Alumnen mehr, als den Stipendien nach geschehen sollte, in der Thomasschule Aufnahme fanden. Mittel zu ihrer Versorgung waren reichlich vorhanden, und der Musik kam die Toleranz zu gute. Als aber Schelle starb und seine Wittwe die Schulspeisung erhielt, bezeigte ihr der Rath sein Wohlwollen dadurch, daß er die überzähligen Alumnen abschaffte; sie brauchte für dasselbe Geld nun weniger zu kochen. Kuhnau bemühte sich unablässig um Wiederherstellung der früheren Einrichtung, oder irgend einen Ersatz für dieselbe. Er stellte vor, wie eine Vermehrung der musicirenden Kräfte niemals nöthiger gewesen sei, als jetzt; der Schulvorsteher unterstützte seine Vorstellungen — sie blieben ohne nennenswerthen Erfolg. Nicht einmal soviel konnte er erreichen, daß zwei Discantisten nur für die Kirchenmusik verwendet und aller andern Gesangsverpflichtungen enthoben wurden. Da sie dann an den Leichen- und Current-Geldern keinen Theil hätten haben können, so wäre eine Entschädigung nöthig gewesen. Das Geld dafür wollte der Rath nicht aufwenden. Es bestand die Einrichtung, jedesmal zwei Knaben nur von den Neujahrsumgängen, welche die angreifendsten waren, zu dispensiren: sie erhielten dagegen jährlich im Ganzen vier Gülden. Hierbei blieb es[53]. Augenscheinlich fehlte

53) S. Anhang B, IV, D; ferner die Rechnungen der Thomas- und Nikolai-Kirche.

das Interesse, die Musik in der Thomas- und Nikolai-Kirche zu unterstützen, nachdem man in der Neuen Kirche so viel Besseres zu hören glaubte. Nach Voglers Rücktritt machte Kuhnau den letzten Versuch, die verlorene Position wieder zu gewinnen. Er legte dar, wie das Treiben der »Operisten« in der Neuen Kirche der Bürgerschaft allen Sinn für echte Kirchenmusik benähme, wie die Orgel zu ihrem Verderben bald von diesen, bald von jenen »ungewaschenen Händen« bearbeitet würde, da der Musikdirector entweder nicht selbst spielen könnte, oder, nach Operisten-Art, alle Augenblick verreiset sei. Es wäre besser, wenn ein wirklicher beständiger Organist dort waltete, die Direction der Musik aber dem Thomascantor übertragen würde. Dann könne man, wie jetzt sonntäglich in zwei Kirchen abgewechselt werde, so künftighin in dreien reiheum musiciren. Und wenn an den Festtagen, wie bisher, in allen drei Kirchen Cantaten aufgeführt werden sollten, so vermöge der Cantor auch dieses zu leisten, denn er habe dann freie Verfügung über eine Menge von Studenten und könne sie nach seinem Ermessen in die Kirchen vertheilen. Den Studenten müsse ein Gratial gewährt werden, damit sie Lust zur Sache behielten: auch als Organisten in der Neuen Kirche könne man einen Studenten anstellen. Wolle aber der Rath auf alles dieses sich nicht einlassen, so müsse wenigstens auf ein Mittel gesonnen werden, diejenigen jungen Leute, welche von der Thomasschule die Universität bezögen, an den Thomanerchor zu fesseln[54]. Auch dieses Mal hatte Kuhnau vergeblich geschrieben. Schott erhielt das Organistenamt nebst der Direction, und es blieb alles beim Alten. Machte Kuhnau einmal einen schüchternen Oppositionsversuch, wie 1722, wo er sich wegen Herleihung der Thomaner zur Passionsmusik in der Neuen Kirche schwierig zeigte, so wurde er vom Rathe rücksichtslos zur Ordnung gerufen[55].

Um die Zerrüttung vollständig zu machen, wurden die Thomasschüler selbst vom Opernfieber ergriffen. Es war eigentlich kein Wunder, da sie das verlockende Treiben immer vor Augen hatten. Sobald sie auf der Schule zu einer gewissen Fertigkeit im Gesange und in der Musik gekommen waren, sehnten sie sich aus der Enge des Alumnats hinaus in die Freiheit, träumten von Künstlerlorbee-

---

54) S. Anhang B, IV, E.

55) Rathsacten »Schuel zu *St.* Thomas *Vol:* IV. *Stift.* VII. *B.* 117.« Fol. 218.

ren, und waren auf der Schulbank nichts nütze mehr. Machten sie dann mit Opernunternehmern Bekanntschaft, so erhielten die Tüchtigsten unter ihnen wohl auch Anerbietungen. Nun verlangten sie flugs ihre Entlassung aus dem Schulverbande und wurde diese nicht gewährt, so liefen sie eigenmächtiger Weise davon, kamen mit irgend einer Operntruppe in der Meßzeit wieder und erregten durch ihr Auftreten im Theater und in der Neuen Kirche den Neid ihrer einstigen Schulkameraden. Ein Discantist, Namens Pechuel, war mit Erlaubniß des Rathes bisweilen nach Weißenfels gegangen, um in der Oper mitzuwirken. Er wollte mit der Zeit diese Kunstreisen weiter ausdehnen und auch in Naumburg Gastrollen geben. Das verbot der Rath; das junge Genie sprengte die unwürdigen Fesseln und entfloh. Dies geschah im Jahre 1706. Zwei Jahre später lief ihm ein Bassist, Namens Pezold, nach[56]. Bei beiden hatte ein ehrsamer Leipziger Bürger den Helfershelfer gemacht[57]. Man ersieht unschwer, auf welcher Seite damals die Sympathien des Publicums waren. Als Kuhnau für immer die Augen schloß, lag die Musik des Thomanerchors gänzlich am Boden, und das einjährige Interregnum, welches bis zum Eintritt des neuen Cantors herrschte, trug sicherlich nichts dazu bei, sie wieder aufzurichten.

Es ist unmöglich, daß Bach von allen diesen Dingen nicht genaue Kenntniß gehabt haben sollte, da er doch ein Bekannter Kuhnaus und mehre Male selbst in Leipzig gewesen war. Wie oben erzählt worden ist, schwankte er längere Zeit, ob er wohl daran thäte, Kuhnaus Nachfolger zu werden. Sein Schwanken war in mehr als einer Beziehung wohl begründet. Bot Leipzig sonst noch etwas, das ihn als Musiker hätte locken, ihm Anregung und Handhabe zu ersprießlichem künstlerischen Wirken hätte bieten können? Die Frage läßt sich kaum bejahen. Bedeutende Tonkünstler gab es damals dort nicht. Der einzige, der in seinem Fache neben Kuhnau etwas hervorragenderes geleistet hatte, Daniel Vetter[58], war vor zwei Jahren

56) Wahrscheinlich derselbe, welcher sich später im *Collegium musicum* hervorthat.

57) Rathsacten »Schuel zu *S.* Thomas. Vol: III. *Stift.* VIII. *B.* 2.« Fol. 348ᵇ und 351. — Anhang B. IV. B.

58) »Herr Vetter, als der vornehmste *Organicus* allhier.« Bericht über die neue Pauliner-Orgel in »Die Andere Beylage zu dem Leipziger Jahr-Buche, aufs Jahr 1718«. S. 198 f.

als Organist der Nikolai-Kirche gestorben. Diesen Mangel konnte Bach, ein Mann von so gewaltiger Productionskraft und so entschiedener Selbständigkeit, allerdings verschmerzen, hätte er nur irgend brauchbare Organe zur Verfügung gehabt, um selbst etwas zu gestalten. Leipzig war eine volkreiche, viel besuchte, durch verschiedenfache Interessen belebte Stadt; ein Kunstmittelpunkt, wie Dresden, Wien, München, ja selbst Hamburg, war sie nicht. Es wurde allerdings ziemlich viel musicirt, aber das geschah in Deutschland überall. Von einem Bestreben der Bürgerschaft, aus ihren Mitteln heraus etwas kunstförderliches zu schaffen, ist in jener Zeit garnichts zu merken; erst als Bach dem Greisenalter nahe stand und es für ihn zu spät war, beginnt ein andrer Sinn sich geltend zu machen. Einzig unter der Studentenschaft herrschte Lust und Frische zur Musik. Es hätte Kuhnau wohl gelingen können, die akademische Jugend an sich zu fesseln, wenn er etwas weniger zaghaft und conservativ gewesen wäre. Selbst neben dem so mächtig emporblühenden Telemannschen Musikverein war das noch möglich. Aber er wußte die Sache nicht richtig anzugreifen. Er sah, wie sein langjähriger Schüler Fasch ein zweites *Collegium musicum* unter den Studenten gründete, mit diesem in der Universitätskirche Musikaufführungen veranstaltete, trotzdem Kuhnau selbst der eigentliche Universitäts-Musikdirector war. Nur mit Anstrengung gelang es ihm, wenigstens vorläufig zu verhindern, daß dieses *Collegium musicum* sich in der Universitätskirche eben so festsetzte, wie das Telemannsche in der Neuen Kirche[59]. Zu der im Herbst 1716 vollendeten neuen Orgel wurde in Johann Gottlieb Görner ein höchst rühriges Individuum berufen. Es ist nicht nachzuweisen, ob es Faschs Musikverein war, dessen Direction Görner übernahm, und ob jener Verein überhaupt bis dahin Bestand gehabt hat. Nur das wissen wir bestimmt, daß Görner an der Spitze eines zweiten durchaus lebenskräftigen *Collegium musicum* stand, als Bach die Stelle an der Thomasschule antrat[60]. Görner, geb. 1697, war nach Vetters Tode Organist an der Nikolai-Kirche geworden. Als im Herbst 1729 der

59) S. Anhang B, IV, C; dazu die später folgenden Schriftstücke Bachs in seinem Conflict mit der Universität.

60) Das jetzt lebende und *flor*irende Leipzig. Leipzig, bey Joh. *Theodori Boetii* seel. Kindern. 1723. 8. S. 59.

alte Christian Gräbner gestorben war, folgte er ihm im Januar 1730 als Organist der Thomaskirche[61]. Er war also gewissermaßen Bachs Untergebener. Aber es fiel ihm nicht ein, sich bescheiden vor diesem Großen zurückzuhalten. Vielmehr trat er keck als Rival auf. Als einmal (im Winter 1727/28) Landestrauer herrschte, erbat er sich die Erlaubniß, trotzdem seine musikalischen Versammlungen weiter halten zu dürfen. Denn, gab er an, in seinem Vereine brächten die von den Schulen kommenden Studenten die musikalischen Fertigkeiten, welche sie sich bis dahin erworben hätten, zur Vollkommenheit, präsentirten sich durch die Aufführungen zur Meßzeit den Fremden und fänden auf diese Weise den Weg zu Cantoren- und Organisten-Stellen[62]. Also wenn ein Thomaner die Bachsche Lehre verließ, wollte ihm Görner den letzten Schliff geben. Sein dreistes Betragen nimmt um so mehr Wunder, als er im Grunde nur ein recht mittelmäßiger Musiker gewesen zu sein scheint. Ein Leipziger Kunstgenosse, Johann Adolph Scheibe, fällt im Jahre 1737 über Görner ein sehr herbes Urtheil, das vielleicht durch persönliche Gereiztheit etwas beeinflußt worden ist, aber im Ganzen doch die Wahrheit nicht allzuweit verfehlt haben kann. »Er hat die Musik seit vielen Jahren getrieben, und man sollte meinen, die Erfahrung habe ihn einmal auf den rechten Weg gebracht; allein, es ist nichts unordentlicheres, als seine Musik. Das innere Wesen der verschiedenen Schreibarten nach ihren verschiedenen Abtheilungen ist ihm ganz und gar unbekannt. Die Regeln sind solche Sachen, die er täglich entbehren kann, weil er sie nicht weiß. Er setzet keine reine Zeile; die gröbsten Schnitzer sind die Zierrathen aller Takte. Mit einem Worte: er weiß die Unordnung in der Musik am allerbesten vorzustellen«. Dann, zu seinem Charakter übergehend: »Der Hochmuth und die Grobheit haben ihn dabei so eingenommen, daß er sich vor dem ersten selbst nicht kennt, durch das andre aber unter einer großen Menge seinesgleichen den Vorzug erhält«. Bei einer späteren Gelegenheit verschärft Scheibe dieses Urtheil noch und fügt hinzu: »Er würde dasjenige nicht sein, was er doch ist, wenn nicht ein gewisser Mann alles für ihn gethan hätte. Dennoch hat der Er-

61) Rathsacten VII. B. 108. Fol. 91. Ebenda Fol. III.

62) Ephoralarchiv zu Leipzig »Trauer-Feiern beim Absterben der sächsischen Fürsten. Vol. I«.

folg gezeigt, daß er bei einer gewissen Gelegenheit, da er sich auf eine edle Art hätte dankbar erzeigen können und sollen, nichts weniger als dankbar gewesen ist, sondern daß er vielmehr das erzeigte Gute durch eine heimtückische Bosheit vergolten hat«[63]. Wer unter jenem Wohlthäter zu verstehen ist, läßt sich nicht angeben. Für die Leipziger Zustände aber ist es bezeichnend, daß ein Mann wie dieser Görner ein Menschenalter hindurch dort neben Bach eine Rolle spielen konnte. Auch an der Universitätskirche hatte er rechtzeitig so festen Fuß zu fassen gewußt, daß es Bach trotz der Macht seines Namens und seiner Persönlichkeit nicht gelingen sollte, ihn aus dieser Stellung zu verdrängen.

Wir werden nun die Lage Bachs wohl nach allen Richtungen hin überschauen. Mehr als bei jedem früheren Orts- und Berufswechsel hatte er dieses Mal einen Schritt ins Ungewisse gethan. Er hatte ihn, um mit seinen eignen Worten zu reden, in des Höchsten Namen gewagt. Der Drang seiner Künstlerseele, wieder in Verhältnissen zu leben, wo es für die Musik der Kirche bedeutendes zu wirken gäbe, schien in Leipzig Befriedigung finden zu können. Der Schritt vom Capellmeister zum Cantor abwärts — denn ein solcher war es nach der Schätzung jener Zeit — wurde ihm erleichtert durch das hohe Ansehen, in welchem das Thomas-Cantorat unter den Musikern stand. Seth Calvisius, Hermann Schein, Tobias Michael, Sebastian Knüpffer, Johann Schelle und Johann Kuhnau, die nacheinander während der letzten 125 Jahre die Stelle bekleidet hatten, waren sämmtlich hervorragende, zum Theil sehr hervorragende praktische Künstler und gelehrte Männer gewesen. Ihre Reihe fortzusetzen war eine Ehre und Bach empfand sie als eine solche. Außerdem aber bot das Cantorat praktische Vortheile, und es scheint, daß diese den Ausschlag gegeben haben. Die Stelle galt für gut dotirt, und der Dienst war kein schwerer. Es soll damit nicht gesagt sein, daß er zur exacten Erfüllung aller Pflichten nicht seinen Mann erfordert hätte. Aber eine Überbürdung mit Amtsgeschäften war nicht vorhanden, es blieb für Bach zum eignen Schaffen freie Zeit genug. Endlich war ihm jetzt gestattet, ohne allzu empfindliche Opfer sei-

---

63) Johann Adolph Scheibens Critischer Musikus. Neue Auflage. Leipzig, 1745. S. 60. S. Anhang A. Nr. 2.

nen Söhnen eine höhere Ausbildung zu verschaffen. Wie sehr ihm grade dieses letztere am Herzen lag, geht aus einem rührenden kleinen Zuge hervor. Am 22. December 1723 — er war also ungefähr ein halbes Jahr in Leipzig — begab er sich nach der Universität und ließ den Namen des dreizehnjährigen Wilhelm Friedemann als künftigen akademischen Bürgers in das Studentenverzeichniß eintragen, obwohl derselbe thatsächlich erst am 5. April 1729 die Universität bezog[64]. Solche frühzeitige Anmeldungen waren nichts unerhörtes; es kam auch vor, daß die Universitäts-Matrikel als Pathengeschenk gegeben wurde: Bach scheint sie seinem Lieblingssohne haben zum Weihnachten schenken wollen. Erwog er gegenüber allen diesen Vortheilen die sehr erheblichen Schattenseiten der Stellung, so hoffte er wohl, vermittelst des großen Rufes, den er genoß, und durch die Kraft seiner Persönlichkeit bessere musikalische Zustände in dem Thomanerchor herbeiführen und die Leitung der musikalischen Angelegenheiten Leipzigs allmählig ganz in seine Hand bekommen zu können. Von wie großer Tüchtigkeit auch seine Amtsvorgänger gewesen waren, an Glanz des Namens überstrahlte der weitberühmte, von einem Fürstenhofe kommende und an Fürstenhöfen wohlgelittene Virtuose sie ohne Frage weit. Auch blieb er nicht nur cöthenischer Capellmeister von Haus aus, sondern wurde in dem Jahre seines Eintritts in Leipzig vom Weißenfelser Hofe mit derselben Auszeichnung bedacht[65].

III.

Die Direction der Musikaufführungen in der Universitätskirche hing nicht untrennbar mit dem Amte des Thomas-Cantors zusammen. Indessen war es von Alters her üblich und vom städtischen Rathe gestattet gewesen, daß er sie besorgte. Solange die Universitätskirche nur an den drei hohen Festen, am Reformationsfeste und zu den vierteljährlichen Redeacten benutzt wurde, erwuchs dem Cantor aus dieser Obliegenheit keine sonderliche Belastung. Seit 1710 jedoch wurde auch dort ein regelmäßiger sonntäglicher Gottes-

---

64) »Bach, Wilhelm Friedemann, *Vinario-Thuringensis*« unter den *Depositi, nondum inscripti* vom 22. Dec. 1723.

65) Walther, Lexicon S. 64. Unter den Bestellungen des Weißenfelser Hofes von 1712—1745, welche im Staatsarchiv zu Dresden aufbewahrt werden, fehlen alle in das Jahr 1723 gehörige, und somit auch diejenige Bachs.

dienst gehalten und hierdurch bekam der Posten des Universitäts-Musikdirectors eine erhöhte Bedeutung. Kuhnau wußte sich auf demselben zu behaupten, obgleich anfänglich durch Fasch der Versuch gemacht worden war, ein vom Cantor unabhängiges studentisches *Collegium musicum* dort in Thätigkeit zu setzen. Unter Anstrengungen und Opfern gelang es Kuhnau, diesen Versuch zu vereiteln; er erklärte sich nämlich bereit, die neue nicht geringe Arbeit ohne Entgelt zu verrichten und für ein derartiges Anerbieten war die Universität sehr empfänglich[1]). Nach Kuhnaus Tode hatte einstweilen Görner dessen Stelle als Universitäts-Musikdirector verwaltet. Es verräth Bachs genaue Kenntniß der Verhältnisse, daß er es seine erste Aufgabe sein ließ, Görnern diese Function wieder aus den Händen zu nehmen. Nur wenn er sich unter den Studenten einen festen Anhang zu verschaffen wußte, war Aussicht für ihn vorhanden, auf das Leipziger Musikleben in seinem Sinne einzuwirken. Seine Anstellung war am 13. Mai definitiv geworden. Die erste von ihm als Thomascantor componirte Kirchencantate brachte er am 30. Mai, dem ersten Trinitatis-Sonntage, einen Tag vor seiner Einführung auf der Thomasschule zur Aufführung, hiermit seine musikalische Thätigkeit als Cantor gleichsam eröffnend. Als Universitäts-Musikdirector hatte er schon vierzehn Tage früher, am 1. Pfingsttage, zu functioniren begonnen, jedenfalls auch mit einer eignen Composition[2]). Aber Görner wußte ebensogut, um was es sich handelte, und war entschlossen soviel für sich zu retten, wie möglich war. An den vier genannten Festtagen und den Quartal-Acten mußte er schon zurücktreten, hier wurden die Ansprüche des Cantors durch ein anerkanntes Gewohnheitsrecht zu kräftig unterstützt. Anders verhielt es sich mit dem Dienst an den gewöhnlichen Sonn- und übrigen kirchlichen Fest-Tagen. Es scheint, daß Görner der Universität einleuchtend gemacht hat, der Cantor könne bei seinen Obliegenheiten in der Thomas- und Nikolai-Kirche den halbwegs gleichzeitigen Dienst in der Paulinerkirche nicht überall mit der nöthigen Pünktlichkeit versehen. Jedenfalls fungirte Görner auch jetzt noch in dem sogenannten neuen Gottesdienste als Universitätsmusik-

1) S. Anhang B, IV, C.

2) S. das unten folgende ausführliche Schriftstück Bachs, in Betreff seines Conflictes mit der Universität, gegen Ende.

director weiter. An dritter Stelle kamen die außerordentlichen Universitätsfeierlichkeiten in Frage. Bach ging von dem Grundsatze aus, dieselben seien längst vor Einrichtung des neuen Gottesdienstes üblich gewesen und immer vom Cantor besorgt worden: folglich gehörten sie zu seinen Dienstpflichten. Er handelte auch sofort nach diesem Grundsatze. Am Montag dem 9. August 1723 wurde der Geburtstag des Herzogs Friedrich II. von Sachsen-Gotha, eines um Förderung der Wissenschaft und Kirche besonders verdienten Fürsten, feierlich begangen: ein Baccalaureus der Philosophie, Namens Georg Grosch, hielt eine Rede *de meritis Serenissimi Friderici in rem litterariam et veram pietatem*[3], auf sie folgte eine von Bach componirte und aufgeführte lateinische Ode, »eine vortreffliche Musik«, wie der Leipziger Chronist[4] berichtet, »so daß sich diese *Solennität* zu jedermanns Vergnügen Vormittags gegen 11 Uhr glücklich geendiget«. Heinrich Nikolaus Gerber, der im Jahre 1724 die Leipziger Universität bezog, erzählte später seinem Sohne, er habe schon damals manches Concert unter Bachs Direction angehört[5]. Dieses kann sich, da an Kirchenmusik hier nicht zu denken ist, und Bach ein eignes *Collegium musicum* noch nicht dirigirte, ebenfalls wohl nur auf akademische Aufführungen beziehen[6]. Indessen endgültig entschieden war durch Bachs energische Besitzergreifung die Sache doch keineswegs. Görner war augenscheinlich ein Günstling der an der Universität maßgebenden Persönlichkeiten. Er empfing überdies ein Honorar aus den für die Dienstleistungen des Cantors ausgeworfenen Mitteln. Das ging denn Bach, der wohl zu rechnen verstand und in finanziellen Dingen äußerst genau war, doch endlich über den Scherz. Nachdem er länger als zwei Jahre lang gute Miene zum bösen Spiele gemacht hatte, meinte er, wenn es ihm

---

3) Grosch war ein gothaisches Landeskind, wurde 1724 Prinzenerzieher und bekleidete später verschiedene Pfarrstellen im dortigen Lande (nach Mittheilungen aus dem herzoglichen Archiv zu Gotha).

4) Vogel, »*Continuation* Derer Leipzigischen Jahrbücher von *Anno* 1714 bis 1728«, und die in Anmerk. 6 angeführten »*ACTA*«, 1724. S. 231 f.

5) Gerber, L. I, Sp. 491.

6) In den *ACTA LIPSIENSIVM ACADEMICA*. Leipzig, 1723. S. 514 wird Bach »*Cantor* und *Collegii Musici Director*« genannt. Vermuthlich ist »*Collegii*« nur ein Schreib- oder Druckfehler für »*Chori*«; gewiß aber ist hier der Thomanerchor gemeint.

schon nicht gelingen wollte, die gesammte Direction dem zähen Görner wieder zu entreißen, wenigstens sich sein Einkommen sichern zu sollen. Er wandte sich also mit einer Eingabe an den König-Churfürsten in Dresden, von dem er eine durchgreifende Sicherung seiner Interessen um so eher erwarten zu können glaubte, als er sich bei Hofe wohlgelitten wußte.

»Aller Durchlauchtigster,
Großmächtigster König und Chur Fürst,
Allergnädigster Herr.

Eure Königliche Majestät und Chur Fürstliche Durchlaucht wollen allergnädigst geruhen, Sich in allerunterthänigster *Submission* vorstellen zu laßen, welcher gestalt das *Directorium* der *Music* des alten und neüen Gottesdienstes bey Einer Löblichen Universität zu Leipzig, nebst der Besoldung und gewöhnlichen *Accidenti*en mit hiesigem *Cantorat* zu *S. Thomas* iedesmahl. auch bey Lebzeiten meines *Antecessoris*, verknüpft gewesen, nach deßen Absterben aber in währender *Vacanz* solches dem Organisten zu *S. Nicolai*, Görnern, gegeben, und mir bey Antretung meines Amtes das *Directorium* des so genandten alten Gottesdienstes zwar wiederum überlaßen, die Besoldung aber hernachmals abgeschlagen, und solche nebst dem *Directorio* des neüen Gottesdienstes vorgedachtem Organisten zu *S. Nicolai* zugeeignet[7] worden; und ob wohl bey Einer Löblichen Universität ich mich geziemend gemeldet, und daß es bey der vormahligen Verfaßung gelaßen werden möchte, Ansuchung gethan, dennoch mehr nicht erhalten können, als daß man mir von dem *Salario*, welches sonst in zwölff Gülden bestehet, die Helffte desselben angeboten.

Alldieweil aber, Allergnädigster König und Chur Fürst, Eine Löbliche Universität mich zur Bestellung der *Music* bey dem alten Gottesdienste ausdrücklich erfordert und angenommen hat, ich solches Amt bißher auch verrichtet, das *Salarium*, welches man zu dem *Directorio* des neüen Gottesdienstes geschlagen mit demselben vormahls gar nicht, sondern eigentlich mit dem alten Gottesdienst verbunden, auch das *Directorium* des neüen, zugleich auch beym Anfang des neüen Gottesdienstes mit dem alten verknüpffet worden, und wenn ich auch schon das *Directorium* des neüen, dem Organisten zu

7) Original: zugeignet.

S. Nicolai nicht streitig machen wolte, mir doch die Entziehung des *Salarii*, so allerdings iederzeit, ehe noch der neüe *Cultus* angestellet worden, zu dem vormahligen gehöret hat, höchst betrübt und nachtheilig ist, auch Kirchen *Patroni*, was einmahl zu der ordentlichen Besoldung eines Kirchendieners angesetzt und bestimmet ist, anders zu *disponiren*, und entweder gäntzlich zu entziehen, oder auch zu verkürzen, sonst nicht gewohnet sind, und ich doch mein Amt bey obbemeldeten alten Gottesdienst schon über zwey Jahr ümsonst verrichten müßen. Als ergehet an Eure Königliche Mayestät und Churfürstliche Durchlaucht mein allerunterthänigstes Suchen und Bitten, es wollen Dieselben an die Löbliche Universität zu Leipzig, damit Sie bey der vormahligen Einrichtung es bewenden, und nebst dem *Directorio* des alten Gottesdienstes mir auch das *Directorium* des neüen, insonderheit aber die völlige Besoldung des alten Gottesdienstes und beyderseits vorfallende *Acciden*tien fernerweit angedeyen laßen möge, allergnädigsten Befehl ertheilen. Vor solche Allerhöchste Königliche Gnade werde lebenslang beharren

Euerer Königlichen Mayestät und Churfürstlichen Durchlaucht
allerunterthänigst-gehorsamster

Leipzig: den 14. *Sept:* 1725. *Johann Sebastian Bach.*

[Adresse:]

Dem Allerdurchlauchtigsten, Großmächtigsten Fürsten und Herrn, Herrn Friedrich *Augusto*, König in Pohlen [folgt vollständiger Titel] Meinem allergnädigsten König, Churfürsten und Herrn[8]).«

Bach hatte sich in seiner Annahme nicht getäuscht. Schon am 17. Sept. erging vom Ministerium aus Dresden eine Aufforderung an die Universität, den Supplicanten klaglos zu stellen, oder vorzubringen, was sie etwa dagegen einzuwenden hätte. Die Expedition der Sache war so schleunig betrieben worden, daß man sich nicht einmal die Zeit genommen zu haben scheint, Bachs Eingabe genau zu lesen: in dem Referat über den Inhalt seiner Beschwerdeschrift befinden sich Unrichtigkeiten, durch welche die Angelegenheit theilweise in ein falsches Licht geräth[9]).

---

8) Staatsarchiv zu Dresden: »Rescripte. 1724—1728«. Loc. 2127. Bl. 115a. Abschriftlich durch Herrn Moritz Fürstenau gefälligst vermittelt.

9) Dieses sowie die im Folgenden erwähnten oder mitgetheilten Acten-

Die Universität suchte sich nun ausführlich zu rechtfertigen und setzte Bach von dem Abgange ihres Berichtes in Kenntniß. Bach fand guten Grund zu glauben, daß in diesem Berichte seine Sache nicht wahrheitsgemäß dargestellt sei. Um einer ihm ungünstigen Entscheidung vorzubeugen, schrieb er zum zweiten Male an den König.

»Allerdurchlauchtigster,
Großmächtigster König und Churfürst,
Allergnädigster Herr.

Nachdem Euere Königliche *Maye*stät auf mein, in Sachen mich *Impetranten* eines und die hiesige *Universität Impetraten* andern Theils betreffend, allerunterthänigst beschehenes *suppliciren*, allergnädigst ergangenen Befehle zu allergehorsamster Folge, bemeldte *Universität* den erfoderten allerunterthänigsten Bericht erstattet, auch deßen Abgang mir behörig *notificiret*, und ich hingegen meine fernere Nothdurfft darbey zu beobachten vor nöthig erachte: Als ergehet an Euere Königliche *Maye*stät und Churfürstliche Durchlaucht mein allerunterthänigst gehorsamstes Bitten, Sie wollen gedachten Bericht dieserwegen in Abschrift mir zu *communiciren*, und, biß ich darwieder das benöthigste fürgestellet habe, *Dero* allerhöchste *Resolution* annoch anstehen zu laßen, allergnädigst geruhen; ich werde solches bestmöglichst zu beschleunigen nicht ermangeln, und Zeit Lebens in allertiefster *Submißzion* beharren

Eurer Königlichen *Maye*stät und Churfürstlichen Durchlaucht
allerunterthänigst-gehorsamster

Leipzig, den 3. *Novembris* 1725. Johann Sebastian Bach.

[Adresse:]

Dem Allerdurchlauchtigsten, Großmächtigsten Fürsten und Herrn, Herrn Friedrich *Augusto*, König in Pohlen [folgt vollständiger Titel] Meinem allergnädigsten König, Churfürsten und Herrn [10].«

---

stücke befinden sich im Archiv der Universität Leipzig, Repert. $\frac{II}{III}$. Nr. 22. Litt. B. Sect. I. »*ACTA* das von dem *Cantore* zu *St. Thomas* Johann Sebastian Bachen gesuchte *Salarium* vom Neuen Gottesdienste in der *Pauliner* Kirche betreffend. *de Anno* 1725«.

10) Der Brief ist durchgängig autograph. Das Siegel scheint die Rosette mit der Krone gewesen zu sein; vrgl. Bd. I, S. 38, Anmerk. 20.

Seiner Bitte wurde gewillfahrtet. Er verfaßte darnach eine gründliche Widerlegung der von der Universität eingereichten Rechtfertigungsschrift. Das Document ist sehr interessant, da es wie kein anderes Bachs durchdringende Verstandesschärfe und schneidige Ausdrucksweise darthut.

»Allerdurchlauchtigster, Großmächtigster
König und Churfürst
Allergnädigster Herr.

Daß Euere Königliche Majestät und Churfürstliche Durchlaucht mir von demjenigen was die *Universität* alhier auff meine wegen des *Directorii Musices* bey dem alten und neuen Gottes Dienst in der Pauliner Kirche und des zu dem erstern gehörigen, bißher verweigerten *Salarii* wieder sie geführte Beschwerde darwieder eingewendet Abschrifft ertheilen zu laßen allergnädigst geruhen wollen, solches erkenne mit allem unterthänigsten Danck. Ob ich nun wohl vermeinet, es würde die *Universität* mich sofort gebührend Klaglos stellen, und meinem wohlgegründeten Suchen ohne Weitläuffigkeit stat geben: So muß doch ersehen, wie selbige darwieder unterschiedenes einzuwenden, und zu ihrer Entschuldigung fürzustellen sich Mühe gegeben, daß nemlich

1.) ich ohne allen Grund angegeben, es wäre das *Directorium* der *Music* bey dem alten und neuen Gottesdienste mit des *Cantoris* zu *St. Thomae* Amte nothwendig verknüpfft, da gleichwohl die *Universität* bey Vergebung des bemeldten *Directorii* sich *in libertate naturali* befände, worbey sie iedoch das *Directorium* des alten Gottesdiensts mir nicht streitig machen noch daß sie mir Krafft eingeführter *Observanz* deswegen ein *Honorarium* gereichet, in Abrede seyn. Hiernechst

2.) mein Vorgeben, als hätte ich meine Arbeit seithero ümsonst verrichten müßen, sie üm desto mehr befremde, da aus denen *Rationibus Rectoralibus* erhelle, welcher gestalt mir sowohl bey allen *Quartal-Orationibus*, als bey denen Dreyen hohen Festen, wie auch bey dem *Festo reformationis Lutheri* ein besonderes und ergiebiges *Honorarium* an 13. Thlr. 10. gr. gereichet worden, und ich solches bißhero iederzeit empfangen hätte. Ferner

3.) daß ich denen gewöhnlichen *Quartal-Orationibus* bishero zum öfftern in eigener Person nicht beygewohnet, sondern, laut der deshalben beygefügten *Registratur*, die Absingung derer *Motet*en durch *Praefectos dirigir*en laßen. Ingleichen

4.) daß der *Cantor* zu *St: Thomae* wegen seiner Sonn- und Fest-tägigen Amts-Verrichtungen Keinesweges im Stande sey, auch zugleich das *Directorium* der *Music* in der *Universitäts*-Kirche ohne *Praejudiz* und Unordnung zu übernehmen, immaßen er fast zu eben der Zeit in der Kirchen zu *St: Thomae* und *St: Nicolai* die *Music* zu *dirigir*en hätte; Besonders

5.) ist gar sorgfältig vorgestellet worden, daß meinem *Antecessori* vor das *Directorium Musices* bey dem neuen Gottes-dienst ganz von neuen ein neues *Gratial* von 12. fl. zugeschlagen worden; Im übrigen

6.) sich so viele von dem Rath wegen der *Thomas*schüler und derer Stadt- und Kunst-Pfeiffer gemachte *Difficultae*ten ereignet, daß die *Universitaet* sich der Beyhülffe derer *Studiosorum* bedienen, und auff ein ander *Subjectum* bedacht seyn müßen, welches der *Direction* der *Music* in eigener Person ungehindert vorstehen, und das gute Vernehmen mit denen *Studiosis*, welche sich dem *Cantori* ohne Entgeld beyzustehen verweigert, beßer unterhalten Könnte; Wozu noch dieses kommen wäre,

7.) daß bey langwieriger *Vacanz* des *officii* nach erfolgten Tode des vorigen *Cantoris*, die *Universitaet* das *Directorium Musices* bey dem neuen Gottes-Dienst Johann Gottlieb Görnern übergeben, und das dazu gewiedmete neue *Salarium* der 12. fl. *assigniret*, dieses *Salarium* auch mit dem ehmaligen *Directorio* bey dem alten Gottes-dienst gar keine Verwandschafft hätte, sondern ein neues institutum wäre.

Es werden aber, Allergnädigster König, Churfürst und Herr, diese der *Universitaet* eingewendete *Exceptiones* im Grunde nicht bestehen, und gar leicht zu wiederlegen seyn. Denn was anfänglich

1.) die Verknüpffung des neuen Gottesdienstes mit dem alten betrifft, so ist von mir nicht gesaget worden, daß so thane *Connexion* nothwendig, sondern nur, daß das *Directorium* des letzteren mit dem Ersten sonst *combinir*t gewesen sey, und gleichwie die Macht und Freyheit solches zu verbinden oder zu *separir*en von mir nicht darff untersuchet, sondern an seinen Ort Kann gestellet werden:

also *acceptir*e hingegen, daß das *Directorium* des alten Gottesdienstes nach hergebrachter *Observanz*, in dem allerunterthänigsten Bericht mir gegönnet und zugestanden worden. Ist aber dieses, so wird das *Directorium* der *Music* bey denen *Promotionibus Doctoralibus* und andern bey der *Universität* in der *Pauliner*-Kirche vorkommenden *solenn*en *Actibus* nebst dem *Honorario* mir nicht zu entziehen seyn, weil dieses alles, ehe noch der neue Gottesdienst angeordnet worden, vorher ohnstreitig, zum wenigsten was die *Music* anbetrifft, ein *Connexum* des alten Gottesdienstes und in üblicher *Observanz* gewesen ist. Hiernechst

2.) befremdet mich nicht wenig, wie die *Universität* sich auf ein ergiebiges *Honorarium* an 13. Thlr. 10. gr. so ich von ihnen solte empfangen haben, beziehen, und, daß ich die Arbeit Zeithero ümsonst verrichtet habe, läugnen und mir widersprechen können, immaßen das *Honorarium* was *a partes* außer dem *Salario* deren 12. fl. ist und das *Gratial* die besoldung nicht außschließet, wie denn auch meine Beschwerde nicht wegen des *Honorarii*, sondern wegen des sonst gewöhnlichen und zum alten Gottesdienst gehörigen, mir aber bißher entzogenen *Salarii* an 12. fl. geführet wird: Ja, wie numehro aus denen von der *Universität* selbst angegebenen *Rationibus Rectoralibus* zu ersehen, so ist mir auch dieses *Honorarium*, welches in 13. Thlr. 10. gr. sol bestanden haben nicht einmahl völlig gereichet, sondern mir durch die beyden *Pedell*en, welche es eydlich werden aussagen können, iedes *Quartal*, an statt derer in *Rationibus Rectoralibus* angesezten 20. gr. 6. Pf. mehr nicht als 16. gr. 6 Pf. und bey den drey hohen Festen, wie auch bey dem *Festo Reformationis Lutheri* iedesmahl anstatt 2. Thlr. 12. gr. mehr nicht als 1. Thlr. also an statt 13. Thlr. 12. gr. zusammen nur 6. Thlr. 18. gr. jährlich gezahlet, auch meinen *Antecessoribus* Schellen und Kuhnauen, laut derer Wittwen ausgestellten *Attestatis*, so hiermit *sub lit: A et B.* beyfügen wollen, vor die *Quartal* und Fest-*Musiquen* ein mehrers nicht gegeben, so fort auch von ihnen über ein mehrers nicht *quitt*irt und gleichwohl in dem *Extract* aus ihren *Rationibus Rectoralibus* ein viel höhers *quantum* gesezet worden. Daß ich

3.) denen *Quartal-Orationibus* zum öfftern in eigener Person nicht beygewohnet, und die *Registratur* vom 25. *Octobris* 1725 solches bezeuge, wird ohne Erheblichkeit seyn; Denn gleichwie aus dem Monath und der Zeit erscheinet, daß die *Registratur* erst als denn sich gefüget, nachdem zu vorher über die *Universität* ich mich beschweret gehabt, vor der Zeit aber nichts wieder mich zu *registriren* gewesen; Also wird meine Abwesenheit doch mehr alß ein- oder zweymahl nicht geschehen seyn, und dieses zwar *ob impedimenta legitima*, da ich nothwendig zu verreisen, insonderheit das anderemahl in Dreßden zu verrichten gehabt: Über dieses sind auch zu bemeldter *Quartal*-Verrichtung die *Praefecti subordinirt*, so daß von meinen *Antecessoribus* Schellen und Kuhnauen solches nie selbsten verrichtet, sondern die Absingung der *Moteten* durch die *Praefectos dirigiret* und bestellet worden. Noch weniger Kann

4.) dieses etwas *in recessu* haben, wenn die *Universität urgiret*, daß die Abwartung, der *Music* in beyderseits Kirchen vor eine Person nicht *compatible* sey: Denn so wird gewiß eine *Instanz*, welche man von dem *Organisten* zu *St: Nicolai* Görnern allhier geben kann, noch wichtiger, und die *Music* in beyden Kirchen zu *dirigiren*, vor seine Person noch weniger *compatible* seyn, weil der *Organist* nicht nur ebenfalls zu einer Zeit in der Kirche zu *St: Nicolai* und zugleich in der *Pauliner*-Kirche vor und nach der Predigt die *Music* abzuwarten, sondern auch biß zum allerletzten Liede die Orgel zu schlagen hat, dahingegen der *Cantor* nach verrichteter *Music* herausgehen kann, und den Kirchen-Liedern biß zum Beschluß des Gottesdienst eben nicht beywohnen darff, gestalt auch der sel: Kuhnau zu seiner Zeit beydes ganz wohl ohne *Praejudiz* und *Confusion* verwaltet hat, auch in der Kirche, wo nicht *Musica formalis* zu bestellen, die gemeine *Music* durch *Vicarios* und *Praefectos* garwohl kann *dirigiret* werden. Was insonderheit

5.) die streitigen 12. fl. anbelanget, so wird die *Universität* mit Grunde nimmermehr behaupten können, daß sie meinem *Antecessori* Kuhnauen vor die *Direction* der *Music* beym neuen Gottesdienst solche 12. fl. von neuen, als ein *Gratial* zugeschlagen. Es hat vielmehr diese Bewandnüß, daß die 12. fl. von uhralten Zeiten her, das *Salarium* vor die Bestellung der *Music* beym alten Gottesdienst ieder Zeit gewesen sind, mein *Antecessor* auch andere ihm nachtheilige und aus der *Separation* des *Directorii* zu besorgende *Suiten* zu verhüten, die *Music* beym neuen Gottesdienst ümsonst *dirigiret*, und nie einen Pfennig davor verlanget, auch kein vorgegebenes neues *Gratial* von 12. fl. genoßen hat. Ja es ist nicht allein von Kuhnauen sondern auch von Schellen und also noch vorher, ehe noch jemand an den neuen Gottesdienst gedacht, iedesmahl über solche 12. fl. eine Quittung ausgestellet worden. Und gleichwie der Schell- und Kuhnauischen Wittwen *Attestata sub Lit*: *A et B*. deutlich besagen, daß die 12. fl. iederzeit das *Salarium* vor die Bestellung der *Music* des alten Gottesdienstes gewesen: Also wird bemeldete Quittungen die *Universit*ät zu *ediren* sich nicht entbrechen können. Solchergestalt Kann auch

6.) dem mit der *Music* des alten Gottesdienstes verknüpfften *Salario* nicht *praejudiciren*, obvormahls bey der *Direction* des neuen Gottesdienstes mit denen *Studiosis* kein gutes Vernehmen gewesen, und sie dem *Cantori* die Beyhülffe ümsonst nicht leisten wollen: Denn wie man dieses weder zugeben noch wiedérsprechen mag, und wie man weiß, daß die *Studiosi*, welche Liebhaber der *Music*, sich allzeit gern und willig dabey finden laßen; So hat sich meinerseits mit denen *Studiosis* einiges Unvernehmen niemahls ereignet, sie pflegen auch die *Vocal*- und *Instrumental-Music* bey mir unverweigerlich und bis diese Stunde *gratis* und ohne Entgeld zu bestellen. Im übrigen

7.) wenn das *Directorium Musices* bey dem neuen Gottesdienst, zur Zeit und was Görners Person betrifft, *in statu quo* verbleiben solte, wenn auch niemand in Zweiffel zu ziehen begehret, daß wegen solcher neuen Einrichtung ein neues *Salarium* ausgemachet werden könne: So ist doch das bißher ihm *assignir*te *Salarium* derer 12. fl. Keineswegs ein neues *institutum*, noch zu dieser neuen *Direction* als was neues gewidmet worden, sondern man hat solche dem *Directorio Musices* beym alten Gottesdienst entzogen, und erst nachhero bey währender *Vacanz* des *Cantorats* zu *St. Thomae* und als Görner das neue *Directorium* erhalten, zu diesem neuen *Directorio* geschlagen.

Es ist solches bereits vorhin dargethan worden, ja bey denen, welche bißher mit der *Music* in beyderseits Kirchen zu thun gehabt, beruhet dieses alles *in Notorietate*, und kann durch derselben Außage auch fernerweit *notor*isch' gemacht und bestärcket werden. Wie wohl ich werde genöthiget, auch numehro diesen besonderen Umstand anzuführen, daß vor zwey Jahren, als mit dem damahligen

Rectore Magnifico Junio ich des *Directorii* wegen zu reden Gelegenheit nahm, und derselbe mir aus einem geschriebenen Rechnungs-Buche, welches vermuthlich ein *Liber Rationum Rectoralium* gewesen, *remonstration* thun wolte, es sich so fügen müßen, daß mir auf dem aufgeschlagenen Blat die Rechnung und die deutlichen Worte, da Schellen *pro Directorio Musices* 12. fl. *Salarium* aufgezeichnet gestanden, in die Augen gefallen, solches auch dem *Rectori Magnifico Junio* damahls sogleich von mir gezeiget und vorgestellet worden.

Endlich so hat die *Universit*ät durch *D. Ludovici*, welcher vorigen Sommer das *Rectorat* verwaltete, mir allbereit die Helffte der Besoldung derer 12. fl. bewilliget und angeboten, und würden sie dieses gewiß nicht gethan haben, wenn sie nicht selbst, daß die Sache auff guten Grunde beruhe, wären überzeuget gewesen, Dahero diese Veränderung mir üm soviel härter zu seyn scheinet, wenn Sie numehro von gar keinen *Salario* was wißen und mir solches gantz abschlagen wollen; Nachdem ich auch diese beschehene *Offerte* in meinem allerunterthänigsten *Memoriali* ausdrücklich erwehnet, die *Universit*ät aber in ihrer Gegen-Vorstellung diesen Punct übergangen und nichts darauff geantwortet: So ist in der That durch dieses Stillschweigen der Grund meiner *Praetension*, und die Billigkeit meiner Sache auffs neue von ihnen selbst bestätiget, und wie sie selbst überzeuget sind, stillschweigend zu erkennen gegeben worden.

Da nun die *Universit*ät nach ihrem eigenen Geständnüß und denen von ihnen beygefügten *Rationibus Rectoralibus sub* ☉ *et* ☽ bey den *Quartal-Orationibus* jährlich 3. Thlr: 10. gr. und den drey hohen- wie auch dem *Reformations*-Fest mir jährlich ein absonderliches *Honorarium* an 10. Thlr. und also zusammen jährlich 13. Thlr. 10. gr. krafft eingeführter *Observanz* reichen und ich, seit meiner bey der *Universit*ät *Ao.* 1723. am PfingstFest angetretenen *Function* biß zum Außgange des 1725. Jahres, welches zwey und dreyviertel Jahr ausmachet, zusammen 36. Thlr. 18. gr. 6. Pf. empfangen sollen, aber so viel nicht, sondern nur vor 11. Fest-*Musiquen* soviel Thaler und vor 11. *Quartal-Orationes* 7. Thlr. 13. gr. 6. Pf. zusammen 18. Thlr. 13. gr. 6. Pf. empfangen und also noch 18. Thlr. 5. gr. zu fodern habe; Das ordentliche *Salarium* an 12. fl. aber mir auch $2^3/_4$. Jahr lang, also 33. fl. *restir*et; Sie die *Universit*ät, da sie wegen des *Salarii accordir*en wollen und da sie bereits die Helffte zugeben sich erboten, *eo ipso* meine Foderung vor unrecht und ungegründet nicht gehalten, sondern eingeräumet, auch da sie dieses in ihren allerunterthänigsten Bericht mit Stillschweigen übergangen, hierdurch mir solches nochmahls *tacitè* zugestanden, und im übrigen nicht das geringste von einiger Erheblichkeit einzuwenden vermögend gewesen: Alß gelanget an Euere Königliche Majestät und Churfürstliche Durchlaucht mein allerunterthänigstes Bitten, numehro der *Univer*sität, daß Sie nicht allein bey der vormahligen Einrichtung es bewenden und mir die völlige in 12. fl. bestehende Besoldung des alten Gottesdienstes, nebst denen vormahl damit verknüpfft gewesenen *Accidenti*en derer *Promotionum Doctoralium* und anderer *Actuum Solennium* Künfftighin angedeyen laßen, sondern auch das rückständige *Honorarium* an 18. Thlr. 5. gr. und *restiren*de ordentliche *Salarium* an 33. fl. mir noch entrichten, auch alle dißfalls verursachte Unkosten erstatten, oder wofern die *Universit*ät sich durch das, was bißhero angeführet worden, noch nicht überzeuget befinden möchte, daß dieselbe, die von Schellen und Kuhnauen so wohl über das absonderliche *Honorarium*, als über das ordentliche *Salarium* ausgestellten Quittungen *edir*en solle, allergnädigst anzubefehlen. Diese hohe Gnade werde Zeit lebens mit allerunterthänigstem Danck erkennen und verharre

Euerer Königlichen Majestät und Churfürstlichen Durchlaucht
allerunterthänigster
allergehorsamster
Johann Sebastian Bach.«

Leipzig, den 31. *Decembris*
Anno. 1725.

[Adresse: voller Titel wie oben [11]]

Darauf erfolgte unter dem 21. Januar 1726 ein Schreiben aus Dresden in nicht durchaus bestimmter Fassung, doch scheint Bach in demselben wesentlich Recht zu erhalten. Auffälliger Weise fand die Präsentation des Schreibens bei der Universität erst am 23. Mai desselben Jahres statt. Ob während dieser vier Monate Versuche gemacht sind, eine gütliche Vergleichung herbeizuführen, fällt der

---

11) Ohne Siegel. Die bei den Acten der Universität befindliche Abschrift dieses Schriftstückes ist von Bach nur unterzeichnet.

Vermuthung anheim. Auch über die Erledigung der immer entschiedener in den Vordergrund tretenden Geldfrage ließ sich etwas bestimmtes nicht herausbringen. Eine Zusammenstellung verschiedener aus den folgenden Jahren vorliegender Notizen ergiebt, daß die Besorgung des neuen Gottesdienstes Görnern verblieb. Für die außerordentlichen Universitäts-Feierlichkeiten scheint bald dieser, bald jener der beiden Rivalen herbeigezogen zu sein, häufiger jedoch Bach. Nachdem er zum 3. August 1725 das für den Namenstag des Professors August Friedrich Müller geforderte *Dramma per musica* »Der zufriedengestellte Aeolus« componirt hatte, schrieb er schon zum 11. December des folgenden Jahres wieder eine Cantate für die Promotion des Magister Gottlieb Korte zum außerordentlichen Professor, dann zum 12. Mai 1727, dem Geburtstage des damals grade in Leipzig anwesenden Königs Friedrich August, abermals ein *Drama musicum*, welches die Convictoren der Universität unter seiner Leitung aufführten, ferner die Musik zu den am 17. October desselben Jahres in der Universitätskirche abgehaltenen Trauerfeierlichkeiten für die am 5. September verstorbene Königin Christiane Eberhardine. Görner dagegen war mit der Composition der lateinischen Ode beauftragt worden, welche zu der erwähnten Geburtstagsfeier des Königs in der Universitätskirche vorgetragen wurde. Auch zu der am 25. August 1739 von der Universität begangenen 200jährigen Jubelfeier der Annahme der evangelischen Lehre in Sachsen componirte Görner eine lateinische Ode, von welcher der erste Theil vor, der andere nach der Predigt aufgeführt wurde [12]. Er wird bei der ersteren dieser beiden Gelegenheiten ganz bestimmt »*Director Chori musici academici* bei dem neuen Gottesdienste am *Paulino*« genannt [13]. Ein Bericht aus dem Jahre 1736 kennt freilich als akademischen Musikdirector nur ihn, und fügt hinzu, daß bei festlichen Veranlassungen solenne Musiken von Studiosen und andern Musikern unter seiner Direction gemacht würden [14]. Jedoch braucht sich

---

12) Gretschel, Kirchliche Zustände Leipzigs vor und während der Reformation. S. 293.

13) Christoph Ernst Siculs | *ANNALIVM* | *LIPSIENSIVM* | *MAXIME ACADEMICORVM* | *SECTIO* XXIX. | u. s. w. Leipzig beym *AVTORE* 1728. 8.

14) »Das jetzt lebende und *flori*rende Leipzig.« S. 32.

letzteres nicht auf akademische Aufführungen zu beziehen, da die *Collegia musica* selbständige Festconcerte zu veranstalten pflegten: so brachte z. B. grade im Jahre 1736 Görners Verein zum Geburtstage des Königs eine von Joh. Joachim Schwabe gedichtete Cantate zu Gehör [15]. Und präcis unterscheidend heißt es aus dem Jahre 1728, die Paulinerkirche habe einen besonderen Musikdirector, Herrn Joh. Gottlieb Görner, für die gewöhnlichen Sonn- und Fest-Tags-Musiken, bei den Fest- und Quartal-Orationen aber habe solches Directorium der Cantor zu St. Thomae von Alters her [16].

Bach konnte schließlich mit dem Resultat seiner Bemühung auch wohl zufrieden sein. Er hatte jedenfalls unter der musikliebenden akademischen Jugend eine sichere Position gewonnen. Sie befestigte sich noch mehr, als Schott im Jahre 1729 als Cantor nach Gotha gegangen war und Bach die Direction des alten, berühmten Telemannschen Musikvereins in die Hand bekam. Soweit unter den herrschenden Verhältnissen von einer günstigen Zeit für die öffentliche Musikübung überhaupt gesprochen werden kann, war sie damit für ihn gekommen. Er musicirte mit seinem Verein wöchentlich einmal und zwar im Sommer des Mittwoch Nachmittags von 4 bis 6 Uhr im Zimmermannschen Garten auf der Windmühlengasse, im Winter Freitag Abends von 8 bis 10 Uhr im Zimmermannschen Caffee-Hause auf der Katharinenstraße (das Eckhaus am Böttcher-Gäßchen, jetzt Nr. 7); zur Zeit der Messen wurde wöchentlich zweimal, nämlich Dienstags und Freitags, musicirt. Der Verein that sich unter seiner Leitung durch mehre Festconcerte hervor. Am 8. December 1733 führte er zur Geburtsfeier der Königin das *Drama per musica* »Tönet ihr Pauken, erschallet Trompeten« auf, im Januar 1734 ein Werk gleicher Gattung »Blast Lärmen, ihr Feinde, verstärket die Macht« zum Krönungsfeste Augusts III., beides natürlich Bachsche Compositionen; auch mußte die alte weimarische Cantate »Was mir behagt ist nur die muntre Jagd« noch einmal mit verändertem Text

15) Der deutschen Gesellschaft in Leipzig Oden und Cantaten. Leipzig, 1738. S. 126. — Eine Festaufführung zum Geburtstage des Königs veranstaltete im Jahre 1728 Schotts Musikverein; der Text war von Gottsched und steht in dessen Gedichten II, S. 270 ff.

16) *ANTONII WEIZII* Verbessertes Leipzig. Leipzig, 1728. S. 12.

zur Geburtstagsfeier des Königs ihre Dienste thun[17]. Was aber mehr war: der Verein hörte auf in der Neuen Kirche zu musiciren und wurde dadurch für eine Mitwirkung in den Bachschen Kirchenmusiken frei. Der an Schotts Stelle berufene Organist Carl Gotthelf Gerlach war ein Schützling Bachs und durch dessen Verwendung in Besitz des Postens gekommen[18]. Er mußte sich gefallen lassen, daß sein Gönner ihm den Musikverein entzog. Indessen, war es nun aus Billigkeitsgefühl, war es aus alter Vorliebe für die Musikaufführungen in der Neuen Kirche — der Rath unterstützte ihn mit verhältnißmäßig reichlichen Mitteln, um sich einen eignen kleinen Chor für die Bedürfnisse der Neuen Kirche bilden zu können. In späteren Jahren kam Gerlach auch noch dazu, den Telemannschen Musikverein zu leiten, indem Bach sich von demselben wieder zurückzog. Wir wissen nicht genau, wann dieses geschehen ist: nur, daß der Rücktritt nach 1736 stattfand, steht fest. Doch kehrten die alten Zeiten für die Neue Kirche nicht wieder: der Verein scheint ihr auch ferner fremd geblieben zu sein, wie er denn überhaupt seine frühere Bedeutung verlor und von einer Hand in die andere ging. Der Sammelpunkt der musikalischen Kräfte Leipzigs war Anfang der vierziger Jahre ein anderer geworden[19].

Die Leitung der Kirchenmusik in der Thomas- und Nikolai-Kirche nahm Bach selbstverständlich von Anfang an mit allem Eifer in die Hand. Bezeichnend ist es für ihn, daß er sein Cantorat viel weniger als ein Lehramt an einer öffentlichen Schule auffaßte — was es doch zunächst und vor allem war —, wie als ein städtisches Musikdirectorat, mit welchem gewisse Schulstunden verbunden waren. Diese Auffassung, welche er während der ganzen Zeit seiner Wirksamkeit geltend machte, tritt schon äußerlich in seiner Manier sich zu betiteln hervor. Die Amtsvorgänger hießen einfach Cantoren; wurde einmal ein *Director musices* hinzugefügt, so geschah es unter Hinblick auf die Universitätskirche[20]. Bach unterschreibt und nennt

17) S. Bd. I, S. 559.

18) Gerlach hatte noch vier Mitbewerber, aber er war »von Herrn Bachen gelobet worden«. *Protocoll* in den Drey Räthen vom 31. *Aug.* 1722. bis 18. *July* 1736. sign. VIII, 43. Fol. 182b.

19) S. Anhang A. Nr. 3.

20) Johann Schelle »wurde 1677 Cantor auf der Thomas Schule, wobey

sich fast immer und von Anfang an *Director Musices* oder *Chori Musici* und *Cantor*, auch wohl *Director Musices* allein [21], nur ausnahmsweise, wo es sich um Gesangsprüfungen innerhalb der Schule handelte, bloß *Cantor*. Auch seine Schüler geben ihm jenen Titel [22], im Leipziger Adressbuch von 1723 findet er sich ebenfalls so vermerkt [23]: er wollte offenbar nach allen Seiten hin seine Stellung als eine überwiegend musikalische und selbständige kennzeichnen und mochte dieses mit um so größerer Beflissenheit thun, als die Behörden hartnäckig bei dem einfachen Titel Cantor verharrten. Charakteristisch ist dies Bestreben, welches ihn in mancherlei Conflicte hineinführte, auch deshalb, weil der äußeren Seite eine innere entspricht. Die protestantische Kirchenmusik hatte stets von der Schule abgehangen, und was sie war, das war sie eben mittelst der Schülerchöre geworden. Gewiß wurde Bach nicht durch Hochmuth und Laune veranlaßt, grade sein Verhältniß zur Schule als ein nebensächliches Ding anzusehen. Ohne Zweifel ist Bachs Musik noch stilvolle, echte Kirchenmusik; aber daß sie in sich schon die Keime selbständiger Concertmusik trägt, kann nicht verkannt werden, und tritt auch im Verlaufe von Bachs Wirksamkeit hier und da äußerlich hervor. Er hatte ein Gefühl von dieser Eigenthümlichkeit seiner Künstlerschaft; das giebt sich durch die scharfe Betonung seiner Stellung als Musikdirector, und nicht als Schul- und Kirchen-Beamter, zu erkennen.

Der Rath der Stadt hatte ihn achtungsvoll aufgenommen, aber um seinerseits zur Hebung der Kirchenmusik beizutragen, hätte er tiefer in den Geldbeutel greifen müssen, als ihm thunlich erschien.

---

ihm zugleich die Universität das *Directorium Chori musici* in der Pauliner Kirche auffgetragen«; handschriftlicher Nachtrag in G. M. Telemanns Exemplar von Matthesons Ehrenpforte (auf der königl. Bibliothek zu Berlin). Im Leipziger Leichenregister steht bei Kuhnaus Tode: »*Director Musices* bey der Löbl. Universitaet und *Cantor* bey der Schulen zu *St. Thomae*«.

21) So in seiner Denkschrift über »eine wohlbestallte Kirchenmusik« vom Jahre 1730, obgleich diese sich fast durchaus mit den Thomasschülern befaßt.

22) Heinrich Nikolaus Gerber schreibt auf seine Copien der französischen und englischen Suiten immer: »*Joh. Seb. Bach.* H.[ochfürstlich] A.[nhalt] C.[öthenischer] *Capell*-Meister, *Dir.[ector] Ch.[ori] M.[usici] L.[ipsiensis] et* [oder: »auch«] *Cant.[or] S.[ancti] T.[homae] S.[cholae] Lip[s]iensis]*«.

23) »Das jetzt lebende und *flori*rende Leipzig.« Leipzig, 1723. S. 78.

Bachs nächster Vorgesetzter im Kirchendienst war der Superintendent der Leipziger Diöcese, damals Dr. Salomon Deyling. Derselbe erfreute sich in dem Bereiche seiner Amtsthätigkeit und über denselben hinaus einer verdienten hohen Achtung. Er war ein Mann von ausgebreitetem Wissen, kräftigem Charakter und unzweifelhafter administrativer Befähigung. Als armer Leute Kind im Jahre 1677 zu Weida im Voigtlande geboren hatte er sich in Dürftigkeit und Noth mit großer Energie zum Wittenberger Studenten durchgearbeitet, habilitirte sich 1703 in der philosophischen Facultät, wurde zwei Jahre später Archidiaconus in Plauen, schon 1708 Superintendent in Pegau und 1716 Generalsuperintendent in Eisleben. Inzwischen hatte er sich die Würde eines Licentiaten der Theologie errungen und war 1710 in Wittenberg zum *Dr. theol.* gemacht worden. Seine Berufung nach Leipzig als Pastor an der Nikolaikirche und Superintendent der Diöcese erfolgte 1720. Er trat diese Ämter und zugleich eine außerordentliche Professur, welche sich mit der Zeit in eine ordentliche verwandelte, im Jahre 1721 an. Auch wurde er Assessor des Consistoriums. Seine in diesen Verhältnissen entwickelte reiche Thätigkeit endigte erst der Tod, welcher ihn im Jahre 1755 hinwegnahm[24]. Die Frage, welche uns hier vor allem interessirt, ist, wie er sich zur Kirchenmusik stellte. Gelegenheit, seine Meinung hierüber zu entdecken, hätte er genug gehabt; die Zahl der von ihm veröffentlichten Schriften ist eine sehr große. Dieselben behandeln philosophische, philologische, mathematische, antiquarische, hauptsächlich aber theologische Dinge und zwar exegetischer, dogmatischer, historischer und praktisch-theologischer Beschaffenheit. Der größte Theil seiner lateinischen Dissertationen ist in den *Observationes sacrae* enthalten, welche, dreimal fünfzig an Zahl, in drei Theilen zu Leipzig in den Jahren 1708, 1711 und 1715 erschienen. In ihnen zeigt er sehr viel Gelehrsamkeit und eine streng conservative, alt-lutherische Gesinnung. Von musikalischen Sachen handelt unter den 150 Abhandlungen nur eine einzige. Sie

---

24) Sicul, Leipziger Jahr-Geschichte 1721. S. 227 f. — Adelung, Fortsetzungen zu Jöchers Gelehrten-Lexicon. Bd. 2. Leipzig, 1787. Sp. 684 ff. — Deylings Oelgemälde hängt im Chor der Thomaskirche, ein Kupferstich findet sich in »Geographischer Schau-Platz Aller vier Theile der Welt von Christian Ehrhardt Hoffmann. Anderer Band« (Leipziger Stadtbibliothek).

ist überschrieben: *Hymni a Christianis decantandi* (III, XLIV; S. 336—346). Aber auch sie ist fast durchaus theologisch-antiquarischen Inhalts; was die Griechen unter einem Hymnus verstanden, wie viel Arten von Gesängen die Juden unterschieden, bei welchen Gelegenheiten die Griechen Gesänge anzustimmen pflegten, in wie weit die ersten Christen ihnen darin hatten nachahmen sollen, und in wie weit nicht, dieses und einiges andere wird mit Anschluß an zwei Stellen aus dem Epheser- und Colosser-Brief weitläufig und gelehrt erörtert. Erst im letzten Paragraphen kommt er darauf zu sprechen, daß bei den Heiden bestimmte Leute von Obrigkeitswegen bestellt waren, um bei großen Feierlichkeiten Gesänge öffentlich vorzutragen und schließt dann die Abhandlung mit der Nutzanwendung: *Cum igitur profanus hominum coetus, et a vero Dei cultu peralienus, in commentitiorum numinum honorem, et ad laudes eorum decantandas, publica quondam* Ὑμνῳδῶν *et* Παιανιστῶν *in Templis, aliisque conventibus, instituerint Collegia, ac inter ipsas epulas consueverint* ὑμνολογεῖν; *quanto magis Christianos decet esse Hymnologos et Paeanistas veri Dei? Quanto hos magis decit* ψαλμοῖς καὶ ὕμνοις, καὶ ᾠδαῖς πνευματικαῖς *Dei beneficia et laudes in conviviis, ac Templis, publice privatimque celebrare?* (Da also einstmals unheilige und der wahren Gottesverehrung fremde Menschen zu Ehren falscher Gottheiten und um deren Ruhm zu besingen öffentliche Genossenschaften von Sängern und Musikern für ihre Gottesdienste und andre Zusammenkünfte eingerichtet haben, und selbst bei Gelagen Hymnen anzustimmen gewohnt waren, wie viel mehr geziemt es den Christen, Sänger und Musiker des wahren Gottes zu sein; wie viel mehr ziemt es sich für sie, mit Psalmen und Hymnen und geistlichen Gesängen Gottes Wohlthaten und Ruhm bei Gelagen und in den Kirchen öffentlich und im häuslichen Kreise zu verherrlichen?) Dies ist alles, was Deyling in den *Observationes sacrae* über Kirchenmusik äußert, um seine Stellung zu ihr zu kennzeichnen, genügt es aber. Die Parallele zwischen den Hymnoden und Paeanisten einerseits und den protestantischen Kirchenchören andrerseits ist in die Augen fallend, und bei den Convivalgesängen hat er offenbar die Sitte im Auge, gemäß welcher die Schülerchöre bei Festlichkeiten, namentlich Hochzeiten, Tafelmusik zu machen pflegten. Man muß nun bedenken, daß er Obiges in Zeiten schrieb, als über die Figuralmusik beim Gottesdienste, namentlich darüber, ob und in wie weit selbständige Musikchöre sich mit ihr zu befassen hätten, heftiger Streit herrschte. Deyling hielt also eine Kirchenmusik, wie sie Bach vertrat, für wünschenswerth. Ob er lebhaftere und speciellere musikalische Interessen hatte, darf man nach der Dürftigkeit der darüber von ihm gemachten Äußerungen bezweifeln. Es genügte aber vollständig, wenn er Bach freie Hand ließ. Was man von einer Reorganisation des Cultus, welche Bach und Deyling gemeinschaftlich in Angriff genommen hätten, erzählt hat, ist auf unbegründete Vermuthungen und unrichtige Anschauungen zurückzuführen[25]. Ein Mißverhältniß zwischen dem Inhalt der jedesmaligen Kirchenmusik und den von der Gemeinde gesungenen Liedern konnte, wenn anders der Cantor überhaupt seine Aufgabe begriff, nicht stattfinden, da für die Festtage die zu singenden Gemeindelieder ein für allemal bestimmt waren, für die gewöhnlichen Sonntage aber die Auswahl der Lieder zu den althergebrachten Befugnissen des Cantors gehörte. Ein Mangel an Zusammenhang zwischen der Cantate und den jedesmaligen Epistel- und Evangelientexten war deshalb nicht wohl möglich, weil die den Cantaten zu Grunde gelegten Texte für die betreffenden Sonn- und Festtage mit Bezug auf deren kirchlichen Charakter und den Inhalt des zur Behandlung kommenden Stückes der heiligen Schrift eigens gedichtet zu werden pflegten. Eine Änderung gar des Cultusganges zu Gunsten der Musik hätte eine Verletzung der Amtspflichten Bachs bedeutet, da er bei seinem Antritt vom Rath ausdrücklich angewiesen worden war, im Gottesdienste keinerlei Neuerung vorzunehmen; der Cultus war und blieb zu Bachs Zeit genau der nämliche, wie während Kuhnaus Cantorat.

---

25) Rochlitz, Sebastian Bachs große Passionsmusik, nach dem Evangelisten Johannes. Für Freunde der Tonkunst. 4. Bd. 3. Aufl. Leipzig, Cnobloch. 1868. S. 271 ff. Zum Theil abgedruckt im Vorwort zu B.-G. IV. S. XIII—XV. Daß die von Rochlitz gegebene Darstellung vom Leipziger Cultus vor und zu Bachs Zeit zum Theil ganz unrichtig ist, wird des weitern noch aus Cap. IV dieses Abschnittes hervorgehen. Rochlitz erzählt auch, Bach habe jedesmal zu Anfang der Woche mehre auf den folgenden Sonntag gerichtete Texte seiner Kirchenstücke (gewöhnlich drei) dem Superintendenten zugeschickt und dieser daraus gewählt. Eine Bestätigung dieser Behauptung kann ich nicht beibringen; unmöglich ist es nicht, daß Rochlitz, der von 1782 an selbst Alumne der Thomasschule war, hier einer verläßlichen Tradition gefolgt ist.

Er bot auch zur Entfaltung der Musik überreichen Raum, welchen Bach nicht einmal vollständig auszunutzen pflegte. Allerdings mußte er die von ihm gewählten Compositions-Texte der Censur des Superintendenten unterwerfen. Ein Zusammenarbeiten wird das weniger genannt werden können, als eine dem Künstler unbequeme Freiheitsbeschränkung, wie denn überhaupt Bach sich jeder Beaufsichtigung gern entzog und in seinem Bereiche selbstherrlich zu schalten liebte. Ein Vorgang, der allerdings in eine spätere Zeit fällt, aber seines Inhaltes wegen schon hier eine passende Stelle findet, mag diese Behauptung begründen. Zum Charfreitag 1739 hatte Bach durch Umherschickung gedruckter Texte, wie er zu thun pflegte, eine Passionsmusik angekündigt. Der Rath wollte wieder einmal am unrechten Orte seine Oberhoheit geltend machen. Ein Rathsdiener wurde beauftragt, dem Cantor mündlich anzuzeigen, daß die angekündigte Passionsmusik zu unterbleiben habe, bis eine ordentliche Erlaubniß seitens der Obrigkeit ertheilt sei. Bach zeigte sich sehr unwirsch. »Er sei dieses Mal nicht anders zu Werke gegangen, als sonst, und was den Text betreffe, so habe derselbe nichts verfängliches, da das Werk ja schon mehre Male aufgeführt sei. Übrigens läge ihm garnichts daran, ob die Aufführung stattfinde, oder nicht, er habe doch nur Mühe davon und keinen Gewinn. Er werde dem Herrn Superintendenten anzeigen, daß ihm vom Rathe die Aufführung verboten sei[26].« Rath und Consistorium geriethen einander häufig ins Gehege. Der hieraus entstehende Wirrwarr mußte für Bach eine Veranlassung mehr sein, auf eigne Faust zu handeln[27].

Ebenso wie die Cantaten-Texte unterlagen die Gemeindelieder der Censur der Kirchenbehörde. Ein gewisser Kreis von Liedern war ein für allemal sanctionirt; innerhalb dessen konnte sich der Cantor frei bewegen, aber er durfte ihn nicht überschreiten. Es ist möglich, daß Bach dieses doch einmal versucht hat und es dem Consistorium hinterbracht worden war. Es ließ am 16. Februar 1730 dem Superintendenten die Weisung zugehen, er möge Sorge tragen,

26) S. Anhang B, V.

27) Als Parallele diene, daß Kuhnau am 4. April 1722 vom Bürgermeister einen Verweis erhielt, weil er wegen der Passionsmusik in der Thomaskirche nicht den Rath, sondern das Consistorium um Erlaubniß gefragt habe. Rathsacten »Schuel zu *St.* Thomas *Vol:* IV. *Stift.* VII. *B.* 117. Fol. 218«.

daß neue, bisher nicht üblich gewesene Lieder nicht wieder ohne Genehmigung der Behörde, wie solches in der letztvergangenen Zeit geschehen sei, gesungen würden[28]. Wenn man sieht, welchen Fein- und Tiefsinn Bach z. B. in der Auswahl derjenigen Choräle beweist, die dem madrigalischen Texte der Matthäus-Passion eingefügt sind, wird man es glaublich finden, daß er das Recht des Cantors, die Gemeindelieder zu bestimmen, gern dazu benutzte, die verschiedenen musikalischen Factoren des Gottesdienstes in eine möglichst lebhafte und innige Wechselwirkung zu bringen. Und wenn er auch nicht der hartnäckige Mann gewesen wäre, der keinen Fußbreit des ihm gehörigen Gebietes ohne den äußersten Widerstand zu räumen pflegte, würde es begreiflich erscheinen, daß er sich in die Anordnung der Kirchenlieder von Niemandem hineinreden lassen wollte. Der Versuch, dieses zu thun, unterblieb nicht. Der Subdiaconus an der Nikolai-Kirche, Magister Gaudlitz, hatte im Jahre 1727 angefangen, zunächst mit Vorwissen des Superintendenten und unter Zustimmung des Cantors zu den von ihm zu haltenden Vesperpredigten zugleich die Lieder anzugeben. Nachdem er dieses ein Jahr lang getrieben, paßte seine Einmischung unserm Meister nicht länger, er ignorirte die Bestimmungen des Subdiaconus und ließ wieder von ihm selbst gewählte Lieder singen. Gaudlitz beschwerte sich beim Consistorium, das, etwas voreilig, den Cantor durch den Superintendenten bedeuten ließ, er möge künftig hin die von den Predigern angegebenen Lieder singen lassen. Jetzt hielt es Bach für zeitgemäß, an den Rath zu gehen. Er schrieb demselben:

»*Magnifici*,
HochEdelgebohrne, HochEdle, Veste, Hoch- und
Wohlgelahrte, auch Hochweise,
HochzuEhrende Herren und *Patroni*,

Euere *Magnifici* HochEdelgebohrne und HochEdle Herren geruhen Sich Hochgeneigt zurück zu errinnern, welchergestalt bey erfolgter *vocation* des mir anvertraueten *Cantorat*s bey hiesiger Schulen zu *St. Thomae* ich von Eueren *Magnificis* HochEdelgebohrnen und HochEdlen Herren dahin verwiesen worden, derer bißanherigen

28) Das betreffende Actenstück, welches Bitter II, S. 86 f. mittheilt, habe ich nicht wieder auffinden können, muß mich daher auf ihn berufen.

Gebräuchen bey dem öffentlichen Gottesdienst allenthalben gebührend nachzugehen, und keine Neuerung einzuführen, mir auch hierunter Dero hohen Schutz angedeyhen zu lassen hochgeneigt versichert. Unter diesen Gebräuchen und Gewohnheiten ist auch die Verordnung derer Geistlichen Gesänge vor und nach denen Predigten gewesen, welche mir und meinen *antecessoribus* des *Cantorats* nach Maßgebung derer *Evangeliorum* und dahin eingerichteten Dreßdener-GesangBuchs, wie es der Zeit und Umstände *convenient* geschienen, lediglich überlassen worden, allermaßen, wie das löbliche *Ministerium* es zu *attesti*ren wissen wird, niemahls *contradiction* dießfalls entstanden[29]. Diesem zuwieder aber hat sich der *Subdiaconus* der Kirchen *St. Nicolai* Herr *Magister* Gottlieb Gaudlitz einer Neuerung bißanhero zu unterziehen, und an statt der bißherigen Kirchen Gebrauch gemäß geordneten Lieder, andere Gesänge anzuordnen gesuchet, und als ich wegen besorglicher *consequenti*en darein zu *condescendi*ren Bedenken getragen, beschwerde bey dem hochlöblichen *Consistorio* wieder mich geführet, und eine Verordnung an mich ausgewürcket, Inhalts welcher ich hinkünfftig diejenigen Lieder, welche mir von den Predigern angesaget werden würden, absingen lassen solle. Wann dann aber mir solches ohne Vorbewust Euerer *Magnificorum* HochEdelgebohrnen und HochEdlen Herren als hohen *Patronis* derer alhiesigen Kirchen zu bewerckstelligen um so viel weniger geziehmen will, da bißanhero von so langer Zeit beständig die Verordnung derer Lieder bey dem *Cantorat inturbi*ret geblieben, ermeldter Herr *Magister* Gaudlitz auch selbst in seinen an das hochlöbliche Consistorium gerichteten und beygehenden abschrifftlichen Schreiben *sub A.*[30] gestehet, daß, wenn ihm ein oder das anderemahl gefüget worden, mein als des *Cantoris* Einwilligung hierzu erfordert worden. Wozu kommt, daß wenn bey Kirchen *Musique*n außerordentlich lange Lieder gesungen werden sollen, der Gottesdienst aufgehalten und also allerhand Unordnung zu besorgen stehen würde, zugeschweigen kein eintziger derer Herren Geistlichen, ausser der Herr *Magister* Gaudlitz als *subdiaconus* diese

29) »gleichwie ich die Lieder in allen 3 Kirchen anordne«. Kuhnau, Memorial vom 4. Dec. 1704; s. Anhang B, IV, A.

30) S. Anhang B, VI.

Neuerung zu *introduc*iren suchet. Welches ich also Euren *Magnificis* HochEdelgebohrnen und HochEdlen Herren als *Patronis* derer Kirchen gehorsamst zu hinterbringen der Nothdurfft erachtet, mit unterthänigen Bitten, mich bey denen bißherigen üblichen Gebräuchen derer Lieder und derer Anordnung hochgeneigt zu schützen. Wofür lebenslang verharre

Eurer *Magnificorum* HochEdelgebohrnen
und HochEdlen Herren

Leipzig den 20. *Sept.* 1728.

gehorsamster
Johann Sebastian Bach.«[31])

Der Rath kam auf diese Weise wiederum mit dem Consistorium in Conflict. Wie sie die Sache unter sich zum Austrage gebracht haben, ist nicht bekannt.

Was Bach zur Verbesserung der Musik in den Hauptkirchen Leipzigs zu thun gesonnen war, konnte nach der Lage der Verhältnisse und der von ihm selbst stetig verfolgten Kunstrichtung im wesentlichen nichts anderes sein, als Sänger und Spieler zu einer höheren Leistungsfähigkeit zu erziehen und durch stete Beschäftigung mit bedeutenden Tonwerken ihren Kunstsinn zu bilden. Letzteres läuft so ziemlich darauf hinaus, daß er selbst möglichst viel componirte. Das entsprach durchaus seinen Wünschen, und er entwickelte, wie wir sehen werden, nach dieser Seite hin alsbald und durch eine lange Reihe von Jahren eine großartige Thätigkeit. Was die Vervollkommnung des Chors betrifft, so hatte er einen bedeutenden Schritt dazu gleich am Beginn seiner Thätigkeit gethan, indem er ein Verhältniß zwischen sich und den Studenten herstellte. Er wußte, daß er ohne die Studenten nicht wohl würde fertig werden können. Aber was sie ihm für seine sonntäglichen Musiken gewährten, war eben doch nur eine von ihrem guten Willen abhängende Unterstützung. Den Stamm des Chors mußten immer die zur Kirchenmusik verpflichteten Thomaner bilden. Diese Verpflichtung bestand nicht nur im Singen. Bei seiner Anstellung hatte sich Bach verbinden müssen, die Schüler nicht allein in der Vocal-, sondern auch in der Instrumental-Musik fleißig zu unterweisen. Wie die

---

31) Rathsacten »Schuel zu St. *Thomas. Vol.* IV. *Stift.* VIII. B. 2.« Fol. 410. Von der Eingabe Bachs ist nur die Namensunterschrift autograph.

Dinge einmal lagen, war solches auch nothwendig. Denn das zur Ausführung der Instrumentalbegleitung vom Rath bestellte städtische Musikcorps war weder hinreichend stark noch tüchtig, um durch sich allein höheren Aufgaben zu entsprechen. Es bestand nur aus sieben Personen: vier Stadtpfeifern und drei Kunstgeigern, die mit einer einzigen Ausnahme zur Gattung der »dunkeln Ehrenmänner« gehörten[32]. An Instrumentisten, und gewiß auch tüchtigen, fehlte es freilich sonst in Leipzig nicht[33], aber ihre Mitwirkung kostete Geld, während die Thomaner umsonst geigen mußten. Bachs Unterricht im Clavier-, Orgel- und Violinspiel werden wir uns im Allgemeinen so zu denken haben, daß, wo er einen hierfür befähigten Schüler entdeckte, er diesen an sich heranzog und durch sein Beispiel und gelegentliche Belehrung zu fördern suchte. Viele junge Leute, deren Namen uns später noch begegnen werden, haben weniger eine wissenschaftliche, als eine musikalische Ausbildung auf der Thomasschule gradezu gesucht, sie sind dann im strengsten Wortverstande Bachs Schüler in Spiel und Composition geworden und haben die Anstalt nicht als angehende Gelehrte, sondern als tüchtige Künstler verlassen. Immerhin aber bildete das Singechor doch den nächsten Zweck, dem die musikalischen Alumnen zu dienen hatten. Welcher Art die Schulung war, die Bach ihnen für diesen Zweck angedeihen ließ, ist eine interessante, aber nicht leicht zu beantwortende Frage.

Es ist uns eine Anzahl von eigenhändigen Zeugnissen Bachs erhalten, welche er über angestellte Singprüfungen ertheilt hat. Sie beziehen sich größten Theils auf junge Leute, die sich zur Aufnahme ins Alumnat der Thomasschule gemeldet hatten. Im Sommer 1729 bewarb sich ein gewisser Gottlieb Michael Wünzer um eine Alumnenstelle. Der Rector Ernesti stellt ihm ein lateinisches Zeugniß aus; darunter schreibt Bach:

---

32) Die Stadtpfeifer waren in den ersten 12 Jahren von Bachs Amtszeit: Gottfried Reiche, Christian Rother, Joh. Cornelius Gentzmar, Joh. Caspar Gleditsch. Die Kunstgeiger hießen: Heinrich Christian Beyer, Christian Ernst Meyer, Joh. Gottfried Kornagel. S. Rechnungen der Thomas- und Nikolai-Kirche im Archiv der Stiftungsbuchhalterei zu Leipzig.

33) Eine aus fünf Musikanten bestehende besondere Compagnie musicirte unter Schott in der Neuen Kirche. S. Rechnungen der Neuen Kirche von 1725—1729.

»Obig benandter Wünzer hat eine etwas schwache Stimme und noch wenige *profectus*, dörffte aber wohl (so ein *privat exercitium* fleißig getrieben würde) mit der Zeit zu gebrauchen seyn.

Leipzig. d. 3 *Jun:* 1729.

Joh: Sebast: Bach.
Cantor.«

Ein anderes Mal schreibt er:

»Vorzeiger dieses Erdmann Gottwald Pezold von Auerbach, *aetatis* 14. Jahr, hat eine feine Stimme und ziemliche *Profectus*. So hiermit eigenhändig *attestiret* wird

von

Joh: Seb: Bach.«

Ferner:

»Vorzeiger Dieses Johann Christoph Schmied von Bendeleben aus Thüringen *aetatis* 19 Jahr, hat eine feine *Tenor* Stimme und singt vom Blat fertig.

Joh: Seb: Bach
Director Musices.«

Oder:

»Carolus Henrich Scharff, *aetatis* 14 Jahr, hat eine ziemliche *Alt* Stimme, und mittelmäßige *Profectus* in *Musicis*.

J S Bach.
Cantor.«[34])

Eine Reihe anderer derartiger Zeugnisse wird weiter unten in einem andern Zusammenhange mitgetheilt werden, da sie neue Seiten der Beurtheilung nicht hervortreten lassen. Hier sei noch ein Zeugniß aus späterer Zeit beigefügt, in dem es sich freilich nicht um einen angehenden Thomasschüler handelt. Im Jahre 1740 sollte eine Collaboratorstelle an der Thomasschule neu besetzt werden. Da mit derselben die Verpflichtung verbunden war, den Knaben die Anfangsgründe der Musik beizubringen, so wurden die Bewerber zu Bach geschickt, um sich prüfen zu lassen. Er berichtete über den Ausfall der Prüfung mit diesen Worten:

»Auf Ihro *Excellence* des Herrn *Vice-Cancellarii* hohe *Ordre* sind die drey *competenten* bey mir gewesen, und habe Sie folgender maßen befunden:

---

34) Rathsacten »Schuel zu *St.* Thomas *Vol:* IV. *Stift.* VIII. B. 2«. Fol. 460, 498, 508, 515.

sind, so daß in deren Vortrage die bedeutendsten Sänger eine ihrer größten Aufgaben zu erblicken pflegen. Daß aber auch Bach ein mechanisches Heruntersingen derselben nicht geduldet haben wird, davon darf man überzeugt sein. Johann Friedrich Agricola, Bachs Schüler während der Jahre 1738—1741 [36], sagt, es sei höchstnöthig, daß ein Sänger aus der Redekunst, oder durch mündliche Anweisung guter Redner, wenn er sie haben könne, oder doch durch genaue Beachtung ihres Vortrages lerne, was für eine Art des Lautes der Stimme zur Ausdrückung jedes Affects oder jeder Figur der Rede nöthig sei, daß er ferner sich nach diesen Regeln fleißig im Lesen oder Declamiren affectreicher Stellen aus guten Rednern und Dichtern übe [37]. Und wir wissen, daß Bach selbst es liebte, die Redekunst als Beispiel zur Verdeutlichung des richtigen musikalischen Vortrages herbeizuziehen. »Die Theile und Vortheile, welche die Ausarbeitung eines musikalischen Stücks mit der Rednerkunst gemein hat, kennet er so vollkommen, daß man ihn nicht nur mit einem ersättigenden Vergnügen höret, wenn er seine gründlichen Unterredungen auf die Ähnlichkeit und Übereinstimmung beyder lenket; sondern man bewundert auch die geschickte Anwendung derselben in seinen Arbeiten« — sagt sein Freund, der Magister Birnbaum [38].

Wenn dieses die Grundsätze waren, welche Bach für seinen Gesangunterricht maßgebend erachtete, so folgt daraus freilich noch nicht, daß er auch deren praktische Durchführung erfolgreich betrieben habe. Hierzu gehörten noch zwei Dinge: pädagogisches Talent auf seiner und musikalisches auf der Schüler Seite. Mit dem, was bei einer andern Gelegenheit über seine große Lehrbefähigung gesagt worden ist [39], scheint es im Widerspruche zu stehen, daß der jüngere Ernesti (seit 1734 Rector der Thomasschule) behauptete, er könne unter dem Schülerchore keine Disciplin halten, und daß nach

---

36) Gerber, L. I, Sp. 17. — Burney, Tagebuch III, S. 58 ff. — Rolle, Neue Wahrnehmungen u. s. w. Berlin, 1784. S. 93.

37) Tosi, Anleitung zur Singkunst. Mit Erläuterungen und Zusätzen von Johann Friedrich Agricola. Berlin, 1757. S. 139.

38) Bei Scheibe, Critischer Musikus. Leipzig, 1745. S. 997 (Birnbaums Äußerung stammt aus dem Jahre 1739). — Vrgl. außerdem Band I, S. 666 f.

39) S. Band I, S. 658 ff.

Bachs Tode im Leipziger Rathe das Wort gesprochen werden konnte, »Herr Bach wäre zwar wohl ein großer Musicus, aber kein Schulmann gewesen«[40]. Aber es ist ein anderes, einen einzelnen lernbegierigen, ehrfurchterfüllten Schüler leiten, als eine unverständige, verwilderte Masse bändigen. Zu ersterem befähigte Bach seine geniale, anregende, echt humane und gewissenhafte Natur; in letzterem behinderte ihn seine Künstler-Reizbarkeit, die Knaben gegenüber hervortrat, welche von seiner Größe keine Vorstellung hatten. Es ging in dieser Beziehung dem reifen Manne in Leipzig nicht anders, als dem Jünglinge in Arnstadt. Daß es mit der musikalischen Begabung unter den Alumnen oft recht dürftig aussah, werden wir gleich des weiteren erfahren. Bach ging von Leipzig aus häufig nach Dresden, hörte dort die ausgezeichneten Leistungen der italiänischen Sänger, das vortreffliche Spiel der königlichen Instrumentalcapelle und war in den Künstlerkreisen sowohl als bei Hofe selbst eine bewunderte Persönlichkeit. Es ist menschlich, daß er unter diesen Umständen die eigne Arbeit mit seinen Thomanern und Stadtmusikanten oft nur mißmuthig verrichtete, und der unlustig gethanen Arbeit pflegt es bekanntlich am Erfolge zu fehlen.

Der hiermit angedeutete Zustand wird übrigens erst nach Verlauf einiger Jahre deutlich offenbar. Anfänglich mag der Reiz der Neuheit, der natürliche Wunsch, die an seine Person geknüpften Erwartungen zu rechtfertigen und vor allem die Freude, endlich einmal wieder nach Herzenslust Kirchenmusik machen zu können, Bach über viele Widerwärtigkeiten leichter hinweggehoben haben. Es liegt wenigstens keine Nachricht vor, welche dieser Annahme im Wege stände. Die ersten Spuren eines Mißverhältnisses werden im Jahre 1729 sichtbar. Zu Ostern dieses Jahres hatten neun Alumnen die Thomasschule absolvirt und verlassen. Es waren brauchbare Musiker gewesen, sogar ein großes Talent befand sich darunter, Wilhelm Friedemann, Bachs ältester Sohn. Bei dieser Gelegenheit kommt zu Tage, daß der Rath, in Sachen des Thomanerchores noch ebenso indolent, wie zu Kuhnaus Zeiten, bei Besetzung der Alumnenstellen schon länger nicht mehr die gebührende Rücksicht darauf genommen hatte, ob die Aspiranten auch musikalisch waren. Der

40) Rathsacten »*Protocoll* zum Drey Räthen vom 18. *August:* 1704 bis 1. *Septembr:* 1753.« sign. VIII, 53. Fol. 374b. (8. August 1750.)

Chor gerieth nun in eine so schlimme Verfassung, daß etwas durchgreifendes geschehen mußte, wenn überhaupt in der herkömmlichen Weise weiter musicirt werden sollte. Nicht nur Bach wurde daher in der dringlichsten Weise vorstellig, es möchten die offenen Stellen nur mit musikalisch tüchtigen Leuten besetzt werden, auch der alte Rector Ernesti bat darum, und der Schulvorsteher Dr. Stiglitz, welcher beider Wünsche dem Rath zu übermitteln hatte, unterstützte sie in einem Schreiben vom 18. Mai durch seine nachdrücklichste Befürwortung[41]. Als Beilage schickte er eine von Bach selbst gefertigte und geschriebene Übersicht über die neuen Bewerber und ihre Fähigkeiten, sowie über den nothwendigen Bestand der verschiedenen Kirchenchöre ein. Dieselbe lautet:

»Die jenigen Knaben so[42]) bey itziger *vacanz* auf die Schule zu *S. Thomae* als *Alumni recipiret* zu werden verlangen, sind folgende: als.

(1) Zur *Music* zu gebrauchende, und zwar *Sopranisten*

(1 Christoph Friedrich Meißner von Weißenfels, *aetatis* 13 Jahr, hat eine gute Stimme und feine *profectus.*

(2 Johann Tobias Krebs von Buttstädt, *aetatis* 13 Jahr, hat eine gute starcke Stimme und feine *profectus.*

(3 Samuel Kittler von Bellgern, *aetatis* 13 Jahr hat eine ziemlich starcke Stimme und hübsche *profectus.*

(4 Johann Heinrich Hillmeyer von Gehrings Walde *aetatis* 13 Jahr, hat eine starcke Stimme wie auch feine *profectus.*

(5. Johann August Landvoigt von Gaschwitz *aetatis* 13 Jahr, hat eine *passable* Stimme; die *profectus* sind ziemlich.

(6. Johann Andreas Köpping von Großboden, *aetatis* 14 Jahr hat eine ziemlich starcke Stimme; die *profectus* sind *mediocre.*

(7. Johann Gottlob Krause von Großdeuben, *aetatis* 14 Jahr, deßen Stimme etwas schwach und die *profectus* mittelmäßig.

(8. Johann Georg Leg aus Leipzig, *aetatis* 13 Jahr, deßen Stimme etwas schwach, und die *profectus* geringe.

Altisten.

(9) Johann Gottfried *Neucke* von Grima, *aetatis* 14 Jahr, hat eine starcke Stimme, und ziemlich feine *profectus.*

---

41) Rathsacten »Schuel zu *St.* Thomas *Vol*: IV. *Stift.* VIII. *B.* 2.« Fol. 516.

42) Im Original verschrieben »zu«.

(10) Gottfried Christoph Hoffmann von Nebra, *aetatis* 16 Jahr, hat eine *passable Alt*stimme, die *profectus* sind noch ziemlich schlecht.

(2) Die, so nichts in *Musicis praestiren*.

(1) Johann Tobias Dieze.
(2) Gottlob Michael Wintzer[43].
(3) Johann David Bauer.
(4) Johannen Margarethen Pfeilin Sohn.
(5) Gottlob Ernst *Hausius*.
(6) Wilhelm Ludewigs Sohn Friedrich Wilhelm.
(7) Johann Gottlieb Zeymer.
(8) Johann Gottfried Berger.
(9) Johann Gottfried Eschner.
(10) *Salomon* Gottfried Greülich.
(11) Michael Heinrich Kittler von Prettin.

Joh: Sebast: Bach
Direct: Musices
u. *Cantor* zu *S.* Thomae«.

Dazu als Nachtrag auf einem andern Blatte:

»Gottwald Pezold von Aurich, *aetatis* 14. Jahr, hat eine feine Stimme und die *profectus* sind *passable*[44]. Johann Christoph Schmid von Bendeleben *aetatis* 19 Jahr, hat eine ziemlich starcke *Tenor* Stimme, und trifft gar hübsch.«

Und endlich als fernere Beilage:

»In die Kirche zu *S. Nicolai* als zum ersten *Chor* gehören.	Zu *S. Thomae* als: zum (2 *Chor*.	Zur neüen Kirche als: zum (3 *Chor*.
3 *Discant*isten	3 *Discantisten*	3 *Discantisten*
3 *Altisten*	3 *Altisten*	3 *Altisten*
3 *Tenoristen*	3 *Tenoristen*	3 *Tenoristen*
3 *Bassisten*.	3 *Bassisten*.	3 *Bassisten*.

43) Offenbar derselbe, welchem Bach am 3. Juni das oben mitgetheilte, etwas weniger strenge Zeugniß ausstellte.

44) Jedenfalls derselbe, welchem Bach das oben mitgetheilte Separat-Zeugniß ausstellte.

Zum (4 *Chor:*
2 *Sopranisten*
2 *Altisten*
2 *Tenoristen*
2 *Bassisten.*

Und dieses letztere *Chor* muß auch die *Petri* Kirche besorgen.«[45])

Der Antrag fand beim Rathe trotzdem nur ein halbes Gehör. Am 24. Mai verlieh er fünf der Stellen zwar an die musikalisch tüchtigen Knaben Meißner, Krebs, Küttler, Hillmeyer, Neucke, drei dagegen an solche, die »nichts in *Musicis* praestirten« (Dieze, Zeymer, Berger) und die letzte Stelle erhielt gar ein gewisser Feller, der von Bach nicht genannt wird, also sich ihm offenbar garnicht einmal vorgestellt hatte. Es muß bald darauf noch ein Platz frei geworden sein, denn am 3. Juni wird auch Winzer noch aufgenommen. Pezold und Schmid, beide von Bach empfohlen, blieben unberücksichtigt; Krause — falls der in Bachs Verzeichniß unter 1, 7 genannte gemeint ist — kam erst im October des folgenden Jahres an die Reihe[46]).

In der Charwoche des Jahres 1729 hatte Bach zum ersten Male seine Passionsmusik nach dem Evangelisten Matthäus aufgeführt. Man sieht also: dieses Werk hatte auf die Leipziger Rathsherren nicht einmal so viel Eindruck gemacht, daß sie dem Schöpfer desselben die Bitte erfüllen mochten, aus den Bewerbern um die vacanten Alumnats-Stellen die neun musikalischsten herauszulesen. Nach einer so gänzlichen Verkennung seines Werthes kann es auffällig erscheinen, daß Bach nicht sofort sein Dienstverhältniß zu lösen suchte; daß ihm sein Beruf einstweilen gründlich verleidet war, kann nicht überraschen. Es geschah in derselben Zeit, daß er die Direction des Telemannschen Musikvereins übernahm, wo er hoffen durfte, mehr Liebe zur Sache und Verständniß seiner selbst zu finden. Diese Aussicht mag ihm noch einigen Muth für die Zukunft eingeflößt haben. Aber in Beziehung auf die Cantorats-Geschäfte wurde auch der Musikverein nur die Quelle neuen Ärgers. Kuhnau hatte früher vergeblich darum nachgesucht, es möchten hinreichende

45) Rathsacten a. a. O. Fol. 518, 519, 520.
46) Rathsacten a. a. O. Fol. 524.

Stipendien ausgesetzt werden, um die Studenten zu einer regelmäßigen und zahlreicheren Mitwirkung im Thomanerchor zu veranlassen. Wie aus einem unten mitzutheilenden Memorial Bachs hervorgehen wird, waren indessen einige wenn auch geringe und ungenügende Vergütungen an mitwirkende Studenten bisher immer noch erfolgt. Unter Bachs Cantorat aber wurden sie dürftiger und dürftiger; endlich blieben sie ganz aus. Der Rath hielt sie jetzt wohl für unnöthig, da bei Bachs Stellung zum Musikverein die Studenten ohnehin in den Thomanerchor kommen würden. Sein Verfahren sieht fast wie Chicane aus, und doch entsprang es sicher aus bloßer geistiger Beschränktheit. Denn als die Kirchenmusik nun merklich schlechter wurde, war der Rath über den Cantor höchlich entrüstet. Am 16. October 1729 starb der Rector Johann Heinrich Ernesti[47]). Eine längere Vacanz trat ein, dann einigten sich am 8. Juni 1730 die Väter der Stadt, Johann Matthias Gesner zu berufen, da die Erwählung eines Einheimischen viel »*jalousie* verursachen« würde. Einer der Rathsherren wünschte, daß man bei dieser Berufung besser fahren möchte, als mit dem Cantor[48]). Die Vernachlässigung seiner Pflichten, welche der Rath seit einiger Zeit zu bemerken glaubte, hatte schon allerhand ermahnende Vorstellungen zur Folge gehabt. Die Herren mußten aber zu ihrer Bestürzung erfahren, daß sie damit die beabsichtigte Wirkung nicht erreichten. Der gekränkte, trotzige Künstler verweigerte ihnen rundweg jede Erklärung, und dergleichen muß sich so oft wiederholt haben, daß einer der Räthe den Cantor kurz als unverbesserlich bezeichnen konnte. Dies geschah in einer Sitzung am 2. August 1730, bei Gelegenheit des in Frage stehenden Umbaues der Thomasschule. Bach hatte, wie erzählt worden ist, bei seiner Berufung die Erlaubniß erhalten, sich im wissenschaftlichen Unterricht so viel als nöthig sei vertreten zu lassen. Die Vertretung hatte der damalige *Tertius*, spätere Conrector, Magister Pezold, besorgt; man war aber mit derselben, sowie mit dessen Leistungen überhaupt schlecht zufrieden, weshalb der Vorschlag gemacht wurde, einem jüngeren Lehrer, dem Magister Abraham Krügel, die

47) Neue Zeitungen von gelehrten Sachen. Leipzig. 1729. S. 791 f.

48) »*Protocoll* zum Drey Räthen vom 18. *Augusti* 1704 bis 1. *Septembr:* 1753.« sign. VIII, 53.

Vertretung zu übertragen. Das nächstliegende wäre gewesen, Bach zur Wiederübernahme des Unterrichts zu veranlassen. Aber jetzt kam die Entrüstung über ihn zu Tage. Er habe sich nicht so, wie es sein sollte, aufgeführt, habe z. B. ohne Vorwissen des Herrn Bürgermeisters ein Mitglied des Thomanerchors aufs Land geschickt, sei selbst verreist, ohne Urlaub zu nehmen, er thue nichts, halte die Singstunden nicht, andrer Beschwerden nicht zu gedenken. Der Vorsitzende schlug vor, ihn in eine der untersten Classen zu versetzen, wo er denn den Elementarunterricht entweder selbst geben, oder, da man die anfänglich ertheilte Dispensation doch nicht wohl zurücknehmen konnte, durch einen Stellvertreter hätte besorgen lassen können. Dieser Vorschlag ging nicht durch, statt dessen wurde beschlossen, »dem Cantor die Besoldung zu verkümmern«, außerdem ihm einen Verweis zu ertheilen und ins Gewissen zu reden[49].

Die Beschuldigung, der Cantor thue nichts, nimmt sich recht merkwürdig aus, wenn man erfährt, daß an dem wenige Wochen vorher, nämlich den 25., 26. und 27. Juni, gefeierten Jubelfeste der Augsburger Confession Bach drei große Cantaten seiner Composition zur Aufführung gebracht, daß er, abgesehen von einem monumentalen Werke wie die Matthäus-Passion, während der sieben Jahre seines Cantorats eine Reihe von Kirchen-Cantaten geschaffen hatte, die bei andern als die Frucht eines halben Componistenlebens gelten könnten. Diese Art der Thätigkeit war für den Rath nicht vorhanden; er verlangte, daß der Cantor seine Stunden ordentlich halte und auch im übrigen seine Instructionen nicht eigenmächtig außer Acht lasse. Daß Bach sich den Gesangunterricht etwas leicht gemacht hat, werden wir wohl nicht bezweifeln dürfen. Es war eine Pflichtversäumniß, deren Rechtfertigung nicht unternommen werden soll. Umstände aber, welche sie entschuldigen, sind so zahlreiche und so gewichtige vorhanden, daß deren Darlegung fast einer Rechtfertigung gleichkommen möchte. Früher ist erzählt worden, daß die Nachmittags-Singstunden schon seit Tobias Michaels Zeit ganz der Leitung der Präfecten anheim gegeben zu werden pflegten. Wenn demnach Bach ebenfalls nur am Montag, Dienstag und Mittwoch morgens je eine Singstunde gab — und es scheint, daß er es aller-

49) S. Anhang B, VII.

dings so zu halten pflegte[50]) — so folgte er nur einem alten Brauche. Schwerlich hat vorher irgend jemand etwas dagegen zu erinnern gefunden; die Collegen Michaels meinten sogar, der Cantor sei in den Nachmittagssingstunden ganz unnöthig. Will man weiter gehen, und annehmen, Bach habe selbst jene drei Morgenstunden unregelmäßig ertheilt, so muß vor allem die ungenügende Beschaffenheit des Chors gegenwärtig erhalten werden, für dessen Verbesserung der Rath das seinige zu thun nicht für nöthig hielt, ferner die Schwierigkeit, die es Bach machte, diese theilweise wüste Gesellschaft immer in der richtigen Weise zu behandeln. Dann ist nicht zu vergessen, daß die Zustände auf der Thomasschule fortdauernd trostlose waren, und das Bild, welches oben von denselben entworfen wurde, auch noch für die ersten sieben Jahre von Bachs Amtsführung zutrifft. Die mühselige Reorganisation der Anstalt war einstweilen ein äußerliches Werk geblieben. Verordnungen haben nur Werth, wenn auch die Persönlichkeiten vorhanden sind, sie auszuführen, und an diesen fehlte es eben. Bach mußte bald eingesehen haben, daß in dem Zustande gänzlicher Verkommenheit, in dem vom Lehrercollegium aufgeführten Kriege Aller gegen Alle, in der Verwirrung, welche für ihn besonders noch aus den häufigen Competenz-Conflicten zwischen Rath und Consistorium entstand — daß es unter diesen Verhältnissen das einzig richtige sei, nicht rechts noch links zu sehen und mit möglichster Selbständigkeit zu handeln. Die Neigung hierzu lag von Natur in ihm. Sie mußte um so mehr genährt werden, als die Stellung des Cantors an der Schule in der That eine außergewöhnlich freie war. Um die Singstunden, in denen

---

50) Rathsacten »Die Schule zu *St. Thomae* betr. *Fasc.* I.« sign. VIII, B. 5. Am Ende des Fascikels befinden sich aus der Feder des jüngeren Ernesti »Anmerckungen über die Ordnung der Schule zu *St. Thomas.*«, in welchen auch von einer angemessenen Beschränkung der Vorbereitungen zum Gregorius-, Martini- und Neujahr-Singen auf bestimmte Nachmittage gehandelt wird. Endlich sagt Ernesti: »Es wäre aber zu überlegen, ob nicht diese Übungen gar auf die Stunden nach der *Lection* von 3. bis 6. Uhr verlegt werden könnten. Auf diese Weise gienge auch die Singestunde, so der *Cantor* von 12—1 Uhr zu halten hat nicht ein, welche um so vielmehr beyzubehalten, da derselbe ietzo ohnedem nur 1. Singestunde hält, da er doch deren zwo zu halten schuldig, und also die Knaben nicht genug in der *Music* geübet werden«. Dies ist gegen 1736 geschrieben.

so ziemlich Bachs ganze Lehrerbeschäftigung bestand, pflegte sich der Rector nicht zu kümmern [51]. Da in der Leistung der Kirchenmusiken eine Hauptaufgabe der Alumnen beruhte, so war der Cantor für sie fast eine ebenso wichtige Person, wie der Rector selbst. Aspiranten meldeten sich zu des alten Ernestis Zeit ebenso häufig bei Bach, als bei jenem; d. h. sie stellten sich Bach persönlich vor, ließen sich in der Musik prüfen, und er veranlaßte dann ihre Aufnahme [52]. Dem alten Rector war es zuverlässig auch am liebsten, wenn man ihn möglichst wenig behelligte; wie die Pathen, welche sich Bach für seine im Jahre 1724 und 1728 geborenen Kinder in der Frau und Tochter des Rectors erbat, beweisen, stand er mit ihm dauernd in gutem Einvernehmen. Eine solche Stellung nun, die auf Selbständigkeit gradezu hindrängte, konnte wohl leicht dazu verführen, auch bestehende Schranken gelegentlich umzustoßen, besonders wenn sie von jemandem aufgerichtet waren, vor dem Bach der Künstler, wenn er ehrlich gegen sich selbst sein wollte, doch nur sehr geringen Respect haben konnte. Zu alledem muß endlich als Moment von besonderer Bedeutung die tiefe Verstimmung gezählt werden, die sich des Meisters bemächtigen mußte, wenn er mit dem Besten, was er zu geben hatte, bei seiner Behörde so gänzlich unverstanden blieb.

Er sollte also gemaßregelt werden. Documente bezeugen es, daß es bei dem bloßen Vorsatze, ihm seine Besoldung zu verkümmern, nicht geblieben ist. Der Gehalt, die Accidentien konnten ihm allerdings nicht wohl gekürzt werden. Aber es gab Legate, Vacanz-Gelder und dergleichen zu vertheilen; dann war die Gelegenheit da, den Mißliebigen zu schädigen. Die während der Zeit, welche zwischen Ernestis Tode und der Anstellung Gesners lag, für den Rector eingegangenen Accidentien sollten nach Bestimmung des Raths unter die Wittwe, den Conrector und den Tertius, da beide letztere den Rector in der Schule zu vertreten hatten, zu drei gleichen Theilen

51) S. Joh. Friedr. Köhlers unten folgende Mittheilungen über Gesner.

52) Dr. Stiglitz schreibt unter dem 18. Mai 1729 dem Rathe, die neuen Bewerber um Alumnenstellen hätten sich entweder schriftlich und zwar zum Theil unter Beifügung eines Zeugnisses vom Rector oder Conrector, oder ohne Schreiben nur durch den Vorschlag des Cantors Bach gemeldet und angegeben. Rathsacten »Schuel zu *St.* Thomas *Vol:* IV. *Stift.* VIII. *B.* 2.« Fol. 516.

vergeben werden. Dagegen machte der Schulvorsteher Dr. Stiglitz durch Eingabe vom 23. September 1730 geltend, daß der Conrector sehr viel mehr Mühe gehabt habe, als der Tertius, da er den Rector nicht nur hinsichtlich der Schulstunden habe vertreten müssen, und daß auch der Cantor statt sonst alle vier, jetzt alle drei Wochen einmal die Inspection gehabt habe. Es wäre daher wohl billig, daß dem Conrector mehr als dem Tertius und auch dem Cantor etwas gegeben würde. Die in Frage stehende Summe betrug 271 Thaler 7 ggr. 3 Pf. Der Rath entschied am 6. November 1730 folgendermaßen: die Wittwe bekam 41 Thaler, der Conrector 130 Thaler 7 ggr. 3 Pf., der Tertius 100 Thaler; Bach bekam nichts[53].

Ein ähnlicher Fall war vor Jahresfrist schon einmal vorgekommen, als allerdings der edle Beschluß noch nicht gefaßt war, den Cantor systematisch in seinen Finanzen zu schädigen, aber doch schon eine unzufriedene Stimmung gegen ihn unter den Rathsherren herrschte. Ein gewisser Philippi hatte der Thomasschule ein Legat zugewendet, dessen Zinsen im Betrage von 20 Thalern jährlich vertheilt werden sollten, und zwar 12 Thaler an 12 arme Schüler zu gleichen Theilen, je 1 Thaler dem Rector, Conrector, Tertius und ersten Baccalaureus, den beiden Collaboratoren je 16 ggr., dem Schüler, der die jährliche Danksagungsrede hielte, 2 Thaler. Bei dieser Vertheilung blieb ein Rest von 16 ggr., und es wurde angefragt, ob sie nicht dem Cantor oder dem andern Baccalaureus zukommen sollten, welche beide nicht bedacht waren. Der Rath entschied unter dem 3. December 1729: dem andern Baccalaureus. Bach ging als der einzigste im ganzen Collegium leer aus[54].

Als Bach sich 24 Jahre zuvor vor dem Consistorium in Arnstadt wegen einer ähnlichen Dienstvernachlässigung zu verantworten hatte, wie sie ihm jetzt zur Last gelegt wurde, wich er einer weiteren mündlichen Discussion über diesen Gegenstand durch die Zusicherung aus, sich schriftlich über denselben erklären zu wollen[55]. Den Leipziger Rathsherren gegenüber wollte er sich zwar anfangs über-

53) Rathsacten »Die Schule zu *St. Thomae* betr. *Fasc.* II.« sign. VIII, B. 6.

54) Rathsacten »Schuel zu *St.* Thomas *Vol:* IV. *Stift.* VIII. B. 2.« Fol. 525ᵇ ff.

55) S. Band I. S. 323.

haupt zu keiner Erörterung herbeilassen; er muß aber nachträglich doch andern Sinnes geworden sein, und verfaßte ein Memorial, das wir als eine schriftliche Fixirung und weitere Ausführung dessen anzusehen haben, was er im vorhergegangenen Jahre theils dem Schulvorsteher mündlich vorgetragen, theils als Anlage zu dessen Bericht an den Rath übergeben hatte.

»Kurtzer, iedoch höchstnöthiger Entwurff einer wohlbestallten Kirchen *Music*; nebst einigem unvorgreiflichen Bedencken von dem Verfall derselben.

Zu einer wohlbestellten Kirchen *Music* gehören *Vocal*isten und *Instrumenti*sten.

Die *Vocal*isten werden hiesiges Ohrts von denen *Thomas* Schülern *formiret*, und zwar von vier Sorten, als *Discant*isten, *Alt*isten, *Tenor*isten und *Baßz*isten.

So nun die *Chöre* derer Kirchen Stücken recht, wie es sich gebühret, bestellt werden sollen, müßen die *Vocal*isten wiederum in 2 erley *Sorten* eingetheilet werden, als: *Concert*isten und *Ripieni*sten.

Derer *Concerti*sten sind *ordinaire* 4; auch wohl 5, 6, 7 biß 8; so mann nemlich *per Choros musiciren* will.

Derer *Ripieni*sten müßen wenigstens auch achte seyn, nemlich zu ieder Stimme zwey.

Die *Instrumenti*sten werden auch in verschiedene Arthen eingetheilet, als: *Violisten*, *Hautboisten*, *Fleuteni*sten, *Trompetter* und Paucker. *NB.* Zu denen *Violisten* gehören auch die, so die *Violen*, *Violoncelli* und *Violons* spielen.

Die Anzahl derer *Alumnorum Thomanae Scholae* ist 55. Diese 55 werden eingetheilet in 4 *Chöre*, nach denen 4 Kirchen, worinne sie theils *musici*ren[56]), theils *motetten* und theils *Chorale* singen müßen. In denen 3 Kirchen, als zu *S. Thomä*, *S. Nicolai* und der Neüen Kirche müßen die Schüler alle *musica*lisch seyn. In die Peters-Kirche kömmt der Ausschuß, nemlich die, so keine *Music* verstehen, sondern nur nothdörfftig einen *Choral* singen können.

---

56) »Musiciren« bedeutet bei Bach und im allgemeinen Sprachgebrauche seiner Zeit, wenn es sich um die Kirche handelt, immer nur die Aufführung einer von obligaten Instrumenten begleiteten Figuralmusik.

Zu iedweden *musicali*schen *Chor* gehören wenigstens 3 *Sopranisten*, 3 *Altisten*, 3 *Tenoristen*, und eben so viel *Bassis*ten, damit, so etwa einer unpaß wird (wie denn sehr offte geschieht, und besonders bey itziger Jahres Zeit, da die *recepte*, so von dem Schul *Medico* in die Apothecke verschrieben werden, es ausweisen müßen[57])) wenigstens eine 2 *Chörig*te *Motette* gesungen werden kan. (*NB.* Wiewohle es noch beßer, wenn der *Coetus* so beschaffen wäre, daß mann zu ieder Stimme 4 *subjecta* nehmen, und also ieden *Chor* mit 16. Persohnen bestellen könte.)

Machet demnach der *numerus*, so *Musicam* verstehen müßen, 36 Persohnen aus.

Die *Instrumental Music* bestehet aus folgenden Stimmen; als:

2 auch wohl 3 zur	*Violino* 1.
2 biß 3 zur	*Violino* 2
2 zur	*Viola* 1
2 zur	*Viola* 2
2 zum	*Violoncello*.
1 zum	*Violon*.
2 auch wohl nach Beschaffenheit 3 zu denen	*Hautbois*.
1 auch 2 zum	*Basson*.
3 zu denen	*Trompetten*.
1 zu denen	Paucken.

summa 18 Persohnen wenigstens zur *Instrumental-Music*.

NB. Füget sichs, daß das Kirchen Stück auch mit Flöten, (sie seynd nun *à bec* oder *Traversieri*), *componiret* ist (wie denn sehr offt zur Abwechselung geschiehet) sind wenigstens auch 2 Persohnen darzu nöthig. Thun zusammen 20 *Instrumenti*sten. Der *Numerus* derer zur Kirchen *Music* bestellten Persohnen bestehet aus 8 Persohnen, als 4. Stadt Pfeifern, 3 Kunst Geigern und einem Gesellen. Von deren *qualitä*ten und *musicali*schen Wißenschafften aber etwas nach der Warheit zu erwehnen, verbietet mir die Bescheidenheit. Jedoch

57) Die Alumnen liebten es sich krank zu melden, oft auf Monate, ja Viertel- und halbe Jahre; die verschriebenen Arzneien schütteten sie aus dem Fenster und labten sich an der kräftigen Krankenkost. Niclas in Eyrings *Biographia Academica Gottingensis. Vol.* III, *pag.* 52.

ist zu *consideriren*, daß Sie theils *emeriti*, theils auch in keinem solchen *exercitio* sind, wie es wohl sein solte.

Der *Plan* davon ist dieser:

Herr Reiche	zur	1 *Trompette* [58].
Herr Genßmar	—	2 *Trompette*.
vacat	—	3 *Trompette*
	—	Paucken
Herr Rother	—	1 *Violine*.
Herr Beyer	—	2 *Violine*.
vacat	—	*Viola*.
vacat	—	*Violoncello*.
vacat	—	*Violon*.
Herr Gleditsch	—	1 *Hautbois*.
Herr Kornagel	—	2 *Hautbois*.
vacat	—	3 *Hautbois* oder *Taille*.
Der Geselle	—	*Basson*.

Und also fehlen folgende höchstnöthige *subjecta* theils zur Verstärckung, theils zu ohnentbehrlichen Stimmen, nemlich:

2 *Violi*sten zur 1 *Violin*.
2 *Violi*sten zur 2 *Violin*.
2 so die *Viola* spielen.
2 *Violoncelli*sten.
1 *Violonist*.
2 zu denen *Flöten*.

Dieser sich zeigende Mangel hat bißhero zum Theil von denen *Studiosis*, meistens aber von denen *Alumnis* müßen ersetzet werden. Die Herrn *Studiosi* haben sich auch darzu willig finden laßen, in Hoffnung, daß ein oder anderer mit der Zeit einige Ergötzligkeit bekommen, und etwa mit einem *stipendio* oder *honorario* (wie vor

58) Dieser war unter der ganzen ehrenwerthen Gesellschaft der einzige hervorragendere Musicus, aber, als Bach obiges schrieb, schon 64 Jahr alt. Die von ihm im Jahre 1696 erschienenen 24 *Quatricinia* für Zink und drei Posaunen besitzt die königliche Bibliothek zu Berlin. Er starb 1734 unverheirathet »im Stadtpfeiffer Gäßgen, allwo er am 6. 8br. vom Schlag gerühret, umgesunken und tod nach Hauße getragen worden ist« (Leipziger Leichenregister), und wurde mit der großen halben Schule beerdigt. Nach Gerber, L. II, Sp. 258 war er am 5. Febr. 1667 zu Weißenfels geboren; die Leichenregister lassen ihn 68 Jahr alt geworden sein.

diesem gewöhnlich gewesen) würde begnadiget werden. Da nun aber solches nicht geschehen, sondern die etwanigen wenigen *beneficia*, so ehedem an den *Chorum musicum* verwendet worden, *successive* gar entzogen worden [59]), so hat hiemit sich auch die Willfährigkeit der *Studiosorum* verlohren; denn wer wird ümsonst arbeiten, oder Dienste thun? Fernerhin zu gedencken, daß, da die 2 de *Violin* meistens, die *Viola*, *Violoncello* und *Violon* aber allezeit (in Ermangelung tüchtigerer *subjectorum*) mit Schülern haben bestellen müßen: So ist leicht zu erachten, was dadurch dem *Vocal Chore* ist entgangen. Dieses ist nur von Sontäglichen *Musiquen* berühret worden. Soll ich aber die Fest-Tages *Musiquen*, (als an welchen in denen beeden Haupt Kirchen die *Music* zugleich besorgen muß) erwehnen, so wird erstlich der Mangel derer benöthigten *subjec*ten noch deutlicher in die Augen fallen, sindemahlen so dann ins andere *Chor* diejenigen Schüler, so noch ein und andres *Instrument* spielen, vollends abgeben, und mich völlig dern beyhülffe begeben muß.

Hiernechst kan nicht unberühret bleiben, daß durch bißherige *reception* so vieler untüchtigen und zur *Music* sich garnicht schickenden Knaben, die *Music* nothwendig sich hat vergeringern und ins abnehmen gerathen müßen. Denn es gar wohl zu begreiffen, daß ein Knabe, so gar nichts von der *Music* weiß, ja nicht ein mahl eine *secundam* im Halse *formiren* kan, auch kein *musicalisch naturel* haben könne; *consequenter* niemahln zur *Music* zu gebrauchen sey. Und die jenigen, so zwar einige *principia* mit auf die Schule bringen, doch nicht so gleich, als es wohl erfordert wird, zu gebrauchen seyn. Denn da es keine Zeit leiden will, solche erstlich jährlich zu *informiren*, biß sie geschickt sind zum Gebrauch, sondern so bald sie zur *reception* gelangen, werden sie mit in die *Chöre* vertheilet, und müßen wenigstens *tact* und *ton*feste seyn üm beym Gottesdienste gebraucht werden zu können. Wenn nun alljährlich einige von

---

59) Diese »*beneficia*« müssen aus Ersparnissen, Verwaltungsüberschüssen u. drgl. gewährt worden sein; besondere Summen sind dazu nicht ausgeworfen worden, da diese sonst in den Kirchen- und Schul-Rechnungen zu finden sein müßten. Aus den Mitteln der Nikolaikirche wurden schon zu Kuhnaus Zeit »vor Bestellung der Kirchen *Music*« jährlich 50 Gülden = 43 Thaler 18 ggr. gezahlt; auf diese Summe kann Bach nicht anspielen, da sie regelmäßig weiter gezahlt worden ist.

denen, so in *musicis* was gethan haben, von der Schule ziehen, und deren Stellen mit andern ersetzet werden, so einestheils noch nicht zu gebrauchen sind, mehrentheils aber gar nichts können, so ist leicht zu schließen, daß der *Chorus musicus* sich vergeringern müße. Es ist ja *notorisch*, daß meine Herrn *Präantecessores*, Schell und Kuhnau, sich schon der Beyhülffe derer Herrn *Studiosorum* bedienen müßen, wenn sie eine vollständige und wohllautende *Music* haben *produciren* wollen; welches sie dann auch in so weit haben *prästir*en können da so wohl einige *Vocal*isten, als: *Bassist*, und *Tenorist*, ja auch *Altist*, als auch *Instrumen*tisten, besonders 2 *Violisten* von Einem HochEdlen und Hochweisen Rath *a parte* sind mit *stipendiis* begnadiget, mithin zur Verstärkung derer Kirchen *Musiquen animiret* worden [60]. Da nun aber der itzige *status musices* gantz anders weder ehedem beschaffen, die Kunst üm sehr viel gestiegen, der *gusto* sich verwunderens-würdig geändert, dahero auch die ehemahlige Arth von *Music* unseren Ohren nicht mehr klingen will, und mann üm so mehr einer erklecklichen Beyhülffe benöthiget ist, damit solche *subjecta choisiret* und bestellet werden können, so den itzigen *musical*ischen *gustum assequiren*, die neüen Arthen der *Music* bestreiten, mithin im Stande seyn können, dem *Compositori* und dessen Arbeit *satisfaction* zu geben, hat man die wenigen *beneficia*, so ehe hätten sollen vermehret als verringert werden, dem *Choro Musico* gar entzogen. Es ist ohne dem etwas Wunderliches, da man von denen teütschen *Musicis praetendiret*, Sie sollen *capable* seyn, allerhand Arthen von *Music*, sie komme nun aus *Italien* oder Frankreich, Engeland oder Pohlen, so fort *ex tempore* zu *musiciren*, wie es etwa die jenigen Virtuosen, vor die es gesetzet ist, und welche es lange vorhero *studiret* ja fast auswendig können, überdem auch *quod notandum* in schweren Solde stehen, deren Müh und Fleiß mithin reichlich belohnet wird, *praestiren* können; man solches doch nicht consideriren will, sondern läßet Sie ihrer eigenen Sorge über, da denn mancher vor Sorgen der Nahrung nicht dahin dencken kan, üm sich zu *perfectioniren*, noch weniger zu *distinguiren*. Mit einem *exempel* diesen Satz zu erweisen, darff man nur nach Dreßden gehen, und sehen, wie daselbst von Königlicher Majestät die *Musici salari-*

60) Vrgl. Anhang B, IV, B unter 12.

ret werden: Es kan nicht fehlen, da denen *Musicis* die Sorge der Nahrung benommen wird, der *chagrin* nachbleibet, auch überdem iede Persohn nur ein eintziges *Instrument* zu *excoliren* hat, es muß was trefliches und excellentes zu hören seyn. Der Schluß ist demnach leicht zu finden, daß bey *cessirenden beneficiis* mir die Kräffte benommen werden, die *Music* in beßeren Stand zu setzen. Zum Beschluß finde mich genöthiget den *numerum* derer itzigen *alumnorum* mit anzuhängen, iedes seine *profectus* in *Musicis* zu eröffnen, und so dann reiferer Überlegung es zu überlaßen, ob bey so bewandten Ümständten die *Music* könne fernerhin bestehen, oder ob deren mehrerer Verfall zu besorgen sey. Es ist aber nothwendig den gantzen *coetum* in drey *Classes* abzutheilen; Sind demnach die brauchbaren folgende:

(1) Pezold, Lange, Stoll, *Praefecti.* Frick, Krause, Kittler, Pohlreütter, Stein, Burckhard, Siegler, Nitzer, Reichhard, Krebs *major* und *minor*, Schöneman, Heder und Dietel.

Die *Motetten* Singer, so sich noch erstlich mehr *perfectioniren* müßen, üm mit der Zeit zur *Figural Music* [61]) gebrauchet werden zu können, heißen wie folget:

(2) Jänigke, Ludewig *major* und *minor*, Meißner, Neücke *major* und *minor*, Hillmeyer, Steidel, Heße, Haupt, Suppius, Segnitz, Thieme, Keller, Röder, Oßan, Berger, Lösch, Hauptmann und Sachse.

Die von lezterer *sorte* sind gar keine *Musici*, und heisen also:

(3) Bauer, Groß, Eberhard, Braune, Seyman, Tietze [62]), Hebenstreit, Wintzer, Ößer, Leppert, Haußius, Feller, Crell, Zeymer, Guffer, Eichel und Zwicker.

Summa. 17 zu gebrauchende. 20 noch nicht zu gebrauchende, und 17 untüchtige.

Leipzig. d. 23. *Aug.* 1730.

Joh: Seb: Bach.
Director Musices.«

In einem sehr verbindlichen, geschweige denn ehrerbietigen Tone ist dieses Schreiben eben nicht gehalten. Man vergleiche nur

---

61) Bach gebraucht, wie man sieht, das Wort Figuralmusik in einem engeren Sinne, der die Motette nicht einbegreift.

62) Jedenfalls identisch mit dem obengenannten Johann Tobias Dieze.

Kuhnaus Memoriale, welche in derselben Sache Vorstellungen machen[63], um eine Empfindung davon zu bekommen, wie neu dem städtischen Rathe eine solche Sprache sein mußte. Daß Bachs schroffes Auftreten ihn nicht grade geneigt stimmen mochte, zur Abstellung der von ihm aufgezeigten Mißstände zu schreiten, läßt sich denken. Er ließ sogar die Denkschrift mit einer gewissen Demonstration zu Boden fallen. Nach der Sitzung vom 2. August hatte der Bürgermeister Bach rufen lassen, um ihm den bewußten Verweis zu ertheilen, und hatte dabei auch gefragt, ob er geneigt wäre, für den Magister Pezold den wissenschaftlichen Unterricht selbst wieder zu ertheilen. Mag diese Unterredung nun vor oder nach dem 23. August, dem Datum von Bachs Denkschrift, stattgefunden haben, jedenfalls war von dem Inhalte derselben zwischen beiden die Rede. Als Dr. Born am 25. August wieder einer Rathssitzung präsidirte, in welcher er von seiner Unterredung mit Bach Bericht erstattete, hatte er, was das wahrscheinlichste ist, die Denkschrift schon in Händen. Oder er wußte doch ganz bestimmt, daß sie unterwegs und weß Inhalts sie war. Was er vortrug, war aber nur dieses: der Cantor habe sehr wenig Lust bezeigt, die in Frage stehende Schularbeit wieder zu übernehmen, es würde daher gerathen sein, nunmehr dem Magister Krügel den Unterricht anzuvertrauen. Die versammelten Räthe stimmten zu, und die ganze Angelegenheit war erledigt[64].

Auch später ist man nicht wieder oder wenigstens nicht in einem Bach günstigen Sinne auf seine Anträge zurückgekommen. Sein Brief an Erdmann läßt es verständlich durchklingen, und die Raths-Rechnungsbücher erheben es zur Gewißheit, daß bis zum Jahre 1746 eine wirksame Erhöhung der zur Unterhaltung der Kirchenmusik in der Thomas- und Nikolai-Kirche gewährten Mittel nicht eingetreten ist.

Sollte aber jemand aus diesen unerfreulichen, peinlichen und beschämenden Vorgängen den Schluß ziehen wollen, die städtische Behörde habe einen gewissen Kitzel gefühlt, den nach Luft und Licht verlangenden Genius ihre materielle Übermacht fühlen zu lassen, habe ihn absichtlich niederzudrücken und somit indirect auch in der Entfaltung seines vollen künstlerischen Vermögens zu hindern ge-

---

63) S. Anhang B, IV.
64) S. Anhang B, VII.

sucht, so würde das als ein ganz entschiedener Irrthum zu bezeichnen sein. Der Rath war wohl zeitweilig über Bach aufgebracht und ließ sich in dieser Stimmung zu einer häßlichen — übrigens nur kurze Zeit durchgeführten — Maßregel hinreißen; er hielt auch überall den Beutel geschlossen, wo es seiner Meinung nach unnöthig war, es sich etwas kosten zu lassen; aber absichtlich gehindert hat er das Gedeihen der von Bach geleiteten Musik nicht. Wenn der Bürgermeister die Jahres-Rechnungen nachschlug, so konnte er im Gegentheil zahlenmäßig beweisen, daß in den letzten Jahren für musikalische Bedürfnisse bedeutend mehr bewilligt und verausgabt war, als früher. Eine umfassende Reparatur der großen Thomas-Orgel, welche 390 Thaler gekostet hatte, war allerdings schon in den Jahren 1720 und 1721 vorgenommen worden. Ihr folgte dann aber in den Jahren 1724 und 1725 eine gründliche, für 600 Thaler hergestellte Erneuerung der »ganz wandelbaren und schadhaften Orgel« der Nikolai-Kirche. Im Jahre 1725 wurde an der großen Thomas-Orgel abermals für 40 Thaler reparirt, zwei Jahre darauf an der kleinen für 15 Thaler, und im Jahre 1730, wo Bachs Verhältniß zum Rathe das gespannteste war, bewilligte dieser eine Summe von 50 Thalern, um das Rückpositiv der Thomas-Orgel selbständig spielbar zu machen. Im Jahre 1729 waren zwei neue »feine« Violinen, eine »dergleichen« Viola und ein Violoncell zum Kirchengebrauch für 36 Thaler angekauft worden; in demselben Jahre ließ der Rath durch Bach das *Florilegium Portense* von Bodenschatz zum Gebrauche der Thomaner bei der Kirchenmusik für die Summe von 12 Thalern erwerben[65]. Diese Ausgaben scheinen uns gering auch unter Berücksichtigung des höheren Werthes, welchen das Geld damals hatte. Aber sie waren es nicht im Verhältniß zu dem, was sonst durchschnittlich für die Musik aufgewendet zu werden pflegte. Und doch waren sie es wieder, wenn man sie mit dem vergleicht, was eine Persönlichkeit wie Bach zu beanspruchen berechtigt war. Der Fehler beim damaligen Rathe lag eben darin, daß er sich nicht bewußt war, welch eine einzigartige Kraft er an Bach besaß, und daß, um

65) 1736 wurde noch ein Exemplar dieser Motettensammlung eigens für den Gebrauch in der Nikolai-Kirche angeschafft; es kostete 10 Thaler; im folgenden Jahre abermals eins zum Preise von 8 Thalern für die Thomaskirche. Das erste Exemplar scheint demnach nicht gereicht zu haben.

eine ungehinderte Entfaltung derselben zu ermöglichen, das Doppelte und Dreifache an materieller Förderung noch nicht hingereicht hätte.

Nach den letzten Erfahrungen war Bach gegen seine Behörde begreiflicherweise auf das höchste erbittert. Er erwog jetzt ernstlich den Gedanken, Leipzig zu verlassen. Hätte sich ihm in diesen Monaten irgend eine vortheilhafte Aussicht eröffnet, man kann sicher sein, daß er ihr gefolgt und somit sein Thomas-Cantorat schon nach sieben Jahren zu einem für die Stadt Leipzig wenig ruhmvollen Ende gekommen wäre. Aber dieses war nicht der Fall, sonst wäre Bach wohl nicht auf den Gedanken verfallen, seinen Jugendfreund Erdmann, der mittlerweile kaiserlich russischer Agent in Danzig geworden war, zu ersuchen, ihm dort eine Anstellung zu vermitteln. Was wollte Bach in Danzig? Man sieht, es war ein ingrimmiger Griff ins Blaue hinein. Aber wir verdanken ihm einen der interessantesten Briefe, welche von unserm Meister vorhanden sind.

»Hochwohlgebohrner Herr,

Euer Hochwohlgebohren werden einem alten treuen Diener bestens *excus*iren, daß er sich die Freiheit nimmet Ihnen mit diesen zu *incommodiren*. Es werden nunmehr fast 4 Jahre verfloßen seyn, da Euer Hochwohlgebohren auf mein an Ihnen abgelaßenes mit einer gütigen Antwort mich beglückten[66]; wenn mich dann entsinne, daß Ihnen wegen meiner *Fatalitäten* einige Nachricht zu geben, hochgeneigt verlanget wurde, als soll solches hiermit gehorsamst erstattet werden. Von Jugend auf sind Ihnen meine *Fata* bestens bewust, bis auf die *mutation*, so mich als Capellmeister nach Cöthen zohe. Daselbst hatte einen gnädigen und *Music* so wohl liebenden als kennenden Fürsten, bey welchem auch vermeinete meine Lebenszeit zu beschließen. Es muste sich aber fügen, daß erwehnter *Serenissimus* sich mit einer Berenburgischen Princeßin vermählete, da es dann das Ansinnen gewinnen wolte, als ob die *musica*lische *Inclination* bey gesagtem Fürsten in etwas laulicht werden

66) Im December 1725 war Erdmann zur Ordnung nothwendiger Angelegenheiten von Danzig in sein Vaterland Sachsen-Gotha gereist. Wie aus diesem Briefe hervorgeht, hatte er sich aber bei der Gelegenheit mit Bach nicht gesehen.

wolte, zumahle die neüe Fürstin schiene eine *amusa* zu seyn: so fügte es Gott, daß zu hiesigem *Directore Musices* und *Cantore* an der *Thomas* Schule *vocir*et wurde. Ob es mir nun zwar anfänglich gar nicht anständig seyn wolte, aus einem Capellmeister ein *Cantor* zu werden. Weßwegen auch meine *Resolution* auf ein vierthel Jahr *trainir*ete, jedoch wurde mir diese *Station* dermaßen *favorable* beschrieben, daß endlich |: zumahle da meine Söhne denen *studiis* zu *inclin*iren schienen :| es in des Höchsten Nahmen wagete und mich nacher Leipzig begabe, meine Probe ablegete, und so dann die *mutation* vornahme. Hierselbst bin nun nach Gottes Willen annoch beständig. Da aber nun 1) finde, daß dieser Dienst bey weiten nicht so erklecklich, als mann mir ihn beschrieben, 2) viele *Accidentia* dieser *Station* entgangen, 3) ein sehr theurer Orth und 4) eine wunderliche und der *Music* wenig ergebene Obrigkeit ist, mithin fast in stetem Verdruß, Neid und Verfolgung leben muß, als werde genöthiget werden, mit des Höchsten Beystand meine *Fortune* anderweitig zu suchen. Solten Euer Hochwohlgebohren vor einen alten treuen Diener dasiges Orthes eine *convenable station* wißen oder finden, so ersuche gantz gehorsamst vor mich eine hochgeneigte *Recommendation* einzulegen: an mir soll es nicht *manqui*ren, daß dem hochgeneigten Vorspruch und *intercе*ßion einige *satisfaction* zu geben, mich bestens befließen seyn werde. Meine itzige *station* belaufet sich etwa auf 700 Thaler, und wenn es etwas mehrere, als *ordinairement* Leichen gibt, so steigen nach *proportion* die *accidentia;* ist aber eine gesunde Lufft, so fallen hingegen auch solche, wie denn voriges Jahr an *ordinairen* Leichen *accidentia* über 100 Thaler Einbuße gehabt. In Thüringen kann ich mit 400 Thalern weiter kommen als hiesiges Orthes mit noch einmahl so vielen hunderten, wegen der *excessiven* kostbaren Lebensarth. Nunmehro muß doch auch mit noch wenigen von meinem häußlichen Zustande etwas erwehnen. Ich bin zum 2ten Mahl verheurathet und ist meine erste Frau seel. in Cöthen gestorben. Aus ersterer Ehe sind am Leben 3 Söhne und eine Tochter, wie solche Euer Hochwohlgebohren annoch in Weimar gesehen zu haben, sich hochgeneigt erinnern werden. Aus 2ter Ehe sind am Leben 1 Sohn und 2 Töchter. Mein ältester Sohn ist ein *studiosus Juris*, die andern beyde *frequentiren* noch einer *primam* und der andere 2 *dam classem*, und die älteste Tochter ist auch noch unverheurathet. Die Kinder anderer Ehe sind noch klein, und der Knabe erstgebohrner 6 Jahr alt. Ingesamt aber sind sie gebohrne *Musici* und kann versichern, daß schon ein *Concert vocaliter* und *instrumentaliter* mit meiner *Familie formiren* kan, zumahle da meine itzige Frau gar einen saubern *Soprano* singet, und auch meine älteste Tochter nicht schlimm einschläget. Ich überschreite fast daß Maaß der Höfligkeit wenn Euer Hochwohlgebohren mit mehrern *incommodire*, derowegen eile zum Schluß mit allen ergebensten *respect* zeitlebens verharrend

Euer Hochwohlgebohren

gantz gehorsamst ergebenster Diener

Leipzig, d. 28 *Octobris*
1730. *Joh: Sebast: Bach.*« [67]).

Der Brief hatte nicht den gewünschten Erfolg; Bach ist in Leipzig geblieben. Und, wie wir mit Grund annehmen dürfen: endlich doch nicht allzu ungern. Wären die Verhältnisse wirklich unerträglich gewesen, so hätte ein Mann von seiner Energie zuverlässig nicht eher geruht, als bis er sich aus ihnen befreit sah; und bei seinem großen Rufe würde ihm das auch nicht grade schwer geworden sein. Wenn Bach mit einem gewissen Nachdruck über die hohen Preise der Lebensbedürfnisse in Leipzig, über die Unzulänglichkeit und Unsicherheit seines Einkommens klagt — die Beredsamkeit, mit welcher er in der Denkschrift die finanziell günstige Lage der Dresdener Musiker schildert, erscheint hiernach besonders bedeutungsvoll — so haben ihn vorübergehend ungünstige Umstände und seine allgemeine Verstimmung offenbar zu schwarz sehen lassen. Man braucht solchen Klagen nur ganz einfach die Thatsache entgegen zu setzen, daß Bachs Privatverhältnisse bei seinem Tode wohlgeordnete waren, daß er einen behaglich eingerichteten Hausstand, ja sogar etwas Vermögen hinterließ. Wenn schon Kuhnau meinte, mit dem *Salarium fixum* könne ein Musicus wie er, der immer von seinen Kunstverwandten Zuspruch erhalte, auch den Studenten,

---

67) Adresse fehlt. — Seit ich in Band I, S. 755 und 764 f. zwei Bruchstücke dieses Briefes mittheilte, bin ich durch Freundeshand in Besitz einer photographischen Nachbildung des ganzen Briefes gelangt. Dieselbe hat ergeben, daß in einer der S. 755 abgedruckten Zeilen ein Wort ausgelassen war; außerdem noch ein paar andre unbedeutende Versehen des Copisten, welche man durch Vergleichung leicht entdecken wird.

die mit zu Chore gingen, manche Ergötzlichkeit machen müsse, und überdies ein starkes Hauswesen habe, keine großen Sprünge machen[68], wie viel mehr galt dieses von Bach, dessen Familie so ungleich stärker war, und dessen Haus kaum irgend ein durchreisender Künstler vorbeiging. Daß er da noch zurücklegen konnte, will gewiß etwas heißen. Unter dem Neide seiner Kunstgenossen erklärt er zu leiden. Man denkt an Görner. Aber wohin hätte ein Mann wie Bach gehen können und keine Neider finden? Gewiß, die musikalischen Mittel waren dürftig; aber darüber konnte er sich von Anfang an nicht täuschen und in einigen Beziehungen hatten sie sich doch schon gemehrt und verbessert. Und war endlich die Haltung der Behörde auch nie sonderlich aufmunternd, ja zu Zeiten gradezu niederdrückend und verletzend, so scharf war — das mußte Bach einsehen — der Gegensatz zwischen ihm und ihr doch nicht geworden, daß es sich hier um Sein oder Nichtsein gehandelt hätte. So zog denn die dunkle Wolke allmählig vorüber und der Himmel wurde wieder hell. Einen sehr erheblichen Einfluß darauf hatte ein noch in demselben Jahre eingetretenes Ereigniß, von dem man überhaupt sagen darf, daß es die glücklichste Periode von Bachs Leipziger Zeit einleiten half.

Im September hatte der neugewählte Rector der Thomasschule Johann Mathias Gesner die Amtsführung übernommen. Gesner war 1691 zu Roth in der Nähe von Nürnberg geboren, studirte in Jena und wurde 1715 Conrector des Gymnasiums zu Weimar[69]. Hier wirkte er bis 1729 und stand sieben Jahre auch der herzoglichen Bibliothek vor. Dann übernahm er die Leitung des Gymnasiums zu Anspach, gab aber diese Stellung schon nach einem Jahre wieder auf, um nach Leipzig zu gehen. Auch hier hat er nur bis 1734 verweilt. Er hatte sich verbindlich gemacht neben dem Schul-Rectorat nicht zugleich auch eine Universitätsprofessur zu bekleiden. Da dieses bei den Thomas-Rectoren sonst der Fall zu sein pflegte, so schädigte es Gesners Stellung, daß grade er der Universität fern bleiben mußte. Außerdem wies ihn seine Begabung entschieden auf die höchste Lehrstufe. Er folgte daher 1734 einem Rufe an die Uni-

68) S. Anhang B, IV, D.

69) S. Band I, S. 390.

versität Göttingen, wo er nach langer glänzender Wirksamkeit im Jahre 1761 gestorben ist[70]. Was Gesner für die classische Philologie in Deutschland bedeutet, wie er das Studium des Griechischen neu anregte, zuerst wieder Inhalt und Form der alten Schriftsteller von höherem Standpunkte aus betrachtete, und die bildende Kraft derselben in sich und seinen Schülern lebendig werden ließ, weiß jeder Philologe. Von höherer Wichtigkeit fast noch für die Verhältnisse, deren Darstellung hier versucht wird, war die von ihm alsbald entwickelte Begabung als leitender Schulmann. In ihm hatte der Rath den Mann gefunden, dessen er bedurfte, wenn die zur Hebung der Anstalt getroffenen Verwaltungsmaßregeln nicht vergeblich sein und die neue Schulordnung nicht ein todter Buchstabe bleiben sollte. Unter Gesners Leitung begann eine neue Periode der gründlich verfallenen Schule. Er besaß neben reichem, lebendigem Wissen in eminentem Sinne die Gabe anzuregen, in seinem Charakter paarte sich mit Humanität und Milde Festigkeit und Ernst; dem Rathe gegenüber zeigte er feine Formen ohne doch Entschiedenheit vermissen zu lassen. Es konnte nicht ausbleiben, daß er sich dessen hohe Achtung und volles Vertrauen bald erwarb; ja er wurde von Seiten seiner Vorgesetzten mit einer Auszeichnung behandelt, welche beweist, daß es ihnen doch nicht so ganz an Sinn für geistige Bedeutung fehlte, wie man nach Bachs Erlebnissen vielleicht glauben möchte. Es mag hier eine von seinem Nachfolger Johann August Ernesti berichtete Thatsache angeführt werden. Gesner, der schwächlich war, und während seines Rectorats in Leipzig zweimal schwer erkrankte, hatte anfänglich seine Wohnung etwas entfernt vom Schulgebäude, da dieses sich im Umbau befand. Um ihn der Beschwerlichkeit des Schulweges zu überheben, wurde er auf Rathskosten jedesmal in einer Sänfte zur Schule und nach beendigtem Unterricht wieder in seine Wohnung geschafft. Auch insofern erleichterte ihm der Rath die Ausübung seines Berufs, als er ihn von der Verpflichtung zur Inspection entband, die sonst der Rector mit den drei obersten Lehrern in wochenweiser Abwechslung zu besorgen hatte, und

70) *J. Aug. Ernesti narratio de Jo. Matthia Gesnero ad Davidem Ruhnkenium. Addita opusculis oratoriis.* 1762. *pag.* 306 *seqq.* — H. Sauppe, Johann Matthias Gesner. Weimar, 1856. 4.

die nun an Gesners Statt der *collega quartus*, Magister Winkler, übernahm. Unter dem Lehrercollegium führte Gesner ein besseres Einvernehmen herbei und ging ihnen in der Amtsführung mit glänzendem Beispiel voran. Der Liebe der Schüler versicherte er sich durch eine neue und geistvolle Art des Unterrichts, durch unermüdliche Theilnahme an aller Fortschritten und Ergehen und durch den Ernst, mit welchem er auf Zucht und Sitte hielt. Er führte die neue Schulordnung mit Genauigkeit durch, suchte auch einzelne Bestimmungen derselben zu erweitern, zu schärfen oder den vorgefundenen Verhältnissen gemäß abzuändern. So wollte z. B. die Schulordnung die lateinischen Morgen- und Abendgebete durch deutsche ersetzt wissen; Gesner, der auf den mündlichen Gebrauch der lateinischen Sprache großes Gewicht legte, beantragte, es möchten die lateinischen Gebete wieder hergestellt werden, weil sonst »die *rudité* und *ignoranz* noch mehr überhand nehmen würde«[71]. Auch wurden im Jahre 1733 auf seinen Antrag nach Maßgabe der neuen Schulordnung deutsch abgefaßte Gesetze für die Schüler gedruckt[72]. Jemand, der unter Gesner die Thomasschule besucht hatte, schilderte sein Wesen und Thun in folgender anziehender Weise: »Er richtete sich bei der Disciplin sehr genau nach den damals erneuerten Schulgesetzen, strafte mit vieler Vorsicht und, um nicht zu streng zu verfahren, immer ein paar Tage nach einer begangenen Unthat. Dann erschien er Abends nach dem Gebete, wenn die Motette gesungen war, im Zirkel der Schüler, ließ den Verbrecher hervortreten, schilderte mit Ernst und Nachdruck das Unerlaubte und Strafwürdige der begangenen That und bestimmte dann, den übrigen zur Warnung, die beschlossene Strafe. Diese Strafertheilung wirkte unglaublich viel, und um desto mehr, da er in allgemeiner Achtung stand. Wöchentlich mußten ihm die Schüler, selbst die sonst davon ausgeschlossenen Externi, ihre *Diaria* überreichen, und bei der Zurückgabe fanden sich sichtbare Spuren, daß er keines übergangen hatte. Bei Ernesti geschah dies anfangs auch, aber nur, wie vormals, von den *Alumnis*, ward

71) Rathsacten »Die Schule zu *St. Thomae* betr. *Fasc.* I.« sign. VIII, B. 5, und zwar die am Schlusse des Fascikels befindlichen »Anmerckungen über die Ordnung der Schule zu *St. Thomas*, 1. Des Herrn *Gesners Lit. A.*«.

72) »E. E. Hochweisen Raths der Stadt Leipzig Gesetze der Schule zu *S. THOMAE*. Leipzig, druckts Bernhard Christoph Breitkopf. 1733.« 4. 39 S. S.

aber bald ganz unterlassen, da dieser die *Diaria* gewöhnlich nicht zurückgab. Sonst war Gesner sehr herablassend und liebreich im Umgange mit den Schülern, besuchte sie selbst in der Singstunde, wohin sonst nicht leicht ein Rector kam, und hörte mit Vergnügen die aufgeführten Kirchenstücke. Traf er jemand in seiner Zelle über einer Arbeit, die, wenn sie auch nicht in den Schulplan paßte, doch nützlich war, z. B. einen, der sich mit Abschreiben einer Vorschrift beschäftigte, so fuhr er nicht mit Ungestüm auf ihn los, sondern empfahl ihm, wenn er Talent für Kalligraphie bemerkte, wiederholte Übung in Nebenstunden, weil, wie er sagte, der Staat Subjecte von mancherlei Talenten und Fertigkeiten bedürfe. Allen gab er bei ähnlichen Gelegenheiten die Lehre: Thut nur immer, was einen bestimmten Nutzen hat und wovon ihr einmal in eurem Beruf Gebrauch machen könnt[73]«.

Bach und Gesner kannten einander schon von Weimar her. Die Bekanntschaft wurde erneuert und erhob sich bald zu einem herzlichen collegialischen Verhältniß. Unser Gewährsmann hat eben erzählt, welche Theilnahme Gesner Bachs musikalischen Bestrebungen entgegenbrachte, wie er sich an seinen Aufführungen erfreute und ihn selbst in den Singstunden besuchte. Auch bemühte er sich anderweit, der Musikpflege an der Schule Vorschub zu leisten, so weit das in seinen Kräften stand, und als Bach im Jahre 1732 eine handschriftliche Sammlung von Motetten und Responsorien für die Thomaner anlegen wollte, verwandte er sich selbst beim Rath für die Kosten und erhielt die nöthige Summe auch bewilligt[74]. Er besaß ein für Musik sehr empfängliches Gemüth und wußte Bachs Größe vollauf zu würdigen. Jahre lang hat ihn der überwältigende Eindruck nicht verlassen, den das Wirken dieses mächtigen Künstlers auf ihn machte. Beredtes Zeugniß davon legt die Anmerkung ab,

---

73) *Historia Scholarum Lipsiensium collecta a Joh. Frid. Köhlero, pastore Tauchensi.* 1776 *seqq. pag.* 160. Ein Manuscript, das die königliche öffentliche Bibliothek zu Dresden aufbewahrt. Zu dem oben mitgetheilten fügt der Verfasser noch hinzu: »Diese Bemerkungen sind aus dem Munde eines seiner Schüler, der oft, und immer mit Enthusiasmus von seines großen Lehrers Verdiensten sprach«.

74) Rechnungen der Thomas- und Nikolai-Kirche 1732—1733, S. 49 und S. 60.

welche er in seiner 1738 erschienenen Ausgabe der *Institutiones oratoriae* des Marcus Fabius Quinctilianus zu einer Stelle (I, 12, 3) macht, wo Quinctilian davon redet, daß der Mensch die Fähigkeit besitze, vieles zu gleicher Zeit zu übersehen und zu thun, und als Beispiel die Cither-Spieler anführt, welche zu gleicher Zeit im Gesange Worte und Töne hören ließen, dazu auf der Cither spielten und mit dem Fuße den Takt markirten. Hierzu bemerkt Gesner: *Haec omnia, Fabi, paucissima esse diceres, si videre tibi ab inferis excitato contingeret, Bachium, ut hoc potissimum utar, quod meus non ita pridem in Thomano Lipsiensi collega fuit: manu utraque et digitis omnibus tractantem vel polychordum nostrum, multas unum citharas complexum, vel organon illud organorum, cujus infinitae numero tibiae follibus animantur, hinc manu utraque, illinc*[75] *velocissimo pedum ministerio percurrentem, solumque elicientem plura diversissimorum, sed eorundem consentientium inter se sonorum quasi agmina: hunc, inquam, si videres, dum illud agit, quod plures citharistae vestri et sexcenti tibicines non agerent, non una forte voce canentem citharoedi instar, suasque peragentem partes, sed omnibus eundem intentum et de XXX vel XXXX adeo symphoniacis, hunc nutu, alterum supplosione pedis, tertium digito minaci revocantem ad rhythmos et ictus; huic summa voce, ima alii, tertio media praeeuntem tonum, quo utendum sit, unumque adeo hominem, in maximo concinentium strepitu, cum difficillimis omnium partibus fungatur, tamen eadem*[76] *statim animadvertere, si quid et ubi discrepet, et in ordine continere omnes, et occurrere ubique, et si quid titubetur restituere, membris omnibus rhythmicum, harmonias unum omnes arguta aure metientem, voces unum omnes, angustis unis faucibus edentem. Maximus alioquin antiquitatis fautor, multos unum Orpheas et viginti Arionas complexum Bachium meum, et si quis illi similis sit forte, arbitror*«. »Dies alles, Fabius, würdest du für geringfügig halten, wenn du von den Todten erstehen und Bach sehen könntest (ich führe grade ihn an, weil er vor nicht langer Zeit auf der Thomasschule zu Leipzig mein College war), wie er mit beiden Händen und

75) Im Original *illic*, was ein Druckfehler sein muß. Offenbar will Gesner die Ausführung einer Stelle beschreiben, wo Hände und Füße sich in Gegenbewegung befinden.

76) Wird *eundem* heißen sollen; *eadem* giebt kaum einen Sinn.

allen Fingern das Clavier spielt, welches die Töne vieler Cithern in sich faßt, oder das Instrument der Instrumente, dessen unzählige Pfeifen durch Bälge beseelt werden, wie er von hier aus mit beiden Händen, von dort her mit hurtigen Füßen über die Tasten eilt und allein eine Mehrheit von ganz verschiedenen aber doch zu einander passenden Tonreihen hervorbringt: wenn du diesen, sag ich, sähest, wie er, während er vollbringt, was mehre eurer Citherspieler und tausend Flötenbläser vereint nicht zu Stande brächten, nicht etwa nur eine Melodie singt, wie einer, der zur Cither singt, und so seine Aufgabe löst, sondern auf alle zugleich achtet, und von dreißig oder gar vierzig Musikern den einen durch einen Wink, den andern durch Treten des Takts, den dritten mit drohendem Finger in Ordnung hält, jenem in hoher, diesem in tiefer, dem dritten in mittlerer Lage seinen Ton angiebt, und daß er ganz allein, im lautesten Getön der Zusammenwirkenden, obgleich er von allen die schwierigste Aufgabe hat, doch sofort bemerkt, wenn und wo etwas nicht stimmt und alle zusammenhält und überall vorbeugt und wenn es irgendwo schwankt die Sicherheit wieder herstellt, wie der Rhythmus ihm in allen Gliedern sitzt, wie er alle Harmonien mit scharfem Ohre erfaßt und alle Stimmen mit dem geringen Umfange der eignen Stimme allein hervorbringt. Ich bin sonst ein großer Verehrer des Alterthums, aber ich glaube, daß mein Freund Bach, und wer ihm etwa ähnlich sein sollte, viele Männer wie Orpheus und zwanzig Sänger wie Arion in sich schließt [77]«.

Bei solchen Gefühlen der Bewunderung und Zuneigung, welche Gesner Bach gegenüber hatte, mußte ihm daran liegen, dem Collegen die Unbequemlichkeiten seines Schulamtes möglichst wenig empfindlich zu machen, und ihn auch dem Rathe gegenüber wieder in eine bessere Stellung zu bringen. Daß er beides gethan hat, können wir aus zwei Anträgen sehen, die er an den Rath richtete,

77) Der erste, welcher auf diese Stelle aus Gesners Commentar aufmerksam machte, war Constantin Bellermann im *Parnassus Musarum* (s. über diesen Band I, S. 801) S. 41; später zog sie von neuem hervor Johann Adam Hiller, Lebensbeschreibungen, Erster Theil. Leipzig, 1784. S. 27—29. Ich gebe eine Übersetzung, weil dieselbe von Siebigke, Museum berühmter Tonkünstler. 2. Band, S. 21 ff. und auch von Winterfeld, Evang. Kirchenges. III, S. 261 f. theilweise falsch übertragen ist.

und deren Gewährung, da es eben Gesner war, der sie stellte, wohl sicher erfolgt ist. Bach war von dem wissenschaftlichen Unterrichte, wenn er sich auch meistens vertreten ließ, bisher doch noch nicht völlig frei gewesen, er hatte wenigstens im Falle der Noth immer zur Aushülfe bereit sein müssen. Gesner schlug nun vor, der Rath möge die Kirchen-Inspection über die Alumnen während der Wochentage durchaus dem Cantor übertragen, während er sie bis jetzt nur am Freitag gehabt hatte, denn mit seinen Functionen verknüpfe sich dieselbe am natürlichsten. Hierfür und für ein paar Singstunden möge man ihn dann vom wissenschaftlichen Unterricht gänzlich entbinden[78]. Vermuthlich stellte Gesner diesen Antrag als der Magister Pezold gestorben war (30. Mai 1731) und beim Eintritt einer neuen Lehrkraft sich das Verhältniß leicht in etwas andrer Weise regeln ließ. Die Conrectorstelle trat (Anfang 1732 Johann August Ernesti an. Während der Vacanz waren an Accidentien für den Conrector eingekommen 120 Gülden 10 ggr. 5 Pf. Hiervon erhielten die Pezoldischen Erben 40 Gülden. Das übrige, bat Gesner den Rath, unter Rector, Cantor, Tertius und Quartus zu gleichen Theilen zu vertheilen. Lehrstunden in Vertretung des Conrectors hatte Bach zwar nicht gegeben, aber die Reihe der Inspection war doch häufiger an ihn gekommen. Also schrieb Gesner: Die Information hat zwar Herrn Bachen keine Mühe gemacht. Doch hofft er diesmal in gleichem Theile mitzugehen, weil er bei der letzten Distribution (nach des Rectors Ernesti Tode) vorbei gegangen worden[79]. Hiermit hatten denn die »Gehalts-Verkümmerungen« wohl ihr Ende erreicht.

Bach war freilich nicht so leicht zu versöhnen. Hartnäckig, wie er seine Ziele zu verfolgen pflegte, hegte er auch einmal gefaßte Antipathien. Als er im Jahre 1733 dem König-Churfürsten die ersten beiden Abtheilungen seiner H moll-Messe widmete, bezeichnete er in dem Begleitschreiben als Zweck dieser Widmung ganz unumwunden die Verleihung einer Hofcharge. Er habe in seiner Stellung eine und andere Beschränkung unverschuldeter Weise, auch je zuweilen eine Verminderung seiner Accidentien[80] empfinden

---

78) Rathsacten a. a. O.

79) Rathsacten »Die Schule zu *St. Thomae* betr. *Fasc.* II.« sign. VIII, B. 6.

80) »Accidentien« hier in der allgemeinen Bedeutung als zufällig bei außergewöhnlichen Gelegenheiten einlaufende Gelder. Die Accidentien für Leichen-

müssen. Dieses werde alsdann aufhören. Aber obgleich die gewünschte Auszeichnung einstweilen noch nicht erfolgte, haben sich doch ernstliche Differenzen zwischen Bach und dem Rathe nicht wieder ereignet. Man hatte sich nun gegenseitig kennen gelernt und suchte forthin mit einander auszukommen. Günstiger als sie jetzt war, konnte Bachs Lage in Leipzig nicht werden. Er verfügte über den berühmtesten Musikverein der Stadt, der ihm auch für die Kirchen-Aufführungen nützlich war; treffliche Schüler, wie Johann Ludwig Krebs, der Sohn seines alten weimarischen Schülers Tobias Krebs[81], und seine eignen drei ältesten Söhne, die damals schon den Namen bedeutender, oder doch vielversprechender Künstler verdienten, standen ihm in seiner Thätigkeit mit wirksamer Hülfe zur Seite. In der Neuen Kirche fungirte ein ihm ergebener Musiker, an die Orgel der Nikolaikirche hatte er im Jahre 1730 seinen früheren Schüler, den bisherigen weimarischen Kammermusicus Johann Schneider gebracht[82]. Es bezeugt abermals Bachs Ansehen und Einfluß, daß sich unter den Aspiranten auf die freigewordene Organistenstelle zwei seiner ehemaligen Schüler befanden. Mit Schneider concurrirte der treffliche Johann Caspar Vogler, Hoforganist zu Weimar[83], aber man fand, daß Vogler die Gemeinde irre gemacht und zu schnell gespielt habe; deshalb wurde Schneider vorgezogen. Derselbe war zugleich ein tüchtiger Violinist und konnte bei besondern Gelegenheiten auch anderweitig von Bach verwendet werden. Seine Stelle hat er bis lange über Bachs Tod hinaus bekleidet[84]. Zu all diesem kam nun als letztes und bestes Gesners Freundschaft und seine zu Gunsten der Musik geltend gemachte

---

bestattungen, Trauungen, der Antheil des Cantors an dem auf den Schülerumgängen gesammelten Gelde, waren gesetzlich normirt.

81) S. Band I, S. 517 f.

82) S. Band I, S. 616. Als Schneiders Antrittsjahr ist dort, nach Walther, 1729 angegeben. Dies ist falsch; die Stelle wurde allerdings 1729 vacant, aber erst zum 1. August 1730 Schneider übertragen; s. Leipziger Rathsacten VII. B. 108. Fol. 111b.

83) S. Band I, S. 516 f.

84) Rathsprotokolle vom 18. Aug. 1704 — 1. Sept. 1753. Fol. 161b. Im Jahre 1766 erbat sich Schneider einen Substituten und erhielt ihn; Leipziger Consistorialacten »*Praesentationes* und *Confirmationes* derer *Organi*sten bey der Kirche zu *St. Nicolai*. No. 121«.

hohe Autorität. Daß Bach dieses als ein Glück empfand. darf man selbstverständlich nennen, wenn es auch an Beweisen dafür mangelt. Eine Parodirung der zum Geburtstage der Fürstin von Anhalt-Cöthen im Jahre 1726 componirten Gratulations-Cantate möchte man gern auf Gesner beziehen[85], doch fehlt es dazu an genügenden Anhaltepunkten. Als ein Zeugniß ihres einträchtigen Wirkens kann aber der feierliche Schulactus angesehen werden, mit welchem am 5. Juni 1732 das vergrößerte und besser eingerichtete Schulgebäude eingeweiht wurde. In der lateinischen Rede, welche Gesner bei dieser Gelegenheit hielt, unterließ er nicht, auch der auf der Anstalt geübten Musikpflege mit einigen warmen Worten zu gedenken[86], während Bach eine von dem Collegen Winkler gedichtete Cantate aufführte. Die Musik zu dieser — übrigens herzlich schlechten — Dichtung ist nicht bekannt[87].

IV.

Die Ordnung des lutherischen Gottesdienstes in Chursachsen gründete sich auf die Agende Herzog Heinrichs, welche im Jahre 1540 publicirt wurde. Die Agende hatte nicht sowohl den Zweck, überall in den, damals noch herzoglichen, sächsischen Landen eine völlige Gleichmäßigkeit des Cultus herzustellen, als vielmehr nur die Grundlinien anzudeuten, innerhalb derer die einzelnen Gemeinden nach ihrem Wunsch und Bedürfniß sich den Gottesdienst angemessen gestalten könnten. So war es auch Luthers Meinung gemäß, der in seiner Schrift über die deutsche Messe und Ordnung des Gottesdienstes (Wittenberg, 1526) mit besonderm Nachdruck betont, ein jeder möge in christlicher Freiheit nach eignem Gefallen von seinen Vorschlägen nur Gebrauch machen, »wie, wo, wann und wie lange es die Sachen schickten und forderten«. Das ist denn wirklich geschehen und fortgesetzt, auch nachdem die im Jahre 1580 ausgegebene Kirchenordnung des Churfürsten August sich die Herbeifüh-

85) S. Band I, S. 765 f.

86) Stallbaum, Die Thomasschule zu Leipzig. S. 69, Anmerkung. — In der Tags zuvor ausgeschickten Einladungsschrift wünscht Gesner, daß die Thomaner sein möchten *»juvenes ad humanitatem, quae litteris censetur et musice, probe instituti atque exculti«*. (S. 14 daselbst.)

87) S. Anhang B. X, 4.

rung einer größeren Übereinstimmung der Gottesdienstordnung in den verschiedenen Städten und Dörfern ausdrücklich zum Ziel gesetzt hatte. So gab es auch im Leipziger Cultus Gebräuche, die ihm sein besonderes Aussehen verliehen. Die lutherische Gottesdienstordnung stellt sich als eine Umbildung der katholischen Meßhandlung dar. In manchen Orten und Gegenden entfernte man sich rascher und weiter von derselben: in Leipzig wurde ein engerer Anschluß längere Zeit und auch noch während Bachs Wirksamkeit gewahrt. Er offenbarte sich theils in äußerlichen Ceremonien und Erscheinungen, wie z. B. in dem Gebrauch des Glöckchens bei der Consecration von Brod und Wein für das heilige Abendmahl, in der Beibehaltung von Meßgewändern und Chorhemden für die fungirenden Geistlichen und Chorknaben, theils in der fortgesetzten Pflege der Originalformen gewisser Theile des katholischen Cultus und, im Zusammenhange damit, einem ausgedehnteren Gebrauche der lateinischen Sprache. Diese Gewohnheit machte sich selbst im außergewöhnlichen kirchlichen Leben sehr bemerkbar geltend. Die noch zu Bachs Zeit nicht ungebräuchlichen testamentarischen Stiftungen, welche für öffentliche Absingung von gewissen Chorälen in der Kirche am Sterbetage des Stifters den Thomanern ein Legat bestimmten, klingen deutlich an katholische Anschauungen an[1]. Auch bei den Umgängen der Chorschüler durch die Stadt waren neben deutschen Gesängen noch lateinische Hymnen und Responsorien üblich. Es fehlte nicht an ängstlichen Gemüthern, welche die auffällige Ähnlichkeit des protestantischen Cultus zu Leipzig mit dem katholischen Cultus gern beseitigt gesehen hätten. Der Rath selbst glaubte im Jahre 1702 die Sache einmal in die Hand nehmen zu müssen, und wandte sich unter dem 13. Februar an den König-Churfürsten mit der Bitte, daß andächtige und in den Kirchen des sächsischen Landes approbirte deutsche Gesänge, Gebete und Texte durchgehends eingeführt würden. Zur Zeit der Reformation hätten die Verhältnisse anders gelegen. Man habe nicht durch allzu große und schnelle Veränderung der Kirchenceremonien bei den einheimischen katholischen

1) Um ein Beispiel anzuführen, so wurde vom 19. Nov. 1736 an für eine Frau Anna Elisabeth Seeber jährlich in der Neuen Kirche der Choral »O Jesu Christ, mein's Lebens Licht« gesungen, wofür 15 Thaler Jahreszinsen zur Vertheilung kamen. S. Rechnungsbücher der Neuen Kirche vom obigen Jahre.

Geistlichen und den Einfältigen und Neubekehrten irgend einen Anstoß verursachen wollen, auch wohl gehofft, auf diese Weise mehre noch zur evangelisch-lutherischen Kirche herüber zu ziehen. Jetzt aber sei Gefahr vorhanden, daß mancher durch die scheinbar nicht große Ungleichheit der Kirchengebräuche zu einer irrigen Meinung von der lutherischen Lehre verleitet werde. Zur Erweckung der Andacht seien »geistreiche« deutsche Lieder viel besser geeignet, als die alten lateinischen Responsorien u. drgl., die doch von den meisten nicht verstanden würden. Doch fand der Antrag keine genügende Unterstützung. Die Leipziger wußten, daß die Formen ihres Gottesdienstes grade ihrer Besonderheit wegen interessant waren, und selbst die Geistlichkeit meinte, daß doch noch einige und besonders die Fremden an den lateinischen Liedern Gefallen hätten. Er hatte deshalb sehr geringen Erfolg. Nur in Betreff der Schülerumgänge wurde, und auch erst im Jahre 1711, bestimmt, daß anstatt des Responsoriums »*Sint lumbi vestri circumcincti*« (Ev. Luc. 13, 35) deutsche, auf das jüngste Gericht bezügliche Lieder gesungen werden sollten, nämlich »Es ist gewißlich an der Zeit«, »Wachet auf, ruft uns die Stimme« und »O Ewigkeit, du Donnerwort«[2].

Eine genaue Kenntniß der Gottesdienstordnung in der Thomas- und Nikolai-Kirche ist für die Würdigung der Bachschen Kirchenmusiken von großer Wichtigkeit, denn nur im engen Zusammenhange mit ihr lassen sich dieselben nach Wesen und Wirkung vollständig begreifen. Über den Vormittagsgottesdienst des ersten Adventssonntags besitzen wir Bachs eigenhändige Aufzeichnung, die er sich machte, als er 1714 in Leipzig war[3]. Da sie als solche ein gewisses Interesse hat, so mag sie hier Platz finden, obgleich aus dem folgenden hervorgehen wird, daß sie nicht überall genau und vollständig ist.

»Anordnung des Gottes Dienstes in Leipzig
am 1 Advent-Sonntag frühe.

(1) *Praeludier*et. (2) *Motetta.* (3) *Praeludier*et auf das *Kyrie*, so gantz *musicir*et wird. (4) *Intonir*et vor dem Altar. (5) *Epistola* ver-

---

2) Rathsarchiv »*Acta* die Kirchen-Musik E. w. d. a. betr.« VII. B. 31. Fol. 1, 2, 4, 6. — *M.* Johann Jacob Vogels Leipziger *ANNALES* Dritter Band. S. 1051.

3) S. Band I, S. 513 f.

lesen. (6) Wird die *Litaney* gesungen. (7) Praeludieret auf den *Choral.* (8) *Evangelium* verlesen. (9) *Praeludier*et auf die Haupt *Music.* (10) Der Glaube gesungen. (11) Die Predigt. (12) Nach der Predigt, wie gewöhnlich einige *Verse* aus einem Liede gesungen. (13) *Verba Institutionis.* (14) *Praeludier*et auf die *Music.* Und nach selbiger wechselsweise *praeludier*et und *Choräle* gesungen, biß die *Communion* zu Ende *et sic porrò.*«

Die Gottesdienstordnung war verschieden an den gewöhnlichen Sonntagen, den Festtagen und in der Passionswoche. Beginnen wir mit den gewöhnlichen Sonntagen. Die Reihe der kirchlichen Acte, während welcher den ganzen Tag hindurch die Thore geschlossen gehalten wurden und aller öffentliche Verkehr ruhte, eröffnete die um $5^1/_2$ Uhr beginnende Mette in der Nikolaikirche. Für diese Kirche existirte neben dem Thomanerchor noch ein besonderes vom Cantor der Nikolai-Kirche dirigirtes Choralisten-Institut, das durch städtische Stipendien unterhalten wurde. Es bestand aus Studenten und besaß seine eignen sehr genauen und strengen Satzungen [4]. Der Thomas-Cantor führte indessen eine gewisse Oberaufsicht über dasselbe, wie denn auch die nöthigen Musikalien seiner Obhut anvertraut waren [5]. Die Choralisten sangen das Invitatorium »*Venite, exultemus Domino*«, dann einen Psalm, ein Responsorium, darauf einer von ihnen das Sonntags-Evangelium lateinisch vom Pulte und hernach verlas es ein andrer ebenso in deutscher Sprache. Es folgte das *Te Deum laudamus*, das vom Organisten angestimmt und einen Vers um den andern wechselsweise von ihm und den Choralisten ausgeführt wurde. Den Schluß machte das *Da pacem*, oder eine andre für die Zeit passende Antiphone und endlich das *Benedicamus Domino.*

---

4) Dieselben wurden im Jahre 1628 gegeben, wo also vermuthlich das Institut ins Leben trat. Gottfried Vopelius, der bekannte Verfasser des Neuen Leipziger Gesangbuchs von 1682, und seiner Zeit Cantor der Nikolaikirche, hat sie 1678 nochmals niedergeschrieben. Das Manuscript befindet sich jetzt in der Bibliothek der Nikolaischule zu Leipzig. — Der Nikolai-Cantor zu Bachs Zeit war Magister Johann Hieronymus Homilius.

5) Als im Jahre 1767 der Palmsonntags-Hymnus *Gloria, laus et honor tibi sit, Rex Christe* gesungen werden sollte, erklärte der Cantor Doles, die Noten dazu hätten sich verloren. »*ACTA* die veränderte Einrichtung des öffentlichen Gottesdienstes zu *Palmarum* und am Char-Freytage u. s. w. 1766«; Ephoral-Archiv zu Leipzig.

Der Vormittags-Gottesdienst begann in beiden Hauptkirchen präcis um 7 Uhr. Ein Orgelpraeludium bereitete auf eine dem Evangelium des jedesmaligen Sonntags angemessene und gewöhnlich lateinische Motette vor. Zur Zeit der Fasten oder wenn Landestrauer war und somit die Orgel nicht gespielt wurde, blieb die Motette fort, und es wurde mit dem Lobgesange Zachariae *Benedictus Dominus Deus Israel* und dem *Vivo ego* angefangen[6]. Der Introitus, mit welchem Herzog Heinrichs Agende den Gottesdienst begonnen wissen will, folgte erst jetzt: darnach das Kyrie. Es wurde abwechselnd in der einen Kirche lateinisch, in der andern deutsch gesungen; geschah das letztere, so wurde die Version: »Kyrie, Gott Vater in Ewigkeit« benutzt. Zuweilen wurde auch das »Kyrie« in concertirender Form gemacht, vermuthlich während der kirchlichen Trauerzeiten, d. h. also, da an den drei letzten Adventsonntagen, in der Fastenzeit und an den Bußtagen keine concertirende Musik stattfand, am ersten Adventsonntage, was zu Bachs oben gegebener Aufzeichnung stimmt. Ein anderer Tag, an welchem das Kyrie ebenfalls concertmäßig musicirt wurde, wird hernach unter den Festtagen namhaft gemacht werden. Nunmehr wurde von dem vor dem hohen Altar knieenden Geistlichen das Vaterunser gebetet und sodann von dem Küster der Abendmahlskelch auf den Altar gesetzt. Einer der Diaconen intonirte das *Gloria in excelsis*, worauf entweder der Chor mit dem *Et in terra pax hominibus*, oder die Gemeinde mit dem Liede »Allein Gott in der Höh' sei Ehr« antwortete. Es folgte in lateinischer Fassung der Gruß des Geistlichen: *Dominus vobiscum*, mit der Antwort des Chors: *Et cum spiritu tuo*. Die hierdurch eingeleitete Collecte wurde ebenfalls lateinisch gelesen, d. h. im Collectenton gesungen; nach der darauf erfolgenden Absingung der Sonntags-Epistel vom Pulte, wurde in der Advents- und Fastenzeit die Litanei in der Weise gesungen, daß sich die Gemeinde nicht nur respondirend daran betheiligte, sondern auch in die Gegenstände der Bitten mit einstimmte; angestimmt wurde die Litanei in der Thomaskirche von vier hierzu bestellten Knaben, »Altaristen« genannt; der Chor respon-

6) Das Verbot des Orgelspiels während der Fastenzeit wurde erst im Jahre 1780 insofern eingeschränkt, als von da ab wenigstens die Communionlieder mit Orgelbegleitung gesungen werden durften; s. Rechnungen der Nikolaikirche von Lichtmeß 1780 — Crucis 1780, S. 38.

dirte[7]. Darnach ein Gemeindelied, welches zum Evangelium paßte, während an den übrigen Sonntagen das Gemeindelied sich gleich an die Epistel anschloß und die Litanei fortblieb. Es folgte die Absingung des Evangeliums vom Pulte, darnach das von dem Geistlichen, welcher die Woche hatte, vor dem Altar intonirte *Credo in unum Deum*, worauf dann an den drei letzten Adventsonntagen und in der Fastenzeit, ebenso an den Aposteltagen das ganze *Symbolum Nicaenum* vom Chor lateinisch gesungen wurde. An den andern Sonntagen schloß sich an die Intonation des Geistlichen sofort das Praeludium zur Hauptmusik, und daran diese selbst[8]. War sie beendigt, so wurde von der Gemeinde der deutsche Glaube (»Wir glauben all an einen Gott«) gesungen. Wie früher gesagt ist, wurde in jeder der beiden Hauptkirchen an den gewöhnlichen Sonntagen nur einen um den andern Sonntag Figural-Musik gemacht. Wo sie nicht stattfand, schloß sich also an die Intonation des *Credo* gleich der deutsche Glaube an[9]. Nun kam die Predigt über das Evangelium, welche vor Verlesung desselben noch einmal durch das Gemeindelied »Herr Jesu Christ dich zu uns wend« unterbrochen wurde. Die Predigt dauerte eine Stunde, von 8 bis 9 Uhr, wie denn überhaupt die Gottesdienstordnung auf eine genaue Zeiteintheilung berechnet war; um sie streng innehalten zu können, war auf dem Orgelchor eine Sanduhr angebracht[10]. Nach der Predigt wurde die Kirchen-Beichte nebst den gewöhnlichen Kirchengebeten verlesen und nach den üblichen Abkündigungen der Act auf der Kanzel mit dem Vaterunser und dem paulinischen Wunsche »Der Friede Gottes, welcher höher ist,

---

7) Dieses erweist eine Verordnung des Leipziger Consistoriums vom 31. Januar 1810, welche den bisherigen Gebrauch abschafft. »*Acta Ephor.* Das gestattete Orgelschlagen an den Bußtagen und zu andern Zeiten betr.«, auf dem Ephoral-Archiv zu Leipzig; außerdem die Rechnungen der Thomaskirche von 1719, S. 34.

8) In Bachs Aufzeichnung findet sich unter 8) hinter den Worten »*Evangelium* verlesen« die nachher durchstrichene Bemerkung »und *Credo intonir*et«; Bach hatte also irrthümlich die ihm ertheilte Auskunft zuerst auch auf den rsten Adventsonntag bezogen.

9) So entstand, was Rochlitz als eine kaum glaubliche Ungeheuerlichkeit erzählt (Für Freunde der Tonkunst. 4. Bd. 3. Aufl. S. 278, Anmerk.), daß unmittelbar vor dem deutschen Credo das lateinische »munter« gesungen wurde.

10) »12. ggr. vor *reparir*ung der Sand Uhr auf der Orgel.« Rechnungen der Thomaskirche von 1739—1740, S. 62.

denn alle Vernunft« u. s. w. beschlossen. Während der Prediger die Kanzel verließ, wurden ein paar Verse eines passenden Gemeindeliedes gesungen. Den letzten递停heil des Gottesdienstes bildete die Communion. Ob an gewöhnlichen Sonntagen den Einsetzungsworten Luthers Paraphrase des Vaterunsers mit der sich anschließenden Abendmahlsvermahnung vorherging, oder nicht, ist nicht ganz klar; indessen kann man es unter Berufung auf Herzog Heinrichs Agende als wahrscheinlich annehmen. Unter der Communion wurden deutsche Abendmahlslieder gesungen; es wurde aber zuweilen vor denselben selbst an gewöhnlichen Sonn- und Festtagen noch eine Figural-Musik gemacht, wie dieses aus Bachs obiger Aufzeichnung und aus einer über den zweiten Theil einer Continuostimme seiner Trinitatis-Cantate »Höchst erwünschtes Freudenfest« gesetzten Notiz hervorgeht. Den Beschluß des ganzen Gottesdienstes machte, wie es scheint ohne vorhergegangene Collecte, die Benediction »Gott sei uns gnädig und barmherzig und gebe uns seinen göttlichen Segen«.

Die Zeitdauer des Vormittagsgottesdienstes richtete sich nach der Anzahl der Communicanten. Manchmal war er erst um 11 Uhr zu Ende, dauerte also gegen 4 Stunden. Hieraus allein erklärt sich schon der frühe Beginn desselben. Die Folge war, daß er zur Winterszeit großentheils, die Kirchenmusik vor der Predigt immer bei Beleuchtung stattfand[11].

Der Mittagsgottesdienst, welcher um $11^3/_4$ Uhr seinen Anfang nahm, war liturgisch nur sehr einfach ausgestattet. Er bestand aus einer Predigt mit zwei vorhergehenden und einem nachfolgenden Gemeindegesange. Der Chor war in ihm nicht beschäftigt.

Um $1^1/_4$ Uhr begann der Vespergottesdienst mit einer Motette, an welche sich ein Gemeindelied schloß. Einer der Diaconen sang vom Pulte einen Psalm, das Vaterunser und eine Collecte. Dann wieder ein Gemeindelied und die Predigt, welche über die Epistel, in der Adventszeit über den Katechismus und in den Fasten über die Passionsgeschichte gehalten wurde. Nach der Predigt wurde das

11) Für die Beleuchtung auf dem Orgel-Chor hatte, wenn Figural-Musik war, der Cantor, sonst der Conrector zu sorgen. Der Cantor erhielt zu diesem Zwecke aus den Mitteln der Thomaskirche jährlich 11 Thaler 15 ggr., aus denen der Nikolaikirche, in welcher das Chor kleiner war, 7 Thaler 21 ggr. ausgezahlt (Rechnungen der Thomas- und Nikolai-Kirche).

deutsche Magnificat auf die von Joh. Hermann Schein vierstimmig gesetzte Melodie gesungen [12], und nach einer vor dem Altare recitirten Collecte und dem Segen der Gottesdienst mit dem Gemeindelied »Nun danket alle Gott« beendigt.

Was die Festtage betrifft, so zeichneten sich unter ihnen die drei hohen Feste, deren jedes drei Tage hindurch gefeiert wurde, durch einen besonders reichen Cultus aus. Die Mette in der Nikolai-Kirche erlitt keine Veränderung, außer daß sie anstatt um $5^1/_2$ Uhr um 5 Uhr begann. Der Vormittags- und Vesper-Gottesdienst wurde an allen drei Tagen durch einen vom Chor gesungenen Hymnus eingeleitet, diese Hymnen waren: zu Weihnachten: *Puer natus in Bethlehem*, zu Ostern: Heut triumphiret Gottes Sohn, zu Pfingsten: *Spiritus sancti gratia*. Im Vormittagsgottesdienst kam dann das Orgelpraeludium mit der Motette. Der Collecte, welche der Epistel voranging, scheint ein auf das Fest bezüglicher Versikel vorgefügt zu sein [13]. Nach dem der Predigt folgenden Liede wurde als Einleitung des Communionsactes die vollständige lateinische Präfation gesungen und sodann das *Sanctus* als Figuralmusik gemacht, außerdem während der Communion entweder eine Motette oder ein concertirendes Stück. Den ganzen Gottesdienst beschloß nach geschehener Benediction ein Festlied der Gemeinde. In der Vesper blieb die Collecte vor der Predigt fort, nach der Predigt wurde das Magnificat lateinisch und zwar als Figuralmusik gesungen. Kirchencantaten wurden an den beiden ersten Festtagen in beiden Kirchen sowohl im Vormittags-Gottesdienst, als in der Vesper aufgeführt; in letzterer nahmen sie den Platz der ausgelassenen Collecte ein. Es wurden jedoch für diesen Zweck an jedem Festtage nur zwei Cantaten gebraucht, da die Cantate, welche des Vormittags in der einen Kirche musicirt war, des Nachmittags in der andern aufgeführt wurde, und umgekehrt. Diejenige Kirche, in welcher der zeitige Superintendent zugleich Pastor war, also zu Bachs Zeit die Nikolaikirche, hatte hier den Vorrang, d. h. in ihr fungirte am ersten Festtage Vormittags jedesmal der erste und geübteste Chor unter Bachs eigner Leitung.

12) S. Vopelius, Neu Leipziger Gesangbuch, S. 440 ff.

13) Ich schließe dies aus Vopelius, der Versikeln für alle Feste in sein Gesangbuch aufgenommen hat.

während am zweiten Festtage Vormittags in der Thomaskirche die sogenannte Principal-Musik stattfand. An den dritten-Festtagen wurde nur in einer der beiden Kirchen Musik gemacht [14]).

Die Auszeichnung durch eine doppelte Kirchenmusik theilten mit Weihnachten, Ostern und Pfingsten noch das Neujahrs-, Epiphanias-, Himmelfahrts- und Trinitatis-Fest, sowie Mariae Verkündigung. Die Festhymnen waren: zu Neujahr und Epiphanias: *Puer natus in Bethlehem*, zu Himmelfahrt: Heut triumphiret Gottes Sohn, zu Trinitatis: *Spiritus sancti gratia*, also dieselben, wie Weihnachten, Ostern und Pfingsten. Zu Neujahr und Epiphanias wurde nur in einer der Hauptkirchen Mittagspredigt gehalten. Unter den drei Marienfesten hatten nur Mariae Reinigung und Mariae Verkündigung einen besonderen gottesdienstlichen Charakter. An ersterem wurde mit dem Hymnus *Ex legis observantia* im Vormittags- und Vesper-Gottesdienst sowohl begonnen als geschlossen. Das Fest Mariae Verkündigung wurde am 25. März gefeiert. Fiel aber auf dieses Datum zugleich Gründonnerstag oder Charfreitag oder Ostern, so wurde es am Palmsonntage begangen; trotz der Fastenzeit war Figuralmusik und Orgelspiel. Das Reformationsfest wurde nur als halber Festtag begangen und zwar immer am 31. October; nur wenn dieser Tag auf Sonnabend oder Montag fiel, fand es am nachfolgenden oder vorhergehenden Sonntage statt [15]). Der Vormittagsgottesdienst begann mit Orgelspiel und Motette. Das dem Introitus folgende Kyrie wurde concertmäßig musicirt. Als Episteltext wurde Thessal. II, 2, 3—8 abgesungen, als Evangelium Offenbarung Johannis 14, 6—8. Nach der Predigt sang der Chor das *Te Deum* mit Begleitung von Trompeten

---

14) S. »Texte zur Leipziger Kirchen-*Music*, auff die heiligen Oster-Feyertage, ingleichen auff Jubilate, Cantate, und das Fest der Himmelfarth Christi, *Anno* 1711. LEIPZIG, gedruckt bey Jmmanuel Tietzen.« S. 13 S.S., und »Texte zur Leipziger Kirchen-*Music*, Auf die Heiligen Weyhnachts-Feyertage, und den Sonntag darauf, 1720. Ingleichen auf das Fest Der Beschneidung Christi, den drauf folgenden Sonntag, Das Fest der Offenbahrung, und den Sonntag darauf, des 1721sten Jahres. Leipzig, gedruckt bey Jmmanuel Tietzen«. 8. 8 Bll. Beide Heftchen auf der Bibliothek des Vereins für die Geschichte Leipzigs.

15) »*ACTA* die Feyer des Reformations-Festes betr. *Superintendur* Leipzig 1755.«, Leipziger Ephoralarchiv. — Gerber, Historie der Kirchen-*CEREMONIEN* in Sachsen. Dresden und Leiptzig. 1732. 4. S. 227.

und Pauken und im Anschluß daran die Gemeinde »Nun danket alle Gott«. Ohne Besonderheiten verliefen die Johannis- und Michaelis-Gottesdienste. Allen diesen Festtagen aber war gemeinsam, daß unter der Predigt ein Festlied gesungen wurde; wahrscheinlich wurde auch an allen die Epistel-Collecte durch einen passenden Versikel ausgezeichnet, die Collecte am Reformationstage scheint die lateinische *pro pace* gewesen zu sein [16].

Der Cultus der Passionswoche theilte zunächst mit der gesammten Fastenzeit die Eigenthümlichkeit, daß in ihm nicht die Orgel gespielt und auch keine concertirende Musik gemacht wurde. Indessen galt dieses Gesetz nicht ausnahmslos. Daß es außer Kraft trat, wenn Mariae Verkündigung auf Palmsonntag fiel oder verlegt wurde, ist schon gesagt. Falls der Palmsonntag als solcher gefeiert wurde, verlief der Gottesdienst folgendermaßen. Ein Orgelpraeludium leitete sofort zum *Kyrie* über. Nach der *Gloria*-Intonation folgte das Gemeindelied »Allein Gott in der Höh sei Ehr«. Anstatt des Evangeliums sang der Archidiaconus vor dem hohen Altar unter Mitwirkung eines Schülerchors die Passion deutsch nach dem Evangelisten Matthäus. Darauf folgte die Motette von Gallus *Ecce quomodo moritur justus* [17]. Die Abendmahls-Handlung wurde nicht durch die volle Präfation eingeleitet, sondern es wurde nur eine, wie es scheint lateinische Eingangsformel zum Vaterunser, die sogenannte *praefatio orationis dominicae* verlesen [18], was übrigens auch schon an den vorhergehenden Fästensonntagen von Oculi an zu geschehen pflegte. Dann wurde wieder eine Motette gesungen und von der Gemeinde Passions- oder Communionlieder. Für die Mette, die um $5^1/_2$ Uhr begann [19], ist zu erwähnen, daß die Choralisten in ihr

16) Wenigstens war sie es im Jahre 1755, wo übrigens die Ordnung des Reformationsgottesdienstes ein paar Veränderungen erlitt. Vrgl. auch Schöberlein, Schatz des liturgischen Chor- und Gemeindegesangs. Erster Theil. Göttingen, Vandenhoeck und Ruprecht. 1865. S. 487.

17) Vopelius, S. 263 ff. — Johann Adam Hiller sagt in der Vorrede seiner Vierstimmigen lateinischen und deutschen Chorgesänge. Erster Theil. Leipzig, 1791., daß diese Motette zur Fastenzeit noch immer in den Kirchen gesungen werde.

18) S. über diese Schöberlein, a. a. O., I. S. 371 und 373.

19) Die Quellen »$6^1/_2$ Uhr«. Dies muß ein Versehen sein, da schon um 7 Uhr der Vormittagsgottesdienst anfing, und die Mette am Palmsonntag zu keiner andern Zeit gehalten sein wird, als an den andern Sonntagen.

den Hymnus *Gloria, laus et honor tibi sit, Rex Christe* sangen. Auch am Gründonnerstage wurde der Anfang mit einem Orgelpraeludium gemacht. Als Introitus wurde gesungen *Humiliavit semet ipsum* (Philipp. 2, 8), nach der Epistel der Hymnus *Crux fidelis inter omnes* und während der Communion die Motette *Jesus Christus Dominus noster*. Der Charfreitag hatte mit dem Gründonnerstage den Introitus gemeinsam, aber jetzt blieb die Orgel gänzlich stumm. Zur Epistel und zum Evangelium wurden Psalm 22 und Jesaias 53 ein Jahr um das andre abwechselnd benutzt. An Stelle aber des gesungenen Evangeliumstextes trat, wie am Palmsonntage die Passion nach Matthäus, so jetzt diejenige nach Johannes. Die Passionsberichte des Marcus und Lucas wurden von der Liturgie nicht berücksichtigt. Es folgte nun aber nicht die Motette *Ecce quomodo*, sondern das deutsche Gemeindelied »O Traurigkeit! o Herzeleid!« Der Communion ging wieder die *Praefatio orationis dominicae* vorher, dagegen blieb unter der Communion die Motette fort, es wurden nur Abendmahls- und Passionslieder von der Gemeinde gesungen. Bis zum Jahre 1721 hatte man in den Leipziger Hauptkirchen keine andern als choralische Passionsaufführungen gekannt. Der Andrang der Opernmusik war aber allmählig so stark geworden, daß man ihm endlich auch in der Charwoche nachgab. Mit dem genannten Jahre eroberte sich die im Figuralstil gehaltene moderne madrigalische Passionsmusik in der Charfreitags-Vesper ihren Platz. Kuhnau, der so viel über den verderblichen Einfluß der Opern auf die Kirchenmusik geklagt hatte, mußte sich nun sogar herbeilassen, selbst noch eine solche zu componiren. Sie ist — wenigstens als Skizze — erhalten und wird weiter unten genauer charakterisirt werden. Die neuen Passionsaufführungen fanden in jahrweiser Abwechslung bald in der Nikolai- bald in der Thomaskirche statt. Doch kam die Thomaskirche dieses Mal zuerst an die Reihe, vielleicht weil sie die für größere Musikaufführungen geeigneteren Räumlichkeiten hatte[20]. Diese Einrichtung hat fast ein halbes Jahrhundert Bestand gehabt, bis durch eine Consistorial-Verfügung vom

20) Man sieht dies daraus, daß Bach seine erste Passionsaufführung gegen seinen Wunsch in der Nikolai-Kirche veranstalten mußte. Rathsarchiv »*Acta* die Kirchen-Musik E. w. d. a. betr.« VII. B. 31. Fol. 12.

20. März 1766 die choralischen Passionen ganz abgeschafft wurden. Die Diaconen waren meistens der Musik unkundig gewesen, die Aufführungen hatten schlecht geklungen und die Erbauung nicht gefördert. Von 1766 ab sind die madrigalischen Passionsmusiken im Vormittagsgottesdienste aufgeführt worden, und zwar eine und dieselbe in der Thomas- und Nikolai-Kirche, doch so, daß sie das eine Jahr auf Palmarum in der Thomaskirche, auf Charfreitag in der Nikolaikirche und das andre Jahr in umgekehrter Weise stattfanden. Mit der Zeit sind sie aus dem Cultus ganz verschwunden. Der Vesper-Gottesdienst des Charfreitags verlief also zu Bachs Zeit in folgender Ordnung. Mit einer Motette wurde begonnen, dann sang die Gemeinde das Lied »Da Jesus an dem Kreuze stund«. Darauf folgte die Passionsmusik. Die nun folgende Predigt war vor 1721, bis wohin auch nur in der Thomaskirche Charfreitagsvesper stattgefunden hatte, immer über das Begräbniß Christi gehalten worden. Regel ist dieses zweifelsohne auch später geblieben, obgleich es einen Mißstand mit sich führen mußte, wenn die Passion, wie beide Bachschen, zweitheilig war. In solchem Falle wurde nämlich der eine Theil vor, der andre nach der Predigt gemacht und somit der continuirliche Fortgang in der Idee der Cultushandlung gestört. Nach der Predigt ertönte außerdem wieder die Motette *Ecce quomodo.* Die Gemeinde stimmte abermals das Lied »O Traurigkeit! o Herzeleid!« an, Collecte und Segen wurden gesungen und den Schluß machte das Gemeindelied »Nun danket alle Gott«[21]).

Es ist noch übrig, über den sonn- und festtäglichen Cultus in der Universitätskirche das nöthige zu sagen. Derselbe verlief bedeutend einfacher. Der Vormittagsgottesdienst begann um 9 Uhr mit einem Orgelpraeludium und dem Gemeindegesang »Allein Gott in der Höh sei Ehr«. Es folgte ein dem Tage angemessenes anderes Lied, dann der Glaube und dann die von einem der theologischen Universitätsprofessoren über das Evangelium gehaltene Predigt. Nach der Predigt wurde wieder ein Gemeindelied gesungen, an welches sich die Kirchenmusik schloß. Zu Kuhnaus Zeit fand sie nur an den hohen Festen und während der Messen statt. Seit Bach und

21) »*ACTA* die veränderte Einrichtung des öffentlichen Gottesdienstes zu *Palmarum* und am Char-Freytage u. s. w. 1766«; Ephoralarchiv zu Leipzig.

Görner sich in die Direction theilten, war sie häufiger; ob allsonntäglich oder in welcher Ordnung sonst, wissen wir nicht. Nach der Musik wurde vom Prediger mit der Benediction »Gott sei uns gnädig« der einfache Schluß gemacht. Am Nachmittag wurde von $3^1/_4$— 4 Uhr eine kurze Vesper gehalten, die nur aus einem Gemeindelied, einer von einem Candidaten gehaltenen Predigt und dem Schlußliede »Ach bleib bei uns Herr Jesu Christ« bestand. Eine Charfreitags-Vesper mit Orgelspiel und Kirchenmusik (vermuthlich ebenfalls einer Passionsaufführung) wurde 1728 eingeführt[22]. Dahin hatte es Görner mit der Zeit gebracht.

Aus der Zahl der Wochengottesdienste bedürfen nur die in der Thomaskirche gehaltenen einer Erwähnung. In der Nikolai-Kirche wurde die Liturgie durch die Choralisten besorgt und in der Universitätskirche fand kein Wochengottesdienst statt. Die Wochentage, an denen der Thomanerchor in der Kirche beschäftigt war, waren Dienstag, Donnerstag, Freitag und Sonnabend. Am Dienstag um $6^3/_4$ Uhr wurde gepredigt mit vorausgehendem Gemeindelied. Der Chor sang einige lateinische Psalmen, das *Canticum Zachariae*, einen deutschen Psalm und zum Schluß das *Benedicamus Domino*. Am Donnerstag zu derselben Zeit war Predigt mit Communion; die Liturgie stimmte mit der des Dienstages überein, nur wurde vor der Predigt noch der Glaube gesungen. Am Freitag, dem gewöhnlichen Bußtage, war um $1^1/_2$ Uhr große Betstunde, in welcher die Litanei gesungen wurde. Am Sonnabend um 2 Uhr wurde, zunächst für diejenigen, welche Sonntags zum Abendmahl gehen wollten, ein Beichtgottesdienst gehalten. Die Thomaner begannen mit einem Gesange (ob Motette, Hymnus oder Psalm, ist nicht zu sagen); nach der Bußpredigt wurde das Magnificat, eine Collecte und der Segen gesungen. Während dann Privatbeichte gesessen wurde, fand auf dem Orgelchor die Hauptprobe zur Sonntagsmusik statt. In diesen Wochengottesdiensten konnten keine Bachschen Compositionen zur

22) *Antonii Weizii* Verbessertes Leipzig. Leipzig, 1728. S. 12: In der Paulinerkirche »wurde dieses 1728. Jahr die erste Char-Freytags-Vesper-Predigt gehalten, zu denen Teutschen Liedern die Orgel gespielet, auch dazu mit *Instrumenten musici*ret«. Diese letzteren Worte können selbstverständlich nur eine concertirende Kirchenmusik bedeuten, da außer dem *Te Deum* kein Gemeindelied mit Instrumenten außer der Orgel begleitet wurde.

Aufführung kommen; höchstens daß einmal am Sonnabend die Möglichkeit gewesen wäre. Ihre Erwähnung erscheint aber deshalb nicht unwichtig, weil sie das Bild des kirchlichen Lebens vervollständigen, in welches Bachs Kirchenmusiken als integrirender Theil hineingehören. In dem vollen Reichthum seiner Bestandtheile ist das Bild auch hiermit noch nicht dargestellt. Es würde zu diesem Zwecke noch die Beschreibung des Gottesdienstes in der Neuen und Peters-Kirche erforderlich sein, zu dessen Liturgie Bach wenigstens in einem losen Verhältniß stand, sowie endlich des Gottesdienstes in der Johannis- und Georgen-Kirche. Indessen genüge deren Nennung; daß das kirchliche Leben Leipzigs von einer seltenen Mannigfaltigkeit war, wird man erkennen. Und diese vielen gottesdienstlichen Acte waren nicht etwa aus andersgesinnten Zeiten überkommen und wurden nicht nur respectvoll conservirt, sondern grade die letzte Generation war es gewesen, welche 1699 den Gottesdienst in der Neuen Kirche, 1711 denjenigen in der Peterskirche wiederhergestellt und 1710 den bisher nur vereinzelt stattfindenden Gottesdienst in der Universitätskirche zur Freude der ganzen Stadt[23]) in einen regelmäßig sonntäglichen umgewandelt hatte. Es steht also außer Zweifel, daß damals in Leipzig ein sehr reger kirchlicher Sinn herrschte und daß Bach im Rechte war, wenn er sich von der Wirkung einer bedeutenden Kirchenmusik an diesem Orte etwas versprach.

Die feste und bis ins einzelne ausgebildete Form der Gottesdienste erstreckte sich auch auf die Theilnahme der Gemeinde. Nicht nur wo sie in das Ganze einzugreifen, sondern auch womit sie es zu thun hatte, war in der Mehrzahl der Fälle vorgeschrieben. In dem Cultus der gewöhnlichen Sonntage hatten, wie gezeigt worden ist, die Gemeindelieder »Allein Gott in der Höh«, »Wir glauben all«, »Herr Jesu Christ dich zu uns wend«, »Nun danket alle Gott«, »Ach bleib bei uns Herr Jesu Christ« ihren festen Platz, während für das Lied zum Evangelium und nach der Predigt eine wenn auch immer beschränkte Auswahl offengelassen war. An den Festtagen galten genauere Bestimmungen. Zwischen Epistel und Evangelium wurden des Vormittags gesungen: Weihnachten »Gelobet seist du, Jesu

---

23) S. Anhang B, IV, C, Eingang.

Christ«, Ostern »Christ lag in Todesbanden«, Pfingsten »Komm heiliger Geist, Herre Gott«: nach dem Eingange der Predigt: Weihnachten »Ein Kindelein so löbelich«, Ostern »Christ ist erstanden«, Pfingsten »Nun bitten wir den heilgen Geist«. In der Vesper wurde nach der Kirchenmusik gesungen: Weihnachten »Vom Himmel hoch da komm ich her«, oder »Vom Himmel kam der Engel Schaar« oder »Lobt Gott, ihr Christen allzugleich«, Ostern »Christ lag in Todesbanden«, Pfingsten »Komm heiliger Geist, Herre Gott«. Zu Neujahr wurden an denselben Stellen wiederum die Weihnachtslieder, dazu dann aber noch Neujahrslieder gesungen; die Weihnachtslieder kamen ferner noch am Epiphaniasfeste und dem Feste Mariae Reinigung zur Anwendung, doch wurde an jenem außerdem gesungen »Was fürchtst du, Feind Herodes, sehr«, an diesem, aber nur in der Vesper, »Mit Fried und Freud ich fahr dahin«. Für Mariae Verkündigung war als Evangeliumlied festgesetzt »Herr Christ, der einig Gott's Sohn«, als Lied zwischen der Predigt »Nun freut euch lieben Christen g'mein«. Dieser selbe Gesang wurde am Himmelfahrtstage vor dem Evangelium angestimmt, während zwischen der Predigt »Christ fuhr gen Himmel« ertönte. Am Trinitatisfeste wurde vor dem Evangelium »Gott der Vater wohn uns bei«, am Johannisfeste an derselben Stelle »Christ unser Herr zum Jordan kam« gesungen. Am Michaelisfeste durfte der Gesang »Herr Gott dich loben alle wir« nicht fehlen. Der Reformationstag wurde durch das Evangeliumlied »O Herre Gott dein göttlich Wort«, das Predigtlied »Erhalt uns Herr bei deinem Wort« charakterisirt, außerdem schloß sich, wie schon im Vorbeigehen erwähnt wurde, an das *Te Deum* der Gesang »Nun danket alle Gott«. Als Evangeliumlied galt für den die Charwoche einleitenden Palmsonntag »Aus tiefer Noth schrei ich zu dir«, für Gründonnerstag »Jesus Christus unser Heiland, der von uns den Zorn Gottes wandt«. Am Charfreitage wurde Vormittags vor der Passion das Lied »Da Jesus an dem Kreuze stund«, nach derselben »O Traurigkeit! o Herzeleid!« und zwischen Predigt und Communion »O Lamm Gottes unschuldig« gesungen. Die Lieder des Vesper-Gottesdienstes, der in seiner Gestalt zu Bachs Zeit für uns ein besonderes Interesse hat, sind oben schon im Zusammenhange seiner sämmtlichen Bestandtheile angeführt[24].

24) Der in obigem gegebenen Beschreibung des Leipziger Cultus haben

Ein allgemeines Gesangbuch war in den Leipziger Kirchen nicht eingeführt; nach obigem lag dazu auch keine dringende Nothwendigkeit vor. Das Gesangbuch von Vopelius war im Gebrauch, scheint aber mehr nur allgemeinen Orientirungszwecken gedient zu haben[25]. Gesner wünschte, daß jeder Schüler im Besitz eines Dresdenischen Gesangbuchs sei und solches in der Kirche immer bei sich habe, worüber der Cantor und der Conrector, als die Inspectoren in der Kirche, zu wachen hätten[26]. Dies wird sein das »Neuauffgelegte Dreßdnische Gesang-Buch, Oder Gottgeheiligte Kirchen- und Hauß-Andachten«; es war mit Melodien versehen und erschien im Jahre 1707 zu Dresden und Leipzig in Quart[27]. In der Kirche des St. Georgen-Waisenhauses wurde das von Johann Montag in Halle gedruckte Gesangbuch benutzt[28]. Ein eignes Leipziger Gesangbuch in Octav gab 1747 C. G. Hofmann heraus; er war in der Einrichtung Vopelius gefolgt, hatte aber die Melodien fortgelassen. Indessen scheint den Leipziger Kirchgängern das handliche Volumen nicht sonderlich zugesagt zu haben, denn fünf Jahre später ließ Hofmann sein Gesangbuch in Quart auflegen. Bach selbst bediente sich des reichhaltigen

außer den in ihrem Verlaufe schon angeführten noch folgende Quellen gedient: »Leipziger Kirchen-Staat, Das ist Deutlicher Unterricht vom Gottes-Dienst in Leipzig« u. s. w. Leipzig, 1710. — »*Neo-Annalium Lipsiensium Continuatio* II. Oder Des mit dem 1715ten Jahre neu-angegangenen Leipziger Jahr-Buches Dritte Probe, Auf das 1717 Jahr ausgefertiget von Christoph Ernst Sicul«. 2. Aufl. 1719. S. 565 ff. (»Etwas Neues. Von itziger Verfassung des Leipziger Gottesdiensts.«) — Bruno Brückner, Betrachtungen über die Agende der evangelisch-lutherischen Kirche im Königreich Sachsen. I. Leipzig, Edelmann, 1864. 4.

25) Ein Exemplar desselben wurde 1722 für den Schülerchor der Neuen Kirche angeschafft; s. Rechnungen der Neuen Kirche von Lichtmeß 1722 — ebendahin 1723. S. 34.

26) Rathsacten »Die Schule zu *St. Thomas* betr. *Fasc.* I. sign. VIII, B. 5. Anmerckungen über die Ordnung der Schule zu *St. Thomas*, 1. Des Herrn *Gesners Lit. A.*« S. 3. — Vrgl. S. 58 dieses Bandes.

27) Die erste Auflage erschien 1694. Im Jahre 1741 wurde auch ein Dresdener Gesangbuch in Octav herausgegeben.

28) Wahrscheinlich »Gläubiger Christen Himmel-aufsteigende Hertzens- und Seelen-Music«, ein hallesches Gesangbuch in 8., von dem 1710 die fünfte Auflage erschien. Sicul a. a. O. S. 572 f. sagt, weil jeder von dem dort gebrauchten Gesangbuch wisse, habe man dort jetzt die Einrichtung getroffen, an schwarze Tafeln nur die Nummern der Lieder anzuschreiben.

Gesangbuches, welches Paul Wagner zusammenstellte, und nach dessen Tode Magister Johann Günther, Diaconus an der Nikolai-Kirche, im Jahre 1697 zu Leipzig unter dem Titel »Andächtiger Seelen geistliches Brand- und Gantz-Opfer« in acht Octavbänden erscheinen ließ[29].

Die nach und nach herrschend gewordene Sitte, den Gemeindegesang stets mit der Orgel zu begleiten, existirte damals in Leipzig noch nicht. In Zeiten der Landestrauer, bei Bußtagen und in der Fastenzeit hatte das gänzliche oder theilweise Schweigen der Orgel den Zweck, die düstre Stimmung des Cultus zu verstärken. Aber auch an den Fest- und gewöhnlichen Sonntagen wurde wenigstens das Kanzellied stets ohne Orgelbegleitung gesungen[30]. Die so herbeigeführte Abwechslung machte den Cultus reicher und farbiger. Bei der Combination von Orgel und Chorgesang zeigt sich dasselbe Bestreben. Die Choralisten der Nikolai-Kirche sangen in der Mette das *Te Deum* so, daß sie Vers um Vers mit der Orgel alternirten. Es ist Grund anzunehmen, daß der chorale Gesang des Geistlichen und des Chors in der Regel ohne Orgelbegleitung war. Freilich sprachen hier praktische Rücksichten so laut mit, daß wohl kaum in irgend einer Kirche darüber eine ganz feststehende Norm herrschte. Bei der Litanei namentlich wurde in den sächsischen Kirchen die Orgel mehrfach verwendet, um das Herunterziehen aus der anfänglichen Tonhöhe zu verhindern[31]. In der Figuralmusik war der *A cappella*-Gesang mehr und mehr in Abnahme gekommen. Mattheson sagte im Jahre 1717 anläßlich seines Streites mit Buttstedt: »wo sind die Vocalisten, die ohne Instrumente, ohne ein Fundament, es sei des Claviers oder der Orgel, anjetzo singen? (die Trio, welche mitten im Stücke vorkommen, haben eine andre Beschaffenheit) wo sind die Sänger, frage ich, die eine einzige Arie ohne Instrumente singen und im Ton bleiben können? Der Gegner wird sich vermuth-

29) S. das im Anhang B mitgetheilte Inventar des Bachschen Nachlasses.

30) Bei der Reformationsfeier im Jahre 1755 und 1757 wurde von dieser Sitte abgewichen. »*ACTA* die Feyer des Reformations-Festes betr. *Superintendur* Leipzig 1755.«

31) Gerber, Historie der Kirchen-Ceremonien. S. 280. — »*Acta Ephor.* Das gestattete Orgelschlagen an den Bußtagen und zu andern Zeiten betr.«; Ephoralarchiv zu Leipzig. — Scheibe (Critischer Musikus S. 421) spricht von einer Einrichtung, nach welcher bei Responsorien der Geistliche allein, der Chor mit Orgelbegleitung singt.

lich in die Currente verliebt haben, denn sonst wüßte ich kein Exempel von solchen Sängern«[32]. Und hiermit übereinstimmend belehrt uns Bachs Schüler Kirnberger, dessen Zeugniß also für die Leipziger Praxis von besonderer Bedeutung ist: »Von jeher wurden Kirchenmusiken, wenn dieselben auch ohne Instrumente waren, vier- acht- oder mehrstimmig gesungen, mit der Orgel zum Fundament und Aufrechthaltung der Musik begleitet, oder wenigstens ein Positiv gebraucht, wenn eine Musik beim Grabe Christi oder andern Gelegenheiten unten in der Kirche aufgeführet wurde, wobei Contra-Violons nach Proportion der Anzahl von Sängern waren. Man begleitete zwar auch auf eine andere Art jede Singstimme mit Posaunen und Zinken[33], ließ aber dabei nie die Anwendung wenigstens eines Positives außer Acht«[34]. Die Art, in der Motette Instrumente mit den Singstimmen zu verbinden, wurde mit dem Beginn des 17. Jahrhunderts üblich, wo die reine Form der Motette anfing auszuarten und in andre Gebiete hinüberzugreifen[35]. Mußte sie sich auf diese Weise mit der concertirenden Musik oft sehr nahe berühren, so blieb doch der Grundunterschied bestehen, daß die begleitenden Instrumente nicht obligat sein durften[36]; nur hinsichtlich des Generalbasses wurde hier und da eine Ausnahme gestattet. So sehr verschmolz im 18. Jahrhundert diese Art der Instrumentalbegleitung als eine selbstverständliche Zubehör mit dem Begriff der Motette, daß man Chormusik mit Orgelaccompagnement einfach »bloße Vocalmusik« oder »*A cappella*-Musik« zu nennen pflegte[37].

---

32) Mattheson, Das beschützte Orchestre. Hamburg, 1717. S. 83.

33) »In den vorigen Zeiten war in den Kirchen die Music mit Zincken und Posaunen gebräuchlich, da nemlich die Moteten annoch herrschten.« Ruetz, Widerlegte Vorurtheile von der Beschaffenheit der heutigen Kirchenmusic. Lübeck, 1752. S. 27.

34) Kirnberger, Grundsätze des Generalbasses. Berlin, 1781. S. 64.

35) Vrgl. Band I, S. 53 ff.

36) Scheibe, Critischer Musikus. S. 182.

37) Ch. G. Thomas aus Leipzig nennt in dem Programm eines von ihm am 19. Mai 1790 in Berlin veranstalteten Kirchenconcerts unter Nr. 5 »Den 149. Psalm, für zwey Chöre, bloße Vokalmusik«, fügt aber sofort hinzu, daß die Orgel begleiten werde. — Zelter nennt den Eingangschor der Bachschen Cantate »Sehet welch eine Liebe« (B.-G. XVI, Nr. 64) »a capella gearbeitet«; s. dessen Katalog zur Amalienbibliothek auf dem Joachimsthalschen Gymnasium zu Berlin.

Matthesons Ausspruch greift wohl zu weit, aber sicher nicht viel. Die Thomaner, welche nie ohne einen unterstützenden Streichbass übten, nahmen, wenn sie außer ihren Straßenumgängen auswärts zu singen hatten, überallhin ein der Schule gehöriges Regal mit[38]. Daß die im 17. Jahrhunderte beliebte Weise, die Motetten mit Zinken und Posaunen zu begleiten, in Leipzig noch nicht abgekommen war, beweisen nicht nur verschiedene eigne Compositionen Bachs, sondern auch die von ihm eigenhändig geschriebenen Stimmen für Zinken, Posaunen und Orgel zu einer Palestrinaschen Messe. Daß endlich die Begleitung der Orgel zur Motette hier das allgemein übliche war, lehrt eine aufmerksame Betrachtung der Gottesdienstordnung. Am Charfreitag-Vormittag, wo die Orgel gänzlich schwieg, blieb auch vor der Predigt und unter der Communion die Motette fort; in der Vesper, wo, schon der Passionsmusik wegen, die Orgel wieder gebraucht werden mußte, war auch die Motette da; ebenso am Palmsonntag und Gründonnerstag[39]. An gewöhnlichen Sonntagen praeludirte zur Motette die Orgel, was ohne Sinn gewesen wäre, wenn sie zur Motette selbst hätte schweigen sollen. An den Festtagen stand das Praeludium zwischen dem Hymnus und der Motette, also jener war ohne, diese mit Orgelbegleitung. So tritt überall die Absicht hervor, die im Cultus gebräuchlichen musikalischen Mittel abwechslungsreich zu verwenden und diesen selbst zu einer Art von Kunstwerk zu gestalten. Es darf hier noch daran erinnert werden, daß man die Singstimmen auch durch mitgehende Streichinstrumente zu verstärken pflegte[40].

Die Orgeln der beiden Hauptkirchen, die Bach als Cantor zwar nicht zu spielen hatte, die aber doch für die von ihm geleitete Kirchenmusik von hoher Bedeutung waren, entsprachen nur mäßigen Anforderungen: sie waren alt und gebrechlich. In der Thomaskirche befanden sich zwei. Die größere war im Jahre 1525 aufgestellt worden, nachdem sie zuvor in der Marienkirche der Antonier-Mönche zur Eiche unweit Leipzig ihren Platz gehabt hatte. Sie wurde im

---

38) S. Anhang B, IV, B, unter 1 und 2.

39) Sicul a. a. O. S. 569 sagt ganz allgemein, daß, wenn die Orgel nicht gespielt werde, auch die Motette ausfalle.

40) S. Band I, S. 59 f. und S. 79, Anmerk. 29.

17. Jahrhundert zweimal renovirt, erfuhr 1670 auch eine Vergrößerung. Im Jahre 1721 war sie abermals erneuert worden, wie schon gelegentlich erwähnt worden ist. Die Arbeit, welche außer in einer gründlichen Ausbesserung auch in der Einfügung von 400 neuen Pfeifen zu Mixtur-Registern bestand[41], hatte Johann Scheibe besorgt, der geschickteste Leipziger Orgelbauer jener Zeit, der auch von einem so strengen Richter, wie Bach es war, hochgeschätzt wurde[42]. Obgleich während Bachs Amtsführung auch die Orgelbauer David Apitzsch und Zacharias Hildebrand zur Instandhaltung des Werks herbeigezogen wurden, so hat doch Scheibe die Hauptarbeiten, welche sich in dieser Zeit nöthig machten, auch fernerhin besorgt. Die erste fand im Jahre 1730 statt und bestand darin, daß das Rückpositiv vom Hauptwerk unabhängig gemacht und mit einer eignen Manual-Tastatur versehen wurde[43]. Die zweite wurde im Sommer 1747 vorgenommen, wo die Orgel wieder so verfallen war, daß sie fast nicht mehr gebraucht werden konnte. Bach und Görner überwachten die Reparatur, deren Kosten auf 200 Thaler normirt waren, gemeinsam und fanden, daß Scheibe alles tüchtig und gut ausgeführt habe[44]. Die Disposition der Orgel war diese:

Oberwerk.		Brustwerk.	
1. Principal	16 Fuß	1. Grobgedackt	8 Fuß
2. Principal	8 —	2. Principal	4 —
3. Quintatön	16 —	3. Nachthorn	4 —
4. Octave	4 —	4. Nasat	3 —
5. Quinte	3 —	5. Gemshorn	2 —
6. Superoctave	2 —	6. Cymbel	2fach
7. Spiel-Pfeife	8 —	7. Sesquialtera	
8. Sesquialtera	doppelt	8. Regal	8 Fuß
9. Mixtur	6-, 8- bis 10fach.	9. Geigenregal	4 —

41) Rechnungen der Thomaskirche von Lichtmeß 1721 — ebendahin 1722.

42) Über verschiedene sinnreiche Erfindungen Scheibes in der Mechanik des Orgelbaues ist ausführlicheres zu lesen in der Leipziger Neuen Zeitung von gelehrten Sachen. XVIII, S. 833 f. Scheibe starb am 3. September 1748.

43) S. Anhang A, Nr. 4.

44) Rechnungen der Thomaskirche von 1747—1748, S. 52. Bach und Görner waren demnach auch die Verfasser des Contracts, welcher erhalten und Anhang B, VIII mitgetheilt ist.

Rückpositiv.

1. Principal	8 Fuß		8. Mixtur	4 fach	
2. Quintatön	8 —		9. Sesquialtera[45].		
3. Lieblich Gedackt	8 —		10. Spitzflöte	4 Fuß	
4. Klein Gedackt	4 —		11. Schallflöte	1 —	
5. Querflöte	4 —		12. Krummhorn	16 —	
6. Violine	2 —		13. Trompete	8 —	
7. Rauschquinte	doppelt.				

Pedal.

1. Subbass von Metall 16 Fuß

2. Posaune	16 Fuß	mit Körpern von verzinntem Blech [46].
3. Trompete	8 —	
4. Schalmei	4 —	
5. Cornet	3 —	

Die Orgel lag dicht an der westlichen Wand der Kirche. Erst im Jahre 1773 ist sie in eine bessere Stellung gebracht und weiter hervorgerückt worden; bei diesem Umbau wurde das Rückpositiv ganz beseitigt[47]. Auch das Orgelchor hat zu Bachs Zeit eine andre Gestalt gehabt, als jetzt. Es war sehr viel kleiner, außerdem befanden sich auf demselben die Kirchenstühle für die Lehrer der Thomasschule. Hiller vertrieb sie aus denselben und placirte die Trompeter und Pauker hinein[48]. Aber auch so wollte der Raum mit der Zeit nicht mehr ausreichen. Deshalb wurde im Jahre 1802 nach dem Vorschlage des Cantors Müller das Orgelchor ganz umgebaut, erhöht und an der vorderen Brüstung mit einem durchbrochenen Gitter versehen. Eine Erweiterung hat dann noch im Jahre 1823 stattgefunden[49].

Die kleinere der beiden Thomasorgeln war die ältere, sie wurde 1489 erbaut. Als die größere Orgel hereingeschafft wurde, setzte man die kleinere neben sie ebenfalls an die Westwand der Kirche.

45) Über dieses Register s. Anhang A, Nr. 4.

46) Vogel, Leipziger Chronicke, Buch III, Cap. 6, S. 110 f. — Derselbe, Leipzigisches Geschicht-Buch oder *Annales*. 1714. S. 113 und 742.

47) Rathsacten *St.* IX. *A.* 2. *Vol.* I. Bl. 125 ff.

48) Handschriftliche Bemerkung des Rectors Rost zu S. 35 der Schulordnung von 1723, in dem auf der Bibliothek der Thomasschule befindlichen Exemplare.

49) Rathsacten *St.* IX, *A.* 4. Bl. 64 und 187 ff.

Hier hat sie aber nicht lange gestanden. Im Jahre 1638 wurde die jetzt noch vorhandene quer über den Kirchenraum hin gestreckte Emporkirche über dem hohen Chore erbaut und auf dieser die kleine Orgel aufgestellt, so daß sie nun sich der großen gegenüber befand. Ostern 1639 wurde sie an diesem Orte, nachdem sie ausgebessert war, zum ersten Male gespielt, und stand dort auch noch zu Bachs Zeit[50]. 1727 setzte sie Zacharias Hildebrand noch einmal in Stand[51]: aber es war nicht mehr viel mit ihr zu machen und 1740 mußte sie Scheibe ganz abtragen. Was sich von ihren Bestandtheilen noch brauchbar erwies, benutzte er zum Bau der Orgel in der Johanniskirche, den er von 1742—1744 zur vollsten Befriedigung der Revisoren Bach und Hildebrand ausführte[52]. Hier die Disposition der kleinen Thomasorgel:

Oberwerk.

1. Principal	8 Fuß	5. Rauschquinte 3 und 2 Fuß[53]		
2. Gedackt	8 —	6. Mixtur 4, 5, 6, 8 bis 10fach.		
3. Quintatön	8 —	7. Cymbel 2fach.		
4. Octave	4 —			

Brustwerk.

1. Trichter-Regal	8 Fuß
2. Sifflöte	1 —
3. Spitzflöte	2 —

Rückpositiv.

1. Principal	4 Fuß	5. Octave	2 Fuß
2. Lieblich Gedackt	8 —	6. Sesquialtera	doppelt.
3. Hohlflöte	4 —	7. Dulcian	8 Fuß
4. Nasat	3 —	8. Trompete	8 —

Pedal.

1. Subbass von Holz	16 Fuß
2. Fagott	16 —
3. Trompete	8 —[54]

---

50) Vogel, Leipziger Chronicke a. a. O. — Desselben *Annales* S. 562.

51) Rechnungen der Thomaskirche 1727—1728, S. 41.

52) Rechnungen der Johanniskirche von 1740—1744. — Agricola bei Adlung, *Musica mechanica*, S. 251.

53) D. h. die Quinte 3 Fuß und die Octave 2 Fuß.

54) Als Scheibe die Orgel abbrach, war sie schon um einige Register redu-

Die Orgel wurde nur an den hohen Festtagen benutzt. Es war nicht ungebräuchlich, dort, wo zwei Orgeln vorhanden waren, dieselben bei doppelchörigen Motetten oder Arien so zu verwenden, daß jeder Chor sein eignes Orgelaccompagnement hatte, wodurch denn auch eine räumlich größere Entfernung beider Chöre von einander bedingt war. In Wismar wurde noch im Anfange des 18. Jahrhunderts die Keimannsche, von Hammerschmidt componirte Arie »Freuet euch, ihr Christen alle«[55]) zum Weihnachtsfeste in solcher Weise gesungen. Das einleitende Hallelujah wurde vom gesammten Chore und mit begleitenden Zinken und Posaunen angestimmt. Dann sang jedesmal, unterstützt von der einen Orgel, eine einzelne Stimme den Anfang der Strophe, bei den Worten »Freude, Freude über Freude« wurde sie von einem vollen Chore unter Begleitung der andern Orgel abgelöst, das Schluß-Hallelujah sangen und musicirten wieder alle zusammen[56]). Die nicht unbeträchtliche Entfernung, welche in der Thomaskirche zwischen den beiden Orgeln bestand, erschwerte freilich ein präcises Zusammengehen der Chöre. Indessen mit solchen Schwierigkeiten suchte man fertig zu werden, und wenn einmal Unordnung eintrat, so entschädigte dafür die feierliche Wirkung, welche die von verschiedenen Orten der Kirche zusammenströmenden Tonwellen sonst machen mußten. Kuhnau führte zur Reformationsjubelfeier im Jahre 1717 in der Universitätskirche eine dreichörige Festmusik auf, bei welcher die Chöre an drei verschiedenen Stellen der Kirche postirt waren: der eine befand sich auf dem Raume vor der neu erbauten Orgel, die beiden andern in geräumigen, der Orgel gegenüber liegenden Kirchenstühlen (wahrscheinlich hinter der Kan-

cirt: es fehlte der Dulcian im Rückpositiv und im Pedal: das Fagott und der Subbass. Auch waren aus Mixtur und Sesquialter einige Pfeifenreihen entfernt. Das Lieblich-Gedackt wird jetzt als Grobgedackt, das Trichter-Regal als Ranquet bezeichnet. Rathsacten *St.* IX. *A.* 2. *Vol.* I, Bl. 96.

55) Sie ist mitgetheilt von Winterfeld, Evang. Kirchenges. II, Musikbeilagen S. 102 ff.

56) Ruetz, Widerlegte Vorurtheile u. s. w. S. 86 f. — Ruetz sagt, der volle Chor habe jedesmal mit den Worten »Freuet euch mit großem Schalle« eingesetzt. Daß hier ein Schreib- oder Gedächtnißfehler vorliegt, ist selbstverständlich, denn mit diesen Worten beginnt der Refrain nicht. Ob die von ihm genannte einzelne Stimme nicht auch drei gewesen sind, wie es das Original vorschreibt, muß dahingestellt bleiben.

zel), wo zwei starke Positive und ebenfalls Instrumentalmusiker aufgestellt waren[57]). Früher hatte in der Universitätskirche gar der seltsame Zustand geherrscht, daß der musicirende Chor weit von der Orgel entfernt stand: die Orgel war hinter der Kanzel, der Stand des Chors an der dem Altar gegenüberliegenden Kirchenwand. Trotzdem hatte man mit einander musicirt und es war gegangen, wenn auch Kuhnau und Vetter die neue Einrichtung mit Freude begrüßten, weil nun die früher gespürten Differenzen zwischen der Musik und der Orgel leichter verhütet werden könnten[58]).

Die Nikolaikirche besaß eine aus den Jahren 1597—1598 stammende Orgel. Die letzte Reparatur vor Bachs Zeit hatte sie 1692 erfahren. Sie bestand danach aus folgenden Stimmen:

Oberwerk.

1.	Principal	8	Fuß	8.	Grobgedackt	8	Fuß
2.	Sesquialtera	$1\frac{1}{5}$	—	9.	Quintatön	16	—
3.	Mixtur	6fach		10.	Nasat	3	—
4.	Superoctave	2	Fuß	11.	Waldflöte	2	—
5.	Quinte	3	—	12.	Fagott	16	—
6.	Octave	4	—	13.	Trompete	8	—
7.	Gemshorn	8	—				

Brustwerk.

1.	Schalmei	4	Fuß	5.	Octave	2	Fuß
2.	Principal	4	—	6.	Sesquialtera	$1\frac{1}{5}$	—
3.	Mixtur	3fach		7.	Quintatön	8	—
4.	Quinte	3	Fuß				

57) Sicul, Die andere Beylage zu dem Leipziger Jahrbuche auf 1718. S. 73. — Auch im Jahre 1716 hatte Kuhnau ebendort eine dreichörige lateinische Ode aufgeführt; s. Sicul, Beylage zu des Leipziger Jahrbuchs Dritten Probe. 1717. S. 11, vrgl. S. 20.

58) Archiv der Leipziger Universität, Repert. $\frac{II}{III}$ No. 5. Litt. B. Sect. II. — Ch. G. Thomas, auch ein Leipziger Musiker, veranstaltete 1790 in der Garnisonkirche zu Berlin ein Concert mit drei- und vierchörigen Compositionen: der erste Chor stand auf der Emporkirche der Orgel gegenüber, der zweite auf dem Orgelchor, der dritte rechts und der vierte links auf der Mitte der Emporkirche. Er versicherte in seiner Ankündigung, die Musik werde trotz der weiten Entfernungen dennoch zusammentreffen (Sammelband der königl. Bibliothek zu Berlin, Abtheilung *Bibliotheca Dieziana*. Quarto 2900).

Rückpositiv.

1. Principal	4 Fuß		6. Quintatön	4	Fuß
2. Gedackt	8 —		7. Octave	2	—
3. Viola da Gamba	4 —		8. Sesquialtera	$1^1/_5$	—
4. Gemshorn	4 —		9. Mixtur	4fach	
5. Quinte	3 —		10. Bombart	8 Fuß	

Pedal.

1. Cornet	2 Fuß	4. Octave	4 Fuß
2. Schalmei	4 —	5. Gedackter Subbass	16 —
3. Trompete	8 —	6. Posaune	16 —[59]

Im Jahre 1725 wurde das Werk durch Scheibe neu hergestellt. Die Arbeit war sehr tiefgreifend und kostete 600 Thaler[60]. Welche Veränderungen durch sie etwa hinsichtlich der Register erfolgt sind, kann leider nicht angegeben werden. In dem nun geschaffenen Zustande blieb die Orgel bis in Bachs Todesjahr, wo Zacharias Hildebrand sie noch einmal auffrischte.

In der Thomaskirche sowohl als in der Nikolaikirche standen die Orgeln im Chorton. Diese Stimmung war wie überall so auch in Leipzig damals die herrschende. Auch die Orgel der Neuen Kirche hatte sie[61].

Gegenüber diesen mittelmäßigen und »wandelbaren« alten Orgelwerken besaß aber die Universitätskirche seit dem 4. November 1716 eine Orgel, die hohen Anforderungen genügte, und die Bach, wenn er zum eignen Vergnügen spielte oder sich vor andern hören ließ, wohl meistens benutzt haben wird. Ihre Beschaffenheit kennen zu lernen dürfte deshalb ebenfalls von hervorragendem Interesse sein.

Hauptwerk.

1. Groß Principal von reinem Bergzinn	16 Fuß	3. Klein Principal	8 Fuß
		4. Schalmei	8 —
2. Groß Quintatön	16 —	5. *Flûte allemande*	8 —

59) Vogel, Leipziger Chronicke, S. 97.

60) Rechnungen der Nikolaikirche von Lichtmeß 1724—1725, S. 49 und Lichtmeß 1725—1726, S. 53. Der Contract wurde am 11. Dec. 1724 abgeschlossen, am 22. Dec. 1725 war die ganze Arbeit vollendet.

61) S. Anhang A, Nr. 5.

6. Gemshorn	8 Fuß	11. Waldflöte	2 Fuß
7. Octave	4 —	12. Große Mixtur	5 und 6fach
8. Quinte	3 —	13. *Cornetti*	3fach
9. Quint-Nasat	3 —	14. Zink	2fach
10. *Octavina*	2 —		

Brustwerk.

1. Principal von reinem Bergzinn im Gesichte	8 Fuß	6. Octave	2 Fuß
2. *Viola di gamba naturelle*[62]		7. Nasat	3 —
3. Grobgedackt mit weiter Mensur	8 —	8. *Sedecima*	1 —
4. Octave	4 —	9. Schweizer Pfeife	1 —
5. Rohrflöte	4 —	10. Largo	[63]
		11. Mixtur	3fach
		12. Helle Cymbel	2fach

Unter-Clavier.

1. Lieblich Gedackt	8 Fuß	7. Viola	2 Fuß
2. Quintatön	8 —	8. *Vigesima nona*	$1^1/_2$ —
3. *Flûte douce*	4 —	9. Weitpfeife	1 —
4. *Quinta decima*	4 —	10. Mixtur	3fach
5. *Decima nona*	3 —	11. Helle Cymbel	2 —
6. Hohlflöte	2 —	12. Sertin	8 Fuß[64]

Pedal.

Sechs Register, die durch eine neue und besondere Erfindung auf den großen Manual-Windladen angebracht waren:

1. Groß Principal von reinem Bergzinn im Gesichte	16 Fuß	3. Octave	8 Fuß
2. Groß Quintatön	16 —	4. Octave	4 —
		5. Quinte	3 —
		6. Mixtur	5- und 6fach

62) Scheibe unterschied genau zwischen der wirklichen und der sogenannten Viola di gamba; jene hatte eine engere Mensur. In der Orgel der Neuen Kirche arbeitete er 1722 eine sogenannte Viola di gamba mit großer Geschicklichkeit zu einer wirklichen um.

63) Die Fuß-Bezeichnung fehlt.

64) Was für ein Register dieses sein soll, ob es überhaupt eines und der Name nicht etwa aus Serpent verschrieben oder verdruckt ist, kann ich nicht angeben.

Register auf den kleinen Brust-Pedal-Windladen:

7. Großer heller Quintenbass im Gesichte	6 Fuß	9. Nachthorn	4 Fuß
8. Jubal	8 —[65]	10. Octave	2 —

Register auf den großen Windladen zu beiden Seiten:

11. Groß Principal von reinem Bergzinn im Gesichte	16 Fuß	13. Posaune	16 Fuß
12. Subbass	16 —	14. Trompete	8 —
		15. Hohlflöte	1 —
		16. Mixtur	4fach

Bei-Register.

Ventile { zum Hauptwerk
zum Brustwerk
zu den Seiten-Bässen
zur Brust und Manual[66]
zum Stern
zum Hinterwerk

Calcanten-Glöcklein[67].

Wie früher erzählt worden ist[68], war Bach die ehrenvolle Aufgabe gestellt gewesen, dieses Orgelwerk, dessen Bau von Vetter hatte überwacht werden müssen, nach seiner Vollendung zu prüfen. Er war damals grade von Weimar nach Cöthen übergesiedelt. Sein Urtheil hatte er in einem schriftlichen Berichte an die Universität niedergelegt, der hier folgt[69].

»Da auf Verlangen Ihrer HochEdlen *Magnificenz* Herrn *D.* Rechenbergs, der Zeit *Rectoris Magnifici* bey der Hochlöblichen *Aca-*

---

65) Ein Octav-Register, s. Adlung, *Musica mechanica*, S. 107.

66) Wörtlich. Der Sinn wird sein sollen: zum Brustwerk und zwar Pedal und Manual.

67) Sammlung einiger Nachrichten von berühmten Orgel-Wercken in Teutschland mit vieler Mühe aufgesetzt von einem Liebhaber der Musik. Breßlau, 1757. 4. S. 54.

68) Band I, S. 621.

69) Archiv der Leipziger Universität »*ACTA*. Den Orgel- und andern Bau, ingl. Verschreibung der Capellen, Verlosung der Stühle und was dem mehr anhängig, in der Pauliner Kirche betr. *De aō.* 1710. *Volum.* III.« Repert. $\frac{\text{II}}{\text{III}}$, No. 5. Litt. B. Sect. II. Fol. 63—64.

demie zu Leipzig die Untersuchung des theils neu Verfertigten, theils *repar*irten *Orgel*Wercks in der *Paulin*er Kirche auf mich genommen, so habe solches nach Möglichkeit bewerckstelliget, die etwanigen *Defecta remarqui*ret und überhaupt vom gantzen Orgelbau folgendes ausfertigen wollen, als:

1.) Die gantze *Structur* anlangend ist freylich nicht zu läugnen, daß solche sehr enge gefast, und daher schwerlich iedem Stücke beyzukommen, so sich etwan mit der Zeit einiges zu *repari*ren finden solte, solches *excusi*ret nun Herr Scheibe als Verfertiger schon berührter Orgel damit, daß vors erste das Orgelgehäuße von ihme nicht verfertiget, und er also so gut es immer sich hätte wollen thun laßen, mit dem Eingebäude nach selbigen sich richten müßen, vors andere man Ihme den noch verlangten Raum, um die Structur *commod*er einzurichten, gar nicht gestatten wollen.

2.) Die gewöhnlichen Haupt*partes* einer Orgel, als Windladen, Bälge, Peiffen, Wellen-Breter und übrigen Stücke sind mit gutem Fleiße verfertiget, und ist dabey nichts zu errinnern, als daß der Wind durchgehends *aequal*er gemacht werden muß, damit dem etwanigen Windstoßen abgeholfen werden möge, die Wellen Breter solten zwar in Rahmen gefaßet seyn, um alles Geheule bey schlimmen Witterungen zu vermeiden, da Herr Scheibe aber nach seiner Arth solche mit Tafeln verfertiget, und dabey versichert, daß solche eben das thäten, was die mit Rahmen sonst thun müsten, so hat man solches *passi*ren lassen.

3.) Die in der *Disposition* so wohl, als sämtlichen *Contract*en berührten Stücke sind so wohl *qualitate* als *quantitate* befindlich, außer 2 Rohrwercke, nehmlich: Schallmey 4. F. und *Cornet* 2. F., welche vermöge eines Hochlöblichen *Collegii* Befehl haben unterbleiben müßen, an dero Statt aber die *Octava* 2. F. im Brustwerck, und dann die Hohlflöte 2. F. im Hinterwerck beygebracht worden.

4.) Die etwanigen *Defecta* wegen der *inaequalitate* der *Intonation* gezeiget, müßen und können so fort von dem Orgelmacher verbeßert werden, als nehmlichen, daß die tiefesten Pfeiffen im *Posaunen* und Trompeten-*Bass* nicht so groß und blatterend ansprechen, sondern einen reinen und *firmen* Thon angeben und behalten, und dann die übrigen Pfeiffen so *inaequal*, fleißig *corrig*iret und zur Gleichheit gebracht werden, welches denn vermittelst nochmahliger

Durchstimmung des gantzen Wercks und zwar bey beßerer Witterung, als vorietzo, gar füglich geschehen kan.

5.) Die *Tracti*rung des Wercks sollte zwar etwas leichter seyn und die *Clavi*re nicht so tief fallen, weilen aber vermittelst der gar zu engen *Structur* solches nicht anders hat seyn können, so muß man dißfalls es gelten laßen, iedoch ist es noch so zu spielen, daß man eines Stecken Bleibens im Spielen sich nicht zu befürchten.

6.) Weilen auch der Orgelmacher eine neue Brust Windlade noch über die *Contracte* hat verfertigen müßen, indem die alte Windlade, so statt der neuen hat kommen sollen, vors erste mit einem *Fundament* Brete, und also falsch und verwerflich; zweytens auch in solcher nach der alten Art die kurtze *Octave* noch befindlich, und die übrigen *Claves* so noch fehlen, nicht haben angebracht werden, und dadurch alle 3. *Clavie*re zur Gleichheit kommen können, sondern vielmehr eine *deformité* verursachet hätten, so ist höchstnöthig geweßen daß eine neue verfertiget, die besorgenden baldigen *Defecta* vermieden, und eine schöne *conformité* beybehalten worden: sind also ohne mein Errinnern dem Orgelmacher die über die *Contracte* noch neu verfertigten Stücke zu verguten, und er also schadloß zu halten.

Weiln auch der Orgelmacher mich ersuchet Einem Hochlöblichen *Collegio* vorstellig zu machen, wie daß man solche Stücke so ihme nicht *veraccordi*ret, als nehmlich die Bildhauer-Arbeit, das Vergulden, *item* die *Espeçen*, so der Herr Vetter *pro inspectione* bekommen, und was etwa sonst noch seyn möchte, zur Bezahlung anrechnen wollen, und er doch solches nicht schuldig zu thun, auch sonst niemahls gebrauchlich geweßen (Er sich sonst wohl beßer würde *prospici*ret haben) so läßet er gantz gehorsamst bitten ihn dieserwegen in keine Unkosten zu bringen.

Nun kan schließlichen nicht ohnerrinnert laßen, daß 1.) das Fenster, so weit es nehmlich hinter der Orgel in die Höhe steiget vermittelst einer kleinen Mauer, oder eines starck eisernen Bleches von inwendig verwahret, und dadurch der noch mehr zu besorgende Wetter-Schade verhütet werden möchte. 2.) ist gewöhnlich und höchstnothig, daß der Orgelmacher ein Jahr wenigstens die Gewähre leiste, um die etwa sich noch ereignenden Mängel völlig abzuthun, welches er auch willigst über sich nehmen dürfte, daferne man ihme nur zu baldigster und völligster *Satisfaction* seiner noch über die *Contracte* aufgewendeten Kosten beförderlich seyn würde.

Dieses wäre also dasienige, so bey Untersuchung der Orgel zu *remarqui*ren vor nöthig gefunden, mich fernerhin Ihrer HochEdlen *Magnificenz* dem Herrn *D.* Rechenberg, und sämtlichen Hochlöblichen *Collegio* zu allen möglichen gefälligen Diensten bestens *recommendi*rend und verharrend

Dero

Leipzig, d. 17. *Decembris* *aõ* 1717.

gehorsamst- ergebenster
Joh. Seb: Bach.
Hochfürstlich Anhalt-Cöthenscher
CapellMeister«[70].

Als Scheibe im Jahre 1710 den Orgelbau übernehmen sollte, trauten Kuhnau und Vetter seiner Geschicklichkeit noch nicht eben viel zu, bezeichneten ihn aber sonst als einen redlichen, billigen und fleißigen Arbeiter. Um so ehrenvoller war es für ihn, daß das endlich vollendete Werk vor einer so scharfen und von so eminent sachkundiger Seite vorgenommenen Prüfung Stich hielt. Der Organist, der nach Görners Abgang das gewaltige Tonwerkzeug zu spielen und zu besorgen hatte, hieß Johann Christoph Thiele, ein Mann über dessen künstlerisches Wirken sonst nichts bekannt geworden ist.

Mit den üblichen Vor- und Nachspielen trat die Orgel in das Ensemble der Gottesdienst-Handlung als selbständige Macht ein. Der technische Ausdruck hierfür war Praeludiren, ohne Rücksicht auf die Stelle, an welcher der Organist sich allein hören ließ. Dies erklärt sich einfach daraus, daß das Postludium am Schlusse des Gottesdienstes nicht überall gebräuchlich war. Es diente weniger einem praktisch liturgischen als einem allgemein künstlerischen Zwecke, wogegen die Vorspiele zunächst und hauptsächlich die Gemeinde auf das zu singende Lied vorbereiten und sie allenfalls mit einer weniger bekannten Melodie vertrauter machen sollten. Je höher die Kunst der Orgelmusik stieg, je mehr einerseits die Choralvorspiele zu selbständigen, erschöpfenden Tonstücken, also zu Orgelchorälen, sich abrundeten, desto verbreiteter mußte andrerseits auch die Sitte des Postludirens werden, wo der Organist in freien

70) Durchweg von Bachs eigner Hand. Die Adresse fehlt.

Fantasien und Fugen sich Genüge thun konnte. Es wird in den Quellen von dem Orgelspiel zum Ausgang in den Leipziger Kirchen nirgends ausdrücklich gesprochen. Daraus folgt nicht, daß es unterlassen worden sei. Vielmehr läßt sich aus den Äußerungen Johann Adolph Scheibes, eines geborenen Leipziger Musikers, der längere Zeit in seiner Vaterstadt wirkte, der Schluß ziehen, man habe es auch hier geübt[71]. Für die eigentlichen Praeludien galt es als Grundsatz, die weitest ausgeführten und kunstvollsten vor dem zwischen Epistel und Evangelium gesungenen Gemeindeliede und vor den Communionliedern anzubringen[72]. Der Grund war wieder ein praktischer: in der Auswahl dieser Lieder herrschte eine größere Freiheit, es wurden daher zuweilen Lieder mit weniger bekannten Melodien gesungen, während die übrigen Gemeindegesänge ziemlich dieselben blieben. Diese Vorspiele beschäftigten sich natürlich mit der Melodie des nachfolgenden Gesanges. Einen besonderen Charakter hatte das der concertirenden Kirchenmusik regelmäßig vorhergehende Orgelpraeludium. Es verfolgte den praktischen Zweck, den Instrumentisten das Einstimmen ohne Störung der andächtigen Gemeinde zu ermöglichen. Der Organist durfte deshalb nicht im strengen Stil spielen, sondern mußte ganz frei fantasiren und sich dabei hauptsächlich und lange in denjenigen Tonarten aufhalten, welche der Stimmung der verwendeten Instrumente entsprachen. War eingestimmt, so gab der Musikdirector ein Zeichen und der Organist mußte schließen. Dabei sollte aber sein Praeludium zugleich auf das nachfolgende Musikstück vorbereiten und eine Art von abgeschlossenem Ganzen für sich bilden. Er hatte hier also eine schwierige Aufgabe zu lösen, wenn er überhaupt gesonnen war, seine Sache ordentlich zu machen. Dies war freilich bei der Rohheit, mit der die Kirchenmusik vielerwärts abgethan wurde, keineswegs immer der Fall, und man hörte häufig nur ein wüstes, übelklingendes Tongewirr[73].

71) Critischer Musikus S. 428. — Dagegen lehrt Petri, Anleitung zur praktischen Musik. Leipzig, 1782. S. 297, daß das Postludiren auch gegen Ende des 18. Jahrhunderts nur erst »in einigen Städten gebräuchlich« war.

72) Petri, a. a. O., S. 299. — Türk, Von den wichtigsten Pflichten eines Organisten. Halle, 1787. S. 121 f.

73) [Voigt], Gespräch von der Musik zwischen einem Organisten und Ad-

Während der Kirchenmusik selber mußte der Organist aus einer bezifferten Bassstimme, über welcher bei Recitativen zuweilen noch die Singstimme notirt war, den Generalbass spielen[74]. Der Orgel fiel hier die Rolle zu, welche in der Kammermusik dem Cembalo gehörte[75]. Seit die concertirende Kirchenmusik allgemein geworden war, bildete dieses Accompagnement einen Theil der beständigen Pflichten des Organisten, und daß auch Bach die Sache so ansah, geht aus der von ihm gemachten Eingabe in Sachen seines Streites mit der Universität hervor, in welcher er sagt, der Organist habe nicht nur vor und nach der Predigt die Kirchenmusik abzuwarten, sondern auch bis zum allerletzten Liede die Orgel zu schlagen. Ausnahmsweise dürfte er jedoch die Generalbassbegleitung auch wohl einmal einem andern übertragen haben, namentlich wenn es sich dabei um Görner handelte, dessen Leistungen ihn manchmal wenig befriedigt haben werden. Wie er das Accompagnement ausgeführt wissen wollte, darüber ist schon an einem andern Orte ausführlich gesprochen worden[76]. Die Verweisung darauf würde hier genügen, wenn nicht inzwischen ein bisher unbekanntes Document zu Tage gekommen wäre, durch welches der Gegenstand in eine noch schärfere Beleuchtung gerückt wird. Heinrich Nikolaus Gerber hatte unter Bachs Anleitung die Kunst des Generalbass-Spiels an den Albinonischen Violinsonaten üben müssen, und später seinem Sohne, dem Lexicographen, die Begleitungsart überliefert, die er bei diesen Sonaten von Bach erlernt hatte. Der Sohn erzählt, daß er besonders in dem Gesange der Stimmen unter einander nie etwas vortrefflicheres gehört habe; dies Accompagnement sei an sich schon so schön gewesen, daß keine Hauptstimme dem Vergnügen, welches er da-

juvanten. S. 92 f. — Adlung, S. 731. — Rathschläge um dem Unwesen bei diesem Praeludium zu steuern geben Petri, S. 176 ff., und Türk, S. 136 ff.

74) Voigt a. a. O. S. 27 meint zwar, zum Überschreiben der Singstimme werde sich kein Cantor die Mühe nehmen. Es kommt bei Bach aber doch bisweilen vor, z. B. bei der Cantate »Christus der ist mein Leben«, B.-G. XXII, Nr. 95. — S. auch Anhang A, Nr. 7.

75) Bei Voigt a. a. O. S. 101 sagt der Adjuvant: »Ich dächte es wäre in der Kirche viel schwerer zu spielen als in einem Collegio Musiko, und könnten die Fehler besser auf der Orgel als auf einem Clavicympel angemercket werden«.

76) Band I, S. 710 ff.

bei empfunden, etwas hätte hinzuthun können. Es liegt jetzt eine solche Generalbassbegleitung des älteren Gerber vor; sie ist durchweg von ihm selbst geschrieben und mit eigenhändigen Correcturen Bachs versehen[77]. Der Correcturen sind verhältnißmäßig wenige, der Lehrer war offenbar durch die Arbeit befriedigt; in jedem Falle ist nach Einfügung der Bachschen Änderungen nunmehr ein ganz dem Sinne Bachs entsprechendes Accompagnement eines Solos gewonnen. Seine Beschaffenheit lehrt, daß ich aus den Worten des jüngern Gerber einen falschen Schluß gezogen habe, wenn ich annahm, jene Begleitungsart sei eine polyphone gewesen. Die Schuld trägt jedoch Gerber selbst, der sich ungenau und übertrieben ausgedrückt hat. Der Begriff »polyphon« ist freilich ein dehnbarer, indessen wenn es sich um Bach handelt, versteht man darunter doch nur die thematisch-selbständige Führung der Stimmen. Von einer imitatorischen Benutzung gewisser aus der Hauptstimme entnommener oder frei erfundener Motive findet sich aber in der Gerberschen Generalbassstimme nichts. Sie stellt einen fließenden mehrstimmigen Satz dar, bei welchem man an keiner Stelle das Gefühl verliert, daß die ihn bewegende Kraft durchaus außerhalb liegt. Nur insofern eine ungezwungene und nirgendwo ins Stocken gerathende Folge von Harmonien eine gewisse melodische Führung von selbst mit sich bringt, kann man bei diesem Accompagnement von Melodie sprechen und es paßt genau auf dasselbe die Charakterisirung, welche der jüngere Telemann von einem guten Accompagnement giebt: es ist »ein guter Gesang«, d. i. eine verhältnißmäßige und angenehme Folge der

77) Ich erwarb sie im Frühjahr 1876 aus der Musikaliensammlung des kurz zuvor verstorbenen Musikdirectors Rühl in Frankfurt a. M. Rühl hatte das Manuscript aus dem Nachlasse des Hofrath André, André aus dem Nachlasse des jüngeren Gerber erworben. Eine auf demselben befindliche Notiz des jüngeren Gerber lautet: »Von Heinr. *Nic.* Gerber ausgesetzt und von Sebast. Bach eigenhändig corrigirt«. Die Hauptstimme und die Bezifferung fehlen, ebenso eine Angabe, aus welchem Werke Albinonis die Sonate entnommen ist. Sie steht aber als sechste in Albinonis *Trattenimenti Armonici per Camera divisi in dodici Sonate. Opera sesta.*, und konnte somit vollständig hergestellt und als Beilage 1 mitgetheilt werden. Ein Exemplar der *Trattenimenti*, von Walsh in London gedruckt, hat auf meine Anregung Herr Dr. Espagne vor einiger Zeit für die königliche Bibliothek in Berlin angekauft.

Klänge«[78]. Vier der wenigen Bachschen Correcturen verdanken dem Streben nach einer solchen »angenehmen Folge« ihr Dasein (1, 2, 9 und 10). Außerdem bemerkt man, wie Bach dem Schüler sogar gestattete, die von Albinoni vorgeschriebenen einfachen Harmonien außer Acht zu lassen, theils um die harmonische Bewegung stetiger und treibender, theils um sie interessanter zu machen. Eine Selbständigkeit der Behandlung ist demnach in der That vorhanden, nur ruht sie nicht, wie man dieses aus des jüngern Gerbers Worten entnehmen mußte, auf dem melodischen Gebiet; mit sicherm Takte ist die Gränze beobachtet, welche Homophonie und Polyphonie oder, was hier dasselbe ist, Nebensache und Hauptsache scheidet. Auf andre lehrreiche Seiten dieser Generalbassstimme: auf die durchgängige Vierstimmigkeit, womit sie der Forderung entspricht, welche auch Kirnberger für ein Bachsches Accompagnement erhebt, auf die Unisono-Verstärkung der ohne Begleitung einsetzenden Themen im zweiten und dritten Satze, ein Verfahren, das auf dieselbe Weise zu erklären ist, wie die vereinzelten Füllaccorde in den dreistimmigen Sonaten für Violine und Clavier[79], kann an dieser Stelle nur flüchtig hingewiesen werden. Nachdem wir aber in den Stand gesetzt sind, den genauesten Sinn der Gerberschen Worte festzustellen, kann von der hierdurch gewonnenen Grundlage aus auch der Ausspruch Mizlers präciser gedeutet werden, Bach accompagnire einen jeden Generalbass zu einem Solo so, daß man denke, es sei ein Concert, und die Melodie, welche er mit der rechten Hand mache, sei schon vorher dazu gesetzt worden. Mizler selbst hat an einer andern Stelle einen Fingerzeig gegeben, wie diese Worte aufzufassen sein dürften: es fehlte nur bisher ein sicherer Anhaltepunkt, um die Auslegung zu unternehmen. In einer Besprechung der Werckmeisterschen Generalbasslehre führt er aus derselben den Satz an, daß zu einer angenehmen Fortschreitung der Harmonien im Accompagnement mehr gehöre, als Quinten und Octaven vermeiden. Dieses »mehr«, sagt Mizler, sei die Melodie, und Melodie sei eine solche Veränderung der Töne, die man bequem singen könne und die dem

---

78) Georg Michael Telemann, Unterricht im Generalbaß-Spielen. Hamburg, 1773. S. 17.

79) S. Band I, S. 710.

Gehöre angenehm sei. Da man aber in den besten Melodien die wenigsten Sprünge bemerke, so folge, daß ein Generalbassist keine auffälligen Sprünge machen dürfe, wenn er das Wesen der Melodie nicht verderben wolle[80]. Offenbar läuft seine Beschreibung der Bachschen Begleitungsart auf dasselbe hinaus, was Heinrich Nikolaus Gerbers Generalbassstimme lehrt, auf eine glatte Verbindung der Harmonien, die alsdann die Hervorbringung einer Art von Melodie in der Oberstimme zur Folge hatte. Daß Bachs Schüler diese Eigenschaft so stark betonen, wird erklärlich wenn man erfährt, wie unordentlich und geschmacklos bei der Ausführung des *Basso continuo* vielfach verfahren wurde. Erzählt doch Löhlein, ein bekannter Musiklehrer des 18. Jahrhunderts, daß Solospieler, sogar Violoncellisten, nicht gern ein Clavier zur Begleitung nähmen, sondern ein kindisches Accompagnement mit der Bratsche oder gar Violine vorzögen, wo dann die Grundstimme immer über der Melodie herumklettere, als sähe man jemanden auf dem Kopfe gehen[81]. Und auch bei einem Accompagnement auf Clavier oder Orgel begnügten sich sehr viele damit, die Accorde ohne Rücksicht auf ihre Lage und Verbindung nur zu greifen wie sie ihnen eben in die Finger kamen. Doch dürfen obige Ergebnisse nicht zu der Behauptung verleiten, Bach habe seinem Organisten jede durch Imitationen ausgeschmückte Generalbassbegleitung verboten. Wenn man auch darauf kein großes Gewicht legen wollte, daß Kuhnau, Heinichen, Mattheson, Schröter und andre Autoritäten jener Zeit ein mit Discretion ausgeführtes Imitiren als feinste Kunst des Begleiters preisen, so sind doch immer noch einige Zeugnisse vorhanden, aus denen hervorgeht, daß speciell auch Bach beim Begleiten zuweilen polyphon verfuhr, und wären sie es nicht, so hätte man ein Recht, es aus seiner musikalischen Natur im allgemeinen zu schließen. Wohl aber bestätigt Gerbers Arbeit das Resultat der früheren Auseinandersetzung, daß ein Unterschied gemacht werden müsse zwischen dem was Bach in dieser Beziehung gestattete und dem was er forderte. Über letzteres kann, nachdem Kirnbergers Accompagnement zu einem Bachschen Trio und dasjenige Gerbers zu einer Albinonischen Solosonate vorliegt,

80) Musikalische Bibliothek, Zweiter Theil. Leipzig, 1737. S. 52.

81) Georg Simon Löhlein, Clavier-Schule u. s. w. 4. Auflage. Leipzig, 1785. S. 114.

ein Zweifel nicht mehr bestehen. Man kann auch die Beweiskräftigkeit des letzteren nicht dadurch zu schwächen versuchen, daß dasselbe nicht zu einer Bachschen Originalcomposition gefügt sei und Bach zu einer solchen eine andre Begleitungsart verlangt haben könne. Ein jeder fertige Künstler entnimmt den Maßstab für das, was er für angemessen und schön hält, den eignen Werken. Wenn eine polyphone Bereicherung eines Solostückes vermittelst der Generalbassbegleitung Bach überhaupt erforderlich geschienen hätte, so würde er seinen Schüler auch hier, wo es eine ausschließlich zu Lernzwecken angefertigte Arbeit galt, dazu angehalten haben. Man kann dessen um so gewisser sein, als die einfachen, weiten Räume des Harmonienbaus der Albinonischen Sonate zur Einfügung kunstvolleren Details ganz besonders geeignet waren, und mochte er dem simplen Stile des gesammten Werkes noch so sehr Rechnung tragen, irgend welche Spuren polyphoner Arbeit müßten doch bemerkt werden können. Wenn nun Bachs Generalbassspieler über das von ihm Geforderte hinausging, so that er es auf eigne Gefahr. Gelang ihm eine hier und da versuchte künstlichere Ausführung, so verschaffte er dem Kennerohr eine unerwartete angenehme Empfindung, mißlang sie, so verdarb er das Ganze und zog unfehlbar den Zorn des Dirigenten auf sich herab. Löhlein sagt einmal: »Das künstliche oder geschmückte Accompagnement, da nämlich die rechte Hand einigermaßen eine Melodie führet und Manieren, auch Nachahmungen anbringt, ist für diejenigen, die dem simpeln schon gewachsen sind, und erfordert große Behutsamkeit und Einsicht in die Composition. Herr Mattheson in seiner Organistenprobe hat viele Beispiele davon gegeben. Da aber dergleichen schöne Zierrathen mehr verderben als gut machen, so sind sie mit Recht nicht mehr Mode«[82]. Dieses Wort trifft auf die richtige Stelle: das geschmückte Accompagnement war eine musikalische Modesache, ebenso wie die Spielmanieren des Clavieristen und die Fioritüren des Sängers. Es ist dieselbe Anschauung, wenn Adlung, nachdem er von den Accenten, Mordenten, Trillern gesprochen hat, die ein Generalbassspieler mit der rechten Hand anbringen könne, fortfährt: »aber die beste Manier ist die Melodie«[83].

---

82) Löhlein, a. a. O. S. 76.

83) Adlung, Anleitung zu der musikalischen Gelahrtheit. S. 653.

Wie alle Moden, so dient auch diese zur Charakterisirung ihrer Zeit. Bach wirkte in einer Periode weitausgebreiteter, üppiger musikalischer Schaffensthätigkeit. Die Darstellung eines Tonwerks beruht auf der Reproduction, einem Acte, der ohne Beimischung eines subjectiven Elementes überall unmöglich ist, und dieses Element äußerte sich damals zu einem großen Theile in der eigenmächtigen Auszierung der vorgeschriebenen Melodiereihen, auch wohl in weitergehenden entstellenden Veränderungen derselben. Der Künstler ließ sich dieses gefallen, weil die etwa entstehende Schädigung seiner Gedanken aufgewogen wurde durch die eindringliche Lebendigkeit, mit welcher derjenige ein Gegebenes vorträgt, der sich einen selbstschöpferischen Antheil daran zuschreiben darf. Gewiß hat sich auch Bach diesem allgemeinen Zuge seiner Zeit nicht ganz entziehen wollen und können. Aber je eigenartiger eine Persönlichkeit ist, desto sorgfältiger wird sie sich gegen das Eindringen fremder Elemente in ihre Schöpfungen zu sichern suchen. Ohne Zweifel ist Bach unter den großen Tonkünstlern jener Epoche die aparteste, subjectivste Erscheinung. Er mußte sich denn auch in der That von Johann Adolph Scheibe vorwerfen lassen, daß er »alle Manieren, alle kleinen Auszierungen und alles was man unter der Methode zu spielen versteht, mit eigentlichen Noten ausdrückte«[84], also für die Subjectivität des Reproducirenden die Zugänge möglichst versperrte. Was Scheibe von Bachs Gesang- und Instrumentalstücken sagt, gilt nun auch von seinen Continuostimmen, die er, wenn Zufälligkeiten es nicht verhinderten, in penibelster Weise zu beziffern pflegte. Selbst auf die Ritornelle und ritornellartigen Sätzchen, in denen allgemein dem Accompagnisten freie Hand gelassen wurde, da er bei einiger Einsicht von selbst finden mußte, wie er hier zu spielen habe, erstreckte sich zuweilen Bachs Vorsicht. So zeigt er in dem Terzett der Cantate »Aus tiefer Noth schrei ich zu dir«[85] durch Bezifferung ganz genau den Contrapunkt an, welcher zu dem im Basse liegenden Hauptgedanken des Ritornells mit der rechten Hand gespielt werden soll. Sein Schüler Agricola hatte für die Besorgtheit um genaue Ausführung seiner Intentionen, welche Scheibe tadelt, ein besseres Verständniß:

84) Scheibe, Critischer Musikus. S. 62.

85) B.-G. VII, S. 296 ff.

um Entstellungen vorzubeugen, meint er, sei es dem Componisten nicht zu verdenken, wenn er seine Gedanken so deutlich auszudrücken suche, als es ihm möglich sei [86]. Und wenn man die Klagen ernster Musiker über gewisse eitle und unverständige Organisten liest, die im Gegensatze zu solchen, welche nicht einmal das Nothdürftigste ordentlich ausführten, bei jeder Gelegenheit »ihren Sack mit Manieren auf einmal ausschütteten, mit allerhand phantastischen Grillen und Läufen angezogen kamen, und, wenn der Sänger eine Passage zu machen hatte, mit ihm um die Wette laufen zu müssen glaubten« [87], so wird man Bachs Sorgsamkeit doppelt erklärlich finden. Nicht minder ist nunmehr begreiflich, warum die Bachsche Schule das polyphone oder überhaupt verzierte Accompagnement zum wenigsten, wie Philipp Emanuel Bach es thut, auf das geringste Maß beschränkt wissen und nur als Ausnahme gelten lassen will [88], sonst aber rundweg verwirft. Kirnbergers Meinung war, weil der Generalbassist nur die Harmonie anzugeben habe, so müsse er sich aller Zierrathen, die nicht wesentlich zur Harmonie gehörten, enthalten und sich überhaupt allezeit der Einfalt befleißen [89]. Johann Samuel Petri, ein Freund und Schüler Friedemann Bachs, der besonders auch hinsichtlich des Accompagnements von diesem gelernt zu haben erzählt, verbietet dem Organisten den Triller und überhaupt das Spielen einer Melodie mit der rechten Hand, verlangt daß er bei seinen Accorden bleiben soll und stellt den Grundsatz auf: das Orgelaccompagnement diene nur zur Füllung der Harmonie und zur Verstärkung des Basses [90]. Dasselbe sagt der den Söhnen und Schülern Bachs nahestehende Christian Carl Rolle [91]. Aber auch

86) In den Zusätzen zu Tosis Anleitung zur Singkunst. S. 74.

87) Kuhnau, Der *Musicalische* Qvack-Salber. 1700. S. 20 ff.

88) Versuch über die wahre Art das Clavier zu spielen. Zweiter Theil. S. 219 f. und S. 241.

89) Bei Sulzer, Allgemeine Theorie der schönen Künste. Erster Theil. 2. Aufl. S. 194. Über Kirnbergers Betheiligung an diesem Werke s. Gerber, N. L. IV, Sp. 304 f.

90) Anleitung zur praktischen Musik. S. 169 ff. Von seinem Verhältniß zu Friedemann Bach erzählt Petri in eben diesem Werke, welches zu den vortrefflichsten Musiklehren des 18. Jahrhunderts gehört, S. 101, 269 (s. dazu S. 268) und 285.

91) Neue Wahrnehmungen zur Aufnahme und weitern Ausbreitung der Musik. Berlin, 1784. S. 49.

andere Musiker, die außerhalb des Bachschen Kreises standen, theilten mit Entschiedenheit diese Ansicht. Johann Adolph Scheibe bezeichnet mit der ihm eignen Schärfe der ästhetischen Beurtheilung das polyphone Accompagnement eines Solos als etwas sinnwidriges, das die Intention des Componisten zerstöre[92].

Die Frage über das Wie? der Generalbassbegleitung erstreckt sich auch auf die Benutzung des Klangmaterials, welches die Orgel darbot. Es gab in dieser Beziehung feststehende Gebräuche. Der Bass wurde gewöhnlich von der linken Hand allein gespielt, die rechte griff die füllenden Harmonien. Stand eine Orgel mit mehren Manualen zur Benutzung, so ging die Linke gern auf ein eignes, stärker registrirtes Clavier. Das Pedal spielte in der Regel den Bass mit, und es konnte dann die linke Hand auch wohl einige Mittelstimmen greifen[93]. Wenn der Bass stark figurirt war, so wurde es für genügend angesehen, durch das Pedal nur die für die Harmonienfortschreitungen wesentlichen Töne kurz zu markiren[94]. Um ein unordentliches Gepolter zu vermeiden ließ man es aber, da gewöhnlich noch andre Bass-Instrumente mitgingen, in solchen Fällen auch wohl ganz fort[95]. Bei schwach besetzten Stücken gebrauchten es einige nur zu den Ritornellen[96]. Zur Begleitung der Arien und Recitative wurde allgemein nur das achtfüßige Gedackt genommen, welches deshalb auch den Namen »Musikgedackt« führte[97]. Beim

92) Critischer Musikus. S. 416.

93) Adlung, S. 657. »Man redete sonst auch viel vom getheilten Spielen; das ist, wenn die Mittelstimmen zum Theil mit der linken Hand gegriffen werden. Es ist dieses gar wohl thunlich, wenn die Noten durch das Pedal können ausgedruckt werden, daß beyde Hände auf einem Claviere bleiben. Aber bey geschwinden Bäßen, so auf 2 Clavieren am besten vorzustellen, fällt diese Art zu spielen in die Brüche.« — Petri, S. 170.

94) Rolle S. 51. »Die Bearbeitung des Pedals ist mit ungemeinen Schwürigkeiten verknüpft, um allemal die rechten Noten ausfindig zu machen, welche man angiebt (antritt) und solche, die man wegen Geschwindigkeit auszulassen gezwungen ist« — Schröter, Deutliche Anweisung zum General-Baß. Halberstadt, 1772. S. 188, §. 348. — Türk, S. 153. — Dasselbe galt übrigens auch für die Contrabässe; s. Quantz, Versuch u. s. w. S. 221, §. 7.

95) Türk, S. 156.

96) Petri, S. 170.

97) Scheibe, Critischer Musikus, S. 415. — Adlung, S. 386. — Rolle, S. 50. — Vrgl. Gerber, Historie der Kirchen-Ceremonien, S. 280.

Secco-Recitativ wurden, auch wenn auszuhaltende Basstöne notirt waren, doch die Accorde der Orgel, die man wie auf dem Cembalo arpeggirt anzugeben pflegte, in der Regel nicht ausgehalten, um die von der Singstimme gesungenen Worte in voller Deutlichkeit bemerkbar werden zu lassen [98]. Indessen meint Petri, wenn man eine recht still gedeckte Flöte habe, so könne man auch die Accorde in der Tenorlage liegen lassen und müsse dann den Wechsel der Harmonie jedesmal durch einen kurzen Pedalton andeuten. Um dem Sänger einen Stützpunkt zu verschaffen, durfte der Organist zuweilen auch den Basston allein aushalten, während er die Accorde kurz absetzte. Größere Freiheit hatte er beim begleiteten Recitativ; hier konnte er je nachdem es ihm angemessen erschien entweder die Accorde mit dem Bass oder nur diesen allein fortklingen lassen [99]. Es ist nöthig darauf aufmerksam zu machen, daß die unterbrochene Spielart, welche jetzt allgemein als dem Wesen der Orgel unangemessen gilt, den Musikern jener Zeit nicht durchaus so erschien. Die Bildung von Fugenthemen aus mehrfach repetirten Tönen, auch das wiederholte Anschlagen voller Accorde diente nach Ansicht der nordländischen Organistenschule zur Erzielung eines besonders reizvollen Effects. Christoph Gottlieb Schröter in Nordhausen, einer der durchgebildetesten Organisten seiner Zeit, spielte durchweg staccato. Hierdurch provocirte er allerdings den Widerspruch der Bachschen Schule, die nach Anleitung ihres Meisters das gebundene Spiel als das stilvollere erklärte [100], und ihrem Einflusse ist es jedenfalls zuzuschreiben, daß die andre Spielart allmählig verschwand und vergessen wurde. Doch nur für selbständige Orgelstücke machte sie die gebundene Spielart mit Bestimmtheit geltend. Für das Accompagnement blieb auch innerhalb der Bachschen Schule das gehobene Spiel im Gebrauch. Kittel, der durch eine fünfzigjährige Lehrthätigkeit die Bachschen Grundsätze in der thüringischen Organistenwelt verbreitete, lehrte es so, und noch leben Ohrenzeugen, die einen seiner besten Schüler, Michael Gotthardt Fischer in Erfurt, die Kirchencantaten in der Weise accompagniren hörten, daß er immer mit kurz

98) [Voigt], Gespräch u. s. w. S. 29. — Petri, S. 171, vrgl. S. 311. — Türk, S. 162 ff.

99) Schröter, S. 186, §. 344. — Türk, S. 174.

100) Gerber, L. II, Sp. 155.

angeschlagenen Accorden der rechten Hand dem Gange des Tonstückes folgte, den Bass aber *legato* und mit hervortretender Stärke spielte[101]. Desgleichen verlangt Petri, der Organist solle so kurz als möglich accompagniren und die Finger gleich nach Anschlagung der Accorde von der Tastatur abziehen[102]. Hieraus darf freilich nimmermehr geschlossen werden, Bach habe immer nur so und nicht anders begleiten lassen. Wie der Stil seiner Compositionen ein gebundenerer war, als derjenigen aus Kittels und Petris Zeit, so hat er zuverlässig auch in der größeren Anzahl der Fälle ein *Legato*-Accompagnement gefordert, und dasjenige, was er als »melodische« Begleitung lehrte, ist überhaupt auf diese Weise allein recht ausführbar. Nur daß er die andre Art ebenfalls kannte und gelegentlich anwandte, sollte hier hervorgehoben werden: Beispiele bieten die A dur-Arie der Cantate »Freue dich, erlöste Schaar«, und die G dur-Arie der Cantate »Am Abend aber desselbigen Sabbaths«[103]. Überhaupt richteten sich alle derartigen Gebräuche mehr oder minder nach den jedesmaligen Verhältnissen. Die Originalhandschriften zu Bachs Matthäuspassion, zu seinen Cantaten »Was frag ich nach der Welt«, »In allen meinen Thaten« beweisen, daß auch er zu den Secco-Recitativen den Organisten kurze Accorde anschlagen ließ. Daß an schwächern Stellen einige der Bässe schweigen mußten, kam bei ihm ebenfalls vor. In der Bass-Arie des 5. Theils des Weihnachts-Oratoriums hat eines der verstärkenden Bass-Instrumente durchaus zu schweigen[104]. In der H moll-Arie der Cantate »Wir danken dir Gott« spielen die sämmtlichen Bässe fast nur zu den Ritornellen mit[105]. Etwas ähnliches erkennt man aus einer Stelle des ersten Chors der Cantate »Höchst erwünschtes Freudenfest«. Hier werden außer dem Orgelbass noch Streichbässe und Fagotte verwendet, die nach Maßgabe der Stimmen ohne Unterbrechung mitzuspielen hätten. Takt 86 aber steht in der Basszeile der Partitur: *Organo solo*, und Takt 97 wieder: *Bassoni e Viloni*. Der Chor ist in der Form der französischen Ouver-

101) So hörte es noch Herr Professor Eduard Grell aus Berlin, wie er mir mündlich mitzutheilen die Freundlichkeit hatte.

102) Petri, S. 170.

103) B.-G. V[1], S. 352 ff. — X, S. 72 ff.

104) B.-G. V[2], S. XVI.

105) B.-G. V[1], S. 307 ff.

ture gehalten: die Stelle entspricht den stereotypen und in den wirklichen Ouverturen den 2 Oboen und dem Fagott gebührenden zarten Triostellen, welche dem pomphaft einherrauschenden vollen Orchester sich entgegensetzen. Um den Contrast recht wirkungsvoll zu machen, läßt Bach die Orchesterbässe schweigen und die Orgel allein spielen. Er muß es für genügend gehalten haben, den Instrumentisten in der Probe mündlich seinen Willen kund zu thun. Daß Bach ferner das Gedackt zur Begleitung für vorzüglich geeignet hielt, sagt er selbst in der Disposition zur Reparatur der Mühlhäuser Orgel [106]. Nun darf man gewiß folgern, daß er an ähnlichen Stellen häufiger ein Theil der Bässe pausiren, besonders auch in Arien sämmtliche Bassinstrumente nur zu den Ritornellen mitwirken ließ, daß die Seccorecitative unter seiner Leitung vielfach kurz accompagnirt, daß zu Recitativen und Arien in der Regel das Gedackt gebraucht werden mußte. Indessen eine für alle Fälle gültige Observanz wird man daraus nicht ableiten dürfen, vielmehr anzunehmen haben, daß Bach, von äußern Umständen ganz abgesehen, eine künstlerische Freiheit sich überall wahrte, je nach dem Inhalte des Stückes die kurzen Recitativaccorde mit gehaltenen, das Gedackt mit einem andern speciell geeigneten Register wechseln ließ, und auch sonst von dem allgemein gebräuchlichen zu Gunsten des besondern Falles abwich. Dies lag in seiner Natur, in der Zeit und in der Sache selbst.

Schröter und Petri geben auch die Regel, daß bei der Begleitung von Kirchenmusiken alle Rohrwerke und Mixturen gänzlich unverwendet bleiben müßten [107]. Sie wollen damit nur betonen, daß die Orgel niemals die Singstimmen und Instrumente überschreien dürfe. Übrigens war die Aufgabe der Orgel nicht allein, zu stützen und zusammenzuhalten, sondern auch der gesammten Klangmasse eine einheitliche Farbe zu geben. Sie nahm den übrigen Instrumenten gegenüber in gewisser Beziehung eine ähnliche Stellung ein, wie in dem modernen Orchester das Streichquartett. Wie um dieses als Mittelpunkt sich die Blasinstrumente gruppiren, so um jene die In-

106) S. Band I, S. 353.

107) Schröter, S. 187 ff., wo genaue Registrirungsvorschriften für die verschiedenen Theile einer Cantate und mit Rücksicht auf den wechselnden Charakter derselben gegeben werden. — Petri, S. 169.

strumente überhaupt. Unterschieden war das Verhältniß wieder dadurch, daß die Orgel mehr nur innerlich und bloß dynamisch wirkte, und daß die Instrumente auf ihrem Grunde sich nicht sowohl als Soloinstrumente bewegten, als vielmehr in chorischen Gruppen wirksam wurden. Eine dieser Gruppen bildete das Streichquartett, eine andre Oboen und Fagott, eine dritte Zink und Posaunen, eine vierte Trompeten (zuweilen Hörner) und Pauken. Weniger selbständig standen in der Gesammtmasse des Bachschen Orchesters die Flöten da, welche aber im 17. Jahrhundert ebenfalls einen Chor für sich bildeten. Eine Individualisirung der einzelnen Instrumente, wie sie das Haydnsche Orchester zeigt, war hierdurch ausgeschlossen; es wirkten vielmehr nur die großen Klangmassen mit und nach einander, ein Verfahren das dem Charakter des Grundinstrumentes, der Orgel, auch völlig entsprach. Das stilvolle Wesen der Kirchenmusik Bachs beruht mit darin, daß er dieses Verhältniß der Klangkörper zu einander, welches sich im 17. Jahrhundert festgestellt hatte, im Großen und Ganzen unverändert ließ. Er lehnt sich in dieser Beziehung, wie auch in andern Dingen, entschiedener an die Vergangenheit an, als seine Zeitgenossen, die das Herannahen der modernen Concertmusik viel stärker noch durch alle Glieder spürten, dadurch aber auch mit dem was das traditionelle Tonmaterial verlangte in fühlbaren Widerspruch geriethen: die Empfindung eines tief inneren künstlerischen Mißverständnisses wird man kaum bei einer der gleichzeitigen Kirchencantaten gänzlich los. Außerdem aber lag, um auf den Vergleich zwischen Orgel und Streichquartett zurückzukommen, ein wesentlicher Unterschied auch darin, wie sich beide Klangkörper zu den Singstimmen verhielten. Bei einer Verbindung von Singstimmen und Instrumenten ist es das natürliche Verhältniß daß jene herrschen, diese dienen, daß jene demnach den Grundcharakter des Stückes feststellen, diese nur stützen und ausschmücken. Nun war aber die Vocal-Musik des 16. Jahrhunderts in einer schwachen, sehr oft nur einfachen Besetzung der einzelnen Stimmen groß geworden. Diese dünnen Chöre blieben das ganze 17. Jahrhundert hindurch bis tief ins 18. hinein mit geringen Ausnahmen allgemein gebräuchlich, wogegen die Instrumentalmasse an Fülle und Vielfarbigkeit stetig zunahm. So war es zu Bachs Zeit dahin gekommen, daß auch ein nach unsern Begriffen schwach besetztes Orchester die Zahl der Sänger etwa um seinen dritten Theil übertraf. In der Neuen Kirche musicirten unter Gerlach nur 4 Sänger und dazu 10 Spieler[108]. Bach selbst normirt in dem Memorial vom 23. August 1730 die Zahl der Sänger auf 12, die der Instrumentisten, ausschließlich des Orgelspielers, auf 18. Ein Verhältniß also von 2 zu 3, bei welchem von einem Dominiren des Gesanges nicht mehr die Rede sein konnte; die natürliche Proportion war in Folge einer eigenthümlichen Entwickelung gradezu umgedreht worden. Händel und Bach, die beiden musikalischen Spitzen der Zeit, haben ein jeder in seiner Weise die Dinge wieder zurecht zu rücken gesucht. Der Chor, mit welchem Händel in England seine Oratorien aufführte, war numerisch zwar auch dem Orchester unterlegen. Aber er bestand aus viel geschulteren Sängern, als sie die deutschen Kirchenchöre besaßen, und war folglich von ausgiebigerem Klange; überdies war bei Händel die Verwendung der Orgel eine viel eingeschränktere. Der Zug die Singstimmen wieder über die Instrumente zu erheben, ist bei ihm ganz offenbar, wie er auch seiner Musik mit so zwingender Kraft inne wohnt, daß schon einige Decennien nach Händels Tode in England das richtige Verhältniß zwischen Chor und Orchester bei der Aufführung seiner Oratorien hergestellt, d. h. die Zahl der Sänger eine stärkere war als die der Spieler. In Deutschland kam man dahin nicht so bald. Die Massenaufführung des Messias, welche Johann Adam Hiller am 19. Mai 1786 in der Domkirche zu Berlin veranstaltete, zeigt noch das alte Verhältniß: 118 Sänger, 186 Instrumentisten[109]. Daß auch bei uns in dieser Beziehung allmählig eine Änderung eintrat, ist der von England ausgehenden Einwirkung zuzuschreiben. Aber nur für das eigentliche Oratorium ist sie angemessen, für die deutsche oder was hier dasselbe sagt für die Bachsche Kirchenmusik war sie es nicht. Bei Händels Oratorien

108) S. Anhang A, Nr. 3.

109) Hiller, Nachricht von der Aufführung des Händelschen Messias in der Domkirche zu Berlin, den 19. May 1786. 4. Das von Hiller durch Hinzufügung von Flöten, Oboen, Fagotten, Waldhörnern und Posaunen verstärkte Orchester bestand aus 38 ersten, 39 zweiten Violinen, 18 Bratschen, 23 Violoncellen, 15 Bässen, 10 Fagotten, 12 Oboen, 12 Flöten, 8 Waldhörnern, 6 Trompeten, 2 Posaunen, Pauken, Orgel und Cembalo. Der Chor, welchen sämmtliche Sänger der Berliner und Potsdamer Schulen, und sämmtliche Opern-Sänger und -Sängerinnen bildeten, zählte 37 Soprane, 24 Alte, 26 Tenöre, 31 Bässe.

ist, mag der Chor häufig auch nur wenig oder selbst gar nicht persönlich aufzufassen sein, dennoch für das Erfassen der Kunstidee im Gesammten das Bewußtsein von durchgreifender Bedeutung, daß es eben singende Menschen sind, durch welche das Kunstwerk dargestellt wird. Bei Bach ist der Werth der Singstimme ein viel abstracterer: sie gilt mehr als ein Tonwerkzeug, dessen Eigenthümlichkeit es ist, mit und in den Tönen zugleich Worte und Sätze hörbar werden zu lassen. Händels Oratorienstil drängte auf eine immer stärkere und entschiedenere Betonung des vocalen Factors hin, der Bachsche Chor läßt nur in bestimmten engen Gränzen eine stärkere Besetzung zu und befand sich von Anfang an zu den Instrumenten in keinem unrichtigen Verhältniß. Es ist für die deutsche Musikübung ein verhängnißvoller, wenn auch geschichtlich wohl erklärbarer Irrthum gewesen, einerseits das Oratorium der Kirchenmusik zuzuzählen, andrerseits Kirchenmusik unter dem Gesichtspunkte des Oratoriums zu betrachten. Der zwitterhafte Zustand des deutschen Oratoriums in der zweiten Hälfte des 18. Jahrhunderts hat hierin einen seiner Hauptgründe: allerdings trugen auch äußere Verhältnisse zu seiner Entstehung bei, aber so tief steckte jene Verquickung den deutschen Tonsetzern im Blute, daß sie, auch nachdem ein öffentliches Concertwesen bei uns zu Stande gekommen war, noch lange merkbar geblieben ist. In Bachs Kirchenmusik herrscht nicht der Chor und der Menschengesang: will man einen ihrer Factoren als den herrschenden bezeichnen, so kann es nur die Orgel sein. Um es recht scharf auszudrücken: der Tonkörper, welcher Bachs Kirchencompositionen zur Darstellung bringt, ist gleichsam eine große Orgel mit verfeinerten, biegsameren und bis zum Sprechen individualisirten Registern. Allerdings muß man die Orgel nicht als ein todtes mechanisches Instrument auffassen, sondern als Trägerin und Symbol der kirchlichen Gemeinempfindung, wozu sie ja im Laufe des 17. Jahrhunderts und durch Bach selbst geworden war. Indem Bach ihr diese Stellung in seiner Kirchenmusik anwies, konnte er auch seinerseits das Mißverhältniß zwischen Gesang und Instrumentenspiel beseitigen und in einem höheren Dritten aufheben; er konnte es aber in seiner Lage auch nur auf diese Weise. Händel und Bach, von theilweise gleichen Grundlagen ausgehend, sind demnach auch in dieser, wie in so mancher andern Beziehung, an den entgegengesetzten Zielen angelangt. Das sind Ergebnisse, die schon aus der Betrachtung ihrer Werke an und für sich fließen. Immerhin ist es aber werthvoll, Zeugnisse dafür zu besitzen, daß Bach selbst sich der Eigenart seiner Werke bewußt war. In der zweiten Hälfte des Jahrhunderts war mit der Verdünnung protestantisch-kirchlicher Empfindung auch das Verständniß für den Geist Bachscher Kirchenmusik ins Schwinden gekommen. Ingrimmig sah Kirnberger zu, wie man überall in der Kirchenmusik die Mitwirkung der Orgel beschränkte, den weltlich theatralischen Stil förderte, die ganze Gattung ins niedrige hinabzog. Mit ihm opponirte diesen Bestrebungen die Bachsche Schule und viele andre Musiker, deren Anschauungen in der besseren ältern Zeit wurzelten. Der mehrfach erwähnte Rolle hat das Urtheil dieser Männer formulirt und auf die Nachwelt gebracht. Er sagt: »Bei theatralischen Vorstellungen, in ernsthaften Opern, sonderlich auch bei dem Operetten-Spiele, ferner in Concertsälen, wo Solo-Cantaten, dramatische große Singstücke u. s. w. aufgeführt werden, sind wir gewohnt die concertirenden Singstimmen auf das allerdeutlichste zu vernehmen, indem es durch keine Orgel- oder sonstige starke Begleitung gehemmt, verdunkelt und zerstöret wird. Es verleitet uns dieses, dergleichen feine Empfindung auch bei der Kirchenmusik zu verlangen. Viele Tonkünstler aber als Sachverständige urtheilen ganz anders. Sie sagen: wir müssen die rechte wahre Gestalt der Kirchenmusik nicht verkennen. Wir müssen die prachtvolle Orgel, ganz besonders bei Chören, mehr herrschend als leidend oder zur bloßen Begleitung dabei handhaben und behandeln, sollten auch die feinen Auszierungen der Singenden und Spielenden uns dadurch entzogen werden. Wir verlangen zwar gute schöne Melodien, welche ohnedem jede einzelne Stimme haben kann und haben muß: aber wir verlangen auch über dem noch herrliche, vollständige, prächtige Harmonie« [110].

Was den vocalen Theil der Kirchenmusik an sich betrifft, so wurde er von Knaben- und Männerstimmen ausgeführt. In Thüringen und andern Gegenden Mitteldeutschlands verstärkten sich die Kirchenchöre durch sogenannte Adjuvanten, d. h. Dilettanten aus den Bürgerkreisen, welche zu ihrem Vergnügen bei den Aufführun-

110) Rolle, Neue Wahrnehmungen. S. 85 f. — S. Anhang A, Nr. 6.

gen mitwirkten. In Leipzig scheint diese Sitte nicht in gleichem Maße geherrscht zu haben: nur vereinzelt findet sich einmal erwähnt, daß ein Rechtsconsulent zu Kuhnaus Zeit manchmal die Kirchenmusik auf der Orgel begleitet habe[111]. Die *Collegia musica* unter Schotts, Bachs und Görners Leitung bestanden fast ausschließlich aus Studenten, diese allerdings wirkten auch in den Kirchenmusiken mit. Die Ausführung der Sologesänge für Sopran und Alt fiel in der Regel den Knaben des Thomanerchors zu. Bei den von Bach selbst componirten Stücken war sie keine leichte Aufgabe, da in seinen Arien an Kehlgeläufigkeit und Kunst der Athemvertheilung bekanntlich oft viel gefordert wird, und die Zeit, während der eine Knabenstimme brauchbar ist, durchschnittlich zu einer gründlichen technischen Ausbildung kaum ausreicht. Wirklich sollen seine Sänger über die Schwierigkeit dieser Musik immer geklagt haben[112]. Jedoch darf darauf hingewiesen werden, daß gewisse technische Künste damals verbreiteter waren als jetzt und so zu sagen in der Luft lagen, folglich auch vom einzelnen leichter erlernt wurden. Es war damals immer noch die Blüthe-Periode der italiänischen Gesangskunst, welche auch in Deutschland überall gekannt und bewundert wurde. So wenig geeignet die deutschen Schulchöre waren, dieselbe voll und ganz für sich zu verwerthen, so fand doch die Pflege gewisser glänzender Äußerlichkeiten derselben bei ihnen Eingang, und mit einer Art von Erfolg. Hierher ist z. B. das Studium des Trillers zu rechnen, das mit wichtiger Miene und großem Eifer in den Schulgesangstunden getrieben wurde. Schon der Sorauische Cantor Wolfgang Caspar Printz lehrte den Triller in seiner 1678 erschienenen Gesangschule[113], das gleiche thut 100 Jahre später noch Petri, der wie Printz ein Schulcantor war[114], und Hiller, einer der Amtsnachfolger Bachs an der Thomasschule[115]. Beide fordern, daß man mit dem Triller früh beginne und ihn fleißig, ja täglich üben lasse. Aus Bachs

111) S. Anhang B, IV, E, Anmerk. d.

112) Forkel, S. 36.

113) *Musica modulatoria vocalis*, oder manierliche und zierliche Sing-Kunst. 1678. S. 46 f.; er nennt den Triller Tremolo, das eigentliche Tremolo dagegen, mit welchem er sich auch beschäftigt (S. 57 f.), nennt er Trillo und Trilletto.

114) A. a. O. S. 203.

115) Anweisung zum musikalisch-richtigen Gesange. Leipzig, 1774. S. 38.

Compositionen geht hervor, daß auch er Fertigkeit im Trillern von seinen Sängern verlangte. Die deutsche Gesangskunst jener Zeit war ein Gemisch von Rohheit und Überfeinerung, das ein großer Künstler, wie Bach, für sein Ideal nur brauchbar machen konnte, indem er es in die unvergleichlich höher stehende damalige Instrumentalkunst gleichsam einschmolz. Noch viel weniger genügend erscheint uns jetzt eine Knabenstimme um den Empfindungsgehalt der Bachschen Arien zum Ausdruck zu bringen: die Tiefe und Leidenschaftlichkeit derselben scheint vor allem einen hohen Grad innerer künstlerischer Reife als unumgängliche Vorbedingung zu fordern. Da Bach auf einen solchen nicht rechnen durfte [116], so kann man der Consequenz nicht ausweichen, daß es außerhalb seiner Absicht liegen mußte, jenen leidenschaftlichen Zug im Gesange stark hervortreten zu lassen. Wirklich wird auch die subjective Empfindung durch seine Musik mehr nur angeregt als voll ausgestaltet: hier liegt der Schlüssel dafür, daß Bach in der nachbeethovenschen Zeit von neuem so tief zu wirken anfing, denn gerade in ihr waren die Gemüther für diese Art der künstlerischen Erregung besonders disponirt. Zu Bachs eigner Zeit glich eine Arie seiner Composition dem zugefrornen See, über dessen Fläche die sorglose Knabenstimme hinglitt unbekümmert um die unten schlummernde Tiefe. Das Zurücktreten der persönlichen Empfindung wird übrigens schon durch das Wesen der Kirchenmusik an sich gefordert, es gilt nicht nur für die Sopran- und Alt-Arien, sondern für die Bachsche Musik insgesammt und liegt ihren Stileigenthümlichkeiten als tiefstes Gesetz zu Grunde. Was dieses Gesetz erheischte, waren auch Knabenstimmen zu leisten im Stande. Daß indessen jene Sologesänge immer nur von Knaben ausgeführt seien, darf man nicht behaupten für eine Zeit, da die Kunst des Falsettgesanges unter den Männern noch eifrig geübt wurde. Diese Kunst, welche jetzt aus der Praxis so vollständig verschwunden ist, daß selbst ihre mechanischen Grundlagen fast ein Geheimniß geworden zu sein scheinen, war auch in Leipzig zu Bachs Zeit etwas ganz gewöhnliches. In den Musikvereinen, wo jahraus jahr-

116) »Der feinere ausdrucksvollere Gesang ist vom Chorschüler nicht zu verlangen.« Forkel in seiner schönen Abhandlung über Kirchenmusik (Allgemeine Geschichte der Musik. Zweyter Band, S. 37).

ein vollstimmige Cantaten aufgeführt wurden, wirkten nur Männer; die Studenten, welche unter Hoffmanns Direction zeitweilig den vierstimmigen Gesang besorgten, sind oben namhaft gemacht. Auch später hatte Gerlach für die concertirende Musik in der Neuen Kirche nur vier Studenten zur Verfügung, die Choralisten der Nikolai-Kirche mußten, wenn sie vierstimmig zu singen hatten, dies ebenfalls durch sich allein zu Stande bringen. Durch das Falsettiren konnte der Tenor zum Sopran, der Baß zum Alt umgewandelt werden. Es wird ausdrücklich bezeugt, daß diese Singart nicht nur bei Chören, sondern ganz besonders auch bei Arien zur Anwendung kam, und daß ein falsettirender Sopranist es bis zu der erstaunlichen Höhe des dreigestrichenen *e* und *f* bringen konnte[117].

Wenn von Singgebräuchen die Rede ist, darf der Vortrag des Recitativs nicht übergangen werden. Die Sänger heutiger Zeit pflegen Bachs Recitative vorzutragen, wie sie geschrieben sind, wobei sie die Absicht leitet, denselben einen würdevollen, vom Theatralischen unterschiedenen Charakter zu verleihen. Es fragt sich aber, ob hierdurch unsere Praxis zu der früheren nicht in einen unbeabsichtigten Widerspruch gerathen ist. Die freie Abänderung einzelner Töne und Intervalle in den recitativischen Tonreihen fand zu Bachs Zeit im theatralischen Recitativ nicht oder doch nur sehr selten statt, häufiger schon bei Kammermusik, dagegen im weitesten Maße grade im Kirchen-Recitativ[118]. Der Grund liegt in dem damals als allgemein gültig anerkannten Stilprincip, nach welchem das Kirchen-Recitativ mehr melodisch als declamatorisch behandelt wurde[119], wogegen es in der Oper umgekehrt sein sollte. Jene Abänderungen aber dienen eben größtentheils dazu, einen melodischen Fluß der Tonreihen herzustellen. In welchen Fällen sie regelmäßig einzutreten pflegten, darüber sind wir durch Telemann und Agricola genau unterrichtet. Telemann hat in dem Vorbericht einer von ihm im Jahre 1725 herausgegebenen Sammlung selbstcomponirter Cantaten

117) Kuhnau, Der *Musicalische* Qvack-Salber. S. 336: »Denn wenn er das *Clavier* spielte, und sein *Alt-Falsett*gen (sonsten war seine rechte Stimme ein Baß) in etlichen verliebten *Arien* hören ließ, so wurde die Jungfer schon eingenommen«. — Petri, S. 205 f. giebt ausführlichere Anweisungen über die Ausbildung des Falsetts.

118) Tosi-Agricola S. 150 ff.

119) Scheibe, Critischer Musikus. S. 163.

diese Gebräuche durch Beispiele erläutert[120]. Sie beziehen sich einerseits auf den namentlich in Schlußfällen üblichen abwärts führenden Quartensprung. Wendungen wie:

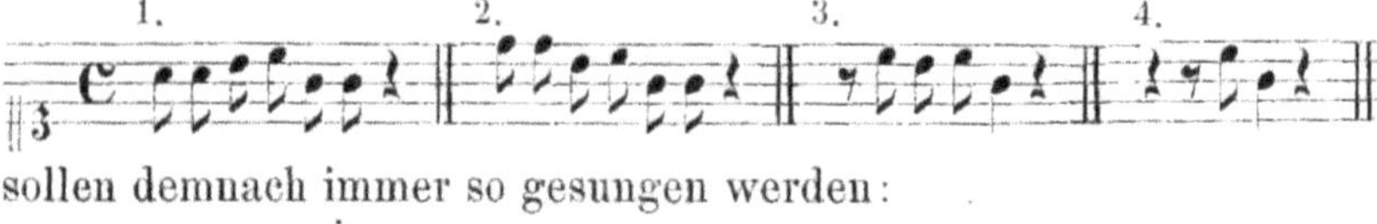

sollen demnach immer so gesungen werden:

Andrerseits betreffen sie die Anwendung des sogenannten Accents, d. h. eines durch die nächsthöhere oder nächsttiefere Tonstufe hergestellten Vorschlags. Um dieses Verfahren deutlich zu machen, giebt Telemann ein Recitativ aus einer in jenem Werke befindlichen Cantate zugleich in der gebräuchlichen Notirungsweise und in der Art der wirklichen Ausführung.

120) Georg Philipp Telemann, »Harmonischer GOttes-Dienst, oder geistliche *CANTATEN* zum allgemeinen Gebrauche, welche, zu Beförderung sowol der Privat- Haus- als öffentlichen Kirchen-Andacht, auf die gewöhnlichen Sonn- und Fest-täglichen Episteln durchs ganze Jahr gerichtet sind«, u. s. w. Fol. Die Vorrede ist datirt: »Hamburg den 19. *Decembr.* 1725«.

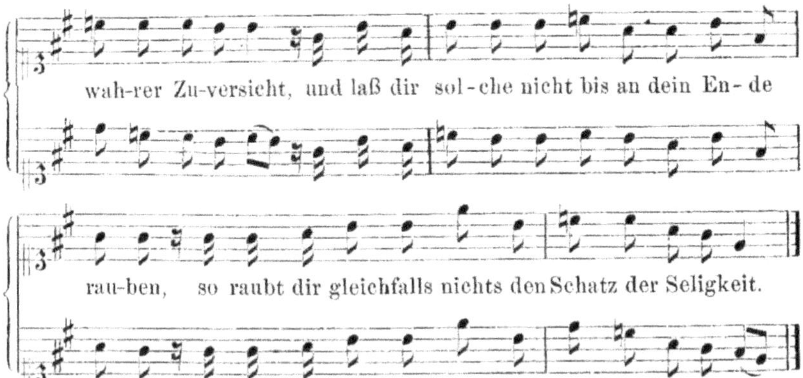

Auch bemerkt er, daß es nichts verschlage wenn der Accent bisweilen mit der Harmonie collidire, und eine Wendung wie diese:

müsse dennoch so gesungen werden:

Die an dem längeren Beispiele verdeutlichten Vortragsmanieren erschöpfen, wie Telemann selbst sagt, nicht die Fülle der Möglichkeiten, sie enthalten aber die gebräuchlichsten ihrer Art. Agricola führt einen Theil derselben ebenfalls an, daneben noch einige andre und besonders zierliche. Will man nun Bachs Stellung zu den Recitativ-Manieren zu erkennen suchen, so ist vor allem zweierlei zu berücksichtigen: einmal, daß von allen Kirchencomponisten er unstreitig am meisten nach melodischer Gestaltung des Recitativs strebte, sodann aber, daß er es nicht liebte, der Willkür des Vortragenden einen allzuweiten Spielraum zu gönnen. Das erste mußte ihm einen häufigen Gebrauch der Manieren wünschenswerth erscheinen lassen, das zweite ihn treiben, dieselben in Noten möglichst genau auszudrücken. Mustert man unter diesem doppelten Gesichtspunkt die

Bachschen Recitative, so ergiebt sich das entsprechende Resultat. Den cadenzirenden Quartensprung läßt er stets so ausführen, wie es Telemann lehrt, aber er schreibt ihn auch immer aus. Wo er sich geschrieben findet, wie man ihn gewöhnlich notirte, soll er auch genau den Noten gemäß gesungen werden. Ein solcher übrigens höchst seltener Fall findet sich im zweiten Theil der Matthäuspassion, wo Jesus singt: »daß ihr sehen werdet des Menschen Sohn sitzen zur Rechten der Kraft und kommen in den Wolken des Himmels« 121): hier zeigt es auch die Harmonie der begleitenden Geigen deutlich an, daß am Schluß der Phrase zweimal *h* und nicht *e' h* zu singen ist. Soll der Quartenschritt überdies noch ausgeziert werden, so schreibt es Bach natürlich ebenfalls vor. Es geschah solches, indem man den Quartenraum durch seine Zwischenstufen ausfüllte, wobei auch noch Mordente, Triller und ähnliche Ornamente angebracht wurden 122). Wenn der arglistige Herodes im Weihnachtsoratorium den Weisen aus dem Morgenlande aufträgt, fleißig nach dem Kindlein zu forschen, so würde was Bach ihn hier schließlich singen läßt, in der gewöhnlichen Weise so geschrieben sein:

Um den tückischen Hohn des Herodes auszudrücken, wollte Bach den Quartenschritt verziert vorgetragen wissen; er schreibt deshalb vollständig hin:

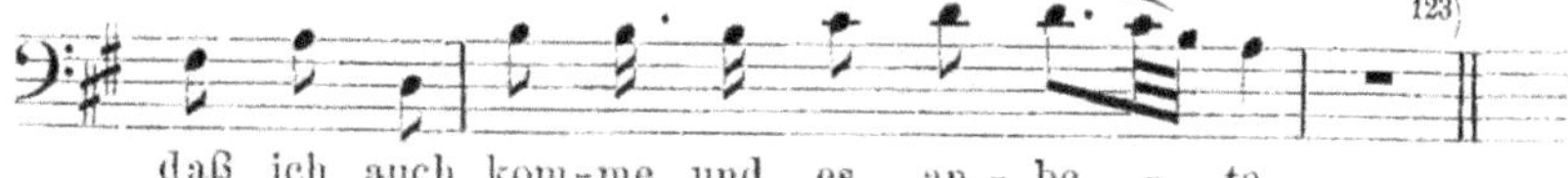

Die Anwendung des Accents, welche in der Regel nur über einer betonten Note eintrat, war in ab- und aufsteigender Bewegung möglich. Die absteigende Bewegung ließ ihn beim Terz- und Secundschritt zu. Wenn beim Terzschritt nur eine betonte Note folgt, wie am Schluß des längeren Telemannschen Beispiels, so schreibt Bach die abwei-

121) B.-G. IV, S. 159, Takt 1.

122) Agricola, a. a. O. S. 151 f.

123) B.-G. V², S. 236, T. 9 ff. — Ein andres Beispiel in der Cantate »Brich dem Hungrigen dein Brod«, B.-G. VII, S. 335.

chende Ausführung sehr häufig vor. Es ist beiläufig darauf hinzuweisen, daß er beim Terzschritt den Accent auch über einer unbetonten Note nicht verschmäht: Stellen, wie:

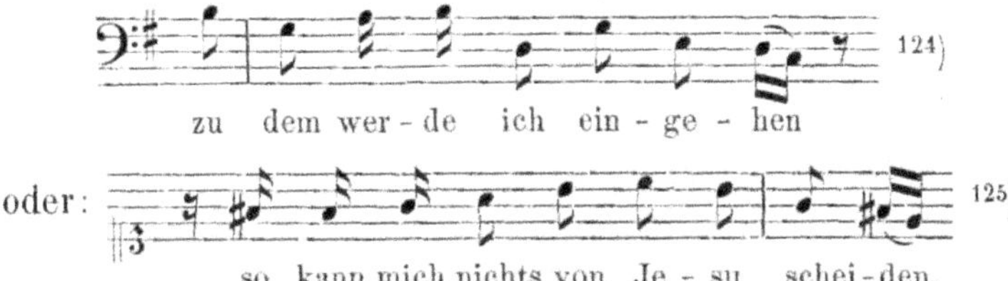

und viele andre beweisen es. Folgen zwei Noten, deren erste betont ist, wie in Takt 4—5 des Telemannschen Beispiels, so schreibt Bach auch hier die Ausführung nicht selten hin; z. B. in der Cantate »Barmherziges Herze«:

Wenn die Stimme nur eine Secunde abwärts schreitet, und es folgt eine betonte Note, so konnte ebenfalls der Accent angebracht werden; er findet sich bei Bach mehrfach ausgeschrieben, wie in der Cantate »Komm du süße Todesstunde«:

Folgten zwei oder mehr Noten (Telemann, T. 1—2), so wurde die erste, falls sie betont war, um eine Stufe erhöht, was Bach im Himmelfahrts-Oratorium genau so vorschreibt:

124) B.-G. XVI, S. 15, T. 7 f.

125) B.-G. VII, S. 44, T. 3 und 4. — Eine Stelle wo dieser Accent in der Originalpartitur fehlt, in der autographen Stimme aber ausgeschrieben ist, findet sich in einem Duett B.-G. VII, S. 79, T. 3.

126) Kirchengesänge von Johann Sebastian Bach. Berlin, Trautwein und Co. III, S. 19, T. 10. — S. ferner B.-G. V[1], S. 30, T. 1. — II, S. 27, T. 10.

127) B.-G. II, 34, T. 13—14.

erleiden und die Hinneigung zum Arioso, die dem Bachschen Recitativ im allgemeinen eigen ist, noch verstärkt wird. So ganz und gar aber hat er sich der allgemeinen Sitte schwerlich entzogen, daß er es einem Sänger von verläßlichem Geschmack nicht auch sollte überlassen haben, mit den einfachsten und allgemein gebräuchlichen Mitteln das Verschönerungswerk an einer schönen Sache, um Agricolas Ausdruck beizubehalten, vorzunehmen. Scheibes Ausspruch, daß Bach »alle« Manieren, »alle« kleinen Auszierungen mit eigentlichen Noten ausdrücke, unterrichtet uns mit erwünschter Bestimmtheit über einen Bachschen Grundsatz; buchstäblich aber auf jeden einzelnen Fall darf man ihn schwerlich anwenden. Außerdem ist wohl zu beachten, daß, falls ein Sänger es Bach nicht recht machte, diesem immer noch das Corrective der mündlichen Anweisung blieb, und wie er sich dessen seinen Musikern gegenüber bediente, hat schon ein oben angeführter Fall gezeigt[131]. Es scheint mir zweifellos, daß sehr viele Stellen in den Bachschen Recitativen durch Anwendung des Accents geschmeidiger, ausdrucksvoller und ihrem innern Wesen überhaupt entsprechender sich gestalten, so daß anzunehmen ist, Bach selbst habe ihn bei der Erfindung mitgedacht. Die letzte Entscheidung hat in solchen Fällen freilich der Geschmack. Bevor man ihm folgt, muß aber jedesmal erwogen werden, ob nicht positive Gründe erkennbar sind, die Stelle so zu singen, wie sie geschrieben ist, und nicht selten werden sich solche Gründe finden. Wenn Petrus in der Johannes-Passion Jesum verleugnet, läßt ihn Bach zum ersten Male singen:

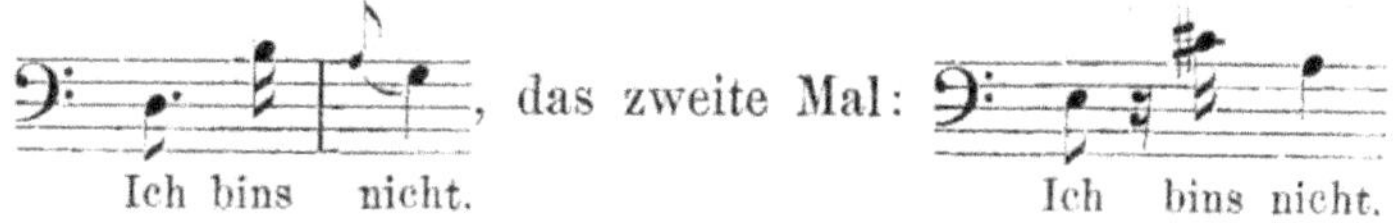

An der zweiten Stelle ebenfalls den Accent anbringen, hieße die Idee des Componisten zerstören, da die gesteigerte Aufregung, mit welcher sie gesungen werden soll, am Tage liegt[132]. Bach liebt derartige fein psychologische Züge; dem oben aus der Matthäuspassion angeführten Beispiele, wo beim aufsteigenden Secundschritt die erste und betonte der beiden folgenden Noten erhöht wird, ent-

131) Vrgl. auch die Vorrede Rusts zu B.-G. XXII, S. XXI.

132) B.-G. XII¹, S. 29, T. 14—15, und S. 33, T. 7.

spricht eine vorhergehende, an welcher der Accent ebenfalls ausgeschrieben ist[133]. Beide Male spricht Pilatus, das erste Mal in zweifelnder Frage: Was hat er denn Übels gethan?, das zweite Mal bestimmt abwehrend: Da sehet ihr zu. Die Gleichheit seiner innersten Stimmung und Gesinnung ist durch die beide Male gleich gestaltete Phrase ausgedrückt. Wenn kurz nach einander dieselbe Wendung einmal mit, das andre Mal ohne Accent dasteht, so wird man überhaupt immer zunächst eine Absicht annehmen müssen. Deshalb ist es sicher richtig, folgende Stelle aus dem Weihnachts-Oratorium:

genau nach der Notenangabe und ohne Erhöhung der vorletzten Note zu singen.

Dieses alles aber soll, wie gesagt, nur von den Accenten, als einfachsten und landläufigsten Recitativ-Manieren gelten. Seltenere und gewähltere Verzierungen hat Bach — man darf es mit Bestimmtheit annehmen — immer in Noten ausgedrückt. Hierher wäre die Manier zu rechnen, bei mehren auf derselben Stufe verweilenden Noten, eine der betonteren mit einem Mordent oder etwas ähnlichem zu versehen[134]; Stellen, an denen Bach in seiner Weise diesem Gebrauche genügt, sind z. B.: [Notenbeispiel] zum Gra-be will be-rei-ten, [135]

133) B.-G. IV, S. 192, T. 13.

134) Agricola bei Tosi S. 155 f.

135) Matthäus-Passion. B.-G. IV, S. 29, T. 9—10.

136) Cantate »Ich hatte viel Bekümmerniß«. B.-G. V¹, S. 30, T. 1 und 2; S. 31, T. 6—7.

Ferner alle ausgeführteren Fiorituren, wie:

und namentlich längere Melismen am Schlusse, wie sie im Kirchen-Recitativ häufig waren[138]: die beiden berühmten Melismen über die Worte »und ging hinaus und weinete bitterlich« aus der Johannes- und Matthäuspassion gehören in diese Kategorie.

Was von Bachs Recitativen gilt, findet auch auf seine Arien Anwendung. Freie Abweichungen von der Notirung waren in den Arien ebenfalls und an gewissen Stellen in noch ausgedehnterem Maße Sitte der damaligen Zeit. Sie bestanden theils in kleinen Ausschmückungen der Melodie durch Accente, Triller, Mordente und dergleichen, theils in Erweiterungen der Cadenzen, theils endlich in variirender Veränderung der Melodiereihen. Dieses letztere Verfahren trat zumeist in dem dritten Theile der Arie ein. Es sollte verhüten, daß der Hörer sich durch eine bloße Wiederholung gelangweilt fühle, oder, wenn der Künstler seine Aufgabe tiefer erfaßte, den Affect des ersten Theils steigern und somit den ganzen psychologischen Vorgang zu einer leidenschaftlicheren Entwicklung bringen. Arten solcher Variirungen gab es wiederum drei: man setzte wenigen Noten mehre hinzu, man vereinfachte mehre zu wenigeren, man vertauschte eine bestimmte Anzahl von Noten mit ebensoviel andern[139]. Von ihrer Anwendung konnte für Bach überhaupt nur dann die Rede sein, wenn eine wirkliche *Da capo*-Arie vorlag, deren erster Theil in der Haupttonart vollständig abschloß. Diese Gestalt

137) Cantate »Ach wie flüchtig, ach wie nichtig«. B.-G. V¹, S. 207, T. 6—7.

138) Tosi-Agricola, S. 151.

139) Agricola, a. a. O. S. 235. In der Instrumentalmusik wurden namentlich die Adagio-Sätze gern so vorgetragen. Beispiele bei Quantz, Versuch einer Anweisung die Flöte traversiere zu spielen. Tab. XVII—XIX, und in Wittings Ausgabe der Corellischen Violinsonaten. Wolfenbüttel, Holle. Zwei Beispiele variirter Arien, allerdings aus etwas späterer Zeit, giebt Hiller, Anweisung zum musikalisch zierlichen Gesange. Leipzig, 1780. S. 135 ff.

ist aber unter den Arien Bachs keineswegs die regelmäßige. Ihm, der überall bemüht war, die bestehenden Formen aus sich heraus zu erweitern und unter einander neu zu combiniren, konnte das Schablonenhafte der *Da capo*-Arie unmöglich dauernd gefallen. Ihre Form erscheint deshalb bei ihm in verschiedenfachen Umbildungen, deren wichtigste darin besteht, daß der erste Theil in der Dominant- oder einer andern nahe verwandten Tonart abschließt und der dritte dann nicht gänzlich als Wiederholung des ersten Theiles auftritt, sondern zum Schluß einen andern Modulationsgang einschlägt, oft aber auch außerdem dem ersten Theile durch neue Combinationen und Wendungen ein andres Ansehen giebt. Die Tendenz also, welche zur Variirung des dritten Arientheiles führte, ist hier vertieft und verinnerlicht: derselbe erscheint nicht nur in einem äußerlich neuen Aufputz, sondern ist seinem Wesen nach ein andrer geworden. Wo aber ein wirkliches *Da capo* vorliegt, muß man an Emanuel Bachs Ausspruch denken, daß die Freiheit zum Verändern durch ein simples Accompagnement der Mittelstimmen bedingt werde [140]. Der polyphone Satz der Bachschen Arien, die Bedeutsamkeit jeder einzelnen Melodienote, der harmonische Reichthum lassen in den meisten Fällen keine nennenswerthe Veränderung zu. Wenn schon im allgemeinen zur richtigen Ausführung solcher Variationen eine gründliche Einsicht in die Gesetze der Composition gefordert wurde, so galt eine solche Forderung hier noch viel mehr, aber grade unter den Thomasschülern fand sich wohl nur selten jemand, der ihr zu genügen vermocht hätte. Es ist schwer glaublich, daß Bach seinen Sängern gestattet haben sollte, mit diesen tiefsinnigen, festgefügten Tonbildern nach Laune zu verfahren. Etwas anders wird er es mit den Cadenzen gehalten haben. Die Ausschmückung derselben beschränkte sich in den älteren Zeiten der Gesangskunst auf einen Triller über der mittleren der drei Noten, welche den eigentlichen Schlußfall bilden. Hernach fing man an, auf der Note vor dem Triller eine kleine Auszierung anzubringen, ohne jedoch dabei aus dem Takte zu kommen. Dann wurde noch weiter gegangen: man sang den letzten Takt langsamer und suchte ihn endlich durch allerhand Läufe, Sprünge und andre mögliche Figuren auszuschmücken. Diese Art der Cadenzirung,

140) Versuch über die wahre Art das Clavier zu spielen. Theil II, S. 1.

welche zwischen den Jahren 1710 und 1716 aufgekommen sein soll, war die zu Bachs Zeit allgemein übliche[141]. Ein deutliches Bild kann man sich von ihr durch die Stellen verschaffen, wo sie Bach, seiner Neigung folgend, vollständig ausgeschrieben hat, wie z. B. am Schluß des zweiten Theils der ersten Bassarie in der Cantate »Freue dich, erlöste Schaar«[142]. Wo das nicht geschehen ist, läßt Bach vielfach die Singstimme doch in so ausdrucksvollen Wendungen zu Ende gehn, daß für die Willkür des Sängers nicht viel Raum bleibt. Daß er aber eine gewisse Verzögerung des Zeitmaßes, verbunden mit sparsamen Verzierungen, zuließ, sieht man deutlich aus den sehr zahlreichen Stellen, wo die übrigen begleitenden Instrumente vor den Schlußtakten aussetzen, und der Generalbass allein weiter geht. Dieses kann eben keinen andern Zweck haben, als der Singstimme Raum zu ungehinderter, willkürlicher Bewegung zu schaffen. Was endlich die kleinen Ausschmückungen der fortlaufenden Melodie betrifft, so ist auch ihnen gegenüber von dem Grundsatze auszugehen, daß Bach sie genau vorschrieb, wo er sie zur Erreichung des gewollten Ausdrucks für wesentlich hielt. In andern Fällen ließ er seinen Sängern bald geringere bald größere Freiheit, da er es endlich bei den Proben doch immer noch in der Hand hatte, sie mündlich nach seinem Willen zu dirigiren. Daß er sich hierauf verließ, aber auch daß ihm an manchen Stellen nicht viel daran lag, ob eine Verzierung angebracht wurde oder nicht, geht oft sehr deutlich aus einer Vergleichung der Instrumental-Ritornelle mit der Gesangsmelodie hervor, sowie aus solchen Partien, wo ein Instrument eine Gesangsmelodie mitspielt: häufig weist hier die eine Stimme Verzierungen auf, welche der andern fehlen, und nicht nur wenn sie nach einander eintreten, sondern auch wenn sie mit einander gehen. Ob und wo in solchen Fällen eine Übereinstimmung herzustellen ist, darüber kann in unserer Zeit nur der Geschmack entscheiden.

Auch auf den Vortrag der Chöre lassen sich die hier angestellten Erörterungen ausdehnen. Es mag befremden, daß bei ihnen von willkürlichen Auszierungen überhaupt nur die Rede sein kann. Aber wirklich bediente man sich der sogenannten Manieren auch beim

---

141) Agricola, a. a. O. S. 195 f.

142) B.-G. V¹, S. 347.

Chorgesange, und Petri giebt sogar Anweisungen, wie man lernen solle, für einen vierstimmigen Choralgesang richtige Mittelstimmen zu extemporiren[143]. Diese Erscheinung erklärt sich aus der schwachen Besetzung der Chöre und dem geringen Unterschiede, welcher zwischen Solo- und Chorsänger bestand. Zwar wurden die Sänger in Concertisten und Ripienisten eingetheilt, aber jene standen diesen nicht in unnahbarer Vornehmheit gegenüber, sondern sie führten außer den Solopartien auch die mehrstimmigen Sätze aus und bildeten den eigentlichen Kern des Chors, welchem sich die Ripienisten verstärkend anschlossen. Thatsache ist indessen auch, daß durch die freie Anbringung von Manieren oft ein wüstes unharmonisches Wesen entstand, weshalb gediegene Musiker davon nichts wissen wollten: nur wenn eine Stimme ein mit Manieren ausgestattetes Thema vorsinge, solle es die nachahmende Stimme in derselben Weise auch ohne ausdrückliche Vorzeichnung derselben nachsingen, da der Componist sein Thema das zweite Mal gewiß eben so gedacht habe, als das erste Mal[144]. Wer Bachsche Chöre angesehen hat, weiß, daß es an allerhand Verzierungen, sei es vollständig ausgeschriebenen, sei es nur angedeuteten, in ihnen nicht fehlt. Daß diese wirklich und vollständig ausgeführt werden sollten, ist nach allem was bisher gesagt wurde eben so sicher, wie daß es den Sängern in der Regel nicht erlaubt war, eigne hineinzufügen.

Die Instrumente, welche zur Ergänzung und Bereicherung des aus Orgel und Menschengesang bestehenden Tonkörpers von Bach herbeigezogen wurden, konnten von den Stadtpfeifern und Kunstgeigern nur zum Theile besorgt werden. In die Lücken mußte er geeignete Schüler einschieben. So war es vor ihm gewesen, so wurde es nach ihm gehalten, bis Hiller es dahin brachte, das ganze Orchester nur mit Thomanern besetzen zu können[145]. Die hieraus entstehende Beschränkung auf die jedesmal zufällig vorhandenen Mittel würde Bach in Entfaltung seiner Kunst hinderlicher geworden sein, wenn er Orchester und Chor nach moderner Art verwendet hätte. Die ältere Art der Orchesterbehandlung hatte freilich wieder

143) Petri, a. a. O. S. 211 f.
144) Petri, S. 210.
145) Gerber, N. L. II, Sp. 674.

andre und eigenartige Mißstände im Gefolge. Alle Holzblasinstrumente ziehen sich, wenn sie eine Zeit lang gespielt sind, in die Höhe. Das Saitenquartett kann in diesem Falle sich accommodiren, die Orgel nicht. Außerdem wurden bei der älteren Orchesterbehandlung die Bläser viel andauernder in Thätigkeit gesetzt, folglich verstimmten sich ihre Instrumente rascher. Versuche zur Beseitigung dieses Übelstandes wurden nach verschiedenen Richtungen angestellt. Johann Scheibe erfand einen Mechanismus, durch welchen mittelst größerer oder geringerer Beschwerung der Blasbälge die Stimmung der Orgel höher oder tiefer gemacht werden konnte, und wandte ihn zuerst bei einem im Jahre 1731 verfertigten kleinen Orgelwerke an, das 12 Manual-Stimmen mit zwei Manual-Clavieren und im Pedal ein sechzehnfüßiges Fagott besaß[146]. Es scheint aber nicht, daß er mit dieser Erfindung großen Erfolg gehabt hat, da es zur Erreichung des nämlichen Zweckes noch ein einfacheres Mittel gab: man hielt von jeder Gattung der Holzblasinstrumente mehre Exemplare in Bereitschaft und griff, wenn das eine durch Überblasen unrein geworden war, zu einem andern[147]. Der Chorton, in welchem damals noch allgemein die Orgeln standen, während die meisten übrigen Instrumente in den gewöhnlichen, sogenannten hohen Kammerton gestimmt wurden, brachte ebenfalls eine Unbequemlichkeit mit sich. Sie pflegte durch Transposition der Orgelstimme gehoben zu werden. Wenn aber zufällig nur Holzbläser im tiefen, eine kleine Secunde unter dem gewöhnlichen stehenden Kammertone zur Verfügung waren[148], so mußten, falls nicht auch für diese transponirte Stimmen angefertigt werden sollten, die Streichinstrumente umstimmen. Zu Kuhnaus Zeit waren bei der Leipziger Kirchenmusik derartige Flöten und Oboen im Gebrauche; auch in Bachs Trinitatis-Cantate »Höchst erwünschtes Freudenfest«, welche in den Anfang seiner Leipziger Thätigkeit fällt, kommen sie noch vor. Sicher geschah es, um das für Klang und reine Stimmung nachtheilige fortwährende Umstimmen der Streichinstrumente zu vermeiden, wenn Kuhnau sehr häufig auch dort in den Chorton gestimmte Geigen anwandte, wo keine

146) Leipziger Neue Zeitung von gelehrten Sachen. XVIII, 833 f.

147) Petri, a. a. O. S. 183.

148) Adlung, Anleitung, S. 387.

Holzblasinstrumente mitwirkten. Im Chorton standen regelmäßig die Trompeten, sie konnten aber durch einen am Mundstück angebrachten Aufsatz in den Kammerton heruntergestimmt werden, so daß sich dasselbe Instrument für Kammerton -D dur und -C dur gebrauchen ließ[149]. Die anhaltende Mitwirkung eines Posaunenchors endlich machte oft die Anstellung mehrer einander ablösender Bläser nothwendig, weil namentlich die Bassposaune, wenn sie wie üblich den Singbass in Chören verstärkend begleitete, einen Aufwand von physischer Kraft erforderte, den ein einziger Bläser nicht zu leisten vermochte. Noch größere Anstrengung verursachte in solchen Aufgaben die Discantposaune; es war dies sicherlich auch ein Grund, weshalb man sie lieber durch den weniger angreifenden Zink ersetzte[150].

Eine besondere Besprechung erfordert noch die Direction der Kirchenmusiken, da auch in dieser Beziehung sich die Gebräuche seither vielfach geändert haben. Sie waren übrigens auch zu Bachs Zeit unter sich recht verschieden. Johann Bähr, seiner Zeit Concertmeister in Weißenfels, sagt, der eine taktire mit dem Fuß, der andre mit dem Kopfe, ein dritter mit der Hand, andre mit beiden Händen, einige nähmen eine Papierrolle, wieder andre einen Stecken in die Hand. Ein jeder ordentliche Dirigent werde sein Verfahren nach Ort, Zeit und Personen angemessen einzurichten wissen: wer darüber allgemein gültige Regeln geben wolle, verdiene ausgelacht zu werden, »denn was dich nicht angeht, das sollst du nicht blasen, laß du einen andern taktiren wie er will, und taktire du, wie du willst, so geschicht keinem Unrecht«[151]. Alle die angeführten Arten haben mit der heutigen Praxis das gemeinsam, daß von einer leitenden Person durch das ganze Stück hindurch das Zeitmaß sichtbar markirt wurde. Abbildungen aus den ersten Jahrzehnten des vorigen Jahrhunderts, welche Musikchöre und Dirigenten darstellen, machen die Sache ganz klar. In einer Sammlung von Kupferstichen, welche vor 1725 bei Johann Christoph Weigel in Nürnberg herauskam und die verschiedenartigsten Musiker in Action vorführt, findet man auch

149) S. Anhang A, Nr. 7.
150) Petri, a. a. O. S. 184.
151) Johann Beerens Musikalische Discurse. Nürnberg, 1719. S. 171 ff.

einen Musikdirector, welcher eine Notenrolle in jeder Hand aus der vor ihm aufgestellten Partitur stehend eine vierstimmige Motette *Laudate Dominum* dirigirt; darunter ist zu lesen:

Ich bin, der dirigirt bey denen Music-Chören,
Zwar still, was mich betrifft, doch mach ich alles laut.
Erheb ich nur den Arm, so lässet sich bald hören,
Was unsern Leib ergötzt, und auch die Seel erbaut.
Mein Amt wird ewiglich, dort einsten auch, verbleiben,
Wann Himmel, Erd und Meer in pures Nichts verstäuben.

Auf andern Abbildungen steht der mit der Notenrolle bewaffnete Dirigent bald neben dem Organisten und Bassspieler an der Orgel, bald von dem Organisten und den Trompetern getrennt in der Mitte der rechts und links von ihm gruppirten Sänger und Geiger vor der Brüstung des Orgelchors[152]. Übrigens war doch der Dirigent nicht immer »still, was ihn betraf«. Manche Cantoren bedienten sich auch beim Dirigiren der Violine, um vermittelst dieser den Sängern zu Hülfe zu kommen, wenn es nöthig war[153]. Von den dreißiger Jahren des Jahrhunderts an änderte sich die Praxis. Der durchtaktirende stehende Dirigent kam aus der Mode, es wurde mit der Zeit immer allgemeinerer Gebrauch, von einem Cembalo aus zu dirigiren, d. h. je nachdem es nöthig war bald mit der Hand den Takt zu markiren, bald das betreffende Tonstück mitzuspielen, und also nicht nur durch stumme Zeichen sondern durch hörbares musikalisches Eingreifen die Ordnung aufrecht zu erhalten. Nur bei ganz großen Aufführungen mit weitläufig aufgestellten Massen blieb die ältere Praxis üblich, weil sie unumgänglich war. Sonst wurde jene unmerkliche, bescheidene Art der Leitung zu einem Ruhme für die deutschen Musikaufführungen, die sich hierdurch sehr vortheilhaft von den französischen unterschieden, wo der Takt mit einem großen

152) Auf den Kupfern vor »Der Durch das herrlich-angelegte Paradis-Gärtlein Erquickten Seele Geist-volle Jubel-Freude bestehend In einem Kern auf allerley Anliegen und Zeiten angerichtete Lieder. Nürnberg, 1724.«, ferner »Altes und Neues aus dem Lieder-Schatze, Welcher von GOtt der einigen Evangelischen Kirchen reichlich geschencket« u. s. w., herausgegeben von *M.* Herrmann Joachim Hahn. Dresden, 1720., und vor Walthers Lexicon. Leipzig, 1732.

153) [Voigt], Gespräch von der Musik, S. 36. — Vrgl. dazu Petri, a. a. O. S. 172.

Stocke hörbar vorgeschlagen wurde, und von denen trotzdem Rousseau sagte: Die Oper in Paris ist das einzige Theater in Europa, wo man den Takt schlägt, ohne ihn zu beobachten, an allen andern Orten beobachtet man ihn, ohne ihn zu schlagen. Das Dirigiren am Cembalo fand besonders deshalb eine eifrige Nachahme, weil Hasse diese Methode in Dresden mit so großem Glücke anwendete, daß die dortigen Opernvorstellungen sich unter seiner Leitung zu einer kaum irgendwo übertroffenen Vollendung erhoben. Von der Aufstellung des Orchesters, welche er einführte, hat Rousseau uns eine Zeichnung überliefert[154]. Aus derselben ersieht man, was auch durch die Sache selbst geboten war, daß der Capellmeister an seinem Flügel nicht zugleich das Geschäft des Generalbassspielers übernahm. Für diesen war ein besonderes *Clavecin d'accompagnement* links längs der Bühnenwand aufgestellt, während der Capellmeister mit seinem Clavier die Mitte des Orchesters einnahm. Die Anwendung des Cembalos als Directions-Instruments war jedoch auch früher schon nichts unbekanntes mehr gewesen. In Torgau hatte man zu den Osteraufführungen 1660 das Spinett, ein kleines cembaloartiges Instrument, mit benutzt[155], und auch in Leipzig gab es zu Kuhnaus Zeit auf dem Orgelchor der Thomas- und Nikolai-Kirche ein Cembalo, dessen er sich ab und an bediente; lieber wandte er statt dessen allerdings die italiänische Laute an, deren durchdringenden Klang er zur Zusammenhaltung der Musik für besonders geeignet hielt[156]. Als Bach sein Amt antrat, ließ er sofort das unbrauchbar gewordene Cembalo in der Thomaskirche neu in Stand bringen und erwirkte vom Rath, daß die Summe von jährlich sechs Thalern für ein regelmäßiges Stimmen desselben ausgeworfen wurde, setzte es aber im Jahre 1733 bis Ostern 1734 und sodann von Michaelis 1743 ab wieder außer Gebrauch[157]. In der Nikolai-Kirche, deren Orgelchor beschränkter war, benutzte er das dort befindliche

---

154) In seinem *Dictionnaire de Musique, Planche G, Fig.* I., abgedruckt bei Fürstenau, Zur Geschichte der Musik und des Theaters am Hofe zu Dresden. II, S. 291.

155) Taubert, Die Pflege der Musik in Torgau. Torgau, 1868. S. 18, Anmerk. 3.

156) S. Anhang B. IV, A und B, 3 und 7.

157) Rechnungen der Thomaskirche.

Cembalo wie es scheint mit einer noch längeren Unterbrechung: die erste Herrichtung desselben ließ er zum Charfreitag 1724 vornehmen, wo er in der Nikolai-Kirche die Passions-Musik aufzuführen hatte[158], dann werden deutliche Spuren seines Gebrauches erst wieder im Jahre 1732 sichtbar und führen bis 1750[159]. Von Neujahr 1731 an bis ebendahin 1733 besorgte Bachs Sohn Philipp Emanuel, der am 1. October 1731 die Leipziger Universität bezog, das Stimmen des Flügels in der Thomaskirche. Mit Bezug hierauf wird eine Erörterung desselben über das Cembalo als Directions-Instrument von besonderer Bedeutung. »Das Clavier«, sagt er[160], »welchem unsere Vorfahren schon die Anführung anvertrauten, ist am besten im Stande, nicht allein die übrigen Bässe, sondern auch die ganze Musik in der nöthigen Gleichheit vom Takte zu erhalten; diese Gleichheit kann auch dem besten Musico, ob er schon übrigens sein Feuer in seiner Gewalt hat, im andern Falle durch die Ermüdung schwer werden. Da dieses nun bei einem geschehen kann, so ist die Vorsicht, wenn viele zusammen musiciren, um so viel nöthiger, jemehr hierdurch das Takt-Schlagen, welches heut zu Tage blos bei weitläuftigen Musiken gebräuchlich ist, vollkommen ersetzet wird. Der Ton des Flügels, welcher ganz recht von den Mitmusicirenden umgeben stehet, fällt allen deutlich ins Gehör. Dahero weiß ich, daß sogar zerstreuete und weitläuftige Musiken, bei welchen oft viele freiwillige und mittelmäßige Musici sich befunden haben, blos durch den Ton des Flügels in Ordnung erhalten worden sind. Steht der erste Violinist folgends, wie es sich gehört, nahe am Flügel, so kann nicht leicht eine Unordnung einreissen. Bei Singe-Arien, worinnen das Zeit-Maß sich schleunig verändert, oder worinnen alle Stimmen gleich lärmen und die Singe-Stimme allein lange Noten oder Triolen hat, welche wegen der Eintheilung einen deutlichen Takt-Schlag erfordern, haben die Sänger auf diese Art eine große Erleichterung. Dem Basse wird es ohnedem am leichtesten, die Gleichheit des Taktes zu erhalten, je weniger er gemeiniglich mit schweren und bunten Passagien beschäftiget

158) S. Anhang B, IX.

159) Rechnungen der Nikolai-Kirche.

160) Versuch über die wahre Art das Clavier zu spielen. Erster Theil. S. 5 f. Anmerk.

ist, und je öfter dieser Umstand oft Gelegenheit giebt, daß man ein Stück feuriger anfängt als beschließet. Will jemand anfangen zu eilen oder zu schleppen, so kann er durchs Clavier am deutlichsten zu rechte gebracht werden, indem die andern wegen vieler Passagien und Rückungen mit sich selbst genug beschäftiget sind; besonders haben die Stimmen, welche *Tempo rubato* haben, hierdurch den nöthigen, nachdrücklichen Vorschlag des Takts. Endlich kann auf diese Art, weil man durch das zu viele Geräusch des Flügels an der genauesten Wahrnehmung nicht gehindert wird, sehr leicht das Zeit-Maß, wie es oft nöthig ist, um etwas weniges geändert werden, und die hinter, oder neben dem Flügel sich befindenden Musici haben einen in beiden Händen gleichen, durchdringenden und folglich den merklichsten Schlag des Takts vor Augen.« Hier haben wir eine umfassende Darlegung der Vortheile, welche das Dirigiren am Cembalo bietet, aus sachkundigstem Munde und zugleich das offene Zeugniß, daß Sebastian Bach sich dieser Methode bedient hat. Denn die Worte: »schon unsere Vorfahren vertrauten dem Clavier die Anführung an« lassen nur die Deutung zu: derjenige, welcher die Musik anführte, also der Dirigent, that dieses vom Flügel aus und vermittelst desselben. Man nehme dazu die schöne und lebendige Schilderung, welche Gesner von Bachs Direction entwirft, der ihn unterdessen ebenfalls am Flügel sitzen läßt, so wird man ein deutliches und zutreffendes Bild derselben sich machen können. Es ist mit diesem Bilde durchaus vereinbar, wenn Emanuel Bach und Agricola von Seb. Bachs Directionsthätigkeit rühmend erzählen: »Im Dirigiren war er sehr accurat, und im Zeitmaße, welches er gemeiniglich sehr lebhaft nahm, überaus sicher«[161]. Denn die Benutzung des Cembalo schloß ein theilweises Taktiren ja nicht aus; das Instrument war nur zu dem Zwecke da, die Sache im Gang zu erhalten und die Fehlenden rasch und unvermerkt wieder auf den richtigen Weg zu bringen. Natürlich wurde meistens aus der Partitur dirigirt, zuweilen jedoch, wenn dieses aus irgend einem Grunde unthunlich war, auch aus einer bloßen Directionsstimme. Die Beschaffenheit einer solchen offenbart die Thätigkeit des Dirigenten sehr deutlich. Sie weist zwei Systeme auf, das untere für den Bass, das obere zur

161) Mizlers Nekrolog S. 171.

Andeutung der dem Dirigenten nothwendigen Anhaltepunkte. Gewöhnlich ist hier nur die oberste Stimme notirt, bei fugirten Sätzen werden die Eintritte der Stimmen meistens im Bass-System vermittelst der den Stimmen entsprechenden Schlüssel angedeutet, zuweilen auch auf dem obern System. Außerdem steht hier alles, was zur Orientirung über die Gliederung der Composition und das in ihr verwendete Tonmaterial nöthig ist: ob ein gewisser Satz von einem Instrument oder von einem Sänger vorgetragen wird, und von welchem, ob mehre Stimmen, ob alle, ob sie mit oder ohne Instrumente singen, wo Ritornelle eintreten u. s. w. Kuhnau hatte sich zur Leitung der Aufführung seiner Marcus-Passion ein solches »*Directorium sive Quasi-Partitura*« angelegt; auch zu seiner Cantate »Welt ade, ich bin dein müde« ist eine solche Directionsstimme, welche zugleich als Generalbass-Stimme gedient zu haben scheint, vorhanden[162]. Die Methode, das Clavier als Directionsinstrument zu gebrauchen, wurde so probat erfunden, daß sie sich bis in unser Jahrhundert erhalten hat, z. B. bei den Aufführungen der Berliner Singakademie. Auch bei bloßen Instrumentalwerken wandte man sie an, und Haydn dirigirte in Salomons Concerten in London seine Symphonien am Flügel[163]. Doch findet sich in dieser Zeit neben dem Flügel-Dirigenten auch schon ein besonderer taktirender Dirigent. Bei der im Jahre 1808 in Wien stattfindenden Aufführung der Haydnschen Schöpfung saß Kreuzer am Flügel und Salieri leitete das Ganze[164]. Als im Jahre 1815 ebendort Beethovens Christus am Oelberg aufgeführt wurde, dirigirte Wranitzký und Umlauf hatte den Platz am Clavier[165]. In der Berliner Singakademie ließ Zelter in seinen späteren Jahren einen seiner Schüler Rungenhagen oder Grell den Flügel spielen, während er selber nur taktirte[166]. Es hatte hier der Cembalist auch die Aufgabe, die Secco-Recitative als Generalbassist zu begleiten, was bei Bachs Aufführungen Sache des Organisten war. Das Cembalo als selbständiges Instrument drang allmählig auch in

162) Auf der Stadtbibliothek zu Leipzig.

163) Pohl, Mozart und Haydn in London. Zweite Abtheilung. Wien, Gerold. 1867. S. 119.

164) Gerber, N. L. II, Sp. 557.

165) Nottebohm, Beethoveniana. S. 37.

166) Nach mündlicher Mittheilung des Herrn Professor Grell.

die Kirchenmusik ein, innerhalb der Bachschen Schule jedoch nur zum Zwecke der Klangverstärkung bei solchen Recitativen und Arien, welche der Componist ohne Orgelbegleitung ausgeführt wissen wollte. Wenigstens empfiehlt Emanuel Bach, dieses zu thun, wogegen freilich Rolle meint, in der Kirche bleibe eine derartige Klangverstärkung ziemlich illusorisch, und das namentlich in den Wintermonaten beständig nöthige Befiedern und Stimmen mache überhaupt den Gebrauch des Flügels in der Kirche beschwerlich und kostspielig[167]. Möglich, daß dieses der Grund war, weshalb auch Bach in seinen späteren Jahren mehr davon abkam. Indessen bot ihm in der Thomaskirche seit 1730 das selbständig spielbare Rückpositiv einen Ersatz und zugleich die Bequemlichkeit, manchmal selber die Generalbassbegleitung ausführen zu können, ohne den Organisten von seinem Platze verdrängen zu müssen[168]. Wie er es zu halten pflegte, wenn die mitwirkenden Sänger und Spieler so zahlreich waren, daß ein durchgängiges Taktiren nothwendig wurde: ob er in solchem Falle einen andern, beispielsweise seine Söhne Friedemann oder Emanuel den Flügel behandeln, oder ob er ihn ganz schweigen ließ und alles durch seine Direction allein zwang, läßt sich nicht mehr erkennen. Ist das erstere aus inneren Gründen wahrscheinlich, so ist es das letztere mit Hinblick darauf, daß er überhaupt den Flügel jahrelang entbehren konnte; er muß also beim freien Dirigiren eine große Energie, Sicherheit und Klarheit entwickelt haben, was ja auch Emanuel Bach und Agricola ausdrücklich bezeugen. Was sonst noch über die Aufstellung der Musiker zu sagen wäre, ist größtentheils in Emanuel Bachs oben angeführten Worten schon enthalten. Es mag nur noch das besonders bemerkt werden, daß die Bässe — oder wenigstens ein Theil derselben, denn man liebte es zur Aufrechterhaltung der Ordnung die

167) Rolle, a. a. O. S. 56: »Den Flügel bey der Kirchenmusik einzuführen wird zwar sehr angerathen [bezieht sich auf die Band I, S. 831 mitgetheilte Äußerung Em. Bachs]. Da aber bey der Theatralmusik der Schall heraufgehet: bey der Kirchenmusik hingegen der Schall von dem Orgelchore herunterkommen muß, so giebt das Mitspiel des Flügels wohl keine sonderliche nachdrückliche Unterstützung [E. Bach, a. a. O. hatte gesagt, daß man auch bei den stärksten Musiken, in Opern, sogar unter freiem Himmel den Flügel hören könne, wenn man sich an einem höher gelegenen Orte befände.]«.

168) S. Anhang A, Nr. 8.

Bassstimme recht stark zu besetzen — überall ganz nah bei dem Dirigenten ihren Platz zu haben pflegten, unter Umständen also hinter seinem Rücken am Cembalo, so daß sie nöthigenfalls mit ihm aus der Partitur spielen konnten. Ferner wurden die Trompeten und Pauken immer etwas entfernt von den übrigen aufgestellt, damit sie namentlich die Singstimmen nicht übertönten [169]. Ein beliebter Platz für sie war dicht an der Orgel, rechts und links vom Organisten [170].

V.

Kuhnau hatte während der ganzen Zeit seines Thomas-Cantorats mit der Oper und den Operisten in einem ungleichen und für ihn durchaus erfolglosen Kampfe gelegen. Aus allen seinen Klagen tönt der Grundgedanke hervor, daß wenn er nur ein ausreichendes Personal zur Bestellung der Kirchenmusik zur Verfügung hätte, es ihm schon gelingen werde, die verderblichen theatralischen Tendenzen zu vernichten und einem ernsteren musikalischen Sinn in Leipzig zum Siege zu verhelfen. Er irrte sich; daß sein Einfluß auf das öffentliche Musikwesen ein immer schwächerer wurde, lag nur zum Theil in den äußern Verhältnissen, zu einem eben so großen Theile trugen sein Charakter und die Art seiner musikalischen Begabung die Schuld. In Zeiten, da Altes und Neues mit einander kämpfen, kann nur derjenige ein erfolgreicher Führer werden, der beides versteht und in seiner Berechtigung anerkennt. Die in den Opernformen nach Ausdruck ringende Potenz war Kuhnau unverständlich und seinem innern Wesen fremd. Einige Male hatte er es versucht, auch auf dem Gebiete der theatralischen Musik als Componist aufzutreten.

169) Scheibe, Critischer Musikus, S. 713 ff.

170) S. das Kupfer vor der oben angeführten von Joachim Hahn herausgegebenen Liedersammlung; ferner den der Hillerschen Schrift über die 1786 veranstaltete Messias-Aufführung beigegebenen Grundriß der Aufstellung sämmtlicher Musicirenden. Zu vergleichen der Grundriß des Dresdener Orchesters, wo für die Trompeten und Pauken auf dem rechten und linken Flügel desselben zwei Tribünen gebaut waren, und endlich Petri, S. 188. — Hillers Grundriß ist von großem sowohl historischem als praktisch musikalischem Interesse, wenn auch für unsern Zweck daraus wenig zu gewinnen ist, da Bach über große Massen gewöhnlich nicht disponirte und in den Händelschen Oratorien das Cembalo eine andre Rolle spielt.

In früheren Jahren hatte er sich einen Operntext »Orpheus« aus dem Französischen selbst übertragen und in Musik gesetzt; mit welchem Erfolg ist nicht bekannt [1]. Aber mit einer andern Oper, deren Composition in die letzte Zeit seines Lebens fallen muß, machte er entschiedenes Fiasco [2]. Es war eine Schwäche seiner Natur nicht einzusehen, daß auch der Vielseitigste doch nicht alles könne; er hätte es sich sonst wohl erspart, durch die That den Beweis zu liefern, daß seine Abneigung gegen die Oper von dorther erwiedert werde. Kuhnau ist ein Meister der Claviermusik gewesen; auch in der kirchlichen Composition hielten ihn viele für einen solchen. Und es ist keine Frage, daß er hier Eigenschaften zeigt, welche ihn über seine Zeitgenossen erheben. Der Technik des vocalen Satzes war er in höherem Grade mächtig als mancher andre deutsche Componist von damals. Seine fünfstimmige Gründonnerstags-Motette *Tristis est anima mea usque ad mortem* [3] kann man unter die hervorragenderen derartigen Arbeiten zählen; wenn sie gleich, auch nur auf die technische Seite angesehen, den Motetten Joh. Christoph und Johann Ludwig Bachs durchaus nicht ebenbürtig ist, so hat sie doch einen breitathmigen Zug, welcher das Studium classischer italiänischer Muster verräth. Eine Kammercantate *Spirate clementes, o zephyri amici* [4] beweist es gleichfalls, daß Kuhnau von der Kunst der Italiäner zu lernen suchte. Kirchen-Cantaten liegen siebenzehn vor aus den verschiedenen Perioden seines Lebens [5]. Scheibe, welcher ihn, Keiser, Telemann und Händel als die größten deutschen Com-

---

1) »Es war der thörichte Kerl über die *Opera* vom *Orpheus* gekommen, die ich ehmals aus dem Frantzösischen in die teutsche *Poesie* übersetzet, und zugleich *componi*ret hatte.« Kuhnau, Der *Musicali*sche Qvack-Salber. S. 456; vrgl. S. 458 ff.

2) Scheibe, Critischer Musikus S. 879, Anmerk.: »Allein ungeachtet aller seiner (Kuhnaus) großen Verdienste, weis man gar wohl, wie schlecht es ablief, als er sich unternahm ein Singespiel in die Musik zu setzen, und solches auf die Bühne zu bringen«.

3) In Stimmen befindlich in der Bibliothek der Leipziger Singakademie, gez. Nr. 362.

4) Auf der königlichen Bibliothek zu Berlin.

5) Zehn auf der königl. Bibliothek zu Berlin, sieben auf der Leipziger Stadtbibliothek. In dieser letzteren Collection befindet sich noch eine Weihnachts-Cantate »O heilge Zeit, wo Himmel, Erd und Luft«, die aber sicherlich keine Kuhnausche, sondern die Composition eines jüngeren Meisters ist.

ponisten des Jahrhunderts hinstellt, sagt: Kuhnau »ist hie und da von dem Strome der harmonischen Setzer hingerissen worden; daher ist er sehr oft matt, ohne gehörige poetische Auszierungen und ohne verblümte Ausdrückungen und folglich hin und wieder zu prosaisch. Daß er aber dieses auch selbst eingesehen, und zuweilen überaus sinnreich und poetisch zu setzen gewußt hat, zeigen seine Claviersachen und seine letzten Kirchenarbeiten, vornehmlich aber sein Passionsoratorium, das er wenig Jahre vor seinem Tode verfertigte. Wir sehen auch aus diesen Werken, wie deutlich er den Nutzen und die Nothwendigkeit des Rhythmus erkannt hat. Daher ist es auch gekommen, daß er beständig bemühet gewesen, alle seine Kirchensachen melodisch einzurichten und dieselben fließend und sehr oft recht rührend zu machen, ob es ihm schon mit theatralischer Arbeit niemals geglücket hat«[6]. Diese Worte bezeugen, was sich überdies aus den Werken selbst ergiebt, daß Kuhnau mit der Zeit auch in seiner Kirchenmusik sich dem herrschenden Opernstil anzunähern suchte. Wenn ihn der Strom der »harmonischen Setzer« bisweilen hingerissen haben soll, so hat dieses Urtheil weniger die positive Bedeutung, daß Kuhnau sich in eine polyphone Setzart allzusehr vertieft habe, als die negative, daß er auf melodische Eindringlichkeit und wechselvolle Rhythmik nicht immer bedacht gewesen sei. In seinen älteren Werken, z. B. einer noch aus dem 17. Jahrhundert stammenden Cantate »Christ lag in Todesbanden« steht er durchaus auf dem Gebiete jener sogenannten älteren Kirchencantate, zu der uns früher Buxtehude die erläuternden Beispiele lieferte. Im Grunde ist er auch in späteren Jahren über dieses Gebiet nicht hinausgekommen; wenn er sich auch dem Opernstil in manchen Dingen anbequemte, Neumeistersche, oder in Neumeisters Form gedichtete Texte componirte[7], es blieb eben doch ein äußerliches Compromiss. Ganz deutlich erkennt man dieses aus den Recitativen. Auch Bachs Recitative haben etwas stark melodisches, aber dieses ist auf Grund-

6) Critischer Musikus. S. 764.

7) Neumeisters Cantate »Uns ist ein Kind geboren« (S. B. I, S. 481 ff.) kam in Leipzig am Weihnachtsfeste 1720 zur Aufführung; aber schon in den Texten zu Kirchenmusiken aus dem Jahre 1711 findet sich die vollständige Neumeistersche Form. Eine in dieser Form gehaltene Dichtung liegt beispielsweise Kuhnaus Cantate »Und ob die Feinde Tag und Nacht« zu Grunde.

lage des dramatischen Recitativs seiner Zeit neu von ihm geschaffen. Kuhnaus Recitativ ist immer noch das Arioso der älteren Kirchencantate, ausgestattet mit einigen neurecitativischen Wendungen. In der dreitheiligen Arienform hat er einige gelungene Exemplare hingestellt, namentlich ist ein Duett zwischen Alt und Bass in der Himmelfahrts-Cantate »Ihr Himmel jubilirt von oben«, das auch einen sehr flüssigen, geistreich entwickelten polyphonen Satz aufweist, ein Musterstück zu nennen. Weit heimischer aber fühlt sich Kuhnau doch in der alten einfachen Form der geistlichen Arie mit ihren freundlichen aber kurzathmigen Melodiegestalten, und den steifen, ehrenfesten Ritornellen. Von den Chören läßt sich nur sagen, daß sie hier und da Ansätze zu breiteren und kunstvolleren Entwicklungen zeigen, gewöhnlich aber in der landläufigen Weise: alternirend zwischen homophonen Vocalsätzen und bedeutungslosen Zwischenspielen oder zwischen Solostückchen und Tuttisätzen sich abhaspeln. Auch bei den Choralgebilden kann man fast nur von Entwicklungsansätzen sprechen. Eine freie Bewegung der contrapunctirenden Stimmen fehlt noch sehr, man muß sich, wie im Schlußchor der Cantate »Christ lag in Todesbanden« oder am Anfang der Cantate »Wie schön leucht't uns der Morgenstern«, mit einigen kümmerlichen Imitationen begnügen. Soll das Orchester zum Choral figuriren, so bleibt es doch weit entfernt von der Ausführung eines selbständigen Tonbildes: in der Weihnachtscantate »Vom Himmel hoch« singt der Chor diesen Choral im einfachsten homophonen Satze und die Instrumente unterstützen ihn, nur die erste und zweite Violine bringen auf- und absteigende Sechzehntel-Passagen hinzu ganz in der Weise, wie der Schlußchor von Bachs frühem Werke »Uns ist ein Kind geboren« gehalten ist. Ähnlich, nur noch mit Hinzuziehung des Basses, ist der Choral »Gelobet seist du, Jesu Christ« in der Cantate »Nicht nur allein am frühen Morgen« behandelt. Fließend und gewandt geschrieben ist alles, dabei freundlich im Ausdruck, anmuthigen, selbst rührenden Zügen begegnet man oft: aber Tiefe der Empfindung und Größe der Gestaltung fehlt gänzlich. Kuhnau blieb deshalb im Kreise der älteren Kirchen-Cantate stehen, weil er nichts zu sagen hatte, was er nicht vollständig in den Formen derselben zum Ausdruck bringen konnte, dies gilt auch von den einleitenden Instrumentalsymphonien, so bedeutend er sonst grade in der selbständigen

Instrumentalmusik war. Seine zur Charwoche 1721 componirte Marcuspassion, welche Scheibe besonders rühmt, ist nur als Skizze erhalten[8]. Aus derselben läßt sich aber so viel doch ersehen, daß die gewinnenden Eigenschaften der Kuhnauschen Kirchenmusik auch hier vorhanden sind und vielleicht in erhöhtem Grade, daß auch in ihr der Componist bestrebt gewesen ist, sich der eindringlicheren Weise des Operngesanges anzunähern »durch poetische Auszierungen und verblümte Ausdrückungen«, d. h. durch Erfindung von Wendungen und Tonreihen, welche einen gewissen poetischen Begriff mit ihren Mitteln wiederspiegeln. Indessen sein innerstes Wesen ist auch hier dasselbe geblieben. Kuhnau verstand die Welt nicht mehr und sie ihn nicht; es war Zeit, daß sie von einander Abschied nahmen.

Ganz anders war die Stellung, in welcher sich Bach gegenüber der theatralischen Musik befand. Er hatte alle ihre Formen gründlich in sich verarbeitet und für seine Kunst ausgenutzt. So grundverschieden von der Opernmusik seine Compositionen auch erscheinen mögen, er stand jener keineswegs ohne einen andauernden inneren Antheil gegenüber, er hielt es vielmehr für eine berechtigte Forderung der Zeit, daß auch im Kirchenmusikstile auf sie Rücksicht genommen werde. Der Zustand der Musik, das erklärte er in seinem Memorial über die Verbesserung der Kirchenmusik dem Rathe ganz offen, sei jetzt ein andrer als in früherer Zeit, die Kunst habe bedeutende Fortschritte gemacht, der Geschmack sich auffallend geändert, und die ehemalige Art der Musik, wie sie noch Kuhnau componirte, wolle den Ohren der Zeitgenossen nicht mehr klingen. Das Interesse, welches er beispielsweise an den Dresdener Opernvorstellungen nahm, ist erwiesen, und eine Anzahl in dramatischer Form gehaltene weltliche Compositionen von ihm liegen vor. Eine wirkliche Oper hat er, soviel wir wissen, nicht geschrieben. Denn, mochte er auch vielleicht nicht in Gottscheds Urtheil einstimmen, der zu jener Zeit von Leipzig aus erklärte, die Oper sei das unge-

8) »*Directorium sive Quasi-Partitura Passionis ex Evangelista Marco.*« In einer von Burmeister gefertigten Abschrift aus dem Jahre 1729 befindlich auf der königl. Bibliothek zu Königsberg i. Pr., Abtheilung Gottholdsche Bibliothek.

reimteste Werk, das der menschliche Verstand jemals erfunden[9]), so begreift es sich doch, daß der gleißende Schein dieser nur der flüchtigen Unterhaltung dienenden Kunstgattung seiner ernsten, echten und tiefen Künstlernatur zuwider sein mußte. Wenn er einmal Lust bekam nach Dresden zu gehen, pflegte er zu seinem Lieblingssohne zu sagen: Friedemann, wollen wir nicht die schönen Dresdener Liederchen einmal wieder hören?[10]) Ist der Wortlaut der Äußerung genau überliefert, so charakterisirt sie Bachs Stellung zur Oper in treffender Kürze. Scheibe sagt gelegentlich: »Es giebt einige große Geister, die sogar das Wort »Lied« für schimpflich halten; die wenn sie von einem musikalischen Stücke reden wollen, das nicht nach ihrer Art schwülstig und verworren gesetzet ist, solches nach ihrer Sprache »ein Lied« nennen[11])«. Da ein schwülstiges und verworrenes Wesen grade dasjenige war, was Scheibe an Bach tadelte[12]), so ist es mehr als wahrscheinlich, daß mit den angeführten Worten auf Bach gezielt wird. Die einfach construirten Formen der Operngesänge däuchten ihn für die Verwirklichung seines Kunstideales allerdings unzulänglich, und in diesem Sinne mag er wohl manchmal geringschätzig über sie gesprochen haben. Aber wenn ein Hasse sich ihrer bediente und eine Faustina sie dem Hörer vermittelte, konnte er sie dennoch »schön« finden, und er wußte eben so gut wie sein strenger Kritiker, daß ohne die Opernmusik er nicht geworden wäre, was er war[13]). Nicht im Gegensatze zu ihr, sondern nur mit und auf ihr läßt sich Bachs kunstgeschichtliche Stellung vollständig begreifen. Zu einem lebensfähigen musikalischen Drama konnte sich die Oper damals in Deutschland und überhaupt unter der Hand eines Deutschen noch nicht gestalten. In freieren, breiteren Verhältnissen, wie sie England bot, wurde sie durch Händel zum Oratorium, in Deutschland entwickelte sie sich zur Bachschen

9) Gottsched, Versuch einer Critischen Dichtkunst. Leipzig, 1730. S. 604.

10) Forkel, S. 48.

11) Critischer Musikus, S. 583.

12) Ebendaselbst, S. 62.

13) Ebendaselbst, S. 591, Anmerk.: »Wenn wir es in Deutschland dahin bringen werden, — — die Singespiele ganz und gar von der Bühne zu verbannen: so können wir auch versichert seyn, daß wir alsdann auch niemals weder einen Hassen, noch einen Graun, noch einen Telemann, Händel, oder Bach, wieder erblicken werden«.

Kirchenmusik. Dort erreichte sie ihr Ziel durch Verbindung mit den Formen der italiänischen kirchlichen Tonkunst, hier durch eine gründliche Läuterung, welche sie auf Grund der nationalen Orgelkunst erfuhr. Ganz deutlich lassen auch die Schicksale der deutschen Oper diesen Entwicklungszug erkennen. Nachdem sie um 1700 zu einer bedeutenden musikalischen Macht angewachsen war, sank sie bald rasch von ihrer Höhe herunter und hört in den dreißiger Jahren so gut wie ganz auf, um sich erst in der zweiten Hälfte des Jahrhunderts durch einen hauptsächlich aus Frankreich kommenden Anstoß in dem Hiller-Weißeschen Singspiele wieder zu erneuern. In Leipzig selbst war es schon 1729 mit der deutschen Oper völlig vorbei. Was an ihre Stelle trat, war eben Bachs Musik. In dieser war enthalten, was Kuhnau zu erreichen vergeblich getrachtet hatte: der Geist der Zeit, soweit er in den Opernformen einen entsprechenden musikalischen Ausdruck fand, und zugleich wirklich kirchlicher Stil. Ob Bach bewußterweise und unmittelbar etwas gethan hat, was der Leipziger Oper das Lebenslicht ausblies, weiß man nicht. Daß aber seine Kunstrichtung sehr bald dort die herrschende wurde, kann unter den obwaltenden Verhältnissen nicht bezweifelt werden. Es wird allgemein als Thatsache hingenommen und verbreitet, daß Bachs Kirchenmusiken unverstanden verklungen seien und seiner großartigen compositorischen Thätigkeit überhaupt der angemessene Erfolg gefehlt habe. Ich glaube, man legt hierbei auf gewisse abfällige Äußerungen, einzelne unverständige obrigkeitliche Maßnahmen und die zum Theil ungenügenden Mittel, mit welchen Bach sich behelfen mußte, ein zu großes Gewicht[14]. In Bezug auf den letzten Punkt darf man wohl fragen, ob denn Händel mit seinen Oratorien, Beethoven mit seinen Symphonien immer so viel besser daran gewesen sind, und ob ein eminentes Genie nicht im Stande sein soll,

14) Bierey, der bekannte breslauische Musikdirector, wollte, wie er an Julius Rietz erzählte, in Leipzig die Bekanntschaft eines alten Kirchendieners gemacht haben, der schon zu Bachs Zeit im Dienste gewesen war. Er habe in Biereys Bewunderung des Altmeisters aus vollem Herzen eingestimmt, so weit sie sich auf dessen Virtuosität im Orgel- und Clavierspiel bezog, von den Cantaten indessen gemeint: »Na, die hätten Sie aber auch nur hören sollen!« Es steht aber doch dahin, ob der Kirchendiener hier das allgemeine Urtheil wiedergegeben hat.

auch mit geringen Kräften außerordentliches zu leisten? Das hohe Ansehen, in welchem Bachs Name und Musik das ganze Jahrhundert hindurch in Leipzig verblieb, der gewaltige Einfluß, den er auf die Musik Mittel- und Norddeutschlands gewann, die Verbreitung selbst mancher seiner kirchlichen Vocalcompositionen in Sachsen und Thüringen, dürften ebenfalls den Schluß berechtigt erscheinen lassen, daß sein Wirken in Leipzig ein tief eingreifendes gewesen ist.

Ein Cantaten-Dichter von Bedeutung war bisher in Leipzig nicht hervorgetreten. Im Jahre 1716 hatte hier Gottfried Tilgner fünf Jahrgänge Neumeisterscher Dichtungen mit Genehmigung des Verfassers zusammengestellt und unter dem Titel »Fünffache Kirchenandachten« herausgegeben[15]. Während bis dahin sich diese Poesien mehr nur unter der Hand verbreitet hatten, wurden sie jetzt in den weitesten Kreisen zugänglich und so viel gekauft, daß schon im folgenden Jahre eine neue Auflage nöthig war. Tilgner, ein junger Privatgelehrter, lebte in dem Hause des mehrfach genannten Magister Pezold, eines Collegen Kuhnaus[16]. Kuhnau hat unzweifelhaft manche Neumeistersche Texte componirt und war übrigens ganz der Mann, sich nach Neumeisters Mustern selbst dergleichen zu verfassen. Bach beherrschte die Sprache nicht mit solcher Gewandtheit. Er sah sich deshalb in der ersten Zeit zum Theil auf die Texte auswärtiger Dichter angewiesen, unter denen er Franck vor Neumeister bevorzugte. Nicht lange währte es jedoch, so fand er in Leipzig selbst einen ausreichend geschickten und stets willigen Helfer. Christian Friedrich Henrici, im Jahre 1700 zu Stolpe geboren, hatte in Wittenberg studirt und seit kurzem sich in Leipzig niedergelassen, wo er einstweilen als Privatmann in ärmlichen Verhältnissen und wohl größtentheils vom Ertrage von Gelegenheitspoesien lebte. In zwei Gedichten flehte er den König-Churfürsten an, ihm einen Freitisch zu gewähren und ließ im Jahre 1727 durch den Grafen Flemming ihm zu seinem Namenstage am 3. August eine Cantate »Ihr Häuser des Himmels, ihr scheinenden Lichter« überreichen[17]. In

15) S. Band I, S. 469.

16) Sicul, Die andere Beilage zu dem Leipziger Jahr-Buche, aufs Jahr 1718. S. 187 ff. Melancholie und Lebensüberdruß trieben den begabten und hochstrebenden Mann im Jahre 1717 zum Selbstmorde.

17) Acten des Dresdener Staatsarchivs.

demselben Jahre erhielt er eine Stelle als Postbeamter und figurirt im Leipziger Adressbuch von 1736 als Ober-Postcommissarius [18]. 1743 begegnen wir ihm wieder als Land- und Trank-Steuereinnehmer und als solcher ist er 1764 gestorben. Die höheren Kirchen- und Schul-Beamten erhielten jährlich eine gewisse Summe als Ersatz für die allgemein zu zahlende Tranksteuer; es war dies eine besondere Vergünstigung [19]. Diesem Umstande verdankt ein kleines eigenhändiges Schriftstück Bachs seine Entstehung, in welchem er um Ostern 1743 dem Herrn Einnehmer über einen Steuer-Ersatz für drei Faß Bier quittirt [20]. Aber beide Männer standen nicht nur im geschäftlichen, sondern seit langem schon im freundschaftlichen und künstlerischen Verkehr. Unter den Pathen eines im Jahre 1737 geborenen Bachschen Kindes bemerkt man auch die Frau Henricis, welcher nunmehr schon seit etwa zwölf Jahren als Dichter für Bach thätig war. Henrici begann seine litterarische Wirksamkeit im Jahre 1722 und zwar als Satiriker; insofern kann man ihn einen Nachfolger Christian Günthers nennen. Übrigens ist er an Talent diesem nicht von weitem zu vergleichen, und die Niedrigkeit und Geschmacklosigkeit seiner Anschauungs- und Ausdrucksweise wirkt darum nur noch abstoßender. Gleich fern stand ihm Günthers unabhängige Sinnesart und verzweifelte Ungenirtheit. Da seine satirischen Poesien

18) Das jetzt lebende und florirende Leipzig. 1736. S. 14.

19) »*Fruuntur nostri privilegio potus a collectis cerevisiae exemti.*« Kuhnau, *Jura circa musicos ecclesiasticos.* Leipzig, 1688. 4. Cap. VI, § 1.

20) »Daß von Ihro Königl. *Majest.* in Pohlen und Churfürstl. Durchl. zu Sachsen Wohlbestallten Creyß- und Tranck-Steuer Einnehmer, Herrn Christian Friedrich *Henrici* von *Quasimodogeniti* 1742. biß dahin 1743. laut der Churfürstlich Sächsischen Anordnung *de anno* 1646 d. 9. *Novembris* von Drey Faß, iedes *à* 40 ggr., und also zusammen 5 Thlr. sage

Fünff Thaler

an Steuerpaaren Müntz-Sorten richtig empfangen habe; Solches bekenne hiermit und *quittire* darüber danckschuldigst. *Termino Quasimodogeniti* 1743 zu *Leipzig.*

Joh. Sebast: Bach.«

Darunter stehen noch die eigenhändigen Unterschriften Deylings und eines gewissen Johann Andreas Vater. Das von Bach nebengedrückte Siegel zeigt die Rosette mit Krone darüber. Das Blatt befand sich im October 1870 in der Autographensammlung des seither verstorbenen Generalconsul Clauss zu Leipzig.

böses Blut setzten, bekam er Angst, erklärte, er habe bei seinen derartigen Erzeugnissen nur die beste Absicht gehabt, allein seine unglücklichen Nachfolger hätten ihm das Spiel verdorben und die Drohungen der Übelgesinnten die Lust benommen. Nun dichtete er zeitweilig nur auf Verlangen der Gönner und Freunde, bediente sich aber auch jetzt, wie er nicht leugnen wollte, »einer geschärften Feder«. Im Jahre 1724 warf er sich auf die geistliche Dichtung. Den plötzlichen Umschlag glaubte er öffentlich rechtfertigen zu müssen. Es würden wohl manche lachen, meint er, wenn sie ihn jetzt eine andächtige Miene machen sähen. Er verwahre sich aber dagegen, daß er ganz vergessen hätte an den Himmel zu denken, und glaube es sei nicht tadelhaft, wenn er seinem Schöpfer die Früchte der Jugend, und nicht die Hefen des Alters widme. Auch möge man ihn nicht beschuldigen, daß er die Poesie zu seiner Hauptbeschäftigung und mit andern Wissenschaften sich wenig oder nichts zu thun mache. Er könne nöthigenfalls glaubwürdige Zeugnisse seines akademischen Fleißes vorweisen. Außerdem werde ihm das Versemachen leicht und koste ihn wenig Zeit. Warum er also dies natürliche Talent für seine Existenz nicht verwenden und verwerthen solle? Die Arbeit, welcher er diese und andre Betrachtungen als Vorrede vorausschickte, hieß: »Sammlung erbaulicher Gedanken über und auf die gewöhnlichen Sonn- und Fest-Tage«; er bedient sich hier des seither stetig von ihm festgehaltenen Pseudonyms Picander. Es sind gereimte Betrachtungen größtentheils in Alexandrinern, deren meisten ein strophisches Gedicht nach der Melodie eines Kirchenliedes angehängt ist. Sie erschienen nicht gleich gesammelt; ein ganzes Jahr hindurch wollte der Poet Sonnabends und Sonntags nach geendigter Vesper, wenn sich andre an unzulässiger Leibesvergnügung belustigten, seine Einfälle über die Evangelia in Reime bringen und wöchentlich in einem halben Bogen herausgeben. Diesen Vorsatz hat er durchgeführt: das erste Stück kam zum 1. Advent 1724, das letzte, und mit ihm das Ganze zum 1. Advent 1725[21]. Er glaubte

21) Der auf dem ersten Stück befindliche Titel lautet, von dem Gesammttitel etwas abweichend,: »Sammlung | Erbaulicher Gedancken, | Bey und über die gewöhnlichen | Sonn- und Festtags- | Evangelien, | Mit | Poetischer Feder entworffen | Von | Picandern. | Leipzig, | Gedruckt bey Immanuel Tietzen«. | 8. Die Vorrede, welche der Gesammtausgabe fehlt, ist vom 30. November 1724

nun wohl seine Sünden genugsam gebüßt und seine Reputation wieder hergestellt zu haben, warf sich daher von neuem der weltlichen Muse in die Arme. Es erschienen 1726 von ihm drei deutsche Schauspiele nämlich: Der akademische Schlendrian, Der Erz-Säufer und Die Weiberprobe, »zur Erbauung und Gemüthsergötzung entworfen« — platte, widerwärtige Possenspiele[22], aber der in ihnen herrschende Ton war sein eigentliches Element und er gesteht selbst, es sei ihm angenehmer und leichter, vier Hochzeitlieder zu singen, als nur einen Grabes-Seufzer zu erzwingen. Was er mit diesen Publicationen zumeist bezweckte, wollte sich freilich immer noch nicht einstellen: eine hinreichende materielle Versorgung. Er gab deshalb im Jahre 1727 eine neue Sammlung heraus: Ernst-, scherzhafte und satirische Gedichte, und widmete sie »dem Glücke, das doch höflich sein werde und ihm was wieder schenken«. Das Glück war höflich und er wurde Postbeamter. Nun folgte 1728 eine Sammlung Cantaten-Texte in Neumeisters Form[23]. Es ist die einzige, welche er herausgab, später verleibte er sie seinen ernst-, scherzhaften und satirischen Gedichten ein, von welchen nach und nach noch vier weitere Theile erschienen[24]. Henrici hielt sich für einen originellen Kopf und für einen Bahnbrecher zu Gunsten des besseren Geschmacks. Er sehe voraus, sagt er in der Vorrede zu der »Sammlung erbaulicher Gedanken«, daß ihm sofort Nachahmer erstehen würden. Diesen wünsche er nur, daß sie bessere Einfälle hätten als er. Seinerseits liebe er es mehr, auf einem Wege voran zu gehen, als in die Fußstapfen eines andern zu treten. Und dann, mit Anspielung auf den damals beginnenden starken Einfluß der englischen Litteratur:

---

datirt. In der Gesammtausgabe steht statt ihrer nur ein kurzes Wort an den »geneigten Leser«, datirt vom 1. Advent 1725; gewidmet ist sie dem Grafen Sporck. Ein Exemplar auf der königlichen Bibliothek zu Berlin, Ei 2436.

22) Über diese und ihren Zusammenhang mit den Weiseschen Schauspielen vrgl. Gervinus, Geschichte der deutschen Dichtung. 3. Bd. (fünfte Aufl.) S. 600 f.

23) »Cantaten | Auf die Sonn- | und | Fest-Tage | durch | das gantze Jahr, | verfertiget | durch | Picandern. | Leipzig, 1728.« Vorrede datirt vom 24. Juni 1728. Ein Exemplar auf der königlichen öffentlichen Bibliothek zu Dresden, *Lit. Germ. rec. B.* 1126.

24) Der zweite 1729, der dritte 1732, der vierte 1737, der fünfte 1751. Der Cantaten-Jahrgang ist im dritten Theile wieder abgedruckt.

»Es will zu Leipzig alles zu Spectateurs, Patrioten und Haupt-Moralisten werden, ohne seine Kräfte zu prüfen, und ist nur zu bejammern, daß der sonst weltberühmte Name Leipzig ein eitler Deckel solcher öfters unwürdigen Schriften bedeuten muß. Nichts löblicheres ist dannenhero, als die gute Vorsorge der Vorgesetzten, dergleichen untaugliche Scharteken zu unterdrücken, welche das delicate und wegen seines guten Geschmacks bei den Auswärtigen bekannte Leipzig von seiner Entweihung befreien helfen. Wie wohl sich auch solche unzeitige Geburten vor Scham ihrer Unvollkommenheiten endlich selber verlieren«. Das Beste, was er selbst zu leisten vermochte, enthalten seine satirischen Schriften. Sie geben von einer gewissen Schärfe der Beobachtung und einer für des Verfassers Jugend nicht gewöhnlichen Menschenkenntniß Kunde, sind außerdem gewandt gereimt[25]. Daß er aber von dieser Gattung bald ganz abkam, ist ein Beweis, daß seine Satire nicht sowohl das Product eignen Schöpferdranges, als eine durch äußere Veranlassungen bewirkte Nachahmung war. In den Hochzeitsgedichten, welche den breitesten Raum unter seinen Poesien einnehmen, werden wenige artige Einfälle überwuchert durch die Plattheit des Übrigen und die in glatter Rede vorgetragenen Unanständigkeiten wirken in der Kraftlosigkeit des ganzen Tons um so widerlicher. Thatsache ist indeß, daß seine Dichtungen sich ein Menschenalter hindurch großer Beliebtheit erfreuten: sie erlebten bis zum Jahre 1748 vier Auflagen, und spiegeln unzweifelhaft den poetischen Geschmack des damaligen Leipzig im allgemeinen treu zurück. Noch weniger als in der Satire und dem weltlichen Gelegenheitsgedicht zeigt Picander in seinen geistlichen Dichtungen ursprüngliches Talent. Diese Gattung lag seiner Natur fern und er hätte sich in der eigentlichen Cantatenpoesie wahrscheinlich gar nicht versucht, wenn Bach nicht eben einen Versemacher nöthig gehabt hätte und es dem mit der Noth des Lebens ringenden Jünglinge werthvoll gewesen wäre, zu dem berühmten Künstler in Beziehung zu treten. Es ist denn auch klar ersichtlich, daß Bach sich in ihm sein Werkzeug selbst bereitet hat. Mehre Anzeichen deuten darauf hin, daß er ihn schon zu Neujahr 1724,

---

25) Am vollständigsten findet man sie in der ersten Auflage des 1. Theils der Ernst-, scherzhafften und satyrischen Gedichte, S. 477—566.

vielleicht sogar zur Rathswahl 1723 für seine Zwecke beschäftigte. Das erste Picandersche geistliche Gedicht, welches er nachweislich componirte, der Text zur Michaelis-Cantate »Es erhub sich ein Streit«, stammt aus dem Jahre 1725. Während die im Jahre vorher begonnene »Sammlung erbaulicher Gedanken« auf Componirbarkeit noch garkeine Rücksicht nimmt, ist hier die Neumeistersche Form wenigstens in den Recitativen ganz geschickt angewendet, wogegen die Arientexte noch den Neuling verrathen. Da Picander schon vorher mehre weltliche Gelegenheits-Cantaten gemacht hatte, so konnte es ihm nicht schwer fallen, auch den geistlichen Cantaten bald ganz die rechte Fassung zu geben. Viele einzelne Wendungen lassen aber Neumeister als Vorbild deutlich erkennen und auch darin folgte er ihm, daß er durch Einmischung biblischer Ausdrücke und Anspielung auf — oftmals recht entlegene — biblische Vorgänge seiner Diction eine kirchliche Farbe zu verleihen suchte. Im Jahre 1725 verfertigte er auch zum ersten Male eine Passionsdichtung und nahm sich hierbei Brockes zum Muster. Nun wurde der künstlerische Verkehr zwischen Bach und ihm bald ein regerer. Picander war selbst nicht ohne musikalische Begabung und Kenntnisse, er hatte insofern vor Neumeister, dem er in leichter Handhabung der Sprache nicht nachstand, noch etwas voraus. In seinen weltlichen Gedichten sind die Anspielungen auf musikalische Dinge nicht selten und gehen oft so ins Specielle, daß sie auf ein lebhaftes Interesse und eigne Praxis mit Sicherheit schließen lassen[26]. Einmal giebt er sogar zwei artige Tänze als Notenbeilage[27], und durch ein Gedicht vom Jahre 1730 erfahren wir auch, daß er Mitglied eines Musikvereins war — jedenfalls des von Bach dirigirten[28]. In dem Vorwort des 1728—1729 gefertigten Cantaten-Jahrganges sagt Picander: »Gott zu Ehren, dem Verlangen guter Freunde zur Folge und vieler Andacht zur Beförderung habe ich mich entschlossen, gegenwärtige Cantaten zu verfertigen. Ich habe solches Vorhaben desto lieber unternommen,

26) Vrgl. »Das Orgel-Werck der Liebe«, aus dem Jahre 1723, in »Ernst-, scherzhaffte und satyrische Gedichte«. 1727. S. 303 ff. — »Die Vortrefflichkeit der Music«, vom Jahre 1728, in der Gesammtausgabe von 1748, Bd. II, S. 662 ff. — S. auch ebendaselbst S. 621 f.

27) Gedichte von 1727, zu S. 540.

28) Gesammtausgabe II, 819 ff.

weil ich mir schmeicheln darf, daß vielleicht der Mangel der poetischen Anmuth durch die Lieblichkeit des unvergleichlichen Herrn Capell-Meisters, Bachs, dürfte ersetzet, und diese Lieder in den Haupt-Kirchen des andächtigen Leipzigs angestimmet werden«. Dieser Jahrgang war also direct für Bach bestimmt und scheint einem unerwartet ausgesprochenen Wunsche des letzteren seine Entstehung zu verdanken, denn er deckt sich nicht mit dem Kreise des Kirchenjahres, sondern beginnt gegen allen Brauch mit dem Johannisfest und schließt mit dem vierten Trinitatis-Sonntage. Für den Charfreitag des Jahres 1729 dichtete Picander auch den Text zur Matthäus-Passion, bediente sich dieses Mal aber nicht der Brockes'schen Form, sondern behielt das Bibelwort unverändert bei. Hier tritt wieder Bachs Beeinflussung stark zu Tage, um nichts weniger aber auch in dem Umstande, daß Picander Francksche Poesie in seinen Passionstext aufnahm. Formale Gründe konnten ihn hierzu nicht bestimmen, denn Franck selbst bewegte sich in der madrigalischen Cantaten-Form zeitlebens nur mit mäßigem Geschick. Bach aber liebte diesen Dichter um seiner innigen, schwärmerischen Empfindung willen, kein andrer als er kann es gewesen sein, der Picandern auf ihn hinwies. Unter Francks Gedichten trägt eines die Überschrift »Auf Christi Begräbniß gegen Abend« und lautet so:

Mein Heiland wird zur Abendzeit begraben,
Damit auch ich am Abend meiner Zeit
Die wahre Ruh könn in dem Grabe haben,
Das durch sein Grab gesaubert und geweiht!
Das Lebenslicht muß blutroth untergehen,
Daß wir schneeweiß vor Gottes Augen stehen.

Am Abend ist die Sünd ans Licht gekommen,
Die Sünde die der erste Mensch verübt,
Am Abend hat sie Christus weggenommen,
Und in sein Grab verscharrt, was uns betrübt.
Des Heilands Grab zeigt uns den hellen Morgen,
Darinnen sich die Sonne selbst verborgen.

Die Taube kam zur Vesperzeit zum Kasten,
Und bracht ein Blatt dem frommen Noah zu.
Zur Abendzeit wollt auch mein Heiland rasten,
Und zeigte mir das Oelblatt wahrer Ruh!
Ich bin gewiß, die Sündfluth sei gefallen,
Gott läßt nicht mehr des Eifers Fluthen wallen.

Mein Leben mag sich nun zum Abend neigen,
Ich lege mich zur Ruh in Christi Grab,
Dies wird an mir auch seine Kraft erzeigen,
Die aller Welt ein neues Leben gab.
Mit Christo muß man erst zu Grabe gehen,
Will man mit ihm zum Leben auferstehen[29].

Im Texte der Matthäuspassion heißt es, nachdem Jesus vom Kreuze genommen worden ist:

Am Abend da es kühle war
Ward Adams Fallen offenbar,
Am Abend drücket ihn der Heiland nieder.
Am Abend kam die Taube wieder
Und trug ein Oelblatt in dem Munde,
O schöne Zeit! o Abendstunde!
Der Friedensschluß ist nun mit Gott gemacht,
Denn Jesus hat sein Kreuz vollbracht.
Sein Leichnam kömmt zur Ruh,
Ach liebe Seele bitte du,
Geh lasse dir den todten Jesum schenken,
O heilsames, o köstlichs Angedenken!

Man sieht, daß dieses eine verkürzende Umdichtung des obigen Franckschen Gedichtes ist, namentlich seiner beiden mittleren Strophen. Sie ist nicht überall wohl gerathen: die Zeile »Am Abend drücket ihn der Heiland nieder« ist an sich und in ihrem Zusammenhange ganz unverständlich, erst durch Vergleichung mit dem Franckschen Original ergiebt sich, daß mit dem Adam, welchen der Heiland »niederdrückt«, der alte Adam d. h. der sündige Zustand des Menschen gemeint ist, welchen Christus durch seinen Tod beseitigt hat. Etwas von dem innigen Tone Francks ist aber auch an dem Excerpt haften geblieben, es hebt sich dadurch sehr merkbar aus dem kraftlosen Schwulst der übrigen gereimten Masse heraus. Nach 1729 hat Picander nur noch sehr wenig von neuen geistlichen Texten drucken lassen, woraus nicht zu schließen ist, er habe überhaupt sonst keine mehr verfaßt. Man kann des Gegentheiles gewiß sein, da er ja mit Bach in dauerndem Verkehr blieb und in Leipzig die einzige Persönlichkeit war, welche dergleichen Aufgaben mit hinreichendem Geschick zu lösen vermochte. Wäre nicht Picander auch für die Texte der meisten übrigen Cantaten, die Bach in Leipzig

29) Geist- und Weltliche Poesien. Jena, 1711. S. 31 f.

componirte, als Verfasser anzusehen, so müßte es unerklärlich heißen, warum Bach aus den zahlreichen Cantatensammlungen, welche in jener Zeit erschienen und ihm zugänglich gewesen sein müssen, nicht eine einzige in Musik gesetzt hat, wenigstens soweit man jetzt die Bachschen Cantaten kennt[30]. Daß Picander sie nicht in seine Werke aufnahm, ist nach dem Obigen sehr begreiflich: er legte, und mit Recht, keinen Werth auf diese Fabrikate, welche er dem Freunde zu Gefallen flüchtig zusammenschrieb. Franck dichtete aus wirklichem poetischen Drange, Neumeister als rühriger Theolog und Prediger, Henrici fühlte sich durch keinerlei inneres Interesse zur geistlichen Dichtung hingezogen. Der Impuls zu solchen Arbeiten kam ihm allein durch Bach. Daher denn auch seine Bemühungen fremde Erzeugnisse im Interesse Bachs zu verwerthen und umzudichten, wozu die mit dem Franckschen Liede vorgenommene Manipulation nicht das einzige Beispiel bietet. Bach interessirte sich auch für die Schriften Johann Jakob Rambachs, von dessen Erbauungsbüchern er mehre in seiner Bibliothek besaß. Von Rambachs Cantatentexten, die zu den besten ihrer Art gehören, hat er trotzdem keinen benutzt. Aber auf ein hübsches Madrigal desselben:

Erwünschter Tag,
Den man in Marmor graben
Und in Metallen ätzen mag

scheint er Picander doch aufmerksam gemacht zu haben, da der Text einer seiner Weihnachts-Cantaten mit der ähnlichen Wendung:

Christen ätzet diesen Tag
In Metall und Marmorsteine

anhebt. In einer Rambachschen Cantate auf Mariae Reinigung beginnt eine Arie:

Brechet, ihr verfallnen Augen,
Schließt euch sanft und selig zu,

und in einer von Bach componirten Musik auf dasselbe Fest lautet es gleichfalls:

30) Z. B. aus den von J. D. Schieferdecker und E. G. Brehme zur Musik in den Schloßkirchen zu Weißenfels und Sangerhausen für die Jahre 1731—1735 verfaßten Dichtungen. Bach war Weißenfelsischer Capellmeister und hatte als solcher dem Hofe gewisse Dienste zu leisten.

Schlummert ein, ihr matten Augen,
Fallet sanft und selig zu[31]).

Eine Ode Gottscheds hatte Bach für die Trauerfeierlichkeiten der Königin Christiane Eberhardine componirt, und wollte die Musik später anderweitig benutzen; Picander war hülfreich und dichtete einen neuen Text, so daß aus der Trauerode nun eine Marcus-Passion wurde[32]). Ebenso bereitwillig zeigte er sich, zu Compositionen über eigne Texte neue Wortunterlagen zu liefern, wenn dadurch die Musik für andre Zwecke verwendbar gemacht werden konnte.

Es lohnt sich wohl darauf hinzuweisen, wie in dieser Zeit die Schwesterkünste Musik und Poesie denselben Kunstidealen so ganz verschieden gegenüberstanden. Die Tonkunst hob sich an den kirchlichen Idealen zu einer Stufe empor, die in Bezug auf Tiefe und Reichthum des Inhalts, Mannigfaltigkeit und Weite der Formen eine vorher und nachher unerreichte genannt werden muß. Die kirchliche Dichtkunst aber, weit entfernt sich mit ihr zu heben, sank unter den Nachfolgern Neumeisters zu einem gänzlich hohlen und unwahren Scheinwesen herab. Man sagt nicht zu viel, wenn man den Einfluß der Cantaten-Dichtungen auf die poetische Bildung jener Zeit gradezu als einen verderblichen bezeichnet. Denn diese Textsammlungen, wenn sie zunächst auch im Hinblick auf musikalische Behandlung gefertigt waren, traten zugleich doch auch mit dem Anspruch auf, als selbständige Schöpfungen beachtet zu werden. Ursprünglich dem Druck übergeben, um der Gemeinde zum Nachlesen während der Musik zu dienen, wollten sie bald auch als eigne Erbauungsschriften gelten und wurden in der That als solche massenhaft gekauft. Sehr viele dieser Texte sind nie componirt worden; Picander schrieb auch für solche Sonntage des Kirchenjahres Cantaten, an denen, wie er wußte, gar keine Kirchenmusik gemacht wurde, für die Fastensonntage und die drei letzten Adventsonntage. Auf diesem Gebiete tummelten sich größtentheils solche Geister, die ent-

31) »*M.* Joh. Jacob Rambachs, | *HALLENSIS,* | Geistliche | Poesien, | Davon | Der erste Theil | Zwey und siebenzig *CANTATEN* über | alle Sonn- und Fest-Tags-Evangelia; | Der andre Theil | Einige erbauliche Madrigale, | Sonnette und Geistliche | Lieder | in sich fasset.« Halle, 1720. S. 218 und 257. — B.-G. xx¹, S. 37.

32) Diesen Sachverhalt hat W. Rust in überzeugender Weise aufgedeckt im Vorworte zu B.-G. xx², S. VIII f.

weder überhaupt keine poetische Begabung besaßen, oder deren etwa vorhandenes Talent nach einer andern Seite hin grävitirte; letzteres war bei Picander und, um neben ihm noch eine andre damals viel genannte Persönlichkeit anzuführen, bei dem Schlesier Daniel Stoppe der Fall. Wie gewaltig der Fortschritt war, den Brockes durch sein »Irdisches Vergnügen in Gott« und Gellert durch seine Geistlichen Oden und Lieder bewirkte — um von dem etwas späteren Klopstock ganz zu schweigen — das ermißt sich völlig erst durch den Vergleich mit der überwuchernden Cantatendichtung der Bachschen Zeit. Aber freilich, der in den Werken jener Männer sich regende neue Geist war bezüglich der Musik ein oppositioneller: sie wollten wieder durch eigne dichterische Begeisterung und durch selbständige Mittel wirken. Die künstlerische Stimmung und Empfindung im religiösen Bereiche war während der Bachschen Periode eine fast ausschließlich musikalische und von dem Momente ab, wo die religiöse Dichtung wieder freier ihr Haupt erhebt, beginnt die kirchliche Tonkunst zu verfallen. Dieses erdrückende Übergewicht des musikalischen Factors tritt in dem Verhältnisse Bachs zu seinem Leipziger Poeten recht greifbar hervor. Es hätte für ihn verhängnißvoll werden können, denn eine wirkliche Kirchenmusik ist bei völliger Verflüchtigung der besonderen poetisch-religiösen Stimmung nicht möglich, und die wahrlich nicht gering begabten Keiser, Telemann, Stölzel sind der Gefahr in der That erlegen. Bach bestand sie siegreich, denn wie voll und umfassend er auch den musikalischen Geist seiner Zeit aus sich reproducirte, er stützte sich dabei unentwegt auf den Urgrund der protestantischen Kirchenmusik, auf den Choral.

Bach hat im Ganzen fünf vollständige Jahrgänge von Kirchen-Cantaten auf alle Sonn- und Festtage componirt[33]. Dies bedeutet nach Abzug der sechs Fasten- und drei letzten Adventsonntage und unter Hinzurechnung der drei Marienfeste, sowie des Neujahrs-, Epiphanias-, Himmelfahrts-, Johannis-, Michaelis- und Reformations-Festes eine Anzahl von 59 Cantaten für das Leipziger Kirchenjahr. Hiernach hätte also Bach im ganzen 295 Kirchen-Cantaten geschrieben. Von ihnen gehören mindestens 29 der vorleipzigischen Periode an; als Maximalzahl der in Leipzig selbst entstandenen wären 266 anzusetzen. Da Bach 27 Jahre in Leipzig wirkte, so würde er

33) Nekrolog, S. 168.

durchschnittlich in jedem Jahre daselbst 10 Cantaten componirt haben. Telemann, nur 4 Jahre älter als Bach, hatte schon im Jahre 1718 beinahe 7 Jahrgänge verfertigt[34]; Johann Friedrich Fasch schrieb 1722—1723 einen doppelten Jahrgang von Kirchenstücken, für die Vor- und Nachmittage, und wenn Festtage einfielen oft vier Cantaten in einer Woche[35]. Diese äußerliche Gegenüberstellung bloßer Zahlen geschieht nur, um der Meinung entgegen zu treten, als sei Bach ein Viel- und Geschwindschreiber gewesen. Die Anzahl seiner Werke ist freilich eine sehr große, aber dieselben vertheilen sich auch auf ein langes Leben. Telemann, Fasch und andre productive Zeitgenossen waren flachere Talente und insofern bietet ihr Schaffen für dasjenige Bachs keinen ausreichenden Maßstab. Aber auch mit ebenbürtigen Geistern wie Händel oder Mozart verglichen erscheint Bach als ein zwar klarer und sicherer aber doch bedächtiger Arbeiter. Seine Partituren machen nicht den Eindruck, als habe er zuvor viel skizzirt und mit den Grundgedanken experimentirt, wie z. B. Beethoven dieses that. Sie sehen aus als seien sie entstanden, nachdem das betreffende Werk zuvor in gründlicher und umfassender Art vom Componisten innerlich durchgebildet worden war, aber doch wieder nicht soweit, daß er nicht auch während des Niederschreibens noch producirt hätte. Die Fälle, in welchen er die ganze anfängliche Anlage eines Stückes verwarf, sind verhältnißmäßig selten[36], häufig dagegen finden sich Änderungen in Einzelheiten. Wenn er nach Verlauf einer gewissen Zeit wieder eines seiner Werke vornahm, geschah es nicht, ohne von neuem zu prüfen und wenn es nöthig schien zu bessern; Compositionen, auf die er besonderes Gewicht legte, pflegte er sauber und zierlich ins Reine zu schreiben. Auch daß er sich am Ausziehen der Stimmen sehr häufig selbst betheiligte, zeigt diesen Zug sinnender Sorgfalt. Die Cantoren hatten unter den Alumnen immer einen oder einige ständige Notisten[37] und Bach unterließ nicht, seine Schüler zu diesem Zwecke zeitweilig in eine sehr angestrengte Thätigkeit zu setzen: noch im Jahre 1778

34) Mattheson, Grosse General-Baß-Schule. S. 176.

35) Gerber, N. L. II, Sp. 92.

36) Die ersten Entwürfe der Cantaten »Die Himmel erzählen die Ehre Gottes« und »Man singet mit Freuden vom Sieg« haben dieses Schicksal erfahren.

37) S. Anhang B, IV, D.

erinnerte sich Doles daran, wie viel Noten Bach die Thomaner habe schreiben lassen[38]. Auch die Söhne mußten helfen, doch sein bester Copist war seine Frau: die Züge ihrer Hand, welche die allerersten Leipziger Cantaten herstellen half, begegnen uns auch noch in den Kirchencompositionen aus Bachs letzten Lebensjahren, etwas größer und steifer hier, aber gleich fest und treu. Wo so viele Hände hülfreich waren, hätte sich wohl mancher andre die zeitraubende, mechanische Arbeit des Stimmenausschreibens erspart. Die drittehalbhundert Leipziger Cantaten sind das Werk echtesten, nur auf den Gegenstand selbst gerichteten Künstlerfleißes, ein mit sorgsamer Hand Stein auf Stein gefügtes großartiges Monument Ganz unversehrt hat es nicht bis auf unsre Zeit gedauert: einstweilen sind, wenn man die sechs Cantaten des Weihnachts-Oratoriums und die bedeutenderen Fragmente einschließt, alles in allem nur noch gegen 210 Kirchencantaten Bachs bekannt.

Sein Probestück hatte Bach am Sonntage Estomihi (7. Febr.) 1723 aufgeführt: es ist die Cantate »Jesus nahm zu sich die Zwölfe«[39]. Ursprünglich scheint er zu diesem Zwecke die Cantate »Du wahrer Gott und Davids Sohn«[40] bestimmt zu haben, es läßt sich nämlich erkennen, daß sie um dieselbe Zeit und zwar in Cöthen geschrieben ist. Sie besteht aus einem Duett für Sopran und Alt, einem Recitativ für Tenor, einem freien und einem Choral-Chor, und zeigt den Meister auf einer Höhe, an die er mit keinem seiner früheren Werke hinanreicht. Der Text kommt der musikalischen Gestaltung nicht sonderlich entgegen; Bibelwort fehlt darin ganz, die gereimte Dichtung soll madrigalartig sein, schlägt aber mehre Male in den Alexandriner um. Bach hatte hier mehr als anderswo auch dem Ganzen seine Form zu geben und sie ist eine ganz besondere geworden. Der Sonntag Estomihi ist der letzte vor der Fastenzeit, welche die Gemeinde auf das Leiden Christi vorbereiten soll. Im Evangelium dieses Sonntages wird erzählt, wie Jesus in Begleitung seiner Jünger nach Jerusalem hinaufzieht, um den Erlösungstod zu erdulden. Ein Blinder sitzt am Wege; er fleht den vorübergehenden an, sich seiner

38) In einer unter dem 15. Juli 1778 an den Rath gerichteten Vertheidigungsschrift. S. Rathsacten »Die Schule zu *St. Thomae* betr. *Fasc.* II.« sign. VIII, B. 6.

39) B.-G. V[1], Nr. 22. 40) B.-G. V[1], Nr. 23.

Noth zu erbarmen und erhält das Augenlicht wieder. Diese beiden Gedanken bilden des Werkes kirchlichen Kern: das brünstige Flehen um Hülfe und der Hinweis auf das düstre Ereigniß, das sie bringen soll. Das Duett (Cmoll, *Adagio molto*) wird von zwei Oboen begleitet, die mit dem Bass ihr eignes bewegteres Motiv durchführen und die breitathmigen Melodiezüge und langhallenden Klagetöne der in Nachahmungen gehenden Singstimmen umspielen. Milder wird die Stimmung im Recitativ und steigert sich erst gegen Ende desselben wieder zu leidenschaftlicher Innigkeit. Der Grundton dieses Stückes geht aber nicht vom Gesange aus, sondern von der ersten Violine und den Oboen, welche über den Recitativgängen ganz leise mit der Choralmelodie »Christe du Lamm Gottes« dahin ziehen. Diese kühne Combination von Choral und Recitativ ist auch in Bachs Werken eine ganz neue Erscheinung, auf die er aber bei seiner Art das Recitativ melodisch zu behandeln und nachdem er bereits ein Recitativ — Duett gewagt hatte [41]), endlich geführt werden mußte. Die Wirkung ist eine ergreifende: die volle traurig-trostreiche Passionsstimmung fluthet über den Hörer dahin. Im prachtvollen Bogen steigt (Es dur) der Chor auf, homophon gesetzt in seinen wiederkehrenden Hauptpartien, welche durch zweistimmige imitirende Zwischensätze des Tenor und Bass auseinander gehalten werden. Doch bildet das kraftvolle Pathos dieses Satzes nicht den Abschluß des Empfindungs-Processes. Der Ausblick auf Christi Leiden und Tod erweist sich als das stärker wirkende Moment: dem Es dur-Chore folgt unmittelbar in G moll der Choralchor »Christe du Lamm Gottes«. Daß alle drei Strophen durchgearbeitet wurden geschah wohl wegen der Kürze der Melodie; sonst pflegt Bach dieses nicht zu thun. Zu der ersten Strophe, welche der Chor ziemlich homophon singt, führen die Instrumente ein selbständiges Tonbild aus von leidvollem, schluchzendem Ausdruck; in der zweiten Strophe wird der Gang der Unterstimmen belebter, die melodieführende Oberstimme von den beiden Oboen einerseits und der ersten Violine andrerseits canonisch nachgeahmt, und zwar von ersteren auf dem dritten Melodietone in der Unterquart, von der letzteren auf dem sechsten Tone in der Oberterz; in der dritten, mit einem Amen schließenden, Strophe contra-

41) S. Band I, S. 549.

punktiren die Unterstimmen in andern Gängen aber mit gleicher Lebendigkeit weiter, über dem *Cantus firmus* lassen die Oboen eine neue, rhythmisch scharf contrastirende Melodie von höchster Innigkeit ertönen. Die Empfindung erhebt sich aus Betrübniß zu intensivem Schmerz und klärt sich endlich zur frommen, versöhnunghoffenden Bitte. Die Behandlungsart der ersten Strophe zeigt eine neue Choralform, welche Bach später sehr fleißig anwendete und weit entwickelte, während sie hier noch auf bescheidene Verhältnisse beschränkt ist. In der zweiten Strophe offenbart sich eine enorme Kunst polyphoner Combination; das directe Hervorgehen dieser Form aus der Orgelmusik liegt auf der Hand und Bach hat unter vielen andern grade auch diesen Choral in seinem »Orgelbüchlein« canonisch behandelt[42]. Die letzte Strophe dagegen schließt sich der Manier älterer Componisten an, und ragt nur dadurch über sie hinaus, daß die Instrumentalmelodie einen bestimmten Charakter festhält. Auch kann nicht übersehen werden, daß zwischen dem zweiten und vierten Satze der Cantate jene tiefere poetische Verbindung besteht, auf welche schon bei verschiedenen weimarischen Cantaten hingewiesen wurde[43]: die in einem früheren Satze einzig durch Instrumente eingeführte Choralmelodie erscheint am Schlusse gesungen, anfänglich bewirkt sie mehr nur Stimmung, schließlich die aus dieser hervorgehende klare kirchliche Empfindung. Nach allen Seiten hin ist diese Cantate ein Probestück, wie es eines Bach würdig war. Vergleicht man sie mit derjenigen, welche er in Wirklichkeit als solches benutzte, so ersieht man leicht, weshalb er sie dennoch einstweilen zurücklegen zu müssen glaubte. Sie war zu ernst, tiefsinnig und kunstvoll. Bach kannte den Geschmack des Leipziger Publicums, das an muntre Opernmusik und Kuhnaus milde Weisen gewöhnt war. In der Cantate »Jesus nahm zu sich die Zwölfe« hat er sich diesem Geschmacke mehr anbequemt. Der fugirte Chor des ersten Satzes zeigt eine Einfachheit der Contrapunktik, wie sie wohl in Telemannschen Stücken gewöhnlich ist, die aber bei Bach auffallen muß. Auf eine sehr anmuthige Tenorarie folgt als Schluß ein leicht verständlicher Choralsatz, in welchem zu dem einfach vierstimmigen Chore die oberste Instrumentalstimme in Sechzehnteln contrapunktirt und in derselben Bewegung kurze Zwischenspiele her-

42) S. Band I, S. 591. 43) S. Band I, S. 537 ff.

stellt. Diese Form war damals beliebt; Bach selbst hatte sich ihrer in früheren Jahren bedient[44], hier ist sie nur insofern etwas bereichert, als auch der zweiten Violine und Bratsche wenngleich nicht sehr charakteristische so doch meistens selbständige Gänge zuertheilt sind. Die übrigen Sätze greifen tiefer, namentlich der Eingang des ersten, ein Einzelgesang des Tenors und Basses; der Schwerpunkt liegt hier ganz in dem sehr fein gewobenen instrumentalen Theil, der, nichts weniger als Begleitung, vielmehr fast als ein selbständiges Stück erscheint. Aus diesem Stücke konnte man in der That schon ersehen, daß der Componist seine Sache verstand. Das ganze Werk entsprach seinem Zwecke, aber dem ersteren, das nun wahrscheinlich am Estomihi-Sonntage 1724 zur ersten Aufführung kam, kann es in keiner Beziehung als ebenbürtig gelten[45].

Welches die Pfingstmusik war, mit der Bach seine Wirksamkeit an der Universitätskirche eröffnete[46], läßt sich nicht mehr feststellen. Es könnte nur an die Cantate »Erschallet ihr Lieder, erklinget ihr Saiten« gedacht werden, aber triftige Gründe sind vorhanden, deren Entstehung um ein oder zwei Jahre später anzusetzen. Seine kirchliche Thätigkeit als Thomas-Cantor begann er am ersten Trinitatis-Sonntage. Zwar wird nicht ausdrücklich überliefert, daß die erste von ihm dirigirte und von den Zuhörern beifällig aufgenommene Kirchenmusik von seiner eignen Composition gewesen ist: nach den Bräuchen der Zeit darf dies jedoch als selbstverständlich gelten[47]. Es liegen zwei Cantaten auf den 1. und 2. Trinitatis-Sonntag vor, deren letzterer von Bach selbst die Jahreszahl 1723 beigeschrieben ist. Die erstere gleicht ihr in Bezug auf Text, musikalische Form im gesammten und einzelnen, sowie hinsichtlich der Empfindungsart so ganz und gar, daß es bei der oft berührten Eigenthümlichkeit Bachs, eine von ihm angewendete neue Form gleich in mehren Exemplaren hinzustellen, ihre enge Zusammengehörigkeit auch der Zeit

44) S. Band I, S. 485. 45) S. Anhang A, Nr. 9. 46) S. S. 37 dieses Bandes.

47) *ACTA LIPSIENSIVM ACADEMICA.* 1723. S. 514 »Den 30. *dito* [nämlich *Maji*] als am 1. Sonnt. nach *Trinit.* führte der neue *Cantor* u. *Collegii Musici Direct.* Hr. Joh. Sebastian B a c h , so vom Fürstl. Hofe zu *Cöthen* hierher kommen, mit guten *applausu* seine erste *Music* auf.« Vrgl. hierzu S. 38 Anmerk. 6 dieses Bandes. — Bei Sicul, *ANNALIVM LIPSIENSIVM MAXIME ACADEMICORVM SECTIO* XX. Leipzig, 1726. S. 479 wird noch bemerkt, daß diese Aufführung in der Nikolai-Kirche stattfand.

nach unzweifelhaft sein dürfte[48]. Neu ist die Form zunächst insofern, als hier zum ersten Male in Bachs Schaffen die zweitheilige Kirchencantate entgegentritt. Wir wissen schon, daß an den hohen Festen sowohl vor als nach der Predigt Figuralmusik gemacht wurde, und daß letzteres auch wohl an gewöhnlichen Sonn- und Festtagen gestattet war. Eine und dieselbe Composition aber so groß anzulegen, daß sie in zwei selbständige Theile zerfallen konnte, war bisher wenigstens in Leipzig nicht üblich gewesen. Es scheint mir, daß Bach mit dieser Neuerung dem Verfahren der Oratoriencomponisten folgte, deren zweitheilige Werke in der Weise dem katholischen Cultus eingefügt wurden, daß zwischen die beiden Theile die Predigt fiel[49]. Die Evangelien zu den zwei Sonntagen sind ungewöhnlich gedankentief, und reich an ergreifenden Gegensätzen. Leider hat der Textdichter es wenig verstanden, sie im Interesse der Musik auszunutzen. Beide Male ergeht er sich in lehrhaften Trivialitäten, die mit den biblischen Erzählungen nur mittelbar zusammenhängen, und mit demselben Rechte an sehr vielen andern Sonntagen vorgebracht werden könnten. In der ersten Cantate »Die Elenden sollen essen, daß sie satt werden[50]« (Emoll) wird mit Anlehnung an die Erzählung vom reichen Mann und armen Lazarus über die Werthlosigkeit und Vergänglichkeit irdischen Reichthums, über Jesus den Inbegriff aller Güter, über ein gutes Gewissen und Genügsamkeit weitläufig gehandelt. In vier gut contrastirenden Arien, deren erste kunst- und phantasievoll aus dem Motiv

entwickelt wird, und sechs Recitativen hat Bach diese Wortmenge bewältigt. Eine bedeutende Rolle spielt in dem Werke der Choral »Was Gott thut, das ist wohlgethan«. Zuerst tritt er am Schlusse des ersten Theiles in einer neuen Combination der Pachelbelschen und einer Georg Böhm insbesondere eigenthümlichen Form[51] auf.

---

48) S. Anhang A, Nr. 10.

49) Die Zweitheiligkeit der Oratorien schon des 17. Jahrhunderts, gegenüber der Dreitheiligkeit der Opern, erklärt sich aus diesem Gebrauche, der wenigstens in Italien das ganze 18. Jahrhundert hindurch fortbestand. S. Burney, Tagebuch einer musikalischen Reise. Erster Band, S. 277.

50) B.-G, XVIII, Nr. 75. 51) S. Band I, S. 204 f.

Dieser Satz wiederholt sich auch am Schlusse des zweiten Theils; als Einleitung zu demselben aber findet sich eine Choralfantasie[52]) über dieselbe Melodie, nicht für Orgel, sondern für Streichquartett und Trompete: das Quartett führt das selbständige polyphone Tonbild aus, die Trompete bläst die Choralmelodie. Der durch die Predigt zerschnittene Faden der Cantate konnte nicht geistreicher wieder angeknüpft werden. Das lebhafteste Interesse aber zieht der über eine Psalmstelle gesetzte Eingangschor auf sich: in ergreifenden Klängen redet er von Trost im Leiden. Die Empfindung des Leidens ist, wie sich das von Bach erwarten läßt, noch ziemlich stark hervorgehoben, sowohl durch das Orchester, welches im ersten Satze des Chors in stockenden Pulsen selbständig einhergeht, als auch durch die schmerzlich gezogenen Melodien der Singstimmen. Aber eine Ahnung von Glück blitzt wunderbar hindurch (vrgl. namentlich Takt 53 ff.), und bei dem breitathmigen Thema des folgenden Fugensatzes:

trinkt die kranke Brust mit vollen Zügen die Luft, welche ihr Genesung bringen soll. Doch herrscht immer noch ein gewisses umschleiertes Wesen und aus der verrenkten Cadenz Takt 13 (der Fuge) klingt es sogar wie schneidendes Weh. Von hier ab aber sammeln sich alle Kräfte und schwellen endlich in einer wunderschönen Wendung nach D dur hinüber: die im Sopran auftretende große Sexte, ein in der Melodiebildung der alten Praxis durchaus verbotenes, aber zu Bachs Zeit schon ziemlich häufig angewendetes Intervall, ist grade hier von wahrhaft leuchtender und befreiender Kraft.

Nicht nur in ihrer Zweitheiligkeit und der Einfügung eines Instrumentalstückes, auch in der Zahl der Chöre und Choräle, der Recitative und der Arien sowie in der Aufeinanderfolge der Formen stimmt die Cantate auf den zweiten Trinitatis-Sonntag, »Die Himmel erzählen die Ehre Gottes[53])« (C dur) mit der eben besprochenen überein. Ja, ob absichtlich oder nicht, die Arien stehen auch in densel-

52) S. Band I, S. 600. 53) B.-G. XVIII, Nr. 76.

ben Tonarten, nur ist die Reihenfolge eine andre. Auch hier liegt das Hauptgewicht auf dem ersten Chore, zwischen dessen Texte und dem Sonntags-Evangelium freilich eine Beziehung kaum vorliegt. Wie dort besteht der Chor aus einem auch in der Taktart übereinstimmenden Anfangstheile mit freien Imitationen und selbständiger Instrumentalbegleitung und aus einer Fuge; dort geht dem Eintritt des vollen Chors ein Satz der Soprane und Alte vorher, hier heben einige Bässe allein an[54]. Die Gleichheit tritt selbst in ähnlichen Wendungen hervor (s. T. 24 ff. der C dur-, T. 26 ff. der E moll-Cantate). Das ganze Stück ist sehr tonreich und glänzend, das Fugenthema voll kräftigen Schwunges. Ein in der Cantate »Ich hatte viel Bekümmerniß« bemerkter Effect[55] kehrt hier und in einem gleich zu charakterisirenden neuen Werke (»Ein ungefärbt Gemüthe«) abermals wieder: Solostimmen beginnen die Fuge, mit neuen Einsätzen des Themas fügen sich nach und nach die Tuttistimmen hinein — ein langsames *Crescendo*, wie es in der Orgelmusik durch das allmählige Hinzuziehen neuer Register hervorgebracht wird. Endlich lehnt sich noch dadurch diese Fuge an frühere Fugen an, daß die Trompete als fünfte Stimme die Durcharbeitung fortsetzt. Auch der Choral am Schlusse des ersten und zweiten Theils bewegt sich in einer einfachen und bekannten Form. Das Instrumentalstück am Anfang des zweiten Theils ist ein Trio für Oboe d'amore, Viola da gamba und Bass, also eine in die Kirche übertragene Kammermusikform, deren wir bei Bach schon mehren begegnet sind. Bald hernach verwandte Bach dieses Stück für eine seiner Orgelsonaten[56], nicht ohne es mehrfach geändert zu haben. Zum Theil sind die Änderungen absolute Verbesserungen, in manchen Verschiedenheiten der älteren Fassung: in den ruhigeren Bässen, der theilweise tieferen Lage der Oberstimmen offenbart sich aber wohl auch die Rück-

54) Anfänglich wollte Bach den Chor gleich mit einer Fuge und selbständig contrapunktirenden Instrumenten anfangen. Dieses sollte das Thema sein:

55) Vrgl. Band I, S. 528.

56) B.-G. XV, S. 40 ff.

sichtnahme auf den kirchlichen Zweck, denn der zweite Cantatentheil wurde unter der Communion vorgetragen[57]).

Wahrscheinlich trat Bach schon 14 Tage später, am 4. Trinitatissonntage (20. Juni), mit einem neuen Werke hervor[58]). Der Verfertiger der Texte der beiden vorigen Cantaten konnte ihm nicht genügen, er griff deshalb zu den bewährten Neumeisterschen Dichtungen zurück. Der dem vierten Jahrgange der Fünffachen Kirchencantaten entnommene Text »Ein ungefärbt Gemüthe« ist in der Versfügung bequem, aber freilich an poetischem Gehalt auch kein Muster. Bach sah sich dieser lehrhaften, prosaischen Abhandlung gegenüber allein auf seine musikalische Phantasie angewiesen. Er hat mit den beiden Arien, welche die Cantate enthält, geistvolle und anregende Musikstücke geliefert; die erste derselben (F dur), welche zugleich das Werk eröffnet, gewinnt überdies den Hörer durch ihren freundlichen, zufriedenen Ausdruck. Man kann sie ein Trio für Geigen, Alt und Bass nennen, und die zweite ein Quatuor für zwei *Oboi d'amore*, Tenor und Bass, so wenig tritt die Singstimme herrschend auf. Hier war dies Verfahren durch die Qualität des Textes selbst geboten. Auch aus der Verwandtschaft des Hauptgedankens der ersten Arie mit demjenigen des letzten Satzes der H moll-Sonate für Violine und Clavier[59]) läßt sich schließen, daß Bach hier vorzugsweise im instrumentalen Gebiete lebte. Der an dritter Stelle befindliche Chor über den Bibelspruch Matth. 7, 12 »Alles nun, das ihr wollet, daß euch die Leute thun sollen, das thut ihr ihnen« ist in der seinen zweiten Theil bildenden Doppelfuge ein sehr belebtes, energisch und eindringlich declamirtes Stück; die kurzen Perioden, mit welchen Chor und Instrumente anfangs respondiren, erinnern dagegen an den Stil der älteren Kirchencantate und die Takte 11—18 an Takt 11—25 des zweiten Chors aus Bachs früherer Cantate »Ich

---

57) Beide Cantaten sind abschriftlich auch in verkürzter Gestalt verbreitet worden, die erstere nach dem Anfang des ersten Recitativs unter der Bezeichnung »Was hilft des Purpurs Majestät«, die zweite als »Gott segne noch die treue Schaar« nach dem Anfang des zweiten Theils. Auch wurde die zweite als Reformationscantate gebraucht. S. Breitkopf, Verzeichniß musikalischer Werke. Leipzig, Michaelismesse 1761. S. 20.

58) B.-G. V[1], Nr. 24.

59) B.-G. IX, S. 80 ff.

hatte viel Bekümmerniß«. Der Schlußchoral ist einfach, wie in der Cantate »Jesus nahm zu sich die Zwölfe«, gestaltet[60].

Für den 7. Trinitatissonntag (11. Juli) desselben Jahres wählte Bach einen Text aus Francks »Evangelischen Sonn- und Festtags-Andachten«, welche ihm schon in Weimar die Unterlage zu zwei Compositionen geboten hatten[61]. Franck hatte ihn zum dritten Adventsonntage bestimmt, die Verwendung für einen andern Zweck machte die Umdichtung der ersten beiden Arien nöthig. Recitative, welche in jenen Texten Francks überhaupt nicht vorhanden sind, wurden eingelegt — man meint in ihnen den wortreichen Redner der Texte zum ersten und zweiten Trinitatis-Sonntage zu erkennen — so reichte der Stoff, um wieder eine zweitheilige Cantate herzustellen. Der erste Chor: »Ärgre dich o Seele nicht« (G moll) ist auffällig kurz und entbehrt einer reicheren Entwicklung, wie man sie sonst bei Bach gewohnt ist. Nach einem Vorspiel bringt der Chor zuerst ein dreitaktiges Sätzchen, das durch einschneidende Vorhalte die Empfindung des »Ärgers« oder Unwillens versinnlichen soll. Man macht bei Bachschen Gesangstücken häufig die Bemerkung, daß einerseits der Charakter derselben nicht sowohl aus dem Text unmittelbar, als vielmehr nur aus der kirchlichen Bedeutung des Sonntags oder einer andern allgemeineren poetischen Vorstellung, oft sogar allein aus dem rein musikalischen Bedürfniß des Contrastes hervorwächst; daß aber andrerseits wieder gewisse ganz specielle Vorstellungen das Motiv zu eigenartigen Tonbildungen hergeben, welche der musikalischen Entwicklung die Richtung weisen, die Empfindung selbst mehr nur äußerlich colorirend, als von innen heraus bestimmend — allgemeinstes und ganz besonderes in unmittelbarer Vereinigung. So ist es auch hier: da der Begriff des »Ärgerns« nur in der Negation auftritt, kann er nicht für die Haltung des Ganzen bestimmend sein; aber er gab Veranlassung zu einem musikalisch interessanten Anfang. In Gegensatz hierzu tritt nun ein mit Bachscher Eindringlichkeit declamirtes Fugato über dieselben Textworte; in kunstvoller Anlage stellen ihm die Instrumente ebenfalls einen Fugensatz über ein andres Thema entgegen, der Instrumentalbass nur geht seine eignen Wege. Nach einmaliger Durchführung

60) S. Anhang A, Nr. 11.

61) S. Band I, S. 561 ff. und S. 812 ff.

erfolgt ein Schluß in D moll und in einer kurzen homophonen Periode der logisch begründende Nebensatz. Dann wiederholt sich der ganze Process in C moll mit Zurückleiten in die Haupttonart: noch sechs Takte Epilog und das Stück ist zu Ende. Trotz der ungewöhnlichen und knappen Form ist dennoch die Stimmung erschöpft; nicht nur in dem kunstvollen Detail, auch in der Gestaltung des Ganzen empfindet man die sichre Meisterhand. Überhaupt ragt die Cantate an innerm Gehalt über die meisten vorhergehenden empor und stellt sich der Cantate »Du wahrer Gott« gleichbedeutsam zur Seite. Durchweg sehr ausdrucksvoll und zum Theil tief ergreifend sind die Recitative, man sehe namentlich die ariosen Ausgänge und unter ihnen wieder denjenigen des zweiten Recitativs mit den geistreich malenden harmonischen Anticipationen des Basses. Die drei Arien überbieten einander an Tiefsinn und Innigkeit, die Perle unter den Solostücken aber ist ein Zwiegesang (C moll) für Sopran und Alt »Laß Seele kein Leiden von Jesu dich scheiden«. Er trägt den Rhythmus einer Gigue und auch jene melancholische Grazie, die so manchen Bachschen Tanzstücken eigen ist. Hohes Interesse erregt endlich der Choral, welcher den ersten Theil der Cantate beschließt. Zum ersten Male tritt hier die Form der Choralfantasie in ihrer Übertragung auf das vocale Gebiet voll entgegen. In der Cantate »Du wahrer Gott« hatte zwar Bach schon die Hand zu dieser Neuschöpfung geregt, war aber in den folgenden Werken zu einfacheren Gebilden zurückgekehrt. Flöten und Violinen mit Bass führen, einander respondirend, ein fromm und kindlich klingendes Instrumentalstück aus; hinein senkt sich die Melodie »Es ist das Heil uns kommen her« mit der Strophe:

Ob sichs anließ, als wollt er nicht,
Laß dich es nicht erschrecken.

Der *Cantus firmus* liegt im Sopran, die andern Stimmen contrapunktiren, indem sie meistens die Melodie in verkleinerten Notenwerthen imitiren. Ein Choral am Schlusse der ganzen Cantate findet sich in der Partitur nicht; nach den Analogien der Cantaten zum ersten und zweiten Trinitatis-Sonntage ist aber mit Bestimmtheit anzunehmen, daß der Choral des ersten Theils wiederholt werden sollte.

Die Composition eines andern Franckschen Textes liegt für den 13. Trinitatis-Sonntag (22. Aug.) vor. Ganz sicher ist es zwar nicht, ob dieses Werk nicht etwa erst im folgenden Jahre entstand, wo es dann am 3. September seine erste Aufführung erfahren haben würde. Doch halte ich das erstere für wahrscheinlicher[62]. Bach griff dieses Mal auf das »Evangelische Andachts-Opfer«[63] zurück, dessen Poesien sich bequemer musikalisch behandeln ließen. Hier fehlt der Chor ganz, abgesehen von dem einfachen Choral, welcher mit der fünften Strophe des Liedes »Herr Christ der einig Gott's Sohn« am Schlusse ertönt. Das Evangelium giebt die Erzählung vom barmherzigen Samariter, und christliche Milde und Barmherzigkeit ist es, was das ganze Kunstwerk kündet. In der ersten Arie: »Ihr, die ihr euch von Christo nennet, wo bleibet die Barmherzigkeit« (G moll) glaubt man den Heiland selber reden zu hören voll göttlicher Milde aber doch menschlich warm empfindend und antheilvoll, dazu mit einem Beisatz von Schwermuth:

In der zweiten Arie: »Nur durch Lieb und durch Erbarmen werden wir Gott selber gleich« (D moll) eignet sich der Mensch die hohe Lehre des Erlösers an und in der dritten verkündigt er sie mit freudiger Überzeugung zu zweien und in Tönen, die aus der Melodie der ersten Arie hervorgewachsen zu sein scheinen:

Diese beiden Themen werden mit einer selbst bei Bach ungewöhnlichen Beharrlichkeit durchgeführt, meist canonisch im Einklange oder der Octave, im Duett auch in der Gegenbewegung; unablässig erklingt es bald im Gesange, bald in den Instrumenten, wie jenes johanneische Wort: Kindlein, liebet euch unter einander!

Mit einiger Sicherheit läßt sich auch noch die Umarbeitung der herrlichen weimarischen Cantate »Wachet, betet«[64] in dieses Jahr setzen. Da an den drei letzten Adventsonntagen in Leipzig keine Kirchenmusik gemacht wurde, so benutzte sie Bach für den 26. Tri-

62) S. Anhang A, Nr. 12. 63) S. Band I, S. 534.
64) S. Band I, S. 562 ff., und S. 812.

nitatis-Sonntag, zu dessen Evangelium sie auch sehr wohl paßt. Die Umarbeitung bestand wesentlich darin, daß das Werk durch Einfügung von Recitativen und dem Choral »Freu dich sehr, o meine Seele« zu einer zweitheiligen Cantate erweitert wurde. Einem der Recitative, das zu den großartigsten gehört, welche Bach geschrieben, ist wieder ein instrumentaler Choral zugesellt, der die leidenschaftliche persönliche Empfindung in das Gebiet der kirchlichen Stimmung bannt, während umgekehrt diese durch jene bereichert und individualisirt wird. Bach selbst hielt sehr viel von dieser Composition, und hat sie in späteren Jahren nochmals aufgeführt[65].

Außer diesen acht Cantaten fallen in die Zeit des ersten Leipziger Kirchenjahres noch zwei Werke, welche außerordentlichen kirchlichen Veranlassungen ihre Entstehung verdanken. Am 24. August eines jeden Jahres, als am Bartholomäustage, pflegte die Wahl des neuen städtischen Rathes statt zu finden, und am ersten nachfolgenden Montag oder Freitag, bevor derselbe zu seiner ersten Sitzung zusammentrat, wurde ein feierlicher Gottesdienst gehalten. Im Jahre 1723 geschah dies Montag den 30. August[66] und Bach componirte hierzu die durch schwung- und glanzvolle Chöre ebenso wie durch warme, melodische Sologesänge ausgezeichnete Festcantate »Preise, Jerusalem, den Herrn«[67]. Wie die Form des Werkes aus der Vorstellung eines festlichen Actes hervorgegangen ist, zeigt die Anordnung und der Charakter der einzelnen Musikstücke ganz deutlich. An der Spitze steht eine Ouverture im französischen Stil, zu deren Darstellung eine Instrumentenmasse von vier Trompeten, Pauken, zwei Flöten, drei Oboen, Streichquartett und Orgel herbeigezogen ist. Das überaus pompöse Grave wird von den Instrumenten gespielt, beim Allegro $^{12}/_{8}$ fällt der Chor ein und führt seinen Bibelspruch (Psalm 147, 12—14) nicht sowohl in fugirter Weise, als mit frei imitatorischer und motivischer Benutzung des zuerst vom Bass

65) S. Anhang A, Nr. 13.

66) Am Montag nach Bartholomäi auch in den Jahren 1724, 1725, 1726, 1727, 1731, 1739; am Freitage nach Bartholomäi dagegen in den Jahren 1728, 1729 und 1730. S. Rathsacten »Rathswahl betr. 1701. *Vol.* 2.« und »Nützliche Nachrichten von Denen Bemühungen derer Gelehrten und andern Begebenheiten in Leipzig, Im Jahre 1739«. S. 78.

67) B.-G. XXIV, Nr. 119.

intonirten Hauptgedankens durch bis zur Wiederkehr des Grave, das abermals von den Instrumenten allein vorgetragen wird, und hier die Rolle des Nachspiels vertritt. Diese kühne Übertragung einer durchaus weltlichen Instrumentalform in die Kirchenmusik begegnet uns bei Bach nicht zum ersten Male; schon in der 1714 für Leipzig componirten Cantate »Nun komm der Heiden Heiland« tritt sie auf[68]. Ein wesentlicher Unterschied aber zeigt sich darin, daß in dem älteren Werke die Ouverturenform mit dem Choral combinirt ist, und daß der Gesang sich auch an dem Grave betheiligt. Das betreffende Stück der Rathswahl-Cantate neigt sich, indem es nur einen frei erfundenen Chor enthält, stärker nach der weltlichen, und insofern derselbe sich an zwei Hauptabschnitten der Form garnicht betheiligt, auch entschiedener nach der instrumentalen Seite hin. Es durfte dies hier geschehen, da der Zweck des Werkes kein kirchlicher im engeren Sinne war; übrigens ist durch die im Allegro sich entfaltende speciell Bachsche Polyphonie doch ein kirchlicher Grundton wenigstens gewahrt. Nicht mehr als dieses läßt sich auch in den nun folgenden Recitativen und Arien erkennen, deren Texte die glücklichen Verhältnisse der Stadt Leipzig auseinander setzen. Hätte Bach nicht über eine so große rein musikalische Erfindungsgabe verfügt, so würde es ihm wohl unmöglich gewesen sein, in der zweiten Arie: »Die Obrigkeit ist Gottes Gabe, ja selber Gottes Ebenbild« ein so reizendes Musikstück hinzustellen, denn aus dem Texte konnte er wahrlich keine Begeisterung schöpfen. Daß er aber, wo nur irgend eine poetische Anregung denkbar war, sich dieser sofort hingab, zeigt die erste Arie: »Wohl dir, du Volk der Linden, wohl dir, du hast es gut«. Es ist dies ein so sonniges, tief behagliches Stück, wie es wenige giebt; die hier von Bach angewendeten tiefen Schalmeien (*Oboi da caccia*) verleihen ihm einen idyllischen und doch — der Umgebung angemessen — ernsten Charakter, so daß es sich von der sonst in der Stimmung wohl verwandten B dur-Arie der Pales aus der Cantate »Was mir behagt«[69] immer noch merklich unterscheidet. Ein ganz aparter Satz verbindet diese Arie (G dur) mit der schon genannten zweiten (G moll): eine schmetternde Trompetenfanfare leitet ein Bass-Recitativ ein: »So herrlich stehst

68) S. Band I, S. 501. 69) S. Band I, S. 560.

du, liebe Stadt«, das hernach außer von dem Generalbass von ausgehaltenen Harmonien zweier Flöten und zweier englischen Hörner begleitet wird, bis zum Schluß wieder die jubelnde Fanfare ertönt; Streichinstrumente sind bei diesem Satze garnicht betheiligt. Nach der G moll-Arie vereinigt sich der gesammte Instrumentalkörper mit den Singstimmen alsbald nochmals zu einem glänzenden Tonbild, das in der Form der *Da capo*-Arie erscheint. Den ersten Theil bildet eine Fuge, deren Thema:

offenbar aus der ersten Zeile des Chorals »Nun danket alle Gott« gestaltet ist. Dergleichen freie Benutzungen von Choralmelodietheilen sind bei Bach äußerst selten (in der Motette »Nun danket alle Gott« hat er sich noch einmal etwas ähnliches gestattet); der Choral war ihm ein durch die Kirche gleichsam geheiligtes Wesen und wo er ihn einführt, pflegt er ihn unangetastet in den Mittelpunkt der eignen Composition zu stellen. Wenn er hier von diesem Verfahren abwich, glaubte er sich jedenfalls durch den kirchlich-weltlichen Charakter des ganzen Werks dazu berechtigt. Der zweite Theil der gewählten Form bildet zu dem ersten den homophonen Gegensatz: ein im Instrumental-Ritornell von den Trompeten intonirtes singendes Motiv:

wird darin geistreich verarbeitet. Erst am Schlusse der Cantate kommt in ein paar Zeilen aus dem »Herr Gott dich loben wir« die streng kirchliche Empfindung zum Ausdruck.

In Störmthal bei Leipzig wurde während der Jahre 1722 und 1723 die Kirche erneuert und in Verbindung damit eine ganz neue Orgel angeschafft, welche Zacharias Hildebrand, ein Schüler Gottfried Silbermanns, für 400 Thaler zu erbauen hatte. Ein Kammerherr von Fullen, welcher auf Störmthal ansäßig war, hatte die Mittel dazu gewährt und nach Vollendung des Werkes Bach veranlaßt, dasselbe zu prüfen. Am 2. November, als dem Dienstag nach dem 23. Trinitatis-Sonntage fand zur Einweihung der Orgel ein öffentlicher Gottesdienst statt, für welchen Bach eine Cantate »Höchst erwünschtes Freudenfest« componirt hatte, deren Aufführung er persönlich leitete. Die Orgel, welche von ihm »für tüchtig und beständig erkannt und gerühmet worden war«, besteht im wesentlichen noch heute; nur hat sie im Jahre 1840 eine durchgreifende Reparatur durch den Orgelbauer Kreuzbach erfahren, der bei dieser Gelegenheit sich ebenfalls sehr günstig über das Werk geäußert haben soll. Es ist ein laut redender Beweis für das enorme Ansehen, in welchem Bachs Person und Name in Sachsen stand und steht, daß die Tradition von seiner Anwesenheit in Störmthal sich bis heutigen Tages, also mehr als anderthalb Jahrhunderte hindurch, dort erhalten hat [70]. Die Cantate, welche Bach jedenfalls mit Leipziger Kräften aufführte, ist wohl wegen des hohen Bestellers mit ganz besonderer Sorgfalt geschrieben [71]. Sie ist aber auch inhaltlich bedeutend und wurde später von Bach, der es liebte seine Gelegenheitscompositionen im Interesse der regelmäßigen Amtspflichten auszunutzen, für das Trinitatisfest bestimmt und an diesem Tage mehrfach in verschiedener Gestalt aufgeführt. Ein Vergleich zwischen ihr und der Rathswahl-Cantate ist lehrreich. Auch hier liegt kein eigentlich kirchlicher Zweck vor und noch stärker als dort machen sich weltliche, wenn auch geläuterte und ins Kirchliche hinübergezogene Grundformen geltend. Den Anfang bildet wieder eine Ouverture im französischen Stil, auch die Art wie die Singstimmen sich betheiligen ist die gleiche, nur in die letzten Takte des am Schlusse wiederkehrenden Grave fallen sie nochmals bekräftigend ein. Übrigens ist das Allegro hier ein wirkliches Fugato, auch die unterbrechenden Triostellen fehlen nicht, sodaß der Ouverturenstil noch genauer bis ins Einzelne hinein beibehalten erscheint. Die erste Arie erhält durch die Wiederkehr des Hauptgedankens:

70) Wie mir Herr Pastor Ficker in Störmthal mittheilte, dessen Gefälligkeit ich auch den betreffenden Auszug aus den dortigen Kirchenrechnungen verdanke.

71) Die autographe Partitur nebst den Originalstimmen befindet sich auf der königlichen Bibliothek zu Berlin. Den Stimmen liegt der auf einen Foliobogen gedruckte Text bei.

etwas rondoartiges, obgleich die Arienform festgehalten ist. Die zweite Arie ist ganz im Gavotten-Rhythmus durchgeführt:

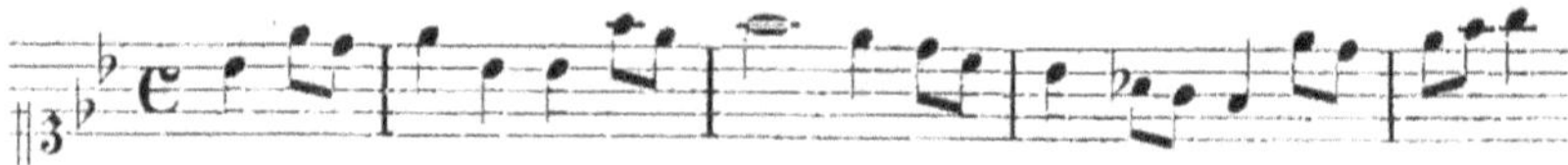

Die dritte hält den Charakter der Gigue fest durch folgendes als Bass-Ritornell verwendetes Thema:

Die vierte endlich zeigt Menuett-Bewegung:

Man hat hier also die merkwürdige Erscheinung einer Cantate in Form einer Orchester-Partie, nur daß Recitative dazwischen stehen und am Schluß beider Abtheilungen je ein Choral sich befindet. Vermuthlich wollte Bach auf diese Weise dem Geschmack des adligen Patrons der Kirche zu Störmthal ebenso entgegenkommen, wie er sich mit seiner Probecantate dem Geschmack der Leipziger Bürger anbequemt hatte; denn französische Instrumentalmusik war unter

72) Zu dem vom gewöhnlichen etwas abweichenden Rhythmus vrgl. die Gigue aus Bachs E moll-Partita B.-G. III, S. 133 ff.

August dem Starken am Hofe zu Dresden sehr beliebt. Indessen that Bach damit nichts gegen seine Natur: er hatte einmal die Tendenz, alle Kunstformen jener Zeit in seinen Stil einzuschmelzen. Daher war es auch nicht gradezu ungereimt, wenn er die Orgelweih-Cantate später zum Trinitatisfest wieder aufführte. Unkirchlich ist sie nicht, aber allerdings fehlt ihr jener höchste Grad von Kirchlichkeit, der nur da vorhanden sein kann, wo die Phantasie des Künstlers durch einen für die christliche Gemeinde allgemeingültigen Vorgang zum Produciren gestimmt wird. —

Bach hatte sein Amt in der festlosen Zeit des Kirchenjahres angetreten. Wie bemerkenswerth auch die Thätigkeit war, die er während derselben als Kirchencomponist entfaltete, in seiner ganzen Größe sich zu zeigen hatte er doch erst mit Beginn des neuen Kirchenjahres 1723—1724 Gelegenheit. Selbstverständlich wollte er das erste Mal die Festtage möglichst mit eignen Musiken begehen. Auf diese Annahme gestützt können wir mit ziemlicher Bestimmtheit die meisten Festcantaten dieses Kirchenjahres bezeichnen. Zum ersten Weihnachtstage brachte Bach als Hauptmusik die Cantate »Christen ätzet diesen Tag in Metall und Marmorsteine«[73]. Die eigenartige Stimmung der Composition wird durch das in ihr befindliche Duett für Alt und Tenor enthüllt. Hier heißt es:

Ruft und fleht den Himmel an,
Kommt ihr Christen, kommt zum Reihen,
Ihr sollt euch an dem erfreuen,
Was Gott hat anheut gethan.

Das allgemeine Gefühl der Weihnachtsfreude erscheint also specialisirt durch die Vorstellung einer festlichen Schaar, die ihren feierlichen Reigen schlingt, gleichsam der Aufforderung des Psalmisten folgend: »Lobet den Herrn mit Pauken und Reigen, lobet ihn mit Saiten und Pfeifen«. Der Festestanz, welcher im Duett anmuthig und wiegend ausgeführt wird, tritt in den Ritornellen des ersten Chors, deren musikalischer Zusammenhang mit dem Duett augenscheinlich ist, rauschend und prächtig auf. Ohne diesem Charakter untreu zu werden entwickelt sich doch der Chor aus ganz andern zum Theil sehr wirksam canonisch geführten Melodien; er enthält Aufforderungen zur Weihnachtsfeier, und sobald er einen seiner Ab-

73) B.-G. XVI, No. 63.

schnitte beendigt hat, bricht in unmittelbarer Folge der Jubel des Festreigens wieder herein. Auch der letzte Chor steht unter der Einwirkung dieser Vorstellung, die sich alsbald aber dahin ändert, daß die Schaar dicht gedrängt sich betend vor dem Herrn niederwirft: eine sehr eigenthümliche Doppelfuge von inbrünstigem, intensivem Ausdruck versinnlicht dies. Im zweiten Theile des Chors entspricht ihr eine andre Doppelfuge über die Worte »Laß es niemals nicht geschehn, daß uns Satan möge quälen«, in welcher der in das Wort »quälen« gelegte dramatische Ausdruck überrascht. Die übrigen Stücke der Cantate: zwei Recitative und ein kunstvoll gearbeitetes Duett für Sopran und Bass, in dem Oboe und Instrumentalbass ihr ganz eignes Gedankenmaterial ausspinnen, bewegen sich in einer allgemeineren kirchlichen Stimmung. Sonst aber greift der Stil des Werkes unverkennbar ins Oratorienhafte hinüber und dieses ist es, was dasselbe, dem auch ein sehr bedeutender rein musikalischer Werth innewohnt, unter Bachs Cantaten insbesondere merkenswerth macht. Es verdient Beachtung, daß in ihm der Choral gänzlich fehlt [74].

Nach der Predigt wurde an den hohen Festtagen zur Einleitung der Communion das *Sanctus* im Figuralstile musicirt (vrgl. S. 100). Es liegt eine Anzahl solcher von Bach componirter *Sanctus* vor, unter welchen ich das für den ersten Weihnachtstag 1723 bestimmte erkennen zu können glaube. Es steht in C dur, wie die Cantate, und ist auch fast ebenso instrumentirt, zeichnet sich durch einen festlichen, glänzenden Charakter aus und wölbt sich im *Pleni sunt coeli et terra* zu prachtvollen, kreuzweis laufenden Bogen [75].

Die Aufführung der Cantate »Christen ätzet diesen Tag« und des zugehörigen *Sanctus* während des Vormittagsgottesdienstes fand durch den ersten Chor in der Nikolaikirche statt. In der Vesper wurde die Cantate durch denselben Chor in der Thomaskirche wiederholt, nach der Predigt aber der Lobgesang Mariae in lateinischer Fassung *figuraliter* musicirt. Zu diesem Zwecke schrieb Bach sein großes *Magnificat*, welches seit es wieder allgemeiner bekannt geworden ist, unter die höchsten Offenbarungen seines Genius mit

---

74) S. Anhang A, No. 14.

75) B.-G. XI¹; S. 69 ff. — S. Anhang A, No. 9.

Recht gezählt wird[76]. In Veranlassung der Weihnachtsfeier, welcher es dienen sollte, erweiterte Bach seine durch den biblischen Text gegebenen Verhältnisse, indem er vier Gesangstücke an passenden Stellen einlegte, deren Texte in einer ganz besondern Beziehung zu dem Leipziger Cultus standen. Es sind 1) die Anfangsstrophe des Liedes »Vom Himmel hoch«, 2) der Vers: »Freut euch und jubilirt, Zu Bethlehem gefunden wird Das herzeliebe Jesulein, Das soll euer Freud und Wonne sein«, 3) das *Gloria in excelsis deo*, 4) die Zeilen: *Virga Jesse floruit, Emanuel noster apparuit, Induit carnem hominis, Fit puer delectabilis. Alleluja.* Obgleich diese Texte zur Hälfte deutsch, zur Hälfte lateinisch und ohne formellen Zusammenhang sind, so hat sie doch Kuhnau zur Grundlage einer Weihnachts-Cantate gemacht und hierbei genau die obige Reihenfolge gewahrt[77]. Dieselbe ist innerlich wohl begründet, indem sie die Begebenheiten der Christnacht gleichsam dramatisch macht. Daß Bach die Texte unvermittelt aus dem Kuhnauschen Werke entnahm, zeigen mehre Merkmale ganz deutlich. Eines derselben liegt in der Fassung des Engelgesanges *Gloria in excelsis*. Die griechischen Worte: καὶ ἐπὶ γῆς εἰρήνη, ἐν ἀνθρώποις εὐδοκία sind durch die Worte: *et in terra pax hominibus bonae voluntatis* in der Vulgata falsch übertragen. Es wird hierdurch der Sinn hineingelegt entweder: Friede auf Erden den Menschen die eines guten Willens sind, oder: Friede auf Erden den Menschen, welchen Gott geneigt ist, während es in Wirklichkeit bedeuten soll: Friede auf Erden und den Menschen ein Wohlgefallen, wie Luther ganz richtig übersetzt. Trotzdem wurde die Version der Vulgata auch in den protestantischen Kirchen und namentlich für die musikalische Verwendung der Worte fast überall beibehalten. Wenn die Theologen gegen die Cantoren eiferten, welche ihre Texte meistentheils den päpstlichen Componisten entlehnten und sich oft damit breit machten, wie die Krähe mit bunten Federn, auf diese Weise Irrthümer einführten, oder doch aus Unwissenheit oder Trägheit durch den Gebrauch guthießen, so wurde ihnen nicht mit Unrecht

76) B.-G. XI[1], S. 3 ff. nach einer von Bach später vorgenommenen Überarbeitung. In der anfänglichen Gestalt erschien es bei N. Simrock in Bonn schon im Jahre 1811.

77) Die Cantate befindet sich in Stimmen auf der Stadtbibliothek zu Leipzig.

vom Standpunkte der Musiker aus erwiedert, daß die Übersetzung der Vulgata einen melodischeren Rhythmus habe [78]. Ausnahmsweise hat indessen Kuhnau in der genannten Cantate die Lesart der Vulgata emendirt und das dem Griechischen entsprechende *bona voluntas* eingesetzt, und Bach, der in allen seinen andern *Gloria*-Compositionen *bonae voluntatis* componirt, hat hier das Richtige ebenfalls. Wie aber aus der musikalischen Phrasirung hervorgeht, war ihm entweder der Sinn nicht ganz deutlich oder er hat sich aus musikalischen Gründen über ihn hinweggesetzt. Indem er interpungirt: *et in terra pax hominibus, bona voluntas* nähert er sich dem Ursinne ohne ihn doch ganz zu treffen, man erkennt, daß ihm die Version der Vulgata im Ohre lag und er einen gegebenen Text schlankweg in Musik setzte, ohne auf die sich daran knüpfende theologische Streitfrage sonderlich Acht zu haben. Ein zweites Merkmal hängt an den Zeilen *Virga Jesse* u. s. w. Dies ist ein Fragment eines längeren Weihnachtsgesanges, den Vopelius vollständig mittheilt [79]. Er lautet:

Virga Jesse floruit,
Emanuel noster apparuit,
Induit carnem hominis,
Fit puer delectabilis.
Donum pudici pectoris
Ingreditur Salvator et
Autor humani generis.
Ubi natus est Rex gloriae?
Pastores dicite!
In Bethlehem Juda.
Sause [80], liebes Kindelein,
Eya, Eya,
Zu Bethlehem Juda.
Virga Jesse floruit,
Emanuel noster apparuit,
Induit carnem hominis,
Fit puer delectabilis,
Alleluja!

Nur die letzten Zeilen also hat Kuhnau benutzt und es wäre ein all-

78) S. Rango, Von der *Musica*, alten und neuen Liedern u. s. w. Greiffswald, 1694. S. 22 ff.

79) Neu Leipziger Gesangbuch. 1682. S. 77 ff.

80) »Sausen« = »in Schlaf singen« oder »sich in Schlaf singen lassen«; gebräuchlich noch jetzt in der niederdeutschen Form »susen«.

zu seltsamer Zufall, wenn Bach unabhängig auf denselben Gedanken gekommen sein sollte. Aber auch die Reihenfolge, in welcher Bach die vier Textabschnitte dem *Magnificat* eingefügt hat, ist genau dieselbe, in der sie Kuhnau zusammensetzte. Es wird nicht das letzte Mal sein, daß wir Bach so wie hier Kuhnaus Pfaden folgen sehen. Wie er die Traditionen seines Geschlechtes pflegte und hochhielt, wie er alles was bedeutende ältere und gleichzeitige Künstler geschaffen hatten lernbegierig ergriff, so war er auch jetzt weit entfernt, in den Verhältnissen, wo ein großer Meister vor ihm gewirkt hatte, mit Beflissenheit neu zu erscheinen oder im Gefühl überlegener Kraft die Arbeit des Vorgängers unbeachtet zu lassen. Innerlich stand er freilich dem Wesen Kuhnaus ziemlich fern und eine Fortsetzung seines Werkes konnte nur äußerlich sein. Sie ist aber für Bachs Charakter darum nicht weniger bedeutsam. In diesem Falle hängt übrigens Kuhnaus Weihnachtsmusik mit gewissen kirchlichen Gebräuchen Leipzigs zusammen, welche Bach auch um ihrer selbst willen interessant sein mußten. Der mitgetheilte lateinisch-deutsche Weihnachtsgesang kennzeichnet sich wenigstens zu einem Theile als ein an der Krippe Christi gesungenes Wiegenlied und weil der Leipziger Cantor Vopelius ihn in sein leipzigisches Gesangbuch aufnahm wird er dort gebräuchlich gewesen sein. Althergebracht war im christlichen Gottesdienst die Sitte, zur Christmette in der Kirche eine Krippe aufzustellen und die Vorgänge der heiligen Nacht dramatisch aufzuführen. Knaben stellten die Engel dar und verkündigten die Geburt des Heilandes, dann traten Geistliche, die Hirten, ein und näherten sich der Krippe; andre fragten, was sie dort gesehen hätten (*Pastores dicite*), sie gaben Antwort und sangen an der Krippe ein Wiegenlied. Auch Maria und Joseph an der Krippe wurden dargestellt; Maria fordert Joseph auf, ihr das Kindlein wiegen zu helfen; er erklärt sich bereit und die Hirten singen ein Lied[81]. Diese Sitte des Kindleinwiegens, welche sich ganz vereinzelt bis in unser Jahrhundert erhalten hat, herrschte im Anfange des vorigen Jahrhunderts auch noch in Leipzig. Sie gehörte zu den Bräuchen, welche der Rath im Jahre 1702 abschaffen wollte[82]. Daß er mit diesem Vorschlage nur sehr wenig Anklang

81) Vrgl. Weinhold, Weihnacht-Spiele und Lieder. Graz, 1870. S. 47 ff.

82) »daß mehr gemelte lateinische *Responsoria*, *Antiphonae*, Psalmen, *hymni* und *Collec*ten, so wol die zur Weihnacht Zeit üblichen so genannten *Laudes* mit

fand, ist schon bei einer andern Gelegenheit gesagt worden. Insbesondere der Brauch des Kindleinwiegens hat zuverlässig zu Bachs Zeit noch bestanden, da auch in seinem Weihnachts-Oratorium auf ihn Bezug genommen wird. Weil er mit den *Laudes* in Verbindung gebracht wird, kann er nur am Schluß der Mette in der Nikolaikirche geübt worden sein. Das Wiegenlied, welches bei dieser Gelegenheit gesungen zu werden pflegte, ist das alte, beliebte: »Joseph, lieber Joseph mein, hilf mir wiegen mein Kindelein«[83]. Es liegt auf der Hand, daß der Gesang *Virga Jesse floruit* für denselben Zweck bestimmt gewesen sein muß. Daß er in der Leipziger Christmette wirklich so verwendet worden ist, wird zwar nicht ausdrücklich gesagt; wie aber die Verhältnisse liegen kann man es mit Bestimmtheit annehmen. So viel ist unter allen Umständen klar: die von Kuhnau zu einer Weihnachts-Cantate zusammengefügten und von Bach wieder aufgegriffenen Texte spiegeln jenen alten, naiven und damals noch in Leipzig populären Brauch, die Engelbotschaft und Anbetung der Hirten in der Kirche dramatisch aufzuführen, im idealeren Bilde zurück, sind gewissermaßen sein poetisch-musikalischer Niederschlag. In diesem Lichte angesehen gewinnen sie für Bachs *Magnificat* eine besondere, die Stimmung dieser mächtigen Composition erheblich vertiefende Bedeutung. Vergleicht man die vier Stücke, welche sich an vier verschiedenen Stellen in das *Magnificat* hineinschieben und schon durch die theilweise deutschen Texte wie auch durch ihren poetischen Inhalt einen Gegensatz zu demselben bilden, hinsichtlich ihrer Construction mit den in jenem angewandten Mitteln und Formen, so springt ebenfalls eine bedeutende Verschiedenheit in die Augen. Außer dem *Gloria*, welches in bescheidenem Maße die Instrumente zur Mitwirkung heranzieht, werden alle übrigen Sätze nur vom Continuo begleitet[84]. Es war in den lutherischen Kirchen von Alters her beliebt, zur Weihnachtszeit mit

---

dem Joseph lieber Joseph mein, und Kindlein wiegen, forthin bey dem öffentlichen Gottesdienste alhier weiter nicht gebrauchet— —würden«. S. S. 94 u. 95 und die daselbst angeführten Rathsacten.

83) Man findet es wieder abgedruckt auch bei Schöberlein, Schatz des liturgischen Chor- und Gemeindegesanges. Zweiter Theil. S. 164 ff.

84) Beim »Vom Himmel hoch« ist nicht einmal dieser notirt, was aber nicht beweist, daß die Orgel nicht mitgespielt habe.

Wechselchören zu musiciren, sei es nun zwischen Chor und Gemeinde, oder zwischen kleinem und vollem Chor, wobei dieselben auch örtlich von einander entfernt zu sein pflegten[85]. Geschah dies anfänglich nur mit kürzeren Liedabschnitten, so dehnte man das Verfahren mit der Zeit auch auf längere Stücke aus. In Leipzig selbst waren Aufführungen mit respondirenden Chören nichts seltenes (vrgl. S. 115). Nun besaß die Thomaskirche, in welcher das *Magnificat* zum ersten Male aufgeführt wurde, eine über dem hohen Chor angebrachte, also der großen Orgel gegenüber befindliche kleinere. Wir wissen, daß sie nur an hohen Festtagen gebraucht wurde. Wozu wurde sie gebraucht? Jedenfalls doch nur zu solchen alternirenden Gesangsaufführungen. Daher glaube ich, daß Bach, als er das *Magnificat* zum ersten Male zu Gehör brachte, vom Chor der kleinen Orgel herunter, dessen beschränkte Dimensionen nur für eine geringe Sängerschaar und wenige Instrumentisten Platz boten, jene vier Weihnachtsgesänge ertönen ließ. Durch diese Annahme erklärt sich am leichtesten die Art, wie er die Partitur derselben anlegte und wie er später mit ihnen verfuhr. Er hat sie zwar offenbar zu derselben Zeit wie das Magnificat componirt und mit diesen zusammen als ein Ganzes gedacht, aber sie doch nicht an die ihnen bestimmten Stellen gesetzt. Sondern sie laufen vom zwölften Blatte der autographen Partitur an auf den untersten unbenutzten Systemen der Seiten neben dem *Magnificat* her und sind mit Hinweisen auf die Stellen versehen, an welchen sie einzufügen waren. Wenn sie vom Chor der kleinen Orgel gesungen werden sollten, so konnten sie nur in der Thomaskirche gemacht werden, in der Nikolaikirche, wo am Nachmittage des zweiten Weihnachtstages die Hauptmusik war, mußten sie fortbleiben, da sich hier eine solche, oder eine ähnliche geeignete Örtlichkeit nicht befand. Und ferner: weil auch zu Ostern und Pfingsten das *Magnificat* im Figuralstile musicirt wurde und Bach für diese Feste sein Werk jedenfalls auch verwenden wollte (außer diesem hat er, soviel man weiß, nur noch ein kleines *Magnificat* für Solo-Sopran geschrieben, das jedoch einstweilen verschollen ist), weil die Zwischenstücke aber nur für Weihnachten paßten, so ist es begreif-

---

85) Beispiele bei Schöberlein a. a. O. S. 52 f. und S. 96 f.

lich, daß er bei einer späteren Überarbeitung dieselben ganz fortließ[86].

Das *Magnificat* ist für fünfstimmigen Chor componirt mit Begleitung von Orgel, Streichquartett, zwei Oboen, drei Trompeten und Pauken, wozu in der Überarbeitung noch zwei Flöten gefügt sind. Der Anfangschor ist nur über die Worte *Magnificat anima mea Dominum* gesetzt. Seine Form ist, äußerlich betrachtet, die der italiänischen Arie, wird aber erst durch einen Hinblick auf die Concertform ganz verständlich. Gleich die Instrumental-Einleitung ist weniger im Charakter eines Ritornells als in demjenigen eines Concert-Tuttis gehalten. Wir haben früher gesehen, wie Bach die Form des Concerts aus- und umbildete[87], es war dies eine seiner Hauptbestrebungen in Cöthen, und man begreift es um so leichter, daß er frisch von dorther kommend die ihm geläufig gewordene Form hier verwendete. Zwei gegensätzliche Gedanken sind nicht vorhanden, das gesammte Material wird im Tutti dargelegt, dessen jubelnden Charakter das Motiv:

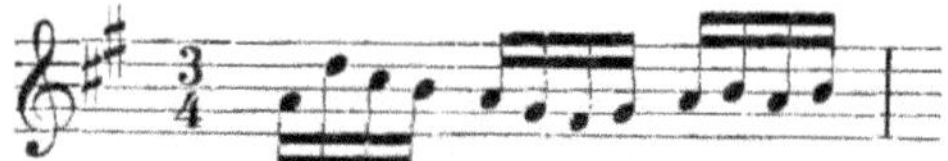

feststellt[88]. Doch erweist sich in der Behandlung des Chors gegenüber dem Orchester die Concertidee in deutlicher Weise wirksam. Der erste Einsatz des Chors erfolgt wie der eines Solos nur zum begleitenden Grundbasse und seine melodische Gestalt klingt an den Anfang des Tuttis an, wie das ja auch im wirklichen Concert vorkam. Zwei Takte später fällt das Instrumentaltutti von neuem ein, bricht jedoch nach zwei Takten ab, um dem Chor Raum zu geben, sich mit einem andern, ebenfalls dem Tutti entnommenen Gedanken

86) Sowohl zu der ersten Conception als zu der Überarbeitung besitzt die königl. Bibliothek in Berlin die autographen Partituren. In letzterer ist das Werk aus Es dur nach D dur transponirt, außerdem hinsichtlich der Instrumentirung bereichert, in der Stimmführung hier und da ausgefeilt, und auch in andern Beziehungen an einzelnen Stellen noch vollkommener gemacht oder doch abgeändert. Diese Überarbeitung hat gegen 1730 statt gefunden. — Über das verschollene kleine *Magnificat* s. Rust im Vorwort zu B.-G. xi[1], S. XVIII. — Außerdem s. Anhang A, No. 14.

87) S. Band I, S. 733 ff.

88) Ich citire in der Tonart der Bearbeitung.

abermals allein hören zu lassen[89]. Dann setzt es seinen Weg bis zum 16. Takte seiner Gesammtausdehnung und zwar in Gesellschaft des Chors fort, doch so, daß dieser im musikalischen Sinne als das untergeordnete Element erscheint. Seine Gänge schließen sich bald im Einklange bald in der Octave den Instrumentalstimmen an, nicht zwar ganz auf Selbständigkeit verzichtend, sondern sich loslösend und wieder mit ihnen zusammenfließend in Bewegungen von bewundernswerther Leichtigkeit, aber ein gleichberechtigter musikalischer Factor wie z. B. in dem Eingangschor der Cantate »Ärgre dich o Seele nicht« ist der Chor hier keineswegs; nur die Bestimmung der poetischen Empfindung — freilich das in höchster Instanz Entscheidende — geht von ihm aus. Anders liegen die Verhältnisse im zweiten Theil. Hier herrscht der Chor auch in musikalischer Beziehung und verarbeitet fleißig das Motiv, mit dem er das zweite Mal einsetzte, das Orchester redet nur in abgebrochenen Sätzchen, die dem großen Tutti entnommen sind, wiederum in concerthafter Weise hinein. Der dritte Theil gleicht dem ersten, ausgenommen daß die Entwicklung von der Unterdominante in die Grundtonart zurückführt; die letzten 15 Takte des Instrumentaltuttis werden Nachspiel. Um die formbildnerische Kraft Bachs recht zu würdigen, wolle man den Chor der Cantate »Wer sich selbst erhöhet« vergleichen, in welchen ebenfalls concerthafte Elemente hineingearbeitet sind[90]. Die folgende Arie des zweiten Soprans: *Et exultavit spiritus meus in Deo salutari meo* steht — ein bei Bach seltener Fall — in derselben Tonart. Sie setzt die anfangs ausgedrückte Empfindung fort, leitet sie aber aus dem Gebiete des allgemeinen Jauchzens und Frohlockens hinüber zu einer stilleren, kindlich-seligen Weihnachtslust. Wir kennen die Art wie Bach diese Empfindung auszusprechen wußte, zu genau, um sie hier nicht sofort wiederzufinden[91]. Überdies folgt, um über die Intention des Componisten jeden Zweifel zu benehmen, unmittelbar nach dieser

---

89) Man vergleiche hierzu den ersten Satz des Violin-Concerts in E dur. B.-G. XXI[1], S. 21 ff.

90) S. Band I, S. 625 f.

91) S. Band I, S. 504 f. und S. 554, und im Weihnachts-Oratorium (B.-G. V[2]) namentlich den Choral S. 37 ff. — In der Simrockschen Partitur-Ausgabe des *Magnificat* fehlen, wie es scheint aus Versehen, die vier letzten Takte des Anfangs-Ritornells.

Arie als erstes Zwischenstück der Choral »Vom Himmel hoch da komm ich her«. Der *Cantus firmus* liegt im Sopran; der Satz ist vierstimmig in Pachelbelscher Form und mit ersichtlicher Liebe und Hingabe gearbeitet, die Contrapunkte sind durchweg aus den verkürzten Melodiezeilen gebildet, und mit großer Kunst imitatorisch geführt, nur einige Male ergeben sich etwas gewagte Harmonien. Auch dieses Stück steht in der Haupttonart und schließt sich mit den beiden vorhergehenden zu einer Gruppe zusammen. Man vergegenwärtige sich überdies, daß der Choral »Vom Himmel hoch« zu den Liedern gehörte, welche in der Weihnachtsvesper von der Gemeinde vor der Predigt gesungen zu werden pflegten, um die ganze Wirkung zu ermessen, wenn er jetzt inmitten der dem unmittelbaren Mitempfinden entrückteren lateinischen Gesänge aus der Höhe der Kirche herab in die Versammlung hineintönte. Nun werden andre Weisen angestimmt. Eine Arie des ersten Soprans (H moll) führt die Worte aus: *Quia respexit humilitatem ancillae suae. Ecce enim ex hoc beatam me dicent* (*omnes generationes*). Dadurch daß die Kirche in frühesten Zeiten schon den Lobgesang Mariä in die Liturgie aufnahm, ist ihm allerdings der persönliche Charakter abgestreift worden und auch Bach hat ihn, wie seine Composition beweist, in seiner kirchlichen Allgemeingültigkeit aufgefaßt. Andrerseits führten ihn jedoch die opernartigen Formen der Kirchenmusik wieder zu einer schärferen Individualisirung zurück. Wo überhaupt eine solche merkbar wird — und wir werden sie noch mehrfach zu constatiren haben — ist sie aber niemals dramatisch durchgeführt, sondern bezieht sich immer nur auf einen einzelnen Fall, ein einzelnes Musikstück. Sie war ihm in erster Linie Motiv zu musikalischen Zwecken. Überall drang Bach in die tiefsten biblischen und kirchlichen Beziehungen seiner Texte ein, um Anregungen zu neuen Kunstgestaltungen zu gewinnen; aber in deren Wahl bestimmte ihn zunächst immer das Gesetz musikalischer Zusammengehörigkeit oder Gegensätzlichkeit. Man wird bei Bachschen Compositionen, auch wenn man die innersten Beweggründe einzelner Theile nicht erkennen sollte, stets doch den Eindruck eines runden, in sich verständlichen musikalischen Organismus haben; Auffassungen, welche vom Nächstliegenden und Gemeinverständlichen abweichen, sind niemals derart, daß sie als beunruhigende Räthsel die Harmonie des Ganzen störten. Aber wie wir von den Bachschen Sologesängen sagen mußten, daß sie unter einer sicher gefügten, gleichmäßig geebneten Fläche ein leidenschaftlich wechselndes Gefühlsleben bergen, so ist auch im Innern der ruhigen, einleuchtend zweckmäßigen Erscheinung eines mehrtheiligen Ganzen eine Fülle von oft ganz verschiedenartigen Kräften thätig und das eigenthümliche Weben und Walten des Bachschen Geistes begreift sich völlig erst durch die Aufdeckung dieser Kräfte selbst. Die Empfindung der ersten Arie war kindliche Weihnachtsfreude gewesen, bei der zweiten ist es das Bild der Mutter Gottes, welches den Tondichter begeisterte. Kaum dürften reine Jungfräulichkeit, Demuth, schüchtern empfundenes Glück je zu vollendeterem Ausdruck gekommen sein, als in diesem gleichsam ins musikalische übersetzten deutschen Madonnabilde. In der Grundstimmung einigermaßen verwandt ist die H moll-Arie der Cantate »Alles was von Gott geboren«[92], doch giebt die directe Bezugnahme auf eine Persönlichkeit ebensowohl wie die zur Begleitung herangezogene Oboe d'amore der Arie des *Magnificat* eine größere Innigkeit und einen entschiedeneren Charakter. Die oben eingeklammerten Worte *omnes generationes* singt nicht mehr der Solosopran, sondern der Chor nimmt sie ihm vor dem Munde weg; die dramatische Fiction, welche den Charakter der Arie bestimmte, wird also bereits wieder aufgegeben. Der über jene beiden Worte componirte Chorsatz ist aber nicht minder tiefsinnig, nur nach einer andern Richtung hin. Es bedingt ihn die Vorstellung unzähliger, von einer und derselben Idee erfaßter Völkermassen. Bezeichnend genug für Bach gewinnt aber diese Idee nicht in einer hymnenartigen, lobpreisenden Form, welche die vorhergehenden Worte nahe gelegt hätten, Gestalt. So würde vielleicht Händel verfahren sein, der unpersönlichere Bach versinnlicht nur den Gedanken einer großen allgemeinen Bewegung. Diesen aber auch mit einer unübertrefflichen Plastik. Gleich dadurch, daß das Thema nicht allein, sondern von drei bewegten Stimmen überfluthet eintritt, werden wir wie mitten in den Strudel hineingeschleudert. Die Durchführung ist keine fugenartige, zuerst ergreifen die verschiedenen Stimmen den Grundgedanken, wie er ihnen eben bequem liegt, später überbieten sie sich in stufenweisen Eintritten, endlich thürmen

---

92) S. Band I, S. 556.

sie sich canonisch über einem Dominant-Orgelpunkt auf. Ein geistvoller Ausleger des *Magnificat* hat die Vermuthung geäußert, Bach habe hier unter der Idee der welterschütternden Macht des Christenthums gearbeitet, welche die Völkermassen in grimmigem Kampfe gegen einander trieb [93]. So weit möchte ich nicht gehen, zunächst deshalb nicht weil ein Tonbild dieser Intention für die Bestimmung des ganzen Werkes nicht passend erscheinen will, welches doch dem Jubel des Weihnachtsfestes dienen sollte. Auch habe ich bei Aufführungen gefunden, daß der Charakter dieses Chors wohl ernst und gewaltig wogend aber nicht eigentlich wild und leidenschaftlich ist. Bach giebt schon in Folge seiner musikalischen Natur derartigen Gebilden eine erregtere Haltung, als es andre, z. B. Händel, thun würden. Gewisse Änderungen, welche er bei der späteren Bearbeitung grade mit diesem Abschnitte seiner Composition vornahm, scheinen mir besonders lehrreich. Takt 6 und folgende vom Schluße ging der Bass ursprünglich so:

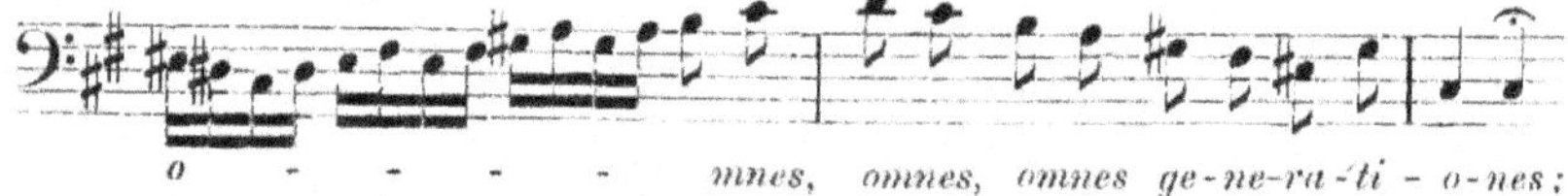

über der Fermate blieb der zweite Sopran auf $\bar{\bar{d}}$ liegen, die Instrumente schwiegen von hierab bis zum Eintritt des vorletzten Taktes. Auch im 3. Takte vom Anfang wurde durch diese anfängliche Führung des Basses:

der Ausdruck ein herberer. Man kann nicht annehmen, daß Bach früher mit dem Chore etwas andres habe sagen wollen, als später. Technische Gründe können für die Änderungen auch nicht veranlassend gewesen sein. Vielmehr muß er gefunden haben, daß der Ausdruck hier und da sein Ziel etwas überflog und daher gemäßigt werden müsse [94]. Die über einen Böhmschen *Basso quasi ostinato*

93) Robert Franz in seiner gedankenreichen kleinen Schrift: Mittheilungen über Johann Sebastian Bach's »Magnificat«. Halle, Karmrodt. 1863.

94) Ich mache bei dieser Gelegenheit auf einen Schreibfehler aufmerksam, welchen Bach beim Notiren der Bearbeitung in diesem Chore begangen hat und

gebaute Bass-Arie: *Quia fecit mihi magna qui potens est et sanctum nomen ejus* hellt die dunkler gewordene Stimmung wieder auf und vermittelt den Eintritt des Engelgesanges »Freut euch und jubilirt«, durch welchen eine zweite Gruppe abgeschlossen wird. Sinnvoll ist dieser Gesang nur zwei Sopranen, dem Alt und dem Tenor zuertheilt: er schwebt in lichter Höhe über der dunkeln Erde. Dem Continuo ist eine eigne fünfte Stimme gegeben. Vielleicht erinnerte sich Bach des alten Brauches, Knaben die als Engel verkleidet waren mit Weihnachtsliedern in die Fest-Liturgie einzuführen. Das schöne Stück klingt merkbar an Kuhnaus Composition an. Bei Bach lautet das Thema des ersten Abschnittes:

bei Kuhnau:

Der Mittelsatz ist bei beiden von sehr herzlichem Ausdrucke (Kuhnau schreibt *affettuoso* vor), der Schluß bei beiden ein regelrechtes Fugato, welches Bach indessen weiter ausgeführt hat. In einem fast ganz homophonen, sehr melodischen Zwiegesang des Alt und Tenor (E moll), zu welchem gedämpfte Geigen und Flöten begleiten, wird die Barmherzigkeit Gottes gepriesen; die Worte *timentibus eum* bieten Gelegenheit mit einer geistreichen Detailmalerei in interessanter Weise abzuschließen. Im Gegensatz hierzu schildert der Chor *Fecit*

der auch in die Ausgabe der Bach-Gesellschaft übergegangen ist. Takt 6, zweite Hälfte steht hier im Alt:

Wie aber die mitgehende erste Flöte und außerdem die ältere Partitur in der Altstimme selbst ausweisen, muß es heißen:

potentiam die Macht des Herrn, welche den menschlichen Übermuth vernichtet und zum dritten Male mündet die Entwicklung in einen Gesang der Himmlischen aus, dieses Mal in das lateinische *Gloria in excelsis Deo*. Der Chor *Fecit potentiam* entwickelt in dem Hauptthema eine unwiderstehlich vordringende Energie und in den begleitenden Accorden sowie in dem eignen Rhythmus der Instrumentalbässe eine niederdrückende Wucht. Ein beachtenswerther poetischer Zug offenbart sich darin, daß die Instrumente, zu zwei Chören gesondert, die contrapunktirende Melodie der obersten Stimme:

auf der dritten Note in der Gegenbewegung nachahmen, als ob sie versinnlichen wollten, daß es aus der Hand des Herrn kein Entrinnen giebt. Unter den übrigen frappanten Einzelheiten fesselt vor Allem der *Adagio*-Schluß, wo durch den gespreizten, aufgeblähten übermäßigen Dreiklang der Sinn der Hoffärtigen mit packender Wahrheit gezeichnet wird. Auch hier begegnet wieder ein Fall, wo dem einzelnen Textworte das Motiv zu einem besonders wirksamen musikalischen Schlusse abgewonnen wird. In späteren Jahren componirte Bach zum Feste der Heimsuchung Mariae ein deutsches, theilweise paraphrasirtes *Magnificat* [95]), in welchem ihm dieselbe Textstelle zu einer ähnlichen malerischen Ausführung Veranlassung gab; dort steht sie im Recitativ und bildet das bei Recitativschlüssen beliebte, in diesem Falle sehr weit ausgeführte Melisma [96]). Eine vierte Gruppe wird durch zwei Arien und das als Duett behandelte *Virga Jesse* gebildet. Die erste Arie hat einen sehr energischen, ja gewaltsamen Charakter; sie hat in der Bearbeitung mancherlei Veränderungen er-

95) B.-G. I, Nr. 10.

96) Franz a. a. O. S. 19 f. vermuthet, Bach habe die Worte der Vulgata *mente cordis sui* mißverständlich auf Gott bezogen, denn es würde geschmacklos sein, wenn er den Sinn der Hoffärtigen mit den gewaltigsten und erhabensten Ausdrucksmitteln seiner Kunst habe verherrlichen wollen. Bei dem bibelkundigen Bach ist indessen ein solches Mißverständniß kaum denkbar und *sui* müßte es auch im classischen Latein heißen. Der Sinn des übermäßigen Dreiklangs scheint mir klar; die Anregung zu dem ganzen *Adagio*-Schlusse empfing aber Bach nicht aus einer vereinzelten Vorstellung, welche demselben nur eine eigenartige Nüance giebt, sondern aus der Grundidee des Tonstücks.

litten, die nur zum Theil auf praktischen Gründen beruhen und sich merkwürdiger Weise nicht immer als einleuchtende Verbesserungen darstellen. Für die zweite, in milder Stimmung gehaltene Arie hatte Bach auch in der älteren Form schon Flöten eingeführt. Sehr schön ist durch eine auffallende Rhythmisirung dem Hauptgedanken

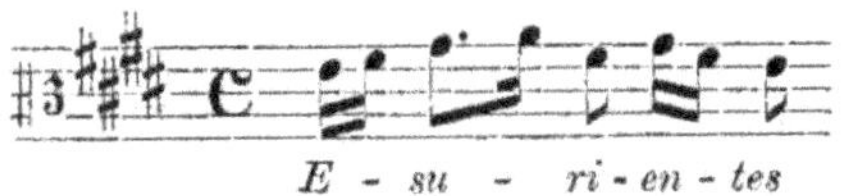

der Ausdruck des Verlangens eingeprägt: der abbrechende Schluß, eine Illustration der Worte *dimisit inanes* ist Neuerung der Überarbeitung, ursprünglich waren die Flöten bis zum letzten Tone fortgeführt. Vom Duett sind die Schlußtakte verloren gegangen; die Singstimmen schwingen sich auf und nieder über einem langsam wiegenden Continuo, der sich ähnlich wie in der Arie *Quia fecit* als ein *quasi ostinato* erweist. Bis hierher ist es vorzugsweise die naive Weihnachtsfreude gewesen, welche die Grundstimmung der vielgegliederten Composition bedingte. Nachdem das letzte der eigentlichen Weihnachtslieder verklungen ist, wird ein neues Element bemerkbar. In der Vesper wurde über die Epistel gepredigt, welche das Erlösungswerk Christi als den Zweck seiner Menschwerdung hervorhebt. Auf dieses deuten in dem Text des *Magnificat* allein die Worte *Suscepit Israel puerum suum recordatus misericordiae suae* mit Bestimmtheit hin. Bach hat sich die Andeutung nicht entgehen lassen. Er benutzt die Worte zu einer Choralfiguration, in welcher zwei Soprane und Alt das Geschäft des Contrapunktirens übernehmen, während eine Trompete (in der Überarbeitung beide Oboen) die altkirchliche Choralmelodie des *Magnificat* zart ertönen läßt. Über den Sinn dieser Form ist mehrfach gesprochen worden[97]. Bach wendet sie an, wenn er eine geheimnißvoll unbestimmte Empfindung ausdrücken will. In seinem deutschen *Magnificat* hat er mit offenbarem Rückblick auf die vorliegende Composition dieselbe Textstelle in derselben Weise behandelt. Die Wirkung ist aber dort nicht ganz die gleiche, weil die Choralmelodie schon vorher durch den Gesang zu Gehör gebracht war, und auch am Schlusse wieder so erscheint. In dem lateinischen *Magnificat* kommt außer an dieser Stelle der

97) S. Band I, S. 454 f. und S. 537.

Choral nicht vor. Er klingt daher doppelt ahnungsvoll, in seinem fremdartigen Melodieverlauf trüb und schwermüthig, das ganze Stück aber vermöge seiner hohen Lage wieder seltsam hell und visionsartig. Wie ein Schatten über ein sonniges Feld so gleitet es durch die frohe Stimmung, der man sich bisher hingegeben hatte und welche alsbald, in einer kräftigen fünfstimmigen Fuge ohne concertirende Instrumente, auch wieder die Oberhand gewinnt. Nach kirchlichem Gebrauch wird das *Magnificat* mit der Doxologie *Gloria patri et filio et spiritui sancto, sicut erat in principio et nunc et semper et in saecula saeculorum. Amen* geschlossen. Über das dreifache *Gloria* hat Bach eine sich in rollenden Triolengängen imitatorisch aufthürmende und dann in breiten Harmonien zum Stillstand kommende Musik von seltener Macht und Großartigkeit gesetzt. Im *Sicut erat* greift er auf den Anfangschor zurück, dessen Hauptmotive noch einmal zu einem strahlenden Bilde zusammendrängend.

Die Rolle, welche dem *Magnificat* im Vespergottesdienst zugewiesen war, hat auch seine äußere Form bedingt. Vor der Predigt war schon eine Cantate aufgeführt worden; sollte der Gottesdienst sich nicht über Gebühr in die Länge ziehen, so durfte Bach sich auf weite Ausführungen seiner musikalischen Gedanken um so weniger einlassen, als er überdies die Absicht hatte den Text noch durch vier Weihnachtsgesänge zu bereichern. Durch Knappheit und concentrirte Kraft der einzelnen Sätze, namentlich der Chöre, bei großem Mittelaufwand und lebhaft anregender aber nicht beunruhigender Mannigfaltigkeit unterscheidet sich das *Magnificat* von den übrigen großen Kirchenmusiken Bachs in scharfer Weise. Gleich bedeutungsreich an sich und verheißungsvoll für die weitere Wirksamkeit des gewaltigen und seinem eigensten Elemente zurückgegebenen Genius steht es am Eingang einer neuen fruchtreichen Periode seiner schöpferischen Thätigkeit.

Waren in der Cantate zum ersten Festtag die Gefühle der Christenheit wiedergegeben, welche sich im frohen Reigen um den Altar des heilspendenden Gottes bewegt, hatte im *Magnificat* die volksthümliche Weihnachtsfreude auf dem Hintergrunde alter, naiver Festgebräuche Ausdruck gefunden, so erscheint in der Cantate, welche wahrscheinlich zum zweiten Weihnachtstage 1723 componirt ist, Christus als der in die Welt gesandte lichte Held, welcher die

Mächte der Finsterniß bezwingt[98]. »Das Licht scheinet in die Finsterniß — das war das wahrhaftige Licht, welches alle Menschen erleuchtet, die in diese Welt kommen — das Wort ward Fleisch und wohnete unter uns, und wir sahen seine Herrlichkeit, eine Herrlichkeit als des eingebornen Sohnes vom Vater voller Gnade und Wahrheit.« Diese Grundgedanken des Evangeliums tragen auch die Cantate. Sie werden durch das erste Recitativ zum Theil wörtlich reproducirt; der ihm vorausgehende große Chor gründet sich auf die Bibelstelle 1. Joh. 3, 8: »Dazu ist erschienen der Sohn Gottes, daß er die Werke des Teufels zerstöre«. Mehr als in andern Bachschen Cantaten liegt in ihm der Schwerpunkt des Werkes, da der Choral zwar reichlicher als sonst wohl angewendet ist — nicht weniger als drei vierstimmige Choralgesänge finden in ihm Platz — aber mit einer Ausnahme in neueren, dem Gemeindegesange ferner gebliebenen Melodien[99]. An Neuheit, Kühnheit und Weite des Aufbaus überragt er alle Chöre des Magnificat und der Cantate zum ersten Christtag. Das Instrumentalvorspiel ist kein eigentliches Ritornell, sondern trägt einen concerthaften Charakter, ganz wie im ersten Chore des *Magnificat*, in welchem Bach seine Schwingen gleichsam zum weiteren Fluge erprobt zu haben scheint. Was die Instrumente in gedrängter Kürze vortragen, wird dann vom Chor weiter ausgeführt. Auf den ersten Blick hat es den Anschein, als arbeite das instrumentale Vorspiel in einem ganz selbständigen Stoffe, bei genauerem Aufmerken überzeugt man sich, daß in ihm die Motive des Chors wie die Frucht in der Hülse beschlossen sind. Der erste Chorabschnitt zeigt ein fast gänzlich homophones Wesen, in kürzesten herausfordernden Abschnitten wechselt er zunächst mit dem Orchester: auf den trotzig declamirten Worten »daß er die Werke des Teufels zerstöre« sammeln sich die streitbaren Massen, sie ziehen sich

---

98) B.-G. VII, Nr. 40.

99) Daß die Melodie »Schwing dich auf zu deinem Gott« (»Schüttle deinen Kopf und sprich«) nicht, wie Winterfeld meint, von Bach selbst erfunden ist, hat L. Erk in seiner vortrefflichen Ausgabe der Bachschen Choralgesänge, Erster Theil S. 121 unter Nr. 114, nachgewiesen. Der Schlußgesang, die vierte Strophe des Keimann-Hammerschmidtschen »Freuet euch ihr Christen alle«, war weniger als Gemeindelied, wie als geistliche Chor-Arie populär geworden. Der erste Choral ist die dritte Strophe des aus dem 16. Jahrhundert stammenden Weihnachtsliedes »Wir Christenleut«.

dann zu dem bei Bach so seltenen *Unisono* zusammen, um nun wie eine aus einem Lichtcentrum hervorbrechende Strahlengarbe, vor der die Schatten der Nacht entweichen, nach allen Seiten hin sich zu ergießen. Wie aus dem Vorspiel der erste Theil des Chors, so geht aus diesem wieder die nachfolgende Doppelfuge hervor. Das erste Thema wird durch Verlängerung gebildet, das zweite wahrt die anfänglichen Werthverhältnisse. Mit unerhörter Kühnheit wird es auf der unvorbereiteten Septime eingeführt, das erste Horn, als sei hiermit noch nicht genug geschehen, verdoppelt es in Sexten, und ein wildes, siegesfrohes Kampfgetümmel breitet sich aus. Dann geht es, genau wie im *Magnificat*, von der Unterdominante aus in den ersten Theil zurück. Wenn gesagt wurde, dieser Chor stelle den eigentlichen Kern und Stamm des Ganzen dar, so gilt das auch insofern, als seine musikalischen Elemente im Verlauf der Cantate weiterwirken. Nach einer übermüthig höhnenden Bass-Arie »Höllische Schlange wird dir nicht bange?« hören wir ein Recitativ, dessen Begleitungsbewegungen in gewissen Instrumentalfiguren des Chors ihre Quelle haben, und auch die Motive der letzten Arie weisen auf Grundelemente dieses machtvollen Musikstückes zurück[100].

Auch für den dritten Christtag läßt sich eine Cantate bezeichnen, welche wahrscheinlich in diesem Jahre, jedenfalls in der ersten Leipziger Zeit componirt wurde und zur Aufführung kam[101]. Sie steht wiederum in einem scharfen Gegensatze zu den vorher beschriebenen Weihnachtsmusiken. Dem Festereignisse selbst tritt sie kaum näher, das hatten die vorhergehenden Compositionen zur Genüge gethan. In paränetischer Art weist sie auf die Liebe Gottes hin, der die Menschen zu seinen Kindern machen will, und auf die unvergänglichen Gnadengüter, welche Jesus durch seine Menschwerdung ihnen gebracht hat. Dies bedingte den Ton ernster Sammlung und gläubiger Hingabe, welcher das Werk durchdringt. Mit der Cantate »Dazu ist erschienen« hat es die reiche Verwendung des einfachen Kirchenliedes gemeinsam, die in solcher Ausdehnung und Mannigfaltigkeit sonst nicht der Weise Bachs entspricht, und ihrerseits die gleichzeitige Entstehung und dieselbe Dichterhand andeutet.

---

100) S. Anhang A, Nr. 15. 101) B.-G. XVI, Nr. 64.

Auch hier treten in den Verlauf des Werkes drei verschiedene Choräle hinein. Der erste derselben, die letzte Strophe von »Gelobet seist du Jesu Christ« folgt unmittelbar auf den Eingangschor, eine schöne ernste Fuge über die Worte »Sehet, welch eine Liebe hat uns der Vater erzeiget, daß wir seine Kinder heißen«, in welcher die Geigen und der Posaunenchor mit Cornett die Singstimmen verstärken. Die Wirkung dieses Chorals beruhte zum großen Theile auf dem Umstande, daß er vor Absingung des Evangeliums von der Gemeinde angestimmt war und somit die Empfindung desselben ihr hier nochmals im verklärteren Bilde entgegen getragen wurde. Der zweite Choral besteht in der ersten Strophe des Liedes »Was frag ich nach der Welt«; er schließt sich eng an ein Alt-Recitativ an, in welchem auf- oder absteigende flüchtige Bassgänge die Unbeständigkeit alles Irdischen andeuten, das »wie ein Rauch« vergehen muss. In demselben Sinne hatte Bach früher den Orgelchoral »Ach wie flüchtig, ach wie nichtig« contrapunktirt[102], gestaltete er später den Eingangschor einer Cantate über diesen Choral[103] und arbeitet er jetzt die nachfolgende Sopran-Arie aus. Der letzte Choral steht am Schlusse, die fünfte Strophe von »Jesu meine Freude«, einem Lieblingschorale des Meisters[104].

Da Weihnachten in diesem Jahre auf Sonnabend fiel, gab es keinen Sonntag nach Weihnachten; die nächste Musik war also zum Neujahrsfeste 1724 zu schreiben. Unter den Neujahrs-Cantaten Bachs ist nur eine, von welcher sich mit Bestimmtheit behaupten läßt, daß sie zwischen 1724 und 1727 geschrieben sei. Es ist »Singet dem Herrn ein neues Lied«. Sie darf also an dieser Stelle eingereiht werden[105]. Der erste Chor (D dur $^3/_4$) baut sich über Bibelworten auf, die dem 149. und 150. Psalm entnommen sind. Anfänglich werden die Singstimmen mehr homophon und massenhaft verwendet, mit den Worten »Alles was Odem hat lobe den Herrn« beginnt eine Fuge. An zwei Stellen treten im wuchtigen Unisono aller Stimmen die ersten beiden Zeilen des Chorals »Herr Gott, dich loben wir« in das prachtvolle Tonstück hinein. In dem zweiten Stücke machen sich dieselben Zeilen im vierstimmigen Chorgesang, von Recitativen

102) S. Band I, S. 592 f. 103) B.-G. V[1], Nr. 26. 104) S. Anhang A, Nr. 16.

105) Ein Bruchstück der autographen Partitur und ein Theil der Originalstimmen auf der königlichen Bibliothek zu Berlin.

durchwoben, abermals geltend. Das dritte Stück ist eine Alt-Arie von fröhlichem, fast tanzartigem Charakter und knapper Form (A dur $^3/_4$); nur das Streichquartett begleitet. Ein Bass-Recitativ leitet hinüber zu einem warm empfundenen Duett (D dur $^6/_8$) zwischen Tenor und Bass mit concertirender Violine »Jesus soll mir alles sein«, und nach einem zweiten Recitativ für Tenor macht die zweite Strophe des Neujahrsliedes »Jesu nun sei gepreiset« den Schluß. An Bedeutung steht dieses Werk den vorher besprochenen Weihnachts-Compositionen durchaus nicht nach. Bach erachtete es für würdig, in einer Überarbeitung zum 25. Juni 1730 der Feier des ersten Jubeltages der Augsburgischen Confession zu dienen. Die erforderliche Umdichtung besorgte Picander. Da er sie in seine Werke aufgenommen hat[106], da außerdem das letzte Recitativ der älteren Fassung einen ähnlichen Gedankengang nimmt, wie er am Schlusse des für Neujahr 1725 bestimmten Stückes von Picanders »Erbaulichen Gedanken« zu Tage tritt[107], so ist es nicht unwahrscheinlich, daß Picander auch den Text der Neujahrs-Cantate dichtete. Auch erinnert jenes letzte Recitativ lebhaft an das erste Recitativ der Rathswahl-Cantate »Preise Jerusalem den Herrn«, es scheint demnach, daß hier derselbe Dichter thätig gewesen ist (vrgl. S. 173 f. dieses Bandes).[108]

Mit einer neuen großen Composition erschien Bach zum Epiphaniasfeste, das am 6. Januar gefeiert wurde. Sie bezieht sich nicht auf das lebendige, anregungsreiche Evangelium, sondern auf die Epistel des Tages und ist somit mehr für die Vesper als den Hauptgottesdienst gedacht. Das Auge des Propheten erblickt die Schaaren der Völker, über welche das Licht der neuen Lehre sich verbreitet, die Menge am Meer, die sich zu Christo bekehrt und die Macht der Heiden, welche zu ihm kommt. Leider hat der Dichter diese großartige Vorstellung nicht entschieden genug in den Mittelpunkt gerückt und den größeren Theil des ihm zu Gebote stehenden Raumes zu homiletischen Nutzanwendungen verbraucht, vielleicht durch den lehrhaften Zweck, welchen die Epistel im Gottesdienste hat, verleitet, sicherlich zum Schaden des ganzen Werks. Vom ersten Reci-

106) Band I, S. 207 ff. der Gesammtausgabe seiner Gedichte.
107) Sammlung Erbaulicher Gedancken. Leipzig, 1725. S. 78 ff.
108) S. Anhang A, Nr. 17.

tativ an zeigt die Cantate »Sie werden aus Saba alle kommen«[109] wohl einen ernsten, angemessenen, aber nicht einen besonders originellen Charakter und auch der Schlußchoral leitet nicht abrundend und zusammenfassend zu der Feststimmung zurück, sondern führt einen allgemeinen durch die letzte Arie angeregten Gedanken aus. Warum Bach nicht wenigstens in diesem letzten Punkte ändernd eingegriffen hat, läßt sich nicht sagen. Man würde glauben können, er habe auch seinerseits der epistolischen Richtung der Cantate Rechnung tragen wollen, wenn nicht dieselbe im Vormittagsgottesdienst ebenfalls zur Aufführung kommen mußte. Der Anfang aber — ein Chor über den letzten Satz der Epistel und ein unmittelbar darauf folgender Choral — ist von hoher, eigenthümlicher Schönheit. In dicht gedrängten Haufen zieht es heran um dem Heiland zu huldigen, »Gold und Weihrauch zu bringen und des Herren Lob zu verkündigen«. Zuerst auf dem Grundtone, dann auf der Dominante breiten sich die Massen der Waller aus, die in engen canonischen Nachahmungen sich fast auf die Fersen zu treten scheinen, nur spärliche Lücken werden in dem Gewimmel der nachfolgenden Fuge sichtbar, einstimmig singen sie in den letzten Takten den Ruhm des Herrn. Hörner, Flöten und *Oboi da caccia* geben dem Tongemälde einen feierlichen, fremdartigen Glanz. Daß hiernach noch der kurze Choral folgt »Die Könge aus Saba kamen dar«, scheint eine befremdliche Disposition. Nicht sowohl in poetischer Hinsicht, denn er verhält sich zum Vorhergehenden wie Erfüllung zur Weissagung. Musikalisch aber drückt die große und reiche Form die kleine und einfache zu Boden. Es ist wieder die enge Beziehung zum Gottesdienst, welche dem Auffälligen Erklärung und Berechtigung giebt. Der Festhymnus zu Epiphanias war *Puer natus in Bethlehem*, aus dessen ins Deutsche übersetzter vierter Strophe *Reges de Saba veniunt* der genannte Choral besteht. Durch die Wiederaufnahme dieses am Beginn des Gottesdienstes vom Chor *a cappella* gesungenen Hymnus bekommt derselbe ein kirchlich symbolisches Gewicht, das hinreicht um dem großen Chore die Wage zu halten. Er ist aber an dieser Stelle sogar mehr als berechtigt, er ist nothwendig, um dem Werke den vollen kirchlich-festlichen Charakter aufzudrücken. Die Reci-

---

109) B.-G. XVI, Nr. 65.

tative und Arien sammt dem Schlußchoral tragen wohl ein kirchliches Gepräge, stehen aber mit dem Feste in einem zu lockeren Zusammenhange. Der erste Chor giebt dem Grundgedanken des Festes eine wunderbar schöne künstlerische Gestalt, nähert sich aber durch die Art, wie in ihm eine Begebenheit musikalisch verkörpert wird, in sehr bemerklicher Weise dem Oratorienstile, dessen unterscheidendes Merkmal ja darin besteht, daß er die durch ein Ereigniß angeregte Empfindung ohne den Durchgang durch ein kirchliches Medium unmittelbar zur Erscheinung gelangen läßt. Zwischen diesen beiden Gegensätzen wirkt der Choral nach zwei Richtungen hin präcisirend: die allgemein menschliche Empfindung beschränkt er entschiedener auf das kirchliche Gebiet, der allgemein kirchlichen Empfindung giebt er eine direct auf das Fest deutende Spitze. Durch die oratorienhafte Haltung berührt sich der erste Chor mit der Weihnachts-Cantate »Christen ätzet diesen Tag«. Sie sind einander auch in Einzelheiten verwandt. Wenn es im ersten Chor der Weihnachts-Cantate lautet:

und in der Epiphanias-Cantate als Fugenthema:

so erkennt ein jeder denselben Grundgedanken, der nur eine etwas verschiedene Einkleidung erfahren hat. Auch wird dort wie hier (von Takt 27 an) dieser Gedanke canonisch geführt[110].

Das nächstfolgende Fest des Kirchenjahres war Mariä Reinigung. Es wurde auf den 2. Februar gefeiert, im Jahre 1724 also am Dienstage nach dem 4. Epiphaniassonntage. Die Musik, welche Bach zu diesem Tage gesetzt zu haben scheint — »Erfreute Zeit im neuen Bunde«[111] — bietet ein Seitenstück zu den Eingangschören des *Magnificat* und der Cantate zum zweiten Christtage, ein Gegen-

110) S. Anhang A, Nr. 18. 111) B.-G. XX^1, Nr. 83.

stück zu der Orgelweihcantate vom 2. November des vorhergehenden Jahres. Hier fanden wir eine Cantate in Form einer Orchesterpartie, in den Chören des *Magnificat* und der Weihnachts-Cantate Nachbildungen der Form eines ersten Concertsatzes. Die Musik zu Mariä Reinigung giebt die Form eines vollständigen italiänischen Concerts. Als wollte Bach dies dem Hörer recht zum Bewußtsein bringen, führt er im ersten und dritten Satze — beides Arien, die erste für Alt, die andre für Tenor — eine concertirende Sologeige ein. Und so lebhaft wird hierdurch die Mahnung an ein Instrumentalconcert, daß man versucht werden kann zu glauben, es läge wirklich ein solches zu Grunde, das nachträglich für den kirchlichen Zweck umgearbeitet wäre. Dem ist nun keinenfalls so. Die Anwendung der Arienform würde zwar nicht dagegen sprechen, da diese auch in wirklichen Bachschen Concerten, wie dem E dur-Violinconcert, vorkommt. Aber schon die regelrechten, wenn auch nach Weise des *Magnificat* und der Christcantate ausgebildeten Ritornelle beweisen, daß es sich um eine Originalcomposition handelt. Die Form-Übertragung muß eine meisterhafte und für die betreffenden Texte durchaus angemessene genannt werden. Die Worte des alten Simeon enthalten ein dankbares Motiv für eine Dichtung, welche den durch den Glauben an Christus gesicherten seligen Tod behandeln will, und massenhaft haben die Cantatendichter sich dieses Motiv zu Nutze gemacht. In dem vorliegenden Texte tritt es auch wohl auf, aber nicht mit durchgreifender Bedeutung, mindestens ein gleiches Gewicht erhält der Gedanke, daß der Glaube kräftigend und beglückend auch für das irdische Leben wirke. Bach ist durchaus von diesem Gedanken ausgegangen, und um ihn zu gestalten war namentlich der kraftvolle und zugleich geschmeidige Charakter eines ersten Concertsatzes ein eben so vorzügliches wie neues Mittel. Nicht ganz in dem Maße der gigueartige dritte Satz, hier die Tenorarie »Eile Herz voll Freudigkeit vor den Gnadenstuhl zu treten«: das gemeinsame Moment zwischen Gedicht und Tonform ist in dieser Arie zunächst mehr ein äußerliches, durch die Vorstellung des »Eilens« hergestelltes, in der Ausführung aber entwickelt sich auch hier eine spannkräftige und lebensmuthige Natur. Das von den beiden Arien eingeschlossene Stück vertritt gleichsam die Stelle des Concertadagios, mehr jedoch nur durch den Gegensatz zu seiner Umgebung als vermöge der eignen

Form. Der Lobgesang des Simeon wurde im Leipziger Cultus als Versikel vor der Collecte vom Chor gesungen [112]. In dem zweiten Stück der Cantate greift Bach die ersten drei Verse desselben auf, läßt sie vom Bass singen und durch einen selbständigen, zweistimmigen Instrumentalsatz, der bald streng canonisch, bald frei imitatorisch sich entwickelt, begleiten. Unterbrechend treten Recitative hinein. Der streng kirchliche Ausdruck der kunstvoll contrapunktirten alten Melodie setzt den Hörer zu dem ersten und dritten Satze in das rechte Verhältniß. Eine schöne Wirkung macht es, daß die Melodie zu den drei Versen sich nicht in derselben, sondern in immer tieferen Tonlagen wiederholt, ruhiger, dunkler werdend, wie die Todesempfindung eines »der in Frieden dahinfährt«. Auf die Tenorarie folgt noch ein kurzes Recitativ und dann vierstimmig die vierte Strophe des Chorals »Mit Fried und Freud ich fahr dahin«, welcher wenn auch nur in der Vesper dieses Festtages das stehende Gemeindelied war. Es ist nicht ohne Interesse, auf die Tonarten-Ordnung der einzelnen Theile der Cantate zu achten. Der erste Satz, die Altarie, steht in F dur, der zweite, die Choralfiguration, in B dur, der dritte, die Tenorarie, wieder in F dur, der abschließende vierstimmige Choral in D dorisch. Bach vermeidet es sonst, in Cantaten, die nur zwei Arien enthalten und deren zweite nicht zugleich den Schluß der ganzen Composition bildet, beide Arien in dieselbe Tonart zu bringen. Daß es hier geschah, beweist ebenfalls wie ihm die Form des italiänischen Concerts vorschwebte. Die drei ersten Sätze bilden ein musikalisches Ganze für sich, was nachfolgt, ist mehr äußerlich angefügt [113].

Was Bach auf das Fest Mariae Verkündigung in diesem Jahre componirt hat, weiß man nicht. Über die Passionsmusik, die er am Charfreitage aufführte, gehen wir einstweilen hinweg und wenden uns dem ersten Ostertage zu. Ein gewaltiges Denkmal steigt vor uns auf, die Cantate »Christ lag in Todesbanden« [114]. Sicher ist, daß Bach sie in den ersten Leipziger Jahren geschaffen hat. Entdeckt man außerdem, daß der Künstler mit ihr in ähnlicher Weise auf Kuhnau Bezug nahm, wie in dem *Magnificat* zu Weihnachten,

---

112) Nach Vopelius, S. 112 f.

113) S. Anhang A, Nr. 19.

114) B.-G. I, Nr. 4.

so hat ihre Entstehung zum 9. April 1724 einen hohen Grad von Wahrscheinlichkeit[115]. In einer Handschrift aus dem Jahre 1693 ist eine kirchliche Composition des Vorgängers von Bach erhalten, welche den Choral »Christ lag in Todesbanden« ebenfalls zum Mittelpunkte nimmt[116]. Anfang und Schluß machen die erste und die letzte Strophe des Kirchenliedes, in der Mitte steht freie Dichtung in Kirchenliedform, welche die Grundgedanken des Kirchenliedes paraphrasirt. Eine Instrumentalsonate in alter Form bildet die Einleitung, die erste Strophe trägt der Sopran allein vor unter Begleitung von zwei Zinken und einem Continuo in folgender Bewegung:

daran schließt sich unmittelbar ein lebhaftes vierstimmiges Hallelujah. Wer die ersten Theile der Bachschen Cantate: die kurze Instrumentalsinfonie, die Composition der zweiten Strophe, das Hallelujah am Schluß der ersten Strophe dagegen hält, bemerkt sogleich, daß Bach durch Kuhnaus Werk, welches er unter den Musikalien des Thomanerchors vorgefunden haben wird, sich anregen ließ. Die speciell musikalische Anregung erstreckt sich nicht über die ersten Sätze hinaus. Aber die ganze Cantate legt Zeugniß ab von einem geflissentlichen Zurückgreifen auf alterthümliche Ausdrucksformen, die im übrigen Bach längst hinter sich zurückgelassen hatte. Sie steht in dieser Beziehung unter seinen Werken unvergleichbar da. Man darf es dem Tiefsinne des Künstlers wohl zutrauen, daß er hiermit noch mehr bezweckte, als seinem geachteten Vorgänger nachzueifern und ihn zu überbieten. Die Melodie des Chorals gehört zu den allerältesten, sie ist eine leicht erkennbare Umgestaltung des schon im 12. Jahrhundert bekannten Gesanges »Christ ist erstanden«. Wenn dem Componisten das hohe Alter der Melodie bekannt war, was doch sehr wohl denkbar ist, so mußte es ihm nahe liegen, der ganzen aus ihr entwickelten Composition den Charakter des Alterthümlichen aufzuprägen, und dieses glaubte er am sichersten durch die Anwendung und Erneuerung von Formen zu thun, mit denen

115) S. Anhang A, Nr. 20.

116) Auf der königlichen Bibliothek zu Berlin.

seine Zeit zwar noch nicht aus aller Verbindung getreten war, die sie aber doch schon als veraltete ansah. Da im Hauptgottesdienste sowohl »Christ lag in Todesbanden« als auch »Christ ist erstanden« und in der Vesper das erstere Lied abermals von der Gemeinde der Nikolai- und Thomaskirche gesungen wurden (s. S. 107), die Melodie also mehr als an andern Festen den Kern der Festempfindung aussprach, so zwang er hierdurch die Stimmung des gesammten Gottesdienstes in seine Bahn. Gleich in der Zusammensetzung des Orchesters erkennt man den alterthümlichen Zug. Das 17. Jahrhundert bevorzugte bekanntlich die fünfstimmige Harmonie fast vor der vierstimmigen und gesellte deshalb den zwei Violinen gern auch zwei Bratschen. Bach ist dieser Sitte in einigen früheren Cantaten ebenfalls noch gefolgt, so in der Adventsmusik »Nun komm der Heiden Heiland« aus dem Jahre 1714, der Ostermusik »Der Himmel lacht, die Erde jubiliret« vom Jahre 1715; in der noch früheren Sexagesimae-Cantate »Gleichwie der Regen und Schnee vom Himmel fällt«, finden sich vier Bratschen, indem die beiden Violinen ganz fehlen. Leipziger Cantaten weisen nur ausnahmsweise noch zwei Bratschen auf, eine dieser Ausnahmen ist die vorliegende. Andre als Streich-Instrumente sind nicht herbeigezogen, nur der Posaunenchor mit dem zugehörigen Zink verstärkt in einigen Sätzen die Singstimmen. Der Componist enthält sich ferner aller madrigalischen Musikformen, auch des Arioso und überhaupt jeglichen Sologesanges. Als Text dient ihm ausschließlich das siebenstrophige Kirchenlied Luthers, dessen Melodie er in ebensoviel Abschnitten in stets neuer Weise verarbeitet, die einzige unter Bachs Kirchenmusiken, welche durchaus in jenem Wortverstande Choralcantate ist, wie Buxtehude, Pachelbel und Bachs Amtsvorgänger in Leipzig deren componirten[117]. Ganz im Stil der Buxtehudeschen Kirchenmusik bewegt sich die einleitende *Sinfonia*, und es muß dahin gestellt bleiben, ob Bach sich absichtlich in die Ausdrucksweise einer früheren Zeit zurück versetzte, oder ob eine eigne Jugendarbeit die Grundlage abgab. Die von der ersten Violine zu Gehör gebrachte Melodie:

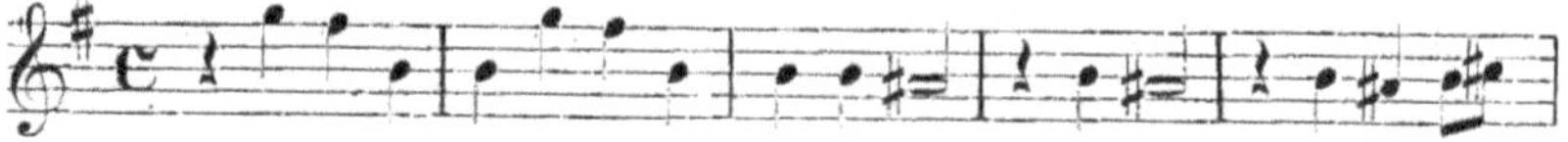

117) S. Band I, S. 303 ff.

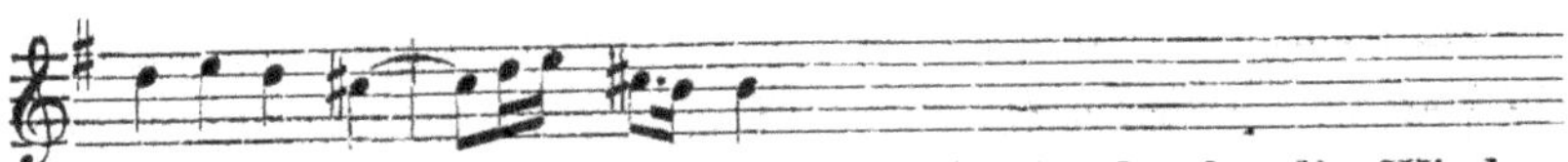

der in den beiden ersten Takten liegende Ausdruck, die Wiederholungen derselben Wendungen, das stockende Fortschreiten, die motivische Zerpflückung der gleichsam nur im Vorübergehen aufgegriffenen ersten Choralzeile, endlich die sehr geringe Ausdehnung des nur 14 Takte zählenden Stückes, alles dieses ist Bachs entwickelter Schreibweise so fremd, daß die letztere Annahme viel Wahrscheinlichkeit für sich hat. Von den sieben Choralstrophen erfährt eine jede ihre besondere Bearbeitung. Die Pachelbelsche Form ist der ersten und vierten Strophe gegeben. Für sie ist der volle Chor beschäftigt, das eine Mal mit das andre Mal ohne selbständig begleitende Instrumente; dort liegt der *Cantus firmus* im Sopran, hier im Alt. In der zweiten Strophe, für Sopran, Alt und Continuo, werden die Zeilen nach Böhms Manier motivisch zerlegt und zerdehnt. Die dritte Strophe ist dem Orgeltrio nachgebildet, von den Singstimmen wird nur der Tenor beschäftigt, welcher den *Cantus firmus* führt. Dagegen singt die fünfte Strophe der Bass allein, die Melodie liegt in der ersten Violine des begleitenden Streichorchesters. Doch werden die Zeilen nicht unmittelbar an einander geschlossen, sondern durch Zwischenspiele, bei denen die erste Violine selbst mitthätig ist, gesondert. Diese Zwischenspiele, sowie den zum Vorspiel gelassenen Raum benutzt der Singbass, um seinerseits die betreffende Zeile vorher erklingen zu lassen, während er zu den Abschnitten, wo die Melodie instrumental auftritt, contrapunktirt. Auf diese Weise hört man jede Zeile zweimal und hört sie auch in denselben Zeitwerthen. Daß der eigentliche Vermittler des Chorals die Instrumente sind und nicht der Gesang, erkennt man nur aus der Tonstufe, auf welcher er bei jenen erscheint. Auch in diesem Abschnitte finden sich an inhaltschweren Stellen jene Erweiterungen der Melodie in Böhms Manier. Die sechste Strophe gehört dem Sopran und Tenor. Der Vortrag des Chorals ist zwischen sie vertheilt: die ersten beiden Zeilen erhält der Tenor, die dritte und vierte der Sopran, die fünfte darauf der Sopran und die sechste der Tenor, an den letzten betheiligen sie sich zusammen. Der Wechselgesang ist ein solcher aber nur rücksichtlich der Choralzeilen, übrigens sind beide Singstimmen meistens gleichzeitig thätig, indem die nicht melodieführende contrapunktirt, vor den ersten beiden Strophenpaaren auch die Melodie vorspielartig, aber auf der Stufe der Oberquarte oder Unterquinte, vorsingt. Mit der siebenten Strophe tritt dann wieder der volle Chor zum einfachen Schlußgesange zusammen. An alterthümlichen Zügen fehlt es auch in diesen Choralbearbeitungen nicht. Sie liegen theils in den mehrfachen Nachbildungen des Böhmschen Choraltypus, theils in gewissen Combinationen der Instrumente im ersten Chor. Während zweite Violine und Bratschen meistens mit den Singstimmen gehen, läuft die erste Violine auf eignem Wege über der gesammten Tonmasse dahin. Indem sie in die Art ihrer Bewegung auch die zweite Violine hinein zieht, entwickelt sich ein Tonspiel, wie wir es in Bachs ältesten Cantaten mehrfach gefunden haben[118]. Auch die Einsätze der Streichinstrumente im zweiten Takt erinnern an Buxtehudes nur auf Klangfülle gehende Tendenzen, die von einer thematischen Bedeutung der Tonreihen absehen. Andrerseits aber zeigt die Cantate einen Reichthum von choralischen Gestaltungen, wie er den älteren Meistern noch nicht entfernt zu Gebote stand. Ebensowenig hatten sie eine Ahnung von dem poetisch kirchlichen Tiefsinn, dem man auf Schritt und Tritt begegnet. Der Typus des Anfangschors ist zwar der Pachelbelsche, doch nicht in den beiden ersten Zeilen, da gleich mit dem ersten Tone der *Cantus firmus* einsetzt und eine thematische Anlehnung der contrapunktirenden Stimmen an ihn kaum bemerkbar ist. Wenn aber diese nun zur Einleitung der folgenden Zeilen: »der ist wieder erstanden und hat uns bracht das Leben« einen breiten fugirten Satz anstimmen, den endlich der Sopran mit der verlängerten Melodie krönt, wenn alles anfängt sich zu strecken und zu dehnen und von innerem Leben überquillt, so merkt man, welche tiefe poetische Empfindung hier die herkömmliche Form durchdrang und durchbrach. Die Zerdehnung der Zeilen in der zweiten Strophe geschieht zunächst nach Maßgabe eines älteren Choraltypus. Aber auch er muß einer poetischen Idee dienen. Wer die einzelnen Perioden aufmerksam betrachtet, sieht leicht, daß sie meistens fünftaktig oder fünftehalbtaktig sind. Der Text sagt von der Ohnmacht der Menschen gegen den geistigen Tod, der sie niedergezwungen hat und gefangen hält.

118) S. Band I, S. 440, 448 f. und B.-G. XXIII, S. 169 ff.

Deshalb also diese matten, geknickten Rhythmen, die sich wie ein schwerer Bann über dem Ganzen lagern. In der sechsten Strophe dasselbe Kunstmittel, aber zu welch anderm Zwecke! »So feiern wir das hohe Fest Mit Herzensfreud und Wonne, Das uns der Herre scheinen läßt, Er ist selber die Sonne«, singt der Dichter, und hinter jedem Melodieabschnitte fällt es wie ein langer Lichtschein auf die durchmessene Bahn. Die Behandlungsart der fünften Strophe haben wir mehrfach als das Ausdrucksmittel einer mystischen Empfindung bezeichnet. Sie ist es auch hier, wo es sich um die geheimnißvollen Beziehungen zwischen dem Osterlamme des Passahfestes sammt seiner schützenden Kraft und dem Opfertode Christi handelt. Die Instrumente, wie ein unsichtbarer Chor, tönen das Mysterium weiter, von welchem der Bass redet. Aber er redet von ihm nicht wie ein katholischer Priester, sondern mit persönlicher, protestantischer Antheilnahme. Das geht aus der Innigkeit hervor, mit welcher sich Bach in die einzelnen Vorstellungen des Textes versenkt. Der Begriff des Kreuzes wird durch ein schmerzvoll verrenktes Melisma, der des Todes durch einen verminderten Duodecimensprung in die nächtige Tiefe, der des überwundenen Würgers durch ein mehre Takte hindurch ausgehaltenes, beinahe prahlerisches $\overline{d}$ eindringlich gemacht; Takt 43 f. und 52 f. ahmt die Stimme gar die Bewegung des »Zeichnens« nach. Überhaupt ist die Cantate an malerischen Zügen reich. Im dritten Vers wird die »Todesgestalt«, welche allein übrig bleibt, während alle wirkliche Macht dem Tode genommen ist, durch eine wie beschämt und verlegen sich hinwegdrückende Contrapunktirung versinnlicht. »Die Schrift hat verkündigt das Wie ein Tod den andern fraß, Ein Spott aus dem Tod ist worden« heißt es im vierten Verse: nachdrücklich und machtvoll wie Heroldsrufe lassen sich zu der ersten Zeile die contrapunktirenden Stimmen vernehmen, zur zweiten weben sie ein enges canonisches Netz, in welchem eine Stimme die andre gleichsam verschluckt, in der dritten umtanzen sie siegesfroh und höhnend den *Cantus firmus*. Dieser gelangt in der vierten Strophe dadurch zu einer ganz eignen Wirkung, daß er nicht in der Grundtonart, sondern der Tonart der oberen Quinte erklingt; das Kühne und Frappirende dieser Combination dient offenbar auch einer poetischen Idee, denn »es war ein wunderlicher Krieg da Tod und Leben rungen«. Läßt man die Cantate als Ganzes an sich vorüberziehen, so ist in Folge der stetig festgehaltenen Choralmelodie, der stetig festgehaltenen Emoll-Tonart, der durchweg tiefen und dunkeln Lage der Eindruck zunächst ein etwas einförmiger. Er belebt sich erst bei tieferem Eindringen, bewährt sich dann aber auch als ein unerschöpflich mannigfaltiger. Ein trübes Licht liegt auf der Cantate, wie vom nordischen Himmel, sie ist knorrig und doch majestätisch gewachsen wie die Eichen des deutschen Waldes. Indem alle italiänischen Formen in ihr fehlen, trägt sie ein exclusiv nationales Gepräge. Unter südlicher Sonne konnte ein Kunstproduct nicht reifen, in welchem das Frühlingsfest der Kirche, das jubelvolle, hoffnungsreiche Ostern mit solch düstern Prachtklängen gefeiert wird.

Die Cantaten, welche Bach zum zweiten und dritten Ostertage des Jahres 1724 schrieb, ebenso die für das Himmelfahrtsfest bestimmte, sind verloren gegangen. Dagegen liegen wieder für den ersten und dritten Pfingsttag sowie für das Trinitatisfest Cantaten vor, die wahrscheinlich in dieses Jahr und sicher in die erste Leipziger Zeit fallen. Dem ersten Pfingsttage gehört die Musik »Erschallet ihr Lieder, erklinget ihr Saiten« an[119]. Die Dichtung wird von Franck sein. Sie steht allerdings in keiner seiner gedruckten Textsammlungen, indessen zwingt auch nichts zu der Annahme, daß Franck seine sämmtlichen Cantaten-Dichtungen durch den Druck veröffentlicht habe. Ein Blick in die »Geist- und weltlichen Poesien« lehrt uns, daß er es liebte, Bibelsprüche nicht nur an den Anfang oder Schluß eines Textes zu setzen, sondern auch im Verlauf desselben beliebig einzustreuen und aus ihnen die freie Dichtung fortzuspinnen. Einer einheitlichen musikalischen Gestaltung ist dieses Verfahren nicht grade förderlich, aber Franck verstand es überhaupt nur wenig dem Componisten in die Hände zu arbeiten. Auch in der Cantate »Erschallet ihr Lieder« steht der Bibelspruch »Wer mich liebet, der wird mein Wort halten«, welcher billig das Haupt des Ganzen hätte abgeben sollen, an zweiter Stelle. Die Arientexte sind, wie oft bei Franck, so auch hier nicht in der *Da capo*-Form, sondern wie Kirchenlied-Strophen abgefaßt. Recitativische Texte fehlen ganz. Am deutlichsten tritt Francks Eigenart in dem Duett hervor.

119) In Originalstimmen auf der königl. Bibliothek zu Berlin.

Es stellt das bei ihm so sehr beliebte Wechselgespräch zwischen Jesus und der Seele auf Grund der Vorstellungen des Hohenliedes dar. Man vergleiche mit den Zeilen:

Seele. Komm, laß mich nicht länger warten,
Komm, du sanfter Himmelswind.
Jesus. Ich erquicke dich mein Kind.
Seele. Wehe durch den Herzens-Garten.
Liebste Liebe, die so süße,
Aller Wollust Ueberfluß,
Ich vergeh, wenn ich dich küsse.
Jesus. Nimm von mir den Gnadenkuß.
Seele. Sei im Glauben mir willkommen,
Höchste Liebe, komm herein,
Du hast mir das Herz genommen.
Jesus. Ich bin dein und du bist mein[120].

beispielsweise folgende Strophen aus einem Pfingsttexte der »Geist- und weltlichen Poesien«[121]:

Wenn weht von deinem schönsten Munde
Ein süßer Hauch, ein Lebens - West?
Erquicke mich! Ich geh zu Grunde,
Wenn mich dein reiner Geist verläßt!
Wird mir dein Kuß nicht Leben geben,
So ist mein Leben ohne Leben.

Ach! stärke mich, eh' ich vergehe
Und sende mir den kühlen Wind,
Daß er durch meine Seele wehe!
Ach! labe dein erlöstes Kind!
Bewege meines Herzens Klippen
Mit einem Kuß von deinen Lippen.

und man wird denselben Dichter erkennen. Vollends finden sich die letzten vier Zeilen des Duetts fast genau in der Cantate »Himmelskönig, sei willkommen« wieder, indem es dort heißt:

Himmelskönig, sei willkommen,
Laß auch uns dein Zion sein.
Komm herein!
Du hast uns das Herz genommen[122].

---

120) Die Bezeichnungen *Seele* und *Jesus* füge ich hinzu. Eigentlich sollte es sich hier um den heiligen Geist handeln; die Vorstellungen sind in dem Gedichte unklar vermischt.

121) Erster Theil, S. 50.

122) S. Band I, S. 533 und 805 ff.

Wie unten gezeigt werden soll, ist es nicht der einzige ungedruckte Text Francks den Bach in Leipzig componirt hat. Das Duett, welches auch musikalisch an den Chor »Himmelskönig« anklingt, bildet das hervorragendste Stück der Cantate. Ueber einem *Basso quasi ostinato* duettiren Sopran und Alt; dazu führt eine selbständige Instrumentalstimme den Pfingst-Choral »Komm heiliger Geist, Herre Gott« aus (in einer späteren Bearbeitung hat Bach Bass und Choral der obligaten Orgel zuertheilt). Die Künstlichkeit des complicirten Satzes wird dadurch noch erhöht, daß Bach die Choralmelodie in Buxtehudes Weise reich colorirt verlaufen läßt. Er hat indessen nicht die ganze lange Melodie benutzt, sondern nur die drei ersten und die beiden letzten Zeilen (das doppelte Hallelujah am Schlusse als eine Zeile gefaßt). Beachtung verdient, daß er dieselbe Kürzung auch in der anfänglichen Gestaltung seiner für Orgel gesetzten Choralfantasie über dieselbe Melodie hat eintreten lassen, nur daß hier auch noch das Hallelujah fortgeblieben ist[123]. Der Satz athmet eine selbst bei Bach überraschende Innigkeit und Ueberschwänglichkeit. Wenn für eine solche Empfindung Buxtehudes Art der Choralführung besonders passend war, so erleichterte die phantastische Freiheit derselben auch die Durchführung der verwickelten Combination, indem sie kleine Abweichungen vom Gange der Melodie, wie beim Hallelujah, oder auch eine gelegentliche Unterbrechung des Melodiefadens, wie Takt 9, gestattete. Charakteristischer Schönheit voll sind auch die übrigen Sologesänge, die Tenor-Arie, wo die Gänge der vereinigten Geigen wie ziehende Frühlingsdüfte anmuthen, und die prächtige Bassarie, zu welcher nur Trompeten, Pauken und Fagott begleiten. Der Chor, welcher am Schlusse wiederholt wird, erinnert an den der Weihnachts-Cantate »Christen ätzet diesen Tag«, ist jedoch weniger bedeutend. Daß auch hier zwei Violen mitwirken, soll mit Rücksicht auf die Ostermusik »Christ lag in Todesbanden« hervorgehoben sein[124].

Die Musik für den zweiten Pfingsttag 1724 fehlt wieder. Da-

123) S. Band I, S. 608 f. Weil das Hallelujah fehlt, kann man auch annehmen, Bach habe dort die vier ersten Zeilen bearbeitet und der letzten derselben eine auf den Grundton zurückführende Schlußwendung geben wollen. Denn die vierte Zeile stimmt mit der vorletzten fast ganz überein.

124) S. Anhang A, Nr. 21.

gegen dürfte die für den dritten Pfingsttag vielleicht in der Cantate »Erwünschtes Freudenlicht«[125] erhalten sein. Jedenfalls gehört auch sie in die ersten Leipziger Jahre. Nur muß freilich kein Anstoß daran genommen werden, daß sie Ueberarbeitung einer weltlichen Cantate ist. Welchem Zwecke das Original bestimmt war, wissen wir nicht; es hat sich keine Spur desselben entdecken lassen. Aber daß wirklich eine weltliche Cantate zu Grunde liegt, erkennt man aus dem tanzartigen, volksthümlichen Duett und vor allem aus dem als Gavotte auftretenden Schlußchore. Mit ihm hat es insofern noch eine besondere Bewandtniß, als er mit anderm Texte auch in einer aus dem Jahre 1733 stammenden weltlichen Gelegenheitsmusik als Schlußchor wiederkehrt, wenngleich nur mit den ersten 24 Takten[126]. Es bestätigt sich hierdurch, daß er ursprünglich auch für einen weltlichen Zweck erfunden war. Bach muß das Stück selbst besonders gern gehabt haben, denn so häufig es bei ihm vorkommt, daß er weltliche Cantaten zu geistlichen umwandelte, so selten überträgt er aus einer weltlichen Cantate in die andere. Der dieser Gavotte vorhergehende Choral ist erst später eingeschoben, jedenfalls als das Werk eine kirchliche Bestimmung erhielt. Er vermag es nicht, den weltlich-heitern Charakter des Ganzen wesentlich zu ändern.

In dieselbe Zeit, und vermuthlich in dasselbe Jahr 1724 gehört die Cantate zum Trinitatisfest »O heilges Geist- und Wasserbad«, deren Text wieder aus Francks »Evangelischem Andachts-Opfer« entnommen ist[127]. Eine matte, gedankenarme Dichtung, aus welcher Bach ein, wenn auch nicht bedeutendes, so doch anmuthiges und feines Musikwerk geschaffen hat. Hervorragend ist der als Sopranarie auftretende erste Satz, eine äußerst kunstvolle Fuge mit Engführungen, Umkehrungen und Gegenthemen. Die andern bei-

---

125) Original-Partitur und Original-Stimmen auf der königl. Bibl. zu Berlin.

126) »Laßt uns sorgen, laßt uns wachen«; zum Geburtstage des Churprinzen von Sachsen am 5. Sept. 1733. Der Text bei Picander, Vierter Theil. 1737. S. 22 ff. Autographe Partitur und Originalstimmen auf der königl. Bibliothek zu Berlin. Daß der Anfang des Schlußchors nicht für diese Cantate componirt ist, sieht man daraus, daß er Reinschrift ist.

127) S. Anhang A, Nr. 22.

den Arien verlaufen einfacher, zeigen aber durchweg dieselbe saubere Detailarbeit. Der Chor tritt nur im einfachen Schlußchorale ein, die Gesammtstimmung ist eine milde, mittlere. —

Hiermit ist die Reihe der Fest-Cantaten geschlossen, welche sich mit größerer oder geringerer Sicherheit in das erste volle Leipziger Kirchenjahr verweisen lassen. Mustern wir nun die den gewöhnlichen Sonntagen bestimmten Compositionen, die diesem Jahre angehören, oder anzugehören scheinen.

1) Sonntag nach Neujahr (2. Januar 1724). Ich setze hierher die Cantate »Schau lieber Gott, wie meine Feind«. Einer großartigen, kühn gebauten Tenor-Arie »Stürmt nur, stürmt ihr Trübsals-Wetter«, und einer Alt-Arie von außergewöhnlichem melodischen Reize gesellen sich drei einfach gesetzte Choräle, von welchen der eine am Anfang, der zweite nach einem von Recitativen eingeschlossenen Bass-Arioso und der dritte am Schlusse seinen Platz hat. Ein Choralchor oder ein frei erfundenes Chorstück fehlt; die Disposition der Formen ist also eine von Bachs sonstigen Gewohnheiten abweichende[128].

2) Erster Sonntag nach Epiphanias (9. Jan. 1724) »Mein liebster Jesus ist verloren.« Aehnlich wie in der vorigen Cantate ist der Chor nur mit zwei einfachen Chorälen betheiligt, deren einer den Schluß bildet, während der andere an dritter Stelle steht. Die Arien sind sämmtlich von hoher Schönheit. Schmerzlich verlangend und echt bachisch beginnt in H moll der Tenor:

Die folgenden Zeilen: »O Schwert, das durch die Seele dringt, O Donnerwort in meinen Ohren« spielen offenbar auf das Lied Johann Rists an »O Ewigkeit, du Donnerwort, O Schwert, das durch

128) Die Originalstimmen auf der königl. Bibl. zu Berlin. — S. Anhang A, Nr. 23.

die Seele bohrt«. Bach hat zwei Cantaten componirt, welche mit diesem Choral beginnen. In einer derselben, zum 24. Trinitatis-Sonntage [129], wird die bange Erwartung, mit welcher der Mensch dem göttlichen Richter entgegen sieht, durch eine leise bebende Sechzehntelbewegung der Geigen ausgedrückt. Ganz dasselbe Darstellungsmittel gebraucht Bach zu den analogen Worten hier und es mag ihm bei der Composition der Trinitatis-Cantate, welche um 1732 stattgefunden haben wird, das frühere Werk wieder in den Sinn gekommen sein. Einen andern auffallenden Anklang enthält die dem Schlußchoral vorangehende Tenor-Arie mit dieser Stelle:

In einem Duett der Cantate »Liebster Jesu, mein Verlangen«, die ebenfalls dem ersten Sonntage nach Epiphanias gehört [130], findet sie sich ebenso in fleißiger Durchführung. Hier ist an einer bewußten Anspielung nicht zu zweifeln. Wahrscheinlich ist sie aber auch in der Fis dur-Fuge des zweiten Theils des Wohltemperirten Claviers zu erkennen, wo zweimal der polyphone Fortgang durch eine längere homophonere Partie unterbrochen wird, die fast ohne motivischen Zusammenhang mit dem Vorigen obigen Gedanken durchführt. Und noch ein drittes Mal mahnt diese Cantate an eine andere Composition; man vergleiche mit folgender Stelle:

den ersten Satz der Violinsonate in A dur, namentlich Takt 8 [131]. Die Stelle kommt in der Alt-Arie vor:

Jesu, laß dich finden,
Laß doch meine Sünden
Keine dicke Wolke sein.
Wo du dich zum Schrecken
Willst für mich verstecken,
Stelle dich bald wieder ein.

---

129) B.-G. XII², S. 171 ff. 130) B.-G. VII, Nr. 32 S. 69 ff.
131) B.-G. IX, S. 84 f. — S. Band I, S. 721.

Eine zarte weibliche Anmuth äußert sich in dieser Composition. Gleich aus der Hauptmelodie:

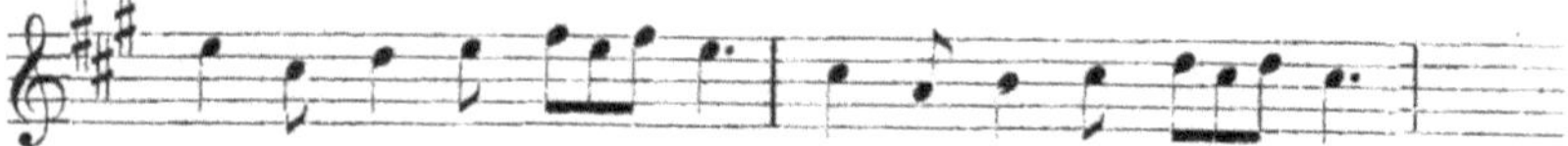

tritt sie entgegen; dadurch daß außer zwei *Oboi d'amore* nur Violinen und Bratsche im Einklang begleiten erhält das Stück einen milden ätherischen Glanz, und die wiegende Bewegung der Grundstimmen:

welche von letzteren Instrumenten ausgeführt wird, giebt ihm auch ihrerseits einen besonderen Charakter. Die Eltern Christi, so erzählt das Evangelium, waren zum Osterfest mit ihm nach Jerusalem gezogen. Dort hatten sie den Sohn verloren, suchten lange und fanden ihn endlich im Tempel zuhörend und fragend in der Mitte der Lehrer sitzen. Mit sanftem Vorwurf sagt Maria: »Mein Sohn, warum hast du uns das gethan? Siehe dein Vater und ich haben dich mit Schmerzen gesucht«. Darauf rechtfertigt sich das Kind in fast verweisenden Worten. »Und seine Mutter«, heißt es weiter, »behielt alle diese Worte in ihrem Herzen.« Der Dichter des Cantaten-Textes hat den Vorgang symbolisch auf das Verlangen der Seele nach Christus bezogen, und dies hat Bach auch als Grundempfindung des Werkes aufgefaßt. Aber wir wissen schon, wie gern er sich außerdem specielle Anregungen aus dem Bibeltexte selbst, oder der kirchlichen Bedeutung des Sonntages holt. Wenn man nun überdies sieht, daß auf obige Arie die Bibelworte folgen, welche Jesus dem Vorwurf der Mutter entgegen hält: »Wisset ihr nicht, daß ich sein muß in dem, was meines Vaters ist«, so wird man nicht zweifeln, daß bei der Arie das Bild der Maria, welche ja in der Erzählung des Evangeliums so bedeutsam hervortritt, dem tiefsinnigen Tondichter vorschwebte. Es ist ein ähnlicher Fall, wie in der H moll-Arie des *Magnificat* (s. S. 206 f.)[132].

3) Vierter Sonntag nach Epiphanias (30. Jan. 1724) »Jesus

132) S. Anhang A, Nr. 24.

schläft, was soll ich hoffen«[133]. Jesus fährt mit seinen Jüngern über das Meer. Ein Sturm erhebt sich, aber er schläft: Sie wecken ihn angstvoll; er verweist ihnen ihren Kleinmuth, bedroht das Meer und es wird stille. Wer unter der Vorstellung dieser Begebenheit an die Cantate herantritt, den wird die erste Arie überraschen. Denn sie steht ganz außerhalb der bezeichneten Situation. Es ist ein düsteres Nachtstück: der Beschützer schläft, eine grausige Erscheinung entpreßt Angstrufe der Brust des einsam Wachenden. Erst mit der zweiten Arie schließt sich das Kunstwerk mehr an den evangelischen Vorgang an, hier dienen alle Mittel, auch die Singstimme, allein der Schilderung eines im Sturme wallenden Meeres. Im Folgenden wird dann der Anschluß immer enger: wir hören Christus selber, wie er spricht »Ihr Kleingläubigen, warum seid ihr so furchtsam?«, und in der grandiosen Emoll-Arie sehen wir ihn hochaufgerichtet mit gewaltigem Ruf das Meer beschwören. Nach einem dramatischen Verlauf, welcher dem Ganzen seine Einheit gäbe, darf man nicht suchen wollen. Eben das ist der Vortheil des Componisten, daß er das Evangelium in seiner einfachen und symbolischen Bedeutung als einigendes Moment voraussetzen darf, er kann nun seinen Gegenstand von verschiedenen Seiten angreifen, und braucht in der Aufreihung der Tonbilder nur auf rein musikalische Forderungen Rücksicht zu nehmen. In dieser Cantate hat Bach gezeigt, wie er auch mit geringen Mitteln das Großartigste zu schaffen vermag. Sie gehört ohne Frage zu den bewundernswerthesten Erzeugnissen nicht nur seiner, sondern überhaupt der deutschen Tonkunst. In jedem Takte derselben, kann man sagen, ist der Genius in seiner vollen Stärke wirksam. Niemand wird dieses so trostvoll in dem Choral »Jesu meine Freude« ausklingende Werk ohne tiefste Bewegung an sich vorübergehen lassen können.

4) Sonntag Estomihi (20. Febr. 1724) »Du wahrer Gott und Davids Sohn«. Ueber diese schon ein Jahr zuvor componirte Cantate ist bereits gesprochen (s. S. 181 ff.).

5) Sonntag Jubilate (30. April 1724) »Weinen, Klagen, Sorgen, Zagen«[134]. Sehr deutliche Zeichen weisen darauf hin, daß die

133) B.-G. XX[1], Nr. 81. — S. Anhang A, Nr. 25.

134) B.-G. II, Nr. 12. Die Angabe des Vorwortes, daß nur die einleitende

Cantate mit der Pfingstmusik »Erschallet ihr Lieder« dieselbe Entstehungszeit hat. Indessen ist man, wie zu einem gewissen Theile auch gegenüber der Ostercantate »Christ lag in Todesbanden«, versucht an die Benutzung eines früheren Werkes zu denken. Die autographe Partitur, welche vorliegt, ist eine sehr schöne Reinschrift. Beruht sie auf einer älteren Composition, so dürfte diese in der weimarischen Zeit, etwa gegen 1714, geschaffen sein. Geist und Form der Dichtung verrathen die Art Salomo Francks. Die Sinfonie ist eines jener breiten, voll harmonisirten Adagios, in welchen bei Bach die einsätzige Gabrielische Kirchensonate gipfelt und ausläuft, nicht ohne von der Haltung der ersten Adagiosätze der italiänischen Kammersonate einiges angenommen zu haben: diese Form findet sich häufiger nur noch in seinen früheren Kirchencompositionen[135]. Der erste Chor hat dreitheilige Arneiform und ist im ersten und dritten Theile ein auf Chor und Orchester übertragener Passacaglio. Auch hierzu findet sich unter Bachs früheren Werken ein Seitenstück: die Ciacona am Schlusse der Cantate »Nach dir Herr verlanget mich«[136]. In beiden Fällen ist das Form-Problem meisterlich gelöst; musikalisch interessanter, harmonisch tiefsinniger ist noch der Passacaglio. Seine thränengesättigte, in Schmerzen schwelgende Stimmung weist ebenfalls auf jene Periode Bachs zurück, da er noch im Gebiete der älteren Kirchencantate thätig war, und mit den Formen derselben auch das ihnen eigenthümliche Stimmungsgebiet cultivirte. Ueber die innere Verwandtschaft des Passacaglio »Weinen, Klagen« mit einem Chore aus der Mühlhäuser Rathswechsel-Cantate von 1708 und einer Arie Erlebachs ist an einer andern Stelle schon gesprochen (Bd. I, S. 346 f.). Der Bass desselben ist ein Lieblingsmotiv Bachs: es findet sich in der Cantate »Nach dir Herr verlanget mich« ebenfalls, hier jedoch als Fugenthema für den ersten Chor, dann unter andern noch in der Cantate »Jesu, der du meine Seele«, wo außer-

---

Sinfonie in der autographen Partitur beziffert sei, ist nicht ganz richtig; die Bezifferung erstreckt sich, wenngleich unvollständig, auch auf das erste Recitativ und die erste Arie. — Ueber die Chronologie s. Anhang A, Nr. 21.

135) Z. B. in »Ich hatte viel Bekümmerniß« (s. Bd. I, S. 525), »Himmelskönig sei willkommen« (Bd. I, S. 533), auch in »Der Herr denket an uns« (Bd. I, S. 370). Vrgl. noch Bd. I, S. 123.

136) S. Band I, S. 442 f.

dem auch andere Wendungen auf den Chor »Weinen, Klagen« zurückdeuten[137]. Die Arien folgen, wie Franck es liebte, einander ohne zwischengeschobene Recitative. Die Alt-Arie zeichnet sich dadurch aus, daß das Instrumental-Ritornell einen andern Gedanken vorträgt, als die Singstimme; ebenso kommt es in der weimarischen Ostercantate »Der Himmel lacht, die Erde jubiliret« vor (s. Bd. I, S. 536). Darin endlich, daß das Werk in einer andern Tonart schließt, als es beginnt und mit seinen ersten vier und letzten drei Theilen gleichsam in zwei Hälften zerfällt, ähnelt es der 1714 geschriebenen Cantate »Nun komm der Heiden Heiland« (s. Bd. I, S. 501). Ueberall, so sieht man, lassen sich die Fäden aufzeigen, welche es mit einer früheren Schaffensperiode Bachs verbinden. Noch sei bemerkt, daß im 17. Takte der Alt-Arie eine mit dem vierten Achtel eintretende canonische Imitirung der Singstimme durch die accompagnirende Orgel vorausgesetzt wird. Dergleichen kommt nicht nur bei Bach sondern überhaupt in jener Zeit bei Schlußcadenzen, namentlich in Recitativen, öfter vor. Als Beleg diene der Schluß des Recitativs aus der Cantate »Gott der Hoffnung erfülle euch«[138]:

6) Zweiter Sonntag nach Trinitatis (18. Juni 1724) »Siehe zu, daß deine Gottesfurcht nicht Heuchelei sei«. Die Cantate gehört mit der oben besprochenen Composition auf das Trinitatisfest »O heil-

137) Man vergleiche Takt 83 ff. von »Weinen, Klagen« mit Takt 25 ff. und 57 ff. von »Jesu, der du meine Seele«. S. Bd. I, S 236.

138) S. über diese Cantate Anhang A, Nr. 11.

ges Geist- und Wasserbad« augenscheinlich zusammen. Sie entfaltet sich in größeren Formen und ist bedeutend gehaltvoller. Aber es herrscht eine überraschende Uebereinstimmung im Bau der ersten Sätze und dieser ist ein ganz ungewöhnlicher und besonders complicirter. Was in der Festcantate Sopranarie, ist hier vierstimmiger Chor mit zum Theil selbständigem Grundbass. Das Fugenthema wird in beiden Stücken *in motu recto* und *contrario* durchgearbeitet, wie dort tritt auch hier ein zweites Thema auf, das sich hernach mit dem ersten zur Doppelfuge verbindet. Auch ist eine gewisse Verwandtschaft der Themen erkennbar, wenigstens der Hauptthemen. In der Festcantate lautet es:

in der andern:

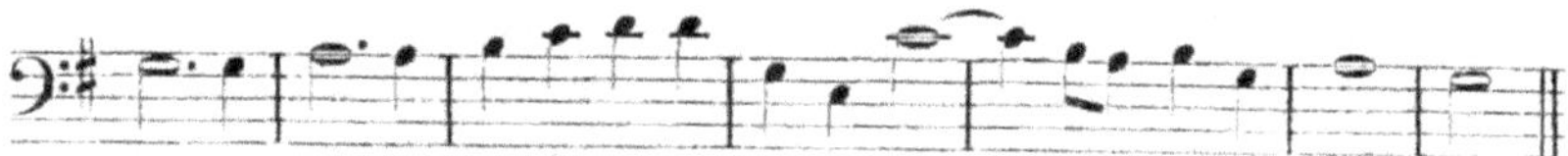

Die Stimmführung in jener ist noch verwickelter, dichter, fast verkünstelt; man könnte die Arie in Fugenform eine Studie für die ungezwungen und imposant sich ausbreitende Chorfuge nennen. Nicht nur in ihr aber, auch in den beiden Arien und dem Schlußchoral hat Bach von seiner unübertroffenen Combinationsbegabung vollen Gebrauch gemacht; namentlich ist die zweite Arie, in welcher der Sopran mit dem Bass und zwei *Oboi da caccia* ein richtiges Quatuor herstellt, bewunderungswürdig durch ihren harmonischen und modulatorischen Reichthum. Darin daß die Cantate in einer andern Tonart schließt als beginnt, gleicht sie der vorigen[139].

7) Zwölfter Sonntag nach Trinitatis (27. Aug. 1724) »Lobe den Herrn, meine Seele«. Den prachtvollen, festlichen Charakter verdankt die Cantate weniger ihrer Bestimmung für den genannten Sonntag, als dem Umstande, daß sie offenbar zugleich Rathswahl-Cantate sein sollte. Der bei dieser Veranlassung übliche Gottesdienst fand im Jahre 1724 am 28. August statt; in ihm wurde die

139) Autographe Partitur und einige Originalstimmen auf der königl. Bibliothek zu Berlin. — S. Anhang A, Nr. 26.

Cantate also abermals aufgeführt. Eine dritte Aufführung ist gegen 1730 veranstaltet worden: sie diente ohne Zweifel keinem sonntäglichen Zwecke mehr, sondern nur dem Rathswahl-Gottesdienste. Denn die Umarbeitung, welche das Werk für diese Aufführung erlitt, läßt im Texte die Beziehung auf die städtische Obrigkeit noch viel schärfer hervortreten und wendet sich dadurch von dem Inhalte des Evangeliums zum 12. Trinitatis-Sonntage vollständig ab. Die Solostücke dieser Cantate sind von keiner hervorragenden Bedeutung. Seine ganze Kraft aber hat Bach in den Anfangschor gelegt, eine in großen Verhältnissen ausgeführte Doppelfuge mit arienmäßigem Eingange. Er gehört zu den feurigsten, glänzendsten Stücken, welche wir in dieser Art von ihm besitzen[140]. —

Nachdem wir Bach durch das erste vollständige Kirchenjahr, das er in Leipzig erlebte, begleitet haben, mag nunmehr, was er als Cantatencomponist producirte, in größere Gruppen zusammengefaßt werden. Eine solche Gruppe wird passend abgegränzt durch den 7. September 1727, wo wegen des Todes der Königin Christiane Eberhardine eine viermonatliche Landestrauer eintrat, während welcher Kirchenmusik und Orgelspiel verstummen mußten[141]. Von dreien während dieser Zeit geschaffenen Cantaten lassen sich Jahr und Tag der ersten Aufführung genauer, von einer Anzahl anderer nur annähernd bestimmen. Picander gab, wie erzählt worden ist, für das Kirchenjahr 1724—1725 eine »Sammlung erbaulicher Gedanken« in wöchentlich erscheinenden Stücken heraus. Durften wir muthmaßen, daß er schon zur Rathswahl 1723 und zu Neujahr 1724 für Bach gereimt habe, so läßt sich vermittelst dieser Sammlung der erste Text aufzeigen, welchen Picander nachweislich für Bach verfertigte. Die »Erbaulichen Gedanken« an sich waren höchstens soweit componirbar als sie Strophenlieder enthielten. Aber ein Strophenlied in die musikalische Form einer madrigalischen Kirchenmusik eingehen zu lassen hatte mancherlei unbequemes. Deshalb sah sich Picander veranlaßt, dem in den »Erbaulichen Gedanken auf das Fest Michaelis« enthaltenen strophischen Gedichte durch Kürzung, Zusammenziehung, Umstellung und mittelst einiger Zusätze

140) B.-G. XVI, Nr. 69. — S. Anhang A, Nr. 27.

141) S. Anhang A, Nr. 23.

die Form eines madrigalischen Textes zu geben. Als erstes einer unzähligen Menge gleichbeschaffener Producte, und weil man von Picanders Art zu arbeiten daraus das deutlichste Bild erhält, mag es hier in seiner Doppelgestalt Platz finden.

Text des strophischen Gedichtes.

(Mel. Allein Gott in der Höh sei Ehr.)

1.

Was ist der Mensch, das Erdenkind,
Der Staub, der Wurm, der Sünder?
Daß ihn der Herr so lieb gewinnt,
Und ihm die Gotteskinder,
Das große starke Himmelsheer
Zu einer Wacht und Gegenwehr,
Zu seinem Schutz gesetzet.

2.

Wir preisen deine Freundlichkeit,
Du Herr der Seraphinen,
Daß uns die Engel allezeit
Bewachen und bedienen.
So groß des Teufels Macht und List
Und alle seine Rüstung ist,
So sind wir doch in Friede.

3.

Gott schickt uns Mahanaim zu,
Wir stehen oder gehen,
So können wir in sichrer Ruh
Für unsern Feinden stehen.
Es lagert sich so nah als fern
Um uns der Engel unsers Herrn
Mit Feuer, Roß und Wagen [142].

4.

Drum lasset uns, ihr Menschen, nicht
Auf Menschen wieder trauen;
Viel lieber unsre Zuversicht
Auf Gott alleine bauen.

142) Neumeister, Fünffache Kirchenandachten, S. 781:
So laß auf beiden Seiten
Die Mahanaim mich begleiten.
Wird mir von Feinden nachgestellt,
So laß die Feuer- Ross' und Wagen
Ihr Lager um mich schlagen,
Das mich in sicherm Schutze hält.
Vrgl. S. 171 dieses Bandes.

Je näher Gott, je größer Noth,
Uns muß ein Engel öffters Brod
Wie dem Propheten bringen.

5.

Uns kann kein einige Gefahr
In dem Beruf erschrecken,
Weil uns die Engel immerdar
Mit ihrem Schutz bedecken.
Wenn wir in höchsten Nöthen sein,
Und wissen weder aus noch ein
Muß uns ein Engel trösten.

6.

Drum lasset uns das Angesicht
Der frommen Engel lieben,
Und sie mit unsern Sünden nicht
Vertreiben und betrüben,
Erhebt mit Loben Gottes Reich
Und lasset uns den Engeln gleich
Sein dreimal Heilig! singen.

7.

Befiehlt uns Herr ein sanfter Tod
Der Welt Valet zu sagen,
So laß uns aus der Sterbensnoth
Die Engel zu dir tragen.
Verleihe, daß wir nach der Zeit
In deiner süßen Seeligkeit
Den Engeln ähnlich glänzen[143].

Text der Cantate.

Chor. Es erhub sich ein Streit.
Die rasende Schlange und höllische Drache
Stürmt wieder den Himmel mit wüthender Rache.
Aber Michael bezwingt,
Und die Schaar, die ihn umringt
Stürzt des Satans Grausamkeit.

Bass-Recitativ. Gottlob! der Drache liegt.
Der unerschaffne Michael
Und seiner Engel Schaar hat ihn besiegt;
Dort liegt er in der Finsterniß
Mit Ketten angebunden,

143) Sammlung Erbaulicher Gedancken S. 434 f.

Und seine Stätte wird nicht mehr
Im Himmelreich gefunden.
Wir stehen sicher und gewiß,
Und wenn uns gleich sein Brüllen schrecket,
So wird doch unser Leib und Seel
Mit Engeln zugedecket.

Sopran-Arie. Gott schickt uns Mahanaim zu,
Wir stehen oder gehen,
So können wir in sichrer Ruh
Für unsern Feinden stehen.
Es lagert sich so nah als fern
Um uns der Engel unsers Herrn
Mit Feuer, Roß und Wagen.

Tenor-Recit. Was ist der schnöde Mensch, das Erdenkind?
Ein Wurm, ein armer Sünder.
Schaut, wie ihn selbst der Herr so lieb gewinnt,
Daß er ihn nicht zu niedrig schätzet
Und ihm die Himmelskinder
Der Seraphinen Heer
Zu seiner Wacht und Gegenwehr,
Zu seinem Schutze setzet.

Tenor-Arie. Bleibt, ihr Engel, bleibt bei mir,
Führet mich auf beiden Seiten,
Daß mein Fuß nicht möge gleiten.
Aber lernt mich auch allhier
Euer großes Heilig singen
Und dem Höchsten Dank zu bringen.

Sopran-Recit. Laßt uns das Angesicht
Der frommen Engel lieben
Und sie mit unsern Sünden nicht
Vertreiben oder auch betrüben,
So sein sie, wenn der Herr gebeut
Der Welt Valet zu sagen
Zu unsrer Seligkeit
Auch unser Himmelswagen.

Chor. Choral. Laß dein' Engel mit mir fahren
Auf Elias Wagen roth,
Und mein' Seele wohl bewahren
Wie Laz'rum nach seinem Tod!
Laß sie ruhn in deinem Schooß
Erfüll sie mit Freud und Trost,
Bis der Leib kommt aus der Erde
Und mit ihr vereinigt werde.

Eine Vergleichung der beiden Dichtungen ergiebt, daß der Text der ersten zwei Stücke der Cantate aus dem Ideenkreise der Fest-tags-Epistel heraus neu hinzu erfunden worden ist. Die Sopran-Arie stimmt wörtlich mit der dritten Strophe aus den »Erbaulichen Gedanken« überein. Das Tenor-Recitativ ist die erste Strophe, mit leichter Hand madrigalartig umgeformt. Dasselbe Verhältniß besteht zwischen den beiden letzten Strophen und dem Sopran-Recitativ, während die Tenor-Arie wieder ziemlich frei erfunden ist. Den Schlußchoral bildet die achte Strophe des Kirchenliedes »Freu dich sehr, o meine Seele«. Darüber daß Cantaten-Text und strophische Dichtung für dasselbe Michaelisfest des Jahres 1725 gemacht worden sind — und zwar letztere, um als selbständiges Werk veröffentlicht zu werden, ersterer nur um der Composition Bachs zu dienen — kann meines Erachtens kein Zweifel sein. Picander schrieb in madrigalischer Form viel zu schnell und mühelos, als daß es ihm hätte beikommen können, in späteren Jahren noch auf ein Gedicht zurückzugreifen, dessen Originalgestalt den Anforderungen eines Cantaten-Textes im ganzen doch nur wenig entsprach. Außerdem verräth sich obiger Michaelistext als frühe Arbeit durch den in der Tenor-Arie vorkommenden Ausdruck: »Aber lernt mich auch allhier Euer großes Heilig singen« — eine sprachliche Nachlässigkeit, der man in Picanders ersten Dichtungen mehrfach begegnet, die er aber später sich nicht mehr hingehen ließ.[144] Das Michaelisfest fällt auf den 29. September.

Bei einer früheren Gelegenheit ist darauf hingewiesen, daß Bach sich bei dieser Michaeliscomposition durch ein Werk seines Oheims Johann Christoph Bach habe anregen lassen.[145] Wir wissen daß er es in Leipzig aufführte und damit eine große Wirkung machte. Die Anregung zeigt sich zunächst in der Gestaltung des Textes, die Picander zuverlässig nach Angabe Bachs vornahm und welche dem Gebrauche entgegen, soweit es sich mit der Benutzung des vorhandenen strophischen Gedichtes noch vertrug, mehr auf die Epistel als auf das Evangelium Bezug nimmt. Ferner tritt in der

144) In einem Gedichte vom Jahre 1724 (Theil II der Gesammt-Ausgabe, S. 499) heißt es: »Er sieht zu hölzern aus; lernt doch dem albern Knoll, Wie man in Compagnie mit Jungfern leben soll.« Dagegen in einem Gedicht von 1730 (ebenda S. 906) »Der will euch Menschenweise lehren«.

145) S. Band I, S. 50.

Composition das Streben nach plastischen, oratorienhaften Tonbildungen auffallend hervor. Wo nur im Text des ersten Chors ein Begriff entgegen tritt, der sich durch analoge Tonbewegungen versinnlichen läßt, geschieht es mit Beflissenheit. Dennoch entsteht kein eigentlicher Oratorienchor. Es ist nicht die objective — epische, wenn man will — Hingabe an den Gegenstand, welche wirksam wird, sondern ein durch die Vorstellung eines gewaltigen Ereignisses erregter Empfindungsstrom fluthet und braust vorüber, und spiegelt die zitternden Bilder der Begebenheiten nur in gebrochenen, unsichern Linien zurück. Der Chor zeigt durch den Vergleich mit der Composition Johann Christophs deutlich die Eigenthümlichkeit und Gränze von Sebastians Begabung: ein Oratoriencomponist wie Händel hätte nie aus ihm werden können, wären selbst die äußeren Bedingungen dazu vorhanden gewesen; aber den Anforderungen der Kirchenmusik zu genügen, dafür war die Art seines Schaffens grade die rechte. Geistreich wird in der Sopranarie die Vorstellung der »Mahanaim«, welche den Menschen auf Schritt und Tritt schützend begleiten, durch ein aus der Hauptmelodie gewobenes dichtes Gespinnst ausgedrückt. Noch tiefsinniger ist die Tenorarie combinirt. Das Orchester begleitet den Gesang mit einem nahezu selbständigen *Siciliano;* dazu bläst die Trompete die Choralmelodie »Herzlich lieb hab ich dich o Herr.« Man hat nicht an die Worte der ersten Strophe dabei zu denken, sondern an die der letzten:

Ach Herr, laß dein lieb Engelein
Am letzten End die Seele mein
In Abrahams Schooß tragen,
Den Leib in sein'm Schlafkämmerlein
Gar sanft ohn einge Qual und Pein
Ruhn bis am jüngsten Tage!
Alsdann vom Tod erwecke mich,
Daß meine Augen sehen dich
In aller Freud, o Gottessohn,
Mein Heiland und Genaden — Thron!
Herr Jesu Christ!
Erhöre mich, erhöre mich!
Ich will dich preisen ewiglich!

Die Länge der Strophe hat auch eine ungewöhnliche Ausdehnung der Arie zur Folge gehabt. Es ist nöthig, die Choralmelodie als den gegebenen musikalischen Kern sich vorzustellen, damit das

Stück beim Hören nicht zu lang erscheine. Im übrigen sieht man, wie durch diese Combination der Schlußchoral vorbereitet wird, der von den kriegerischen Bildern des Anfangs weit hinweg zur Ruhe der Seligen führt.[146]

Die zweite der drei Cantaten aus den Kirchenjahren 1724—1727, deren Entstehungszeit genau bestimmt werden kann, gehört in den Anfang des Februar 1727 und ist ebenfalls von Picander gedichtet. Gleich der Cantate »Lobe den Herrn, meine Seele« vom Jahre 1724 hatte auch diese eine doppelte Bestimmung: sie sollte zugleich Kirchen-Cantate und Gelegenheitsmusik sein. Jn ersterer Verwendung gehörte sie dem Feste Mariä Reinigung (2. Febr.), in letzterer diente sie einer vier Tage später begangenen Trauerfeierlichkeit. Johann Christoph von Ponickau der Ältere, Herr auf Pomßen, Naunhoff, Großzschocher und Winddorff, Kammerherr, Hof- und Appellationsrath war im October 1726 im 75. Lebensjahre gestorben und wurde am 31. October im Erb-Begräbniß der Kirche zu Pomßen bestattet. Er hatte sich um Sachsen vielerlei Verdienste erworben und war eine hochangesehene Persönlichkeit gewesen. Auch Picander fühlte sich ihm persönlich tief verpflichtet und gab diesem Gefühle in einem Trauergedichte Ausdruck. Am 6. Februar 1727 wurde zu Ehren des Abgeschiedenen in der Kirche zu Pomßen ein solenner Trauergottesdienst veranstaltet; Picander dichtete hierzu eine Cantate »Ich lasse dich nicht, du segnest mich denn« und Bach gab die Musik.[147] Es hat den Anschein, daß er dieses weniger aus eigner Bewegung, als dem befreundeten Dichter zu Gefallen that, und seinerseits mehr nur darauf sah, wie die Musik zugleich zu einem kirchlichen Zwecke verwendet werden könne. Der Text enthält sich, wohl auf Bachs Veranlassung, aller persönlichen Anspielungen und konnte ohne Änderung eines Wortes zu dem wenige

---

146) B.-G. II, Nr. 19. Autographe Partitur und Originalstimmen, welche sich auf der königl. Bibliothek zu Berlin befinden, bieten keinerlei für die Entstehungszeit des Werkes verwerthbare Merkmale.

147) S. Schwartz, Historische Nachlese Zu denen Geschichten der Stadt Leipzig, Sonderlich der umliegenden Gegend und Landschaft. Leipzig, 1744. 4. S. 33 f. — Picanders beide Gedichte stehen Bd. I, S. 434 der Gesammtausgabe. — Das Autograph der Bachschen Musik ist unbekannt; ich kenne sie nur aus der auf der königl. Bibliothek zu Berlin befindlichen Abschrift.

Tage vorher einfallenden Feste Mariä Reinigung gebraucht werden. Auch die Composition trägt durchaus keinen solennen Charakter; sie ist ein ernstes, sinniges Stück in der Stimmung der Worte des alten Simeon: »Herr nun lässest du deinen Diener in Frieden fahren«, der Chor fehlt, abgesehen vom Schlußchorale, gänzlich.

Als dritte ist die Cantate »Herz und Mund und That und Leben« zu nennen. Sie entstand freilich zum 4. Adventsonntag 1716 in Weimar, hat aber für Leipzig eine sehr durchgreifende Umarbeitung erfahren und wurde, wegen des Ausfalls der Kirchenmusik in der Adventzeit, nunmehr dem Feste Mariä Heimsuchung (2. Juli) bestimmt. Wenn auch nicht ganz gewiß, so ist es doch sehr wahrscheinlich, daß sie diese Bestimmung zuerst im Jahre 1727 zu erfüllen hatte.[148]

Es folgt eine Reihe von Kirchencantaten, von denen sich mit einiger Sicherheit nur im allgemeinen sagen läßt, daß sie innerhalb der vier Kirchenjahre 1723—1727 geschrieben worden sind.

1) Neujahrsfest »Herr Gott dich loben wir«. Schon bei der Cantate »Jesus nahm zu sich die Zwölfe« ist darauf hingewiesen, daß Bach es nicht verschmähte, sich gelegentlich dem Geschmacke des Leipziger Publicums anzubequemen (s. S. 183). Unter allen bekannten Kirchenmusiken seiner Composition ist diese für das Neujahrsfest diejenige, in welcher ein Anschluß an Telemanns Schreibweise am deutlichsten hervortritt. Nicht freilich geschieht es im ersten Satze, einem prächtigen Choralchore über die vier ersten Zeilen des Ambrosianischen Lobgesanges: in solchen Formen konnte und mochte Bach nichts von Telemann annehmen und Telemann wäre nicht im Stande gewesen, es ihm auch nur von ferne darin nachzuthun. Aber ein ganz andrer Geist scheint aus dem zweiten Chore »Laßt uns jauchzen, laßt uns freuen« zu reden. Der Wechsel zwischen Bass und vollem Chor, die gefällige Melodik, die drastische Art des Ausdrucks, die Chorbehandlung, alles dies sieht Telemannschen Chorsätzen zum Verwechseln ähnlich[149] wenn man gleich bei

148) S. Band I, S. 565 und 813 f. — Anhang A, Nr. 28.

149) Ich mache, um nur ein Beispiel anzuführen, auf Telemanns beliebt gewordene Pfingst-Cantate »Ich bin der erste und der letzte«, aufmerksam, namentlich auf den Chor »Auf, laßt uns jauchzen«.

näherem Eingehen selbst hierin Bachs kräftigeren Geist recht wohl spürt. Bachs Verhältniß zu Telemann beruhte nicht nur auf persönlicher Freundschaft, er unterschätzte ihn auch als Componisten keineswegs und schrieb sich zum Gebrauch für seine Leipziger Aufführungen eine Adventscantate desselben eigenhändig ab.[150] Auch in der sehr melodischen, weich-innigen Tenor-Arie »Geliebter Jesu, du allein« ist der Widerschein der Keiser-Telemannschen Sologesänge garnicht zu verkennen. Wer sie mit der Tenor-Arie der oben genannten Estomihi-Cantate vergleicht, wird eine gewisse Verwandtschaft in der Empfindungsweise sofort bemerken.[151]

2) Dritter Sonntag nach Epiphanias »Herr wie du willt, so schicks mit mir.«[152] Der an der Spitze stehende Choralchor, welcher auf eine Stelle des Evangeliums, wenngleich nur äußerlich, Bezug nimmt, hat eine in mancher Beziehung neue Form. Recitativische Partien, welche die Gedanken des Melissanderschen Kirchenliedes weiter ausführen, durchziehen ihn. Einer solchen Textanlage begegnet man öfter in Picanders kirchlichen Dichtungen: die letzte Arie von »Ich lasse dich nicht, du segnest mich denn« ist in dieser Weise gehalten, ähnlich auch der Anfang eines auf den 3. Epiphanias-Sonntag 1729 gemachten Textes. Es darf daher vermuthet werden, daß auch der vorliegende Text von ihm herrührt. Der Choral ist vierstimmig und insofern homophon gesetzt, als mit imitatorischen Durchführungen die Singstimmen nirgends behelligt werden. Sehr selbständig benehmen sich die Instrumente. Vor und zwischen den Zeilen lassen sie stets dasselbe, nur in der Tonart nach der jedesmaligen Zeile sich richtende Ritornell hören, das in motivischer Zerlegung auch die recitativischen Stellen begleitet; den Choralgesang umspinnen sie in andersartiger Figurirung. Außerdem treibt der Componist mit einem Motive des Chorals ein seltsames Spiel. Ein Horn[153], welches den *Cantus firmus* verstärkt und anfänglich auch praeludirend vorträgt, macht sich nebenher

150) »Machet die Thore weit«, als Bachsches Autograph auf der königlichen Bibliothek zu Berlin aufbewahrt.

151) B.-G. II, Nr. 16. — S. Anhang A, Nr. 29.

152) B.-G. XVIII, Nr. 73. — S. Anhang A, Nr. 9.

153) Später übertrug Bach den Part des Horns dem Rückpositiv der Thomas-Orgel.

mit der Zerstückelung und Verkürzung der ersten Melodiezeile, unterstützt von den Saiteninstrumenten, angelegentlich zu schaffen. Namentlich sind es die auf die Worte »Herr wie du willt« fallenden Töne, welche in diminuirten Notenwerthen:

immer und immer wieder angebracht werden. Schließlich, nachdem der Chor längst das seinige gethan hat, scheint es als ob er begriffen hätte, was der Tondichter ihm durch die Instrumente unablässig zuraunen ließ: dreimal nach längeren Zwischenräumen hören wir nun auch von ihm das kurz herausgestoßene »Herr wie du willt«, zuletzt auf dem Dominantseptimen-Accorde abbrechend, worauf die Instrumente rasch die Schlußcadenz machen. Der volle Sinn des seltsamen Tongebildes erschließt sich aber erst durch die Bass-Arie, welche dem Schlußchorale vorhergeht. Der Text besteht aus drei vierzeiligen Strophen, deren jede mit den Worten »Herr so du willt« anhebt. Bach nennt das Stück »Arie«, obwohl die Form desselben frei von ihm erfunden ist. Er setzt in ihm die Gedanken des Anfangschores in einer Weise fort, daß man sieht, diese Dichtung hatte für ihn auf die Gestaltung des Chores rückwärts gewirkt. Das Thema wird ohne Vorspiel von der Singstimme intonirt:

dann bemächtigen sich seiner, wiederum in der Verkürzung, alsbald auch die Instrumente, mehr nur den Rhythmus imitirend:

und arbeiten es mit Beharrlichkeit durch. Eine begleitende Sechzehntel-Figur ist ebenfalls dem ersten Chore entnommen. Die Empfindung eines Menschen, der sich mit demuthsvoller Ergebung vor dem unbegreiflichen Rathschlusse Gottes beugt, ist hier mit ergreifender Inbrunst ausgesprochen. Aus der Stelle, wo die Saiteninstrumente *pizzicato* das Leichengeläut nachahmen, klingt es wie Friedensahnung, die durch die Schauerpforten des Todes herein weht (vrgl. Band I, S. 546).

3) Dritter Sonntag nach Epiphanias »Alles nur nach Gottes Willen«[154]. Dieses ist ein Text aus Francks Evangelischem An-

154) B.-G. XVIII, Nr. 72. — S. Anhang A, Nr. 30.

dachtsopfer, und einer der ansprechendsten. Er verfolgt denselben Grundgedanken, wie derjenige der vorigen Cantate, und es scheint sogar, als sei er auf ihn nicht ohne Einfluß geblieben. Indessen nuancirt sich dort die Empfindung mehr nach der Richtung einer frommen Ergebung in die Leiden des Lebens, während hier das selige Genügen gepriesen wird, welches aus dem Bewußtsein erwächst, sich überall in der Hand eines liebreichen Gottes zu befinden. Den phantastischen Zug, die dunkle Färbung der vorigen Cantate findet man hier nicht, wohl aber eine vertrauensselige kindliche Innigkeit von rührender Gewalt. Den stärksten Ausdruck findet dieses Gefühl in der Sopranarie »Mein Jesus will es thun, er will mein Leid versüßen«, einem der holdesten Gesangstücke, die Bach geschrieben hat. Aber in seiner Art nicht weniger entzückend ist alles übrige: die erregtere Alt-Arie »Mit allem was ich hab und bin, Will ich mich Jesu lassen«, das vorhergehende Arioso, in welchem drei- und zweitheiliger Rhythmus so wirkungsreich durch einander spielen, endlich der in herrlicher Breite dahinwallende, von Innigkeit überquellende Eingangschor. Ein paar leichte Änderungen, die Bach im Texte vorgenommen hat, sind doch interessant genug, um hier erwähnt zu werden. Am Schlusse des Arioso heißt es bei Franck:

Herr, so du willt, so sterb ich nicht;
Ob Leib und Leben mich verlassen;
Wenn mir dein Geist dies Wort ins Herze spricht.

»Dies Wort« bezieht sich also bei ihm auf »Herr, so du willt«; Bach hat es auf die folgende Arie »Mit allem was ich hab und bin« bezogen, in welche das Arioso unmittelbar übergeht. In der Sopranarie singt der Dichter:

Mein Jesus will es thun! Er will dein Kreuz versüßen;
Obgleich dein Herze liegt in viel Bekümmernissen,
Soll es doch sanft und still in seinen Armen ruhn,
Wenn ihn der Glaube faßt! Mein Jesus will es thun.

Der Componist aber:

Wenn es der Glaube faßt: Mein Jesus will es thun.

4) Sonntag Septuagesimae »Nimm was dein ist und gehe hin«[155].

---

155) Autographe Partitur auf der königl. Bibliothek zu Berlin. Veröffentlicht in »Kirchengesänge für Solo- und Chor-Stimmen mit Instrumentalbegleitung von Joh. Seb. Bach«. Berlin, Trautwein. als Nr. 1. — S. Anhang A, Nr. 9.

Die Cantate beginnt mit einer Fuge, in welcher die energische, ja harte Abweisung der Forderungen werkgerechten Dünkels einen fast dramatischen Ausdruck gewinnt. Es ist schade, daß der Textdichter den tieferen Sinn des evangelischen Gleichnisses vom Hausvater, welcher Arbeiter für seinen Weinberg dingt, so ungenügend erfaßt hat und im folgenden nichts besseres zu thun weiß, als die Genügsamkeit zu preisen. So muß denn auch das Interesse an der Musik erlahmen. Was Bach aus den trivialen Reimereien machte, hat natürlich Kopf und Fuß; tiefer erregen kann es nicht. Doch scheint grade diese Cantate weitere Verbreitung gefunden zu haben und ihr Text mehrfach componirt zu sein«[156]).

5) Sonntag Sexagesimae »Leichtgesinnte Flattergeister«. Die Bass-Arie am Anfang, das Bild eines leichtfertigen und flatterhaften Sinnes, welcher die Segnungen des göttlichen Wortes in den Wind schlägt, ist ein Charakterstück von außerordentlicher Schärfe und Eigenart. Am Ende steht ein frei erfundener Chor in Form der italiänischen Arie. Er ist fugirt, aber von sehr populärer Melodik und dürfte ursprünglich eine weltliche Bestimmung gehabt haben[157]).

6) Sonntag Quasimodogeniti »Halt im Gedächtniß Jesum Christ«. Hier haben wir wieder ein Werk, das auch in poetischer Hinsicht allen gerechten Anforderungen genügt. Die schöne Erzählung des Evangeliums, wie Jesus nach seiner Auferstehung Frieden bietend im Kreise seiner Jünger erscheint und sie im Glauben stärkt, spiegelt sich hell aus der Dichtung zurück, die aus gut angebrachten Bibelstellen, passenden Chorälen und wohlklingenden Versen zusammengesetzt ist. Sie erinnert an die Weise Francks; sollte Picander der Verfasser sein, so hätte er sich selbst übertroffen. Der Sologesang ist in dieser Cantate, abgesehen von ein paar kurzen Recitativen,

---

156) Der erste Chor der Bachschen Composition wird seiner vortrefflichen Declamation wegen als Muster aufgestellt bei Marpurg, Kritische Briefe über die Tonkunst. Erster Band. S. 381. Hier ist auch von einer öffentlichen Aufführung desselben die Rede. — Der Anfang der Altarie »Murre nicht, lieber Christ« wird citirt bei Sulzer, Allgemeine Theorie der schönen Künste. Vierter Theil. Leipzig, 1779, S. 267; jedoch zu einer andern Musik. Weiteres nach dieser Richtung hin habe ich nicht erforschen können.

157) Originalstimmen auf der königl. Bibliothek zu Berlin. S. Anhang A, Nr. 9. — Eine später zugefügte Flötenstimme und Oboenstimme erweisen eine zweite um 1737 erfolgte Aufführung der Cantate.

nur durch eine schöne Tenorarie vertreten. In dem Anfangschor, einem herrlichen aus zwei Hauptthemen frei construirten fugirten Satze, hätte Scheibe seine für eine eindringliche Kirchenmusik erhobene Forderung »poetischer Auszierungen und verblümter Ausdrückungen« (s. S. 166) voll erfüllt finden müssen. Etwa in der Mitte des Werks tritt mit großer Wirkung der Osterchoral »Erschienen ist der herrlich Tag« ein. Aus der Wendung des Recitativ-Textes, durch welche er eingeleitet wird, sehen wir, daß derselbe Choral zuvor von der Gemeinde gesungen worden sein muß. Kirchliche Vorschrift war dies nicht; Bach wird also dieses Gemeindelied für den vorliegenden Fall ausdrücklich bestimmt haben (vrgl. S. 57 f.). Sehr eigenthümlich ist der nächste Chor. Er führt wegen der strophischen Gestaltung des Textes den Namen *Aria*. Der Bass trägt mit einer tief empfundenen milden Melodie, unter einer sanft schwebenden Begleitung der Flöten und Oboen die Worte Christi vor »Friede sei mit euch«. Ihm gegenüber stellen sich die drei oberen Stimmen mit Worten und Tönen gläubigen Vertrauens auf Christi Schutz und Beistand; im langverhallenden Friedensgruß des Basses klingt das Ganze aus, worauf dann der Choral »Du Friedefürst Herr Jesu Christ« die Stimmung der Cantate noch einmal kurz zusammenfaßt[158]).

7) Sonntag Misericordias Domini »Du Hirte Israels«. Ein kirchliches Pastoral, das Lieblichkeit und Ernst, Anmuth und Tiefe in selten schöner Vereinigung zeigt. Die Taktart des ersten Chores ist eigentlich nicht als Dreiviertel-, sondern als Neunachtel-Takt zu verstehen, insofern durchgängig Triolenbewegung herrscht und die rhythmische Figur ♪. ♬ nach damaliger Art wie ♩ 3 ♪ auszuführen ist (s. Bd. I, S. 555). Hierdurch sowie durch den sackpfeifenartig liegenbleibenden Bass werden dem Tonstücke ganz zart auch die äußern Merkmale einer pastoralen Musik aufgedrückt. Neben seinem bezaubernden melodischen Reize ist der Chor zugleich ein Meisterwerk kunstreichen Satzes. Im Gesange wechseln homophone Partien mit fugirten Durchführungen. Drei Schalmeien (Oboen) schließen sich den drei obern Stimmen verstärkend und farbegebend an. Die Streichinstrumente aber umhüllen sie mit einem schim-

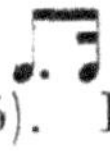

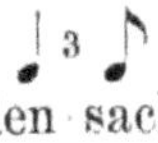

158) B.-G. XVI, Nr. 67. — S. Anhang A, Nr. 9.

mernden Netz wiegender und wallender, durchaus selbständiger Tonreihen. Ein solches Stück hatte Bach bisher nicht geschaffen; es ist ein neues Zeugniß seiner unerschöpflichen Phantasie. Zur Stimmung, dem darin entfalteten Klangzauber, wie auch zur Combination der verschiedenen Tonmassen wolle man die Hirtensinfonie aus dem Weihnachts-Oratorium als einzig würdiges Seitenstück vergleichen. Einen in mancher Beziehung ähnlichen Charakter trägt die Bassarie, wogegen die von ihr und dem Chor umschlossene Tenorarie jener beklommenen Empfindung Ausdruck giebt, welche Psalmstellen, wie »Und ob ich schon wandre im finstern Thal fürcht ich kein Unglück« und »Wie der Hirsch schreit nach frischem Wasser, so schreit meine Seele, Gott zu dir«, anzuregen geeignet sind. Daß Bach an diese Bibelstellen dachte, ist sicher, da auch der Text an dieselben anklingt und eine Strophe des versificirten 23. Psalms den Schluß der Cantate bildet[159].

8) Sonntag Cantate »Wo gehst du hin?«. Der Text zeigt, wie leider so oft bei den Bachschen Cantaten, eine betrübende Unfähigkeit des Dichters, den Grundgedanken des Evangeliums zu erfassen und poetisch zu gestalten. Nach einer lockern Anknüpfung an dasselbe befinden wir uns bald wieder in dem alten, ausgetretenen Gleise: Aufforderung an den Himmel zu denken, Betrachtungen über die Vergänglichkeit alles irdischen. Es erregt Bewunderung, wie Bach immer wieder so ganz bei der Sache war, immer neue und neue Weisen und Formen in diesem poetischen Einerlei zu finden wußte. Das Werk ist Solo-Cantate, indem außer dem Schlußchoral wenigstens kein mehrstimmiger Chorgesang darin zur Anwendung kommt. Besondere Aufmerksamkeit erregen der erste und dritte Abschnitt. In jenem hat Bach es möglich gemacht, über einen Text von vier Worten, der noch dazu eine Frage darstellt (»Wo gehst du hin?«) eine Arie zu componiren. Sie ist eigenthümlich durch die dreitaktigen Perioden, aus denen sie sich aufbaut. Im dritten Abschnitt singt der Sopran die dritte Strophe des Ringwaldschen Liedes »Herr Jesu Christ, ich weiß gar wohl«, die Instrumente führen dazu einen zweistimmigen Contrapunkt aus. Es begegnet uns mit diesem Stücke zum ersten Male die vollständige und angemessenste Über-

159) B.-G. XXIII, Nr. 104. — S. Anhang A, Nr. 9.

tragung des Choral-Orgeltrios auf die Vocalmusik; in der Cantate »Erfreute Zeit im neuen Bunde« war mehr nur ein Ansatz dazu hervorgetreten. Während Bachs erster Leipziger Zeit entstanden seine sechs großen Orgeltrios in Sonatenform. Wir sehen also, wie die Beschäftigung mit dieser Form hier weiter gewirkt hat[160].

9) Sonntag Rogate »Wahrlich, wahrlich, ich sage euch, so ihr den Vater bitten werdet«. Ein Werk, das mit dem vorigen nach Inhalt und Entstehungszeit unverkennbar eng zusammengehört. Die Textanordnung ist ganz die nämliche: voran ein dem Evangelium entnommener Bibelspruch, dann Arie, Choral, Recitativ, Arie und Schlußchoral. Die von Bach verwendeten Tonmittel sind auch die gleichen: selbst die Arien sind für dieselben Stimmen gesetzt, nur in umgekehrter Anordnung, beide Male aber beginnt ein Solo des Basses und schließt ein einfach vierstimmiger Choral. Der Choralsatz in der Mitte, über die letzte Strophe von »Kommt her zu mir, spricht Gottes Sohn« gebaut, zeigt sich hier wie dort als eine aus der Orgelmusik übertragene Form; es contrapunktiren dieses Mal drei Stimmen, der melodische Gehalt der Contrapunkte hier und dort ist aber wiederum ein sehr verwandter: in der Cantate »Wo gehst du hin« lautet der Anfang:

in der Cantate »Wahrlich, wahrlich, ich sage euch«:

Bibelworte im Munde einer einzelnen Stimme pflegt Bach als Arioso zu behandeln, weil eine Anwendung der Opernformen leicht als Profanation erscheinen konnte. Wenn er in der Cantate »Wo gehst du hin« hiervon einmal abwich, so geschah es sicherlich der Eigenthümlichkeit des Textes wegen. Das Musikstück, welches an der Spitze der Cantate »Wahrlich, wahrlich, ich sage euch« steht, ist freilich auch kein Arioso. Aber die würdige Haltung, welche der Composition eines Bibelspruches zukam, ist auf anderm Wege er-

160) Originalstimmen der Cantate auf der königl. Bibliothek zu Berlin. — S. Anhang A, Nr. 9.

reicht, einem Wege allerdings, den nur ein Meister wie Bach wandeln durfte. Er hat den Gesang in eine regelrechte vierstimmige Instrumentalfuge verflochten, und meist so geführt, daß er als selbständige fünfte Stimme erscheint; nur bisweilen fließt er mit dem Instrumentalbasse zusammen, grade hierdurch an die Gewohnheiten des älteren kirchlichen Arioso noch deutlich erinnernd. Ein Seitenstück zu dieser originellen Leistung fehlt nicht; wir haben es im ersten Satze der Cantate »O heilges Geist- und Wasserbad« und es ist demnach wahrscheinlich, daß beide Werke kurz nach einander entstanden sind[161].

10) Sonntag Exaudi »Sie werden euch in den Bann thun« (G-moll). Auch zwischen diesem Texte und den der beiden vorigen Cantaten besteht hinsichtlich der Construction vollständige Übereinstimmung. Ebenso zeigt die Composition im allgemeinen eine ähnliche Schreibweise, zumal in den beiden Arien. Das Anfangsstück ist ein Zwiegesang zwischen Tenor und Bass, der in einen Chor übergeht. In dem Zwiegesang herrscht eine große polyphone Kunst, vergleichbar derjenigen, welche im Duett der Cantate »Du wahrer Gott und Davidssohn« aufzuzeigen war (s. S. 182). Der Chor dagegen in seiner populären Disposition und leichtfaßlichen Polyphonie erinnert an die Chöre aus »Jesus nahm zu sich die Zwölfe« (s. S. 183) und »Ein ungefärbt Gemüthe« (s. S. 188). Etwas ganz neues offenbart uns wieder der mittlere Choralsatz »Ach Gott, wie manches Herzeleid«. Zwar keinem Orgel-Trio oder -Quatuor aber einem Choraltypus Böhms ist er frei nachgebildet[162]. Den schlichten Choral singt der Tenor; es begleitet nur der Generalbass und zwar mit Tonreihen, die durch Verkürzung aus der ersten Choralzeile entwickelt sind und durch chromatische Ausrenkungen das »Herzeleid« andeuten sollen. Da die Strophe nur vier Zeilen enthält so geht der Satz rasch vorüber, fast zu rasch als daß er in seiner ganzen Bedeutsamkeit erfaßt werden könnte. In einer viel späteren Cantate hat Bach diese Melodie in derselben Weise bearbeitet,[163] nur daß an Stelle einer Stimme ein vierstimmiger Chor tritt. Aber in der späteren Composition wird die Wirkung dadurch eine größere, daß sich Reci-

161) B.-G. XX¹, Nr. 86. — S. Anhang A, Nr. 9.

162) Vrgl. Band I, S. 204 f.

163) »Ach Gott wie manches Herzeleid« (A-dur); B.-G. I, S. 84. ff.

tative zwischen die Choralzeilen schieben, und somit der Hörer Zeit gewinnt, den originellen Bau der Form zu begreifen. Den Schlußchoral unserer Cantate bildet die letzte Strophe des Flemmingschen Liedes »In allen meinen Thaten«.[164]

11) Erster Sonntag nach Trinitatis »O Ewigkeit, du Donnerwort«. Zu Grunde liegt das Ristsche Kirchenlied, dessen 1., 2. und 16. Strophe wörtlich herüber genommen sind; das übrige, mit Ausnahme von Strophe 7 und 8, die keine Berücksichtigung gefunden haben, ist in madrigalische Form umgegossen. Man darf in dieser Arbeit Picanders Hand erkennen, da sie in ähnlicher Weise ausgeführt ist, wie für die Michaelis-Cantate »Es erhub sich ein Streit«. Das Werk zerfällt in zwei Theile, deren jeder von einer Choralstrophe, in derselben Harmonisirung, beschlossen wird — also ganz die Weise, wie Bach in der ersten Leipziger Zeit seine Cantaten häufiger anzulegen pflegte. Bach hat ersichtlich mit grosser Hingabe gearbeitet. Eine leidenschaftliche Aufregung, zu deren Darstellung ein staunenswerther Reichthum melodischer, harmonischer und namentlich auch rhythmischer Mittel entfaltet wird, verbindet sich mit kraftvollem, erschütterndem Ernst. In vier Arien und einem Duett wird die Vorstellung von der Furchtbarkeit des göttlichen Richters und der ewigen Qual dem Hörer persönlich so nahe gerückt und mit einer so dramatischen Lebendigkeit gepredigt, wie es der kirchliche Stil nur eben gestattet. Die Stücke contrastiren im Charakter sehr scharf, so daß, obgleich immer derselbe poetische Grundgedanke variirt wird, man doch bis zum Schlusse das lebhafteste Interesse behält; es erhöht die Energie ihres Ausdrucks, daß sie sämmtlich ziemlich knapp gefaßt sind. Und selbst in dem Anfangschor macht sich jene persönliche, leidenschaftliche Auffassung des Gegenstandes geltend, die in gewissem Maße ja immer bei Bach stattfindet, in diesem Werke aber gradezu als charakteristisches Merkmal hervortritt. Man wolle sich die Tonreihen ansehen, mit denen die drei tieferen Stimmen die erste und vorletzte Choralzeile contrapunktiren, die erbebende Bewegung, welche sich T. 13, 17, 23, 27 der Instrumente bemächtigt, die gleichsam entsetzt zusammenfahrenden Rhythmen T. 90 ff. Im übrigen bietet dieser Chor das dritte

164) B.-G. X, Nr. 44. — S. Anhang A, Nr. 9.

Beispiel aus Bachs ersten Leipziger Jahren für eine Übertragung der französischen Ouverture in die Kirchenmusik. In den Cantaten »Preise Jerusalem den Herrn« und »Höchst erwünschtes Freudenfest« handelt es sich aber nicht um einen Choral. Indem hier ein solcher mit der Ouverturen-Form verschmolzen ist, bildet die Cantate »O Ewigkeit, du Donnerwort« ein genau entsprechendes Seitenstück zu der Adventsmusik »Nun komm der Heiden Heiland« aus dem Jahre 1714[165]. Auch in einer späteren Cantate (»In allen meinen Thaten«)[166] findet sich Choral und französische Ouverture combinirt, jedoch tritt der Choral nur im Allegro ein, sodaß das Vorhergehende gleichsam als Vorspiel aufzufassen ist, während er in den andern beiden Fällen auch am Grave betheiligt ist. Bei Stücken festlichen Charakters, wie z. B. auch in der Weihnachts-Cantate »Unser Mund sei voll Lachens«[167], läßt sich diese Form verstehen; hier ist man um einen innern Grund verlegen. Die kurz zuvor in zwei andern Werken erprobte Meisterschaft in Verwendung der Ouverturenform mochte den combinationsfreudigen Künstler zu dem Experiment veranlassen. Natürlich ist es in technischer Beziehung vollständig geglückt; daß der Empfindungsausdruck dadurch eine Vertiefung erfahren habe, wird man nicht behaupten können, doch macht sich auch nirgends ein Widerspruch zwischen Form und Inhalt fühlbar[168].

12) Fest Johannis des Täufers »Ihr Menschen rühmet Gottes Liebe«. Eine Cantate von geringerer Bedeutung, die zu besonderen Bemerkungen kaum Veranlassung giebt. Ihr Charakter ist heiter und gefällig, die Formen sind durchsichtig und leicht zu fassen. Nur für das mittlere Duett mit *Oboe da caccia* hat der Meister größere Kunst aufgeboten. Doch haftet grade ihm eine gewisse Trockenheit an, was freilich bei den nichtssagenden Worten desselben nicht Wunder nehmen darf. Als ein hübscher Zug mag erwähnt werden, daß in dem den Schlußchoral einleitenden Bass-Recitativ die erste Zeile desselben gleichsam praeludirend auftritt. Die Form des Cho-

165) S. Bd. I, S. 501. Ganz allein stehend, wie dort vermuthet wurde, ist also der Fall doch nicht.

166) B.-G. XXII, Nr. 37. 167) B.-G. XXIII, Nr. 110. 168) S. Anhang A, Nr. 31.

rals selber ist die aus der Cantate »Jesus nahm zu sich die Zwölfe« bekannt[169].

13) Achter Sonntag nach Trinitatis »Erforsche mich Gott und erfahre mein Herz«. Man könnte aus Bachs Cantaten eine Gruppe aussondern und mit dem Namen »orthodoxe Compositionen« belegen. Die genannte würde zu ihnen gehören. Es ist ihnen ein Zug strengen bis zur Härte gehenden Eifers eigen, den unter allen Kirchencomponisten jener Zeit nur Bach zeigt und der im vorliegenden Falle besonders stark in dem sehr bedeutenden ersten Chore hervortritt. Die Auffassung der zu Grunde liegenden Bibelworte (Psalm 139, v. 23) wurde durch das gegen die »falschen Propheten« gerichtete Sonntags-Evangelium bedingt — eines der ergiebigsten Themen für orthodoxe Prediger.[170]

14) Neunter Sonntag nach Trinitatis »Thue Rechnung! Donnerwort.« Der Text ist aus Francks »Evangelischem Andachtsopfer«: aus diesem Grunde muß angenommen werden, daß die Composition in der ersten Leipziger Zeit entstand. Wahrscheinlich schuf sie Bach mit der Cantate »Ihr, die ihr euch von Christo nennet« (s. S. 190 f.) in demselben Jahre.[171] Sie enthält außer dem Schlußchoral keinen Chor. Von den Solostücken ist die Tenor-Arie ihres unglaublichen Textes wegen (»Capital und Interessen, Meine Schulden groß und klein Müssen einst verrechnet sein«) schwer genießbar. Die Bassarie dagegen und das Duett zwischen Sopran und Alt sind Prachtstücke an Kraft und charakteristischer Haltung.

15) Neunter Sonntag nach Trinitatis »Herr, gehe nicht ins Gericht«. Mit den Weisen eines inbrünstig flehenden Bußgesanges, anfänglich von den beiden Oberstimmen canonisch geführt, beginnt das Orchester (G-moll). In die Schlußcadenz tritt der vierstimmige Chor ein »Herr, gehe nicht ins Gericht mit deinem Knecht« (Psalm 143, v. 2). Er entnimmt dem Instrumentalsatze nur das Motiv der canonischen Führung, baut sich sonst über dem Grundbasse aus einem neu erfundenen Gedanken auf. Nach sechs Takten ver-

169) Originalstimmen auf der königl. Bibliothek zu Berlin. — S. Anhang A, Nr. 9.

170) Originalstimmen auf der königl. Bibliothek zu Berlin. — S. Anhang A, Nr. 9.

171) S. Band I, Anhang A, Nr. 28. S. 809.

stummt er vor dem auf der Oberquinte sich wiederholenden wortlosen Bußgesange der Instrumente. Derselbe erscheint jetzt im doppelten Contrapunkt. Ebenso wird in dem nach acht Takten sich wiederholenden Chore der Sopran zum Tenor, der Alt zum Sopran, der Tenor zum Alt. Die Instrumente entnehmen dem Chorgedanken ein rhythmisches Motiv und entwickeln aus ihm ein selbständiges Gebilde, das meisterlich mit dem Chor zu einem Ganzen zusammengefügt wird. Nochmals eine kurze Chorpause, in welcher die Instrumente ihr Motiv weiter führen, dabei aber auch vernehmlich auf eine gewisse Stelle ihres Anfangssatzes (Takt 5 ff.) zurückdeuten. In den zum dritten Male anhebenden und mit freier Benutzung seines Hauptgedankens weitergeführten Chor treten sie endlich mit ihrem eignen Bußgesange hinein und lassen ihn in der mittleren Tonlage, wie recht aus dem Herzen der singenden Schaar hervorquellend, vollständig vorüberziehen. Der Chor endigt, auf einem langen Dominantorgelpunkte klingt leise die Stimmung aus. An den bewundrungswürdig aufgebauten Adagio-Satz schließt sich eine sehr lebendige Fuge »Denn vor dir wird kein Lebendiger gerecht«. Man könnte ihr als Motto den Bibelspruch beigeben »Ich der Herr, dein Gott, bin ein eifriger Gott« (2. Mos. 20, 5). Die Durchführung des energischen Themas führt mehrfach zu Stellen welche wie zürnende Meereswogen rollen und brausen. Einmal tritt — ein bei Bach höchst seltener Fall — plötzlich eine längere *Piano*-Stelle ein, die hernach sogar im *Pianissimo* fortgesetzt wird, gleich als ob der Mensch sich vor dem Auge des furchtbaren Gottes scheu verbärge. Hinter der ergreifenden Wirkung dieses Anfangschores steht die der übrigen Theile der Cantate nicht zurück:

»Wie zittern und wanken
Der Sünder Gedanken,
Indem sie sich unter einander verklagen
Und wiederum sich zu entschuldigen wagen.
So wird ein geängstigt Gewissen
Durch eigene Folter zerrissen.«

lautete der gelungene Text der ersten Arie, welchen Bach zu einem hochoriginellen Musikstück verwendet hat. Ununterbrochen zieht sich durch dasselbe eine zitternde Sechzehntel-Bewegung der Violinen, zu denen der Sopran mit einer Oboe in kühn gezeichneten, scharf eindringenden Melodien concertirt. Kein Generalbass tritt hinzu, die tiefste Stimme wird durch die gleichmäßig in Achteln fortbebende Viola gebildet. Eine heimliche Angst, zugleich eine tiefsinnige Traurigkeit ist über die Arie gebreitet. Mit dem folgenden, begleiteten, Bassrecitativ tritt die Wendung ein: in Jesus ist Trost, er öffnet uns einst die ewigen Hütten. Die Töne, in denen dies verkündet wird, konnte in solcher Innigkeit nur ein Bach erfinden. Sie führen zu einer in beruhigter Empfindung ausströmenden, sehr reichen, kunstvoll construirten Tenor-Arie. Namentlich interessant ist ihr Rhythmus. Die Worte des Anfangs »Kann ich nur Jesum mir zum Freunde machen« hat Bach zu einem Hauptgedanken benutzt, der sich in einen halben und einen ganzen Viervierteltakt gliedert:

die drei Töne des ersten Gliedes werden im Verlaufe motivisch in erfinderischer Weise ausgenutzt. Der Schlußchoral faßt die beiden Grundstimmungen der Cantate: Angst und Beruhigtsein noch einmal zusammen. Letzteres kündet der Gesang, erstere die aus der Sopranarie nachhallenden zitternden Sechzehntel der Violinen. Aber das klopfende Herz kommt je länger, je mehr zum Frieden: aus den Sechzehnteln werden allmählig Achtel-Triolen, dann einfache Achtel, dann zusammengezogene Triolen (♩ 3 ♪), endlich, in den letzten Takten, Viertel. Daß es Bachs Absicht war, bis zum Schlusse die Erinnerung an die Sopranarie lebendig zu erhalten, geht auch daraus hervor, daß das Choralnachspiel ohne Generalbass, mit der Bratsche als tiefstem Instrumente abschließt. Nie genug kann es bewundert werden, wie vorzüglich die Mischung der entgegengesetzten Stimmungen in diesem Stücke gelungen ist, und wie dadurch ein Gebiet erschlossen wird, von dessen Vorhandensein vor und neben Bach niemand etwas wußte. Die Arie Orests aus Iphigenie in Tauris »*Le calme rentre dans mon coeur*« preist man mit Recht als eine der musikalisch-dramatischen Großthaten Glucks. Aber der erste, der in dieser Weise die tiefsten Tiefen des unsagbar complicirten menschlichen Empfindens aufdeckte, ist er nicht gewesen; ein halbes Jahrhundert vorher hatte schon Bach gleich meisterlich eine ähnliche Aufgabe gelöst.

Eine auffallende Reminiscenz an Händels Passionsmusik nach Brockes, welche Bach, aller Wahrscheinlichkeit nach in der letzten Cöthener Zeit, zum Theil eigenhändig copirte, soll hier nicht übergangen werden. So frei und bewegt die Melodieführung der Sopranarie in der Cantate ist, so überrascht doch eine Stelle durch ihr fast gesuchtes und gewaltsames, zum übrigen nicht völlig in Harmonie stehendes Wesen. Takt 78 ff. heißt es nämlich:

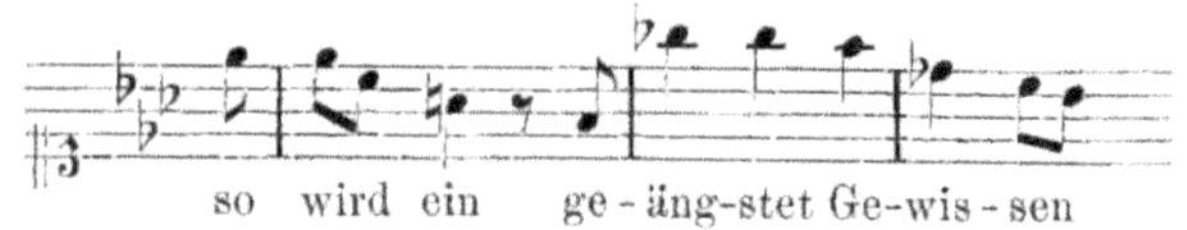

In Händels Passion kommt folgende Stelle vor:

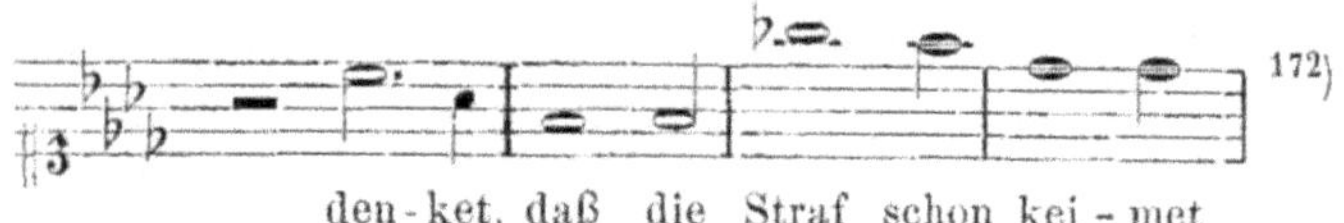

[172]

Ich zweifle nicht, daß Bach hier von der Erinnerung an den sehr schönen, eindringlichen Händelschen Satz fortgerissen worden ist. Daß derselbe ihn während der Composition dauernder beeinflußte, kann man wohl auch aus der Anwendung der imitirenden Oboe schließen, die Grundstimmung ist ohnehin eine ähnliche. Für das Interesse, welches Bach an den Werken seines großen Zeitgenossen nahm, ist diese Reminiscenz ein gewichtiges Zeugniß. Wie man sich von früher erinnern wird (s. Band I, S. 781), ist sie nicht die einzige.[173]

16) Zehnter Sonntag nach Trinitatis »Schauet doch und sehet, ob irgend ein Schmerz sei, wie mein Schmerz.« Die Cantate bildet mit der vorigen zusammen ein Paar, welches sicherlich in derselben Zeit geschaffen wurde. Sie stimmen in ihrem Bau und soweit es die verschiedenartige Beschaffenheit des Gegenstandes zuließ, auch in der Empfindungsweise überein. Im Evangelium prophezeit Jesus der Stadt Jerusalem weinend ihren dereinstigen Untergang. Der an diese Vorstellung anknüpfende Text ist recht ungeschickt entwickelt. Er nimmt zuerst Bezug auf die frühere Zerstörung durch

---

172) Ausgabe der deutschen Händel-Gesellschaft. Lieferung XV, S. 80, T. 3 ff.

173) B.-G. XXIII, Nr. 105. — S. Anhang A, Nr. 9.

Nebukadnezar, macht sodann einen linkischen Uebergang auf die vorausgesagte Zerstörung durch Titus und zieht hieraus die Nutzanwendung auf das allen sündigen Menschen bevorstehende Strafgericht, unter welchem aber Jesus die Frommen liebreich schützen wird. Indem nun durch die musikalische Ausführung auf den Anfang das Hauptgewicht fällt, kommt etwas schiefes und unklares in die poetische Haltung des Ganzen. Dies ist sehr zu beklagen, denn in Bezug auf Conception und Ausführung der einzelnen Stücke gehört die Cantate zu dem Packendsten und Erschütterndsten, was Bach überhaupt geschaffen hat. Mit einer Kraft ohne gleichen ist die Gesammtstimmung der Klagelieder Jeremiae in den ersten Chor (D moll) zusammengedrängt; an jedem Tone hängen Thränen, jede Wendung ist ein Seufzer. Wie in der Cantate »Herr gehe nicht ins Gericht« besteht der Chor aus einem langsamen, in canonartigen Führungen der Singstimmen sich entwickelnden Satze, und einer lebhafteren Fuge. Ersterer zählt 66, letztere 76 Dreiviertel-Takte, die Dimensionen sind also beträchtlich. Sie entsprechen aber nur der Urgewalt der Empfindung, welche in diesen Tönen hervorströmt. Den Chor verstärken an planvoll gewählten Stellen eine Trompete und zwei *Oboi da caccia*, das Streichquartett und zwei Flöten umkreisen den Adagiosatz in freien, bedeutungsvollen Arabesken. Vernehmlich klingen gewisse schluchzende Flötengänge an den Choralchor der Matthäuspassion »O Mensch, bewein dein Sünde groß« an.[174]) Aber in der Passion erscheint die Empfindung gelindert durch den Gedanken an Christi Erlösungstod, in der Cantate giebt es für die zehrende Gluth der Schmerzen keinen Trost; wie altes und neues Testament stehen sich diese beiden wunderbaren Schöpfungen ebenbürtig gegenüber. Nächst dem Chor fesselt die mächtige Bassarie »Dein Wetter zog sich auf von weitem« am stärksten die Aufmerksamkeit. Der in Terzen über dem B der Instrumentalbässe auftseigende Hauptgedanke:

174) Dieser Chor war ursprünglich zur Johannes-Passion geschrieben und existirte schon, als Bach die in Rede stehende Cantate componirte. Das Nähere darüber weiter unten, wo von den Passionen gehandelt wird.

hat etwas unheimliches und grauenerregendes, wie es in solcher Stärke bei Bach kaum wieder zum Ausdruck gekommen sein dürfte. Erhöht wird diese Stimmung durch das lange tönende darüberliegende *f* der Trompete[175], das wie ein Strahl aus finsterem Gewittergewölk hervorschießt und, wie treffend bemerkt worden ist, eine wahrhaft blutrothe Farbe giebt.[176] Von großer Wirkung sind auch im der Mitte (Takt 45—54 und 67—76) die taktweise auf- und absteigenden chromatischen Schritte der Instrumentalbässe. Die Altarie (G moll), welche nur von Flöten und Oboen ohne Generalbass begleitet wird, paraphrasirt Christi Worte: »Wie oft habe ich deine Kinder versammeln wollen, wie eine Henne versammelt ihre Küchlein unter ihre Flügel« (Matth. 23, 37) und ist beruhigend wenngleich ernst gehalten, wie es dem Zusammenhange gemäß war. Im Schlußchoral, der 9. Strophe des Meyfartschen Liedes »O großer Gott von Macht«, lassen sich wieder die Flötengänge des Anfangschors zwischenspielartig vernehmen. Also findet hier eine ähnliche Rückbeziehung statt, wie im Schlußchorale der Cantate »Herr, gehe nicht ins Gericht«.

Es ist früher (Bd. II, S. 152 f.) auseinandergesetzt worden, daß auch beim Vortrag der Chöre die Anwendung von Auszierungen nicht ganz ausgeschlossen war. Zwei Stellen des ersten Chors liefern Beispiele hierzu. Takt 37 sollen im Tenor und Takt 51 im Alt die abwärts führenden Terzenschritte durch Anbringung von Accenten ausgefüllt werden. In den Singstimmen ist dieses nicht vorge-

---

175) Bach schreibt hier, wie auch im Anfangschor und Schlußchoral vor: *Tromba o Corno da tirarsi*. Das *Corno da tirarsi*, welches bei ihm mehrfach z. B. auch in der Cantate »Halt im Gedächtniß Jesum Christ« vorkommt, wird dasselbe oder doch ein ähnliches Instrument sein, wie die in jener Zeit aufgekommene *Tromba da tirarsi*, in welcher man die Construction der Trompete und der Posaune zu combiniren suchte. Kuhnau erwähnt sie im Musikalischen Quacksalber S. 82 f. (»Die in der *Compagnie* sahen einander an: Denn sie wusten, daß es nicht angehen könte, absonderlich, wenn er von *Alt*isten redte, derer Stimme er mit der Trompete wolte *imit*iret haben, da doch solches *Instrument* in dem *Ambitu* dieser Stimme gar arm ist, und wo sich nicht nach ietziger *Invention* eingerichtet ist, daß sie sich nach Art der *Trombon*en ziehen lässet, die wenigsten *Tonos* hat«.).

176) Lindner, Zur Tonkunst. Berlin, Guttentag 1864. S. 124.

schrieben, wohl aber in den mitgehenden Oboen.[177] Nothwendig sind die Accente durchaus, weil nur so eine verständliche Harmonie herauskommt; freilich bleiben sie dann eigentlich keine Verzierungen mehr, sondern werden Hauptnoten. Die Gränze zwischen beiden wird aber von Bach oftmals verwischt (vergl. Band II, S. 147).[178]

17) Dreizehnter Sonntag nach Trinitatis »Du sollst Gott deinen Herren lieben«. Der Stil dieser Cantate weicht auffällig ab von dem aller bisher besprochenen. Die Arien sind bedeutend einfacher, als wir es nachgrade von Bach gewohnt geworden sind. In einer derselben concertiren zwei Instrumente (vermuthlich zwei Oboen) mit dem Sopran; sie thun dies aber fast immer in parallelen Terzen oder Sexten und eine nennenswerthe Polyphonie entwickelt sich zwischen ihnen nirgends. Die Empfindung streift an jene weiche Schwärmerei, welche Bachs frühesten Kirchencompositionen, da er noch auf dem Gebiete der älteren Cantate sich wohl fühlte, eigen ist, die Sopranarie mahnt sogar vernehmlich an die Arie »Jesu dir sei Dank gesungen« aus der Cantate »Uns ist ein Kind geboren«[179]. Die Beschaffenheit der autographen Partitur bietet keine Stütze für die Annahme, Bach habe hier ältere Compositionen überarbeitet, man müßte denn in der großen auf Zeitmangel deutenden Eile, in der sie hingeworfen ist, eine solche erkennen. Hinsichtlich des Anfangschors aber beruht die Stilverschiedenheit darin, daß er sich in einer ganz neuen, geistreich erdachten und meisterlich ausgeführten Form präsentirt. Der Text ist dem Evangelium entnommen: »Du sollst Gott deinen Herrn lieben von ganzem Herzen, von ganzer Seele, von allen Kräften und von ganzem Gemüthe, und deinen Nächsten als dich selbst«. Dem bibelkundigen Componisten war

177) An der zweiten Stelle steht in der Oboestimme

was ziemlich auf dasselbe hinauskommt, da der Triller mit der oberen Hülfsnote begonnen wurde.

178) B.-G. X, Nr. 46. — S. Anhang A, Nr. 9.

179) S. Band I, S. 485.

es nicht unbekannt, daß der Vorgang, welcher diese Äußerung hervorruft, bei den Evangelisten Matthäus (22, 35—40) und Marcus (12, 28—34) in ausgeführterer Form sich findet. Der dort hinzugefügte Satz: »In diesen zweien Geboten hanget das ganze Gesetz und die Propheten« wurde ihm bedeutungsvoll. Er führte die Melodie des Lutherliedes »Dies sind die heilgen zehn Gebot« in den Instrumentalbässen mit halben Noten als *Cantus firmus* ein, entwickelte in Achtelnoten den darüber gebauten Chor aus der ersten Zeile des Chorals und ließ endlich von einer *Tromba da tirarsi* den Choral in Viertelnoten ertönen. Indem so das Wesen desselben den Tonsatz in allen Theilen durchdringt und von allen Seiten umschließt, erscheint der Gedanke, daß sämmtliche Gebote Gottes in jenen zwei Sätzen einbegriffen seien, in sinnvollster musikalischer Verkörperung.[180] Es ist klar, daß die Form, rein vom musikalischen Standpunkte angesehen, die des Orgelchorals ist. Wir besitzen über dieselbe Melodie zwei wirkliche Orgelchoräle Bachs. Der eine steht im dritten Theile der »Clavierübung«[181] und gehört somit in Bachs letzte Schaffensperiode. Den andern enthält das »Orgelbüchlein«[182], er wird also aus der weimarischen Zeit stammen. Der spätere zeigt die Melodie im strengen Canon der Octave in den Mittelstimmen. Bei dem früheren Orgelchoral liegt die Melodie in der Oberstimme, die Contrapunkte werden aus der ersten Zeile entwickelt. Der Chor hält demnach auch bezüglich seiner musikalischen Form zwischen beiden Orgelchorälen die Mitte. Eine eigentlich canonische Führung zwischen Instrumentalbass und Trompete läßt sich nicht statuiren, da einmal die Notenwerthe nicht dieselben sind noch die Intervallenabstände immer die gleichen, sodann aber auch die Trompete nach jeder Zeile die erste wiederholt, wie um recht nachdrücklich die Worte einzuschärfen »Dies sind die heilgen zehn Gebot«, endlich über dem Orgelpunkt G die ganze Melodie im Zusammenhange abschließend noch einmal ertönen läßt. Dieses Spiel mit Melodiefragmenten — denn so darf man es wohl nennen — deutet eher auf Nachwirkungen des Stiles der nordländischen Schule. Und noch

180) Schon W. Rust hat den Tiefsinn dieses Chors verständnißvoll gedeutet. B.-G. XVIII, S. XV.

181) B.-G. III, S. 206 ff.

182) P. S. V, C. 5. — S. Band I, S. 590.

ein andrer Umstand deutet dahin. Sonderbarerweise zerschlägt Bach die vierte Zeile:

in zwei Stücke, indem er die vier ersten Noten abgetrennt behandelt, die letzten drei aber mit dem »Kyrieleis« zusammenzieht. Weder ein poetischer, noch ein musikalischer Grund für dieses Verfahren läßt sich ausfindig machen. Es ist eben ein Spiel jener Künstlerlaune, welche grade die Nordländer so gern schalten ließen, und wirklich findet sich etwas ähnliches in einer Choralbearbeitung Buxtehudes.[179] Uebrigens hat Bach in dem Orgelchoral der »Clavierübung« dasselbe Verfahren beobachtet, woraus zu schließen ist, daß er sich bei Composition desselben an den Choralchor erinnert habe.[180]

17) Sechzehnter Sonntag nach Trinitatis »Liebster Gott, wann werd ich sterben?« Die Cantate scheint der Composition zum 13. Trinitatissonntage »Ihr, die ihr euch von Christo nennet«[181] zeitlich ganz nahe zu stehen. Ihr Gegenstand sind Betrachtungen über den Tod, welche durch das Evangelium vom Jüngling zu Nain aber nur sehr äußerlich motivirt erscheinen. Das Neumannsche Kirchenlied »Liebster Gott, wann werd ich sterben« ist am Anfang und Ende mit je einer Original-Strophe verwendet, dagegen sind Strophe 2, 3 und 4 in der Weise madrigalisch paraphrasirt, daß Strophe 2 den Text der Tenor-Arie, Strophe 3 den des Alt-Recitativs, die erste Hälfte der vierten Strophe den Text der Bass-Arie, die zweite den des Sopran-Recitativs bilden. Die arienhafte Weise des Liedes rührt von dem 1721 als Organist der Nikolaikirche zu Leipzig verstorbenen, im Verlauf unserer Darstellung schon mehrfach erwähnten Daniel Vetter her. Vetter war ein Schüler von Werner Fabricius, dem er nach dessen Tode (9. Januar 1679) im Organistenamte folgte

---

179) »*Te Deum laudamus*«. S. meine Ausgabe der Orgelcompositionen Buxtehudes, Band II, S. 53, Takt 5 ff.

180) B.-G. XVIII, Nr. 77. — S. Anhang A, Nr. 9.

181) S. S. 190 f. dieses Bandes.

(11. August desselben Jahres).[182] Er stammte aber aus Breslau und hatte das Lied »Liebster Gott« auf Wunsch eines Freundes, des Cantors Wilisius an St. Bernhardin in Breslau zu dessen Begräbnißfeier (1695) componirt. Es hatte sich verbreitet und viele Entstellungen erlitten, weshalb er es 1713 im zweiten Theil seiner »Musicalischen Kirch- und Haus-Ergötzlichkeit« vierstimmig gesetzt nochmals herausgab.[183] Bach hat die vierstimmige Arie gekannt, denn eben dieselbe ist es, welche, wenn auch umgearbeitet, so doch in leicht wieder zu erkennender Gestalt den Schluß seiner Cantate ausmacht. Man sieht wieder, Bach hielt seine Leipziger Kunstvorgänger in Ehren. Im ersten Chore wird die Melodie in der Form einer Choralfantasie (vrgl. S. 190) behandelt. Dieses Stück ist sehr merkwürdig: ein Tonbild wie aus Glockenklang und Blumenduft gewoben, die Stimmung eines Kirchhofs im Frühling athmend. Daß nicht ein eigentlicher Choral, sondern nur eine geistliche Arie zu bearbeiten war, mag wohl zum Theil auf den Charakter des Stückes bestimmend eingewirkt haben, giebt aber keine vollständig genügende Erklärung. Eher wäre, namentlich auch wenn man die gesammte Cantate in Betracht zieht, deren liebliches, manchmal in kindliche Spielseligkeit übergehendes Wesen gegen den Ernst andrer Bachscher Sterbecantaten seltsam contrastirt, die Annahme gestattet, daß die mild anmuthende Erzählung des Evangeliums den Grundton hergestellt habe. In ganz ähnlicher Weise, wie in der weimarischen Cantate »Komm, du süße Todesstunde«[184] wird durch Pizzicatos der Saiteninstrumente und schnell repetirte hohe Flötentöne das Sterbegeläut nachgeahmt. Ueber den Saiteninstrumenten gleiten, bald in süßen Melodien einander nachschwebend, bald zu weichen Terzen- und Sextengängen vereinigt, zwei *Oboi d'amore* dahin. Das in dieser Weise entwickelte Instrumentalstück gewährt fast schon durch sich allein eine völlige Befriedigung. Der musikalische Nachdruck ruht auch auf ihm: er zählt 68 Takte, der homophon zu nennende Chor dagegen, welcher mit Unterbrechungen hineintritt und die Originalmelodie nur durch

---

182) Leipziger Universitätsarchiv. *Repert.* $\frac{\text{II}}{\text{III}}$ Nr. 5. *Litt. B. Sect.* II. *Fol.* 2b. — Rathsarchiv VII. B. Fol. 108, 23 f., 31.

183) S. Winterfeld, Ev. K. III, S. 487 und Musikbeilage S. 140 f.

184) S. Band I S. 543 f.

zarte Melismen ausschmückt, insgesammt nicht mehr als 20 Takte. Dennoch stimmen seine Sterbeworte das Gemüth zu einer ganz eignen Schwermuth, wie man sie etwa am Sarge eines Kindes oder Jünglings empfindet. Der Glockenklang hallt in den Bässen der empfindungsreichen Tenorarie weiter, dringt hier sogar einmal bis in die Singstimme hinein (Takt 29—31). Die melodische, weit ausgeführte Bassarie sowie auch beide Recitative sind von einer den übrigen Stücken entsprechenden hohen Schönheit. [189]

19) Sonntag nach Weihnachten »Gottlob, nun geht das Jahr zu Ende«. Die letzte Bachsche Composition eines Neumeisterschen Textes [190], welche wir zu besprechen haben, und was die Chorverwendung betrifft die großartigste. Der Hauptchor steht hier an zweiter Stelle; er tritt mit solcher Wucht auf, daß sich nur die ausgereifte Schönheit der vorhergehenden Sopranarie mühsam neben ihm behauptet, alles nachfolgende dagegen fast wirkungslos zu Boden sinkt. Bach hat die Composition des Chors früher als die der übrigen Theile in Angriff genommen und zuerst separat entworfen, denn im Zusammenhange der gesammten Partitur zeigt er fast keine Correturen und hat das Ansehen einer Reinschrift. Der Meister sah nach Vollendung des riesigen Stückes selbst mit stolzer Befriedigung auf dasselbe hin; was er sonst fast nie thut, ist hier geschehen: er hat seine 174 Takte gezählt und am Schlusse vermerkt. Es ist ein Choralchor über »Nun lob mein Seel den Herren«, einer Motette ähnlich, insofern die Instrumente (Streichinstrumente, drei Oboen, Cornett und drei Posaunen) mit den Singstimmen gehen und nur der Generalbass hier und da seinen eignen Weg nimmt. Die Form ist die des Pachelbelschen Orgelchorals in seiner höchstmöglichen Entwicklung innerhalb der Motettengattung. Dazu gehört ganz besonders auch die sinnvolle musikalische Ausdeutung der einzelnen Strophenzeilen durch die contrapunktirenden Stimmen, welchedie der Vergebung bedürftige Sünde durch schmerzliche chromatische Gänge zeichnen, den Trost Gottes wie aus reichem Füllhorn stromweis über den armen Menschen ausschütten, und »dem Adler gleich« stolz sich aufschwingen. Spä-

---

189) B.-G. I, Nr. 8. — S. Anhang A, Nr. 32.

190) Vergl. Bd. 1, S. 481.

terhin hat Bach noch mehre Stücke dieser Art geschrieben[191]; sie sind dem Erstling ebenbürtig, aber überragen thut ihn keines.[192] —

Am 7. September 1727 trat wegen des Todes der Königin Christiane Eberhardine eine viermonatliche Landestrauer ein. Die Unterbrechung, welche Bachs Thätigkeit hierdurch erfahren mußte, macht einen natürlichen Einschnitt in die lange Reihe seiner Leipziger Kirchencompositionen. Es ist daher angemessen hier einen Augenblick still zu stehen und Rückschau zu halten. Das abschließende Urtheil über die weimarischen Kirchencantaten lautete ungefähr dahin, daß in ihnen das Ideal der Bachschen Kirchenmusik bereits fertig dastehe, wenn man absehen wolle von der Verwendung, welche in ihnen der Chor erfährt.[193] Trotz mancher sehr bedeutender Chorstücke wiegen im ganzen genommen doch die Sologesänge schwerer; ihre Formen machen den Eindruck vollkommenster Reife und wer sie gründlich studirt hat, dem werden die späteren Bachschen Sologesänge in formeller Hinsicht nicht allzuviel neues mehr bieten. Aus der Cöthener Cantate »Wer sich selbst erhöhet«[194] ging sodann hervor, daß Bach sich aus seiner langen Beschäftigung mit Orgel- und anderer Instrumental-Composition nunmehr auch die volle Meisterschaft erworben hatte, freie Chorsätze in reichen und großen Formen auszuführen. In den Cantaten der ersten vier Leipziger Jahre finden wir den unbegränzten Gestaltenreichthum wieder, welcher dem Künstler daraus erwuchs, daß er die instrumentalen Formen in ungeahnter Weise für seine Kirchenmusik zu verwenden wußte. Wir sehen ihn Theile der Kammersonate ohne weiteres übertragen und als Instrumentaleinleitung dem zweiten Theile der Cantate »Die Himmel erzählen die Ehre Gottes« voranstellen. Er schmilzt die Elemente des ersten italiänischen Concertsatzes mit Chorformen zusammen, wie im *Magnificat* und der Weihnachtsmusik »Dazu ist erschienen der Sohn Gottes«. Ganze Cantaten gießt er in die Formen des Concerts (»Erfreute Zeit im neuen Bunde«) oder der Orchesterpartie (»Höchsterwünschtes Freudenfest«). Er combinirt die französische Ouverture mit dem frei erfundenen Chor, selbst mit dem Choral

191) »Ach Gott vom Himmel sieh darein« (B.-G. I, Nr. 2), »Aus tiefer Noth schrei ich zu dir« (B.-G. VII, Nr. 38).

192) B.-G. V¹, Nr. 28. — S. Anhang A, Nr. 30.

193) Band I, S. 557 f.

194) Band I, S. 625 f.

(»Preise Jerusalem, den Herrn«, »O Ewigkeit, du Donnerwort«), zwingt die Gigue einem kirchlichen Zwiegesange zu dienen (»Ärgre dich, o Seele, nicht«) und den Passacaglio einen Klagechor zu bauen (»Weinen, Klagen«). In der Cantate »Die Elenden sollen essen« stellt er mit den Mitteln der weltlichen Instrumentalmusik eine Choralfantasie her und in der Michaelismusik »Es erhub sich ein Streit« contrapunktirt er eine Choralmelodie durch einen Siciliano. Was auf dem Gebiete des Orgelchorals von ihm und seinen Vorgängern irgend geschaffen war, versteht er für die kirchliche Vocalmusik auszunutzen. Die Typen Pachelbels, aber auch diejenigen Buxtehudes und Böhms treten uns in neuen sinnvollen Umkleidungen bald rein (»Erschallet ihr Lieder«, »Sie werden euch in den Bann thun«), bald vermischt (»Die Elenden sollen essen« »Christ lag in Todesbanden«, »Du sollst Gott deinen Herrn lieben«) entgegen. Das Choraltrio und -Quatuor, welches Bach für die Orgel so meisterhaft zu gestalten gelernt hatte, finden wir in den Cantaten »Wo gehst du hin?« und »Wahrlich, wahrlich, ich sage euch« als Gesangsmusik wieder. Mit mächtiger Hand zwingt er Orchester und Chor zur Gestalt der Choralfantasie zusammen. Von dem instrumentalen Choral fordert er, das regellose Recitativ zu begleiten, zu zügeln und mit der heiligen Stimmung der christlichen Gemeinde zu durchdringen, (»Du wahrer Gott und Davidssohn«), zwischen die Theile des Choralchors schiebt er die aufregenden Tonreihen des persönlich betrachtenden Recitativs (»Herr, wie du willst, so schicks mit mir«), und den einstimmigen Gesang zwängt er in die polyphonen Formen der Instrumentalfuge (»O heilges Geist- und Wasserbad«, »Wahrlich, wahrlich, ich sage euch«). Dazwischen dann immer wieder die altbekannten Formen der Arie, des Arioso, des Recitativs und des einfachen Chorals, aber mit stets neuem Inhalte aus dem Born einer unerschöpflichen Erfindungskraft gefüllt, vertieft, großartig ausgeweitet, auch wohl durch geistreiche, tief poetische Bezüge unter einander oder mit jenen neu geschaffenenen Formen verknüpft. Alles dieses bemerkt man in kleinerem und bescheidenerem Maße schon in den weimarischen Cantaten. Wodurch sich aber die Leipziger Productionen in stark hervortretender Weise von ihnen unterscheiden, das sind die reichlich angewendeten, mächtig und kühn gestalteten Chorbilder. Nur ein geringer Theil der bisher besprochenen Cantaten entbehrt derselben. Es braucht kaum gesagt zu werden, und ergiebt sich überdies schon aus der oben entworfenen Schilderung, daß auch in ihnen die eines Bach würdige größte Mannigfaltigkeit herrscht. Indessen sind — und das ist für diese Gruppe von Cantaten charakteristisch — die frei erfundenen Chöre entschieden in der Ueberzahl. Die Choralchöre, welche sich in den Cantaten »Du wahrer Gott und Davidssohn«, »Christ lag in Todesbanden«, »O Ewigkeit, du Donnerwort«, »Du sollst Gott deinen Herrn lieben«, »Liebster Gott, wann werd ich sterben«, »Gottlob, nun geht das Jahr zu Ende« und hier und da sonst noch finden, sind ein jeder an sich ohne Zweifel tiefsinnige, zum Theil großartige Erscheinungen, wie sie eben nur Bach hinstellen konnte. Auch soll nicht verschwiegen werden, daß in diese Periode noch der Schlußchor des ersten Theils der Matthäuspassion zu setzen ist. Wenn man sie aber insgesammt gegen die Menge der frei erfundenen Chöre dieser Zeit hält, so sieht man doch, daß den letzteren vorzugsweise Bachs Neigung zugewendet war. Die Form derselben ist verschieden; doch erfährt die Fuge, der häufig ein breites Adagio vorhergeht, eine gewisse Bevorzugung. Es ist bei Bachs innigem Verhältniß zum Choral ein nicht zu übersehendes Merkzeichen, daß unter diesen Cantaten solche sind — und zwar keine von geringer Bedeutung — in denen der Choral gänzlich fehlt (z. B. »Christen ätzet diesen Tag«), nicht wenige auch, in denen er eine nur nebensächliche Rolle spielt. Bach fand in Leipzig ein Publicum vor, das neben Kuhnauscher vor allem Telemannsche Musik liebte. Telemanns Stärke lag in einer gewissen Art glänzender, äußerlich lebhafter und durch ihre handgreiflichen Malereien auf die große Menge wirkender Chöre. War nun auch Bach keineswegs gesonnen, ihn hierin sich zum Vorbilde zu nehmen, so mochte doch die Geschmacksrichtung der Menge, welcher er schon in seiner Probecantate Rechnung getragen hatte, ihm ein Impuls sein, sich vorzugsweise mit der freien Chorcomposition zu befassen, wie er denn auch nicht anstand, eine Adventsmusik Telemanns eigenhändig zu copiren. Es fehlt selbst nicht an Zügen in seinen Chören und Sologesängen, die gradezu etwas Telemannsches haben, am stärksten tritt dieses in der Cantate »Herr Gott, dich loben wir« hervor. Aber wir sahen auch, daß er sich an Kuhnau anschloß und einen beliebt gewordenen Tonsatz Vetters berücksichtigte. Dieser offene Sinn für die Productionen seiner Zeitgenossen, die Begierde, von ihnen soweit es irgend möglich war zu lernen oder ihnen und in ihnen ihrem Publicum, wenigstens seine Achtung zu erweisen, ist ein bisher wohl kaum hinreichend gewürdigter, für sein Künstlerthum wie für seinen Charakter gleich bedeutsamer Zug.

VI.

Indem wir in das Jahr 1728 eintreten, nähern wir uns der Entstehungszeit desjenigen Werkes, welchem allem Anscheine nach Bach unter seinen Kirchencompositionen selbst den höchsten Werth beilegte. Indessen haben wir uns mit ihm, der Matthäuspassion, einstweilen noch nicht zu beschäftigen, sondern werden zunächst die bis um 1734 geschaffenen Kirchencantaten zu mustern fortfahren. Nur darauf soll hier hingewiesen werden, daß die Arbeit an jenem gewaltigen Werke ihm mindestens seit den letzten Monaten des Jahres 1728 die Composition andrer Kirchenmusiken verwehren mußte, um so mehr als er für das Frühjahr 1729 auch noch die große Trauermusik auf die Beisetzung des Fürsten Leopold von Anhalt-Cöthen zu schaffen und in Cöthen selbst aufzuführen hatte. Es wird darnach nicht Wunder nehmen, wenn wir nur eine einzige Cantate bezeichnen, die mit ziemlicher Sicherheit in das Jahr 1728 zu setzen ist: »Wer nur den lieben Gott läßt walten«, für den fünften Trinitatis-Sonntag. In ihr sind wieder einmal deutlich bemerkbare Spuren vorhanden, welche auf Picander als Dichter hinweisen. Zwar in dem Jahrgange von Cantaten-Texten, welchen Picander mit dem unmittelbar vor dem fünften Trinitatis-Sonntage fallenden Johannisfeste 1728 begann, steht ihr Text nicht. Jedoch wurden solche Dichtungen auch keineswegs alle für die Composition allein und noch weniger in der Absicht geschrieben, sie sammt und sonders in einem und demselben Jahres componirt und aufgeführt zu sehen[1]). Überdies übte Bach auf den Dichter, der lange Zeit sogar in seiner nächsten Nachbarschaft wohnte,[2]) einen starken Einfluß aus; er dachte nicht daran, alles was jener reimte, schlechtweg in Musik zu setzen, und nicht nur das einzelne mußte er seinen Wünschen gemäß

1) Das weitere hierüber Anhang A, Nr. 34.

2) In der Burgstraße; s. Das jetzt lebende und florirende Leipzig. 1736. S. 14; 1746 und 1747 S. 11.

gestalten oder umgestalten, auch für Inhalt und Stimmung des ganzen hat er unzweifelhaft meistens die Grundlinien selbst angedeutet. Die Cantate »Wer nur den lieben Gott« liefert dazu einen Beleg. Sie entbehrt nicht ganz des Zusammenhanges mit dem Sonntagsevangelium, nimmt aber doch im allgemeinen eine Richtung, welche von demselben ziemlich weit hinweg führt. Bach kam es hier einmal darauf an, das trostreiche Lied Neumarks zum Mittelpunkte eines Werkes zu machen. Picander hat alle sieben Strophen für seine Dichtung benutzt, und zwar die erste, vierte und letzte in der Originalgestalt, auch die Worte der fünften und fast durchaus diejenigen der zweiten hat er beibehalten, nur mit madrigalischen Recitativen durchflochten, von Strophe 3 und 6 hat er den Inhalt frei bearbeitet, jedoch unter Wahrung einiger Originalwendungen. Genau analog ist die Stellung, welche Bach in den einzelnen Strophen der Choralmelodie gegenüber einnahm. In der sechsten Strophe, einer Sopranarie werden nur gelegentlich einige Melodiefragmente eingestreut (Takt 23—25, 28—30, 35—37, außerdem 31—32 in der Verkürzung), die Tenorarie, zu welcher die dritte Strophe benutzt worden ist, erinnert im allgemeinen an den Choral durch Beibehaltung der Liedform und bringt außerdem am Anfange des Auf- und Abgesanges Anklänge an die entsprechenden Stellen der Melodie, an ersterer Stelle in einer Versetzung nach Dur. Strophe 3 und 6 werden von einer Solostimme vorgetragen, welche von den getragenen Weisen der Choralmelodiezeilen in das lebhaftere Recitativ hinüber und wieder zurück geht. Die übrigen Strophen zeigen den vollen und reinen Choral: die letzte in einfach vierstimmigem Satze, die vierte in der Form des Pachelbelschen Orgelchorals, indem sämmtliche Streichinstrumente die Melodie spielen, Sopran und Alt mit Motiven der Melodiezeilen contrapunktiren, die erste endlich in einer modificirten Form der Choralfantasie. Eine solche Berücksichtigung derselben Choralmelodie durch das ganze Werk ist uns bis jetzt nur einmal erst vorgekommen, in der Cantate »Christ lag in Todesbanden«. Der große Unterschied aber liegt auf der Hand. Dort begegneten wir nur eigentlich kirchlichen Choralformen, denen mochten sie auch noch so frei und mannigfaltig ausgestaltet sein, doch immer ein wirklicher *Cantus firmus* zu Grunde lag. Hier erscheint der Choral viel mehr nur als allgemeiner Ausgangspunkt der persönlichen Erbauung. Nicht in allen Theilen der Cantate: die vierte und siebente Strophe stehen auf dem Gebiet kirchlicher Empfindung; die übrigen aber enthüllen ein Gemüth, das sich den kirchlichen Trost in eine dem subjectiven Bedürfnisse entsprechende Form zu bringen sucht. Für die beiden Arien gilt der Choral nur als innerlich wirkendes Motiv und Anregung, so zwar, daß dieses Motiv dem Hörer nicht verborgen bleiben, sondern von ihm als solches erfaßt werden soll, damit die Stücke die beabsichtigte Wirkung thuen. In den Recitativen hängen sich an jede Melodiezeile eingehende Betrachtungen, unter denen der Choral als Ganzes sich verliert, denn im Bassrecitative kommt er nicht einmal in allen Theilen zur Erscheinung, im Tenorrecitativ tritt jede Zeile in einer andern Tonart auf. Und selbst im Anfangschor ist dieser Zug deutlich bemerkbar. Wenn die Form der Choralfantasie auf Chor und Orchester übertragen werden sollte, mußte sich das Verhältniß naturgemäß so gestalten, daß die Ausführung des frei erfundenen, die Grundempfindung des Chorals entfaltenden Tonbildes den Instrumenten zufiel, während der Chor die Rolle des *Cantus firmus* zu übernehmen hatte. Dies letztere konnte in verschiedener Weise bewerkstelligt werden: durch einen einfachen vierstimmigen Satz, aber auch so, daß einige Stimmen in lebhafterer Bewegung die ruhige Melodie umgaben oder trugen, wobei sie sich immerhin den Tonreihen der Instrumente zeitweilig nähern oder anschließen konnten; nur den principiellen Gegensatz galt es fest zu halten. In unserm Falle aber sehen wir, daß abgesehen von dem selbständigen Instrumentenspiel einer jeden Zeile auch durch die Singstimmen ein einleitender Satz vorausgeschickt wird, in welchem sie sich mit einer fugirten Verarbeitung der nachfolgenden Zeile zu schaffen machen. Der Eindruck ist, daß die subjective Empfindung, nachdem sie zuvor den Sinn der einzelnen Zeile zergliedert hat, sich alsdann an der kräftigen kirchlichen Gesammtempfindung aufrichten soll. In eine Form, welche durch die ganze Anlage ihr bereits völlige Genüge thun müßte, drängt sie sich nochmals grübelnd und zersetzend hinein — ich gestehe offen, daß es mir schwer wird, diesen Choralchor als Einheit zu fassen und nachzufühlen, die Absicht aber des Componisten scheint mir zweifellos. Es braucht kaum noch hervorgehoben zu werden, daß der musikalische Charakter der Cantate ein durchaus beschaulicher ist. Die Innigkeit, welche jedes einzelne Stück derselben erfüllt, bekommt dadurch ihre ganz eigne Färbung, am leichtesten und deutlichsten nimmt man sie in der rührend schönen Es dur-Arie wahr. Schon zu Bachs Zeiten fing man an, in größerem Stile Compositionen für häusliche Andachten zu schreiben.[3] Wenngleich die Cantate »Wer nur den lieben Gott läßt walten« als Kirchenmusik verwendet wurde, so streift sie doch das Empfindungsgebiet privater Erbauung. Bach veranstaltete, wie sein Brief an Erdmann erzählt[4] und die große Anzahl verschiedenartiger Instrumente, welche er im eignen Besitz hatte, beweist, auch in seiner Wohnung musikalische Aufführungen. Es wäre wohl möglich, daß er die Cantate mehr im Hinblick auf eine solche, als zum kirchlichen Zweck concipirt und ausgeführt hätte. —

Aus dem 1728—1729 zuerst erschienenen Jahrgange der Picanderschen Cantaten hat Bach nach dem jetzt vorhandenen Bestande seiner Kirchenmusiken neun Dichtungen componirt. Vier derselben fallen wahrscheinlich in das Jahr 1731. Die übrigen fünf setze ich in die Jahre 1729 und 1730, aus denen, wenn man von einigen Festmusiken absicht, sonst keine Kirchencantaten nachweisbar sind, während für die folgenden Jahre eine beträchtliche Menge vorliegt. Eine Cantate auf den ersten Weihnachtstag »Ehre sei Gott in der Höhe« ist nur als Fragment erhalten.[5] Sein Inhalt ist größtentheils in eine spätere Trauungsmusik übergegangen.[6] Die Alt-Arie »O du angenehmer Schatz« stellt sich als einer jener holden Wiegengesänge dar, wie wir einen solchen schon in der Cantate »Tritt auf die Glaubensbahn«[7] antrafen. Für den Neujahrstag liegt eine Cantate vor, die sich durch eine stolze, kraftvolle Fuge hervorthut. Sie steht am Anfang und hat dieses Thema:

Indessen scheint Bach diese Cantate zur Zeit unvollendet zurückgelegt, und erst später durch Einarbeitung einer Sopranarie der Cantate »Der zufriedengestellte Aeolus« und Übertragung des Schlußchorals aus der Neujahrsmusik »Jesu nun sei gepreiset« fertig gemacht zu haben.[8]

---

3) Z. B. Telemann in seinem »Harmonischen Gottes-Dienst«. Hamburg, 1725.

4) S. S. 83 f. dieses Bandes.

5) Im Besitz des Herrn Professor Epstein in Wien. — S. Anhang A, Nr. 36.

6) B.-G. XIII[1], Nr. 3.

7) S. Band I, S. 554.

8) Die autographe Partitur ist im Besitz des Herrn Major Max Jähns zu Berlin. — S. Anhang A, Nr. 36.

Voll von Todesernst und Glaubensinnigkeit ist eine Cantate auf den dritten Epiphanias-Sonntag »Ich steh mit einem Fuß im Grabe«. Sie wird durch eine Sinfonie eingeleitet, die sich im Charakter des ersten Adagiosatzes der Kammersonate bewegt. Daran schließt sich in Form eines Choral-Quatuors eine Arie, in welcher zu den madrigalisch gefügten Worten des Tenors der Sopran den Choral »Machs mit mir Gott nach deiner Güt« vorträgt — ein tief poetisches Stück durch die abwärts sinkende Bewegung und die stockenden Rhythmen der contrapunktirenden Stimmen.[9] Nicht von geringerem Werthe ist die Cantate auf Estomihi »Sehet, wir gehen hinauf nach Jerusalem«. Ihr merkt man in allen Theilen die Nachbarschaft der Matthäus-Passion an: ganz und gar ist sie erfüllt von der in jener waltenden Empfindung. Für den Anfang dienen ihr so wie der Estomihi-Cantate von 1723 »Jesus nahm zu sich die Zwölfe« die Worte Christi, mit denen er den Jüngern seinen Leidensgang ankündigt. Auch hier sind sie im ausdrucksvollen Arioso componirt, welches durch ein wandelndes Bassmotiv seinen besonderen Charakter erhält; Recitative des Alt spinnen die durch die Bibelworte angeregten Gedanken weiter. Ein sehr schönes, mild dahin fließendes Choraltrio über die sechste Strophe des Gerhardtschen Passionsgesanges »O Haupt voll Blut und Wunden«, eine unbeschreiblich fromme, gefühltstiefe Bassarie »Es ist vollbracht das Leid ist alle« und der einfach gesetzte Choral »Jesu deine Passion« machen mit einen kurzen Tenorrecitativ den übrigen Bestand dieser nicht umfangreichen, aber köstlichen und den vollen Bachschen Genius offenbarenden Composition aus[10]. Zu den frischesten und heitersten Werken des Meisters gehört die Musik für den dritten Ostertag »Ich lebe, mein Herze, zu deinem Ergötzen«; die schwungvolle Bassarie »Merke, mein Herze, beständig nur dies« hat gar etwas tanzartiges: man meint kräftige, freudige Gestalten zu sehen, welche den Frühlingsreigen schlingen. Wie die beiden vorigen so ist auch diese Cantate

9) S. Anhang A, Nr. 35.

10) Das Autograph fehlt. Eine Handschrift des Merseburger Cantors Christian Friedrich Penzel, welcher von 1751—1756 Alumne der Leipziger Thomasschule war, besitzt Herr Kammersänger Joseph Hauser in Carlsruhe.

nur für Solostimmen gesetzt, den endüblichen vierstimmigen Schlußchoral abgerechnet. [11] —

Wir gehen zu den Cantaten der Jahre 1731—1734 über und betrachten zunächst diejenigen Compositionen, welche noch dem Picanderschen Jahrgange angehören. Die Septuagesimae-Cantate »Ich bin vergnügt« (21. Jan. 1731 oder 10 Febr. 1732) erscheint unter Bachs Tönen in einer Umdichtung, die jedenfalls Picander selbst vorgenommen hat. An der fein ausgeführten Composition fällt es auf, daß sie, Bachs sonstigem Verfahren entgegen, ausschließlich für eine und dieselbe Stimme, einen Sopran, gesetzt ist. Die weiter unten zu erwähnende Cantate »Ich habe genug«, welche in dieselbe Zeit gehört, wird uns lehren, daß dieses mit Rücksicht auf Anna Magdalena Bach geschehen und für sie eigentlich das Stück geschrieben sein wird. Es war eben in dieser Zeit, daß Bachs Hauscapelle, dessen Stamm seine Frau und die Kinder erster Ehe ausmachten, im vollen Flor stand. In der Kirche als Sängerin mitzuwirken verwehrte Anna Magdalena die Sitte, und sie ist auch sonst, seitdem sie aus einer fürstlich cöthenischen Hofsängerin [12] Sebastians Gemahlin geworden war, nicht mehr öffentlich aufgetreten. [13] Wohl aber übte sie ihr Talent im häuslichen Kreise, und der Gatte sorgte durch eigne Compositionen dafür, daß es zur Geltung kam. Die Cantate »Ich bin vergnügt« trägt noch entschiedener als die oben besprochene »Wer nur den lieben Gott läßt walten« den Charakter einer geistlichen Hausmusik. Nur daraus, daß Bach grade eine solche in erster Linie beabsichtigte, läßt sich auch die Umdichtung des Textes erklä-

---

11) Nur durch eine aus Zelters Besitz stammende neuere Handschrift ist mir das Werk bekannt. In ihr sind dem Anfangsduett noch der Choral »Auf, mein Herz, des Herren Tag« und ein Chor »So du mit deinem Munde bekennest Jesum« vorgefügt. Über die Echtheit des Chorals kann wohl kein Zweifel sein; starke Bedenken habe ich gegenüber dem Chor: die Art der Melodieführung und Fugirung ist nicht Bachisch, eher Telemannisch. Nach diesen beiden Anfangsstücken cursirt die Cantate auch unter der Bezeichnung »Auf, mein Herz« und »So du mit deinem Munde bekennest« (s. Mosewius, J. S. Bach in seinen Kirchen-Cantaten und Choralgesängen. S. 21.) mit der Bestimmung für den ersten Ostertag oder überhaupt für das Osterfest.

12) Daß sie dieses gewesen ist, geht aus einer nachträglich in den Taufregistern der Cöthener Cathedralkirche unter dem 25. Sept. 1721 aufgefundenen Notiz hervor.

13) S. Gerber, L. 1, Sp. 76.

ren. Dieselbe wahrt genau die anfängliche Disposition, verarbeitet fast dieselben Gedanken, thut es in derselben Ausdehnung. Nur ist, abgesehen vom Schlußchoral, der aus der letzten Strophe des Liedes »Wer weiß, wie nahe mir mein Ende« besteht, alles dasjenige geändert oder ausgemerzt, worin Gott direct angeredet wurde. Das ganze ist jetzt eben nur eine erbauliche Betrachtung, welche in ein Schlußgebet, den Choral, ausläuft.[14]

Der Cantate für den zweiten Pfingst-Tag »Ich liebe den Höchsten von ganzem Gemüthe« (14. Mai 1731 oder 2. Juni 1732) geht als Sinfonie der erste Satz des dritten brandenburgischen Concerts voran[15], den Bach mit großer Kunst durch Hinzufügung von zwei Hörnern und drei Oboen bereichert hat. Die Verwendung von Kammermusikstücken zu kirchlichen Zwecken war bei ihm nicht neu. Wir hatten die Tendenz dahin schon bei den weimarischen Cantaten »Der Himmel lacht« und »Gleichwie der Regen« zu constatiren.[16] In dieser Zeit, da er als Dirigent des Telemannschen Musikvereins fungirte, mußte sie ihm besonders nahe liegen; wir werden ihr alsbald noch mehrfach begegnen. Ein ausgeführter Chor kommt auch in dieser Cantate nicht vor. Sie enthält aber in der Bassarie »Greifet zu! Faßt das Heil, ihr Glaubenshände« eine Leistung höchsten Ranges. Die Begleitung wird außer vom Generalbass von den Violinen und Bratschen im Einklange besorgt. Das Ritornell zerfällt in zwei Partien: eine breite viertaktige Melodie:

und einen lebhafteren, energisch rhythmisirten Gedanken von acht Takten. Aus diesem Material, welches einerseits die Segnungen der göttlichen Gnade, andrerseits das eifrige Ergreifen derselben durch den Glauben symbolisch darstellt, entwickelt sich die ganze Arie. Jene viertaktige Melodie geht auch an die Singstimme über, angelegentlicher jedoch beschäftigen sich mit ihr die Instrumente und es ist von herrlicher Wirkung, wie sie mit ihrer strömenden Fülle oft ganz unerwartet auftaucht und sich der Singstimme anschmiegt, oder auch (T. 94 ff.) dieselbe im Canon hinter sich herzieht. An

14) B.-G. XX¹, Nr. 84. — S. Anhang A, Nr. 36. 15) Vrgl. Band I, S. 740 f.
16) S. Band I, S. 535 und 486 f.

dem vorhergehenden Recitativ bemerkt man, daß Bach drei Zeilen desselben uncomponirt gelassen hat. Da die erste der ausgelassenen Zeilen mit der ersten, welche nach denselben folgt, wörtlich übereinstimmt, so liegt hier vermuthlich nur ein Flüchtigkeits-Versehen vor. In der Anlegung der Recitative und Ariosos ging Bach oft sehr rasch zu Werke. Ein interessantes Beispiel bietet das Arioso der Cantate »Gottlob, nun geht das Jahr zu Ende«.[17] Den Text desselben schrieb Bach unter ein leeres Liniensystem ohne alle Wiederholungen hin. Er war als er dies that über die dazu zu setzende Musik mit sich noch garnicht im klaren, denn als es ans Componiren ging, strich er durch, schrieb unter, verschob und setzte ein Wiederholungszeichen, bis der Text zur Musik paßte.[18]

Die Michaelismusik »Man singet mit Freuden vom Sieg« (29. Sept. 1731, am Sonnabend vor dem 19. Trinitatis-Sonntag) enthält wieder einen ausgeführten Chor. Aber er ist keine Originalcomposition, sondern stammt aus der weimarischen Cantate »Was mir behagt ist nur die muntre Jagd«, aus jener weltlichen Gelegenheitsmusik, welche Bach für so verschiedene Zwecke benutzt und auch für die Kirchencantate »Also hat Gott die Welt geliebt« ausgebeutet hat.[19] Hier bildet er den Schluß, steht in F dur und hat den Text:

Ihr lieblichsten Blicke,
Ihr freudigen Stunden,
Euch bleibe das Glücke
Stets feste verbunden,
Euch kröne der Himmel mit süßester Lust!
Fürst Christian lebe! Ihm bleibe bewußt,
Was Herzen vergnüget,
Was Trauern besieget!

Man muß aber gestehen, daß die Musik auch auf Vers 15. und 16. des 118. Psalms vortrefflich paßt. Der Vergleich der Umarbeitung mit der ersten Gestalt ist, wie immer in solchen Fällen bei Bach, höchst interessant und lehrreich, obgleich man garnicht sagen kann, daß die Umarbeitung eine sehr durchgreifende gewesen ist. Transposition nach D dur, Ersetzung der Hörner durch Trompeten, Hinzu-

---

17) B.-G. V^1, S. 266.

18) Original-Partitur und -Stimmen zu der Cantate »Ich liebe den Höchsten« auf der königl. Bibliothek zu Berlin. — S. Anhang A, Nr. 36.

19) S Band. I, S. 559.

fügung einer dritten Trompete nebst Pauke, Ausweitung einiger Partien, lebendigere Führung der Singstimmen und gewisse durch den neuen Text und die neue Tonart bedingte Änderungen, endlich gegen den Schluß hin ein sehr wirkungsreiches *Unisono* des Chors — das ist so ziemlich alles. Das Geniale liegt mehr in dem Scharfblick, der die Angemessenheit der älteren Musik für den neuen Zweck erkannte. Indessen hatte Bach anfänglich die Absicht, einen ganz neuen Chor über obige Psalmworte zu componiren. Der Anfang desselben steht auf einem Bogen, welchen er dann zur Partitur einer weltlichen Cantate mitbenutzte. Diese Cantate, »Der Streit zwischen Phöbus und Pan« genannt, wurde im Jahre 1731 componirt, und mittelst ihrer kennen wir die Entstehungszeit der Michaelismusik. Offenbar ließ Bach durch andre Arbeiten eingenommen den Chor-Entwurf unvollendet, und griff später, durch die Zeit gedrängt, zu einer alten Arbeit zurück.[20] Unter den Sologesängen zeichnet sich die Sopranarie in A dur »Gottes Engel weichen nie« durch ein süß-melodisches, sanft schwebendes Wesen aus. Auch das vorletzte Stück, ein Duett zwischen Alt und Tenor mit obligatem Fagott, ist bei eingänglicher, einfacher Melodieführung eben so kunstreich als ausdrucksvoll. Es steht in G dur und der Schlußchoral in C dur. Da die Cantate, gleich der früher besprochenen Michaelismusik »Es erhub sich ein Streit« sich schließlich zu dem Wunsche hinwendet, daß die Engel die Seele des Gestorbenen in die Wohnung der Seligen geleiten mögen, so ist dies immer tiefere Hinabsinken in der Richtung der Unterdominante von Bach unzweifelhaft in einem poetisch-mystischen Sinne angewendet und es wirkt auch so. Der letzte Choral besteht aus der dritten Strophe des Schallingschen Liedes »Herzlich lieb hab ich dich, o Herr« (»Ach Herr, laß dein' lieb' Engelein«).[21]

Der vierte endlich der noch rückständigen Picanderschen Texte:

20) Der Entwurf steht auch in D dur. Die Trompete beginnt:

Von den Singstimmen ist nur die erste Note des Basses vorhanden mit dem darunterstehenden Worte »Man«. Die Partitur von »Phöbus und Pan« befindet sich auf der königl. Bibliothek zu Berlin.

21) Das Autograph der Cantate ist nicht bekannt. Eine Abschrift von Penzel besitzt Herr Joseph Hauser in Carlsruhe.

»Ich habe meine Zuversicht« gilt dem einundzwanzigsten Sonntag nach Trinitatis (14. October 1731, vielleicht auch schon 29. Oct. 1730). Die Composition ist dadurch interessant, daß in ihr zum ersten Male unter den Leipziger Cantaten eine obligate Orgel mitwirkt. Möglich war solches erst, nachdem im Jahre 1730 das Rückpositiv der Thomasorgel seine eigne Claviatur erhalten hatte und somit neben der großen Orgel selbständig angewendet werden konnte. Die Cantate »Ich habe meine Zuversicht« sollte durch das Clavier- (oder Violin-) Concert in D moll [22]) eingeleitet werden, welches zu diesem Zwecke eine besondere Bearbeitung erfahren haben wird. Eine ähnliche Benutzung von Kammermusik, wie sie in der Cantate »Ich liebe den Höchsten« so eben von uns bemerkt worden ist. Daß das vollständige Concert und nicht etwa nur ein Satz desselben vorausgeschickt wird, läßt die Absicht erkennen, der Gemeinde die Vervollkommnung der Orgel recht zum Bewußtsein zu bringen. Man könnte daher annehmen, die Cantate sei schon 1730 unmittelbar nach erfolgter Abänderung des Rückpositivs aufgeführt; doch wissen wir nicht genau, wann letztere vollendet wurde. Zur ersten Arie schweigt die obligate Orgel, verbindet sich aber in der zweiten mit der Altstimme zu einem Trio von hervorragender Schönheit. [23])

Nachdem Bach die Möglichkeit gegeben war, in der Kirchenmusik die obligate Orgel zu verwenden, finden wir daß er in der ersten Zeit ziemlich häufig von derselben Gebrauch macht. Ältere Cantaten wie »Erschallet ihr Lieder« richtete er darauf ein, componirte aber auch mehre neue mit concertirender Orgelstimme. Für einige derselben hat er, wie in der eben besprochenen, Kammermusikstücke zu Instrumentalsinfonien hergerichtet. Offenbar ist dieses der Fall in der Cantate zum zwölften Trinitatis-Sonntage »Geist und Seele wird verwirret« (wahrscheinlich 12. Aug. 1731). [24]) Wenn auch die Instrumentalsinfonien des ersten und zweiten Theiles in der Originalgestalt nicht mehr vollständig vorliegen, so erkennt man ihre Übertragung in die Cantate doch daraus daß sie in der Partitur derselben Reinschriften darstellen. [25]) Ihrer Form nach bilden sie

22) B.-G. XVII, Nr. 1. 23) S. Anhang A, Nr. 37.

24) B.-G. VII, Nr. 35. — S. Anhang A, Nr. 36.

25) Vom Original ist nur ein Fragment des ersten Satzes übrig; man findet es B.-G. XVII, S. XX.

den ersten und dritten Satz eines Concerts, das zugehörige mittlere Adagio dürfte in der A moll-Arie stecken, einem Siciliano, dergleichen Bach nicht hier allein als Mittelsatz eines Concertes angewendet hätte. Ein Clavierconcert aus E dur umschließt mit zwei Allegrosätzen ebenfalls einen Siciliano in Cis moll.[26]) Auch dieses Concert ist für Kirchenmusik ausgenutzt worden und nachweislich mit allen seinen Sätzen. Die ersten beiden sind in der Cantate auf den 18. Trinitatis-Sonntag »Gott soll allein mein Herze haben« (23. Sept. 1731 oder 12. October 1732) enthalten. Und zwar bildet der erste nach D dur versetzt und durch drei Oboen bereichert die einleitende Sinfonie. Das sich anschließende Gesangstück ist aus Arioso 3/8 und Recitativ C gemischt. In der folgenden Arie (D dur ₵) wirkt die obligate Orgel wieder mit; es ist dies aber eine ganz neue Composition. Dagegen hat in der zweiten Arie (H moll 12/8) der Siciliano des Concerts eine sehr geniale Umarbeitung und Erweiterung (von 37 auf 46 Takte) erfahren. Der Gesang, welcher folgendermaßen beginnt:

ist neu hineincomponirt.[27]) Ein Recitativ und der Choral »Du süße Lieb schenk uns deine Gunst« (die dritte Strophe von Luthers »Nun bitten wir den heiligen Geist«) machen den Schluß. Es läßt sich um so mehr annehmen, daß in der A moll-Arie der Cantate »Geist und

26) B.-G. XVII, S. 45 ff.

27) Dem Herausgeber des Concerts in der Ausgabe der B.-G. ist das zwischen dieser Arie und dem Siciliano des Concertes bestehende Verhältniß entgangen. Nach Aufzeigung desselben wird sich seine Behauptung, die Cantate sei das frühere, das Concert das spätere Werk (B.-G. XVII, S. XV), kaum noch aufrecht erhalten lassen. Zwar ist soviel einleuchtend, daß das E dur-Concert in seiner jetzt vorliegenden Fassung der Cantate nicht wohl vorangegangen sein kann, selbst wenn man diejenigen Vereinfachungen in Abzug bringt, welche das andersgeartete Wesen der Orgel erforderte. Aber der Gesang der H moll-Arie macht trotz aller aufgewendeten Meisterschaft dennoch zu deutlich den Eindruck einer nachträglich hineincomponirten Melodie, als daß man es für möglich halten könnte, die H moll-Arie sei in der Form wie sie in der Cantate sich findet Originalcomposition und später erst zum Zwecke des Concerts vereinfacht. Einen Mittelweg, der aus diesem Dilemma herausführt, gewährt die Annahme, daß das Clavierconcert in E dur uns vollständig jetzt nur in einer

Seele« eine ähnliche Umarbeitung vorliegt, als die ähnliche Gestaltung beider Cantaten in die Augen springt; sie erstreckt sich sogar auf das benutzte Gesangsmaterial, denn beide sind für eine Alt-Stimme gesetzt, nur entbehrt jene des Schlußchorals. Dem letzten Satze des E dur-Concerts begegnen wir in der Cantate auf den zwanzigsten Trinitatis-Sonntag »Ich geh und suche mit Verlangen«, [28]) welche um deswillen mit der vorigen in demselben Jahre entstanden und nur vierzehn Tage später als sie zur ersten Aufführung gekommen sein wird. Er bildet hier die Einleitungssinfonie und ist durch Hinzufügung einer *Oboe d'amore* klanglich reicher ausgestattet, in Hinsicht auf den Solopart aber einfacher gehalten, was zum Theil dem andersgearteten Wesen der Orgel zugeschrieben werden muß. Im Verlauf des Werkes spielt auch hier die obligate Orgel in neu componirten Stücken ihre Rolle, welche zum Theil Sologesänge des Soprans und Basses, zum Theil Zwiegesänge dieser beiden, die Seele und Jesus repräsentirenden Stimmen sind. Ein Chor kommt in der Cantate nicht vor. Doch läßt im letzten Stücke der Sopran die Schlußstrophe des Chorals »Wie schön leucht't uns der Morgenstern« erklingen, wozu der Bass in fast glühend zu nennenden Weisen die paraphrasirten Bibel-Worte singt:

Dich hab ich je und je geliebet,
Und darum zieh ich dich zu mir.
Ich komme bald
Ich stehe vor der Thür,
Mach auf, mach auf, mein Aufenthalt!

Streichquartett mit *Oboe d'amore* und concertirende Orgel vollenden das reiche, hochbedeutende Tonbild.

Es ist an einer andern Stelle gezeigt worden, daß Bach seine drei Sonaten für Solovioline, bei deren Conception ihn die Idee des

späteren Bearbeitung vorliegt, wie man eine solche vom D moll-Concert gleichfalls nachweisen kann, und daß Bach bei der Übertragung in die Cantate der älteren Fassung folgte. Vom Siciliano ist eine solche ältere Fassung noch vorhanden und mitgetheilt B.-G. XVII, S. 314 f. Es kann kein Bedenken erregen, daß die ersten sechs Takte des Clavierparts der älteren Fassung in der Cantate durch Pausen ausgefüllt werden, da hier das Clavier nur Begleitungsfiguren hat, welche sich auf der Orgel schlecht machen würden. Bach trug in späteren Jahren seine Clavierconcerte in einen Band zusammen und dürfte bei dieser Gelegenheit die Überarbeitungen vorgenommen haben. — S. Anhang A, Nr. 38.

28) B.-G. X, Nr. 49.

Claviers oder der Orgel mindestens eben so stark beeinflußt hat, wie die der Geige, nachträglich in der That zu Clavier- und Orgelstücken umarbeitete.[29]) Mit dem Praeludium der E dur-Suite für Violine allein ist er ebenso verfahren: für concertirende Orgel nach D dur transponirt und mit einem begleitenden Orchester von Streichinstrumenten, zwei Oboen, drei Trompeten und Pauken ausgestattet bildet es die Instrumentalsinfonie zu der am Montag dem 27. August 1731 aufgeführten Rathswahlmusik »Wir danken dir Gott, wir danken dir«.[30]) Nicht eine so eminente Leistung, wie die Umarbeitung eines Solo-Clavierstückes zu einem Concert für Clavier, Violine und Flöte mit Streichorchester[31]), zeigt doch auch diese Sinfonie Bachs combinatorische Erfindung in hellem Lichte. Wie bei Clavierconcerten mit Orchester noch ein besonderes Generalbass-Instrument mitwirken mußte, so begleitet auch, wenn Bach obligate Orgel in der Kirchenmusik anwendet, in der Regel außerdem die große Orgel, das Ganze stützend und zusammenhaltend. Bei der Cantate »Wir danken dir Gott« kann dieses freilich nicht immer der Fall gewesen sein, da sie später noch zweimal (am 31. August 1739 und im Jahre 1749) in der Nikolai-Kirche während des Rathswahl-Gottesdienstes aufgeführt worden ist, und die Nikolai-Orgel kein selbständiges Rückpositiv besaß.[32]) Die Sinfonie macht einen festlichen, froh bewegten Eindruck und leitet sehr angemessen in die Cantate ein, welche in schwungvollen Jubelarien und majestätisch feierlichen Chorgesängen den dankbaren Empfindungen gegen Gott einen Ausdruck giebt, dessen Stärke über den äußern Zweck der Composition weit hinausreicht. Der Hauptchor ist über Worte des 75. Psalm gesetzt und von der Grundempfindung dieses Gedichtes, von Worten wie »Ich aber will verkündigen ewiglich und lobsingen dem Gott Jakobs«

---

29) S. Band I, S. 688 ff.

30) B.-G. V[1], Nr. 29. — W. Rust ist (B.-G. V[1], S. XXXII und B.-G. VII, S. XXVII) der Meinung, das Violin-Praeludium sei nach der Sinfonie arrangirt. Dem widerspricht vor allem der Umstand, daß die Violinsuiten lange vor 1731 vollendet waren (s. Band I, S. 824 f.) — Das Datum der Aufführung ergiebt sich aus den Acten des Leipziger Raths »Rathswahl betr. 1701. *Vol.* 2.«

31) B.-G. XVII, S. 223. — S. Band I, S. 417 f.

32) Auf die erstere Wiederholung hat A. Dörffel aufmerksam gemacht (Musikalisches Wochenblatt. Leipzig 1870. S. 559); die zweite kennen wir aus einem der autographen Partitur beiliegenden Textbuche vom Jahre 1749.

muß man ausgehen um den Sinn des mächtigen Werkes recht zu fassen. Bach verarbeitet zwei Themen fugenartig nach einander, ohne daß sich dieselben zu einer Doppelfuge vereinigten. Dagegen aber erfolgen die Beantwortungen durchweg in kunstvollen Engführungen, denen unzweifelhaft, ähnlich wie in der Cantate »Sie werden aus Saba alle kommen« (s. S. 217 dieses Bandes), eine poetische Intention zu Grunde liegt.[33] Das erste der beiden Themen ist aus einer Formel des altkirchlichen Choralgesanges gebildet, welche auch Händel vielfach verwendet hat.[34]

Kaum zwei Wochen später, am 9. Sept. 1731, als dem sechzehnten Sonntage nach Trinitatis wird Bach ein Werk aufgeführt haben, in dem wiederum obligate Orgel vorkommt. Die Cantate »Wer weiß, wie nahe mir mein Ende« ist gemeint.[35] Ein umgearbeitetes Kammermusikstück finden wir nicht in ihr, die Alt-Arie, zu welcher obligate Orgel und *Oboe da caccia* begleiten, ist durchaus frei erfunden.[36] Täuscht nicht alles, so hat Bach auch an dem Texte Antheil, welcher sich als Umarbeitung folgender Neumeisterschen Ariendichtung herausstellt:

Willkommen! will ich sagen,
Sobald der Tod ans Bette tritt.
Er bringt den Himmelswagen
Zu meiner frohen Abfahrt mit.
Da werd ich der sterblichen Eitelkeit los,
Und lege mich nieder in Abrahams Schooß.[37]

33) Die Taktvorzeichnung erheischt ein ziemlich lebhaftes Tempo. Bach sagt in seiner Generalbasslehre Cap. 4., die Art durch eine 2 einen »schlechten Takt« zu bezeichnen werde »gebraucht von denen Franzosen in solchen Stücken, welche sollen geschwind und frisch gehen, und die Teutschen thun es den Franzosen nach«. Er selbst fühlte sich also in diesem Falle als Nachahmer der Franzosen.

34) S. Chrysander, Händel I, S. 393 ff.

35) B.-G. V[1], Nr. 27. — S. Anhang A, Nr. 38.

36) In der Ausgabe der B.-G. ist unbeachtet geblieben, daß die Arie in der Partitur die Beischrift führt: *Aria à Hautb. da Caccia e Cembalo obligato.* Dagegen steht über der autographen Orgelstimme *Organo obligato* und auf dem Stimmenumschlag von Bach ebenfalls eigenhändig *Organo oblig.* Auffallen muß, daß die Orgelstimme nicht transponirt ist, also in Es dur steht. Wahrscheinlich geschah dieses dem Spieler zu Gefallen, welcher bei den Proben die concertirende Stimme auf dem Cembalo ausführen sollte, während Bach bei der Aufführung in der Kirche selber gespielt und aus dem Stegreif transponirt haben wird.

37) Fünffache Kirchenandachten, S. 294.

Der von Bach componirte Text lautet:

Willkommen! will ich sagen,
Wenn der Tod ans Bette tritt.
Fröhlich {folg ich / will ich folgen} in die Gruft,
Wenn er ruft.
Alle meine Plagen
Nehm ich mit.
Willkommen! will ich sagen,
Wenn der Tod ans Bette tritt.

Die metrische Construction des Textes ist ungeschickt und der Gedankenausdruck unbeholfen, denn wenn die Gruft als das friedebringende ersehnte Ziel bezeichnet wird, dürfen die Plagen des Lebens dem Scheidenden dahin nicht folgen: offenbar wünschte der Parodist nur den auf »tritt« passenden Reim beizubehalten. Der formgewandte Picander hätte derartiges wohl kaum geschrieben. Was aber die Composition betrifft so hat in ihr der Bach ganz allein eigne Ausdruck innigster Todessehnsucht eine Stärke erreicht, wie meines Wissens in keiner früheren oder späteren Composition des Meisters. Das Sonntags-Evangelium handelt vom Jüngling zu Nain, und man erinnert sich, daß schon von einer andern Composition für denselben Sonntag die Rede war »Liebster Gott, wann werd ich sterben«). Ein entschiedenerer Contrast als zwischen diesen beiden Werken ist nicht denkbar. Über der älteren Cantate lag eine jugendliche, schmerzlich süße Stimmung, in der späteren Composition redet einer, welcher der »argen falschen Welt Valet gegeben« hat, und sich sehnt abzuscheiden. Sicherlich hat Bach den Contrast absichtlich so scharf hingestellt. Denn daß er die ältere Cantate bei der Composition der jüngeren vor Augen hatte, verräth ihr Schluß. Dort wurde derselbe durch eine Arie Daniel Vetters gebildet, hier besteht er aus einem fünfstimmigen Tonsatz Johann Rosenmüllers »Welt ade! ich bin dein müde«. Beide waren Leipziger Künstler, denen Bach hierdurch gewissermaßen seine Huldigung darbrachte.[38]) Mit derselben Hingabe wie die Arie ist auch alles übrige componirt;

38) Rosenmüllers Composition steht bei Vopelius, S. 947 ff. Bach hat sie unverändert beibehalten; eine kleine Abweichung im sechsten Takte beruht zuverlässig nur auf einem Schreibversehen, s. hierüber Rust B.-G. V¹, S. XXVII.

in dieser Stimmung fühlte sich Bach wie in keiner andern wohl. Man suche sich die Grundempfindung der Johannes- und Matthäus-Passion und der Trauerode zu concentriren und man wird sie in dieser Cantate verkörpert finden. Ein Zeichen, daß Bach bei ihrer Composition selbst ganz in dieser Empfindung lebte, sind die Anklänge an jene größeren Werke. Nur auf einiges sei hier hingedeutet: auf den Anfang des Schlußchors der Matthäus-Passion einerseits und andrerseits den Anfang des ersten Satzes der Cantate sowie Takt 66 der Bassarie; auf das Motiv der beiden Flöten im ersten Chore der Trauerode: und das Motiv der Oboen im ersten Chore der Cantate (von Takt 13 an):

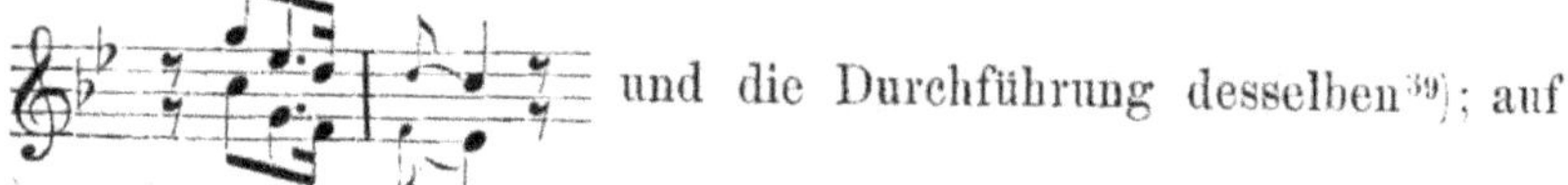

und die Durchführung desselben[39]; auf den Anfangstakt der Arie »Es ist vollbracht« in der Johannespassion und Takt 35 und 78 der Bassarie in der Cantate. Lauter aber als solche Einzelheiten redet das Ganze.

Die Wirkung der concertirenden Orgel muß Bach so sehr gefallen haben, daß sein erfinderischer Geist darauf gerieth sie in noch complicirterer Art zu verwerthen. Zum sechsten Trinitatis-Sonntag, wahrscheinlich des Jahres 1732 (also 20. Juli), schrieb er eine Solo-Cantate für Alt »Vergnügte Ruh, beliebte Seelenlust«, in deren zweiter Arie er einen obligaten Orgelsatz für zwei Manuale einführte. Dieser mußte nunmehr auf der großen Orgel executirt werden; auf den Generalbass wurde ganz verzichtet, Violinen und Bratschen im Einklange stellen die tiefste Stimme her. Die höchst originelle Combination hat nicht nur zu einem sehr kunstvollen sondern auch empfindungstiefen Stücke geführt, das sich übrigens in würdigster Umgebung befindet: die ganze Cantate gehört zu den schönsten ihrer Art.[40] —

39) Die Trauerode wurde zur Marcus-Passion umgearbeitet und gelangte als solche 1731 zur ersten Aufführung.

40) S. Anhang A, Nr. 38. — Die autographe Partitur ist auf der königl. Bibliothek zu Berlin. Ebenda befindet sich aus Fischhoffs Nachlaß eine neuere

Es geschah in dieser Zeit, daß Bach der schalen Reimerei der madrigalischen Cantaten, mit welchen er nun gegen zehn Jahre schon fast unaufhörlich zu thun gehabt hatte, überdrüssig wurde und sich nach kräftigerer poetischer Kost umthat. Das ältere protestantische Kirchenlied bot ihm, wonach er verlangte. In Folge dessen hat er eine Anzahl der besten kirchlichen Dichtungen des 16. und 17. Jahrhunderts musikalisch behandelt. Schon zu der Ostercantate »Christ lag in Todesbanden« hatte er den vollständigen Text des Kirchenliedes wörtlich benutzt, zu den Cantaten »O Ewigkeit, du Donnerwort« und »Wer nur den lieben Gott läßt walten« wenigstens einen Theil. Immer war dann aber mit den Worten auch die zugehörige Melodie Hand in Hand gegangen. Hierin nun unterscheidet sich die jetzt zu charakterisirende Cantaten-Gruppe von jenen Werken. Bach faßt in ihnen den Kirchenlied-Text mehr nur als geistliche Dichtung auf, die ihm zur Hervorbringung freier Compositionen dienen soll. Er ignorirt die den Liedern eigne Melodie nicht gänzlich, vielmehr enthält jede dieser Cantaten mindestens einige Stücke in welchen sie vollgewichtig auftritt, immer daneben aber auch solche, in denen sie ganz oder doch fast ganz außer Acht gelassen wird. Johann Adam Hiller, einer der Amtsnachfolger Bachs in Leipzig, sagt: »Auch geistliche alte und neue Lieder sind von einigen Componisten als Cantaten behandelt worden; ich gestehe, daß mir diese Gattung eine der zweckmäßigsten für die Kirche zu sein scheint. Nur sollte man sich des recitativischen Vortrags dabei gänzlich enthalten. Das Recitativ hat von allem, was dem Gesange eigen ist, nichts: keine symmetrischen Perioden, keine durchaus gleich langen Zeilen, keine Klapperei der Reime; es ist daher äußerst beleidigend, wenn man

---

Abschrift, in welcher die Cantate aus D dur nach C dur versetzt ist. Übrigens ist auch nur der erste Satz derselben beibehalten, dann folgt ein neues Recitativ und darauf ein großer Schluß-Chor, der nichts anderes ist, als der Anfangschor von »Herz und Mund und That und Leben« im 3/4 Takte und mit etwas verändertem Texte. Ich weiß nicht auf welche Vorlage sich diese Abschrift gründet und daher auch nicht, ob die Umgestaltung Bach selbst zum Urheber hat. Möglich wäre es wohl; da die Cantate »Herz und Mund« in Leipzig zu Mariae Heimsuchung gebraucht wurde, könnte sie in dieser Verquickung 1742 aufgeführt worden sein, wo Mariae Heimsuchung (2. Juli) dem 6. Trinitatis-Sonntage (1. Juli) unmittelbar folgte.

z. B. vierzeilige Strophen, Zeile auf Zeile gereimt, recitativisch absingen hört.«[41]) Da ihm als Thomas-Cantor Bachs derartige Arbeiten vorlagen, so hat er ohne Zweifel mit diesen Worten auf ihn gezielt. Aber was er tadelt: recitativische Behandlung von Kirchenliedstrophen hat Bach ebensowenig vermieden, wie er sich an die Regeln zu binden für gut fand, welche im Jahre 1754 die Musikalische Societät zu Leipzig über Cantatentexte aufstellt, obgleich er Mitglied der Societät gewesen war. Hillers Bedenken waren gerechtfertigt: hatte doch hauptsächlich dem Recitativ zu Liebe die madrigalische Dichtung in die Kirchenmusik Eintritt erhalten. Man sieht, es war Bach vor allem um gehaltvollere Texte zu thun, von den musikalischen Formen etwas aufzugeben war er aber nicht gesonnen. Da sein Recitativ-Stil sich von dem landläufigen wesentlich unterschied, so brauchte er auch nicht zu besorgen, daß poetische und musikalische Form bei ihm in einen fühlbaren Widerspruch geriethen. Kirchenlieder des 16. Jahrhunderts hat er zwei in der Cantatenform seiner Zeit componirt. Die von Wolfgang Musculus verfaßte Paraphrase des 23. Psalms »Der Herr ist mein getreuer Hirt« dient dem Sonntage Misericordias und wird 1731 (8. April) oder 1732 (27. April) zuerst aufgeführt sein.[42]) Das Lied »Ich ruf zu dir, Herr Jesu Christ« ist für den vierten Trinitatis-Sonntag 1732 (6. Juli) verarbeitet.[43]) Dem Trinitatisfeste 1732 (8. Juni) gehört die Composition der schönen, 1671 erschienenen Dichtung von Johann Olearius »Gelobet sei der Herr, mein Gott, mein Licht, mein Leben«.[44]). Joachim Neanders aus dem Jahre 1679 stammender Dankgesang »Lobe den Herren, den mächtigen König der Ehren« ist für den 12. Trinitatis-Sonntag componirt und dürfte 1732 (also am 31. August) zuerst aufgeführt sein.[45]) Paul

41) Hiller, Beyträge zu wahrer Kirchenmusik. Zweyte vermehrte Auflage. Leipzig, 1791. S. 7.

42) B.-G. XXIV. Nr. 112. — S. Anhang A, Nr. 36.

43) Die auf der königl. Bibliothek zu Berlin befindliche autographe Partitur trägt am Schlusse die Notiz: »*Il Fine SDGl. ao* 1732.« Die Originalstimmen sind auf der Bibliothek der Thomasschule zur Leipzig. — S. Anhang, A, Nr. 33.

44) Originalstimmen auf der Bibliothek der Thomasschule. Eine Abschrift Penzels von 1757 auf der königl. Bibliothek zu Berlin. — S. Anhang B, Nr. 38.

45) Originalstimmen auf der Bibliothek der Thomasschule. — S. Anhang A, Nr. 36. — Diese Cantate hängt ebenso wie »Lobe den Herren meine Seele«

Flemmings bekanntes Reiselied »In allen meinen Thaten« aus dem Jahre 1633 bearbeitete Bach 1734, man weiß nicht für welche Gelegenheit.[46] Die Compositionen von Martin Rinckarts »Nun danket alle Gott« (1644) und Jacob Schützens »Sei Lob und Ehr dem höchsten Gut« (1673) entbehren ebenfalls der Angabe eines besondern Zweckes. Es läßt sich auch über das Jahr ihrer Entstehung nur sagen, daß dasselbe ungefähr in den Zeitabschnitt fallen muß, mit welchem wir uns hier beschäftigen, während Johann Heermanns »Was willst du dich betrüben« (um 1630) und Rodigasts »Was Gott thut, das ist wohlgethan« (1675) einer etwas späteren Zeit anzugehören scheinen.[47] Allen diesen Cantaten ist es gemeinsam, daß sie mit einem großen Choralchor beginnen, der in der Form der sogenannten Choralfantasie gehalten ist. Bei »Nun danket alle Gott« hat diese Form nur insofern eine Abwandlung erfahren, als frei erfundene Chorsätze die Durchführung des Chorals einleiten, unterbrechen und beschließen. In der Cantate »In allen meinen Thaten« stellt sich die Choralfantasie als französische Ouverture dar, in deren fugirtes Allegro der Chor mit bewunderungswürdiger Kunst hineingebaut ist. Vernehmlich mahnt dieses Stück an den Anfangschor der Cantate »O Ewigkeit, du Donnerwort«, welchen wir indessen in eine frühere Periode verlegen zu müssen glaubten. Mannigfaltigere Gestaltung weisen die Schlußchoräle auf. Bald erscheinen sie als einfach vierstimmige Tonsätze, bald, wie in »Lobe den Herren« und »In allen meinen Thaten« durch drei selbständige instrumentale Oberstimmen prachtvoll erweitert; dann wieder in Choralfantasieform, oder auch, wie in »Gelobet sei der Herr« und »Was Gott thut, das ist wohlgethan« in einer an Böhm erinnernden Behandlungsart, indem eine gewisse dem Orchester zuertheilte Phrase zwischen den Zeilen und wo-

---

(s. S. 236 f. dieses Bandes) augenscheinlich mit dem Rathswechsel zusammen. Der 12. Trinitatis-Sonntag war 1732 der erste Sonntag nach Bartholomäi, mit welchem Tage der Rathswechsel einzutreten pflegte; der Rathswahlgottesdienst selbst fand am 25. August statt.

46) B.-G. XXII, Nr. 97. — S. Anhang A, Nr. 39.

47) »Sei Lob und Ehr« B.-G. XXIV. Nr. 117. »Was willst du dich betrüben« XXIII, Nr. 107. »Was Gott thut, das ist wohlgethan« XXII, Nr. 100. — »Nun danket alle Gott« ist in, leider unvollständigen, Originalstimmen auf der königl. Bibliothek zu Berlin. — S. Anhang A, Nr. 33.

möglich auch neben denselben unablässig wiederkehrt. Außer im Anfangs- und Schlußsatze wird aber die Melodie des Kirchenliedes vollständig nur noch zweimal, nämlich zur zweiten und vierten Strophe von »Lobe den Herren« durchgeführt; in letzterer ist sie einer concertirenden Trompete zuertheilt. In der Mehrzahl der Fälle wird weiter garkeine Rücksicht auf sie genommen; so durchweg in den Cantaten »Der Herr ist mein getreuer Hirt«, »Ich ruf zu dir«, »In allen meinen Thaten«; hier dienen die übrigen Strophen nur als Texte zu frei erfundenen Arien, Duetten und Recitativen. Manchmal aber treibt auch der Componist mit der Melodie ein launiges Spiel, indem er sie bald stärker bald schwächer anklingen läßt. Hiermit entwickelt Bach eine neue Seite seiner Kirchenmusik; bisher war uns derartiges nur in der Cantate »Wer nur den lieben Gott« flüchtig begegnet und ist dort in seiner ästhetischen Bedeutung gewürdigt worden.[48] Vom musikalischen Standpunkte betrachtet bieten die Suiten etwas ähnliches, in denen der Anfang der übrigen Tänze jedesmal wieder an den Anfang der Allemande anknüpft.[49] Die Anspielungen beziehen sich gewöhnlich auf die erste, oder die ersten beiden Choralzeilen. Z. B.

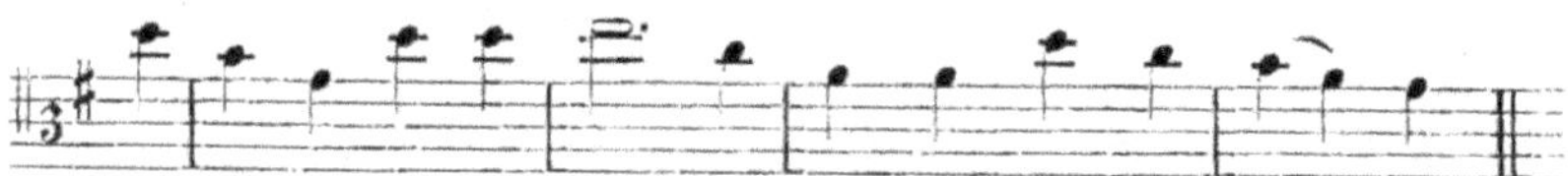

Ge - lo - bet sei der Herr, mein Gott, mein Licht, mein Le - ben.

Dritte Arie der Cantate:

48) Der Anklang an den Choral »Nun danket alle Gott« in der Rathswahlmusik »Preise Jerusalem den Herrn« (s. S. 194 dieses Bandes) kann hier nicht in Betracht kommen, da jener Choral in der Cantate sonst nirgends vorkommt. Die Nachbildung hat dort nur eine poetisch-symbolische Bedeutung.

49) S. Band I, S. 693.

Vierter Vers der Cantate:

In der Cantate »Lobe den Herren« wird einmal die Melodie

nach Moll versetzt und als Duett bearbeitet, nämlich:

Im fünften Vers von »Sei Lob und Ehr«, der als Recitativ beginnt, stößt man plötzlich auf eine Phrase, welche an die vier ersten Töne der Choralmelodie:

anknüpft; der Bass imitirt und es entwickelt sich ein Spiel, das lebhaft an eine Choralarbeit aus Bachs Jugendzeit erinnert.[50] Aber auch andre als die Anfangszeilen werden zuweilen flüchtig und wie im Vorübergehen gestreift: in dieser Beziehung ist namentlich Vers 4 von »Was Gott thut, das ist wohlgethan« merkwürdig. Einmal, in Vers 5 von »Was willst du dich betrüben«, der mit einer geistreichen Fantasie über die ersten Zeilen beginnt und sich dann ungebunden als Arie weiter entwickelt, ereignet es sich, daß am Schluß die letzte Choral-Zeile ganz schmucklos und einfach eintritt, gleichsam als sei die Phantasie des Componisten zu ihrer Quelle zurück gekehrt. Auch der zweite Vers von »Nun danket alle Gott« wird mit freier Benutzung der Choralmelodie gebildet, so daß diese nun in allen Theilen der mächtigen und äußerst brillanten Composition theils voll und klar, theils verhüllt dem Hörer entgegentritt.

Daß eine solche Behandlung des Kirchenliedes und der Choralmelodie ihr bedenkliches hat, konnte indessen dem Meister auf die Dauer nicht verborgen bleiben. Wenn er auch durch mehre Jahre

50) S. Band I, S. 208.

von Zeit zu Zeit wieder auf sie zurück kam, so ergiebt ein Blick auf seine spätere Thätigkeit als Cantatencomponist doch, daß wir in den eben beschriebenen Cantaten Übergangs- oder abschweifende Bildungen zu erkennen haben, jenseits deren eine vollkommenere Form lag. Schon während der ersten Leipziger Periode erscheinen einige Werke, in denen diejenige Form, welche für Bach in seiner letzten Lebensperiode Ideal und Typus der Kirchencantate wurde, mit voller Klarheit zu Tage kommt. Es tritt in ihr ebenfalls ein bestimmtes Kirchenlied mit der zugehörigen Melodie in den Mittelpunkt, aber weder wird der kirchliche Text für Arien und Recitative verbraucht, noch die kirchliche Melodie phantastischen Spielen preisgegeben. Vielmehr dienen der persönlicheren, durch das kirchliche angeregten Empfindung nun wieder besondere, aber aus dem Kirchenlied entwickelte Dichtungen und freie Compositionen; dem Choral wird sein unnahbares, unveränderliches Wesen gewahrt, und doch durchdringt er, auch wo weder Originaltext noch Originalmelodie gehört werden, als einheitgebende Macht das Ganze. Sehr nahe dieser Idealform steht die bewunderungswürdige Composition, mit der Bach den 27. Trinitatis-Sonntag des Jahres 1731 (25. Nov.) festlich beging. Der Sonntag kommt bekanntlich im Kirchenjahre sehr selten vor; deshalb und wegen seines hochpoetischen, geheimnißvoll feierlichen Evangeliums sah sich Bach wohl veranlaßt, ihn durch eine Tonschöpfung ersten Ranges zu schmücken. Sinnvoll ist Nicolais dreistrophiges Kirchenlied »Wachet auf, ruft uns die Stimme«, welches an das Evangelium von den zehn Jungfrauen (Matth. 25, 1—13) direct anknüpft, um dann in die Anschauungen des Hohenliedes und der Offenbarung Johannis (Cap. 21) hinüber zu leiten, zur Grundlage des Werkes gewählt worden[51]. Zwischen die Strophen schieben sich Recitative und Zwiegesänge Christi und seiner Braut, kunstvolle Duette, die eine keusche Innigkeit athmen ohne sich zu weit ins Gebiet persönlicher Leidenschaftlichkeit zu verlieren. Die drei Choralstrophen bilden genau Anfang, Mitte und Ende, und stellen den mystischen Grundton des Werkes her, welchen die Vorstellungen von der feierlichen Stille der Nacht,

51) Die Cantate, deren Originalstimmen die Bibliothek der Thomasschule aufbewahrt, ist jetzt nur bei Winterfeld, Evang. Kirchenges. III, Beilage S. 172 ff. veröffentlicht. — Über das Entstehungsjahr s. Anhang A, Nr. 33.

in welcher der himmlische Bräutigam erwartet wird, und der unsäglichen Freuden in der Herrlichkeit des neuen Jerusalem bedingten. Die erste Strophe ist Choralfantasie: in die majestätischen Rhythmen des Orchesters mischt das mit dem fünften Takte auftretende Motiv  ein heimliches Glück, das manchmal in seligem Ausdrucke überströmt; der Sopran führt die Melodie, deren poetischen Gehalt die andern Singstimmen durch Tonreihen von außerordentlicher Plastik ausdeuten. In der zweiten Strophe, einem Trio für Tenor, Geigen und Bass, klingt der mystische Ton wohl am vollsten aus. Es ist wie ein Reigen seliger Geister, was sich hier in den tiefen Lagen sämmtlicher Geigen mit seltsamem, unerhörtem Ausdruck hin und her wiegt: Zion und die Gläubigen sind mit Christus eingegangen zum Fest in den Freudensaal. Die letzte Strophe, ein »Gloria, mit Menschen und Engel-Zungen« angestimmt, tritt in schmuckloser Einfachheit auf; die herrliche Melodie erhält hier noch einmal Gelegenheit, vorzugsweise durch sich selbst zu wirken.

Die Cantate »Was Gott thut, das ist wohlgethan«, von der oben die Rede war, ist in ihrem Anfangs- und Schlußsatze nur eine erweiterte und bereicherte Bearbeitung älterer Stücke. Der Schlußsatz findet sich schon in der Cantate von 1723 »Die Elenden sollen essen«[52]. Der Anfangssatz in einfacherer Fassung leitet ein Werk ein, welches um zwei oder drei Jahre früher, also gegen 1733 geschrieben sein mag. Es repräsentirt den Typus der Cantate »Wachet auf« in etwas vereinfachter Gestalt, in dem nur zwei Strophen des Chorals benutzt sind: sie haben am Anfang und Ende ihren Platz und dieselben Formen, die wir dort an diesen Stellen finden; zwischen ihnen steht eine Anzahl madrigalischer Gesangstücke.[53] Eine dritte mit demselben Choral anhebende Composition sollte dem 21. Trinitatis-Sonntage dienen, und wird 1731 (21. October) oder 1732 (2. November) die erste Aufführung erlebt haben.[54] Sie enthält gar nur eine Strophe des Chorals, welche am Anfange steht und auch die Form der Choralfantasie aufweist; doch will das instrumentale

52) S. S. 185 dieses Bandes. 53) B.-G. XXII, Nr. 99.
54) B.-G. XXII, Nr. 98. — S. Anhang A, Nr. 38.

Tonbild sich anfänglich nicht recht zur Einheit zusammenfügen und nähert sich während des Aufgesanges mehr dem Charakter eines Ritornells. Im Verlauf des Werkes wird die Choralmelodie nirgends weiter verwendet, nicht einmal am Schlusse, die Cantate läuft in eine Bassarie aus. Sie ist demnach formell unvollkommen, mehr nur ein Ansatz, dem die entsprechende Weiterführung fehlt; auch der musikalische Gehalt der einzelnen Stücke steht hinter dem der andern beiden Cantaten zurück. Hingegen gewährt eine Cantate auf den sechsten Trinitatis-Sonntag »Es ist das Heil uns kommen her« durch ihre meisterwürdige Formrundung wieder vollste Befriedigung. Wenn Ähnlichkeiten in der Gestaltung des Einzelnen gleiche Entstehungszeit voraussetzen lassen — und dieses ist ja bei Bach der Fall — so muß sie mit der Cantate »Wachet auf« in demselben Jahre (1731) geschrieben sein. Von dem Liede des Paul Speratus wird nur die erste und zwölfte Strophe verwendet, um Ausgangs- und Endpunkt des Werkes festzustellen, zwischen welchen neben andern madrigalischen Stücken ein bewundernswerthes canonisches Duett seinen Platz findet; die Behandlung der ersten Strophe aber gleicht derjenigen der ersten Strophe von »Wachet auf« in auffälligem Grade, namentlich in den zweistimmigen Imitationen und theilweise dem begleitenden Rhythmus des instrumentalen Tonsatzes. 55)

Einer neuen, tiefsinnigen Composition zum 16. Trinitatis-Sonntage (wahrscheinlich 28. September 1732) »Christus der ist mein Leben« muß an dieser Stelle Erwähnung geschehen, obwohl sie ihrer Form nach nur halb hierher paßt. Sie beginnt mit einem Choralchor über das genannte Lied, verwerthet außerdem aber noch drei andre Choräle, welche sämmtlich zu den schönsten und bekanntesten Sterbeliedern der protestantischen Kirche gehören. Hierdurch gelangt die poetisch-musikalische Grundempfindung der Cantate freilich zu einer mächtigen Intensität. Doch läßt sich ein Mangel an Einheitlichkeit nicht verkennen. Die Bedeutung des Chorals in den Bach'schen Cantaten ist eine andre und größere, als nur die welche einem gehaltvollen Gedichte mit einer schönen Melodie zukommt; er soll unter den subjectiveren Arien und Recitativen den gemeinverständlichen Mittelpunkt bilden. Berechtigung hat es noch wenn am Schlusse ein andrer als der einleitende Choral erscheint, in einem solchen

55) B.-G. I, Nr. 9. — S. Anhang A, Nr. 33.

Falle entwickelt sich die Empfindung von einem strengkirchlichen Ausgangspunkte derart, daß sie an einer andern Stelle in das engere kirchliche Gebiet wieder einströmt. Statt dieses einen Ausgangspunktes aber deren zwei oder drei zu nehmen, muß beunruhigend wirken. Wir wissen, wie sehr Bach es liebte in der Stimmung von Sterben und Tod zu schwelgen. Er hat dieser Vorliebe hier einmal die Zügel schießen lassen; ist er doch soweit gegangen im ersten Choralchor dem Worte »Sterben« zu Gefallen durch eine lange Dehnung die Proportionen der vier Choralzeilen gänzlich zu zerstören. Sehr fein und sinnig ist es gemacht, wie dieser Chor sich ohne musikalische Unterbrechung in den Sologesang hinein fortsetzt, erst ein Arioso, dann ein Recitativ, an welches sich nun unmittelbar wieder ein neuer, in einfacher Pachelbelscher Form gehaltener Choralchor »Mit Fried und Freud ich fahr dahin« anschließt. Der dritte Choral »Valet will ich dir geben« ist als Trio behandelt und kann seine Verwandtschaft mit dem Choraltrio aus »Wachet auf« nicht verbergen. Am Schlusse steht die vierte Strophe des Liedes »Wenn mein Stündlein vorhanden ist.«[56])

Wenn die Form der chorischen Choralfantasie für den ersten Satz von nun an mehr und mehr das Feststehende wird, so ist doch einstweilen der Drang nach Mannigfaltigkeit bei Bach immer noch so stark, daß er auch andere Gebilde an die erste Stelle rückt. Solches geschieht in einer Musik zum Sonntag nach Neujahr 1733 (4. Januar). Hier ist der zum Tonbilde des Orchesters sich gesellende Gesang nur zweistimmig: der Sopran singt die erste Strophe des Chorals »Ach Gott, wie manches Herzeleid«, der Bass stellt sich ihm mit einem besondern Charakter entgegen und ermahnt zur Geduld und Standhaftigkeit. Derselbe Gegensatz ist auch im Schlußsatze musikalisch verwerthet, übrigens keiner Choralfantasie sondern einer Bassarie, in die der vom Sopran vorgetragene Choral hineingeflochten ist. Den Text zu diesem Choral bildet die zweite Strophe des Martin Böhmschen Liedes »O Jesu Christ, meins Lebens Licht«, während die Melodie dieselbe ist wie am Anfang. Von dem klagenden und dem tröstenden Charakter, die in dieser Cantate, wenn auch nur in den Hauptsätzen derselben durchgeführt sind, hat das Werk

56) B.-G. XXII, Nr. 95. — Anhang A, Nr. 40.

den Namen *Dialogus* erhalten[57]) Es ist ebenfalls nicht ohne Seitenstück geblieben. Auch zum 24. Trinitatis-Sonntage (wahrscheinlich 1732, also 23. November) schrieb Bach einen *Dialogus*; »Furcht« und »Hoffnung« heißen hier die Charaktere, ihren Gegensatz ausgleichend tritt schließlich ein Bass hinzu, unter welchem wir uns die »Stimme vom Himmel« vorstellen dürfen, der in der Offenbarung Johannis (14, 13) die hier gesungenen Worte zuertheilt werden. Der erste Satz ist dem der vorigen Cantate ganz analog gestaltet. Der Alt singt die Melodie »O Ewigkeit, du Donnerwort«. Zum Beschluß kehrt indessen diese nicht wieder, sondern es ertönt Joh. Rudolph Ahles empfindungsvolle Arie »Es ist genug« in vierstimmigem Tonsatz.[58]) —

Wir verlassen hiermit die Choralcantaten und verweilen abschließend noch mit kurzem Blicke auf einer Gruppe solcher Kirchenmusiken, welche überwiegend oder gänzlich auf freier Erfindung beruhen. In der Mehrzahl derselben bildet ein Bibelspruch den poetischen Grundgedanken, der nach dem allgemein üblichen und auch von Bach durch die That als begründet anerkannten Verfahren gewöhnlich in eine Chorform gekleidet ist. Zwei Werke ragen unter ihnen hervor. Eine Cantate zum zehnten Trinitatis-Sonntag (wahrscheinlich 29. Juli 1731) »Herr deine Augen sehen nach dem Glauben« gehört zur Gattung derjenigen, welche ich mit dem Namen orthodoxe Compositionen (s. S. 255) belegen zu dürfen glaubte.[59]) Sollte Picander der Verfasser des Textes sein, so müßte er sich angestrengt haben. In den Recitativen herrscht freilich der gewöhnliche Schlendrian, die Arien haben aber eindringlichen metrischen Bau und kräftigen Wortausdruck. Außer dem Bibelspruche für den Hauptchor (Jeremias 5, 3) ist noch eine Stelle aus dem Römerbrief (2, 4 und 5) eingefügt, während Picander sich sonst mit einem Bibelspruch begnügt. Da Bach eine außergewöhnliche künstlerische

57) B.-G. XII², Nr. 58. — S. Anhang A, Nr. 38.

58) B.-G. XII², Nr. 60. — S. Anhang A, Nr. 41.

59) Die Cantate in ihrer Urgestalt wieder hergestellt zu haben ist eines der zahlreichen Verdienste Rusts. Weiteren Kreisen war sie früher nur durch die Ausgabe von A. B. Marx bekannt (Kirchenmusik von J. S. Bach. Nr. 2. Bonn, Simrock). Jetzt ist sie veröffentlicht B.-G. XXIII, Nr. 102. — S. Anhang A, Nr. 88.

That plante, könnte er seinen Gehülfen einmal energisch aufgerüttelt haben. Während er in der Cantate »Schauet doch und sehet« in unersättlicher Klage schwelgt, gleich als wolle er dem Prophetenworte Genüge thun »Meine Augen rinnen mit Wasserbächen über dem Jammer der Tochter meines Volks. Meine Augen fließen und können nicht ablassen« (Klagelieder Jeremiae 3, 48 und 49), erscheint er hier als glühender, fast fanatischer Bußprediger. Der erste Chor stellt wie immer die Grundempfindung fest. Seine Disposition ist meisterhaft und durchaus neu. Ein Vorspiel legt die Hauptgedanken im Zusammenhange dar, welche sodann getrennt und in mannigfacher Versetzung die Grundlage des Chors bilden. Dies Verfahren findet man bei Bach öfter. Überraschend aber ist, daß zwei weitausgeführte Fugensätze in die Entwicklung eingewoben werden. Von unerhörter Kühnheit und niederschmetternder Gewalt sind ihre Themen:

und:

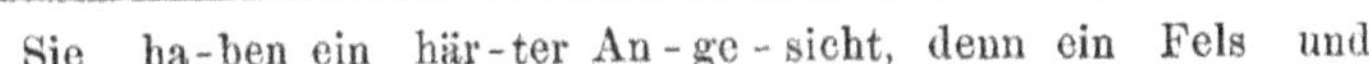

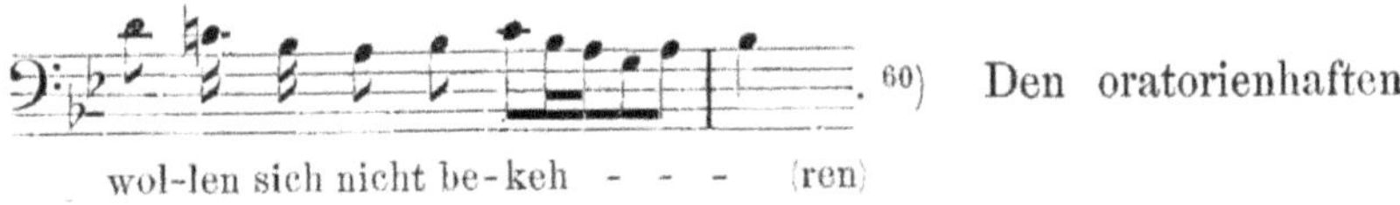

[60]) Den oratorienhaften Zug in diesem gewaltigen Chore wird man nicht verkennen. Er erhebt sich in den Arien und dem Bass-Arioso manchmal zu fast dra-

60) Die Bedenken, welche M. Hauptmann gegen die Stelle Takt 37—44 erhob, sind von Rust durch den Hinweis auf die Disposition des Ganzen hinfällig gemacht, wenn auch nicht zu leugnen ist, daß die Vorwegnahme der Worte »Du schlägest sie, aber sie fühlen es nicht, du plagest sie, aber sie bessern sich nicht«, welche sich überdies nicht einmal mit dem gehörigen Nachdruck auseinander legen, etwas befremdendes hat.

matischer Schärfe. Eine formelle Merkwürdigkeit haftet der Tenor-Arie an. Ihr Text lautet:

Du allzu sichre Seele
Erschrecke doch!
Denk, was dich würdig zähle
Der Sünden Joch!
Die Gottes-Langmuth geht auf einem Fuß von Blei,
Damit ihr Zorn hernach dir desto schwerer sei.

Für die aufgeregte Empfindung, welche Bach in dieser Cantate überall zum Ausdruck bringen wollte, war der Inhalt der ersten Textzeile nicht sprechend genug. Er begann deshalb mit der zweiten und in Tonreihen, welche das »Erschrecken« mit greifbarer Deutlichkeit malen. Die Arie bietet aber einen der bei Bach nicht häufigen Fälle, wo der musikalische Hauptgedanke, der im Ritornell vorgespielt wird, durchgängig nur in dem Jnstrumentalpart verbleibt, in der Singstimme dagegen garnicht auftritt. Die Hauptmelodie desselben scheint nun unter der Vorstellung der Textworte in ihrer richtigen Ordnung erfunden zu sein:

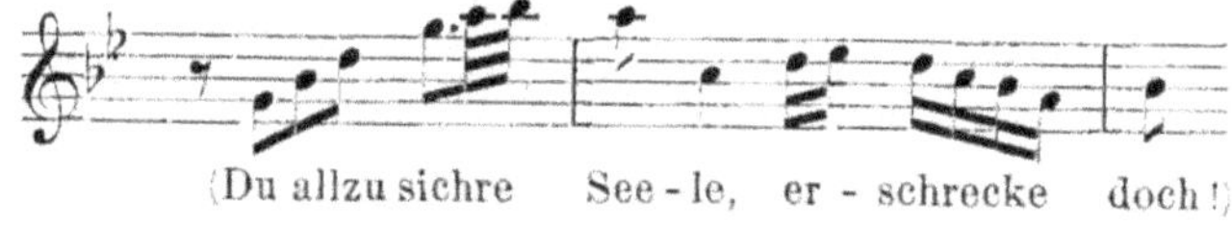

Trifft diese Vermuthung das wahre, so ist die Arie ein lehrreiches Beispiel, wie bei Bach vocale und instrumentale Anschauung zu unlöslicher Einheit in einander griffen.

Die andre Cantate, welche wir dieser als ebenbürtig beiordnen, hat einen Psalmspruch (Ps. 38, 4) zum poetischen Hauptgedanken. Sie paßt auch ihrem Inhalte nach mit der vorigen zusammen. Man kann sich vorstellen, daß die in jener mit feurigen Zungen gepredigte Buße nunmehr die Herzen der Sünder erfüllt hat. »Es ist nichts gesundes an meinem Leibe vor deinem Dräuen und ist kein Friede in meinen Gebeinen vor meiner Sünde«, beten sie.[61] Der Chor ist eine in sich abgeschlossene Doppelfuge trüben, zerknirschten Ausdrucks. Er hat aber außerdem complicirte poetische Beziehungen. Von Takt 15 ab klingt in gemessenen Intervallen, von Flöten, Zink und drei Posau-

61) B.-G. V¹, Nr. 25. — S. Anhang A, Nr. 33. Das diplomatische Merkzeichen ist nur im Umschlage der Originalstimmen einigermaßen deutlich.

nen geblasen, der vierstimmige Choral »Ach Herr mich armen Sünder«[62] in die durch Streichinstrumente theilweise mit besondern Tonreihen begleitete Fuge hinein. Der vierstimmige Satz ist gleichfalls in sich abgeschlossen und könnte, wie die Fuge, auch allein mit befriedigender Wirkung zu Gehör gebracht werden. Trotzdem vereinigen sich beide Tonkörper, als seien sie aus einer Wurzel gewachsen. Die Tiefe der Empfindung, welche sich öffnet, wenn das kirchliche Bußlied wie von unsichtbaren Stimmen erklingend über die reuig im Staube betende Menge dahinzieht, ist unsagbar und unergründlich. Vor den beiden Stollen des Aufgesanges erscheint es jedesmal im Instrumentalbass in der Verlängerung. Wir haben noch nicht alles gesagt. Die beiden Fugenthemen sind aus zwei Zeilen des Chorals gebildet, das erste aus der letzten, das zweite aus der ersten. Die Weise, wie dies geschehen ist, mahnt an die Melodieumbildungen der Cantaten, denen der vollständige Text eines Kirchenliedes zu Grunde liegt; es ist mir aus diesem Grunde wahrscheinlich, daß die Cantate »Es ist nichts gesundes« mit jenen in eine und dieselbe engere Zeit gehört. Das aus all diesen musikalischen und poetischen Motiven entwickelte Musikstück ist höchst merkwürdig und in seiner Art einzig. Den Satz »Es ist der alte Bund« aus der Cantate »Gottes Zeit« (s. Band I, S. 453 ff.) kann man deshalb nicht vergleichen, weil dort die Chorsätze mehr nur als Zwischenstücke des Chorals auftreten. Hier aber erblicken wir die auf Chor und Orchester übertragene Form der Choralfantasie in ihrer Umkehrung: die Aufgabe der Instrumente löst der Chor, die des Chors ein Instrumentencomplex. Es ist weder ein freigestalteter biblischer noch ein Choralchor; es ist ein aus beiden gewordenes, höheres, das man staunend zu fassen sich bemüht. Eine schöne Bassarie mit selbständig entwickeltem, charaktervollem Instrumentalbass bringt dem Hörer die übermächtige Erscheinung des ersten Satzes persönlich näher: sie steht noch in jenem Empfindungskreise, leitet aber in eine tröstliche Stimmung hinüber, in welcher das Werk zu Ende geht.

Ein helleres Bild entrollt die Himmelfahrts-Cantate »Wer da

62) Nur dieses Gedicht kann gemeint sein. Die Melodie gehört bekanntlich auch zu dem Liede »O Haupt voll Blut und Wunden«.

glaubet und getauft wird«[63]. In dem Hauptchor werden eine breite ruhige und eine lebhaft drängende Melodie einander gegenübergestellt und ganz in demselben Verhältniß durchgearbeitet, wie es die schöne Bassarie der Pfingstcantate »Ich liebe den Höchsten« zeigt (s. S. 275). Auch der poetische Inhalt ist derselbe, und beide Cantaten dürften zeitlich zusammengehören. Zu dem sehr sangbar geführten Chor gesellt sich eine reiche sechsstimmige Begleitung, und bewirkt einen herrlichen, gesättigten Gesammtklang, bei dessen in lebendigen Rhythmen fortströmender Fülle man der Worte des Evangeliums gedenkt: »Gehet hin in alle Welt und prediget das Evangelium allen Creaturen«. In der Mitte findet sich ein zweistimmiger Choral (die fünfte Strophe von »Wie schön leuchtet der Morgenstern«), dessen melismatisch zerdehnte Zeilen bald vom Sopran, bald vom Alt unter Imitation der andern Stimme vorgetragen werden, während im Bass ein aus der ersten Choralzeile gebildetes charakteristisches Motiv sich fortspinnt. Ein sehr merkwürdiger Chor steht an der Spitze einer Cantate zum 21. Trinitatis-Sonntage »Ich glaube, lieber Herr, hilf meinem Unglauben« (Marc. 9, 24).[64] Er drückt die Empfindung des Schwankens und Zweifelns in ebenso bestimmter als meisterlicher Weise aus, indem die Stimmen vereinzelt und gleichsam haltlos umher irren und sich nur selten und kurze Zeit zu compacten Gebilden zusammenschließen. Mit andern Mitteln wird dieselbe Empfindung dargestellt in der Tenorarie, deren Text uns auch zum Verständniß des Chors den Schlüssel an die Hand giebt. Am Schlusse befindet sich dieses Mal eine Choralfantasie über die siebente Strophe des Liedes »Durch Adams Fall ist ganz verderbt«. Nicht einem Sonn- oder kirchlichen Festtage sondern einer Trauungsfeierlichkeit ist die Cantate »Dem Gerechten muß das Licht immer wieder aufgehen« (Psalm 97, 11 und 12) bestimmt. Sie hat etwas überaus festliches und glänzendes, an die Art der Cantate »Lobe den Herrn meine Seele« (von 1724) erinnernd. Ein prachtvolles Fugenpaar (**C** und $^6/_8$) steht an der Spitze, in welchen wie in einigen Cantaten der ersten Leipziger Jahre die von einem kleineren Chore begonnene

63) B.-G. VII, Nr. 37. — S. Anhang A, Nr. 33.

64) B.-G. XXIII, Nr. 109. — S. Anhang A, Nr. 33. Das diplomatische Merkzeichen tritt zwar nicht in der autographen Partitur, wohl aber in den Originalstimmen deutlich hervor.

Fugirung allmählig an den großen Chor übergeht.[65] Der homophoner gehaltene Schlußchor ist breit und kräftig; beide umrahmen eine Bassarie im sogenannten lombardischen Stil,[66] die mit einem an italiänische Schönheit mahnenden Melodienflusse ebenfalls einen hervorragend festlichen Charakter verbindet. Ein warmer Hauch lagert über dem ganzen Werke, das aber in dieser Gestalt schwerlich Originalcomposition ist, sondern aus Überarbeitung einer wohl der früheren Leipziger Zeit angehörigen Composition hervorgegangen sein wird[67]. Es scheint dieselbe Entstehungsgeschichte zu haben wie die Trauungs-Cantate »Herr Gott, Beherrscher aller Dinge«, die wenigstens zum Theil auf einer älteren Rathswahl-Cantate »Gott, man lobet dich in der Stille«, zum Theil auch auf einem Adagio der G dur-Violinsonate[68] beruht. Sehr verschlungen sind oft die Beziehungen, welche durch Überarbeitungen und Übertragungen zwischen den verschiedenen Werken Bachs sich geknüpft haben. Die genannte Rathswahl-Cantate hat allem Anscheine nach auch als zweite Jubelcantate zur Saecularfeier der Augsburgischen Confession (26. Juni 1730) dienen müssen und dürfte endlich so wie sie vorliegt in abermaliger Bearbeitung für ihren anfänglichen Zweck erscheinen. Der Bibelspruch (Ps. 65, 1) ist hier nicht als Chor componirt, was sein Inhalt verwehrt zu haben scheint, sondern als Alt-Solo, dessen blühendes Wesen doch die Feststimmung aufs deutlichste ausdrückt. Der Hauptchor folgt nach und hat madrigalischen Text. Jene Trias von Jubelcantaten, welche Bach 1730 an drei Tagen hintereinander aufführte,[69] stellt sich, wie hier beiläufig bemerkt werden soll, auch in ihren beiden andern Theilen als Überarbeitung früherer Werke heraus. Die erste »Singet dem Herrn ein neues Lied« ist die Neujahrscantate von 1724[70], die dritte »Wünschet Jerusalem Glück« eine Rathswahl-Cantate von 1727 (25. August), welche als solche am 18. August 1741 wiederholt wurde[71]; sie ist aber sammt ihrem

---

65) S. S. 187 dieses Bandes.

66) S. Band I, S. 413.

67) B.-G. XIII¹, S. 3 ff.

68) B.-G. XXIV, Nr. 120. — Vrgl. B.-G. IX, S. 252 ff., und Band I, S. 724 f. — S. Anhang A, Nr. 42.

69) Vrgl. S. 70 dieses Bandes.

70) S. S. 215 f. dieses Bandes.

71) Jedoch mit einigen Auslassungen und Zusätzen, s. Nützliche Nachrichten von Denen Bemühungen derer Gelehrten u. s. w. Leipzig, 1741. S. 82 ff.

Urbilde verloren gegangen. Und noch eine vierte Umarbeitung dürfen wir wohl auf 1730 verlegen. Die Behauptung wird begründet sein, daß in diesem Jahre auch die Feier des Reformationsfestes eine besondere Bedeutung erhielt und demgemäß begangen wurde. Augenscheinlich sollte die Cantate »Ein feste Burg ist unser Gott« einer solchen außergewöhnlichen Feier dienen.[72] Bach suchte die weimarische Musik »Alles was von Gott geboren«, welche er mit ihrer Bestimmung für den Sonntag Oculi in Leipzig doch nicht gebrauchen konnte, wieder hervor und fügte an erster und fünfter Stelle neue Stücke ein. Es sind Choralchöre über die erste und dritte Strophe des Lutherschen Liedes. Der kühne, urkräftige Geist, der die deutsche Reformation ins Leben rief und in Bachs Kunst noch mit voller Stärke weiter wirkte, hat nie einen künstlerischen Ausdruck gefunden, welcher auch nur von ferne an diese beiden kolossalen Gestalten heranreichte. Das erste, 228 Takte zählende Stück hat die Pachelbelsche Form, nur daß der *Cantus firmus* von der Trompete und den Instrumentalbässen canonisch geführt wird; wie eine unbezwingliche Riesenburg ragt es auf. Das zweite ist eine Choralfantasie mit motivischer Benutzung der ersten Melodiezeile: den *Cantus firmus* singt der gesammte Chor im Einklange, während das Orchester ein Getümmel grotesker, wild anspringender Gestalten ausbreitet, durch welches der Chor unentwegt hindurchschreitet — eine Illustration der dritten Strophe (»Und wenn die Welt voll Teufel wär«) wie sie großartiger und charakteristischer nicht zu denken ist.[73] Im Vorübergehen sei hier noch zweier andrer Über-

72) B.-G. XVIII, Nr. 80. — S. Band I, S. 810 f. Möglich ist allerdings auch, daß diese Cantate für 1739 geschrieben wurde, unter Hinblick auf das 200 jährige Jubiläum der Annahme der evangelischen Lehre in Sachsen. Die Jubelfeier selbst fand in den Hauptkirchen am Pfingstfeste (17. Mai) statt, jedoch auf ausdrückliche Verordnung ohne besonderes Ceremoniel. Die Universität beging das Andenken an jenes Ereigniß am 25. August; Görner hatte zu diesem Zwecke eine lateinische Ode componirt (Gretschel, Kirchliche Zustände Leipzigs vor und während der Reformation im Jahre 1539. Leipzig, 1839. S. 292 f.). — Daß die Reformations-Cantate »Gott der Herr ist Sonn und Schild« weder für 1730 noch 1739 componirt ist, wird später gezeigt werden.

73) Die Cantate erschien um 1822 bei Breitkopf und Härtel in Leipzig als die erste, welche nach Bachs Tode durch den Stich veröffentlicht wurde. Rochlitz widmete ihr eine Besprechung (Für Freunde der Tonkunst. Band 3, S. 229 ff.)

arbeitungen gedacht, von denen wir nur sagen können, daß sie ungefähr in dieser Zeit, also um 1730, ausgeführt zu sein scheinen. Die Cöthener Serenade »Durchlauchtger Leopold« benutzte Bach zu einer Cantate auf den zweiten Pfingsttag (»Erhöhtes Fleisch und Blut«) und machte zu diesem Zwecke aus dem Schluß-Duett einen Chor.[74] Der Geburtstags-Cantate auf die Fürstin von Anhalt-Cöthen aber gab er die Bestimmung einer Musik zum ersten Adventsonntage. Als solche wurde sie durch zwei vortreffliche Bearbeitungen des Chorals »Nun komm der Heiden Heiland« und zwei einfache Choräle bereichert. Die eine der Bearbeitungen ist Choralfantasie mit einem vom Tenor vorgetragenen *Cantus firmus*. In der andern dagegen wird — ein bei Bach seltener Fall — die Choralmelodie motettenartig von einem Sopran und Alt Zeile für Zeile durchgearbeitet. Man wird dabei an den schönen zweistimmigen Choralsatz in der Cantate »Wer da glaubet und getauft wird« erinnert, doch ist in der Advents-Cantate die Durcharbeitung eine ausführlichere[75]

Wenn Bibelworte für Sologesang benutzt wurden, so war die feststehende Form das Bass-Arioso. Im allgemeinen ist auch Bach von diesem Brauche nicht abgewichen. Doch hat er ihn manchmal nur äußerlich beobachtet, indem er zwar die Bezeichnung »Arie« vermied, aber doch Musikstücke schrieb, die man als frei gestaltete Arien auffassen muß. Dies gilt für das Solo der Cantate »Herr, deine Augen sehen nach dem Glauben«, welches den Namen »Arioso«, und das ausnahmsweise einem Alt zugetheilte Solo der Rathswahl-Cantate »Gott man lobet dich in der Stille«, das garkeine Bezeichnung trägt. Es gilt ferner für den Gesang, mit welchem eine Cantate auf den 22. Trinitatis-Sonntag »Was soll ich aus dir machen, Ephraim« (Hosea 11, 8) anhebt. Dagegen ist dem Anfangs-Solo einer Cantate auf den 5. Trinitatis-Sonntag »Siehe, ich will viel Fischer aussenden« (Jerem. 16,61) schlankweg der Name »Arie« beigefügt. Beide Werke gehören in diese Zeit, doch läßt sich der genauere Termin ihrer Entstehung nur bei der letzteren mit Wahrscheinlichkeit angeben (13. Juli 1732).[76]

74) S. Band I, S. 618 f. — S. Anhang A, Nr. 33.

75) B.-G. VII, Nr. 36. Vrgl. Band I. S. 765 f. — S. Anhang A, Nr. 33.

76) B.-G. XX¹, Nr. 88 und 89. Zu ersterer Nr. s. Anhang A, Nr. 38. Zu letzterer Anhang A, Nr. 33; das Wasserzeichen ist nur in der Hornstimme zu erkennen. Nicht entstanden kann diese Cantate sein im Jahre 1733, weil da das Reformationsfest auf den 22. Trinitatis-Sonntag fiel.

Daraus daß die Sologesänge zu den schönsten zählen, welche Bach geschaffen hat, läßt sich aber erkennen, daß er ihnen eine Hingabe widmete, wie sie ihrem geheiligten Texte entsprach. Sie haben formelle Eigenthümlichkeiten, welche sich nicht immer aus dem Bau der Texte erklären lassen. Die durchweg ausgezeichnete Cantate »Siehe, ich will viel Fischer aussenden« enthält gar zwei solcher Solostücke über Bibelworte. *Das zweite derselben beginnt mit zwei C-Takten in G dur als Einleitung, steht aber übrigens in D dur. Das* erste besteht aus zwei großen Sätzen in D dur und G dur. Überhaupt ist die ganze Cantate hinsichtlich der Tonarten-Ordnung und der Disposition des Orchester-Accompagnements sehr merkwürdig. Einen tiefer n Sinn in den Merkwürdigkeiten zu finden, will aber dieses Mal n ht gelingen. Die eigenthümliche Empfindung, welche im ersten Satze zum Ausdruck kommt, wird im Zusammenhange mit ähnlichen Erscheinungen bei Gelegenheit eines Stückes aus der Matthäus-Passion die ihr zukommende Würdigung erfahren.

Diese beiden letzten Cantaten sind abzüglich der Schlußchoräle nur Solocantaten. Wir haben ihnen noch einige der Art anzuschließen, die indessen nur auf madrigalische Dichtung gesetzt sind: »Ich armer Mensch, ich Sündenknecht« zum 22. Trinitatis-Sonntage (21. October 1731 oder 9. November 1732), »Ich will den Kreuzstab gerne tragen« zum 19. Trinitatissonntage (7. October 1731 oder 26. October 1732)[77], »Jauchzet Gott in allen Landen« zum 15. Trinitatissonntage,[78] endlich »Ich habe genug« zu Mariä Reinigung (1731 oder 1732)[79]. Die Cantate »Jauchzet Gott«, ein feuriges Jubellied für Solosopran, das in eine Choralfantasie über »Nun lob, mein Seel. den Herren« ausläuft und diese mit einem fugirten Hallelujah-Satze beschließt, steht mit dem Evangelium oder der Epistel ihres Sonntags in keinem Zusammenhang. Ihre eigentliche Bestimmung wird eine andre gewesen sein, die wir nicht einmal mehr muthmaßen können.[80] Den andern drei Cantaten ist eine dunkle Stimmung ge-

---

77) B.-G. XII², Nr. 55 und 56. — S. Anhang A, Nr. 33.

78) Ebenda, Nr. 51. — S. Anhang A, Nr. 33.

79) B.-G. XX¹, Nr. 82. — S. Anhang A, Nr. 36.

80) Darauf deutet auch der Zusatz *»et in ogni Tempo«*. Der Text ist später umgedichtet worden (s. B.-G. XII², S. IX). Soweit die Umdichtung die

meinsam. Alle tragen sie es an der Stirne, daß Bach sie in seiner glücklichsten Zeit männlicher Schaffenskraft und — Freudigkeit schrieb. Steht eine von ihnen etwas zurück, so ist es »Ich armer Mensch«: der ersten Arie voll inbrünstig zerknirschter Empfindung sind die nachfolgenden Stücke nicht ganz ebenbürtig. Rühmend verdient bei den andern beiden Cantaten die Wärme und durchgängige Würde der Dichtungen hervorgehoben zu werden. Die am Schluß der ersten Arie von »Ich will den Kreuzstab« melodisch und rhythmisch sich schön heraushebende und wie ein tiefglückliches Aufathmen nach endlicher Erleichterung ansprechende Stelle kehrt mit wunderbarer Wirkung am Schlusse des letzten Recitativs wieder. Absicht des Dichters war dies offenbar nicht, Bach hat hier wieder einmal als Poet eingegriffen. Auch darin, daß das Werk — mit der sechsten Strophe des Chorals »Du o schönes Weltgebäude — in der Unterdominante der Haupttonart ausklingt, liegt eine unverkennbare poetische Absicht. Die Musik zu Mariä Reinigung nimmt von den Empfindungen des alten Simeon ihren Ausgangspunkt. Sie mit der älteren Cantate »Erfreute Zeit im neuen Bunde« (S. 218 ff. dieses Bandes) zu vergleichen, ist interessant, da man sieht, wie Bach demselben kirchlichen Gegenstande zwei so ganz verschiedene Seiten abzugewinnen wußte. Dort ist die Grundempfindung heiter, lebensmuthig, hier lebensmüde in der Erwartung baldigen Todes st ' beseligt. Unaussprechlich schön giebt die Arie »Schlummert (.), ihr matten Augen« diese Empfindung wieder.

Diese Cantate war anfänglich für Anna Magdalena Bach componirt. Dann richtete sie der Meister für eine Mezzosopran — oder Alt — Stimme, endlich für einen Bass ein. Im Hinblick auf den kirchlichen Gebrauch mußte ihm dieses das angemessenste erscheinen, weil der Text eine Paraphrase der Worte Simeons ist, und die Anknüpfung an das Evangelium auf diese Weise auch musikalisch am augenfälligsten wurde[81]) Eigentlich gedacht aber war sie als geistliche Kammer- oder Hausmusik. Es ist bedeutungsvoll, daß er

---

erste Arie betrifft, könnte man aus ihr auf eine Verwendung zum Michaelisfeste schließen. Danach dürfte eine Wiederaufführung der Cantate 1737 stattgefunden haben, wo 15. Trinitatissonntag und Michaelisfest auf denselben Tag fielen.

81) S. Anhang A, Nr. 43.

ihr ausdrücklich den Namen *Cantata* beilegt, was er bei seinen wirklichen Kirchenmusikstücken nicht zu thun pflegt. Ich komme hiermit auf einen oben berührten Gegenstand zurück. Eine Art der Empfindung, welche mehr auf häusliche als kirchliche Erbauung hinweist, tritt in gewissen Werken der mittleren Leipziger Periode hervor. Sie sprach aus der Cantate »Wer nur den lieben Gott läßt walten«; nur sie konnte es sein, welche den Meister antrieb ganz gegen die Gewohnheiten seines früheren und späteren Lebens in einer Anzahl von Cantaten zwar echte Kirchenlieder durchzucomponiren, aber die Theile der Choralmelodien auf allerhand geistreiche Art umzubilden und ihnen andre musikalische Zusammenhänge zu geben. Sonst galt ihm der Choral wie ein Dogma, an dessen unveränderliche Größe sich der einzelne anlehnt — das war kirchlich; hier löste er ihn in die subjective Empfindung auf — das entsprach dem Wesen privater Andacht. Naturgemäß wird eine solche sich vorzugsweise in den Formen des Sologesanges äußern. Solocantaten hatte Bach auch in früheren Zeiten schon manche geschrieben. Aber mit einziger Ausnahme der weimarischen Cantate »Ich weiß, daß mein Erlöser lebt« trägt in keiner von allen die wir nachweisen konnten eine und dieselbe Stimme das ganze vor. Darin beruht ein wesentlicher Unterschied. Denn durch die Theilnahme mehrer Stimmen an demselben Gegenstande — sei es auch nur nach einander — wird doch dem Empfindungsausdruck das subjective genommen. In den Cantaten der mittleren Periode wird das zum Theil anders. Die erste, welche man im engsten Verstande Solocantate nennen kann, indem nur eine einzige Stimme in ihr wirkt, war die Septuagesimae-Musik »Ich bin vergnügt« und daß eben sie zunächst für einen häuslichen Zweck gedacht worden ist, scheint aus der Umdichtung des Textes klar hervorzugehen. Ihr schlossen sich nach und nach noch sieben andre an, von denen die Composition »Ich will den Kreuzstab gerne tragen« ebenfalls von Bach selbst mit der Bezeichnung *Cantata à Voce sola è stromenti* versehen ist. Auffallen muß, daß ein bedeutender Theil derselben: »Geist und Seele«, »Gott soll allein mein Herze haben«, »Vergnügte Ruh«, für eine Alt- oder Mezzosopranstimme geschrieben ist. Soprancantaten fanden wir ebenfalls drei: »Ich bin vergnügt«, »Jauchzet Gott«, »Ich habe genug«, von welchen die letzte jedoch auch für Alt und sodann für Bass eingerichtet wurde. Wenn wir uns die Soprancantaten zunächst wohl für Bachs Gattin componirt denken dürfen, so war bei den Alt-Cantaten vielleicht die Tochter Katharina gemeint, deren Gesangstüchtigkeit ja der Vater selbst ein *günstiges Zeugniß ausstellte*. *Tenor- und Bass-Cantaten* begegneten uns abgesehen von der genannten Bearbeitung nur je eine: »Ich armer Mensch«, »Ich will den Kreuzstab«. Daß die Reihe derartiger in eben dieser Zeit geschaffener Compositionen hiermit beendigt wäre glaube ich nicht. Eine Composition für Sopran auf den 23. Trinitatissonntag, (»Falsche Welt, dir trau ich nicht«), welcher der erste Satz des ersten brandenburgischen Concerts in derselben Weise als Einleitung vorhergeht, wie der Cantate »Ich liebe den Höchsten« der erste Satz des dritten [81]), gehört gewiß eben so wohl in diesen Zusammenhang, wie eine Alt-Cantate ohne besondere Bestimmung (»Widerstehe doch der Sünde«) [82]) und wie jene allbekannte schöne Arie für Alt »Schlage doch, gewünschte Stunde«, in deren Textworten ich Francksche Poesie zu erkennen glaube. [83]) Es liegt auf der Hand, daß diese Arie nicht für die Kirche bestimmt gewesen sein kann, da keine Stelle des Cultus auffindbar ist, wo man sie hätte anbringen können: für eine reguläre Kirchenmusik, welche ihre 25 bis 30 Minuten dauern mußte, ist sie zu kurz, für eine außergewöhnliche Trauerfeierlichkeit paßt ihr Text nicht. Man darf sich auch wohl versichert halten, daß Bach, wie geneigt auch immer, das Glockenläuten musikalisch nachzuahmen, eine wirkliche Campanella in der Kirche doch nicht hätte mitwirken lassen, während im häuslichen Kreise niemand daran wird Anstoß genommen haben. [84]) Die andern Cantaten für eine Solostimme mögen sämmtlich auch beim Gottesdienst gebraucht worden sein. Eine Stilwidrigkeit hat sich Bach hierdurch ebensowenig zu Schulden kommen las-

81) B.-G. XII², Nr. 52.

82) B.-G. XII², Nr. 54. — Dieses Werk ist auch in Breitkopfs Verzeichniß von Michaelis 1761 nicht unter der Rubrik »Kirchenmusiken« sondern S. 10 unter der Rubrik »Geistliche kleine Cantaten und Arien« angeführt.

83) B.-G. XII², Nr. 53.

84) In Breitkopfs vorher citirtem Verzeichniß steht S. 23 auch: »Trauer-Arie: Schlage doch gewünschte Stunde, *à Campanella, 2 Violini, Viola, Alto solo, Basso.*«, und nicht »*Organo*«. Sonderbar, daß diese doch unzweifelhaft Bachische Composition urkundlich nirgends als solche verbürgt ist: auch in Breitkopfs Verzeichniß steht sie ohne Autornamen. — Forkels Meinung, die

sen, wie dadurch, daß er weltliche Cantaten für die Kirchenmusik verwendete. Es ist schon früher einmal gesagt, daß seine Schreibweise überhaupt von einem kirchlichen Geiste durchdrungen war und daß er in gewissem Sinne kirchlich blieb, auch wenn er weltlich sein wollte.[85] Aber innerhalb dieser weitesten Gränzen lassen sich wieder feinere Unterschiede denken. Durch solche hebt sich allerdings Bachs weltliche Musik von seiner original-kirchlichen ab, und solche bestehen auch zwischen letzterer und denjenigen Compositionen, die zu dieser Auseinandersetzung den Anlaß gaben.

Im übrigen erweist sich die zeitlich mittlere Periode in Bachs Cantaten-Production auch innerlich als eine mittlere dadurch, daß in ihr Richtungen zusammentreffen, denen wir den Meister vorher und nachher mit merklicherer Einseitigkeit folgen sehen. Alle derartige Gränzbestimmungen haben freilich wie überhaupt im Leben so auch in einer Künstlerentwicklung nur dann etwas zutreffendes, wenn man ihnen eine gewisse Beweglichkeit und Verschiebbarkeit zugesteht. Ihr Werth wird dadurch nicht beeinträchtigt. Cantaten mit freien Chören über biblische und madrigalische Texte, sowie Solocantaten für mehre Stimmen finden wir in der mittleren Periode noch in ziemlicher Anzahl und in Exemplaren, welche an Großartigkeit und Tiefe früheren ähnlichen Werken um nichts nachstehen. Daneben aber macht sich die eigentliche Choralcantate schon sehr entschieden bemerkbar, welche dann in Bachs letztem Lebensabschnitte immer mehr das Übergewicht erhält. Die Zeit von 1727 bis gegen 1734 ist in Bachs Leben die reichste und blühendste. Das merkt man schon bei der Betrachtung der Kirchencantaten allein. Es wird sich bestätigen, wenn wir den andern Gebieten näher treten, auf welchen sein reicher Geist sich gleichzeitig schöpferisch erwies.

VII.

Um die Passionen Bachs historisch zu begründen, pflegt man sich mit einem Hinweis auf die dramatisirten Evangelienlectionen und allenfalls einem Seitenblick auf das Oratorium und die Oper zu

---

Arie gehöre eben der Campanella wegen in eine Zeit, da Bachs Geschmack noch nicht gereinigt gewesen sei (Über Joh. S. Bachs Leben und Kunstwerke S. 61 f.), findet durch obiges wohl ihre Erledigung. Ganz sicher ist diese volle, ausgereifte Form kein Jugendwerk.

85) S. Band I, S. 560.

begnügen. Die Sache ist jedoch so einfach nicht. Es mußten viele und verschiedenartige Elemente zusammenwirken, damit diejenigen Schöpfungen entstehen konnten, welche wir als höchste Spitzen protestantischer Kirchenmusik bewundern.

Der Brauch, die Passionsgeschichte nach den vier Evangelisten an je vier Tagen der stillen Woche mit vertheilten Rollen abzusingen, hat sich ziemlich früh in der Kirche des Mittelalters festgesetzt. Der Zweck war, die Dinge um welche es sich handelte für die Anschauung des Volkes möglichst deutlich zu machen, da die lateinischen Worte von den wenigsten verstanden wurden. Ein Geistlicher sang die erzählenden Partien, ein zweiter die Worte Christi, ein dritter die der übrigen einzelnen Personen, gleichzeitige Äußerungen mehrer (der ganze Haufe, *turba*) wurden vom Chor wiedergegeben. Die protestantische Kirche behielt diese Besonderheit des Passionscultus bei. Zwar erachtete es Luther für unnöthig, daß alle vier Passionen abgesungen würden, und legte überhaupt auf die Sache kein großes Gewicht.[1] Doch hatte Johann Walther schon 1530 die Passionsgeschichte nach Matthäus und Johannes mit deutschem Text für den kirchlichen Gebrauch hergerichtet, von welchen die erstere dem Palmsonntage, die letztere dem Charfreitage bestimmt wurde.[2] Derselbe Künstler verfertigte 1552 eine aus den vier Evangelisten zusammengestellte Passionsmusik zu vier Stimmen mit deutschem Text[3]. Im Verlaufe des 16. Jahrhunderts kam die deutsche Passion im protestantischen Gebiete allgemein in Aufnahme. Schon im Jahre 1559 begegnen wir abermals einer Matthäuspassion in Meißen;[4] das Jahr 1570 bringt, soviel bis jetzt bekannt ist, die erste gedruckte,[5] andere folgten 1573 und 1587.[6] Darnach sind auch

1) Deutsche Messe und Ordnung des Gottesdienstes. 1526. S. 243 im 22. Band von Luthers sämmtlichen Werken. Erlangen, Heyder. 1833.

2) O. Kade, Der neuaufgefundene Luther-Codex vom Jahre 1530. Dresden, Klemm. 1871. S. 126 und 127.

3) S. R. Eitner in den Monatsheften für Musikgeschichte 1872. S. 59 ff. der Beilage.

4) In einer Handschrift auf der Hofbibliothek in Wien, welche aus Meißen dorthin gekommen ist. S. Ambros, Geschichte der Musik, Bd. III, S. 416 f.

5) Gleichfalls nach Matthäus, componirt von Clemens Stephani, gedruckt zu Nürnberg. S. Chrysander, Händel, Band I, S. 427.

6) In den Gesangbüchern von Keuchenthal und Selneccer; s. Winterfeld Ev. K. Band I, S. 311 f.

das 17. Jahrhundert hindurch diese Passionsaufführungen in den protestantischen Kirchen gebräuchlich geblieben: Melchior Vulpius ließ 1613 eine Matthäuspassion erscheinen, zwei Passionen des Thomas Mancinus nach Matthäus und Johannes gingen 1620 im Druck aus, 1653 ließ Christoph Schultz, Cantor zu Delitzsch eine Lucaspassion zu Leipzig drucken, desgleichen finden sich in Vopelius Neuem Leipziger Gesangbuch von 1682 die Passionen nach Matthäus und Johannes.[7] Und kein geringerer als Heinrich Schütz war es, welcher in vier allerdings nur handschriftlich vorhandenen Tonwerken die Leidensgeschichte je nach den vier Evangelisten in dieser Form behandelte.[8] Bis tief ins 18. Jahrhundert hinein hat diese alte Sitte Bestand gehabt. In Leipzig wurden, wie schon früher erzählt worden ist (S. 103 f.), die Passionsabsingungen erst 1766 abgeschafft. 1735 componirte noch der Cantor Kramer zu Dosdorf bei Arnstadt ein Werk in diesem Stile, welches genau übereinstimmt mit dem im Arnstädter Gesangbuch von 1745 abgedruckten Passionstexte, und über diesem steht, daß er »an den meisten hierher gehörigen Landen und Orten, jährlich am Charfreitage pflege *stylo recitativo* abgesungen zu werden«.[9]

Die musikalische Form dieser Passionen ist eine so stereotype, daß man es nicht begreifen würde, wie sie so oft haben gedruckt, und, soweit sich der Ausdruck überhaupt anwenden läßt, neu componirt werden können, wenn eben nicht der Brauch im kirchlichen Leben tiefe Wurzeln geschlagen hätte. Fast durchweg stehen sie in der transponirten ionischen Tonart (F dur). Die Einzelstimmen reciti-

7) Die Originaldrucke der Passionen von Vulpius und Schultz sind in meinem Besitz. Die Passionen des Mancinus erschienen in der *Musica Divina* (Wolffenbüttel, 1620) und finden sich wieder abgedruckt bei Schöberlein, Schatz des liturgischen Chor- und Gemeindegesangs. Zweiter Theil, S. 362 ff.

8) Sie befinden sich in einer von Johann Zacharias Grundig vermuthlich gegen Ende des 17. Jahrhunderts gefertigten Abschrift auf der Stadtbibliothek zu Leipzig. Die auf dem Titel der Matthäuspassion stehende Jahreszahl 1666 bezieht sich jedenfalls nur auf dieses eine Werk. Denn die noch im Autograph vorhandene Johannespassion trägt das Datum 10. April 1665; s. Chrysander, Jahrbücher für musikalische Wissenschaft. Erster Band. S. 172.

9) Das Autograph der Kramerschen Passion besitzt Herr Stadtcantor Stade zu Arnstadt. — Der genannte Passionstext nach Matthäus steht im arnstädtischen Gesang-Buch. 1745. S. 679 ff.

ren im Choralton, die melodisch sehr wenig bewegten Tonreihen gleichen sich meist bis auf unbedeutende Abweichungen. Der Erzähler (Evangelist) hält die Tenorlage, Christus singt Bass, die übrigen Personen werden durch eine Altstimme vertreten, auch das Weib des Pilatus und die beiden Mägde, obwohl in der Regel der Alt im 16. und 17. Jahrhundert von Männern gesungen wurde. Vereinzelt findet sich für diese Personen auch ein Solo-Discant, z. B. in den Passionen von Walther (1552), Schultz und Kramer[10]). Etwas mehr Entwicklung und Mannigfaltigkeit thut sich in den figuralen Partien hervor. Zum Theil sind auch die *turbae* so einfach und recitirend gehalten, daß sie kaum den Namen Figuralmusik beanspruchen könnten, wenn nicht hier und da eine ausgebildetere melodische Wendung, eine charakteristische Harmonienfolge sich bemerkbar machte. Manchmal indessen stößt man auch auf reichere, kunstvollere und im 17. Jahrhundert auf dramatisch belebtere Tonbilder. Melchior Vulpius läßt die zwei falschen Zeugen, deren Worte gemeiniglich auch vom vierstimmigen Chor vorgetragen wurden, wirklich zweistimmig und gar in Imitationen singen. Er läßt in sehr affectvollen Situationen die Worte mehrfach wiederholen. Als das Volk den Barrabas fordert, muß der Chor das Wort »Barrabam« sechsmal in syncopirten, leidenschaftlichen Rhythmen ausstoßen; als es zum zweiten Male ruft »Laß ihn kreuzigen«, theilt sich der Chor in zwei Gruppen, die tieferen Stimmen rufen es den höheren nach, dann vereinigen sie sich. Während im übrigen Vierstimmigkeit herrscht, ist hier sechsstimmiger Satz angewendet. Ähnliches findet sich an denselben Stellen bei Schultz. Den Schluß der Passion pflegte ein kurzer Dankgesang zu machen, auch *Gratiarum actio* genannt, wie man denn überhaupt — ein Kennzeichen des altkirchlichen Ursprungs — selbst die lateinischen Personenbezeichnungen (*ancilla, servus, Pilati uxor, latro, centurio* oder *miles*) in diesen Passionsmusiken fast beständig beibehalten hat. Die Worte der Danksagung waren: »Dank sei unserm Herrn Jesu Christo, der uns erlöset hat durch sein Leiden von der Hölle«. Wenngleich man sie in entsprechender Kürze componirte, so war hier doch Gelegen-

10) Die Walthersche Passion habe ich nicht selbst gesehen. In ihr soll auch die Person des Hohenpriesters im Discant singen (s. Eitner a. a. O. S. 61); mir scheint hier ein Versehen vorzuliegen.

heit einer rein lyrischen Empfindung Ausdruck zu geben, was dann auch zur Entfaltung reicherer Tonmittel trieb. Im 17. Jahrhundert genügten oft jene schlichten Worte für die Innigkeit und Lebendigkeit der Empfindung nicht mehr. Man findet an ihrer Statt Strophen von Kirchenliedern in motettenartiger Composition, wie bei Schütz, auch wohl freie Dichtung in Liedform componirt, wie in sehr ansprechender Weise bei Schultz. Entsprechend dem Beschluß wurde der Anfang ebenfalls durch einen betrachtenden Chor gemacht. Hier dienten als Text nur die ankündigenden Worte »Das Leiden unsers Herren Jesu Christi, wie uns das beschreibet der heilige Evangelist«, oder »Das Leiden« (auch »das bittere Leiden«) »und Sterben unsers Herren Jesu Christi nach dem heiligen Evangelisten« oder ähnlich. Durch den Chorgesang sollte die Bedeutsamkeit der Ankündigung ausgedrückt werden. Durchaus feststehend war aber die Einführung eines Chors weder am Anfang noch am Schluß: es kam auch vor, wie in der Leipziger Matthäuspassion bei Vopelius, daß im einstimmigen Choralton begonnen und geendigt wurde.

Wenn überhaupt die Musik herbeigezogen wurde, um den Cultus der Passionswoche zu schmücken und die ihn bedingenden Ereignisse aus dem Leben Christi in ihrem Spiegel aufzufangen, so konnte ihr diese Form nicht mehr genügen, sobald sich die Musik zu ihrer vollen Kraft entfaltet hatte. Neben der alten choralischen Passion entstanden daher schon während des Beginns der Blütheperiode des mehrstimmigen Gesanges Compositionen der lateinischen Passionstexte, die durchweg im figuralen Stile und motettenartig gehalten waren. Auch diese Gattung wurde von den protestantischen Tonsetzern mit Anwendung des verdeutschten Bibelwortes gepflegt. Die älteste mir bekannte deutsche Passionsmusik der Art ist von Johann Machold und 1593 zu Erfurt herausgekommen.[11] In der Vorrede weist der Componist auf eine Passion Joachims von Burck hin, die »vor etlichen Jahren« entstanden sei und ihm als Muster gedient habe: demnach wird auch sie eine motettenartige Musik gewesen sein.[12] Ma-

11) Auf der königlichen und Universitäts-Bibliothek zu Königsberg. Sie ist fünfstimmig, dem Königsberger Exemplar fehlt jedoch die Altstimme.

12) Walther, Lexicon S. 119, führt eine deutsche Passion Burcks an, die 1550 zu Erfurt gedruckt sei. Da Burck 1540 oder 1541 geboren ist, kann diese Angabe nicht richtig sein. Schreibt man statt 1550 aber 1590, so paßt das

chold hat, was Burck nicht gethan hatte, die Erzählung des Matthäus componirt, und lebte der Hoffnung, man werde zuweilen mit der seinigen abwechseln und »nicht stets auf einer Saite geigen«. Es geht hieraus hervor, daß solche Passionsmusiken ebenso wie die Choralpassionen im Cultus ihren festen Platz hatten. Den Anfang bildet, wie in den Choral-Passionen, der ankündigende Chor, am Schlusse steht ein liedartiger Satz über die Worte: »O Jesu Christe, Gottes Sohn, Wir bitten dich in deinem Thron, Laß uns das bittre Leiden dein Zu Trost und Heil geschehen sein«. Höheren Kunstwerth kann man dem schlicht und anspruchslos auftretenden Werke nicht beimessen, wohl dagegen einer sechsstimmigen Johannes-Passion gleicher Gattung von Christoph Demantius, welche 1631 zu Freiberg in Sachsen herauskam.[13] Auch sie beginnt mit den ankündigenden Worten »Höret das Leiden unsers Herrn Jesu Christi aus dem Evangelisten Johannes«, und läßt hieraus deutlich erkennen, daß Demantius nicht etwa nur eine Composition des Evangeliums im allgemeinen, sondern gradezu eine musikalische Umgestaltung der alten Choral-Passion beabsichtigte: auch die Überschrift »mit sechs Stimmen aufs neue componirt« giebt dieses kund. Breitere motettenhafte Ausführungen verwehrte natürlich die Fülle des Textes, in den erzählenden Partien wird rasch fortgeschritten, die Reden der Personen heben sich durch dramatisch bewegte Tonreihen hervor, zu welchen auch Wort- und Satz-Wiederholungen statt finden; Einzelgesang ist indessen ganz ausgeschlossen: die Personen werden durch kleinere Stimmen-Gruppen, in welche sich die gesammte Chormasse theilt, angedeutet. Den Schluß macht auch hier wieder eine allgemeine Betrachtung mit den auf Joh. 19,35 Bezug nehmenden Worten »Wir glauben, lieber Herr, mehre unsern Glauben. Amen.« Es existirt eine lateinische achtstimmige Johannes-Passion von Gallus aus dem Jahre 1587[14]; sie ist in der nämlichen Weise compo-

---

Jahr auf die von Machold erwähnte Musik. Eine Passion Burcks soll sich auf der Rathsbibliothek zu Löbau befinden; ich habe mich vergeblich bemüht, sie von dort zu erlangen.

13) Befindlich auf der Kirchenbibliothek zu Pirna. Leider fehlt die Bass-Stimme.

14) *Secundus tomus Musici operis Authore Jacobo Händl. Pragae, Anno* MDLXXXVII. Ein Exemplar auf der Universitäts-Bibliothek zu Königsberg. Vrgl. Winterfeld, Johannes Gabrieli und sein Zeitalter. Zweiter Theil, S. 204f.

nirt und die Betrachtung der Werke von Machold' und Demantius führt wie von selbst zu ihr zurück. Sie bietet den Stoff in drei Abschnitte gegliedert dar, dasselbe thut die Passion des Demantius und zwar finden die Eintheilungen ziemlich genau an den gleichen Stellen statt: der erste Theil schließt hier mit den Worten Christi »Warum schlägst du mich«, der zweite beginnt mit Christi Hinführung vor Caiphas und endigt mit den Worten der Hohenpriester »Wir haben keinen König denn den Kaiser«, der dritte enthält Christi Kreuzigung und Tod. Bemerkt man nun, daß auch Macholds Passion dreitheilig ist, und soweit bei der Verschiedenheit des Evangelium-Textes dieses angeht, an ungefähr denselben Stellen seine Theile abschließt, so erscheint die Annahme begründet, daß hierin eine durch die Praxis hergestellte festere Form vorliegt, und sind der bekannten deutschen Passionen in Motettenform einstweilen auch nur wenige, so dürfen wir doch schließen, daß die Gattung zeitweilig eifriger gepflegt wurde. Demantius Passion beweist, daß dieses keineswegs nur im 16. Jahrhundert geschah. Es ist die erste Art die Leidensgeschichte durch die gesammten Mittel der damaligen Tonkunst zu bewältigen. Sie hat als solche ein bedeutendes geschichtliches Interesse sowohl im Hinblick auf die spätere Kirchenmusik als auf das Oratorium.

Als Mittelbildungen zwischen der choralischen und der motettenartigen Passion sind diejenigen Compositionen anzusehen, in welchen die Erzählung des Evangelisten und auch wohl die Reden Christi im Choralton recitirt werden, während alles übrige mehrstimmig gesetzt ist. Auch diese Form, welche unter den katholischen Tonmeistern z. B. Orlando Lasso und Jakob Reiner angewendet haben, ist von protestantischen Componisten nachgeahmt. Es gehört hierher die bekannte Passionsmusik von Bartholomäus Gese aus dem Jahre 1588.[15]

Drei Formen also lagen vor, als von Italien aus die concertirende Kirchenmusik in Deutschland Eingang fand. Ihre Elemente lassen sich in den Werken von Heinrich Schütz, des größten protestantisch-deutschen Musikers des 17. Jahrhunderts leicht wieder erkennen.

15) Herausgegeben von Franz Commer, *Musica sacra* Band VI, S. 88 ff. Berlin, Trautwein.

Dessen »Sieben Worte Christi am Kreuz« behandeln freilich nur einen Ausschnitt der Leidensgeschichte, man muß das Werk aber doch zur Gattung der Passionen rechnen.[16] Es hat von der choralischen Passion die einstimmige Recitation des Evangelisten und der redend eingeführten Personen, von der motettenartigen Passion dagegen die zweimalige Anwendung des vierstimmigen Gesanges zu erzählenden Worten. Es theilt mit den Passionsmusiken älteren Zuschnittes auch die betrachtenden Chöre am Anfang und Ende. Daß diese sich über besonderen, sinnreich ausgewählten Texten aufbauen, ist wenigstens hinsichtlich des Schlußchores nichts neues, wie die obigen Auseinandersetzungen beweisen; hier ist zu diesem Zwecke das protestantische Kirchenlied »Da Jesus an dem Kreuze stund« mit je einer Strophe für Anfangs- und Schlußchor benutzt, doch ohne Berücksichtigung der zugehörigen Melodie nur als angemessene Dichtung. Neu dagegen erscheint, und zwar durch den concertirenden Stil bedingt, die Instrumentalbegleitung und die nach dem ersten, sowie vor dem letzten Chore ertönenden stimmungsvollen Instrumentalsinfonien, neu auch, und zwar durch die dramatische Musik bewirkt, die Beseitigung des Choraltons und dessen Ersetzung durch das gegen 1600 erfundene Recitativ. Es war diesem Werke, welches demnach sehr verschiedene Elemente zu einer neuen Form vereinigt, schon ein wenn auch nicht dem Stoffe so doch der künstlerischen Behandlung nach ähnliches voraufgegangen. In der »Historie der fröhlichen und siegreichen Auferstehung unsers einigen Erlösers und Seligmachers Jesu Christi« (1623) ist für den Evangelisten noch der Choralton beibehalten, obgleich derselbe schon eine merkliche Neigung zeigt, in die Weise der neu erfundenen Monodie hinüberzugehen. Anfangs- und Schlußchor sind nach alter Art, desgleichen ein dramatischer Chor der Jünger, der Gesang der Personen ist zum Theil mehrstimmig ohne dramatische Veranlassung, wie in den motettenartigen Passionen, während die Generalbassbegleitung dem Boden der neuen Kunst entsprossen ist.

Nur für den ersten Blick scheinen Schützens vier Passionen sich noch ganz in der alten liturgischen Form zu bewegen. Der Evangelist recitirt, bei den Reden gewisser Personen oder Personen-Mehr-

16) In Stimmen auf der Bibliothek zu Cassel.

heiten fallen besondere Sänger ein, betrachtende Chöre umschließen das Ganze, Instrumentalbegleitung fehlt. Aber bei genauerer Prüfung ergiebt sich, daß in der Matthäuspassion wenigstens die Einzelsänger sich nicht mehr des Choraltones sondern thatsächlich schon des neuen Recitativs bedienen, und daß nur äußerlich die alte Schreibweise noch beibehalten ist. Dem Choraltone ist ein sehr geringes Maß melodischer Bewegung eigen, nur am Beginn und Schluß eines Kolons pflegen einige melodische Schritte gemacht zu werden, diese bestehen aus wenigen immer wiederkehrenden Formeln, die Redeschlüsse finden fast ausnahmslos auf dem Grundtone oder der Quinte statt. In den zu recitirenden Partien der Matthäuspassion bemerkt man eine unausgesetzte, mannigfaltige melodische Bewegung, welche fast eine Generalbassbegleitung zu fordern scheint, und der eben nur noch einige an den Choralton erinnernde Wendungen eingemischt sind. Nicht mehr die gleichmäßige kirchliche Ruhe, sondern eine lebendige persönliche Empfindung beherrscht sie. Das zeigt sich auch in den beim Choralgesange gänzlich ungebräuchlichen Wort- und Satzwiederholungen. So z. B. singt Judas:

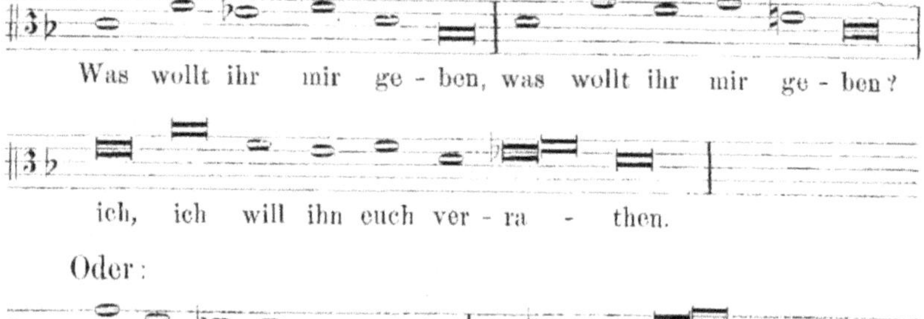

Oder:

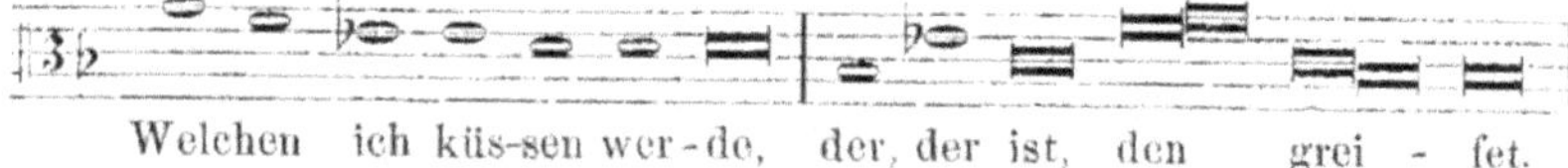

In der Lucas- und Johannespassion findet sich ebenfalls das unter der Choralmaske versteckte moderne Recitativ, doch ist es merklich alterthümlicher gefärbt, während in der Marcus-Passion die alte Choralweise in ihrer ganzen Einfachheit beibehalten ist. Matthäus- und Johannespassion weisen auch nicht mehr die übliche Tonart auf: erstere steht in der transponirten dorischen, letztere in der phrygischen. Sieht man von dem Sologesange auf die dramatischen Chöre, so macht sich hier eine Lebhaftigkeit und Schärfe des Ausdrucks bemerkbar, wie sie eben nur durch die Entwicklung der concertirenden Musik möglich gemacht war. In der Marcuspassion, welche an leidenschaftlichen Chören am reichsten ist, contrastirt mit diesen seltsam die eintönige Psalmodie des Einzelgesanges, in den andern Werken und am vollkommensten in der Matthäuspassion ist der Gegensatz durch die Verlebendigung des alten Choralgesanges zur neueren Monodie ausgeglichen. Auch die betrachtenden Chöre am Anfang und Ende zeigen jene freiere und kühnere Art der Stimmenführung, welche durch den concertirenden Stil herbeigeführt wurde. An der Anfangsstelle sind in allen vier Passionen die ankündigenden Worte componirt. Die üblichen Danksagungsworte finden sich aber nur am Schluß der Marcuspassion, welche auch hierdurch sich enger an die alte Form anschließt. Für die andern hat sich Schütz Kirchenliedstrophen gewählt: für die Matthäuspassion die letzte Strophe von »Ach wir armen Sünder«, für diejenige nach Lucas die neunte Strophe von »Da Jesus an dem Kreuze stund« mit etwas abgeändertem Text, für die Johannespassion die letzte Strophe von »Christus der uns selig macht«. Den Zweck einer engeren Anknüpfung an den Gemeindegesang verfolgte Schütz aber hiermit nicht oder kaum. Nur in dem letzten dieser drei Fälle hat er die Choralmelodie benutzt und motettenartig durchgearbeitet; die andern Texte hat er mit einer ganz frei erfundenen Musik versehen, wie wir ähnliches auch in den »Sieben Worten« und andern seiner Werke finden. Die geistlichen Lieder boten außer dem Bibelwort damals immer noch die brauchbarste Poesie für deutsche Kirchenmusik; aber schon Schützens Streben richtete sich darauf, die madrigalische Dichtung der Italiäner in Deutschland einzuführen und mit großer Freude bewillkommnete er Caspar Zieglers erste dahin gehende Versuche[17]. In diesen Passionen ist eine eigenthümliche Mischung von alt und neu, doch das neue überwiegt und dieses war, wie Schütz es verstand, nicht kirchlich, sondern theils geistlich, theils weltlich: es war das Oratorium.

Im weiteren Verlaufe des 17. Jahrhunderts geht nun die musikalische Umbildung der deutschen Passion der allmähligen Veränderung der gesammten protestantischen Kirchenmusik durch ihre

17) S. Band I, S. 464.

verschiedenen Phasen fortwährend parallel. Der recitirende Gesang behält den ariosen Charakter, den er bei Schütz hat, im wesentlichen bei; auch in den Kirchencantaten bis um 1700 kommt ja das eigentliche Recitativ noch nicht vor. Die Instrumentalbegleitung wird stehend, bescheidene Versuche sie selbständiger zu gestalten werden bemerkbar, an passenden Stellen treten kurze Sinfonien ein. In den Chören, die mit Vorliebe fünfstimmig gesetzt werden, herrscht dasselbe schwächliche und engbrüstige Wesen, das wir bei den Cantaten zu constatiren hatten: viel Homophonie, hier und da kurze Imitationen, kleine Abschnitte, häufige Ritornelle. Die bezeichnende Form dieser Zeit ist die geistliche Arie: sie tritt jetzt auch in die Passionen ein. Ich finde sie unter ihrem Namen zuerst angewandt in einer Lucas-Passion des Lüneburger Cantors Funcke vom Jahre 1683[18]. Eine Rudolstädter Passionsharmonie von 1688, die aber nur etwas schon länger gebräuchliches fixirt, ist mit mehrstrophigen Arien schon sehr reich versehen[19]. Das gleichzeitige Auftreten derselben Erscheinung an zwei ziemlich weit von einander entfernten Orten gestattet den Schluß, daß die Sitte, geistliche Arien in die Passionsmusik einzulegen, schon seit geraumer Zeit verbreitet war. Zu den Arien darf auch das »Danksagungs-Liedchen für das bittre Leiden Jesu Christi« gerechnet werden, welches den Beschluß der Matthäus-Passion des Johannes Sebastiani aus dem Jahre 1672 bildet[20]. Denn wenngleich die *Gratiarum actio* in liedartiger Form längst nichts neues mehr war, so fehlte ihr früher doch die der Arie eigenthümliche Instrumentalbegleitung. Außerdem sind in Sebastianis Werk »zu Erweckung mehrer *Devotion*« eine Anzahl Choräle eingelegt. Sie sollen ebensowohl wie das Danklied bis auf seine letzte Strophe nur von einer Singstimme, dem Discant, zur Begleitung von vier »tiefen Violen« und Generalbass, also auf Arienweise gesungen werden. Dies ist eine neue Erscheinung in der Entwick-

18) Textbuch derselben auf der Bibliothek des Gymnasium Johanneum zu Lüneburg.

19) Text auf der fürstlichen Bibliothek zu Sondershausen. Auf dem Titel heißt es »Wie solche die H. Marter Woche durch von Tag zu Tage pflegt *musicirt* zu werden.

20) Ein Exemplar dieses seit Winterfelds Forschungen wieder viel genannten Werkes bewahrt die königl. Bibliothek zu Königsberg.

lung der deutschen Passionsmusiken. Man hat sich bisher begnügt sie nur zu constatiren anstatt zu erklären. Wir müssen daher einen Augenblick bei ihr verweilen. Die Weise, wie Sebastiani den Choral in seiner Passion verwendet, kann selbstverständlich nicht das anfängliche gewesen sein. Sie setzt bereits eine Phase der Entwicklung voraus, in welcher die hier als Arien behandelten Choräle von der ganzen Gemeinde gesungen wurden, wie solches das Wesen derselben ursprünglich fordert. Eine derartige Theilnahme der Gemeinde hat bei der alten choralischen Passion in der That stattgefunden. Daß die Gemeinde vor der Passion und mit Anschluß an sie auch nach derselben ein Lied sang, war schon durch die Ordnung des Gottesdienstes gegeben, denn die Absingung der Passion in der Charwoche stand ja an Stelle der sonntäglichen Evangelienlection. Aber hiermit begnügte man sich nicht. Weil die Absingung lange dauerte, wurden um die Theilnahme der Gemeinde frisch zu erhalten und die erbauliche Wirkung zu erhöhen an passenden Stellen Ruhepunkte gemacht, an welchen die versammelte Christenheit mit einem bezüglichen Liede eintrat. Wir haben hierfür Zeugnisse, deren Werth dadurch, daß sie aus späterer Zeit als die Sebastianische Passion stammen, eher erhöht als vermindert wird. Denn was sich unter den revolutionären Bewegungen des beginnenden 18. Jahrhunderts, welche alle echte Kirchenmusik zu vernichten drohten, kräftig erhalten konnte, ruhte gewiß auf altem erprobtem Fundamente. In einem 1709 zu Merseburg erschienenen Passionsbüchlein[21]) sind die Erzählungen der Leidensgeschichte nach den vier Evangelisten in der Form abgedruckt, wie man sie damals zu Merseburg noch aufführte. Man sieht sogleich, daß es in der alten choralischen Form geschah, man könnte auch sagen in der ältesten, denn die Danksagung am Schlusse fehlt und der nur bei der Matthäuspassion angebrachte Introitus »Höret das Leiden« wird nicht vom Chor gesungen, sondern vom Evangelisten *choraliter* recitirt.[22]) Arien sind gänzlich

21) »Auserlesene | Passions- | Gesänge, | wie auch | Die Historie vom blutigen Leiden und Sterben | unsers Heylandes Christi | JEsu, | und wie solche von dem Chor, | nach dem *MATTHÆO*, *MARCO*, *LUCA* und *JOHANNE*, | abgesungen wird.« Merseburg, 1709. Auf der gräflichen Bibliothek zur Wernigerode.

22) Ebenso wie in der Leipziger Matthäuspassion bei Vopelius.

ausgeschlossen, nicht so Choräle. Diese aber finden sich nicht mit abgedruckt, sondern es wird durch eine eingeklammerte Angabe des Anfangs der Strophen und meistens auch der Seite im Passionsbuche auf sie verwiesen mit den Worten »Hier wird gesungen aus dem Liede« u. s. w. Gewöhnlich sind es eine oder einige Strophen des Stockmannschen »Jesu Leiden, Pein und Tod«, in welchem bekanntlich die gesammte Passionsgeschichte versificirt ist: mit ihnen begleitete die Gemeinde den Verlauf der ganzen Handlung. Es werden aber auch andre fünf-, sechs-, sieben- und zehn-strophige Lieder gelegentlich angemerkt, welche vollständig gesungen werden sollen, gegen Schluß der Johannespassion ist gar das einundzwanzig Strophen zählende Lied »Nun giebt mein Jesus gute Nacht« vorgeschrieben. Außer diesen Chorälen findet man dann noch an gewissen Stellen eine oder zwei Liedstrophen vollständig hingedruckt: vermuthlich sollte diese der Abwechslung halber der Chor allein vortragen. Auch von andrer Seite wird eine derartige Theilnahme der Gemeinde bezeugt. Bei der erstmaligen Aufführung einer madrigalischen Passionsmusik in einer Stadt Sachsens sang ein Theil der Anwesenden den ersten Choral ganz ruhig und andächtig mit, war aber hernach sehr unangenehm verwundert, da es so ganz anders kam, als sie es gewohnt waren.[23] Sebastiani selbst gab 1686 ein Büchlein heraus »Kurze Nachricht, wie die Passion . . . in einer recitirenden Harmonie abgehandelt und nebst den darin befindlichen Liedern gesungen wird«, aus welchem hervorgeht, daß er es der Gemeinde freistellte die Lieder mitzusingen.[24] Und auch als die Passion sich musikalisch reicher und reicher gestaltete, hielt man hier und dort noch an der Sitte fest und ließ bei den Chorälen die Gemeinde einstimmen.[25] Aber je mehr die geistliche Arie eindrang, desto mehr mußte man hiervon abkommen. Sebastiani steht schon auf der Gränze. Seine Choräle sind freilich sämmtlich älteren

23) Gerber, Historie der Kirchen-Ceremonien in Sachsen. S. 284.

24) Befindlich auf der königlichen Bibliothek zu Königsberg.

25) Gerber, a. a. O. S. 283 »Bisher aber hat man gar angefangen die Passions-Historia, die sonst so fein *de simplici et plano*, schlecht und andächtig abgesungen wurde, mit vielerley Instrumenten auf das künstlichste zu *musiciren*, und bisweilen ein Gesetzgen aus einem Passions-Liede einzumischen, da die gantze Gemeinde mitsinget, alsdenn gehen die Instrumente wieder mit Hauffen.«

Ursprungs, aber die Art wie sie vorgetragen werden sollten, ist keine alt-choralmäßige mehr. Arienhaft wurde jetzt der ganze Choralgesang; die neuen Melodien, die in reicher Anzahl und hervorragender Schönheit in dieser Periode noch geschaffen wurden, waren Arien, und man nahm keinen Anstand auch Choräle wie Paul Gerhardts »Ein Lämmlein geht und trägt die Schuld« mit der alten Melodie »An Wasserflüssen Babylon« ebenso zu nennen.[26] Wie in Sebastianis Passion finden sich auch in den Kirchencantaten jener Zeit, z. B. denjenigen Buxtehudes, Choräle für eine Sopranstimme mit Instrumentalbegleitung, hier aber in einem Zusammenhange, der den Gedanken an eine Mitwirkung der Gemeinde völlig ausschließt. Daß dies immer mehr geschah, war naturgemäß, denn die Arie drückt Einzelempfindung aus. So sollen endlich in Seebachs unten genauer charakterisirter Passion gar die einzelnen dramatischen Personen Jesus, Johannes, die Mutter Gottes, die Braut Christi bald Recitative, bald Arien, bald Choräle singen. Unleugbar nimmt der Choral im letzten Viertel des 17. Jahrhunderts einen beträchtlichen Raum innerhalb der Passionsmusiken ein. Das beweist aber nicht etwa eine innigere Theilnahme der Gemeinde an ihnen, nicht etwa eine entschiedenere Verschmelzung derselben mit dem Cultus. Im Gegentheil, es bezeugt eben so wie das Aufkommen der Arie selbst, welche dem Choral seinen breiten Platz in den Kirchenmusiken behaupten half, eine Verflüchtigung des lebendigen kirchlichen Gemeinsinnes. Weisen, in die man früher begeistert eingestimmt hatte, ließ man sich jetzt vorsingen und begnügte sich mit der blassen Nachempfindung. Es ist dieselbe Zeit, ad der protestantische Choral in der Orgelmusik sich die Heimath suchte, welche er im Gesange zu verlieren begann. Wo der Choral in diesen Passionen mehrstimmig gesetzt ist, zeigt er sich in der denkbarst einfachen Form. Wenn Eccard und Hassler Choräle »auf den *contrapunctum simplicem*« setzten und die Melodie in die Oberstimme legten, so war in den übrigen Stimmen doch immer noch ausdrucksvolle Bewegung und kräftige, originelle Harmoniebildung genug vorhanden. Jetzt begnügte man sich mit der schlichtesten Stimmführung und den nächstliegenden

---

26) In der Rudolstädter Passion von 1688 heißt es am Beginn von *Actus* III: »Zum Anfange Paul Gerhards *Aria*.«

Harmonien. Hierbei mag anfänglich noch die Nebenabsicht gewaltet haben, der Gemeinde das Mitsingen bequem zu machen. Aber wie wenig man bald hernach hieran noch dachte, beweisen die Partituren sowohl, wie die gedruckten Texte, indem die Choräle ebenso wie die Gesänge des jüdischen Volkes, der Jünger, der Hohenpriester ganz einfach mit *Chorus* bezeichnet werden. Für die Passionen galt in der Folge genau nur das, was für die Kirchencantaten galt: bei deren Chorälen fiel es keinem Componisten ein, auf die Mitwirkung der Gemeinde zu reflectiren, sie werden vielmehr immer in einem entschiedenen Gegensatze zum Gemeindegesang gedacht.[27] Der Choral trat nun auch an Stelle der alten ankündigenden und danksagenden Worte, oder wenn man diese pietätvoll beibehielt, so gab es meistens einen Choral in den Kauf. Für die Danksagung wurde die letzte Strophe des Liedes »Jesu meines Lebens Leben« (»Nun wir danken dir von Herzen«) fast allgemein üblich. Zur Einleitung wurde nach freier Wahl irgend ein Passionslied benutzt. Die Instrumente verstärken den Gesang und wagen sich höchstens mit kleinen wenig sagenden Zwischenspielen hervor. Selten findet sich einmal eine Paraphrase eines Kirchenlieds mit freier Composition, so am Schlusse einer Matthäus-Passion von J. C. Rothe aus dem Jahre 1697.[28] Die vollendeteste aller dieser im Stil der älteren Kirchencantate gehaltenen Passionen ist wohl die Kuhnausche nach dem Evangelisten Marcus. Sie entstand zum Charfreitag 1721 und kam demnach ungefähr zwanzig Jahre zu spät, wußte sich aber trotzdem noch den Beifall der Kenner zu erwerben (s. S. 166). Die 18 in ihr enthaltenen Arien sind für eine, zwei, drei und vier Stimmen gesetzt; sie haben sämmtlich den Zuschnitt des Strophenliedes und mit einer

27) In der Vorrede eines Jahrgangs von Cantatentexten, welche unter dem Titel »Erbauliche Uebereinstimmung der Sonn- und Fest-Tags-Evangelien« 1696 für die Hofcapelle zu Gotha gedruckt und von Witt componirt wurden (auf der gräflichen Bibliothek zu Wernigerode) und die vorzugsweise Choräle und Bibelsprüche enthalten, heißt es: »so nöthig ist auch, daß diejenigen, so *musiciren*, selbst andächtig erwegen was sie singen, die Zuhörer aber nicht nur allein auf die liebliche *Music*, sondern auch vornemlich auf die herrlichen *Materi*en Achtung geben mögen.«

28) Im Autograph in der Bibliothek der fürstlichen Schloßcapelle zu Sondershausen. Der Paraphrase liegt das gewöhnliche »Nun ich danke dir von Herzen« zu Grunde.

Ausnahme Ritornelle. Diese eine Ausnahme bildet die vierstimmige Arie »O theures Blut, du dienst zum Leben«, an welcher die nahe Verwandtschaft der geistlichen Arie mit dem Choral, wie man ihn damals sang, recht evident wird: sie hat nichts, was sie zur Aufnahme unter die Gemeindelieder weniger geeignet erscheinen ließe, als z. B. das Lied »O Traurigkeit, o Herzeleid«. Außer den 18 Arien kommen 20 Choräle vor. Der letzte von ihnen ist der eben genannte »O Traurigkeit«: er gehört schon eigentlich nicht mehr zum Werke selbst, welches mit »Nun ich danke dir von Herzen« endigt. Kuhnau, der mit seiner Marcuspassion die Aufführungen von figuralen Passionen in Leipzig eröffnete, hatte offenbar die Absicht, sie in enge innere Verbindung mit den dortigen Cultusgebräuchen zu bringen, und im Charfreitags-Gottesdienst hatte ja das genannte Lied seinen bestimmten Platz (s. S. 103). Aus demselben Grunde hat er nach der auf die Worte »Aber Jesus schrie laut und verschied« folgenden Alt-Arie das *Ecce quomodo* von Gallus eingelegt — ein sinniger Einfall, den vor ihm niemand gehabt zu haben scheint; ich habe wenigstens diese Motette in keiner andern Passionsmusik verwendet gefunden.

Mit dem Jahre 1700 begann die Zeit, wo die theatralische Musik der Italiäner in immer breiterem Strome in die Kirchenräume eindrang. Unter dem Namen »theatralische Musik« verstehe ich hier das italiänische Oratorium mit, welches nunmehr außer durch die Stoffe und ein paar breitgewachsene Chöre sich von der Oper höchstens dadurch unterschied, daß bei ihm die Bühnenaufführung nicht zur stehenden Gewohnheit geworden war. Daß die Passionsgeschichte einen vortrefflichen Stoff für ein nach italiänischem Muster zugeschnittenes deutsches Oratorium abgeben müsse, lag natürlich auf der Hand. Alsbald machte sich denn Ch. F. Hunold ans Werk und dichtete den »blutigen und sterbenden Jesus«, worin nicht nur der recitirende Evangelist, sondern überhaupt das Bibelwort und selbst der Choral gänzlich ausgemerzt wurden um das ganze wie ein italiänisches Oratorium aus einem Gusse hinfließen zu lassen. Keiser setzte das Poem in Musik und in der Charwoche 1704 wurde es zu Hamburg aufgeführt. Man thut aber Unrecht, Hunold als Bahnbrecher in dieser neuen Richtung zu bezeichnen. Auch hier wurde auf die Passion nur einfach übertragen, was an der Kirchencantate zuvor mit gutem Erfolge erprobt war. Der intellectuelle Urheber der neuen Form ist demnach nicht Hunold sondern Neumeister, welcher 1700 seinen ersten Jahrgang madrigalischer Cantatendichtungen herausgegeben hatte. Da Hunold ein großer Verehrer Neumeisters war und 1707 sogar dessen *Collegium poeticum* »Die allerneueste Art zur reinen und galanten Poesie zu gelangen« eigenmächtiger Weise drucken ließ[29], so kann kein Zweifel sein, daß er ihn hier einfach nachahmte. Neumeisters erster Jahrgang und auch noch der zweite, 1708 erschienene, lassen gleichfalls Bibelwort und Choral beiseite und bewegen sich gänzlich nur in freier Dichtung. Wir wissen, eine wie scharfe Verurtheilung dies Verfahren als eine Entweihung der Kirche von verschiedenen Seiten fand. Derselbe heftige Widerspruch richtete sich auch gegen die neue Art der Passionen, aber hier wie dort ohne nennenswerthen Erfolg. Es ist zwar richtig, daß neben den in italiänischer Oratorienform auftretenden fortdauernd auch viele Passionstexte componirt wurden, in denen der recitirende Evangelist und das Bibelwort sowie auch die Choräle beibehalten waren. Aber ein Zugeständniß an die Gegner der neuen Form dürfte dieses im allgemeinen kaum bedeuten. Unter den Poeten jener Zeit gab es doch nicht allzu viele, welche eine solche Aufgabe halbwegs genügend zu lösen vermochten. Der Drang nach neuen und aber neuen Passionscompositionen war ein sehr starker, und zum Theil wurde nur aus Bequemlichkeit in der älteren Form weiter componirt. Respect vor dem Bibelwort als etwas würdigerem und heiligem war es keinesfalls, was sich seiner gänzlichen Verdrängung hindernd entgegen stellte. Sonst hätte man für dasselbe im Einzelgesang das traditionelle Arioso beibehalten, wie solches in der Kirchencantate auch wirklich geschah. Niemand wird behaupten wollen, daß die durchaus weltliche, ja leichtfertige Art, wie die meisten Componisten von nun ab den Evangelisten die inhaltsschwere Leidensgeschichte recitativisch heruntersingen liessen, ein Gefühl für die Erhabenheit der biblischen Rede verrathe. Andererseits aber boten Bibelwort und Choral ganz unzweifelhafte rein musikalische Vortheile. Die Rücksicht auf sie hatte Neumeister bewogen im dritten und vierten Jahrgange seiner Cantaten wieder davon Gebrauch zu machen, und es

29) S. Band I. S. 468.

würde diese Mischung von Bibelwort, Choral und freier Dichtung nicht von nun ab unerschütterliche Norm geworden sein, hätten nicht die Musiker darin das Formideal ihrer Zeit erkannt. Im Grunde aber blieb einstweilen für einen jeden, der einen Passionstext verfertigte, wenn er als Dichter etwas bedeuten wollte, das italiänische Oratorium Vorbild. Postels Johannes-Passion, welche Händel componirte, steht noch auf dem Übergange, wie sie denn auch keinesfalls später als Hunolds Werk und wahrscheinlich ein oder zwei Jahre früher entstand.[30] Ganz im italiänischen Fahrwasser segeln einige Jahre später Benjamin Neukirch und Johann Ulrich König. Neukirch hat in seinem »Weinenden Petrus« nicht eigentlich die Passionsgeschichte, sondern gleichsam nur den Reflex derselben behandelt. Petrus und Judas Ischarioth haben sich beide an Christo versündigt. Gewissensqualen foltern sie: Judas wird durch sie zum Selbstmorde getrieben. Auch den Petrus wollen Belial und die Höllengeister mit Verzweiflung umgarnen, aber der tröstende Zuspruch des Johannes und der Maria Magdalena und ihr Hinweis auf Gottes unendliche Liebe giebt ihm endlich neuen Muth zu leiden, zu streiten und zu siegen. Der »Weinende Petrus« ist eigentlich nichts als eine geistliche Oper. Er zerfällt sogar in drei Acte (»Abhandlungen«) wie die Opern, während die Oratorien nur zwei Abtheilungen zu haben pflegten: jeder Act hat wieder verschiedene Auftritte. Auf scenische Eindrücke ist überall gerechnet, so heißt es z. B. gleich am Anfange: »Petrus gehet auf einem öden Platze in betrübten Gedanken, und endlich fängt er an«, oder am Schlusse des ersten Actes: »Petrus gehet betrübt auf einer Seite, und Judas voll Verzweiflung auf der andern ab.« Außer den genannten treten noch folgende Personen auf: der Jünger Philippus, Zion, Belial und die allegorischen Personen Verzweiflung und Glaube. Der erste Act schließt mit einem Chor der Jünger, der zweite mit einem Chor der höllischen Geister, der dritte mit einem Chor der Engel und Frommen. Sonst enthält das Werk Recitative, Arien und ein Duett. Choräle fehlen, alles ist freie Dichtung. Von wem dieser Text componirt wurde und ob überhaupt, weiß ich nicht; auf dem Titel steht

30) S. Chrysander, Händel I, S. 89.

»zur Passions-Andacht«.[31] Ulrich nannte seine Dichtung gradezu Oratorium und schmückte sie außerdem durch die Bezeichnung »Thränen unter dem Kreuze Jesu«. Wir erfahren, daß dieser Text von Keiser componirt und 1711 »Montags, Dienstags und Mittwochs zur Vesper-Zeit in der stillen Woche musikalisch aufgeführt« wurde. Den Inhalt bildet die wirkliche Passionsgeschichte. Es finden sich Choräle eingemischt, zum Theil sind auch die Worte der biblischen Erzählung beibehalten, freilich in einer merkwürdigen Verwendung. Sie stehen als scenische Notizen zwischen den Gesangstexten. Nach einer Arie der Maria Cleophas ist beispielsweise in Klammern bemerkt: »Die aber vorübergingen, lästerten ihn«, worauf Maria recitativisch fortfährt um den gedruckten Text ihrer Worte bald in ähnlicher Weise unterbrechen zu lassen:

Doch, Himmel, kann es möglich sein
Soll auch dem Abschaum ärgster Erden
Mein Jesus ein Gespötte werden?
(Und der Übelthäter einer lästert ihn)
Ein Übelthäter selbst fängt an,
Und lästert den, so nichts gethan.
(Da antwortet ihm der andre.)
u. s. w.

Die Bemerkungen waren für diejenigen bestimmt, welche während der Aufführung im Textbuche nachlasen und sollten die fehlende Bühnenaction ergänzen; diesen untergeordneten Dienst zu leisten hielt König das Bibelwort für gut genug[32] Er fand Nachfolger. Im

31) Der »Weinende Petrus« muß 1711 oder spätestens 1712 entstanden sein, da im dritten Acte auf den Kaiser Joseph I. in einer Weise angespielt wird, aus der hervorgeht, daß derselbe kurz vorher gestorben sein muß. Joseph I. starb im Frühjahr 1711. Gedruckt erschien die Dichtung erst als Anhang zur »Andachts Ubung | Zur Kirchen Music. | In Cantaten, Oden und | Arien. Franckfurt und Leipzig, 1721.« 8. (befindlich auf der gräflichen Bibliothek zu Wernigerode).

32) »Theatralische, geistliche, vermischte und galante Gedichte von König«. Hamburg und Leipzig, 1713. S. 307 ff. »Thränen Unter dem Creutze JESU, In einem *ORATORIO* Montags, Dienstags und Mittwochs zur Vesper-Zeit In der stillen Woche Musicalisch aufgeführt. M.DCC.XI.« Auf der Leipziger Stadtbibliothek, *Soc. Teut.* 8. Nr. 376. — Winterfeld erwähnt (Ev. K. III, S. 63) einen »verurtheilten und gekreuzigtens Jesu« Johann Ulrich Königs, der mit Keisers Musik 1714 in Hamburg aufgeführt sei. Diese Dichtung habe ich nicht gesehen.

Im Jahre 1719 gab Joachim Beccau eine Passionsdichtung nach den vier Evangelisten heraus, in welcher alle Vorgänge in dieser Weise zwischengedruckt sind. Es heißt da z. B.:

Judas zu den Schaaren. Der, den ich werde küssen,
Der ist's, den könnt ihr in Fesseln schließen.
Jesus. Wen suchet ihr?
Die Schaar. Den, der sich Jesum nennet.
Jesus. Ich bins. (und sie fielen zu Boden.)

Oder:

(Simon Petrus aber stund und wärmete sich etc.)
Erste Magd. Bist du nicht von der Schaar,
Die Jesum Herr und Meister nennen?
Petrus. Wie sollt ich diesen Menschen kennen?

Auch bei Beccau ist, wie aus obigem schon hervorgeht, alles dramatisirt. Petrus, Jesus, Maria, Judas singen Arien; dazwischen bewegter Dialog mit Chören aller Art; außerdem lyrisch betrachtende Gesänge der Sulamith, die oft aber auch lebhaft in die Handlung und zwischen die Äußerungen der andern hineinspricht. Das Stück beginnt mit einer *Canzonetta* der Jünger auf das Abendmahl und schließt mit einem Choral der Gläubigen »O hilf Christe, Gottes Sohn.«[33] In der Hauptsache übereinstimmend ist das Passionsoratorium von Johann Georg Seebach, dem Schwiegersohne Erlebachs, eingerichtet; es erschien 1714.[34] Die Reden der handelnden Personen sind Umdichtungen des evangelischen Textes, die Erzählung ist zum Theil wie bei Ulrich und Beccau als scenische Notiz beigegeben, zum Theil wird sie als bekannt vorausgesetzt. Außerdem aber singen die Personen *auch frei erfundene Arien und — als ob das ganz gleich wäre — Choräle*, deren eine große Anzahl sich eingestreut findet. Die Handlung knüpft an die Einsetzung des Abendmahls an; mit einem arienhaften Lobgesang der Jünger auf dasselbe beginnt das Oratorium, wie bei Beccau.

---

33) *Beccau*, Zuläßige Verkürtzung müßiger Stunden | Hamburg 1719. S. 83 ff. »Heilige Fastenlust | oder: das Leyden und Sterben unsers Herrn JEsu Christi | nach der Historie der Vier Evangelisten.« Königl. öffentliche Bibliothek zu Dresden. *Lit. Germ. rec.* B. 349.

34) Johann Georg Seebach, Der leidende und sterbende JESVS . . . In einem *ORATORIO* und in geistlichen Liedern zur Erweckung heiliger Andacht ans Licht gestellet. Gotha, 1714. 8. Auf der gräflichen Bibliothek zu Wernigerode.

Unverkennbar standen übrigens Beccau und Seebach unter dem Einflusse einer älteren Dichtung, die hier mit Absicht zuletzt genannt wird. 1712 verfertigte der Hamburger Rathsherr Barthold Heinrich Brockes »Den für die Sünden der Welt gemarterten und sterbenden Jesus, aus den vier Evangelisten in gebundener Rede vorgestellt«, eine Musterdichtnng nach dem Urtheile der damaligen Zeit. Keiser setzte sie zuerst in Musik und führte sie sowohl 1712 als 1713 in der Charwoche auf. Ihm folgten Telemann und Händel (1716), Mattheson (1718): auch von Stölzel ist eine bemerkenswerthe Composition des bewunderten Gedichtes vorhanden[35]), endlich blieb ihr, wie wir gleich sehen werden, sogar Seb. Bach nicht fern. Was Brockes als Dichter zu leisten vermochte, hat er später durch sein »Irdisches Vergnügen in Gott« gezeigt. Der Passionsdichtung ist geschickte Anordnung und musikalisches Wesen nicht abzusprechen. Die mit grellen Bildern überladene schwülstige Sprache aber, durch welche er den erhabenen Gegenstand sinnlich erniedrigte, machen das Gedicht ungenießbar, so sehr auch grade der letztere Umstand die Zeitgenossen entzückte. Es ist längst in seinem wahren Werthe gewürdigt[36]) und ich kann mich auf diese wenigen Worte beschränken. Brockes bekannte sich zu der freien oratorienhafte Gestaltung des Stoffes, wie sie seit einigen Jahren beliebt geworden war, wollte aber, vielleicht durch die Gegner eingeschüchtert, mit der alten Sitte nicht vollständig brechen. So ließ er den recitirenden Evangelisten bestehen, legte ihm aber eine Umdichtung der Bibelworte in den Mund — ein vermittelndes Verfahren, das keiner von beiden Parteien genügen konnte. Eine einzige, unten zu erwähnende Ausnahme abgerechnet, fand er meines Wissens keinen Nachahmer. Die Bewunderung, welche man der Dichtung zollte, gründete sich auf andre Eigenschaften derselben. Mehrfach kam es vor, daß eine Auswahl aus den Arientexten in biblische Passionen eingefügt wurden: eine Marcus-Passion Telemanns, welche vor 1729 componirt wurde, enthält neben den Worten des Evangeliums, einer Anzahl

---

35) Im Autograph auf der königl. Bibliothek zu Königsberg. Stölzel hat sein Werk in vier Theile zerlegt; leider fehlt der zweite und vierte Theil.

36) Von Winterfeld, Ev. K. III, S. 128 ff.; von Chrysander, Händel I, S. 429 ff.

von Chorälen und einigen Arien eines unbekannten Dichters sieben daher genommene Texte[37].

Die deutsche Passion war durch die Einwirkung des italiänischen Oratoriums zu einem sonderbaren Amalgam verschiedenartigster Bestandtheile geworden. Neben dem neuesten stand das älteste, neben dem reich entwickelten das einfache, neben dem weltlichen das kirchliche. Die Möglichkeit mit den gesammten Mitteln hochgesteigerter Kunst zu wirken, die Empfindung von den entgegengesetztesten Seiten aufzurühren, war gegeben. Aber unter einem höheren Gesichtspunkte diese elementare Masse zu ordnen und zu einigen hatte noch niemand vermocht. Selbst Händel nicht, und indem er später das beste aus seiner Passionsmusik für andre Werke benutzte, zeigte er, daß er sich dessen bewußt war. Die verlegenste Rolle spielte der Choral. Seine poetisch-musikalische Brauchbarkeit unterschätzte man nicht. Sehr treffend sagt Seebach in der Vorrede seines Passionsoratoriums: »ein bekanntes geistreiches Lied hat in Wahrheit keine geringe Wirkung. Es macht einen recht lebendig, und erquicket den verborgenen Menschen des Herzens als ein stärckender Balsam. Da holet unser Glaube gleichsam einmal Athem, die Liebe wird brünstig, und unsere Hoffnung geräth in eine heilige Verwunderung über Gottes Herrlichkeit, Gnade, Erbarmung, Langmuth und Freundlichkeit. Ja, wofern der Choral mit des Poeten seinen Gedanken wohl zusammenhänget, so zwingen oft wohlgesetzte Oratorien und Cantaten Thränen und Seufzer aus dem Herzen eines Kindes Gottes, vornehmlich wenn die Musik den Worten der Poesie ein rechtes Gewicht machet«. Aber eben dieses letztere, die musikalische Behandlung war es, was den Componisten nicht gelingen wollte. Sie hatten den Choral aus der vor 1700 entstandenen Passionsform überkommen. Die schlichte Art, in welcher er dort auftrat, war dem Wesen der ihn umgebenden Musikstücke angemessen. Zu dem bunten und leidenschaftlichen Charakter der neuen Passionsform paßte sie nicht mehr. Weil aber die Tonsetzer aus dem Choral nichts zu machen verstanden, mußten sie ihn wohl lassen, wie sie ihn vorgefunden hatten. Stillestand ist Rückgang und man erschrickt förm-

---

37) Diese Passion ist in einer 1729 von J. P. Hasse gefertigten Abschrift in meinem Besitz.

lich über das immer liederlichere Gewand, welches die edle Gestalt des Chorals in ihren Werken zu tragen gezwungen wird. Verkümmerte so das kirchliche Element, welches trotz allem in der neuern Passionsform noch vorhanden war, so ging es mit ihren oratorienhaften Bestandtheilen nicht besser. Wenn Scheibe die Kuhnausche Marcus-Passion, die ganz und gar noch in einer älteren und andersgearteten Periode wurzelt, ein Oratorium nennt, so zeigt dieses, daß kaum ein Schatten der Vorstellung von dem, worauf es beim Oratorium allein ankommen kann, bei ihm vorhanden war. Und doch gehörte er immer noch zu den einsichtsvollsten. Der Menge ging der Begriff des Oratorienhaften alsbald so vollständig verloren, daß sie zum Theil nicht einmal den Namen der Kunstform mehr verstanden. Der Graf Heinrich XII. von Reuß richtete zu Schleitz eine Kirchenmusik ein, in welcher allsonntäglich erst ein Choral gesungen, dann das Evangelium (wahrscheinlich im Collectenton) verlesen, dann eine Arie vorgetragen und endlich wieder mit einem Choral abgeschlossen wurde. Die Sammlung der zu diesem Zwecke gedruckten Texte nannte er Oratorium[38]. Gottfried Behrndt gab 1731 eine Sammlung von geistlichen Dichtungen heraus, die aber theilweise schon viel früher verfaßt waren, »sogenannte Oratorien« wie es auf dem Titel heißt. Diese »sogenannten Oratorien« sind ganz einfache Kirchencantaten in Neumeisters Art. Die Einheitsform bildet Behrndt nicht *Oratorium* oder italiänisch *Oratorio*, sondern *Oratorie*; er bringt also das Wort mit *orator*, dem Redner oder Prediger, in Zusammenhang.[39]

38) *ORATORIUM* | Welches, | nach Anleitung | derer Sonn- und Fest-tägigen | Evangelien, | zu Erweckung | einer Christlichen Andacht, | aufgeführt wird | In der Schloß-Capelle | zu Schleitz. | Schleitz, *s. a.* Auf der gräflichen Bibliothek zu Wernigerode.

39) Gottfried Behrndt, *Zitt. Lusat.*, Poetische Sonn- und Fest-Tags- | Betrachtungen | über die verordneten Evangelien | durch das gantze Jahr, | In sogenandten Oratorien | bestehend. Magdeburg. 1731. Auf der gräflichen Bibliothek zu Wernigerode. — Zur Erklärung des obgenannten Mißverständnisses mag übrigens auch der Umstand noch erwähnt werden, daß oratorienhafte Werke in jener Zeit nicht selten bei den regelmäßigen Gymnasial-Redeacten durch den Schülerchor aufgeführt wurden. So z. B. eine Dichtung und Composition Constantin Bellermanns »Die himmlischen Heerschaaren« 1726 im Gymnasium zu Göttingen (s. Marpurg, Kritische Briefe über die Tonkunst. Dritter Band, S. 13). Von ähnlichen Aufführungen berichtet Heiland, Programm des Gymnasiums zu Weimar. 1858. S. 16 f.

Die Passion mußte demnach mit Nothwendigkeit in die religiöse Cantate auslaufen, wenngleich sie einige äußerliche Gemeinsamkeiten mit der älteren, echteren Form noch längere Weile festhielt. »Der Tod Jesu« von Ramler und Graun, ein Werk welches, 1756 geschrieben, für die protestantischen Charfreitagsmusiken der zweiten Hälfte des 18. Jahrhunderts schlechthin maßgebend wurde, ist eine solche Cantate. Die Choräle in ihr, unverstandene Zeichen einer früheren Zeit, können wohl noch erbaulich anregen, kirchliche Bedeutung haben sie nicht mehr. 1759 führte Doles in der Thomaskirche zu Leipzig eine frei nach Ramler gearbeitete Passion auf: ich vermuthe sogar, daß einige Stücke der Graunschen Musik leibhaftig in derselben vorgekommen sind.[40] 1766 wurden die uralten Choralpassionen in Leipzig für immer eingestellt, und mit Recht. Wo Grauns Kunst zu herrschen anfing, mußte das Verständniß für sie bis auf die letzte Spur geschwunden sein.

In der altkirchlichen Passionsform steckte von ihrem Anbeginn ein entwicklungsfähiger dramatischer Keim. Im Mittelalter entstanden aus ihr die Passionsschauspiele, ohne daß darum sie selbst in ihrer Einfachheit zu existiren aufgehört hätte. Die Evangelienlectionen mit vertheilten Rollen, und zwar nicht nur die der Passionsgeschichte, überdauerten den Verfall, welchen die sogenannten Mysterien vom 16. Jahrhundert an zu erleben hatten, und haben das ihrige beigetragen, diese soweit es unter gänzlich veränderten Verhältnissen möglich war, zu einer zweiten Blüthe zu bringen. Daß der dramatisch-musikalische Stil der Italiäner des 17. Jahrhunderts nicht außer Zusammenhang mit ihnen blieb, macht der lateinische Text der Oratorien Carissimis und mehr noch der in denselben auftretende *Historicus* klar. Was im 17. Jahrhundert in Deutschland ähnliches versucht wurde, braucht in dieser Beziehung nicht als Nachahmung der Italiäner angesehen zu werden. Bekanntlich wurden die italiänischen Oratorien nicht selten scenisch aufgeführt. Lange aber bevor es überhaupt ein italiänisches Oratorium gab, existirten in Deutschland Aufführungen der Passion mit Action in der

40) Text zur Passionsmusik nach Anleitung der biblischen Geschichte in der Thomaskirche zu Leipzig im Jahre 1759 aufgeführt. Leipzig, Gedruckt bey J. G. J. Breitkopf. Auf der gräflichen Bibliothek zu Wernigerode.

Kirche. Ich meine natürlich nicht die mittelalterlichen Passionsschauspiele, welche anfänglich auch einen liturgischen Zweck hatten und in der Kirche dargestellt wurden, bis sie sich als selbständige Kunstorganismen aus derselben loslösten und nun freilich rasch verweltlichten und ausarteten, sondern die einfachen Evangelienlectionen mit vertheilten Rollen. Daß dramatische Aufführungen derselben nach der Reformation in protestantischen Gegenden stattgefunden haben, ist eine erst vor kurzem bekannt gewordene Thatsache. Zu Zittau ereignete sich auf Sonntag Judica 1571 eine solche Aufführung. Die Composition war von einem gewissen Paurbach und existirte schon längere Zeit: bereits zehn Jahre zuvor hatte Christoph Bornmann, Weinschenk im Freiberger Keller zu Dresden, sie der Johanneskirche zu Zittau zum Geschenk gemacht. Unweit des Altars war eine Bühne errichtet, als agirende Personen traten die drei untersten Schulcollegen und zwei Discantisten auf[41]. Es wird nicht gesagt, ob die Aufführung während des Gottesdienstes oder nach demselben vor sich ging. Hierauf kommt aber nicht viel an. Die Wichtigkeit der Sache beruht darin, daß offenbar die Empfindung für den Zusammenhang der alten dramatisirten Evangelienlectionen mit den Passionsschauspielen noch fortbestand. Denn nur wenn man dieses voraussetzt, wird ein solches Unterfangen erklärlich. Weil die geistlichen Volksschauspiele des 16. und 17. Jahrhunderts für die Entwicklung der dramatischen Kunst in Deutschland von nur geringer Bedeutung sind, hat man ihnen mit Ausnahme des Oberammergauer Passionsspieles keine sonderliche Aufmerksamkeit geschenkt. Für das volle Verständniß der deutschen Passionsmusiken und verwandten Kunstformen ist ihre Berücksichtigung aber doch unerläßlich, ebenso wie auch die Anfänge der deutschen Oper in eine gewisse Beziehung zu ihnen unzweifelhaft gebracht werden müssen.[42] In Thüringen, Obersachsen, Schlesien waren während des 17. Jahrhunderts die geistlichen Volksschauspiele, wenn ihr Gedeihen auch durch das Schuldrama eingeengt wurde, doch noch all-

41) Reinhold Zöllner, Das deutsche Kirchenlied in der Oberlausitz. Dresden, Burdach. 1871. S. 31 f.

42) Dies hat Chrysander richtig erkannt, s. dessen Händel I, S. 78. Desgl. Weinhold, Weihnacht-Spiele und Lieder. S. 290.

gemein beliebt. Man respectirte sie nicht nur als ehrwürdige Antiquitäten und ließ sie als solche fortbestehen, sondern bildete sie auch jetzt noch den Zeitbedürfnissen gemäß weiter. Eine Christ-Comödie aus Thüringen (Arnstadt), die mir in einer um 1700 gefertigten Handschrift vorliegt, trägt zwar die den meisten volksthümlichen Weihnachtspielen gemeinsamen Grundzüge, verräth sich aber in Sprache, Versbau und Musik als eine neue Bearbeitung allbekannter Motive, welche kaum viel früher als 1700 stattgefunden haben kann, und die doch ihre volksthümliche Haltung auf das deutlichste dadurch zu erkennen giebt, daß zwei Bauern und zwei Hirten darin im thüringischen Dialect reden.[43] Ebenso liegt in dem Zuckmantler Passionsspiel eine dem 17. Jahrhundert gehörige Überarbeitung eines älteren Werkes vor; außer an der Sprache sieht man dieses aufs deutlichste auch an der Musik: sieben Arien, welche sich ganz in den um die Mitte des Jahrhunderts gebräuchlichen Ausdrucksformen bewegen.[44] Was die Passionsmusiken und verwandten Kunstformen zur Zeit ihrer höchsten Blüthe aus den gleichzeitigen geistlichen Volksschauspielen sich aneigneten waren freilich weniger die speciell dramatischen Elemente, als gewisse allgemeine volksthümliche Anschauungen. Zur Entwicklung einer neuen dramatischen Poesie war eine Zeit ungeeignet, in welcher der rein musikalische Productionsdrang alle andern Kunstbestrebungen überfluthete und niederhielt; was von Keimen einer solchen vorhanden war, konnte einstweilen nur in Händels Oratorien und Bachs Kirchenmusiken zu Kunstformen von höchster Schönheit aufgehen, mußte sich also den Ausschluß scenischer Darstellung und eine starke Verallgemeinerung ins Lyrische gefallen lassen. Aber das Verhältniß, in welchem die Mysterien des Mittelalters zum Volksleben standen, ist, wenn man die inzwischen in den Künsten erfolgten Veränderungen und Fortschritte berücksichtigt, im allgemeinen ziemlich gleich mit demjenigen, welches zwischen dem Volksleben und den Passionsmusiken im 17. und 18. Jahrhunderte herrschte. Hier wie dort der

---

43) Ministerialbibliothek zu Sondershausen, Sammelband »*E biblioth. Treiber. A 96*ª.«

44) Zuckmantler Passionsspiel herausgegeben und erläutert von Anton Peter. Troppau 1868 und 1869.

offenliegende Zusammenhang mit der Kirche: als hauptsächliche, beziehungsweise alleinige Quelle für den poetischen Stoff das Leben Christi; die Aufführungen nur an bestimmten Kirchenfesten. Hier wie dort zu den liturgischen, streng kirchlichen Bestandtheilen stärkere und stärkere Beimischungen von weltlichen Elementen: wie in den Mysterien erst nur deutsche Erläuterungen neben dem lateinischen Bibel- und Kirchenwort, dann aber mehr und mehr selbständige Dichtung und endlich vollständige Erstickung des Kirchlichen und Verweltlichung zu bemerken ist, so stellt sich in den Passionsmusiken neben die Evangeliums-Worte zuerst gleichsam erläuternd das Gemeindelied, sodann als erste freikünstlerische Zuthat die geistliche Arie, darauf immer mehre und immer reichere Formen moderner Kunst, bis die kirchlichen Elemente nur noch als störend empfunden und möglichst beseitigt werden. Aber dadurch unterscheidet sich der jüngere Entwicklungsgang von dem älteren, daß sich jetzt eine Persönlichkeit fand, die es verstand im richtigen Augenblicke Kirchliches und Weltliches auf einen gemeinsamen Ausdruck zu bringen, die das Kirchliche in seiner vollen Macht wieder zur Geltung brachte, ohne deshalb die Fülle, den Glanz und den Reichthum des Weltlichen irgendwie zu beeinträchtigen. Wenn oben gesagt wurde, daß vom 17. Jahrhundert an die Entwicklung der deutschen Passionen der Entwicklung der protestantischen Kirchenmusik parallel gegangen ist, so gilt dies auch für Bach. Der musikalische Stil seiner Passionsmusiken ist kein anderer, als der seiner Kirchencantaten. Dieser aber war ein neuer, aus der Orgelkunst und dem Choral hervorgegangener, daher wahrhaft kirchlicher, in welchem zugleich sämmtliche damalige Musikformen ihre Läuterung und Erneuerung gefunden hatten. Indem er ihn auf die Passion übertrug, vollzog er die Einigung und natürliche Verschmelzung all der disparaten Elemente, welche mit der Zeit unter diesem Titel zusammengeschüttet waren. Der Stil war zugleich im eminenten Sinne ein deutscher, denn wenn irgend etwas, so war die Orgelmusik des 17. und 18. Jahrhunderts und das protestantisch-geistliche Volkslied ein nationales Erzeugniß. So steht es denn im innigen leicht verständlichen Zusammenhange, wenn Einwirkungen der deutschen geistlichen Schauspiele auf die Passionsmusiken und verwandten Formen eigentlich auch nur bei Bach deutlich hervortreten. Je mehr seine Zeitgenossen der italiänischen Oper und dem italiänischen Oratorium nachgingen, desto fremder mußte ihnen das Volksthümliche werden. Bach verschloß sich keineswegs den Anregungen ausländischer Kunst, aber er ließ sich von ihnen nicht bemeistern. Wovon er überall ausging, was ihn überall leitetete waren speciell deutsche Kunstanschauungen. Daß diese eine so unbesiegbare Macht über ihn besaßen, ist eine unverkennbare Folge seiner altkünstlerischen Herkunft, und hier tritt es wieder einmal zu Tage, welch eine durchgreifende Bedeutung für das Verständniß seiner künstlerischen Persönlichkeit die richtige Würdigung seiner Vorfahren hat. Nur wer sich auf eine mehr als hundertjährige im unausgesetzten, ausschließlichen Verkehr mit dem Leben des Volkes gegründete und gefestigte Tradition stützen konnte und sich daher mit dem Empfinden, Thun und Denken des Volkes auf das innigste verwachsen fühlen mußte, konnte in der Zeit allgemeiner Verwälschung und an einer so gänzlich haltlos gewordenen Kunstform, wie der deutschen Passion, am Beginn des 18. Jahrhunderts den deutschen Geist wieder zu Ehren und zur Herrschaft bringen. Bachs Passionen und übrige gleichgestaltete Werke sind eine Erneuerung der mittelalterlichen geistlichen Schauspiele aus deren bester Periode auf einer unvergleichlich höheren Kunststufe, man könnte auch sagen, sie seien die endliche Vollendung derselben. Wie sie sich in den Anschauungen der Volksschauspiele bewegen, wird hernach im einzelnen aufgezeigt werden. Ihnen den Namen Oratorium zu geben hat Bach sich bei den Passionen wenigstens gehütet. Seine für Weihnachten, Ostern und Himmelfahrt bestimmten derartigen Werke haben allerdings diese Bezeichnung erhalten: es war eben damals keine andre und treffendere im Gebrauch. Ich werde mir im folgenden erlauben, für die Passionen Bachs sowie für sein Weihnachts-, Oster- und Himmelfahrts-Oratorium die zusammenfassende Benennung »Mysterien« wieder in Anwendung zu bringen.

Nach der Angabe des Mizlerschen Nekrologs[45] hat Bach fünf Passionsmusiken hinterlassen. Wir dürfen diese aus bester Quelle stammende Nachricht um so weniger bezweifeln, als die Zahl mit derjenigen der Cantaten-Jahrgänge (s. S. 179) stimmt. Die Jahrgänge vertheilten nach des Vater Tode Friedemann und Emanuel

45) S. 168.

Bach unter sich[46]) und werden die Passionen in sie einbegriffen haben. Emanuel besaß die Originalpartituren der Matthäus- und Johannes-Passion. Er hütete sie treulich, und sie existiren heute noch. Die Originalmanuscripte der andern drei kamen demnach in die Hände des zerfahrenen, mehr und mehr verwildernden Friedemann. Sie wurden verschleudert und zwei derselben sind gänzlich verloren gegangen. Eine Lucas-Passion, welche in Bachs Handschrift erhalten ist, könnte die dritte sein. Ob aber diese wirklich eine Bachsche Composition sei, war eine bisher ungelöste Frage. Ich hoffe sie ihrer Lösung um ein Theil näher bringen zu können, habe jedoch zuvor einiges über die beiden verloren gegangenen Passionen zu sagen.

Am Charfreitage 1731 wurde in der Thomaskirche eine Passionsmusik nach dem Evangelisten Marcus aufgeführt; Picander, welcher zum Jahre 1729 für Bach die Matthäuspassion gedichtet hatte, war der Verfertiger auch dieses Textes gewesen.[47]) Er zerfällt in zwei Theile, von denen der erste vor, der andre nach der Predigt gesungen werden sollte. Außer der das 14. und 15. Capitel des Evangeliums umfassenden recitativischen Erzählung, in welcher zwölf dramatische Chöre eingeschlossen sind, enthält die Dichtung einen lyrischen Anfangs- und Schlußchor, sechs Arien und sechzehn Choräle. Daß, wenn Picander einen Passionstext für die Thomaskirche dichtete, wenn derselbe gedruckt und auch wirklich zur Musik benutzt wurde, nur Bach die Musik dazu gesetzt haben kann, ist bei Bachs amtlicher Stellung und seinem Verhältniß zu Picander nahezu selbstverständlich. Zur Gewißheit erhoben wird die Sache durch die Übereinstimmung, welche zwischen dem Text des Einleitungs- und Schlußchores, sowie der zweiten, ersten und vierten Arie, und den entsprechenden Chören und den drei Arien der Trauerode auf die Königin Christiane Eberhardine (1727) besteht. Wenngleich der Gedankeninhalt dort ein andrer ist, so herrscht doch hinsichtlich des metrischen Baues eine Gleichmäßigkeit, die es un-

46) Forkel, S. 61.

47) Er findet sich im dritten Theil seiner Gedichte S. 49. ff. mit der Überschrift: »*TEXTE* Zur Paßions-*Music* nach dem Evangelisten Marco am Char-Freytage 1731.«

zweifelhaft macht, daß Picander seine Texte der bereits vorhandenen Bachschen Musik anpaßte. Ganz besonders augenfällig tritt dieses hervor bei den drei letzten Zeilen des Schlußchors.[48] Picander hat hier seine zu ähnlichen Zwecken häufig in Anspruche genommene Gewandtheit in löblichster Weise bethätigt. Völlig verloren gegangen ist demnach die Marcuspassion wenigstens nach ihrem musikalischen Inhalte nicht. Fünf lyrische Stücke derselben sind in und mit der Trauerode erhalten, ein dürftiger Ersatz freilich für das ganze an Recitativen, dramatischen Chören und Chorälen reiche Werk.

Außerdem besteht aber noch eine dritte bisher unbekannte Passion Picanders, der Zeitfolge nach die erste, da sie zum Charfreitag 1725 gedichtet wurde.[49] Ihr galt eine oben gemachte Bemerkung: sie ist ganz nach dem Brockesschen Vorbilde zugeschnitten und hierin steht Picander meines Wissens allein da. Das erzählende Bibelwort ist in madrigalische Form gebracht und soll von dem Evangelisten recitirt werden. Als biblische Personen werden dramatisch eingeführt Johannes, Petrus, Jesus, Maria. Doch nur Petrus hat eine etwas größere Partie: Jesus ist verhältnißmäßig am kärglichsten bedacht, von all den wichtigen und ergreifenden Momenten, in denen ihn die evangelische Erzählung darstellt, ist kaum einer würdig ausgenutzt. Auch der gereimte Bericht des Evangelisten geht über die bedeutendsten Vorgänge mit unbegreiflicher Oberflächlichkeit hinweg, und hat z. B. für die Ereignisse zwischen dem Eingreifen des Petrus am Ölberg und seiner Verleugnung im Hofe des Hohenpriesters nur die nichtssagenden Zeilen »Und Jesus ging gelassen fort Und kam zum Hohenpriester Caipha«. Dramatische Chöre fehlen ganz, dagegen nehmen die lyrischen Betrachtungen der Allegorien Zion und Seele einen breiten Raum ein. Choräle sind nur

---

48) Das Verhältniß zwischen Trauerode und Marcuspassion zuerst erkannt zu haben ist eines der zahlreichen Verdienste Rusts: s. B.-G. XX², S. VIII ff. — In Breitkopfs Verzeichniß von Neujahr 1764, S. 18 findet sich angeführt: »*Anonymo*, Paßions-Cantate, *secundum Marcum*. Geh Jesu, geh zu deiner Pein.« Der Textanfang stimmt, auch die Besetzung ist dieselbe, wie in der Trauerode, bis auf die zweite Gambe und die Laute.

49) Sammlung Erbaulicher Gedancken über und auf die gewöhnlichen Sonn- und Fest-Tage. Leipzig 1725. S. 293 ff. — Der vollständige Text ist mitgetheilt Anhang B, X, 1.

zwei darin, also weniger noch als in Brockes' Dichtung, der zweite ist von Picander selbst gedichtet und flach genug, geschickt eingefügt sind beide nicht. Das Ganze nennt er Oratorium. Der Vergleich mit seinem Vorbilde fällt sehr zu Ungunsten Picanders aus. Bei Brockes muß man anerkennen, daß alle musikalischen Momente geschickt hervorgehoben und die einzelnen Vorgänge zu lebendigen, wenn auch oft mit beleidigend crassen Farben gemalten Bildern gestaltet sind. Die matte lyrische Einförmigkeit von Picanders Dichtung steht schon der religiösen Passions-Cantate späterer Zeiten sehr nahe. Merkenswerth, allerdings in einer ganz andern Beziehung, sind die mannigfachen Anklänge an den Text der Matthäuspassion; die Worte des Schlußchores stimmen in beiden fast ganz überein. Hat Bach diesen Text componirt? Eine sichere Antwort läßt sich nicht geben, aber unwahrscheinlich ist es nicht, sobald man annimmt, daß er überhaupt bestimmt war in Musik gesetzt zu werden. Die Leipziger Tonkünstler jener Zeit, welche dies hätten thun können, waren Görner, Schott und Bach. Von ihnen kann Görner nicht in Frage kommen, da er erst von 1728 an Charfreitags-Aufführungen veranstaltete (s. S. 105). Zu Schott hat, soviel man weiß, Picander niemals in Beziehung gestanden. Für Bach aber dichtete er nachweislich schon in dem Jahre, als er obige Passionsmusik verfaßte. Zudem wolle man folgenden merkwürdigen Umstand beachten. Bachs Johannespassion ist wahrscheinlich in den letzten Monaten der Cöthener Periode entworfen und jedenfalls zum Charfreitag 1724 zuerst aufgeführt, wie hernach ausführlicher nachgewiesen werden soll. Sie begann ursprünglich mit jenem großartigen Choralchor »O Mensch, bewein dein Sünde groß«, den Bach später an den Schluß des ersten Theiles der Matthäuspassion stellte, als er dieselbe einer Überarbeitung unterzog. Diese fand nach dem Jahre 1740 statt. Man hat bisher, soweit überhaupt von den verschiedenfachen Verwendungen jenes Chors Notiz genommen wurde, geglaubt, er sei direct aus der Johannespassion in die Matthäuspassion übertragen. Eine genaue Untersuchung des handschriftlichen Materials lehrt, daß dem nicht so ist. Vielmehr hat Bach schon um 1727 die Johannespassion mit ihrem jetzigen Einleitungschore aufgeführt und den Choralchor »O Mensch, bewein« schon vor diesem Jahre aus derselben entfernt, zu einer Zeit also, da an die Matthäuspassion (1729) noch garnicht gedacht wurde. Sicherlich ersetzte er den Choralchor, welcher zu seinen größten künstlerischen Leistungen gehört, nicht deshalb durch einen andern, weil er ihm ungeeignet erschien, sondern weil er ihn für einen andern Zweck in Anspruch genommen hatte. Der Choral »O Mensch bewein« ist ein Passionslied und kann nur in der Passionszeit kirchlichen Gebrauch gefunden haben.[50] Die einzige concertirende Kirchenmusik aber, die zur Leidenszeit aufgeführt wurde, war die Passionsmusik in der Charfreitags-Vesper. Der Choralchor muß also nothwendig in einer solchen seine Stelle gefunden, und folglich Bach zwischen den Jahren 1724 und 1727 noch eine Passion geschrieben haben, in welcher dies geschehen konnte. Dieses Ergebniß paßt auf die älteste Picandersche Passionsdichtung, welche wie gesagt 1725 entstand. Es ist sehr wohl denkbar, daß Bach, durch den geringen kirchlichen Gehalt der Dichtung unbefriedigt, ihr ein stilvolleres Gepräge geben wollte, indem er sie durch ein solches Meisterwerk der Choralkunst einleitete. Er kann in dem Falle den Picanderschen Chortext »Sammelt euch, getreue Seelen« einfach beseitigt haben, doch war es bei Passionsmusiken nicht ungebräuchlich, am Anfange dem Choral noch eine Composition auf madrigalischen Text folgen zu lassen, ebenso wie dem Schlußchoral nicht selten noch ein Grabgesang als Chor-Arie vorausging. Daß die poetische Form dieser Passion von derjenigen der übrigen Bachschen abweicht, darf ebenfalls kein Bedenken erregen. Sicher war die Brockessche Form mit der Umdichtung und Modernisirung des Bibelworts nicht Bachs Ideal; daß er sich trotzdem zu ihr herablassen konnte beweist sein Oster-Oratorium. Erinnern wir uns dazu, daß er grade in den ersten Leipziger Jahren seinem Publicum zu Gefallen sich der Hamburger Richtung hier und da anbequemte, so vereinigt sich mancherlei um es wahrscheinlich zu machen, daß Bach den Picanderschen Text von 1725 mit seiner Musik versah, und wir in ihr eine der verloren gegangenen Passionen zu bezeichnen haben.

Wenn ich den Fortgang der Darstellung hier ausnahmsweise durch kritische Untersuchungen unterbrochen habe, so durfte es in der Voraussetzung geschehen, daß der Frage über die Anzahl der

50) S. Anhang A. Nr. 46.

Bachschen Passionen, ihre Entstehungszeit und Schicksale ein eingehenderes Interesse sicher ist. Vier Passionen sind mit größerer oder geringerer Sicherheit nachgewiesen. Als fünfte ist die oben erwähnte Lucas-Passion übrig, an deren Echtheit bisher gezweifelt worden ist. Ich darf auch diese Frage hier ausführlicher erörtern. Wie gesagt ist Bachs Autograph der Lucas-Passion vorhanden.[51] Es trägt nicht den ausdrücklichen Vermerk, daß es seine eigne Composition sei, dagegen aber in der Überschrift die Buchstaben *J. J.* (*Jesu Juva*), welche Bach nur bei eignen Compositionen, nicht bei Abschriften fremder Werke hinzusetzen pflegt. Außerdem wird in einem Verzeichniß geschriebener Musicalien, welches Immanuel Breitkopf zu Michaelis 1761 drucken ließ, auf S. 25 angeführt: Bach, J. S. Capellmeisters und Musicdirectors in Leipzig, Paßion unsers Herrn Jesu Christi, nach dem Evangelisten Lucas, *à 2 Traversi, 2 Oboi, Taille, Bassono, 2 Violini, Viola, 5 Voci ed Organo.*« Die Angabe der Instrumente stimmt genau auf die vorliegende Passion, die der Singstimmen nicht — es sind deren durchgängig nur vier —, wer aber die mancherlei Druckfehler des Breitkopfschen Verzeichnisses bemerkt hat[52], wird keinen Anstand nehmen auch in obiger 5 einen solchen zu erkennen. Auf diese Dinge kann sich ein Zweifel an der Echtheit des Werkes nicht wohl gründen. Befremden dagegen erregt die Musik selbst, deren in sehr einfachen Formen zu Tage tretender Ausdruck zwar weich und gefühlvoll, aber von der Kraft, Innigkeit und dem großartigen Ernst der Johannes- und Matthäus-Passion weit entfernt ist. Wer von diesen aus urtheilt, wird immer geneigt sein die Lucas-Passion für unecht zu halten. Wir haben aber eine Reihe von Kirchencompositionen aus Bachs Jugendzeit kennen gelernt, und mit diesen verglichen erscheint die Lucas-Passion in einem andern Licht. Wenngleich die erhaltene Partitur derselben unzweifelhaft in Leipzig geschrieben ist, so zwingt doch nichts zu der Annahme, daß Bach sie auch in Leipzig componirt haben müsse. Schon in Weimar, wo er ja als

---

51) Im Besitz des großherzoglichen Kammersängers Herrn Joseph Hauser zu Carlsruhe. — S. Anhang A, Nr. 44.

52) So steht z. B. gleich auf S. 20 bei der Cantate »O Wunderkraft der Liebe« (»Herr Christ der einge Gott'ssohn« B.-G. XXII, Nr. 96) *à 3 Voci* verdruckt statt *à 4 Voci*.

Cantatencomponist eine nicht unbeträchtliche Thätigkeit entfaltete, hat er sich eifrig auch mit der Gattung der Passionsmusiken beschäftigt. Von einer Marcus-Passion Keisers »Jesus Christus ist um unsrer Missethat willen verwundet« schrieb er in Weimar eigenhändig die Stimmen aus und muß sie demnach auch dort zur Aufführung gebracht haben.[53] In die erste Hälfte der weimarischen Periode müßte man die Lucas-Passion unbedingt verlegen. Erscheint sie auch so den Cantaten »Nach dir Herr verlanget mich«, »Aus der Tiefe rufe ich«, »Gottes Zeit ist die allerbeste Zeit« noch in mancher Hinsicht nachstehend, so muß man bedenken, daß Bach in diesem seinem frühsten derartigen Werke naturgemäß sich enger noch an die Passionsmusiken jener Zeit anschließen mußte, während er auf dem Gebiete der Cantate sich schon freier bewegte. Richtig würdigen kann man die Lucaspassion nur dann, wenn man sie zwischen jene und seine früheren weimarischen Cantaten gewissermaßen in die Mitte stellt. Dann wird man sowohl ihre Schwächen erklärlich finden, als auch für die hervorragenden Seiten das Verständniß sich erschließen sehen.

Was den Text betrifft, so trägt er die frühe Zeit seiner Entstehung an der Stirn geschrieben. Die freie lyrische Dichtung darin beschränkt sich auf acht Nummern: zwei Arien für Sopran, eine für Alt, drei für Tenor, einen betrachtenden Einleitungschor und einen Chor der Weiber, welche Jesu zur Kreuzigung nachfolgen. Die Erzählung des Evangeliums (Luc. Cap. 22 und 23, v. 1—53) ist vollständig benutzt, Choräle sind nicht weniger als einunddreißig eingeflochten. Ein derartiger reichlicher Gebrauch des Chorals findet sich in den älteren mitteldeutschen Passionen, die noch nicht unter der Herrschaft des italiänischen Oratoriums entstanden, fast überall. Er wurde auch später an denjenigen Orten beibehalten, wo man an dem neuen Stile kein Gefallen fand. In der Rudolstädter Passion von 1688 finden sich achtundzwanzig, in der geraischen fünfundzwanzig, in der gothaischen von 1707 neunzehn, in der Schleizer Passion von 1729 siebenundzwanzig, in der Weißenfelser von 1733 dreißig Choräle; Seebach (1714), der doch schon von Brockes stark beeinflußt war, hat ihrer nicht weniger als neunundvierzig ange-

53) S. Anhang A, Nr. 15.

bracht. Zu ihrer Zahl steht die der freigedichteten Texte im umgekehrten Verhältniß, zuweilen fehlen sie ganz, werden mit der Zeit immer mehre und drängen schließlich den Choral zurück. Bachs Lucaspassion, mit eigner lyrischer Dichtung sparsam bedacht, zeigt doch an einer Stelle schon deutliche Spuren italiänischer Einwirkung, wenn nach den Bibelworten »Es folgte ihm aber ein großer Haufen Volks und Weiber, die klagten und beweinten ihn (23, v. 27) ein Chor von Sopranen und Alten singt:

Weh und Schmerz in dem Gebären
Ist nichts gegen deine Noth.
Ach wir armen Sünderinnen
Werden dein Gericht jetzt innen,
Und wir trügen mit Geduld
Unsre letzte Mutterschuld.
Retteten dich unsre Zähren
Nur von deinem bittren Tod.

Hier werden also die Weiber dramatisch eingeführt mit frei erfundenen Worten, während sonst alles dramatische nur in der Form des Bibelwortes eintritt. Nach diesen Merkmalen zu schließen dürfte der Text etwa um 1710 verfaßt sein. Gewisse Hauptpassionslieder finden sich natürlich mehr oder weniger in allen Passionsmusiken wieder. Daneben scheinen in bestimmten Gegenden Liebhabereien für besondere Choräle geherrscht zu haben. Die Einführung der Litanei und des Ambrosianischen Lobgesanges sind solche. In der genannten Rudolstädter Passion folgen auf die Erzählung von Judas' Erhenkung die Litanei-Zeilen: »Für des Teufels Trug und List, Für bösem, schnellem Tod, Für dem ewigen Tod Behüt uns lieber Herre Gott!« Ferner auf die Erzählung, wie Johannes die Mutter Jesu zu sich nimmt, die Zeilen: »Alle Wittwen und Waisen vertheidigen und versorgen, Erhör uns lieber Herre Gott! Aller Menschen dich erbarmen, Erhör uns lieber Herre Gott!« Ferner nach Pilatus Worten: Was ist Wahrheit? aus dem *Te Deum* »Du König der Ehren Jesu Christ« und noch zwei andre daher genommene passende Verse. In der gothaischen Matthäuspassion von 1707 fällt nach der Erzählung der Kreuzigung (27, v. 38) der Chor mit den Litaneizeilen ein: »Durch dein Kreuz und Tod In unsrer letzten Noth Hilf uns lieber Herre Gott«. Ebenso finden sich in der Lucas-Passion zweimal Stücke der Litanei, und dreimal Fragmente aus dem *Te Deum* eingefügt —

letztere, beiläufig gesagt, ganz genau in der Melodieführung, welche der Orgelsatz zeigt, den wir von Bach zu diesem Gesange besitzen. Den Dichter der lyrischen Stücke ausfindig zu machen, hat nicht gelingen wollen. Franck ist es nicht trotz einigen Anklängen an Passionsdichtungen aus seinen geist- und weltlichen Poesien. Texte so einförmigen Metrums und schalen Inhalts waren nicht seine Sache. Wohl aber besteht eine erkennbare Verwandtschaft zwischen ihnen und den Arientexten der Cantate »Nach dir Herr verlanget mich«, die ja gleichfalls in die früheren weimarischen Jahre gehört.

Wer sich mit der erregten Melodik, die Bachs Recitativen eigen ist, vertraut gemacht hat, wird in den Recitativen der Lucas-Passion diese Weise sogleich wieder erkennen, ohne daß er die Augen zu schließen braucht gegen manches was darin fremdartig berührt. Unleugbar sind die Harmonienfolgen, über denen sich die recitirende Singstimme fortbewegt, zuweilen etwas lahm, statt der gewöhnlichen Recitativ-Cadenzen treten häufiger als sonst Schlüsse ariosen Charakters ein, ohne daß sich doch der Gesang schon länger vorher zum Arioso gefestigt hätte. Man empfängt den Eindruck eines im Recitativ-Schreiben noch wenig geübten Componisten, und dies stimmt zu der Sachlage, denn in der älteren Kirchencantate, mit welcher sich Bach bisher beschäftigt hatte, gab es bekanntlich kein Recitativ. Unfertig erscheint auch der Stil der biblischen dramatischen Chöre. In einigen herrscht noch jene allgemeinere kirchliche Stimmung, wie in den Passionen älteren Stiles aus dem 17. Jahrhundert; andere, und zwar die Mehrzahl, zeichnet sich dagegen durch eine dramatische Lebendigkeit aus, die an Wucht freilich noch nicht die Chöre der Johannes- und Matthäuspassion erreicht, aber doch diejenigen gleichzeitiger Componisten beträchtlich überragt. Der über freie Dichtung gesetzte Klagechor der Weiber ist nicht bedeutend aber sinnig und deutet in seiner aparten Instrumentirung — zwei Flöten, Violinen, Bratsche, kein Bass — schon auf spätere Meisterwerke hin, wie die Sopranarien im Himmelfahrts-Oratorium und der Cantate »Herr, gehe nicht ins Gericht«. An letztere wird man auch durch den Eingangschor erinnert. Niemand erwarte unter ihm etwas den mächtigen Chorbildern der späteren Passionen ähnliches. Aber wer sich die vierstimmige Arie der Cantate »Denn du wirst meine Seele« und den C dur-Chor der Cantate »Uns ist ein Kind geboren« als ein Bachsches Werk gefallen läßt, darf auch ihn nicht ablehnen. Wie in den beiden Chören so herrscht auch in den Arien die *Da capo*-Form, die Dimensionen sind klein aber doch nicht kleiner als in den Cantaten »Nach dir, Herr, verlanget mich« und »Uns ist ein Kind geboren«. Es ist wahr, die ersten beiden zeigen kaum etwas von dem eigentlich Bachischen Wesen, sie erinnern eher an Händels früheste Werke. Auch die Tenor-Arie »Selbst der Bau der Welt erschüttert« muß man unbedeutend und dürftig nennen. Dagegen sind die übrigen Arien so gehaltvoll und eigenthümlich, daß außer Bach niemand zu nennen wäre, der sie gemacht haben könnte. Bemerkenswerth ist hier noch der Gebrauch des obligaten Fagott. Bach zeigt für dieses Instrument in der weimarischen Zeit eine entschiedene Vorliebe; vielleicht stand ihm damals ein besonders tüchtiger Fagottist zur Verfügung. Auch in der Cantate »Nach dir Herr« ist es obligat eingeführt, kunstvoller noch in der späteren »Mein Gott wie lang, ach lange«. Die Choräle sind durchweg viel einfacher harmonisirt, als man es von Bach gewohnt ist. Aber zeigt nicht auch der Schlußchoral in »Denn du wirst meine Seele« die größte harmonische Simplicität? Und Sorgfältigkeit des Satzes kann man ihnen nicht absprechen. Übrigens offenbart sich in der Art, wie die Choräle eingefügt sind, der Bachsche Tiefsinn so entschieden, daß dieser Erscheinung gegenüber jeder noch übrige Zweifel an der Echtheit des Werkes schwinden muß. Wie in der Matthäus-Passion die Melodie »O Haupt voll Blut und Wunden«, in der Johannes-Passion das Stockmannsche »Jesu Leiden, Pein und Tod« an den bedeutsamsten Stellen in immer neuen Bearbeitungen wiederkehrt, so bildet in der Lucas-Passion Johann Flittners Lied »Jesu meines Herzens Freud« gleichsam den kirchlichen Mittelpunkt. Nicht weniger als viermal tritt es auf, zuerst nach den Worten Christi: »Wo ist die Herberge, darinnen ich das Osterlamm essen möge mit meinen Jüngern« (22, 11) mit der dritten Strophe »Weide mich und mach mich satt«, dann nach den Worten: »Mich hat herzlich verlanget das Osterlamm mit euch zu essen, ehe denn ich leide« (22,15) mit der vierten Strophe »Nichts ist lieblichers als du«, ferner nach der höhnischen Aufforderung der Kriegsknechte: »Bist du der Juden König, so hilf dir selber« (23, 37) mit der fünften Strophe »Ich bin krank, komm stärke mich«, endlich nach der Bitte des reuigen Schächers: »Herr, gedenke an mich, wenn du in dein Reich kommst« (23, 42) mit der zweiten Strophe »Tausendmal gedenk ich dein«. Die weiche Anmuth dieses Gesanges, den man kaum einen Choral nennen mag, ist für den Geist der damaligen Passionsmusiken[54]) und im besonderen auch der Lucas-Passion bezeichnend. Man kannte und liebte ihn an vielen Orten, aber zu einem eigentlichen Kirchenliede konnte er sich schon deshalb nicht verallgemeinern, weil kaum von einer andern Melodie so zahlreiche Varianten bestanden, wie von ihr. Ursprünglich in Moll componirt erfuhr sie bald eine Umbildung nach Dur. Beide Gestalten, die sich in verschiedenen Gegenden Deutschlands neben einander behaupteten, zeigen eine jede wieder vielfache melodische und rhythmische Abweichungen im einzelnen.[55]) Bach gebraucht in der Lucas-Passion nur die Dur-Melodie. Er hat ihr, wie man voraussetzen wird, alle vier Male eine verschiedene Form gegeben. Während er aber in ähnlichen Fällen späterer Zeit mehr nur die Harmonie zu verändern pflegt, sind hier die Veränderungen vorzugsweise melodischer und rhythmischer Art. Dieses Verfahren erklärt sich einfach aus der frühen Entstehungszeit des Werkes. Bach stand, als er die Lucas-Passion componirte, noch nicht ganz frei von dem Einflusse der willkürlich colorirenden Organisten, namentlich der nordländischen, da, welche mehr ihren vorübergehenden musikalischen Eingebungen, als dem beständigen Bedürfnisse der Gemeinde folgten.[56]) Melodische und rhythmische Veränderungen desselben Chorals zeigen sich nicht nur

54) Er findet sich mit zwei Strophen auch verwendet in der Rudolstädter Passion von 1688.

55) Dretzel, Des Evangelischen Zions Musicalische Harmonie (Nürnberg, 1731) giebt die Dur-Gestalt in dreierlei Formen, die Moll-Gestalt in zweierlei (S. 316 ff.). In Mühlhausen war zu Joh. Rud. Ahles Zeit die Melodie in Moll gebräuchlich (Winterfeld, Ev. K. II, S. 467), desgleichen in Gotha, wie aus Witts Cantional von 1715, S. 203 hervorgeht, desgleichen in Sondershausen nach Ausweis des Gerberschen Choralbuches, welches nicht im Druck erschienen, aber in einer Handschrift von 1745 in meinem Besitz ist. Dagegen bietet Freylinghausens Gesangbuch (Halle, 1741; noch nicht die Ausgabe von 1710) die Dur-Melodie. Bach selbst hat im Naumburg-Zeitzer (dem sogenannten Schemellischen) Gesangbuche von 1736 unter Nr. 696 die Moll-Melodie, dagegen in seinen Choralgesängen (III, 264, im Jahre 1786 herausgegeben) die Dur Melodie. In keiner von allen diesen Quellen stimmen die Melodien vollständig überein.

56) S. hierüber Band I, S. 309 f. und 583 ff.

bei der Melodie des Flittnerschen Liedes. Der Passionsgesang »Herzliebster Jesu« tritt im zweiten Theile der Lucas-Passion im C-Takt und der gebräuchlichen melodischen Form auf, im ersten aber im Dreiviertel-Takt und mit zwei melodischen Veränderungen. Willkürliche Abweichungen von den üblichen Melodieformen finden sich auch bei andern Chorälen des Werkes. Je tiefer Bach allmählig in das kirchliche Wesen des Chorals eindrang, desto strenger wahrte er die einmal gewählte Gestalt der Melodien. Nur ganz ausnahmsweise erlaubte er sich dann, wie in der siebenten Zeile der siebenten Strophe seiner Choralcantate »Christ lag in Todesbanden« einen Ton des *Cantus firmus* zu ändern[57]. — Mustern wir die Stellen weiter, an denen Bach in der Lucas-Passion Choräle eingesetzt hat, so fällt zunächst der Schluß des ersten Theiles auf. Petrus hat den Herrn verleugnet: er geht hinaus und »weinet bitterlich«. Eine betrachtende Tenor-Arie spinnt die angeregte Empfindung aus, dann kommt als Schluß-Choral die sechste Strophe des Schwämmleinschen Liedes »Aus der Tiefe rufe ich«. Sie wird aber nicht vierstimmig, sondern als einstimmige Arie vorgetragen, und der sie singt ist Petrus. Offenbar ist dieses ein sinniger, von tiefer Empfindung zeugender Zug. Man wird aber auch hier wieder die Verbindung erkennen, welche zwischen dem Werke Bachs und den im Stile der älteren Kirchencantate gehaltenen Passionen besteht, und sich an ähnliches aus der Passion des Weimaraner Sebastiani erinnern. Der subjective Charakter tritt auch darin hervor, daß die beiden letzten Zeilen des Textes frei umgestaltet sind. Hier wird die Hand des Dichters thätig gewesen sein, welcher für Bach den Passions-Text zusammenstellte, und auf den jedenfalls auch einige der andern Choraltexte zurückzuführen sind, die bekannteren Kirchenliedern nicht angehören. Seinen religiösen Tiefsinn in noch überraschenderer Weise zu zeigen, erhielt Bach durch die Erzählung von Petri Verleugnung an jener Stelle Gelegenheit, wo erzählt wird, wie Petrus, der zuvor versichert hat, er sei bereit mit seinem Herrn in das Gefängniß und den Tod zu gehen, dem gefangenen Jesus in den Palast des Hohenpriesters folgt. Hier soll es sich offenbaren, ob er stark ist seine Ver-

57) B.-G. I, S. 124. — Die ausdrucksvollen Melismen, mit denen Bach seine Choräle zu zieren liebte, kommen hier natürlich nicht in Betracht, da sie die Grundgestalt der Melodie nicht abändern sondern nur umhüllen.

sicherung wahr zu machen. Da ertönen vom Chor einstimmig im kirchlichen Collectenton gesungen die Worte des Vaterunsers »Und führe uns nicht in Versuchung, sondern erlöse uns von dem Übel«. Die feierliche, ergreifende Wirkung des kurzen Satzes wird verstärkt, wenn man an eine Stelle aus dem Marcus-Evangelium (14, 38) denkt, die Bach zuverlässig hierbei im Sinne hatte: Christus hat in Gethsemane gebetet, kommt und findet seine Jünger schlafend. An Petrus wendet er sich vor den andern: »Wachet und betet, daß ihr nicht in Versuchung fallet. Der Geist ist willig, aber das Fleisch ist schwach«. Das bedeutendste aber an sinnreicher Verwendung des Chorals hat Bach gegen den Schluß des Werkes geleistet. Der Evangelist singt »Und als er das gesagt, verschied er«. Nun ertönt, von Oboen und Fagott vierstimmig geblasen, der Choral »Ich hab mein Sach Gott heimgestellt«. Nachdem diese *Sinfonia* verklungen, tritt der vierstimmige Chor ein mit der zwölften Strophe desselben Chorals:

Derselbe mein Herr Jesu Christ
Für all mein Sünd gestorben ist,
Und auferstanden mir zu gut,
Der Höllen Gluth
Gelöscht mit seinem theuren Blut.

Hierdurch wird dem Instrumentalsatze, der nach dem Gesange wiederholt wird, erst die deutliche Beziehung gegeben. Dann geht die Erzählung, nur einmal noch durch einen Choral unterbrochen, weiter bis zur Abnahme vom Kreuz. Eine Tenor-Arie voll schmerzlicher, durchaus Bachischer Innigkeit setzt ein:

Laßt mich ihn nur noch einmal küssen,
Und legt dann meine Freud ins Grab.

Nach neun Takten aber beginnen zu derselben wieder die Oboen und das Fagott den genannten Choral und führen ihn mit angemessenen Unterbrechungen bis zum Ende durch. Diese Combination zwischen gesungener freier Dichtung und einem gespielten Choral, der schon an sich durch seine Beziehungen auf Vorhergegangenes in das eigenthümlichste poetische Helldunkel gesetzt ist, konnte — man darf es getrost behaupten — unter allen Componisten des 18. Jahrhunderts nur Bach ersinnen. Als gewichtiger weiterer Beweis für seine Urheberschaft tritt hinzu, daß eine ganz ähnliche Verbindung in der Cantate »Gottes Zeit« vorliegt, und daß es sich beide Male sogar um denselben Choral handelt. Man erinnert sich aber, daß diese Cantate gleichfalls in die früheren weimarischen Jahre fällt.[58] Da sie durchweg reifer erscheint, so dürfte ihr die Lucas-Passion vorausgegangen sein. Dem vergleichenden Blicke wird auffallen, daß die Form der Choralmelodie hier eine andre ist als dort. Beide Male weicht sie von der Originalmelodie ab: beide Formen aber waren neben der ursprünglichen in jenen Gegenden gebräuchlich. Die in der Cantate vorkommende Melodie stimmt anfänglich ganz überein mit der Melodie »Warum betrübst du dich, mein Herz« und ich vermuthe, daß Bach sie aus diesem Grunde dort vorgezogen hat.[59] Die innere Verbindung, welche sich auf diese Weise zwischen Lucas-Passion und *Actus tragicus* herausstellt, ist nicht die einzige. Die berühmte Behandlung der schließenden Worte »Ja, komm, Herr Jesu!« in letzterem Werke hat in der Lucas-Passion ein Gegenstück an dem Schlusse des Chorals »Stille, stille! ist die Losung«. Auch hier verstummen endlich alle übrigen Stimmen und lassen den Sopran die Worte »stille, stille!« über dem Basse ganz allein vortragen, mit denen er in derselben Weise den Choral begonnen hatte.

Mit der Anerkennung der Lucas-Passion als eines wirklich von Bach componirten Werkes wäre die Zahl der Passionen, welche ihm der Nekrolog zuschreibt, vollständig gemacht. Denn wenn in dem 1790 ausgegebenen Verzeichniß der Compositionen Seb. Bachs, welche sein Sohn Philipp Emanuel hinterlassen hatte, auf S. 81 zu lesen ist: »Eine Passion nach dem Matthäus, *incomplet*«, so wird man hierin nur die erste Niederschrift der großen Picanderschen Matthäus-Passion sehen dürfen. Es würde sonst Emanuel Bach drei Passionen, und Friedemann nur zwei besessen haben, was dem zuverlässigen Bericht über die Art, wie sich beide in den Nachlaß des

58) S. Band I, S. 451 ff.

59) Der Gebrauch dieser Melodie in Thüringen wird nicht nur durch Witts Cantional constatirt, sondern auch durch Michael Bachs Motette »Unser Leben ist ein Schatten«. Darin, daß sie Bach benutzte, sieht Rust (B.-G. XXIII, S. XL f.) mit Recht einen neuen Beweis für die Entstehung der Cantate »Gottes Zeit« in Weimar. Die Melodieform der Lucas-Passion bietet Freylinghausens Gesangbuch von 1741; in der Tenorarie weicht aber Bach an einer Stelle wieder von ihr ab.

Vaters getheilt haben, widerspricht. Dabei mag unentschieden bleiben, ob dieses Manuscript wirklich nur noch unvollständig vorlag, oder ob dasselbe, da in ihm der große Schlußchor des ersten Theiles noch nicht vorhanden war, dem Verfertiger des Verzeichnisses nur irrthümlicher Weise so erschien. Die Lucas-Passion haben wir als den ersten Versuch eines genialen Anfängers in Ehren zu halten. Erachtete doch Bach selber sie einer Auffrischung für würdig, als er schon sein größtes Werk der Art geschrieben hatte. Er mag bei ihrer Erneuerung, die während der Jahre 1732—1734 vor sich gegangen sein wird, im einzelnen gebessert haben: daß er keine durchgreifende Änderungen vorgenommen hat, lehrt der Stil des ganzen Werkes, aus dem man freilich die Höhe kaum ahnen kann, zu welcher sich Bach der Passionscomponist in der Leipziger Zeit erheben sollte. Sie zeigen uns seine Johannes- und Matthäus-Passion, zu deren Betrachtung wir jetzt übergehen. Es ist ein eigenthümlicher glücklicher Zufall, daß grade diese drei Passionen uns erhalten sind, in denen Bachs allmählige Entwicklung so unvergleichlich scharf sich ausprägt. Wie früher berichtet worden ist, fanden die Erzählungen der Evangelisten Marcus und Lucas in der Liturgie des Leipziger Gottesdiensts keine Verwendung. Bach, der seine Kirchenmusik in so innige Verbindung mit dem Gottesdienst zu setzen liebte, wird diesen Umstand nicht übersehen haben. Ist es demnach äußerst wahrscheinlich, daß er selbst diesen beiden Werken die größte Wichtigkeit beimaß, so dürfen wir uns dem Glauben hingeben, daß in ihnen uns das vorzüglichste erhalten ist, was er auf diesem Gebiete hervorbringen zu können meinte. Die übrigen beiden Passionen scheinen ihren Schöpfer selbst an dem Orte seines Wirkens kaum lange überlebt zu haben. In den achtziger Jahren ließ der Cantor Doles nur noch drei singen: die Matthäus-, Johannes- und wahrscheinlich die Lucas-Passion[60].

60) Rochlitz, Für Freunde der Tonkunst. Vierter Band, S. 282 f.: »ich aber habe, als Knabe, unter Doles, nur drei [Passionen] kennen gelernt und ausführen helfen«. Dies sagt Rochlitz in einer Besprechung der Johannes-Passion, welche sich demnach unter jenen dreien befunden hat. Von der Matthäus-Passion, dem größesten und berühmtesten Werke, versteht sich solches von selbst. Die Lucas-Passion war wenigstens noch in den sechziger Jahren des 18. Jahrhunderts im Leipziger Musikalienhandel ein gangbarer Artikel; s. die oben angeführte Stelle aus Breitkopfs Verzeichniß.

Wenn die Vermuthung zutrifft, daß Bach Picanders Passionsdichtung von 1725 wirklich componirt hat, so kann die Passionsmusik, welche er am Charfreitag (7. April) 1724 aufführte, und die natürlich sein eigenes Werk war, nur die Johannes-Passion gewesen sein. Diese Annahme wird durch die Beschaffenheit des Manuscriptes derselben in einer Weise bestätigt, daß sie die Sicherheit einer Thatsache gewinnt. Es war das vierte Jahr, daß in den Leipziger Hauptkirchen überhaupt concertirende Passionsmusiken zu Gehör gebracht wurden. Als Kuhnau 1721 damit in der Thomaskirche begann, wurde vom Rathe verfügt, es sollte mit diesen Passionsmusiken jahrweise in beiden Kirchen umgewechselt werden. 1724 war also die Reihe an der Nikolaikirche. Da aber der Raum ihres Orgelchors ein sehr beschränkter war, zog Bach es vor in der Thomaskirche zu bleiben, hatte demgemäß seine Anstalten getroffen und mittelst der gedruckten Textbücher die Einladungen ergehen lassen. Der Vorsteher der Nikolaikirche wollte indessen auf die Ehre nicht verzichten, legte beim Rathe Verwahrung ein und Bach mußte sich vier Tage vor der Aufführung noch bequemen, in die Nikolaikirche überzusiedeln, eiligst dort die nöthigen Vorkehrungen treffen und neue Anzeigen drucken zu lassen.[61] Die Gestalt, in welcher Bach die Johannes-Passion zum ersten male vorführte, war nicht die jetzt allgemein bekannte. Ehe es diese erhielt, hatte das Werk noch mancherlei Wandlungen durchzumachen. Bach schrieb, wie wir allen Grund haben anzunehmen, die Johannes-Passion noch in Cöthen und zwar als er beschlossen hatte sich um das Thomascantorat zu bewerben, und voraussetzte, er werde die Stelle erhalten. Seine Bewerbung erfolgte am Ausgange des Jahres 1722. Er berechnete wohl, daß er zum Charfreitag 1723 schon zu Leipzig im Amte sein werde, und wollte für diesen Fall gerüstet sein. Die Composition würde demnach größtentheils in die ersten Monate des Jahres 1723 fallen. Wie wir wissen verzögerte sich aber Bachs Berufung bis in den Mai, er konnte nun also sein Werk erst zum Charfreitage 1724 gebrauchen. Eine Anzahl von Eigenthümlichkeiten der Passion erklärt sich aus dieser ihrer Entstehung. Wollte der Componist recht zeitig fertig sein, so war Eile nöthig, und da ein geeigneter Dichter in Cöthen

---

61) S. Anhang, B. IX.

nicht existirte, so mußte er sich bezüglich des Textes selbst zu helfen suchen. Die biblische Erzählung lag vor, für die richtigen Stellen passende Choräle zu finden war er wie nur einer befähigt. Schwierigkeiten machten allein die madrigalischen Stücke. Um sie zu beschaffen, griff er zunächst nach der beliebten Brockesschen Passionsdichtung. Sie verhalf ihm zu den Arientexten »Von den Stricken meiner Sünden«, »Eilt, ihr angefochtnen Seelen«, »Mein theurer Heiland, laß dich fragen«, »Mein Herz, indem die ganze Welt« (*Arioso*, mit nachfolgender Arie »Zerfließe, mein Herze«), und dem Text des Schlußchors »Ruht wohl, ihr heiligen Gebeine«. Keinen dieser Texte hat Bach wörtlich aus Brockes entlehnt; die drei letzten sind freie Umgestaltungen, die ersten beiden wenigstens in Einzelheiten verändert. Nicht immer erscheinen die Aenderungen als Verbesserungen: wenn in der Arie »Eilt, ihr angefochtnen Seelen« die »Mörderhöhlen Assaphs«[62] durch die »Marterhöhlen« der angefochtnen Seelen ersetzt werden, so ist mit Beseitigung der allerdings entlegenen biblischen Beziehung auch der Gedanke des Dichters verdunkelt; wenn Brockes sagt: »Nehmt des Glaubens Taubenflügel« und Bach dies verändert in »Nehmet an des Glaubens Flügel«, so ist die Dichtung ebenfalls um ein schönes biblisches Bild ärmer.[63]) Dagegen hat er wieder einige crasse Ausdrücke des Originals taktvoll gemildert. Die Umdichtungen lassen das Lob, welches in späteren Jahren der Magister Birnbaum ihm spendete[64]), nicht unbegründet erscheinen: in Bezug auf Gewandheit der Satzfügung und Prägnanz des Wortausdrucks genügen sie zwar höheren Anforderungen nicht, zeigen aber doch manchmal einen feinen poetisch-musikalischen Sinn. Eine Gegenüberstellung von Urbild und Nachbildung wird dies deutlich machen. Als Jesus gestorben ist, heißt es bei Brockes:

> Sind meiner Seelen tiefe Wunden
> Durch deine Wunden nun verbunden?
> Kann ich durch deine Qual und Sterben
> Nunmehr das Paradies erwerben?

62) Brockes hat hier wohl hauptsächlich den 79. Psalm im Auge gehabt, welcher dem Assaph zugeschrieben wird und die dem Volke Gottes durch die Heiden zugefügten Mißhandlungen behandelt.

63) Psalm 55, 7: »O hätte ich Flügel wie Tauben, daß ich flöge und etwa bliebe«.

64) S. S. 64 dieses Bandes.

Ist aller Welt Erlösung nah?
Dies sind der Tochter Zions Fragen.
Weil Jesus nun nichts kann vor Schmerzen sagen,
So neiget er sein Haupt und winket Ja.

Hieraus hat Bach eine directe Anrede an den Erlöser gemacht:

Mein theurer Heiland laß dich fragen,
Da du nunmehr ans Kreuz geschlagen
Und selbst gesagt: Es ist vollbracht!
Bin ich vom Sterben frei gemacht?
Kann ich durch deine Pein und Sterben
Das Himmelreich ererben?
Ist aller Welt Erlösung da?
Du kannst vor Schmerzen zwar nichts sagen,
Doch neigest du dein Haupt und sprichst stillschweigend Ja.

Der Schlußgesang stützt sich nur in seiner zweiten Hälfte auf Brockes' Vorbild; die erste bewegt sich in den für diese Schlußgesänge üblichen Wendungen, die Bach wohl aus früheren Zeiten in der Erinnerung lagen.[65] Für die übrigen fünf Arientexte ist eine Anlehnung an fremde Poesie nicht mit Sicherheit nachzuweisen. Hier mag Bach größtentheils selbstschöpferisch aufgetreten sein.[66] Der stricte Beweis ist freilich nicht zu erbringen, wie auch dafür nicht, daß er die Umdichtungen nach Brockes vorgenommen habe. Aber man findet

65) So heißt es z. B. am Schluß der Schleizer Passion:

Ruht, ihr heiligsten Gebeine,
Ruhet unter diesem Steine,
Bis zum frohen Oster-Tag,
Da ich euch empfangen mag,
Wo ich nachmals nicht mehr weine;
Ruht, ihr heiligsten Gebeine.

66) Der Arie »Zerschmettert mich, ihr Felsen und ihr Hügel« könnte folgende Francksche Strophe zum Vorbilde gedient haben:

Ihr Felsen! reißt! ihr Berge fallt!
Ihr Klüfte gebt mir Aufenthalt!
Wie kann ich doch entgehen
O Jesu deiner starken Hand?
Zög ich gleich über Meer und Land
Und über Berg und Höhen,
Führ ich gleich in den Abgrund ein,
Du würdest doch zugegen sein.

(S. Arnstädter Gesangbuch von 1745, Anhang des andern Theils, S. 66.)

hier ganz jenes sprachliche Ungeschick, von dem wir schon früher ein Beispiel anführten (S. 283), und einen Inhalt wie von jemandem, dem eine Anzahl von Bibelstellen und Gesangbuchversen im Kopfe lag, welche er nun zu einem Ganzen nothdürftig zusammensetzte. Ein der Versfügung auch nur einigermaßen kundiger Mann kann diese Texte nicht gemacht haben. Da ich später den auf Bachs eigne Handschrift gestützten Beweis beibringen werde, daß er sich bei einer andern Veranlassung wirklich selber in einer Umdichtung versuchte,[67]) und diese ganz von der gleichen Beschaffenheit ist wie obige, so darf man mit Grund auch hier seine Arbeit vermuthen.

An der Composition der Bibelworte und größtentheils auch der Choräle hat Bach später nichts sehr wesentliches mehr zu ändern gefunden. Wohl aber unter den madrigalischen Stücken, in deren eiligst zusammengeschweißten Texten die Sprache gleichsam mit ihm davon gelaufen war. Drei derselben entfernte er gänzlich, sicherlich nicht weil sie musikalisch zu geringwerthig gewesen wären: aber ihr Charakter mußte ihm an den betreffenden Stellen ungeeignet erscheinen. An zweien dieser Stellen fügte er neue Solostücke andern Charakters ein, deren eines (»Betrachte meine Seel« mit der nachfolgenden Arie »Erwäge«) sich wieder als eine Umdichtung nach Brockes darstellt. Er scheint diese freilich auch hier selber geleistet zu haben und besser geglückt als bei früheren Gelegenheiten ist der Versuch wahrlich nicht. Man kann die Brockesschen Worte:

Dem Himmel gleicht sein buntgestriemter Rücken,
Den Regenbögen ohne Zahl
Als lauter Gnadenzeichen schmücken,
Die, da die Sündfluth unsrer Schuld verseiget,
Der holden Liebe Sonnenstrahl
In seines Blutes Wolken zeiget

im hohen Grade geschmacklos finden, aber sie enthalten klar geschaute, richtig durchgeführte Bilder. Wenn dagegen in der Johannes-Passion folgendes zu lesen ist:

Erwäge, wie sein blutgefärbter Rücken
In allen Stücken
Dem Himmel gleiche geht,

---

67) Gelegentlich der weltlichen Cantate »Vergnügte Pleißenstadt«.

Daran, nachdem die Wasserwogen
Von unsrer Sündfluth sich verzogen,
Der allerschönste Regenbogen
Als Gottes Gnadenzeichen steht,

so wird man hart an die Gränze des blühenden Unsinns geführt.[68] Eine andre madrigalische Partie (»Mein Herz! indem die ganze Welt« und Arie »Zerfließe« nebst dem einleitenden biblischen Recitativ) hat Bach später gestrichen und durch eine Instrumentalsinfonie ersetzt, hernach aber doch die ursprüngliche Anlage wieder hergestellt. Freilich auch an Anfangs- und Schlußchor legte er die umgestaltende Hand. Beides waren großartige Choralchöre. Der letztere »Christe, du Lamm Gottes« bildet jetzt den Schluß der Estomihi-Cantate »Du wahrer Gott« (s. S. 181 ff.). Er hat auch sicherlich von Anfang an dahin gehört und wurde vom Componisten, da er diese Cantate als zu wenig zweckdienlich einstweilen zurücklegte, in die Passion nur herübergenommen; nachdem nun auch sie im Jahre 1723 nicht zur Aufführung gelangt war, wird der Chor auf seinen ursprünglichen Platz zurückversetzt sein und ist als Bestandtheil der Passion vielleicht überhaupt nicht zu Gehör gebracht. Den Eingangschor »O Mensch, bewein dein Sünde groß« benutzte Bach, wie vermuthet werden durfte, für die um 1725 componirte dritte Passion, und verleibte ihn endlich als Schlußchor des ersten Theils der umgearbeiteten Matthäuspassion ein, indem er ihn von Es dur nach E dur versetzte. An seine Stelle kam in der Johannespassion ein neuer Chor »Herr unser Herrscher«, an das Ende des ganzen Werkes ein einfacher Choral »Ach Herr, laß dein lieb Engelein«. Die hier aufgezählten Umgestaltungen sind zu ihrem größeren Theile für eine wiederholte Aufführung der Passion vorgenommen, welche am Charfreitage 1727 stattgefunden zu haben scheint. Später hat Bach die Passion wenigstens noch zweimal aufgeführt und zu diesem Zwecke jedesmal wieder mit einigen Abänderungen versehen. Die Zeit die-

68) Der Text des vorhergehenden Arioso ist übrigens in der Ausgabe der B.-G. (XII¹, S. 55 f.) zum Theil falsch edirt. Wie Originalstimmen und Originalpartitur ausweisen, heißt es nicht »mit bittren Lasten hart beklemmt von Herzen« sondern »mit bittrer Lust und halb beklemmtem Herzen« und hernach »wie dir aus Dornen, so ihn stechen, die Himmelsschlüsselblumen blühn«. Auch bei Winterfeld, E. K. III, S. 368 steht der Text falsch.

ser Aufführungen läßt sich nicht genauer angeben; doch wird wenigstens eine derselben in den dreißiger Jahren vor sich gegangen sein.[69]

Der alte Brauch, die Erzählung des Evangelisten und die Reden einzelner Personen recitativisch, die Äußerungen mehrer aber durch Figuralchöre singen zu lassen, stellte dem Bestreben ein gutgegliedertes, harmonisches Kunstwerk zu schaffen nicht unerhebliche Schwierigkeiten entgegen. Der Componist sah sich von einem Texte abhängig, der nicht für musikalische Behandlung geschrieben war und an dem er doch nichts wesentliches ändern durfte. Manche Theile desselben zwangen ihn, reiche musikalische Mittel aufzuwenden, bei andren, deren Gehalt vielleicht nicht weniger schwer wog, mußte er sich auf das einfache Recitativ beschränken. Kurze manchmal nebensächliche Stellen traten dadurch, daß sie als Chor behandelt werden mußten, unverhältnißmäßig hervor, während tief bedeutsame Äußerungen Gefahr liefen, in dem schlichten Fortgange des Sologesanges nicht genügend beachtet zu werden. Hier einen Ausgleich herzustellen war eine Hauptbestimmung der eingeflochtenen Choräle und madrigalischen Gesangstücke. Sie sollten die Aufmerksamkeit des Hörers bei den Hauptmomenten festhalten, die einzelnen Situationen der Handlung abgränzen und abrunden, Licht und Schatten im Fortgange des Ganzen und der einzelnen Theile richtig vertheilen. Es darf nicht verschwiegen werden, daß Bachs Johannes-Passion nach dieser Richtung hin manches vermissen läßt. An mehr als einer Stelle fließen die Bilder ungesondert zusammen, so Christi Verhör vor Hannas mit Petri Verleugnung, Christi Verurtheilung durch Pilatus mit seiner Kreuzigung; die Episode, wie Christus vom Kreuz herab seine Mutter dem Johannes anempfiehlt, hebt sich nicht scharf hervor.[70] Die Stellen, an denen madrigalische Stücke eingesetzt sind, kann man nicht immer als wohl gewählt bezeichnen. Das Recitativ »Simon Petrus aber folgete Jesu nach und ein andrer Jünger« führt in die Schilderung von Petri Verleugnung ein. Wenn hier sich eine glaubensfreudige Arie anschließt: »Ich folge dir gleichfalls mit freudigen Schritten, Ich lasse dich nicht, Mein Leben, mein

69) S. Anhang A, Nr. 46.

70) S. B.-G. XII¹, S. 29, 31, 83, 102 und 104.

Licht«,[71]) und die Sache endlich doch nur auf schmähliche Schwäche und feiges Zurückweichen hinaus führt, so bedarf es keines besonderen Feingefühls um zu merken, daß ein beiläufiges Moment zum Schaden des Total-Eindrucks hervorgehoben ist, vollends da auf diese Weise zwei Arien fast unmittelbar neben einander zu stehen kommen. Wo die Stelle als solche für eine lyrische Form angemessen genannt werden muß, ist es zuweilen doch nicht die Art des Inhalts derselben. Nachdem Jesus von einem Diener des Hannas geschlagen worden ist, sammelt sich die Empfindung zunächst sehr schön in dem Choral »Wer hat dich so geschlagen?« Dann aber folgte sofort noch ein zweites Choralstück über die siebenzehnte Strophe von »Jesu Leiden, Pein und Tod«: zum *Cantus firmus* des Soprans singt der Bass einen madrigalischen Text, der allenfalls auf den gegeißelten und dorngekrönten Heiland, aber durchaus nicht an diese Stelle paßt.[72]) Den Worten »ging hinaus und weinete bitterlich« folgte ursprünglich eine leidenschaftliche Arie: »Zerschmettert mich, ihr Felsen und ihr Hügel«, welche der Empfindung eine ganz andre Wendung gab, als man nach der Art, wie die vorhergehenden Bibelworte componirt sind, erwartet.[73]) Alle diese Dinge lassen die Verlegenheit erkennen, in der sich Bach, da er die Johannespassion in Angriff nahm, wegen der erforderlichen madrigalischen Dichtungen befand. Für wichtige Stellen fehlten ihm solche ganz, für andre verfügte er nicht über die richtigen. Die zahlreichen Veränderungen, denen er das Werk immer wieder unterzog, bekunden, daß es ihm selbst nicht genügen wollte. Manches hat er mit der Zeit wirklich gebessert: die erstere der beiden zuletzt genannten Arien hat er trotz ihres bedeutenden musikalischen Werthes später ganz gestrichen, die zweite taktvoll durch einen getragenen Klagegesang ersetzt. Nichtsdestoweniger blieben immer noch manche Unvollkommenheiten bestehen.

Augenscheinlich war es auch jene Verlegenheit um lyrische Gegensätze, welche Bach zu einer besonderen Behandlung der dramatischen Chöre trieb. Die Johannes-Passion enthält deren eine beträchtliche Zahl, kunstreiche, markige und charaktervolle Ton-

---

71) B.-G. XII[1], S. 25 ff.

72) B.-G. XII[1], S. 31 und 135 ff.

73) B.-G. XII[1], S. 34 ff. und 149 ff.

bilder. Auffallend ist die Gründlichkeit und Breite, mit welcher die Mehrzahl derselben ausgeführt ist, fast als ob es Oratorienchöre wären. Daß die betreffenden Worte im Zusammenhange der Erzählung eine solche Behandlung eigentlich nicht vertragen, da sie Momente nicht der Ruhe, sondern der Bewegung darstellen, bedarf keines ausführlichen Beweises. Man braucht auch nur in die Matthäus-Passion zu blicken und weiß, daß Bach sich hierüber klar war. Aber das Bedürfniß nach breiteren lyrischen Formen ließ sich nicht abweisen und mußte mit den vorhandenen Mitteln so gut es ging befriedigt werden. Unter diesem Gesichtspunkt ist es erklärlich, daß über verhältnißmäßig unbedeutende und affectlose Worte, wie »Wir dürfen niemand tödten« oder »Lasset uns den nicht zertheilen, sondern darum losen, weß er sein soll«, jene musikalisch so gehaltvollen Chöre gesetzt sind. Es liegt noch ein andrer Beweis dafür vor, daß es Bach bei den Judenchören in erster Linie nicht auf lebendige dramatische Massenäußerungen, sondern auf bedeutende musikalische Formen ankam, die dem Ganzen Ansehen und Größe geben sollten. Er hat nämlich fast einen jeden dieser Tonsätze mit geringen Abänderungen und durch den Text gebotenen Kürzungen oder Erweiterungen zu andern Worten ein oder mehre male wiederholt: den Chor »Wäre dieser nicht ein Übelthäter« u. s. w. zu den Worten »Wir dürfen niemand tödten«, den Chor »Sei gegrüßet, lieber Judenkönig« zu den Worten »Schreibe nicht: der Juden König« u. s. w., den Chor »Wir haben ein Gesetz« u. s. w. zu den Worten »Lässest du diesen los, so bist du des Kaisers Freund nicht« u. s. w. Außerdem hat Bach sich ein kurzes viertaktiges Sätzchen gebildet, welches er für nicht weniger als vier Chorstellen in Anwendung bringt und das nach einander von den Häschern, die Jesus gefangen nehmen, von dem Volk vor dem Palast des Pilatus und endlich von den Hohenpriestern unter sehr verschiedenen Umständen abgesungen wird. Die hierzu von den oberen Instrumenten ausgeführte Sechzehntelbegleitung wird sogar auch dem größeren Chore »Wir dürfen niemand tödten« in motivischer Fortspinnung hinzugefügt. Man kann nicht behaupten, daß die Musik zu den verschiedenen Texten immer gleich gut paßt. Ist die Wiederholung desselben Tonsatzes zu dem erneuten Rufe »Kreuzige ihn« innerlich wohl begründet, und in andern Fällen dem poetischen Sinne nicht gradezu widerstreitend, so schickt es sich doch übel, wenn die Tonreihen der Worte »Sei gegrüßet, lieber Judenkönig« später zu dem Texte »Schreibe nicht: der Judenkönig, sondern daß er gesagt habe: der Juden König« abermals erklingen. Denn diesesmal sind die Empfindungen grundverschieden, dort schadenfroher Hohn, den die Musik, soweit ihre Mittel reichen, auch vortrefflich wiedergiebt, hier Unwille oder heimliche Besorgniß. Bach hat dem Wunsche nach musikalischer Festigung und Abrundung die feinere Charakterisirung geopfert.

Unter den vier evangelischen Berichten über Christi Leiden und Tod ist derjenige des Johannes der am wenigsten ausführliche und lebendige. Eine Reihe von bedeutsamen und für musikalische Behandlung geeigneten Momenten ist mit Stillschweigen übergangen, so namentlich die Einsetzung des Abendmahls, Christi Leiden in Gethsemane und die bei seinem Tode eintretenden Naturereignisse. Bach empfand dies sehr wohl als einen Mangel. Um wenigstens etwas abzuhelfen setzte er an den betreffenden Stellen aus dem Matthäus-Evangelium die Schilderung des Erdbebens ein und die Worte mit welchen die Episode von Petri Verleugnung so echt musikalisch abschließt »Da gedachte Petrus an die Worte Jesu, und ging hinaus und weinete bitterlich«[74]. Im großen und ganzen konnte er freilich die Dürftigkeit des Berichtes nicht heben. Es muß auch dieser Umstand in Betracht gezogen werden, um die Thatsache zu erklären, daß die Johannes-Passion an Lebendigkeit und Mannigfaltigkeit so fühlbar hinter der Passion nach Matthäus, ja selbst hinter der nach Lucas zurücksteht. Ihr hoher, bleibender Werth liegt nicht in der Gesammtgestaltung. Als Ganzes hat sie etwas trüb-einförmiges und nahezu verschwommenes. Dies muß man sagen, auch wenn man sich voll bewußt ist, daß ein solches Werk von einem ganz andern Standpunkte angesehen sein will, als ein Oratorium oder ein wirkliches musikalisches Drama. Es ist richtig: man darf einer Passion gegenüber nie vergessen, daß sie eine Kirchenmusik ist, daß in der Behandlung ihrer epischen, lyrischen und dramatischen Elemente

74) Die »Worte Jesu« sind: »In dieser Nacht, ehe der Hahn krähet, wirst du mich dreimal verleugnen«. Sie fehlen im Johannes-Evangelium ebenfalls, und da Bach es unterlassen hat, auch sie dem Matthäus zu entnehmen, fehlt dem eingefügten Satze Beziehung und Verständlichkeit.

eine principielle Verschiedenheit nicht besteht, vielmehr alles was sie ausdrückt, und sei es das gegensätzlichste, in den Kreis einer unpersönlichen Allgemeinempfindung gebannt ist. Niemand darf es von vorn herein als stilwidrig tadeln wollen, wenn die Recitative der redend eingeführten Personen sich von denen des Evangelisten nicht durch eine größere Lebhaftigkeit scharf unterscheiden, wenn der Evangelist selbst sich von dem Inhalte dessen was er erzählt ergriffen zeigt: das Bibelwort behält dieselbe Wichtigkeit, gleichviel, wem es in den Mund gelegt wird. Es mußte dem Componisten unverwehrt sein, die Äußerungen der Häscher, Kriegsknechte und Hohenpriester ebensowohl durch den vollen Chor auszudrücken, wie die des ganzen Volks: den Gegensatz zwischen Einzelnen und Vielen im allgemeinen markirt zu haben war genügend. Auch ist an sich nichts dagegen einzuwenden, wenn über einen kurzen Satz wie »Kreuzige ihn« ein großer Chor gebaut wird, da derselbe eben vom kirchlichen Standpunkte aus eine hohe symbolische Bedeutung haben kann. Alles was an dramatischen Elementen im Passionstexte steckt, darf sich dem wahrhaft dramatischen Ausdrucke nur nähern, nicht aber die volle Schärfe und Natürlichkeit desselben annehmen. Indessen wenn auch alles dieses zugegeben wird, so bleiben innerhalb der gezogenen Gränzen für feinere Unterscheidungen und Abstufungen doch noch Möglichkeiten genug; das hat Bach in der Matthäuspassion unübertrefflich bewiesen. Der Johannes-Passion muß man den höchsten Grad von Vollkommenheit in dieser Beziehung absprechen.

Durch die Benutzung der Brockes'schen Dichtung ist in die Johannes-Passion ein Anklang an das italiänische Oratorium gekommen, insofern die Arie »Eilt, ihr angefochtnen Seelen« einen Wechselgesang darstellen soll zwischen der Tochter Zion und den gläubigen Seelen. Auch die Zweitheiligkeit, die sich übrigens in der Lucas-Passion ebenfalls findet, muß man auf das italiänische Oratorium zurückführen, da der erste Theil eines solchen vor, der zweite nach der Predigt aufgeführt zu werden pflegte. Dem Gebrauch der protestantischen Kirche entsprach dies nicht; wenn man hier die Passionsgeschichte überhaupt theilte, so machte man sechs Abschnitte, für die sechs Tage der Marterwoche (Palmsonntag bis Charfreitag) je einen, zuweilen auch noch mehre, indem man die vorhergehenden Sonntage der Fastenzeit ebenfalls bedachte.[75] Bei der Art wie der Text der Johannes-Passion zu Stande kam, konnte von einer durchgreifenden Einwirkung des italiänischen Oratoriums auf seine Gestaltung natürlich keine Rede sein; viel stärker tritt sie in der Matthäus-Passion hervor. Ich erwähne dies um das frühere Werk dem späteren gegenüber zu charakterisiren, nicht als ob darin ein Vorzug oder Mangel desselben beruhe. Die Johannes-Passion trägt aber in Folge hiervon einen weniger modernen Anstrich im Sinne der damaligen Zeit. Dies macht sich auch positiv fühlbar durch die für beide Theile einführend und abschließend verwendeten Choräle, welche mit Ausnahme des ersten: »O Mensch, bewein dein Sünde groß«, der später entfernt wurde, einfach vierstimmig gesetzt sind. Hätte Bach ganz nach älterem Brauch verfahren wollen, so würde er am Schluß des ganzen Werkes entweder das übliche Danksagungslied »Nun ich danke dir von Herzen«, oder mit engerer Beziehung auf die Grablegung den Ristschen Choral »O Traurigkeit, o Herzeleid!« haben singen lassen. Die Chorarie am Grabe Jesu, welche dem Schlußchoral voraufgeht, und die in ähnlicher Gestalt in sehr vielen mitteldeutschen Passionen am Ende des 17. und Anfang des 18. Jahrhunderts sich findet, verdankt ihr Dasein einer altkirchlichen Ceremonie, der Repräsentation der Grablegung auf dem Chor vor dem Altar, bei welcher Gelegenheit eine Motette oder der Choral »O Traurigkeit« gesungen zu werden pflegte. Ich habe nicht gefunden, daß zu Bachs Zeit in Leipzig noch diese Sitte herrschte; daß aber die Ceremonie in dem üblichen Abschluß der Passionsmusiken nachklang ist sicher. In Leipzig muß schon deshalb die Erinnerung an sie lebendig gewesen sein, weil es feststehend war, daß nach der Passionsmusik eben das Lied »O Traurigkeit« von der Gemeinde gesungen wurde und dies war offenbar auch der Grund, warum es Bach am Schluß der Johannes-Passion nicht noch einmal besonders anbringen wollte. Noch viel später, zu einer Zeit, da

---

75) In sechs Theile (*Actus*) zerfällt z. B. die Rudolstädter Passion von 1688. Graf Heinrich XII. führte in Schleiz eine zwölftheilige Passion ein, deren erster Abschnitt am Sonntage Invocavit und deren letzter am Charfreitage abgesungen wurde. Der Text befindet sich auf der gräflichen Bibliothek zu Wernigerode (H b, 417). Beides sind sogenannte Passionsharmonien, die aus den vier Evangelisten zusammengestellt waren.

man die Passionen schon im Concertsaale aufführte, war es gebräuchlich den Schluß derselben mit dem Namen »bei dem Grabe Christi« zu bezeichnen[76]. Wo man nun einen solchen Grabgesang nicht missen, und doch zugleich den abschließenden Choral beibehalten wollte, mußten zwei Chorsätze auf einander folgen, wie es bei Bach in der Johannes-Passion geschieht, und in vielen andern Passionen aus der Zeit der älteren Kirchen-Cantate ebenfalls zu bemerken ist. Die nähere Beziehung, in welcher die Johannes-Passion zu dieser steht, zeigt sich auch noch in der Recitation des Bibeltextes, welche darauf verzichtet die Reden der einzelnen Personen namentlich Christi, durch reichere Begleitungsmittel hervorzuheben, und sich durchaus mit dem einfachen Generalbass begnügt.

Nur aber durch diese Zurückhaltung schließt sich Bach noch der älteren Praxis an, nicht in der Gestaltung der recitativischen Tonreihen selber. Nachdem diejenigen Eigenschaften der Johannes-Passion bezeichnet sind, welche den höchsten Ansprüchen nicht vollkommen genügen können, muß es nun um so stärker betont werden, daß in allem was den musikalischen Stil, die Erfindung, die Ausgestaltung der einzelnen Tonsätze betrifft, sich Bach auf der vollen Höhe gereifter Meisterschaft zeigt. Die Recitativ-Behandlung ist wie in den Cantaten aus Bachs bester Zeit. Wer mit Rücksicht darauf, daß es sich hier um Betrachtung, dort um Erzählung oder dramatische Rede handelt, einen Unterschied erwarten wollte, würde sich getäuscht sehen. Die Gelegenheiten zu eindringlicheren Wendungen und schärferen Accenten, welche der Text des Evangeliums bietet, hat der Componist nicht ungenutzt gelassen. Abgesehen davon, daß er affectvolle Worte manchmal durch besondere melodische und harmonische Mittel stark hervorhebt, malt er auch gern Bewegungsvorstellungen wie zurückweichen, zu Boden fallen, ausziehen und einstecken des Schwerts, begraben, schlagen, geißeln, kämpfen durch entsprechende Tonreihen, und zwar meistens der Singstimme, selten des begleitenden Basses. Auch Gefühlsbewegungen, welche nur mittelbar mit einem Begriffe oder Satze zusammenhängen, werden gelegentlich ausgedrückt. Das Wort »sterben« erhält ein düster-

76) S. Israël, Frankfurter Concert-Chronik von 1713—1780. Frankfurt a. M. 1876. S. 33 (eine Concert-Anzeige vom 26. März 1743).

ahnungsvolles, die Worte »kreuzigen« und »Golgatha« ein schmerzlich verrenktes Melisma. Wenn die Knechte sich am Feuer »wärmten«, setzt Bach auf dieses Wort eine Tonfigur, welche offenbar die Empfindung des Behagens versinnlichen soll; man würde eine Absicht vielleicht nicht vermuthen, kehrte nicht dieselbe Tonfigur bei der Stelle, wo Petrus sich »wärmt«, wieder. Manches derart muß man gradezu errathen. Wenn Jesus bei den Worten »Wer aus der Wahrheit ist, der höret meine Stimme« ein tieftrauriges Melisma hören läßt[77], so liegt in dem Texte unmittelbar hierzu nicht die geringste Veranlassung. Schwebte vielleicht dem Componisten jener Vers des Lucas-Evangeliums vor (19, 42), wo Christus über Jerusalem weinend sagt: »Wenn du es wüßtest, so würdest du auch bedenken zu dieser deiner Zeit, was zu deinem Frieden dienet. Aber nun ist es vor deinen Augen verborgen«? Einige Male schweift Bach sogar ins theatralisch-dramatische Gebiet hinüber und bringt Declamations-Bildungen, die zu ihrer vollen Wirkung den Hinzutritt von Gebärdenspiel zu verlangen scheinen: so Petri wiederholter Ausruf »Ich bins nicht!«, die Stelle »Barrabas aber war ein Mörder« und das mehrmals vorkommende *a parte*-Singen, welches sorglich durch die Vorschriften *piano* und *forte* angedeutet wird.[78] Ein Princip der Behandlung läßt sich aber aus allen diesen Beispielen nicht gewinnen. Denn eben so häufig läßt Bach auch Worte und Sätze, die charakterisirende Accente und Melismen sehr wohl vertrügen, ja herauszufordern scheinen, in gewöhnlicher Recitativ-Manier absingen. Das oberste und einzig durchgehende Gestaltungsprincip wird durch den ihm innewohnenden Trieb nach starker melodischer Bewegung bedingt. Alles übrige ist nur Mittel zu diesem Zweck. Wäre es anders, so ließe sich garnicht begreifen, warum Bach zuweilen auch Malereien anbringt, die durchaus keine poetisch-musikalische Bedeutung haben und für sich betrachtet einfach als Spielereien erscheinen z. B. wenn er das Wort »Hochpflaster« so declamirt, daß auf die erste Silbe das durch einen aufwärts führenden Sextensprung erreichte $\overline{\text{gis}}$ gesungen wird, auf die beiden andern aber $\overline{\text{cis}}$, und somit der Begriff »hoch« auffällig hervortritt.[79] Eine stärkere Ausbildung des melodischen Elementes ent-

77) B.-G. XII¹, S. 53, T. 9. 78) B.-G. XII¹, S. 33, 54, 119, 122.

79) S. 78, T. 4—5 der Partitur der B.-G.

sprach dem Stil des Kirchenrecitativs, besonders liebte man die Schlußfälle in ariose Wendungen ausgehen zu lassen, wobei eine Anknüpfung an die Art der Cadenzirung im gregorianischen Choralgesang unverkennbar ist. Aus solchen Cadenzen sind die weit, ja etwas zu weit ausgeführten Melismen hervorgegangen, welche Bach bei den Sätzen »und ging hinaus und weinete bitterlich« und »da nahm Pilatus Jesum und geißelte ihn« angebracht hat.[80] Aber selbst die Berufung auf den Stil des Kirchen-Recitativs genügt noch nicht zur Erklärung der hier vorliegenden Erscheinung. Dem Bachschen Recitativ ist — ich muß einen früher gebrauchten Ausdruck wiederholen, denn ich finde keinen treffenderen — etwas vom Charakter des Praeludiums oder der freien Fantasie eigen[81]). Fessellos ergeht sich der Componist im Bereiche der melodischen Gestalten, läßt sich zu ihrer Bildung bald von hier bald von dort her, jetzt durch wichtige, dann wieder durch ganz unwichtige Dinge anregen, ohne jedoch dem Rechte des souveränen Beliebens je zu entsagen. Daß es einem bedeutsamen Worte sich das eine mal ganz hingiebt und es mit allen Mitteln seiner Kunst erschöpfend illustrirt, bei andern Gelegenheiten aber gleichgültig darüber hinweggeht — ein Grund dafür läßt sich aus der Sache nicht entwickeln: es gefiel ihm so und er that es.

Auf den oratorienhaften Zug in den dramatischen Chören der Johannes-Passion ist oben schon hingedeutet worden. Es steckt in ihnen aber außerdem noch etwas, das nicht das Gepräge des Oratoriums trägt. Eine Polyphonie von seltener Dichtigkeit und ein gewisses compactes Wesen ist allen eigen, sofern sie überhaupt breiter ausgeführt sind. Man kann zugeben, daß hierdurch die fanatischen, in ihrer Mordlust, ihren wilden Beschuldigungen und Drohungen sich überstürzenden Juden gut charakterisirt werden. Aber der eigentliche Grund, welcher Bach zu dieser besonderen Schreibart veranlaßte, liegt nicht hier, denn der Chor der Kriegsknechte, welche um Christi Rock loosen, ist ganz ebenso gebaut. Wenn Bach aus Mangel an lyrischen Texten getrieben wurde, in der musikalischen Vertiefung der dramatischen Chöre einen Ersatz zu bieten, so mußte ihm andrerseits doch klar sein, daß er sich nicht

80) S. 33 und 54. 81) Vgl. Band I, S. 492.

zum Schaden des Ganzen allzuweit von der knappen Form entfernen dürfe, welche diesen Chören ihrem poetischen Wesen nach eigentlich zukam. Die Mischung von Breite und Gedrungenheit, welche durch eine Vermittlung zwischen oratorienhaften und dramatischen Stil entstand, ist es welche die biblischen Chöre der Johannes-Passion zu einer so eigenartigen Erscheinung macht. Diese großen Formen, die mit bedeutendem musikalischen Inhalt bis zum Zerspringen gefüllt sind, bezeugen eine imponirende Schöpferkraft, haben aber auch etwas unheimliches und schwüles. Durch den großen Raum, den sie im Werke einnehmen, bestimmen sie zugleich zu einem wesentlichen Theile den Gesammtcharakter desselben.

Die Choräle sind fast alle im einfachen vierstimmigen Satz, d. h. wie Bach ihn auf der Höhe seiner Entwicklung zu schreiben pflegte. Mittelst einer wunderbaren Geschmeidigkeit der Stimmführung und eines unerschöpflichen harmonischen Reichthums vermag er es durch tiefempfundene Ausdeutung des Einzelnen überall blühendes mannigfaltiges Leben zu verbreiten und ebensosehr die ganzen Choräle unter einander in wirksamsten Contrast zu bringen. Die schönsten Beispiele für letzteres bieten der Choral »Ach großer König«, durch welchen ein Strom überschwänglicher Liebe hinwogt, und jener in rührender Schlichtheit auftretende wundervolle Gesang »In meines Herzens Grunde.«[82] Auch die Auswahl der Choräle sowohl hinsichtlich des Textes als auch der Melodien ist eine des großen Meisters würdige. Das Stockmannsche Passionslied »Jesu Leiden, Pein und Tod« bildet den Mittelpunkt der kirchlichen Empfindung. Ursprünglich kehrte es viermal mit verschiedenen Strophen wieder. Eine Strophe hat Bach später mit der Arie »Himmel reiße« gestrichen. Es erklingt nun zweimal im einfachen Satze, und zuletzt, nach den Worten »Und neigete das Haupt und verschied« als Choralfantasie, indem der Bass zur Orgel eine Arie singt, durch deren feines Geflecht der leise und andächtig ertönende vierstimmige Choral getragen wird. Was die Sologesänge als solche betrifft, so gehören sie vielleicht nur mit Ausnahme der Arie »Ach windet euch nicht so« und der später an ihre Stelle getretenen »Erwäge« zu den vorzüglichsten die Bach geschrieben. Wie man an ihnen einen mehr

---

82) S. 52 und 95.

älteren Zuschnitt hat entdecken können[83], ist nicht recht zu begreifen, da sie fast alle durch ihre große, freie und neue Form von dem herkömmlichen Arientypus mehr oder weniger abweichen. Gleich die erste, von Wehmuth und demüthiger Dankbarkeit gesättigte Arie »Von den Stricken meiner Sünden« ist formell interessant und bedeutend durch die motivische Überleitung vom zweiten in den dritten Theil. Der Arie »Zerschmettert mich« giebt der häufige Tempowechsel und der kühne Schluß des Gesanges auf der Dominante einen leidenschaftlich-persönlichen, aller Convention ledigen Charakter. An Neuheit und packender Erfindung übertrifft sie noch die Arie »Ach mein Sinn«, durch welche sie später ersetzt wurde. Aber auch diese zeichnet sich, von ihren übrigen Vorzügen abgesehen, durch eine geistreiche Form aus: unmerklich werden wir vom zweiten in den dritten Theil hinübergeführt, welcher dieses Mal nur aus dem Anfangsritornell besteht, neben welchem der Gesang seinen Weg selbständig fortsetzt. Eigenartig ist ferner der Bau der Arie »Es ist vollbracht«, ihr nur von Orgel und Viola da gamba begleiteter Adagiosatz, dem ein Allegro mit dem vollen Streichorchester entgegen tritt, und das schließlich mit ergreifender Wirkung zurückkehrende Adagio. Der Bassarie »Eilt ihr angefochtnen Seelen« mit ihren drängenden Rhythmen und den einfallenden Fragen des Chors ist an dramatischer Lebendigkeit kaum ein Solostück aus den Mysterien Bachs an die Seite zu setzen. Auch die beiden Ariosos »Betrachte meine Seel« und »Mein Herz, indem die ganze Welt« sind Gebilde eigenster Art und tiefster musikalischer Bedeutung[84]. Der kunstvolle manchmals bis ans Gekünstelte getriebene Satz, welcher den meisten dieser Stücke eigen ist, verwehrt ihnen freilich einen so unmittelbaren Reiz und eine so populäre Wirkung auszuüben, wie dieses fast sämmtliche Sologesänge der Matthäuspassion thun. Der Eindruck, welchen sie machen, ist schwer und tief, die in ihnen

83) Winterfeld, E. K. III, S. 364.

84) Ersteres wird durch zwei *Viole d'amore*, Laute und Bass begleitet. In Ermangelung einer Laute hat Bach den Part durch ein Cembalo ausführen lassen, wozu eine autographe Stimme vorliegt. Später — nach 1730 — übertrug er die Aufgabe der obligaten Orgel; eine autographe Stimme dafür ist vorhanden, steht in Des dur und trägt von Bachs Hand die Überschrift: Wird auf der Orgel mit 8 und 4 Fus Gedackt gespielet.« Die Cembalostimme steht in Es dur.

herrschende Stimmung düster: sie erweisen sich dem Duett der Cantate »Du wahrer Gott und Davidssohn«, die ja um dieselbe Zeit geschaffen wurde, innerlich nahe verwandt. Es kann kaum noch ein Interesse haben, die über Brockes'sche Texte gesetzten Stücke mit denen andrer Componisten derselben zu vergleichen. Sie überragen diese nicht nur unermeßlich an Reichthum und Tiefe, sondern erscheinen vermöge der tiefinneren Kirchlichkeit ihres Stiles gegenüber der opernhaften Religiosität der übrigen deutschen Meister als etwas gänzlich verschiedenes. Die einsame Größe, in welcher Bach als Kirchencomponist dasteht, wird durch eine Zusammenstellung mit den betreffenden Tonsätzen eines Keiser, Telemann, Mattheson, Stölzel, ja selbst Händels eben nur von neuem klar. [85]

Madrigalische Chöre enthält die Johannes-Passion nur zwei. Der dem Schlußchoral unmittelbar vorhergehende Grabgesang ist eine Chorarie, die jedoch nicht strophische Bildung sondern die italiänische *Da capo*-Form hat. Eine ganz einfache Construction war hier Stilgesetz: die Oberstimme trägt die Melodie vor, von den Unterstimmen in freier, schöner Bewegung begleitet; an den üblichen Stellen treten Ritornelle ein. Um so mehr fällt die Länge dieses Chores auf. Er hat nicht drei sondern fünf Theile, indem der zweite noch einmal als vierter in einer andern Tonart wiederholt wird: so erreicht das Stück die enorme Anzahl von 172 Takten. Es ist ein unersättliches Grüßen und Abschiednehmen über dem Grabe. In die thränenvolle Innigkeit des Gesanges mischen sich sanft abwärts bis in die Tiefe fließende Achtelgänge der Saiteninstrumente, als rollten die Erdschollen langsam über den Sarg. Daß Christi Begräbniß nach anderer als unserer Art geschah, hat Bach augenscheinlich nicht gekümmert, denn die Vorstellung des Hinabsenkens wollte er unzweifelhaft versinnlichen. Ein höchst merkwürdiges Stück steht uns in dem Eingangschore gegenüber, welchen Bach zur zweiten Aufführung der Johannes-Passion schrieb. Der Text:

---

85) Um doch Gelegenheit zu einer solchen Vergleichung zu geben, ist die Composition des Textes »Mich vom Stricke meiner Sünden« aus Telemanns Marcus-Passion (B dur) als Musikbeilage 2 mitgetheilt. Ich wähle sie, da in den übrigen Passionen dieser Text als Chor componirt ist, also mit Bachs Arie nicht wohl verglichen werden kann. Außerdem wäre über den Gegenstand zu vergleichen Winterfeld, E. K. III, S. 368 ff.

Herr, unser Herrscher, dessen Ruhm
In allen Landen herrlich ist,
Zeig uns durch deine Passion,
Daß du, der wahre Gottessohn,
Zu aller Zeit,
Auch in der größten Niedrigkeit
Verherrlicht worden bist,

dessen erste Zeilen an den Anfang des achten Psalms anklingen, dürfte wohl ebenfalls von ihm selber herrühren. Die Tonart ist G moll. Bald in imposanten Ausrufen und massig in Sechzehntelfiguren sich aufthürmenden homophonen Sätzen, bald in stolz aufsteigenden oder breithinfließenden Themen, die canonisch, fugenartig oder frei nachgeahmt werden, entrollen die Singstimmen über langen Orgelpunkten ein gewaltiges Bild göttlicher Macht und Grösse. Anderes wirkt der Chor der Instrumente. Durch das ganze Stück hindurch tönt, meist in den Geigen und Bratschen dreistimmig und stets in tiefer oder mittlerer Lage, auf Strecken abwechselnd auch in den Bässen, rasch vorübergehend nur in den tiefliegenden Flöten und Oboen, eine düster rauschende unablässige Sechzehntelbewegung. Darüber hin ziehen fast ohne Unterbrechung sich fortspinnend lange Klagetöne der Blasinstrumente. Was Bach beabsichtigte, ist im allgemeinen auf den ersten Blick klar. Er wollte die Majestät und Gewalt des Gottessohnes und zugleich seine tiefe Erniedrigung bis zum bittersten menschlichen Leiden in ein Bild zusammenfassen. Und auch in der Deutung jener instrumentalen Sechzehntelbewegung glauben wir nicht zu irren. Es war den geistlichen Dichtern jener Zeit ein geläufiges Bild, die Trübsal des Menschenlebens als Meereswogen darzustellen, welche den Menschen zu überfluthen und hinabzuziehen drohen. Die Erzählung von Christi Meerfahrt bot hierzu wohl die nächste Veranlaßung. Ein großer Theil der früher besprochenen Cantate »Jesu schläft«[86] beruht auf dieser Vorstellung; auch befindet sich in der Cantate »Ich hatte viel Bekümmerniß« eine Arie solchen Inalts.[87] Die Bewegung der Wellen musikalisch auszudrücken, war natürlich eine willkommene Aufgabe; in der letztgenannten Arie geschieht es durch eine Violinfigur, welche der im ersten Chor der Johannes-Passion herrschenden ziemlich ähnlich ist. Man

86) S. S. 232 f. dieses Bandes. 87) S. Band I, S. 526.

kann demnach nicht zweifeln welchen Sinn dieses düster wogende Instrumentalbild in sich birgt. Bach hat die entgegengesetzten Vorstellungen und Empfindungen, die es galt auszudrücken, auch entgegengesetzten Tonkörpern zugetheilt: der göttlichen Herrlichkeit sollen die Singstimmen, dem menschlichen Leid die Instrumente Ausdruck verleihen. Es wiederspricht dieser Deutung nicht, wenn die Singstimmen ihre Gänge bisweilen mit denen der Streichinstrumente vereinigen. Denn gesungen bekommen jene Sechzehntelfiguren eben einen andern Charakter, umsomehr wenn sie wie hier, nur vorübergehend und von einem reichen Wechsel andrer Tongestalten abgelöst auftreten. Wir begegnen auch einer solchen Combination bei Bach nicht zum ersten Male: schon im Schluschorale der Cantate »Herr, gehe nicht ins Gericht« waltete dieselbe Idee.[88] Selbstverständlich laufen nicht zwei verschiedenartige Conceptionen äußerlich neben einander her, beide sind aus einer Gesammtvorstellung entsprungen und nur zu größerer Wirksamkeit in der Erscheinung auseinander gelegt. Die Kraft der Phantasie, welche es Bach ermöglichte, zwei derartige Gegensätze in eins zu bilden, ist staunenswürdig. Aber noch ein anderes erregt unsere Bewunderung in nicht geringerem Grade. Mehrfach ist darauf hingewiesen worden, wie Bach es liebt und versteht in den Anfangschören seiner Cantaten deren Empfindungsgehalt zusammenzudrängen und so das Gebiet zu umgränzen, auf welchem die Entfaltung des Kunstwerks vor sich gehen soll. Demselben Zwecke dient auch der Einleitungschor der Johannes-Passion, er bildet gleichsam den Prolog derselben. Es ist sicherlich mit tiefer Überlegung geschehen, daß Bach sich grade für einen solchen Text entschied, der nirgends dem Gefühl der Klage, der Theilnahme an Christi Leiden, der Beseligung durch seinen Opfertod Raum giebt, sondern nur den Gegensatz zwischen der ewigen Macht des Gottessohnes und seiner zeitlichen Erniedrigung hervorhebt. In der That findet auch in dem Chorbilde die warme Mitempfindung nirgends einen Ausdruck. Es ist von einer finstern, unnahbaren Größe und in dieser Eigenschaft unter Bachs Werken einzig.[89] Aber es faßt mit imponirender Sicher-

---

88) S. S. 257 dieses Bandes.

89) Auch Winterfeld, E. K. III, 366 hat diesen Zug an dem Einleitungschore der Johannes-Passion hervorgehoben, und überhaupt demselben eine

heit die Grundstimmung des ganzen Werkes zusammen, eines Werkes, das nicht immer klar gegliedert, nicht mit dem vollen Reize der Mannigfaltigkeit geschmückt ist, das aber in mächtigen Umrissen und in einer trüben, unheimlichen Beleuchtung dasteht, welche so seltsam contrastirt gegen die Vorstellung der Milde und Liebe, die wir mit dem Verfasser des Johannes-Evangelium zu verbinden gewohnt sind. —

Als Bach den Entschluß faßte eine Passion nach dem Matthäus zu componiren, besaß er was ihm bei der Johannespassion in empfindlicher Weise gefehlt hatte: die Hülfe eines gewandten, willigen und durch mehrjähriges Zusammenarbeiten erprobten Dichters. Picander war ein weniger als mittelmäßiges Talent, aber Bach verlangte nur Leichtigkeit in der äußerlichsten poetischen Gestaltung, und diese stand jenem zu Gebote. Die Grundzüge der Passionsform standen von Alters her fest; daß an dem biblischen Fundament nicht getastet werden dürfe, wenn es gelten sollte, die kirchliche Bedeutung des Leidens Christi in höchster und umfassendster Gestalt zur Erscheinung zu bringen, davon war Bach trotz der entgegengesetzten Zeitströmung überzeugt. Er besaß auch jenes Wissen und Feingefühl in hinreichendem Maße, das nöthig war um durch Einflechtung geeigneter Choräle an den passenden Stellen den protestantisch-kirchlichen Grundton des Werkes bis zur größtmöglichen Intensität zu bringen. Er lebte ferner noch zur Genüge in den Anschauungen der geistlichen Volksschauspiele um seinen Dichter zur thunlichsten Berücksichtigung derselben anzuhalten. Wie viel von der Gestaltung des Textes zur Matthäuspassion auf Bachs, wie viel auf Picanders Rechnung kommt, wird sich bis ins einzelste hinein kaum jemals nachweisen lassen. Daß aber Bach einen sehr bedeutenden Antheil an ihr hatte, darf als unzweifelhaft angesehen werden. Schon indem Picander seine Dichtung nicht nur ohne den biblischen Text, sondern auch ohne die Choräle drucken und wieder abdrucken ließ, zeigte er, daß er an der Form, welche derselben durch die Choräle

---

sehr verständnißvolle Besprechung zu Theil werden lassen. Seine Einwendungen gegen Rochlitz scheinen mir jedoch nicht begründet; beider Ansichten lassen sich recht wohl vereinigen.

gegeben wurde, sich nicht betheiligt fühlte.[90] *Aber auch auf die Gestaltung der madrigalischen Partien wirkte Bach maßgebend ein. Er nur kann es gewesen sein, der die Benutzung des Franckschen* Gedichtes »Auf Christi Begräbniß gegen Abend« veranlaßte,[91] und es scheint als ob er sich an dieser Verwerthung Franckscher Poesie für den Passionstext nicht einmal habe genügen lassen. Denn auch das Recitativ »Du lieber Heiland du« stimmt im Gedankengang und zum Theil auch in den einzelnen Wendungen mit einem Franckschen Madrigal in ähnlicher Weise überein, wie das Recitativ »Am Abend da es kühle war« mit dem obengenannten Begräbnißliede.[92] Unbestreitbar ist, daß durch beider Zusammenwirken ein Text entstand, der Bachs Wünsche in jeder Beziehung befriedigte und den auch wir

---

90) Von der Marcus-Passion hat er Bibelwort und Choräle mit drucken lassen, obgleich anzunehmen ist, daß Bach die Auswahl der Choräle in ihr ebenfalls selber getroffen hat. Aber hier war Picanders madrigalische Zuthat so unbedeutend, daß es sich nicht der Mühe gelohnt hätte, sie allein zu drucken. In die Gesammtausgabe der Picanderschen Gedichte ist die Marcus-Passion nicht aufgenommen.

91) Vgl. S. 175 f. dieses Bandes.

92) Franck, Madrigalische Seelen-Lust (Arnstadt, 1697) S. 8:

»Auf die Salbung JEsu mit Narden-Wasser.
Hast du es jenem Weibe
Du Menschen-Freund mein JEsu wohlgesprochen,
Daß sie aus Lieb ein Glaß vor dir zubrochen,
Draus Narden-Wasser floß,
Und deinen Leib begoß;
So laß du Liebster du
Auch mir, daß ich dich geistlich salbe, zu!
Ich wil kein Glaß, vielmehr mein Hertz zubrechen,
Diß nimm du höchstes Gut,
Hab' ich nicht Narden-Fluth,
So netz' ich dich mit meinen Thränen-Bächen.«

Picander in der Matthäus-Passion:

»Du lieber Heyland du,
Wenn deine Jünger thöricht streiten,
Daß dieses fromme Weib
Mit Salben deinen Leib
Zum Grabe will bereiten,
So lasse mir inzwischen zu,
Von meiner Augen Thränen-Flüssen
Ein Wasser auf dein Haupt zu giessen.«

als zweckentsprechend gelten lassen müssen, mag man sonst über Picanders Reimereien so gering denken, wie man will.

Der Passionsbericht nach Matthäus wurde in Leipzig alljährlich am Palmsonntage choralisch abgesungen. Die enge Beziehung, in welche er hierdurch zu dem Gottesdienste gesetzt war, mußte auch Bach zu einer eindringlichen künstlerischen Behandlung desselben besonders antreiben. Aber schon in der Sache selbst lag die Veranlassung hierzu, weil der Bericht des Matthäus an Reichthum und Anschaulichkeit auch die Berichte des Marcus und Lucas noch erheblich überragt. Er füllt das 26. und 27. Capitel des Evangeliums. Wiederum hat Bach seinen Stoff in zwei Abschnitte getheilt, doch nicht nach Maßgabe der Capitel. Er schließt den ersten Theil mit der Gefangennahme Jesu und der Flucht der Jünger (Cap. 26, v. 56), das Verhör vor Caiphas, Petri Verleugnung, das Gericht des Pontius Pilatus und sein Urtheilsspruch nebst den Episoden von dem Ende des Judas und der Sendung des Weibes des Pilatus, der Zug nach Golgatha, Kreuzigung, Tod und Begräbniß — alles dieses ist in den zweiten Theil zusammengefaßt, während der erste nur die Anschläge der Hohenpriester und Schriftgelehrten, die Einsetzung des Abendmahls mit Christi Salbung, das Gebet am Oelberg und Judä Verrath enthält. Schon in dieser Vertheilung des Stoffes tritt die Weisheit der Disposition hervor. Bei einem Werke, das in den größesten Verhältnissen angelegt war und sich durchaus nur mit der Darstellung trüber Affecte zu thun machte, war es geboten alle Möglichkeiten der Gegensätze auszunutzen. Der erste Theil steht dem zweiten gegenüber wie Vorbereitung der Erfüllung, hier überwiegt eine feierliche Ruhe, dort leidenschaftliche Bewegung, hier das lyrische, dort das dramatische Element. Die Zahl der madrigalischen Texte ist eine beträchtliche, sie beläuft sich auf 28, wenn man wie billig die madrigalischen Recitative als selbständige Stücke ansieht. Hierzu kommen 15 Choräle. Mit so reichen Mitteln lyrischer Dichtung ausgestattet sah sich Bach in ganz andrer Weise als bei der Composition der Johannes-Passion in der Lage alle die einzelnen Handlungen von einander abzugränzen und befriedigend abzurunden. Nur an zwei Stellen steht am Ende einer solchen nicht auch ein abschließendes lyrisches Tonstück. Bei der Erzählung vom Tode des Judas knüpft die Arie »Gebt mir meinen Jesum wieder« an die Rückgabe des Verrätherlohnes an, da die noch folgenden Bibelverse zu einer Überleitung in eine angemessene Betrachtung weniger geeignet erscheinen mußten. Die Schilderung von Christi Tod aber schließt Bach sehr sinnvoll mit dem Bekenntniß der wachthabenden Heiden ab »Wahrlich, dieser ist Gottes Sohn gewesen« und zieht die Erwähnung der bei der Kreuzigung anwesenden Frauen mit der Begräbniß-Handlung zusammen, was deshalb recht wohl anging, weil die beiden Marien auch bei der Auferstehungs-Geschichte eine Rolle zu spielen hatten.

Der Größe und Weite der poetischen Objecte entsprechen die aufgewendeten Tonmittel.[93] Bach hat zwei Chöre aufgestellt und einem jeden sein eignes Orchester und seine eigne Orgelbegleitung gesellt. Von diesen beiden Hauptmassen hat er einen bewunderswerthen Gebrauch zu machen gewußt, sowohl um das poetisch bedeutungsvolle nach Seite des lyrischen wie auch des dramatischen zu accentuiren, als auch überhaupt das mächtige Gesammtbild musikalisch fein zu gliedern. Bei den dramatischen Massenäußerungen, wo das leidenschaftliche Wesen der fanatischen Verfolger Christi charakterisirt werden soll, concertiren die Chöre meistens mit einander und ballen sich nur auf den Höhepunkten der Leidenschaft zur gedrungenen Vierstimmigkeit. Weniger affectvolle Sätze begnügt sich Bach einem Chore allein zuzutheilen: wenn Caiphas' Diener den Petrus anreden: »Wahrlich, du bist auch einer von denen, denn deine Sprache verräth dich«, läßt er den zweiten Chor allein singen, die höhnenden Worte unter dem Kreuz »Der rufet den Elias« hat der erste, die gleich folgenden »Halt, laß sehen, ob Elias komme und ihm helfe« der zweite Chor. Die Jünger Jesu werden nur durch den ersten Chor vertreten. In allen Chorälen, wofern sie nicht durch madrigalisches Beiwerk umflochten sind, außerdem aber auch in dem bedeutungstiefen dramatischen Chorsatze »Wahrlich, dieser ist Gottes Sohn gewesen« fließen beide Chöre zu einer Tonmasse zusammen. In den großen madrigalischen Tonbildern am Anfang und Schluß, sowie gegen Ende des ersten Theils concertiren sie in grandioser Entwicklung, in der Einleitungs-Nummer gesellt sich ihnen

93) Die Matthäus-Passion ist herausgegeben im vierten Bande der B.-G.

sogar noch ein dritter einstimmiger Chor hinzu. Den Einzelgesang anlangend, so werden alle biblischen Rollen, mit Ausnahme der falschen Zeugen, vom ersten Chore gestellt. Die madrigalischen Recitative und Arien sind zwischen beide Chöre, unter geringer Mehrberücksichtigung des ersten, ziemlich gleich vertheilt. Dieser Umstand, der bei jetzigen Aufführungen unbeachtet gelassen zu werden pflegt, ist gleichwohl von nicht geringer Bedeutung, da die Chöre natürlich getrennt — auf dem rechten und linken Flügel des Orgelchors — aufgestellt waren. Bach kannte keine Solosänger als solche, welche dem Chor gegenübergestellt gewesen wären. Seine Concertisten sangen auch im Chor mit und traten nur wenn die Reihe an sie kam vorübergehend aus demselben hervor. Mußte schon das von eigenthümlicher Wirkung sein, wenn die Sologesänge bald aus dieser, bald aus jener Richtung in den Kirchenraum hineinschallten, so wurde der Eindruck vollends ein frappanter, wenn mit einer aus den Reihen des einen Chors hervortönenden und von seiner eignen Begleitung umsponnenen Solostimme von der andern Seite her der volle Chor mit dem zugehörigen Orchester concertirte. Wenn z. B. in der Scene am Ölberg eine Stimme des ersten Chors klagt: »O Schmerz! Hier zittert das gequälte Herz«, und von der andern Seite wie das leise Gebet einer reuig niederknieenden Gemeinde der Choral ertönt: »Was ist die Ursach aller solcher Plagen«, so muß sich hieraus eine ans dramatische streifende Wirkung ergeben haben.

Die verschiedenen poetischen Bestandtheile, welche mit der Zeit in die Form der Passionsmusik eingegangen waren, hat Bach ohne die Grundeinheit des Stils je zu verletzen, feinfühlig als solche zu charakterisiren gewußt/ Er hat kein Bedenken getragen, neben dem biblischen auch madrigalisches Recitativ in ziemlicher Menge einzuführen. Er hat jenes sogar noch durch instrumentale Zuthaten colorirt und es doch ermöglicht, daß ein jedes für sich sofort erkannt wird. Der Evangelist und die übrigen redend eingeführten Personen singen Secco-Recitativ; zu Jesu Reden tritt, um sie von den andern auszuzeichnen, Streichquartett hinzu, dessen Begleitung sich meist auf ausgehaltene Accorde beschränkt, einzelne Stellen jedoch mit feinsinnigen Illustrationen schmückt, und bei der Einsetzung des Abendmahls den zu einem langen Arioso sich festigenden Gesang durch einen kunstreichen vierstimmigen Satz einhüllt. Die Begleitung der Reden Jesu soll vorzugsweise coloristisch wirken. Dagegen haben die madrigalischen Recitative ein obligates Accompagnement, in welchem ein Motiv durchgeführt zu werden pflegt, das irgend eine bedeutsame Vorstellung des Textes musikalisch versinnlicht. Diese Recitative stehen also fest organisirten Tonstücken noch um einen Schritt näher, und bilden den natürlichsten Übergang zu der abgeschlossenen Form der Arien, welche ihnen folgen. Gern theilt Bach die Begleitung Blasinstrumenten zu, um zu den Recitativen Christi auch einen klanglichen Gegensatz zu erzielen. So erreicht er Mannigfaltigkeit genug und eine der verschiedenen Bedeutung der Recitative entsprechende musikalische Gegensätzlichkeit. Was von den Sologesängen, gilt nicht weniger von den Chorstücken. Bach, dem eine unermeßliche Fülle von Choralformen zu Gebote stand, hat sich doch in der Matthäus-Passion jeder andern als der chorischen Behandlung des Chorals weise enthalten. Bei weitem die Mehrzahl der Choräle ist im einfachen Stil gesetzt und bringt die Gemeinde-Empfindung in ihrer ganzen Schlichtheit und Kraft zur Geltung. Zweimal aber, in den Chören am Anfang und Schluß des ersten Theils, erweitert er die einfache Form zur Choralfantasie, gewährt somit der persönlichen Empfindung freien Eintritt. Jedoch auch diese beiden Stücke sind wieder von einander abgestuft, indem im Schlußchore des ersten Theils das subjective mehr nur im Instrumentalbild seinen Ausdruck findet, in der Einleitungs-Nummer dagegen durch die beiden mit ihrem eignen Texte versehenen Haupt-Chormassen. Schlägt Bach so die Brücke zwischen den streng kirchlichen und frei madrigalischen Chören, so weiß er durch Combination von madrigalischem Sologesang und einfachem Choralchor (»O Schmerz! hier zittert das gequälte Herz«) auch zwischen diesen gegensätzlichen Elementen, und durch das Eingangsstück »Ach! wo ist mein Jesus hin?« zwischen der Arie und dem chorisch componirten Bibelwort überhaupt eine Verbindung herzustellen, ohne das eigenartige ihres Wesens zu verwischen. Die rein madrigalischen Chöre läßt er mit breitestem Wogenschlag aber in den einfachsten Formen vorüberrollen, bei den dramatischen Chören liebt er die dem Bibelwort angemessene contrapunktische Vertiefung, faßt sie jedoch geflissentlich zu dem knappsten Ausdruck zusammen. Abgesehen von einigen allerdings ganz neuen und eigenartigen Erscheinungen sind die musikalischen Formen in der Matthäus-Passion keine andern, als in den Cantaten. Staunenswürdig aber ist die in ihrer Verwendung sich offenbarende künstlerische Ökonomie. Überall herrscht eine klare Gliederung, und zugleich eine weiche Linienführung und milde Abtönung der Gegensätze, wie wir es der Johannes-Passion in solchem Grade nicht nachrühmen können. Für den Gesammteindruck ist dieser Umstand in erster Linie bestimmend.

Über die biblischen Recitative der Matthäus-Passion wäre im besonderen kaum etwas hinzuzufügen; die bei Besprechung der Johannes-Passion gemachten Bemerkungen gelten auch für sie. Da man aber in ihnen eine scharfe Charakterisirung der verschiedenen biblischen Individuen hat entdecken wollen,[94] so sei hier noch ausdrücklich betont, daß derartiges von Bach weder gegeben ist noch überhaupt hat beabsichtigt sein können. Die Passion entlehnt wohl einige Züge vom Drama, aber ein wirkliches Drama ist sie darum nicht. Was zur Hervorhebung der Personen geschehen soll, wird durch die Vertheilung der Reden an verschiedene Stimmen und bei den Reden Christi allenfalls durch eine besonders colorirte und zuweilen etwas selbständiger geführte Begleitung bewirkt. Von hier bis zu einer dramatischen Charakterisirung ist noch ein weiter Weg. Eine solche kann nur darin bestehen, daß für die verschiedenen Persönlichkeiten je eine besondere sich stets gleichbleibende Grundweise des Empfindungsausdrucks geschaffen wird, nach welcher sich der Ausdruck im einzelnen zu modificiren hat. Läßt sich diese nicht aufzeigen, so läuft alle vermeintliche Charakteristik auf angemessene Betonung der einzelnen Worte und Sätze hinaus. Und selbst diese ist bei Bach keineswegs so durchgehend vorhanden, daß man sagen könnte, sie habe ihm als oberstes Gestaltungsprincip vorgeschwebt. Vollständig zu begreifen dürfte das Wesen seiner Recitative nur sein, wenn man sie betrachtet als musikalische Improvisationen unter poetischen Anregungen und zwar als Improvisationen innerhalb einer bestimmten Form des kirchlichen Stiles. /Denn nur aus der kirchlichen Anschauung erklärt es sich, wie Bach der Erzählung des Evangelisten den gleich innigen Gefühlsausdruck hat geben können, wie den Reden

94) Mosewius, Johann Sebastian Bachs Matthäus-Passion, musikalisch-ästhetisch dargestellt. Berlin, 1852, S. 70.

der einzelnen Personen — eine Thatsache, die allein hinreicht um allen Behauptungen von dramatischer Charakteristik den Boden zu entziehen. Überall ist auch in der Partie des Evangelisten eine schwellende Gefühlsbewegung merkbar, welche oft eben weiter nichts ist, als eine solche, sehr oft aber auch zu einer bestimmten Empfindung sich concentrirt. Das Trauern und Zagen Christi in Gethsemane, die bittern Reuethränen Petri, Christi Kreuzigung erzählt der Evangelist nicht, sondern er erlebt sie mit der ganzen Inbrunst des nachempfindenden Christen. Er übersetzt den Ausruf »Eli, eli, lama asabthani« nicht, wie es bei Händel in der Passion nach Brockes der Evangelist thun muß,[95] sondern läßt die Empfindung dieses Ausrufs aus seiner Brust heraus widertönen, wobei es offenbar wird, daß die Melodie eigentlich mehr zu den deutschen Worten erfunden ist als zu den hebräischen, mit deren Betonung sie sich nicht vollständig deckt. Als Petrus den Herrn zum dritten Male verleugnet, wiederholt der Evangelist die recitativische Phrase desselben um eine Quinte höher zu den Worten »Und alsbald krähete der Hahn«, mit der Mahnung an Christi Vorhersagung ihm den Spiegel seiner kläglichen Schwäche vorhaltend. Solche Dinge waren nur möglich, weil Bach den Worten des Evangelisten ebenso wie denen der redend eingeführten Personen zunächst als gläubiger Protestant und nicht als charakterisirender Dramatiker gegenübertrat. Auch jene Saitenquartettbegleitung, welche wie man es schön ausgedrückt hat die Reden Christi wie ein Heiligenschein umfließt,[96] ist nicht aus einer dramatisirenden Tendenz hervorgegangen. Den unerforschlichen Gott mit seinen menschlichen Mitteln charakterisiren zu wollen, diesen Gedanken würde Bach sicherlich wie eine Blasphemie von sich gewiesen haben. Überdies ist der Gesang Christi genau von derselben Art, wie der der andern Personen. Aber wie in früherer Zeit Christi Worte wohl mehrstimmig vorgetragen wurden, damit durch die Anwendung reicherer Kunst ihnen ein höherer musikalischer Werth verliehen würde, so hat hier den Componisten die gläubige Ehrfurcht vor der Person des Heilandes getrieben, bei dessen Reden die Gemüther der Hörer zu besonderer Andacht zu stimmen. Übrigens war das Verfahren an sich nicht neu. Auf die »Sieben Worte« von

95) H.-G. XV, S. 134. 96) Winterfeld, E. K. III, S. 372.

Schütz, die Bach schwerlich gekannt hat, braucht man nicht zurückzugreifen, um das Muster aufzuzeigen. Wenn Bach ein solches vor Augen gehabt hat, so könnte er es eher in der Marcus-Passion (B dur) von Telemann gefunden haben. Doch hat Telemann die Reden Jesu sehr häufig arios behandelt, wogegen Bach durch dieses Mittel nur die bei der Einsetzung des Abendmahls gesprochenen Worte stark hervorhebt. Beide Componisten haben an einer, jedoch verschiedenen Stellen die Streichquartett-Begleitung aussetzen lassen: Telemann bei der auf die Frage des Pilatus gegebenen kargen Antwort des still leidenden Gottessohnes: »Du sagst's«, eine Stelle bei welcher Bach zwar auch die ausgehaltene Begleitung aufgiebt, aber doch kurze Accorde vorher und nachher einfallen läßt; Bach dagegen bei den auf der tiefsten Stufe der Erniedrigung gesprochenen Worten »Eli, eli, lama asabthani«. Beides ist sinnvoll, aber das Verfahren Bachs, der in diesem Momente den Heiligenschein um das Haupt des Erlösers gleichsam erlöschen läßt, unvergleichlich tiefsinniger.[97]) Natürlich kann sich Telemann auch hinsichtlich der Ausführung der Begleitung im allgemeinen nicht entfernt mit Bach messen, sie bleibt ihm ein Mittel äußerlicher Auszeichnung, während sie hier wirklich die Empfindung erhöhter Andacht erweckt.[98]) War daher Bach in Bezug auf den Gedanken vielleicht nicht original, so war er es sicher doch in der Ausführung desselben.

Ist die Behandlung des biblischen Recitativs in der Matthäus- und Johannes-Passion wesentlich dieselbe, so zeigt sich dagegen bei den Chorsätzen über biblischen Text eine augenfällige Verschiedenheit.

97) Der Orgel hat Bach zu dieser Stelle ausgehaltene Accorde gegeben, was, da sie sonst nur mit kurz angeschlagenen Accorden zu begleiten hat, von sehr feierlicher Wirkung ist. Daß übrigens die Secco-Recitative der Matthäus-Passion nicht auf der Orgel, sondern nur auf dem Cembalo accompagnirt seien, ist eine ungegründete Vermuthung von Julius Rietz (B.-G. IV. S. XXII), da die vorliegenden originalen Orgelstimmen das vollständige Recitativ-Accompagnement enthalten. Darüber, daß die Vermuthung auch auf einer unzweifelhaft falschen Voraussetzung beruht, bedarf es wohl nur der Verweisung auf S. 131 ff. dieses Bandes.

98) Die Grundsätze, durch welche sich Telemann leiten ließ, erhellen deutlicher noch aus seiner Marcus-Passion von 1759 (G dur), in welcher er nicht sämmtliche Reden Christi, sondern nur einzelne bedeutungsvolle Stellen aus denselben durch Streichquartett begleiten läßt.

An keiner andern Form läßt es sich überzeugender nachweisen, daß Bachs Mysterien eine Kunstgattung für sich bilden, als an den — der Kürze wegen so genannten — dramatischen Chören der Matthäus-Passion. Man betrachte die Stelle wo das jüdische Volk auf Anstiften der Hohenpriester und Ältesten die Losgebung des Barrabas verlangt. Der Evangelist läßt es auf die Frage des Pilatus nur mit dem einzigen Worte »Barrabam« antworten. Die Situation ist unzweifelhaft sehr affectvoll. Auch der Oratoriencomponist würde deshalb veranlaßt sein können, die gespannte Empfindung sich in einem Chor entladen zu lassen. Das müßte dann aber in einer Form geschehen, in welcher der Chor als musikalisches Organ seine volle Wirkung thun könnte, also in einem breit ausgeführten Stücke, und auch wohl über etwas zahlreichere Textworte. Der Dramatiker — der Operncomponist, wenn man will — würde sich kürzer zu fassen haben, da wir inmitten der Entwicklung einer Handlung stehen. Er hätte außer dem Empfindungsausdruck auch den sichtbaren Vorgang zu berücksichtigen: einen aufgeregten Volkshaufen, der ungestüm und tumultuarisch den Landpfleger umdrängt. Ein im wilden Durcheinander der Stimmen rasch vorüberbrausender Satz wäre das richtige gewesen für seinen Zweck. Bach, der Passionscomponist, läßt die vereinigten Chöre den Namen Barrabas auf einem mittelst Trugschlusses erreichten verminderten Septimenaccord ein einziges Mal herausstoßen. Oratorienhaft ist das natürlich nicht, aber auch im Drama wäre eine solche Knappheit des Ausdrucks in diesem Momente unmöglich. Bach braucht keine Rücksicht auf einen scenischen Vorgang zu nehmen, eine Freiheit, welche er im gegebenen Falle dazu benutzen darf, den Ausdruck noch über das dramatische Maß hinaus zu concentriren. Er zeichnet in erschöpfender Weise die Wildheit der Empfindung, zeichnet das Volk als dramatische Person und zeichnet den jähen Schrecken, der das Gemüth des gläubigen Christen bei der Antwort desselben ergreift. Es ist ein Meisterzug, gleich bewunderungswürdig durch die Sicherheit des Formgefühls, welche in ihm zu Tage kommt, wie durch die niederschmetternde Kraft des Ausdrucks. Obgleich die Fassung des evangelischen Textes ihn gleichsam an die Hand giebt, ist er doch keinem bedeutenden Componisten vor Bach eingefallen: sie bilden alle durch mehrmalige Wiederholung des Wortes »Barrabam« ein längeres Chorsätzchen.

Der nach wenigen Takten Recitativ auf jenen erschütternden Schrei folgende Chor »Laß ihn kreuzigen« mit seiner späteren Wiederholung bietet ein neues Beispiel des eigenthümlichen Passionsstiles. Er ist ein achttaktiger Fugensatz, in welchem die Stimmen vom Bass aufwärts jedesmal auf dem Schlußtone des Themas strengordentlich eintreten: wir erhalten also den Eindruck eines nach musikalischen Gesetzen kunstvoll entwickelten Organismus.[99] Indessen schon die Kürze des Stückes läßt das Gemüth zu keiner rechten Ruhe kommen, noch entschiedener der Umstand, daß die Beantwortung des Themas keine regelrechte ist, und man in der mit A moll anhebenden Bewegung endlich auf der Dominante von E moll gewaltsam herausgeschleudert wird. Hier macht sich bereits ein dramatisches Element geltend, das in voller Stärke bei der Wiederholung des Chors hervortritt. Die Worte des Evangelisten »Sie schrieen aber noch mehr und sprachen« fordern eine Steigerung. Im Oratorienstil, wo das musikalische Princip überwiegt, müßte diese innerlich, durch complicirtere, intensiver wirkende Tonmittel zu Stande gebracht werden. Bach wiederholt einfach den Chor, aber um eine Tonstufe höher. Er schildert wirklich das Volk in seiner natürlichen Erregtheit: der Inhalt ihrer Äußerungen bleibt derselbe, sie schreien nur in gellenderem Tone; mit H anhebend, über dem das erste Mal geendigt war, schließt nun der Chor auf Cis (Dominante von Fis moll). Für diese Stelle ist die Vergleichung mit der Johannes-Passion besonders lehrreich. Auch in ihr kommt der Chor »Kreuzige ihn« zweimal vor. Der Tonsatz ist beide Male ziemlich der gleiche, aber das erste Mal steht er in G moll, das zweite Mal einen halben Ton tiefer in Fis moll. Von einer Steigerung ist hier in jeder Beziehung abgesehen. Der Grund des befremdenden Verfahrens liegt in der Modulationsordnung des gesammten zweiten Theils der Johannespassion. Einem allgemeinsten musikalischen Gestaltungsgesetz zu Liebe hat Bach nicht nur auf die dramatische Verschärfung ganz verzichtet, sondern ihr sogar entgegen gearbeitet, ebenso wie er kurz vorher auch den Chor »Wir haben ein Gesetz« zu andern Worten um eine halbe Tonstufe tiefer wieder-

99) Marx (Kompositionslehre II, S. 276) findet hierin die Feierlichkeit des Volksgerichts ausgedrückt. Feierlichkeit gewiß, aber diejenige protestantisch-kirchlicher Tonkunst.

holt. Der Einfluß der dramatischen Anschauung läßt sich in einer gewissen Art der Chorschlüsse an noch andern Stellen der Matthäus-Passion außer den Kreuzigungschören wahrnehmen. Ziemlich häufig endigen sie ohne daß der Text eine Frage enthielte auf der Dominante ihrer Tonart und bringen dadurch den Eindruck des Unvollendeten, nach einer Fortsetzung Drängenden hervor. Dieses Mittels hat sich allerdings Bach auch in der Johannes-Passion schon fast durchgehends bedient. Darüber hinaus aber finden sich in der Matthäus-Passion Chöre, in welchen die Modulations-Entwicklung nicht in sich zurück, sondern einem neuen Ziele zuführt, in welchen also nicht die in sich ruhende Empfindung, sondern ein psychologischer Process dargestellt wird. Der Chor »Sein Blut komme über uns und unsre Kinder« führt aus den trüb wogenden Affecten des Hasses und der blinden Mordgier endlich zur frechen Überhebung über das Gesetz göttlicher Wiedervergeltung. In dem Chorsatze »Herr, wir haben gedacht« hat die Vorstellung der sich in immer größeren Eifer hineinredenden Hohenpriester und Pharisäer Bach veranlaßt, sich aus der unzweifelhaft festgestellten Grundtonart Es-dur endlich ganz hinauszucomponiren. Jene Mischung von Breite und Gedrängtheit, welche den Chören der Johannes-Passion eigen ist, mußten wir als eine nicht völlig gelungene Ausgleichung des oratorienhaften und dramatischen Stiles bezeichnen. In der Matthäuspassion ist die schwierige Aufgabe überall siegreich gelöst. Breite musikalische Anlage ist in den dramatischen Chören nirgends bemerkbar. Wo sie eine gewisse Länge haben, wird sie durch die Fülle der Textworte bedingt. Größeste Concentrirtheit, aber gepaart mit einer Strenge und Kunst der musikalischen Textur, welche zu der Wichtigkeit des poetischen Inhalts stets im richtigen Verhältniß steht, und beides getragen durch eine kirchliche Grundempfindung, das sind überall ihre Charakterzeichen. Was die besonderen nach Personen und Situationen verschiedenen Empfindungsäußerungen betrifft, so muß man sie, um sie recht zu würdigen, durch das doppelte Medium der kirchlichen und einer zwischen Oratorienhaftem und Dramatischem die Mitte haltenden Anschauung betrachten. Sie erscheinen auch so noch in einer sehr bestimmt wahrnehmbaren Abtönung. Die Chöre der Jünger zeichnen sich mehrfach durch ein Gefühl demüthiger Hingebung aus, das an der Stelle wo sie ihrem

Herrn das Osterlamm bereiten wollen, einen Beisatz von Feierlichkeit, als sie erfahren, daß ein Verräther unter ihnen sei, einen Zug ängstlicher Betrübniß erhält. In den Chören der Verfolger waltet der fanatische Haß in seinen verschiedenfachsten Schattirungen. Er steigert sich zu entsetzlicher Wuth, wenn sie Christi Kreuzigung fordern, nur ein übermächtiges Genie vermochte es, der Naturwahrheit so nahe zu kommen ohne doch aus den Gränzen, welche der Stil des ganzen Werkes zog, herauszutreten.[100] Als die Juden ihres Opfers gewiß sind, schlägt die Wuth in eine dämonische Wildheit um. Eine feierliche Überzeugtheit redet aus dem kurzen Chorsatz der Heiden »Wahrlich, dieser ist Gottes Sohn gewesen«.

Wie in den Passionen nach Lucas und Johannes so hat Bach auch in derjenigen nach Matthäus einen der eingefügten Choräle durch besonders häufige Wiederholung vor den übrigen hervorgehoben und in den Mittelpunkt des kirchlichen Empfindens gestellt. Unter den vierzehn einfach gesetzten Chorälen des Werkes in seiner ursprünglichen Fassung kommt die Melodie »O Haupt voll Blut und Wunden« fünfmal vor, eine Lieblingsmelodie Bachs, denn keine andre hat er während seines langen Lebens gleich häufig und mit

---

100) Daß die verrenkte Gestalt des Themas und die Kreuzungen der Stimmen in der Durchführung auch einen malerischen Zweck haben dürften, ist längst vermuthet worden. Auffallen muß die Ähnlichkeit des Themas mit dem der Kreuzigungschöre in der Johannes-Passion. Die Neigung zur Tonmalerei äußerte sich in jener Zeit zuweilen auch in einer Art von Augenmusik; so versinnlicht Mattheson einmal die »Regenbögen« auf dem Rücken des gegeißelten Jesu durch Tongruppen, die auf dem Papier in Bogenform erscheinen (s. Winterfeld, E. K. III, S. 179). Der Haupttheil des Bachschen Kreuzigungsthemas:

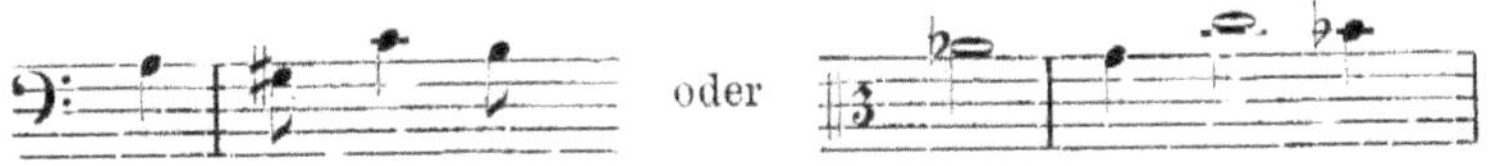

bildet, wenn man die äußersten und mittleren Noten durch Linien verbindet, das Zeichen des Kreuzes. Auch in dem Recitativ auf S. 92 der Johannespassion

Spielerei, die sich etwa dem Bilde des Fisches auf mittelalterlichen Kirchenbauwerken vergleichen läßt. Sie hat hier nichts verletzendes, da sie von einem bedeutenden musikalischen Gedanken getragen wird.

gründlicherer Erschöpfung aller harmonischen Möglichkeiten für die verschiedenartigsten Zwecke gesetzt. Dreimal tritt sie im zweiten Theile auf, zuerst als Jesus im Verhör des Pilatus sich seinem Schicksal schweigend unterwirft. Hier verbindet sie sich aber mit der ersten Strophe des Gerhardtschen Liedes »Befiehl du deine Wege« — eine der wenigen Stellen des unvergleichlichen Werkes, gegen die vielleicht ein Bedenken erhoben werden könnte. Es ist ein schöner Gedanke, an die fromme Ergebung Jesu die Gemeinde ihre Betrachtung anknüpfen zu lassen. Allein der milde und gemüthvolle Ton des Gerhardtschen Liedes, seine Ermahnung zur Geduld in menschlicher Trübsal will zu dem tiefen Ernst der Lage und dem Ungeheuren was der Gottessohn erleiden soll, nicht recht passen. Wahrscheinlich kam es Bach vor allem darauf an, die Melodie wieder zu bringen. In dem Gedichte »O Haupt voll Blut und Wunden« fand sich keine geeignete Strophe und er griff, nicht ganz glücklich, zu einem andern allbekannten Liede desselben Verfassers. Das zweite Mal erscheint die Melodie im zweiten Theile unmittelbar vor dem Beginn des Kreuzesganges, als die Kriegsknechte des Erlösers Haupt mit Dornen gekrönt, verunehrt und zerschlagen haben, und zwar mit den ersten beiden Strophen des an das Haupt Jesu gerichteten Liedes. Angemesseneres konnte hier gar nicht gefunden werden und so ist auch die Wirkung eine volle und herzergreifende. Zum dritten Male und zugleich als der letzte Choralgesang des Werkes überhaupt ertönt sie dann nach den Worten »Aber Jesus schriee abermal laut, und verschied« mit der neunten Strophe: »Wenn ich einmal soll scheiden, So scheide nicht von mir«. Von jeher gilt dieser Moment mit Recht als einer der erschütterndsten des Werkes. Durch nichts konnte die unermeßliche Bedeutung des Opfertodes einfacher, umfassender und überzeugender ausgesprochen werden, als durch dieses wunderbare Gebet. Bach hat für dasselbe eine besonders tiefe Tonlage gewählt, und während er die Weise sonst als eine ionische auffaßte, was sie auch ursprünglich war, behandelt er sie hier, sicherlich mit vollem Bedacht, in der ernsten, verdämmernden phrygischen Tonart.[101]) Es

---

101) Es ist eine üble aber fast allgemein gewordene Sitte, diesen Choralsatz *a cappella* singen zu lassen. Abgesehen von der Untreue gegen das Original, welcher man sich hierdurch schuldig macht, putzt man die Stelle durch

sind drei einschneidende Momente in der Handlung des zweiten Theils, welche durch den Eintritt und die Wiederkehr dieser Melodie markirt werden. Die Stellen des ersten Theils, an denen sie eingesetzt ist, befinden sich in der Scene am Ölberg. Jesus sagt: »In dieser Nacht werdet ihr euch alle ärgern an mir. Denn es stehet geschrieben: Ich werde den Hirten schlagen, und die Schafe der Heerde werden sich zerstreuen«. Anknüpfend an das Gleichniß vom Hirten heißt es nun mit der fünften Strophe: »Erkenne mich, mein Hüter, Mein Hirte nimm mich an«. Dann folgt die Vorhersagung von Petri Verleugnung und Petri sowie der übrigen Jünger Verwahrung dagegen. Hieran schließt sich sofort die sechste Strophe: »Ich will hier bei dir stehen, Verachte mich doch nicht, Von dir will ich nicht gehen, Wenn dir dein Herze bricht«. In der Johannes-Passion wird an die Erzählung, daß Petrus dem gefangenen Jesu in den Palast des Hohenpriesters nachfolgte, wo er ihn hernach schmählich verleugnen sollte, die Arie geknüpft: »Ich folge dir gleichfalls mit freudigen Schritten, Ich lasse dich nicht, Mein Leben, mein Licht.« Was an dieser Combination nicht befriedigen kann, ist oben auseinander gesetzt. Aus der Vergleichung mit der analogen Partie der Matthäus-Passion scheint aber hervorzugehen, was Bach schon dort vorschwebte und aus Mangel an geeigneter Dichtung von ihm nur nicht durchgeführt werden konnte. Nicht die an den einzelnen Vorgang sich hängende, sondern die über dem Verlauf der ganzen Handlung schwebende Betrachtung soll ausgedrückt werden. Ganz klar wird die Absicht durch den ursprünglichen Schlußchoral des ersten Theils, der nach der Erzählung: »Da verließen ihn alle Jünger und flohen« mit den Zeilen anhebt: »Jesum laß ich nicht von mir, Geh ihm ewig an der Seiten«.[102] Die christliche Gemeinde tritt mit Bewußtsein zu

---

ein ganz unbachisches Effectmittel auf und giebt ihr einen Anstrich von Sentimentalität, welcher nirgends unangebrachter ist, als hier. Bachs Choralsätze thun ihre eigenthümliche Wirkung nur in jenem aus Menschengesang, Orgel- und Instrumentenklang gemischten Colorit, das durch nichts anderes zu ersetzen ist. Die Instrumente haben bei Bach soviel individuelles zu sagen, daß es außerdem eine greifbare Symbolik hat, wenn sie in solchen Chorälen sich dem Gange der vier Singstimmen einmüthig anschließen.

102) Dieser bisher nirgends veröffentlichte Tonsatz ist mitgetheilt als Musikbeilage 3.

den Jüngern in Gegensatz: diese werden abtrünnig, sie bleibt unentwegt bei Jesu stehen. Durch die gesammte Ölberg-Scene zieht sich so der versöhnende Gedanke, daß selbst dasjenige, was Jesus bitteres erfahren mußte von denen die ihn liebten und verehrten, seine Gemeinde nur um so inniger an ihn bindet. Nun erst wird auch verständlich, was es bedeuten soll, wenn der Choral beim zweiten Eintritt genau denselben Tonsatz aufweist, wie beim ersten, und nur um eine halbe Stufe tiefer (Es dur nach E dur) ertönt. Die Voraussicht der an den Jüngern sich offenbarenden menschlichen Schwäche stimmt die Gemeinde selbst zur Demuth. Aber auch demüthig bleibt sie fest.

Nächst dem Choral »O Haupt voll Blut und Wunden« spielt die hervortretendste Rolle Johannes Heermanns Lied »Herzliebster Jesu, was hast du verbrochen?« Es kommt dreimal vor, mit der ersten, dritten und vierten Strophe, daneben noch Gerhardts Gesang »O Welt, sieh hier dein Leben« zweimal, mit der fünften und dritten Strophe. Die übrigen drei Choräle sind ebenso wie der ursprüngliche Schlußchoral des ersten Theils keine Passionslieder, sondern allgemeineren Inhalts, aber sämmtlich mit Feinfühligkeit gewählt.[103] Ans Ende des ersten Theils setzte Bach später den anfänglichen Einleitungschor der Johannes-Passion. Der Zweck der im ersten Theile vorkommenden beiden Strophen des Chorales »O Haupt voll Blut und Wunden« wird dadurch freilich etwas weniger augenscheinlich. Indessen mußten die gewaltigen Verhältnisse des ganzen Werkes einen nachdrücklicheren Schlußsatz fordern, und Bach überhaupt wohl daran gelegen sein, in einer Composition so erschöpfenden Charakters an einem der bekanntesten und monumentalsten Passionsgesänge nicht vorüberzugehen. Ein solcher aber war Sebaldus Heydens »O Mensch bewein dein Sünde groß«, er wurde vielerwärts sogar an Stelle der alten choralischen Passionen gesungen, wenn er gleich zu Bachs Zeit in den Leipziger Hauptkirchen am Charfreitage als Gemeindelied nicht im festen Gebrauch war. Das Tonstück, welches Bach über die erste Strophe desselben gesetzt hat, ist kein einfach

103) »Was mein Gott will, das g'scheh allzeit«, 1. Strophe; »In dich hab ich gehoffet Herr«, 5. Strophe (»Mir hat die Welt trüglich gericht't«); »Werde munter, mein Gemüthe«, 6. Strophe (»Bin ich gleich von dir gewichen«).

vierstimmiger Choral mehr, sondern eine Choralfantasie größter Ausdehnung und reichsten Inhalts. Das instrumentale Tonbild ist aus einem Motiv gewoben, welches der Vorstellung des »Weinens« sein Dasein zu verdanken scheint. Während es mehr die allgemeine Empfindungsphäre feststellt, beschäftigen sich Alt, Tenor und Bass der vereinigten Chöre mit der Ausführung der einzelnen Empfindungsnuancen; der *Cantus firmus* liegt im Sopran. Das gewaltige, mit intensivster Passionsstimmung gesättigte Stück als einen integrirenden Theil der Matthäuspassion zu betrachten, hat sich die Welt so sehr gewöhnt, und es paßt musikalisch auch so wohl zu dem Werke, rundet insbesondere den ersten Theil so herrlich ab, daß man es kaum gewahr wird, wie es doch in einer Beziehung seinen ursprünglichen Zweck nicht verleugnen kann. Der poetische Inhalt bezieht sich nämlich durchaus nur auf Dinge, welche der eigentlichen Passionsgeschichte vorhergehen. Die Strophe soll zu einer versificirten Darstellung derselben die Einleitung bilden, und insofern ist ihre Benutzung hier, wo wir uns schon im Verlaufe der Geschichte sehen nicht am Platze. Der Widerspruch mußte in jener Zeit, wo jedermann Bestimmung und Inhalt des Heydenschen Liedes kannte, noch fühlbarer sein als jetzt. Bach hat den Chor auch nicht direct aus der Johannespassion herübergenommen, sondern ihn zuvor wahrscheinlich für seine fünfte, gänzlich verloren gegangene Passion benutzt. Erst gegen Ende seiner Laufbahn verlieh er seinem größten protestantisch-kirchlichen Werke durch denselben noch einen neuen Schmuck und umrahmte somit dessen ersten Theil durch zwei Choralchöre allergrößesten Stiles. Denn auch der Eingangschor ist auf seine musikalische Gestalt angesehen nichts anderes als eine Bearbeitung des Chorals »O Lamm Gottes unschuldig«. Freilich eine Bearbeitung, in welcher die Contrapunctirung durch zwei Chöre mit eignem Text und zwei Orchester ausgeführt wird, während ein einstimmiger dritter Chor den *Cantus firmus* singt. Wenn man gegen sie den über dieselbe Melodie gebauten 27 Takte langen Choral des Orgelbüchleins hält, so ist kein Wort der Bewunderung zu stark für die kolossale Kraft, der eine solche Formerweiterung möglich war, und die innerhalb des eignen Entwicklungslaufes vollbrachte, wozu es in andern Fällen — man denke an die Entwicklung der Sinfonie — der Arbeit von Generationen bedurfte. Dieser Chor wird noch einer eingehenderen Betrachtung unterzogen werden. Zunächst möge er uns von den Choral-Sätzen zu den madrigalischen hinüberführen, da er beide Elemente in sich vereinigt.

Die madrigalische Dichtung hat Picander der Tochter Zion und den Gläubigen in den Mund gelegt. Es mag hierin noch eine Anlehnung an Brockes zu erkennen sein. Durchgeführt indessen wie bei diesem und auch noch in Picanders eigner Passion von 1725 ist die Vorstellung nicht. Nur in sechs allerdings hervorragenden Abschnitten bleibt sie deutlich; sie würde hier für das Tonwerk einen bestimmt hervortretenden oratorienhaften Zug zur Folge gehabt haben, wenn Bach, wie Händel in der Brockes-Passion, die Worte der Tochter Zion, dieser allegorisch-biblischen Figur, immer auch einer Solostimme zuertheilt hätte. Aber er bildet aus ihnen nicht nur Gesänge für eine Stimme, sondern behandelt sie auch in Chor- und Duettform, und in den Einzelgesängen läßt er die Stimmen abwechseln; er verallgemeinert also das persönlich gedachte. Aus ein paar kleinen Änderungen, die er sonst noch im Texte vornahm, läßt sich erkennen, wie er überall geneigter war, aus der Mitte der Gemeinde heraus zu empfinden.[104] Poetisch angesehen besteht auch keine Trennung oder Gegensatz zwischen den Gläubigen und der christlichen Kirche,[105] denn die Gläubigen haben neben freier Poesie auch Kirchenlied (»O Lamm Gottes, unschuldig«, »Herzliebster Jesu«) zu singen; nur musikalisch ist ein solcher vorhanden. Über den Stil der madrigalischen Chöre ist oben schon eine allgemeine Bemerkung gemacht. Während in den dramatischen Chorstücken Knappheit und complicirte Setzkunst sich vereinigen, haben hier Breite und Einfachheit einen Bund geschlossen. Diese Chöre sollen geistliche Arien sein und werden im Texte auch so genannt. Sie strophisch zu gestalten war freilich in einem solchen Werke unmöglich und deshalb hat schon der Dichter hiervon ganz abgesehen: sie zeigen die italiänische Arienform auf. Den formellen Zusammenhang mit der älteren

104) Im Anfange des zweiten Recitativs: »Wiewohl mein Hertz in Thränen schwimmt, Daß JEsus von mir Abschied nimmt«, hat Bach »mir« in »uns« verwandelt. Im ersten Recitativ des zweiten Theils schreibt Picander: »Mein JESUS schweigt Zu falschen Lügen stille, Um damit anzuzeigen« u. s. w.; Bach componirt »Um uns damit zu zeigen«.

105) Winterfeld, E. K. III, S. 372 nimmt dieses an.

geistlichen Arie hat Bach dennoch festzuhalten gewußt durch Anwendung des homophonen Tonsatzes und einfachste Periodisirung. So ist auch auf diesem Gebiete ein neuer Stil entstanden, der wiederum von Bachs unermeßlicher Begabung Zeugniß ablegt. Auf dem Gebiete der Kirchenmusik giebt es nichts, was mit diesen Chören verglichen werden könnte, welche die weiten Dimensionen der Bachschen Cantatenchöre haben, und zugleich eine fast liedhafte Schlichtheit und Verständlichkeit. Zum ersten Male begegnen wir einem solchen Chore als Jesus in Gethsemane betet. Ihm geht als Einleitung ein Tenor-Recitativ des ersten Chores vorauf, das Jesu Herzensangst tief mitempfindet und unterbrochen wird durch die vom zweiten Chor gesungenen Choralzeilen: »Was ist die Ursach aller solcher Plagen? Ach meine Sünden haben dich geschlagen! Ich, ach Herr Jesu, habe dies verschuldet, Was du erduldet.« Dann löst sich der herbe Schmerz in den frommen Vorsatz, allzeit an Jesu festhalten zu wollen, um dadurch von dem quälenden Sündenbewußtsein Ruhe zu finden. Auch hier concertirt ein Tenor mit den mild wiegenden, vom »Einschlafen der Sünden« hergenommenen Gängen des zweiten Chors. Entzückt lauscht man den strömenden, langathmigen Melodien der Oberstimme und wird es kaum gewahr, wie derselbe melodische Zauber auch allen übrigen Stimmen eigen ist. Sie könnten ebensowohl Oberstimmen sein, und durch mehrfache Versetzungen im doppelten Contrapunct werden sie es wirklich. Als Jesus gefangen genommen ist, tritt abermals ein großes madrigalisches Chorstück ein. Zwei Stimmen des ersten Chors beginnen zu klagen: »So ist mein Jesus nun gefangen«. Es trägt sie eine Unterstimme der vereinigten Geigen und Bratschen, welche durch Syncopen und alsdann langsam wandelnde Achtelgänge ihren Zusammenhang mit den Vorstellungen der Fesselung und Fortführung bekundet — eines der zahlreichen Beispiele für Bachs Manier, aus irgend einem hervortretenden Moment einer innerlich geschauten Handlung einen musikalischen Gedanken zu gewinnen, sich dann aber von der Einwirkung derselben frei zu machen und nur seinem lyrischen Zuge folgend weiter zu gestalten. In die tiefe Traurigkeit der vereinsamten beiden Stimmen tönen kurze, heftige Rufe des vollen zweiten Chors: »Laßt ihn, haltet, bindet nicht!« Dann brechen beide Chöre in einem *Vivace* los, und fordern in heiliger Empörung des Himmels Blitz und Donner auf den Verräther und seine Mordgesellen herab. Wie in Sturm und Gewitter tobt es und braust: dennoch ist die Form eine ganz einfache, eine Arie, deren zweiter und dritter Theil in eins zusammen gedrängt sind; die Chorbehandlung abgesehen von dem fugirten Anfang durchaus homophon; die Chöre concertiren als compacte Massen gegeneinander und vereinigen sich am Schluß. Wer Bach nur aus seinen Cantaten kennt, würde es ihm nicht zutrauen, daß er mit solch einfachen Combinationen eine Wirkung hervorzubringen vermocht hätte, die zu den erschütterndsten gehört, welche es im Bereich der Tonkunst giebt. Und welch eine Rolle spielt das unwürdige Geschelte, das in andern Passionsmusiken an derselben Stelle eine Solostimme auszuführen hat, gegen dieses mit Flammenzügen entworfene Bild! [106] Das dritte madrigalische Chorstück der Matthäus-Passion ist der Schlußgesang »am Grabe Christi«. Auch er hat seine Einleitung: kurze Recitative der einander ablösenden Solostimmen, dazwischen kurze Chorsätze, liebetief und jener Empfindung voll, die am Grabe nur gedämpfte Worte zu reden gestattet. Die innere Verwandtschaft des Schlußchors mit dem der Johannes-Passion springt in die Augen. Die Haltung ist aber noch bedeutend ruhiger und einfacher geworden, der Stilgegensatz gegen die dramatischen Chöre ein entschiedenerer, die Trauerempfindung frömmer und im Bewußtsein von Christi Erlösungsthat beruhigter — eine Mischung von Seligkeit und Schmerz, welche nur Bach zu Gebote stand und die am greifbarsten wohl heraustritt zu den Worten »höchst vergnügt schlummern da die Augen ein«. [107] Ungeachtet man von diesem Chor den Eindruck einer Breite empfängt, welche zu dem ganzen Werke im richtigen Verhältniß steht, ist er doch bedeutend kürzer als der entsprechende der Johannes-Passion. Die Unersättlichkeit der Klage läßt dort noch einen Rest von Unbefriedigtheit zurück, welcher erst durch den nachfolgenden Choral gehoben wird. In der Matthäus-Passion bedarf es dessen nicht: in den feststehenden Grän-

---

106) Daß Picander den Text der Arie des Petrus in Brockes' Passion nachbildete, ist augenscheinlich.

107) »Vergnügt sein« ist nach dem Sprachgebrauch damaliger Zeit soviel wie »volles Genügen haben«. Picander gebraucht den Ausdruck in diesem Sinne häufig.

zen der Arienform schwingt das Gefühl langsam aber voll befriedigend aus. Die Passion nicht mit einem Choral sondern mit einer Arie zu schließen, war dem Herkommen gänzlich entgegen, und man wolle diesen Umstand nicht unterschätzen. Er trägt ein bedeutendes dazu bei, der Matthäus-Passion jenen menschlich-milden Gesammtcharakter zu sichern, durch den sie sich von der Johannes-Passion unterscheidet. Wenn mir die Form-Einfachheit aller dieser madrigalischen Chöre nicht nur durch das allgemeine Bedürfniß nach musikalischem Contrast bedingt erscheint, sondern ich darin ein Zeichen sehe, daß Bach sie als erweiterte geistliche Arien aufgefaßt wissen und wirken lassen wollte, so liefert für diese Ansicht einen neuen, schlagenden Beweis die Einleitung des zweiten Theils der Matthäus-Passion. Der Solo-Alt des ersten Chors und der gesammte zweite Chor concertiren; nur jener singt madrigalischen Text, dieser Bibelworte.[108] Sofort macht sich ein andrer Chorstil bemerkbar: motettenartig fugirte, schön abgerundete Sätze stellen sich mit tröstender Theilnahme dem Gesang der Tochter Zion entgegen, deren Melodien wie heiße Thränentropfen abwärts sinken, ganz verschiedenen Ausdrucks von der tiefen, thränenleeren Trauer, mit welcher sie im ersten Theile dem gebunden fortgeführten Jesu nachblickt.

Unter der bedeutenden Anzahl von Solo-Arien, welche die Matthäus-Passion enthält, nimmt noch eine die Mitwirkung des Chors in Anspruch. In dem am Kreuze ausgespannt hängenden Jesus sieht die Tochter Zion das Bild der Liebe, welche die Arme ausbreitet, um die Erlösungsbedürftigen erbarmend zu umfassen. Sie fordert »die verlassenen Küchlein«[109] auf, sich zu ihm zu retten; kurze fragende Rufe der Gläubigen unterbrechen sie. Es ist ein ähnliches Tonbild wie in der Johannes-Passion die Bassarie »Eilt, ihr angefochtnen Seelen«. Brockes hatte diese Art aufgebracht und viele Nachahmer gefunden, unter ihnen Rambach[110] und in der Matthäus-

108) Hoheslied Salomonis Cap. 6, v. 1.

109) Vgl. Ev. Matth. Cap. 23, v. 37: »Wie oft habe ich deine Kinder versammeln wollen, wie eine Henne versammelt ihre Küchlein unter ihre Flügel.«

110) Rambach, Geistliche Poesien, S. 96:

» *Zion.* Weint nicht mehr, betrübte Seelen!
Flieht aus euren Trauer-Höhlen.
Kommt. *Chor.* Wohin? *Zion:* an Christi Grab.

Passion mehrfach auch Picander. Doch haben im Eingangschore und nach Jesu Gefangennahme die kurzen Chorrufe endlich eine zusammenhängende Betheiligung des Chors an der Entwicklung und Vollendung des Tonstückes zur Folge. Hier wirkt der Chor nicht sowohl als musikalisches sondern nur als dramatisches Organ, und die Beziehung der Passionsform zu der Oper tritt an diesem Beispiele am deutlichsten hervor. Wären nicht von Anfang her in der Passion und der ihr eignen Behandlung des Bibelwortes dramatische Elemente vorhanden gewesen, so müßte man das hier von Bach gewählte Verfahren als befremdlich und stillos bezeichnen. So aber hat er, was beim Bibelwort längst bestand, nur auf die madrigalischen Partien ausgedehnt. Der Eindruck ist, wenn man ihn nur auf sein musikalisches Wesen prüft — und dieses ist bei einer Kunstform, die ohne Action wirken soll, doch unerläßlich — ein sehnsüchtig drängender, ganz wie derjenige der Bassarie aus der Johannes-Passion. Das ganze Tonbild nebst dem einleitenden Recitativ »Ach Golgatha!« wird durch eine halb schwebende, halb wiegende Bewegung beherrscht, die zum Theil durch das Bild des am Kreuze hängenden Heilandes, zum Theil auch wohl durch die Vorstellung mütterlicher Hut und Besänftigung bedingt erscheint. Die Stufenleiter der Empfindungen, welche Bach in den Sologesängen der Matthäus-Passion durchläuft, imponirt um so mehr, als Affecte der Freude mit ihren verschiedenartigen Nuancen ganz ausgeschlossen sind, und sie alle von der Grundempfindung der Trauer getragen werden. Innigste Theilnahme an dem bis zum höchsten Grade sich steigernden Leiden des Gottmenschen, kindlich vertrauensvolle, männlich ernste und liebessehnsüchtige Hingabe an den Erlöser, Reue über die eignen Sünden, die sein Leiden zu sühnen hat, und inbrünstiges Flehen um Erbarmung, die gefaßtere Betrachtung des in Jesu Leiden gegebenen Vorbildes und das feierliche über seiner Leiche abgelegte Gelöbniß ihn nimmer aus dem Herzen zu lassen — das sind die Objecte, welche Bach zu behandeln hatte. Mit dem un-

---

Euer Bräutgam lebet wieder.
Singet. *Chor*. Was denn? *Zion*: Freuden-Lieder.
Wischt die bangen Thränen ab.
Kommt. *Chor*. Wohin? *Zion*: an Christi Grab.«

erschöpflichen Reichthume, der ihm gerade zur Darstellung trüber Affecte zu Gebote stand, hat er die schwierige Aufgabe wie spielend gelöst. In keinem andern der Werke Bachs, es müßte denn das Weihnachts-Oratorium sein, ist eine solche Menge schöner und mannigfaltiger Sologesänge zusammengespeichert. Faßlichere, überzeugendere Melodien, als sie in den Arien der Matthäuspassion sich finden, hat Bach nie geschrieben. Fließt einmal der Strom der Melodie etwas weniger voll, wie in der Tenor-Arie »Geduld!«, so gab der betrachtende Charakter des Textes hierzu Veranlassung. Eine kritische Bemerkung fordert nur die Bass-Arie »Gebt mir meinen Jesum wieder« heraus. Sie tritt ein, nachdem Judas den Verrätherlohn an die Hohenpriester zurückgebracht und bezeugt hat, das Jesus unschuldig sei. Der Text drückt die Bitte aus, Jesum frei zu geben, da selbst ein Judas seine Schuldlosigkeit anerkennen müsse. Sämmtliche übrigen Madrigaltexte enthalten Empfindungen und Betrachtungen, welche zwar auch an gewisse Momente der Leidensgeschichte anknüpfen, aber doch immergültige christliche Wahrheiten zum Inhalt haben. Aus dieser Arie allein redet nicht ein Glied der christlichen Gemeinde, welcher Christus durch seine Gefangennahme und Tödtung nicht geraubt, sondern vielmehr erst wahrhaft zu eigen gemacht worden ist. Es ist die Äußerung einer Person, welche der Handlung zur Zeit ihres Geschehens nahe stand, eines Jüngers etwa oder sonstigen Anhängers Jesu. Der Einfluß des dramatisirten Oratoriums tritt hier in einer nicht ganz unbedenklichen Weise hervor. Der Hörer wird gezwungen, den Standpunkt zu wechseln: in den übrigen Arien findet er die eigne christliche, auf die Gesammtbedeutung des Erlösungswerkes gegründete, hier dagegen eine fremde, an den einzelnen Fall anknüpfende, beschränkte Empfindung.

Sämmtliche madrigalische Recitative haben obligate Begleitung, wobei wie schon bemerkt wurde den Blas-Instrumenten vor den Saiten-Instrumenten der Vorzug gegeben worden ist, um sie von den biblischen Recitativen Christi bemerklichst abzutönen. Alle malerischen Züge und geistvollen Wendungen, an denen sie reich sind, vorzulegen kann hier nicht der Ort sein; wenn es die Sache zu fordern schien, ist Bach auch vor den kühnsten Mitteln nicht zurückgeschreckt, wie die frappante enharmonische Modulation am Schlusse des Recitativs »Erbarm es Gott« beweist. Eine genauere Beleuchtung verlangt indessen das nach dem Franckschen Vorbilde gedichtete Recitativ »Am Abend da es kühle war«. Bekanntlich ist es ein Zug germanischen Wesens, in der außermenschlichen Natur eine Theilnehmerin an der Menschen Lust und Leid zu erkennen, und deren Erscheinungen mit der menschlichen Seele zu durchdringen. Die antiken Völker und die von ihnen innerlich am meisten abhängigen Romanen kannten diesen Zug nicht, ihre Beziehungen zur Natur wurden allein durch die Annehmlichkeiten oder Beschwerden bedingt, welche sie ihnen bereitete. In der deutschen Dichtung tritt der Zug hervor oder zurück, je nachdem dieselbe überwiegend auf eigenthümlicher oder auf fremder Grundlage sich bewegt. Während die mittelalterlichen Dichtungen, namentlich der Minnesänger von jener natursymbolischen Empfindung erfüllt sind, während sie im Volksgesange sich fortdauernd erhält, schwindet sie in der Kunstdichtung des 17. Jahrhunderts mehr und mehr, um erst in der zweiten Hälfte des 18. Jahrhunderts und zwar eben aus dem Boden des Volkliedes mit Macht wieder emporzuschießen. Ein ähnlicher Wandel läßt sich in der Tonkunst beobachten. So lange italiänische Anschauungen in der europäischen Musik die herrschenden waren, findet sich kaum ein Versuch romantische Naturstimmungen musikalisch auszudrücken. Ansätze dazu finden sich bei Gluck (in Orpheus und Armida), dann bei dem an deutsches Wesen sich anlehnenden Cherubini (in der Oper Elisa), voll zur Erscheinung bringen diesen Zug in der begleiteten Gesangsmusik erst Weber und Schubert, wogegen selbst in Haydns Oratorien die antike Naturanschauung noch deutlich fühlbar ist. Um so mehr verdient es Beachtung, daß hier und da schon bei Bach romantische Naturstimmungen unverkennbar zu Tage kommen, ja daß solches selbst von seinen Vorfahren behauptet werden mußte.[111] Ein Beispiel solcher Tonbilder, in denen sich Bachs grunddeutsche Natur verräth, bietet das genannte Recitativ. Wie zarte Dämmerungsschleier schweben und ziehen die dunklen Violinen, keine Generalbassaccorde verdichten das traumhafte Gespinnst, nur die langgezogenen Töne des Orgel- und Streichbasses gewähren ihm Halt. Was aus diesen Tonreihen uns anhaucht ist nicht zunächst die religiöse Empfindung des Friedens und der Er-

111) Vgl. Band I, S. 69 ff.

lösung, mit welcher der Text sich beschäftigt. Es ist Abendstimmung; jene Empfindung kommt erst durch Vermittlung derselben musikalisch zur Geltung, in das Naturbild wird hineingefühlt, was an dieser Stelle die christlichen Herzen bewegt. Eine in manchem Betracht ähnliche Erscheinung bietet der Anfangschor der Cantate »Bleib bei uns, denn es will Abend werden«[112], in welchem die tiefdunklen Töne der vereinigten Geigen und Bratschen oder abwechselnd der drei Oboen, welche sich durch viele Takte hindurch erst nur schwach bewegen und dann gehalten verklingen, wie langgestreckte Abendschatten anmuthen. Nur ist es hier weniger die friedevolle Stimmung abendlicher Ruhe, als jenes unheimliche Bangen, welches das allmählige Schwinden des Tageslichtes begleitet. Auf andere Beispiele dieser Art ist schon gelegentlich hingedeutet worden. Eine Cantate zum fünften Trinitatis-Sonntage beginnt mit den Bibelversen »Siehe, ich will viel Fischer aussenden, spricht der Herr, die sollen sie fischen. Und darnach will ich viel Jäger aussenden, die sollen sie fahen auf allen Bergen«. Bach hat diese Worte nicht, wie er sonst zu thun pflegt, für ein einfach würdiges Arioso benutzt. Er hat sie zu einem großen zweitheiligen Tonbilde ausgesponnen, in welchem wir auf die schaukelnde Fläche des Sees und in den hörnerdurchschallten Wald hinaus geführt werden. Die Naturvorstellungen gewähren ihm nicht nur gewisse musikalische Motive, sie bilden vielmehr die farbige romantische Grundstimmung der auszudrückenden Empfindung.[113] In der Tenorarie der Pfingstcantate »Erschallet ihr Lieder«[114], der Sopranarie der Pfingstcantate »Also hat Gott die Welt geliebt« (übertragen aus der weltlichen Cantate »Was mir behagt«)[115] weht etwas wie Maienluft. Auch die Oster-Cantate »Der Himmel lacht« enthält einige Stellen, in denen man den Frühlingshauch zu merken glaubt.[116] Eine gewitterdrohende Stimmung athmet in der Cantate »Schauet doch und sehet« die Bass-Arie »Dein Wetter zog sich auf von weitem«.[117] Selbst in manchen Instrumentalstücken fühlt sich eine romantische Stimmung dieser Art hindurch; ganz deutlich wird sie in der Hirten-Sinfonie des Weihnachts-Oratoriums.

---

112) B.-G. I, Nr. 6. 113) S. S. 302 dieses Bandes.
114) S. S. 228 dieses Bandes. 115) S. Band I, S. 560.
116) S. Band I, S. 534 ff. 117) S. S. 259 f. dieses Bandes.

Da sie ihrem Wesen nach etwas pantheistisches hat, so begreift es sich, warum ihr in Werken, die auf dem Grunde der altlutherischen Lehre beruhen, doch nur ein ganz beschränkter Raum gegönnt sein kann. Die Fälle sind aber zahlreich genug, daß sie nicht übersehen werden können. Sie constatiren wieder einmal eine tiefgehende Verschiedenheit der Welt- und Kunstanschauungen zwischen Bach und Händel. Ein Gedicht wie *Allegro e Pensieroso*, das in seinen schönsten Theilen das harmonische Zusammenstimmen von Natur und Mensch zum Gegenstande nimmt, hätte auch auf musikalischem Gebiete eine romantische Auffassung unbedingt hervorrufen müssen. wenn anders eine solche überhaupt in dem Ideenkreise Händels gelegen hätte. Aber Händel fußte zu fest auf italiänischer Kunst, als daß dieses möglich gewesen wäre. Er gewinnt aus den Naturbildern eine Menge musikalischer Motive, aber sie zu einem geheimnißvollen Widerspiel des menschlichen Wesens zu beleben, steht ihm fern. Seine schöne Musik entwickelt sich in classisch klaren Linien, mit überlegnem ruhigem Blick als Herr, nicht als Theil der Schöpfung steht der Künstler der Natur gegenüber; von jener mystischen Versenkung in die Seele des Alls, welche der Naturromantik wesentlich ist, findet sich keine Spur. Dergleichen Stimmungen musikalisch auszudrücken bedarf es gewundenerer Linien, als sie Händel liebte, vor allem aber eines größeren Farbenreichthums. Bei Händel herrscht überall ein blühender, gesättigter aber nicht sehr wechselreicher Wohlklang. Bach ist mehr als Händel Colorist, und die Wirkung seiner Stücke in höherem Grade auch von der ihnen gegebenen Farbe abhängig.

Diese Betrachtung führt zu jenem großen madrigalischen Tonbilde des ersten Theils zurück, welches sich an die Gefangennahme Jesu anschließt. Es heißt dort:

So ist mein Jesus nun gefangen.
Mond und Licht
Ist vor Schmerzen untergangen.

Da das Ereigniß am Tage des Passah-Festes stattfand, so schien der Vollmond als Jesus zur Nacht am Ölberg betete. Die Gefangennahme haben wir uns gegen Ende der Nacht zu denken, da der Mond bereits niedergegangen war. Indem Picander hierauf Bezug nahm, hat er einen volksthümlichen Zug seiner Dichtung eingewoben. In dem zufälligen Zusammentreffen des Naturereignisses mit den bedeutungsschweren Begebenheiten in Gethsemane erkannte das germanische Gemüth einen tieferen Zusammenhang: die Natur trauert um Jesu Leiden. Das Motiv oder ein ähnliches erfuhr in der deutschen Dichtung mehrfache Ausführung. Bekannt ist das schöne Volkslied:

Christus, der Herr im Garten ging,
Sein bittres Leiden bald anfing,
Da trauert Laub und grünes Gras,
Weil Judas seiner bald vergaß.[118]

Friedrich Spee (1592—1635) läßt in einem »Trauergesang von der Noth Christi am Ölberg in dem Garten« den Heiland selber sprechen:

Der schöne Mond will untergehn,
Für Leid nicht mehr mag scheinen;
Die Sterne lan ihr Glitzen stahn,
Mit mir sie wollen weinen.

Kein Vogelsang noch Freudenklang
Man höret in den Lüften,
Die wilden Thier traurn auch mit mir
In Steinen und in Klüften.[119]

Ob der traurige einsame Ton des Bachschen Stückes durch diese Vorstellung mit bedingt worden ist, möchte ich nicht geradezu behaupten. Eher könnte man schon in der poetischen Benutzung des volksthümlichen Motivs Bachs Einfluß vermuthen. Unverkennbar spiegelt auch der Eingangschor der Matthäus-Passion einen volksthümlichen Brauch zurück. Der Text, in dem es sich um den Gang zur Kreuzigung handelt, auf welchem Jesus unter dem Klagen und Weinen der Töchter Jerusalems (Evang. Luc. 23, 27) sein Kreuz selber trug, erscheint für eine Einleitung in die volle Passionsdarstellung nicht eben geeignet. Er hebt ein einziges Moment der reich bewegten Handlung, und nicht einmal das wichtigste: die Kreuztragung, heraus, dann werden uns durch anderthalb lange Theile

118) S. Des Knåben Wunderhorn. Erster Theil. 2. Aufl. Heidelberg, 1819. S. 142. Vrgl. L. Erk, Deutscher Liederhort. Berlin, Enslin. 1856. S. 415 f.

119) Trutz Nachtigal. Cöllen, 1649. S. 227. Die erste Zeile eigentlich: »Der schöne Mon, wil vndergohn«. Vgl. auch A. Freybes sinnige kleine Schrift Der Karfreitag in der deutschen Dichtung. Gütersloh, Bertelsmann. 1877. S. 112 ff.

hindurch Ereignisse vorgeführt, welche dem Kreuzesgange voraus liegen. Gewöhnlich wurden die Passionsmusiken mit einem Choral eröffnet, oder auch wohl mit einer versificirten Aufforderung, das Leiden Christi zu betrachten. Ein Text obigen Inhalts aber müßte befremdlich erscheinen, wenn er sich nicht durch den alten Brauch der Charfreitags-Processionen erklärte. Die Passionsspiele wurden in vielen Gegenden Deutschlands in der Weise aufgeführt, daß nur ein vorbereitender Theil in der Kirche stattfand, der eigentliche Kern derselben aber in einem Aufzuge enthalten war, welcher nach einem erhöhten Platze außerhalb der Kirche, dem sogenannten Calvarien- oder Kreuzberge, veranstaltet wurde. Diese Procession war im Ganzen dem Muster der biblischen Erzählung vom Kreuzesgange nachgebildet: die verschiedenen biblischen Personen, durch Kleidung oder Embleme kenntlich gemacht (unter ihnen der Darsteller Christi mit dem Kreuz), zogen in festgesetzter Reihenfolge einher, klagende Gesänge ertönten. An bestimmten Stellen wurde angehalten und es spielten sich dann die einzelnen dramatischen Scenen ab. Hierbei wurde indessen auch auf Ereignisse Rücksicht genommen, welche sich vor dem Kreuzesgang zugetragen hatten, so daß das Ganze als eine concentrirte Darstellung der Leidensgeschichte gelten konnte, welche mit der auf dem Calvarienberge vorgenommenen Kreuzigung, beziehungsweise mit der Grablegung ihren Abschluß fand. Reste dieser Processionen haben sich in Schlesien bis in den Anfang unseres Jahrhunderts, am Niederrhein bis gegen Ende des vorigen Jahrhunderts erhalten.[120] In wieweit die Erinnerung an die Charfreitagsaufzüge noch in Thüringen und Sachsen fortlebte, darüber fehlen sonst die Nachrichten. Aber es ist klar, daß der Text zum Einleitungschore der Matthäuspassion nur aus einer Anschauung hervorgehen konnte, welche alles wesentliche der Passionsgeschichte in den Kreuzesgang und seinen weiteren Verlauf verlegte. Was Bach musikalisch gestaltete, ist ein großartiges Bild einer sich unter Klagegesängen fortbewegenden, wogenden Menge. Aber er hat zugleich auch an der Sitte festgehalten, die Passionsmusik mit einem Choral

---

120) S. Peter, Zuckmantler Passionsspiel. Troppau 1868. S. 10. — Rein, Vier geistliche Spiele des 17. Jahrhunderts für Charfreitag und Fronleichnamsfest. Crefeld, 1853, S. 9.

zu eröffnen. Ein dritter einstimmiger Chor fügt in das verschlungene Stimmengewebe der beiden andern Chöre und des doppelten Orchesters den Choral »O Lamm Gottes, unschuldig«. Bei der Vorliebe, welche man in Leipzig für das Zusammenwirken mehrer an verschiedenen Stellen der Kirche aufgestellter Chöre hatte, ist es äußerst wahrscheinlich, daß der Choral von dem kleinen der Hauptorgel gegenüber gelegenen höheren Chore her gesungen wurde.[121] Man muß es auch Picander nachrühmen, daß er die einzelnen Abschnitte des madrigalischen Textes sehr geschickt zu der jedesmaligen Choralzeile in Beziehung gesetzt hat. So erschien denn der Choral äußerlich und innerlich als die das Ganze dominirende Macht, und hiermit war das gewaltige Tonbild in die Gränzen des protestantischen Kirchenstiles verständlichst eingeschlossen.

Es ist nicht unwahrscheinlich, daß Picander, wie er sich für andre Theile seiner Dichtung Franck und Brockes zum Muster nahm, in diesen Partien gewisse Volksgesänge gradezu nachahmte. Wenn man von der respondirenden Form absieht so hat der Text des Eingangschors ganz die Art der die Charfreitags-Processionen begleitenden Gesänge.[122] Er enthält außerdem noch einen Ausdruck, welcher seine urvolksthümliche Quelle deutlich verräth. Es war nach altdeutscher Sitte Pflicht der Verwandten bei dem üblichen Klagegeschrei über einen Todten zu »helfen«. Der Ausdruck ist im Bereich der Passionsdichtungen besonders in den sogenannten Marienklagen häufig.[123] Picander läßt die Tochter Zion singen: »Kommt, ihr Töchter, helft mir klagen«. Daß ihm hierbei irgend eine Marienklage vorschwebte halte ich um so mehr für sicher, als eine solche auch den Text der Arie »Blute nur, du liebes Herz« dem Dichter

121) S. S. 115 f. und 203 dieses Bandes.

122) Vergl. das bei Rein, S. 20 abgedruckte Lied »Schaue Sion deinen König«.

123) »*Maria cantat:* Johannes lieber öhen min Hilf mir wainen min leit und daz din«; aus einer St. Gallener Handschrift des 15. Jahrhunderts mitgetheilt von Mone, Schauspiele des Mittelalters, Erster Band, S. 200. »Wenet gy truwen swesteren, un helpet my armen trôvich sîn, helpet my klagen mîn leid, mîn nôt, de is worden breit unde mînes herten pîn«; in der niederdeutschen Marienklage einer Wolfenbüttler Handschrift herausgegeben von Schönemann, Hannover. 1855. S. 131. Beispiele aus dem Nibelungenliede führt an Freybe a. a. O. S. 2.

vielleicht kaum bewußt aber doch unzweifelhaft beeinflußt hat. Picander ist in seinen Versen immer klar und durchsichtig, nur wo er nachbildet oder umdichtet, wird er nicht selten verworren. In dem Texte

> Blute nur, du liebes Herz!
> Ach ein Kind, das du erzogen,
> Das aus deiner Brust gesogen,
> Droht den Pfleger zu ermorden,
> Denn es ist zur Schlange worden

herrscht nun wirklich eine arge Verworrenheit. Weiß man doch sogleich nicht, ob von dem Herzen des gläubigen Christen, oder der Tochter Zion, oder Jesu die Rede ist. Den letzten Zeilen und dem ganzen Zusammenhange nach kann Picander nur das Herz Jesu gemeint haben, obgleich die Ausdrücke der zweiten und dritten Zeile zu dieser Annahme durchaus nicht passen. Die Phraseologie ist eben größtentheils diejenige einer Marienklage und in diesem Sinne von Picander selbst in dem *Soliloquium* verwendet, das er in der Passion von 1725 die Maria singen läßt. Die Frage läßt sich schwer beantworten, was wohl Bach mit seinem scharf durchdringenden Verstande bei dieser ganz unverständigen Reimerei sich gedacht haben mag, aus der er trotzdem eine seiner schönsten Arien entwickelte.

Noch eine Stelle von naiver Volksthümlichkeit findet sich in der Matthäuspassion, die indessen ausschließlich auf die Rechnung des Componisten kommt. Nachdem Petrus den Herrn verleugnet hat, erzählt der Evangelist: »Da dachte Petrus an die Worte Jesu, da er zu ihm sagte: Ehe der Hahn krähen wird, wirst du mich dreimal verleugnen«, und bringt zu dem entsprechenden Worte eine Tonfigur, welche das Krähen des Hahns nachahmen soll. Auch in der Ölbergscene, auf welche obige Worte zurückweisen, findet sich ein ähnlicher malender Gang, und an der analogen Stelle der Johannes-Passion [124]) steht in den Bässen eine Sechzehntelfigur, die unerklärlich ist, wenn man sie nicht auf das Krähen des Hahns deuten will. Die Absicht ist demnach unverkennbar. Denen, die in einer solchen Deutung eine Entwürdigung des Bachschen Genius sehen, [125]) könnte man zunächst zu bedenken geben, daß auch Schütz in seiner Matthäus-, Lucas- und Johannes-Passion und ebenso Sebastiani eine

124) B.-G. XII[1], S. 33.
125) Mit Mosewius, Johann Sebastian Bach's Matthäus-Passion. S. 6.

ähnliche wenngleich bescheidenere Malerei angebracht haben. Man könnte sie ferner fragen ob es weniger äußerlich sei, wenn Bach das Wort »Hochpflaster« ja selbst das Wort »Hohepriester« durch hochgelegte Töne »malt«, und endlich auf das Wesen der Bachschen Recitative, wie wir es oben zu fassen gesucht haben, im allgemeinen hinweisen. Bei alledem müßte man doch zugeben, daß in der Nachahmung eines Thierlautes etwas besonders befremdliches liegt, das durch den Contrast, in dem es zu dem tiefen Ernst des ganzen Werkes steht, ins Komische überzuschlagen droht. Aber die Anknüpfung an volksthümliche Kunstgewohnheiten giebt dem Verfahren einen tieferen Sinn und bei richtiger Erfassung der Grundlagen, auf welche Bach sein Werk stellte, endlich auch eine gewisse Berechtigung. Das Krähen des Hahnes bildete in den geistlichen Schauspielen ein wegen seiner platten Natürlichkeit in den Kreisen des Volkes jedenfalls besonders beliebtes Moment.[126] Kein Wunder, daß man es auch in den Passionsmusiken ungern vermißte. Scheibe, um zu gewissen »altfränkischen« Ausdrucksarten ein Beispiel zu geben, theilt die Erzählung eines Musikers aus Schlesien mit: »derselbe führte einst eine Passionsmusik auf, und um das Krähen des Hahnes recht sinnreich und natürlich auszudrücken, hatte er einen seiner Musikanten hinter der Orgel versteckt, der zu gehöriger Zeit auf dem bloßen Rohre der Hoboe das Krähen des Hahnes mit solcher Natürlichkeit vorstellte, daß alle Zuhörer in die größte Verwunderung gesetzt wurden und seinem glücklichen Einfalle das gebührende Lob ertheilten.«[127] In Sachsen existirten bis in die zwanziger Jahre unseres Jahrhunderts als Überreste der Passionsspiele gewisse Aufführungen der Leidensgeschichte, welche von wandernden Singchören gemacht wurden, und bei denen namentlich das dreimalige Krähen des Hahns, von einem der Sänger durch die Fistel nachgeahmt, ein mit besonderer Spannung erwartetes und mit großem Jubel aufgenommenes Moment bildete.[128]

Bachs Matthäuspassion ist auch als Ganzes ein im seltenen Grade

---

126) Mone, Schauspiele des Mittelalters. Erster Band. S. 108.

127) Scheibe, Critischer Musikus. S. 58.

128) Nach den Mittheilungen von Th. Kriebitzsch, welcher dergleichen noch selbst erlebt hat (Musikalisches Wochenblatt, Jahrgang 1870. S. 337).

volksthümliches Werk. Nicht nur in der starken Accentuirung des Chorals, nicht nur in der Anknüpfung an gewisse volksthümliche Anschauungen oder in der treuen Wahrung liebgewordener kirchlicher Gebräuche liegt diese Eigenschaft begründet. Sie beruht auf dem gesammten Charakter der Musik, die bei all ihrer Tiefe, Weite und Fülle und trotz aller an sie gewendeten Kunst dennoch nirgends die Eingänglichkeit und Einfachheit als ihren Grundzug verleugnet, die zugleich mit bewundernswerther Sicherheit diejenige Hauptempfindung trifft und festhält, welche die ganze Geschichte von Christi Leiden und Sterben durchdringt: die versöhnende Liebe. Mögen auch heftige und erschütternde Affecte in der Matthäuspassion nicht fehlen, sie dienen nur dazu, den milden Grundton hernach desto voller und eindringlicher wieder hervortreten zu lassen. Der Gegensatz, welchen sie namentlich in dieser Beziehung zu der düstern Johannespassion bildet, ist ein scharfer. Daß sie dieselbe auch in vielen andern Dingen überragt, daß in ihr auf meisterliche Art alle den Ansprüchen der verschiedenartigsten Bestandtheile dieser denkbarst verwickelten Kunstform Genüge geschieht, dieses zusammenfassend noch einmal vorzuführen, dürfte unnöthig sein. Begünstigt durch ein glückliches Zusammentreffen der Umstände hat Bach in der Matthäuspassion ein überragendes Meisterwerk geschaffen, wie es im Laufe der Jahrhunderte nur selten den Menschen zu erleben gegönnt ist, ein Denkmal zugleich des deutschen Wesens, das nur mit diesem selber untergehen kann.

Die erste Aufführung der Matthäus-Passion fand Charfreitags den 15. April 1729 im Nachmittags-Gottesdienste statt. Daß die Zuhörer das Werk sofort in seiner ganzen Bedeutung hätten erfassen sollen, wäre eine unbillige Zumuthung gewesen. Indessen scheint die Aufnahme auch hinter Bachs berechtigten Erwartungen zurückgeblieben zu sein, da der Rath der Stadt sich unmittelbar darauf nicht einmal bewogen fühlte, dem Componisten einige bescheidene musikalische Wünsche zu erfüllen (s. S. 68). Erst mit der Zeit fand die Matthäus-Passion die ihr gebührende Bewunderung, und wenn sie sich auch nicht grade weit verbreitet haben mag — was die Schwierigkeit ihrer Ausführung und die unzulänglichen Mittel der meisten damaligen Kirchenchöre verhindert haben werden — so faßte sie doch im Leipziger Musikleben festen Boden und ist bis gegen Ende des Jahrhunderts von den Thomascantoren aufgeführt worden.[129] Der Vesper-Gottesdienst begann $1^1/_4$ Uhr und dauerte unter normalen Verhältnissen bis um 3 Uhr, da $3^1/_4$ Uhr schon wieder der Universitäts-Gottesdienst seinen Anfang nahm. Mit der Matthäus-Passion aber mußte sich die Charfreitags-Vesper auf mehr als 4 Stunden ausdehnen, da das Tonwerk allein schon gegen drittehalb Stunden beanspruchte. Durch diese abnorme Ausdehnung wurde das Verhältniß, in welchem sich die Passionsmusik zum Gottesdienste eigentlich befinden sollte, umgekehrt. Während die ursprüngliche und im Wesen der Sache begründete Idee auf einen Gottesdienst mit ausschmückender Musik abzielte, kam hier ein Kirchenconcert mit gottesdienstlichem Apparat zu Tage. Wirklich steht die Matthäuspassion hart an der Gränze wo die Kirchenmusik aufhört und die Concertmusik beginnt. Sie thut dies nicht vermöge ihres musikalisches Stiles, der durchaus noch ein kirchlicher ist, sondern durch die in ihr sich offenbarende Selbstgenügsamkeit der Kunst, die ihr Object durch eigne Mittel möglichst erschöpft und abrundet, und zur Erreichung der gewollten Wirkung der Kirche nunmehr fast nur als stimmunggebenden Hintergrundes noch bedarf. Daß die verwälschten Passionsoratorien der Zeitgenossen lieber in Musiksälen als in der Kirche gehört wurden, kann nicht wunder nehmen. Aber selbst Bachs Werk stand aus dem genannten Grunde der außerkirchlichen Musik wenigstens so nahe, daß der Versuch, sie gelegentlich auch im Locale des Musikvereins oder sogar in Bachs geräumiger Wohnung aufzuführen wohl einmal gemacht sein dürfte.[130] Es bildet dieses Verhältniß einen neuen Beleg für den Erfahrungsatz, daß Kunstwerke, in welchen die Idee einer Kunstgattung in ihrer höchsten Vollendung erscheint, immer zugleich schon den Keim in sich tragen, der die Zerstörung der Gattung herbeiführen soll. Beiläufig wolle man sich erinnern daß, abgesehen von den in der Neuen Kirche längst bestehenden Passionsaufführungen[131], seit 1728 Gör-

129) S. S. 347 Anmerk. — Bei Mizler, Musikalische Bibliothek, Bd. IV, S. 109 wird von einer unvergleichlichen Passions-Musik gesprochen, welche wegen der allzu heftigen in ihr ausgedrückten Affecte in der Kammer eine gute, in der Kirche aber eine widrige Wirkung gehabt habe. Möglich, daß hiermit die Matthäus-Passion gemeint ist.

130) S. Anmerkung 129. 131) S. S. 31 dieses Bandes.

ner auch in der Vesper der Universitätskirche eine Charfreitagsmusik eingerichtet hatte. Es ergiebt sich, daß dieselbe bei der Länge der Matthäuspassion mit dieser nothwendig zusammenfallen mußte, sowie daß seit 1730, da Görner Organist der Thomaskirche wurde, derselbe bei allen hernach dort stattfindenden großen Passions-Aufführungen nicht für das Orgelaccompagnement benutzt werden konnte. In die Thomaskirche aber verlegte Bach der geeigneteren Räumlichkeiten wegen so viel wie möglich die Aufführung seiner eignen großen Werke. So trat er 1731 mit der Marcus-Passion hervor, dann wahrscheinlich 1734 mit der aufgefrischten Lucas-Passion, und vermuthlich 1736 mit einer dritten Aufführung der Johannespassion.[132] In der veränderten und zugleich erweiterten Gestalt, in welcher wir die Matthäuspassion besitzen, kann sie frühestens im Jahre 1740 zu Gehör gebracht worden sein.[133]

VIII.

Der tiefe kirchlich-volksthümliche Grund, auf welchem Bachs Passionen beruhen, trägt auch dessen große Weihnachts-, Oster- und Himmelfahrts-Musiken. Indessen ist die Art der Beziehungen auf denselben eine etwas andre. Daß in der mittelalterlichen Kirche Evangelienlectionen mit vertheilten Rollen zu Weihnachten, Ostern und Himmelfahrt eben so stattfanden wie in der Passionszeit, ist sicher bezeugt. Die protestantische Kirche hat aber von denselben nicht in gleicher Weise Gebrauch gemacht. Ich habe wenigstens für Weihnachten und Himmelfahrt kein Beispiel gefunden, daß sie in den ersten anderthalb Jahrhunderten der Reformation in protestantischen Ländern geübt worden seien. Erst gegen Ende des 17. Jahrhunderts kommen sie in Thüringen vor[1]) und ein bewußtes Wieder-

132) S. Anhang A, Nr. 44 und Nr. 46 gegen Ende.

133) S. Anhang A, Nr. 47.

1) »Rudolphstädtischer | Christ Abend, | Das ist, | Die Hocherfreuliche Geschicht | der | Menschwerdung und Geburt | unsers HErrn und Heylandes | JESU CHristi, | aus | denen Evangelisten Matthäo und Luca | zusammengetragen | und mit dienlichen Liedern | untermenget, | Wie solche in der Christlichen Fest- Vor- | bereitungs-Versammlung, | in der Hochgräfl. Schwartzb. Hof Kappelle | zu Rudolphstadt, | *musicirt* wird. | Rudolphstadt, | Druckts daselbst

anknüpfen an den altkirchlichen Gebrauch dürfte ihre Erscheinung jetzt kaum bedeuten, man wird vielmehr nur eine Rückwirkung der altbeliebten Passionsform in ihr erkennen müssen. Hieraus erklärt sich dann, warum Bach seine betreffenden Werke mit dem fremdländischen Titel »Oratorium« versah. Es fehlte ihm eben eine durch die kirchliche Praxis überlieferte Bezeichnung, und er borgte den Namen von derjenigen Form, die ihm verhältnißmäßig die nächste Verwandtschaft mit dem was er gestalten wollte zu haben schien. Der Zusammenhang mit den Liturgien der drei Feste ist demnach in dieser einen Hinsicht kein so tiefgewurzelter wie bei den Passionen. Dagegen treten die Beziehungen zu gewissen andern kirchlich-volksthümlichen Gebräuchen theilweise um so deutlicher hervor. Das geistliche Volksschauspiel, insofern es sich mit dem Erlösungswerk Christi befaßte, ging wohl noch über die Menschwerdung zurück in die alttestamentliche Vorbereitung zu demselben: es ging aber nicht über die Himmelfahrt hinaus, die Pfingstvorgänge also ließ es unberücksichtigt. Bach hat ebenfalls kein Pfingst-»Oratorium« hinterlassen und schon hierin dürfte eine Beobachtung der volksthümlichen Tradition offenbar werden. Doch wird man sich vor der allzusichern Annahme einer Absichtlichkeit hüten müssen, da am Ende des 17. Jahrhunderts selbst Pfingstmusiken in der Form der Passionen nicht ohne Beispiel sind.[2]

Es ist oben (S. 329) bemerkt worden, daß aus den dramatisirten Lectionen der Passionsgeschichte sich die mittelalterlichen Passionsschauspiele entwickelten, deren Schauplatz anfänglich noch die Kirche blieb. Die Weihnachts-, Oster- und Himmelfahrtsspiele haben denselben Ursprung. Da aber die zu ihrer dramatischen Versinnlichung erforderlichen Ceremonien und Aufzüge der Beschaffenheit

Heinrich Urban. | Im Jahr 1698. |« 4. Auf der fürstlichen Ministerialbibliothek zu Sondershausen. Aus dem Titel geht hervor, daß es sich nicht um eine einzelne Aufführung, sondern um eine Sitte handelt.

2) »Die Hocherfreuliche Geschicht | der | Himmelfahrt Christi | und | Sendung des heiligen | Geistes, | Aus denen Heil. Evangelisten | zusammen getragen | Und mit zur *Application* diensamen | Arien und Liedern | durchzogen, | Wie solche | in der Hochgräfl. Schwartzb. Rudolph-|städtischen Hof Cappelle| Die heilige Fest Zeit über, | Zu unterschiedenen Malen | *musici*ret wird. | Rudolphstadt, | Druckts Johann Rudolph Löwe, | Im Jahre 1690. |« 4. Auf der fürstlichen Ministerialbibliothek zu Sondershausen.

der Handlungen gemäß viel einfachere waren, so ist es begreiflich, daß diese sich auch vollständiger in der Liturgie erhalten konnten, während man die Passionsliturgien, um sich der Ausartung der außerkirchlichen Schauspiele entgegen zu stellen, wieder auf die nothwendigsten dramatischen Andeutungen beschränkte. Die Weihnachtserzählung bietet nur vier Vorgänge dar: die Geburt, die Verkündigung der Engel an die Hirten, der Gang der Hirten nach Bethlehem und die Anbetung der heiligen drei Könige. Die symbolisch-dramatische Darstellung derselben ist denn auch der protestantischen Liturgie lange Zeit hindurch ganz oder theilweise verblieben. Was von ihr im Leipziger Cultus zu Bachs Zeit noch lebendig war, ist zum Theil schon bei Gelegenheit des *Magnificat* (S. 201) in Betracht gezogen. Neben der Sitte des Kindleinwiegens muß man in Leipzig auch eine symbolische Ceremonie zur Darstellung der Engelbotschaft gekannt haben. Sie bestand darin, daß Knaben als Engel verkleidet in vier Chören sich an vier Stellen der Kirche (beispielsweise vor dem Altar, auf der Kanzel, im Beamten-Stuhl und auf dem Orgelchor) aufstellten und den Christgesang *Quem pastores laudavere* Zeile um Zeile unter einander abwechselnd vortrugen.[3] Daß dieses auch in Leipzig geschehen ist, lehrt uns das Gesangbuch des Vopelius, es bleibt freilich unerwiesen, ob noch während Bachs Zeit.[4] Nun liefen aber neben diesen liturgischen Vorgängen die außerkirchlichen Weihnachtsspiele her, welche sich gleichfalls um jene vier Haupthandlungen mit volksthümlicher Freiheit und Naivetät bewegten. Da das Weihnachtsfest sich mit urgermanischen heidnischen Gebräuchen und Anschauungen verschmolzen hatte, so wurzelten auch die Weihnachtsspiele viel tiefer und zäher noch im Volksleben, als die Passionsspiele; sie blühten demnach auch noch viel frischer als diese und waren dem Sohne des Thüringerstammes etwas von Jugend her vertrautes. So waren auch hier die Umstände günstig für die Gestaltung eines liturgischen Weihnachts-Mysteriums, das Anschauung und Empfindung des Volkes mit reichsten Kunstmitteln und in höchster künstlerischer Vollendung erschöpfend zum Ausdrucke bringen sollte.

---

3) 1589 aus dem Brandenburgischen überliefert; s. Schöberlein, II, S. 52. f. Respondirend mit dem verdeutschten Hymnus *Nunc angelorum gloria* noch im Arnstädter Gesangbuch von 1745, S. 22 f.

4) Vopelius, Neu Leipziger Gesang-Buch. 1681. S. 44 ff.

Das Weihnachts-Oratorium hat Bach im Jahre 1734 geschrieben.[5] Der biblische Text findet sich Lucas 2, v. 1 und v. 3—21, sodann Matthäus 2, v. 1—12. Dieser Text ist nicht, wie bei den Passionen, nach Art des italiänischen Oratoriums in zwei Hälften zerlegt, sondern nach Maßgabe der Perikopen für die drei Christtage, den Neujahrstag, den Sonntag nach Neujahr und das Epiphaniasfest in sechs Theile. Es bildet somit jeder Theil zugleich eine abgeschlossene Festmusik für einen der sechs Feiertage, und wurde auch als solche in der gewöhnlichen Weise aufgeführt. Man hat daraufhin wohl gemeint, das Weihnachtsoratorium sei nur eine Reihe äußerlich zusammengesetzter selbständiger Cantaten. In unserer der Kirche entfremdeten Zeit kann allerdings ein solches Urtheil nicht überraschen und überdies ist der von Bach selbst gegebene Noth-Titel »Oratorium« irreleitend. Aber die Kirche faßte die Zeit der Zwölfnächte (vom 1. Christtag bis zum Dreikönigsfest), welche schon dem germanischen Heidenthum eine geheiligte war, zu einer Festperiode zusammen, deren Mittelpunkt Christi Geburt bildete. Wenn die katholische Kirche in diese Zeit auch die Feier einiger Aposteltage verlegt hatte, so bemühte man sich protestantischerseits, dieselben wieder auszumerzen, um nur allein mit der Person Jesu sich zu beschäftigen. So war es auch in Leipzig. An den drei Weihnachtstagen wurde über die Geburt gepredigt, am Neujahrstage über die Beschneidung, an dem Sonntage nach Neujahr und dem Epiphaniastage von den Nachstellungen des Herodes und den morgenländischen Weisen. Auch wurden an allen diesen Tagen die Weihnachtslieder gesungen.[6] Abgesehen also davon, daß die sechs Theile des Weihnachts-Oratoriums eine fortlaufende Begebenheit behandeln, mußten sie der kirchlichen Anschauung schon durch ihre Bestimmung auf die sechs zusammengehörigen Feiertage als ein Ganzes sich darstellen. Freilich diese kirchliche Anschauung ist für das Verständniß des Werkes nothwendig, ihm so wenig wie den Passionen darf man mit den Ansprüchen an ein Concert-Oratorium gegen-

5) B.-G. V[2] ist es veröffentlicht.

6) S. S. 107 dieses Bandes. Daß man dann auch noch zu Mariä Reinigung (2. Febr.) die Weihnachtslieder sang, ist als letzter Rückblick auf die Christzeit zu verstehen.

übertreten. Was Bach hier für Weihnachten that, war andern Orts auch für die Passionszeit Brauch, wie oben (S. 357 f.) bemerkt worden ist. [7])

Die madrigalischen Stücke sind größeren Theils Übertragungen aus weltlichen Gelegenheitsmusiken. Ein *Drama per musica*, das Bach zum Geburtstage der Königin am 8. December 1733 im Musikverein aufführte, hat zu den Anfangs-Chören des ersten und dritten Theils, und zu zwei Arien die Musik hergegeben. Einem Werke gleicher Gattung, welches zum 5. September desselben Jahres um den Geburtstag des Thronfolgers zu feiern componirt wurde, sind vier Arien, ein Duett und ein Chor, und einer dem 5. October 1734 bestimmten Gratulationscantate für den Leipzig besuchenden König Friedrich August III. eine Arie entnommen. Auch von den noch übrigen sechs Stücken ist es bei vieren wahrscheinlich, daß sie Übertragungen nicht mehr vorhandener Originalcompositionen sind. [8]) Den Text für den Geburtstag der Königin hat Bach augenscheinlich selbst gemacht.[9]) Dichter der Cantate auf den Geburtstag des Churprinzen war Picander, und bei der Gratulationscantate darf man dasselbe vermuthen. [10]) Hiernach ist es fast selbstverständlich, daß Bach und Picander ein jeder an seinem Textantheile auch die für das Weihnachts-Oratorium erforderlichen Umdichtungen besorgten. Bestätigt wird diese Annahme durch den Text des ersten Chors:

---

7) Da das Weihnachts-Oratorium für ein Kirchenjahr componirt war, in dem der Sonntag nach Weihnachten ausfiel und der Sonntag nach Neujahr vorkam, so konnte es in der Folgezeit, so lange Bach lebte, auch nur in solchen Kirchenjahren vollständig wieder aufgeführt werden, wo dieses ebenfalls geschah, also in den drei Jahren 1739—40, 1744—45, 1745—46.

8) Keine Übertragung ist zuverlässig die Alt-Arie des dritten Theils. Sie kennzeichnet sich im Autograph schon durch die Menge der Correcturen als Originalconception; daß es in Bachs Absicht lag an dieser Stelle etwas ganz neues zu bringen sieht man außerdem aus einem der Arie vorhergehenden Entwurf einer andern Arie in Hmoll ($^3/_8$ Takt), der aber fragmentarisch blieb und hernach von Bach durchstrichen wurde. Auch der Anfangschor des fünften Theils »Ehre sei dir Gott gesungen« hat im Autograph nicht das Aussehen einer Übertragung. Sonst vrgl. Rusts Vorwort zu B.-G. V².

9) Der nähere Nachweis unten, wo von den Gelegenheits-Cantaten im gesammten gehandelt wird.

10) Obgleich ihr Text nicht, wie doch der andere, in Picanders Gedichten steht. Bach selbst für den Dichter zu halten verbietet der Stil.

derselbe ist theils nach Psalm 100, v. 2 gebildet, theils klingt er vernehmlich an zwei Arien Johann Georg Ahles an, welche Picander kaum bekannt sein konnten, wohl aber Bach, dem unmittelbaren Nachfolger Ahles in Mühlhausen.[11] Ob die weltlichen Gesangstücke, die in das Weihnachts-Oratorium eingegangen sind, nicht auch ihrerseits wieder, wenigstens zum Theil, auf älteren Compositionen beruhen, ist eine nicht unbedingt zu verneinende Frage. Jedenfalls kommt der Schlußchor des *Drama* für den Churprinzen, der freilich im Weihnachts-Oratorium keine Verwendung gefunden hat, schon in der Cantate »Erwünschtes Freudenlicht« vor, natürlich mit anderm Text, und selbst hier wird er keine Originalarbeit sein.[12]

Es könnte unter solchen Umständen scheinen als müßte dem Weihnachts-Oratorium die Einheitlichkeit fehlen. Soviel muß man zugeben: manche Einzelheiten der madrigalischen Musikstücke verrathen, daß sie ursprünglich über einen andern Text gesetzt worden sind. Die Worte des ersten Chors lauteten eigentlich: »Tönet ihr Pauken, erschallet Trompeten!«; hiernach ist der Anfang der Musik, die allein beginnende Pauke, die gleich darauf einfallende Trompetenfanfare, eingerichtet, dagegen paßt zu den Worten: »Jauchzet, frohlocket, auf! preiset die Tage« dieser Anfang nicht mehr. Der Eingangschor des vierten Theils hatte den Text: »Laßt uns sorgen, laßt uns wachen«, und der Begriff »wachen« wurde durch zwei kurzgestoßene Achtel versinnlicht; durch das Wort der Parodie »loben« erscheint dies Ausdrucksmittel weniger bedingt. »Auf meinen Flügeln sollst du schweben, Auf meinem Fittich steigest du Den Sternen wie ein Adler zu« lautet es in der Cantate für den Churprinzen. Der Musik, die das Schweben und Aufsteigen in edler Plastik darstellt, ist im vierten Theile des Weihnachts-Oratoriums der Text untergelegt: »Ich will nur dir zu Ehren leben, Mein Heiland gieb mir Kraft und Muth, Daß es mein Herz recht eifrig thut.« In derselben Cantate singt Hercules: »Ich will dich nicht hören, ich will dich nicht wissen, Verworfene Wollust, ich kenne dich nicht. Denn die Schlangen, So mich wollten wiegend fangen, Hab ich schon lange zer-

11) Auf diese Anlehnung hat schon Winterfeld, Ev. K. III, S. 344 hingewiesen.

12) S. S. 229 dieses Bandes.

drücket, zerrissen«. Die Begleitung malt an den betreffenden Stellen die Windungen der Schlangen; zu den parodirten Worten: »Deine Wangen Müssen heut viel schöner prangen« wird die Bedeutung dieser Tonreihen unverständlich. Aber daß Bach sich an solchen kleinen Incongruenzen nicht stieß, ist auch wieder für die richtige Auffassung seiner Musik äußerst belehrend. Wie gern er auch malerische Züge einstreute, er that es nicht in Folge einer auf musikalische Plastik gerichteten Grundanschauung. Jene Züge sind flüchtigen Anregungen entsprungene Witze, deren Vorhandensein oder Fehlen Werth und Verständlichkeit des Tonstückes in seinem eigentlichen Wesen nicht ändert. Man ist bei Bach zu leicht bereit, irgend eine scharf hervortretende melodische Linie, eine frappante harmonische Wendung und irgend ein bezeichnendes oder affectvolles Wort, das mit jenen musikalischen Gestaltungen zusammentrifft, in eine innigere und tiefere Beziehung zu bringen, als sie im Sinne des Componisten gelegen haben kann. Ist schon in Bachs Recitativen die Übereinstimmung von Wort und Ton manchmal etwas nebensächliches, fast zufälliges zu nennen, wie viel mehr in den gebundenen Musikstücken. Wer je die erste Alt-Arie des Weihnachts-Oratoriums hörte, wird sich über den zärtlichen Ausdruck der vereinzelten Ausrufe »den Schönsten«, »den Liebsten« gefreut haben. Es scheint als gehörten Text und Musik untrennbar zusammen. Aber im Original fallen auf dieselben musikalischen Wendungen die Worte: »ich will nicht!« »ich mag nicht!«, und sie passen auch ganz gut. Oft ist die Herstellung solcher tieferen Übereinstimmungen nur der Gestaltungskraft des Sängers anheimgegeben; Bachs Musik weist sie nicht ab, fordert sie aber auch nicht.[13] Ja selbst die Einwirkung der im Text gegebenen poetischen Empfindung auf die Gestaltung des Musikstückes im Ganzen ist bei Bach durchschnittlich eine viel mehr verallgemeinerte, als bei irgend einem andern Meister seiner und der späteren Zeit. Die angeführte Arie dient in der weltlichen Cantate dem Hercules, seine Verachtung der Freuden der Wollust auszudrücken, im Weihnachts-Oratorium wird sie eine Aufforderung an die Tochter Zion, den ersehnten Bräutigam liebend zu empfangen. Dabei wird man dennoch einstimmig sein, daß es kaum

13) Vgl. S. 140 dieses Bandes.

ein charaktervolleres Musikstück giebt als dieses, nur liegt der Charakter größtentheils in der Musik an sich. Übertrug nun Bach vollständige abgeschlossene Tonstücke aus einem Werke in ein anderes, so wird es sich zumeist darum handeln, ob sie in den musikalischen Zusammenhang passen und, wenn die anfängliche Bestimmung eine weltliche war, ob ihr Stil dem kirchlichen Werke nicht widerspricht. Hinsichtlich der letzteren Frage darf ich auf früher Gesagtes zurückweisen.[14] Bachs gesammte Ausdrucksweise hat sich auf kirchlichem Grunde gebildet. Ob er geistliche oder weltliche Musik componirt, ob er Orgelfugen oder Kammersonaten schreibt, der kirchliche Grundton, der aus dem Wesen der Orgel entwickelte Stil durchdringt alle seine Werke. Er konnte demnach kaum etwas unkirchliches schreiben. Seine weltlichen Gelegenheitsmusiken waren vielmehr unweltlich, als solche erfüllten sie ihren Zweck nicht und der Componist gab sie ihrer eigentlichen Heimath zurück, wenn er sie zu Kirchenmusiken umwandelte. Angesichts des unermessenen schöpferischen Reichthums und des tiefen Künstlerernstes, von welchem Bachs Werke zeugen, wird man nicht behaupten dürfen, derartige Übertragungen seien aus Bequemlichkeit oder Zeitmangel geschehen. Sie erfolgten aus dem richtigen Gefühle, daß die betreffenden Stücke erst durch eine kirchliche Bestimmung völlig stilgemäß erscheinen würden. Damit soll nicht zugleich jeder Unterschied zwischen Bachs geistlicher und weltlicher Schreibweise geleugnet werden. Abgesehen von der ihn beim Schaffen überhaupt beherrschenden Grundstimmung mußte sich Bach natürlich in verschiedener Weise angeregt fühlen, wenn er zur Ergötzung seines Musikvereins und zur Erbauung der christlichen Gemeinde componiren, wenn er die Churfürstin von Sachsen besingen und das Christuskind feiern wollte. Der Charakter der weltlichen Cantaten ist verhältnißmäßig leichter und spielender. Aber es fehlten auch im kirchlichen Leben nicht die passenden Veranlassungen diesen Ton anzuschlagen, und die Weihnachtsfeier war vor allen eine solche. Die festliche Heiterkeit und kindliche Lieblichkeit, welche den Grundzug des Weihnachts-Oratoriums bildet und dem Charakter des Christfestes einen erschöpfenden Ausdruck giebt, ist aufs glücklichste

14) Band I, S. 560.

durch jene Übertragung weltlicher Gesangsstücke erreicht worden. Allerdings fehlt es bei Bach auch nicht an Musikstücken, deren Haltung durch den Text schärfer bestimmt erscheint. Bei ihrer Übertragung ist aber auch immer mit Vorsicht verfahren und der parodirte Text der charakteristischen Musik geschickt angepaßt. Das Wiegenlied des zweiten Theils ist auch in der älteren Conception der Geburtstagscantate für den Churprinzen ein Schlummergesang.

Kein anderes Werk Bachs birgt einen reicheren Schatz reizender, leicht eingänglicher Melodien, als das Weihnachts-Oratorium. Doch nicht im musikalischen allein liegt der volksthümliche Zug desselben. Wo es nur anging, ist auch im poetischen Theile auf die Anschauungen der weihnachtlichen Volks-Schauspiele und -Lieder und die mit ihnen zusammenhängenden Ceremonien Rücksicht genommen. Die Sitte des Kindleinwiegens wird durch das Schlummerlied des zweiten Theiles »Schlafe, mein Liebster« zurückgespiegelt, ein Stück von bestrickendem Wohllaut und süßester Melodik.[15] Es steht freilich nicht an der ihm eigentlich gebührenden Stelle: diese wäre im dritten Theile gewesen. Musikalische Gründe müssen Bach abgehalten haben es dort einzusetzen. Im zweiten wird sein Eintritt so motivirt, daß eine Bassstimme die Aufforderung an die Hirten fortsetzt und ihnen aufträgt, wenn sie nach Bethlehem gekommen seien, dem Gottessohne »in einem süßen Ton[16] und mit gesammtem Chor« das folgende Lied zu singen, welches allerdings für einen chorischen Vortrag keineswegs geeignet ist. Es kam hier nur darauf an, eine Veranlassung zu finden, die Arie selbst hat sich Bach wohl eher im Munde der Maria gedacht, da sie einer Altstimme zuertheilt ist, während sie in der Cantate auf den Geburtstag des Churprinzen von einer Sopranstimme um eine kleine Terz höher vorgetragen wird. In den Weihnachtsspielen und Weihnachts-Hirtenliedern ist es ein stereotyper Zug, daß die Hirten nach Empfang der Engelbotschaft zum Gange nach Bethlehem ermuntert werden. In einem schlesischen Spiele heißt es:

---

15) Der Vorläufer dieser wunderschönen Composition findet sich in der weimarischen Cantate »Tritt auf die Glaubensbahn«; s. Band I, S. 551.

16) Anklang an Luthers

»Das rechte Susannine schon
Mit Herzens Lust den süßen Ton.«

Laufet ihr Hirten, lauft alle zugleich,
Nehmet Schalmeien und Pfeifen mit euch,
Lauft alle zumal
Mit freudigem Schall
Auf Bethlehem zum Kindlein im Stall.

In einem Hirtenliede:

Auf, ihr Hirten, nicht verweilet,
Lauft nur hin in jenen Stall,
Nur zum Jesukindlein eilet,
Ihme nur zu Füßen fall.[17]

Wenn man damit den Text der Tenorarie im zweiten Theile des Weihnachts-Oratoriums vergleicht:

Frohe Hirten, eilt, ach eilet
Eh' ihr euch zu lang verweilet,
Eilt, das holde Kind zu sehn,

so wird man nicht zweifeln, daß hier ein Zusammenhang besteht. Die Sache ist deshalb besonders wichtig, weil den Text der aus der Cantate für die Königin entnommenen Arie Bach selbst gemacht hat und folglich auch die Umdichtung besorgt haben wird; er selbst ist es also gewesen, dem die Einfügung dieser Reminiscenz aus dem Volksleben zugeschrieben werden muß. Derselben Cantate gehörte die Bassarie des ersten Theils zu, in welcher Jesus als der »große Herr und starke König« besungen wird: auch hier dürften demnach die Worte vom Componisten herrühren. Der Armuth in welcher Jesus auf Erden erscheint, seine göttliche Herrschermacht gegenüber zu stellen mußte schon im allgemeinen nahe liegen. Es scheint indessen, als habe Bach noch mehr beabsichtigt. Die heiligen drei Könige, deren Einherziehen schon in der altkirchlichen Liturgie dramatisch versinnlicht wurde, und die nachher als volksthümliche Figuren auch in außerkirchlichen Umzügen sehr beliebt waren, bringen bekanntlich dem Christkinde dreierlei Gaben: Gold, Weihrauch und Myrrhen. Das Gold gilt dem Könige, der Weihrauch dem Gotte, die Myrrhen dem zu Leiden und Kreuzestod bestimmten Erlöser.[18] Im ersten Theile des Weihnachts-Oratoriums ist allerdings von den Drei Königen noch nicht die Rede. Wir sahen aber oben schon, daß es Bach

---

17) Weinhold, Weihnacht-Spiele und Lieder. S. 119 und 434.

18) In dem Weihnachts-Hymnus »*O quam dignis celebranda*« heißt es:

mehr darauf angekommen zu sein scheint, gewisse volksthümlich-kirchliche Anschauungen überhaupt zum Ausdruck zu bringen, als gerade an den ihnen eigentlich zukommenden Stellen. Die Vorausdeutung auf Christi Leiden gleich bei seiner Geburt hat nun wirklich im ersten Theile des Werks eine ergreifende Gestalt gewonnen durch die Anwendung der Melodie »O Haupt voll Blut und Wunden« zu dem Begrüßungsliede »Wie soll ich dich empfangen«, die in die helle Feststimmung einen düstern Schatten fallen läßt. Die Göttlichkeit Christi noch durch einen besondern Satz hervorzuheben mußte unnöthig erscheinen. Aber sein königliches Wesen zu betonen, lag nun um so mehr nahe, und dazu war auch im Raum des Ganzen immerhin Platz. Zwar nicht mit Unrecht hat man als die Grundanschauung des ersten Theiles das apostolische Wort bezeichnet: »er äußerte sich selbst und nahm Knechtsgestalt an«. In dem Rahmen der Festfreude ist es allerdings vorzugsweise das Bild demüthiger Erniedrigung, was uns entgegentritt. Der Vorwurf aber als passe deshalb die Bassarie nicht hinein, wird wohl durch den Nachweis der Beziehung entkräftet, welche auf Grund einer volksthümlichen Anschauung zwischen ihr und dem ersten Choral besteht. [19] Wenn im zweiten Theile der Engel die Geburt verkündigt hat, wird die oben erwähnte Arie »Frohe Hirten, eilt, ach eilet« durch folgendes Bass-Recitativ eingeleitet:

Was Gott dem Abraham verheißen,
Das läßt er nun dem Hirtenchor
Erfüllt erweisen.

Tres adorant reges unum, triplex est oblatio,
Aurum primo, thus secundo, myrrham dante tertio,
Aurum regem, thus coelestem, mori notat unctio.

In deutscher Version in einem Liede des Andernacher Gesangbuches von 1608, mitgetheilt von F. M. Böhme, Altdeutsches Liederbuch (Leipzig, Breitkopf und Härtel, 1877) S. 640:

Als ein könig brachten Gold,
weihrauch daß er opfern solt
myrrhen daß er sterben wolt.

19) Winterfeld (Ev. K. III, S. 347) erhebt diesen Vorwurf und findet den Grund der Unangemessenheit darin, daß die Arie eine entlehnte sei. Seine Vermuthung wie Bach zu dieser Unangemessenheit gekommen sei, wird überflüssig, wenn mit obigen Bemerkungen das richtige getroffen ist.

Ein Hirt hat alles das zuvor
Von Gott erfahren müssen,
Und nun muß auch ein Hirt die That,
Was er damals versprochen hat,
Zuerst erfüllet wissen.

Auch dieser Text scheint eine verborgenere Beziehung zu enthalten. Die frostige Antithese von Abraham dem Hirten und den bethlehemitischen Hirten war schwerlich das Motiv der Dichtung; es dürfte vielmehr dem Verfasser etwas vom Lobe des Hirtenstandes vorgeschwebt haben. In Weihnachtsspielen kam es vor, daß die in der Nacht wachenden Hirten, um sich die Zeit zu vertreiben, eine *Cantilena de laude pastorum* anstimmten. Eine solche findet sich in einem bairischen Weihnachtsspiele, sie beginnt:

Laßt uns singen von den Hirten,
Was sie genießen für große Würden,

und geht dann die Hirten des alten Testamentes durch.[20] Daß dieses Motiv bis in die neue Zeit ein populäres blieb, zeigt noch Johannes Falks bekannter Hirtenreigen:

Was kann schöner sein,
Was kann edler sein,
Als von Hirten abzustammen.

Um für die Instrumentalsinfonie, mit welcher der zweite Theil beginnt, recht empfänglich zu werden, wird man auch gut thun sich mit der Stimmung zu erfüllen, aus welcher grade in den Weihnachtsspielen die nächtlichen Hirtenscenen geschaffen sind. Die in der naiven Anschauung des Volkes sich ohne Schwierigkeit vereinigenden Gegensätze: die Lieblichkeit der orientalischen Idylle und der Ernst der sternklaren nordischen Winternacht bilden auch für die Sinfonie den Stimmungsuntergrund. Dieses wunderbare, wie aus Silberfäden gewobene und durch seinen Farbenschmelz bezaubernde Stück ist von einer stillen Heiterkeit und doch unaussprechlich feierlich, es ist kindlich und dennoch übervoll von schwellender Sehnsucht. Die Natur-Romantik, welche es unverkennbar athmet, webt auch noch in dem großartigen Engelchore »Ehre sei Gott in der Höhe«, bei dessen glitzernder Begleitung man in den Sternenraum aufzublicken meint.

20) Weinhold, a. a. O., S. 176.

Der Bericht des Weihnachts-Evangeliums ist von viel geringerem Umfange, an Ereignissen ärmer und auch weit weniger lebendig, als die Passionsgeschichte. Dadurch kommt der lyrische Theil ins Übergewicht und das Ganze neigt sich entschiedener zum Stil der Kirchencantate hinüber. Bach hat dies selbst sehr wohl gemerkt, ja er hat aus freien Stücken das lyrische Element stärker noch hervorgehoben, als die Umstände erforderten. Selbst zusammengehörige Abschnitte des Evangeliums, die Bach auch als solche behandelte, werden nicht selten von madrigalischen Betrachtungen durchzogen, was in den Passionen nirgends vorkommt. Die im Evangelium gebotenen Gelegenheiten zum Wechsel der recitirenden Stimmen und zur Einführung von Chören hat Bach garnicht einmal immer benutzt. Im zweiten Theil läßt er einmal die Partie des Engels (Sopran) von dem Evangelisten (Tenor) fortsetzen. Es geschieht allerdings, nachdem die Verkündigung des Engels durch ein Recitativ und eine Arie unterbrochen worden ist.[21] Hiernach den Engel ohne Vermittlung des Evangelisten noch einmal wieder einsetzen zu lassen, mochte Bach für bedenklich halten. Aber wenn ihm an der Durchführung der dramatischen Fiction viel gelegen gewesen wäre, hätte er die einzelnen Stücke wohl überhaupt anders geordnet. Im fünften Theile läßt Herodes die Hohenpriester und Schriftgelehrten versammeln und befragt sie um Christi Geburtsort. Sie antworten: »Zu Bethlehem im jüdischen Lande. Denn also stehet geschrieben durch den Propheten: Und du Bethlehem im jüdischen Lande bist mit nichten die kleinste unter den Fürsten Judas«, u. s. w. Nach der Regel hätte aus diesen Worten ein Chor gemacht werden müssen; es singt sie aber der Evangelist.[22] Der Grund liegt hier, wie ich glaube, nicht in einer Geringschätzung des dramatischen Elements. Die populären Personen der Weihnachtsgeschichte waren, außer Maria und Joseph mit dem Kinde: der verkündigende Engel, die lobsingenden Engelschaaren, die Hirten, die Drei Könige und Herodes. Sie hat auch Bach, soweit es der Text des Evangeliums zuließ, dramatisch eingeführt. Von einem Chor der Hohenpriester und Schriftgelehrten mußte er einen befremdenden und verwirrenden Eindruck befürchten, da diese Personen als solche für die Ereignisse bei Christi

21) B.-G. V², S. 66. 22) B.-G. V², S. 197.

Geburt nichts bedeuten; und er wollte sich eben ganz im Anschauungskreise des Volkes halten. Allerdings ließ er so ein Mittel zu größerer dramatischer Lebendigkeit unbenutzt. Aus der vorwiegend lyrischen Haltung des Werks begreift sich endlich auch die Unbekümmertheit, mit welcher Bach Stücke wie das Wiegenlied oder den Preisgesang auf Christus den König an Stellen einsetzte, wohin sie dem Verlaufe der Handlung nach nicht gehörten. Er stellte sich mehr auf den Standpunkt der Kirchencantate, bei welcher die Begebenheiten des Evangeliums als bekannt vorausgesetzt und die daher gewonnenen Anregungen nach rein musikalischen oder sonstigen Rücksichten ausgenutzt werden.

Nach der Beschaffenheit des Stoffes muß man das Weihnachts-Oratorium in drei Abschnitte zerlegen. Die Erzählung von der Geburt und deren Verkündigung, die eigentliche Weihnachtsgeschichte, wird in den ersten drei Theilen behandelt. Der vierte gilt dem Namenstage Jesu, der fünfte und sechste den Drei Königen. Bach hat das ganze Werk in kenntlicher Weise dadurch zu einer Einheit zusammengeschlossen, daß er den ersten Choral des ersten Theiles am Schluß des letzten in der Form einer glänzenden und festlichen Choralfantasie wiederkehren läßt. Übrigens haben die Abschnitte doch ihren besonderen Charakter. In den ersten drei Theilen waltet die Weihnachtsstimmung am intensivsten. Dies wird zu einem erheblichen Theile durch die Choräle bewirkt, die weit zahlreicher eingestreut sind als in den letzten drei Theilen und fast alle sich als die bekanntesten Weihnachtslieder darstellen. Die Melodie »Gelobet seist du, Jesu Christ« kommt zweimal vor, »Vom Himmel hoch« dreimal, »Fröhlich soll mein Herze springen« und »Wir Christenleut« je einmal; außerdem noch das Adventslied »Wie soll ich dich empfangen«, mit der Melodie »O Haupt voll Blut und Wunden« tiefsinnig vermählt, und die neunte Strophe von »Ermuntre dich, mein schwacher Geist«.[23] Die Mehrzahl ist einfach vierstimmig gesetzt, aber mit sinnreicher Verwendung der Kirchentonarten. Die Melodie

23) B.-G. V², S. 37 und 110, S. 47, 66 und 90, S, 124, S. 126, S. 36, S. 59. Daß die Strophe »Brich an, du schönes Morgenlicht« zu dem Ristschen Liede »Ermuntre dich, mein schwacher Geist« gehört, hat L. Erk bemerkt (Bachs mehrstimmige Choralgesänge. Erster Theil. S. 115. Nr. 27).

»O Haupt voll Blut und Wunden« hat Bach phrygisch harmonisirt und hierdurch jeden Zweifel über die Absicht ihrer Einführung ausgeschlossen. Wenn im zweiten Theil die Melodie »Vom Himmel hoch« mit der achten Strophe des Gerhardtschen Liedes »Schaut, schaut, was ist für Wunder das?« auftritt, zeigen ihre Harmonien mixolydische Anklänge und der letzten Strophe des Liedes »Fröhlich soll mein Herze springen«, welche als vorletzter Choralsatz des dritten Theiles zu einer theilweise gewiß von Bach selbst herstammenden Umbildung der Melodie »Warum sollt ich mich denn grämen« gesungen wird, ist das mixolydische Gepräge in deutlichst erkennbarer Weise gegeben. Beide Male aber zeigt sich der Charakter demüthiger Innigkeit, welchen die Choräle durch diese Behandlung erhalten, durch den Zusammenhang aufs schönste bedingt und ist von tiefer Wirkung.[24] Im Gegensatze zu der Matthäus-Passion kommt indessen einmal im Weihnachts-Oratorium auch ein einstimmiger Choralgesang vor. Als der Evangelist erzählt hat: »Und sie gebar ihren ersten Sohn und wickelte ihn in Windeln und legte ihn in eine Krippe, denn sie hatten sonst keinen Raum in der Herberge« entwickeln zwei Oboen mit den Bässen und der Orgel ein reizendes Tonbild zärtlicher, schüchterner Innigkeit, in welches der Sopran die sechste Strophe von »Gelobet seist du, Jesu Christ« still hineinfügt, während zwischen die einzelnen Zeilen recitativische Betrachtungen des Basses treten.[25] Choralsätze wie man sie sonst bei Bach nicht zu finden pflegt schließen den ersten und zweiten Theil. Die Choräle treten auch hier im einfach vierstimmigen Satze auf, aber mit Zwischen- und Nachspielen der Instrumente, welche auf Motiven oder doch Anklängen des ersten Stücks des jedesmaligen Theiles beruhen. Dort ist es die dreizehnte Strophe des Liedes »Vom Himmel hoch«, hier die zweite Strophe des Gerhardtschen Gedichts »Wir singen dir, Immanuel« zu welcher aber nicht die ursprüngliche Melodie »Erschienen ist der herrlich Tag« benutzt ist, sondern ebenfalls die Melodie »Vom Himmel hoch«: um den Text anzupassen mußte

24) S. hierüber Winterfelds sinnige Auseinandersetzungen Ev. K. III, S. 348, 350 und 302 ff. Es verschlägt nichts, daß er zu dem ersten der beiden Gesänge einen falschen Text annahm.

25) Der Anfang des Textes derselben lautet übrigens: »Wer will die Liebe recht erhöhn«.

Bach das abschließende »Hallelujah« weglassen. Die Absicht, Anfang und Ende auch musikalisch auf einander zu beziehen, tritt auch im dritten Theil zu Tage; hier bildet nicht ein Choral das Ende, sondern der Anfangschor wird — ein bei Bach seltener Fall — wiederholt. Der fünfte und sechste Theil, der Geschichte von den heiligen drei Königen gewidmet, steht an musikalischem Werthe hinter den ersten drei Theilen nicht zurück. Die lyrischen Chöre sind kunst- und schwungvoll. Unter den Sologesängen ist ein Terzett im dramatischen Stil (»Ach, wann wird die Zeit erscheinen«), und ein vierstimmiges fugirtes Recitativ (»Was will der Hölle Schrecken nun«) von hervorragender Bedeutung. Dagegen hat es Bach unterlassen, die zu Grunde liegende Begebenheit in der Weise seiner Passionen gründlich auszunutzen. Der cantatenhafte Charakter tritt mehr noch, als in den ersten drei Theilen hervor. Auch liegt das eigenthümlich Weihnachtliche mehr nur in der allgemeinen Haltung der Musik, als in den Chorälen. Die beiden hauptsächlichen Weihnachts-Lieder der Leipziger Gemeinde »Vom Himmel hoch« und »Gelobet seist du, Jesu Christ«[26]) kommen nicht wieder vor. Unter vier Chorälen ist überhaupt nur einer (Gerhardts »Ich steh an deiner Krippen hier«) ein wirkliches Weihnachtslied, einer (»Dein Glanz all Finsterniß verzehrt«) ein Epiphanias-Gesang, die andern beiden sind ohne bestimmt ausgeprägten festlichen Text und auch ihre Melodien (»Gott des Himmels und der Erden« und »O Haupt voll Blut und Wunden«) keine Weihnachtsmelodien. In dem Epiphanias-Gesange hat es Bach für zweckdienlich gehalten, den Text, in dem Choral »Zwar ist solche Herzensstube« die Melodie etwas abzuändern.[27]) Am wenigsten vom Charakter einer kirchlichen Festmusik besitzt der vierte Theil. Der biblische Kern besteht nur aus einem einzigen Verse des Lucas-Evangeliums (2, 21), welcher von der Beschneidung und Namengebung Jesu berichtet. Aus ihm unmittelbar ließ sich nicht viel Stoff gewinnen. Aber auch auf die Vermittlung der Litur-

26) S. S. 106 f. dieses Bandes.

27) Ersterer ist die sechste Strophe von Arnschwangers »Nun liebe Seel, nun ist es Zeit«; das Original lautet: »Dein Glanz all Finsterniß verzehr, Die trübe Nacht in Licht verkehr«. In letzterem mußte Bach die Schlußtöne der beiden letzten Zeilen des Abgesanges wiederholen, um Text und Musik zusammenzupassen.

gie hat Bach fast verzichtet. Kein Weihnachtslied, ja überhaupt kein wirklicher Choral kommt vor. Allerdings sind dem Texte zwei Strophen Ristscher Kirchenlieder eingefügt: die fünfzehnte Strophe des Liedes »Hilf, Herr Jesu, laß gelingen« als Schlußgesang in derselben Form, welche die ersten beiden Theile an dieser Stelle haben; die erste Strophe des Liedes »Jesu du mein liebstes Leben« als ein in zwei selbständige Sätze zerschnittenes Sopranarioso mit contrapunctirendem Bass-Recitativ.[28] Beide Male hat Bach aber nicht die gebräuchlichen Kirchenmelodien, sondern andere, arienhaften Charakters, benutzt, die man, da sie sonst nirgends vorkommen, längst und mit Grund für Bachs eigne Erfindungen hält.[29] Dieser Theil trägt daher mehr nur das Gepräge einer religiösen Composition, er ist von hoher Anmuth und Lieblichkeit, muß aber eine bestimmte kirchliche Haltung erst durch seine Stellung im Zusammenhange des ganzen Werkes empfangen. Ich habe schon mehre Male darauf hinzuweisen gehabt, daß Bach in der mittleren Leipziger Periode die Neigung zeigt, seine Kirchenmusik in eine Art religiöser Hausmusik hinüber zu leiten, oder, wie man zuweilen auch umgekehrt sagen kann, die von ihm geübte und geliebte geistliche Hausmusik zur Höhe kirchlichen Stiles zu erheben.[30] Der vierte Theil des Weihnachts-Oratoriums ist ein neues Zeugniß für diese Tendenz. Ein Zug, durch welchen sie auch im Einzelnen hervortritt, ist trotz seiner Unscheinbarkeit bemerkenswerth. In der Strophe des Schlußgesanges beginnt Rist sämmtliche Zeilen mit demjenigen Namen, den zu feiern der Tag bestimmt ist: »Jesu, richte mein Beginnen, Jesu, bleibe stets bei mir« u. s. w. Bach ändert »Jesu« in »Jesus«. Rist redet den Heiland betend an, Bach spricht einen frommen Wunsch aus und geht erst in der letzten Zeile ebenfalls zum Gebet über. Man sieht, es ist dasselbe Verfahren wie in der Umdichtung der früher besprochenen Cantate »Ich bin vergnügt«[31]. Spuren eines freieren Schaltens mit kirchlichem Gut, worin eben bei Bach die Hinneigung zu einer häuslich-erbaulichen Empfindung merkbar wird,

---

28) B.-G. V², S. 150 ff. und S. 158 f.

29) Seit Winterfeld; s. dessen E. K. III, S. 354 f.

30) S. S. 304 f. dieses Bandes; vergl. 270 ff. und 285 ff.

31) S. S. 274 f. dieses Bandes.

finden sich übrigens im Weihnachts-Oratorium auch sonst: absichtlich habe ich deshalb auf die kleinen oder größeren Freiheiten aufmerksam gemacht, die er sich bei den Choralsätzen »Ich will dich mit Fleiß bewahren«, »Wir singen dir mit deinem Heer«, »Dein Glanz all Finsterniß verzehrt« und »Zwar ist solche Herzensstube« erlaubt hat. Ob aber Bach einem andern als dem eigenthümlich beschaffenen vierten Theile ein Stück hätte einfügen mögen, wie die Sopranarie »Flößt mein Heiland« mit dem doppelten Echo einer zweiten Sopranstimme und einer Oboe, darf man bezweifeln. Zwar hat, wenn irgend, am Weihnachtsfest die kindliche Naivetät ihr Recht, und es ist rührend zu sehen, wie der ernste, gedankenvolle Meister sich so ganz von dieser Festempfindung hinnehmen läßt, daß er einer solchen Spielerei in seinem Werke Platz gönnt. Auch hat er das Echo nicht in seiner natürlichen Erscheinung einfach copirt, sondern es in freierer Weise als Kunstmotiv aufgefaßt. Er wechselt nicht nur zwischen dem Echo der Singstimme, das auch die Worte wiedergiebt, und dem der Oboe, welches nur tönt, also zwischen dem näheren und ferneren Widerhall, sondern er läßt sie auch die Rollen tauschen, so daß diese zuerst, jene hernach antwortet, ja an den Hauptschlüssen verstummt die Hauptstimme und das Echo redet unaufgefordert. Aber dennoch hat die Composition einen traulich gemüthvollen Zug, ähnlich der durch eine Campanella begleiteten Arie »Schlage doch, gewünschte Stunde«[32], und gehört deshalb mehr in die Hausandacht. Befremden könnte die Idee des Echos auch wohl außerdem noch erregen. Mit einem Widerhall unterhält man sich im Freien, aber an welchem Orte sollen wir uns die in der Arie beschlossene Unterhaltung mit Jesus vorstellen? Anfänglich stand die Arie in der Gelegenheitscantate zum Geburtstage des Churprinzen. Dieses *Drama per musica* behandelt die Erzählung von Hercules am Scheidewege. Nachdem Wollust und Tugend ihre Überredung begonnen haben, singt Hercules, der einstweilen noch nicht weiß, was er thun soll:

Treues Echo dieser Orten,
Sollt ich bei den Schmeichelworten

32) S. S. 305 dieses Bandes.

Süßer Leitung irrig sein?
Gieb mir doch zur Antwort: Nein!
Echo: Nein!

Oder sollte das Ermahnen,
Das so mancher Arbeit nah,
Mir die Wege besser bahnen?
Ach so sage lieber Ja!
Echo: Ja!

Hier ist die Situation eine solche, daß an das Vorhandensein eines Echo gedacht werden kann. Hätte Bach die Arie nur um ihrer anmuthigen Musik willen in das Weihnachts-Oratorium übertragen und dabei aus der sie bedingenden Scenerie herausgelöst, so wäre das unzweifelhaft eine Geschmacklosigkeit gewesen. Er hat dieselbe aber nicht begangen. Die Person der Kirchenarie ist die Braut des Hohenliedes, welche herausgegangen ist ihren Geliebten zu suchen. Um sich über die Richtigkeit dieser Deutung zu vergewissern, muß man auf den Ursprung solcher Echo-Gedichte zurückgehen. Er findet sich in Friedrich Spees »Trutz Nachtigall«. In einem der lieblichsten Gedichte dieser Sammlung »spielet die Gespons Jesu im Wald mit einer Echo oder Widerschall«: [33]

Der schöne Frühling schon begunnt,
Es war im halben Märzen,
Da seufzet ich von Seelengrund,
Der Brand mir schlug vom Herzen.
Ich Jesum rief
Aus Herzen tief,
Ach Jesu! thät ich klagen:
Da hört ich bald
Auch aus dem Wald
Ach Jesu! deutlich sagen.

Durch eine Menge von Ausrufen und Fragen wird dieses Spiel in anmuthigster Weise durchgeführt, bis es dann endlich heißt:

Wohlan, wohlan, o Widerschall,
Weil einmal dich hab funden,
Ich spielen will mit dir im Ball
Hinfürder manche Stunden.

---

33) Trutz Nachtigal. Cöllen, 1649. S. 10 ff. — Die folgende Strophe ist die zweite, im ganzen zählt das Gedicht zwanzig Strophen.

Der Ball, so dir
Dann kommt von mir,
Soll heißen JESUS Name,
Der Ball, so du
Sollt schlagen zu,
Soll sein auch JESUS Name.

Die Echo-Spielerei wurde alsdann unter den Dichtern beliebt. Auch Franck hat das Motiv mehrmals benutzt: in einem »Geistlichen Echo mit der girrenden Turteltaube«[34] ist die Anlehnung an Spee augenscheinlich. Was oben von den Bestandtheilen der weltlichen Cantaten Bachs gesagt wurde, daß sie durch Übertragung ins geistliche Gebiet ihrer eigentlichen Heimath zurückgegeben seien, bewahrheitet sich an der Echo-Arie des Weihnachts-Oratoriums auch noch in andrer Weise: die Quelle für derartige Gebilde fließt auf dem Gebiete geistlicher Poesie. Daß Bach und wer den Text der Arie zu einem geistlichen parodirte Spees Gedicht gekannt und sich mit Bewußtsein an dasselbe angeschlossen haben, halte ich für wahrscheinlich, schon deshalb, weil es auf eine Verherrlichung des Namens Jesu hinausführt und um diesen eben sich der vierte Theil des Weihnachts-Oratoriums bewegt. Sicherlich bildet zu ihm die Bachsche Composition ein ebenbürtiges Gegenstück. —

Am Osterfeste hatten in der protestantischen Kirche die dramatisirten Evangelienlectionen, wenngleich sie viel weniger allgemein geworden waren als in der Passionszeit, doch einen bescheidenen Platz von Alters her gehabt. Dies erklärt sich daraus, daß das Osterevangelium die unmittelbare Fortsetzung der Passionsgeschichte bildet. Wir besitzen Oster-Compositionen in dem Stil der älteren Passionen von den Dresdener Capellmeistern Scandelli und Schütz, auch in Vopelius' Leipziger Gesangbuch von 1681 befindet sich eine solche, die also um jene Zeit in Leipzig noch gesungen sein muß, aber um ein bedeutendes früher entstanden ist. Der Text ist harmonistisch, die musikalische Behandlung bemerkenswerth, indem der Evangelist nicht durch einen Tenor, sondern einen Bariton dargestellt wird und die Reden der einzelnen Personen mehrstimmig sind:

34) Geist- und weltliche Poesien. Erster Theil. S. 80 f. Man vergl. Hoheslied Salomonis 2, 14: »Meine Taube in den Felslöchern, in den Steinritzen, zeige mir deine Gestalt, laß mich hören deine Stimme.«

Christus singt vierstimmig die übrigen zweistimmig.[35] Aber schon zu Kuhnaus Zeit war diese Osterlection nicht mehr im Gebrauch, ebensowenig ist zu sagen an welcher Stelle des Gottesdienstes man sie eingefügt gehabt hatte. Dagegen entwickelte sich in dem sogenannten geistlichen Concert des 17. Jahrhunderts eine Form, welche durch Ausscheidung aller erzählenden Partien sich der musikalisch-dramatischen Scene näherte. Schütz und Hammerschmidt haben diese Form erfolgreich gepflegt. Von Hammerschmidt giebt es ein kleines Osterdrama, *Dialogus* betitelt, welches aus Worten der Evangelisten zusammengestellt ist und die Hauptmomente der Auferstehungsgeschichte vorführt.[36] Maria Magdalena, Maria Jacobi und Salome (Marc. 16, 1) sind zum Grabe Christi gekommen, um den Leichnam zu salben. Nach einer Einleitungssinfonie beginnt ihr dreistimmiger Gesang: »Wer wälzet uns den Stein von des Grabes Thür, denn er ist sehr groß?« Darauf die zwei Männer in glänzenden Kleidern: »Was suchet ihr den Lebendigen bei den Todten? Er ist auferstanden und ist nicht hier« (Luc. 24, 5 und 6). Die Frauen klagen: »Sie haben den Herrn weggenommen aus dem Grabe, und wir wissen nicht, wo sie ihn hingelegt haben« (Joh. 20, 2). Die Antwort giebt ein Chor mit dem Oster-Hymnus: *Surrexit Christus hodie Humano pro solamine. Alleluja.* Dies ist gleichsam die erste Scene: die andere spielt zwischen Maria Magdalena und Christus (Joh. 20, 13 und 15—17). Sie klagt und bittet nun allein: »Sie haben meinen Herren weggenommen, und ich weiß nicht, wo sie ihn hingeleget haben. Herr, hast du ihn weggetragen, so sage mirs, wo hast du ihn hingeleget, so will ich ihn suchen«. Der auferstandene Jesus gesellt zu diesen Worten seine Fragen: »Weib, was weinest du? wen suchest du?«, und singt dann langsam und bedeutungsvoll: »Maria!« Nun erkennt sie ihn und bricht in den Ausruf »Rabbuni« aus, den sie viele Male wiederholt, während er ihr den Auftrag giebt, den Jüngern seine Auferstehung und bevorstehende Himmelfahrt zu verkünden. Mit dem wiederkehrenden Chore *Surrexit Christus* schließt das kleine Werk. Es gehört zu der Zahl derjenigen, mit welchen sich in

35) Vopelius, S. 311—365. Über das muthmaßliche Alter dieser »Auferstehung« macht Mittheilungen Winterfeld Ev. K. II, S. 556.

36) Hammerschmidt, Musikalische Andachten. Freiberg 1646. Nr. 7.

Deutschland das Oratorium vorbildete. Obgleich zuverlässig für den kirchlichen Gebrauch geschrieben, hat es doch kaum etwas speciell kirchliches in sich: das *Surrexit* ist nicht mit der ihm eignen, sondern einer neugeschaffenen Weise eingeführt, also mehr nur als geeigneter Text aufgefaßt, wie solches Hammerschmidt und Schütz häufig thun; bedeutsame Polyphonie wird nirgends bemerkbar, abgerundete Melodien ebenfalls nicht, wohl aber mancherlei scharfe, dramatische Accente. Dieses Stück ist in manchem Betracht dem Bachschen Oster-Oratorium nahe verwandt. Auch in diesem fehlen die erzählenden Zwischenglieder, nur die Personen Maria Jacobi, Maria Magdalena, Petrus und Johannes treten selbstredend auf. Choral fehlt ebenfalls, und was der Chor zu singen hat, ist mit Bachschem Maße gemessen von auffallender Simplicität. Aber der Text besteht nicht aus Bibelworten sondern nur aus madrigalischer Dichtung. Der Zuschnitt des ganzen Werks nach italiänischer Art ist in die Augen springend. Auf den Titel »Oratorium« — freilich nicht im Händelschen Sinne — hat unter allen Bachschen Compositionen diese das größeste Anrecht.

Der Text, dessen Verfasser wir nicht kennen, ist dürftig. Das Schönste und Bedeutungsvollste des Auferstehungsberichts, alles das was wir als Inhalt des Hammerschmidtschen *Dialogus* eben mitgetheilt haben, hat in ihm keine Verwendung gefunden. Er beginnt mit einem Duett des Petrus und Johannes, die durch die Frauen von Christi Auferstehung in Kenntniß gesetzt sind und nun voll Freude zum Grabe laufen um sich selbst zu überzeugen (nach Joh. 20, 3 und 4). Dort machen ihnen Maria Jacobi und Maria Magdalena Vorwürfe, daß nicht auch sie den Leichnam hätten salben wollen, um dadurch ihrer Liebe zum Heilande Ausdruck zu geben. Die Männer entschuldigen sich: ihre Salbung habe in »gesalzenen Thränen und wehmuthsvollem Sehnen« bestanden. Beides, erklären die Frauen, sei nun glücklicherweise unnöthig. Darauf singt Maria Jacobi:

> Seele, deine Specereien
> Sollen nicht mehr Myrrhen sein,
> Denn allein
> Sich mit Lorbeerkränzen schmücken
> Schicket sich für dein Erquicken.[37]

37) So lautete der Text in seiner anfänglichen und verständlicheren Fassung.

Sie betrachten die leere Gruft. Johannes fragt, wo der Heiland sein möge, worauf Maria Magdalena etwas sagt, was die Männer längst wissen:

Er ist vom Tode auferweckt.
Wir trafen einen Engel an,
Der hat uns solches kund gethan.

Petrus richtet seine Aufmerksamkeit auf das Schweißtuch (nach Joh. 20, 7) und knüpft daran unter Erinnerung an die bitteren Thränen, die er wegen seiner Verleugnung Jesu geweint hat, eine geschmacklose Betrachtung. Dann äußern die Frauen ihre Sehnsucht, Jesus baldigst selbst zu sehen. Johannes freut sich, daß der Heiland wieder lebt: Schlußchor:

Preis und Dank
Bleibe Herr dein Lobgesang.
Höll und Teufel sind bezwungen,
Ihre Pforten sind zerstört,
Jauchzet, ihr erlösten Zungen,
Daß man es im Himmel hört.
Eröffnet, ihr Himmel, die prächtigen Bogen,
Der Löwe von Juda kommt siegend gezogen.

Daß Bach sich einen solchen Text gefallen ließ, erregt Befremden. Die Passionsgeschichte hatte er in monumentalen Werken verkörpert, er wußte daß die »Auferstehung« in altkirchlicher Weise früher in Leipzig gesungen war, denn er kannte und benutzte Vopelius' Gesangbuch.[38] Man sollte meinen, dies wäre Grund genug für ihn gewesen, auch seinerseits die Auferstehungsgeschichte nach den Worten der Evangelisten in entsprechender, würdiger Weise zu behandeln. Ein Jugendwerk liegt nicht vor, die Formen zeigen den vollgereiften Meister, es läßt sich auch aus den Handschriften erkennen, daß das Werk etwa um 1736 componirt sein muß.[39] Ich finde nur in der Ordnung des Leipziger Gottesdienstes eine Erklärung. Für ein umfassendes Werk im Stile der Johannes- und Matthäuspassion ließ er keinen Raum. In der Vesper wurde das *Magnificat* aufgeführt, des Vormittags war nur zur einer Musik im Umfang einer Cantate Zeit, die auch nicht zweitheilig sein durfte,

---

38) S. S. 108 und 15 dieses Bandes. 39) S. Anhang A. Nr. 48.

da nach der Predigt immer noch das *Sanctus* musicirt werden mußte. Augenscheinlich wollte Bach, der Weihnachts-, Passions- und Himmelfahrts-Mysterien schrieb, das Osterfest nicht übergehen. Da er den evangelischen Bericht in der Ausdehnung wie es ihm wünschenswerth erschienen sein wird und wie er bei Vopelius behandelt ist, nicht componiren konnte, mag er, statt ein Fragment daraus zu nehmen, die Form eines italiänischen Oratoriums vorgezogen haben, an welche man von vorn herein mit andern Ansprüchen herantrat.

In den Osterspielen war der Wettlauf des Petrus und Johannes zum Grabe, von dem im Johannes-Evangelium 20, 4 berichtet wird, ein mit Behagen ausgeführtes Moment; Petrus tritt in dieser Situation als der schwächere, unbedeutendere auf. Ich halte es nicht für zufällig, daß Bachs Werk mit einem weit ausgesponnenen Duett der zum Grabe laufenden Jünger beginnt, auch nicht für zufällig, daß dem Petrus der Tenor und dem Johannes der Bass zuertheilt ist, während doch in der Johannes- und Matthäuspassion Petrus Bass singt. Die volksthümliche Anschauung, durch welche diese hauptsächlichste Handlung des Werkes getragen wird, hat Bach später dadurch etwas verdunkelt, daß er das Duett zum vierstimmigen Chor umarbeitete: der Vorgang an sich erlaubt freilich zu denken, daß mit den beiden Jüngern und den beiden Marien auch noch andre Anhänger Jesu zum Grabe eilen.[40] Was die Kirchlichkeit des Bibelwort und Choral verschmähenden Textes anbelangt, so beruht sie freilich nur darauf, daß er sich mit einem für die Kirche sehr bedeutungsvollen Ereignisse beschäftigt. Hier mußte Bachs Musik das meiste und beste hinzuthun. Großartigkeit und Tiefsinn, wie in der Cantate »Christ lag in Todesbanden«, oder auch nur jenen schwungvollen Frühlingsjubel der weimarischen Cantate »Der Himmel lacht« darf man natürlich nicht erwarten, da hierzu im Texte alle und jede Veranlassung fehlte. Bach hat dem Ganzen einen jugendlich fröhlichen Charakter zugeeignet, wie ihn etwa die Worte

40) Daraus daß Bach in den später geschriebenen Stimmen, welche diese Umarbeitung enthalten, und auch in der Partitur die Namen der vier Personen nicht anmerkte, sondern dieses nur in den älteren Stimmen gethan hat, darf man nicht schließen, er habe die dramatische Fiction nachher aufgegeben. Ohne sie sind das erste und zweite Recitativ absolut unverständlich.

»Lachen und Scherzen Begleitet die Herzen Denn unser Heil ist auferweckt« an die Hand gaben. Eine Sinfonie aus zwei Instrumentalsätzen bestehend, bietet mit dem ersten Gesangstücke zusammen die complete Form eines Instrumentalconcerts dar. Unter den Arien zeichnet sich die des Petrus aus, ein mild wiegender Schlummergesang, wie sie Bach gern schrieb. Merkwürdiger Weise stimmt ihr Hauptgedanke mit dem Anfange des Schlußgesanges der Caffee-Cantate überein, die Bach gegen 1732 componirte. Für die heitere Grundstimmung, in welcher er das Oster-Oratorium verfaßte, dürfte dieses immerhin bezeichnend sein. Der Schlußchor, frei in der Form der französischen Ouverture gehalten, fesselt durch seinen breiten und prächtigen ersten Theil; hiernach ist das Fugato von einer befremdlichen Kürze und vermag eine tiefere Wirkung nicht hervorzubringen.[41] —

Im Himmelfahrts-Oratorium ist dagegen Bach der altliturgischen Form treu geblieben. Der geschichtliche Stoff war hier von so geringem Umfange, daß er sich in den knappen Rahmen, den die Ordnung des Gottesdienstes am Himmelfahrtstage gewährte, bequem einfügen ließ. Die biblische Erzählung ist nach Luc. 24, 50—52, Apostelgeschichte 1, 9—12 und Marc. 16, 19 harmonistisch zusammengesetzt. Die feststehenden Gemeindelieder »Nun freut euch, lieben Christen g'mein« und »Christ fuhr gen Himmel«[42] hat Bach nicht benutzt; nachdem Christi Himmelfahrt erzählt ist, tritt die vierte Strophe des Ristschen Liedes »Du Lebensfürst, Herr Jesu Christ« ein, und am Schlusse die letzte Strophe von Sacers »Gott fähret auf gen Himmel«. Wer die madrigalischen Texte: einen Chor, zwei Recitative, zwei Arien, gemacht hat, ist unbekannt. Auch über die Zeit der Entstehung des Werkes läßt sich genaues nicht sagen. Der Stil zeigt den Meister in seiner vollsten Reife, man darf also annehmen daß das Himmelfahrts-Oratorium mit denen für Weihnachten und Ostern zusammen in die dreißiger Jahre des Jahrhunderts fällt.[43] Ähnlich wie im Weihnachts-Oratorium steht

---

41) Das Oster-Oratorium ist herausgegeben B.-G. XXI³.

42) S. S. 107 dieses Bandes. 43) Das Autograph zeigt die Züge von Bachs späterer Handschrift, giebt aber weiter keine Anhaltepunkte zur chronologischen Bestimmung. Herausgegeben ist das Werk B.-G. II, Nr. 11. Ich

am Anfang ein madrigalischer Chor in italiänischer Arienform, am Ende eine Choralfantasie. Der Anfangschor, welcher auch hier eine Übertragung aus einer Gelegenheitsmusik sein dürfte[44], ist in seiner Verbindung von liedhaft einfachem und polyphon complicirtem Stil ein Musterstück: ununterbrochen strömen in der Oberstimme die jubelnden Melodien in übersichtlichster Periodisirung dahin, und doch entfalten die tieferen Stimmen das reichste selbständige Leben. An den madrigalischen Sologesängen fällt es auf, daß sie nicht kirchlich betrachtend sondern dramatisch gedacht sind. In der Altarie und dem vorhergehenden Bassrecitativ wird Jesus gebeten, noch nicht aus dem Kreise der Seinigen zu scheiden, in der Sopranarie tröstet man sich damit, daß Jesus, obgleich gen Himmel aufgefahren, den Seinigen doch geistig nahe bleibe. In der Matthäus-Passion machte sich an einer einzigen Stelle nur (»Gebt mir meinen Jesum wieder«) dieselbe Anschauung geltend und erschien dort nicht ganz gerechtfertigt. Die Arien des Weihnachtsoratoriums »Frohe Hirten eilt, ach eilet« und »Schlafe, mein Liebster« hatten in volksthümlichen Bräuchen ihren Grund. Eine dramatische Erweiterung des einfachen evangelischen Berichts im Sinne der geistlichen Spiele muß man auch in diesen Sologesängen des Himmelfahrts-Oratoriums erkennen. Wirklich findet sich eine solche Erweiterung in einem mittelalterlichen Himmelfahrtsspiele, wo erst Petrus (vrgl. das Bassrecitativ bei Bach) und dann Maria die Mutter Jesu (vrgl. die Altarie bei Bach) über den Abschied des Erlösers klagen.[45] Beide Arien sind von herrlichem Wohlklang gesättigt: mit ergreifender Inbrunst redet die erste, eine zauberisch-lichte Verklärtheit athmet die zweite. In dem zwischen dieser und dem ersten Choral bestehenden Gegensatze offenbart sich Bach wieder als poesievoller Colorist. Der Choral »Nun lieget alles unter dir« bewegt sich in möglichst tiefer Tonlage, die Arie, welche der Bassinstrumente entbehrend nur von Flöten, Oboe, Violinen und Bratschen begleitet

bemerke, daß die königl. Bibliothek zu Berlin auch eine autographe, bezifferte Orgelstimme aufbewahrt, welche bei der Herausgabe unbenutzt geblieben ist.

44) Ich schließe dies aus Takt 89—91 und 121—123 der Sopranstimme. Die Syncopen scheinen einem malerischen Zwecke haben dienen zu sollen, der dann durch die Parodirung des Textes undeutlich geworden ist.

45) Mone, Schauspiele des Mittelalters. Erster Band. S. 261 f.

wird, schwebt hoch im lichten Raum — dort das Bild der zurückbleibenden Erdenkinder, hier die verklärte Gestalt des aufschwebenden Gottessohnes.

IX.

Nach den Mysterien bleiben, um den weiten Umkreis der Thätigkeit Bachs als Kirchencomponist während der Jahre 1723—1734 zu schließen, noch seine Motetten zu betrachten übrig. Die Beurtheilung derselben wird durch manche äußere Umstände erschwert. Mehre der Motetten sind verloren gegangen oder wenigstens verschwunden; manches läuft unter Bachs Namen um, was wahrscheinlich nicht von ihm herstammt; die wenigsten der unzweifelhaft echten existiren noch in Bachs Handschrift, zum Theil sind sie sogar sehr ungenügend überliefert; nur von einer einzigen kennen wir die Entstehungszeit.[1] Diese einzige gehört aber in den Lebensabschnitt von 1723—1734, und da auch die meisten übrigen den Charakter höchster Reife tragen, so dürften sie ihr zeitlich nicht allzufern stehen.

Jedenfalls hat übrigens Bach sich nicht erst in Leipzig der Motettencomposition zugewendet. Wer sich schon so früh und so gründlich mit kirchlicher Gesangsmusik beschäftigte, wie er es in Mühlhausen und Weimar that, konnte an der Motette, dieser trotz aller Umbildungen und Mißhandlungen immer doch noch lebendigen und auch für die damalige kirchliche Praxis unentbehrlichen Form, nicht vorübergehen. Es ist sogar nicht unwahrscheinlich, daß sich in einer Motette »Unser Wandel ist im Himmel« eine solche frühe Composition Bachs erhalten hat. Der Text ist aus der Epistel des 23. Trinitatis-Sonntags genommen (Philipper 3, 20 und 21); die Composition zerfällt in zwei Fugen, deren erster ein kurzer homophoner Satz vorausgeht, zwischen beide Fugen ist die zweite Strophe des Chorals »Herr Gott, nun schleuß den Himmel auf« einfach vierstimmig gesetzt eingeschoben. Im Orgelbüchlein hat Bach dieselbe Melodie behandelt, obgleich in etwas veränderter Gestalt: dies würde aber gegen den weimarischen Ursprung nichts beweisen, da

1) S. Anhang A, Nr. 49.

Bach auch in der Leipziger Zeit von einer und derselben Melodie (z. B. »Warum sollt ich mich denn grämen«, »Helft mir Gotts Güte preisen«) verschiedene Formen zur Verwendung zieht. Der vierstimmige Satz des Chorals erinnert an den Stil der Lucas-Passion. In den Fugen sind die Stimmen hier und da etwas sorglos, auch wohl nicht ganz geschickt geführt, im allgemeinen aber bilden sie fließende, lebendig musikalische Stücke, eines Bach nicht unwürdig. Namentlich gilt dies von der zweiten Fuge; sie zeigt eine nahe Verwandtschaft mit dem Fugensatze »Herr, höre meine Stimme« aus der weimarischen Cantate »Aus der Tiefe rufe ich Herr zu dir«[2]. Nicht nur Tonart und Tempoüberschrift sind dieselben, der Charakter des Themas, die ganze durchgehende Bewegung haben eine auffallende Ähnlichkeit, und wie in der Cantate das »Flehen«, so wird in der Motette das »Wallen« in etwas handgreiflicher, Telemannscher Weise gemalt. Der Ausgang des in der Cantate vorhergehenden Satzes stimmt wiederum mit dem Schluß der ersten Fuge der Motette ziemlich überein. Einige Stellen derselben, wo der Singbass den Tenor überschreitet und doch als Grundlage der Harmonie gedacht werden muß, machen es wahrscheinlich, daß auf einen sechzehnfüßigen *Basso continuo* gerechnet ist.[3]

Im Cultus der Thomas- und Nikolai-Kirche zu Leipzig hatte die Motette ihren bestimmten Platz am Anfang des Früh- und Vesper-Gottesdienstes nach dem Orgelpraeludium. Außerdem wurde zuweilen an den hohen Festtagen unter der Communion eine Motette gesungen, immer geschah dies am Palmsonntag und Gründonnerstag. Nur wenn die Orgel nicht gespielt werden durfte blieb die Motette fort. Es waren auch außerkirchliche Veranlassungen zur Motettencomposition vorhanden, namentlich wurden sie durch Trauerfeierlichkeiten geboten, und eine der Bachschen Motetten verdankt in der That der Beerdigung des Rectors Johann Heinrich Ernesti (gest.

2) S. Band. I. S. 445.

3) In Stimmen, die um 1800 geschrieben sein mögen, in der Bibliothek der Leipziger Singakademie. Überschrift: »*Motetto di Bach*«. Auf demselben Bogen steht noch »*Ecce quomodo moritur*« von Gallus und »*Tristis est anima mea*« von Kuhnau. Obgleich also ein Vorname nicht hinzugefügt ist, so steht doch außer Zweifel, daß wenigstens der Schreiber der Stimmen, deren Vorlage im Musikalienarchiv der Thomasschule befindlich gewesen sein wird, Sebastian Bach gemeint hat.

16. October 1729) ihre Entstehung. Indessen hat Bach dieselbe, wie er es auch bei andern Gelegenheitsmusiken zu thun pflegte, später einem gottesdienstlichen Zwecke angepaßt. Die Stelle, welche die Motette im Cultus einnahm, bedingte natürlich ihre Ausdehnung; beträchtlich konnte sie nicht sein, da die Motette nur eine einleitende Bestimmung hatte. Viele der Bachschen Motetten sind aber in so gewaltigen Verhältnissen angelegt und mit so vollständiger Erschöpfung einer bestimmten kirchlichen Grundempfindung durchgeführt, daß sie zur Einleitung des Gottesdienstes nicht gedient haben können. Man muß sie vielmehr als Stücke ansehen, welche vor der Predigt anstatt der Cantate aufgeführt worden sind, und daß Bach dergleichen zuweilen gethan hat dürfen wir aus seinen eignen Worten schließen (s. S. 75).

Die Motette Bachs wurzelt in seinen Cantaten und wie diese in seiner Orgelmusik. Hierdurch wird ihr besonderes Verhältniß zur Gattung gekennzeichnet. Mit der Motette des 17. Jahrhunderts steht sie nur in einem mittelbaren Zusammenhange. Diese bildete sich unter dem Einflusse der concertirenden Gesangsmusik und spiegelt die halbentwickelten Formen derselben im Einzelnen und Ganzen ziemlich vollständig zurück[4]. Soweit auch Bachs Cantaten sich auf dieselbe stützen, ist ein Gemeinsames vorhanden. Was aber Bach für seine Cantaten nicht gebrauchen konnte: die dramatischen Keime, wie sie in Schütz' und Hammerschmidts geistlichen Concerten und Madrigalen vorliegen, und auch in die gleichzeitige Motette Eingang fanden, davon sind auch seine Motetten frei. Wenn andrerseits in jener die Formen der Orgelmusik kaum mehr als andeutungsweise bemerkbar werden, so hat sich dieselbe hier mit ganzer Kraft geltend gemacht. Sie hat den Stil im ganzen bestimmt, die Eigenthümlichkeit der Melodiebildung, die überall auf die Gesetze der harmonischen Fortschreitung gegründete Polyphonie sind durch sie bedingt, sie hat im besondern bewirkt, daß der Choral seine volle Bedeutung zurück gewann. Bachs Cantaten haben sich uns als eine centrale Kunstform dargestellt, in welche alles einging was an lebensfähigen und fortbildungswürdigen Elementen in der musikalischen Formenwelt jener Zeit vorhanden war. Auch

---

4) S. Band I, S. 53 ff.

die Motette ist durch die Bachsche Cantate aufgezehrt, dann aber aus derselben nicht sowohl neu herausgeboren als vielmehr nur wieder losgelöst worden. Weniger eine selbständige Kunstgattung, als ein Absenker der Bachschen Cantate steht sie da.

Soweit sich bei der Unvollständigkeit des Materials ein Schluß wagen läßt entspricht auch die Aufeinanderfolge der betreffenden Vorgänge diesem Verhältniß. Der Name Motette findet sich bei Bach zuerst auf wirkliche concertirende Kirchenmusik angewandt, nämlich auf die Rathswechsel-Cantate von 1708; auch das Autograph der Cantate »Aus der Tiefe rufe ich Herr zu dir«, eben derjenigen also, an welche die Motette »Unser Wandel ist im Himmel« lebhaft erinnert, soll diese Bezeichnung führen. Der Grund ist zunächst im Texte dieser Werke zu suchen, doch wäre die Übertragung der Bezeichnung unerklärbar, wenn Bach nicht von dem Gedanken geleitet gewesen wäre, die Motettenform mit der concertirenden Musik zu verschmelzen.[5] Wir begegnen sodann einem wirklich motettenartigen Choralsatze zuerst in den weimarischen Cantaten »Ich hatte viel Bekümmerniß« und »Himmelskönig, sei willkommen«,[6] dann in dem ersten Zwischenstück des großen *Magnificat* (»Vom Himmel hoch«), dann in der Behandlung der vierten Strophe der Ostercantate »Christ lag in Todesbanden«, ferner in dem zweiten Satze der Cantate »Gottlob nun geht das Jahr zu Ende«[7]. Diesen letzteren hat man später als selbständiges Werk hingestellt, nachdem er in einer Weise überarbeitet war, daß der *Continuo* ganz wegfallen konnte.[8] In der Folgezeit hat Bach auch die Cantaten »Aus tiefer Noth schrei ich zu dir« und »Ach Gott vom Himmel sieh darein« durch

5) S. Band I, S. 341 und 444. Die Benennung Motette überliefert für die Cantate »Aus der Tiefe« der Autographen-Katalog von Aloys Fuchs, der sich abschriftlich auf der Leipziger Stadtbibliothek befindet.

6) S. Band I, S. 527 f. und 533.

7) S. S. 206, 223 und 265 dieses Bandes.

8) Handschriftlich auf der Amalienbibliothek im Joachimsthalschen Gymnasium zu Berlin, Nr. 24 und 31. Aufschrift: »*Choral.* | Sey Lob und Preiß mit Ehren. | vom Herrn | Bach.« Statt der ersten Strophe von »Nun lob, mein Seel, den Herren« ist hier also die fünfte Strophe untergelegt. Durchgreifende Änderungen sind an mehren Stellen vorgenommen, namentlich ist die Schlußpartie eine ganz andre geworden. Man möchte deshalb Bach selbst als Überarbeiter annehmen, wenn nicht verschiedene Züge bedenklich machten.

motettenartige Choralchöre eingeleitet [9], welche ebenfalls hernach als selbständige Werke verbreitet worden sind [10]. Aber auch Bibelsprüche in Motettenform finden sich in den Cantaten. Ein solcher eröffnet die Weihnachts-Cantate »Sehet, welch eine Liebe« [11], ein andrer »Wenn aber jener der Geist der Wahrheit kommen wird« steht in der Mitte einer Musik zum Sonntag Cantate (»Es ist euch gut, daß ich hingehe«). Durchaus in demselben Stil geschrieben ist nun auch alles das, was Bach an für sich bestehenden Motettencompositionen uns hinterlassen hat. Als Text dient entweder das Bibelwort allein, oder das Bibelwort in Verbindung mit dem Choral, oder es wird diesen beiden noch ein geistlicher Arientext hinzugefügt, endlich genügt auch wohl ein Arientext allein. Sämmtliche Texte sind deutsch. Da zum Eingange des Gottesdienstes auch noch während Bachs Zeit in Leipzig meistens lateinische Motetten gesungen wurden, so konnte er sich leicht angeregt fühlen solche ebenfalls zu componiren. Im Jahre 1767 hörte noch jemand im Weihnachts-Frühgottesdienst eine lateinische zweichörige Motette von Bach »mit tiefer Erschütterung seines ganzen Wesens« und meinte, nichts könne der Hoheit, Erhabenheit und Pracht, die darin herrsche, gleichkommen. [12] Sie aber sind sämmtlich verloren gegangen. Für vier Stimmen gesetzt existirt jetzt nur noch eine einzige Motette, es ist der 117. Psalm »Lobet den Herrn, alle Heiden«, [13] ein großartiges Werk, das nach alter Art in einem Zuge fortströmt, nur der abschließende Hallelujah-Satz sondert sich ab. Fünfstimmige Motetten giebt es zwei, sie haben beide einen Choral zum Hintergrunde, allerdings in sehr verschiedener Weise. In der einen sind die Worte aus Jesus Sirach 50, 24—26 componirt: »Nun danket alle Gott, der große Dinge thut an allen Enden, der uns vom Mutterleibe an lebendig erhält und thut uns alles gutes. Er gebe uns ein fröhliches Herz und verleihe immerdar Frieden zu

---

9) B.-G. VII, Nr. 38 und I, Nr. 2.

10) In einer Handschrift Agricolas auf der Amalienbibliothek Nr. 37. 38. Dem Choralsatze »Aus tiefer Noth« folgt noch das in derselben Cantate befindliche Terzett.

11) S. S. 215 dieses Bandes.

12) Gerber, N. L. I, Sp. 222 f.

13) Er ist um 1821 in Partitur und Stimmen bei Breitkopf und Härtel in Leipzig erschienen. Als Vorlage soll Bachs Originalhandschrift gedient haben, welche aber bis jetzt nicht wieder aufzufinden gewesen ist.

unserer Zeit in Israel. Und daß seine Gnade stets bei uns bleibe und erlöse uns, so lange wir leben.« Bekanntlich hat Martin Rinckart in den ersten beiden Strophen des Liedes »Nun danket alle Gott« diese Stelle versificirt. Das Kirchenlied ist es denn auch, was der Motette die Grundempfindung gegeben hat. Sie schließt nicht nur mit der einfach gesetzten dritten Strophe desselben ab, sondern durchwebt auch ihren ersten Abschnitt mit Anklängen an die erste Zeile der Kirchenmelodie. Dieses Verfahren dürfte die Vermuthung begründen, die Motette sei um das Jahr 1730 entstanden, da Bach es auch in den Cantaten liebte, Theile von Choralmelodien als freie Motive zu benutzen.[14] Wie sehr er bei Composition der Motette in dem Gedanken an das Kirchenlied lebte, geht auch daraus hervor, daß er einmal, offenbar unwillkürlich, die Bibelworte mit den Liedworten vertauschte; er componirte nämlich: »der große Dinge thut *an uns* und allen Enden«, so heißt es in der That bei Rinckart, aber nicht bei Jesus Sirach.[15] Die andre fünfstimmige Motette zeigt uns Johannes Francks tiefinniges Lied »Jesu meine Freude« in allen sechs Strophen. Ihre musikalische Darstellung ist natürlich eine mannigfaltige. Die erste und letzte Strophe sind in ihrer Harmonisirung übereinstimmende vierstimmige Sätze »*simplici stilo*«, wie Bach derartige Gebilde selbst zu nennen pflegte[16], obgleich die unteren Stimmen reiches Leben und überschwängliche Innigkeit athmen. Zu derselben Setzart müssen auch die fünfstimmige zweite und die vierstimmige vierte Strophe gerechnet werden, obgleich die Unterstimmen, namentlich in der vierten Strophe, ein noch individuelleres Leben merken lassen und auch prägnante malerische Züge enthalten. Die fünfte Strophe ist aus der Grundtonart E moll heraus nach A moll gesetzt, da Bach den *Cantus firmus* in den Alt legen wollte: zwei Soprane und Tenor contrapunktiren mit meist selbständig erfundenen Tonreihen, die aber zu jeder Zeile verschiedene sind, so daß doch im Ganzen eine andre Form entsteht als diejenige, welche wir Choralfantasie nannten und in den Cantaten häufig angewendet finden. Ganz frei ist die dritte Strophe behandelt, welche die Choralzeilen nur im allgemeinen als Motiv nimmt,

14) S. S. 288 f. dieses Bandes.

15) Die Motette ist bisher nicht veröffentlicht. S. Anhang A, Nr. 50.

16) S. Band, I, S. 550, Anmerk. 34.

ohne sich an deren Melodieschritte und Ausdehnung streng zu binden. Auch wechseln imitatorischer und homophoner Stil, ja selbst das *Unisono* wird nicht gescheut um ein Bild zu vollenden, das an Kraft, Mannigfaltigkeit und Eigenthümlichkeit in Bachs Motetten nicht seines gleichen hat. An ihm tritt die früher schon erwähnte Ähnlichkeit mit Buxtehudes Choralcantate »Jesu meine Freude« am greifbarsten hervor, [17] freilich kommt die weiche und zahme Grundempfindung des älteren Künstlers gegen diese trotzige Kraft und wilde Kampfeslust nicht auf. Zwischen die sechs Choralstrophen hat nun Bach auf Grund von Römer 8, v. 1, 2, 9, 10 und 11 freierfundene fünf- und dreistimmige Tonbilder eingefügt, deren erstes in Bezug auf den musikalischen Stoff wieder mit dem letzten übereinstimmt. [18] In ihnen predigt er mit apostolischer Glaubenseifrigkeit die Bedeutung des Erlösungswerkes Christi. Die dem dogmatischen Gehalte des Textes entsprechende, kirchlich allgemeiner gehaltene Empfindungsweise dieser Sätze erfährt in den Choralstrophen jedesmal die directe Anwendung auf das Glaubensleben des Christen. So erscheint in dem großartigen Werke der Kern des protestantischen Christenthumes verkörpert. Die Lehre Luthers in ihrer ganzen Strenge und Reinheit bringt Bach mit der Macht innerster Überzeugung zum Ausdruck. Aber er verbindet mit der dogmatischen Bestimmtheit und Schärfe die innigste persönliche Hingabe an Christus. Wie sich in ihm die kirchlichen Parteien seiner Zeit, Orthodoxie und Pietismus, aufheben, tritt aus keinem andern seiner Werke prägnanter hervor. Selbst wenn wir nichts weiter über Bachs Stellung zu den kirchlichen Streitigkeiten wüßten, so müßte die aufmerksame Betrachtung dieser Motette hinreichen, um das Richtige zu erfassen. [19] Sie ist darum recht ein Werk »für jede Zeit«, an keinen bestimmten Tag des Kirchenjahres gebunden. Die äußere Veranlassung für sie gab indessen doch vielleicht der achte Trinitatis-Sonntag, dessen Epistel ebenfalls dem 8. Capitel des Römerbriefs entnommen ist. Natürlich war sie nicht für die Ein-

---

17) S. Band I, S. 305 ff.

18) Daß auch Michael Bach den Choral »Jesu meine Freude« zum Mittelpunkt einer Motette machte, ist Band I, S. 66 erwähnt. Es ist ein schlichtes, doppelchöriges Stück in einem Satze, welches aber Sebastian doch vielleicht im Sinne hatte, als er an die Composition ging; die Tonart ist hier wie dort E moll.

19) S. Band I, S. 363 ff.

leitung des Gottesdienstes gedacht, sondern als Ersatz für die concertirende Kirchenmusik zwischen der Lection des Evangeliums und der Predigt.[20]

Die noch übrigen vier Motetten sind für Doppelchor gesetzt. Unter ihnen befindet sich die oben schon erwähnte, welche Bach zur Beerdigung des Rector Ernesti componirt hat. Sie besteht aus zwei Abschnitten über Römer 8, v. 26 und 27; nur der erste ist doppelchörig gestaltet, der zweite eine vierstimmige Fuge. Später hat Bach noch die dritte Strophe des Chorals »Komm heiliger Geist, Herre Gott« angefügt; darnach ist also die Motette wohl zum Pfingstfeste benutzt, doch könnte sie auch dem vierten Trinitatis-Sonntage gedient haben, dessen Epistel der Text entnommen ist. Eine andre dieser Motetten beginnt mit einem Tonstück über Psalm 149, v. 1—3 (»Singet dem Herrn ein neues Lied«), das nicht weniger als *151 Takte faßt. Dann folgt die* dritte Strophe des Chorals »Nun lob mein Seel«, zwischenspielartig unterbrochen von Sätzen des ersten Chors, denen ebenfalls ein zusammenhängender Text zu Grunde liegt; derselbe ist nach dem metrischen Schema des Ristschen Liedes »O Ewigkeit, du Donnerwort« gedichtet, aber in der Composition wird die zugehörige Choralmelodie nicht berücksichtigt. Nun kommt ein neuer Doppelchor über Ps. 150, v. 2, und endlich eine vierstimmige Schlußfuge über v. 6 desselben Psalms. Das Werk ist offenbar eine Neujahrsmusik.[21] Eine dritte Motette

20) Die Motette ist als Seb. Bachs Werk angezeigt in Breitkopfs Verzeichniß von Neujahr 1764, S. 5. Handschriftlich auf der Amalienbibliothek Nr. 10, 12 und 30. Es sind dies Copien mit mancherlei Schreibfehlern, die aber, weil die Prinzessin Amalia ihre Musikalien großentheils durch Vermittlung Kirnbergers sammelte, übrigens eine bedeutende Zuverlässigkeit haben. Veröffentlicht in Partitur bei Breitkopf und Härtel »Motetten von Johann Sebastian Bach« Nr. 5. Der Text hat hier mancherlei Modernisirungen erfahren; Bach hat das Gedicht treu in seiner Originalgestalt componirt, wonach Band I, S. 305, Anmerk. 41 zu berichtigen ist. Auch die Benennungen der einzelnen Stücke und Tempobezeichnungen sind mit Ausnahme des Wortes »Choral« über den Strophen 1, 2, 4, 6 und eines »Andante« über dem dreistimmigen Gesange „So aber Christus in euch ist«, moderne Zuthaten.

21) Zu beiden Motetten befinden sich die Autographe auf der königl. Bibliothek in Berlin. Herausgegeben sind sie bei Breitkopf und Härtel als Nr. 1 und 6 der obengenannten Sammlung, aber mit unechten Tempobezeichnungen und vielen textlichen Entstellungen, welche wohl auf J. G. Schicht,

»Fürchte dich nicht, ich bin bei dir« hat Jesaias 41, v. 10 und 43, v. 1 zum Texte: zu letzterem Verse wird der Satz wieder vierstimmig, so zwar daß die drei untern Stimmen ihn als *Fugato* durchführen, während der Sopran die zwei letzten Strophen des Gerhardtschen Liedes »Warum sollt ich mich denn grämen« singt. Das für die Worte »Denn ich habe dich erlöset« erfundene chromatische Hauptthema des *Fugato* weist auf den Kreuzestod Christi hin. Der innigen Melodie des Chorals hat Bach von der drittletzten Strophe an eine eigenmächtige Abänderung zu Theil werden lassen: als ihre Tonart erscheint nunmehr E dur, während sie in A dur beginnt. Hierdurch wird sie noch viel entschiedener, als im Weihnachts-Oratorium 22), in das Gebiet des Mixolydischen hineingezogen. Der Schmerz über Christi Leiden verschmilzt so mit der demüthigen Hingabe an die Person des Erlösers zu einem Empfindungsbilde, das dem vorher ausgedrückten Gottvertrauen eine tiefe, echt protestantische Begründung giebt. Von seiten der Form angesehen haben wir hier wieder eine Choralfantasie, wie sie Bach in seiner Orgelmusik ausgebildet hatte. Darin liegt aber zugleich auch, daß Sopran und untere Stimmen sich nicht als zwei dramatische Factoren gegenübertreten, sondern ihr poetisch-musikalischer Inhalt in eine allgemeinere kirchliche Empfindung aufgelöst ist. Daß sich durch diese Behandlungsart und Anschauung Sebastian Bach von seinem Oheim Johann Christoph, der zum Theil denselben Bibeltext und ebenfalls mit eingeflochtener Choralmelodie zu einer Motette gestaltet hat, scharf unterscheidet, ist früher schon auseinandergesetzt worden. 23) Zu

---

Thomascantor von 1810—1823, zurückzuführen sind. Unter dem zweiten Abschnitt der letzteren Motette steht in der autographen Partitur: »Der 2. *Versus* ist wie der erste, nur daß die *Chöre* umwechseln und das 1ste *Chor* den *Choral*, das 2te die *Aria* singen«. Der zweite Vers sollte vermuthlich die vierte Strophe des Chorals sein, doch wird Bach gefunden haben, daß auf diese Weise der Satz zu lang werde, denn in den Originalstimmen findet sich die Umwechselung nicht. Freilich erscheint nun der Anschluß des folgenden Psalmverses innerlich weniger motivirt.

22) Vrgl. S. 414 dieses Bandes. 23) S. Band I, S. 92 f. — Angezeigt als Seb. Bachs Werk ist die Motette in Breitkopfs Verzeichniß von 1764, S. 5, herausgegeben in der Breitkopf und Härtelschen Sammlung als Nr. 2. Handschriftlich auf der Amalienbibliothek Nr. 15—17 nebst einer eigenhändigen Bemerkung Kirnbergers, die sich auf den Ursprung des benutzten Chorals bezieht.

der letzten der doppelchörigen Motetten endlich hat Bach einen geistlichen Arientext benutzt und sich hier selbst des Chorals enthalten. Der Text besteht aus zwei Strophen, sie lauten:

Komm Jesu, komm, mein Leib ist müde,
Die Kraft verschwindt je mehr und mehr,
Ich sehne mich nach deinem Friede,
Der saure Weg wird mir zu schwer;
Komm, komm, ich will mich dir ergeben,
Du bist der rechte Weg, die Wahrheit und das Leben.

Drum schließ ich mich in deine Hände
Und sage Welt zu guter Nacht,
Eilt gleich mein Lebenslauf zu Ende,
Ist doch der Geist wohl angebracht;
Er soll bei seinem Schöpfer schweben
Weil Jesus ist und bleibt der wahre Weg zum Leben.

Diese Worte dürfte der unbekannte Dichter zum Zwecke der Composition eigens gemacht haben. Dem Gemeindegesange können sie nicht bestimmt gewesen sein, weil ihr Metrum zu keiner der bis 1750 entstandenen protestantischen Choralmelodien paßt. Auch ist die in Arienform gehaltene Musik zur zweiten Strophe augenscheinlich Bachsche Originalcomposition. Die erste Strophe wird in doppelchöriger Behandlung entwickelt und bietet ein ebenso großartiges wie tief rührendes Bild innigsten Sterbeverlangens. 24)

In der Entwicklung einer gewöhnlichen Motette herrschte der Grundsatz, die einzelnen Abschnitte oder Zeilen des Textes in fugirter Art durchzuarbeiten, ohne daß jedoch kürzere homophone Sätze ausgeschlossen gewesen wären. Bei doppelchörigen Motetten

24) Angezeigt als Seb. Bachs Werk in Breitkopfs Verzeichniß von 1764, S. 5, herausgegeben bei Breitkopf und Härtel als Nr. 4, aber mit umgedichtetem Texte. Die handschriftliche Partitur der Amalienbibliothek Nr. 18—21 muß aus Stimmen zusammengetragen sein, denn über dem Anfang steht *Soprano Chorimi*, was der gedankenlose Copist offenbar aus *Soprano Chori I mi* verlesen und zwecklos auch in die Partitur übertragen hat. In einer Handschrift der Gottholdschen Bibliothek zu Königsberg i. Pr. Nr. 13569 steht die Motette mit demselben Texte, nur lautet das erste Wort der zweiten Strophe »Drauf«, was wenn es das ursprüngliche wäre anzeigen würde, daß das Gedicht an sich mehr als zwei Strophen gezählt hätte. In einer andern daselbst befindlichen und von Schicht revidirten Handschrift steht der Text so wie in der Breitkopf-Härtelschen Ausgabe, man ahnt also, woher die Umdichtung stammt.

dagegen geschah die Entwicklung durch das Alterniren der Chormassen, welche als geschlossene Ganze einander gegenübertraten und nur bei Hauptcadenzen sich zu vereinigen pflegten. Hierdurch wurde der Raum für thematische Durchführungen sehr beschränkt, es giebt viele vortreffliche Motetten des 17. Jahrhunderts, die garnichts derart aufweisen. Auch Sebastian Bach hat diesen Grundsatz befolgt. Mit jener durchdringenden Schärfe, die allen Erscheinungen bis auf den tiefsten Grund ging und sie bis in die letzten Consequenzen verfolgte, hat er niemals, wie es bei ältern Componisten häufig zu finden ist, seine Sängerschaar in einen höhern und tiefern Chor getheilt, auch nur selten und in ganz besondrer Weise eine mehr als vierstimmige Fuge angebracht. Jenes führte leicht die Gefahr mit sich, daß die Chöre zu einer Masse zusammenflossen; eine Fuge mit gleichmäßiger Betheiligung aller Stimmen bedeutete eine bewußte Verleugnung des waltenden Gestaltungsprincips, war nicht sowohl eine Vereinigung zu einem Ganzen, als eine Auflösung von zwei Factoren in acht. Wo einmal bei Bach ein fugirter Satz vorkommt, an dem sich alle acht Stimmen betheiligen, wie in »Komm Jesu, komm« von Takt 44—57 und in »Der Geist hilft« von Takt 76—84 und 124 ff., geschieht es immer so, daß die einzelnen Stimmen der Chöre in Responsion gesetzt sind. Das Eigenthümliche von Bachs Stil tritt in den doppelchörigen Motetten am deutlichsten hervor, weil er hier am andauerndsten zur Homophonie gezwungen war. Ich behalte den üblich gewordenen Ausdruck bei, nur um die Negation der imitatorischen Schreibart anzudeuten. Ein geringeres Maß von melodischer Bewegtheit der einzelnen Stimmen soll er nicht bezeichnen. Eben diese, welche in den homophonen Partien nicht weniger auffallend ist als in den fugirten, kündet am untrüglichsten den Ursprung des Bachschen Motettenstiles. Aus dem Wesen der Singstimme, welche auch in den einfachsten Bewegungen und hauptsächlich in ihnen der unmerklich vermittelten verschiedensten Stärkegrade, Färbungen und Nuancen fähig ist, sind diese Tonreihen nicht geschöpft, sondern aus der Vorstellung eines Organs, das die Gefühlsdynamik nur durch die wechselnden Grade äußerlicher Bewegtheit innerhalb einer unveränderlichen Tonstärke zur lebendigen Erscheinung bringen kann. Orgelartig sind die auf und ab und durcheinander fluthenden Gänge vielfach sogar bis in das einzelnste ihrer Gestalt hinein. Der Mangel im melodischen und rhythmischen Ausdrucksvermögen führt bei der Orgel naturgemäß zu einem stärkeren Hervortreten der lediglich harmonischen Wirkungen. Wenn Johann Christoph Bach und andre seiner Zeit durch homophone Sätze wirken wollen, so tritt, wie einfach sie auch immer sei, in der Oberstimme eine Melodie dennoch stets faßbar hervor. Bei Sebastian Bach finden sich Partien, die wie der Anfang der Motette »Singet dem Herrn« nur als melodisch gekräuselte Harmonien-Fluthen verständlich werden. Die erstaunliche Kühnheit der Stimmenführung hat in dieser Anschauung ihre Begründung und einzige Berechtigung. Die großen mit sicherster Logik entwickelten harmonischen Verhältnisse gewähren die festen Ausgangs- und End-Punkte, zwischen welchen die einzelnen Stimmen in rücksichtslosem Drange sich ausleben. Reibungen und Zusammenstöße, ja gelegentlich selbst Überschreitungen der elementaren Regeln der Stimmführung — man sehe die Octavenfortschreitungen der äußersten Stimmen in Takt 26—27 der Motette »Singet dem Herrn« — werden nicht gescheut, wenn nur die harmonische Folge im großen verständlich ist. Man soll merken, daß überall Leben und Bewegung herrscht, aber von der deutlichen Wahrnehmung, wie die Bewegung sich vollzieht, hängt die Wirkung der Bachschen Motetten an vielen Stellen keineswegs ab. Stimmenverbindungen, wie diese:

25) Motette »Singet dem Herrn« T. 72. 26) Motette »Komm Jesu, komm« T. 150 ff.

hätte Bach sonst nicht geschrieben. Ebenso bringt er klangliche Steigerungen auf orgelgemäßem Wege hervor. Die vierstimmigen Fugen, Choräle oder Arien am Schlusse der doppelchörigen Motetten repräsentiren gleichsam das volle Werk. Wenn in der vom ersten Chore ausgeführten Fuge »Die Kinder Zion sein fröhlich« aus »Singet dem Herrn« zur Verstärkung der Thema-Einsätze allmählig mehr und mehr Stimmen des zweiten Chors zutreten, so ist dies einigermaßen dem Verfahren zu vergleichen, im Fortgang eines Orgelstückes ein verstärkendes Register nach dem andern zuzuziehen.

Daß es in jener Zeit wie überall so auch in Leipzig gewöhnlich war die Motette mit der Orgel oder sonst einem unterstützenden Instrumente zu begleiten, ist an einer andern Stelle berichtet worden.[27] Es ist die Frage, wie Bach sich diesem Gebrauche gegenüber verhalten hat. Wenn er seine Motette aus der Kirchencantate loslöste, ihren Stil in erkennbarster Weise dem Orgelstile nachbildete und kein Bedenken trug den Tenor durch den Bass übersteigen zu lassen, obgleich der Bass als continuirliche Grundstimme zu denken ist; wenn sich Choralstücke der Cantaten wie »Aus tiefer Noth schrei ich zu dir« und »Ach Gott vom Himmel sieh darein« mit theilweise sogar selbständigem Generalbass unter dem Namen »Motetten« verbreiten durften, so scheint die Antwort auf die Frage um so weniger zweifelhaft, als sein Schüler Kirnberger das Mitgehen der Orgel ausdrücklich bezeugt. Wirklich findet sich auch zu dem Psalm »Lobet den Herrn alle Heiden« eine Orgelbegleitung angegeben und für die Motette »Der Geist hilft unsrer Schwachheit auf« liegt sogar eine von Bach selbst geschriebene bezifferte Orgelstimme vor. Sie kann natürlich nur für den kirchlichen Gebrauch des Werkes bestimmt gewesen sein. Die Aufführung bei der Beerdigungsfeierlichkeit fand vor dem Trauerhause statt; hierzu mögen die ebenfalls vorhandenen andern Instrumentalstimmen: zwei Violinen, Bratsche, Violoncell für den ersten, zwei Oboen, Taille, Fagott für den zweiten Chor, verwendet worden sein, wobei es unbestimmt bleibt, ob diese neben der Orgel auch in der Kirche mitgewirkt haben, oder nicht. Die Orgelstimme ist sehr interessant. Einerseits liefert sie den vom Componisten selbst geführten Beweis, wie bequem sich einer doppel-

---

27) S. S. 109 ff. dieses Bandes.

chörigen Motette Bachs ein Generalbass anfügen läßt, ohne daß derselbe irgendwie selbständig wird: die Stimme enthält nur ein einziges Sechzehntel, welches nicht zugleich in den Singbässen vorhanden ist. Andrerseits macht auch die Bezifferung, welche bei figurirten Stellen nur den Grundharmonien unbekümmert selbst um erhebliche Reibungen nachgeht, deutlich, von welcher Anschauung beherrscht Bach seine Singstimmen führte. Sieht man auf das Verhältniß der beiden Singbässe zu einander, so erscheint es der Weise sehr ähnlich, wie Bach in den Cantatenchören dem Singbasse den Instrumentalbass zugesellt. Die Bässe beider Chöre an Stellen wo sie zusammentreten im Einklange oder der Octave zu führen, war auch vor ihm üblich. Wie aber bei Bach sich manchmal der eine Bass auf kurze Weile von dem andern trennt um irgend eine bedeutendere Wendung auszuführen und dann wieder mit ihm zusammenfließt (s. »Singet dem Herrn« T. 122 ff.), wie er die figurirten Tonreihen desselben in vereinfachten Gängen mitmacht (s. das erstere der obigen Notenbeispiele, ferner »Fürchte dich nicht« T. 34, »Komm Jesu, komm« T. 60), wie sogar einmal von einem der Chöre der Bass allein eintritt, nur um eine vollständige Harmonie zu erzielen (s. »Fürchte dich nicht« T. 57), das alles zeigt weder Einheit noch Zweiheit in der Stimmführung; es ist ein freies Schalten mit den disponibeln Stimmen nach dem augenblicklichen Bedürfniß, das wir ebenso in der Behandlung des Continuo gegenüber dem Singbasse in den Cantatenchören bemerken. Freilich bildet hier der Continuo durch das ganze Stück die absolut grundlegende Stimme, während in den doppelchörigen Motetten diese Rolle bald dem einen, bald dem andern, bald auch beiden Bässen zufällt. Aber Bach konnte auf jene Schreibart doch nur gerathen, wenn ihm das Bild seiner begleiteten Cantatenchöre vorschwebte. Betrachtet man ferner die in den Motetten vorkommenden Fugensätze, so sind nicht wenige derselben derartig angelegt, daß nicht eine Stimme ganz allein mit dem Thema anhebt, sondern es wird durch andre Stimmen zugleich die stützende Harmonie hergestellt. So ist es in dem zweiten Abschnitte der Motette »Jesu meine Freude« (»die nicht nach dem Fleische wandeln«): gesungene Harmonien umgeben den Anfang der Fuge, aus welchen sich dann mehre und mehre reale Stimmen herausheben. In der Fuge »sondern der Geist selbst vertritt uns aufs beste« aus der Begräbnißmotette wird das vom Sopran des ersten Chors angestimmte Thema durch alle übrigen Stimmen desselben begleitet. Der Fuge »die Kinder Zion sein fröhlich über ihrem Könige« aus »Singet dem Herrn« stellt sich anfänglich der ganze zweite Chor in harmonischen Massen gegenüber, bis er nach und nach in den unwiderstehlich einherbrausenden Tonstrom hineingezogen und endlich ganz von demselben fortgerissen wird. Die Fugensätze der Cantaten pflegt aber Bach ebenfalls über oder in den begleitenden Harmonien des Generalbasses, auch wohl andrer Instrumente, aufzubauen. Es möge der Eingangschor der Cantate »Wer sich selbst erhöhet«[28] verglichen werden und man wird ein ungefähres Gegenbild der zuletzt angeführten Motettenfuge haben. Man erkennt, wie die Eigenthümlichkeiten von Bachs concertirender Musik bis in die Einzelheiten hinein sich in den Motetten wieder finden.

Trotzdem ist die Frage über die Begleitung der Bachschen Motetten hiermit noch nicht erledigt. Zwar wenn in Breitkopfs gedrucktem Verzeichniß von 1764 einige dieser Werke unter dem Titel »Motetten ohne Instrumente« aufgeführt sind, so beweist das wenig. Denn wie aus der folgenden Seite des Verzeichnisses zu ersehen ist, wurden unter diesem Titel auch Compositionen mit Begleitung der Orgel begriffen, der Plural »Instrumente« ist demnach in seiner genauesten Bedeutung zu nehmen. Auch daß bei den Bachschen Stücken die Orgel nicht ausdrücklich erwähnt wird, darf noch nicht veranlassen, ihre Mitwirkung in Abrede zu stellen, denn, wie früher gezeigt ist, verstand man sie sehr häufig als etwas selbstverständliches mit. Es handelt sich natürlich nicht darum, daß dieselbe nothwendige harmonische Ergänzungen zu gewähren gehabt habe. Die Frage ist nur, ob die Beschaffenheit des Vocalstiles nicht eine solche ist, daß er allein durch den Zutritt des Orgelklanges seine Berechtigung erhält. Schwerer wiegt schon der Umstand, daß unter den Originalstimmen der Motette »Singet dem Herrn«, die übrigens vollständig erhalten sind, eine Orgelstimme sich nicht findet. Und gewichtiger noch ist das Zeugniß Ernst Ludwig Gerbers, der 1767 eine doppelchörige Motette in Leipzig hörte und dabei bemerkt, daß

28) B.-G. X, Nr. 47.

die Thomasschüler diese Bachschen Compositionen »ohne einige Begleitung abzusingen pflegten«. Dieser Ausdruck kann nicht mißverstanden werden und deutet zugleich auf eine schon länger herrschende Gewohnheit hin. Es stehen sich also in dieser Angelegenheit einander widersprechende Zeugnisse gegenüber.

Durch Bachs Kunstschaffen zieht sich die Tendenz, alles was den Formen an Nebensächlichem und Überflüssigem anhaftet abzustoßen, die Ausdrucksmittel auf das unerläßlich nothwendige zu beschränken, das materielle in möglichstem Grade zu vergeistigen. Es war diese Tendenz, welche ihn veranlaßte in den Violin- und Gamben-Sonaten mit obligatem Clavier die Generalbass-Harmonien fast gänzlich auszumerzen, Sonaten und Suiten gar für Violine und Violoncell allein ohne jegliche Begleitung zu schreiben. Seine Vorgänger componirten Motetten lieber mit selbständigem Continuo als ohne einen solchen. Von ihm selber liegt einstweilen nur ein einziges Werk vor, bei welchem der Continuo wenigstens theilweise zur Vervollständigung nothwendig ist: es ist der Psalm »Lobet den Herrn alle Heiden«, die Motettensätze, welche ursprünglich Cantaten angehören, kommen hier nicht in Betracht. Im übrigen wird alles zur Zeichnung des Tonbildes erforderliche von den Singstimmen allein geleistet. Es ist nun wohl denkbar, daß Bach sich von jener spirituellen Neigung soweit führen ließ, seinen Motetten auch die Beimischung derjenigen Tonqualität und somit diejenige Klangfarbe zu entziehen, in welcher ihr Stil eigentlich wurzelt. Er hätte damit nichts anderes gethan, als was bei den Solosonaten für Violine und Violoncell geschehen ist, deren Stil ebenfalls weniger im Wesen dieser Instrumente als in dem des Claviers und der Orgel begründet ruht. Hierbei muß man sich nur eines gegenwärtig halten, daß Bachs Phantasie durchaus im Orgelklange lebte und er beim Hören der unbegleiteten Motetten, wie der Sonaten, jedenfalls zu ihrer klanglichen Erscheinung dasjenige viel lebendiger hinzuempfand, was ihnen ursprünglich das Leben gegeben hatte und abgetrennt von ihnen nur noch als ein feiner Dunstkreis um sie schwebt. Mit Sicherheit können die Motetten ihre Wirkung allein unter Orgelbegleitung thun. Ohne diese wird die richtige Würdigung derselben zunächst von der Leichtigkeit, mit der ihre technischen Schwierigkeiten überwunden werden, und von dem Grade abhängen, bis zu welchem die Singstimmen den ruhigen Fluß der Orgelmusik sich aneignen können, dann aber auch davon, in wie weit es dem Hörer gelingt, seine Phantasie mit der Orgelstimmung ganz zu erfüllen und aus ihr zu ergänzen, was den Tonwerkzeugen selbst unerreichbar bleibt.

Übrigens sind Bachs Motetten die einzigen unter seinen Gesangscompositionen, welche zu keiner Zeit völlig aus dem Musikleben verschwunden waren. Die Thomascantoren nach ihm haben sie stets in Ehren gehalten und sie singen lassen, wenn auch gewiß nicht immer mit Vorliebe. Rochlitz erinnerte sich aus seiner Thomanerpraxis namentlich an die Motetten »Singet dem Herrn«, »Der Geist hilft unsrer Schwachheit auf« und »Sei Lob und Preis mit Ehren«, freilich mit einigermaßen gemischten Empfindungen, denn die Schwierigkeit dieser Werke hatte dem Knaben manche Pein verursacht. 29) Als Mozart 1789 nach Leipzig kam, ließ ihm der Cantor Doles die Motette »Singet dem Herrn« vorsingen, und entzückte ihn damit so sehr, daß er alles durchstudirte, was damals die Thomasschule noch an Bachschen Motetten besaß. Dann kam eine Zeit, wo es schien, als würde Bach wieder zu allgemeinerer Schätzung gelangen, »das Rad des Geschicks hatte die Speiche des ehrwürdigen Vaters, die eine Weile weit unten gewesen, wieder hinauf, ja auf den höchsten Punkt gebracht.« 30) Es war die Zeit, welche Forkels Schrift über Bach hervorrief; sie ging allerdings rasch vorüber. Doch daß man die Motetten auch nachher nicht vergaß, bezeugt ihre von Schicht 1802 und 1803 besorgte erste Veröffentlichung durch den Stich. Außerhalb Leipzigs scheinen sie sich wenigstens in Sachsen einigermaßen verbreitet zu haben, was natürlich war, da ein guter Theil der sächsischen Cantorenstellen von früheren Alumnen der Thomasschule besetzt gehalten wurde. In Zittau sang Marschner als Knabe Bachsche Motetten unter Friedrich Schneider als Chorpräfectem, und in einem handschriftlichen Choralbuch des sächsischen Dorfes Nieder-Wiesa vom Ende des vorigen Jahrhunderts

---

29) Rochlitz, Für Freunde der Tonkunst, II (Dritte Aufl.), S. 134 f. — Die Motette »Wie sich ein Vater erbarmet«, welche er außerdem noch nennt, ist nichts anderes, als der zweite Abschnitt von »Singet dem Herrn«. Es scheint, daß man dieses umfangreiche Werk damals nur stückweise vorgetragen hat.

30) Rochlitz, a. a. O. S. 130 f.

findet sich gar der Text der Motette »Komm Jesu, komm« mit einer neu erfundenen Melodie versehen und zum Choral umgewandelt.[31]

X.

Es ist eine überreiche Ernte, welche während der Jahre 1723—1734 auf dem Felde der Kirchenmusik von dem Genius Bachs gezeitigt wurde. Sie legt das beredteste und verläßlichste Zeugniß dafür ab, wie ganz sich Bach in seinem Elemente fühlte. Daß er grade in den reifsten Mannesjahren auf den Posten des Thomascantors gelangte, muß man demnach nicht weniger als eine glückliche Fügung bezeichnen, als ihm seine Berufungen nach Weimar und Cöthen für die erste freie Entfaltung und beschauliche Vertiefung seines Wesens auf das zweckmäßigste zu statten kamen. Gegenüber den Ergebnissen dieses elfjährigen Leipziger Wirkens geht die Bedeutung der Unzulänglichkeiten und Widerwärtigkeiten, welche sein Amt im Gefolge hatte, von selbst auf ihr richtiges bescheidenes Maß zurück. Bach schätzte auch wirklich seine Lage als eine günstige und fühlte sich wie wir gleich sehen werden sogar aufgelegt das Lob Leipzigs zu singen. Der Schritt ins Ungewisse, den er in des Höchsten Namen gewagt hatte[1], war, ob es ihm auch zu Zeiten anders schien, dennoch geglückt. Für die Darstellung seines Lebens und Schaffens muß es geboten erscheinen, in dieser Periode Bachs Thätigkeit für die Kirchenmusik als die alles übrige zurückdrängende Macht in ganzer Breite zur Geltung zu bringen, nur so kann sich Licht und Schatten auf der Bahn seiner Entwicklung richtig vertheilen. Deshalb soll auf die zahlreichen nebenher entstandenen Instrumentalcompositionen hier nicht eingegangen werden. Ihre Betrachtung wird am Schlusse des Ganzen die passendere Stelle finden, um so mehr als Bach bis zu seinem Ende nicht aufhörte, grade in dieser Beziehung hochbedeutendes zu produciren. Anders liegt die Sache mit den Gelegenheitscompositionen für Gesang und Instrumente. Die größere Zahl derselben fällt ebenfalls in die frühere Leipziger Zeit; sie hängen außerdem zum Theil mit

31) S. Jakob und Richter, Reformatorisches Choralbuch. Berlin, Stubenrauch. Zweiter Theil, Nr. 918.

1) S. S. 35 dieses Bandes.

den Kirchencompositionen so eng zusammen, daß schon deshalb eine Beleuchtung derselben an diesem Orte gefordert wäre.

Die Gelegenheitscompositionen, welche bestimmt waren ein einmaliges wichtiges Ereigniß im Leben einer einzelnen Person oder irgend einer öffentlichen Anstalt feierlich zu begehen, sind geistliche und weltliche. Zu jenen gehören demnach auch die Trauungsmusiken »Dem Gerechten muß das Licht immer wieder aufgehen« und »Herr Gott, Beherrscher aller Dinge«, die Trauercantate auf den Herrn von Ponickau »Ich lasse dich nicht« (1727), die Begräbniß-Motette für den Rector Ernesti »Der Geist hilft unsrer Schwachheit auf« (1729) und die Störmthaler Orgelweih-Cantate (1723), wogegen die jährlich wiederkehrenden Rathswahlmusiken und die auf besondere kirchliche Feste geschriebenen Compositionen, welche man in gewissem Sinne ja auch Gelegenheits-Cantaten nennen könnte, hier nicht mit einbegriffen sein sollen. Von den angeführten Werken ist früher schon die Rede gewesen, weil sie theils auf Rathswahl-Cantaten zurückzuführen, theils zugleich in ihrem ganzen Umfange zum kirchlichen Gebrauch verwendet worden sind.[2]

Wir wissen, daß auch ein Theil der Marcus-Passion nur Übertragung einer Gelegenheitsmusik ist.[3] Die Passion als solche existirt nicht mehr, aber die benutzte Composition hat sich vollständig erhalten als Trauermusik auf den Tod der Königin-Churfürstin Christiane Eberhardine. Schon aus diesem Grunde müßte sie für sich gewürdigt werden. Sie verdient solches aber auch deshalb, weil sie ihren eignen kirchenpolitischen Hintergrund hat. Christiane Eberhardine, aus dem markgräflichen Hause von Brandenburg-Bayreuth, war mit Friedrich August seit 1693 vermählt. Als ihr Gemahl 1697 sich auf den polnischen Königsthron gesetzt und den katholischen Glauben angenommen hatte, war sie der evangelischen Kirche treu geblieben. Sie trug kein Verlangen nach Ehren, die sie um den Preis ihrer Religion hätte erkaufen müssen; wenn sie sich auch nicht dauernd weigern konnte, den Titel einer Königin zu führen, so hat ihr Fuß doch nie das polnische Reich betreten. Schon vorher ihrem Gemahl durch dessen Verhältniß mit der Gräfin Kö-

---

2) S. S. 298, 299, 243 f., 433, 194 ff. dieses Bandes.

3) S. S. 334 f. dieses Bandes.

nigsmark entfremdet, trennte sie sich jetzt völlig von ihm und lebte still zu Pretzsch bei Wittenberg. Es blieb ihr nicht erspart, auch den Thronfolger, ihren Sohn, dessen erste Erziehung sie geleitet hatte, 1717 von dem Glauben seiner Väter abtrünnig werden zu sehen. Eine wie lebendige Herzenssache und festgegründete Überzeugung aber ihr die protestantische Lehre war, das bewies sie bei dieser Gelegenheit von neuem durch einen Brief, in welchem die bibelkundige Frau die Irrthümer der katholischen Lehre nachzuweisen sucht, und den Sohn »um seiner eignen armen Seele und um seiner armen Mutter willen, die er sonst mit Herzeleid in die Grube bringen werde, beschwört, sich wieder zu der evangelischen Wahrheit zu kehren«. 4) Durch den Übertritt zum Katholicismus verloren die sächsischen Churfürsten die führende Stellung, welche sie seit der Reformation im protestantischen Deutschland eingenommen hatten, und die nun mehr und mehr an Preußen überging. Bedenklicher war für den Augenblick die in die Bevölkerung hineingetragene religiöse Aufregung. Zwar gab der Fürst mehrfach beruhigende Versicherungen, daß sein Religionswechsel eine rein persönliche Angelegenheit sei und im Lande alles beim Alten bleiben werde, er bemühte sich auch nach Kräften diese Versicherungen wahr zu machen. Aber das sächsische Volk war zu eifrig protestantisch, als daß es nicht argwöhnisch jede Bewegung beobachtet hätte, welche das Eindringen des Katholicismus zu begünstigen oder auch nur zu gestatten schien. Auf dem Landtage des Jahres 1718 kam es zu sehr nachdrücklichen, ja heftigen Anklagen und Forderungen seitens der sächsischen Stände. 5) Glaubenseifrige protestantische Prediger thaten das ihrige, die Aufregung und den Haß zu schüren. Die im Jahre 1702 erhobenen Bedenken des Leipziger Raths wegen der lateinischen Bestandtheile des dortigen Cultus, die ihn dem katholischen allzu ähnlich machten 6), erscheinen unter diesen Vorgängen in einem besonderen Lichte. Ein Jahr vor dem Tode der Königin hatte der religiöse Fanatismus sogar zu Mord und

---

4) Der Brief ist vollständig mitgetheilt bei Förster, Friedrich August II. Potsdam. Riegel. 1839. S. 245—249.

5) Gretschel, Geschichte Sachsens. II, S. 589 ff.

6) S. S. 94 f. dieses Bandes.

Aufruhr geführt. Der Archidiaconus an der Kreuzkirche zu Dresden, Magister Joachim Hahn, wurde am 21. Mai 1726 durch einen von ihm zum Lutherthum bekehrten Katholiken, der nachher über sein Seelenheil in Unruhe gerieth, erstochen. Die That rief einen ungeheuren Tumult hervor, welcher das nachdrücklichste Auftreten der bewaffneten Macht erforderte.[7] In diesen Verhältnissen war es natürlich, daß die sächsische Bevölkerung mit der Empfindung besonderer Ehrfurcht und Liebe auf die standhafte königliche Dulderin blickte, und von ihrem plötzlichen Hinscheiden tief schmerzlich bewegt wurde. Die angeordnete allgemeine Landestrauer dauerte vom 7. Sept. bis zum 6. Januar.[8] Am 17. October ehrte die Stadt Leipzig die edle Verstorbene durch eine großartige öffentliche Trauerfeierlichkeit; die Stille, mit welcher man sechs Jahre später die Trauerzeit für das Ableben des Königs vorübergehen ließ, erscheint ihr gegenüber beredt genug. Als im Jahre 1697 nach der polnischen Königswahl ein *Te deum* in den sächsischen Kirchen angeordnet worden war, hatten die Gemeinden nach demselben mit unzweideutiger Demonstration Luthersche und andre protestantische Kraftlieder angestimmt.[9] Mit einem kirchlich protestirenden Accent wurde auch jetzt die Trauerfeierlichkeit für die Königin, welche ihrem Glauben treu geblieben war, ausgeführt. Das von Bach componirte Gedicht umgeht zwar vorsichtig alles andre, woran der König etwa Anstoß nehmen konnte, aber die Königin, »das Vorbild großer Frauen« als die »Glaubenspflegerin« zu preisen, läßt es sich doch nicht nehmen.

Ein eigentlich kirchliches Gepräge trug die Feier nicht: sie war nach Art der akademischen Redeacte eingerichtet und fand in der Universitätskirche statt, wie sie denn überhaupt auch von der Universität ausging.[10] Bei solchen Gelegenheiten pflegten nicht Cantatentexte in der modernen madrigalischen Form, sondern lateinische Oden componirt zu werden. Zur Geburtstagsfeier des Herzogs Friedrich von Gotha hatte auch Bach 1723 schon eine lateinische

---

7) Gretschel, a. a. O. S. 592 f. — Picander besang das Ereigniß in einem schwülstig-wässerigen Gedicht (I. Theil, S. 212—231).

8) S. Anhang A, Nr. 23. 9) Gretschel, a. a. O. S. 475.

10) Was behufs dieser Feier gedruckt wurde, nämlich 1) die lateinische Einladung durch den Rector der Universität, 2) der Text der Gottschedschen

Ode gesetzt.[11] Die allgemeine Theilnahme, auf welche bei der Trauerfeierlichkeit gerechnet werden konnte, mußte diesesmal den Gebrauch der deutschen Sprache passend erscheinen lassen. Gottsched, welcher seit einigen Jahren an der Universität Vorlesungen hielt und Senior der Deutschen Gesellschaft war, verfaßte die Ode; man kann derselben zwar nicht großen Schwung und Gedankenreichthum, aber doch eine würdige Haltung und correcte Sprache nachrühmen.[12] In der Composition zerfiel sie in zwei Theile, von denen der erste vor, der andre nach der Trauerrede gesungen wurde. Die Rede hielt Hans Carl von Kirchbach, »des Königlichen und Churfürstlichen Oberberggerichts zu Freyberg Assessor«.

Bach vollendete die Composition erst am 15. October, also nur zwei Tage vor dem Traueractus. Da doch auch die Stimmen ausgeschrieben werden mußten, so sieht man an diesem Falle, mit wie wenigen Vorbereitungen derartige musikalische Aufführungen vor sich gingen.[13] Er hat dem Werk Cantatenform gegeben, indem er die Textstrophen zu Chören, Recitativen und Arien geschickt zerlegte. Es scheint dies für derartige Zwecke eine Neuerung gewesen zu sein, da ein Berichterstatter eigens erwähnt, die Ode sei »nach italiänischer Art« componirt gewesen. Die italiänische Art trat auch in der Benutzung des Clavicembalo hervor, welches Bach selbst spielte, und womit er, wie es in der italiänischen Oper geschah, die Recitative und Arien begleitet haben wird; die Orgel hat dann wohl

---

Ode, wie er in der Kirche unter die Anwesenden vertheilt wurde, 3) die Lob- und Trauer-Rede gehalten von Hanns Carl von Kirchbach, 4) eine Trauer-Ode von *M.* Samuel Seidel — alles das findet sich in einem Bande vereinigt auf der königl. öffentlichen Bibliothek zu Dresden (*Hist. Saxon.* c. 232). — Den Verlauf der Feier beschreibt Sicul, Das thränende Leipzig. 1727.

11) S. S. 38 dieses Bandes.

12) Sie wurde in ausgefeilter Gestalt wieder abgedruckt in »Oden der Deutschen Gesellschaft in Leipzig«. Leipzig, 1728. S. 79 ff.

13) Am Schluß der autographen Partitur steht: »*Fine SDG. aõ 1727. d. 15. Oct. J S Bach.*« Auf dem Titel hat Bach als Tag der Aufführung den 18. October angegeben. Daß er sich hier im Datum geirrt hat, ist nach Auffindung des Originaldrucks der Ode, welcher den 17. October angiebt (s. oben Anmerk. 10) unzweifelhaft. Hätte die Feier aus irgend welchen Gründen um einen Tag verschoben werden müssen, so würde Sicul in seiner ausführlichen Beschreibung dessen jedenfalls Erwähnung gethan haben. Dies zur Berichtigung und Ergänzung des Vorworts von B.-G. XIII, 3.

nur bei den Chören mitgewirkt. Die Mittelstellung, welche das Werk zwischen kirchlicher und weltlicher Musik einnahm, indem es sich jeder Bezugnahme auf Gott und jeder Benutzung des Chorals enthält, durchweg nur eine Menschenpersönlichkeit feiert, aber doch im Kirchenraum zu Gehör gebracht wurde, erhält hierdurch ihr musikalisches Merkzeichen[14]. Die verstorbene Königin hatte Musik sehr geliebt. Der anspachische Capellmeister Bümler war von 1723—1725 in ihrem Dienste gewesen, auch beschied sie zur Sommerzeit oftmals Mitglieder der Dresdener Capelle zu sich.[15] Dies mag den Componisten noch besonders angeregt haben. Die Musik der Trauerode reiht sich dem vorzüglichsten an, was Bach gemacht hat. In den breitathmigen Zügen des ersten Chors, welcher durch die Verwendung von Gamben und Lauten eine volle aber umflorte Farbe erhält, spricht sich eine dem Schlußchore der Matthäuspassion verwandte Empfindung aus. Nur herrscht im Chor der Trauerode, eben weil er ein Eingangschor ist, noch eine stärkere schmerzliche Erregtheit. Sie redet mit geschärften Accenten auch aus dem zweiten Recitativ, welches die Instrumente mit Glockenklängen begleiten: die hohe Flöte beginnt, dann schließen sich nach der Tiefe zu immer mehr Instrumente in verschiedenartigen Tonfiguren an, zuletzt auch in langsamen Pulsen der Bass, in eigenthümlich schaurigen Modulationen fluthet dieses Klangmeer weiter, bis es allgemach verhallt. Das bescheidenere Vorbild hierfür findet sich in der weimarischen Cantate »Komm du süße Todesstunde«, bei Gelegenheit deren auch über die ästhetische Berechtigung dieser Malerei gesprochen ist[16]. Im weiteren Verlauf der Trauerode wird die Empfindung immer gefaßter, die Chöre namentlich werden schlichter und ruhiger, der letzte ist gar ganz einfach liedhaft. Was hier der Dichter prophezeit:

Doch Königin du stirbest nicht,
Man weiß, was man an dir besessen,
Die Nachwelt wird dich nicht vergessen,

hat sich, obzwar in etwas andrer Weise, als dort gemeint ist, erfüllt. Bachs Kunst ist es, die dem Bilde der frommen Königin Unsterblichkeit verliehen hat. Ich glaube, daß ihr das Vorrecht, in dieser

---

14) Sicul, a. a. O. S. 22 f. — Vergl. Band I, S. 829.

15) Hiller, Lebensbeschreibungen. Leipzig, 1784. S. 56 und 197.

16) S. Band I, S. 543 ff.

Verklärung in der Geschichte fortzuleben, nicht dadurch verkümmert werden sollte, daß man die Trauerode seit sie wieder bekannt geworden ist mit einem modernen, allgemein religiösen Texte singt. Ästhetisch wäre freilich dagegen nichts einzuwenden und Bach hat ja selbst sein Werk mit anderem Texte für einen kirchlichen Zweck benutzt. Der scharfe Tadel, durch welchen eine spätere verständnißlose Zeit wegen eines ähnlichen Verfahrens mit Händels Trauerhymne auf die Königin Caroline gerechtermaßen getroffen worden ist, würde hier nicht angebracht sein. 17) Händels Musik ist in ihrer ganzen Herrlichkeit und Tiefe nur von dem zu begreifen, der sich bewußt bleibt, daß sie der frommen Erinnerung an einen geschiedenen edlen Menschen geweiht ist. An Stelle dieser frei menschlichen Empfindung steht bei Bach auch hier die enger begränzte kirchliche, seine Musik redet ja immer dieselbe Sprache. Aber die glaubenstreue Protestantin, welche Bach zu einem solchen Meisterwerk begeisterte, dürfte doch auch wohl den nachlebenden Generationen einer Stunde der Erinnerung würdig erscheinen. —

Eine zweite, noch viel umfangreichere, Trauermusik verfaßte Bach nur ein gutes Jahr später zu Ehren des Fürsten Leopold von Anhalt-Cöthen. Mit diesem kunstverständigen Gönner war Bach, auch nachdem er seinen Hof verlassen hatte, in fortdauerndem Verkehr geblieben. Schon der ihm erhaltene Titel eines fürstlich cöthenischen Capellmeisters verpflichtete ihn zu gewissen Ehrendiensten. So componirte er denn für den 30. November 1726, den Geburtstag der Fürstin, eine Cantate; ihrem Erstgebornen, dem Erbprinzen Emanuel Ludwig (geb. 12. September 1726) legte er die eben im Stich erschienene erste Partita seiner »Clavierübung« in einem eigenhändig geschriebenen Exemplare in die Wiege, und fügte demselben ein selbstverfaßtes Widmungsgedicht vor, das sein Verhältniß zu dem Fürstenhause als ein fast freundschaftlich gemüthliches erscheinen läßt. Im Mai 1727, zur Zeit der Jubilate-Messe, war der Fürst Leopold in Leipzig und hörte hier

17) Chrysander, Händel II, S. 445. — Trauermusiken auf hervorragende Persönlichkeiten mit verändertem Text als Kirchencantaten zu benutzen war unter den deutschen Capellmeistern und Cantoren jener Zeit allgemein üblich. Auch Johann Ernst Bachs Trauermusik auf den Tod des weimarischen Herzogs Ernst August Constantin (1758) erfuhr dieses Schicksal.

die Festmusik, welche Bach am 12. Mai zu Ehren des anwesenden Königs aufführte.[17] Es scheint das letzte Mal gewesen zu sein, daß sie einander gesehen haben. Der Tod des Fürsten erfolgte schnell und unvermuthet am 19. November 1728. Die Trauerfeierlichkeit, zu welcher Bach seine Composition in Cöthen selbst aufführte, fand erst im folgenden Jahre statt, das genauere Datum wissen wir nicht. Es ist neuerdings sehr wahrscheinlich gemacht worden, daß dieses einstweilen verschollene Tonwerk größtentheils aus Stücken der eben damals componirten Matthäus-Passion zusammengesetzt wurde. Hier läge demnach ein ähnliches Verhältniß vor, wie zwischen der Trauerode von 1727 und der Marcus-Passion, nur daß diesesmal das kirchliche Werk jedenfalls das ältere war.[18] —

Übergehend zu der beträchtlich größeren Anzahl weltlicher Gelegenheits-Cantaten habe ich zunächst ein Werk nachträglich zu erwähnen, welches noch in die Cöthener Zeit gehört, aber erst kürzlich wieder zu Tage gekommen ist.[19] Da Titel und Anfang verloren gegangen sind, läßt sich die Bestimmung nur vermuthen. Soviel sieht man klar, daß es sich darin um eine Verherrlichung des gesammten anhalt-cöthenischen Fürstenhauses handelt. Möglich, daß Bach die umfangreiche Cantate, welche allem Anscheine nach vor Ablauf des Jahres 1721 geschrieben ist, dem verehrten Hause zum Jahreswechsel widmete und auch den Text, welcher an Gehalt

18) Sicul, *ANNALIVM LIPSIENSIVM SECTIO* XXIX. Leipzig, 1728. 19) Den Nachweis der Übertragung verdanken wir W. Rust; s. B.-G. XX², S. X f. Hiernach ist das von mir Band I. S. 766 gesagte zu berichtigen. Das einzige Bedenken, welches etwa gegen das Ergebniß der Rustschen Untersuchung vorgebracht werden könnte, wäre, daß Forkel, welcher die Trauermusik im Autograph besaß und auch die Matthäuspassion kannte, die Übereinstimmung nicht bemerkt haben müßte. Indessen dürfte Forkels Kenntniß der Matthäus-Passion immerhin nur eine oberflächliche gewesen sein, s. seine Schrift über Bach S. 62. — Rust führt a. a. O. S. XIV unter den verloren gegangenen Gelegenheitscompositionen Bachs noch eine dritte Trauer-Cantate an (»Mein Gott, nimm die gerechte Seele«) mit Berufung auf Breitkopfs Verzeichniß von Michaelis 1761. Die Cantate findet sich hier (S. 23) allerdings angeführt, aber ohne Nennung des Componisten.

20) Ich entdeckte es 1876 in der Autographensammlung des Herrn W. Kraukling zu Dresden, welcher die Freundlichkeit hatte, mir es auf längere Zeit zur Benutzung zu überlassen. S. Anhang A, Nr. 51.

und Form viel zu wünschen übrig läßt, selbst verfaßt hat. Die Worte des letzten Recitativs:

Ja sei durch mich dem theursten Leopold
Zu vieler tausend Wohl und Lust,
Die unter seiner Gnade wohnen,
Bis in ein graues Alter hold.
Erquicke seine Götterbrust.
Laß den Durchlauchtigsten Personen,
Die du zu deinem Ruhm ersehn,
Auf die bisher dein Gnadenlicht geschienen,
Nur im vollkomnen Wohlergehn
Die schönste Zeit noch viele Jahre dienen.
Erneure Herr bei jeder Jahreszeit
An ihnen deine Güt und Treu.

drücken die Bestimmung der Cantate am deutlichsten aus. Die feine und gedankenreiche Composition, in welcher ein Duett zwischen Alt und Tenor (Es dur ₵) durch besondere Schönheit hervorragt, ist durchweg für Sologesang bestimmt, selbst der vierstimmige Schlußgesang nur für einfache Besetzung berechnet. Hierin kommt die Cantate also mit der Geburtstags-Serenade »Durchlauchtger Leopold« überein[21]) und beweist abermals, daß Bach in Cöthen einen brauchbaren Chor nicht zur Verfügung hatte. Wie jene zu einer Pfingst-Cantate, so hat er diese später in Leipzig zu einer Musik auf den dritten Ostertag (»Ein Herz, das seinen Jesum lebend weiß«) umgestaltet, ohne jedoch alle Stücke derselben zu benutzen.[22])
Ich muß hier nochmals darauf hinweisen, daß auch die oben erwähnte Cantate »Steigt freudig in die Luft«, welche Bach für den ersten in Cöthen gefeierten Geburtstag der zweiten Gemahlin Fürst Leopolds componirte, später zu andern Zwecken mehrfach überarbeitet ist.[23]) Die erste Überarbeitung diente der Geburtsfeier eines Lehrers, vielleicht Gesners;[24]) die zweite machte das Werk zu einer

21) S. Band I, S. 618 f. 22) Die autographe Partitur dieser Ostercantate ist auf der königlichen Bibliothek zu Berlin.

23) Bei Picander I, S. 14 heißt es ausdrücklich: »Bey der ersten Geburths-Feyer der Durchlauchtigsten Fürstin zu Anhalt-Cöthen. 1726.« Da nun der Geburtstag am 30. November war, die Vermählung aber schon am 2. Juni 1725 statt fand, so folgt daraus wohl, daß am 30. Nov. 1725 die Fürstin nicht in Cöthen weilte. — Vrgl. Band I, S. 765.

24) S. S. 93 dieses Bandes. — Angezeigt in Breitkopfs Verzeichniß von Michaelis 1761, S. 33 unter »Promotions- und Ehrentags-Cantaten«.

Kirchencantate auf den ersten Adventsonntag[25]. In Leipzig lebte ein Rechtsgelehrter, Johann Florens Rivinus (geb. 28. Juli 1681), der am 9 Juni 1723 zum *Professor ordinarius* der Universität befördert war. Er muß sich schon damals einer besondern Beliebtheit erfreut haben, denn am Abend dieses Tages brachten ihm die Studenten eine solenne Serenade.[26] Mindestens zehn Jahre später warteten ihm die Studenten gelegentlich seines Geburtstages wieder mit einer Musik auf; hierzu erlitt die cöthenische Cantate ihre dritte Überarbeitung und wurde in ihrem ursprünglich weltlichen Charakter wieder hergestellt.[27] Bach scheint demnach das zwar angenehme aber nicht grade bedeutende Werk besonders lieb gehabt zu haben, vielleicht weil sich freundliche Erinnerungen daran knüpften. —

Die weltlichen Gelegenheits-Cantaten Bachs gehören fast alle in das Gebiet der dramatischen Kammermusik Es liegt ihnen also eine Handlung zu Grunde, die sich zwischen einer Anzahl von selbstredend auftretenden Persönlichkeiten entwickelt, oder doch eine Situation, welche sich durch die Reden verschiedener Persönlichkeiten exponirt. Während im allgemeinen die gesungene Kammermusik in der Mitte zwischen kirchlicher und theatralischer Tonkunst stehen soll, neigt sich diese Art derselben stärker der Oper zu. Natürlich hatten solche Stücke eine viel geringere Ausdehnung und glichen mehr nur dem letzten Aufzug einer Oper. Die Stoffe und Persönlichkeiten wurden ebenfalls gern der antiken Mythologie entnommen, wenngleich meist nur allegorisch ausgebeutet. Dramatische und Situations-Charakteristik wurden in demselben Maße wie bei einem Bühnenwerke verlangt; es fehlten nur Costumirung, Action

25) S. S. 301 dieses Bandes.

26) Vogel, *Continuation* Derer Leipzigischen Jahrbücher von *Anno* 1714 bis 1728. Manuscript auf der Leipziger Stadtbibliothek. Fol. 32b. Hier ist auch der Text der bei dieser Gelegenheit musicirten Cantate mitgetheilt, der Componist derselben aber nicht genannt. Winterfeld, Ev. K. III, 262 vermuthet Bach als solchen, doch hat die Vermuthung bisher keinerlei Bestätigung erfahren. 27) Textanfang: »Die Freude reget sich, erhebt die muntern Töne«. Originalstimmen auf der königlichen Bibliothek zu Berlin. Die Stimmen sind nicht mehr vollständig, der Verlust läßt sich aber unter so bewandten Umständen verschmerzen. B.-G. XII², S. V, Anmerk. ist hiernach zu berichtigen. — Übrigens war Bach auch persönlich mit Rivinus befreundet, den er 1735 für seinen Sohn Johann Christian zu Pathen bat.

und Scene. Und selbst letztere nicht ganz. Daraus daß man diese Compositionen noch zur Kammermusik rechnete, folgte nicht, daß man sie auch immer nur im Musikzimmer aufführte. Es bezeichnet einen wesentlichen Unterschied zwischen der Musikübung unserer und jener Zeit, daß hinsichtlich der Aufführungsorte eine viel größere Freiheit und Mannigfaltigkeit bestand. Durch viel zahlreichere Fäden hing damals die Musik mit dem gesellschaftlichen Leben zusammen. Während jetzt fast alle außerhalb des Hauses geübte Musik, soweit sie nicht kirchliche und theatralische ist, sich im Concertsaal zusammendrängt und zum Anhören derselben sich das Publicum wie zu einem besondern Geschäft versammelt, wählte man sich damals auch die Straße, den Garten, den Lustwald, selbst den See oder Fluß, jenachdem das aufzuführende Tonstück einer Huldigung, einer Hochzeit, einem Geburtstage, einem Jagdvergnügen oder irgend einer andern Lustbarkeit galt. Handelte es sich nun um ein dramatisches Gesangswerk, so wurde der Ort der Aufführung gleichsam als Scene gedacht und die Beschaffenheit der Handlung mußte ihm angemessen sein. Nur ausnahmsweise kam es vor, daß bei solchen Musiken im Costum agirt wurde. Zur richtigen Beurtheilung des Charakters und der Wirkung auch der Bachschen dramatischen Cantaten ist es nothwendig, diese Art der Aufführung stets zu berücksichtigen. Sie brachte die für uns befremdliche Verwendung nicht nur des vollen Chors sondern selbst des recitativ- und arienmäßigen Sologesanges mit Instrumenten und Clavier im Freien mit sich. Die übliche schwache, oft nur einfache Besetzung der Singstimmen und Instrumente konnte natürlich jenen weittragenden Vollklang nicht erzielen, der für einen unbegränzten Raum unter freiem Himmel angemessen erscheint; man richtete sich gewissermaßen auch in Gottes Natur häuslich ein. Dennoch war der gewiegte Componist immer bedacht, die klangliche Erscheinung seines Werkes nach dem Orte der Aufführung zu berechnen, und gewisse Auffälligkeiten der betreffenden Bachschen Cantaten lassen sich zuverlässig auf diese Rücksicht zurückführen.[28]

28) Scheibe (Critischer Musikus S. 540 ff.) giebt sogar bestimmte Regeln über die verschiedene Einrichtung derartiger Musiken, jenachdem sie auf dem Wasser oder Lande, im Zimmer oder Walde, in einer Gartenlaube oder auf einem mit Bäumen umschlossenen Platze aufgeführt werden sollen.

Abgesehen hiervon unterlagen die dramatischen Cantaten schon deshalb weil sie zur Gattung der Kammermusik gehörten der Anwendung gewisser Stilregeln. Ihrer Mittelstellung gemäß sollten sie die Gediegenheit des kirchlichen und die leichte Gefälligkeit des theatralischen Stiles in sich vereinigen. Sie zeigen uns den musikalischen Grund und Boden, über welchem das Händelsche Oratorium sich erhob: der Zusammenhang desselben mit der dramatischen Kammer-Cantate verräth sich auch äußerlich dadurch, daß Händel sein Oratorium Acis und Galatea noch auf einer wenngleich künstlichen, so doch passend ausgeschmückten Scene zur Aufführung brachte.[29] Aber freilich: Händel verkörperte den Vollgehalt der antiken Mythen zu Kunstwerken, die für den weitesten Kreis der Gebildeten bestimmt waren; bei Bach bildet eine Allegorie das poetische Grundmotiv, und der Zweck des Werks war einer einzelnen Person zu huldigen und eine geschlossene kleine Gesellschaft zu ergötzen. Während Händel hier auf seinem eigensten Gebiete herrschte, konnte Bach solchen Aufgaben gegenüber sich kaum anders, denn als dienstschuldiger Musikant vorkommen. Er hätte nicht der überragende Künstler sein müssen, der er war, wenn er sich in der Composition von dramatischen Cantaten hätte befriedigt fühlen können. Denn was es Händel in England ermöglichte, diese und ähnliche Musiken zu einer Kunstgattung ersten Ranges zu erhöhen: das öffentliche Concertwesen, das fehlte in Deutschland. Der einzige Platz, von dem aus ein Mann mit Bachs umfassender Kunstbegabung auf sein deutsches Volk wirken konnte, war das Kirchenchor. Diese seine eigentliche Bestimmung erfüllte ihn denn auch, ihm selbst bewußt oder unbewußt, bei allem was er angriff. Das meiste aus den weltlichen Cantaten hat er hernach ohne durchgreifende Umarbeitung für Kirchenmusiken verbraucht, wo es sich denn vollständig an seinem Platze zeigt. Daraus folgt, daß es in der Originalgestalt nicht ganz zweckentsprechend gewesen sein kann. Wirklich neigen sich Bachs Kammercantaten aus der ihnen zukommenden Mittelstellung merklich nach Seite des Kirchenstiles hinüber. Die für die dramatischen unter ihnen erforderte Personal- und Situations-Charakteristik zeigt in ihrer großen Schärfe und

---

29) Chrysander, Händel II, S. 266.

Gegensätzlichkeit den mit reifer Überlegung schaffenden Künstler, beweist aber doch nichts als dessen mannigfaltige Erfindungskraft innerhalb seines eigensten Gebietes. Sie entspricht nur einer Forderung des dramatischen Stils im allgemeinen; für die betreffende Gattung aber ist sie viel zu gewichtig, zieht die leicht spielenden Empfindungen ins Schwer-Pathetische und das Komische ins Groteske. So charaktervoll manche Gestalten erscheinen, wenn man sie unter einander vergleicht, so beweisen sie doch keineswegs schon, daß Bachs Talent auch für die Oper geeignet gewesen wäre; es ist vielmehr unzweifelhaft, daß ihm dafür ein Haupterforderniß fehlte: die durch das Wesen der Gattung bedingte Grundempfindung. Deshalb ist es unmöglich, Bachs Kammercantaten als allgemeingültige Muster hinzustellen. Sie sind Werke voll Gehalt und Reiz, aber nur für denjenigen, der Bachs persönlichen Standpunkt sich aneignet. Dies gilt für die nachfolgende Betrachtung der einzelnen Werke allemal als Voraussetzung.

Wir sahen früher, wie Bach von Anfang an bestrebt sein mußte, sich in der Gunst der Leipziger Studentenschaft festzusetzen.[30] Offenbar hängt es hiermit zusammen, wenn wir ihn gleich in den ersten Jahren, bevor er noch zur Leitung des Telemannschen Musikvereins gelangt war, mehrfach beschäftigt finden, studentischen Unternehmungen durch seine Kunst zu helfen. Zu den beliebten Lehrern der Universität gehörte der Doctor der Philosophie August Friedrich Müller, der am 3. August seinen Namenstag beging.[31] Seine Schüler wollten im Jahre 1725 ihm hierzu eine Huldigung darbringen, der immer bereite Picander verfertigte den Text, welchen Bach componirte.[32] Es war eine dramatische Cantate, ihr Inhalt zeigt an, daß sie im Freien aufgeführt worden ist, und die starke musikalische Besetzung bestätigt dies. Den dramatischen

30) S. S. 37 f. dieses Bandes.

31) Müller war 1684 geboren und starb 1761. Am 19. October 1731 wurde er außerordentlicher Professor. Über seine wissenschaftlichen Arbeiten berichten die »Leipziger Neuen Zeitungen von gelehrten Sachen« III, 224. 519. VI, 654. 672. XVII, 760. XX, 103. In Ch. E. Hoffmanns »Geographischem Schau-Platz Aller vier Theile der Welt«. Anderer Theil. befindet sich sein Kupferstich — der Zopf-Professor jener Zeit, wie er sein muß.

32) Picanders Gedichte I, S. 146 ff. — B.-G. XI², 139 ff.

Apparat lieferte die antike Mythologie. Pallas will zu Ehren des gelehrten Mannes mit den Musen ein Fest auf dem Helicon feiern. Es wird nur befürchtet, daß schlechtes Herbstwetter eintreten könnte (eine Befürchtung, die am Anfang des August-Monats etwas verfrüht erscheint); die grimmigen Winde rumoren schon in ihrem Gefängniß und der Beherrscher Aeolus verspricht ihnen baldige Freilassung. läßt sich dann aber, nachdem Zephyrus, der Gott der lauen Sommerlüfte, und Pomona, die Beschützerin des Obstbaus, vergeblich gebeten haben, auf Vorstellungen der Pallas herbei, die angenehme Ruhe der Jahreszeit einstweilen noch nicht zu stören. Den Chor der Winde und das Recitativ des Aeolus, womit die Cantate beginnt. hat Picander nach einer bekannten Schilderung Vergils (Aeneis I. 50 ff.) gearbeitet. Die Winde befinden sich in einem Bergverließ, wo sie sich mit einander balgen und ihre ungezähmte Wuth an festem Schloß und Riegel brechen.[33] Aeolus selbst freut sich darauf, wenn sie bald losgelassen sein werden,

wenn alles durcheinander geht,
wenn selbst der Fels nicht sicher steht,
und wenn die Dächer krachen.

Bach hat sich durch diese Vorstellungen zu Tonbildern von seltener Großartigkeit anregen lassen. Auch für das weitere hat Picander dem Componisten gut vorgearbeitet, schöne musikalische Contraste ermöglicht, und selbst zur genaueren Charakterisirung treffende Züge angebracht. Die Arie des Zephyrus mit ihrem leisen Geflüster und zarten Farbenreiz gehört zu Bachs lieblichsten Naturgemälden. und Aeolus ist von ihm zu einem recht wilden, ungalanten Tölpel ausgebildet. Sein Gebahren eignet sich freilich mehr für eine blutige Tragödie, als für ein heiteres Gartenfest, und wenn nun der einzige Name »Müller« ihn veranlaßt, die unbändigen Winde in ihrer Höhle zu beschwichtigen,[34] so schlägt die Wirkung unbeabsichtigt ins

---

33) *»Hic vasto rex Aeolus antro*
Luctantis ventos tempestatesque sonoras
Imperio premit ac vinclis et carcere frenat.
Illi indignantes magno cum murmure montis
Circum claustra fremunt.«

34) *»celsa sedet Aeolus arce*
Sceptra tenens mollitque animos et temperat iras.«

Komische um.[35]) Neun Jahre später brachte Bach bei einer weit feierlicheren Gelegenheit sein Werk nochmals zur Aufführung. Am 17. Januar 1734 wurde Friedrich August II als August III in Krakau zum polnischen Könige gekrönt. Dem Festacte der Leipziger Universität, welcher am 19. Februar begangen wurde, mußte diesesmal Görner mit einer lateinischen Ode dienen.[36]) Bach hatte schon im Januar, als das Bevorstehen der Krönung in Leipzig bekannt wurde, eine Feier im Musikverein vorbereitet, die denn auch sofort nach Eingang der Nachricht, daß die Krönung vollzogen sei, vor sich gegangen sein muß. Die nöthige Umdichtung des Textes war von ihm selbst besorgt worden. Aeolus war in die Tapferkeit verwandelt, die im ersten Recitativ nun nicht mehr das Rasen der Winde schildert, sondern die Thaten, welche von ihr selbst bei Bekämpfung und Vertreibung des Gegenkönigs Stanislaus und seiner Partei vollbracht sind. Zephyrus mußte die Maske der Gerechtigkeit, Pomona die der Gnade vornehmen, nur Pallas blieb und bittet den König um Schutz für die Musen. Mit »August« wurde jetzt nicht der Professor Müller sondern der König von Polen angeredet. Die Musik verlor hierdurch natürlich alles dramatisch charakterisirende, aber es ist auch klar, daß Bach hierhinein den Schwerpunkt des Werkes nicht gelegt wissen wollte; sonst wäre die Umdichtung eine Verunstaltung gewesen, die zu begehen er um so weniger Grund hatte, als ihn keinerlei Auftrag zur Veranstaltung seiner Feier nöthigte.[37])

---

35) E. O. Lindner, Zur Tonkunst, S. 129 meint, die Arie »Wie will ich lustig lachen« habe einen wilden Humor, gegen den der gepriesene Polyphem Händels fast auf das Niveau des gewöhnlichen italiänischen Buffo zurücksinke. Ich verstehe nicht, wie man derart das Ganze über dem Einzelnen vergessen kann. Die Größe des unübertroffenen Händelschen Pastorals beruht in der vollkommenen Harmonie zwischen Gegenstand und musikalischer Ausführung. Bach hat stärkere Mittel aufgeboten, aber Garten-Pavillons schmückt man nicht mit Kirchthürmen.

36) Mittag, Leben und Thaten Friedrich Augusti III. Leipzig, 1737. S. 333 f. Anmerk.

37) Der Originaldruck des Textes befindet sich auf der königlichen öffentlichen Bibliothek zu Dresden, *Hist. Polon.* 672, 17. Daß Bach der Dichter ist, geht aus der Fassung des Titels klar hervor. Den Dichter namhaft zu machen, versäumte man bei solchen Gelegenheiten nicht, viel eher den Componisten.

Eine andere Gelegenheit sich den Studenten dienlich zu erweisen fand Bach im Jahre 1726. Gottlieb Kortte, ein im Jahre 1698 zu Beescow in der Lausitz geborener Gelehrte, der zuerst in Leipzig Theologie und Philologie, hernach auch in Frankfurt an der Oder Rechtswissenschaft studirt hatte, promovirte am 11. Dec. 1726 in Leipzig zum außerordentlichen Professor der Rechte. Seine schon in jenen Jahren erworbenen umfassenden Kenntnisse wie auch seine Persönlichkeit ließen ihn bereits jetzt als eine Zierde der Universität erscheinen. In der kurzen ihm noch beschiedenen Lebenszeit hat er sich offenbar als eine solche bewährt und sein früher Tod — er starb am 7. April 1731 — »wurde von der studirenden Jugend, bei welcher er in großem *Applausu* gestanden, und allen, welchen seine gründliche Gelehrsamkeit bekannt gewesen, gar sehr bedauert.«[38] Der Promotions-Actus fand natürlich in den Räumlichkeiten der Universität statt, und dieser Scene gemäß sind die Personen der aufgeführten dramatischen Cantate nur Allegorien: Fleiß, Ehre, Glück, Dankbarkeit. Bach stattete seine Musik pomphaft aus, componirte sie aber nicht ganz neu, sondern benutzte das erste der Brandenburgischen Concerte,[39] dessen dritten Satz er gewandt, wenn auch mit einiger genialischen Lässigkeit, zum Eingangschor umarbeitete. Das zweite Trio der dem Concert angehängten Tanzstücke wurde als Ritornell des Duetts angebracht. Die, soweit jetzt noch zu entscheiden, zwar selbstständige Alt-Arie hat Menuett-Rhythmus und erinnert mit den leise hineinklingenden fanfarenhaften Sätzchen der vereinigten Geigen und Bratschen an die zweite Gavotte der Orchesterpartie aus C dur.[40] Das ganze Werk wird durch einen Marsch eröffnet, wie man ihn zur Begleitung feierlicher Auf- und Abzüge damals zu machen pflegte, d. h. mehr nur eine zur

---

Daraus daß für das Datum eine Lücke gelassen ist, sieht man, daß der Text gedruckt wurde, ehe man den Tag der Krönung wußte. — Er ist mitgetheilt Anhang B, X, 2.

38) Leipziger Neue Zeitung von gelehrten Sachen XVII, S. 264. Das November-Stück der *Acta Eruditorum* von 1731 enthält in einem *Elogium G. Cortii* seine Biographie, welche für spätere Darstellungen als Quelle gedient hat. Dazu noch Sicul, Leipziger Jahr-Geschichte. 1720. S. 92, 127, 212. Korttes Schriften sind meistens philologischen Inhalts (Ausgaben von Ciceros Episteln, Sallust, Lucan u. s. w.).

39) S. Band I, S. 738 f. 40) S. Band I, S. 749.

zweitheiligen Marschform erweiterte Fanfare, als ein melodisch prägnantes, straff gegliedertes Tonbild: der Marsch in Erlebachs großer Huldigungsmusik von 1705 ist ähnlich beschaffen.[41] Später hat Bach die Cantate mit verändertem Text zur Namenstag-Feier des Königs August III. (3. August) wieder aufgeführt.[42]

Dieselbe oder eine verwandte Bestimmung wie die Musik für Kortte scheint die Cantate »Siehe der Hüter Israel« gehabt zu haben. Sie war für vier Stimmen, starkes Orchester und Cembalo gesetzt, ist aber verloren gegangen.[43]

Fünf Monate nach Korttes Promotion ging eine neue Studentenfeierlichkeit mit Bachscher Musik vor sich. Der König August II. langte am 3. Mai 1727 in Leipzig an, um sich während der Jubilate-Messe dort eine Weile aufzuhalten. Am 12. Mai war sein Geburtstag. Da er Anfang des Jahres zu Bialystock in Polen eine schwere Krankheit zu überwinden gehabt hatte, gedachte der Leipziger Patriotismus sich zur Feier des Geburtstages außergewöhnlich anzustrengen. Am Morgen war Festactus in der Universitätskirche mit einer lateinischen Ode von Görners Composition und einem *Te Deum* unter Kanonenschüssen und Glockengeläut. Des Abends aber nach 8 Uhr führten die dem akademischen Convict angehörigen Studenten vor dem Logis des Königs, der wie gewöhnlich im Apelschen Hause am Markte (Nr. 17) wohnte, eine dramatische Cantate auf; zu dieser hatte Bach die Musik gesetzt und dirigirte sie persönlich. Die Musik ist verloren gegangen; das Gedicht hatte ein gewisser Christian Friedrich Haupt verfertigt. Picanders diensteifrige Feder ruhte auch nicht: er ließ ein Festgedicht in Alexandrinern los. Die Stadt war illuminirt. Daß auch Fürst Leopold den Tag in Leipzig anwesend war, wurde oben schon bemerkt.[44]

---

41) S. Band I, S. 347. 42) Daß es wirklich August III. und nicht August II. war, sieht man aus dem Tenor-Recitativ »Ihr Fröhlichen, herbei«. Die hier angedeuteten kriegerischen Ereignisse passen nur auf August III. und sollen offenbar die Unruhen während der ersten Jahre seiner Regierung sein. Im Jahre 1733 wurde übrigens zum Namenstage des Königs eine Picandersche Cantate »Frohes Volk, vergnügte Sachsen« aufgeführt (s. Picanders Gedichte, IV, S. 14 ff.), die Bachsche Parodie also wahrscheinlich erst später. — B.-G. XX², S. 73 ff. 43) In Breitkopfs Verzeichniß von Michaelis 1761, S. 33 steht sie unter »Promotions- und Ehrentags-Cantaten«.

44) Sicul (Das frohlockende Leipzig. 1728) beschreibt die Festlichkeiten.

Aus den folgenden Jahren sind eigens für die Studenten componirte Gelegenheitsmusiken Bachs, eine einzige ausgenommen, nicht mehr nachzuweisen. Von 1729 hatte Bach in dem alten Telemannschen Musikverein die solide Stütze, deren er für sein Wirken bedurfte, und zugleich das geeignete Organ für solche Fälle, wo es ihm angezeigt erschien, sich mit musikalischen »Aufwartungen« bemerklich zu machen. Im ersten und zweiten Jahre der Regierung Augusts III. geschah dieses dem königlichen Hause gegenüber wenigstens fünfmal. Man kann nicht wohl umhin, diese Beflissenheit mit Bachs persönlichen Verhältnissen in Verbindung zu bringen. Am 27. Juli 1733 hatte er in Dresden die ersten beiden Sätze der H moll-Messe dem Könige mit der Bitte überreicht, ihm einen Hoftitel zu verleihen, welcher ihn vor weiteren Kränkungen des Leipziger Rathes sichern sollte. Jedenfalls wollte er dem Gesuch durch die in Leipzig veranstalteten Festaufführungen mehr Nachdruck geben. Von der im Januar 1734 aufgeführten Krönungscantate ist oben schon die Rede gewesen. Aber am 5. September 1733 bereits hatte er zum Geburtstage des Churprinzen (geb. 5. September 1722) eine von Picander gedichtete dramatische Cantate »Hercules auf dem Scheide-Wege« zu Gehör gebracht.[45] Die Zusammenkünfte des *Collegium musicum* fanden während des Sommers im Zimmermannschen Garten vor dem Thore statt, und für eine Aufführung im Freien ist offenbar die Cantate auch berechnet. Die Personen des Dramas: Hercules, Wollust, Tugend, sind vortrefflich charakterisirt und bilden schärfere Gegensätze als in Händels »Wahl des Herakles«[46], das gesammte Werk blüht von Frische und Reichthum. Aber als Ganzes verräth es doch auch wieder jenen Empfindungs-Überschwang, welcher zu dem Gegenstand und der Gattung nicht paßt. Wir können uns daher glücklich schätzen, daß es mit Ausnahme des Schlußchors und der Recitative ganz in das ein Jahr später componirte Weihnachts-Oratorium übergegangen ist.[47] Ein Vierteljahr darauf beging das *Collegium musicum* am 8. December 1733 den

---

Er theilt auch den Cantatentext (»Entfernet euch, ihr heitern Sterne«) mit, welchen Bitter (I, 447 ff.) hat wiederabdrucken lassen.

45) Picanders Gedichte IV, S. 22 ff. Die autographe Partitur der Musik auf der königlichen Bibliothek zu Berlin.

46) H.-G. XVIII.

47) Vrgl. S. 404 f. und 417 dieses Bandes.

Geburtstag der Königin wiederum mit einer dramatischen Cantate, »Tönet ihr Pauken, erschallet Trompeten.« Bach war dieses Mal auch der Textverfertiger gewesen, die Composition hatte er erst am Tage vorher vollendet.[48] Jrene, Bellona, Pallas und Fama treten darin auf, die schöne Musik wurde mit Ausnahme der Arie der Bellona »Blast die wohlgegriffnen Flöten« und der Recitative gleichfalls für das Weihnachts-Oratorium verwendet.[49] — Bei der vom 17. Mai 1734 bis zum 26. währenden Anwesenheit des Königspaares zu Leipzig scheinen die dortigen Musiker eben so wenig zur Geltung gekommen zu sein, wie bei der am 21. April 1733 in Leipzig geschehenen Huldigung.[50] Als aber König und Königin am 2. October 1734 die Stadt wieder besuchten und dieselbe am 5. October den Jahrestag der Wahl Augusts III. zum polnischen König feierlich begehen wollte, wurde Bach Gelegenheit, für die Studenten eine den Majestäten zu bringende Abend-Musik zu liefern. Es ging dabei ziemlich eilig her. Der unbekannte Textfabrikant schrieb manchmal ins Blaue hinein um nur die nöthige Wortmenge zu Stande zu bringen, an einer Stelle des letzten Recitativs gradezu Unsinn, so daß sich der Componist genöthigt sah, verändernd einzugreifen. Das Product wurde halb lyrische, halb dramatische Cantate; welche Person aber am Anfang des vorletzten Stückes gemeint ist, hat der Poet verschwiegen. Eine ganz neue Musik zu schaffen war in dem gegebenen Zeitraume von drei Tagen selbst einem Bach unmöglich. Er benutzte deshalb wenigstens zum Theil ältere Compositionen, deren ursprüngliche Bestimmung wir aber nicht mehr angeben können. Die Originalarie »Durch die von Eifer entflammten Waffen« fand bald darauf im Weihnachts-Oratorium einen Platz. Der Anfangschor »Preise dein Glücke, gesegnetes Sachsen« wurde später,

48) Die autographe Partitur derselben, auf der königl. Bibliothek zu Berlin befindlich, trägt am Schlusse den Vermerk »*Fine DSGl.* 1733 d. 7. *Dec.*« Der Autor ergiebt sich, wie bei der Umdichtung der Aeolus-Cantate, schon aus dem Titel des Originaldrucks, welcher sich ebenfalls auf der königlichen öffentlichen Bibliothek zu Dresden befindet (*Hist. Saxon.* c. 296, 27m.) Er verräth sich aber auch in der ungeschickten Fügung des Textes selbst und namentlich in einigen thüringisch-obersächsischen Provinzialismen, wie »zum Axen« für »zu den Axen«, »zum Sternen« für »zu den Sternen«, »seyn« für »sind«. Der Text ist mitgetheilt Anhang B, X, 3.

49) Vrgl. S. 404 f. dieses Bandes. 50) Mittag, a. a. O. S. 115 und 345.

wie es scheint in seiner ursprünglichen kürzeren Gestalt, in die H moll-Messe aufgenommen.[51] Nur zwei Tage später, auf den 7. October, fiel der Geburtstag des immer noch in Leipzig verweilenden Königs. Für ihn hatte sich Bach durch Composition einer dramatischen Cantate augenscheinlich schon länger gerüstet und führte sie denn auch, jedenfalls mit seinem Verein, auf. An Schönheit und Gehalt steht die Musik dem »Hercules auf dem Scheidewege« und der Cantate zum Geburtstage der Königin gleich. Die Flüsse Weichsel, Elbe und Donau preisen ein jeder den Augustus, an welchem sie ein gleiches Recht zu haben glauben: Weichsel und Elbe als die bedeutendsten Flüsse Polens und Sachsens, Donau, weil die Königin Maria Josepha eine österreichische Prinzessin war. Ihre Ansprüche weist die Pleiße, Leipzigs Fluß, auf das rechte Maß zurück, so singen sie denn zum Schlusse dem Könige einen vierstimmigen Glückwunsch, nachdem sie das Werk gleichfalls durch einen vierstimmigen Gesang und die Aufforderung an ihre Wellen eingeleitet hatten, dieselben möchten, obgleich es sich eigentlich zieme »vor Verwunderung und Schüchternheit« nur gelinde zu murmeln, freudig an Ufer und Klippe emporrauschen. Dieses erste Stück ist wieder ein reizendes, romantisches Naturbild, bald leise schaukelnd, bald kräftig aufrauschend und im lieblichsten Farbenwechsel spielend. Bach wiederholte das Werk zum Namenstage des Königs (3. August) im Jahre 1736 oder 1737; für die Kirchenmusik hat er es soweit ersichtlich nicht ausgebeutet.[52] Als König und Königin zur Ostermesse 1738 nach Leipzig gekommen waren, wartete ihnen Bach mit einer Abendmusik auf, welche ihm sogar eine gedruckte Kritik eintrug. Magister Birnbaum ließ sich nämlich ein Jahr darauf in einer Bachs Kunst gewidmeten Schrift über diese Composition also vernehmen: »Daß der Herr Hofcompositeur rührend, ausdrückend, natürlich, ordentlich, und nicht nach dem verderbten

51) Die autographe Partitur, mit der Überschrift »*Drama per Musica overo Cantata gratulatoria*«, ist auf der königl. Bibliothek zu Berlin; ein von Bach selbst geschriebener Text ist angeheftet. Daß Bach ältere Musik benutzte, ergiebt sich daraus, daß die Partitur zum größeren Theile als Reinschrift sich darstellt. Über die Feier selbst Mittag, a. a. O. S. 485 f., eine Stelle auf welche zuerst Bitter (II, 40 f.) hingewiesen hat. — Vrgl. noch S. 404 dieses Bandes. 52) B.-G. XX², S. 3 ff. — S. Anhang A, Nr. 52.

sondern besten Geschmak setze, beweist insbesondere unwidersprechlich die von ihm verwichene Ostermesse vor unserer allerdurchlauchtigsten hohen Landesherrschaft bei Dero höchsten Anwesenheit in Leipzig öffentlich aufgeführte Abendmusik, welche mit durchgängigem Beifall angenommen worden.«[53] Die Musik ist aber verloren gegangen. Endlich suchte auch Bach noch einmal die alte weimarische Cantate »Was mir behagt ist nur die muntre Jagd« hervor, um sie im Musikverein zu Königs Namenstag aufzuführen. Ob Augusts II. oder Augusts III., erfahren wir freilich nicht bestimmt, wahrscheinlicher ist aber das letzte, da Bach sich wie man nun gemerkt haben wird alle mögliche Mühe gab, um das Gefallen dieses Herrschers zu erregen.[54]

Von Gelegenheits-Cantaten des Zeitraums 1723—1734, welche öffentlich genannt werden können, insofern zu ihnen öffentliche Personen oder Anstalten die Veranlassung gaben, ist außerdem nur noch die Einweihungs-Musik für die umgebaute Thomasschule (5. Juni 1732) zu nennen.[55] Private Gelegenheitsmusiken Bachs bestehen in einigen weltlichen Hochzeits-Cantaten; ihre Bestimmung war es nach altem Brauch, während der Hochzeitstafel gesungen zu werden. Sie enthalten nur Sologesang. Die älteste unter ihnen ist zuverlässig die Cantate »Weichet nur betrübte Schatten«[56], sie gehört vielleicht gar noch in die Cöthener Zeit. Johannes Ringk hat sie uns in einer aus dem Jahre 1730 stammenden Handschrift überliefert. Ringk, zu Frankenhayn in Thüringen geboren, war zuerst Schüler Peter Kellners in Gräfenrode, eines begeisterten Verehrers Seb. Bachs, der sich viele Werke des Meisters abschrieb. Durch Kellner hat Ringk wahrscheinlich die Cantate kennen gelernt. Kam

53) Scheibe, Critischer Musikus. S. 997.

54) S Band I, S. 559; in Folge eines Versehens ist dort »Geburtsfest« statt »Namensfest« gesetzt. — Spätere musikalische Festaufführungen fanden noch statt: am 30. April 1741, wo die Studenten den zum ersten Male in Leipzig anwesenden Churprinzen und Prinzen Xaverius eine Abendmusik brachten (Text auf der königl. öffentlichen Bibliothek zu Dresden, *Hist. Saxon.* c. 303), und 1747, wo bei erstmaliger Anwesenheit des churprinzlichen Ehepaares in Leipzig ein akademischer Actus in der Paulinerkirche gehalten wurde (Text ebenda, *Hist. Saxon.* c. 304). Ob aber Bach hierzu die Musik gemacht hat, ist nicht einmal vermuthungsweise zu sagen.

55) Vrgl. S. 93 dieses Bandes.

56) B.-G. XI², S. 75 ff.

Kellner als Cantor in Gräfenrode zu der Cantate, so muß es zwischen 1727 und 1730 gewesen sein, da er frühestens 1727 sein Amt dort antrat.[57] Derselbe wirkte aber vorher in Frankenhayn, dem Heimathorte Ringks, wo er 1726 die Bachschen Sonaten und Suiten für Violine *solo* abschrieb; ja schon aus dem Jahre 1725 giebt es eine Kellnersche Copie einer Bachschen Orgelfuge[58]. Und da er 1719 Schüler des Organisten Schmidt zu Zella am Thüringerwalde war, der seit langem schon mit Bach in Verbindung gestanden zu haben scheint,[59] so führen die Vermittlungswege ziemlich weit zurück.[60] Der Text ist ein anmuthiges Frühlingsgedicht, das ungezwungen zu dem Liebesfrühling zweier Herzen hinüberleitet und durch decente Vermeidung der bei Hochzeitsgedichten herkömmlichen Schlüpfrigkeiten erfreulich überrascht. Die Composition beschäftigt nur den Solo-Sopran und zeichnet sich in dem ersten Stücke durch einen leisen romantischen Hauch aus. Für die Entstehung in früherer Zeit sprechen die knapperen Formen der Arien und noch ein Umstand. Die sechste der Violinsonaten mit obligatem Clavier[61] ist bekanntlich zweimal von Bach umgearbeitet und zuletzt mit einem Allegro versehen, dessen Hauptgedanke aus der C dur-Arie unserer Cantate entnommen ist. Ich erwähnte früher die bräutliche Stimmung, welche in der Sonate, namentlich in dem Mittelsatze *Cantabile, ma un poco Adagio* walte. Wahrscheinlich, daß Bach als er die letzte Umarbeitung der Sonate vornahm diese Stimmung noch nachempfand und hierdurch darauf geführt wurde, aus einer derselben Zeit entstammenden wirklichen Brautmusik ein Motiv für das letzte Allegro zu bearbeiten. Merkenswerth ist noch eine zweite Übereinstimmung: der Hauptgedanke der D dur-Arie, welchen im Vorspiel die Oboe vorträgt, findet sich als Hauptgedanke der Bassarie in der Cantate »Liebster Gott, wann werd ich sterben« wieder.[62] — Von einer weltlichen Hochzeits-Cantate zum 5. Februar 1728 ist

57) Gerber, L. I, Sp. 715. 58) S. Band I, S. 825.

59) Wohl derselbe Schmidt, der sich am 9. November 1713 ein Praeludium Bachs abschrieb; s. Band I, S. 430, Anmerk. 65.

60) Im Grasnickschen Nachlasse (jetzt auf der königlichen Bibliothek zu Berlin) befindet sich in Ringks Abschrift eine Clavierfuge Bachs in B dur, offenbar auch ein Werk aus seiner früheren Zeit.

61) S. Band I, S. 723 ff. 62) S. S. 263 ff. dieses Bandes.

freilich der musikalische Theil verschollen,[63] doch knüpft sich auch an die Picandersche Dichtung noch allerhand bemerkenswerthes. Das angesungene neuvermählte Paar waren der Leipziger Kaufherr Johann Heinrich Wolff und die Tochter des königlich-churfürstlichen Accise-Commissarius Hempel in Zittau[64]. Die Trauung fand um 12 Uhr Mittags durch den Archidiaconus Carpzov statt, und zwar »auf allergnädigsten Befehl« im Schellhaferischen Hause.[65] Dieses lag in der Klostergasse und war für gesellige Zusammenkünfte beliebt: Görner pflegte dort sein *Collegium musicum* zu halten und der Hochzeitsschmaus, bei welchem Bachs Cantate zur Aufführung kam, wird ebendaselbst vor sich gegangen sein. Als Personen der Cantate traten die Pleiße und die Neiße auf; die Braut scheint sich demnach vor ihrer Verheirathung nicht in Zittau befunden zu haben. Wichtiger als diese Dinge ist, daß Bach später den Text zu Ehren des Raths der Stadt Leipzig selber umdichtete. Aus der Pleiße wurde Apollo (Tenor), aus der Neiße Mercurius (Alt); sie repräsentiren Wissenschaft und Handel, die beiden Ruhmessäulen der Stadt. Der Text, in Bachs eigner Handschrift erhalten, gewährt den interessanten Anblick, den Tonmeister in der mühseligen Arbeit des Verse- und Reime-Schmiedens zu belauschen. Daß er sich aber herbeiließ, in höchsteigener Person und in überschwänglichen Ausdrücken das Lob Leipzigs zu singen und des Rathes, der ihm so viel Verdruß bereitet hatte, daß er den Arientext dichten konnte:

Mit Lachen und Scherzen
Mit freudigem Herzen
Verleib ich mein Leipzig der Ewigkeit ein.
Ich habe hier meine Behausung erkoren
Und selber den Göttern geschworen,
Hier gerne zu sein,

ist merkwürdig genug. Wenn er auch die Worte dem Mercur in den

63) Früherer Besitzer des Autographs war Aloys Fuchs in Wien.

64) Picander II, S. 379 ff. Der gedruckte Text enthält nur die Anfangsbuchstaben der Namen; um Vers und Reim zu vervollständigen, wolle man die Worte »Hempelin« und »Wolff« an den betreffenden Stellen einsetzen. Es folgt noch ein zweites Gedicht auf dieselbe Feier: »Der Liebes-Congreß zwischen dem Cupido, Wolff und Hampelmann«.

65) Traubuch zu St. Thomae, Jahrgang 1728, S. 172.

Mund legt, dergleichen ersinnt doch keiner über einen Ort, an dem er es selbst unausstehlich findet. Diese Parodie ist ein vollgültiges Zeugniß, daß es Bach in jener Zeit selber in Leipzig wohl behagte.[66]

Eine dritte weltliche Hochzeits-Cantate »O holder Tag, erwünschte Zeit« für Sopran füge ich hier gleich an, obgleich sie viel später, vielleicht erst 1749 componirt worden ist. Der junge Ehemann, an den sie sich wendet, muß ein Gönner der Musik gewesen sein, denn es heißt in ihr:

Hochtheurer Mann, so fahre ferner fort,
Der edlen Harmonie wie jetzt geneigt zu bleiben,
So wird sie dir dereinst die Traurigkeit vertreiben u. s. w.

Auch werden darin die Verächter und Verkleinerer der Musik nachdrücklichst behandelt, was eben 1749 zeitgemäß erscheinen mußte, nachdem im Frühling dieses Jahres der Rector Biedermann zu Freiberg durch sein Programm *De vita musica* die Musiker schwer beleidigt hatte. Wenn man aus der Sorgfalt, ja Eleganz, mit welcher Bach sein Manuscript herstellte, einen Schluß ziehen darf, so hat er der, in der That hervorragenden, Composition selbst einen bedeutenden Werth beigemessen.[67] Mit anderm Text, der nur das Lob der Tonkunst zum Gegenstande nimmt (»O angenehme Melodei, Kein Anmuth, kein Vergnügen Kommt deiner süßen Zauberei Und deinen Zärtlichkeiten bei«) hat Bach die Cantate dann noch bei drei verschiedenen Gelegenheiten zum Vortrag gebracht. Einmal richtete er sich mit ihr an einen Sproß der gräflich Flemmingschen Familie, in welcher die Musik geliebt und gepflegt wurde.[68] Eine

66) Das Autograph, einen auf drei Seiten beschriebenen Foliobogen, besaß der Rentier Herr Grasnick in Berlin. Jetzt ist es auf der königlichen Bibliothek daselbst. Ich theile das vollständige Gedicht mit allen verworfenen Lesarten und Correcturen mit Anhang B, X, 5.

67) Autograph auf der königlichen Bibliothek zu Berlin, dessen Papier übereinstimmt mit einer ebendaselbst befindlichen Cembalostimme zu Bachs »Musikalischen Opfer«. Dieses wurde 1747 componirt.

68) So von dem Generalfeldmarschall Jakob Heinrich von Flemming (gest. 1728) und dem Gouverneur der Stadt Leipzig Joachim Friedrich von Flemming (gest. 1740). — Von der Parodie ist nur die theilweise autographe Sopranstimme erhalten, sie bewahrt die königliche Bibliothek zu Berlin. Schrift und Papier aus Bachs spätester Zeit, nur der Umschlag, mit dem Wasserzeichen

Arie ist entlehnt, nämlich aus einer Huldigungs-Musik vom Jahre 1737. Ein Günstling des Grafen Brühl, Johann Christian Hennicke, der vom Lakaien allmählig zum Reichsgrafen emporstieg, nahm am 28. September dieses Jahres auf der ihm als erbliches Lehen verliehenen Besitzung Wiederau die Huldigung entgegen. Picander und Bach hatten zu dieser Feierlichkeit eine Cantate gemacht, in welcher Schicksal, Glück, Zeit und der Elster-Fluß auftreten, und die dem Componisten namentlich in dem schwungvollen, frischen Anfangs- und Schlußchor und der originell-anmuthigen, klangschönen Alt-Arie ausgezeichnet gelungen war. Sie wird uns noch als Kirchen-Cantate wiederbegegnen.[69] Eine andre Huldigungsmusik, die sogenannte Bauerncantate vom Jahre 1742, dürfen wir hier nicht einmal streifen, da ihre von den andern Gelegenheits-Cantaten ganz abweichende Art eine ausführlichere Besprechung an andrer Stelle erheischt. —

Außer den weltlichen Gelegenheitsmusiken hat Bach noch einige deutsche und italiänische Kammercantaten geschrieben, welche weniger durch äußere Veranlassungen hervorgerufen ihre Bestimmung überwiegend in sich selber tragen. Ihre Zahl ist nicht groß. Von andern Idealen erfüllt mochte sich Bach aus freien Stücken nur selten veranlaßt fühlen diese Gattung anzubauen. That er es einmal, so kann es bei seinem regen Interesse für die Erzeugnisse andrer Personen und Völker, bei dem Eifer, mit welchem er früher die instrumentale Kammermusik der Italiäner studirt hatte, nicht wunder nehmen, daß er auch dem italiänischen Kammergesange seine Aufmerksamkeit zuwendete. Davon ist die Composition italiänischer Texte das Anzeichen. Daß ihm an der italiänischen Poesie als solcher nicht viel gelegen war, bezeugt der Umstand, daß wenigstens einer der Texte offenbar der Feder eines Deutschen entstammt, der das Italiänische nur in unvollkommener Weise beherrschte. Eine dieser Cantaten »*Andro dall colle al prato*«, die für Sopran mit Begleitung von zwei Flöten, Streichquartett und Bass gesetzt war, ist verloren

M A, ein Rest früherer Tage. Da die Musik mit Ausnahme des vorletzten Recitativs dieselbe geblieben ist, so hat ein eigentlicher Verlust nicht stattgefunden, was B.-G. XX², S. XIV irrthümlicherweise behauptet wird.

69) B.-G. V, Nr. 30 und Vorwort. — Über Hennicke s. Gretschel III, S. 17. Ein anderes Gedicht auf ihn Picander V, S. 350 f.

gegangen.[70] In einer andern »*Amore traditore*« wird eine Bassstimme von theilweise obligatem Cembalo begleitet. Dies ist nicht, wie man glauben könnte, eine Neuerung Bachs, sondern findet sich auch bei italiänischen und in italiänischer Weise gebildeten deutschen Componisten jener Zeit ziemlich häufig, so bei Porpora, Conti, Heinichen und andern.[71] Vielmehr verhält sich grade Bach in der Cembalobegleitung, welche er der zweiten Arie seiner Cantate beigegeben hat, augenscheinlich den Italiänern nachbildend. Seine Art war es sonst nicht, eine obligate Stimme überwiegend in gebrochenen Harmonien zu führen, ebenso wenig liebte er es die obligate Behandlung nur stückweise anzuwenden. Die weiten Formen des Werks weisen auf die Zeit seiner vollsten Reife: erst durch den von Leipzig aus mit Dresden gepflogenen Verkehr lernte er auch die italiänische Gesangsmusik gründlich kennen.[72] Die Spuren davon, namentlich Anklänge an Lotti, finden sich selbst in seinen Kirchencantaten hier und da. Eine Arie des Marziano aus Lottis *Alessandro Severo*:

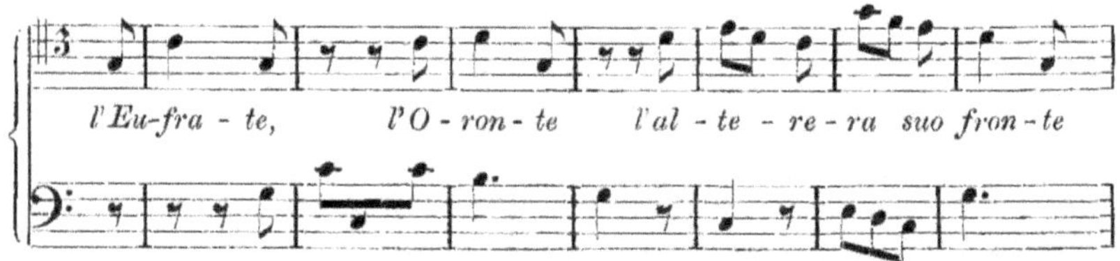

stimmt, was diesen Anfang betrifft, in allem wesentlichen mit dem Anfang der Bassarie aus Bachs Kirchencantate »Liebster Gott, wann werd ich sterben« und der D dur-Arie der Kammercantate »Weichet nur, betrübte Schatten« überein. In der von Lotti 1718 für Dresden componirten Oper *L'Ascanio* beginnt die erste Arie mit:

---

70) Sie wird angeführt in Breitkopfs Verzeichniß von Michaelis 1770, S. 17

71) Eine Cantate »*La dove in grembo*« für eine Singstimme mit sehr brillanter Cembalo-Begleitung von Heinichen bewahrt die Musikaliensammlung des Königs von Sachsen zu Dresden. Die erste der 12 Cantaten Porporas, welche 1735 in London erschienen, enthält ein Recitativ mit gleichfalls reich ausgeführter Cembalo-Begleitung.

72) »*Amore traditore*« ist herausgegeben B.-G. XI², S. 93 ff. Ein Autograph fehlt. Als Bachs Werk bezeugt in Breitkopfs Verzeichniß von Neujahr 1764, S. 32.

also ähnlich dem Anfange der D moll-Arie im vierten Theil von Bachs Weihnachts-Oratorium. Wenn Bach im *Sicut erat in principio* seines *Magnificat* den ersten Satz desselben in gedrängter Fassung wiederholt, so ahmt er hiermit die italiänischen Kirchencomponisten nach. Dasselbe geschieht in Leonardo Leos *Dixit Dominus* für Doppelchor und Instrumente (C dur), dasselbe in einem fünfstimmigen *Dixit* Lottis (A dur).[73] Dieses letztere hat Bach auch sonst noch beim Schaffen seines *Magnificat* beeinflußt. Der großartige Chorschluß: *dispersit superbos mente cordis sui* hat sein Vorbild in Lottis fünfstimmigem Chor *Conquassabit in terra capita multorum*: die Arie *Quia fecit mihi magna* ist über ein Bassthema gebaut, das dem einer Alt-Arie in Lottis Werke ähnlich ist:

[74]

Es mag hier daran erinnert werden, daß eine G moll-Messe Lottis von Bach während seiner mittleren Leipziger Periode eigenhändig abgeschrieben ist, wodurch also auch äußerlich seine Beschäftigung mit der Musik des italiänischen Meisters festgestellt wird.[75] — Bei einer dritten italiänischen Kammercantate Bachs handelt es sich um ein wirkliches Ereigniß. Es kann aber aus dem Text nur undeutlich erkannt werden, da derselbe in unbehülflichem, theilweise fehlerhaftem und sinnlosem Italiänisch mit Untermischung einiger, offenbar aus italiänischen Originaldichtern aufgelesenen Brocken, also jedenfalls von einem Deutschen, abgefaßt ist. Ein Freund will in die Heimath zurückkehren, d. h. aus Deutschland nach Italien. Er

73) Beide in alten Handschriften in der Musikaliensammlung des Königs von Sachsen zu Dresden.

74) S. S 210 und 209 dieses Bandes. — Händel scheint gleichfalls dieses *Dixit* gekannt zu haben. Das Thema der Amen-Fuge des »Messias« ist dem der Lottischen Schlußfuge nahe verwandt.

75) Die Abschrift befindet sich auf der königl. Bibliothek zu Berlin.

scheint in Anspach geweilt zu haben und freut sich, nunmehr dem Vaterlande wieder dienen zu können, nachdem sein Wirken in der Fremde nicht die gerechte Anerkennung und Unterstützung gefunden hat. Doch, meint der Dichter, werde die Gunst erlauchter Personen, die er sich in Anspach erworben hat, ihm helfen, im Vaterlande großes zu erreichen. Persönliche Beziehungen Bachs spielen augenscheinlich hinein. An einen befreundeten italiänischen Künstler zu denken — in der markgräflich anspachschen Capelle unter Pistocchi und Bümler (1696—1745) regierte der italiänische Geschmack, auch Torelli wirkte am Anfang des Jahrhunderts dort — verbieten aber wohl die Worte: *Tuo saver al tempo e l'età contrasta*, falls man den stümpernden Poeten überhaupt beim Worte nehmen darf. Die Composition, für Solosopran, Flöte und Streichquartett, verräth eingehendes Studium der italiänischen Kammermusik. Die Mischung, welche der italiänische und der original Bachsche Stil hier eingegangen sind, macht sie noch ungleich interessanter, als die Cantate »*Amore traditore*«. Ein hesperischer Duft schwebt um die Melodien; im zweiten Theile der ersten und in der ganzen zweiten Arie wird er besonders fühlbar, wogegen die einleitende Sinfonie (H moll), ein erster Concertsatz mit merkbarem Anklang an den ersten Satz des Violinconcerts in D moll,[76]) ganz die Bachsche Sprache redet.[77])

Zu den deutschen Kammer-Cantaten erhielt Bach theilweise wohl durch den musikübenden Kreis der eignen Familie die Anregung. Die sehr ausführliche Sopran-Cantate von der Vergnügsamkeit (»Ich bin in mir vergnügt, ein andrer mache Grillen«), die für Anna Magdalena Bach geschrieben sein könnte, fesselt die Aufmerksamkeit weniger durch besondern musikalischen Reiz, als dadurch daß sie überhaupt vorhanden ist.[78]) Die Musik ist von behaglicher Tüchtigkeit und nichts mehr. Aber daß sich Bach bewogen fühlte, den philisterhaft geschwätzigen Text nur zu componiren, charakterisirt den Mann, für dessen häuslichen Bürgersinn bei aller erreichten Kunstgröße und trotz aller von Fürsten und

---

76) S. Band I, S. 735. 77) Das Werk ist in einer Handschrift aus Forkels Nachlasse auf der königl. Bibliothek zu Berlin.

78) B.-G. XI², S. 105 ff.

Großen ihm erwiesenen Ehren die gemüthvolle Ruhe der Familie doch ihren höchsten Werth behielt:

Ruhig und in sich zufrieden
Ist der größte Schatz der Welt.
Nichts genießet, der genießet,
Was der Erdenkreis umschließet,
Der ein armes Herz behält.

Übrigens gleißen die allerhand Güter des Erdenkreises gelegentlich doch auch in den zufriedenen Familienkreis des Bürgers lockend hinein. Die kleinen Kämpfe, welche dann zwischen Vater und Kindern sich entspinnen können, haben Bach den Stoff zu einer scherzhaften Cantate gegeben. Der europäischen Gesellschaft war im 17. Jahrhundert durch den Caffee ein neues Genußmittel zugeführt. Wenn man Wein und Tabak [79]) in Liedern pries, meinten die Künstler könne man es auch mit dem Caffee thun. Den Anfang damit machten, wie es scheint, die Franzosen. In einer gegen 1703 zu Paris erschienenen Sammlung von *Cantates françoises* (*Troisième livre* Nr. 4) wird der Caffee in sehr distinguirter Form besungen. Die Deutschen waren nicht lässig solches nachzuahmen: schon Johann Gottfried Krause verfertigte 1716 den Text zu einer Caffee-Cantate. [80]) Unter den deutschen Städten zeichnete sich aber Leipzig durch eine besonders starke Neigung für das überseeische Product aus. Wenngleich der Genuß des Caffees bis zum siebenjährigen Kriege auf die wohlhabenderen Kreise beschränkt blieb, so mußte doch der Leipziger Rath schon 1697 den »ungebührlichen Thee- und Caffeeschenken« das Gewerbe legen, und 1725 hatte Leipzig nicht weniger als acht privilegirte Caffeehäuser. [81]) Picander fand hierin Stoff zur Satire. Er veröffentlichte im ersten Bande seiner Gedichte (1727) unter dem Titel »von allerhand *Nouvellen*« eine boshafte gereimte Zeitung, in welcher er unter der Form von Correspondenzen aus aller Herren Ländern naheliegende Verhältnisse durchhechelte.

79) Über Bachs Tabak-Lied s. Band I, S. 758. — Eine Stölzelsche Cantate für Bass »Toback du edle Panacee« auf der fürstlichen Hofkirchenbibliothek zu Sondershausen.

80) »Poetische Blumen von Joh. Gottfried Krausen. Erstes *Bouquet*. Langen-Saltza 1716.« S. 129.

81) Gretschel, a. a. O. II, S. 524.

So läßt er sich aus Paris berichten:[82] »Hier ward vor wenig Tagen ein Königlich Mandat ans Parlament geschlagen, das hieß: Wir haben längst und leider wohl gespürt, daß blos durch den Caffee sich mancher ruinirt Um diesem Unheil nun bei Zeiten vorzugehen, soll niemand sich Caffee zu trinken unterstehen, der König und sein Hof trinkt selben nur allein, und andre sollen nicht dazu befuget sein. Doch dann und wann wird man *Permission* ertheilen etc. etc. Drauf hörte man daselbst ein immerwährend Heulen: ach! schrie das Weibesvolk, ach nehmt uns lieber Brod, denn ohne den Caffee ist unser Leben todt« — — »Das alles aber brach doch nicht des Königs Sinn, und kürzlich starb das Volk als wie die Fliegen hin. Man trug, gleichwie zur Pest, so haufenweis zu Grabe und pur das Weibesvolk nahm so erschrecklich abe, bis da man das Mandat zerrissen und zerstört, so hat das Sterben auch in Frankreich aufgehört.« Einige Jahre später beutete er den Gegenstand für eine scherzhafte Cantate aus und Bach setzte sie um 1732 in Musik. Es war nichts neues, in dieser Form Zustände und Vorgänge des niederern Lebens komisch zu behandeln. Der »jenaische Wein- und Bierrufer« von Nikolaus Bach gehört in dieselbe Gattung.[83] Andere Cantaten beschäftigten sich mit dem Zahnarzt, dem verliebten Nachtwächter, dem »weiblichen Magister«, selbst »der Leipziger Wurmkuchen-Frau«; die Komik war nicht immer die feinste.[84] In der Picanderschen Caffee-Cantate will Vater Schlendrian der Tochter Lieschen, welche wie die gesammte Leipziger Frauenwelt von der Caffee-Leidenschaft hingenommen ist, diese austreiben. Alle Drohungen sind vergeblich, die äußerste, daß sie keinen Mann bekommen solle, scheint endlich zu wirken: aber Lieschen führt den Vater aufs Glatteis: während er geht und sich nach einem Schwiegersohn umsieht, »streut sie heimlich aus, kein Freier komm mir in das Haus, er hab es mir denn selbst versprochen und rück es auf der Ehestiftung ein, daß mir erlaubet möge sein, den Caffee wie ich will zu kochen«. Die Schlußwendung ist nicht von Picander, der sein Gedicht mit Lieschens Versprechen abschließt, gegen einen Ehemann das Caffeetrinken aufzugeben. Bach hat hier wohl selbst

---

82) S. 523. 83) S. Band I, S. 133 f.

84) Breitkopfs Verzeichniß von Michaelis 1761, S. 34 f.

Hand angelegt und durch Hinzufügung des schalkhaften Ausgangs verhütet, daß der Scherz ins Ordinäre verläuft: jedenfalls macht es seinem Geschmacke Ehre, diese und nicht die originale Fassung in Musik gesetzt zu haben. Die beiden Personen, denen nur noch ein erzählender Tenor beigegeben ist, sind scharf auseinander gehalten und trefflich charakterisirt. Der Alte brummt und poltert, Lieschen schwelgt in der Empfindung des Genusses, Schlendrian grübelt und dünkt sich wichtig, die Tochter hat über den zu erwartenden Bräutigam ihre helle Freude; sie ist leichtlebige aber unschuldige Jugend, er schwerfällig und altväterisch herbe. Das originelle Paar scheint Glück in der Welt gemacht zu haben. In den Frankfurter Nachrichten vom Jahre 1739 steht zu lesen: »Dienstags den 7. April wird ein fremder Musicus im Kauffhauß unter den N. Krämen ein Concert aufführen, in welchem u. A. der Schlendrian mit seiner Tochter Lissgen in einem Dramate wird gemacht werden«; das Billet kostete 30 Kreuzer, der Text 12.[85] Es wird zwar nicht besonders bemerkt, daß es die Bachsche Composition war, die der »fremde Musicus« aufführte; aber wer hätte ein auf Leipziger Zustände gemünztes und von einem Leipziger Poeten mit Rücksicht auf Bach gefertigtes Gedicht noch in Musik setzen sollen?[86]

Einen heitern, zum Theil satirischen Charakter trägt auch eine dramatische Kammercantate größeren Stiles, »Der Streit zwischen Phöbus und Pan« betitelt. Picander dichtete sie 1731, und bei den sommerlichen Zusammenkünften des Musikvereins wird sie in eben demselben Jahre zuerst aufgeführt sein.[87] Die altgriechische Sage läßt bekanntlich den Phöbus Apollo als citherspielenden Gott mit dem Marsyas, der Meister des Flötenspiels ist, wettstreiten; Apollo bleibt Sieger, und weil er als solcher mit dem Besiegten nach Belieben verfahren darf, zieht er dem Marsyas bei lebendigem Leibe die Haut ab. Die spätere Sage setzte an Stelle des Marsyas den

---

85) Israël, Frankfurter Concert-Chronik von 1713—1780. Frankfurt am Main, 1876. S. 28.

86) Die Caffee-Cantate erschien in einer Ausgabe von S. W. Dehn bei Gustav Crantz in Berlin, in zweiter, durchgängig revidirter und berichtigter Ausgabe bei C. A. Klemm in Leipzig. — S. Anhang A, Nr. 53.

87) S. Anhang A, Nr. 36. — Herausgegeben B.-G. XI², S. 3 ff.

Hirtengott Pan, welcher ebenfalls dem Apollo unterliegt: doch trifft nicht ihn die Strafe sondern den phrygischen König Midas, dem Eselsohren wachsen, weil er das Spiel des Pan schöner gefunden hat. In dieser Form hat Picander die Sage aufgefaßt und als Quelle Ovids Metamorphosen XI, 146—179 benutzt. Außer den genannten wird noch der lydische Berggott Tmolus als Kampfrichter eingeführt und — wozu in Ovids Erzählung keine Veranlassung gegeben ist — Momus, der Gott des Spottes, und Mercurius als Veranstalter des Wettkampfes. Ein frischer, malerischer Chor der Winde, welche sich eiligst in ihr Verließ zurückziehen, damit für das Hin- und Wider-Schallen der Wettmusik in der Natur völlige Stille herrsche, leitet die Cantate ein. Dann treten die beiden Kämpfer einander gegenüber. Pan streicht prahlerisch die allmächtigen Wirkungen seiner Flöte heraus und reizt hierdurch Momus zu einer Spottarie. Mercurius ordnet den Kampf, der nun aber nicht durch Spiel, sondern durch Gesang ausgefochten wird. Phöbus singt zuerst eine Arie auf seinen Liebling den schönen Hyacinthus; Pan sodann ein lustiges Tanzlied, in dessen Mitteltheile er die tiefsinnige Weise seines Gegners verhöhnt. Der Urtheilsspruch erfolgt. Tmolus erklärt in einer lobpreisenden Arie Phöbus für den Sieger, Midas in gleicher Weise Pan und erhält dann seine Strafe. Mercur und Momus ziehen die Moral, und mit einem Schlußgesang auf die Kunst des Apollo schließt das Werk, welches wiederum, wenn man den Bachschen Stil für solche Sachen einmal zugiebt, ein Meisterstück mannigfaltiger Charakteristik ist. Es würde seinem poetischen Charakter nach mit Händels Acis und Wahl des Herakles in eine Gattung gehören, schlüge nicht auch hier die Allegorie vor. Eine hochgestellte Person anzusingen galt es diesmal nicht, dagegen aber eine angefeindete Kunstrichtung zu verherrlichen. Pans Flöte ergötzt den Wald und die Nymphen, er vertritt die gefällige, gemeinverständliche Musik; sein leichtes und ungezwungenes Lied hat dem Midas so wohl geklungen, »daß er es sich auf einmal gleich gemerket«. Die Kunst des Phöbus vereinigt Schönheit der Melodie mit Adel und Tiefsinn, sie ist dazu da, »die Götter zu vergnügen«; Tmolus sagt:

Phöbus, deine Melodei
Hat die Anmuth selbst geboren.

Aber wer die Kunst versteht,
Wie dein Ton verwundernd geht,
Wird dabei aus sich verloren.

Beide Weisen sind berechtigt, werden einander stets gegenüber stehen, und wo es um die Kunstpflege wohl bestellt ist, wird letztere mehr gelten als die erstere. Insofern wäre in dem Drama nur ein allgemeingültiger Gedanke verkörpert, wenn nicht eine Beflissenheit hervorträte, die Musik des Pan geringwerthig darzustellen und zu verspotten, diejenige des Apollo aber dem meisternden Unverstande gegenüber zu erheben:

Du guter Midas, geh nun hin,
Und lege dich in deinem Walde nieder,
Doch tröste dich in deinem Sinn,
Du hast noch mehr dergleichen Brüder.
Der Unverstand und Unvernunft
Will jetzt der Weisheit Nachbar sein,
Man urtheilt in den Tag hinein,
Und die so thun,
Gehören all in deine Zunft.

und:

Labt das Herz, ihr holden Saiten,
Stimmet Kunst und Anmuth an.
Laßt euch meistern, laßt euch höhnen,
Sind doch euren süßen Tönen
Selbst die Götter zugethan.

Auch die Einführung des Mercur dürfte wohl eine Anspielung auf besondere Verhältnisse enthalten. Die Sage weiß nichts von seiner Theilnahme am Wettkampfe. Er ist allerdings der Vater des Pan, aber als solcher konnte er doch nicht wohl gegen diesen Partei ergreifen, wie er es hier schließlich thut. Dagegen personificirt er als Gott des Handels die Leipziger Bürgerschaft, wie Apollo gelegentlich die Gelehrtenwelt: in seiner Umdichtung der Cantate »Vergnügte Pleißenstadt« hat Bach beide in diesem Sinne auftreten lassen. Wäre es nur darauf angekommen, Phöbus und Pan als musikalische Gegensätze hinzustellen, so hätte dieses nach Maßgabe der Sage durch Vorträge auf der Leyer (Laute) und der Flöte geschehen müssen; oder, wenn doch einmal gesungen werden sollte, durfte man wenigstens erwarten, daß die Instrumente der Kämpfer bei ihren Gesängen eine bevorzugte Rolle spielten. Daß Bach dieses nicht gethan hat, während er sich übrigens doch so leicht geneigt zeigt, äußerlichen Umständen musikalische Motive zu entnehmen, lehrt daß es ihm in der Hauptsache nicht sowohl auf eine Charakterisirung Apollos und Pans ankam, als nur auf den Gegensatz zwischen dem kunstvollen, gebundenen, ernsten und dem leichten, blos gefälligen Stil. Jenen vertrat, wie ihm nicht unbewußt war, er selber, diesen die Operncomponisten und überhaupt fast die ganze sonstige Musikerwelt. Sie hat in Pan ihren Patron, Apollo ist Bach, der sich also in der wunderschönen und mit ersichtlicher Hingabe geschriebenen H moll-Arie selbst abbildet, und ebenso im Mitteltheile der Arie des Pan (»Wenn der Ton zu mühsam klingt, Und der Mund gebunden singt, So erweckt es keinen Scherz«) in belustigender Ironie sich selbst persifflirt. Wer ist Midas? Natürlich ein Leipziger, denn des Midas Abgeneigtheit kann sich nur auf Bachs Gesangsmusik beziehen, und diese war in weiteren Kreisen noch nicht bekannt geworden, während seine Instrumentalmusik schon allgemeine Bewunderung fand. Wir kennen nur einen Leipziger, der gegen Bachs Vocalcompositionen seine tadelnde Stimme laut erhob: Johann Adolph Scheibe. Er war der Sohn des mehrfach erwähnten Orgelbauers Johann Scheibe, und 1708 geboren; seit dem Herbst 1725 studirte er auf der Universität und bildete sich zugleich zum Musiker aus. Als der Organist der Thomaskirche, Christian Gräbner, 1729 gestorben war, bewarb sich mit andern auch Scheibe um die Stelle. Unter den Richtern war Bach. Scheibes Probespiel scheint keinen günstigen Eindruck gemacht zu haben, jedenfalls erhielt nicht er das Amt, sondern Görner.[88] Er blieb aber noch bis 1735 in Leipzig, wo er Clavierunterricht ertheilte und auch Compositionen von sich aufführte.[89] 1737 begann er in Hamburg den »Critischen Musikus« herauszugeben und griff in dem sechsten Stücke desselben sowohl Bach als Görner an, diesen weil er überhaupt ein hochmüthiger Nichtswisser sei,[90] jenen wegen seiner verworrenen und schwülstigen Satzweise, die ebenso mühsam wie vergebens sei, weil sie wider die Vernunft streite. Dieses Urtheil, welches große

88) S. Critischer Musikus S. 410. 89) Gerber, L. II, Sp. 413.

90) Vrgl. S. 34 f. dieses Bandes.

Aufregung in gewissen Kreisen und eine litterarische Polemik hervorrief, auf welche später zurückzukommen sein wird, muß man, wenngleich es auch vom musikalischen Standpunkte aus nicht unbegreiflich ist, doch mit Scheibes persönlichen Leipziger Erlebnissen in Verbindung bringen. Man muß es um so mehr nach dem, was Scheibe mit anerkennenswerther Offenheit über seine früheren Gesinnungen selbst sagt. »Vor einigen Jahren«, schreibt er unter dem 28. Juli 1739, »lebte in einer gewissen berühmten Stadt ein gewisser Mensch, den ich desto besser abschildern kann, weil ich von Jugend auf mit ihm umgegangen bin, und den ich so genau als mich selbst gekannt habe. Ich will ihn vorjetzo Alfonso nennen. Er ward durch gewisse Zufälle gezwungen, sich auf die Musik zu legen. . . . Indem er anfing selbst zu merken, wie er täglich stärker ward, so äußerte sich bei ihm zugleich ein heimlicher Neid über die Vorzüge andrer . . . . Wenn er die Verdienste erfahrener Männer erheben hörte, so beneidete er sie sogleich, bloß darum weil er nicht eine gleiche Geschicklichkeit besaß« . . . . Später »verwandelte sich endlich der Neid, der ihn gefesselt hielt, in eine Eifersucht, die ihn antrieb, den Verdiensten großer Männer nachzueilen. Und so überwand *er sich nach und nach, daß er nunmehro vermögend war, den* Ruhm geschickter Männer ohne roth zu werden anzuhören, und sie endlich selbst mit aufrichtigem Herzen zu erheben und ihren Verdiensten Recht zu geben«. Scheibe gesteht ausdrücklich, daß ihn diese Gesinnung auch zu Handlungen verleitet habe: »Vielleicht kennen meine Leser diesen Alfonso so gut als mich. Und vielleicht haben meine ehemaligen Handlungen mit den Handlungen des Alfonso eine große Ähnlichkeit gehabt.«[91] Hiernach muß er damals gegen Bach allerhand verübt haben, was ihm später leid that, und die Kunstanschauungen, welche er auch in Hamburg bei geläuterter Gesinnung noch vertrat, werden, zumal da er wegen der mißglückten Orgelprobe gereizt sein mochte, mit doppelter Schärfe laut geworden sein. Daß Bach und sein Musikverein sich gegen dieselben wendete, obgleich der sie aussprach ein dreiundzwanzigjähriger Jüngling war, ist ganz begreiflich. Scheibe war ein fähiger Kopf, beeinflußte als solcher die Studenten und mochte unter ihnen eine

91) Critischer Musikus S. 445 und 446.

Partei gegen Bach gebildet haben.[92] Ohne die Studenten konnte aber Bachs *Collegium musicum* nicht existiren. Wirklich haben auch jene oppositionellen Regungen weitere Wellenkreise geschlagen. Ludwig Friedrich Hudemann, Doctor der Rechte in Hamburg, ein tüchtiger Musik-Dilettant und mit Bach seit längerer Zeit näher befreundet, wie ein ihm gewidmeter Canon aus dem Jahre 1727 beweist, gab 1732 zu Hamburg »Proben einiger Gedichte« heraus, in welchen sich folgendes »An den Herrn Capell-Meister J. S. Bach« findet:

Wenn vor gar langer Zeit des Orpheus Harfen-Klang
Wie er die Menschen traf, sich auch in Thiere drang,
So muß es, großer Bach, weit schöner dir gelingen:
Es kann nur deine Kunst vernünftge Seelen zwingen.

Und dieses trifft gewiß mit der Erfahrung ein:
Oft sieht man Sterbliche den Thieren ähnlich sein,
Wenn ihr zu blöder Geist nicht dein Verdienst erreichet,
Und in der Urtheils-Kraft dem dummen Viehe gleichet.

Kaum treibst du deinen Schall an mein geschäftig Ohr,
So tönet, wie mich däucht, das ganze Musen-Chor.
Ein Orgel-Griff von dir muß selbst den Neid beschämen,
Und jedem Lästerer die Schlangen-Zunge lähmen.

Apollo hat dich längst des Lorbeers werth geschätzt,
Und deines Namens Ruhm in Marmor eingeätzt.
Du aber kannst allein durch die beseelten Saiten
Dir die Unsterblichkeit, vollkommner Bach, bereiten.[93]

Hudemann preist zwar zunächst Bach als Orgelspieler, in der letzten Strophe offenbar aber auch seine Musik im allgemeinen, und die Anwendung antiker Allegorien sowie der Gegensatz zwischen den »vernünftigen Seelen« und dem »dummen Vieh« macht es sogar wahrscheinlich, daß er Picanders Gedicht von dem bocksfüßigen Pan und dem eselsohrigen Midas gekannt habe.

---

92) Ich bemerke, daß z. B. auch Georg Friedrich Einicke, der freilich erst 1732 die Leipziger Universität bezog, sowohl mit Bach als mit Scheibe verkehrte um sich in der Musik zu vervollkommnen; s. Marpurg, Kritische Briefe über die Tonkunst, II, S. 461.

93) Auf dieses Gedicht hat zuerst A. Dörffel aufmerksam gemacht (Musikalisches Wochenblatt. 1870. S. 272).

Die allegorisch-polemische Spitze schädigt den harmonischen Eindruck der Cantate trotz ihrer Frische, Reichhaltigkeit und drastischen Komik (die gespitzten Eselsohren S. 52, T. 19 ff. und späterhin sind belustigend genug), und drückt sie schon deshalb unter Händels gleichartige Werke. Aber sie ist ebendadurch von hervorragendem biographischen Interesse. Die Auseinandersetzungen, welche Bach 1714 mit den Hallenser Kirchenältesten, 1725 mit der Leipziger Universität hatte, bekunden ebenso wie der alsbald zu erzählende langwierige Hader mit dem Rector Ernesti eine gewisse streitfrohe Natur, die ihm mit der rabulistischen Orthodoxie seiner Zeit gemeinsam war. Hier haben wir einen Fall, wo er sich in Kunstangelegenheiten gegen seine Widersacher wehren zu müssen glaubte. Er griff nicht zur Feder, wie Mattheson; dazu war er ein zu echter Künstler. Aber er ließ auch nicht seine Compositionen rein durch sich für ihren Schöpfer wirken, wie Händel. Er führte seine Vertheidigung durch ein tendenziöses Kunstwerk.[94] An dasselbe spinnen sich Fäden an, die in eine spätere Zeit hinüberleiten und wir werden in ihr den eben bezeichneten Zug noch mehre Male hervortreten sehen. Diese Zeit selbst, seine letzte Lebensperiode, hat aber ein wesentlich andres Aussehen, als die reichste und befriedigendste seines Schaffens, welche wir mit dem eigenthümlichen Werke »Phöbus und Pan« beschließen.

94) Schon S. W. Dehn hat im Octoberheft der Westermannschen Monatshefte von 1856 auf diese Bedeutung der Cantate »Phöbus und Pan« hingewiesen. Er ging von theilweise irrigen Voraussetzungen aus, und wurde deshalb von E. O. Lindner (Zur Tonkunst. Berlin, Guttentag. 1864. S. 87 ff.) getadelt. Aber das im Grunde richtige hat Dehn dennoch erkannt. In einer schönen kleinen Abhandlung, die auch eine ausführliche und feine musikalische Analyse enthält, hat ihm schon Dr. E. Baumgart (»Über den Streit zwischen Phöbus und Pan«, Verhandlungen der schlesischen Gesellschaft für vaterländische Cultur. Philosophisch-historische Abtheilung. Breslau. 1873.) wieder zu seinem Rechte zu verhelfen gesucht

Sechstes Buch.

Die letzte Lebensperiode.

(1734—1750.)

I.

Gesners Nachfolger im Rectorate der Thomasschule wurde Johann August Ernesti, der erst 1732 als Conrector angestellt worden war.[1] Ernesti war 1707 geboren, kam also in sehr jugendlichem Alter an die Spitze der Schule. Eine in lebendiger Auffassung der antiken Schriftsteller wurzelnde Gelehrsamkeit und Bildung, eine hervorragende Begabung für methodische Lehre befähigten ihn dazu. Unter seiner Leitung nahm die Schule einen großen Aufschwung, er zeigte sich in dieser Hinsicht seines Vorgängers würdig, den er in eignen wissenschaftlichen Arbeiten durch Klarheit, Sicherheit und eine maßgebende Reinheit des lateinischen Stils noch übertraf. Dagegen fehlte ihm die anregende Genialität, die liebenswürdige Menschlichkeit und die Weite der Bildung, worauf Gesners segensreiches Wirken zumeist beruhte; es fehlte ihm auch dessen Weisheit und feiner Takt. Ernesti bekleidete das Rectorat bis 1759, dann erhielt er eine theologische Professur an der Universität.

Bach, den fünfzigen nahe, stand anfänglich mit seinem Vorgesetzten, dessen Vater er hätte sein können, in ganz guten Beziehungen. Indem seine Familie fortfuhr sich zu vergrößern, hatte er Ernesti schon 1733 zum Pathen eines Sohnes gebeten und that dies nach der im September 1735 erfolgten Geburt seines letzten Sohnes Johann Christian abermals. Das freundliche Verhältniß sollte indeß nicht lange dauern. In den von den Alumnen gebildeten Singchören bekleideten die Präfecten als Stellvertreter des Cantors, und unter ihnen namentlich der erste Präfect ein wichtiges Amt. Im Jahre 1736 hatte ein gewisser Gottfried Theodor Krause aus Herzberg diese Stelle inne. Er war von Bach mit Nachdruck angewiesen worden, über die ihm unterstellten kleineren Knaben strenge Auf-

1) S. S. 91 dieses Bandes.

sicht zu führen, und wenn in Bachs Abwesenheit bei kirchlichen Veranlassungen sich Unordnung zeigte, mit angemessenen Strafen dagegen einzuschreiten. Als Krause der Ungezogenheiten der Knabenschaar durch Ermahnungen nicht mehr Herr werden konnte und gelegentlich einer Brautmesse das ungebührliche Betragen gar zu arg wurde, wollte er einige der schlimmsten züchtigen. Sie widersetzten sich und erhielten endlich eine derbere Tracht Schläge, als ihnen zugedacht gewesen war. Es wurde Klage beim Rector geführt; dieser gerieth über den Präfecten in heftigsten Zorn. Krauses Vergangenheit war tadellos, er stand im Begriff zur Universität zu gehen und war auf dem Schulactus am 20. April als Redner aufgetreten.[2] Trotzdem dictirte ihm Ernesti die schimpflichste Strafe zu: körperliche Züchtigung in Gegenwart der gesammten Schule. Bach legte sich ins Mittel und erklärte Krauses Fehler auf sich nehmen zu wollen, konnte aber nichts erreichen. Als ein zweimaliges Gesuch um Entlassung vom Rector zornig abgeschlagen war, verließ Krause um der ihm zugedachten Schande zu entgehen eigenmächtigerweise die Schule. Seine Habseligkeiten und allmählig bis zu 30 Thalern aufgesammelten Singgelder, die der Rector in Verwahrung hatte, wurden von diesem eingezogen, mußten jedoch nachdem Krause beim Rath bittstellig geworden war, durch Verfügung desselben vom 31. Juli wieder herausgegeben werden.[3]

Bach fühlte sich in der Person seines Präfecten selbst beleidigt, und diese Vorgänge pflanzten eine Abneigung gegen Ernesti in seine Seele, die von üblen Folgen werden sollte. Die 1723 erlassene Schulordnung bestimmte als Amt und Recht des Cantors, daß derselbe die vier Singchöre mit den geeigneten Schülern besetzen und die Chorpräfecten zu erwählen habe. Für letzteres sollte er die Genehmigung des Schulvorstehers einholen, zu der Zusam-

2) S. Ernestis Schulprogramm zum 20. April 1736, S. 15 (auf der Bibliothek der Thomasschule).

3) Krauses Eingabe ist vom 26. Juli datirt; s. Leipziger Rathsacten »Die Schule zu *St. Thomae* betr. *Fasc.* II.« sign. VIII, B. 6. — Daß bei eigenmächtigem Entweichen eines Alumnen der Hausrath verfiel, war allerdings rechtens und stand in der *formula obligationis*, die von den Alumnen vor ihrer Aufnahme unterschrieben werden mußte; s. Rathsacten »Schuel zu *S.* Thomas. *Vol:* III. *Stift.* VIII. *B.* 2.« Fol. 295.

mensetzung der Chöre hatte der Rector seine Einwilligung zu geben, derselbe besaß jedoch zu keiner Initiative das Recht. Die althergebrachte Gewohnheit räumte dem Cantor noch weitergehende Befugnisse ein und machte ihn in allen Angelegenheiten des Chors so ziemlich zum unumschränkten Herrn; wie in vielen andern Dingen so war die Praxis auch hier trotz der neuen Schulordnung die alte geblieben. Als nun der Präfect Gottfried Krause sich geweigert hatte, die über ihn verhängte entehrende Strafe zu empfangen, hatte ihn der Rector vom Amte suspendirt, zugleich aber eigenmächtiger Weise dem zweiten Präfecten, Johann Gottlob Krause aus Groß-Deuben[4], die Stelle des ersten einstweilig übertragen. Dem Cantor war diese Persönlichkeit schon lange nicht nach dem Sinne gewesen und er hatte das nicht verschwiegen. Am 22. Trinitatis-Sonntag (6. November) des vorhergehenden Jahres hatte der *Tertius* der Thomasschule, *M.* Abraham Krügel in Collmen bei Colditz mit der Tochter des dortigen Pastors Wendt Hochzeit gemacht. Ernesti und Bach waren eingeladen gewesen; als sie des Abends mit einander nach Hause fuhren, kam das Gespräch auf die Neubesetzung der Präfecturen, welche jedesmal vor den Weihnachtsumgängen stattfand. Seinem Alter und Range nach hatte Johann Krause Anwartschaft auf eine solche; Bach aber war bedenklich und sagte, er sei »sonst ein liederlicher Hund gewesen«. Ernesti gab das zu, meinte jedoch, da er sich durch Begabung auszeichne und auch sittlich zu bessern scheine, könne man ihn wohl nicht übergehen, falls er übrigens genügende musikalische Tüchtigkeit besässe. Mit den Präfecturen waren besondere Geldeinnahmen verbunden, Krause konnte sich auf diesem Wege von seinen Schulden befreien und der Schule wurde dadurch eine üble Nachrede erspart. Musikalisch hielt ihn Bach für brauchbar genug, wenigstens zu den untern Präfecturen: so wurde er denn vierter, dritter und endlich zweiter Präfect. Auch seine vorläufige Beförderung zur ersten Stelle hatte sich Bach gefallen lassen, obschon ihn des Rectors Eigenmächtigkeit erboste. Nach einigen Wochen indessen überzeugte er sich, daß Krause für dieses besonders verantwortliche und schwierige Amt nicht genüge;

4) S. S. 66 dieses Bandes, und Ernestis Schulprogramm zum 6. Mai 1737 (auf der Bibliothek der Thomasschule).

er setzte ihn also an die zweite Präfectur zurück, nahm den tüchtigern Samuel Küttler aus Belgern[5]) an die erste Stelle, und zeigte beides vorschriftsmäßig dem Rector an. Ernesti machte ein saures Gesicht, fügte sich aber; nicht so Krause selbst. Er beschwerte sich beim Rector und wurde von diesem an den Cantor gewiesen. Nun brach Bachs Verstimmung und Gereiztheit hervor. Er ließ sich Krause gegenüber zu der Antwort hinreißen: der Rector habe ihn seiner Zeit eigenmächtiger Weise in die erste Präfectur geschoben, er der Cantor setzte ihn jetzt wieder ab, weil er dem Rector zeigen wolle, wer hier Herr im Hause sei. Dasselbe sagte er auch dem Rector auf seiner Stube ins Gesicht. Ernesti glaubte sich ein solches Auftreten nicht bieten lassen zu dürfen, ließ sich vom Schulvorsteher ermächtigen und forderte Bach brieflich auf, Krause wieder einzusetzen. Bach mußte einsehen, daß er zu weit gegangen war; er zeigte sich einer gütlichen Vergleichung geneigt und versprach sogar, Ernestis Aufforderung nachzukommen. Allein in der nächsten Singstunde bewährte sich Krause so schlecht, daß ihm dies unmöglich schien. Um den 20. Juli verreiste er und kehrte erst gegen den 1. August zurück. Ernesti, der Krauses Wiedereinsetzung erwartete — es scheint, daß Bachs Benehmen ihn hierzu berechtigte — wurde ungeduldig, und als dieser sich immer noch nicht regte, schrieb er ihm Sonnabend den 11. August einen kategorischen Brief: wenn Bach nicht sofort das Verlangte thue, werde er Sonntags früh die Stellenbesetzung selbst vornehmen. Bach schwieg auch jetzt, Ernesti führte seine Drohung aus und ließ Bach durch Krause selber davon benachrichtigen.

Es war vor dem Frühgottesdienst. Bach begab sich sofort zu dem Superintendenten Deyling, stellte ihm die Sache vor, und Deyling versprach nach eingezogenen Erkundigungen auf eine Entscheidung des Streites hinzuwirken. Inzwischen hatte der Gottesdienst begonnen. Bach holte Küttler, der auf des Rectors Befehl als zweiter Präfect in die Nikolaikirche gegangen war, von dort weg in die Thomaskirche und jagte hier den Krause mitten unter dem Gesange davon, indem er sich unbefugter Weise auf einen Befehl des Superintendenten berief. Ernesti sah dies, sprach nach der Kirche

5) S. S. 66 dieses Bandes, und Ernestis Schulprogramm vom 6. Mai 1737.

beim Superintendenten vor und wußte ihn auf seine Seite zu bringen. Er ließ Bach hiervon unterrichten, der ihm in immer wachsendem Grimme entgegnete, daß er sich daran durchaus nicht kehre, es möchte kosten, was es wolle, übrigens habe er dem Rathe eine Beschwerdeschrift übergeben. Vor Beginn des Vespergottesdienstes erschien der Rector auf dem Orgelchor und untersagte den Schülern öffentlich unter Androhung der härtesten Strafen, Bachs Anordnung wegen der Präfecten Folge zu leisten. Als Bach kam und Krause wieder an der Stelle des ersten Präfecten fand, trieb er ihn mit Ungestüm abermals vom Chor. Da aber die Alumnen durch den Rector eingeschüchtert waren, fand sich nun keiner, der die Motette dirigiren wollte; Bachs Schüler Krebs, welcher seit 1735 auf der Universität studirte und zufällig anwesend war, übernahm auf seines Lehrers Bitte die Direction. Eine zweite Beschwerde des in seiner Autorität und seinem Selbstgefühl empfindlichst gekränkten Künstlers war die Folge. Als am Abend der Präfect Küttler bei Tische erschien, wies ihn Bach zornig hinaus, weil er dem Rector, und nicht ihm gehorcht habe.[6]

Am folgenden Sonntage (19. Aug.) wiederholten sich dieselben ärgerlichen Auftritte. Den vom Rector bestimmten Präfecten wollte Bach nicht dirigiren und vorsingen lassen, unter den übrigen Schülern wagte keiner es zu thun. Bach mußte sich entschließen, gegen das Herkommen die Motette selbst zu dirigiren, als Vorsänger trat wieder ein Student ein. Noch an demselben Tage richtete Bach an den Rath eine dritte Beschwerdeschrift. Er stellte vor, daß auf diese Weise das öffentliche Ärgerniß und die Unordnung immer größer werden würden, und daß, wenn der Rath nicht unverzüglich ein Einsehen thue, er ferner kaum im Stande sei, seine Autorität den Schülern gegenüber zu behaupten. Inzwischen war auch Ernesti zum Bericht aufgefordert worden, der sich in gewandter Weise zu rechtfertigen und dem Cantor alle Schuld zuzuschieben suchte. Das dringend nothwendige Eingreifen des Raths aber erfolgte nicht.

Bach versuchte es nun mit andern Mitteln. Sein unter dem 27. Juli 1733 in Dresden eingereichtes Gesuch um Verleihung eines

---

6) Bach muß in dieser Woche die Schulinspection gehabt haben, in Folge deren er mit den Alumnen zusammen zu speisen hatte.

Hoftitels war unbeantwortet geblieben, die politischen Wirren am Anfang der Regierung Augusts III. und dessen fast zweijährige Abwesenheit von Sachsen (3. Nov. 1734 — 7. Aug. 1736) mögen der Grund davon gewesen sein. Seitdem hatte Bach sich durch mehre Festmusiken dem Hofe angenehm zu machen versucht, die Zeiten waren ruhiger geworden, eine Erneuerung seines Antrags hatte Aussicht auf besseren Erfolg. Seine Künstlerschaft hatte nicht vermocht, ihn vor einer unwürdigen, ja verächtlichen Lage zu sichern. Eine vom Hofe ihm beigelegte Wichtigkeit sollte jetzt dazu dienen, ihn aus dieser Lage befreien. Am 27. September 1736 setzte er ein neues Gesuch auf;[7] da vom 29. Sept. ab der König einige Tage in Leipzig weilte, wird es ihm hier überreicht worden sein. Einen unmittelbaren Erfolg erlebte Bach freilich auch jetzt nicht. Durch die Unerträglichkeit der Lage gepeinigt hatte er im November schon eine vierte Beschwerde verfaßt, welche diesesmal ans Consistorium zu Leipzig gehen sollte, als die ersehnte Bestallung eintraf:

»*Decret* | Vor Johann Sebastian Bach, als | *Compositeur* bey der Königlichen Hof *Capelle*.

Demnach Ihro Königliche Majestät in Pohlen, und Churfürstliche Durchlaucht zu Sachßen p. t. Johann Sebastian Bachen, auf dessen beschehenes allerunterthänigstes Ansuchen, und umb seiner guten Geschickligkeit willen, das *Praedicat* als *Compositeur* bey der Hof *Capelle*, allergnädigst ertheilet; Als ist demselben darüber gegenwärtiges *Decret*, unter Ihro Königlichen Majestät höchsteigenhändigen Unterschrifft und vorgedruckten Königlichen Insiegel ausgefertiget worden. So geschehen und geben zu Dreßden, den 19. Nov. 1736.«[8] Die Übermittlung hatte der russische Gesandte am königlich-churfürstlichen Hofe besorgt, dem das Decret am 28. November zugestellt worden war. Er hieß Baron von Kayserling und wird uns bei einer andern Gelegenheit wieder begegnen.

---

7) Staatsarchiv zu Dresden, Abtheilung XVI, Nr. 1507.

8) Staatsarchiv zu Dresden »Die Italiänischen Sänger und Sängerinnen, das *Orchestre*, die Täntzer und Täntzerinnen, auch andere zur *Opera* gehörige Persohnen betr. *anno* 1733. 1739 und 1801. 1802.« Fol. 57.

Das Vertrauen indessen, welches Bach auf die Wirkung des Hoftitels gesetzt hatte, sollte ihn täuschen. Der Conflict mit Ernesti dauerte fort und der Rath machte noch immer keine Miene einzugreifen. So mußte die im November aufgesetzte aber noch zurückgehaltene Eingabe an das Consistorium am 12. Februar 1737 dennoch abgehen. Sechs Tage zuvor hatte man sich auf dem Rathhause zum Erlaß einer Verfügung allerdings aufgerafft, sie blieb aber zwei Monate liegen: am 6. April wurde sie Ernesti, am 10. Bach, am 20. Deyling zugestellt. Große Mühe, in den Kern der Streitfrage einzudringen, hatte sich der Rath nicht genommen. Er wählte das bequemste Auskunftsmittel und gab beiden Unrecht; im übrigen blieb Johann Krause erster Präfect, »dessen Aufenthalt auf der Schule zu Ostern zu Ende gehe«. Ostern fiel auf den 21. April, der Entscheid hatte also für Bach keine erhebliche praktische Bedeutung mehr. Aber Ernesti hatte, soweit es sich um Krause handelte, doch gesiegt, denn Bach war thatsächlich nicht im Stande gewesen, den untauglichen Präfecten von seinem Platze zu entfernen.

Er war denn auch nicht gesonnen, sich bei der Verordnung des Rathes zu beruhigen. Das Consistorium hatte sofort nach Bachs Eingabe vom 12. Februar dem Rath und dem Superintendenten die Weisung zugehen lassen, die Sache zu untersuchen und dieselbe ohne Weiterung beizulegen, auch zu verfügen, daß beim Gottesdienste kein Hinderniß und Aufsehen verursacht werde. Deyling stand aber auf Ernestis Seite und hat gewiß nichts gethan, der Rathsverordnung einen andern Charakter zu geben, als sie ihn schließlich zeigte. Bachs Verhältniß zu Deyling war damals natürlich ein gespanntes. Man kann dies aus folgendem Vorfalle erkennen. Am 10. April, einem Mittwoch, hatte nach der üblichen Wochenpredigt des Superintendenten in der Nikolaikirche der zum Vorsingen abgeordnete Thomasschüler das Communionlied zu tief angestimmt, so daß die Gemeinde nicht mitsingen konnte. Anstatt deshalb mit Bach private Rücksprache zu nehmen, wie es der Geringfügigkeit der Sache angemessen gewesen wäre, beschwerte sich Deyling durch den Küster beim Rathe. Dieser ließ den Cantor auch sogleich vorladen, trug ihm auf den Fall zu untersuchen, dem Vorsinger einen Verweis zu ertheilen, und künftig tüchtige Personen zu diesem Geschäfte abzusenden.[9]) Bach erhielt auf solchem Wege wieder einmal eine Nase.

Dem Consistorium aber stellte Bach unter dem 21. August folgendes vor. Der Rector habe öffentlich in der Kirche und in Gegenwart sämmtlicher Primaner diejenigen Schüler mit Relegation und Verlust der zukömmlichen aufgesammelten Singgelder bedroht, welche Bachs Anordnung Folge leisten würden. Dies betrachte er als eine Verletzung seines Ansehens und persönliche Verunglimpfung, für die er eine ebenso persönliche Genugthuung zu fordern berechtigt sei. Ferner bestritt er die Maßgeblichkeit der Schulordnung von 1723, auf welche die Verfügung des Rathes sich gestützt hatte. Dieselbe ermangle der nothwendigen Bestätigung des Consistoriums, weshalb sie auch schon von dem alten Ernesti, dem Vorgänger Gesners, nicht als gültig anerkannt sei, und thatsächlich sei auch, was die Rechte des Cantors betreffe, bisher nicht nach ihr, sondern dem alten Herkommen gemäß gehandelt worden. Namentlich wendete er sich gegen die Bestimmung, daß der Cantor einen oder den andern Schüler von der einmal aufgetragenen Verrichtung zu suspendiren oder auszuschließen nicht vermögend sein solle, »gestalt Fälle vorkommen, da *in continenti* eine Änderung vorgenommen werden muß, und nicht erstlich eine weitläufige Untersuchung in solchen geringfügigen Disciplinar- und Schulsachen vorgenommen werden kann, dergleichen Änderung auch auf allen Trivialschulen dem *Cantori* in Sachen die Musik betreffend zustehet, indem sonsten die Jugend, wenn sie weiß, daß man ihr gar nichts thun kann, zu gouverniren und seinem Amt ein Genügen zu leisten unmöglich fallen will«. In dem Schreiben vom 12. Februar hatte Bach die »Concurrenz« des Rectors bei Besetzung der Präfecturen sogar unter Berufung auf die neue Schulordnung bestritten. Dieser Versuch läßt sich insofern begreifen, als dem Rector an der Besetzung keine positive Betheiligung, sondern nur das Recht der Verhinderung zustand. Indessen mußte Bach inzwischen doch wohl eingesehen haben, daß er auf Grund der neuen Schulordnung dasjenige was er wollte: völlige Unabhängigkeit des Cantors in allen musikalischen Angelegenheiten, nicht erreichen konnte.

---

9) Rathsacten »Die Schule zu *St. Thomae* betr. *Fasc.* II«. sign. VIII, B. 6.

Nun theilte zwar das Consistorium unter dem 28. August Deyling und dem Rathe mit, daß Bach sich mit neuen Vorstellungen und Gesuchen an dasselbe gewendet habe, und forderte binnen vierzehn Tagen über die Angelegenheit Bericht ein. Als aber der Bericht nicht erfolgte, beruhigte es sich auch dabei. So sah denn Bach nur noch einen Weg übrig, um zu seinem Rechte zu gelangen. Er ging unter dem 18. October direct an den König. Dieser ließ durch ein Schreiben vom 17. December das Consistorium auffordern, es solle auf die Beschwerde Bachs »nach Befinden die Gebühr verfügen«. Am 1. Februar 1738 wurde das Schreiben dem Consistorium eingehändigt, unter dem 5. Februar verlangte dasselbe von Deyling und dem Rathe nochmals energischerweise Bericht binnen vierzehn Tagen. Zur Ostermesse kam der König selbst nach Leipzig. Wir erzählten schon, daß Bach ihm bei dieser Gelegenheit eine Abendmusik brachte, die mit allgemeinem Beifalle aufgenommen wurde. Nunmehr fand seine Sache ihre endliche Erledigung, und wie wir aus den Umständen schließen dürfen in einem ihm günstigen Sinne. Das plötzliche Versiegen der archivalischen Quellen deutet darauf hin, daß sie durch persönliches Eingreifen des Königs herbeigeführt wurde.

Fast zwei Jahre hatte der Streit gedauert, beinahe so lange als vor mehr denn 60 Jahren seines Oheims in Arnstadt Ehehandel.[10]) Beide Männer hatten sich als echteste Sprossen ihres Geschlechts gezeigt und mit äußerster Hartnäckigkeit um ihr Recht gekämpft.[11])

Aber nicht um deswillen allein sind diese unerfreulichen Vorgänge hier ausführlicher erzählt worden. Sie wurden für Bachs ganze übrige Lebensperiode bestimmend. Ich betrachte es als einen besonders glücklichen Zufall, dies noch nachweisen und damit für das Bild der letzten zwölf Jahre den festen Hintergrund herstellen zu können. Johann Friedrich Köhler, ein Pastor zu Taucha bei Leipzig, legte 1776 eine Geschichte der Leipziger Schulen an, in welcher er auch Bach gebührendermaßen berücksichtigte. Seine Kenntniß jener Zeit schöpfte er großentheils aus mündlichen Mittheilungen ehemaliger Thomaner. Er erzählt wörtlich[12]) : »Mit Er-

---

10) S. Band I, S. 160. 11) S. die Anhang B. XI mitgetheilten Actenstücke. 12) Beiblatt zu S. 94. — Das Manuscript des nicht gedruckten

nesti zerfiel er [Bach] ganz. Die Veranlassung war diese. Ernesti entsetzte den Generalpräfecten Krausen, der einen unteren Schüler zu nachdrücklich gezüchtigt hatte, verwies ihn, da er entwichen war, von der Schule, und wählte an dessen Stelle einen andern Schüler zum Generalpräfecten — ein Recht, das eigentlich dem Cantor zukommt, dessen Stelle der Generalpräfect vertreten muß. Weil das gewählte Subject zur Aufführung der Kirchenmusik untauglich war, traf Bach eine andre Wahl. Darüber kam es zwischen ihm und Ernesti zur Klage und beide wurden seit der Zeit Feinde. Bach fing nun an die Schüler zu hassen, die sich ganz auf *Humaniora* legten und die Musik nur als Nebenwerk trieben, und Ernesti ward Feind der Musik. Traf er einen Schüler, der sich auf einem Instrumente übte, so hieß es: Wollt ihr auch ein Bierfiedler werden? — Er brachte es durch sein Ansehen bey dem Bürgermeister Stieglitz dahin, daß ihm, wie seinem Vorgänger Gesner, die besondere Schulinspection erlassen und dem vierten Collegen übertragen wurde. Traf nun die Reihe der Inspection den Cantor Bach, so berief sich dieser auf Ernesti, kam weder zu Tische noch zu Gebet, und diese Vernachlässigung hatte den widrigsten Einfluß auf die sittliche Bildung der Schüler. Seit der Zeit hat man, auch bey wiederholter Besetzung beyder Stellen, wenig Harmonie zwischen Rector und Cantor bemerkt.«

Diese Erzählung giebt uns zugleich einen deutlichen Wink, auf wessen Seite sich in dem Conflict zwischen Rector und Cantor die öffentliche Meinung allmählig gestellt hatte. Bach war durch seine Leidenschaftlichkeit zu mehren Ungehörigkeiten fortgerissen worden, aber in der Hauptsache hatte er Ernesti gegenüber Recht. Er hätte es gehabt, auch wenn er sich mit weniger Grund auf das alte, bisher stets unbeanstandet gebliebene Herkommen hätte berufen können. Seines Amtes walten, wie er selbst es wünschte und alle von ihm verlangten, konnte er nur, wenn er die Angelegenheiten des Thomanerchors ganz nach eignem Ermessen leitete. Dies mußte Ernesti einsehen, auch wenn er von der Größe seines Gegners und der Lächerlichkeit einem Bach ins Handwerk schulmeistern zu

---

Werkes auf der königlichen öffentlichen Bibliothek zu Dresden. Vrgl. S. 88, Anmerk. 73 dieses Bandes.

wollen keine Ahnung hatte. Aber obgleich er sich den Anschein giebt, den Streitfall nur vom disciplinarischen Standpunkte aus zu behandeln, so maßt er sich doch an beweisen zu wollen, was eben nur der Musiker beurtheilen konnte, daß Krause nicht untüchtig zur ersten Präfectur sei, und wenn Bach behauptet, er könne nicht dirigiren, beruft er sich auf die entgegenstehende Ansicht der Schüler. Vollends zu Ungunsten Ernestis muß das Urtheil ausfallen, wenn man Ton und Haltung in den Schriftstücken beider vergleicht. Bachs Sprache ist rücksichtslos und scharf, aber streng sachlich. Man wird in seinen zahlreichen Auslassungen nicht ein Wort finden, das auf die Person des Gegners zielte. Ernesti verfährt anders. Nicht nur daß er die Gelegenheit wahr nimmt, Bach überhaupt als einen nachlässigen Beamten, der an dem Unglück des »armen« Gottfried Krause eigentlich allein schuld sei, und als einen hochmüthigen Künstler, dem es »unanständig« erscheine einen einfachen Choral zu dirigiren, dem Rathe denuncirt. Er giebt ihm Schuld, eine Dirigirprobe mit dem Präfecten nur vorgenommen zu haben, um ihn in die Falle zu locken: er bezichtigt ihn der »Lüge«, weil Bach nur die Beförderung Johann Krauses zum Präfecten in der Neuen Kirche, und nicht auch seine frühere Anstellung als vierter Präfect bei den Neujahrsumgängen erwähnt. Er scheut sich sogar nicht, Bach als bestechlich hinzustellen, und meint, »er könne schon andre Proben anführen, daß man sich auf Bachs *testimonia* nicht allezeit verlassen könne, und wohl eher ein alter Species-Thaler einen Discantisten gemacht habe, der so wenig einer gewesen, als er selbst sei«. Solche Beschuldigungen soll niemand aussprechen, ohne sie sofort durch Thatsachen zu belegen. Wer dies unterläßt, ist ein Verleumder.

Die schlimmen Folgen des Streites entfallen demnach größtentheils auf Ernestis Rechnung. Seine Verdienste um die Thomasschule als wissenschaftliche Bildungsanstalt bleiben in Ehren, aber das harmonische Zusammenwirken der Lehrkräfte, Gesners segensreiches Werk, hat er zerstört. Nicht mehr als edles Bildungsmittel, sondern als Störenfried wurde die deutscheste aller Künste jetzt angesehen. Und zwar keineswegs von ihm allein. Da die übrigen Lehrer, die zum Theil selbst Ernestis Schüler gewesen waren, ganz ihres Rectors Wegen folgten, so gerieth Bach mehr und mehr in eine einsame, mißachtete Stellung. Wie er diese mehren seiner unmittelbaren Nachfolger zum Erbe hinterließ, so Ernesti den seinigen einen musikfeindlichen Gelehrtendünkel, und beide den ihrigen das Vermächtniß innerer Abgeneigtheit. Bach, aus der Schule gewissermaßen herausgedrängt, verlegte nun entschiedener noch als zuvor seinen Schwerpunkt in die freie musikalische Thätigkeit. Schon früher hatte er es vermieden, vor der Öffentlichkeit als Cantor zu erscheinen, sicherlich nicht aus kleinlicher Eitelkeit.[13] Jetzt fühlte er sich überwiegend als königlicher Hofcomponist, als Capellmeister der Fürstenhöfe Weißenfels und Cöthen — Ämter, welche ihn von fern als Musiker beschäftigten, ohne ihm das gewünschte Maß von Freiheit zu beeinträchtigen. Seine Leipziger Behörden mußten dies deutlich empfinden: daß sie nicht davon erbaut waren ist begreiflich. Eine gewisse Verstimmung gegen ihn dauerte bei ihnen selbst über seinen Tod hinaus. In einer Rathssitzung vom 7. August 1750 wurde mit ironischer Anspielung vorgetragen, »der Cantor an der Thomasschule, oder vielmehr der Capelldirector, Bach sei verstorben.« Wegen der Neubesetzung der Stelle meinte einer der Räthe, »die Schule brauche einen Cantor und keinen Capellmeister, obgleich er auch die Musik verstehen müsse.«[14]

Indessen ist gerechterweise anzuerkennen, daß bei dem Zerwürfniß zwischen dem gelehrten Schulmann und dem Künstler noch tieferliegende Mächte mitwirkten. Die Musik war anfangs des 18. Jahrhunderts auf eine Höhe der Entwicklung gekommen, daß ihre engere Verbindung mit der Schule unhaltbar wurde. Der frische Lebensdrang, in welchem auch die protestantischen Schulen jener Zeit anfingen sich zu recken und dehnen, konnte das Mißverhältniß nicht ausgleichen. Er stand zu der Potenz, welche in der Musik sich ans Licht rang, im wesentlichen Gegensatze. Wie die Musik in der Geschichte überhaupt die jüngste unter den Künsten ist, so hat sie sich auch im Verlauf der einzelnen Culturperioden immer gleichsam als Nachzüglerin eingestellt. Die Tonkunst des 18. Jahrhunderts wurzelt im 16., im Zeitalter der Renaissance. Aber sie gedieh erst als alle andern großen und glänzenden Er-

---

13) S. S. 51 f. dieses Bandes.

14) Rathsarchiv, Protokoll »in die Enge« vom 19. Mai 1747 — 28. December 1755. VIII, 65. Fol. 235.

scheinungen dieser Zeit verblühten, gleichsam das letzte, ätherisch verklärte Spiegelbild derselben. *Nur so erscheint es möglich, auch* bei vollster Berücksichtigung der günstigen Eigenart der Deutschen, daß die Musik aus der Zerstörung des dreißigjährigen Krieges unversehrt hervorgehen konnte. Sie war in einer langsam aufsteigenden, nicht zu hemmenden Entwicklung gewesen, die erst im folgenden Jahrhundert ihre Siege feiern sollte. Wissenschaft aber und die naheverwandte Poesie begannen in eben dem Jahrhundert einen Lauf zu neuen, andersartigen Zielen. Man wollte verschiedenes, man verstand sich weniger und weniger, und endlich haben grade unsere größesten Dichter und Gelehrten der Musik mit Gleichgiltigkeit oder offener Geringschätzung gegenüber gestanden. Es sind die Anfänge dieser Divergenz, was in dem Streit zwischen Bach und Ernesti sich zeigt. Aber auch abgesehen hiervon war an ein dauerndes Hand-in-Hand-Gehen zwischen gelehrter Ausbildung und Musik nicht mehr zu denken. Die Musik wuchs so mächtig in die Höhe und Breite, daß sie die enge Umfriedung der Schule sprengen mußte, wenn man sie nicht aus derselben verpflanzte. Bach war keineswegs der einzige, welcher hart an diese Schranken anrannte. Schon über dreißig Jahre früher war das Verhältniß zwischen Rector und Cantor Gegenstand heftigen Streites und weitläufiger Erörterungen gewesen. Gegen das Jahr 1703 hatte der Schulrector zu Halberstadt gelegentlich der Beerdigung eines vornehmen preußischen Beamten sämmtlichen Chorschülern auf öffentlicher Straße unter Androhung der Verweisung aus dem Chor und der Schule verboten dem Cantor Folge zu leisten, obgleich von diesem ihm wie üblich die Mitwirkung des Chors vorher angezeigt war. Hieraus nahm Johann Philipp Bendeler, Cantor zu Quedlinburg, Veranlassung, die Gränzen der Befugnisse zwischen Cantor und Rector in eingehender Untersuchung festzustellen.[15] Die mu-

---

15) »*Directorium* | *musicum*, | oder | Gründl. Erörterung | Dererjenigen | Streit-Fragen, | Welche bißhero hin und wieder zwischen | denen Schul-*Rectoribus* und *Cantoribus* über dem *Directorio Musico movi*ret | worden. | Nebst beygefügten *Responsis* einiger hochberühmten | *Juristen Collegiorum.* | Zum Druck übergeben | Von | Joh. Phil. Bendelern, *Cant.* | zu Quedlinb. | Gedruckt im Jahr 1706.« Königliche Bibliothek zu Berlin, Abtheilung *Bibliotheca Dieziana.* Quart 2899.

sikalische Superiorität stehe dem Cantor zu. Der Rector sei freilich das Haupt der Schule, aber was habe die Kirchenmusik mit der Schule zu thun? was gehe es einen Musikdirector an, wem seine Adjuvanten außer der Musik unterworfen seien? Über die Einsetzung des Präfecten müßten sich Cantor und Rector verständigen, doch dürfe dieser wider den Willen des ersteren keinen Präfecten einsetzen können. »Wenn ich zu einem musikalischen *Actu* verlanget werde, so melde ich es dem Rector und bestelle meine Classe, gebe daneben den Schülern auf, daß ein jeder bei seinen Herren Lehrern seine Abwesenheit gebührend entschuldige.« Der Cantor solle die Macht haben, einen Chorschüler wenn er musikalisch unbrauchbar sei von der Kirchenmusik, vom Chor und von den Beneficien auszuschließen; er solle nicht gehalten sein, deshalb zuvor bei der Obrigkeit oder dem Rector anzufragen. »Wer einem Cantor die obgedachte Macht nimmt, der wird eine Ursache vieler Sünden und handelt am Cantor nicht viel besser, als wenn er ihn mit gebundenen Händen einem Schwarm Bienen, Hummeln und Hornissen freistellt.« »Wenn die Schüler kommen sollen bleiben sie aus, wenn sie bleiben sollen laufen sie davon u. s. w. Und damit sie dießfalls desto mehr außer Gefahr sein mögen, insinuiren sie sich auf allerhand Art und Weise bei dem Rector, verleumden den Cantor u. s. w. Wodurch denn der Rector ihnen desto eifriger beizustehen, der Cantor aber desto mehr auf seine *Conservation* zu gedenken bewogen wird.« Den Schluß der Abhandlung bilden drei über den Gegenstand eingeholte Gutachten, welche sämmtlich im Sinne Bendelers abgegeben sind. Sie rühren her von den Universitäten Halle und Helmstädt und — von dem churfürstlich sächsischen Schöppenstuhl zu Leipzig. Überhaupt, wenn man diese Schrift liest, kann man sich einbilden, es handle sich garnicht um Halberstadt oder Quedlinburg, und derjenige der schreibt, sei nicht Bendeler sondern Bach.

Es waren eben derartige Conflicte in den Verhältnissen nur zu tief begründet, noch zu Bachs Lebzeiten ereignete sich in Freyberg Ähnliches. Die Musik drängte sich hinaus in die Freiheit des Concertwesens. Ihr diese Freiheit zuzuerkennen, dazu war in Deutschland die Zeit noch nicht gekommen. Bach steht noch auf dem alten Boden, aber ein Hauch aus dem neuen Lande streift über sein Künstlerthum. Wie derselbe sich in Bachs Compositionen offenbart, ist schon mehrfach gezeigt worden. Nun haben wir ihn auch mittelst seiner äußern Lebensstellung entdecken können.

Man wolle das Gesagte nicht so verstehen, als habe der Bachschen Kunst etwas gefehlt, um sich völlig ausleben zu können, als sei besonders in der späteren Zeit ihr weiteres Gedeihen durch die Unzulänglichkeit der Verhältnisse gehemmt worden. Wir wiederholen es: sein Lebensweg hat ihn im ganzen günstig geführt, der Beschwerlichkeiten waren nicht mehr, als sein Genius ungeschädigt überwinden konnte. Als die Wendung in Bachs Schicksalen eintrat, welche sein Zerwürfniß mit der Schule bezeichnet, hatte er das Höchste erreicht. Man empfängt beim Überblick über sein gesammtes Wirken nicht den Eindruck, als sei irgend etwas unvollendet geblieben. In Verhältnissen, wie sie Händel in London umgaben und seinen Schöpfungen zur Voraussetzung dienten, läßt sich Bach garnicht denken. Er hatte sich früh und rasch entwickelt, naturgemäß kam er auch früher zum Stillstande. Zu der Zeit, da Bach seine Passionen, Weihnachtsoratorium, die ersten beiden Theile der Hmoll-Messe schrieb, war Händel seinem Ziele noch ziemlich fern, und als Händel recht begann, fing Bach an aufzuhören. Vorzugsweise hieraus muß es doch erklärt werden, daß Bach an dem Umschwunge, welcher im Leipziger Leben während der vierziger Jahre des Jahrhunderts sich allmählig anbahnte, nicht mehr Theil nahm, obgleich dieser Umschwung grade das herbeiführen sollte, worauf auch in Bachs Werken schon manches hinweist: das Zurückweichen der Kirche als Hauptpflegestätte für die Musik, und das Hervortreten des freien öffentlichen Concerts. Der gegebene natürliche Anknüpfungspunkt für dieses waren die beliebten *Collegia musica*. In älteren Zeiten bestanden sie nur aus wöchentlichen Zusammenkünften berufsmäßiger Musiker, und waren als solche wenigstens in Sachsen ziemlich allgemein. Der Zweck war, wie Kuhnau einmal sagt, »sich immer weiter in ihrer herrlichen Profession zu üben, und auch aus der angenehmen Harmonie eine gleichmäßige wohlklingende Übereinstimmung der Gemüther, welche bei dergleichen Leuten bisweilen am allermeisten vermißt wird, unter einander herzustellen.«[16] Kuhnau selbst war 1688 Mitglied eines

16) Kuhnau, Der *Musicali*sche Qvack-Salber. 1700. S. 12.

solchen *Collegium musicum* in Leipzig.[17] Dann begannen am Anfang des 18. Jahrhunderts die studentischen Musikvereine, unter welchen der 1704 gegründete Telemannsche, den später auch Bach dirigirte, die größte Bedeutung gewann. Das Streben, der gemeinsamen Musikübung eine weitere, freiere Form zu geben, ist bei ihnen unverkennbar, um so mehr als es hier nicht nur Ausübende, sondern auch Zuhörer gab. Jedoch beschränkten sie sich im allgemeinen auf die Kreise der akademischen Jugend. Erst in den vierziger Jahren erfaßte der Zug auch die Bürgerschaft. Ein Mitglied des angesehenen Kaufherrengeschlechtes Zehmisch nahm 1741 die Bildung einer neuen Concertgesellschaft in Angriff.[18] In Folge des ersten schlesischen Krieges mögen die Vorbereitungen einen langsamen Fortgang gehabt haben. Erst zwei Jahre später fand die förmliche Gründung statt. »Den 11. März [1743] wurde von 16 Personen, sowohl Adel als bürgerlichen Standes das große *Concert* angeleget, wobey jede Person jährlich zur Erhaltung desselben 20 Thaler, und zwar vierteljährig 1 Louisd'or erlegen mußten, die Anzahl der Musicirenden waren gleichfalls 16 auserlesene Personen, und wurde solches erstlich in der Grimmischen Gasse bey dem Herrn Bergrath Schwaben, nachgehends in 4 Wochen darauf, weil bey ersterm der Platz zu enge, bey Herr Gleditzschen dem Buchführer aufgeführet und gehalten.«[19] Das Unternehmen nahm gleich einen so glänzenden Aufschwung, daß man sich veranlaßt sah am 9. März 1744 den Jahrestag seines Bestehens durch eine solenne Festcantate zu feiern.[20] In den Leipziger Adressbüchern von 1746 und

---

17) S. das Gratulationsgedicht am Schlusse von Kuhnaus *Jura circa musicos ecclesiasticos*. Leipzig, 1688.

18) Genaueres über diesen für Leipzigs Concertwesen wichtigen Mann kann ich nicht beibringen. Der Zehmisch gab es zu jener Zeit mindestens drei; ich habe in den Kirchenregistern gefunden einen Johann Friedrich Zehmisch, einen Gottlieb Benedict Zehmisch, beides Kaufherrn, und einen Johann Gottfried Zehmisch, *Doctor juris utriusque*.

19) Ich führe diesen Bericht nach dem Programm des Gewandhausconcerts vom 9. März 1843 an, das eine Erinnerungsfeier des hundertjährigen Bestehens war. Als Quelle ist dort angegeben »*Continuatio Annalium Lips. VOGELII. Tom.* II. *pag.* 541. *anno* 1743.« Diese ist bis jetzt nicht wieder aufzufinden gewesen; die Verläßlichkeit der Programm-Mittheilung steht jedoch außer Zweifel.

20) »*Continuatio Annalium Lips. Tom.* II. *pag* 565. *anno* 1744;« s. die vorige Anmerk.

1747 wird seiner unter den ständigen musikalischen Instituten folgendermaßen gedacht: »3) wird auch Donnerstag eines [nämlich ein *Collegium musicum*] von 5 bis 8 Uhr unter Direction der Herren Kaufleute und anderer Personen in den drey Schwanen im Brühle gehalten, allwo sich die größten *Maîtres*, wenn sie hierher kommen, hören lassen, deren Frequenz ansehnlich, auch mit großer *Attention* bewundert wird.«[21] Die Übersiedlung aus Privaträumen in ein öffentliches Local zeigt wiederum das rasche Anwachsen der neuen Concertgesellschaft. Es ist dieselbe, welche noch heute als Gewandhausconcert besteht, auch der Tag der wöchentlichen Aufführungen und ungefähr die Stundenzeit sind dieselben geblieben. Während des siebenjährigen Krieges wurden die Concerte unterbrochen, 1763 aber unter Johann Adam Hillers Direction wieder aufgenommen.[22] Das Local war wieder in den »drey Schwanen«, Zehmisch stand noch immer an der Spitze des Ganzen und jemand schrieb 1768 über ihn: »Wer wird nicht auch in Zukunft den Eifer für die Aufnahme der Tonkunst rühmen, die wir unserm Freunde dem Herrn Zehmisch seit sieben und zwanzig Jahren zu verdanken haben? Dessen unermüdete Bemühung dem Leipziger Concerte eine Gestalt gab, die ihm nicht nur ungeschmeichelte Lobsprüche so vieler ausländischer Virtuosen und Kenner erwarb, sondern selbst, schon viermal, die Begnadigung der höchsten Gegenwart errang, und eines Beifalls gewürdiget ward, an dessen Ehre alle Mitglieder der Gesellschaft Antheil haben.«[23] Der plötzlich erwachte Musiksinn der Leipziger Bürger äußerte sich auch noch in andrer Weise. Als Beneficium für die Thomasschüler waren seit langem aus der Casse der Nikolaikirche 50 Gülden (43 Thlr. 18 gr.) jährlich gezahlt worden. Von 1746 an ließ der Rath dieselbe Summe aus dem Aerar der Thomas-, und 25 Thaler aus dem der Neuen-Kirche ebenfalls zahlen, zur Unterhaltung der Thomasschule »und wegen Bestellung der Kirchenmusik.«[24] Die Quelle der öffentlichen Unter-

21) »Das jetzt lebende und florirende Leipzig.« 1746, S. 69; 1747, S. 76 f.

22) Hiller, Lebensbeschreibungen. 1784. S. 308.

23) Historische Erklärungen der Gemälde, welche Gottfried Winkler in Leipzig gesammlet. Leipzig, gedruckt bey B. C. Breitkopf und Sohn 1768. S. VII.

24) Rechnungen der Thomaskirche und Neuen Kirche von 1747 an.

stützung, welche bisher der Musikübung nur Tropfen gespendet hatte, fing jetzt mit einem Male an reichlicher zu fließen. Auch konnte es Bach wagen, 1745 seinen Schüler Altnikol als Bassisten beim Kirchenchor auf eigne Faust anzustellen. Als derselbe am 19. Mai 1747 sich dafür seine Remuneration erbat, meinte einer der Räthe zwar, Bach solle dergleichen künftig vorher anzeigen; aber man zahlte doch.[25]

Neben diesen neuen Erscheinungen verloren die Musikvereine der Studenten ihre frühere Bedeutung. Görner zwar hielt sein *Collegium musicum* mit der ihm eignen Zähigkeit zusammen. Der Telemannsche Verein aber gerieth sichtlich ins Schwanken. Bach gab die Direction auf: 1746 leitete ihn Gerlach, 1747 Johann Trier, ein Student der Theologie: letzterer wird den Verein wohl bis zu Bachs Tode behalten haben, da er ein tüchtiger Musiker war und erst 1754 Leipzig verließ. Die Leitung ging also, nachdem sie lange Zeit in den Händen bewährter Künstler gelegen hatte, unter die Studentenschaft zurück, wo sie anfänglich gewesen war. Solche rückläufige Bewegungen sind allemal das Zeichen eines Niederganges. Warum Bach von der Direction zurücktrat, ist nicht überliefert, wir wissen auch nur im allgemeinen, daß es zwischen 1736 und 1746 geschah. Vermuthen läßt sich wohl, daß er keine Lust verspürte, an der Spitze einer Musikgesellschaft zu bleiben, welche durch die Verhältnisse in die zweite Linie gedrängt wurde. Aber von einer Theilnahme an dem neugegründeten Concertinstitut der Bürgerschaft findet sich auch nirgends eine Spur. Bei seiner überragenden Bedeutung und großen Berühmtheit konnte man ihn, wenn er überhaupt berücksichtigt werden sollte, nur zum Leiter desselben machen. Da dieses nicht geschah, ist es von vornherein anzunehmen, daß er einen Einfluß auf dasselbe nicht gewann, oder gewinnen wollte. Man meldet, daß die größten »auswärtigen« Meister sich in den Concerten der neuen Gesellschaft hören ließen, der einheimische allergrößte Meister wird nicht erwähnt. 1744 zur Jahresfeier

25) Rathsacten »Protocoll in die Enge« vom 19. Mai 1747 — 28. Dec. 1755. VIII, 65. Fol. 2. — Rechnungen der Thomaskirche 1747—1748, S. 54: »6 Thlr. H. Johann Christoph Altnikoln *Bassisten* daß er in denen beyden Haupt Kirchen dem *Choro Musico* von Michael. 1745. bis 19. May 1747. *assistiret*.«

des Bestehens wurde eine Festcantate aufgeführt. aber nicht Bach componirte sie, sondern ein 28jähriger Student, Johann Friedrich Doles, der seit 1738 in Leipzig weilte, Bach zwar nicht ganz fern stand, aber eine völlig andere, modern gefällige Richtung nahm. Doles kam fünf Jahre nach Bachs Tode an dessen Stelle und bekleidete sie bis 1789. Er und neben ihm Johann Adam Hiller führten in Leipzig eine Zeit herbei, die sich von Bach abwandte. Insofern ist es bezeichnend, daß sein Name gleich mit den Anfängen des »großen Concerts« verknüpft ist. Was dieses anstrebte, waren Ziele die in Bachs Leben und Werken zwar hier und da schon angedeutet werden, die aber mit dem Grundwesen des Meisters doch nichts gemein hatten.

Sein hohes Ansehen war unter der Bevölkerung festgegründet und wurde auch jetzt nicht erschüttert. Er bildete eine Berühmtheit der Stadt. Kein Musiker von Belang berührte sie, der Bach nicht seinen Respect erwiesen hätte. Schüler strömten zu und ab, Empfehlungen von ihm waren vielbegehrt. Nach wie vor rechnete man ihn unter die ersten Autoritäten des Orgelbaus. Er mußte 1744 die von Johann Scheibe erbaute Orgel der Johanniskirche prüfen; obgleich dessen Sohn, der Verfasser des »kritischen Musicus«, sich Bachs Unwillen zugezogen hatte, hielt man ihn für unparteiisch genug, und Bach erklärte die Orgel für untadelhaft.[26] Johann Scheibe vollendete zwei Jahre später ein auf 500 Thaler veranschlagtes Orgelwerk zu Zschortau bei Delitzsch, auch hierhin wurde Bach zur Prüfung berufen, welche er Anfang August 1746 vornahm.[27] Einiges seiner weltlichen Musik scheint ins Volk gedrungen zu sein und sich dort lange gehalten zu haben. In einer Schilderung der Kirmeß zu Eutritzsch bei Leipzig aus dem Jahre 1783 heißt es: »Das Chor Musikanten streicht wacker zu: debütirt mit Sonaten von Bach und schließt mit Gassenhauern«.[28] Hiermit können nur

---

26) Agricola bei Adlung *Musica mechanica*. S. 251, sagt freilich auch, es sei die strengste Untersuchung gewesen, die vielleicht jemals über eine Orgel ergangen sei. 27) Bachs Gutachten darüber befand sich bis 1872 im Besitz des Generalconsul Clauss in Leipzig. Für seine Bemühung erhielt Bach 5 Thaler 12 gr. Die Einweihung der Orgel fand am 9. Trinitatis-Sonntag (7. August) statt (nach Mittheilungen des Herrn Pastor Mylius zu Zschortau).

28) »*Tableau* von Leipzig im Jahre 1783.« *s. l.* 1784.

Stücke aus Orchesterpartieen gemeint sein, in der Sprache der Stadt- und Thurmmusikanten behielt das Wort »Sonate« noch bis ins 19. Jahrhundert die ursprüngliche Bedeutung eines einzelnen mehrstimmigen Instrumentalstücks.[29] Jedenfalls beweist jene Bemerkung, wie Bachs Name im Volke weiterlebte. Als 1781 der Concertsaal im Gewandhause vollendet war, sah man auf dem Oeserschen Deckengemälde die alte Musik, welche verjagt, und die neue, welche eingeführt wird. Unter der letzteren Darstellung hielt ein Genius ein fliegendes Blatt mit der Inschrift: Bach. Forkel bemerkt, dieses Denkmal sei für Bach eine der größten Lobreden.[30] Wenigstens war es als solche gemeint; selbst diese Generation, die den Meister weniger verstanden hatte, als irgend eine andre, hat ihm den höchsten Ruhm nicht vorenthalten wollen. Noch immer klang über eine Kluft von mehr als dreißig Jahren der Name des Gewaltigen ehrfurchtgebietend und stolzerweckend herüber.

Aber in seiner letzten Lebensperiode hörte er auf, der Mittelpunkt der Musik in Leipzig zu sein. Erwägt man alles, so drängt sich die Überzeugung auf, daß er wohl bewundert, aber wenig mehr verstanden und geliebt worden ist. Sein Schicksal hat eine gewisse Ähnlichkeit mit demjenigen Beethovens, den in späteren Jahren Rossini dem Wiener Publikum trotz alles bleibenden Respects mehr und mehr entfremdete. Bach sah auch ziemlich theilnahmlos herab auf das, was die junge Welt zu seinen Füßen trieb. Eine 1738 zu Leipzig gegründete »Societät der musikalischen Wissenschaften« machte von sich reden. Ihr Urheber und Mittelpunkt war Lorenz Christoph Mizler, am 25. Juli 1711 zu Heidenheim[31]) in Würtem-

---

29) »Bey dem Abblasen vom Thurme, besonders, werden, ausser dem einfachen Choralspiele, eigene dazu componirte Sonaten, mit diesen weittönenden Instrumenten, sämmtlichen Bewohnern eines Orts, einer ganzen Stadt zu hören gegeben«. Ch. C. Rolle, Neue Wahrnehmungen zur Aufnahme der Musik. Berlin, 1784. S. 41. — Auch Friedrich Schneider (1786—1853), ein geborner Sachse, componirte als Jüngling noch zwölf sogenannte Thurmsonaten für zwei Trompeten und drei Posaunen; s. dessen chronologisches Compositionen-Verzeichniß bei Kempe, Friedrich Schneider als Mensch und Künstler. Dessau, 1859. 30) Forkel, Musikalischer Almanach für Deutschland auf das Jahr 1783. Leipzig, im Schwickertschen Verlag. S. 152 f.

31) Sein Geburtsort nach den Inscriptionsbüchern der Leipziger Universität. Im übrigen Mattheson, Ehrenpforte S. 228 ff.

berg geboren, auf dem Gymnasium zu Anspach gebildet und vom 30. April 1731 mit einer Unterbrechung bis zum Jahre 1734 Student der Leipziger Universität. Schon seit seinen Knabenjahren hatte er Musik eifrig getrieben, und wurde in Leipzig, vermuthlich durch Gesners Vermittlung, Bachs Schüler im Clavierspiel und in der Composition. 1734 erwarb er die Magisterwürde und disputirte am 30. Juni öffentlich über eine Dissertation »*quod musica ars sit pars eruditionis philosophicae*«. Er widmete seine Schrift vier Tonkünstlern, nämlich Mattheson, Bach, Bümler und Ehrmann; letzter, ein anspachischer Musiker, hatte ihn die musikalischen Anfangsgründe gelehrt. In der vom 28. Juni datirten Anrede sagt er: »Großen Gewinn habe ich, berühmter Bach, aus deiner Unterweisung in der praktischen Musik gezogen und bedaure, daß ich sie nicht auch ferner genießen kann«.[32] Er verließ nämlich Leipzig und wandte sich bald darauf zu weiteren Studien nach Wittenberg. Seine Dissertation war von denen, an welche sie zunächst sich gerichtet hatte, freundlich aufgenommen worden.[33] Es mußte dies ein Grund für ihn sein, nach Leipzig zurückzukehren, wo er von 1736 an Vorlesungen über Mathematik, Philosophie und Musik hielt und eine kritische Monatsschrift unter dem Titel »Neu eröffnete musikalische Bibliothek« herauszugeben anfing. Mizler besaß einen Gönner und Freund in dem musikalischen Grafen Lucchesini, welcher Rittmeister im Sehrischen Cürassierregiment des Kaisers Carl VI war, und als solcher 1739 den Soldatentod starb. Als in Folge der polnischen Erbfolgestreitigkeiten 1735 der Kaiser von Frankreich und dessen Verbündeten hart bedrängt wurde, widmete Mizler dem Grafen eine kleine lateinische Scherzschrift, in welcher er den muthmaßlichen Verlauf des Krieges durch das Zusammen- und Ent-

---

32) »*Magno quoque cum fructu usus sum Tua, Celeberrime Bachi informatione in Musica practica, et doleo ulterius illa frui mihi non licere.*« 1736 erschien eine zweite Auflage der Schrift unter dem Titel »*Dissertatio quod musica scientia sit et pars eruditionis philosophicae,*« und mit einer andern Vorrede. Ich kannte die erste, sehr selten gewordene Ausgabe noch nicht, als ich, Mattheson folgend, Band I, S. 650, Anmerk. 20 schrieb, daß Mizler, wenn auch nicht Schüler so doch ein guter Bekannter Bachs gewesen sei.

33) »*Quod autem a vobis petii, ejus particeps factus hic amplissimas habere gratias et debui et volui, cum litteris tum sermonibus vestris musicae scientiae ampliorem accuratioremque notitiam edoctus*«. Vorrede zur 2. Aufl. der *Dissertatio*.

gegenwirken verschiedener Töne darstellte.[34] Lucchesini war ihm zur Gründung der »Societät der musikalischen Wissenschaften« als der erste behülflich. Von den vier musikalischen Gönnern, denen er seine Dissertation widmete, unterstützte ihn nur einer, der alte Bümler in Anspach. Mattheson war schon damals Mizler nicht mehr hold, in dessen Musikalischer Bibliothek er sich »etwas verdeckter Weise angezwackt« fühlte, und wurde bald sein entschiedener Gegner. Bach hielt sich nur aus innern Gründen fern. Der Zweck der Societät, die Wissenschaft der Musik zu verbessern und in ein System zu bringen, war ihm im Grunde etwas gleichgültiges. Er hatte sein Leben hindurch nach eignen Grundsätzen gelehrt und gehandelt und war wohl dabei gefahren. Was ging es ihn an, wenn die Gesellschaft die Frage zur Untersuchung stellte, warum Quinten- und Octavenfolgen falsch seien? Er sagt in seiner Generalbasslehre: »Zwey Quinten und zwey Octaven müssen nicht auf einander folgen, denn solches ist nicht nur ein *vitium* sondern es klingt übel«: damit gut. Oder wenn Mizler den Generalbass mit der Mathematik verbinden wollte? »Im Generalbass spielet die linke Hand die vorgeschriebenen Noten, die rechte greift Con- und Dissonantien dazu, damit dieses eine wohlklingende Harmonie gebe zur Ehre Gottes und zulässiger Ergötzung des Gemüths. Wo dieses nicht in Acht genommen wird, da ists keine eigentliche Musik sondern ein teuflisches Geplärr und Geleyer«. Abgemacht. Es war eine bekannte Thatsache, daß Bach sich um das Verhältniß der Mathematik zur Tonkunst keine grauen Haare wachsen ließ. Mattheson bemerkt: »Dieser [Bach] hat ihm [Mizler] gewiß und wahrhaftig ebensowenig die vermeinten mathematischen Compositionsgründe beigebracht, als der nächstgenannte [Mattheson]. Dafür bin ich Bürge.«[35] Auch die Verfasser des Nekrologs melden: »Bach ließ sich nicht in tiefe theoretische Betrachtungen der Musik ein«.[36] Nun gar Gesetze auf-

34) »*Lusus ingenii de praesenti bello augustissimi atque invictissimi imperatoris Caroli VI cum foederatis hostibus ope tonorum musicorum illustrato*«. Frankreich ist der Grundton C, Spanien die Quinte G, Sardinien die Terz E, der Kaiser Carl die Octave C. Die drei ersteren wollen durch Ausweichungen aus ihrem ursprünglichen Ton die Octave von C auf H herabziehen; dies gelingt ihnen nicht, durch Hülfe Englands (A) werden sie gezwungen wieder einzulenken. 35) Ehrenpforte, S. 231. Anmerk. *. 36) S. 173.

stellen, wie man Cantaten machen müsse, gemeinsam mit andern einen Muster-Jahrgang componiren unter gegenseitiger Beaufsichtigung! Vereinigungen, wie die Societät sie sein sollte, können ihren Nutzen haben, die etwaigen Resultate aber kommen eigentlich nur dem Durchschnitts-Menschen zu gute. Dem Genius sagen sie entweder zu wenig oder zu viel. Außerdem mußte Bach Mizlers Persönlichkeit und Beanlagung entgegen sein. Mizler besaß eine umfassende Bildung, war auch für seine Verhältnisse ganz gut in der musikalischen Praxis, er hatte regsamen Fleiß und wußte es in der Welt zu etwas zu bringen. Aber er war eitel und großsprecherisch, und endlich doch ein unfruchtbarer Geist; seine Compositionen vollends, die er unklug genug war zu veröffentlichen, konnten den Musikern höchstens ein mitleidiges Lächeln erregen. So erklärt es sich denn leicht, daß Bach abseits auch dieser musikalischen Vereinigung stehen blieb. Mizler empfand recht wohl den stummen Tadel, der hierdurch auf sein Unternehmen fiel. In den Gesetzen der Societät hieß es freilich, bloße praktische Musikverständige könnten deswegen in ihr keinen Platz finden, weil sie nicht im Stande seien, etwas zur Aufnahme und Ausbesserung der Musik beizutragen.[37] Allein hiermit waren Männer von Bachs Schlage nicht gemeint. Denn vorzugsweise praktische Musiker, wie Telemann und Stölzel, traten in die Societät schon im zweiten Jahre ihres Bestehens und der Urpraktieus Händel wurde 1745 sogar zum Ehrenmitgliede einstimmig erwählt. Überdies war Bach, wenn er auch keine Abhandlungen schrieb, grade als gelehrter Componist bekannt genug.[38] Mizler, der schon 1743 nicht mehr in Leipzig, sondern beim Grafen Malachowski in Polen weilte, gab sich alle Mühe, Bach zum Eintritte zu bewegen. 1746 meldet er erfreut, es sei im Werke, daß nächstens die Gesellschaft wieder mit drei ansehnlichen Mitgliedern vermehrt werde.[39] Es waren Graun, Bach und Sorge. Graun trat schon im Juli desselben Jahres ein. Bach hatte es nicht

37) Musikalische Bibliothek. Erster Band. Vierter Theil. S. 74.

38) Im »Musikalischen Staarstecher« (Leipzig, 1740), S. 86 nennt Mizler »praktische Musiker« solche, die nur singen oder spielen, nicht aber componiren. Vielleicht ist der Ausdruck in den Gesetzen der Societät auch nur so zu verstehen. 39) Musikalische Bibliothek. Dritter Band. Zweiter Theil. S. 357.

eilig, er wartete noch bis zum Juni 1747.[40] Einmal Mitglied erfüllte er aber auch seine Pflichten; ein dreifacher sechsstimmiger Canon und die canonischen Veränderungen über »Vom Himmel hoch da komm ich her« sind von ihm für die Societät gearbeitet worden. Nach seinem Tode meinte man, er würde unfehlbar noch viel mehr gethan haben, wenn ihn nicht die kurze Zeit, da er nur drei Jahre Mitglied gewesen sei, daran gehindert hätte.[41] Dies mag mehr als eine leere Vermuthung sein. In seinen letzten Lebensjahren trat bei Bach die Neigung zu tiefsinnigen, einsamen musikalischen Problemen stärker hervor, als je. Für sie fand er in der Societät ein zwar sehr kleines, aber doch urtheilsfähiges Publikum.

II.

Im Vordergrunde des Bildes von Bachs späterer Compositionsthätigkeit stehen dessen lateinische Messen. Er hat deren fünf geschrieben. Die erste Frage ist, ob und in welcher Art dieselben mit dem protestantischen Gottesdienst zusammenhängen.

Die Form des Cultus der Leipziger Hauptkirchen war in einer näheren Verwandtschaft mit der katholischen Gottesdienstordnung geblieben, als dieses an andern Orten zu bemerken ist. Schon bei einer früheren Gelegenheit wurde hierüber ausführlicher gesprochen.[1] Neben lateinischen Hymnen und Responsorien, neben lateinischen Motetten hatte sich für die Vespergottesdienste der drei hohen Feste auch das lateinische *Magnificat* behauptet, und wir sahen wie Bach hieraus Veranlassung zur Composition eines seiner hervorragendsten Werke gewann.[2] So bestanden auch die Hauptbestandtheile der choralischen lateinischen Messe und zwar an den ihnen von altersher zugewiesenen Stellen des Cultusganges fort; zum Theil folgten ihnen die ersetzenden deutschen Gesänge nach. Stehend für alle Sonn- und Festtage waren allerdings nur *Kyrie*, *Gloria* und *Credo*, und selbst diese Theile wurden nicht immer vollständig gesungen. Das *Sanctus* kam allein an den hohen Festtagen vor;

---

40) Musikalische Bibliothek. Vierter Band. Erster Theil. S. 107.

41) Nekrolog, S. 173.

1) S. S. 94 f. dieses Bandes. 2) S. S. 198 ff. dieses Bandes.

über das *Agnus dei* fehlt jeder Nachweis, es scheint in choralischer Form nicht gebraucht worden zu sein.

Anders verhält es sich mit der figuralen Behandlung der Messensätze, welche in zusammenhängender Weise im Leipziger Gottesdienste nicht zur Entfaltung kam. Die protestantische Kirchencantate hatte alle übrige Figuralmusik theils verdrängt theils sehr beschränkt. Nicht einmal für die kurze Messe — *Kyrie* und *Gloria* — war Raum geblieben, sie als Ganzes vorzutragen. Aus der früher gegebenen Darstellung der Leipziger Cultusformen ergiebt sich als feststehend nur der Gebrauch des *Kyrie* am 1. Adventsonntage und Reformationsfeste, und des *Sanctus* an den drei hohen Festen. Sollte sonst ein Messensatz musicirt werden, so mußte es gelegentlich geschehen. Für den Gebrauch des *Gloria* bot sich von selbst das Weihnachtsfest dar; es trat dann an Stelle der Cantate, und wirklich hat auch Bach das *Gloria* seiner H moll-Messe als Weihnachtsmusik benutzt und in eine entsprechend kürzere Form gebracht. Wollen wir weitere Aufschlüsse über gelegentliche Verwendung von Messensätzen gewinnen, so müssen wir aus der nach-Bachischen Zeit zurückschließen. Dies kann aber mit voller Sicherheit geschehen. Das ganze 18. Jahrhundert hindurch arbeitete man auf Einschränkung oder gänzliche Entfernung der lateinischen Liturgietheile hin. Womit 1702 der städtische Rath begonnen hatte, das setzte noch 1791 Johann Adam Hiller fort, obgleich seitdem der Bestand lateinischer Gesänge schon zusammengeschmolzen war.[3] Was also derartiges später noch üblich war, das ist es zuverlässig auch zu Bachs Zeit, und in weiterem Maße gewesen. Wir finden in der späteren Zeit beispielsweise am Feste der Heimsuchung Mariä unter der Communion das *Agnus*, am Nachmittage desselben Festes nach der Motette das *Gloria*. In der Universitätskirche, die deshalb herbeigezogen werden kann, weil sich ihr Cultus nach und an demjenigen der Nikolai- und Thomaskirche entwickelte, wurden im Kirchenjahr 1779—1780 folgende Messensätze musicirt: zum Weihnachtstage das ganze *Gloria* einer Messe von Gassmann, zum Feste der Erscheinung *Sanctus* nebst *Benedictus* und *Agnus* einer Messe von Haydn, zum Ju-

3) Hiller, Vierstimmige lateinische und deutsche Chorgesänge. Erster Theil. Leipzig, 1791; Vorrede.

bilate-Sonntag ein *Gloria* von Hasse, zum Trinitatisfest ein *Credo* von Haydn, zum zweiten Mess-Sonntage ein *Gloria* von Graun. Hier finden sich also außer dem *Kyrie* alle Theile der Messe vertreten.[4]

Wenn die Liturgie die Aufführung auch nur einiger Theile der Messe im Figuralstile zur Vorschrift machte, so war hierdurch immerhin eine gewisse Fühlung mit der Messe als Ganzem erhalten, zumal sie in ihrer choralischen Urform fast vollständig noch im Cultus erschien. Künstlerische und religiöse Gründe sprachen mit, um sie wenigstens als *Missa brevis* fortleben zu lassen. Ein einzelnes *Kyrie* zu componiren konnte den christlichen Künstler nicht befriedigen, da die trübe Stimmung desselben nach einem hellen Gegensatz, das Gefühl der Schuld nach Erlösung verlangte.[5] Wenn am ersten Adventsonntage ein figurales *Kyrie* gesungen werden mußte, wenn dann am ersten Weihnachtstage das *Gloria in excelsis deo et in terra pax hominibus* den Grundgedanken der ganzen Feier aussprach, so war es natürlich, daß der Componist beides auf einander bezog und zu einem Kunstwerke zusammenfaßte. Demgemäß haben auch Bachs Vorgänger Kuüpffer und Kuhnau schon kurze Messen componirt.[6] Nicht weniger Görner, auch Hoffmann, der zeitweilige Dirigent des Telemannschen Musikvereins;[7] da dieser in der Neuen Kirche Aufführungen veranstaltete, dieselben aber nur an den hohen Festtagen und in der Messzeit stattfanden, so muß man annehmen, daß hier *Kyrie* und *Gloria* sogar im Zusammenhange, während eines und desselben Gottesdienstes musicirt worden sind. Für Bach trat indessen noch etwas anderes hinzu, was ihn zur Composition von Messen treiben mußte und zu mehren seiner derartigen Werke wohl die erste Veranlassung wurde. Es war seine Verbindung mit Dresden, sein hierdurch gewecktes lebhaftes Interesse für italiänische und überhaupt katholische Kirchenmusik, seine Verpflichtung endlich, als Componist des königlich-churfürstlichen Hofes für denselben von

---

4) Sammlung von Texten zur Leipziger Kirchenmusik, auf der königlichen Bibliothek in Berlin.

5) Man beachte den Sprachgebrauch: »*Kyrie cum Gloria*, nicht *et;* schon durch diese Ausdrucksweise wurde das *Gloria* als Ergänzung des *Kyrie* bezeichnet.

6) Zwei Messen Kuüpffers werden angeführt in Breitkopfs Verzeichniß von Neujahr 1764, S. 11 und 14, eine Messe Kuhnaus in desselben Verzeichniß von Ostern 1769, S. 17.

7) Breitkopfs Verzeichniß von Ostern 1769, S. 17.

Zeit zu Zeit etwas zu liefern. Bachs Neigung für Lottis Musik ist schon berührt.[8] Ausser einer G moll-Messe dieses Meisters, welche er in der mittleren Leipziger Zeit größtentheils eigenhändig abschrieb,[9] liegt noch eine im italiänischen Stile abgefaßte Messe für zwei Chöre (und einen verstärkenden Chor) mit Instrumenten (G dur) vor, welche Bach ausschließlich der ersten zwölf Seiten, und zwar gegen 1738, ebenfalls abgeschrieben hat. Man kann in ihr auch wohl eine Lottische Messe sehen, wenngleich sie für diesen Meister auffällig diatonisch ist; jedenfalls rührt sie von einem Italiäner oder ganz in italiänischer Kunst aufgegangenen Deutschen her.[10] Aber weit über Lotti zurückgehend hat sich Bach selbst mit Palestrina beschäftigt, von welchem er eine große Messe in Stimmen für die Sänger und die hinzugefügten verstärkenden Instrumente nebst Generalbass ausschrieb.[11] Von einem ungenannten Italiäner seiner Zeit schrieb er sich noch eine kurze C moll-Messe in Partitur ab.[12] Ein *Magnificat* von Caldara (C dur) existirt als Bachs Autograph, ein solches von Zelenka (D dur) in der Handschrift seines Sohnes Wilhelm Friedemann.[13] Noch eine Anzahl andrer anonymer, aber zum Theil sicherlich italiänischer *Magnificat* liegen theils in Bachs eigenhändiger Partitur, theils in Stimmen vor, die zumeist von Anna Magdalena Bach herrühren, und hier und da mit eigenhändigen Zusätzen Sebastians versehen sind.[14] Hieraus ergiebt sich, daß er diese Werke nicht nur für sich studirte, sondern auch aufführte. Es kommt selbst vor, daß er ihnen Sätze eigner Composition einfügte. Wir sahen früher, daß er die Form seines großen *Magnificat* durch Einschie-

---

8) S. S. 468 f. dieses Bandes.

9) Das Wasserzeichen des Papiers ist M A, was die Periode von etwa 1727—1736 andeutet. 10) Die Handschrift ist auf der königlichen Bibliothek zu Berlin. Die Überschrift ist abgegriffen und halb erloschen, doch scheint ein *d L* [*di Lotti?*] noch erkennbar. Wasserzeichen mit denen der Partitur des Oster-Oratoriums übereinstimmend, woraus sich die ungefähre Entstehungszeit des Manuscripts ergiebt; s. Anhang A, Nr. 48. — Schicht hat die Messe irrthümlich als ein Werk Seb. Bachs bei Breitkopf und Härtel herausgegeben. 11) Auf der königlichen Bibliothek zn Berlin.

12) Im Besitz der Herren Breitkopf und Härtel in Leipzig.

13) Letzteres auf der Bibliothek der Thomasschule zu Leipzig, ersteres auf der königlichen Bibliothek zu Berlin.

14) Auf der königlichen Bibliothek zu Berlin.

bung von vier Weihnachtsgesängen erweiterte.[15] Eben dieses hat er auch bei einem fremden *Magnificat* (D dur) gethan, doch stehen mit Ausnahme des »Freut euch und jubilirt« die Weihnachtsgesänge hier an andern Stellen. In der genannten C moll-Messe ist das *Christe eleison* — ein kurzes aber sehr kunstreiches Duett über einen *Basso quasi ostinato* — seine eigne Arbeit. Auch anderer Tonsetzer lateinische Messen oder Messensätze hat er zusammengebracht: so eine Messe des churfürstlich-pfälzischen Capellmeisters Wilderer und manches andre, was eine Zeitlang fälschlich für seine eigne Composition galt.[16] Zur Genüge aber erhellt hieraus, wie Bach der katholischen und insbesondere italiänischen Kirchenmusik eine Aufmerksamkeit zuwandte, die um so bemerkenswerther ist, als sie erst in der Zeit seiner vollsten Reife deutlich hervortritt und ein gebieterisches praktisches Bedürfniß nach solchen Kirchenstücken für ihn nicht vorlag. Daß er endlich mehre seiner eignen Messen für den Dresdener Hof geschrieben habe, macht, soweit wir es nicht wie bei den ersten Sätzen der H moll-Messe bestimmt wissen, die Entstehungszeit derselben und auch ihr Inhalt wahrscheinlich. Von den vier kurzen Messen sind zwei um 1737 entstanden, da Bach eben zum Hofcomponisten ernannt worden war. Über den Inhalt wird eingehenderes zu sagen sein.

Bachs kurze Messen stehen in G dur, G moll, A dur und F dur. Eine chronologische Aufreihung derselben kann nicht gegeben werden, da nur sicher ist, daß sie alle nach 1730, und daß die erste und dritte um 1737 geschrieben sind. Ich darf meine Überzeugung dahin aussprechen, daß Bach alle vier in kurzer Zeit nach einander componirt haben wird, und ordne sie im übrigen nach inneren Merkmalen. Die G dur- und G moll-Messe sind keine Originalcomposi-

---

15) S. S. 199 ff. dieses Bandes.

16) Eine Zusammenstellung hat Rust gegeben im Vorwort zu B.-G. XI[1]. Hier ist aber die E moll-Messe (Nr. 3), eine Composition Nikolaus Bachs, auszuscheiden; s. Band I, S. 130 f.; sie ist nicht in Seb. Bachs Autograph vorhanden; s. ebenda S. 565, Anmerk. 1. Breitkopfs Verzeichniß von Ostern 1769 führt, in Übereinstimmung mit dem Michaelisverzeichniß 1761, auf S. 12 und 13 sechs Messen Seb. Bachs auf, von denen aber vier zuverlässig unecht sind; die erste wird Nr. 5 in Rusts Zusammenstellung sein (die C moll-Messe mit dem interpolirten *Christe eleison*), die vierte Nr. 4 bei Rust, die fünfte Nr. 10 (die obengenannte mehrchörige G dur-Messe), die sechste Nr. 3.

tionen, sondern gänzlich aus Bestandtheilen früher componirter Cantaten zusammengesetzt.[17]) Es machten sich hierfür verschiedene Umarbeitungen nöthig, die wie immer bei Bach sehr lehrreich und in manchem Betracht bewunderungswürdig sind. Auch ohne daß der neue Text und Zweck dazu veranlaßte hat er bisweilen die Tonstücke reicher und freier gestaltet. Aber eben so unverkennbar ist auch die Gewalt, welche er seinen eignen Schöpfungen bei ihrer Umformung zu Messentheilen angethan hat. Es giebt Umarbeitungen, die das Object aus dem Zustande niedriger Gebundenheit erlösen: wenn Bach vom weltlichen Gebiet etwas ins kirchliche überträgt, pflegt dieses einzutreten. Es giebt auch Umarbeitungen, welche auf den Keim der Idee zurückgehen und aus ihm unter andern Bedingungen eine neue Gestalt entwickeln. Es giebt endlich solche, die nur lebendige Reproductionen desselben Stückes sind: wie eine fertige Composition je nach dem Charakter des Vortragenden, nach augenblicklicher Stimmung, Zeit, Ort und Umgebung jedesmal verschieden zur Erscheinung gebracht werden wird, so geschieht es auch wohl, daß Bach ein Tonstück mit geringen Abweichungen nur unter andern Voraussetzungen wirksam werden läßt. Alle diese Arten haben ihre künstlerische Berechtigung, aber keine von ihnen ist bei den genannten Messen angewendet. Sie sind so weit dies bei einem Bach überhaupt möglich war mechanische Arrangements. Will man sehen, mit welch grausamer Objectivität Bach die großartige Ordnung seiner Tonbauten zerstören konnte, so vergleiche man das *Gloria* der G dur-Messe mit seinem Urbild. Mehr in den Einzelheiten, aber doch empfindlich genug ist der erschütternde Eingangschor der Cantate »Herr deine Augen sehen nach dem Glauben« vergewaltigt, als er sich in die Form des *Kyrie* der G moll-Messe umzwängen lassen mußte. Andre Sätze haben weniger Rücksichtslosigkeiten zu erleiden gehabt, aber ein künstlerischer Zweck der Umformung ist nirgends ersichtlich. Schon die oberflächliche Vergleichung muß durchweg zu Gunsten der Cantaten ausfallen. Dort

---

17) Dies ist schon von Mosewius (J. S. Bach in seinen Kirchen-Cantaten und Choralgesängen, S. 11) und nach ihm von M. Hauptmann im Vorwort zu Band VIII der Bach-Gesellschaft, welcher die Messen enthält, bemerkt worden, bis auf den Schlußchor der G dur-Messe, welcher eine Überarbeitung des Anfangschors der Cantate »Wer Dank opfert, der preiset mich« ist.

erscheint jedes Stück lebendiger Begeisterung entsprungen, dem poetischen Inhalte voll entsprechend, im Ganzen seinen eigenthümlichen Platz ausfüllend. Hier sind prachtvoll entfaltete Blumen von ihren Stengeln geschnitten und zum verwelklichen Strauß gebunden. In der G moll-Messe hat Bach nicht einmal den tief in der Sache begründeten und damals schon typisch gewordenen Gegensatz zwischen *Kyrie* und *Gloria* beobachtet. Das *Gloria* tritt dem leidenschaftlich erregten *Kyrie* nicht im strahlenden Weihnachtsglanze entgegen, sondern setzt dasselbe mit dem trüben Gewoge unerfüllter Sehnsucht fort, selbst der imposante Schlußchor verharrt in düsterm Ernst.

Die G dur- und G moll-Messe kann Bach nicht für seine Leipziger Kirchen geschrieben haben, das sieht ein jeder. Da in der Liturgie derselben die Figuralmesse als Ganzes garkeinen Platz hatte, so ist durchaus unerfindlich, was ihn hätte bewegen können, aus einigen seiner schönsten Cantaten zwei fragwürdige Werke zusammen zu plündern, um sie der Gemeinde gelegentlich in unwirksamen Fragmenten vorzusetzen. Diese Messen müssen für außerhalb bestimmt gewesen sein, und Dresden ist der Ort, an welchen man zunächst denkt. Dürfen wir die G moll-Messe mit der andern ungefähr in dieselbe Zeit setzen, so möchte Bach beabsichtigt haben, durch deren Einreichung sich als Hofcomponist erkenntlich zu beweisen und zugleich wegen seiner augenblicklichen Nothlage zu Leipzig in Erinnerung zu halten. Die offenbar eilig zusammengeschriebenen Werke deuten auf Mangel an Zeit und Stimmung zu urkräftigem Schaffen. Ähnliches verräth theilweise die ebenfalls um 1737 geschriebene A dur-Messe.

Auch hier ist mit Ausnahme der Fis moll-Arie das ganze *Gloria* nachweislich aus Cantatentheilen zusammengesetzt,[18] und ich zweifle nicht, daß auch die genannte Arie irgendwo anders ihre eigentliche Heimath hat. Das Urtheil über diese Compilation kann nicht viel günstiger lauten, als bei den andern beiden Messen. Daß für Bach keine Aufgabe zu schwer war, zeigt der erste Abschnitt.

---

18) Bisher waren nur der erste Chor und die Arien für Sopran und Alt als Entlehnungen festgestellt, s. Mosewius a. a. O. S. 12. Der Schlußchor ist eine Überarbeitung des Eingangschors der Cantate »Erforsche mich Gott und erfahre mein Herz«.

Um den Originalsatz brauchbar zu machen mußte theils in Instrumentalpartien ein vierstimmiger Chor neu hineincomponirt, theils auch ein Singbass zu einem vollstimmigen Chor ausgebaut werden. In ungezwungenster Weise ist dieses zu Stande gebracht, aber die wunderherrliche Poesie des Originals (»Friede sei mit euch« aus der Cantate »Halt im Gedächtniß Jesum Christ«) doch fast gänzlich zerstört. Die Sologesänge sind manchmal durch Meisterzüge belebt, gerundet und erweitert und allerdings ihrem Zwecke nirgends widersprechend, der Schlußchor hat Lebendigkeit genug, aber das eigenthümlich Eifrige, das im Original als die Grundstimmung erscheint, mußte bei diesem Texte verwischt werden. Noch tiefer in den Schatten tritt das *Gloria* durch das ihm vorhergehende *Kyrie*. Nicht wie bei den andern beiden Messen zu einem Satze zusammengeballt, sondern in drei Abschnitte sachgemäß zerlegt zeichnet es zuerst das Bild eines einfältig und schüchtern, aber innig flehenden Gemüths. Der zweite Abschnitt, das *Christe eleison*, zeigt freieste und strengste Form mit genialer Kühnheit verschmolzen: es ist ein canonischer Chor recitativischen Charakters.[19]) Canonisch, aber formell gefestigter entwickelt sich auch der letzte Abschnitt. Beide prägen die Empfindung rathlosen Schwankens und leidenschaftlicher Erlösungssehnsucht aus, doch in den Gränzen, welche der erste Abschnitt gezogen hatte. Viel trägt zur Erreichung dieser Wirkung die Art der Canonik bei: da die Stimmen einander immer in gleich großen Intervallen-Abständen (Quarten oder Quinten) nachgehen, so entfernt sich die Modulation mehr und mehr von ihrem Ausgangspunkte, um dann durch eine rasche Wendung wieder in die Bahn zurückgelenkt zu werden. Das Gefühl einer Grundtonart wird hierdurch dem Hörer, und in besonders merklicher Weise im letzten Abschnitte entzogen.[20]) Es giebt kein Stück Bachs,

---

19) Ein analoges wenngleich weit weniger kunstvolles Gebilde ist das vierstimmige Recitativ am Schluß des Weihnachts-Oratoriums »Was will der Hölle Schrecken nun«.

20) Das *Christe* führt Kirnberger (Kunst des reinen Satzes II, 3, S. 63 ff.) als canonisches Musterbeispiel an und bemerkt dazu, es sei »gegen alle vorhergewesene Kirchenmusik ganz verschieden, weil man gemeiniglich immer in dem sogenannten schweren Styl geschrieben, in welchem gar keine Verwechslungen der dissonirenden Accorde Statt fanden.«

in welchem Tiefsinn und Wohllaut einen innigern Bund geschlossen hätten. Als Gesammtwerk wird die Messe ihre richtige Beleuchtung erst erhalten, wenn auch über die letzte, F dur, gesprochen ist.

Beim *Gloria* wieder ziemlich dasselbe Verhältniß. Als Nicht-Originale sind nachzuweisen der Schlußchor, die Arien für Alt und Sopran.[21]) Unfraglich gehört zu ihnen aber auch der Anfangschor. Allein schon der arienartige Bau verräth es, dessen Wiederholungstheil ganz gegen Herkommen und Sinn der Form mit einem andern Texte auftritt. Daß der Hauptgedanke (die ersten 16 Takte) in einer dreitheiligen Disposition nicht weniger als fünfmal, ein Mittelgedanke (Takt 101—118) nicht weniger als dreimal vorkommen, auch das ist sonst nicht Bachs Art. Diesem Chor glaubt man förmlich die Nähte anzusehen, wenn er auch äußerlich geschlossen und durch seine Lebhaftigkeit fortreißend dahinrauscht.[22]) Die allein übrig bleibende Bassarie dürfte denn wohl unter all diesen entlehnten Stücken keine Ausnahme machen. Dagegen aber das *Kyrie*. Ausdrucksvolle, gemessen bewegte Fugensätze entwickeln den Text in drei Abschnitten. Ein Hauptthema durchzieht sie, es tritt im zweiten Abschnitte in einer Gestalt auf, welche durch das Mittel freier Gegenbewegung gefunden ist, für den dritten ist nur sein zweiter Theil durch dieses Mittel umgebildet, während das so gewonnene neue Ganze wiederum in vollständiger Gegenbewegung beantwortet wird. Indessen dieses in den drei oberen Stimmen vor sich geht, bringt der Singbass als *Cantus firmus* das *Kyrie eleison! Christe eleison! Kyrie eleison!* der Litanei. Hörner und Oboen aber blasen dazu als zweiten *Cantus firmus* den Choral »Christe, du Lamm Gottes«, nur das »Amen« desselben etwas verändert und in andrer Tonlage, damit in der Grundtonart abgeschlossen werden konnte. Eine protestantische Kirchenmelodie der Composition des Messentextes einfügen war zu jener Zeit nichts seltenes. Ernst Bach versuchte es mit dem Choral »Es woll uns Gott genädig sein«[23]), Zachau

21) S. Hauptmann im Vorwort zu B.-G. VIII.

22) Die ungefähre Originalgestalt dürften bieten Takt 1—28+65—83 als erster und als dritter, Takt 84—118 als zweiter Theil, natürlich nur dem musikalischen Grundstoffe nach. Vrgl. zum Bau den Eingangschor der Cantate »Es erhob sich ein Streit« (B.-G. II, Nr. 19).

23) S. Band I, S. 849.

mit dem Osterliede »Christ lag in Todesbanden«[24]), Kuhnau mit der Pfingstmelodie *Veni sancte Spiritus*, ein Ungenannter mit dem Adventshymnus *Veni redemptor gentium*, und Telemann schrieb nicht weniger als fünf *Kyrie* über verschiedene fröhliche und traurige protestantische Gesänge.[25]) Ein musikalisch vortreffliches Stück ist Nikolaus Bachs Emoll-Messe, deren *Gloria* mit dem Choral »Allein Gott in der Höh« combinirt wird;[26]) hier decken sich Messentext und Choral hinsichtlich ihrer kirchlichen Bestimmungen eben so, wie bei Sebastian Bach, aber ein äußerlich und innerlich organisches Ganze konnte doch nur dieser schaffen, weil auch die Weisen, in die er den lateinischen Messentext faßte, ganz nur protestantischen Geist athmen.[27]) Das *Kyrie* der Fdur-Messe gehört zu seinen tiefstempfundenen und ergreifendsten Stücken und überragt auch das *Kyrie* der Adur-Messe durch eine wahrhaft monumentale Bedeutung, welche den Protestantismus nicht als den Gegensatz katholischer Kirchlichkeit erscheinen läßt, sondern als deren Fortbildung und vergeistigte Blüthe. Natürlich kann dieses Werk mit seinem protestantischen Choral für keinen katholischen Gottesdienst geschrieben worden sein. Seine tiefsten Beziehungen und somit den Weg zu seinem vollen Verständniß haben wir aber noch nicht gezeigt. Der *Cantus firmus* des Singbasses ist nicht das gewöhnliche *Kyrie dominicale*, sondern das *Kyrie* der Litanei, und nicht das einleitende, sondern das abschließende:

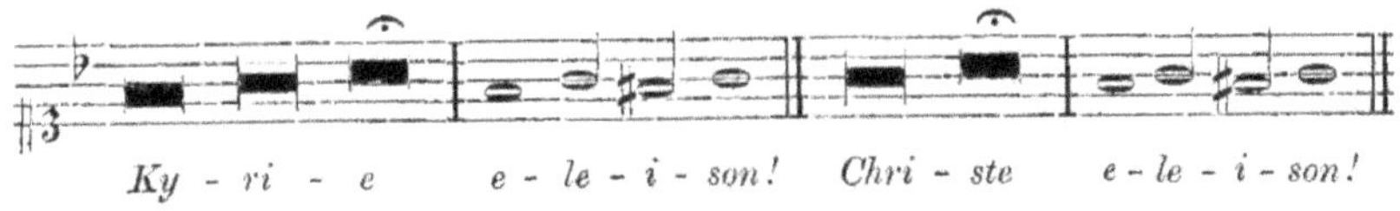

24) Chrysander, Händel I, S. 25 f.

25) Breitkopfs Verzeichniß zu Ostern 1769, S. 17 und 12; zu Neujahr 1764 S. 15 f. 26) S. Band I, S. 130 ff.

27) Eine der beiden (nicht Original-) Handschriften, welche das Werk überliefern, giebt den Choral einer Sopranstimme. Das ist sicherlich nicht Bachs eigentliche Absicht; die eigenthümliche Wirkung beruht, wie bei so manchen ähnlichen Stücken seiner Composition, grade auf dem wortlosen Erklingen der bekannten Tonreihen, ganz abgesehen von der störenden Vermischung deutschen und lateinischen Textes.

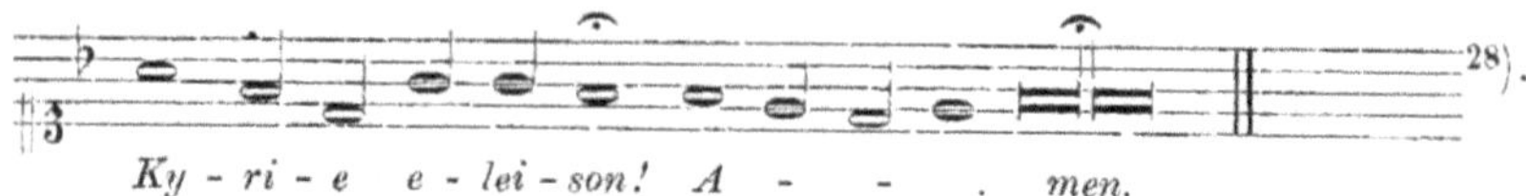

Ihm unmittellbar vorher geht in der Litanei die Anrufung des Erlösers: »O du Gottes Lamm, das der Welt Sünde trägt, erbarm dich über uns [zweimal]. O du Gottes Lamm, das der Welt Sünde trägt, verleih uns steten Fried«. Also eben das, was der obere *Cantus firmus* enthält. Durch die beiden Schlußgedanken der Litanei hat Bach seinen Messensatz umschlingen und tragen lassen.

Es gab nur zwei Zeiten des Kirchenjahres, zu welchen in Leipzig die Litanei gesungen wurde: die Fasten- und Advent-Zeit.[29] Da während der Fasten und an den drei letzten Adventsonntagen keine concertirende Musik gemacht wurde, so enthält die Composition in sich den unwiderleglichen Beweis, daß sie für einen ersten Adventsonntag bestimmt gewesen ist. Sinnvoll bereitete sie die Gemeinde vor auf das demüthige Gebet um Erlösung, welches nach Verlesung der Epistel unter ihrer eignen Betheiligung angestimmt und dann allsonntäglich wiederholt werden sollte, bis das Weihnachtsfest die Erhörung des Gebetes brachte.

War das *Kyrie* der F dur-Messe für die protestantische Liturgie Leipzigs geschrieben, so muß ihr auch das *Gloria* haben dienen sollen. Und hier ist jedenfalls das schon oben bezeichnete religiös-künstlerische Motiv in Bach wirksam geworden. Wer sich einmal so tief auf den in der Liturgie der Adventszeit waltenden Sinn eingelassen hatte, wie Bach in diesem Musikstücke, der mußte der Vorbereitung auch die Erfüllung folgen lassen. Er mußte die tiefgedrückte Empfindung zur Freude erheben und die zerknirschten Sünder durch die Verkündigung des Heils beglücken. Diesem Zuge hat er nachgegeben und dem *Kyrie* des ersten Advents das *Gloria* als Hauptmusik des ersten Weihnachtstages hinzugefügt. Wenn ihn auch die musikalische Aufgabe im besondern nicht sehr reizte, da er eine deutsche Weihnachtsmusik höher schätzen mußte, so daß er das *Gloria* lieber aus ältern Compositionen überarbeitend zusammen-

---

28) Wie die Vergleichung lehrt hat Bach die Melodie durch einige chromatische und andre vermittelnde Schritte noch charakteristischer gemacht.

29) S. S. 97 dieses Bandes.

schrieb, so ist doch einzuräumen, daß er, von der Weitläufigkeit des ersten Chors abgesehen, ein *Gloria* geliefert hat, welches die der andern kurzen Messen bedeutend übertrifft. Jene Gewaltsamkeiten kommen hier nicht vor. Die umzuarbeitenden Compositionen, soweit wir sie kennen, sind rücksichtsvoller ausgewählt. Der letzte Chor ganz besonders, er ist auch in seiner Originalgestalt ein Weihnachtschor: »Dazu ist erschienen der Sohn Gottes, daß er die Werke des Teufels zerstöre.«[30] Diese sinnvolle Wahl ist ein neuer Beweis dafür, daß das *Gloria* als Weihnachtsmusik gelten sollte. Abgesehen von dem gekürzten Anfange und noch einigen geringeren Änderungen ist der lateinische Chor nur eine getreue Reproduction des Originals unter etwas veränderten Umständen; auch seine poetische Bedeutung konnte im ganzen gewahrt bleiben. Nicht möglich war dieses bei der Arie »*Quoniam tu solus*«, aus ihr wurde nur ein neutrales Musikstück, das aber nach Tilgung der malerischesten Züge der Urform doch seinem Zwecke nirgends widerspricht. So wie *Kyrie* und *Gloria* der F dur-Messe jetzt vorliegen, sind sie als ein Ganzes gedacht. Dies geht auch aus dem letzten Worte des vom Basse vorgetragenen *Cantus firmus* hervor. Nicht *Amen* läßt Bach hier singen, wie es der kirchliche Gebrauch vorschrieb, sondern er wiederholt *eleison*. Jenes konnte nur statt haben, wenn mit dem *Kyrie* die Kunstidee abschließende Gestalt gewonnen haben sollte. Bei der Aufführung am 1. Adventsonntage ist es auch gesungen worden[31], als aber durch das *Gloria* die Idee fortgesetzt wurde, mußte das *Amen* weichen, um erst am Ende des ganzen Werkes den ihm zukommenden Platz zu finden.

Blicken wir nun zurück auf die A dur-Messe, so erhellt daß sie nach Inhalt und Absicht zwischen der F dur-einerseits, und zwischen den G dur- und G moll-Messen andrerseits eine Mittelstellung einnimmt. Ein enges Verknüpftsein mit dem protestantischen Cultus läßt sich an ihr nicht entdecken. Aber die tiefsinnige und liebevolle Ausgestaltung des originalen *Kyrie* im Gegensatze zu dem compilirten *Gloria* macht es wahrscheinlich, daß auch dieses *Kyrie* zunächst für die protestantische Liturgie gedacht war. Ver-

---

30) S. S. 212 ff. dieses Bandes. 31) Wie eine aus Joh. Adam Hillers Besitz stammende, auf der königlichen Bibliothek zu Berlin befindliche Abschrift des *Kyrie* als einzelnen Stückes beweist.

wenden ließ es sich freilich auch im katholischen Gottesdienst. Ob nun das *Gloria* demselben Bedürfniß entsprang, wie das der F dur-Messe, oder nur hinzugefügt wurde um für den katholischen Cultus etwas vollständiges zu liefern, bleibt eine offene Frage. Daß die Messe als Ganzes demselben Zwecke dienen sollte, wie die Messen in G dur und G moll, läßt die gleiche Entstehungszeit vermuthen.[32]

Alle diese Werke aber, und auch die F dur-Messe stellen sich nur als schwächere Nachwüchse eines *Kyrie* und *Gloria* dar, welche später einen Theil der H moll-Messe bilden sollten, der einzigen großen und ganz vollständigen, welche Bach geschrieben hat. Die frühere Entstehung dieses *Kyrie* und *Gloria* ergiebt sich uns aus einer Stelle des *Domine Deus*, mit welcher die in Leipzig übliche Liturgie von dem kanonischen Text der katholischen Kirche abwich. In Leipzig wurde gesungen: *Domine Deus rex coelestis, Deus Pater omnipotens. Domine Fili unigenite, Jesu Christe altissime.*[33] Das Wort *altissime* ist eingeschoben; der katholischen Kirche war es fremd und auch sonst hat man es, soweit ich sehen kann, nirgends gesungen. In der H moll-Messe ist Bach dem Leipziger Brauche noch gefolgt; als er dann aber mit der katholischen Messe näher vertraut geworden war, hat er in den andern Werken dieser Gattung das Wort fortgelassen. Als der König-Churfürst Friedrich August II. am 1. Februar 1733 gestorben war, beschloß Bach dem Nachfolger seine Ergebenheit zu beweisen und zur Erhöhung seines Ansehens bei den Leipziger Behörden mit dem Hofe in nähere Verbindung zu treten. Deshalb componirte er die beiden Messensätze und überreichte sie unter dem 27. Juli 1733 in Dresden selbst. Das Begleitschreiben ist bekannt, darf aber hier nicht fehlen.

»Dem Durchlauchtigsten Fürsten und Herrn, Herrn Friedrich Augusto, Königlichen Prinzen in Pohlen und Litthauen, Herzogen zu Sachsen« u. s. w. »Meinem gnädigsten Herrn.

Durchlauchtigster Churfürst,
Gnädigster Herr.

Ew. Königlichen Hoheit überreiche in tiefster *Devotion* gegen-

---

32) Das Jahr 1737—1738 als Entstehungszeit der G dur- und A dur-Messe deuten deren autographe Partituren an, die durchaus oder theilweise ein Wasserzeichen haben, welches auch in der Partitur des Oster-Oratoriums vorkommt. 33) Vopelius, a. a. O. S. 422.

wärtige geringe Arbeit von derjenigen Wissenschaft, welche ich in der *Musique* erlanget, mit ganz unterthänigster Bitte, Sie wollen dieselbe nicht nach der schlechten *Composition*, sondern nach Dero Welt berühmten *Clemenz* mit gnädigsten Augen anzusehen und mich darbey in Dero mächtigste *Protection* zu nehmen geruhen. Ich habe einige Jahre und bis daher bey den beyden Haupt-Kirchen in Leipzig das *Directorium* in der *Music* gehabt, darbey aber ein und andere Bekränckung unverschuldeterweise auch iezuweilen eine Verminderung derer mit dieser *Function* verknüpfften *Accidentien* empfinden müssen, welches aber gänzlich nachbleiben möchte, daferne Ew. Königliche Hoheit mir die Gnade erweisen und ein *Praedicat* von Dero Hoff-*Capelle conferiren*, und deswegen zur Ertheilung eines *Decrets*, gehörigen Orts hohen Befehl ergehen lassen würden; Solche gnädigste Gewehrung meines demüthigsten Bittens wird mich zu unendlicher Verehrung verbinden und ich *offerire* mich in schuldigsten Gehorsam, iedesmal auf Ew. Königlichen Hoheit gnädigstes Verlangen, in *Componir*ung der Kirchen *Musique* sowohl als zum *Orchestre* meinen unermüdeten Fleiß zu erweisen, und meine ganzen Kräffte zu Dero Dienste zu widmen, in unauffhörlicher Treue verharrend Ew. Königlichen Hoheit unterthänigst-gehorsamster Knecht

Dressden, den 27. July 1733. *Johann Sebastian Bach.*«[34]

Der Wunsch dem Hofe sich dienstwillig zu zeigen ist für Bach die äußere Veranlassung geworden, sich mit dem Gedanken an die Schaffung einer vollständigen Messe zu befassen. *Kyrie* und *Gloria* sind diesesmal offenbar in einem Gusse entstanden und von Anfang an als zusammengehörig gedacht gewesen. Es geht das schon aus dem Tonarten-Plan hervor, nach welchem der letzte Satz des *Kyrie* nicht in die H moll-, sondern in die Fis moll-Tonart gesetzt ist, um das Gefühl eines vollen Abschlusses und, da im *Gloria* noch zwei Sätze in H moll stehen sollten, auch die Einförmigkeit zu vermeiden. Auch daß das erste *Kyrie* fünfstimmig, das letzte nur vierstimmig ist, erscheint in dieser Hinsicht bedeutsam.[35] Die übrigen Theile:

---

34) S. Vorwort zur Ausgabe der H moll-Messe B.-G. VI, S. XV.

35) Die autographe Partitur, eine Reinschrift, welche dem diplomatischen

Credo, Sanctus, Osanna bis *Dona* sind vereinzelt nach und nach entstanden. Es ist nicht ganz sicher, daß das *Credo* später compônirt wurde, als die ersten beiden Theile; will man einem gewissen Anzeichen unbedingt vertrauen, so wäre es schon in die Zeit 1731—1732 zu setzen. Da indessen die Bedürfnisse der Leipziger Liturgie eine Composition des *Credo* nicht nahe legten, bleibt doch die Wahrscheinlichkeit bestehen, daß Bach diesen Theil erst componirte, nachdem ihm der Gedanke eine ganze Messe zu machen durch den großartigen Wurf, den er mit dem *Kyrie* und *Gloria* gethan hatte, feststehend geworden war. Das *Sanctus* wurde vermuthlich 1735 geschrieben, sicher nicht früher, und auch nicht später als 1737. Da alsdann für den fast ganz aus Überarbeitungen bestehenden Rest keine große Mühe mehr aufgewendet wurde, und es Bach gedrängt zu haben scheint, das Werk abzuschließen, so darf man das Jahr 1738 als die äußerste Gränze bezeichnen, bis zu welcher Bachs Arbeit an der H moll-Messe reicht.[36)]

Darauf daß Bach auch die letzten drei Theile der H moll-Messe dem Hofe eingereicht habe, deutet nicht das leiseste Anzeichen. Und die ersten beiden sind, wenn man aus der Beschaffenheit der noch jetzt in der königlichen Musikaliensammlung befindlichen Stimmen schließen darf, in Dresden niemals aufgeführt worden. Für die katholische Kirche machte sie schon ihre ungewöhnliche Ausdehnung unbrauchbar. Zweifellos hat Bach das selbst gewußt und auf eine Aufführung dort garnicht gerechnet. Ein so durchaus praktischer Musiker wie er schreibt aber nichts, und am wenigsten ein solches Riesenwerk, um es klanglos im Pulte zu begraben. Er hat dasselbe für die Thomas- und Nikolai-Kirche in Leipzig bestimmt und jedenfalls dort auch aufgeführt, nur freilich nicht als Ganzes, sondern in Stücken. Nachgewiesen kann dieses werden am *Gloria* und *Sanctus* nebst allen noch nachfolgenden Sätzen. Ersteres existirt noch einmal in einer um 1740 geschriebenen Partitur mit dem

---

Merkzeichen M A zufolge, wenn nicht im Jahre 1733 selbst, so doch bald nachher gefertigt sein wird, zeigt *Kyrie* und *Gloria* in der Weise zusammenhängend, daß auf derselben Seite 20 das *Kyrie* aufhört und das *Gloria* anfängt. Beide Sätze werden in der Originalpartitur unter dem Namen *Missa* als Nr. 1 zusammengefaßt.

36) S. Anhang A, Nr. 54.

ausdrücklichen Beisatz »Am Feste der Geburt Christi«.[37] Bach muß indessen gefunden haben, daß das ganze *Gloria* für die beabsichtigte Aufführung zu Weihnachten nicht geeignet sei. Er hat eine Überarbeitung gemacht, welche sich auf den ersten und letzten Chor und das zwischen ihnen stehende Duett beschränkt. Der Text des ersten Chors ist derselbe geblieben, dem Duett, das mit dem 74. Takt der Originalgestalt abschließt, hat er die Worte der kleinen Doxologie untergelegt: *Gloria patri et filio et spiritui sancto*, dem Schlußchor den Rest der Doxologie: *Sicut erat in principio et nunc et semper et in saecula saeculorum. Amen*; zu diesem Zwecke mußten die Anfangstakte verändert werden. Es wird durch die Überarbeitung aber nicht ausgeschlossen, daß Bach gelegentlich selbst das ganze *Gloria* als eine Haupt-Kirchenmusik aufgeführt hat. Auch das *Sanctus* ist als Weihnachtsmusik benutzt, ja ursprünglich als solche componirt, wobei allerdings der grandiose Wuchs desselben durch den Gesammtcharakter der Messe mitbestimmt sein dürfte, welcher es als Theil angehören sollte. In der Leipziger Liturgie hatte, wie schon erwähnt ist, das figurale *Sanctus* seinen festen Platz. Es schloß an den drei hohen Festen die der Communion vorhergehende Präfation ab. Bach hat zu diesem Behuf noch mehre andre *Sanctus* gemacht, deren eines gelegentlich des Weihnachtsfestes 1723 schon erwähnt worden ist.[38] Das bedeutendste unter ihnen, ebenfalls während der ersten Leipziger Jahre entstanden, steht in D dur: ein Stück voll feierlicher Begeisterung über hinreißend schönen Themen aufgebaut und von den schwebenden Violinen seraphisch überschimmert.[39] Alle diese Stücke sind ziemlich knapp gefaßt und eben

---

37) »*Festo Nativitatis Christi. Gloria in excelsis Deo.*« Das Autograph besitzt Herr Kammersänger Hauser in Carlsruhe, der mir die Kenntniß desselben gütigst vermittelte. Über die Entstehungszeit desselben s. Anhang A, Nr. 47.

38) S. S. 198 dieses Bandes.

39) B.-G. XI[1], S. 81 ff. — Die in demselben Bande herausgegebenen *Sanctus* in D moll und G dur haben geringeren Werth, namentlich letzteres; dem aus D moll kann man trotz seiner Einfachheit und Kürze eine eigenthümliche Stimmung nicht absprechen. Zwei *Sanctus* in F dur und B dur, die noch unter Bachs Namen vorkommen — auch Breitkopf im Verzeichniß von Michaelis 1761, S. 8 scheint sie als Originalcompositionen angesetzt zu haben — sind offenbar unecht; dagegen möchte ich ein achtstimmiges *Sanctus* in D dur Bach

nur als Schlußact der Präfation gedacht, das *Osanna* und *Benedictus* fehlt ihnen. Mit seinen gewaltigen Verhältnissen ist das *Sanctus* der H moll-Messe allerdings über den Rahmen der herkömmlichen Liturgie etwas hinausgewachsen. Daß es trotzdem für die Präfation an einem der hohen Feste ursprünglich componirt worden ist, wird klar durch den Umstand bewiesen, daß auch von ihm das *Osanna* und *Benedictus* ausgeschlossen sind.[40] Diese hat Bach mit dem *Agnus* vereinigt, eine Thatsache, welche für die Verwendung der letzten vier Stücke der Messe einen nicht zu verkennenden Wink giebt. Man wolle sich erinnern, daß während der Communion an den hohen Festen immer noch Figuralmusik gemacht wurde.[41] Hier fand ein *Agnus* seinen natürlichsten Platz, und hat nachweislich denselben auch später noch behauptet. Eine Communion-Musik aber mit dem *Osanna* beginnen ging nur an, wenn das *Sanctus* vorhergegangen war. Bach hat also beide Abschnitte während eines und desselben Gottesdienstes aufgeführt, so zwar daß mit dem *Sanctus* die Präfation endigte, dann die Einsetzungsworte recitirt wurden und nun, während der Abendmahls-Spendung, das *Osanna, Benedictus, Agnus* und *Dona* als zusammenhängendes Ganze musicirt wurden. Zu lang für die übliche Liturgie am Reformationsfeste und ersten Adventsonntage war das *Kyrie* der H moll-Messe, welches allein schon die Zeitdauer einer mäßig großen Kirchencantate in Anspruch nimmt. Als Hauptmusik aber kann es beispielsweise am Sonntage Estomihi, von wo ab die Fastenzeit beginnt, aufgeführt worden sein. Für eine Aufführung des *Credo* mußte vor allem das Trinitatis-Fest mit seinem dogmatischen Charakter geeignet erscheinen, was, wie oben gezeigt ist, durch eine spätere Praxis bestätigt wird. Jedoch darf man auch an die Aposteltage denken, weil an diesen nach der Recitation des Evangeliums das vollständige nicänische Glaubensbekenntniß choralisch gesungen wurde, woran das figurale *Credo* sich passend anknüpfen ließ. Selbständige Festgottesdienste gab es übrigens für

---

nicht ohne weiteres aberkennen; s. Rusts Vorwort zu B.-G. XI[1], S. XVII, Nr. 7 und 8, S. XVI, Nr. 6.

40) Eine bemerkenswerthe Kleinigkeit ist, daß Bach in seinen *Sanctus* stets componirt: *pleni sunt coeli et terra gloria ejus*, statt *gloria tua*; dem Bibelwort gemäß, aber dem kanonischen Messentexte zuwider.

41) S. S. 100 dieses Bandes.

die Aposteltage damals nicht mehr; sie wurden mit den nächstgelegenen Sonntagen vereinigt.[42]

Wenn auch in Dresden nichts von der H moll-Messe aufgeführt sein mag, so blieb sie doch schon zu Bachs Lebzeiten auswärtigen Kreisen nicht fremd. Wir wissen, daß er das *Sanctus* dem Grafen Sporck übersandt hat. Franz Anton Reichsgraf von Sporck, geboren 1662 zu Lissa in Böhmen und seiner Zeit Statthalter dieses Landes, war ein Mann von seltener Bildung, vielseitigen Interessen und großem Reichthum. Seine Verdienste um die Musik sind hervorragend. Er ließ heimische Tonkünstler in Italien ausbilden und war der erste, welcher die italiänische Oper nach Böhmen zog; als in Frankreich das Waldhorn erfunden war, ließ er zwei seiner Diener die neue Kunst erlernen und verpflanzte dieselbe so nach Deutschland. Eine edle christliche Gesinnung bethätigte er durch großartige Wohlthätigkeit und gemeinnützige Einrichtungen. Er war Katholik, aber von einer seiner Zeit widersprechenden Freiheit und Weite der religiösen Anschauungen. Von der Geistlichkeit hatte er zu leiden, da er die alleinseligmachende Kraft der katholischen Kirche nicht anerkennen wollte, sondern die verschiedenen Religionsformen neben einander gelten ließ: alles Heil nur in Christo zu suchen, nach seinem Gebote Gott und den Nächsten zu lieben, darauf komme es an; wer dieses thue werde selig werden, gleichviel in welcher Religionsgemeinschaft er lebe. Er hatte in Lissa eine Buchdruckerei eingerichtet, mittelst welcher er religiöse Schriften verbreitete, die zum Theil von seinen Töchtern aus dem Französischen übersetzt wurden.[43] Zu den Künstlern und Gelehrten Leipzigs stand er seit längerem im Verhältniß. Picander widmete ihm 1725 seine poetischen Erstlinge auf religiösem Gebiet, die »Sammlung erbaulicher Gedanken«; in einem Widmungsgedicht hat er den »frommen Grafen Sporck« selber angesungen. Graf Sporck starb hochbejahrt am 30. März 1738 auf seiner Herrschaft zu Lissa.[44] Die Be-

42) S. S. 98 dieses Bandes. — Die Zusammenlegung der Aposteltage mit den Sonntagen scheint in Leipzig schon Ende des 17. Jahrhunderts üblich gewesen zu sein; s. Vopelius, a. a. O. S. 20.

43) S. Zedler, Universal-Lexicon. Band 39. Leipzig und Halle. 1744. — G B. Hanckens Weltliche Gedichte. Dresden und Leipzig, 1727. S. 30 ff.; S. 123 ff. — J. Ch. Günthers Gedichte. Breslau und Leipzig, 1735. S. 137 ff.

44) Gerber, N. L, IV, Sp. 243.

kanntschaft mit dem Bachschen Messensatze fällt also in seine späteste Lebenszeit.

Die Erwähnung dieses Kunstmäcens leitet uns hinüber zur Betrachtung des inneren Wesens der H moll-Messe und des Geistes, aus welchem sie geschaffen ist. Äußerlich angeregt durch den katholischen Cultus schrieb Bach das Werk doch mit Hinblick auf den protestantischen Gottesdienst der Thomas- und Nikolai-Kirche. Er nahm die von der katholischen Kirche festgestellte Form im ganzen und großen an. Die schon jetzt typisch gewordenen Ausdrucksweisen für die einzelnen Theile der Messe: der in sich versenkte Ernst des *Kyrie*, die jubelnde Bewegtheit des *Gloria*, die kraftvolle Zuversicht des *Credo* und feierliche Pracht des *Sanctus* sind von ihm beibehalten wenn auch im hohen Grade vergeistigt worden. In den Chören des *Credo* tritt eine seinen Kirchencantaten fremde Weise der Polyphonie hervor: ein Wirken durch breite und einfache Melodiezüge, die Künste der thematischen Vergrößerung und verwickelteren Engführung des *Cantus firmus*, die Entlehnung desselben nicht aus dem Gemeindelied, sondern vom Priestergesange. Die Zerlegung der großen Abschnitte in viele selbständige Stücke, die Benutzung der Arie und des Duetts — was alles unter dem Einflusse der Oper in Italien sich während des 17. Jahrhunderts ausgebildet hatte, findet sich auch bei Bach. Doch aber wollte und konnte er seinen protestantischen Stil nicht verleugnen. Auf der festen Grundlage der deutschen Orgelmusik unter emsiger Umsicht nach allen lebenswerthen andern Formen geschaffen, zeigte dieser sich fähig, auch dasjenige unbeschadet in sich aufzunehmen, was die H moll-Messe von Bachs übriger Kirchenmusik unterscheidet. Wo es die protestantische Liturgie gebot, ist Bach sogar von den Grundlinien der katholischen Messe abgewichen. Die H moll-Messe haftet also kaum weniger im Protestantismus als Bachs übrige Kirchenmusik, aber sie streckt ihre Wurzeln tiefer. Aus dem Schooße der katholischen Kirche hatte sich Luthers gereinigte Lehre hervorgehoben. Durch unbegründete Ansprüche der Mutterkirche, welche mit ihrem Urgehalte nichts gemein haben, war der Protestantismus gezwungen worden, um seine Stellung gegen sie zu kämpfen. Fürstenpolitik und Gegensätze der Nationen und Stämme hatten eine Feindseligkeit hervorgerufen, die zu dem entsetzlichsten aller Religionskriege führte, und auch im 18. Jahrhundert noch eine tiefe Erbitterung in den Gemüthern fortdauern ließ. Nirgends war sie protestantischerseits stärker und verhärteter als in Sachsen. Und grade in Sachsen sollte das Kunstwerk entstehen, welches den Protestantismus nicht als Gegensatz des katholischen Wesens erscheinen ließ, sondern nur als eine nothwendige Weiterbildung desselben auf gleicher Grundlage. An der Hmoll-Messe wird offenbar, wie unermeßlich viel weiter und tiefer Bachs kirchliches Empfinden war, als das seiner Zeit. In ihm lebte der Geist des Reformationszeitalters mit all seiner Streitfreudigkeit und Gefühlsinnigkeit, aber auch mit seiner ganzen umfassenden Kraft. Als Luther sich erhob, war von allen Gebildeten und Aufrichtigen die Nothwendigkeit einer Verinnerlichung des Kirchenthums, einer Neugestaltung desselben an Haupt und Gliedern anerkannt. Die edleren Geister, auch wenn sie nicht zum Protestantismus übertraten, waren im Grunde doch mit Luther eines Sinnes. Fast ganz Deutschland zeigte sich anfänglich der neuen Lehre zugethan, ja in dem gesammten gebildeten Europa lebten ihr zahlreiche Anhänger. Auch stand den Reformatoren ein Bruch mit der katholischen Kirche fern. Sie nahmen das nicänische Glaubensbekenntniß in die symbolischen Bücher auf, und mit ihm das *Credo unam sanctam catholicam et apostolicam ecclesiam*, zum Zeichen ihrer Glaubensgemeinschaft mit dem echten Katholicismus. Aber diese hohe Auffassung des Reformationswerkes war freilich 200 Jahre später nicht mehr zu finden. Zu Bachs Zeit lebte in den Orthodoxen wohl noch der alte, wenngleich bornirt gewordene Kampfesmuth, in den Pietisten die innige religiöse Empfindung; das Gefühl von der historischen Bedingtheit des Protestantismus, von seinem innern Zusammenhange mit der katholischen Kirche hatte kaum einer mehr. Der Musik war es vorbehalten, alles dieses in einem unsterblichen Kunstwerke der Welt noch einmal vereinigt zu zeigen und — wie eine ernste aber kaum mehr verständliche Mahnung — in denselben deutschen Landen, von welchen der gewaltigste Anstoß zur Reformation seinen Ausgang genommen hatte. Damals war die Tonkunst zur Widerspiegelung des vollen neuen Ideengehaltes der Zeit noch nicht geeignet gewesen. Was von protestantischer Musik Bedeutung erlangte, zeigt in einer nur äußerlichen Abwandlung Kunstformen, welche nicht in dem Leben von damals, sondern im späteren Mittelalter wurzelten. Daß die Musik unter allen Künsten die längste Zeit gebraucht, um für den Ausdruck neuer Culturgewalten verwendbar zu werden, sollte sich abermals zeigen. Ebenso wie Händels Musik, ja wie die des ganzen 18. Jahrhunderts, ruht auch diejenige Bachs noch auf dem Zeitalter der Renaissance. Er war berufen, das objectivste, weil zeitlich entfernte, das reinste und verklärteste Bild von dem kirchlich reformatorischen Geiste jener großen Epoche in seiner H moll-Messe zu geben.

Nur in Stücken erweist sie sich durch die protestantische Liturgie bedingt. Ja, allein dem *Sanctus* und *Agnus* ist durch diese eine besondere Form aufgenöthigt. *Gloria*, *Kyrie* und vollends *Credo* stehen mit ihr nur in einem losen, mehr willkürlichen Zusammenhange. Die Gestaltung des ganzen Werkes aber ging lediglich von dem persönlichen Willen Bachs aus, welcher in der protestantischen Liturgie nur die Trümmer eines großartigen liturgischen Kunstwerkes fand, das einer Erneuerung im Geiste der Reformation eben so zugänglich wie würdig sei. Mehr als jedes andre Werk ist dieses der freie Ausdruck seiner mächtigen Individualität, aber einer Individualität, die aus dem kirchlichen Leben bis von dessen Urgrunde her ihre Nahrung gesogen hatte. Von der protestantischen Kirche seiner Zeit stellt sich die H moll-Messe unabhängiger hin, als die Cantaten und Mysterien. Wenn auch die Matthäuspassion zu einem Umfange ausgewachsen ist, welcher den Gottesdienst der Charfreitagsvesper fast als Nebensache erscheinen läßt, die Verbindung mit ihm ist doch thatsächlich und, wäre es auch nur der Choräle wegen, zum Verständniß nothwendig. In der H moll-Messe hat sich Bach jeder Verwendung des Gemeindelieds enthalten, obschon für einen jeden Theil der Messe ein solches vorhanden war. Kein bestimmter Sonn- oder Festtag, keine kirchliche Feier dient ihr zur Voraussetzung. Dennoch giebt es kein Werk, das dem echten protestantischen Geiste mehr Genüge thäte. Aber wenn Bach einmal auf den Urgrund der Liturgie zurückgehen wollte, dann mußte der Tiefe des Fundaments auch die Höhe des Aufbaus entsprechen; er konnte das Gebäude nicht in den damaligen Protestantismus als Spitze auslaufen lassen, sondern mußte ihn überwölben. Mit dieser That wendet sich der freie protestantische Künstler an die »eine heilige allgemeine christliche Kirche«; wer irgend von deren Wesen noch etwas weiß und in sich lebendig erhalten hat, kann sein Werk verstehen.

Wenn auch in der H moll-Messe sich einzelne Theile als Überarbeitungen aus Cantaten zu erkennen geben, so weist doch Wesen und Zweck des ganzen Werkes von vornherein die Vermuthung zurück, als sei dieses aus Bequemlichkeit oder nothgedrungener Eile geschehen. Die Vergleichung der Überarbeitungen mit den Urbildern zeigt auch, daß Bach sorgfältig nur solche Stücke auswählte, deren poetischer Gehalt mit den neu unterzulegenden Worten übereinstimmte. Im *Gloria* wird der Satz: *Gratias agimus tibi propter magnam gloriam tuam* (Wir danken dir wegen deiner großen Herrlichkeit) durch einen Chor gebildet, dessen deutsche Worte waren: Wir danken dir Gott, wir danken dir und verkündigen deine Wunder.[45]) In demselben Messentheile liegt dem Chor: *Qui tollis peccata mundi miserere nobis, suscipe deprecationem nostram* (Der du trägst die Sünde der Welt erbarme dich unser, übernimm unsere Fürbitte bei Gott) der erste Abschnitt des Eingangschors einer Cantate zu Grunde, dessen Worte lauten: Schauet doch und sehet, ob irgend ein Schmerz sei, wie mein Schmerz, der mich troffen hat.[46]) Der verdeutschte Text des zweiten Chors im *Credo* ist: Ich glaube an einen allmächtigen Vater, den Schöpfer Himmels und der Erde, alles sichtbaren und unsichtbaren; der Text seines Urbildes: Gott wie dein Name so ist auch dein Ruhm bis an der Welt Ende.[47]) Das *Crucifixus* (Gekreuzigt ist er auch für uns unter Pontius Pilatus, er hat gelitten und ist begraben) erneuert den Cantatenchor: Weinen, Klagen, Sorgen, Zagen, Angst und Noth sind der Christen Thränenbrod, Die das Zeichen Jesu tragen.[48]). Alle diese Sätze sind Edelsteine, die in eine neue Umgebung gebracht theils selber glänzender erscheinen, theils ein großartigeres Ganze kostbarer zu machen helfen. Völlig unverändert hat Bach keinen gelassen, wenn sie auch eine Neugestaltung von Grund aus nicht erfahren haben. Oft sind sie durch kleine Züge noch charakteristischer gestaltet: das *Crucifixus* durch den bebenden Baß und die Schlußmodulation, das *Qui tollis* durch Abdämpfung des Klanges mittelst Weglassung der ver-

---

45) S. S. 281 f. dieses Bandes. 46) S. S. 258 f.
47) S. S. 272. 48) S. S. 234.

stärkenden Blasinstrumente. Der Chor »Gott wie dein Name« scheint auf seine Verwendung zum *Patrem omnipotentem* gradezu gewartet zu haben: die kleine Umänderung des Themas, welche der lateinische Text nöthig machte, hat dessen nervigen Wuchs erst ganz offenbart, der Rhythmus der Messenworte fügt sich besser zu der Melodie, als derjenige des deutschen Bibelspruchs. Außer den genannten sind nur noch zwei Sätze nicht völlig Originalcompositionen. Sie unterliegen einer etwas andern Beurtheilung. Das *Agnus* stützt sich auf die Alt-Arie des Himmelfahrts-Oratoriums »Ach bleibe doch, mein liebstes Leben«; [49] doch ist nur eine längere Periode derselben benutzt und im übrigen ein ganz neues Stück gestaltet. Das *Osanna* kommt als Anfang der weltlichen Cantate »Preise dein Glücke, gesegnetes Sachsen« vor. [50] Da aber auch jener Eingangschor keine Originalarbeit sein wird, vielmehr starke Spuren des Arrangements an sich trägt, und dem eigentlichen Original ferner stehen dürfte, als das *Osanna*, so läßt sich in diesem Falle über das Verhältniß zwischen Übertragung und Urbild nichts sagen.

Unter den 26 Musikstücken, in welche die H moll-Messe sich zerlegt, sind 6 Arien und 3 Duette. Recitative, welche die katholische Kirchenmusik nicht zuließ, und die bei der gewichtigen Allgemeingültigkeit des Textes auch dem Protestanten unpassend erscheinen mußten, fehlen. Die übrigen 17 Stücke sind vier-, fünf-, sechs- und doppelt vierstimmige Chöre. Im Übergewicht ist die Fünfstimmigkeit; nur die überarbeiteten Chöre und das anfänglich selbständige *Sanctus* zeigen sie nicht, außerdem das zweite *Kyrie*, welches um deswillen vielleicht auch für eine Übertragung angesehen werden könnte. Bach schreibt sonst sehr selten fünfstimmig, hier ist wieder der durch die italiänische Kirchenmusik gegebene Anstoß nicht zu verkennen.

Die Bevorzugung der Chorformen war durch das Wesen der großen Aufgabe gefordert, ergab sich aber auch aus der Beschaffenheit des Textes, welcher subjectiven Empfindungen überall wenig zugänglich ist. Ganz vermeiden ließ sich der Sologesang in einem so kolossalen Werke schon um der Gegensätze willen nicht. Aber daß er noch mehr als sonst bei Bach einen unpersönlichen Charakter

---

49) S. S. 425.   50) S. S. 461 f.

annehmen mußte, ist auch zu begreifen. Der innere Widerspruch, den unpersönlicher Einzelgesang immer in sich birgt, kann aber durch das Ganze, welchem er dient, aufgehoben werden. Dieses ist auch in der Hmoll-Messe der Fall: außer dem Zusammenhange werden diese Arien und Duette weniger Reiz ausüben, als die der Cantaten und Mysterien, aber im fortlaufenden Zuge des Werks erfüllen sie ihren Platz. Das Duett *Christe eleison* enthält etwas von der vertrauensvolleren und milderen Empfindung des Sünders gegenüber dem göttlichen Mittler, in der Berührung der Unterdominante wird sie schon im ersten Takte des Vorspiels angedeutet. Jene inbrünstige Hingabe an den Heiland, durch welche uns das *Agnus Dei* ergreift, ist es aber noch nicht, dies verwehrten die umrahmenden Chorsätze. In dem Gedankengange des *Gloria*-Textes, welcher Christi Ausgang von Gott, sein Wirken und Leiden auf Erden und seine Rückkehr zum Vater verfolgt, hat die Arie *Laudamus te* den Zweck, zwischen dem hellen Jubel über die Menschwerdung des Gottessohnes und dem feierlichen Dankgebet wegen Gottes Herrlichkeit zu vermitteln. Das Duett *Domine* geht dann von dem geheimnißvollen Dogma der Einheit von Vater und Sohn aus, auf welchem die Erlösungsmöglichkeit beruht, um sich hernach dem Beruf Christi auf Erden zuzuwenden. Diese dogmatische Anschauung ist der Quell, aus welchem Bach das Tonbild schöpfte, ohne sie kann es nicht verstanden werden. Die mit Sordinen spielenden Violinen und Bratschen, das *Pizzicato* der Bässe, die phantastisch irrenden Gänge der Flöte stimmen mysteriös. Der musikalische Keim aber, welcher in alle Theile des Stücks sein Leben sendet, ist ein Motiv von vier Noten:

Es ist gewissermaßen das musikalische Symbol jener durch das Dogma gelehrten Einheit, und erweist sich als solches gleich beim Beginn des Gesanges. Die Worte *Domine Deus rex coelestis, Deus Pater omnipotens. Domine Fili unigenite, Jesu Christe altissime* werden nicht, wie der Messentext sie darbietet, nach einander vorgetragen, sondern der Tenor wendet sich an Gott den Vater, der Sopran, nur einen halben Takt später einsetzend, an Gott den Sohn:

beider Melodie, welche sie in Imitation vortragen, ist durch Verlängerung aus obigem Motiv entwickelt, und dieses läßt sich alsbald in seinen ursprünglichen Notenwerthen gleichzeitig vernehmen. Wie sodann das Motiv immer wieder auftaucht, und zwar nicht um sich melodisch weiter zu spinnen, sondern isolirt, abgeschlossen und fest, wie ein Dogma, das ist in Bachs Compositionen eine einzigartige Erscheinung. Nur einen symbolischen Sinn kann auch Takt 42 der absteigende Octavengang der vereinigten Geigen und Bratschen haben, welcher ohne organisch motivirt zu sein ganz unvorhergesehen in einer Bach sonst nicht eignen Weise eintritt. Unter Berücksichtigung des vielfach ähnlichen Duetts *Et in unum* im *Credo* dürfte man darin das Niedersteigen des Gottes zur Menschheit angedeutet finden.[51]) Ein menschlicher Affect wird überall nicht ausgedrückt, wie ihn auch die Worte nicht anregen: erst später, als die Betrachtung sich dem Opfertode Christi zuwendet, wird ein solcher bemerkbar. Wollte aber Bach einmal die verschiedenen Messentheile in einer Vielheit von Sätzen entfalten und nicht nur Musik um der Musik willen machen, so blieb ihm nur der Ausweg zu einem solchen tiefsinnigen Tonspiel. Hierfür kam ihm seine theologische Bildung,

---

51) Eine den Vortrag angehende Bemerkung möge hier Platz haben. Der erste Takt der Flötenstimme ist von Bach so geschrieben:

Später finden sich, wo das Thema wiederkehrt, in der zweiten Takthälfte einfache Sechzehntel, deren je zwei mit einem Bogen versehen sind. Die punktirte Schreibweise deutet nur an, daß die erste Note an die folgende eng gebunden und zugleich mit einem Druck versehen, nicht aber, daß sie an Zeitwerth geringer sein soll, als die zweite. Eine Musiklehre von J. G. Walther aus dem Jahre 1708, die im Autograph des Verfassers in meinem Besitz ist, sagt über diesen Gegenstand: »*Punctus serpens*, zeiget an, daß die auf folgende Art gesetzten Noten sollen geschleiffet werden. z. B.

Seb. Bach unterscheidet sich hinsichtlich dieser Vortragsart von Emanuel Bach, und darnach wäre auch wohl eine Bemerkung in B.-G. XIII¹, S. XVI noch genauer zu fassen.

welche durch Auffindung des Verzeichnisses seiner theologischen Bibliothek erwiesen worden ist, zu Statten. Die Dogmatik unterscheidet ein prophetisches, hohenpriesterliches und königliches Amt Christi. Auf das prophetische Rücksicht zu nehmen gab der Text keinen Anlaß, wohl aber auf das hohenpriesterliche und königliche. Wie bei ersterem wieder unterschieden wird zwischen der Sühne und der Vermittlung (*munus satisfactionis* und *intercessionis*), so hat Bach jene durch den Chor *Qui tollis*, diese durch die Alt-Arie *Qui sedes* dargestellt, doch beides in enger Verbindung, indem die Tonart dieselbe bleibt, der Chor gegen Ende schon das *Suscipe deprecationem* hören läßt, und im Halbschluß die Arie vorbereitet. Die Vermittlung erscheint so, in Übereinstimmung mit der Dogmatik, als ein mehr persönlicher Ausfluß des Sühnungswerkes, als eine Anwendung desselben auf den einzelnen Menschen. Der folgenden Bassarie *Quoniam tu solus sanctus* fällt sodann die Darstellung des königlichen Amtes zu, deutlich charakterisirt in dem stolzen Zuge des Hauptgedankens und in dem feierlichen Klange der mit Singbass und Orgel verbundenen zwei Fagotte und Horn. Des *Credo*s Inhalt ist die Darlegung des Wesens der Dreieinigkeit. Hier galt es, die Wesenseinheit des Vaters und Sohnes noch stärker als im *Gloria* zu betonen. Das Duett *Et in unum* thut dieses durch die zwischen den Singstimmen wie auch in den Instrumenten hervortretende canonische Führung. Um die Wesenseinheit aber unzweifelhaft zu verdeutlichen läßt Bach jedesmal am Beginn des Hauptsatzes die Stimmen im Canon des Einklangs auftreten und geht erst im zweiten Takte in den Canon der Unterquarte über: so löst sich aus der Einheit das eine beider Wesen zur gesonderten Existenz ab. Die Absicht ist nicht zu verkennen, da die musikalische Anlage von Anfang an den Canon in der Unterquarte gestattet.[52] Man darf ohne spitzfindig zu werden noch mehr sagen. Überall wo der Hauptsatz von den Instrumenten gebracht wird, läßt Bach im ersten Takt die letzten Achtel von der vorspielenden Stimme stoßen, von der nachspielenden binden, z. B.:

---

52) Schon Mosewius hat diesen symbolischen Sinn erkannt; s. bei Lindner, Zur Tonkunst. S. 165 f.

Die Absicht dieses consequent durchgeführten Verfahrens kann nur sein, die imitirende Stimme schon im Gleichklange durch einen etwas verschiedenen Ausdruck von der andern abzuheben, also selbst hier bereits eine gewisse persönliche Verschiedenheit in der Wesenseinheit anzudeuten. Sinnbildliche Züge finden sich auch sonst noch. Wir finden T. 21—22 und T. 66 jenen musikalisch nicht motivirten abwärts schwebenden Octavengang wieder; da er die Worte *et ex patre natum* und *et incarnatus est* begleitet, im letzteren Falle von den Singstimmen secundirt, so wird seine Bedeutung unschwer verstanden. Auch um das *descendit de coelis* auszudrücken senken sich die Instrumente in der Dominantseptimen-Harmonie durch den Raum dreier Octaven nieder. Bach hat erst später die Worte *Et incarnatus est de Spiritu sancto ex Maria virgine et homo factus est* in einem besondern Chorsatze ausgeprägt und diesen, wie noch zu sehen ist, der Partitur auf einem einzelnen Blatte eingefügt. Ursprünglich waren die Worte im Duett mit enthalten, und demnach überhaupt die Textvertheilung eine andre gewesen. Diese allein darf man bei Beurtheilung des Stückes berücksichtigen. Die fremdartigen Modulationen am Schluße, welche eine andre Welt zu öffnen scheinen, erklären sich daraus, daß sie eigentlich das Wunder der Wandlung des göttlichen Zustandes in den menschlichen ausdrücken sollten. Durch die spätere Textunterlage hat Bach manches dieser feineren Beziehungen verdunkelt, aber dadurch daß er im Zusammenhange der Partitur trotz des eingeschobenen Chors die erste Wortvertheilung stehen ließ doch wohl andeuten wollen, daß sie auch bei Benutzung des Chorsatzes gesungen werden könne.

Empfindungsvoller und wärmer sind die letzten drei Solostücke. Das Glaubensbekenntniß auf den Heiligen Geist, durch dessen Vermittlung das neue göttliche Leben der Menschheit zuströmt, wird in einer Bassarie abgelegt. Den Sinn der wie milde Frühlingsluft fließenden Melodien faßt man völlig erst, wenn man den in gewissen Pfingstcantaten (wie »Erschallet ihr Lieder«, »Also hat Gott die Welt geliebte) herrschenden Grundton vergleicht. Das *Benedictus* ist dem Tenor übertragen; anmuthige Gewinde einer Solovioline[53]) schlingen sich in den lieblich-ernsten Gesang, der zwischen dem jubelnden *Osanna* der mächtig andringenden Chormassen eine um so eindringlichere Wirkung thut. Die menschlich am tiefsten ergreifende Weise aber stimmt der Alt im *Agnus Dei* an. Welcher Art die Empfindung war, die Bach hier ausdrücken wollte, verräth schon die Entlehnung aus dem inbrünstigen Abschiedsgesange des Himmelfahrts-Oratoriums. Das *Agnus* als Ganzes mußte aber schon deshalb etwas ganz andres werden, weil der Text die Zweitheiligkeit des Musikstückes forderte. Nur ein leiser Anklang an die Form der dreitheiligen Arie ist geblieben, übrigens von den beiden Gedanken, aus denen ein jedes Gesätz sich bildet, der erste ganz neu erfunden, so zwar daß aus langgezogenen Klagetönen sich der Gesang zur leidenschaftlicheren Bitte erhebt.

Wie vereinzelte Niederungen zwischen riesenhaften Bergen, die dem Auge den gliedernden Überblick wohlthuend erleichtern, erscheinen die Sologesänge unter den Chören. Diese sind von einer Übermacht und Größe, die das kleinere, unruhige Geschlecht unserer Tage fast erdrückt. Indem ihnen überall das Wesentliche der großen Aufgabe zufällt, wird ihre Betrachtung den leichtesten Weg durch das Ganze bilden. Der in der Messe enthaltenen liturgischen Grundstoffe sind vier: das Sündenbewußtsein der Menschheit (*Kyrie*), Christi Versöhnungswerk (*Gloria*), die von ihm ausgehende christliche Kirche (*Credo*), das Gedächtnißmahl, in welchem diese ihre Vereinigung mit und in dem Stifter feiert (*Sanctus* und alles folgende). Was diese in der H moll-Messe zu fünf großen Abschnitten ausgestalteten Stoffe künstlerisch unter einander verbindet, ist nicht die aus der Vorstellung eines feierlichen Hochamtes fließende Gesammtstimmung, welche der katholischen Messe die oberste Einheit giebt. Von einer solchen scenischen Beimischung mußte natürlich die in Bachs Werke waltende Empfindung ganz frei sein. Einzig der zwischen den liturgischen Stoffen bestehende innere Zusammenhang bleibt wirksam; es ist eine ideale Durchlebung der Hauptmo-

53) Oder Flöte; die autographe Partitur giebt über den Charakter des concertirenden Instruments keine Auskunft.

mente in der Entwicklung der Christenheit, und zugleich jedes einzelnen Christen, bis zu der realen Feier des heiligen Abendmahls. Selbst diese ist nur halb real, insofern die betreffende Musik mit den übrigen Theilen der Messe als Ganzes gedacht ist, denn als Ganzes kann und soll sie den Gottesdienst nicht wirklich begleiten. Die Abendmahlsmusik bezeichnet aber den hervorspringendsten Punkt, an welchem der wesentliche Unterschied von einer nur geschichtlichen Darstellung des Christenthums erkannt wird. Aus dem überwiegend innerlich geschauten Zusammenhange der Theile und dem hierdurch ermöglichten tieferen Eingehen auf besondere Bezüge einzelner Textabschnitte fließt nun jene Abwandlung der typischen Ausdrucksweisen, welche bei Erwähnung des in der katholischen Messe für Bach gegebenen Kunstvorbildes schon gestreift worden ist. Ein Zug ernster Sammlung läßt sich auch in den katholischen *Kyrie* jener Zeit nicht verkennen. Er neigt sich aber mehr zu dem Charakter einer Einleitung in eine feierliche Ceremonie, und ist als solcher mit der zunehmenden Leichtfertigkeit der katholischen Kirchenmusik flacher und flacher geworden. Bachs *Kyrie* ist ohne jede Nebenrücksicht aus dem Kern der Sache geschöpft. Die sündenbewußte Menschheit fleht aus ihrer Noth zu Gott um Erbarmen. Über die weitgespannte Absicht des Componisten, ein umfassendes Gebet der ganzen Christenheit darzustellen, benehmen die ungeheuren Verhältnisse des ersten Chors sofort jeden Zweifel. Eine zwölf bis dreizehn Minuten dauernde Fuge entwickelt sich durch 126 Takte langsamen Zeitmaßes in einfachster Gruppirung und Modulationsordnung über ein in Schmerzen wühlendes, unerhört kühnes Thema. Man darf behaupten, daß niemals ein ganz persönlich concipirter Gedanke mit ähnlich andauernder gleichmäßiger Empfindungsstärke festgehalten worden ist. In der Unterwerfung des fast ans Pathologische streifenden Schmerzausdrucks unter den großartig ordnenden Willen des Künstlers liegt eine unvergleichliche Erhabenheit. Sie giebt uns die rechte Grundstimmung für das Werk, hat aber auch im engeren Bereiche des *Kyrie*-Theiles ihre Bedeutung. Den heilsbedürftigen Zustand der Menschheit, wie ihn das dreifache *Kyrie* als geschichtlichen symbolisiren soll, verlegt die Kirche in die gesammte vorchristliche Zeit. Wie das erste *Kyrie* es ausdrückt, so betete das auserwählte Volk von Anbeginn der Sündhaftigkeit dem

Retter entgegen. Als die Zeit sich der Erfüllung näherte, wurde die Sehnsucht drängender, leidenschaftlicher: dies darzustellen ist Gegenstand des kürzeren, bewegten, an einigen Stellen (s. T. 9 ff. vom Schlusse) fast wilden Schluß-*Kyrie*. Jenes ist epischer, dies dramatischer, wenn man die Bezeichnungen gestatten will. An eine nähere Beziehung der einzelnen Sätze zu der dreifachen Persönlichkeit Gottes, die allerdings ja mit dem dreifachen Ausrufe gemeint ist, kann nicht gedacht werden. Die Stellung, welche der *Kyrie*-Abschnitt im Ganzen haben sollte, verwehrt dies. Das *Christe* fasse ich vorzugsweise als leichteres musikalisches Mittelglied, was nicht ausschließt — und bei Bachs bekannter Art, sich durch Gelegenheiten künstlerische Motive zuführen zu lassen, am wenigsten — daß sein Charakter durch die Vorstellung des milden Erlösers beeinflußt wurde.

An der Spitze des *Gloria*-Textes steht der *Hymnus angelicus:* der biblische Lobgesang der Engel in der Christnacht. Bach hat ihn als eignen Chor behandelt, was nicht stehender Gebrauch der katholischen Messe war. In den *Gloria*-Compositionen seiner kleinern Messen verarbeitet der erste Chor neben den Worten des Hymnus auch immer noch einige Sätze vom Folgenden. Hier hat Bach das Bibelwort von den späteren dogmatischen Ausführungen getrennt. Wüßte man auch nicht, daß er diesen Chor nach Jahren zu einer Weihnachtsmusik benutzt hat, man würde doch etwas von weihnachtlicher Empfindung durchmerken, dergleichen in den katholischen Messen nicht zu spüren ist. Die Behandlung der Worte *Et in terra pax hominibus bonae voluntatis* zeigt eine gewisse Ähnlichkeit mit dem Engelchor des Weihnachts-Oratoriums. Auch der Dreiachteltakt ist charakteristisch für ein Fest, von dem Paul Gerhardt singt: »Fröhlich soll mein Herze springen, Dieser Zeit, Da vor Freud Alle Engel singen«. Wirklich findet sich die Takt-Art außer in mehren Chören des Weihnachts-Oratoriums auch im Eingangschor der Cantate »Christen, ätzet diesen Tag«. [54]) Mehr als alles andre entscheidet der Gesammteindruck. Ein Jubel der erlösten Menschheit, für welche der Tag des Heiles erscheint, ist dies weniger, als ein unschuldiges Jauchzen. Allerdings zur denkbarsten Höhe ge-

---

54) S. S. 197 f. dieses Bandes.

steigert, die auf diesem Gebiete möglich war. An die kolossalen Verhältnisse der H moll-Messe muß man sich erst gewöhnen, um den Empfindungsausdruck der einzelnen Chöre richtig gegen einander abzuschätzen. Dann aber findet man in diesem Chore die alte Weihnachtsseligkeit wieder, die uns schon oft bei Bach in so rührender Weise entgegentrat; nicht zum wenigsten in dem friedevoll schwebenden Mittelsatze, aus dem sich ebenso eigenthümlich wie natürlich eine strömende Fuge entwickelt, in welcher mit dem Friedensgruße jubilirende Stimmen sich einigen. Zu der ernsteren dogmatischen Darstellung des mit der Geburt Christi beginnenden Versöhnungswerkes leitet erst die folgende Arie hinüber. Hier hat als *Gratias agimus tibi* der feierlich prächtige Chor, welcher anfänglich die Rathswahl-Cantate »Wir danken dir Gott« begann, den seiner würdigen Platz gefunden. Der weitere Verlauf wird größeren Theils durch Sologesänge hergestellt. Nur den wichtigsten Punkt, den Versöhnungstod Christi, hebt der tief mitempfindende Chor *Qui tollis peccata mundi* nachdrücklich hervor. Zum Schlusse ein Jubel-Hymnus auf Christus, der seinen Gang vollendet hat und zur Rechten des Vaters thront. Das kühn vordringende Fugenthema, das in die Mitte breit hineinklingende siegeswisse *Amen*, und jenes eigenthümlich Bachsche Rollen und Wogen kündet uns den protestantischen Geist. Aber die langgezogenen Harmonien des Chors, aus denen es wie Lichtströme hervorbricht und die alle individuelle Gestaltung zeitweilig verschwinden lassen, zeigen ihn doch in einer andern und allgemeineren Sphäre kirchlich-künstlerischer Anschauung.

Im *Credo* legt die von Christus gegründete Kirche mit den Worten des *Symbolum Nicaenum* ihr Bekenntniß ab. Einem riesigen Portale gleich wölbt sich der Eingangschor *Credo in unum Deum*, durch welchen uns die Hallen der christlichen Kirche geöffnet werden. Als Thema der Fuge hat Bach die Intonation des Priesters gewählt:

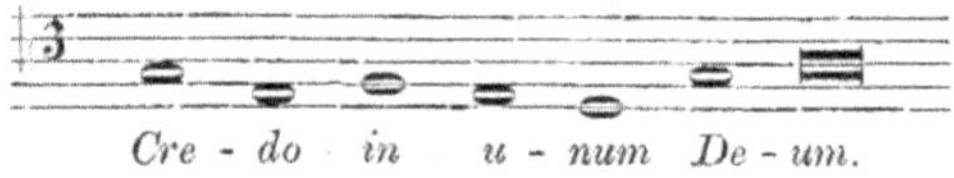

Zu den fünf Singstimmen treten, den Fugenbau höher aufthürmend, die beiden Violinen; der Continuo durchwandelt Höhen und Tiefen in stetiger Viertelbewegung. Am Schlusse bringt der Bass das Thema in der Vergrößerung, zweiter Sopran und Alt darüber im eigentlichen Zeitwerth, der erste Sopran zugleich in der Engführung; Engführung findet hernach auch noch in den Violinen statt. Da solche Complicationen bei Bach sonst nur selten auftreten, so ist die Beziehung auf die polyphone Kirchenmusik des 16. Jahrhunderts ziemlich verständlich, und Bachs Beschäftigung mit Palestrina erhält hierdurch eine besondere Bedeutung. Die Benutzung des Priestergesanges, die Anwendung der mixolydischen Tonart nehmen vollends jeden Zweifel darüber, daß der Meister mit Bewußtsein in jene Zeit zurückgriff, da es sich noch nicht um eine Trennung, sondern um der ganzen Kirche Erneuerung handelte. Die Symbolik der Thema-Vergrößerung durch den Bass und der darüber gebauten Stimmenverschlingung — die unerschütterlich gegründete Glaubenseinheit — ist ohne weiteres klar. Im Fortgang des Bekenntnisses wird nun zunächst das Bild Gottes des allmächtigen Vaters in großartigen Kraftzügen gezeichnet: ein Chor voll Glanz und nerviger Energie besingt ihn als Schöpfer Himmels und der Erde. Das Mysterium seiner Wesenseinheit mit dem Sohne zu verkünden fällt einem vermittelnden Sologesange zu. Dann erscheint Christus selbst, der fleischgewordene Gott. Die langsam niederwärts strebenden Schritte des Eingangsthemas versinnlichen sein Herabkommen zur Menschheit. Eine jungfräuliche Innigkeit athmet in dem sonst ganz schlichten, überwiegend homophonen Chore, dazu haucht es uns an mit geheimnißvollem Schauer und, vorzugsweise durch die kühnen Wechselnoten der Begleitung bewirkt, wie Ahnung tiefen Leides. Am Schlusse drängen sich die Trübsalswolken dichter daher; dann ein neues Bild: Christus am Kreuze. So hatte Bach allmählig die Tonformen veredelt und vergeistigt, daß er es unternehmen konnte, an dieser Stelle den Passacaglio anzuwenden. Charakteristischeres kann nicht gedacht werden, das dreizehnmal wiederkehrende Thema bannt die Phantasie in den Anblick des Unerhörten, was ihr hier gezeigt wird. Der einer früheren Cantate entnommene Tonsatz schien uns dort schon auf eine noch weiter hinaufliegende Quelle zurückzuweisen. Das Bassthema an sich hat den Künstler von früher Jugend auf verfolgt, hier erhält es für die Passacaglioform seine letztgültige Ausprägung. Nach einer gewissen Richtung hin zieht dieser Chor und der Cantatensatz »Jesu, der du meine Seele«, welcher dasselbe Thema ciaconenartig verarbeitet, die Summe von Bachs Entwicklung. Beide als zusammengehörig anzusehen ist gut auch für die schärfere Erkenntniß der im Messensatze herrschenden Eigenart. Hier gilt es nicht eine durch den Textinhalt nur coloristisch angehauchte Empfindung allgemein kirchlicher Feierlichkeit, noch viel weniger eine theatralische Illustration eines erschütternden Vorganges. Unter den erzählenden Worten tönt es für das innere Ohr heraus wie ein inbrünstiges Gebet an Jesus, der einst durch seinen Tod die Welt erlöste, daß er fort und fort an jedem, der ihn sucht, das Erlösungswerk vollbringen möge. Mitleidenschaft ist hier alles, und dennoch gereinigt von selbstischem Wesen. Was über dem Bassthema die Stimmen in chromatischen, übermäßigen, verminderten Melodieschritten einzeln und im Zusammenklang ihrer Gänge sagen, ist ebenso unerhört, wie das Ereigniß, dessen Bedeutung sie ausdrücken sollen. Wenn zuletzt der thematische Bass sich aus der starren Haltung löst und der Chor tief in die kühlende Ruhe der Grabesnacht hinabsinkt, dann steht der Hörer unter dem Eindruck eines Tonbildes, neben dem alles was je in Messen an dieser Stelle gesungen ist, zu Schemen verblaßt. Auch der Chor *Qui tollis peccata mundi* aus dem *Gloria* tritt gegen dieses Bild in Schatten. Er sollte es; dort war das Leiden Christi nur ein Moment des ganzen Versöhnungswerkes, von welchem der Abschnitt handelte, hier verdichtet sich in einem Tonbilde das Wesen des Sohnes im Gegensatz zu dem des Vaters und Heiligen Geistes. Anfänglich sollte der Chor *Crucifixus* dieser Aufgabe allein genügen; hernach erachtete Bach den Vorgang durch ihn noch nicht für genügend betont und prägte auch das *Et incarnatus est* in einem Chorsatze aus. Also war er bedacht, die Messentheile unter dem Gesichtspunkte des Ganzen gegen einander abzuwägen. — Aus der Grabesruhe, in welche der Schluß des *Crucifixus* hinabführte, springt der Chor triumphirend empor und schwingt das Panier der Auferstehung. Ein längeres Instrumentenspiel schließt sich an und gewöhnt den Sinn an das zurückgegebene Licht. Dann wallt es in neuem Lebensdrange aufquillend zur Höhe und jubelt hoch auf der Zinne, nicht im lang fortgesetzten Gesange, sondern stets von Zwischenspielen unterbrochen; dies giebt dem Satze ein Eigenthümliches, was ihn trotz aller Kraft, trotz der herausfordernden Kühnheit des Basses, der die Verheißung von Christi Wiederkunft ganz allein vorträgt, noch in einer mittleren Höhe festhält. Eine Steigerung bleibt möglich. Die dritte Person der Trinität, der Heilige Geist, offenbart sich in der Kirche. Das Symbol der kirchlichen Gemeinschaft ist die Taufe. So wird das Bekenntniß auf dieselbe zugleich ein Bekenntniß auf den Heiligen Geist. In dieser Anschauung liegt die weite chorische Ausführung des *Confiteor unum baptisma* begründet, nachdem der Glaube an den Heiligen Geist selbst sich in einer musikalisch nothwendigen Arie ausgesprochen hatte. Wieder begegnen wir hier, mit derselben Beziehung auf die allgemeine christliche Kirche, wie im einleitenden *Credo*, dem gregorianischen Choralgesange, nämlich folgender Melodie:

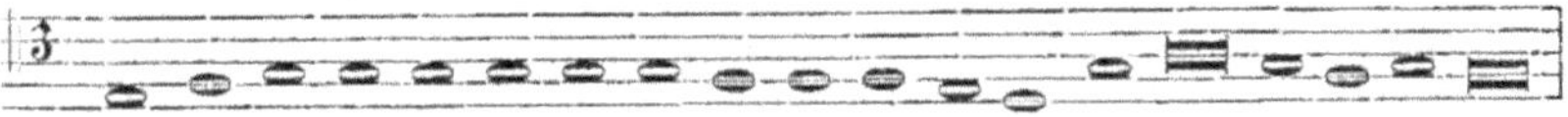

Zum Thema eines fugirten Satzes war diese Melodie nicht geeignet. Ein solches wird frei gebildet; im 73. Takte tritt der Choral erst in Verkürzung und Engführung zwischen Bass und Alt, und nach dieser Ankündigung voll und einfach im Tenor auf. Nun bereitet sich der gänzliche Schluß vor. Die Kirche dauert über den Tod hinaus ins ewige Leben, wo sie zur Vollendung gelangt. Durch eine langsame Folge wunderbarster Harmonien, in welchen die alte Welt versinkt, werden wir hinübergeleitet in den Zustand »eines neuen Himmels und einer neuen Erde«. Die Hoffnung auf denselben strömt in einem trotz aller Lebendigkeit und Zuversicht grundfeierlichen, breitathmigen Chore aus.

Der vierte Act der Messe, welcher sich um die Abendmahlsfeier schließt, ist ein zweitheiliger. In der katholischen Messe bilden *Sanctus*, *Osanna* und *Benedictus* den ersten, das *Agnus* mit dem *Dona* den zweiten Theil. Aus Unkenntniß der leipzigischen Liturgie und unter Ignorirung von Bachs ausdrücklicher Vorschrift ist man bei Aufführungen und in Ausgaben der H moll-Messe bisher einfach bei dem katholischen Schema geblieben.[55]. Aber die an dieser Stelle

---

55) Der ältesten (Nägeli-Simrockschen) Ausgabe kann man dies freilich nicht vorwerfen, da sie die Eintheilung der Messe nach den liturgischen Hauptabschnitten überall unterläßt.

hervortretende abweichende Eigenart der H moll-Messe ist in mehr als einer Beziehung wichtig und bedeutungsvoll. In den ältesten Zeiten der Kirche bildete das *Sanctus* zusammt der vorhergehenden Präfation eine Danksagung für die Wohlthaten der Schöpfung, deren Erstlinge, meistens in Brod und Wein bestehend, zuvor von den Gemeindemitgliedern dargebracht worden waren *(Offertorium)*. Seine Erweiterung durch das *Osanna* und *Benedictus* fand statt, als dieses Symbol des Dankopfers vor der später aufgekommenen Idee einer symbolischen Opferung des Leibes nnd Blutes Christi durch den Priester zurückweichen mußte. Denn *Osanna* und *Benedictus* deuten auf das Kommen des Heilandes, in diesem Fall auf sein Gegenwärtigwerden im Brod und Wein. Bekanntlich verwarf die Reformation die priesterliche Opferung. Hierdurch verloren *Osanna* und *Benedictus* als Fortsetzung des *Sanctus* ihren Sinn, und als Figuralmusik waren sie auch in der Liturgie der Leipziger Hauptkirchen schon im 17. Jahrhundert abgeschafft.[56]) Bach, der das *Sanctus* der H moll-Messe zugleich zum liturgischen Gebrauch im Gottesdienste, ebenso wie seine übrigen *Sanctus* bestimmte, hat demnach in diesem Theile der Messe die Absicht der ältesten Kirche wieder zur Geltung gebracht. Ob er es bewußt oder unbewußt gethan hat, muß dahin gestellt sein; die Thatsache daß hier das *Sanctus* als Messentheil wieder in seiner Urgestalt auftritt bleibt dieselbe. Um die Wirkung dieses aus Jesaias 6,3 entnommenen *Hymnus seraphicus* ganz zu fassen, muß man ihn mit dem Inhalte der Präfation in Verbindung bringen. Derselbe erfuhr je nach dem Charakter der hohen Feste gewisse Abwandlungen. Der Hauptinhalt blieb sich aber gleich und lautet in deutscher Übertragung nach Weglassung des responsorischen Eingangs: [Geistlicher:] »Wahrlich würdig und recht ist es, billig und heilsam, daß wir dir immer und überall danken, heiliger Herr, allmächtiger Vater, ewiger Gott, durch Christum unsern Herrn; durch welchen deine Majestät loben die Engel, anbeten die Herrschaften, fürchten die Mächte; die Himmel und der Himmel Kräfte und die seligen Seraphim mit einhelligem Jauchzen feiern; mit ihnen flehen wir, laß auch unsre Stimmen zu dir sich wenden und anbetend und bekennend sagen: [Chor:] Heilig, Heilig, Heilig« u. s. w. Die

56) Wie aus Vopelius, S. 1086 hervorgeht.

überschwängliche Vorstellung eines Lobgesanges, zu dem die Kräfte des Himmels und die Engel mit der Menschheit sich vereinigen, mag neben der Idee das *Sanctus* der H moll-Messe einzuverleiben den Componisten gedrängt haben, die Tonmittel zum sechsstimmigen Chore zu erweitern. Im übrigen sieht man auch wie die Schilderung des Jesaias für einzelne Züge des ungeheuren Tonstückes bedingend wurde. »Ich sahe den Herrn sitzen auf einem hohen und erhabenen Stuhle und sein Saum füllete den Tempel. Seraphim standen über ihm, ein jeglicher hatte sechs Flügel; mit zween deckten sie ihr Antlitz, mit zween deckten sie ihre Füße und mit zween flogen sie. Und einer rief zum andern«. Die majestätisch schwebenden Gänge, mit welchen höhere und tiefere Stimmen einander zu antworten scheinen, sind gewiß aus den letzten Sätzen jener Worte geschöpft. An jenen Stellen, wo die fünf obern Stimmen in schallenden Harmonien unter dem mächtigen Flügelschlag der Geigen und Holzbläser, dem Schmettern der Trompeten und Donner der Pauken sich strecken und der Bass in gewaltigen Octavenschritten stufenweis abwärts steigt, empfinden wir wie der Prophet, »daß die Überschwellen bebten vor der Stimme ihres Rufens und das Haus ward voll Rauch«. Nach dem breiten *Sanctus* folgt ein bewegtes *Pleni sunt coeli*, welches an ekstatischem Jubelschwung alle ähnlichen Sätze der Messe so weit überbietet, daß man wieder inne wird: bisher wollte Bach nur Preis- und Wonnegesänge der Christenheit laut werden lassen, aber hier »loben den Herrn die Morgensterne mit einander und jauchzen alle Kinder Gottes«. [57]

Der zweite Theil des vierten Messenactes beginnt bei Bach mit dem *Osanna* und schließt mit dem *Dona*. Man würde, da das *Sanctus* nunmehr wieder nur die allgemeinste Danksagung für die Segnungen Gottes ausdrückt, sagen können, es bilde allein den vierten Act und das *Osanna* mit seinem Gefolge sei der fünfte. Jedoch wurde oben gezeigt, daß beide für eine zusammenhängende Aufführung gedacht sein müssen, und auch ein innerer Zusammenhang ist vorhanden. Auf der Hand liegt, daß durch eine Gruppirung, welche das *Osanna* als Eingang und das *Dona* als Schluß eines Messenabschnittes verwendet, dieser selbst ein ganz andres Gesammtgepräge

57) Hiob 38, 7.

erhält, als wenn nur *Agnus* und *Dona* zu einem Ganzen zusammengefaßt werden. Im letzteren Falle kann, wie das aufmerksame Beobachter auch längst empfunden haben, der Eindruck nur ein unbefriedigender sein, sowohl hinsichtlich jedes einzelnen der beiden Stücke, als auch ihrer Zusammengehörigkeit, als endlich ihrer abschließenden Stellung im Ganzen der Messe. In Wirklichkeit aber bildet das *Agnus* nur ein sehr wirkungsreiches Mittelglied; es ruht wie ein schwermüthiger dunkler See zwischen stolzen Berghöhen; der Grundcharakter des Schlußabschnittes ist nicht bußfertiges Gebet, nicht erschüttertes Mitempfinden eines tragischen Vorgangs, auch nicht mystische Abendmahlsstimmung: er ist Jubel und Dank und setzt insofern die Empfindung des *Sanctus* fort, nur in menschlich gemäßigtem Grade. Der *Osanna*-Doppelchor hat auch das Wesen eines Eingangsstückes viel mehr, als das eines Abschlusses; wer an dem Fehlen eines Ritornelles Anstoß nehmen wollte, möge bedenken, daß keine concertirende Kirchenmusik ohne Orgelpraeludium aufgeführt wurde. Mag nun der ursprüngliche Zweck der übertragenen *Osanna*-Musik gewesen sein welcher er wolle, unzweifelhaft ist, daß diese nachdrängenden und einander überbietenden Jubelchöre vortrefflich zu den Worten der Volksmenge passen, welche Christi Einzug in Jerusalem begleitete. Unter dem für den ganzen Abschnitt sich ergebenden Gesichtspunkte fällt endlich auch das Befremdende fort, was bisher dem *Dona* anhaftete, das einfach die Musik des *Gratias agimus tibi* wiederholt. Ein Gebet um Frieden ist es nicht, soll es aber auch nicht sein. Wie die Gruppirung nun einmal war, konnte nur mit einem feierlichen Dankhymnus geschlossen werden. Daß auf diese Weise nicht ein, wenngleich nur äußerlicher und im Ganzen sich aufhebender, Widerspruch zwischen Text und Musik entstände, und daß nicht auch ein Schlußsatz mit andrer Musik denkbar wäre, soll damit nicht behauptet werden. Aber der Vorwurf, als entbehre die H moll-Messe eines innerlich begründeten, vollgewichtigen Abschlusses wird fürder nicht erhoben werden können.

Die H moll-Messe erweist am überzeugendsten und in den größesten Formen die Tiefe des kirchlich-christlichen Empfindens ihres Schöpfers. Wer sich zu dem Grunde desselben, soweit das überhaupt möglich ist, den Zugang öffnen will, muß die

Hmoll-Messe als Schlüssel gebrauchen. Ohne sie läßt sich nur ahnen, von welcher Urkraft alle kirchlichen Werke Bachs getragen werden. Wenn man diese Messe unter den für ihr Verständniß nothwendigen sachlichen Voraussetzungen hört, so ist es als rausche der Genius von zwei Jahrtausenden über den Häuptern hin. Fast unheimlich berührt die Einsamkeit, mit welcher die Hmoll-Messe in der Geschichte dasteht. Wenn auch alle findbaren Mittel herbeigeschaft werden, um die Wurzel von Bachs Kunstanschauung, den Gang seiner Kunstbildung, die ihr von außen zugeführten Elemente, die von seinen persönlichen Verhältnissen ausgehenden Anregungen aufzudecken, wenn endlich selbst das allgemeine Wesen der Tonkunst zur Erklärung sich hülfreich erweist, so bleibt doch ein letztes, das Aufblitzen der Idee zu einer Messe von solcher Tragweite, das abermalige Hervorbrechen des kirchlich reformatorischen Geistes wie aus lange angesammelten Quellen, ja das unzweifelhafte Wiedererscheinen von Anschauungen des Urchristenthums grade nur in dieser einen Künstlerpersönlichkeit unfaßlich, wie der Grund alles Lebens. Ein schwaches Nachzucken dieser Kraft ist in den nachfolgenden Generationen protestantischen Bekenntnisses wohl bemerkbar; bis in die neueste Zeit lockte sie die Idee einer musikalischen Messe mit geheimnißvoller Gewalt. Aber bei den Besten unter ihnen, Spohr und Schumann, war es doch großentheils nur ein antiquarisch-romantischer Reiz, wenngleich des letzteren Äußerung, der geistlichen Musik die Kraft zuzuwenden bleibe ja wohl das höchste Ziel des Künstlers, das deutliche Gefühl von dem Gebiete verräth, wo die Urquellen der Kunst fließen. Katholischerseits konnte ein Zusammenfassen des Inhalts der gesammten christlichen Kirche in der Form einer idealen Liturgie nicht unternommen werden, da hier die nothwendige Freiheit innerhalb der kirchlichen Gebundenheit nicht vorhanden war; und es ist auch nicht unternommen worden. Beethovens zweite Messe der Bachschen Messe ebenbürtig an die Seite setzen, wie man es heutzutage zu thun liebt, kann nur der, welcher den unverhüllbaren Riß nicht sehen will, der zwischen dem, was die Idee eines solchen Werkes fordert und dem Geiste, in welchem seine Gestaltung unternommen wurde, aufklafft. In Beethovens Messe muß man die gewaltige Persönlichkeit ihres Schöpfers bewundern, man wird diese Messe verstehen und mag sie lieben, so lange hundert andre Werke vorhanden sind, aus denen sein Genius reiner und voller und mit einer annoch unsre Zeit beherrschenden Macht kundbar wird. Von Bachs Compositionen könnte alles verloren gehen, die Hmoll-Messe allein würde bis in unabsehbare Zeit von diesem Künstler zeugen, wie mit der Kraft einer göttlichen Offenbarung. Nur ein wirkliches Gegenstück ist ihr gegeben. Vielfach wird der Messias Händels mit der Matthäuspassion verglichen, und die unebensten Urtheile sind dann über diese beiden Werke, die im Grunde ihres Wesens kaum etwas mit einander gemein haben, unvermeidlich. Das eigentliche Gegenstück zum Messias kann nur die Hmoll-Messe sein. Beider Werke vollerreichtes Ziel ist die künstlerische Gestaltung des Inhalts des Christenthums. Nur die Auffassung der Aufgabe war eine verschiedene: Händel erkannte sie mehr unter dem frei geschichtlichen, Bach unter dem dogmatisch gebundenen Gesichtspunkt. War der letztere hinsichtlich der Tiefe der darzustellenden Empfindungswelt zweifellos der ergiebigere, so ermöglichte der erstere eine faßlichere Plastik, eine unmittelbarere Wirkung, die darum doch nicht weniger rein war. Wie der musikalische Gehalt jener Zeit sich in diesen beiden gleichberechtigten großen Männern auseinander legt, und somit ein jeder endlich nur durch den andern ganz verstanden werden kann, so wird eine wahrhaft geschichtliche Auffassung es ablehnen müssen, den einen über den andern zu erheben. Sie darf sich freuen, daß die Unerreichten beide unser sind.

III.

Der Composition von Kirchencantaten gab sich Bach auch in dem letzten Abschnitte seines Lebens eine Reihe von Jahren hindurch noch mit Eifer hin. Indessen bemerkt man nur anfangs noch jene königliche Freigebigkeit, mit welcher er in den mittleren Leipziger Jahren aus einem unbegränzten Reichthum an musikalischen Formen schöpfte.[1] Dann zieht er sich mehr und mehr in eine bestimmte Form der Choralcantate zurück, wird

1) Vrgl. S. 306 und 266 ff. dieses Bandes.

schweigsamer und wenn er redet typischer in der Fassung. Er giebt zweien seiner größten kirchlichen Werke, der Johannes- und Matthäus-Passion, die letzte endgültige Form und bestellt sein Haus. Schließlich scheint er als kirchlicher Vocalcomponist ganz zu verstummen. Sein Lebenswerk ist gethan, er sieht dem Tode entgegen.

Die Cantate, mit welcher Bach das neue Jahr 1735 begrüßte, kann ich nachweisen. Das Jahr fand Europa in kriegerischem Aussehen. In Italien kämpften Franzosen, Sardinier und Spanier gegen die Österreicher, auch bedrängten die Franzosen die österreichischen Besitzungen am Rhein. Die kleinen Herren Deutschlands erfaßte eine Panik und schon flehte man im Gebiet von Reuß jüngere Linie in besonders angesetzten wöchentlichen Betstunden »bey diesen besorg- und gefährlichen Kriegs-Läuften« um die Gnade Gottes. Während dessen war nach Zähmung und Begütigung der widerspänstigen Polen im Reiche Augusts III. die Ruhe wieder hergestellt worden, und der König konnte nach seiner Ankunft in Warschau unter dem 16. December 1734 eine friedetriefende Proclamation erlassen. Wir sahen, daß Bach schon zum 7. October 1734 eine Geburtstags-Cantate für den König componirte[2], in welcher er als Friedebringer gefeiert wurde. Von derselben Empfindung ist der Textverfertiger der Neujahrs-Cantate geleitet worden. Ihm erscheint Sachsen-Polen als eine sichere Insel, von welcher man dem sturmbewegten Meere ringsumher theilnahmevoll zusieht.

Tausendfaches Unglück, Schrecken,
Trübsal, Angst und schneller Tod,
Völker, die das Land bedecken,
Sorgen und sonst mehr noch Noth
Sehen andre Länder zwar,
Aber wir ein Segensjahr.

Während er so singt und den Herren preist, dessen mächtige Hand geholfen hat, bittet er zugleich Jesum den Friedefürsten, seines Amtes zu walten. So lange Bach in Leipzig wirkte, ist nur einmal, grade um den Anfang des Jahres 1735, eine Situation eingetreten, welche genau auf diese Schilderung paßt. In die schlesischen Kriege war Sachsen direct und durchgängig verwickelt. Daher

2) S. S. 462 dieses Bandes.

denn die Entstehungszeit der Cantate unzweifelhaft feststeht. Die Composition selbst hat mancherlei merkwürdiges. Sie gründet sich auf Vers 1, 5 und 10 des 146. Psalms, Strophe 1 und 3 des Ebertschen Kirchenliedes »Du Friedefürst, Herr Jesu Christ« und nur zwei madrigalische Texte. Von diesen kann der zweite »Jesu, Retter deiner Heerde« auch nur halb in Betracht kommen, da der Gesang des Tenors mit dem Fagott und Grundbass zur Contrapunktirung der Choralmelodie dient, welche von den Violinen und Violen gespielt wird. Sonach tritt der Choral dreimal auf: zuerst, als zweites Stück, vom Sopran allein gesungen und von Violinen und Bässen anmuthig umrankt; dann zu dem Tenorgesange in düsterer Färbung, als poetischer Inhalt wird hier die zweite Strophe des Kirchenlieds gedacht werden müssen; endlich als Choralfantasie für den Chor mit sämmtlichen Instrumenten. Der Psalmist kommt nicht weniger häufig zu Worte. Mit dem »Lobe den Herrn, meine Seele« beginnt die Cantate. Vers 10 ist eines jener Bass-Ariosos, welche schon auf der Gränze der Arie stehen und dergleichen wir als eigenthümlich Bachsche Neubildungen auch in den nächstvorhergehenden Jahren antrafen.[3] Vers 5 ist gar zu einen einfachen Tenor-Recitativ benutzt; dies kam bei Bach bisher nicht vor, abgesehen von den nicht zu vergleichenden Mysterien, und bleibt auch überall bei ihm eine seltene Erscheinung. In der Cantate streiten sich gleichsam Bibelwort und Choral um die Herrschaft. Es ist in diesem Sinne bedeutungsvoll, daß dem ersten Chor nur eine geringe Ausdehnung (35 Takte) und keine thematische Entwicklung zugestanden wird; so kann er nicht ohne weiteres als richtungbestimmend für das Ganze angesehen werden. Im Schlußchore aber triumphirt nicht etwa der Choral. Während sonst die contrapunktirenden Singstimmen sich desselben Textes, wie der *Cantus firmus* zu bedienen pflegen, erfassen sie hier das letzte Wort des Psalms »Hallelujah«: also eine Vereinigung beider Elemente. In dem hier entwickelten Verhältniß liegt das Eigenthümliche des geistreichen Werkes.[4]

Unter dem Eindrucke der Kriegsereignisse am Rhein und in

---

3) S. S. 301 dieses Bandes.

4) Ich kenne die Cantate nur nach einer Abschrift der königlichen Bibliothek zu Berlin. Wo das Autograph sich befindet weiß ich nicht.

Welschland ist auch die etwa vier Wochen später, am vierten Epiphanias-Sonntage (30. Januar 1735) aufgeführte Cantate »Wär Gott nicht mit uns diese Zeit« entstanden. Bekanntlich hat Luther den 124. Psalm zu einem dreistrophigen Liede umgedichtet. Dieses bildet den Kern des Textes, doch ist die zweite Strophe madrigalisch paraphrasirt. [5]) Die erste Strophe hat die Form des Pachelbelschen Orgelchorals. Die Chorstimmen bereiten fugirend vor und zwar mit sehr kunstvollen Beantwortungen in der Gegenbewegung, contrapunktiren dann auch mit ihren Themen gegen den *Cantus firmus*, welcher aber dem Horn und beiden Oboen zugewiesen ist. Diese neue Form zu begreifen — nicht technisch, denn da ist sie auf den ersten Blick klar, sondern sie durch die Phantasie zu einem innerlichen Erlebnisse nachzugestalten, möchte unter die schwierigsten Aufgaben gehören. Der nur gespielte Choral läßt für die subjectiven Nebenempfindungen den weitesten Raum. Tritt dazu ein Solo- oder Chorgesang mit eignen Worten und Melodien, so mischen sich zwei gegensätzliche Mächte, ein Subjectiv-Fließendes und ein Objectiv-Festes, von welchen aber ersteres, weil es das Kirchliche voller repräsentirt, die Oberhand behalten und den Anspruch des Objectiven erheben muß. Diese bunte Empfindungskreuzung ist die echteste Bachsche Romantik. Im vorliegenden Falle aber, da zwischen gespieltem *Cantus firmus* und contrapunktirendem Gesang kein inhaltlicher Gegensatz besteht, läßt Bach in den subjectiven Raum der gespielten Melodie ein objectiver gestaltetes zwar eindringen, aber nicht bis zur gänzlichen Erfüllung. Diese würde stattfinden, wenn auch der *Cantus firmus* gesungen würde. Bach hat aber mit Fleiß auf halbem Wege innegehalten. Ansätze zu der gewagten Form finden sich schon im ersten Chor der Cantate »Es ist nichts gesundes an meinem Leibe«, insofern nämlich die gesungenen Fugenthemen

5) B.-G. II, wo unter Nr. 14 die Cantate veröffentlicht ist, steht S. 126 »Ja hätt es Gott nicht zugegeben«, offenbar verschrieben, weil sinnlos, aus »Ja hätte Gott es zugegeben«. Ausnahmsweise hat Bach bei dieser Cantate selbst die Jahreszahl 1735 angemerkt. — Das Papier der Stimmen ist dasselbe, wie dasjenige, auf welchem die zum Namenstage des Königs umgearbeitete Cantate »Vereinigte Zwietracht« geschrieben ist. Das Jahr paßt für die Aufführung dieser Musik sehr wohl; s. S. 459, Anmerk. 42 dieses Bandes.

aus zwei Zeilen des gespielten Chorals gewonnen sind.[6] Sehr bedeutend sind die beiden Arien, die erste durch ihre eckige Rhythmik ein wahres Charakterstück, die zweite eben so kunst- wie affectvoll und namentlich im zweiten Theile hinreißend durch den Ausdruck großartiger, immer trotziger sich aufrichtender Glaubenskraft.

Bach vollendete im März 1735 sein fünfzigstes Lebensjahr. Wie unvermindert kräftig jetzt immer noch der Schaffensdrang in ihm war, geht auch daraus hervor, daß aus keinem Jahre eine gleich große Zahl Kirchencantaten theils nachgewiesen theils wahrscheinlich gemacht werden können. Nicht weniger als zwanzig Cantaten seiner Composition scheint Bach in diesem Jahre gebracht zu haben. Unter ihnen sind allerdings mehre Überarbeitungen arnstädtischer, weimarischer und cöthenischer Werke, und die Cantate »Komm du süße Todesstunde«[7] hat er wohl ganz unverändert gelassen, nur daß sie jetzt nicht dem 16. Trinitatis-Sonntage, sondern dem Feste Mariä Reinigung (2. Febr.) zu dienen hatte. Zum ersten Ostertage (10. April) griff er auf Compositionen seiner frühesten Jugend zurück (»Denn du wirst meine Seele nicht in der Hölle lassen«[8]), zum dritten Ostertage auf eine cöthenische Gelegenheits-Cantate (»Ein Herz, das seinen Jesum lebend weiß«[9]). Die Musik zum zweiten Ostertage (»Erfreut euch ihr Herzen«)[10] verdankt ihren gefälligen Charakter dem Umstande, daß sie zwischen jenen beiden stehen sollte. Bach war es gegeben, sich leicht bis zu einem gewissen Grade in andre Stilarten, sowohl fremder Persönlichkeiten, als seiner eignen früheren Entwicklungsphasen hineinzuversetzen. Daß die Cantate »Erfreut euch ihr Herzen« der Cöthener Gelegenheitsmusik und ihrer Überarbeitung angeähnelt ist, lehrt die Vergleichung sofort. Eine mehr in die Breite als Tiefe gehende Behaglichkeit ist nicht das Einzige was sie gemeinsam haben. Stimmt doch der erste Chor der jüngern mit dem letzten Chor der älteren Composition auch in der Anlage genau überein; selbst die duettirenden Stellen, namentlich des Mittelsatzes, welche in der Gelegenheitscomposition durch den Text bedingt waren, hat Bach in der zweiten Ostercantate nachge-

---

6) S. S. 297 dieses Bandes.
7) S. Band I, S. 541 ff.
8) S. Band I, S. 225 ff.
9) S. S. 450 f. dieses Bandes.
10) B.-G. XVI, Nr. 66.

macht. Geist und Anmuth herrscht in beiden, wenn sie auch unter Bachs Ostermusiken eine hervorragende Stelle nicht beanspruchen können. Dem aufmerksamen Beobachter wird es nicht entgehen, daß der vorletzte Takt des Bass-Recitativs am Anfang des zweiten Theils der folgenden Arie wieder aufgegriffen wird. Dies, und das etwas unmotivirte Auftreten der Bewegung im Recitativ selber hat vielleicht einen äußerlichen Grund. Ein Blatt, auf welchem der erste Entwurf des Anfangs der Exaudi-Cantate für dasselbe Jahr steht, enthält außerdem folgende Skizze:

Sie dürfte die erste Intention der Bassarie in der zweiten Oster-Cantate andeuten und vom Componisten, als er für die Hauptsache andern Sinnes geworden war, in obiger Weise nebensächlich aufgebraucht worden sein. Nur theilweise aus ältern Compositionen zusammengesetzt sind zwei Pfingstcantaten: »Wer mich liebet, der wird mein Wort halten« und »Also hat Gott die Welt geliebt«. Jene geht auf die Cantate gleichen Anfangs zurück, welche Bach über einen Neumeisterschen Text in Weimar setzte.[11] Zwei Stücke aus derselben hat er hineingearbeitet; daß das Ganze bedeutender geworden wäre als das ältere Werk, kann nicht behauptet werden. Tenor- und Alt-Arie haben einen merkwürdig äußerlichen, fast weltlich-virtuosischen Charakter; die Länge der Cantate steht zu ihrem Gehalt in keinem Verhältniß.[12] Für die Arien von »Also hat Gott die Welt geliebt« mußte die vielbenutzte Gelegenheitsmusik »Was mir behagt, ist nur die muntre Jagd« den Stoff hergeben. Wie genial die Übertragung ist, aus welcher die entzückende Lieblichkeit der Sopran-Arie »Mein gläubiges Herze« hervorging, wurde schon an einer andern Stelle erörtert.[13] Zu jeder der beiden Arien ist ein

---

11) S. Band I, S. 505 ff. 12) B.-G. XVIII, Nr. 74.

13) S. Band I, S. 558 ff. — Die instrumentale Durcharbeitung des Bassthemas, welche in der autographen Partitur der weltlichen Cantate hinter dem Schlußchore steht, gehört nicht zu der Sopranarie »Wenn die wollenreichen Heerden« und ist auch durch keinen äußerlichen Hinweis mit ihr in Verbindung

neu componirter Chor gefügt, dessen Charakter durch sie bestimmt ist: mit der Sopranarie schließt sich der Anfangschor zusammen, eine vierstimmige Chorarie, deren Begleitung das Ganze zu einem reizvollen kirchlichen Siciliano macht; die Stimmung der Bassarie setzt die durch Posaunenklang umhüllte kräftige Schlußfuge fort.[14]) Diese Cantate ist eben so gehaltreich wie durchaus eigenthümlich. In allen fünf Übertragungen aber spielt der Choral theils keine, theils eine untergeordnete Rolle.

Die zwischen Ostern und Pfingsten liegenden Sonn- und Festtage scheint Bach im Jahre 1735, vielleicht nur mit Ausnahme des Sonntags Quasimodogeniti, sämmtlich mit neuen Cantaten versehen zu haben. Zum Himmelfahrtsfeste liegen, ein seltener Fall, sogar zwei Cantaten vor: in der That waren ja für diesen Tag zwei concertirende Musikwerke nöthig. Bemerkenswerth ist zunächst die Beschaffenheit der Texte. Aus den tiefausgefahrenen Gleisen madrigalischer Reimerei wendet sich der Dichter häufiger zur Liedstrophe zurück und baut ungewöhnlichere, anmuthige Formen. Das Bibelwort tritt öfter ein, als sonst. Die Empfindung ist durchweg tiefer und reiner, als durchschnittlich in den früheren madrigalischen Cantaten, manchmal erhebt sie sich zu wirklich erbaulicher Kraft. Gern möchte man wissen, ob sich hier ein neuer Textdichter zeigt, oder ob Bach, nachdem er mit dem Durchcomponiren ganzer Kirchenlieder deutlich sein Mißbehagen an dem wennauch verwendbaren, so doch leeren Wortkram Picanders kundgegeben hatte, dessen Talent durch seinen ernsten Geist zu veredlen vermocht hat. Den größesten Theil der Himmelfahrts-Cantate »Gott fähret auf mit Jauchzen« (von der Sopran-Arie an) bildet ein sechsstrophiges, geschickt gestaltetes und einer gewissen Wärme nicht entbehrendes Gedicht.[15]) Die erste Arie der dritten Pfingst-Cantate »Er rufet seine Schafe mit Namen« stützt sich auf anmuthige, in die Strophenform des Kirchenlieds »Ach Gott und Herr« gefaßte Worte.[16]) Die über-

gebracht. Offenbar hat Bach, als er die Umarbeitung für die Pfingstcantate vornahm, diese zum Nachspiel derselben bestimmte Durchführung auf dem freigebliebenen Raum zuerst flüchtig entworfen.

14) B.-G. XVI, Nr. 68. 15) B.-G. X, Nr. 43.

16) Autographe Partitur und Originalstimmen der Cantate auf der königl. Bibliothek zu Berlin.

einstimmende Anordnung der Texte zu Cantate (»Es ist euch gut, daß ich hingehe«)[17], Rogate (»Bisher habt ihr nichts gebeten in meinem Namen«)[18], Himmelfahrt (»Gott fähret auf«) und zum dritten Pfingsttag (»Er rufet seine Schafe mit Namen«), in welchen sowohl am Anfang wie in der Mitte ein Bibelspruch angebracht ist, läßt schon erkennen, daß dieselbe Dichterhand thätig war.[19]) Bach seinerseits, der bei den Überarbeitungen durch den Charakter der älteren Musikstücke immerhin beengt war, hier aber frei aus dem Vollen schöpfen konnte, hat eine Reihe Compositionen von seltener Schönheit geschaffen. Was er schon früher vereinzelt versuchte: eine neue Form für das Bibelwort im Sologesang, welche aus dem üblichen Arioso mit contrapunktirendem Generalbass durch Hinzutritt concertirender Instrumente zu der reicheren Arienform hinüberstrebte, aber doch in erkennbarer Verschiedenheit von ihr verharrt, das ist in diesen Cantaten mit schönstem Gelingen weiter geführt. Nichts läßt sich denken, was der Bedeutsamkeit des heiligen Schriftwortes und zugleich dem Bedürfniß nach persönlichster Belebung desselben in vollkommenerer Weise genügte, als die köstlichen Bass-Gesänge, mit denen die Compositionen zu Misericordias (»Ich bin ein guter Hirt«)[20], Cantate (»Es ist euch gut, daß ich hingehe«) und Rogate (»Bisher habt ihr nichts gebeten«) anheben. Das Arioso mit bloßem Generalbaß wird darum auch in diesen Cantaten nicht aufgegeben. Darüber hinaus finden sich aber auch einige Bibelstellen rein recitativisch behandelt, was in der eigentlichen Kirchencantate sonst nicht Bachs Gebrauch ist. Zweimal wird sogar schlankweg mit einem solchen Recitativ begonnen; so in der Exaudi-Cantate »Sie werden euch in den Bann thun«.[21]) Eine große Freiheit der Gestaltung im Ganzen und Einzelnen ist überhaupt diesen Cantaten eigenthümlich. An ihr hat die abweichende Form der Texte natürlich ihren vollen Antheil. Da die Worte nicht immer mit Rücksicht auf das italiänische Arienschema gedichtet waren, mußte der

17) B.-G. XXIII, Nr. 108. 18) B.-G. XX¹, Nr. 87.

19) Auch der Text zur Pfingstcantate »Wer mich liebet«, in welche gar drei Bibelsprüche eingefügt sind, verräth diese Hand.

20) B.-G. XX¹, Nr. 85.

21) Autographe Partitur und Originalstimmen auf der königl. Bibliothek zu Berlin.

Componist vermittelnde Wege gehen. Dabei kamen denn allerhand geistvolle Abwandlungen der üblichen Form zu Tage. Die kleinere Himmelfahrts-Cantate »Auf Christi Himmelfahrt allein«[22] — für deren zusammenhangslosen und offenbar eilfertig zusammengestoppelten Text aber das allgemein gespendete Lob nicht gilt — bietet die originelle Erscheinung, daß eine Arie sich gänzlich ins Recitativ verläuft, dabei aber insoweit doch ihren Charakter wahrt, als nach Beendigung desselben das Anfangs-Ritornell der Arie das Ganze abschließt. Viele der Sologesänge stehen mit ihrer herrlichen Melodiefülle, ihrer zarten Innigkeit und überraschenden Farbenmischung, mit ihrem Schwung und großartigem Pathos unter Bachs allerhöchsten Leistungen dieser Art. Auf die Zahl angesehen treten die Chöre zurück. Choräle kommen meistens nur als einfache Schlußstücke vor; nur die kleinere Himmelfahrts-Cantate beginnt mit einer Choralfantasie, und in der Misericordias-Musik steht eine solche in der Mitte, beschäftigt aber allein den Sopran. Wo indessen freie Chöre vorkommen, sprühen sie von charakteristischem Leben. Auch in ihnen überall jene geniale Freiheit und Kühnheit der Form. Auf Jubilate beginnt Bach mit einem Chor »Ihr werdet weinen und heulen, aber die Welt wird sich freuen«,[23] in welchem die Gegensätze des Weinens und der Freude mit durchdringender Kraft gestaltet und hernach zu einer Doppelfuge verbunden werden, dann leitet er hinüber zu einem Bassrecitativ, nach welchem der anfängliche Satz mit anderm Text weiter geführt wird. Die große Himmelfahrtsmusik »Gott fähret auf«, welche in den drei ersten Sätzen einen mehr oratorienhaften, hernach einen kirchlich erbaulichen Charakter trägt, bietet ein Tonbild der Auffahrt Christi von großartiger malerischer Bewegtheit im Ganzen und Einzelnen: alles strebt aufwärts, die Gestalt verschiedener Themen sowohl als der Bau der Fuge im ganzen, und ein Hauptthema schmettert wie Posaunenklang hinein. Eigen ist, wie Bach den Chorsatz eröffnet: durch ein kurzes feierliches Instrumentaladagio, welches das erste Fugenthema praeludirend andeutet. Ins Allegro gelangt hört man das Thema und sein Contrasubject zuerst sich instrumental entwickeln, bis denn nach vollster musikalischer Vorbereitung der Chor unter Trompeten- und

---

22) B.-G. XXVI, Nr. 128. 23) B.-G. XXIII, Nr 103.

Paukenschall hereinbraust. In der Cantate »Es ist euch gut, daß ich hingehe« nimmt der einzige große Chor die Mitte des Werkes ein. »Wenn aber jener der Geist der Wahrheit kommen wird, der wird euch in alle Wahrheit leiten« ist sein biblischer Text. Unmittelbar an ein Secco-Recitativ sich anschließend tritt er ein, und redet wie die Jünger am Pfingstfeste, begeistert und überwältigend. Bei dem alle Schranken durchbrechenden Fugenthema:

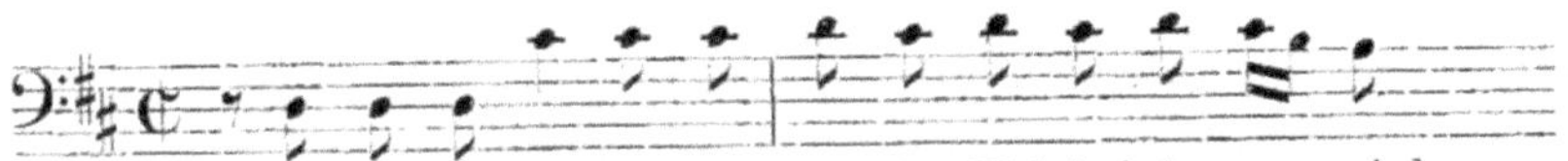

empfindet man, daß »des Herrn Wort ist wie ein Hammer, der Felsen zerschmeißt.«[24]

Was sonst noch an Cantaten mit frei erfundenen Hauptchören vorliegt, ist nicht eben viel, denn die Choralcantate gelangt während der letzten Periode ins entschiedene Übergewicht. In Werken, die sich mit Zuversicht in die zeitliche Nähe der vorher geschilderten setzen lassen, tritt ebenfalls der Zug zu neuen, tiefsinnig verschlungenen und scharf charakterisirten Gestaltungen hervor. Der zum Reformationsfeste des Jahres 1735 verordnete Predigttext — es wurde, da der 31. October auf Montag fiel, am 30. October, dem 21. Trinitatis-Sonntage gefeiert — bestand aus Psalm 80, 15—20. Die in diesem Abschnitte vorkommenden Worte »Siehe darein und schilt, daß des Brennens und Reißens ein Ende werde« lassen die Kriegsereignisse des Jahres 1735 deutlich anklingen. Auch im Text der Cantate »Gott der Herr ist Sonn und Schild« athmen die Zeilen

Denn er will uns ferner schützen,
Ob die Feinde Pfeile schnitzen
Und ein Lästerhund gleich billt

eine besondere Erregtheit, die sich aus dem allgemeinen Charakter des Reformationsfestes nicht genügend erklären läßt. Die Musik entbehrt gleichfalls nicht der kampfschildernden Züge. In dem Duett »Gott, ach Gott, verlaß die Deinen nimmermehr« beschäftigen

24) In den Stimmen hat Bach beim ersten Eintritt d in e verwandelt, also aus dem Septimen- einen Sextenschritt gemacht — zuverlässig nur um den Einsatz zu erleichtern. Es dürfte für uns immerhin erlaubt sein, bei der ursprünglichen Lesart zu bleiben. — Über die Chronologie s. Anhang A, Nr. 55.

sich die vereinigten Violinen nicht mit einer contrapunktirenden Begleitung, wie es sonst bei Bach Regel ist. Sie wollen etwas besonderes sagen, schlagen den Boden, wie ungeduldige Kriegsrosse, und fahren ungezügelt zwischen den Gesang hinein. Eine Ähnlichkeit mit dem zweiten Satze der Cantate »Ein feste Burg«[25]) ist nicht zu verkennen; außerdem verdient es Beachtung, daß bei der Übertragung dieses Satzes in die G dur-Messe die Begleitung gänzlich geändert ist. Im Eingangschor hat ebenfalls ein Hauptthema einen trotzig pochenden und aufbrausenden Charakter. Bei dem Entwurf des Chors wurde Bach von der Idee der Concertform geleitet, indem er zwei stark contrastirende Gedanken aufstellte und mit einander wechseln ließ. Das Eigenthümlichste daran, und für Bach so sehr bezeichnende ist aber, wie der Chor an das instrumentale Tonstück sich krystallisch nach und nach ansetzt. Anfangs giebt er zu dem zweiten Hauptgedanken mit den Worten »Gott der Herr ist Sonn und Schild« nur den weitgespannten harmonischen Hintergrund, verständlich symbolisirend, daß aller Kampf im Namen Gottes geführt werde. Hernach verdichtet sich jener Hauptgedanke zu einem Fugenthema. Die tiefsinnigen Verbindungen, welche sonst noch das mächtige Stück bis hinab auf die Bewegungen der Pauke durchziehen, können hier nicht verfolgt werden. Die poetische Bedeutung aber des ersten Hauptgedankens wird im dritten Stücke völlig klar; hier singt unter seiner Begleitung der Chor in einfach prächtigen Harmonien »Nun danket alle Gott.«[26])

Zu derselben Zeit mit der ersten Aufführung des Oster-Oratoriums, also wahrscheinlich 1736, brachte Bach eine Cantate auf den zweiten Ostertag (2. April 1736): »Bleib bei uns, denn es will Abend werden.«[27]) Das Fest-Evangelium enthält die gemüthvolle Erzählung von den zwei Jüngern, welche nach Emmaus wandern in bekümmerten Gesprächen über Christi Tod. Unerkannt gesellt sich Christus zu ihnen. Als sie das Ziel ihres Ganges erreicht haben, stellt er sich als wolle er von ihnen scheiden. Sie aber bitten: »Bleibe bei uns, denn es will Abend werden und der Tag hat sich

---

25) S. S. 300 dieses Bandes und Band I, S. 556.

26) B.-G. XVIII, Nr. 79. — S. Anhang A, Nr. 55.

27) B.-G. I, Nr. 6. — S. Anhang A, Nr. 48 und 56.

geneiget.« In dem Hauptchor wird ein aus mehren Themen kunstreich gewobener Satz von innig bewegtem, aber doch mildem Ausdruck eingeschlossen durch zwei langsame Abschnitte, deren sehnsuchtsvolles einfältiges Wesen mit rührender Gewalt ergreift. Eine solche Dreitheiligkeit, die aus der ruhigeren Empfindung zur stärkeren Erregtheit übergeht und dann wieder zur anfänglichen Gemüthsstimmung zurückführt, ist in Bachs Cantaten-Chören neu; denn die in Ouverturenform gesetzten Chöre lassen sich wegen des ganz verschiedenen Charakters jener Form nicht vergleichen.[28]) Außerdem ist der Chor durch eine intensive Naturstimmung ausgezeichnet und in dieser Beziehung von uns auch schon früher herbeigezogen worden.[29]) So eigen klingen im Mittelsatze die langgezogenen Töne »Bleib bei uns« durch das Stimmengespinnst hindurch und über demselben hin, als hörte man ferne Rufe über das dämmernde Feld. Lange, tiefdunkle Schatten fallen in das Bild des Anfangs und Schlusses; Bach selbst hat gesorgt, daß wir seine Absicht nicht mißverstehen können, da er dasselbe Tonmittel auch in der Tenorarie einer weltlichen Cantate gebraucht, wo es die Worte zu illustriren gilt: »Frische Schatten, meine Freude, sehet wie ich schmerzlich scheide.«[30]) Die abwärts strebende Bewegung mancher Partien stimmen das Gemüth wie das Niedersinken der Nacht. Auch an verschiedenen Stellen der von edler Sehnsucht getränkten Altarie wird das Hereinbrechen der Finsterniß durch Klang und Harmonienfolgen seltsam schaurig dargestellt. Mochte Bach geglaubt haben, es sei nun nach dieser Richtung genug geschehen, oder veranlaßten ihn andre Dinge — das schöne, namentlich für Vesper-Gottesdienste beliebte Abendlied »Ach bleib bei uns, Herr Jesu Christ«, welches die Mitte der Cantate bildet, läßt als Bachsche Composition einiges an Tiefe zu wünschen. Wie in einem Orgeltrio singt der Sopran den *Cantus firmus*, während Generalbass und ein *Violoncello piccolo* contrapunktiren. Letzeres entwickelt seine Tonreihen aus der ersten Choralzeile, ergeht sich dann aber bald in merkwürdigen Sprüngen, Arpeggien und Läufen. Am Schlusse, wo man die Wiederkehr des-

28) Unter den Sologesängen hat die Arie »Seligster Erquickungstag« aus der Cantate »Wachet, betet« eine solche Form; s. B.-G. XVI, S. 364 ff.

29) S. S. 391 dieses Bandes. 30) B.-G. XI², S. 181.

selben Chorals erwartet, steht die zweite Strophe von »Erhalt uns Herr bei deinem Wort«, was wohl durch die lehrhafte Wendung, welche der Text hernach nimmt, veranlaßt ist. Jedenfalls hält gegenüber der ergreifenden Schönheit der ersten beiden Stücke das übrige nicht Stand.

Die Cantaten »Es wartet alles auf dich« (7. Trinitatis-Sonntag)[31]) und »Wer Dank opfert, der preiset mich« (14. Trinitatis-Sonntag)[32]) sind für die Messen in G moll und G dur benutzt worden. Sie müssen also vor deren Entstehungszeit geschrieben sein und diese ist um 1737. Auf das Evangelium von der Speisung der Viertausend Bezug nehmend preist der Hauptchor der ersten Cantate mit den Worten des Psalmisten (Ps. 104, 27 und 28) die Güte Gottes, der mit unerschöpflichen Gaben alle Creatur ernährt. Der Chor ist großartig entworfen und reich ausgeführt, nur für den Gegenstand auffällig düster. Im Verlaufe des Werkes, das sich zu einer umfassenden Darlegung von Gottes Wohlthaten erweitert, wird dieser Ton auch nicht festgehalten. Über Worte der Bergpredigt (Matth. 6, 31 und 32) entwickelt sich eines jener Bass-Ariosos, die schon an der Gränze der Arie stehen, voll des lehrhaften Eifers, der Bach so schön kleidet. Die Alt- und Sopran-Arie aber wogen so goldig und quellend entgegen, wie der Segen reifender Saatfelder. Es ist in ihnen etwas von der warmen, schönen Sinnlichkeit, die erst Mozart ganz entfalten sollte. Hinreißend ist in der Sopranarie das *Un poco allegro* im $\frac{3}{8}$ Takt, in welchem rhythmisch verändert auch das Hauptthema des Adagio wiederauftaucht. Die alterthümliche Weise des Danklieds »Singen wir aus Herzensgrund« leitet wieder mehr in die Stimmung des Hauptchors zurück. Die Cantate »Wer Dank opfert« besingt ebenfalls die Macht und Güte Gottes, aber durchweg in helleren Farben. In einer prachtvollen Fuge strömt der Jubelgesang des Hauptchores dahin. Die Mitte der Cantate thut sich durch ein Stückchen erzählenden Bibelwortes hervor, von welchem die Betrachtung einen neuen Ausgang nimmt. Ebenso ist es in der Himmelfahrts-Musik »Gott fähret auf mit Jauchzen.«

---

31) Autographe Partitur und Originalstimmen auf der königl. Bibliothek zu Berlin; originale Instrumentalstimmen im Besitz des Herrn Professor Rudorff in Lichterfelde bei Berlin.

32) B.-G. II, Nr. 17.

In die Zeit von 1738—1741 fallen noch drei Cantaten mit freien Hauptchören, welche mehr oder weniger aus Überarbeitungen hervorgegangen sind. Eine Musik auf das Johannisfest »Freue dich, erlöste Schaar« wird auf den 24. Juni 1738 zu setzen sein. Sie gründet sich auf die weltliche Cantate »Angenehmes Wiederau«[33]), und giebt einer wohligen Stimmung Ausdruck, welche weniger zu dem dogmatischen Charakter des Festes paßt, als zu der Jahreszeit, in welcher es gefeiert wurde. Ungefähr in dieselbe Zeit, vielleicht schon in den Spätherbst 1737 gehört eine umfangreiche Brautmessen-Musik »Gott ist unsre Zuversicht.« Alle Hauptstücke ihres zweiten Theils sind der Weihnachts-Cantate »Ehre sei Gott in der Höhe« entnommen.[34]) Der große Anfangschor ist sehr wohllautend, leicht faßlich und doch gehaltvoll. Eine bezaubernde Süßigkeit, wie sie nur in Bachschen Hochzeits-Cantaten vorkommt, liegt in den weitgespannten Melodien der Alt-Arie. Die Aufschrift *In diebus nuptiarum*, welche das Werk trägt, deutet wohl auf eine weitläufige, solenne Feier, vermuthlich für hochgestellte Personen. Aus einer Hochzeitscantate endlich, welche nur noch unvollständig erhalten ist, aber ein sehr bedeutendes und interessantes Werk gewesen zu sein scheint, hat Bach etwa 1740 oder 1741 eine Pfingst-Cantate »O ewiges Feuer, o Ursprung der Liebe« gebildet.[35]) Sie enthält zwei Chöre und zwischen kurzen Recitativen in der Mitte eine Alt-Arie »Wohl euch ihr auserwählten Seelen.« Die Übertragung wird fühlbar an der Kürze des schließenden Chors, der in der Trauungs-Cantate diesen Zweck nicht hatte. Ebenso an der Arie, welche die bräutliche Stimmung in keinem Theile verkennen läßt. Von allem was Bach in diesem Sinne schrieb steht sie mit ihrem keuschen und berauschenden Duft, ihrem Klangzauber, ihren wonnigen Melodien unbedingt am höchsten und wohl als ein schlechthin unerreichbares da. Auch um die prachtvolle Blume des ersten Chors

---

33) S. S. 466 dieses Bandes und Anhang A, Nr. 48.

34) S. S. 272 dieses Bandes.

35) B.-G. VII, Nr. 34. — S. Anhang A, Nr. 47. — Ich bemerke hier beiläufig, daß im Jahre 1742 wegen Absterbens der Kaiserin-Wittwe Maria Amalia eine vierzehntägige Landestrauer angeordnet, und folglich zu Pfingsten und Trinitatis keine Kirchenmusik gemacht wurde. Schon deshalb kann also die Cantate »O ewiges Feuer« 1742 nicht aufgeführt sein.

schwebt ein Schein von menschlichen Liebesflammen, der bei Bachs Reinheit und Idealität freilich für die Pfingstbestimmung nicht gradezu störend wird, aber sich doch erst unter dem ursprünglichen Zwecke des Chores ganz verstehen läßt.

Schon früher ist nachgewiesen worden, daß Bach auch Instrumentalwerke für Kirchen-Cantaten ausnutzte, und zwar nicht nur als Sinfonien sondern auch zu Sologesängen.[36] Zwei Cantaten liegen vor, in denen aus Instrumentalsätzen gar Chöre gemacht sind, eine Weihnachts-Cantate »Unser Mund sei voll Lachens«[37] und eine Jubilate-Musik »Wir müssen durch viel Trübsal in das Reich Gottes eingehen.«[38] Ähnlich wie im *Gloria* der A dur-Messe ist der Chor in das Instrumentalstück hineingebaut, ohne daß dieses wesentlich verändert wurde. Zu der Weihnachts-Musik hat Bach die Ouverture einer Orchesterpartie in D dur benutzt.[39] Wir wissen nicht sicher, wann diese entstand; doch macht ein Vergleich mit der C dur- und H moll-Partie es wahrscheinlich, daß Bach sie nicht schon in Cöthen, sondern erst in Leipzig schrieb, als ihm die Direction des Musikvereins auch solche Aufgaben wieder nahe brachte. Da wir aus der Zeit von 1723—1734 bereits drei Cantaten zum ersten Weihnachtstage von ihm besitzen und er auch die Leitung des Musikvereins erst 1729 übernahm, so ist es unwahrscheinlich, daß er die Cantate »Unser Mund sei voll Lachens« vor 1734 componirt hat.[40] Nur das fugirte Allegro der Ouverture ist mit erstaunlicher Meisterschaft zum Chor umgebildet; die Grave-Sätze bilden Vor- und Nachspiel. Ähnlich hat Bach die Form in der Cantate »Preise Jerusalem den Herrn« und auch in der Choral-Cantate »In allen meinen Thaten« verwendet,[41] während er anderswo (»Nun komm der Heiden Heiland«, »Höchsterwünschtes Freudenfest«, »O Ewigkeit, du Donnerwort«) den Chor auch am Grave sich betheiligen läßt.[42] Der pompöse Charakter der französischen Ouverture machte sie für eine Weihnachtsmusik wohl geeignet, wenngleich nicht zu leugnen ist, daß durch die Beschränkung des Chors auf das Allegro dieses ein

---

36) S. S. 279 f. dieses Bandes. 37) B.-G. XXIII, Nr. 110.

38) In einer neueren Handschrift auf der königlichen Bibliothek zu Berlin.

39) S. Band I, S. 748 ff. 40) S. Anhang A, Nr. 14.

41) S. S. 192 f. und 287 dieses Bandes.

42) S. Band I, S. 501 und S. 195 und 253 f. dieses Bandes.

Übergewicht erhält, das mit der Idee der Form nicht im Einklange steht. Es findet sich außerdem in der Cantate das *Virga Jesse floruit* des *Magnificat*[43]) auf die Worte des »Ehre sei Gott in der Höhe« übertragen. Die übrigen Solostücke, welche sämmtlich neu componirt zu sein scheinen, sind von hervorragendem Werth, und drücken, namentlich die Alt-Arie, eine tiefe männliche Empfindung aus, welche man so in den früheren Leipziger Cantaten nicht finden dürfte. Ganz dasselbe gilt von der Cantate »Wir müssen durch viel Trübsal in das Reich Gottes eingehen«. Ein Vergleich der von obligater Orgel begleiteten Alt-Arie »Ich will nach dem Himmel zu« mit der Arie »Willkommen will ich sagen« aus der Cantate »Wer weiß, wie nahe mir mein Ende«[44]) dürfte dies deutlich machen. Die Arien haben sehr viel Ähnlichkeit, auch in der Gesangsbesetzung und Begleitung, aber der Überschwang der Todessehnsucht erscheint hier mehr nach Innen gezogen. Als Instrumentalstück ist für die Cantate das nämliche Dmoll-Concert benutzt, welches Bach schon der Cantate »Ich habe meine Zuversicht« als Einleitung vorausschickte, nachdem das Rückpositiv der Thomas-Orgel selbständig spielbar gemacht worden war.[45]) Hier aber dient zur Sinfonie nur der erste Satz, in das Adagio ist der Hauptchor so hineingefügt, daß der Part des concertirenden Soloinstrumentes unbeeinträchtigt nebenher geht — eine That virtuoser compositorischer Gewandtheit.

Von den vier Cantaten zum Trinitatis-Feste, welche sich erhalten haben, ist noch eine unerwähnt geblieben, über deren Entstehungszeit nichts genaueres zu ermitteln war. Sie wird aber schon deshalb, weil während der Jahre 1723—1732 nicht weniger als drei jener Cantaten entstanden sind (»Höchsterwünschtes Freudenfest«, »O heilges Geist- und Wasserbad«, »Gelobet sei der Herr«), in eine spätere Zeit zu setzen sein, und ihre musikalische Beschaffenheit stimmt zu dieser Vermuthung. Ganz besonders der Hauptchor, dessen energievolle Charakteristik ihn zu einem würdigen Seitenstücke der Chöre »Herr deine Augen sehen nach dem Glauben«, »Ihr werdet weinen und heulen«, »Gott fähret auf mit Jauchzen« und anderer macht. Bei aller rein musikalischen Schönheit bietet doch

---

43) S. S. 199 dieses Bandes. 44) S. S. 283 dieses Bandes.
45) S. S. 278 dieses Bandes.

die Cantate als Ganzes ein unlösliches Räthsel. Nach dem Evangelium schleicht sich Nikodemus, ein vornehmer Pharisäer, bei Nacht zu Jesu, um sich von ihm belehren zu lassen. In diesem Vorgange erkennt der Textdichter ein Beispiel schwächlichen Kleinmuths und leitet daher seine Dichtung mit dem Bibelspruch ein »Es ist ein trotzig und verzagt Ding um aller Menschen Herze«. Wenn es nun, meint er weiter, der Christ eben so mache, und Jesus nicht öffentlich zu suchen wage, so geschehe es im Gefühl der Scham über die eigne Unzulänglichkeit. Aber in der Hoffnung auf Errettung durch den Glauben dürfe man Muth fassen. Der Gedankengang wird Bach so klar gewesen sein, wie uns; es ist deshalb unbegreiflich, warum er sich durch seine Musik in den entschiedensten Widerspruch zu ihm gesetzt hat. Nicht auf die Verzagtheit legt er im ersten Chore den Nachdruck sondern auf den Trotz. Und ein titanischer Trotz ist es, der in dem furchtbar energischen Fugenthema gegen den Himmel stürmt. Das Stück an sich ist eine Meisterleistung höchsten Ranges, aber sein Charakter hebt jeden innern Zusammenhang mit dem Folgenden auf. Im schroffen Gegensatze hierzu steht die gavottenartige erste Arie. Sie ist als Musikstück höchst reizvoll, aber sie paßt nicht einmal zu ihrem eignen Text, welcher von der Schüchternheit des Christen gegenüber dem gotterfüllten, wunderwirkenden Jesus handelt. Wenn nun auch im weiteren Verlaufe das Verhältniß zwischen Text und Musik ein angemesseneres wird, so ist doch eine harmonische Gesammtwirkung unmöglich gemacht. Verböte es nicht die Beschaffenheit des Autographs, so würde man eine Übertragung der ersten beiden Stücke muthmaßen. So aber bleibt nur übrig, den Widerspruch einfach aufzuzeigen.[46]

Wie in dieser Trinitatis- und der vorher beschriebenen Weihnachts-Musik sich außer zu Anfang auch in der Mitte ein Bibelspruch findet — eine Form, deren häufige Wiederkehr grade in den Cantaten dieser Zeit man schon bemerkt haben wird —, so auch in den beiden letzten, die uns als mit freien Hauptchören versehen noch zu berühren übrig sind. »Brich dem Hungrigen dein Brod« gehört dem ersten, »Es ist dir gesagt, Mensch, was gut ist« dem achten Trini-

---

46) Autographe Partitur auf der königlichen Bibliothek zu Berlin.

tatis-Sonntage an.[47] Die Ähnlichkeit beider hinsichtlich der musikalischen Disposition und des Geistes, in welchem sie ausgeführt sind, fällt in die Augen. Der Chor der ersteren Cantate, über zwei schöne Verse des Jesaias (58, 7 und 8) gesetzt, führt dem Sinne nach mehr noch jenen Bergpredigt-Spruch aus »Selig sind die Barmherzigen, denn sie werden Barmherzigkeit erlangen«, wie denn auch die Cantate mit der sechsten Strophe der versificirten Seligpreisungen ausklingt.[48]) Ein ergreifendes Bild christlicher Liebe, wie sie mit zarter Hand und wehmüthige Theilnahme im Blick die Leiden der Brüder lindert, hieraus den schönsten Lohn des Lebens erwerbend. Die eigenthümliche zwischen Flöten, Oboen und Geigen getheilte Begleitung — zusammenhängend findet man sie T. 17 ff. — ergab sich Bach zunächst wohl aus der Vorstellung vom Zerbrechen des Brodes. Wie wenig er aber hierbei auf kleinliche Spielerei ausging, zeigt sich aus dem Verlauf, wo zu ganz andern Worten die Begleitung sich fortsetzt. Sie verleiht dem Stück einen eigen zarten und schwebenden Anstrich; dies war es was Bach hauptsächlich wollte. An der Spitze des zweiten Theils der Cantate steht der Spruch Ebräer 13, 16: »Wohlzuthun und mitzutheilen vergesset nicht, denn solche Opfer gefallen Gott wohl«. Er wird vom Bass in der bekannten Weise gesungen. Die beiden Arien haben einen liebevoll geschäftigen, freundlichen Ausdruck. Das Evangelium des Sonntages handelt vom reichen Mann und armen Lazarus. — Dagegen ist die ganze andre Cantate eine mächtige protestantische Predigt über die Pflichten, deren Erfüllung Gott von den Christen fordert, damit sie einst vor seinem Gerichte bestehen. Ein strenger Charakter ist allem aufgeprägt; dem Hauptthema des ersten Chors, welches immer wieder auf denselben Fleck schlägt, fehlt sogar ein Zug von orthodoxer Härte nicht. Aber keine unfruchtbare Erstarrung in überkommenen Dogmen liegt ihr zu Grunde, sondern lebendige Begeisterung für ein erhabenes Ziel, welche sich brausend durch das Bette des weitgeformten Chores ergießt.

Ein gewaltiger Torso einer Kirchen-Cantate ist uns noch erhalten in einem Doppelchor mit reichster Instrumentalbegleitung

---

47) B.-G. VII, Nr. 39; B.-G. X, Nr. 45.

48) »Kommt laßt euch den Herren lehren«, angeblich von David Denicke.

über die Worte Offenbarung Johannis 12, 10 (»Nun ist das Heil und die Kraft«).[49] Ein Torso muß er heißen, da es offenbar ist, daß er in der vorliegenden Gestalt keinerlei kirchliche Verwendung gefunden haben kann. Den Platz der regelmäßigen Kirchenmusik konnte er nicht einnehmen, dazu ist er zu kurz; als Motette konnte er der concertirenden Begleitung wegen nicht gelten; ihn unter der Communion aufgeführt zu denken verbietet natürlich der Inhalt. Andre Gelegenheiten aber gab es nicht. Sicherlich bildete er den Eingang einer vollständigen Michaelis-Cantate, auch darf angenommen werden, daß er ein Orchestervorspiel hatte. Das reckenhafte Stück mit seiner zermalmenden Wucht und seinem wilden Siegesjubel ist aber auch für sich ein unvergängliches Denkmal deutscher Kunst.[50] —

Solocantaten, welche in die spätere Leipziger Zeit fallen könnten, sind nur äußerst wenige vorhanden. Ein *Dialogus* zwischen Jesus und der Seele für den zweiten Weihnachtstag (»Selig ist der Mann, der die Anfechtung erduldet«)[51] gehört in die Gattung derjenigen Compositionen, die mehr geistliche Hausmusik vorstellen als Kirchenmusik. Von christfestlicher Empfindung findet sich garnichts darin, und wäre nicht die Bestimmung ausdrücklich angegeben, so würde niemand an Weihnachten denken. Anders steht es mit einem Werke auf den dritten Christtag, »Süßer Trost, mein Jesus kommt«[52]. Wie tief und umfassend Bach auch im Weihnachts-Oratorium, in einzelnen Arien früherer Cantaten[53] die kirchliche Feststimmung ausgedrückt hatte, diese Cantate beweist, daß das Thema von ihm noch nicht erschöpft war. Die unschuldige Weihnachtsseligkeit hat hier einen eigen verklärten Charakter angenommen. Wie ein Friedensengel über der nächtlichen Stadt schwebt die silberhelle Sopranstimme mit ihren langgezogenen, einfachen, seligen Melodien,

49) B.-G. X, Nr. 50.

50) Nur in unvollständigen Stimmen hat sich eine Cantate erhalten, welche mit dem Chor beginnt »Ihr Pforten zu Zion, ihr Wohnungen Jacobs freuet euch«. Zion soll hier Leipzig vorstellen, und die Bestimmung der Musik war die Rathswahl. Näheres über die Entstehungszeit kann nicht angegeben werden. Die Trümmer dieser Cantate bewahrt die königliche Bibliothek zu Berlin.

51) B.-G. XII², Nr. 57.

52) Originalstimmen auf der königlichen Bibliothek zu Berlin.

53) »Nun komm der Heiden Heiland«, s. Band I, S. 504; »Tritt auf die Glaubensbahn«, ebenda S. 554.

durch welche eine Oboe zarte Gewinde schlingt. Der Mittelsatz der ersten Arie hat andern Takt und Zeitmaß, eine Form, die Bach in der Leipziger Zeit nicht selten anwendet[54]. Die zweite Arie wiegt sich anmuthig in tieferen Regionen; der Weihnachtschoral »Lobt Gott ihr Christen allzugleich« schließt das schöne kleine Werk. Ein andrer, für den ersten Epiphanias-Sonntag componirter *Dialogus* (»Liebster Jesu, mein Verlangen«)[55] ist dadurch für uns besonders interessant, daß Bach in dem Duett »Nun verschwinden alle Plagen« einen Gedanken weiterführt, den er schon in einer früheren Cantate auf denselben Epiphanias-Sonntag vorgebracht hatte[56]. Diesem *Dialogus* haben wir eine Cantate auf den zweiten Epiphanias-Sonntag, »Meine Seufzer, meine Thränen« an die Seite zu stellen[57]. Es bezeichnet die Ärmlichkeit und einseitige Richtung der damaligen kirchlichen Poesie, daß man dem Evangelium von der Hochzeit zu Cana, dessen anschauliche Schilderung durchaus einen edel-heiteren Grundton hat, kein andres Motiv abgewinnen konnte, als das unzählig oft benutzte: Jesus hilft dem in seiner Noth verzagenden Sünder. Mehr oder minder variiren alle hervorragenden Cantatendichter der Zeit diesen einen Gedanken. Die drei Cantaten, welche Bach für den Sonntag componirte[58], sind ebenfalls sämmtlich auf diesen Grundton gestimmt. Am hartnäckigsten wird die Empfindung der Noth, des »Ächzens und erbärmlichen Weinens« um Rettung aber in der vorliegenden Musik festgehalten. Bis auf den Schlußchoral kaum ein Sonnenblick in diese trübe, dicht umwölkte Welt. Ein fester verschlungenes Netz von Trauertönen, wie in den Arien für Bass und Tenor, hat Bach nie gesponnen. Es scheint nicht möglich, daß diese Vereinigung von tiefer, spontaner Empfindung und ausbündiger Künstlichkeit je übertroffen werden könnte. Seinem natürlichen Kunstgefühle folgend hat der Meister der Choralfantasie, welche die beiden Arien trennt, einen etwas milderen und schlich-

---

54) So z. B. noch in den Cantaten »Ihr Menschen, rühmet Gottes Liebe«, »Es wartet alles auf dich«, »Gott ist unsre Zuversicht«, »Am Abend aber desselbigen Sabbaths«, »Ach lieben Christen seid getrost«, »Ich freue mich in dir«.

55) B.-G. VII, Nr. 32. 56) S. S. 231 dieses Bandes.

57) B.-G. II, Nr. 13.

58) Außer dieser noch »Mein Gott, wie lang ach lange«, und »Ach Gott, wie manches Herzeleid« (A dur).

teren Charakter gegeben. Die Sechzehntelbewegungen der Violinen fächeln Kühlung, obwohl der Text des Chorals dieser Auffassung widerspricht, und daher auch eine wirkliche Beruhigung des Gemüths nicht erreicht wird. Bach liebte in Schmerzen zu schwelgen, ihm waren derartige Cantatendichtungen willkommene Aufgaben. Man sieht aber aus diesem Werke wieder, wie die selbstgenügsame Musik sich leise von ihrem Urgrunde, der Kirche zu lösen beginnt. Ein solches Werk paßte doch gewiß nicht in einen Gottesdienst, der die Christen dem Evangelium gemäß durch den Gedanken erbauen sollte, daß Christus mit den Seinen Gemeinschaft hält, sie mit seinen Gaben labt, fröhlich ist im Kreise fröhlicher Menschen. Selten genug kommt es allerdings vor, daß man von einer Bachschen Kirchenmusik sagen muß, sie erfülle nicht ihre liturgische Bestimmung. In hohem Grade zweckentsprechend sind wieder die Cantaten auf den 25. Trinitatis-Sonntag »Es reifet euch ein schrecklich Ende« und auf Quasimodogeniti »Am Abend aber desselbigen Sabbaths«. Erstere ist ein mächtig ergreifendes Stück trotz der sparsam aufgewendeten Mittel[59]. Letztere wird durch eine liebliche Sinfonie eingeleitet, welche, die Form eines ersten Concertsatzes in geistreicher Verbindung mit der dreitheiligen Arienform darbietend, irgend einer weltlichen Instrumentalcomposition entnommen sein muß[60]. Auch der Anfang der Alt-Arie scheint auf einer Entlehnung zu beruhen. Das Duett zwischen Sopran und Tenor behandelt eine Choralstrophe: »Verzage nicht, o Häuflein klein«, aber nur den Text; die Musik ist frei erfunden. Hier treffen wir Bach wieder auf dem Wege, den wir ihn mit den Cantaten »Gelobet sei der Herr«, »In allen meinen Thaten« und andern einschlagen sahen[61]. Jede von all diesen Solocantaten ist unter verschiedene Stimmen vertheilt; auch stehen am Schluß vierstimmige Choräle. Nur die Cantate »Meine Seele rühmt und preiset« singt der Tenor allein, und sie hat keinen Choral. Sie gehört also mit den Gesangswerken »Ich habe genug«, »Widerstehe

59) B.-G. XX[1], Nr. 90. — Die angewendeten Instrumente sind in der autographen Partitur nicht angegeben. Sie können aber aus Breitkopfs Verzeichniß von Michaelis 1761 beigebracht werden. Es heißt dort wörtlich: *à Tromba, 2 Violini, Viola, 4 Voci, Basso ed Organo.*

60) B.-G. X, Nr. 42. In der autographen Partitur ist die Sinfonie und der erste Theil der Arie Reinschrift. 61) S. S. 288 dieses Bandes.

doch der Sünde« und andern[62]) in dieselbe Gattung. Da ihr, obgleich an der Echtheit nicht zu zweifeln ist, doch einstweilen jede ältere diplomatische Grundlage fehlt, so erwähne ich sie hier nur abschließend[63]). —

Wir gelangen zu derjenigen Cantatenform, in welcher Bachs kirchliche Schaffenskraft endlich ausläuft und zu Ruhe kommt. Es darf allerdings nicht vergessen werden, daß ein Theil seiner Kirchencantaten verloren gegangen ist. Da unter diesen sich gewiß auch solche befunden haben werden, die in Leipzig componirt worden sind, so könnte sich, kämen sie wieder zu Tage, das Verhältniß der Gruppen, in welchen die verschiedenen Formen sich darstellen, wohl noch etwas verschieben. Immerhin ist durch eine große Anzahl gleichgestalteter, gleichzeitiger Werke sicher zu erweisen, daß Bach in der letzten Lebensperiode mit einer selbst bei ihm sonst nicht vorkommenden Stetigkeit in einer und derselben Form verharrte. Diese Form ist die Choralcantate.

Es muß nochmals daran erinnert werden, daß Bach um 1732 auf den Gedanken kam, Kirchenlieder durchzucomponiren; so nämlich, daß nur bei einigen Strophen die zugehörige Melodie beibehalten wurde, andre Strophen aber ohne weiteres zu Texten für Recitative und Arien dienen mußten[64]). Ich nannte diese Cantaten Übergangs- oder abschweifende Bildungen, welche auf oder an dem Wege zu höheren Formen lagen. Solche Bildungen haben vereinzelt auch noch in andrer Weise stattgefunden: ein Choral wurde als Mittelpunkt gedacht, wurde aber bald musikalisch bald poetisch nicht voll als solcher ausgeprägt. In einer Cantate auf den 19. Trinitatis-Sonntag[65]) tritt er im Hauptchore nur instrumental auf. Der Chor entwickelt in Imitationen die Worte Römer 7, 24 »Ich elender

62) S. S. 303 ff. dieses Bandes.

63) Eine junge Handschrift, aus Professor Fischhoffs Nachlasse, ist auf der königlichen Bibliothek zu Berlin. — Ich bemerke noch im allgemeinen ausdrücklich, daß alle obigen Solocantaten nur vermuthungsweise in die spätere Leipziger Zeit gestellt werden. Es spricht aber für die Richtigkeit der Vermuthung einmal die negative Thatsache, daß sie keinerlei äußere Merkmale tragen, die sie einer früheren Periode zuzuweisen zwängen, sodann positiv ihre große innere Reife und Empfindungstiefe.

64) S. S. 285 ff. dieses Bandes. 65) B.-G. X, Nr. 48.

Mensch, wer wird mich erlösen von dem Leibe dieses Todes?« Den Instrumenten ist ein selbständiger zwölftaktiger Gedanke zugetheilt, welcher sich immer von neuem abspielt, derart wie wir es bei dem Choral »Was Gott thut, das ist wohlgethan« der Cantate »Die Elenden sollen essen« kennen gelernt haben[66]. Dazu blasen Trompete und Oboen den Choral im Canon der Quinte; am Schluß wiederholt die Trompete allein nochmals die beiden ersten Zeilen, sodaß in der Form der musikalischen Frage geschlossen werden kann. Um den vollen poetischen Sinn zu fassen, muß man die der Choralmelodie zugehörigen Worte wissen. Sie lauten:

Herr Jesu Christ, ich schrei zu dir
Aus hochbetrübter Seele,
Dein Allmacht laß erscheinen mir
Und mich nicht also quäle.
Viel größer ist die Angst und Schmerz,
So anficht und turbirt mein Herz,
Als daß ichs kann erzählen.

Den Schluß der Cantate macht dann die einfach vierstimmige zwölfte Strophe. In der Mitte aber begegnet uns noch eine zweite Choralmelodie: die vierte Strophe von »Ach Gott und Herr« in einem vierstimmigen Satze, der an modulatorischer Kühnheit das Unglaubliche wirklich macht. Die madrigalischen Mittelstücke stehen zum Choral in keinerlei Beziehung. Unter ihnen ist die Tenorarie in rhythmischer und modulatorischer Hinsicht ein apartes, besonders interessantes Musikstück. — Eine andre, dem 15. Trinitatis-Sonntage gehörende, Cantate verwendet die drei ersten Strophen des Hans Sachs'schen Liedes »Warum betrübst du dich, mein Herz«[67]. Die ersten beiden Strophen, welche einander fast unmittelbar folgen, sind von frei gedichteten madrigalischen Recitativen durchzogen, wie wir dieses schon in den Cantaten »Wer weiß, wie nahe mir mein Ende«, »Herr wie du willst, so schicks mit mir« und anderwärts gehabt haben. Daß aber den ersten drei Zeilen der ersten Strophe jedesmal ein kurzes Tenor-Arioso über die betreffenden Worte des Kirchenlieds vorausgeschickt wird, darin tritt die Richtung hervor,

---

66) S. S. 185 dieses Bandes.

67) Autographe Partitur auf der königlichen Bibliothek zu Berlin. Veröffentlicht bei Winterfeld, Ev. K. III, Notenbeilage S. 145 ff.

welche Bach mit den obenerwähnten, ganz über Kirchenlieder gesetzten Cantaten einschlug. Die Tonreihen der Arioso-Stellen sind dem Haupt-Motive nachgebildet, aus welchem das Instrumentalstück sich aufbaut, das sich so anläßt als sollte der ganze Satz eine Choralfantasie werden. Aber dazu kommt es nicht; so oft der Chor eintritt, beschränken sich die Instrumente auf die einfachste Begleitung. Auch ist es dem Wesen der Choralfantasie entgegen, daß jede der drei ersten Zeilen vor dem Anheben des Gesanges von der ersten Oboe vorgespielt wird. Eine gewisse Buntheit und Unruhe ist auch der zweiten Choralstrophe eigen. Anfänglich zeigt sie sich im einfachsten vierstimmigen Satze, dagegen werden die beiden letzten Zeilen reich und motivisch contrapunktirt, und — was fast das merkwürdigste ist — sie kehren nach einem Zwischenrecitativ beinahe genau so noch einmal wieder. Die dritte Strophe steht am Schlusse; sie ist eine wirkliche Choralfantasie, das instrumentale Tonbild freilich von einer Einfachheit, der man bei Bach in solchen Fällen nicht grade häufig begegnet. Indessen ist dieses, so wie das anspruchslose Wesen der vorhergehenden Choralsätze, wohl durch den Inhalt des Sonntags-Evangeliums bedingt worden: der gläubige Christ soll in kindlicher Unbekümmertheit die Sorge für das leibliche Wohl dem göttlichen Vater überlassen, gleich den Vögeln unter dem Himmel und den Lilien auf dem Felde. Was viel mehr der Cantate das Gepräge einer unfertigen Übergangsbildung giebt, ist die subjectiv-willkürliche Ausführung der ersten Choralstrophen und die seltsame Disposition des Ganzen. Ein Choralsatz am Anfange und Schluß mit madrigalischen Mittelstücken, oder drei verschiedene Choralformen zu Anfang, in der Mitte und am Ende mit madrigalischem Beiwerk sind verständlich; eine Form, die zwei buntgewirkte Choralsätze auf einander folgen läßt, dann eine madrigalische Bass-Arie bringt, und mit einer Choralfantasie abschließt, ist es weniger. Die Entstehungszeit dieser und der vorher besprochenen Cantate konnte nicht genauer ermittelt werden. Erstere muß aber vor der G dur-Messe geschrieben sein, da in ihr die Bass-Arie als überarbeitetes Stück wieder vorkommt.

Was man im strengsten Sinne Choralcantate nennen kann, davon hat Bach in der ersten Leipziger Periode nur einzelne zerstreute Proben gegeben. Die Cantaten »O Ewigkeit, du Donnerwort« (F dur),

»Liebster Gott, wann werd ich sterben«, »Wer nur den lieben Gott läßt walten«, »Was Gott thut, das ist wohlgethan« (zweite Composition) und »Es ist das Heil uns kommen her« weisen die Form vollausgebildet auf. Nahe angränzend an dieselbe sind »Wachet auf, ruft uns die Stimme« und die am Anfang der letzten Periode stehende »Wär Gott nicht mit uns diese Zeit«. Die Hauptmasse der Choral-Cantaten möge nun zunächst hier zusammengestellt werden:

1. Ach Gott vom Himmel sieh darein (2. Trinitatis-Sonntag).
2. Ach Gott, wie manches Herzeleid (2. Epiphanias-Sonntag).
3. Ach Herr, mich armen Sünder (3. Trinitatis-Sonntag).
4. Ach lieben Christen seid getrost (17. Trinitatis-Sonntag).
5. Ach wie flüchtig, ach wie nichtig (24. Trinitatis-Sonntag).
6. Allein zu dir, Herr Jesu Christ (13. Trinitatis-Sonntag).
7. Aus tiefer Noth schrei ich zu dir (21. Trinitatis-Sonntag).
8. Christum wir sollen loben schon (2. Christtag).
9. Christ unser Herr zum Jordan kam (Johannisfest).
10. Das neugeborne Kindelein (Sonntag nach Weihnachten).
11. Du Friedefürst, Herr Jesu Christ (25. Trinitatis-Sonntag).
12. Erhalt uns Herr bei deinem Wort (6. Trinitatis-Sonntag).
13. Gelobet seist du, Jesu Christ (1. Christtag).
14. Herr Christ der einig Gottssohn (18. Trinitatis-Sonntag).
15. Herr Gott, dich loben alle wir (Michaelisfest).
16. Herr Jesu Christ, du höchstes Gut (11. Trinitatis-Sonntag).
17. Herr Jesu Christ, wahr' Mensch und Gott (Estomihi).
18. Ich freue mich in dir (3. Christtag).[68]
19. Ich hab in Gottes Herz und Sinn (Septuagesimae).
20. Jesu, der du meine Seele (14. Trinitatis-Sonntag).
21. Jesu nun sei gepreiset (Neujahr).
22. Liebster Immanuel, Herzog der Frommen (Epiphaniasfest).
23. Mache dich, mein Geist, bereit (22. Trinitatis-Sonntag).
24. Meinen Jesum laß ich nicht (1. Epiphanias-Sonntag).
25. Meine Seele erhebet den Herren (Mariä Heimsuchung).

---

68) Vrgl. über die benutzte Melodie Anhang A, Nr. 54. Die dort mitgetheilte Form weicht von der der Cantate nur unerheblich ab. Bedeutender sind die Verschiedenheiten bei der in Königs Harmonischem Liederschatz (Frankfurt a. M. 1738) S. 280 mitgetheilten Form (»O stilles Gotteslamm«).

26. Mit Fried und Freud ich fahr dahin (Mariä Reinigung).
27. Nimm von uns Herr, du treuer Gott (10. Trinitatis-Sonntag).
28. Nun komm, der Heiden Heiland- H moll- (1. Advent).
29. Schmücke dich, o liebe Seele (2. Trinitatis-Sonntag).[69]
30. Was frag ich nach der Welt (9. Trinitatis-Sonntag).
31. Was mein Gott will, das gscheh allzeit (3. Epiphanias-Sonntag).
32. Wie schön leuchtet der Morgenstern (Mariä Verkündigung).
33. Wo Gott der Herr nicht bei uns hält (8. Trinitatis-Sonntag).
34. Wohl dem, der sich auf seinen Gott (23. Trinitatis-Sonntag).
35. Wo soll ich fliehen hin (19. Trinitatis-Sonntag).

Abgesehen von den Cantaten 3, 6, 16, 20, 27, 32, 33 und 34 gehören die übrigen siebenundzwanzig schon wegen ihres handschriftlichen Aussehens in einen und denselben engeren Zeitraum. Soweit sich genaueres über die Entstehungszeit sagen läßt, ist die Cantate »Du Friedefürst Herr Jesu Christ« unter ihnen die späteste, denn sie fällt auf den 15. November 1744. Zu den frühesten dagegen scheinen »Was frag ich nach der Welt«, »Wo soll ich fliehen hin«, »Ich freue mich in dir« und »Jesu nun sei gepreiset« zu gehören. Von diesen dürfte die erste für den 7. August 1735, die zweite für den 16. October 1735, die dritte für den 27. December 1735 und endlich die vierte für den 1. Januar 1736 geschrieben sein[70].

Es handelt sich, wie man sieht, bei diesen fünf und dreißig Cantaten um eine Reihe der schönsten und größtentheils auch be-

---

69) In Breitkopfs Verzeichniß von Michaelis 1761, S. 23, als Communions-Cantate aufgeführt.

70) S. Anhang, Nr. 56. — Von 3, 33 und 34 sind überhaupt die Autographe nicht bekannt, sondern nur spätere Abschriften. Nach den Originalien veröffentlicht sind: 1 B.-G. I, Nr. 2; 2 B.-G. I, Nr. 3; 4 B.-G. XXIV, Nr. 114; 5 B.-G. V[1], Nr. 26; 6 B.-G. VII, Nr. 33; 7 B.-G. VII, Nr. 38; 8 B.-G. XXVI, Nr. 121; 9 B.-G. I, Nr. 7; 10 B.-G. XXVI, Nr. 122; 11 B.-G. XXIV, Nr. 116; 12 B.-G. XXVI, Nr. 126; 13 B.-G. XXII, Nr. 91; 14 B.-G. XXII, Nr. 96; 15 B.-G. XXVI, Nr. 130; 16 B.-G. XXIV, Nr. 113; 17 B.-G. XXVI, Nr. 127; 19 B.-G. XXII, Nr. 92; 20 B.-G. XVIII, Nr. 78; 21 B.-G. X, Nr. 41; 22 B.-G. XXVI, Nr. 123; 23 B.-G. XXIV, Nr. 115; 24 B.-G. XXVI, Nr. 124; 25 B.-G. I, Nr. 10; 26 B.-G. XXVI, Nr. 125; 27 B.-G. XXIII, Nr. 101; 28 B.-G. XVI, Nr. 62; 30 B.-G. XXII, Nr. 94; 31 B.-G. XXIV, Nr. 111; 32 B.-G. I, Nr. 1; 35 B.-G. I, Nr. 5. — Die autographe Partitur von 18 besitzt Herr Ernst Mendelssohn-Bartholdy in Berlin, von 29 Frau Pauline Viardot-Garcia in Paris.

kanntesten protestantischen Choräle des sechzehnten und siebenzehnten Jahrhunderts. In welcher Weise diese benutzt sind und worin demnach das Wesen der eigentlichen Bachschen Choralcantate besteht, wäre, nachdem der Gegenstand bisher nur einige Male angestreift werden konnte, nunmehr vollständig zu zeigen.

Einer jeden Cantate liegt das betreffende ganze Kirchenlied zu Grunde. Bei längeren Dichtungen sind wohl einmal einige Strophen übersprungen; es ist dabei aber keine Schädigung oder Änderung des Gedankenganges eingetreten, sondern nur nach dem Grundsatze verfahren, nach dem gelegentlich ja auch beim Gemeindegesange diese und jene Strophe ausgelassen wird. Jedoch treten in ihrer Originalgestalt regelmäßig nur die erste und letzte Strophe auf, mit denen immer auch die Originalmelodie verbunden erscheint. Seltener thun sich im Verlaufe noch eine oder mehre Strophen des ursprünglichen Textes hervor, welchen dann ebenfalls die Kirchenmelodie als etwas unabtrennbares anhaftet. Übrigens sind die Strophen madrigalisch umgeformt und dienen so als poetischer Stoff für die freien concertirenden Solostücke. Um eine grundlegende Vorstellung von der auf diese Art entstandenen eigenthümlichen Poesie zu geben, sollen hier ein Kirchenlied und dessen madrigalische Paraphrase einander gegenüber gestellt werden.

Kirchenlied.	Cantatentext.
1.	*Chor.*
Christ unser Herr zum Jordan kam	Christ unser Herr zum Jordan kam
Nach seines Vaters Willen,	Nach seines Vaters Willen,
Von Sanct Johann's die Taufe nahm,	Von Sanct Johann's die Taufe nahm,
Sein Werk und Amt zu 'rfüllen;	Sein Werk und Amt zu 'rfüllen;
Da wollt er stiften uns ein Bad,	Da wollt er stiften uns ein Bad,
Zu waschen uns von Sünden,	Zu waschen uns von Sünden,
Ersäufen auch den bittren Tod	Ersäufen auch den bittren Tod
Durch sein selbst Blut und Wunden;	Durch sein selbst Blut und Wunden;
Es galt ein neues Leben.	Es galt ein neues Leben.
2.	*Bass-Arie.*
So hört und merket alle wohl,	Merkt und hört, ihr Menschenkinder,
Was Gott selbst heißt die Taufe.	Was Gott selbst die Taufe heißt:
Und was ein Christe glauben soll,	
Zu meiden Ketzer-Haufe:	
Gott spricht und will, daß Wasser sey,	Es muß zwar hier Wasser sein,
Doch nicht allein schlecht Wasser,	Doch schlecht Wasser nicht allein,

Sein heilges Wort ist auch dabei
Mit reichem Geist ohn Maßen,
Der ist allhier der Täufer.

Gottes Wort und Gottes Geist
Tauft und reiniget die Sünder.

3.

Solchs hat er uns beweiset klar
Mit Bildern und mit Worten,
Des Vaters Stimm man offenbar
Daselbst am Jordan hörte;
Er sprach: Das ist mein lieber Sohn,
An dem ich hab Gefallen,
Den will ich euch befohlen han,
Daß ihr ihn höret alle
Und folget seiner Lehre.

Tenor-Recitativ.

Dies hat Gott klar
Mit Worten und mit Bildern dargethan,
Am Jordan ließ der Vater offenbar
Die Stimme bei der Taufe Christi hören;
Er sprach: Dies ist mein lieber Sohn,
An diesem hab ich Wohlgefallen,
Er ist vom hohen Himmelsthron
Der Welt zu gut
In niedriger Gestalt gekommen
Und hat das Fleisch und Blut
Der Menschenkinder angenommen;
Den nehmet nun als euren Heiland an
Und höret seine theuren Lehren.

4.

Auch Gottes Sohn hie selber steht
In seiner zarten Menschheit;
Der Heilge Geist hernieder fährt
In Taubensbild verkleidet,
Daß wir nicht sollen zweifeln dran,
Wenn wir getaufet werden,
All drei Person'n getaufet han,
Damit bei uns auf Erden
Zu wohnen sich ergeben.

Tenor-Arie.

Des Vaters Stimme ließ sich hören,
Der Sohn, der uns mit Blut erkauft,
Ward als ein wahrer Mensch getauft;
Der Geist erschien im Bild der Tauben,
Damit wir ohne Zweifel glauben,
Es habe die Dreifaltigkeit
Uns selbst die Taufe zubereit.

5.

Sein Jünger heißt der Herre Christ:
Geht hin, all Welt zu lehren,
Daß sie verlorn in Sünden ist,
Sich soll zur Buße kehren;
Wer gläubet und sich taufen läßt,
Soll dadurch selig werden,
Ein neugeborner Mensch er heißt,
Der nicht mehr könne sterben,
Das Himmelreich soll erben.

Bass-Recitativ.

Als Jesus dort nach seinen Leiden
Und nach dem Auferstehn
Aus dieser Welt zum Vater wollte gehn,
Sprach er zu seinen Jüngern:
Geht hin in alle Welt
Und lehret alle Heiden,
Wer gläubet und getaufet wird auf Erden,
Der soll gerecht und selig werden.

6.	*Alt-Arie.*
Wer nicht gläubt dieser großen Gnad,	Menschen glaubt doch dieser Gnade,
Der bleibt in seinen Sünden,	Daß ihr nicht in Sünden sterbt,
Und ist verdammt zum ewgen Tod Tief in der Höllen Grunde;	Noch im Höllenpfuhl verderbt:
Nichts hilft sein eigen Heiligkeit,	Menschenwerk und Heiligkeit Gilt vor Gott zu keiner Zeit;
All sein Thun ist verloren,	Sünden sind uns angeboren,
Die Erbsünd machts zur Nichtigkeit,	Wir sind von Natur verloren,
Darin er ist geboren, Vermag ihm selbst nicht helfen.	
	Glaub und Taufe macht sie rein,
	Daß sie nicht verdammlich sein.

7.	*Chor.*
Das Aug allein das Wasser sieht,	Das Aug allein das Wasser sieht,
Wie Menschen Wasser gießen,	Wie Menschen Wasser gießen,
Der Glaub im Geist die Kraft versteht,	Der Glaub allein die Kraft versteht
Des Blutes Jesu Christi,	Des Blutes Jesu Christi,
Und ist für ihn ein rothe Fluth,	Und ist für ihn ein rothe Fluth,
Von Christi Blut gefärbet,	Von Christi Blut gefärbet,
Die allen Schaden heilen thut,	Die allen Schaden heilet gut,
Von Adam her geerbet,	Von Adam her geerbet,
Auch von uns selbst begangen.	Auch von uns selbst begangen.

Wie man sieht schließt sich hier der madrigalische Text, von kleinen Kürzungen und Erweiterungen abgesehen, ganz genau an die Urform an. Die Gedanken sowohl als auch zum Theil die sprachlichen Wendungen und einzelnen Worte sind dieselben geblieben. Das Kirchenlied erscheint ohne wesentliche Änderungen nur gleichsam in einer Umhüllung. In derselben Weise sind alle andern Cantatentexte gestaltet, nur ist der Anschluß bald strenger bald freier. In den Cantaten z. B. »Ach Gott vom Himmel sieh darein«, »Ach Herr, mich armen Sünder«, »Erhalt uns Herr bei deinem Wort«, »Liebster Immanuel, Herzog der Frommen«, »Schmücke dich, o liebe Seele«, »Wo soll ich fliehen hin«, folgt die madrigalische Umformung dem Grundtext mit bemerkenswerther Genauigkeit. Anderwärts, wie in »Christum wir sollen loben schon«, »Mache dich, mein Geist, bereit«, »Nimm von uns Herr, du treuer Gott«, »Nun komm, der Heiden Heiland«, »Wie schön leuchtet der Morgenstern«, »Herr Christ der einig Gottssohn« gebärdet der Dichter sich ungebundener, zuweilen sogar sehr frei, doch läßt sich an gewissen Schlagworten die Paraphrase immer wieder als solche erkennen. Nur ausnahmsweise und an unwichtiger Stelle kommen selbständig erfundene Einschaltungen vor, so zum Bass-Recitativ von »Ach lieben Christen seid getrost« und »Das neugeborne Kindelein«, zum Alt-Recitativ von »Mit Fried und Freud« und »Wohl dem, der sich auf seinen Gott«. Auch das Alt-Recitativ der Cantate »Du Friedefürst, Herr Jesu Christ« ist frei gedichtet; dies hat seinen Grund offenbar in dem durch die Kriegsereignisse von 1744 bestimmten besondern Charakter des Werks. Waren die betreffenden Kirchenlieder nur kurz, so mußte eine größere Menge von Worten aufgewendet werden, um die nöthige Anzahl von Arien und Recitativen herauszuschlagen. Dies ist z. B. in »Meine Seele erhebet den Herren« geschehen[71]). Manchmal hat der Dichter in solchen Fällen die Strophen in je zwei Hälften zerlegt: die Alt-Arie der Cantate »Ich freue mich in dir« stützt sich auf die erste Hälfte der zweiten, die Sopran-Arie auf die erste Hälfte der dritten Strophe, die beiden letzten Hälften wurden für die nachfolgenden Recitative verwendet. Bei der Cantate »Jesu nun sei gepreiset« mußte gar sämmtliches Madrigalische — zwei Arien und zwei Recitative — aus der mittleren Strophe entwickelt werden. In der Cantate »Mit Fried und Freud« scheint der erste Arientext aus der Anfangsstrophe gezogen zu sein, obgleich diese vorher in ihrer Originalgestalt gesungen wird. Dagegen kommen bei sehr strophenreichen Liedern auch Zusammendrängungen vor. In »Ach Gott, wie manches Herzeleid«, sind Strophe 7—10 für das Tenor-Recitativ, in »Mache dich, mein Geist, bereit« Strophe 3—6 für das Bass-Recitativ verarbeitet. Das stärkste in dieser Beziehung wird innerhalb der Cantate »Ach wie flüchtig« geleistet, allwo das Alt-Recitativ sieben Strophen (3—9) in ebensovielen Zeilen abthut. Daß auch zuweilen Auslassungen gewagt worden sind, wurde oben schon bemerkt: ein Beispiel dazu bietet ebenfalls die Cantate »Ach Gott, wie manches Herzeleid«, wo nach dem Tenor-Recitativ die

71) Hierbei ist freilich dem Dichter in dem auf Strophe 4 und 5 gegründeten Tenor-Recitativ eine arge Ungereimtheit passirt, wenn er in der Sucht Worte zu machen schreibt: »Die nacket, bloß und blind, Die voller Stolz und Hoffart sind, Will seine Hand wie Spreu zerstreun«. Die Armen und Kranken sind aber nicht stolz und hoffärtig, und sie will Gott nicht demüthigen, sondern stärken und erheben.

Strophen 11—14, dann noch Strophe 17 und vorher schon 4 und 5 übersprungen worden sind.

Eine besondere Art der Paraphrase tritt dort ein, wo die Choralstrophe mit Recitativen umflochten ist. Entweder nämlich wird der Choral, bald ein- bald mehrstimmig, gesungen, und es schieben sich dann recitativische Gebilde zwischen die Zeilen, oder er wird von Instrumenten gespielt und eine Singstimme recitirt dazu. Dies kommt weder am Anfange noch Ende einer Cantate vor, pflegt dagegen zuweilen im Verlaufe derselben zu geschehen. Ich nenne beispielsweise die Cantaten »Ach Gott, wie manches Herzeleid«, »Aus tiefer Noth schrei ich zu dir«, »Das neugeborne Kindelein«, »Gelobet seist du, Jesu Christ«, »Ich hab in Gottes Herz und Sinn«. Hier steht die Recitativ-Dichtung mit der betreffenden Choralstrophe in keiner engeren Beziehung, sondern geht nur allgemein von den Gedanken derselben aus. Ist schon überhaupt jede Umschreibung eine Art von Erläuterung, so hier ganz besonders. In der lockern madrigalischen Form ließen sich gewisse erwünschte Hinweise leicht anbringen. Nicolais Lied »Wie schön leuchtet der Morgenstern« war nicht ursprünglich auf das Fest Mariä Verkündigung gedichtet. Sollte es diesem dienen, so war es angemessen, das anzuzeigen. Daher im Tenor-Recitativ, welches die zweite Strophe umschreibt, die Erwähnung des Engels Gabriel. Außerdem laufen noch einige Anklänge an die erste Strophe mit unter, was übrigens nicht hier allein geschieht. Die Tenor-Arie »Jesus nimmt die Sünder an« aus der Cantate »Herr Jesu Christ du höchstes Gut« phantasirt über die vorher wörtlich gebrachte vierte Strophe frei weiter und mischt zugleich einige Anspielungen auf das Sonntags-Evangelium vom Pharisäer und Zöllner ein. Wer die Texte der Choralcantaten genauer studirt und mit ihren Urbildern vergleicht, wird oft bemerken, wie der Dichter mit den Bildern, Gedanken und Worten eine Art von Versetzspiel ausführt, das manchmal etwas artiges und anregendes hat, oft aber auch nur den Eindruck des Mechanischen macht. Um von diesem Verfahren wenigstens innerhalb des Rahmens einer und derselben Strophe eine Vorstellung zu geben, führe ich noch die vierte Strophe des Liedes »Ach Gott vom Himmel sieh darein« und ihr madrigalisches Gegenstück an.

Darum spricht Gott: Ich muß auf sein,
Die Armen sind zerstöret,
Ihr Seufzen dringt zu mir herein,
Ich hab ihr Klag erhöret.
  Mein heilsam Wort soll auf dem Plan
Getrost und frisch sie greifen an
Und sein die Kraft der Armen.

Daraus ist folgender Recitativ-Text gemacht worden:

Die Armen sind verstört,
Ihr seufzend Ach, ihr ängstlich *Klagen,*
Bei soviel Kreuz und Noth,
Wodurch die Feinde fromme Seelen plagen,
Dringt in das Gnadenohr des Allerhöchsten ein.
Darum spricht Gott: Ich muß ihr Helfer sein,
Ich hab ihr Flehn erhört;
Der Hülfe Morgenroth,
Der reinen Wahrheit heller Sonnenschein
Soll sie mit neuer Kraft,
Die Trost und Leben schafft,
Erquicken und erfreun.
Ich will mich ihrer Noth erbarmen,
Mein heilsam Wort soll sein die Kraft der Armen.

Die Mache der Choralcantaten-Texte ist durchweg zu sehr dieselbe, als daß man nicht annehmen sollte, sie rührten auch von demselben Dichter her. Picander besaß im Umformen eine große Leichtigkeit. Er hat uns diese schon mehrfach an seinen eignen Poesien bewiesen. Daß er auch Kirchenlieder geschickt nachzubilden wußte, zeigen die »Erbaulichen Gedanken«. Die Strophenlieder dieser Sammlung sind großentheils nichts anderes als Compilationen; Originalität fehlte ihm auf diesem Gebiete fast gänzlich, aber er compilirte so gewandt, daß doch einige der Dichtungen in den kirchlichen Gebrauch übergingen[72]. Und für einen Text wenigstens können wir ihn als Urheber nachweisen. Man erinnert sich, daß er seiner Zeit das Michaelislied aus den »Erbaulichen Gedanken« für

72) Koch, Geschichte des Kirchenlieds V, S. 500 f. (3. Aufl.) giebt an, daß die Lieder »Bedenke, Mensch, die Ewigkeit«, »Das ist meine Freude, daß, indem ich leide« und »Wer weiß, wie nahe mir mein Ende, ob heute nicht mein jüngster Tag« noch jetzt gebräuchlich seien. Schon aus den Anfängen, die mit bekannten Kirchengesängen übereinstimmen, geht Picanders Unselbständigkeit hervor.

Bach zu der Cantate »Es erhub sich ein Streit« umformte[73]. Aus diesem Material hat er behufs der Michaelis-Cantate »Herr Gott, dich loben alle wir« wieder einiges benutzt, indem er die zweite Strophe des Liedes und den Schlußchoral der Cantaten-Dichtung zum Text der Tenor-Arie der letzteren Cantate zusammenschweißte.

Man irrt auch gewiß nicht mit der Annahme, daß zu dieser neuen Text-Art Bach selbst die Veranlassung gab, denn sein eignes Vergnügen konnte an ihr ein Dichter unmöglich finden. Daß Bach gegen die stroherne Poesie der gewöhnlichen Cantaten-Texte mit der Zeit einen Widerwillen empfand, ist begreiflich. Daß es aber sein mißliches habe, Kirchenlied-Strophen zu Recitativ- und Arien-Texten zu verwenden, mußte er auch bald merken. Die Widerspänstigkeit des Baus der Strophe gegen freie musikalische Behandlung war noch das geringere Übel. Für die feinere Empfindung bestand zwischen dem modernen Einzelgesange und der Kirchenliedstrophe ein fast eben so starker innerer Gegensatz, wie zwischen jenem und dem Bibelspruch. Was von Seiten der Musik geschehen konnte um die Kluft zu überbrücken, war durch die Richtung welche Bach seinem Kirchenstil gegeben hatte gewiß geschehen. Um die Überbrückung perfect zu machen mußte aber von der andern Seite ihm entgegengearbeitet werden. Durch die madrigalische Paraphrase wurde eine vermittelnde poetische Form hergestellt, die für ihren Zweck unübertrefflich genannt werden muß. Sie hielt den Zusammenhang mit dem Kirchenlied fest und ermöglichte einen gediegenen, angemessenen poetischen Inhalt. Zugleich ergab sie sich williger den vorhandenen musikalischen Ausdrucksformen. Dadurch aber, daß immer wenigstens Anfangs- und Endstrophe des Chorals, zuweilen auch noch mittlere Strophen in Wort und Melodie unangetastet stehen blieben und also die Grundfesten des Werkes bildeten, stellten sich die madrigalischen Stücke auch im Ganzen als leichtere aber aus demselben Stoffe gemachte Zwischenglieder dar.

In den Cantaten, welche Bach früher über unveränderte Kirchenlieder schrieb, hatte er zuweilen mit Anklängen an die Melodie ein phantastisches Spiel getrieben. In dieser Beziehung ist er jetzt zu strengeren, kirchlichen Grundsätzen zurückgekehrt. Die Choral-

---

73) S. S. 238 ff. dieses Bandes.

melodie ist etwas heiliges und unberührbares. Die Kirchenmusik soll sich um dieselbe als festen Punkt krystallisiren, aber sie soll nicht selbst in die Bewegung des Gestaltungsprocesses hineingezogen werden. Höchstens ist eine Verbrämung und Umspielung derselben zu gestatten. Wo die Melodie im Zusammenhange eines subjectiveren Ergusses auftritt, wird solches manchmal in der That als das stilvollere erscheinen. Hauptsächlich die mittleren Partien der Choralcantaten bieten interessante Beispiele, wie Bach diesen Grundsatz befolgt hat. Hier stößt man nicht selten in madrigalischen Stücken auf vereinzelte Zeilen der Choralmelodie. Sie sind immer vollkommen ausgeprägt und mit bewunderungswürdiger Kunst in den freien Fluß des Stückes eingefügt. Nur einmal habe ich bemerkt, daß eine solche Melodiezeile auf fremde Worte gesungen wird. In der Tenorarie der Cantate »Herr Jesu Christ, du höchstes Gut« wird Takt 41—43 und Takt 52—55 zu den Worten »dein Sünd ist dir vergeben« zweimal die letzte Zeile der Melodie in ausgeschmückter Form vernehmlich. Es geschah wohl, weil der Text der Arie nur in ganz lockerer Beziehung zu einer Strophe des Kirchenliedes, der vierten, steht; durch diese musikalische Anspielung wurde die Arie fester an das maßgebende Kirchenlied geknüpft. Bemerkenswerth aber ist, daß die Worte keine frei erfundenen madrigalischen, sondern der Bibel entnommen sind[74]. Im übrigen schließt sich die Melodiezeile stets an den zugehörigen Text der betreffenden Strophe, welcher vom Dichter in die madrigalische Paraphrase eingeflochten war. Gleich das Duett derselben Cantate bietet hierzu Beispiele. Es ist über die siebente Strophe componirt, deren erste, dritte, fünfte und siebente Zeile wörtlich benutzt sind[75]; ihnen gesellen sich die betreffenden Melodiestücke, die dann immer sofort durch freie Erfindungen weiter geführt werden. Ähnlich schließt das Bass-Recitativ von »Schmücke dich, o liebe Seele« mit der fast wörtlich herübergenommenen letzten Zeile der achten Strophe ab; dazu in ein melismatisches Arioso aufgelöst die letzte Melodiezeile. Für die Kunst, eine gegebene Tonreihe ausdrucksvoll zu um-

---

74) Von Christus bei verschiedenen Gelegenheiten gesprochen; s. Matth. 9, 2; Luc. 7, 48. 75) Die dritte, im Originalausdruck nicht musterhaft, mit einer leichten Abänderung.

melodie ist etwas heiliges und unberührbares. Die Kirchenmusik soll sich um dieselbe als festen Punkt krystallisiren, aber sie soll nicht selbst in die Bewegung des Gestaltungsprocesses hineingezogen werden. Höchstens ist eine Verbrämung und Umspielung derselben zu gestatten. Wo die Melodie im Zusammenhange eines subjectiveren Ergusses auftritt, wird solches manchmal in der That als das stilvollere erscheinen. Hauptsächlich die mittleren Partien der Choralcantaten bieten interessante Beispiele, wie Bach diesen Grundsatz befolgt hat. Hier stößt man nicht selten in madrigalischen Stücken auf vereinzelte Zeilen der Choralmelodie. Sie sind immer vollkommen ausgeprägt und mit bewunderungswürdiger Kunst in den freien Fluß des Stückes eingefügt. Nur einmal habe ich bemerkt, daß eine solche Melodiezeile auf fremde Worte gesungen wird. In der Tenorarie der Cantate »Herr Jesu Christ, du höchstes Gut« wird Takt 41—43 und Takt 52—55 zu den Worten »dein Sünd ist dir vergeben« zweimal die letzte Zeile der Melodie in ausgeschmückter Form vernehmlich. Es geschah wohl, weil der Text der Arie nur in ganz lockerer Beziehung zu einer Strophe des Kirchenlieds, der vierten, steht; durch diese musikalische Anspielung wurde die Arie fester an das maßgebende Kirchenlied geknüpft. Bemerkenswerth aber ist, daß die Worte keine frei erfundenen madrigalischen, sondern der Bibel entnommen sind[74]. Im übrigen schließt sich die Melodiezeile stets an den zugehörigen Text der betreffenden Strophe, welcher vom Dichter in die madrigalische Paraphrase eingeflochten war. Gleich das Duett derselben Cantate bietet hierzu Beispiele. Es ist über die siebente Strophe componirt, deren erste, dritte, fünfte und siebente Zeile wörtlich benutzt sind[75]; ihnen gesellen sich die betreffenden Melodiestücke, die dann immer sofort durch freie Erfindungen weiter geführt werden. Ähnlich schließt das Bass-Recitativ von »Schmücke dich, o liebe Seele« mit der fast wörtlich herübergenommenen letzten Zeile der achten Strophe ab; dazu in ein melismatisches Arioso aufgelöst die letzte Melodiezeile. Für die Kunst, eine gegebene Tonreihe ausdrucksvoll zu um-

74) Von Christus bei verschiedenen Gelegenheiten gesprochen; s. Matth. 9, 2; Luc. 7, 48.

75) Die dritte, im Originalausdruck nicht musterhaft, mit einer leichten Abänderung.

spielen, werden diese Melodiefragmente Musterbilder höchsten Ranges bleiben. Die zwei Anfangstakte des Alt-Recitativs der Cantate »Ach Herr mich armen Sünder«, welches mit den Worten der vierten Strophe beginnt »Ich bin von Seufzen müde«, zeugen von einer ebenso genialen Umbildungskraft wie unvergleichlichen Tiefe der Empfindung. Nicht weniger Takt 44—47 der Tenor-Arie in derselben Cantate, wo der Gesang statt einen Secundenschritt abwärts zu thun plötzlich in die Septime hinaufschlägt. Das Bass-Recitativ der Cantate »Jesu, der du meine Seele« läuft aus in die wörtlich beibehaltene zweite Hälfte der zehnten Strophe:

Dies mein Herz, mit Leid vermenget,
So dein theures Blut besprenget,
So am Kreuz vergossen ist,
Geb ich dir, Herr Jesu Christ.

Zu einer seufzenden, durchaus selbständigen Begleitung der Saiteninstrumente variirt die Singstimme die vier letzten Melodiezeilen zu einem Gefühlserguß inbrünstigster Hingabe. Manchmal treten auch die Fragmente in ihrer natürlichen Einfachheit auf. In dem Duett der Cantate »Nimm von uns Herr« geschieht dies schon am Anfang, und nachher wiederholentlich, in der Alt-Arie der Cantate »Ach Gott vom Himmel sieh darein« geschieht es von Takt 55—59. Es macht auf den Verstehenden eine ganz eigne, durchschauernde Wirkung, wenn im Gewoge fremder Weisen unerwartet die allbekannten Töne des Chorals ans Ohr schlagen; eine Empfindung, wie wenn durch Wolken die Sonne dringt und auf einen Augenblick alles mit Licht übergießt, zur Gewähr gleichsam, daß sie obgleich zeitweise verborgen, als Lebenspenderin doch gegenwärtig sei. Zweimal werden solche Fragmente nicht nur vorübergehend eingeführt, sondern erweisen sich als Hauptpotenz eines ganzen Stückes. In der Cantate »Herr Jesu Christ, wahr' Mensch und Gott« befindet sich ein Bass-Gesang, welchem Bach den Namen »Recitativ und Arie« gegeben hat. Die »Arie« hat man sich in Takt 13 beginnend zu denken. Der Name wurde wohl der geschlosseneren Construction des Textes wegen gewählt und weil eine anfängliche musikalische Periode am Ende wiederkehrt, freilich zum Theil in andrer Tonart. In dem Texte, der übrigens hier wirklich poetisch ist, werden die sechste und siebente Strophe paraphrasirt und aus der sechsten die *erste, dritte und vierte Zeile wörtlich benutzt. Ihnen analog auch die melodischen Partien: zur vierten Zeile erscheint die Melodie melismatisch zerdehnt* (*Takt 33—37*), zur ersten und dritten einfach, aber häufiger wiederholt und vom Instrumentalbasse imitirt. Und dieses eben stellt sich als der Hauptgedanke der ganzen »Arie« dar, mit welchem lebhaft bewegte Perioden im Sechsachteltakt und frei erfundenen Inhalts wechseln. Ebenfalls eine »Arie« für Bass bietet die Cantate »Nimm von uns Herr, du treuer Gott«. Sie ersetzt die vierte Strophe: »Warum willst du so zornig sein?« Ein aufgeregtes Vorspiel schildert gleichsam den Zorn. Dann intonirt der Bass im *Andante* die Anfangszeile mit der zugehörigen Melodie. Mit dem dritten Takte bricht aber der lebhafte Instrumentalsatz wieder herein, an dem sich nun in entsprechender Weise auch der Gesang betheiligt. Noch einmal unterbricht ihn die gemessene Bewegung der Choralmelodie, dann fluthet er in der parallelen Durtonart weiter. Als er sich aber nach Arienweise zur Haupttonart zurückwenden will, ergreifen die Instrumente die Choralmelodie. Sie begnügen sich nun nicht mehr mit der ersten Zeile; über den erregten Gängen des Sing- und Generalbasses schwimmt sie als vollständiges Ganze dahin, als sei sie durch die gesungenen Ansätze des Eingangs geweckt worden, und habe nur auf die Gelegenheit gewartet sich als Hauptsache geltend zu machen. Eine in diesen Cantaten mehrfach vorkommende Form: Choralmelodie in den Instrumenten und dazu Recitativ über frei erfundene Worte in der Singstimme, ist hier durch Bachs unerschöpfliche Kraft mit der Arie zu einer gänzlich neuen Form combinirt.

So erhält der Hörer innerhalb der madrigalischen Paraphrasen auch zahlreiche musikalische Mahnungen an die Quelle, der all dies scheinbar freie Kunstspiel entströmt. Doch hat sich Bach nicht so sehr von derselben abhängig gemacht, daß er überall wo der Dichter eine wörtliche Entlehnung einstreute dieser mit der zugehörigen Choralmusik secundirte. Es kommen in den Cantaten »Allein zu dir, Herr Jesu Christ«, »Herr Gott dich loben alle wir«, »Ich freue mich in dir«, »Jesu, der du meine Seele«, »Mache dich, mein Geist, bereit«, »Wo Gott der Herr nicht bei uns hält« manche wörtliche Reminiscenzen vor, welche vorübergehen ohne melodische Reflexe zu erzeugen. Da diese Umdichtungen eine vermittelnde Form bilden sollten, so mußte es Bach auch unverwehrt sein, je nach seinem Ermessen sich mehr der frei musikalischen oder der kirchlich bedingten Seite zuzuneigen.

Die beiden Grundsäulen der Choralcantate, die erste und die letzte Strophe, haben insofern überall dieselbe Gestalt, als diese immer einfach gesetzt, jene immer zu einem großen Tonbilde ausgeführt ist. Wie diese Anordnung, welche das musikalisch bedeutsamere zuerst, das bescheidenere zuletzt bringt, aufgefaßt werden muß, habe ich schon früher dargelegt[76]; sie giebt von dem grundkirchlichen Geiste, von dem Bachs Phantasie erfüllt war, das deutlichste Zeugniß. Daß die Instrumente sich dem Gange der Singstimmen schlichtweg anschließen zeigt gleichfalls an, wie die ganze Fülle des individuellen Lebens endlich zu ihrem Urquell fromm und demüthig zurückströmt. Und auch dieses ist bedeutungsvoll, daß Bach gern die obere, melodieführende Stimme durch möglichst viele Instrumente verstärkt; sie tritt dann in einer Weise hervor, die rein musikalisch genommen etwas unverhältnißmäßiges hat, aber das Gefühl von ihrer hohen symbolischen Bedeutung drängte den Künstler auch zu einem starken äußeren Mittelaufwande. Die Fälle, wo beim Schlußchoral einige Instrumente etwas selbständigeres auszuführen haben, sind ganz vereinzelt. In den Cantaten »Gelobet seist du, Jesu Christ«, »Herr Gott dich loben alle wir« und »Wie schön leuchtet der Morgenstern« wirken die Gänge der Hörner und Trompeten mehr nur coloristisch[77]; die fanfarenartigen kurzen Ritornelle in »Jesu nun sei gepreiset« greifen auf den Anfangschor zurück, und haben wenigstens insofern keinen selbständigen Werth.

Was die großen Choralchöre am Anfange betrifft, so lehrt eine Übersicht, daß Bach die für diesen Zweck geeigneteste Form ein für allemal gefunden zu haben glaubte. Der Drang nach neuen, mannigfaltigen Bildungen, der ihn sonst beherrschte, ist fast geschwunden. Bei weitem die meisten dieser Chöre sind Choralfan-

---

76) S. Band S. I, 494.

77) In den aufwärtsdringenden Trompetenbewegungen der Cantate »Herr Gott dich loben alle wir« liegt übrigens auch wohl eine poetische Bedeutung, die aus der vorhergehenden Arie und dem ähnlich ausgestatteten Schlußchorale der Cantate »Es erhub sich ein Streit« klar wird.

tasien. Motettenartige Tonsätze kommen nur vor in den Cantaten »Ach Gott vom Himmel sieh darein«, »Aus tiefer Noth schrei ich zu dir« und »Christum wir sollen loben schon.« Diese grandiosen Stücke zeigen, zu welcher Höhe noch die Motettenform emporwachsen konnte, nachdem sie in den neuen fruchtbaren Boden der Bachschen Cantate verpflanzt worden war[78]. Die sogenannte Pachelbelsche Choralform findet sich in voller Reinheit nur in der Cantate »Ach Herr, mich armen Sünder«; wie bei Bach auf dieser Stufe seiner Entwicklung selbstverständlich, mit einheitlicher Contrapunktirung. Die Schwierigkeit, dasselbe Motiv festzuhalten und zugleich doch jede einzelne Zeile praeludirend vorzubereiten, löste er in den Orgelcompositionen gern dadurch, daß er das contrapunktirende Motiv und die betreffende vorbereitende Tonreihe gleichzeitig einführte. Der große Orgelchoral »Jesus Christus unser Heiland« bietet dazu ein schönes Beispiel[79]. Hier hat er sich die Aufgabe dadurch erschwert, daß er als Contrapunkt durchweg die verkleinerte erste Melodiezeile in rechter und umgekehrter Bewegung benutzt. Aber auch darin fand seine überreiche Phantasie noch nicht Genüge: er bringt außerdem die vorbereitenden Melodiestücke in immer andern und fremderen Tonarten. Die Art, den Pachelbelschen Choral mit einem und demselben musikalischen Gedanken contrapunktirend auszustatten, steht auf dem Übergange zur Form der Choralfantasie[80]. Es kann demnach nicht auffallen, daß wir in den Choralcantaten »Nun komm der Heiden Heiland«, »Wohl dem, der sich auf seinen Gott« und »Wie schön leuchtet der Morgenstern« Formen begegnen, die halb dieses, halb jenes sind. In der ersten wird nur die Anfangszeile, welche mit der Endzeile übereinstimmt, vorbereitend eingeführt; in der zweiten gestaltet sich aus der ersten Zeile ein nunmehr fast unabhängig entwickeltes Tonbild, nur indem es

---

78) S. S. 428 ff. dieses Bandes. — Zu den motettenartigen Choralchören gehört auch der herrliche, B.-G. XXIV, Nr. 118 herausgegebene, Satz »O Jesu Christ meins Lebens Licht«, den aber eine selbständigere Begleitung von Blasinstrumenten auszeichnet. Der Satz ist vermuthlich bei einer Begräbnißfeierlichkeit im Freien aufgeführt und erst hernach für den Gebrauch im geschlossenen Raume eingerichtet worden. Entstanden ist er um 1737; s. Anhang A, Nr. 47.

79) S. Band I, S. 597 und 602 f.

80) S. Band, I, S. 599 f.

vor der fünften Zeile einen Anklang an dieselbe aufnimmt mahnt es noch deutlich an die Pachelbelsche Form; in der letzten geschieht dasselbe dadurch, daß vor dem *Cantus firmus* der zweiten und fünften Zeile die Melodie mit dem durchgehenden Motiv vereinigt vorbereitend auftritt[81]. Eine Mischform in andrer Beziehung bietet »Jesu nun sei gepreiset«; hier ist der Eingangschor am Anfang und Ende Choralfantasie, in der Mitte nimmt er theils eine frei phantasirende, theils eine motettenartige Gestalt an.

Einige weitere Chöre verrathen ihren Ursprung aus der vollentwickelten Pachelbelschen Form nur dadurch noch, daß das Tonbild, welches den *Cantus firmus* umgiebt und trägt, aus der ersten Choralzeile sein Motiv entnimmt. Sonst stehen sie schon durchaus auf dem Boden der freien Choralfantasie. In der Cantate »Erhalt uns Herr« werden nur die ersten drei Töne motivisch benutzt, in »Was frag ich nach der Welt« und »Wo soll ich fliehen hin« die ganze Zeile. Dasselbe gilt von der Cantate »Herr Jesu Christ, wahr' Mensch und Gott«. Hier wird aber das Ohr noch durch eine andre tiefsinnige Combination gefesselt. Die Cantate ist auf den Sonntag Estomihi geschrieben, welcher am Eingange der Passionszeit steht. Deshalb läßt Bach, während Chor und Instrumente ihre Hauptaufgabe erfüllen, von einzelnen Instrumenten den Choral »Christe, du Lamm Gottes« in gewissen Zwischenräumen stückweise hineinfügen und so die Passionsempfindung in der Seele des Hörers aufdämmern. Es erinnert dieses einigermaßen an das Tenor-Recitativ der Estomihi-Cantate »Du wahrer Gott und Davidssohn«[82]. Wie bedachtsam auf Nebenbezüge Bach auch in der feststehenden Form der Choralfantasie immer noch verfuhr, lehrt nicht weniger der Hauptchor von »Liebster Immanuel«. Dieses Kirchenlied, das wahrscheinlich von Ahasverus Fritsch gedichtet ist, gehört nebst der Melodie in die zweite Hälfte des 17. Jahrhunderts. Es hat trotz seiner schönen

81) Auch dieses Motiv hängt mit der ersten Melodiezeile zusammen, insofern es deren erste beide Töne benutzt. Übrigens fällt auf, daß ganz dasselbe Motiv auch im Hauptchore von »Ach Gott, wie manches Herzeleid« verwendet wird. Ich glaube, daß die Cantate »Wie schön leuchtet der Morgenstern« unmittelbar nach dieser componirt worden ist, da Bach das Motiv noch im Ohre hatte.

82) S. S. 182 dieses Bandes.

Innigkeit etwas weltlich-spielendes an sich und die Melodie ist in die Form einer Sarabande gefaßt[83]. Bach hat diesen Charakter nicht unbeachtet gelassen, und daher sein Tonstück aus der ersten Melodiezeile mehr motivisch-homophon, als imitatorisch-polyphon entwickelt.

Die Anfangschöre aller übrigen Choralcantaten sind ganz freie Choralfantasien. Bei der Übertragung von dem Orgelgebiet auf das Gebiet der concertirenden Kirchenmusik hat der Stil nur diejenigen Abwandlungen erfahren, welche das verschiedene Tonmaterial forderte. Das selbständige Tonbild, welches den Empfindungsgehalt des Chorals erschöpfend darstellen soll, wird nicht mehr durch Orgelstimmen, sondern auf Grundlage der Orgel durch das Bachsche Orchester zur Erscheinung gebracht. Der *Cantus firmus*, welcher gespielt von der Bedeutsamkeit jenes Tonbildes erdrückt zu werden Gefahr lief, erscheint als Gesang in eine höhere, beherrschende ästhetische Sphäre gerückt. Vermittelnd zwischen dem Choralgesang und dem Instrumentenspiel stehen die übrigen Singstimmen des Chors. Manchmal unterstützen sie durch einfache Harmonien die melodieführende Stimme, welche meistens dem Sopran zuertheilt ist; häufiger noch wirken sie als Factoren des instrumentalen Satzes mit. Es versteht sich, daß dieser Satz seine Aufgabe nicht nur durch den größten rein musikalischen Reichthum, sondern auch durch tonbildliche Mittel löst. Als Muster eines in dieser Weise poetisirenden Orgelchorals ward früher einmal die Bearbeitung der Melodie »Ach wie flüchtig, ach wie nichtig« aus dem »Orgelbüchlein« angeführt[84]. Er zählt zehn Takte. Man vergleiche mit ihm den ersten, 65 Takte langen Satz der betreffenden Choralcantate. Es ist dieselbe Gestaltungsweise, im Grunde auch dieselbe Form, nur Stufe um Stufe weiter gebildet bis zu einer Höhe, die freilich das Gemeinsame beider Formen kaum noch erkennen läßt. In ihren Umrissen haben diese Chöre etwas stereotypes. Sie offenbaren weniger einen aufstrebenden, als einen auf erreichtem

83) Dies wurde schon zu Bachs Zeiten von gewisser Seite mißfällig bemerkt; s. Witt, Neues *Cantional* mit dem *General-Bass.* Gotha und Leipzig (1715). Vorrede.

84) S. Band I, S. 592 f.

Hochgefild ruhig fortwandelnden Künstler; die unterscheidenden Merkmale liegen mehr in den Einzelbildungen. Ganz indessen war der kühne Gestaltungsdrang auch jetzt noch nicht gestillt. Der herrliche Eingangssatz der Cantate »Jesu, der du meine Seele«, welcher mit dem *Crucifixus* der H moll-Messe das Thema gemeinsam hat, giebt eine Choralfantasie in Form einer Ciacone. In der Cantate »Meinen Jesum laß ich nicht« wird die Choralfantasie mit der Form des Instrumentalconcerts verbunden. Auch in »Herr Jesu Christ, du höchstes Gut« und »Was mein Gott will, das g'scheh allzeit« tritt diese Absicht deutlich zu Tage, wenngleich nach Bachs verinnerlichender Methode hier nicht mehr ein Soloinstrument dem Tutti gegenüber gestellt ist. Dagegen bietet die Cantate »Christ unser Herr zum Jordan kam« einen ganz regelrechten Concertsatz und sogar ein *Concerto grosso:* das *Concertino* besteht aus Solovioline und zwei *Oboi d'amore*, Violinen, Bratschen und Bass mit Orgel machen das Tutti; zwischenhindurch wandelt der Choralchor, mit dem *Cantus firmus* im Tenor, seinen Weg, als ginge ihn all das Tonspiel garnichts an, und dennoch ist er auf das innigste mit ihm zusammen gewachsen. Man muß indessen gestehen, daß sich die Formideen hier in einer fast verwirrenden Weise verschlingen. Es genügt nicht nachzuweisen, wie dieses oder jenes allmählig geworden ist, immer mehre und verschiedene Lebenssäfte in sich aufgenommen hat, wie von andrer Seite her ein Fremdes ihm entgegenreifte, und wie sich das gesonderte endlich vereinigt hat. Ein Kunstwerk soll als Ganzes begriffen und lebendig nachempfunden werden. Eine jede Form trägt einen gewissen allgemeinen Stimmungsgehalt gleichsam als Seele in sich, der erfaßt sein muß, soll die Nothwendigkeit der Form einleuchten. Wer nicht durch das Studium der Concerte jener Zeit sich mit der Stimmungswelt vertraut gemacht hat, in welcher jene Werke gleich Organismen athmen, wird nie verstehen können, was Bach mit jener Combination beabsichtigte. Sie wird ihm fremdartig und absurd vorkommen. Der eigenthümlich rüstige Muth der ersten Concertsätze, wie sie damals waren, scheint Bach geeignet erschienen zu sein, der kirchlichen Choralfantasie in diesen Werken eine besondere Färbung zu geben. Aber auch bei vollständig geglückter Nachempfindung nach dieser Richtung hin wäre man doch der Sache noch nicht an die Wurzel gelangt. Die Choralfantasie überhaupt ist in der Choralcantate wieder von einer höheren und keineswegs einfachen Kunstidee abhängig.

Geht man dem Wesen der Choralcantate auf den Grund, so ist sie nichts anderes, als die vollständigste poetisch-musikalische Entfaltung eines bestimmten Kirchenliedes vermittelst aller Kunstmittel, welche sich Bach in einem reichen Leben unter gründlicher Ausnutzung aller Kunstelemente seiner Zeit und Vorzeit erworben hatte. Sein Bildungsgang beweist, daß er von der Orgelmusik, insbesondere vom Orgelchoral den Ausgang nahm, und die vielen verschiedenfältigen Kunstformen dadurch überwältigte und sich zueignete, daß er sie in den Orgelstil als den einzig kirchlichen seiner Zeit einschmolz. So geschah es mit den instrumentalen, so auch mit den vocalen Tonformen. Soweit letztere mit dem Choral zusammenhängen, waren sie indessen in Bachs Orgelmusik gleichsam latent. Das poetische Element, welches dem Orgelchoral wesentlich ist, drängte bei weiterem Ausbau desselben in die Vocalmusik naturgemäß hinüber. Jene Form will den Stimmungs- und Empfindungsgehalt eines Kirchenliedes, wie er sich dem Einzelnen im Kreise der Gemeinde offenbart, zum Ausdruck bringen. Mit immer größeren Mitteln, in immer weiteren Verhältnissen wird dieses versucht. Der Gesang erweist sich nöthig für die Melodie, um die überschwellende persönliche Empfindung dahin zurückzudämmen, wohin sie dem Kirchlichen gegenüber gehört. Nun ist ein vocal-instrumentales Tonbild da, aber es erschöpft nur eine Strophe des Chorals; das gespielte Tonwerk sog seine Nahrung aus dem Choral als Ganzem. Ein letzter zum höchsten führender Schritt blieb möglich: die Idee des Mit- und Ineinander der reinen Musik nach Maßgabe des Verhältnisses, welches die jetzt leibhaftig mitwirkende Poesie an die Hand gab, in eine Idee des Nacheinander umzuwandeln, und den ganzen Choral, der zum rein instrumentalen Tonbild gleichsam verdichtet war, in seinen einzelnen Strophen ausführlich zu behandeln. So mußte die Choralfantasie am Anfang wieder nur ein Theil des Ganzen werden; die Choralcantate an sich ist die volle Blüthenkrone, jene nur ein glänzendes Blatt derselben. Aber doch hat die Choralfantasie den Stil der ganzen Cantate bestimmt. Ein Werk wie die Ostermusik »Christ lag in Todesbanden«, welches durch alle

Strophen die Choralmelodie festhält und in dem Choral des »Orgelbüchleins« »Christ ist erstanden« ein instrumentales Vorbild hat, war nicht das Ziel, wohin die Entwicklung endlich strebte. Der starke persönliche Zug, welcher dem Protestantismus und Bach eigen ist, verlangte weiteren Raum um sich ausleben zu können. Die Choralcantate gewährt ihn. In den Recitativen und Arien kann sich die Persönlichkeit scheinbar ganz frei ergehen. Selbst die Schranken, welcher der Wortlaut des kirchlichen Gedichtes ihr setzt, werden durch die madrigalische Umformung erweitert, scheinen zuweilen ganz zu verschwinden. Manchmal bleibt nur die aus der Erinnerung an das Kirchenlied fließende Grundstimmung haften. Dann wird gelegentlich durch wörtliche Benutzung einer Textzeile das Gefühl des Zusammenhanges lebhafter erweckt; dann tritt gar ein Stück der Melodie hervor, nun die Melodie vollständig in einem Instrument, jetzt gar im Gesange, wenngleich von Recitativen umgeben und durchflochten; enger und enger zieht sich nun wieder der Kreis der Empfindung. Hat der Hörer nun, ehe er diese freieren Mittelpartien der Cantate durchwanderte, einen großen Choralchor in sich aufgenommen, und erreicht er als Ziel und Ergebniß endlich wieder denselben Choral, der je schmuckloser, einfacher er erscheint, um so nachdrücklicher zu ihm spricht, dann erfüllt ihn eine Empfindung, als sei nie ein Moment gewesen, wo er den Choral, seis äußerlich oder innerlich, nicht gehört habe. Wie in der Choralfantasie die Stimmen in selbständigstem Wirken sich entfalten, ja eine Welt für sich aufzubauen scheinen, und doch zur rechten Zeit durch die Töne des *Cantus firmus* wieder auf ihren Urgrund bezogen werden, genau so ist es mit der Choralcantate im Ganzen, nur daß eben die veränderten Kunstmittel veränderte Formverhältnisse bedingten.

In der Choralcantate tritt uns die letzte, denkbar höchste Entwicklung des Orgelchorals entgegen. Jenes zehntaktige Spielstückchen über die Melodie »Ach wie flüchtig, ach wie nichtig« war der Keim, die gleichbenannte Cantate mit ihrer großen Choralfantasie, ihrem einfachen Schlußchoral, mit ihren Recitativen und weitausgeführten Arien ist die endliche Frucht. Das Verständniß für die Choralcantate kann sich folgerichtigerweise auch erst dem erschließen, der sich mit dem Wesen des Orgelchorals vollständig vertraut gemacht hat. Wie dieser setzt auch sie voraus, daß der

Hörer das betreffende Kirchenlied sammt der Melodie als ein innerlich Erlebtes in sich hegt. Während aber dort zunächst nur das feine Arom der Gesammtstimmung die nöthige Voraussetzung ist, in zweiter Reihe erst, daß man auch specielle Empfindungen und Einzelvorstellungen sich gegenwärtig erhält, wird hier eine genaue Kenntniß des Inhalts jeder einzelnen Strophe als unerläßlich gefordert. Schon die Wort- und Satzfügungen des madrigalischen Textes sind ohnedem manchmal nicht zu verstehen. Daß in der Bassarie der Cantate »Ach wie flüchtig« die verzehrenden Gluthen und wallenden Fluthen nicht bildlich gemeint sind, sondern an wirkliche Feuer- und Wassersnöthe zu denken ist, davon vergewissert man sich erst durch Vergleichung von Strophe 10 des Kirchenliedes. Die Worte der Bassarie der Cantate »Ich hab in Gottes Herz und Sinn«, welche sich so vernehmen lassen: »Das Brausen von den rauhen Winden macht daß wir volle Ähren finden«, sollen bedeuten, daß die Frucht der Saatfelder nicht ohne Wetterstürme völlig gedeiht: auch dieses lehrt mit Klarheit erst die entsprechende neunte Strophe. Was wichtiger ist: der Charakter der Musikstücke wird zuweilen durch Anschauungen bestimmt, die nicht in der madrigalischen Paraphrase, sondern nur im Urtext ausgedrückt sind. Wie kam Bach dazu, dem Duett der Cantate »Jesu, der du meine Seele« jenen idyllisch-zarten Charakter zu geben, da es sich doch um ein Hülfegebet der Schwachen und Kranken handelt? Die zweite Strophe des Kirchenlieds lautet:

Treulich hast du ja gesuchet
Die verlornen Schäfelein,
Als sie liefen ganz verfluchet
In den Höllenpfuhl hinein.

Wir bemerkten öfter, wie Bach einem matten oder abschweifenden Cantatentexte dadurch Kraft und Richtung gab, daß er durch ihn hindurch in die Grundbedeutung des Sonn- oder Festtages hinabgriff. Dieses Beispiel zeigt, wie er auch in den Choralcantaten nicht eigentlich die madrigalische Umdichtung componirte, sondern den Urtext in ihr. Und so sind diese Werke alle darauf berechnet, daß der Hörer ihnen folgt, das originale Kirchenlied stets vor Augen oder im Sinne. Der Kirchgänger jener Tage, der den gedruckten Text der Cantate neben sein Gesangbuch legte, that dies; oder er bedurfte auch dieses äußeren Mittels nicht einmal, denn jene Kirchenlieder waren damals als Gemeingut in aller Gedächtniß. Man hatte sie unzählige Male in der Gemeinde gesungen, im häuslichen Leben sich daran erbaut, bei besonderen Erlebnissen aus einzelnen Strophen derselben Erhebung und Trost gezogen. Auf solche Hörer hat Bach gerechnet und rechnen diese Compositionen immer wieder, soll sich anders ihr Sinn und Inhalt erschließen, im Ganzen wie im Einzelnen.

Wer von dieser Stelle aus auf Bachs Leben zurückblickt, dem offenbart sich die Geschlossenheit seiner künstlerischen Entwicklung in greifbarster Gestalt. Von dem geistlichen Volkslied nahm er in früher Jugend seinen Ausgang und mit ihm endete er auch. Er wußte, daß alles, was er auf dem Gebiete der Kirchencantate schaffen durfte, innerlich mit dem Choral und den durch ihn bedingten Kunstformen zusammenhing. Es mußte ihm als das würdigste Ziel erscheinen, seiner Kraft diejenige Richtung zu geben, daß sie sich in einer Form auslebte, welche den Choral in seiner größtmöglichen künstlerischen Erweiterung darstellt. Wohl entbehren die Choralcantaten jener Mannigfaltigkeit der Gestalten, die in ihrem üppig aufquellendem Drange während der früheren und mittleren Lebensperiode zur höchsten Bewunderung hinreißt. Aber die gelassene Beherrschung aller Kunstmittel, der tiefe männliche Ernst, der ihnen aufgeprägt liegt, konnten nur als Frucht eines solchen überreichen Kunstlebens hervorgehen. Wenn man diese Werke in ihrer festen, charaktervollen Größe an sich vorüberziehen läßt, so wird einem zu Muthe, als wandle man nach einem leuchtenden Sommertage im Abendfrieden durch den stillen deutschen Hochwald.

IV.

Bach hatte sich in Leipzig eine Sammlung von Choralmelodien mit Generalbass angelegt. Sie umfaßte alle Melodien, die dort gebräuchlich waren, gegen 240 an Zahl. Im Jahre 1764 war der Musikalienhändler Bernhard Christoph Breitkopf zu Leipzig im Besitz des Manuscripts und bot Abschriften zum Preise von 10 Thalern für das Exemplar zum Verkauf aus [1]). Dieses wichtige Sammelwerk ist verloren gegangen [2]). Einige Fragmente des Inhalts sind indessen, wie es scheint, gerettet. Schüler Bachs, welche von seinen Orgelchorälen Abschrift nahmen, hängten diesen wenn er ihnen zugänglich war den zweistimmigen bezifferten Satz aus Bachs Choralbuch an. Gebrauchten sie dann den Orgelchoral zum Vorspiel, so hatten sie hernach auch für die Begleitung zum Gemeindegesange eine Harmonisirung des bewunderten Meisters zur Verfügung. Auf diese Weise dürften die bezifferten Sätze der Melodien »Christ lag in Todesbanden«, »Herr Christ der einge Gottssohn«, »Jesu meine Freude«, »Wer nur den lieben Gott läßt walten« auf unsere Zeit gekommen sein [3]). Außerdem hat uns Johann Ludwig Krebs noch die bezifferten Sätze Bachs zu vier Weihnachtsgesängen überliefert, nämlich »Gelobet seist du, Jesu Christ«, »*In dulci jubilo*«, »Lobt Gott, ihr Christen allzugleich« und »Vom Himmel hoch«. Daß diese gradezu zum Zweck der Orgelbegleitung beim Gemeindegesange niedergeschrieben sind, zeigen die eingefügten Zwischenspiele. Die Harmonisirung von seltener Originalität und Kraft läßt uns ahnen, wie viel wir mit dem Verschwinden des gesammten Choralbuchs zu beklagen haben [4]).

Eine dritte Quelle, welche vermuthlich noch Reste des Choralbuchs spendet, ist durch Stich und Druck zu Bachs Lebzeiten ver-

---

1) »Bachs, J. S. Vollständiges Choralbuch mit in Noten aufgesetzten Generalbasse an 240 in Leipzig gewöhnlichen Melodien. 10 thl.« Breitkopfs Verzeichniß von Neujahr 1764, S. 29.

2) Herr W. Kraukling in Dresden besitzt ein Choralbuch mit beziffertem Bass in klein Querquart; auf dem schweinsledernen Rücken steht: »Sebastian Bachs Choral-Buch«. Das Büchlein zeigt aber weder Bachs Handschrift, noch auch im Satze der Choräle eine Spur Bachschen Stiles und Geistes.

3) Man findet sie P. S. V, C. 5, Nr. 53; ebenda im Anhang hinter Nr. 7; ferner C, 6, Nr. 16; endlich ebenda Nr. 29. Die Quellennachweise in den betreffenden Vorworten.

4) Diese Weihnachtschoräle stehen in einem der Krebs'schen Orgelbücher, welche Herr F. A. Roitzsch in Leipzig besitzt, S. 241 f. Vermuthlich stammt auch noch der S. 253 befindliche Satz »Jesu der du meine Seele« von Bach. — Den Choral »Gelobet seist du« theile ich als Musikbeilage 4, A mit. Man wird aus der Vergleichung desselben mit dem Band I, S. 585 ff. besprochenen sehen, daß er dieselbe Harmonisirung hat, und auch die Zwischenspiele übereinstimmen.

öffentlicht. Im Mai 1735 bezog ein Student aus Zeitz, Christian Friedrich Schemelli, die Universität Leipzig[5]. Dessen Vater, der Schloß-Cantor Georg Christian Schemelli zu Zeitz, trug sich mit der Herausgabe eines Gesangbuchs sammt Melodien, wofür ihm Freylinghausens weitverbreitetes »Geistreiches Gesangbuch« als Muster vorschwebte; doch sollte es von pietistischer Färbung frei sein und unparteiisch das auf beiden Seiten hervorgebrachte Gute nebst dem anerkannten Schatz alter Lieder zusammenfassen. Bach stand damals noch mit der Studentenschaft durch den Musikverein in engerer Beziehung. Wenn er bei dem im Jahre 1736 erfolgten Erscheinen des Gesangbuchs als Bearbeiter des musikalischen Theils auftritt, so dürfte dieses wohl durch Schemellis Sohn vermittelt oder doch betrieben worden sein[6]. Bisher hatte sich Bach, soweit wir wissen, mit solchen Arbeiten nicht befaßt. Wenn es aber galt, einem so beliebten Gesangbuche wie dem Freylinghausenschen Concurrenz zu machen, so war ein berühmter Name vonnöthen. Es wird denn auch in der Vorrede der Hinweis darauf nicht unterlassen, daß »die in diesem musikalischen Gesangbuche befindlichen Melodien von Sr. Hochedlen Herrn Johann Sebastian Bach, Hochfürstlich Sächsischem Capellmeister und *Directore Chori musici* in Leipzig, theils ganz neu componiret, theils auch von ihm im Generalbass verbessert seien«. Großes Glück hat das Buch trotzdem nicht gemacht. Eine zweite vermehrte Auflage, welche nach dem Verkauf der ersten in Aussicht gestellt wird, ist nicht erschienen, obgleich die erste Auflage nur eine kleine war[7].

Daß Bach sich für das Zustandekommen des Buches sehr inte-

5) S. die Inscriptionsbücher der Universität.

6) Schemelli der Vater, geb. 1676, zählte bereits 60 Jahre als das Gesangbuch erschien: Schemelli der Sohn, geb. 1712, folgte ihm, als er emeritirt wurde, im Amte (Archiv der Schloßkirche zu Zeitz).

7) »Musicalisches | Gesang-Buch, | Darinnen | 954 geistreiche, sowohl alte als neue | Lieder und Arien, mit wohlgesetzten | Melodien, in Discant und Baß | befindlich sind | Vornemlich denen Evangelischen Gemeinen | im Stifte Naumburg-Zeitz gewidmet, | . . . . von | George Christian Schemelli, | Schloß-Cantore daselbst. | . . . Leipzig, 1736. | Verlegts Bernhard Christoph Breitkopf, Buchdr.« | — Exemplare des selten gewordenen Werkes auf der gräflich stolbergischen Bibliothek zu Wernigerode und der königlichen Bibliothek zu Berlin.

ressirt hat, muß bezweifelt werden. Es erschien in Leipzig bei Breitkopf und auch der Name des Kupferstechers, der übrigens seine Arbeit an der Titel-Vignette und den Melodien recht zierlich ausgeführt hat, ist ein leipzigischer. Es trägt aber auch die Spuren, daß die Vorlagen zum Stich etwas sorglos zusammengestellt wurden und daß keinesfalls der Stich genau überwacht worden ist. Sonst wäre es, von Stichfehlern abgesehen, wohl nicht vorgekommen, daß bei jedem mit einer Melodie versehenen Liede zweimal dieselbe Nummer steht, daß über Nr. 627 besonders gestochen ist: *Di S. Bach, D. M. Lips.*«, während doch viele Melodien, z. B. nachweislich 397, von Bach componirt sind, und daß gar bei dem Liede »Jesu, meines Glaubens Zier«, nachdem erst die gedruckte, dann die gestochene Nummer darüber gesetzt ist und außerdem die Melodie regelrecht vor dem Liede ihren Platz gefunden hat, nochmals ausdrücklich bemerkt wird: »*NB: diese Melodie gehört zum Liede N.* 119«. Es läßt sich auch noch erkennen, daß zur Herstellung der Stichvorlagen verschiedene Schreiberhände zusammen gewirkt haben. Also ist es wohl sehr wahrscheinlich, daß Bach den größesten Theil der Melodien aus seinem Choralbuche einfach abschreiben ließ. Die Gesammtzahl der Melodien beträgt 69. Unter ihnen sind 40 fremde, aus dem 16., 17. und auch 18. Jahrhundert. In der Vorrede wird man verständigt, daß noch gegen 200 Melodien zum Stiche bereit lägen und für eine etwa nöthige zweite Auflage hinzugethan werden sollten. Das macht zusammen gegen 240 Melodien, also genau so viele wie Bachs Choralbuch enthielt.

Immerhin haben wir in den erhaltenen Chorälen einen werthvollen Besitz. Diese Melodien mit ihren schlanken, lebhaft geführten bezifferten Bässen zeigen uns die Kunst, welche der Meister bei den vierstimmig ausgeführten Choralsätzen bewährte, gleichsam in der Skizze. Ihrer Veröffentlichung verdanken wir aber zugleich die Bekanntschaft mit einer Reihe kleiner Originalcompositionen zu geistlichen Gesängen, die einen noch höheren Werth für uns haben müssen. Da Bach einen Theil der Tonstücke in Schemellis Gesangbuch selbst componirt hat und nach gründlichster Durchforschung des bis dahin producirten Melodienschatzes der evangelischen Kirche unter den 69 Melodien 40 von andern Componisten herrühren, so haben wir ein volles Recht die übrigen 29 ihm selbst zuzuschreiben.

Urkundlich wissen wir es von zweien (»Dir, dir Jehovah will ich singen« und »Vergiß mein nicht, vergiß mein nicht, mein allerliebster Gott«). Doch tragen auch die andern, wenigstens größesten Theils, das unverkennbare Gepräge des Bachschen Stiles[8]). Bei 7 dieser 29 Tonsätze haben wir sogar einen Anhaltepunkt für die Vermuthung, daß sie direct für das Schemellische Gesangbuch componirt sind[9]). Für den Gemeindegesang geeignete Melodien zu liefern, hat schwerlich in Bachs Absicht gelegen. Schemellis Sammlung war, wie auch die Freylinghausensche und andre, ebensowohl, ja ganz besonders der häuslichen Erbauung bestimmt. Ihr, der sich Bach selbst im Stil seiner großen Kirchencompositionen manchmal zuneigt, sollten auch die für Schemelli gefertigten Compositionen dienen. Wer sich wie er sein ganzes Leben der Choralbearbeitung mit einer Energie hingegeben hatte, die alle Eigenthümlichkeiten des Chorals durchdrang, mußte wissen, was von einem kirchlichen Volksliede zu fordern sei. Er mußte auch wissen, daß seine eigne durch die höchste Kunst verfeinerte, bewegliche und dem subjectivsten Ausdrucke sich willig fügende melodische Ausdrucksweise dem Charakter des Volksmäßigen zuwider laufe. Man darf jene Bachschen Tonstücke nicht mit dem Maßstabe des kirchlichen Chorals

---

8) Es ist Winterfelds (Ev. K. III, S. 270 ff.) dauerndes Verdienst, diesen Gegenstand gründlich zuerst untersucht zu haben, wenn er auch theilweise zu unrichtigen Resultaten gelangte. Da, wie ich Band I, S. 365 ff. erwiesen zu haben glaube, von einer Betheiligung Bachs an Freylinghausens Gesangbuch nicht die Rede sein kann, so schmilzt die Zahl der in Schemellis Gesangbuche Bach zuzuschreibenden Tonstücke erheblich zusammen. Sämmtliche in demselben enthaltene Tonsätze hat C. F. Becker bei Breitkopf und Härtel in Leipzig zum zweiten Male herausgegeben. Nach dieser Ausgabe sind die von Bach componirten Lieder NNr. 4, 7, 8, 10, 11, 14, 19, 21, 24, 26, 30, 31, 32, 42, 44, 46, 47, 51, 52, 53, 56, 57, 59, 62, 63, 64, 66, 67, 68.

9) Die NNr. 31, 32, 47, 59, 64, 67, 68. Für Anfertigung der Stichvorlagen sind zwei verschiedene Schreiberhände thätig gewesen. Außer obigen NNr. zeigen noch 40, 194 und 281 dieselbe Hand. Sie unterscheiden sich von den übrigen durch die Form der Schlüssel und die Anwendung der Accolade. Der Sopranschlüssel läßt ziemlich deutlich die Form erkennen, welche Bach in jener Zeit die geläufigste war. Außerdem bemerkt man hier eine größere, flüssigere Notenschrift, obgleich der Stich vieles egalisirt hat. Es liegt nahe, daß Bach die Tonstücke, welche er eigens für das Schemellische Gesangbuch concipirt hatte, auch selbst abschrieb.

messen. Es sind geistliche Arien, und wenn sie nicht in den Kirchengesang übergingen, ja bis auf fünfe nicht einmal in einer der späteren Choralsammlungen Aufnahme fanden, so beweist das nichts gegen ihren Werth[10]. Der ihnen eigne Reiz ist wie der eines frommen, musikalisch gebildeten Familienkreises, und gern denken wir uns diese innigen, im kleinsten Rahmen fein ausgeführten Lieder bei des Meisters häuslichen Andachten von einem der Familienglieder gesungen.

Das im Jahre 1725 angelegte Musikbuch Anna Magdalena Bachs, welches ausschließlich häuslichen Zwecken dienen sollte, enthält auch wirklich auf S. 115 ff. eines der Lieder, nämlich Crasselius' »Dir, dir Jehovah will ich singen«, mit ausdrücklicher Nennung Bachs als Componisten. Außerdem sind noch einige andre Stücke derselben Gattung darin. Alle andern überleuchtet durch ihre hohe einzigartige Schönheit die gleichfalls unter Bachs Namen eingetragene Composition von Gerhardts »Gieb dich zufrieden und sei stille«. Eine andre Melodie zu demselben Liede läßt uns freilich über den Verfasser im Zweifel; sie ist auch als Bachsche Composition auffallend einfach, jedenfalls aber eine neue[11]. Gleichen Charakter hat eine Composition des Liedes »Wie wohl ist mir, o Freund der Seelen«. Muß man bei diesen beiden zaudern, sie ohne weiteres Bach zuzusprechen, so zeigt das Lied »Schaffs mit mir Gott nach deinem Willen« schon deutlichere und die Compositionen »Warum betrübst du dich und beugest dich zur Erden« und »Gedenke doch mein Geist zurücke« unverkennbare Merkmale seiner Schreibweise[12]. Es scheint endlich auch, als habe Bach grade in Veranlassung von Schemellis Gesangbuche noch mehre geistliche Lieder gesetzt; sein

10) Winterfeld sagt (a. a. O. S. 278 f.), in J. B. Königs Harmonischem Liederschatz (Frankfurt a. M. 1738) seien nur die NNr. 4 und 63 unverändert aufgenommen, zu den Liedern 24, 56 und 57 fänden sich dort nur anklingende Weisen. Hier hat er sich geirrt. Auch Nr. 8 findet sich bei König unverändert, Nr. 57 in vereinfachter Form, Nr. 24 mit uncomponirtem Aufgesange (S. 490 bei König); Nr. 56 aber hat bei König eine ganz andre Melodie.

11) König hat sie auf S. 340 in seinen Harmonischen Liederschatz aufgenommen.

12) Vrgl. Band I, S. 757 f. — Das Lied »Gedenke doch, mein Geist« hat Bitter (Bd. I, Musikbeilage) veröffentlicht.

Schüler Krebs, der eben um diese Zeit sich sehr eng an ihn anschloß, im Musikverein und im Kirchendienst sein Amanuensis war [13]), hat fünf solche Lieder überliefert, die mit Grund als Bachsche Compositionen angesehen werden können [14]).

Nachdem Schemellis Gesangbuch ohne sonderlichen Beifall zu finden in die Welt hinausgegangen war, setzte doch Bach zur eignen Genüge die Arbeit daran noch in einer besonderen Weise fort. Er versah sein Exemplar mit nicht weniger als 88 vollstimmig geschriebenen Chorälen. Nach seinem Tode ging das Exemplar in den Besitz Philipp Emanuel Bachs über, ist jetzt aber ebenfalls verschollen [15]). Unzweifelhaft hatte hier Sebastian auch von seinen eignen Melodien viele, wenn nicht alle, für vierstimmigen Gesang ausgesetzt. Wir können deren nur noch viere beibringen: »Dir, dir Jehovah«, »Jesu, Jesu, du bist mein«, »Meines Lebens letzte Zeit« und »So giebst du nun, mein Jesu gute Nacht« [16]). Außer den für Schemelli componirten hat Bach noch einige andre selbstgeschaffene Melodien zu geistlichen Liedern vierstimmig gesetzt hinterlassen, unter ihnen glücklicherweise auch das herrliche »Gieb dich zufrieden«. Was oben von dem Charakter der einstimmigen Lieder mit Generalbass gesagt wurde, gilt auch von denen, die wir nur als vierstimmige kennen, soweit wir sie eben mit Grund für Bachsche Originalcompositionen halten dürfen. Sie sind weniger Choräle als erbauliche Hausgesänge, und als solche meistens von charaktervoller Schönheit. Daß im vierten Theile des Weihnachts-Oratoriums zwei solcher selbstgeschaffener Melodien vollstimmig verwendet werden, erschien uns schon früher für die Beschaffenheit dieses Theiles be-

---

13) S. S. 487 dieses Bandes. — Im Musikverein begleitete er auf dem Cembalo; s. Gerber, I, Sp. 756.

14) Diese fünf Lieder, beziehungsweise Melodien, außerdem das Lied »Warum betrübst du dich« theile ich als Musikbeilage 4, B mit. — Weiteres über die Echtheit Anhang A, Nr. 57.

15) In dem gedruckten Verzeichnisse von Em. Bachs Nachlasse (Hamburg, 1790) S. 73 wird unter Seb. Bachs Compositionen angeführt: »Naumburgisches Gesangbuch mit gedruckten und 88 vollstimmig geschriebenen Chorälen«.

16) Das erste in Anna Magdalenas Buch, die andern in den von Ph. Em. Bach herausgegebenen vierstimmigen Choralgesängen seines Vaters (Leipzig, Breitkopf 1784—1787). In »So giebst du nun, mein Jesu«, (Nr. 206 daselbst) fehlt übrigens hinter Takt 7 ein voller Takt.

zeichnend[17]. Eine ähnliche Chorarie beginnt die Cantate »Also hat Gott die Welt geliebt«[18], eine andre schließt die Motette »Komm' Jesu komm«[19]. Unter den neun vierstimmigen Compositionen, welche wir überdies noch für Bachsche zu halten einigermaßen berechtigt sind, befinden sich einige, welche sich dem choralmäßigen Stile mehr nähern. Zwei derselben (»Da der Herr Christ zu Tische saß« und »Herr Jesu Christ, du hast bereit'«) nahm Johann Balthasar Reimann 1747 in sein Hirschberger Choralbuch auf[20]. Reimann war zwischen 1729 und 1740 bei Bach in Leipzig, der ihn, wie er selbst erzählt, »liebreich aufnahm und entzückte«[21]. Auch die Melodie, mit welcher Bach seine weimarische Cantate »Ach ich sehe« ausgehen läßt, hat einen choralartigeren Charakter; sie erweist sich freilich auch nur als ein aus Zusammenschmelzung der Melodien »Herr ich habe mißgehandelt« und »Jesu, der du meine Seele« hervorgegangenes Product[22]. Im Ganzen mußte es Bach fern liegen,

17) S. S. 416 dieses Bandes. Eine derselben bildet als Chor den Schluß, die andre tritt mit vierstimmiger Instrumentalbegleitung und contrapunktirendem Recitativ-Bass auf.

18) S. S. 549 f. dieses Bandes.

19) S. S. 435 dieses Bandes.

20) Wie L. Erk, Choralgesänge II, Nr. 178 und 222 nachgewiesen hat.

21) Mattheson, Ehrenpforte. S. 292.

22) S. Band I, S. 548. Ich bin jetzt bei dieser sonst nirgends vorkommenden Melodie von Bachs Urheberschaft durchaus überzeugt. Erk hält sie (s. Choralgesänge II, Nr. 159) für eine einfache Nachbildung der Melodie »Jesu, der du meine Seele«. Mir scheint jedoch auch die melodische Verwandtschaft mit »Herr, ich habe mißgehandelt« (s. Choralgesänge von 1784, Nr. 35) unverkennbar. — Die übrigen Bach noch zuzuschreibenden vierstimmigen Liedsätze sind »Nicht so traurig, nicht so sehr« (C moll), »Ich bin ja Herr in deiner Macht«, »Was betrübst du dich, mein Herze«, »Für Freuden laßt uns springen«, »Gottlob es geht nunmehr zu Ende« und »O Herzensangst, o Bangigkeit«. Winterfeld (a. a. O. S. 282 ff.) glaubte noch eine Anzahl andre für Bach in Anspruch nehmen zu müssen. Für die Lieder »Ist Gott mein Schild«, »Schwing dich auf zu deinem Gott«, »O Mensch, schau Jesum Christum an« und »Auf, auf mein Herz und du mein ganzer Sinn« hat Erk in seiner mustergültigen Ausgabe der Bachschen Choralgesänge die Unrichtigkeit der Annahme nachgewiesen. Bei den Liedern »Meinen Jesum laß ich nicht«, »Das walt Gott Vater und Gott Sohn« und »Herr nun laß in Friede« hat Winterfeld selbst seine Behauptung halb wieder zurückgenommen. Die Lieder aber »Dank sei Gott in der Höhe«, »O Jesu du mein Bräutigam« und »Alles ist an Gottes Segen« erscheinen bei König in Formen, die deutlich beweisen, daß sowohl Bachs wie Königs Lesarten nur Varianten älterer Urformen sind.

seine Größe als Kirchencomponist auf diesem Gebiete offenbaren zu wollen. Seine geistlichen Lieder sind angesichts der hohen Aufgaben, die zu erfüllen er berufen war, nur als nebensächliche Arbeiten zu betrachten. —

Wir haben Beweise dafür, daß Bachs Art eine Choralmelodie vierstimmig zu harmonisiren schon früh die Bewunderung weiterer Kreise erregte. Nach seinem Tode sammelte man sie, und zu Neujahr 1764 befand sich Breitkopf in Leipzig im Besitz eines Manuscripts mit 150 in Partitur gesetzten Chorälen, von welchen er Abschriften verhandelte[23]. Vermuthlich war es diese Sammlung, nach welcher Birnstiel in Berlin 1765 eine gedruckte Ausgabe zu veranstalten unternahm. Noch in letzter Stunde kam er auf den richtigen Gedanken, Emanuel Bach um Revision des Manuscriptes zu ersuchen. Soweit es noch anging sorgte dieser dafür, daß die, 100 Choräle enthaltende Sammlung eine correcte Gestalt erhielt, während er sich an der zweiten, 1769 erschienenen Sammlung nicht betheiligte. Nicht lange vor seinem Tode veranstaltete er dann eine zweite, bessere und vollständigere Ausgabe bei Breitkopf; sie umfaßte vier Hefte und enthielt 370 Choralsätze.

Diese Choräle sind größtentheils Seb. Bachs concertirenden Kirchencompositionen entnommen, waren also für Gesang mit Instrumentalbegleitung bestimmt. Den Orgel- und Clavierspielern zu Liebe hatte sie der Herausgeber auf zwei Systeme zusammengezogen. Wenn er aber ankündigt, die Sammlung werde ein vollständiges Choralbuch ausmachen, so geschah dies nur um ihr zahlreichere Abnehmer zu verschaffen. Ein Choralbuch, welches alle in einer bestimmten Stadt oder Gegend gebräuchlichen Melodien umfaßte, konnte sie unter den obwaltenden Umständen nicht sein, auch wären dann die mehrfachen Bearbeitungen einer und derselben Melodie zwecklos gewesen. Die eigentliche Bestimmung des Buches war, die Kenner der Setzkunst zu erfreuen und den angehenden Componisten Muster zum Studium darzubieten. Grade mit letzterem durfte der Sohn überzeugt sein, im Sinne seines Vaters zu handeln. Denn der Choral spielte nicht nur in den eignen Tonwerken, son-

23) Breitkopfs Verzeichniß von Neujahr 1764, S. 7: »Bach, J. S. Capellmeisters und Musikdirectors in Leipzig, 150 Choräle, mit 4 Stimmen. *a* 6 Thlr.«

dern auch im Compositionsunterricht desselben eine bedeutsame Rolle.

Johann Philipp Kirnberger sagt von der Methode, welche sein Lehrer Bach beim Compositionsunterricht angewendet habe, sie führe durchgängig Schritt vor Schritt vom Leichtesten bis zum Schwersten. Sie sei unter allen ihm bekannten die beste: er habe sie daher auf Grundsätze zurückzuführen und der Welt vor Augen zu legen gesucht[24]. Hieraus geht hervor, daß wir wenn auch nicht die Begründung der Methode und einzelnen Lehrsätze, so doch jedenfalls die Ordnung des Lehrstoffes wie sie sich in Kirnbergers theoretischen Schriften findet, als eine von Bach probat erfundene ansehen müssen. Kirnbergers Hauptwerk »Die Kunst des reinen Satzes in der Musik«[25] soll einer höheren Stufe des Compositionsunterrichtes dienen. Es behandelt nach einander die Lehre von den Tonleitern und der Temperatur, von den Intervallen, von den Accorden, deren Verbindung und von der Modulation: dann von der Melodiebildung, dem einfachen und dem doppelten Contrapunkt. Der Contrapunktslehre gilt bei weitem der größeste Theil des Werkes: Kirnberger hatte die Absicht noch eine Lehre von der Gesangscomposition und dem Charakter der Tanzformen hinzuzufügen, um dann mit der Fugenlehre zu schließen. Zur völligen Ausführung seiner Absicht ist er indessen nicht gekommen. Der Titel »Kunst des reinen Satzes« entspricht nicht ganz dem Inhalte des Werkes, das überall darauf ausgeht, unter vorzüglicher Hinweisung auf die Werke Bachs nicht nur den schulgerechten, sondern auch den geschmackvollen Componisten zu bilden. Indem es als systematisches Lehrbuch im einzelnen zu wünschen übrig läßt, gewinnt es doch als Widerschein von Bachs praktischer Lehre auch in seinen wissenschaftlichen Mängeln eine besondere Bedeutung, da wir von ihnen auf das Lebensvolle, Mannigfaltige und Reiche der Bachschen Lehrart zurückschließen dürfen. Als nothwendige Vorstufe zu seiner Compositionsschule gab Kirnberger später noch eine Generalbasslehre heraus[26].

---

24) Kirnberger, Gedanken über die verschiedenen Lehrarten in der Komposition. Berlin, 1782. S. 4 f. 25) Erster Theil 1774; Zweiter Theil, Erste bis dritte Abtheilung 1776—1779.

26) Grundsätze des Generalbasses als erste Linien zur Composition. 1781.

Bach hat von seinem 22. Lebensjahre an durch einen Zeitraum von 43 Jahren eine sehr große Anzahl von Compositionsschülern gehabt. Abgesehen davon daß sich ihm eine Lehrmethode überhaupt erst mit der Zeit bilden konnte, ist doch nicht anzunehmen, daß er selbst als reifer Meister dieselbe immer in gleicher Weise angewendet habe. Friedrich Wilhelm Marpurg, der mit Kirnberger über einige Fragen der musikalischen Theorie in Streit gerieth, sagt da sein Gegner überall sich auf Bach zu stützen liebte einmal: »Mein Gott! warum will man den alten Bach mit Gewalt in einen Streit mischen, an welchem er, wenn er noch lebte, gewiß keinen Theil genommen haben würde? Man wird doch niemanden überreden, daß derselbe die Lehre von der Harmonie nach Art des Herrn Kirnberger erkläret habe. Ich glaube, daß dieser große Mann sich mehr als einer einzigen Methode bei seinem Unterrichte bedienet und solche allezeit nach der Sphäre eines jeden Kopfes, nachdem er solchen mit mehrern oder weniger Naturgaben ausgerüstet, geschmeidiger oder steifer, voller Seele oder hölzern fand, eingerichtet hat. Aber ich bin auch zugleich versichert, daß, wenn noch irgendwo Anleitungen zur Harmonie in Manuscript von diesem Mann existiren, man nirgends gewisse Dinge finden wird, die uns Herr Kirnberger für Bachische Lehrsätze verkaufen will. Sein berühmter Herr Sohn zu Hamburg müßte doch auch ein Wort davon wissen«[27]. Hierin ist gewiß etwas wahres. Indessen kannte Kirnberger die ältesten Söhne und andre Schüler Bachs genau genug, um dem Verdachte zu entgehen, er habe sein System nur nach den von ihm selbst mit Bach gemachten Erfahrungen aufgebaut. Mit dem Appell an Emanuel Bach fuhr Marpurg übel: jener trat unter entschiedener Mißbilligung des von Marpurg angeschlagenen polemischen Tones auch sachlich auf Kirnbergers Seite, den er zu der Erklärung ermächtigte, daß Seb. Bach die von Marpurg gegen Kirnberger in Schutz genommenen Ansichten Rameaus nicht getheilt habe[28]. Und was Bachs eigne Aufzeichnungen über die Tonsetzkunst betrifft, so tragen auch

---

27) Marpurg, Versuch über die musikalische Temperatur, nebst einem Anhang über den Rameau- und Kirnbergerschen Grundbaß. 1776. S. 239.

28) Kirnberger, Kunst des reinen Satzes. II, 3, S. 188: »Daß meine und meines seeligen Vaters Grundsätze antirameauisch sind, können Sie laut sagen«.

diese nur dazu bei, den von Kirnberger als Bachisch bezeichneten Lehrgang wirklich als solchen erscheinen zu lassen.

Man kannte bisher nur jene kurzen Regeln vom Generalbass, welche Bach seiner Gattin Anna Magdalena in ihr späteres Clavierbuch eingezeichnet hat[29]. Es existirt aber auch eine ausführlichere Generalbasslehre Bachs, von welcher selbst Kirnberger nichts gewußt zu haben scheint, da er behauptet, Bach habe nie etwas theoretisches über Musik geschrieben[30]. Sie ist durch Johann Peter Kellner der Nachwelt erhalten worden, stammt aus dem Jahre 1738 und führt den Titel: »Des Königlichen Hoff-*Compositeurs* und Capellmeisters ingleichen *Directoris Musices* wie auch *Cantoris* der Thomas-Schule Herrn *Johann Sebastian Bach* zu *Leipzig* Vorschriften und Grundsätze zum vierstimmigen Spielen des *General-Bass* oder *Accompagnement*, für seine *Scholaren* in der Musik«. Die nur hier und da von Kellner corrigirte Abschrift scheint von einer der Musik noch ziemlich unkundigen Persönlichkeit und zwar nach dem Manuscript eines Bachschen Schülers angefertigt zu sein. Auf ersteres deuten zahlreiche unverständige Schreibfehler, auf letzteres die vielfachen Unreinheiten des vierstimmigen Satzes. Einzelnes, wie das mehrmals vorkommende *modus* für *motus*, scheint zu verrathen, daß Bach den Text des Manuscripts dictirt hat. Er dürfte das Werkchen zum Gebrauch beim Gesammtunterricht ausgearbeitet haben, wodurch es sich auch leichter erklärte, warum die im Manuscript enthaltenen vierstimmig ausgesetzten Bässe nicht oder wenigstens nicht durchgängig von ihm corrigirt, und somit fehlerhaft geblieben sind[31].

Die Generalbass-Lehre zerfällt in zwei Theile, einen »Kurtzen Unterricht von dem so genannten General-Bass« und einen »Gründlichen Unterricht des General-Basses«; ersterer augenscheinlich für die völligen Anfänger, letzterer für schon etwas vorgeschrittene Schüler entworfen. Auch diese kleine Arbeit zeugt von dem tiefen und kräftigen sittlichen Ernst, der alle künstlerische Thätigkeit Bachs

---

29) Sie sind mitgetheilt Anhang B, XIII.

30) Gedanken über die verschiedenen Lehrarten. S. 4.

31) Das in Anhang B unter XII vollständig abgedruckte Manuscript befindet sich jetzt im Besitze des Herrn Professor Wagener zu Marburg, welchem ich für die bereitwilligst gegebene Erlaubniß zur Veröffentlichung hiermit verbindlichsten Dank sage.

durchdrang. »Des Generalbasses *Finis* und Endursache soll anders nicht, als nur zu Gottes Ehre und *Recreation* des Gemüths seyn. Wo dieses nicht in Acht genommen wird, da ists keine eigentliche *Music*, sondern ein Teuflisches Geplärr und Geleyer«. Sie zeichnet sich außerdem durch Klarheit, straffe Fassung und einen musterhaften methodischen Fortgang aus. Sie offenbart in diesen Beziehungen ein bedeutendes Lehrtalent und bewahrheitet Kirnbergers Wort, daß Bach Schritt vor Schritt vom Leichtesten bis zum Schwersten gegangen sei. Von nicht minderer Wichtigkeit aber ist, daß Bach den Generalbass einen Anfang zum Componiren nennt und hinzufügt, wenn ein Lehrbegieriger sich den Generalbass wohl einbilde und ins Gedächtniß präge, so dürfe er versichert sein, daß er schon ein großes Theil der ganzen Kunst begriffen habe[32]. Hierdurch wird bewiesen, daß es völlig im Sinne Bachs geschieht, wenn Kirnberger einen vollständigen Cursus des Compositionsunterrichts mit der Generalbasslehre begonnen wissen will und diese »die ersten Linien zur Composition« nennt. Eine wie große Bedeutung Bach einem tüchtigen Generalbassstudium nicht allein für den Zweck des Accompagnirens beimaß, wird durch andre Dinge bestätigt. In der vorliegenden Anweisung führt er den Schüler bis zur Begleitung kleiner Fugensätze. Es kann kaum noch einem Zweifel unterliegen, daß eine vorhandene Sammlung von 62 Praeludien und Fugen, welche sämmtlich nur auf ein System verzeichnet, mit Bezifferung versehen sind und als Namen ihres Verfassers denjenigen Bachs tragen, gleichsam die Fortsetzung seiner Generalbasslehre bilden[33], daß Bach also die vorgerückteren Schüler anzuleiten pflegte, nach einem bezifferten Basse und einigen andern Andeutungen sogar selbständige Musikstücke *ex tempore* auszuführen.

Bei einer derartigen Compositionsvorschule erscheint es selbstverständlich, daß Bach es im wirklichen Compositionsunterricht gleich Kirnberger vorgezogen haben muß, nach der Intervallenlehre sofort zu Accord, Accordverbindung und Modulation überzugehen, hernach auch nicht mit dem zweistimmigen, sondern dem vierstimmigen einfachen Contrapunkt zu beginnen. Sicher geschieht es in

32) In Cap. 5 (»Von der *Triade Harmonica*«).

33) S. Band I, S. 715, Anmerk. 50.

seines Meisters Sinne, wenn Kirnberger sagt: »Man thut am besten, daß man bei dem vierstimmigen Contrapunkt anfängt, weil es nicht wohl möglich ist, zwei- oder dreistimmig vollkommen zu setzen, bis man es in vier Stimmen kann. Denn da die vollständige Harmonie fehlen muß, so kann man nicht eher mit Zuverlässigkeit beurtheilen, was in den verschiedentlich vorkommenden Fällen von der Harmonie wegzulassen sei, bis man eine vollkommene Kenntniß des vierstimmigen Satzes hat«[34]. Diesem Verfahren liegt die Anschauung zu Grunde, daß alle mit und nach einander stattfindenden Tonverbindungen auf gewisse Grundharmonien und deren Zusammenhang zu beziehen seien. Die Anschauung wurde in der musikalischen Praxis schon während des 17. Jahrhunderts die allein herrschende. Von ihr sind auch Bachs Compositionen getragen. Die Kühnheit und Freiheit seiner Stimmführung, Polyphonie und Modulation, die Auflösung der Dissonanzen durch Umwechslung der Stimmen, gelegentlich selbst die Überschreitung allgemeingültiger Satzregeln sind durchaus durch jene »harmonische« Anschauung bedingt, welche bei ihm zu einer so staunenswürdigen Sicherheit entwickelt war, daß ihm auch das Verwegenste gelingen mußte. Daneben aber war doch sein Ohr so sehr geschärft in der Verfolgung der Stimmen selbst des reichst besetzten und complicirtesten Musikstückes, daß er nicht nur bei Aufführungen den geringsten Fehler sofort bemerkte[35], sondern auch bei Anfertigung seiner Compositionen sich der penibelsten Sauberkeit des Satzes befliß. Quinten- und Octaven-Parallelen erklärt er in seiner Generalbasslehre für die größesten Fehler des Tonsatzes; dafür hatten sie freilich immer gegolten, aber die Componisten am Ausgange des 17. Jahrhunderts und zum Theil auch noch die Zeitgenossen Bachs zeigen sich in dieser Beziehung sehr viel lässiger als er. Auch gegen verdeckte Octaven und Quinten selbst in den Mittelstimmen war sein Ohr ausnehmend empfindlich[36]. Über Verdopp-

34) Kunst des reinen Satzes I, S. 142.

35) Nekrolog, S. 171.

36) S. Band I, S. 843 (zum Gis moll-Praeludium des Wohltemperirten Claviers) und Kirnberger, Kunst des reinen Satzes I, S. 159. Weniger unduldsam gegen Quinten und Octaven ist Bach bei Durchgangstönen und Verzierungen. Aber hier bedient er sich nur eines Rechtes, das längst von seinen Vorgängern usurpirt war. Eingehend handelt über diesen Gegenstand J. G. Walther in seiner Musiklehre Fol. 116 f.

lung der Dissonanzen und des Leitetons galten ihm für sich wie seine Schüler die strengsten Gesetze. Kirnberger behauptet, Bach habe, soweit er ihn durchforscht habe, nur ein einziges Mal in einem vierstimmigen Satze die große Terz des Oberdominant-Accordes verdoppelt[37]. Daß er für den fünfstimmigen Satz die Verdopplung der übermäßigen Secunde, Quarte, verminderten Quinte, übermäßigen Sexte, Septime und None verbot, weiß man gleichfalls durch Kirnberger[38]. Im Sextaccorde des verminderten Dreiklangs die Sexte zu verdoppeln bezeichnet Bach selbst als einen Fehler, weil es übel klinge[39]. Indessen alle diese sorgfältig beobachteten Regeln der Stimmführung waren ihm immer doch ein Zweites. Ein Außerachtlassen derselben konnte er sich gestatten ohne seinem empfindlichen Gehöre wehe zu thun, wenn nur die Logik der Harmonienfolge unanfechtbar und verständlich war. Sein unerschütterlich sicheres Gefühl für diese ließ ihn manchmal Dinge wagen, daß selbst ein Kirnberger gestehen mußte, Bachs Sachen erforderten einen ganz besondern Vortrag, der seiner Schreibart genau angepaßt sei. Der Spieler müsse die Harmonie vollkommen kennen, sonst seien viele derselben kaum anzuhören[40].

Daß der musikalischen Praxis schon im 17. Jahrhundert eine gleich entwickelte Theorie zur Seite gestanden habe, darf man nicht annehmen, denn die Kunstlehre pflegt zu allen Zeiten hinter der Kunstübung um ein beträchtliches zurück zu sein. So viel aber steht doch fest, daß findige praktische Musiker schon im Anfange jenes Jahrhunderts es als den kürzesten und leichtesten Weg zur Einführung in die Compositionslehre erkannt hatten, wenn man mit dem Generalbass den Anfang machte. Der Berliner Cantor Johann Crü-

37) Grundsätze des Generalbasses S. 83. Die gemeinte Stelle ist B.-G. III, S. 194, Takt 5. — Vrgl. Kunst des reinen Satzes I, Nachtrag zu S. 37.

38) Kunst des reinen Satzes II, 3, S. 41: »*Regula Joh. Seb. Bachii: In Compositione quinque partibus instructa non sunt duplicandae* 2+, 4♮, 5♭, 6+, 7 *et* 9«.

39) Trotzdem ist dieses in der Generalbasslehre Cap. 8, Reg. 4, Beispiel, Takt 1, letztes Viertel geschehen und nicht als stehengebliebener Fehler des Schülers zu betrachten. Kirnberger (Grundsätze des Generalbasses S. 57 Anmerk.) giebt die Interpretation dieser in ihrer Allgemeinheit zu strengen Regel: die Verdopplung darf nur dann nicht stattfinden, wenn die Sexte als Leitton auftritt.

40) Kunst des reinen Satzes I, S. 216 f.

ger nennt im Jahre 1624 diese auch von ihm angewendete Methode bereits eine bekannte[41], und mag sie neben den mannigfaltigen andern Lehrarten, welche er andeutet, einstweilen auch nur eine bescheidene und wenig vornehme Figur gemacht haben, sicher ist daß sie nicht wieder ausstarb, sondern der musikalischen Praxis parallel immer mehr erstarkte und in Deutschland wenigstens allmählig die herrschende wurde[42]. Bach, wenn er diese Methode anwandte, that damit nichts neues: sie war eine alte langbewährte. Sie hatte natürlich auch ihre Mängel und konnte von ungeschickter Hand angewendet schädlich wirken und der Ungründlichkeit Vorschub leisten. Aus diesem Grunde erhob sich gegen sie im Jahre 1725 der Wiener Capellmeister Joseph Fux mit seinem *Gradus ad Parnassum*, in welchem er den Compositionscursus mit dem einfachen zweistimmigen Contrapunkt *nota contra notam* beginnt, unter gründlicher Durcharbeitung der fünf Gattungen des einfachen zwei-, drei- und vierstimmigen Contrapunkts allmählig zur Imitation, zur zwei-, drei- und vierstimmigen Fuge fortschreitet, dann den doppelten Contrapunkt abhandelt, denselben wiederum auf die Fuge anwendet und mit einigen Capiteln über den Kirchenstil und das Recitativ den Beschluß macht — der Generalbass und die Accordlehre bleiben ganz außer Betracht. Diese Methode war damals für gewisse Kreise wirklich etwas neues, und Fux bezeichnet sie selbst ausdrücklich so, er verhehlt auch nicht die reactionäre Absicht, die ihn leitete, der immer mehr um sich greifenden Willkür und Maßlosigkeit in der Musik entgegen zu arbeiten. Im Grunde aber war sie nur eine Erneuerung und Vervollständigung der Kunstlehre des 16. Jahrhunderts und bezieht sich demnach einzig auf die unbe-

41) Crüger, *Synopsis Musices*. Berlin, 1624. *pag.* 57: »*nos incipientibus gratificaturi compendiosissimam* *i l l a m* *et facillimam ingrediamur componendi viam, qua nimirum ad Fundamentum prius substratum et positum reliquae superiores modulationes adjici possint. Hoc enim qui poterit, facillime postmodum melodiae regali Tenoris et Cantus reliquas adjunget voces*«.

42) J. G. Walther sagt in seiner handschriftlichen Musiklehre von 1708, mit offenbarer Bezugnahme auf Crügers *Synopsis*: »Auch ist dieses die *compendi*öseste und leichteste Art zu *componir*en, wenn man über einen *Bass* als das *Fundament* die andern Stimmen bauet . . . Derowegen wollen wir bemeldte leichte Art behalten, und den Anfang zu *componir*en mit 4 Stimmen (als woran gar viel gelegen) machen«.

gleitete polyphone Gesangsmusik: diese wollte Fux als den Ausgangspunkt aller musikalischen Bildung angesehen wissen. Fast um dieselbe Zeit hatte der Franzose Rameau den ersten Versuch gemacht, die auf der harmonischen Anschauung beruhende Kunstübung wissenschaftlich zu begründen und in ein System zu bringen. Seine 1722 erschienene »Abhandlung von der Harmonie« erregte sehr bald auch in Deutschland Aufsehen; Nikolaus Bach erzählte 1724 allerlei darüber an Schröter [43], und daß Seb. Bach sich mit ihr bekannt gemacht habe, müssen wir aus Emanuel Bachs Auftreten für Kirnberger schließen, von dem oben die Rede war. Die Hauptgegenstände des Rameauschen Systems: die Bestimmung des Accords durch den Grundbass, sowie die durch Umwechslung des Basstones entstehenden Accorde waren natürlich in der Praxis längst bekannte und angewendete Dinge, in Bezug auf sie also eine Übereinstimmung Bachs mit Rameau natürlich. Gewisse im Ausbau des Systemes gewonnene Resultate des Franzosen wollte aber Bach nicht gelten lassen. Worauf im Besondern sich seine abweichende Ansicht bezog, können wir nicht mit Sicherheit angeben, dürfen aber annehmen, daß es die auch von Kirnberger bestrittenen Behauptungen waren [44]. Demgegenüber ist der Schluß gestattet, daß Bach der Fuxschen Methode volle Anerkennung gezollt hat. Denn kein andrer als sein

43) Schröter, Deutliche Anweisung zum General-Bass. 1772. S. X.

44) Vor allem also auch wohl der von Rameau auf der Unterdominante mit hinzugefügter großer Sexte construirte und für einen Grundaccord ausgegebene Quintsext-Accord, sowie die Unterscheidung von wesentlichen und unwesentlichen Dissonanzen. — Kirnberger hat die von Rameau aufgebrachte Art, den Grundbass eines zusammenhängenden Tonstückes auszuziehen, d. h. diejenige Reihe von Tönen anzugeben, auf welche die Harmonien eines Stückes als auf ihre eigentlichen Grundtöne zu beziehen sind, auch auf zwei Bachsche Compositionen, allerdings in nicht ganz unanfechtbarer Weise, angewandt (Die wahren Grundsätze zum Gebrauch der Harmonie, S. 55 ff. und 107 ff.). Demselben Verfahren begegnen wir aber schon in dem Hauptautograph der französischen Suiten bei Sarabande und beiden Menuetts der D moll-Suite, sowie im Fischhoffschen Autograph des Wohltemperirten Claviers bei der C moll-Fuge und dem D moll-Praeludium. Ich wage nicht mit Bestimmtheit zu behaupten, daß die zu diesem Zwecke eingetragenen Zahlen und Buchstaben von Bachs eigner Hand sind. Der Möglichkeit aber widerstreitet nichts, daß Bach an einigen seiner Compositionen das Wesen des Rameauschen Grundbasses selbst explicirt habe.

Compositionsschüler Mizler übertrug den *Gradus ad Parnassum* gleichsam unter Bachs Augen ins Deutsche, und wenn Mizler über den Werth des Werkes bemerkt, daß es von den wahren Kennern einer guten Composition durchgehends vielen Beifall erhalten habe, so zielt er doch unzweifelhaft auf Bach in erster Linie[45]. In der That stehen sich Bach und Fux näher, als es manchem scheinen möchte. Nicht so darf man sich die Entwicklung der Kunstlehre in Deutschland denken, daß bis zu Bachs Zeit die strenge contrapunktische Schulung herrschend gewesen, durch Bach aber eine freiere Lehrmethode eingeführt worden sei. Ein genaueres Studium der deutschen Componisten besonders aus der zweiten Hälfte des 17. Jahrhunderts, und unter ihnen namentlich der Orgel- und Claviermeister, welche der Stolz dieser Periode sind, beweist unzweifelhaft das Gegentheil. Die Ungeschicklichkeit im polyphonen Vocalsatze war während des Jahrhunderts größer und größer geworden, die berechtigten Freiheiten der Instrumentalcomponisten drohten in Willkürlichkeit und Laune auszuarten. Seine fabelhafte contrapunktische Gewandtheit, seine Strenge und Reinheit im Satze hat Bach zum geringsten Theile als Tradition seiner Vorgänger überkommen. Er hat diese Dinge von neuem in die Kunst hineingebracht, gewiß auch mit Anlehnung an alte classische Muster, mehr jedenfalls noch dem Zuge des eignen Genius folgend. Die alten bewährten Gesetze der Stimmführung kommen durch ihn unter den deutschen Künstlern erst wieder recht zu Ehren, allerdings mit den Abwandlungen, welche das inzwischen gründlich veränderte Tonmaterial nöthig machte, und Bach ist es gewesen, der die Orgel- und Clavier-Componisten von neuem lehrte, überhaupt mit realen Stimmen gewissenhaft zu verfahren und eine bestimmte Stimmenanzahl ein ganzes Stück hindurch fest zu halten. Wenn er bei aller Billigung der Fuxschen Methode seinerseits doch einen andern Lehrgang vorzog, so that er nur was in der Natur der Sache lag. Jene paßte für den Gesang; dem angehenden Vocalcomponisten konnte allein sie die nothwendige sichere Grundlage verschaffen. Sie war auch mit gewissen Einschränkungen für den Violin-Spieler und -Setzer die richtige; für Orgel und Clavier konnte sie nicht in Anwendung

45) S. Vorrede der Mizlerschen Übersetzung des *Gradus*. Leipzig, 1742.

kommen, da sie den Kunstjünger in Widerspruch setzte zu den Forderungen seines Instrumentes. Ob es nicht überhaupt das richtigere sei, jede Kunstbildung mit dem Gesange und nicht mit dem Spiel zu beginnen, kommt hier nicht in Frage, wo es sich um Erklärung historischer Erscheinungen handelt. Unbestreitbar ist, daß nur diejenige Lehrmethode Erfolg haben kann, welche, der Schüler beginne womit er wolle, von Anfang an dessen individuelles Kunstgefühl zu wecken im Stande ist. Es giebt in der wahren Kunst nichts mechanisches, zwischen Reproduction und Production besteht kein principieller Gegensatz, die erste gesungene Tonreihe, das leichteste gespielte Clavierstückchen ist schon ein Anfang der Composition, oder soll es sein. So ist es denn ganz natürlich, daß in Italien und den unter italiänischem Einfluß gebliebenen Gegenden Deutschlands die alte contrapunktische, von Fux erneuerte Methode das Übergewicht behielt, da die musikalische Bildung der Italiäner vorzugsweise auf dem Gesang gegründet geblieben ist, während in Deutschland, wo immer besser und mehr gespielt wurde als gesungen, die andre Lehrart den naturgemäßen Vortritt hatte. Unter diesem Gesichtspunkte wird auch die verschiedene Stellung verständlich, welche in dem Fuxschen Lehrgange und demjenigen Bachs (oder Kirnbergers) der Fuge angewiesen ist. Die Vocalfuge ruhte eben auf andern Bedingungen als die instrumentale, und was Bach aus letzterer gemacht hatte konnte wohl als ein höchster Gipfel der Kunst angesehen werden, zu dessen Ersteigung nur der gründlichst und allseitigst gebildete Jünger die Kraft besaß[46].

Bei zwei Schülern Bachs, Heinrich Nikolaus Gerber und Agricola, sind wir über den Lehrgang welchen der Meister mit ihnen einschlug wenigstens insofern genauer unterrichtet, daß sie als Beispiele dienen können, wie sich Bach durch das Instrument, von dem die Schüler ausgingen, die Lehrmethode für die Composition gleich-

46) Bach selbst nannte einmal gesprächsweise die Fugen eines »alten mühsamen Contrapunktisten« trocken und hölzern, und gewisse Fugen eines »neuern nicht weniger großen Contrapunktisten« in der Gestalt, in welcher sie für Clavier eingerichtet waren, pedantisch, weil jener unveränderlich immer bei seinem Hauptsatze geblieben war, dieser nicht Erfindung genug gezeigt hatte, das Thema durch Zwischenspiele neu zu beleben (Marpurg, Kritische Briefe über die Tonkunst. I, S. 266). Welche Componisten er gemeint hat, ist nicht nachzuweisen.

sam vorzeichnen ließ. Gerber mußte als er von Bach Unterricht empfing erst dessen Inventionen, eine Reihe Suiten und das Wohltemperirte Clavier »durchstudiren«. Dann wurden Generalbass-Übungen vorgenommen, aber nicht extemporirte: Gerber hatte vielmehr die Bässe zu den Albinonischen Violinsoli schriftlich vierstimmig auszusetzen[47]. Ähnlich geschah es mit Agricola, den Bach erst im Clavier- und Orgelspiel, hernach »in der harmonischen Setzkunst« unterwies[48]. Beide Male handelte es sich nicht um Anfänger und musikalischen Elementarunterricht: mittelst der harmonischen Setzkunst und der vierstimmig auszuschreibenden Albinonischen Generalbässe führte Bach jene jungen Männer in die wirkliche Composition ein. Und zu diesem Zwecke geschah es auch, daß er sich des Chorals bediente. Er liebte es die Übungen im einfachen Contrapunkt damit zu beginnen, daß er Choralmelodien vierstimmig harmonisiren ließ. Hierüber kann man nach den Äußerungen Kirnbergers und Emanuel Bachs nicht mehr zweifelhaft sein. Letzterer fragt mit Hinblick auf die von ihm herausgegebenen Choralsätze seines Vaters, wer heutzutage wohl den Vorzug der Unterweisung in der Setzkunst leugne, vermöge welcher man statt der steifen und pedantischen Contrapunkte, den Anfang mit Chorälen mache[49]? Kirnberger empfiehlt mit dem vierstimmigen Contrapunkt zu beginnen, und stellt die Choräle Bachs als unübertroffene Muster eines vierstimmigen Satzes hin, in welchem nicht nur alle Stimmen ihren eignen fließenden Gesang hätten, sondern auch in allen einerlei Charakter beibehalten werde[50]. Eine fleißige Übung in Chorälen sei eine höchst nützliche, ja unentbehrliche Sache, und es sei ein schädliches Vorurtheil, dergleichen Arbeiten für überflüssig oder gar

47) Gerber, L. I, Sp. 492. 48) Ch. C. Rolle, Neue Wahrnehmungen. S. 93.

49) Vorrede zu J. S. Bachs vierstimmigen Choralgesängen. Die Fassung des Gedankens in obigem Satze ist nicht hinlänglich scharf, da sie die Deutung zuläßt, die gemeinte Methode ersetze nur die langüblichen möglichst einfachen *Cantus firmi* der contrapunktischen Studien durch die lebendigeren und interessanteren Choralmelodien, wodurch nicht ausgeschlossen wäre, daß auch sie mit dem zweistimmigen Contrapunkt begonnen habe. So hat in der That Vogler (Choralsystem, S. 61) den Satz aufgefaßt. Das wäre denn aber keine eigentlich verschiedene Methode gewesen, und eine solche will doch Em. Bach jedenfalls der Fuxschen gegenüber kennzeichnen.

50) Kunst des reinen Satzes I, S. 157.

pedantisch zu halten, da sie den wahren Grund bildeten nicht nur zum reinen Satz, sondern auch um richtig und ausdrucksvoll für Gesang componiren zu lernen[51]. Keineswegs sollte also dieser Lehrgang dem Schüler schwierige aber unerläßliche Anfangsstudien auf Kosten der Gründlichkeit erleichtern, und er wurde auch nicht so aufgefaßt, da es gar Leute gab, die ihn für pedantisch erklärten, wogegen Verständige ihn eben wegen seiner Gründlichkeit priesen[52]. Wenn Kirnberger die Bachschen Choralsätze auch als Vorbilder der Gesangscomposition ansieht, so darf man nicht vergessen, daß er begleitete Gesangsmusik meint und vor allem dabei auf Erfindung einfacher, ausdrucksvoller Melodien abzielt. Als Muster eines mehrstimmigen *a cappella*-Satzes sollen sie nicht gelten, und nichts liefe auch Bachs eigensten Absichten mehr zuwider als eine solche Unterstellung. Meist mit reicher instrumentaler Begleitung, nie ganz ohne eine solche, fast durchaus als integrirende Theile großer, kunstvoll ausgeführter Kirchenmusiken und auf besondere Textunterlagen immer sehr eng bezogen, so sind diese Choralsätze gedacht und nur so darf man sie beurtheilen. Carl Friedrich Fasch, welcher Ernst Ludwig Gerber gegenüber meinte, bei Bach sänge zwar jede Stimme für sich, aber ihre Verbindungen unter sich blieben unsangbar; es seien schöne Theile, aber nicht zu einem schönen Ganzen zusammengefügt[53], hatte diesen Standpunkt der Beurtheilung nicht gefunden. Es ist jedoch nicht zu leugnen, daß die Herausgabe der Choräle als aparter, schlechtweg vierstimmiger Tonstücke und vollends unter der Ankündigung, dieselben sollten ein vollständiges Choralbuch bilden, irrige Vorstellungen hervorrufen mußte und allerhand Schaden stiften konnte. Bald bediente man sich Bachs als Vorbildes auch am ungehörigen Orte, und als Abraham Peter Schulz

---

51) Ebenda S. 215. — Übereinstimmend stellt Forkel (S. 39 f.) Bachs Compositionsunterricht dar, der allerdings zumeist aus Kirnberger geschöpft hat, aber sich doch auch durch Bachs Söhne mündlich über den Gegenstand hat belehren lassen können.

52) Lingke, Die Sitze der musikalischen Haupt-Sätze. Leipzig, 1766. Vorbericht. Er sagt mit Bezug auf den oben angeführten Ausspruch Emanuel Bachs: »über welchen gründlichen Lehrsatz nicht leicht was gründlicheres seyn wird«. — Von Kirnberger erzählte man später, er habe seine Schüler drei Jahre lang Choräle arbeiten lassen; s. Vogler, Choralsystem. S. 24.

53) Gerber, N. L. II, Sp. 86.

im Jahre 1790 den Einfluß der Musik auf die Bildung eines Volkes und deren Einführung in Schulen erörterte, mußte er gestehen, »es haben die größesten Harmoniker aus der Bachschen Schule bei der Bearbeitung des simplen Chorals mehr einen Prunk von Gelehrsamkeit in unerwarteten und auf einander gehäuften dissonirenden Fortschreitungen, die oft die Melodie ganz unkenntlich machen, zu zeigen gesucht, als auf die Simplicität Rücksicht genommen, die in dieser Gattung für die Faßlichkeit des gemeinen Mannes so nothwendig ist«[54].

An die vierstimmigen Choralsätze Bachs knüpft sich noch eine andre Frage, welche gleichermaßen bedeutsam ist sowohl für des Meisters eigne Stellung zur musikalischen Vorzeit, als auch für den Sinn in welchem er seine Kunstjünger lehrte. Ein großer Theil der von ihm gesetzten Choralmelodien entstammt Jahrhunderten, da man bei der Bildung von Melodien einer andern Grundanschauung folgte, als zu unsern und auch schon zu Bachs Zeiten. Die Gestaltung einer Tonreihe nach Maßgabe einer der sechs, oder, wenn man die Plagaltöne besonders rechnen will, zwölf Octavengattungen hatte eine eigenartige Modulation derselben, und wenn sie mehrstimmig behandelt wurde auch eine entsprechende besondere harmonische Begleitung zur Folge. Das Gefühl für den Charakter der verschiedenen Octavengattungen war bis in die Mitte des 17. Jahrhunderts unter den protestantischen Musikern noch ziemlich lebendig. Dann fing es an abzusterben und es bildete sich aus der Vielheit der Kirchentonarten immer entschiedener die Zweiheit der Dur- und Moll-Tonart heraus. Bestanden jene auch dem Namen nach noch eine Zeitlang weiter, so verband man doch mit der Mehrzahl derselben keine bestimmten Begriffe mehr. Johann Schelle fragte den von ihm hoch bewunderten Rosenmüller einmal, was er von den alten *Modi musici* halte. Darauf lächelte Rosenmüller und sagte, er kenne nur Jonisch und Dorisch[55]. Die Zusammendrängung der Octavengattungen mit großer Terz in das System von C ging übrigens leichter vor sich,

54) Schulz, J. A. P., Gedanken über den Einfluß der Musik auf die Bildung eines Volks, und über deren Einführung in den Schulen der Königlich Dänischen Staaten. Kopenhagen, 1790.

55) [Fuhrmann,] *Musicali*scher Trichter. 1706. S. 40 f.

als die Concentrirung des Dorischen, Phrygischen und Aeolischen, deren Grunddreiklänge eine kleine Terz zeigen, zur Molltonart. Mit Rosenmüller nahm zuerst auch noch Werkmeister das Dorische als besten Repräsentanten der Molltonart an[56], erklärte später aber das Aeolische dafür[57]. Johann Gottfried Walther beschreitet einen vermittelnden Weg, indem er im Jahre 1708 lehrt, man gebrauche heutzutage drei Tonarten: Dorisch, Aeolisch und Jonisch[58]. Bach endlich kennt nur zwei Tonleitern, eine mit großer und eine mit kleiner Terz, jene ist ihm die ionische, diese die aeolische[59]. Dieser allmählige Vereinfachungsprocess ist interessant zu beobachten. Dorisch und Aeolisch hatten ein jedes ihre Vorzüge für den angestrebten Zweck. Das Dorische ließ auf Grundton, Quinte und Quarte eine vollständige Cadenz zu, ohne daß, von der Erhöhung des Leitetons abgesehen, die Gränzen des diatonischen Systems überschritten zu werden brauchten. Im Aeolischen war eine diatonische Cadenz auf der Quinte unmöglich. Dagegen prägte es insofern wieder den Mollcharakter schärfer aus, als es auf Grundton sowohl, wie auf Quinte und Quarte Dreiklänge mit kleiner Terz besaß, während im Dorischen die Terz des Quartdreiklanges groß ist. Unsere Molltonart erscheint also recht eigentlich als eine Combination des Dorischen und Aeolischen. Steht nun bei Bach das moderne Zweitonarten-System völlig fest, so hält er andrerseits doch noch einen engern Zusammenhang mit dem System der sechs Octavengattungen dadurch aufrecht, daß ihm als Molltonleiter einfach die aeolische gilt. Theoretisch giebt es für ihn sowohl in aufsteigender als absteigender Bewegung nur eine und dieselbe Tonreihe, während Rameau und mit ihm auch Kirnberger für die aufsteigende Bewegung die Reihe a h c d e fis gis a annahmen und Lingke, um den Dualismus aufzuheben, für beiderlei Bewegung die Reihe a h c d e f gis a aufstellte[60].

---

56) *Harmonologia musica.* 1702. S. 59.

57) Musikalische Paradoxal-Discourse. 1707. S. 86.

58) Handschriftliche Musiklehre, Fol. 152b.

59) Clavierbuch Anna M. Bachs. 1725. S. 123: »die *Scala* der 3 *min:* ist, *tonus*, 2 de ein gantzer *Ton*, 3 ein halber, 4 ein gantzer, 5 ein gantzer, 6 ein halber, 7 ein gantzer, 8 *va* ein gantzer *Ton*; hieraus fließet folgende *Regull:* die 2te ist in beyden *Scalis* groß; die 4 allezeit klein, die 5 und 8 *va* völlig, und wie die 3. ist so sind auch 6. und 7«.

60) Lingke, Die Sitze der Musicalischen Haupt-Sätze. S. 16 ff. — Lingke

Bachs Molltonleiter ist freilich für seine Praxis von keiner unterscheidenden Bedeutung, aber doch ein beachtenswerthes Zeichen für seine Stellung zu den beiden gegensätzlichen Systemen. Als er als Organist in Weimar zuerst seine ganze Meisterschaft in der Behandlung des Chorals erwies, stritten sich Mattheson und Buttstedt über die Existenzberechtigung der Kirchentonarten, und jener bereitete ihnen unter fast allgemeinem Beifall ein feierlich-komisches Leichenbegängniß. Wenn Fux einige Jahre später in dem Lehrgange seines *Gradus* den Kirchentonarten wieder eine grundlegende Bedeutung beimaß, so konnte die Opposition eines so hervorragenden Mannes gegen den modernen Radicalismus zwar ihre Wirkung nicht verfehlen. Indessen hatte Fux doch zunächst und vorwiegend die katholische Kirchenmusik im Auge. In der protestantischen Kirche konnte das alte System der Octavengattungen den verdienten Schutz nur durch einen protestantischen Tonkünstler finden. Durch Bach ist er ihm zu Theil geworden. Wie in der Compositionslehre, so wußte er auch in Betreff des Choralsatzes eine höhere Stellung zu gewinnen, in welcher er die Gegensätze vereinigte. Er ging auch hier von dem durch die geschichtliche Entwicklung hergestellten Grunde der Dur- und Moll-Tonleiter aus, benutzte aber die Kirchentöne gewissermaßen als Nebentonleitern. Er gewann ihnen den ganzen Reichthum der Modulationen ab, den sie zu bieten fähig sind, wußte ihn aber so zu verwenden, daß er dem einfacheren Grundgefühle der Dur- und Moll-Tonart sich unterordnete[61]. Die Erkenntniß, daß manche alte Choralmelodien nicht zur Entfaltung ihres ganzen Wesens gelangen könnten, wenn man sie unter die Modulationsgesetze des harmonischen Systems beuge, war für Bachs Verfahren nur ein Motiv zweiter Ordnung. Er empfand, daß die Kunstideen, welche in diesen Gesängen Gestalt

hatte diese von ihm aufgestellte Stammleiter im Jahre 1744 der Societät der musikalischen Wissenschaften zu Leipzig vorgelegt und alle Mitglieder hatten sie gebilligt (s. Mizler, Musikalische Bibliothek. Dritter Band, S. 360). Bach war damals noch nicht Mitglied.

61) In Folge dessen sagt Kirnberger, Kunst des reinen Satzes I, S. 103: »Wir haben in der heutigen Musik nicht nur 24 verschiedene Tonleitern, deren jede ihren bestimmten Charakter hat, sondern wir können dabey auch noch die Tonarten der Alten beybehalten. Dadurch entsteht eine ungemein große Mannigfaltigkeit der Harmonie und der Modulation«.

gewonnen hatten, eben weil sie durch Jahrhunderte im Schooße der Kirche gereift waren eine unersetzbare Fülle echtester kirchlicher Empfindung und Stimmung mit sich führten. Diese konnte und wollte er für seinen Kirchenstil sich nicht entgehen lassen. Das System der Kirchentöne erscheint bei Bach nicht als ein für gewisse Gegenstände künstlich angewendetes; es ist in Bachs Geiste von Grund aus wiedergeboren und kommt demnach nicht nur diesen oder jenen Chorälen, sondern seiner gesammten Musik zu Statten. Erschien es ihm angemessen, so setzte er einen Choral streng nach den Gesetzen seiner Octavengattung, so einmal die mixolydische Melodie »Komm, Gott Schöpfer, heiliger Geist«[62]. Meistens wendet er jedoch eine Harmonisirung an, welche sein Schüler Kittel die gemischte nennt[63], indem er die charakteristischen Modulationen einer bestimmten Octavengattung bald stärker, bald schwächer vorklingen läßt. Beispiele bieten die dorischen Choräle »Das alte Jahr vergangen ist«, »Erschienen ist der herrlich Tag«[64], die mixolydischen »Gelobet seist du, Jesu Christ«, »Gott sei gelobet und gebenedeiet«, »Nun preiset alle Gottes Barmherzigkeit«[65], die phrygischen »Christum wir sollen loben schon«, »Erbarm dich mein, o Herre Gott«[66]. Daneben kommt es dann auch vor, daß Melodien, die einer Kirchentonart angehören, in ganz moderner Harmonisirung erscheinen, und andrerseits werden z. B. mixolydische Modulationen bisweilen auch bei Chorälen angewendet, die ihrem Wesen nach in diese Tonarten nicht gehören. Die Bearbeitungen, welche die Choräle »Jesu nun sei gepreiset«, »Es ist das Heil uns kommen her«, »Vom Himmel hoch da komm ich her« in den gleichnamigen Cantaten, beziehungsweise in der Mitte des zweiten Theils des Weihnachts-Oratoriums erfahren haben, legen davon Zeugniß ab. Denn eigentlich sind alle drei ionisch, auch die zweite; sie galt wenigstens da Bach den Schlußchoral jener Cantate setzte schon seit länger als einem Jahrhundert dafür. Man erkennt aus all diesem, daß Bach sich aus den Kirchen-

62) In den Choralgesängen von 1785 Nr. 187; Nr. 255 bei L. Erk. Vrgl. Kirnberger, a. a. O. II, 63.

63) Der angehende praktische Organist. Dritte Abtheilung. S. 37 ff.

64) Nr. 180, 29, 30 bei Erk.

65) Nr. 41, 213 bei Erk und Nr. 222 in den Choralgesängen von 1786.

66) Nr. 175 bei Erk und Nr. 33 der Choralgesänge von 1784.

tonarten ein Ausdrucksmittel zubereitet hatte, welches er frei anwendete, wo es ihm der poetische Sinn und der musikalische Zusammenhang zu erfordern schien. Ist es doch auch nur aus solchen Gründen herzuleiten, daß er eine seiner Lieblingsmelodien »O Haupt, voll Blut und Wunden« bald ionisch, bald phrygisch harmonisirt. Bachs unerschöpflicher harmonischer Reichthum, den er nicht nur in den Chorälen sondern in allen seinen Compositionen zeigt und zwar meistens ohne irgendwie weitgreifend zu moduliren, entspringt aus diesen zwei Quellen: aus der gründlichsten Ausnutzung der Octavengattungen und aus einem überaus scharfen und sichern Gefühle für die harmonischen Verwandtschaften innerhalb des Dur- und Moll-Systems[67].

Kirnberger hat deshalb seinen großen Lehrer ganz wohl begriffen, wenn er sich nicht nur veranlaßt sah, eine Reihe von Orgelchorälen des dritten Theils der »Clavierübung«, welcher eben um die Zeit erschien, da er in Leipzig bei Bach studirte, später nach Seite ihres harmonischen Wesens hin zu commentiren[68], sondern eine nach Art der Kirchentöne eingerichtete Modulation auch in Fugen des Wohltemperirten Claviers und freierfundenen Stücken Bachscher Cantaten erkannte. In seinem Handexemplare des ersten Theils jener Fugensammlung bezeichnete er die Fugen aus C dur und Cis dur mit Jonisch, die aus C moll, Es moll und Gis moll als Aeolisch, die aus Cis moll und Fis moll als Dorisch. Das Terzett der Cantate »Aus tiefer Noth« eignete er der aeolischen Tonart zu[69]. Diese Bezeichnungen können natürlich nur eine sehr bedingte Gültigkeit haben, insofern sie nämlich nichts anderes ausdrücken sollen, als ein Überwiegen derjenigen Modulationen, die dem Wesen dieser oder jener Kirchentonart eigenthümlich sind. Mehr aber hat auch Kirnberger gewiß nicht sagen wollen. Streng genommen sind kaum einige zusammenhängende Takte in diesen Stücken zu finden, in welchen die diatonischen Gesetze nicht irgendwie außer Acht gesetzt würden. Aber eine solche aus den tiefsten Tiefen heraus sich ent-

---

67) Man vergleiche hierzu noch die schönen Ausführungen, welche Winterfeld Ev. K. III, S. 299 diesem Gegenstande gewidmet hat.

68) Manuscript auf der Amalienbibliothek zu Berlin. Mitgetheilt Anhang B, XIV.

69) Die betreffenden Handschriften auf der Amalienbibliothek Nr. 57 und Nr. 38.

faltende Harmonienfülle war doch nur möglich bei umfassendster Benutzung der in den Octavengattungen gegebenen Modulationsmittel.

Auch in der Art der Vorzeichnung läßt sich noch Bachs Zusammenhang mit dem System der Kirchentonarten erkennen. So bezeichnet er E dorisch folgerichtig mit zwei Kreuzen, F dorisch mit drei Been, G dorisch mit einem Bee, und enthält sich natürlich auch bei dem Dorischen, Phrygischen, Mixolydischen, wenn sie in ihren ursprünglichen Lagen angewendet werden, jeder Vorzeichnung. Als Beweis, wie sehr sich für andre Köpfe damals das Wesen der Octavengattungen verflüchtigt hatte, mag hiergegen angeführt werden, daß Mizler dem Dorischen D moll, dem Phrygischen E moll, dem Lydischen F dur u. s. w. ohne Umstände gleichstellt[70]. Bach wählt jene Vorzeichnungen aber nur dann, wenn er seinem Stück die Art und Stimmung der betreffenden Octavengattung aufprägen und zugeeignet wissen will. Wo das nicht der Fall ist, zeichnet er einfach Dur oder Moll vor. Manchmal scheint sogar, wenigstens beim Dorischen, seinem Verfahren nur absichtslose Gewohnheit zu Grunde zu liegen, und es gölte demnach theilweise auch von ihm Agricolas Bemerkung[71], daß viele Componisten aus der ersten Hälfte des 18. Jahrhunderts auch dort die dorische Tonart anzeigten, wo eigentlich die aeolische gemeint sei. Namentlich ist dieses von Bachs freien Compositionen zu verstehen. In der Altarie der Cöthener Huldigungs-Cantate[72] hat Bach die erste Zeile als G moll, die übrigen alle als G dorisch bezeichnet, hier kann also ein innerer Grund nicht maßgebend gewesen sein. Aus solchen Dingen erkennt man aber wieder, wie die musikalische Empfindung im Suchen nach einer zusammenfassenden Molltonart noch längere Zeit zwischen Aeolisch und Dorisch schwankte[73].

---

70) Musikalische Bibliothek, I, S. 30, 31, 34, Anmerkungen.

71) Anmerkungen zu Tosi, S. 5.

72) S. S. 450 f. dieses Bandes.

73) Ich darf diesen Abschnitt wohl nicht ohne eine Erwähnung Voglers schließen, welcher theils selbst in seinem »Choral-System« S. 53 ff., theils durch seinen Schüler C. M. v. Weber (Zwölf Choräle von Sebastian Bach umgearbeitet von Vogler, zergliedert von C. M. v. Weber. Leipzig, C. F. Peters) die vermeintliche Fehlerhaftigkeit und Unschönheit des Bachschen vierstimmigen Choralsatzes nachzuweisen gesucht hat. Daß diese Lächerlichkeit möglich gewesen ist, davon trägt freilich einen Theil der Schuld der Herausgeber

V.

Wenn Bach in der ersten, bis zum Abschluß der Cöthener Jahre zu rechnenden Hälfte seines Lebens sich uns vorzugsweise als Instrumentalcomponist gezeigt hatte, so legte sich während der Leipziger Zeit die concertirende Kirchenmusik als das Feld seiner Hauptthätigkeit vor Augen. Eine naturgemäße Weiterbewegung von jener zu dieser Periode ist sichtbar: soweit es ohne Beeinträchtigung des selbständigen Werthes der verschiedenen Kunstgebiete geschehen kann, darf man sagen, daß die frühere Periode zur späteren sich verhält, wie Vorbereitung zur Erfüllung. Die instrumentale Kunst wird nicht aufgegeben, sie wird nur durch höhere Organe ausgeübt: in Folge der Doppeldeutigkeit des Gesanges als künstlerischen Ausdrucksmittels kommt dann freilich ganz von selbst ein neues wesentliches Element in sie hinein. Aber da die instrumentale Musik der eigentliche Quell von Bachs Kunst ist, so ist es natürlich, daß er auch in der zweiten Periode unmittelbar aus ihm zu schöpfen fortfuhr. Und ist schon die Zahl seiner später geschaffenen Instrumentalcompositionen keine geringe, so verleiht ihnen ihr Gehalt den Charakter schwerer, vollreifer Früchte eines gesegneten Lebensherbstes.

In der glücklichsten Lage befindet sich der wahre Künstler dann, wenn alle seine Werke Gelegenheitswerke sein können, und umgekehrt wird derselbe instinctiv getrieben, seine Kunst wo es nur angeht an die ihn umgebenden Lebensverhältnisse anzuknüpfen. Beides findet sich bei Bach bewahrheitet. Er ist nie größer gewesen, als wo er mit seiner Musik eben nur den Veranlassungen seines

---

Emanuel Bach. Da Vogler Zweck, Stellung, Besetzung, ja in vielen Fällen selbst den eigentlichen Text dieser Choräle nicht kannte, und da dieselben für ein vierstimmiges Choralbuch gelten sollten, so mußte er mit ganz falschen Voraussetzungen an sie herantreten. Daß er das Verhältniß Bachs zu den Kirchentonarten nicht erkannte, darf man ihm auch nicht verargen, da hierzu ein viel umfassenderer Überblick über die gesammte Thätigkeit und historische Bedeutung des Meisters gehörte, als ihn damals irgendwer besaß. Was die angeblichen Unschönheiten im übrigen betrifft, so verrathen Voglers Ausstellungen eine ebenso große Unfähigkeit, das Geniale in Bachs harmonischen und melodischen Folgen nachzuempfinden, als seine »Verbesserungen« lahm und geschmacklos sind.

Dienstes und Amtes nachzukommen hatte. Er hat aber auch immer die Gelegenheit wahrgenommen, wo es für einen bestimmten Zweck etwas zu componiren galt. Von 1729 bis nach 1736 war er Dirigent des Telemannschen Musikvereins. Über die Kammermusikwerke für Gesang mit Begleitung, welche er für ihn schrieb, ist schon gesprochen worden. Daß er auch Instrumentalien seiner Composition in ihm zur Aufführung brachte, steht außer Zweifel. Man denkt dabei zunächst an Orchesterpartien. Jene »Bachschen Sonaten«, welche noch im Jahre 1783 die Musikanten zu Eutritzsch bei Eröffnung der Kirmeß hören ließen, können nur Werken solcher Art entnommen sein[1]. Welche seiner Orchesterpartien er neu für den Musikverein componirt hat, läßt sich mit Sicherheit nicht sagen. Es ist sehr wahrscheinlich, daß Bach auch in Cöthen schon sich mit dieser Form beschäftigte. Bei der einen, jetzt bekannteren, der beiden D dur-Partien steht aber soviel fest, daß die zur Ausführung angefertigten Original-Stimmen derselben zwischen 1727 und 1736 geschrieben worden sind, ungefähr also während der Zeit, da Bach den Musikverein dirigirte. Die andre D dur-Partie deutet wenigstens durch ihren Inhalt auf die Leipziger Periode[2].

Die Musik, welche in dem Vereine getrieben wurde, war indessen mannigfaltiger Art: man muß daher annehmen, daß auch Violin- und Clavierconcerte Bachs hier zur Aufführung kamen. Häufiger noch wird dies in Bachs Wohnung geschehen sein. Da er bei seinem Tode nicht weniger als fünf Claviere, zwei Violinen, drei Bratschen, zwei Violoncelle, eine Gambe und noch andre Streichinstrumente hinterließ, so sieht man, daß er auf häusliche Concerte vollkommen eingerichtet war. An talentvollen, oder doch brauchbaren Schülern fehlte es zur Ausführung nie. Die glänzendste Zeit für Bachs Hauscapelle aber war unstreitig etwa von 1730 bis 1733, da die erwachsenen Söhne Friedemann und Emanuel noch im Elternhause weilten, Bernhard ins Jünglingsalter getreten war, und Krebs, schon seit 1726 Sebastians Schüler, sein großes Talent entwickelte — von den Gesangsleistungen Anna Magdalenas und ihrer Stieftochter Katharina abgesehen. Wissen wir es ja auch durch Bachs

1) Vrgl. S. 501 f. dieses Bandes.

2) S. Band I, S. 750 f. und 833 f. — Band II, S. 558.

eigne Worte, welche Freude es ihm damals machte, im Familienkreise ein Concert »*vocaliter* und *instrumentaliter* zu *formir*en« [3]. Ob Bach noch Violinconcerte eigens für diese Zwecke componirt hat, muß dahin gestellt bleiben; sicher ist nur, daß er solche Werke seiner Arbeit um die erwähnte Zeit zur Aufführung brachte [4]. Seine Hauptthätigkeit auf diesem Gebiete galt in Leipzig jedenfalls dem Clavierconcert. Die Violin-Sonaten und -Suiten hatte Bach später ganz oder theilweise für Clavier oder Orgel bearbeitet, und die Vergleichung zwischen Bearbeitung und Original ergab, daß die Idee *dieser Stücke manchmal mehr im Boden des Clavierstiles ihre Wurzeln hatte, als daß sie wirklich geigenmäßig erfunden waren* [5]. Nicht anders ist Bach auch mit einem Theil seiner Violin-Concerte verfahren, und die Vergleichung ergiebt ein ähnliches Resultat. Aber nicht nur die Violinconcerte in A moll, E dur und D moll hat er für Clavier mit Orchester übertragen, wobei sie nach G moll, D dur und C moll versetzt wurden. Er bietet uns auch drei Concerte (D moll, F moll und C moll), welche aus sich selbst erkennen lassen, daß sie Umgestaltungen früherer, als Originale leider verloren gegangener Violinconcerte sind [6]. Ein viertes, E dur, trägt untrügliche Zeichen, die auf ein Violinconcert zurückwiesen, nicht an sich; man muß also einstweilen annehmen, daß es von Anfang für Clavier gesetzt worden ist. Es wurde, nachdem es seine erste Gestalt erhalten hatte, für zwei Kirchencantaten vollständig aufgenutzt, dann aber als Clavierconcert nochmals überarbeitet [7]. Ein fünftes, D moll, ging ebenfalls in eine Kirchencantate auf, als Original ist

3) Vrgl. S. 84 dieses Bandes.

4) Die eigentlich zur Composition von Violinconcerten auffordernde Zeit war für ihn in Cöthen; s. Band I, S. 734 f. — Wenn die Originalstimmen des A moll-Concerts und zwei autographe Stimmen des D moll-Concerts das Wasserzeichen M A tragen, so folgt hieraus mit Sicherheit nur die Aufführung der Concerte zwischen 1727 und 1736, nicht auch ihre Composition während dieser Zeit.

5) S. Band I, S. 688 ff. und 707.

6) S. Rusts Auseinandersetzungen im Vorwort zu B.-G. XVII. — Auch davon, daß das andre der beiden C moll-Concerte für zwei Claviere aus einem Concert für zwei Violinen hervorgegangen ist, hat mich Rust (Vorwort zu B.-G. XXI[1], S. XIII) vollkommen überzeugt. Hiernach ist Band I, S. 734, Z. 19 zu berichtigen.

7) S. S. 279 f. dieses Bandes.

es bis auf ein kleines Fragment verloren [8]. Ohne nachweisbare Beziehungen zu andern Werken steht nur das A dur-Concert da. Die beiden Concerte, welche ursprünglich für zwei Violinen und Tutti componirt waren, sind demgemäß auch auf zwei Claviere übertragen [9]; die Zahl der einfachen Clavierconcerte ist sieben, wenn man dasjenige mitrechnet, welches nur noch in der Kirchencantate vorhanden ist [10].

Bei einigen dieser Concerte läßt sich über die Entstehungszeit genaueres sagen. Das erstere D moll-Concert ist für zwei verschiedene Kirchencantaten benutzt, zuerst für die Cantate »Ich habe meine Zuversicht«, welche auf den einundzwanzigsten Trinitatis-Sonntag 1730 oder 1731 gesetzt werden mußte, hernach zu der Jubilate-Musik »Wir müssen durch viel Trübsal in das Reich Gottes eingehen« [11]. Das andre D moll-Concert befindet sich in der wahrscheinlich für 1731 componirten Cantate zum zwölften Trinitatis-Sonntage »Geist und Seele wird verwirret« [12]. Die ersten beiden Sätze des E dur-Concerts enthält die Kirchenmusik »Gott soll allein mein Herze haben«, den letzten die Cantate »Ich geh und suche mit Verlangen«; sie sind dem achtzehnten und zwanzigsten Trinitatissonntage bestimmt, wahrscheinlich der Jahre 1731 oder 1732 [13].

---

8) S. S. 278 f. dieses Bandes. — Daß sich unter den Cantaten-Sinfonien auch sonst noch Bestandtheile verloren gegangener Violin- und Clavierconcerte befinden, ist sehr wahrscheinlich. Eine solche Sinfonie ist, da ihre Cantate nicht mehr existirt, von Rust B.-G. XX[1], Nr. 1 unter den Violinconcerten herausgegeben. Auf eine andre Erscheinung dieser Art habe ich S. 564 dieses Bandes hingewiesen. Forkel (S. 60) sagt, Bach habe Instrumentalstücke während der Communion zu spielen geschrieben, und immer so eingerichtet, daß sie für die Spieler instructiv gewesen wären; sie seien aber meistens verloren gegangen. Das dürften theils ebenfalls arrangirte Sätze aus Instrumentalconcerten, theils auch Stücke gewesen sein, wie sie sich am Anfang des zweiten Theils zweitheiliger Kirchencantaten finden; vrgl. »Die Elenden sollen essen« und »Die Himmel erzählen die Ehre Gottes«.

9) B.-G. XXI[1], Nr. 1 und 3. — P. S. II, C. 10. — Beide C moll.

10) G moll B.-G. XVII. Nr. 7; P. S. II, C. 2. — D dur B.-G. XVII, Nr. 3; P. S. II, C. 4. — D moll B.-G. XVII, Nr. 1; P. S. II, C. 7. — F moll B.-G. Nr. 5; P. S. II, C. 3. — E dur B.-G. XVII, Nr. 2; P. S. II, C. 6. — A dur B.-G. XVII, Nr. 4.; P. S. II, C. 5. — D moll s. B.-G. XVII, S. XX und VII, Nr. 35.

11) S. S. 278 und 559 dieses Bandes.

12) S. S. 278 f. dieses Bandes.

13) S. S. 279 f. dieses Bandes.

Die Originale müssen also vor diesen Daten componirt sein. Die Übertragung des einen der beiden Cmoll-Concerte für zwei concertirende Instrumente hat im Jahre 1736 stattgefunden [14]). In seiner späteren Lebenszeit, als Bach die hervorragendsten Orgelchoräle einer abschließenden Revision unterzog, den Passionen nach Johannes und Matthäus die endgültige Gestalt gab, hat er auch seine Clavierconcerte gesammelt und der letzten Feile unterworfen [15]).

Violinconcerte zu Claviermusik umzuformen hatte sich Bach wie wir wissen schon in Weimar eifrig geübt: er übertrug hier eine große Anzahl Vivaldischer Compositionen. Die Arbeit war nur insofern eine andre, als dort auch das Tutti in das Clavierarrangement einzuarbeiten war, hier aber der Clavierpart einfach an Stelle der Violinstimme treten sollte. Außer der Umformung derjenigen Passagen und melodischen Gänge, welche zu violinmäßig erfunden waren, außer der Umlegung derselben und der Benutzung tieferer Lagen, welche der Violine unzugänglich waren, galt es eine Stimme für die linke Hand herzustellen. Das concertirende Clavier einfach den Continuo mitspielen zu lassen, war ein Nothbehelf, zu dem Bach allerdings häufig gegriffen hat, besonders im Ddur-Concert und dem Mittelsatz des einen Cmoll-Concerts. Wo er aber auf eine gründlichere Umarbeitung einging, ließ er zunächst den Continuo durch den Clavierbass in bewegteren Gängen umspielen, fügte zuweilen auch eine selbständige Stimme als dritte zwischen Oberstimme und Continuo hinein, oder machte, wenn der Continuo zu pausiren hatte, aus dem einstimmigen Satz des concertirenden Instruments einen zweistimmigen. Eine hervortretend sorgfältige Behandlung haben in dieser Beziehung das Gmoll- und in seiner letzten Überarbeitung das Dmoll-Concert erfahren, auch der erste Satz desjenigen Cmoll-Concerts, von welchem das Original noch erhalten ist. Gegenüber den Saiteninstrumenten ist dem Clavierstil die Zweistimmigkeit, und in weiterer Ausbildung die Drei- und Mehr-Stimmigkeit eigenthümlich. Dieses sowohl wie die Klangfarbe sind

14) B.-G. XXI², Nr. 3. — S. Anhang A, Nr. 33 gegen Ende.

15) Das auf der königl. Bibliothek zu Berlin befindliche Autograph enthält deren sieben und außerdem das Fragment des zweiten Dmoll-Concerts. Eines derselben (Fdur) ist aber ein *Concerto grosso* mit Clavier, worüber weiter unten.

Mittel, das Clavier zum Tutti in einen schärferen Contrast zu bringen, als er durch eine Solovioline erzielt werden kann. Mit gutem Grunde ist seit Mozart das Clavier als Soloinstrument beim Instrumentalconcert immer mehr in den Vordergrund getreten und nirgends hat sich sein Stil reiner und vollkommener entfaltet, als in der widerstreitenden Stellung, welche es in Mozarts und Beethovens derartigen Compositionen einzunehmen gezwungen war. Von Bachs Clavierconcerten läßt sich das gleiche nicht behaupten, auch nicht wenn man den in der Verschiedenheit des Cembalo vom Pianoforte gegebenen Entwicklungsbedingungen gebührend Rechnung trägt. Man muß berücksichtigen, daß damals zu einem jeden Concert auch noch ein Clavier als generalbassirendes Instrument gehörte. Es hatte als solches nicht nur das Soloinstrument zu stützen, sondern diente bei Bach ganz besonders auch dazu, die verschiedenen im Tutti mitwirkenden Organe zu binden und zu einer Einheit zu verschmelzen, welcher es seine Stileigenthümlichkeit zum Gesammtgepräge gab [16]. Daß auch bei Clavierconcerten Bachs das accompagnirende Cembalo in Anwendung kam, ist erwiesen. Von einem entschiedenen Gegensatz zwischen Tutti und Soloinstrument konnte also weder äußerlich noch innerlich die Rede sein. Dies erkannte Bach natürlich, und sein Streben ging viel mehr dahin, dem Clavier die Rolle, welche es als Generalbassinstrument bisher gleichsam latent gespielt hatte, nunmehr auch öffentlich zu übertragen. Die musikalische Form, welche sich durch das Gegeneinanderwirken zweier gleichberechtigter Mächte gebildet hatte, ist wie in den brandenburgischen Concerten beibehalten, übrigens aber ist das Clavier durchaus die herrschende Macht. Diese Werke sind gewissermaßen in Concertform entwickelte Claviercompositionen, die durch Mitwirkung von Streichinstrumenten eine größere Ton-, Stimmen- und Farbenfülle erhalten haben. Demnach läßt auch Bach alle Tuttisätze vom Soloclavier mitspielen oder durch Clavierfiguren umhüllen. Er beraubt sich hierdurch in einer oft ganz auffälligen Weise selbst der einfachsten gegensätzlichen Wirkung, wie z. B. im Andante des G moll-Concerts. Aber es kam ihm darauf an, eine dominirende Stärke des Cembaloklanges zu erzielen, was er denn auch, wenn man

---

16) Vrgl. Band I, S. 717.

bedenkt, daß noch ein generalbassirendes Cembalo hinzuzukommen und das Tutti nur dünn besetzt zu werden pflegte, vollkommen erreicht haben muß. Was dieses zweite Cembalo an unterstützenden Accorden zu leisten hat, ist meistentheils so geringfügig, daß es vom concertirenden Cembalo unschwer mit übernommen werden konnte, und in der That will es mir scheinen, als seien die letzte Überarbeitung des Dmoll-Concerts und das Gmoll-Concert auch darauf hin eingerichtet. Wie Bach der Idee, im Clavierconcert das Clavier zum Herrscher zu machen, weiter und weiter bis in ihre letzte Consequenz nachgegangen ist, werden wir alsbald erfahren. Der Keim dieser Idee steckte aber in den Compositionen schon als sie noch originale Violinconcerte waren. Denn daß Bach die Überarbeitungen nur aus Mangel an Lust zu ganz neuen Clavierconcerten vorgenommen habe, ist eine bei diesem Meister nicht zu rechtfertigende Annahme, und auch die große Anzahl der Überarbeitungen zeugt dagegen. Unzweifelhaft hatte er das Gefühl, daß der Stil seiner Violinconcerte zu sehr durch seinen Clavierstil bedingt war, als daß diese Compositionen nicht allein als Clavierconcerte ihr volles inneres Wesen entfalten könnten. Daß im Einzelnen manche und namentlich cantable Stellen durch die Clavierübertragungen unwirksamer geworden sind, läßt sich nicht leugnen; im Ganzen aber haben wir in ihnen eine Weiterbildung, kein gelegentliches Arrangement zu erkennen.

Es erhellt, daß in Bezug auf die Form, namentlich des ersten Satzes, auf das Verhältniß des Soloinstrumentes zum Tutti, auf die Klangeigenthümlichkeit beider und des Ganzen das Bachsche Clavierconcert unter einem andern Gesichtspunkte beurtheilt werden will, als das durch Mozart begründete neuere. Hat man ihn gefunden, dann ist des Genußreichen die Fülle[17]. Wenn wir von den

17) Forkel nennt (S. 57) die Bachschen Concerte für ein Clavier mit Begleitung kurzweg veraltet. Das werden sie nie sein, solange man ihnen mit den richtigen Ansprüchen gegenüber tritt. Ein Künstler darf verlangen, daß man seine Gaben so annimmt, wie sie gemeint sind. Durch Forkels Urtheil hat sich dann Hilgenfeldt (S. 127) verleiten lassen, die ihm bekannten »etwas altfränkischen« vier Clavierconcerte in die erste Zeit der Cöthener Periode zu versetzen, und Bitter (II, 292) hat es ihm nachgethan. Wie unbegründet diese Angabe ist, ergiebt sich daraus, daß unter ihnen eines der brandenburgischen

drei Concerten absehen, die noch als Violinconcerte vorliegen und als solche schon besprochen sind[18], sowie von jenem D moll-Concert, welches sich nur innerhalb der Cantate »Geist und Seele wird verwirret« erhalten hat, so ziehen unter den übrigen einclavierigen Concerten diejenigen aus F moll und A dur durch ihre klare und gedrungene Form die Aufmerksamkeit auf sich. Sie sind besonders geeignet, das Verständniß für den Bau des älteren Concerts zu erschließen. Der Mittelsatz des F moll-Concerts besteht nur aus einer zusammenhängenden, reich verzierten Cantilene des Soloinstruments, während in dem Larghetto des andern die Streichinstrumente mit dem Generalbass eine Art freier Ciacone ausführen, die sich dem Adagio des E dur-Violin- (D dur-Clavier-) Concerts vergleichen ließe; nur liegt das Thema in der Oberstimme, bildet Zwischensätze und wird auch in der Umkehrung angewandt. Das E dur- und D moll-Concert zeigen weite Verhältnisse, dem ersteren ist ein rührig wohlgemuther, im Siciliano zart schwärmender, dem letzteren ein leidenschaftlich vordringender, pathetischer Charakter eigen. Es ist von allen unstreitig das bedeutendste, unablässig fesselnd durch den mächtigen Schwung und tiefen Ernst seiner Gedanken, wie durch deren geistreiche Verarbeitung. Dieselbe erfolgt in den Allegrosätzen nach Concertweise mehr motivisch als thematisch, das Adagio ist eine Ciacone, deren Thema diesesmal aber im Basse verbleibt, nur die Tonarten wechselt und zu Modulationszwecken jedesmal kurze motivische Zwischensätze einfügt. Die stürmisch losbrechende Thatkraft, welche nur in tiefer Klage zu Ruhe kommt und selbst zum Abschluß kaum die ernste Miene erheitert, giebt dem Werke grade auch als Concert ein ungewöhnliches Gepräge; denn viel mehr als später war man damals noch der Meinung, in dieser Form nur ein angenehm und flüchtig anregendes Spiel sehen zu sollen. Auch das auf eine verlorengegangene Violincomposition gegründete C moll-Concert für zwei Claviere hat jene dunkle Stimmung, doch spielt sie mehr ins Elegische hinüber. Was dieses Concert hinsichtlich seiner Textur, die namentlich im ersten Satze eine sehr dichte

---

Concerte sich befindet, und eines welches aus einem brandenburgischen Concerte überarbeitet wurde. Diese entstanden aber bekanntlich 1721.

18) Band I, S. 734 f.

und polyphone ist, eigenartiges hat, fließt zumeist aus dem Umstande, daß es Überarbeitung ist. Bach hat dieselbe augenscheinlich mit besonderer Sorgfalt ausgeführt. In einem Originalconcerte für zwei Claviere wäre aber das Verhältniß derselben zu den Streichinstrumenten ein andres geworden.

Neben dem einfachen Concerte gab es das *Concerto grosso*, in welchem dem Tutti nicht eines sondern mehre Soloinstrumente vereinigt gegenüber traten. Bachs Concerte für zwei Violinen gehören schon dahin, ebenso natürlich die aus ihnen hervorgegangenen für zwei Claviere. Man muß annehmen, daß auch ein Concert für Oboe und Violine, welches leider in Verlust gerathen ist, in dieser Weise gehalten war [19]. Daß Bach das sogenannte *Concertino* sehr eigenartig zu besetzen liebte, lehren die brandenburgischen Concerte. Wir finden zu einem solchen vereinigt: im zweiten Trompete, Flöte, Oboe und Violine, im fünften Flöte, Violine und Cembalo, im vierten Violine und zwei Flöten [20]. Dieses letztgenannte Concert hat Bach mit Transposition von G dur nach F dur in der Weise umgearbeitet, daß an Stelle der Violine das Clavier trat; das Concertino wurde also dem des fünften brandenburgischen ähnlich [21], und wie dort tritt auch hier das Clavier nunmehr entschiedener vor den andern Soloinstrumenten in den Vordergrund. Ein drittes Concert der Art verwendet als Soloinstrumente ebenfalls Flöte, Violine und Cembalo. Seine Allegrosätze sind großartige Erweiterungen eines Praeludiums und Fuge für Clavier allein, die als solche schon in der Form von Concertsätzen entworfen waren und bereits früher von uns gewürdigt sind [22]. Den Mittelsatz entnahm Bach einer dreistimmigen Orgelsonate aus D moll. Hier schweigt das Tutti; die beim Zusammenwirken der drei Soloinstrumente nöthig gewordene vierte Stimme ist nicht obligat, sondern dient nur der harmonischen Füllung [23].

---

19) Breitkopfs Verzeichniß zu Neujahr 1764, S. 52: »Bach, *G. S.* I. Concerto, *a Oboe Concert. Violino Conc.* 2 *Violini, Viola, Basso.* 1 thl.« Hiernach scheint es gar, als hätte es mehre Oboen-Concerte von Bach gegeben.

20) S. Band I, S. 739, 742 und 741.

21) Man findet es B.-G. XVII, Nr. 6 und P. S. II, C. I.

22) Band I, S. 417 f.

23) Nach den allerdings nicht originalen aber doch sehr glaubwürdigen handschriftlichen Vorlagen scheint in diesem Concerte das Soloclavier die

Wären wir im Stande die chronologische Folge der Clavierconcerte genau zu bestimmen, so würden sich auch deutlicher die einzelnen Stationen des Weges erkennen lassen, auf welchem Bach der immer höheren Entwicklung dieser Form nachging. Zur Erreichung dessen, was in dem Cdur-Concert für zwei Claviere, den beiden Concerten für drei Claviere und dem sogenannten Italiänischen Concert vollendet vorliegt, haben verschiedene äußere und innere Impulse zusammen geholfen. Daß Bach die dreiclavierigen Concerte geschrieben habe, um sie mit seinen ältesten Söhnen zusammen auszuführen, ist eine glaubwürdige Tradition[24]. Dies war ein Anstoß von Außen, der seiner Neigung, das Concert immer mehr zur bloßen Claviercomposition zu machen, entsprach. Jedenfalls war ihnen das Cdur-Concert für zwei Claviere vorhergegangen, und wenn sie bis spätestens 1733 componirt sind, so scheint dieses etwa zwischen 1727 und 1730 entstanden zu sein[25]. Von den beiden als Umarbeitungen dastehenden Concerten für zwei Claviere wurde, wie bemerkt, das eine im Jahre 1736 niedergeschrieben. Fällt das andere in eine frühere Periode, so läge die Annahme nahe, daß Bach eben durch diese Umarbeitung angeregt worden sei, sich nun auch in einer originalen Composition der Art zu versuchen[26]. Recht wohl denkbar ist es aber auch, daß der Gebrauch jenes zweiten, zum Generalbass verwendeten, Cembalo den Künstler anregte, dieses aus seiner dienenden Stellung zur Mitherrschaft zu erheben[27]. Denn es muß als unzweifelhaft angesehen werden, daß ein Generalbassinstrument bei dem Cdur-Concert nicht mehr beabsichtigt ist; nach den aus Bachs Zeit stammenden Stimmen zu schließen war ein solches aber auch schon bei dem älteren Cmoll-Concert mit Recht als entbehrlich erschienen. Vergessen darf man endlich nicht, daß

Aufgabe des Generalbassinstrumentes zugleich mit übernommen zu haben. Herausgegeben ist es B.-G. XVII, Nr. 8.

24) S. F. K. Griepenkerl in der Vorrede zum Dmoll-Concert für drei Claviere; P. S. II, C. 11.

25) Die autographen Clavier-Stimmen tragen das diplomatische Zeichen M A. Herausgegeben B.-G. XXI², Nr. 2 und P. S. II, C. 9.

26) Forkel sagt (S. 58), das gemeinte Cmoll-Concert sei im Vergleich zu demjenigen aus Cdur »sehr alt«. Indessen scheint er nur haben sagen zu wollen, es sei veraltet.

27) Eine Annahme, der sich Rust (B.-G. XXI², S VI) zuneigt.

für zwei Claviere zu componiren damals nichts ganz neues mehr war. Durch Hieronymus Pachelbels zweiclavierige Toccate braucht sich Bach nicht haben anregen zu lassen, wenn er überhaupt von ihr wußte. Aber schon Couperin schrieb eine Allemande für zwei Claviere, die Bach, der Verehrer Couperins, jedenfalls gekannt hat[28].

Wie dem nun immer sein möge, das Cdur-Concert läßt uns keinen Augenblick darüber im Zweifel, welchem Ziele Bach in dieser Gattung zustrebte. Von einem Wettstreit zwischen den Soloinstrumenten und dem Tutti ist schon garnicht mehr die Rede. Das Tutti thut nichts als harmonisch accompagniren oder die Gänge der Claviere verstärken. Zum Adagio schweigt es ganz und auch für die übrigen Sätze kann man es ohne Schädigung ihrer Construction entbehren. Seine Aufgabe ist, Fülle und Farbe zu geben. Die wenigen motivischen Stückchen oder polyphonen Wendungen, welche es selbständig hat, entstanden offenbar weil es Bach auf die Länge unerträglich wurde, nur nicht-obligate Stimmen zu schreiben. Die Entwicklung fällt ausschließlich den Clavieren anheim, erfolgt aber übrigens ganz in der durch die Concertform vorgeschriebenen Weise. Eine Tutti-Periode (T. 1—12) und eine Solo-Periode (T. 12—28) heben sich im ersten Satze deutlich hervor, aus den verschiedenfachen Stellungen und Verschlingungen, die sie gegen und miteinander in wechselnden Tonarten vornehmen, entwickelt sich der Satz. Innerhalb dieser beiden Hauptgruppen concertiren nun aber wieder die Soloinstrumente in sehr lebendiger Weise unter sich. Dieser Satz kann daher in doppeltem Sinne ein Concert genannt werden, einmal weil er die aus dem Gegensatze zwischen Solo und Tutti hervorgegangene Form des Vivaldischen Concertsatzes beibehält, trotzdem die ursprüngliche Voraussetzung derselben fortgefallen ist, sodann weil er wirklich auch einen Wettstreit zwischen zwei Instrumenten wenngleich andrer Art vorführt[29]. Dem letzten Concertsatze pflegte man gern einen Tanzcharakter und ungerades Zeitmaß zu

28) S. Couperins Werke, herausgegeben von J. Brahms (Denkmäler der Tonkunst IV), S. 160.

29) Der Anfang der Tutti-Periode erinnert an den Anfang des ersten Satzes der Cantate »Wer mich liebet«. Ich erwähne das, weil auch dem Cantatensatze die Concertform zu Grunde liegt; s. Band I, S. 505 f.

geben, immer mußte er dem pathetischeren ersten Satze gegenüber durchaus heiter, leicht und glänzend gehalten sein. Diese allgemeine Forderung erfüllt auch Bach im C dur-Concerte: bemerkenswerth ist aber die Anwendung der Fugenform. Die Fuge gehörte in die Sonate oder das sonatenartige Concert;[30] mit dem eigentlichen Concertstil steht ihr Wesen nicht im Einklange, da dieser sich nicht auf Polyphonie sondern Homophonie, nicht auf thematische sondern motivische Entwicklung gründet. Bach hat die Fuge als letzten Concertsatz mehrfach, besonders wo das Clavier als Soloinstrument auftritt; so im fünften brandenburgischen Concert, im A moll-Concert für Clavier, Violine und Flöte, auch im vierten brandenburgischen, dessen Violinpart er für Clavier umarbeitete. Dort, wie auch im C dur-Concert, weiß er durch die Art der Erfindung und Behandlung, namentlich durch längere motivische oder auch ganz freie Zwischensätze die Form dem Charakter des Satzes meisterlich anzupassen. Auf sie geführt wurde er aber durch den seine Phantasie beherrschenden Zug zum Cembalo- und Orgelgemäßen.[31] So wenig die Fuge dazu einzuladen scheint, so hat Bach dennoch selbst in diesem Satze ein Concertiren der beiden Claviere möglich gemacht, daß sie als völlig gleichberechtigte Factoren dastehen. Die Entwicklung der Fuge wird hierdurch, auch abgesehen von den Zwischensätzen, eine eigenthümliche und besonders interessante. Beide Allegrosätze und in nicht geringerem Maße das fein geflochtene, schwermüthig angewehte Quatuor, welches zum Adagio dient, offenbaren eine frische, nachhaltige Schaffensfreudigkeit, eine gesunde mittlere Stimmung, welche, da sie der Idee eines Concerts am vollständigsten entspricht, in Verbindung mit höchster Formvollendung das Werk zu einer classischen Erscheinung macht.[32]

---

30) S. Band I, S. 744. 31) S. Band I, S. 415 ff.

32) Rust vermuthet (B.-G. XXI², S. VI und VIII) auf Grund einer älteren Vorlage, welche nur den ersten Satz und zwar ohne Orchesterbegleitung enthält, daß der erste Satz vereinzelt entstanden und die Orchesterbegleitung demselben erst später zugefügt worden sei. Aus der Art der Begleitung selbst läßt sich dies nicht schließen, denn daß dieselbe zum ersten Satze eine andre sei als zum letzten kann ich, abgesehen von dem was die verschiedene Form der Sätze an sich verlangte, nicht einsehen. Organisch nothwendig ist sie weder hier noch dort; schon Forkel bemerkt (S. 58), das Concert könne ganz ohne Begleitung von Bogeninstrumenten bestehen und nehme sich sodann ganz

Nach denselben Grundsätzen sind die beiden Concerte für drei Claviere geformt. Das Tutti, wenn man diesen Namen überhaupt noch gebrauchen soll, dient mit einigen Ausnahmen nur der Unterstützung und Verstärkung, die musikalische Entwicklung wird von den Clavieren allein ausgeführt. In ihrem Concertiren unter sich ist allerdings eine andre Behandlungsweise zu bemerken. Wegen der nothwendigen Responsion der Glieder läßt sich solches mit drei Clavieren schwieriger durchführen, als mit zweien. Bach hat sie, ich glaube zunächst aus diesem Grunde, in den ersten Sätzen meistens gemeinschaftlich arbeiten lassen und auch von Gegenüberstellung einer Tutti- und Solo-Periode abgesehen. Ihr hieraus sich ergebender dichter, symphonischer Bau, den er durch übersichtliche Gliederung und bewundernswerthen Erfindungs-Reichthum dennoch mit aller erforderlichen Mannigfaltigkeit auszustatten wußte, bildet aber dadurch zugleich einen wirkungsreichen und im Wesen des ersten Concertsatzes wohlbegründeten Contrast zu dem letzten Satze. Von beiden Concerten ist dasjenige aus D moll sicherlich das frühere [33]. Es hat ein eingänglicheres, liebenswürdiges und einschmeichelndes Wesen, entbehrt aber jener vollständigsten Durchbildung, welche das kraftvolle, ernste und großartige C dur-Concert zu einer der imposantesten Instrumental-Compositionen Bachs erhebt [34]. In den beiden ersten Sätzen des D moll-Concerts tritt das erste Clavier merkbar in den Vordergrund, ja in dem, übrigens reizenden, Siciliano herrscht es ausschließlich, die andern Claviere accompagniren und verstärken nur. Das Streichquartett nimmt ungefähr die Stelle ein, welche bei concertirender Kammermusik sonst dem Generalbass-

vortrefflich aus. Man mag es also auch schon früh so gespielt haben. Dagegen hat Rust scharfsinnig geschlossen, daß Bach wohl eine vollständige Partitur des Concerts garnicht angelegt, sondern die Streichinstrumente gleich in Stimmen niedergeschrieben haben dürfte.

33) P. S. II, C. 11.

34) P. S. II, C. 12. — Dieses Werk, von welchem, wie auch von dem D moll-Concerte, das Autograph fehlt, kommt handschriftlich auch in D dur vor. Ich halte, Griepenkerls Ansicht entgegen, diese Tonart für die ursprüngliche, wegen Takt 33 des Adagios. — Die Ausgabe enthält mancherlei Fehler: so muß in dem genannten Takte nach f die Bratsche wieder mit den Violinen im Einklange gehen, in Takt 48 des letzten Satzes, erstes Clavier linke Hand, muß es im zweiten Viertel statt f e heißen f g.

Cembalo zukommt. In dieser Eigenschaft löst es seine Aufgabe sehr discret und geschmackvoll. Auch ist es beachtenswerth, wie gewählt und umsichtig Bach durch dasselbe die realen Stimmen der Claviere zu verstärken weiß. Doch liegt sogar der Bass meistens schon in den Clavierpartien selbst: wenn man das Streichquartett ganz fortließe, so würde man, von einigen Stellen abgesehen, die allerdings ohne Streichbass nicht verständlich werden, wohl die volle, wohllautende Wirkung, aber doch nicht den eigentlichen Organismus schädigen[35]. Das C dur-Concert gönnt allen drei Clavieren gleichgemessenen Antheil, und giebt auch dem Streichquartett, ohne es aus seiner untergeordneten Stellung hervortreten zu lassen, ein größeres selbständiges Leben zurück, als ihm im D moll-Concert und auch im zweiclavierigen C dur-Concert zu führen erlaubt war. Hier ist der Streichbass der wirkliche, unentbehrliche Continuo, mag er auch häufig mit dem Clavierbass zusammenfließen oder in dessen Figuren als Grundlinie verborgen sein. In bescheidenen Gränzen darf auch das Quartett an der Darstellung des Ganzen mit eignen Ideen theilnehmen. Dem Thema des ersten Satzes, welches im Einklange aller Claviere auftritt, stellt es sich mit prägnanten Weisen gegenüber. Den lapidaren Hauptgedanken des letzten Satzes übernimmt zweimal der Streichbass ganz allein. Und im Adagio finden wir gar einen wahrhaftigen Tuttigegensatz wieder, soweit ein solcher überhaupt im Concertadagio Platz hatte. Dasselbe ist, wie Bach öfter thut, über einen *Basso quasi ostinato* gebaut, der siebenmal vollständig, doch in verschiedenen Tonarten erscheint, außerdem aber auch motivisch zerlegt wird. Zu ihm bringen viermal die Streichinstrumente ihren eignen contrapunktirenden Gegensatz, während dessen die Claviere die Generalbassrolle übernehmen: hernach accompagnirt das Streichquartett wieder. So erfüllt dieses Concert alle Anforderungen, die man an die Selbständigkeit der zusammenwirkenden Organe je nach ihrer Bedeutung für das Ganze stellen darf. Auch in Bezug auf die allgemeine musikalische Stimmung ist der Concertcharakter überall gewahrt. Doch

35) Als Streichbass dürfte sich Bach nur ein Violoncell gedacht haben. Wenigstens schließen Stellen, wie Takt 22 und 116 des ersten Satzes, die Mitwirkung des Contrabasses aus.

führen selbstverständlich so reiche Mittel und eine so polyphone Verwendung derselben einen Zug zum Großartigen und Tiefsinnigen nothwendig mit sich. Er giebt der strammen Rüstigkeit des ersten Satzes die Wucht, dem melancholischen Adagio einen Beischmack von Strenge, und weit unter sich läßt der Finalsatz das gewöhnliche, in heiterer Lebenslust hingleitende Tonspiel. In stolzem, adlergleichem Fluge schwebt er empor, über dem Pfundnoten-Thema

sich erhebend und zu voller Sechsstimmigkeit ausbreitend. Mit concertmäßigem Glanz reichlich ausgestattet hat er in seinem breiten, majestätischen Verlaufe beinahe etwas feierliches.

Auch ein Concert für vier Claviere mit Begleitung von Saitenquartett (A moll) liegt vor. Forkel[36]) hielt es für eine Originalcomposition. Wir wissen jetzt, daß es nur Bearbeitung eines Vivaldischen Concerts für vier Violinen ist; das Original stand in H moll und wurde durch zwei Bratschen, Violoncell und Bass begleitet. Was sich nach den Beobachtungen, welche über Bachs andre Bearbeitungen Vivaldischer Concerte zu machen waren, über diese Umgestaltung ohne Einsicht in das Original sagen läßt, ist daß Bachs Zuthaten sich auf die selbständiger geführten Bässe und ein etwas lebendiger gehaltenes, hier und da mit motivischen Ansätzen auftretendes Accompagnement beschränkt haben werden. Im ganzen wirkt das Accompagnement auch hier nur füllend und verstärkend. Immerhin ist die Arbeit ein neuer Beweis von des Meisters großer Kunst, vielstimmig obligat auch im leichtesten Stile zu schreiben. Daß die Bearbeitung mit den Originalconcerten für drei Claviere ungefähr gleichzeitig entstanden sein wird, muß man annehmen[37]).

Ostern 1735 ließ Bach im zweiten Theil der »Clavierübung« ein

---

36) S. S. 58 f. seiner Schrift über Bach.

37) Daß das vierclavierige Concert aus Vivaldischem Stoffe geformt sei, hat zuerst Hilgenfeldt (S. 128) gezeigt. Ihm lag auch das Vivaldische Original vor; wo dasselbe geblieben ist, habe ich trotz vieler Bemühungen nicht erfahren können. In der Ausgabe von Roitzsch (P. S. II, C. 13) ist übrigens gleich zu Anfang ein Fehler: die zweite Violine setzt offenbar vier Takte zu früh ein, und in Takt 8, der also für die zweite Violinstimme Takt 12 sein muß, wird das dritte Viertel $\bar{\bar{c}}$ statt $\bar{h}$ heißen sollen.

Concert erscheinen, das man in Betracht des Stiles für das reifste Ergebniß seiner Wirksamkeit auf diesem Felde erklären muß. Es ist für Clavier allein und »nach italiänischem *Gusto*« componirt[38]. Diese beiden Bezeichnungen umschreiben die ganze Entwicklungsgeschichte und Charakteristik des Bachschen Instrumentalconcerts. Das Concert war eine von den Italiänern erfundene Form der Violinmusik. Seit Bach in Weimar angefangen hatte sich eingehender mit ihm zu beschäftigen, war sein Bemühen darauf gerichtet gewesen, diese Form für die verschiedenartigsten Gebiete der Musik auszunutzen, und wir sahen kürzlich noch, wie er sie selbst in die Hauptchöre einiger Choralcantaten übertrug. Vor allem aber suchte er sie von Anfang an für die selbständige Orgel- und Claviermusik zu verwerthen. Wir fanden, daß er unter dem Namen Toccate schon in der ersten Periode seiner Meisterschaft Orgel- und Clavierstücke geschrieben hat, welche die Concertform vollständig aufweisen. Es liegt selbst unter dem Namen Concert eine Claviercomposition aus allerfrühester Zeit vor[39], und die Bearbeitungen der Vivaldischen Concerte sollten ebenfalls als freie Clavierwerke gelten. Hernach ist er, wenn er wirkliche Concerte schrieb, bald weniger bald mehr immer von der Idee ausgegangen, als sei das darstellende Organ nur ein einziges umfassendes Instrument. Wie bei den Clavierconcerten mit Begleitung demgemäß das Clavier immer herrschender in den Vordergrund gerückt wurde, das Tutti zur Begleiterrolle, der Streichbass zum Continuo herabsank, haben wir erfahren. Das Concert der »Clavierübung« schließt die Entwicklung ab. Meisterlich als Cembalo-Composition erscheint es zugleich als ein heller Spiegel einer Form, die eigentlich für Violine und einen gegensätzlichen Instrumentenchor erfunden war. Der dem Violinwesen nachtrachtende Charakter tritt am greifbarsten im Andante hervor. Er eben ist es auch, auf den mit der Bezeichnung »im italiänischen Geschmacke« gezielt wird, gleichwie Bach seine früheren Claviervariationen, in denen er sich der violinmäßigen Behandlungsart annäherte,

38) B.-G. III, S. 139 ff. — P. S. I, C. 6, Nr. 1.

39) S. Band I, S. 415 ff. — Ein Concert im G dur für Clavier allein, das von Zelters Hand S. Bachs Namen trägt, ist seither noch in alter Handschrift aus dem Grasnickschen Nachlasse zum Vorschein gekommen. Ich kann aber diese dürre, bocksteife Composition nicht für Bachisch halten.

alla maniera italiana benannte[40]. Er war nicht der einzige seiner Zeit, welcher ein Concert für nur ein Instrument schrieb. Auch andre versuchten dies hier und da, für Clavier und auch Laute. Aber es blieben eben Versuche, denn um hier zum Gelingen zu kommen, bedurfte es einer Kraft ersten Ranges, und auch wohl nur ein Deutscher war im Stande, zwei entgegengesetzte Stilarten so harmonisch zu einigen. Das erkannte selbst Scheibe an, der doch nichts weniger als Bachs unbedingter Bewunderer war. Ein jeder müsse sofort zugestehen, daß dieses Clavierconcert ein vollkommenes Muster seiner Art sei. Man werde sehr wenige oder fast gar keine Concerte von so vortrefflichen Eigenschaften und einer so wohlgeordneten Ausarbeitung aufweisen können. »Ein so großer Meister der Musik, als Herr Bach ist, der sich insonderheit des Clavieres fast ganz allein bemächtiget hat, und mit dem wir den Ausländern ganz sicher trotzen können, mußte es auch sein, uns in dieser Setzart ein solches Stück zu liefern, welches den Nacheifer aller unserer großen Componisten verdienet, von den Ausländern aber nur vergebens wird nachgeahmt werden«[41]. Die »wohlgeordnete Ausarbeitung« besteht in der klaren Gruppirung und scharfen Gegensätzlichkeit der Gedanken, die verständlich zu machen es des unterstützenden Klanggegensatzes kaum noch bedarf. Eine Form aber, welche sich dadurch entwickelt, daß Tongedanken verschiedenen Charakters einander fortwährend ablösen, bedingt ein Überwiegen der homophonen Setzart und mehr ein motivisches Ausspinnen, als eine vielstimmige thematische Durchführung. Hierdurch ist der Concertstil dem der neueren Claviersonate gleich, und Bachs Italiänisches Concert der classische Vorgänger derselben geworden, ja es kann in vielen Beziehungen sofort als ihr Vorbild angesehen werden. Vom Concert nahm die neuere Sonate nicht nur die Dreisätzigkeit, sondern sie fand auch das Adagio und den letzten Satz in ihm vollständig ausgewachsen vor. Der erste Satz ist hier und dort ein ganz anderes Gebild. Als Sonatensatz hervorgegangen aus einer

---

40) S. Band I, S. 427.

41) Critischer Musikus, S. 637 f. — Die großen deutschen Componisten haben Bach nicht nachgeeifert, wohl aber die kleinen, z. B. Michael Scheuenstuhl, Stadt-Organist in Hof, der 1738 ein G moll-Concert für Clavier allein bei Balthasar Schmidt in Nürnberg herausgab.

Verbindung der Tanzform und der dreitheiligen Arie konnte ihm aus dem Concert höchstens die Kunst motivischer Entwicklung zufließen, die indessen in der Arie ebenfalls ausgebildet war. Den letzten Schritt zur Gewinnung der modernen Sonatenform zu thun, sah sich Seb. Bach nicht veranlaßt, obgleich er jene combinirte zweitheilige Satzform wohl kannte und als einzelne gelegentlich anwandte [42]. Denn der Schritt führte zunächst wieder abwärts aus freien und weiten in kleinbürgerlich enge Tonverhältnisse; hierzu mußte der Meister sich grade zur Zeit seiner höchsten Reife am wenigsten getrieben fühlen. Er überließ das seinem Sohne Emanuel. —

Wir wissen, daß Bach auch wirkliche Claviersonaten geschrieben hat. Sie sind nicht dreisätzig, noch auf die Concertform gegründet; sie bewegen sich in der Form der italiänischen Violinsonate und eine derselben ist nichts weiter als Bearbeitung einer Soloviolin-Sonate für Clavier [43]. Es wäre merkwürdig gewesen, hätte Bach nicht auch diese Form auf das Feld der Cembalomusik verpflanzt. Aber nachhaltig hat die Lust daran nicht gedauert; wenn er im freieren Stile für Clavier schreiben wollte, hielt er es lieber mit der Suite. Bach ist der letzte große Suitencomponist. Er ist auch der größeste, den es überhaupt gegeben hat, der Vollender dieser Form nach allen Richtungen hin; als er gewesen war, gab es in der Claviersuite nichts neues mehr zu sagen, daher denn auch das jähe Verschwinden derselben aus der Kunstübung nach 1750. Nicht weniger als dreiundzwanzig solcher vielsätziger Werke sind vollständig auf uns gekommen. Von ihnen bilden sechs die Sammlung der sogenannten französischen Suiten. Drei andre erscheinen gleichsam als *Paralipomena* derselben: sie sind ihnen an Charakter sehr ähnlich und zwei derselben figuriren in einigen Handschriften wirklich unter ihnen [44]. Wiederum eine gehört mit ihrer anspruchslosen Zierlichkeit in die früheste Zeit von Bachs Meisterschaft [45]. Hier

---

42) S. Band I, S. 670.

43) S. Band I, S. 688 und 691 ff. — Von der Sonate in Kuhnaus Stile (s. Band I, S. 239 ff.) sehe ich hier ab.

44) S. Band I, S. 767 f.; auch den Nachtrag zu dieser Stelle am Schlusse des zweiten Bandes. — Daß die E moll-Suite ursprünglich vielleicht eine besondre Bestimmung gehabt haben könnte, darüber s. weiter unten.

45) S. Band I, S. 428.

haben wir uns nur noch mit den übrigen dreizehn zu beschäftigen, von welchen wieder je sechs zu zwei Sammlungen zusammengefaßt sind.

Die eine dieser beiden Sammlungen ist unter dem Namen der »englischen Suiten« bekannt. Der Name bezieht sich noch weniger, als bei den »französischen«, auf den musikalischen Charakter. Es wäre auch schwer zu sagen, was Bach als Suitencomponist von den Engländern hätte annehmen sollen. Glaubwürdiger Überlieferung nach sind sie für einen vornehmen Engländer componirt[46]. Über ihre Entstehungszeit, welche bisher ganz unsicher war, läßt sich jetzt soviel als bestimmt angeben, daß fünf von ihnen spätestens 1727 componirt gewesen sein müssen. Wahrscheinlich aber fallen sie sämmtlich schon vor 1726, also, da die französischen Suiten jedenfalls älter sind, in die ersten Leipziger oder letzten Cöthener Jahre[47]. Über die Grundform der Clavier-Suite, ihre einzelnen Theile, deren Bedeutung und Zusammenhang unter einander ist an einer früheren Stelle gesprochen worden[48]. Daß Bach sie einer weiteren Ausbildung nicht mehr für bedürftig hielt, sieht man daraus, daß er wie früher in den französischen Suiten so auch jetzt in den englischen, und ebenfalls in den letzten sechs Partiten, unerschütterlich an ihr festhielt. Die vier Haupttheile sind Allemande, Courante, Sarabande und Gigue. Vor der Gigue stehen Bourrées, Menuets, Passepieds und Gavotten als *Intermezzi*. Von den sinnigen und lieblichen französischen Suiten unterscheiden sich die englischen durch ein männlich-kraftvolles, ernstes Wesen. Sie stehen in A dur, A moll, G moll, F dur, E moll, D moll; die Molltonarten überwiegen also. Ihr reicherer musikalischer Gehalt bedingt weitere Formen. Der Charakter der einzelnen Sätze ist noch bedeutend verschärft, ihre Stimmung durch harmonischen Reichthum vertieft: so prachtvoll breite Sarabanden, so verwegene, wilde Gigues hat Bach nicht wieder geschrieben[49]. In der A dur-Suite bringt er zwei Couranten,

46) So berichtet Forkel S. 56, der es von Bachs Söhnen gehört haben wird. In Johann Christian Bachs Handschrift der englischen Suiten steht auf dem Titel der A dur-Suite *»fait pour les Anglois«*.

47) S. Anhang A, Nr. 58.

48) S. Band I, 693—701.

49) Die Gigue der D moll-Suite hat ihr Vorbild bei Buxtehude (s. meine Ausgabe der Buxtehudeschen Orgelcompositionen I, S. 94 f.). Forkel (S. 28) führt sie als Beispiel kühner Harmonienfolgen an.

und versieht die letztere nach Couperins Manier noch mit zwei *Doubles;* auch die Sarabande der Dmoll-Suite hat ein solches *Double.* Es sind das vollkommene Variationen, die den Gehalt der betreffenden Stücke klarer auseinanderlegen sollen und daher im Ganzen ihre nothwendige Stelle haben. Dagegen hat man die den Sarabanden der Amoll- und Gmoll-Suite folgenden Tonstücke nicht als Variationen anzusehen, weil sie den vorhergehenden Satz nicht als Ganzes in einem neuen musikalischen Gewande erscheinen lassen, sondern nur einzelne Melodietheile mit Verzierungen ausstatten. Einfache Melodien beim Vortrage zu verschnörkeln, war damals Mode. Da hierbei meistens mehr verdorben als gewonnen wurde, so hat Bach, ebenfalls nach Couperins Vorgange, die Verzierungen ausgeschrieben. Es sollten also die einfache und die verbrämte Sarabande nicht hintereinander gespielt werden, sondern dem Vortragenden wurde es freigestellt zwischen beiden zu wählen [50]. Der *Intermezzi* sind in jeder Suite zwei; sie gehören zusammen, wie Hauptsatz und Trio. Der zum Reichen und Großartigen strebende Charakter der englischen Suiten offenbart sich endlich in den Praeludien, die ihnen vorgefügt sind, während die französischen Suiten derselben entbehren. Sie, die den Hörer sofort in eine höhere und ernstere Stimmung erheben, sind sämmtlich Meisterstücke Bachscher Clavierkunst. Mit Ausnahme des Adur-Praeludiums sind sie in den größesten Verhältnissen angelegt und mannigfaltig ausgestaltet. Die vollständige dreitheilige Arienform zeigt das Amoll-Praeludium, das Gmoll-Praeludium entwickelt sich wie ein erster Concertsatz, anklingend an die Concertform, doch phantastischer, auch dasjenige aus Fdur. Als eine schnellkräftige Fuge combinirt mit der Arienform stellt sich das Emoll-Praeludium hin; dieselbe Verbindung weist das Dmoll-Praeludium auf, doch wird es eingeleitet durch breite, echt praeludienartige Gänge in gebrochenen Harmonien. Es zählt alles in allem nicht weniger als 195 Takte [51].

Die zweite Sammlung bildet den ersten Theil der »Clavier-

---

50) Es stimmt hierzu, daß Johann Christian Bach in seiner Abschrift der Gmoll-Suite die verzierte Sarabande weggelassen hat. Ohne dieselbe ist auch die Handschrift Nr. 50 aus der Bibliothek der Prinzessin Amalia von Preußen.

51) P. S. I, C. 8. — B.-G. XIII², S. 3—86.

übung«, welchen Bach 1731 im Selbstverlage erscheinen ließ. Den Namen hatte Kuhnau aufgebracht, welcher 1689 und 1695 zwei Werke mit je sieben Clavier-Partien als »Clavierübung« veröffentlichte[52]. Wir hatten an andrer Stelle darauf hinzuweisen, daß Bach in seinen Kirchencompositionen, und auch schon in seinen früheren Clavierwerken mehrfach auf Kuhnau Bezug genommen hat[53]. Wenn er jetzt für eine Sammlung von Clavierstücken denselben Titel wählte, unter welchem sein Vorgänger diejenigen Werke ausgehen ließ, die ihm zuerst den Namen eines berühmten Claviercomponisten verschafften, wenn er Compositionen gleicher Gattung als sein *Opus I* herausgab und diese entgegen seinem früheren Verfahren nicht Suiten, sondern wie Kuhnau Partiten (Partien) nannte, so ist es offenbar, daß er auch öffentlich vor der Welt als Kuhnaus Nachfolger erscheinen wollte. Freilich dehnte er den bescheidenen Titel, dessen sich nach ihm noch andre wie Vicentius Lübeck, Georg Andreas Sorge, Balthasar Schmidt, Friedrich Gottlob Fleischer und sein Schüler Ludwig Krebs bedienten, nach und nach viel weiter aus. Es erschien Ostern 1735 ein zweiter Theil, welcher das schon besprochene Italiänische Concert und nochmals eine Partita enthielt. Dann um 1739 ein dritter Theil mit einem großen Orgel-Praeludium nebst Fuge, einer Anzahl Orgelchoräle und vier Clavier-Duetten; endlich spätestens 1742 der vierte Theil mit einem großen Variationenwerke[54]. Jenen ersten Theil aber gab Bach stückweise heraus, so daß von 1726 ab jedes Jahr eine Partita erschien und mit der letzten 1731 das ganze Werk. Da er es selbst verlegte und auch der Name eines Kupferstechers nirgends angegeben ist, so dürfte Bach auch den Stich besorgt oder wenigstens geleitet haben. Diese Annahme erhält eine Stütze durch die Thatsache, daß sein Sohn Emanuel, der damals noch im Elternhause weilte, sich mit Kupferstich abgab: seine erste eigne Composition, einen Menuett mit überschlagenden Händen, radirte er selbst und ließ sie 1731 ausgehen[55].

52) S. Band I, S. 233.

53) S. S. 199 ff. und 220 f. dieses Bandes, und Band I, S. 232 ff., S. 239 ff., S. 318. 54) S. Anhang A, Nr. 59.

55) S. Burneys Tagebuch seiner musikalischen Reisen. III, S. 203. — Über den Preis werden wir ungefähr durch das Breitkopfsche Verzeichniß von Neujahr 1760 unterrichtet: Breitkopf nahm für das ganze, sechs Partiten (5 im

Auch der dritte Theil wurde vom Autor selbst verlegt; die andern beiden erschienen in Nürnberg, der zweite bei Christoph Weigel, der vierte bei Balthasar Schmidt. Mit Opus-Zahlen pflegte man damals nur Instrumentalwerke zu versehen. Es war aber ganz allgemein genommen die »Clavierübung« das erste Werk, welches Bach veröffentlichte; die Mühlhäuser Rathswechsel-Cantate von 1708 wurde zwar gedruckt aber nicht in den Handel gegeben[56]. Daß Bach erst mit 41 Jahren etwas von seinen Compositionen herauszugeben anfing, beweist natürlich nicht im mindesten, daß er bis dahin von denselben nichts habe bekannt werden lassen wollen. Die deutschen Musikalien verbreiteten sich damals noch größestentheils durch Abschriften. Bach war lange vor 1726 ein weit bekannter Componist: schon 1716 sprach Mattheson in Hamburg mit Bewunderung von seinen Kirchen- und Claviercompositionen[57]. Auch später und über seinen Tod hinaus bis zum Anfang des 19. Jahrhunderts bürgerte sich das Meiste nur abschriftlich bei der musikalischen Welt ein. Außer den vier Theilen der »Clavierübung« sind zu Bachs Lebzeiten nur noch drei Werke desselben erschienen; über den Vorbereitungen zur Veröffentlichung eines vierten starb er.

Man hat den sechs Suiten der »Clavierübung« zur Unterscheidung von den französischen und englischen den Namen: deutsche Suiten gegeben[58]. Dies ist nicht ohne guten Grund geschehen. Wenn Bach selbst sie Partiten nennt, so liegt darin noch mehr als eine bloße Nachahmung Kuhnaus. Denn diesen Namen führte die Form in Deutschland am Ausgange des 17. Jahrhunderts, als der Einfluß der Franzosen noch nicht maßgebend geworden war, allgemein, und wenn Bach endlich auf ihn wieder zurückgriff, so that er es weil er sich als Suitencomponist auch bei voller Anerkennung der Verdienste der Franzosen und Italiäner im Grunde doch auf deut-

Verzeichniß ist jedenfalls Druckfehler) umfassende Werk fünf Thaler; für die zweite Partite allein nahm er 8 gr.

56) S. Band I, S. 341. 57) S. Band I, S. 392.

58) Verzeichniß aller . . . Musikalien . . . welche zu Berlin beim . . . J. C. F. Rellstab zu haben sind (1790), S. 67: »Bach, J. S., 6 Partite ou Suites françoises 4 Thlr.

— — 6 dito Tedesche 6 Thlr. 12 gr.

— — 6 dito Anglaises 5 Thlr. 12 gr.«

Nach gefälliger Mittheilung des Herrn G. Nottebohm in Wien.

schem Boden fühlte. Denn die Suite ist eine deutsche Kunstform, mögen auch fremde Völker zu ihrer Ausbildung viel beigetragen haben[59]. Grade in der Verarbeitung der fremden Elemente bewährte sich der deutsche Genius, und daß Bach von dieser seiner Stellung zu seinen Vorgängern ein volles Bewußtsein hatte, geht nicht allein aus der Wahl des Namens Partita hervor. Die sechs Partiten des ersten Theils der »Clavierübung« sind ein umfassendes, abschließendes Werk, in welchem alle für die Suitenform bedeutsamen Elemente eine absichtsvolle, sorgfältige Berücksichtigung gefunden haben. Der Reichthum an Gestalten, welchen sie ausbreiten, ist ein außerordentlicher; daß dabei die Grundlinien der Gesammtform dennoch streng beobachtet werden, unterscheidet sie von den Händelschen Suiten aus dem Jahre 1720, die ihrem Titel entsprechend mehr nur freie »Folgen von Clavierstücken« sind[60]. Während bei den englischen Suiten der äußere Zuschnitt überall derselbe ist, und der Erfindungs-Reichthum vielmehr in der Beschaffenheit der einzelnen Tongedanken sich äußert, legt uns jede Partita eine neue Reihe, man darf fast nicht mehr sagen von Formen, sondern von Kunsttypen vor. Die Bdur-Partita beginnt mit einem *Praeludium* von der durch Bach ausgebildeten Art, die gleichsam an der Schwelle des fugirten Stiles steht: ein wirkliches Thema ist vorhanden, aber es ist mehr gangartig, als melodisch, die Durchführung desselben wird nur angedeutet, dann gewinnt ein leichtes motivisches Spiel die Oberhand. Dagegen steht an der Spitze der Cmoll-Partita eine *Sinfonia*. Wie schon der Name verräth, machen sich hier italiänische Kunstelemente geltend. Ein Andante im Viervierteltakt mit reichfigurirter Oberstimme und dann eine Fuge im Dreivierteltakt — das war die Weise wie die italiänischen Violinsonaten anzuheben pflegten. Um aber die Erinnerung hieran nicht zu stark und für eine Suite störend werden zu lassen, hat Bach noch ein breites, vollstimmiges Grave vorhergeschickt. Dies mahnt an die Eingänge der französischen Ouverturen und stellt den Charakter des Ganzen als einen vorspielartigen fest. Die Amoll-Partita wird durch eine *Fantasia* eingeleitet, ein zweistimmiges Stück im Stil der Bach-

---

59) S. Band I, S. 682 f.

60) »*Suites de Pièces pour le Clavecin.*«

schen Inventionen, nur weiter ausgeführt. Mit einer *Ouverture* in französischer Form tritt die D dur-Partita auf. In die G dur-Partita führt ein *Praeambulum* ein, welches sich von dem *Praeludium* der ersten dadurch unterscheidet, daß es nicht thematisch entwickelt wird, sondern in Passagen und gebrochenen Harmonien sein Wesen treibt; hinsichtlich der Gruppirung der Theile erinnert es an einen Concertsatz. Die E moll-Partita endlich wird durch eine *Toccata* eröffnet; dieselbe ist bedeutend einfacher selbst als die Toccaten aus Fis moll und C moll[61]: sie geht in einem Zuge ohne Taktwechsel fort: phantastisches Spiel am Anfange und Ende umgiebt als leichte Hülse die vollreife Frucht einer edel-ernsten Fuge.

Es ist früher darauf aufmerksam gemacht worden, daß die Courante unter den Händen der Italiäner allmählig eine besondere Gestalt annahm, sodaß am Anfang des 18. Jahrhunderts Corrente und Courante zwei verschiedene Typen repräsentirten[62]. Aus den Partiten der »Clavierübung« geht hervor, daß Bach denselben, als den Äußerungen zweier Nationalitäten, gleiche Rechte nebeneinander zuerkannte. Die erste, dritte, fünfte und sechste Partita hat er mit Correnten, die zweite und vierte mit Couranten versehen[63]. Erstere stehen im $\frac{3}{4}$- und $\frac{3}{8}$-Takt und haben ein flüssiges und eilendes Wesen, die Couranten dagegen sind leidenschaftlich erregt, gediegen und tiefsinnig. Nur ihnen ist der aufregende Wechsel zwischen drei- und zwei-theiligem Takt eigen. Gewöhnlich herrscht der dreitheilige Takt bei Bach vor und tritt nur am Schluß der Theile eine Accentrückung ein. Fälle wie in der H moll-Suite aus den französischen und der alleinstehenden Suite in Es dur, wo der $\frac{6}{4}$-Takt zu Grunde gelegt ist, der reine $\frac{3}{2}$-Takt nur vorübergehend vorkommt, dafür die rhythmische Caprice aber soweit getrieben wird, daß manchmal beide Hände zugleich in verschiedenen Taktarten spielen, sind sonst Ausnahmen. Die beiden Couranten aus den Partiten sind aber grade in dieser Beziehung in einen Gegensatz ge-

61) S. Band I, S. 642 ff. 62) S. Band I, S. 694.

63) In den späteren Ausgaben und leider selbst in derjenigen der B.-G. ist gegen Bachs ausdrückliche Vorschrift überall die Bezeichnung Courante gesetzt. Auch bei andern Tänzen ist der wichtige Unterschied zwischen den italiänischen und französischen Bezeichnungen von den Herausgebern nicht in Acht genommen.

bracht: die Cmoll hat den $\frac{3}{2}$-Takt als Grundrhythmus, die Ddur den $\frac{6}{4}$-Takt. Indessen ist auch hier $\frac{3}{2}$ vorgezeichnet um zu verhüten, daß sich das Gefühl zu sehr in dem zweitheiligen Rhythmus festsetze. Der Couranten-Takt war eigentlich weder dieses noch jenes, sondern ein aus beiden gemischtes. Es galt als Regel, daß auch die Sechsviertel-Passagen im Dreizweitel-Takt gespielt werden sollten, d. h. man sollte bei Tonreihen, die durch ihre Gliederung und ihren natürlichen Verlauf den $\frac{6}{4}$-Takt anzeigten, durch gelegentliche Accentuirung die Erinnerung an den $\frac{3}{2}$-Takt wach erhalten[64]. Jedenfalls aber konnte durch das Überwiegen dieses oder jenes Rhythmus der Courante ein besonderer Charakter aufgedrückt werden, und dieses Mittels hat sich Bach bedient, auch hierdurch anzeigend, daß er alle in dem Gebiete dieses Tanzes möglichen Gestaltungen in dem Partitenwerke anbringen wollte.

Auch die Gigue hatte, wennschon nicht mit der Entschiedenheit, wie die Courante, eine zweiästige Entwicklung genommen. In der französisch-deutschen pflegte die Fugenform zu herrschen und im zweiten Theile das Thema umgekehrt zu werden. Die italiänische *Giga* war homophon und in Folge dessen viel leichter an Gehalt. Das Taktmaß war dreitheilig, sei es nun einfach oder zusammengesetzt[65]. Fugirte Gigues befinden sich in der dritten, vierten, fünften und sechsten Partita. Die der dritten (A moll) hat nichts formell besonderes; in der vierten (D dur) enthält der zweite Theil statt der Umkehrung ein neues Thema, welches sich als Gegenthema des ersten herausstellt, doch kommt es hier noch nicht zu einer ordentlichen Doppelfuge, wohl aber in der übrigens ebenso entworfenen fünften (G dur)[66]. Die Gigue der sechsten Partita (E moll) steht

64) Marpurg, Kritische Briefe über die Tonkunst II, S, 26: ... »die eigentliche Tactart der Couranten nach französischer Art, welche zwar zu dem schweren Dreyzweytheil gehöret, aber der äußerlichen Form des Metri nach an verschiedenen Oertern, sehr vieles von dem Sechsviertheil entlehnet. Der Unterschied ist nur, daß diese Sechsviertheilpassagen im ordentlichen Dreyzweytheil gespielet werden müssen. Der seel. Herr Capellmeister Bach hat gnugsam ächte Muster von diesem eigentlichen Couranteutact hinterlassen.«

65) S. Band I, S. 698 f.

66) Merkwürdig ist in dieser Gigue, daß in Takt 17—19 des zweiten Theils nach der Höhe hin ein größerer Umfang des Claviers ideell angenommen worden ist, als er damals vorhanden war. Das Hauptthema müßte hier eigentlich

den andern dreien dadurch entschieden gegenüber, daß sie den dreitheiligen Takt verschmäht. Den zweitheiligen Alla breve-Takt bei der Gigue anzuwenden hatte Bach schon in der Dmoll-Suite der französischen gewagt. Die eigentliche Tanzform geht dadurch in die Brüche, es bleibt nur ein energisch-leidenschaftliches Charakterstück übrig. Diese aus der Gigue abstrahirte allgemeinere Form schien indessen dem Meister würdig, als besonderer Typus hier verewigt zu werden. Unverkennbar hat auch dem Schlußsatz der zweiten Partita (Cmoll) die Gigue als Urbild gedient. Die Form ist zweitheilig, die Entwicklung fugenartig mit Umkehrung des Themas im zweiten Theil. Aber Taktart ($\frac{2}{4}$) und allgemeiner Charakter weichen doch vom Gigueartigen so weit ab, daß Bach hier den Namen nicht anwendete, sondern zum Zeichen, es handle sich um einen Gestaltungs-Act seines eignen Künstlerwillens, das Stück *Capriccio* nannte[67]. Am Ende aber der ersten Partita (Bdur) steht keine Gigue, sondern eine italiänische *Giga*. Der verschiedene Charakter dieses anmuthig sich wiegenden Stückes springt in die Augen. Bach hat dessen Beziehung zur Kunst der Italiäner auch durch die Art der Claviertechnik dargelegt, welche hier zur Anwendung kommt. Das Überschlagen der Hände, wovon Bach in der *Giga* der Bdur-Partita zum ersten Male Gebrauch macht, war eine Specialität Domenico Scarlattis[68]. Daß man um diese Zeit auch in Deutschland anfing, an ihr Gefallen zu finden, beweist Emanuel Bachs erstes, 1731 erschienenes und noch im Vaterhause componirtes Werk. Sebastian Bach bediente sich dieses technischen Mittels auch in einem Stück der Gdur-Partita, außerdem noch in der unten näher zu betrachtenden Cmoll-Fantasie und dem Bdur-Praeludium

---

mit dem dreigestrichenen e einsetzen, die Noth zwang Bach, eine Octave tiefer zu beginnen. Solche Fälle sind bei ihm selten, da er sich sonst streng und ungezwungen in den Gränzen seines Materials zu bewegen pflegt. Zwei derartige Stellen kommen noch im Wohltemperirten Clavier vor, s. Band I, S. 770.

67) Die muthwilligen Decimensprünge des Themas erinnern stark an den ersten Satz des Dmoll-Concerts für zwei Violinen.

68) Wir wissen allerdings nicht, daß D. Scarlatti schon vor 1726 Claviercompositionen durch Stich veröffentlicht hat. Unzweifelhaft aber waren die Werke dieses, 1683 geborenen, Meisters bereits damals abschriftlich in der musikalischen Welt verbreitet.

aus dem zweiten Theil des Wohltemperirten Claviers, dann wurde es eine Zeitlang unter den Componisten Modesache und kam erst in den fünfziger Jahren wieder mehr außer Gebrauch. Emanuel Bach meinte später, bei vielen derartigen Stücken sei der natürliche Gebrauch der Hände einer solchen Gaukelei vorzuziehen, aber es könne auch ein Mittel sein, gute neue Gedanken auf dem Clavier herauszubringen[69]. Letzteres gilt von der *Giga*: das Überschlagen der rechten Hand über die linke wird in ihr nicht nur hier und da angewendet, sondern das ganze Stück ist aus dieser Vorstellung heraus concipirt und hat dadurch seinen einzigartigen Reiz erhalten[70].

Auch sonst noch hat Bach in den Partiten auf die Eigenthümlichkeiten des italiänischen und französischen Stils Rücksicht genommen. Die Italiäner neigten dazu, die rhythmischen Merkmale der Tanztypen zu verwischen. Um dies unbedenklicher thun zu können, fordert Corelli manchmal nur, daß ein gewisses Stück im Tempo dieses oder jenes Tanzes gespielt werde und bewegt sich im übrigen ganz frei. Ebenso finden wir in der E moll-Partita ein *Tempo di Gavotta*, während das Stück sonst mehr einer *Giga*, oder, abgesehen vom ₵-Takt, einer *Corrente* gleicht. In der B dur- und D dur-Partita stehen *Menuets*, in der aus G dur ein *Tempo di Minuetto*[71], ein lieblich gaukelndes Stück mit reizenden Accentrückungen, in dem das Überschlagen der Hände vorübergehend angewendet wird; aber mit einem wirklichen *Menuet* hat es sonst nichts mehr gemeinsam, als den $\frac{3}{4}$-Takt. Auch Corellis freie Art, mit der Allemande zu schalten, scheint sich Bach gemerkt zu haben. Während übrigens seine Allemanden wie Oel dahinfließen, zeigt die der E moll-Partita ein eckiges Wesen, welches namentlich durch punktirte Sechszehntel hervorgebracht wird. Diese Bewegung findet sich aber

---

69) Versuch über die wahre Art das Clavier zu spielen, I, S. 35 f.

70) Schon J. A. P. Schulz machte darauf aufmerksam, daß diese *Giga* Gluck bei Composition der Arie *Je t'implore* aus Iphigenia in Tauris vorgeschwebt habe (s. Jahn, Mozart IV, S. 715). Wie Marx entdeckt hat (Gluck und die Oper I, S. 201), kommt diese Arie mit allen ihren wesentlichen Bestandtheilen schon in Glucks Oper *Telemacco* vor, welche gegen 1750 entstand. Daß die Übereinstimmung keine zufällige ist, muß als unzweifelhaft gelten.

71) *Minuetta* in der Original-Ausgabe dürfte ein Stichfehler sein.

häufig grade in Corellis Allemanden[72], und Bach hat auch das Stück nicht wie gewöhnlich mit der französischen, sondern mit der italiänischen Form *Allemanda* benannt. Ferner enthalten die Partiten drei Stückchen mit italiänischen Namen, die keine Tanztypen anzeigen. Sie heißen *Burlesca, Scherzo* und *Aria*. Die ersten beiden stehen in der A moll-, die dritte in der D dur-Partita; es sind freie Charakterstücke in Tanzform. Ihnen halten zu Gunsten des französischen Stiles das Gleichgewicht: in der C moll-Partita ein *Rondeau*, in der E moll ein *Air*. Vergleicht man *Air* und *Aria*, so findet man auch einen deutlichen Stilunterschied: diese ist gesanglicher, jene mehr instrumental gehalten.

Aber auch in den Stücken, die Bach ganz nur aus sich heraus gestaltete, zeigt er innerhalb eines und desselben Typus eine Wandlungsfähigkeit, die es mit der allmähligen Entwicklungs- und Umbildungs-Kraft der Zeiten und Nationen zuversichtlich aufnehmen kann. Um sich davon recht zu überzeugen, möge man untereinander die Allemanden der französischen und englischen Suiten und alsdann die der fünf ersten Partiten vergleichen. Es scheint als habe Bach die Dehnbarkeit der Form bis aufs äußerste erproben wollen. Etwas verschiedeneres, als die Allemanden aus B dur und D dur, kann man sich nicht leicht denken, und doch ist den Forderungen des Tanztypus volle Genüge geschehen. Die gleiche Wandlungskraft offenbart Bach in den Sarabanden, doch hat er hier mehremale (in der A moll-, G dur- und E moll-Partita) die Fesseln des Typus wirklich gesprengt[73]. Sehen wir endlich auf die sechs Partiten als ganze, so sind sie eben so verschieden unter einander, wie einheitlich in sich selbst. Das sicherste Merkmal hierfür geben die einleitenden Stücke ab, die den Charakter ihrer Partita jedesmal von vorn herein feststellen und zugleich unter sich im schärfsten Gegensatze stehen, wie denn auch mit Absicht einem jeden ein andrer Name gegeben ist.

Die Mitwelt zeigte sofort für den Werth dieser köstlichen Gabe

72) S. die Allemanden auf S. 90 f., 99, 102 f., 110 f., 219 f. der Ausgabe von J. Joachim (Denkmäler der Tonkunst III.).

73) Eine Sarabande mit Auftakt findet sich bei Bach sonst nur noch in der Orchesterpartie aus H moll, der Claviersonate aus A moll und der Violinsuite aus A dur.

Verständniß. Die Neuheit der Gedanken und der Claviertechnik erregten Staunen und Bewunderung. Ihnen gerecht werden zu können galt bald als höchstes Ziel der Clavierspieler, und »wer einige Stücke daraus recht gut vortragen lernte, konnte sein Glück in der Welt damit machen« [74]. Daß die Zeitgenossen den vollen Werth der überragenden Kunstleistung erkannt haben sollten, läßt sich nicht wohl erwarten und wird auch nirgends sicher bezeugt [75]. Selbst Sorge, obgleich er in einer Dedication Bach den Fürsten aller Clavier- und Orgelspieler nannte [76] und seine Clavierstücke angehenden Componisten als Muster preist um in der linken Hand eine gute Mittelstimme führen zu lernen, mit Dissonanzen im geschwinden Durchgange richtig zu verfahren und sich in der Kunst des Improvisirens auszubilden, stellt ihm immer noch Kuhnau, Händel, Mattheson, Walther und andre an die Seite [77]. Ohne die übrigen und namentlich Kuhnau zu unterschätzen, sehen wir jetzt doch klar, daß die Kunst der Cembalo-Composition — und für dieses Instrument, nicht für ein Clavichord, sind sie gedacht, wie ihr Tonumfang beweist — mit den sechs Partiten auf eine denkbar höchste Höhe gelangt ist, welche nur Händel einmal, in den Suiten von 1720, sonst aber niemand wieder erreicht hat. Man kann Händel nicht niedriger stellen, wenn man einfach Werk gegen Werk hält. Der Unterschied ist ein Unterschied der Persönlichkeiten: je nach dem eignen Charakter wird sich der eine zu dieser, der andre zu jener mehr hingezogen fühlen. Händels Suiten, in welchen eine mächtige Künstlerseele in freiem Erguße ihren Inhalt ausströmt, sind blendender und hinreißender, die Partiten Bachs erregen tiefer und nach-

---

74) Forkel, S. 50. — Mizler sagt in einer Anzeige des »Wegweisers zu der Kunst, die Orgel recht zu schlagen« (Musikalische Bibliothek I, 5, S. 75): »Wer die Finger nicht besser zu versetzen weiß, wird schwehrlich unsers berühmten Herrn Bachens zu Leipzig Partien auf das Clavier spielen lernen können«. — Als die leichteste galt die C moll-Partita (Breitkopfs Verzeichniß zu Neujahr 1760, S. 18: »die leichteste unter allen«).

75) Forkel, welcher berichtet, daß »man noch nie so vortreffliche Claviercompositionen gesehen und gehört« hatte, ist als Beförderer der Mittheilungen der Söhne Bachs kein ganz unparteiischer Zeuge, falls Bachs Söhne ihm solches wirklich als das allgemeine Urtheil der Zeitgenossen angegeben haben.

76) Forkel, S. 23. 77) Sorge, Vorgemach der musicalischen Composition. Dritter Theil. Lobenstein (1747). S. 338 ff., 404, 416, 425.

hältiger, weil er sich streng in den Schranken der überlieferten Form hält. Sieht man die Sache vom höheren, geschichtlichen Standpunkt an, so gebührt Bach die Palme, da er nicht nur als eine Händel ebenbürtige Persönlichkeit dasteht, sondern zugleich die Gattung vertritt. Mit seinen Suiten zog Händel wie ein feuriger Komet durch den Kunsthimmel; wären sie nicht geschrieben oder verloren gegangen, so wären wir um eine glänzende Erscheinung ärmer, aber eine Lücke im System der zusammenwirkenden geschichtlichen Kräfte würde dadurch nicht bedingt. Bachs Partiten könnte man ein Lichtcentrum nennen; zu welcher Gluth die Strahlen kleinerer Lichtkörper endlich gesammelt werden konnten, erfahren wir nur durch sie[78].

Der flüchtigeren Betrachtung könnte es auffällig erscheinen, daß Bach, nachdem er mit den sechs Partiten nach allen Seiten hin für die Suitengattung das letzte Wort gesprochen hatte, im zweiten Theil der »Clavierübung« nochmals auf sie zurückzukommen scheint. Dieser Theil enthält nämlich neben dem oben schon gewürdigten Italiänischen Concert als zweites Stück wiederum eine Partita (Hmoll)[79]. Aber seine Absicht ging hier auf ein ganz andres Ziel. Nicht eine neue Claviersuite wollte er schreiben, sondern ein Stück, in welchem die Orchesterpartie auf das Clavier übertragen erscheint. Die Verschiedenheit dieser Form von jener ist an andrer Stelle auseinandergesetzt worden[80]. Bachs Idee kündigt sich schon in der Bezeichnung »Ouverture« an; so nämlich pflegte man die Orchesterpartien von ihrem Anfangsstücke her zu benennen. In der Anordnung der Theile wird dann, was er will, ganz klar. Die Allemande fehlt, da sie, eine ausschließliche Clavierform, in den Orchesterpartien nicht vorkam. Courante, Sarabande und Gigue sind vorhanden, aber vor der Sarabande stehen zwei Gavotten und zwei Passepieds, nach ihr zwei Bourrées, eine Menge von Stücken, die eben deshalb nicht mehr als *Intermezzi* aufgefaßt werden können, sondern neben

---

78) Von Ausgaben des ersten Theils der »Clavierübung« nenne ich hier nur P. S. I, C. 5 und B.-G. III, S. 46—136.

79) P. S. I, C. 6, Nr. 2. — B.-G. III, S. 154—170. — Eine von Anna Magdalena Bach gefertigte Abschrift, welche die königliche Bibliothek zu Berlin aufbewahrt, giebt das Stück in Cmoll. — S. Anhang A, Nr. 33.

80) S. Band I, S. 746 f.

den übrigen gleiche Bedeutsamkeit beanspruchen. Eine beliebige zwanglose Folge von Tänzen war aber das Vorrecht der Orchesterpartie. Und endlich ist mit der Gigue das Spiel noch nicht zu Ende. Seine Orchesterpartie in H moll schloß Bach mit einer *Badinerie*, die eine der beiden aus D dur mit einer *Réjouissance*. Hier macht ein *Echo* das Ende: es bewegt sich in der Tanzform, aber ohne einen bestimmten Typus zu zeigen. Seinen Namen führt es von gewissen Nachahmungen des Widerhalls, die deshalb besonders artig sind, weil das Echo nicht mechanisch genau, sondern mit sanft verbindenden Mitteltönen antwortet, gleich als ob der Hall in der Ferne verschwebte, z. B.:

Es war natürlich nicht Bachs Absicht, den Orchesterstil auf dem Clavier nachzuahmen. Dies wäre auch ein ziemlich überflüssiges Vorhaben gewesen, da in seiner Schreibart für Orchester schon so viel von seinem Clavierstil steckte, die wirklich verpflanzte Form also wie von selbst gedeihen mußte. Er verlangt nur, daß der Hörer dieses Werk in der Gemüthslage auf sich wirken läßt, mit welcher er sich einer Orchesterpartie gegenüberstellt, ebenso wie das Italiänische Concert nur auf den seine volle Wirkung übt, der weiß, um was es sich in einem wirklichen Concert jener Zeit zu handeln pflegt. Beide Werke haben ein innerlich Gemeinsames, das uns begreifen läßt, warum sie Bach zu einem abgeschlossenen Theile der »Clavierübung« vereinigte. Sie sind Reflexe von Formen, welche eigentlich für eine Vielheit verschiedener Instrumente erfunden waren, auf der Fläche der Claviermusik. Ein äußeres Band zwischen ihnen bildet der Umstand, daß zu beiden ein Cembalo mit zwei Manualen erforderlich ist. Was aber den Charakter der einzelnen Sätze dieser Partie anbetrifft, so macht sich auch in ihnen das Wesen des Urbildes deutlich geltend. Man erkennt es am leichtesten an der Gigue. Eine solche und nicht eine *Giga* soll es sein; aber wie durchaus verschieden ist sie von den Gigues der eigentlichen Clavierpartiten und englischen Suiten! Sogar die französischen Suiten bieten complicirtere Gebilde. Die Orchester-Partie hatte sich mehr als die Clavierpartita einen einfachen, volksthümlichen Zug gewahrt. Dieser drückt sich auch in der Haltung der vorliegenden Gigue aus, deren Wesen so schlicht und faßlich ist, wie nicht einmal in der Gigue der zweiten französischen Suite, mit welcher sie sonst viel Ähnlichkeit hat. Auch die erste Bourrée und zweite Gavotte sind von einer treuherzigen Einfalt, deren Absichtlichkeit man nicht verkennen kann. Wo reichere Mittel angewandt werden, bleibt immer doch in den Melodien ein populärer Zug, der den wirklichen Clavierpartiten nicht eignet. Nur die schöne, sehnsuchtsvolle Sarabande blickt mit durchgeistigtem Antlitz in das unschuldige Treiben der kräftigen übrigen Gestalten[81].

Bach hat auch drei Partiten für die Laute geschrieben, welche bei dieser Gelegenheit kurz erwähnt werden mögen[82]. Jetzt existirt als ausdrückliche Lautencomposition nur noch ein dreisätziges Werk (Es dur) von ihm, in dem wir aber wohl einen Bestandtheil jener Sammlung vermuthen dürfen[83]. Es ist allerdings keine eigentliche Partite, sondern eine Sonate ohne zweites Adagio und mit einem Praeludium an Stelle des ersten. Indessen konnte es mit andern wirklichen Partiten immer unter diesem Namen durchgehen, vorausgesetzt, daß Bach ihn in der That selbst gewählt hat. Vielleicht gehörte zu der Sammlung auch jene E moll-Suite, deren wir neben den französischen Suiten erwähnten[84]; die tiefe Lage in welcher sie sich durchgängig bewegt, legt diese Vermuthung nahe[85].

81) Es würde hier für mich der Ort sein, rückblickend auf die Rhythmik Bachs und die in ihr sich offenbarenden Grundanschauungen noch tiefer einzugehen, und dadurch ein Band I, S. 781 Anmerk. 58 halb gegebenes Versprechen zu erfüllen. Seit ich jene Anmerkung schrieb, hat indessen Rudolf Westphal selbst den Gegenstand erneuten eindringenden Untersuchungen unterzogen, deren Erscheinen bevorsteht. Ich glaube, daß ich durch diese der Erfüllung meines Versprechens einstweilen überhoben sein werde.

82) Breitkopfs Verzeichniß zu Michaelis 1761, S. 56: »*Bach, J. S. Direttore della Musica in Lipsia, III. Partite à Liuto solo. Raccolta I.* 2 thl.«

83) »*Prelude pour le Luth ou Cembal*«, P. S. I, C. 3, Nr. 4. — Das Autograph besitzt jetzt Mr. Henry Huth Esq. in London. — Ein alleinstehendes Praeludium für Laute oder Clavier hat J. P. Kellner überliefert; s. P. S. I, C. 9, Nr. 16, III.

84) S. Band I, S. 768.

85) Welche schon F. A. Roitzsch ausgesprochen hat; s. Vorwort z. P. S. I, C. 3, Nr. 8.

Bach hat in concertirenden Gesangscompositionen mehre Male Laute angewendet, so in der Johannespassion und Trauerode, er besaß auch unter seinen vielen Instrumenten selbst eine solche. Daß er Laute gespielt habe, folgt aus dieser Thatsache nicht. Sie erklärt sich schon, wenn wir uns erinnern, daß Bach über einer Combination von Laute und Cembalo sann; das Resultat hiervon war das »Lautenclavicymbel«, welches Hildebrand nach seiner Angabe um 1740 bauen mußte, und wovon Bach zwei Exemplare selbst besaß[86]. Möglich nun, daß er seine Lauten-Partiten für dieses Instrument eigens componirt hat, wie er ja auch das Wesen seiner *Viola pomposa* durch eine besondere Suite erprobte[87]. Indessen konnte ihn schon seine Bekanntschaft mit der Dresdener Capelle, die in Sylvius Leopold Weiß den ersten Lautenisten seiner Zeit unter ihre Mitglieder zählte[88], zur Lautencomposition führen. Auch mit Ernst Gottlieb Baron, der mit Bewunderung von Bach spricht, dürfte dieser persönlich bekannt gewesen sein[89]. —

Mit den zweistimmigen Inventionen für Clavier hatte Bach seiner Zeit eine neue Form geschaffen. Er hat uns den Beweis geliefert, daß er ein bedeutendes Gewicht auf sie legte, indem er den dritten Theil der »Clavierübung«, welcher eigentlich nur Orgelmusik enthalten sollte, mit einem Anhang von vier Clavierstücken in Inventionenform ausgehen ließ[90]. Hier nennt er sie Duette und lenkt dadurch die Aufmerksamkeit bestimmter noch auf den zweistimmigen Satz. Alles was von den Inventionen gesagt ist[91], gilt auch von ihnen, sie sind außerdem aber in der offenliegenden Absicht geschrieben, zu zeigen, daß sich auch im zweistimmigen Clavierstück der größeste harmonische Reichthum mit voller Deutlichkeit entfalten lasse. In dieser Beziehung offenbaren sie wirklich erstaunliches; als Muster eines strengen Satzes darf man sie nicht ansehen. Bach hat vielmehr von allen den Freiheiten, welche das »harmonische« System an die Hand giebt, ausgiebigen Gebrauch gemacht,

86) S. Band I, S. 657, und Anhang B, XVI dieses Bandes.

87) S. Band I, S. 708.

88) Fürstenau, Zur Geschichte der Musik am sächsischen Hofe. II, S. 126 f.

89) Baron, Untersuchung des Instruments der Lauten. Nürnberg, 1727. S. 109 f.

90) P. S. I, C. 4, Nr. 11. — B.-G. III, S. 242—253.

91) S. Band I, S. 667 f.

namentlich auch im Gebrauch der Quarte, so daß Kirnberger wohl zu der Behauptung berechtigt war, Bach habe im zweistimmigen Satze die Quarte nicht für eine rechte Grundstimme gehalten[92]. Was man sonst noch hat bemerken wollen, diesen Duetten sei es eigenthümlich, daß sie keine dritte Stimme zuließen[93], ist bei Lichte besehen nichtssagend. Denn wenn sie Kunstwerke sein sollten, mußten sie selbstverständlich ohne weitere Ergänzung alles aussprechen, was der Componist aussprechen wollte. Die Duette sind immer mit mehr Befremden als Hingabe betrachtet worden, und es ist das zum Theil wohl zu begreifen. Als Fortsetzungen der Inventionen lassen sich das capricciöse E moll- und das heitere G dur-Duett leicht verstehen. Sie sind bei aller Künstlichkeit scharf gezeichnete Charakterstücke, bei denen Form und Inhalt in voller Harmonie stehen. Die andern beiden hinterlassen aber den Eindruck, als befinde sich der enorme harmonische Reichthum, die Schwere der Gedanken und Weite der Durchführung nicht ganz im richtigen Verhältniß zu der Dürftigkeit der darstellenden Mittel. Es sind Compositionen für »Kenner von dergleichen Arbeit«, denen es Genuß ist den verwickelten Harmoniengang auch nach bloßen Andeutungen zu verstehen, Leckerbissen für harmonische Feinschmecker. Das A moll-Duett sieht sich wie eine zweistimmige Fuge an; die frei ausgeführten Partien überwiegen aber so, daß man nach dem Gesammteindruck auch dieses Stück nur eine ausgeführte Invention nennen kann. Das Thema ist von außerordentlicher harmonischer Ausgiebigkeit, und trotz aller Beschränkung durch innere und äußere Mittel fühlt man in diesem Duett immer noch das freie Walten eines schöpferischen Geistes. Dagegen läßt sich bei dem Mittelsatze des F dur-Duetts ein starker scholastischer Beigeschmack schwer verwinden. —

Wenn Bach in den Partiten aus der Entwicklung der Suitenform, in dem Italiänischen Concert aus der Form des Violinconcerts, in den Duetten aus der Invention seine letzten Consequenzen gezogen hatte, so that er es mit dem vierten Theile der »Clavierübung« aus der Variationenform. Dieser Theil enthält eine Arie mit 30 Ver-

92) S. Marpurg, Kritische Briefe I, S. 183.

93) Forkel, S. 51.

änderungen für Cembalo mit zwei Manualen[94]. Die äußeren Umstände, welche zur Entstehung des Werkes führten, erzähle ich später; hier geht uns nur das Musikstück als solches an. Als älteste selbständige Instrumentalform hat die Variation auf die später entstehenden Kunstorganismen im 16. und 17. Jahrhundert nach den verschiedensten Richtungen hin eingewirkt, auf die Claviersuite sowohl wie die Choralbearbeitung, auch auf die Sonate und Violinmusik, doch blieben ihre Hauptorgane die Tasteninstrumente. Wie sie lange Zeit hindurch mit der Suite in eigenthümlicher Weise verwachsen bleibt, habe ich an andrer Stelle gezeigt[95]. Die eigentlichen Choral-Variationen oder-Partiten blühten aber in einer Zeit, da man Clavier- und Orgelmusik noch nicht genugsam schied. Die Variationenform, d. h. das aus einem Thema und einer Reihe Veränderungen gebildete Kunstganze, gehörte nicht in die Kirche; schon deshalb nicht, weil für sie während des Gottesdienstes nirgendwo Platz war, aber auch weil sie die Würde der Choralmelodie antastete. Sie klärte sich daher mehr und mehr zu einer Form der Claviermusik ab, konnte aber als solche trotz ihrer großen historischen Bedeutung einen Bach nicht eben reizen. Die Erfindungskraft ließ sich entweder nur in der allgemeinen Umrißzeichnung, der Anordnung der verschiedenen Variationen, oder im feinsten Detail des Figurenwerks zeigen. Eine gründliche Durchführung des Themas lag nicht im Wesen der einzelnen Variation. Hinsichtlich der Ausdehnung war sie streng an die Verhältnisse des Themas gebunden, die Umgestaltung desselben bestand nur in Umspielung, so mußten denn auch die Harmonienfolgen wesentlich dieselben bleiben. So wie sie war, hatte die Form etwas äußerliches, das der Vertiefung und Weiterbildung widerstrebte; es ist bezeichnend, daß die Variationen eines Sweelinck, Frescobaldi, Cornet mit den 200 Jahre später zu Mozarts Zeit geschriebenen die größeste Familienähnlichkeit haben. Wenn wir Bachs früheste Choralpartiten, mit denen er sich Böhm anschloß, außer Betracht lassen, so hat er nur ein Variationenwerk im herkömmlichen Stile geschrieben: die Variationen *alla*

94) Neue Ausgabe P. S. I, C. 6, Nr. 3. — B.-G. III, S. 263 ff. — Die Originalausgabe verkaufte Breitkopf im Jahre 1763 mit 2 Thlrn. 8 gr.

95) S. Band I, S. 693 und 697.

maniera italiana, welche wir in die weimarische Zeit versetzen zu müssen glaubten.

Aber er sah, daß es eine verwandte Form gab, mittelst welcher der Enge und Flachheit der Variation abgeholfen werden konnte. Diese Form war der Passacaglio oder die Ciacone. Was sie der Variation verwandt macht, ist die Gebundenheit an eine bestimmte sich bei allen Wiederholungen gleichbleibende Taktzahl und im wesentlichen an eine und dieselbe Harmonienfolge. Wirklich spielen auch in der Praxis der Componisten Passacaglio (oder Ciacona) und Variation in einander hinüber. Man hielt nicht immer an dem Grundsatze der Unveränderlichkeit des Bassthemas fest, brachte es in andern Tonlagen, bildete es um, löste es in Figuren auf. Manchmal wurde gar kein Bassthema aufgestellt, sondern nur eine Anzahl viertaktiger, gleich rhythmisirter Sätze im dreitheiligen Takt aneinander gereiht[96]. Hernach hat Händel versucht, Ciacone und Variation in der Weise zu vereinigen, daß er die Oberstimme, unter welcher der Bass zum ersten Male auftritt, als Variationenthema festhält[97]. Wenn man nun regelrecht ein liedartiges, zweitheiliges Thema aufstellte, in den Variationen aber nicht an der Melodie, sondern nur an dem Basse desselben unentwegt festhielt, so wurde dadurch einerseits das enge, vier- bis achttaktige Gehäuse der Ciacone unvergleichlich ausgeweitet, andrerseits zur Entfaltung der verschiedenartigsten Combinationen im Bereiche der Variationenform freier Raum geschafft. Dieses hat Bach gethan.

Als Thema benutzte er eine Sarabande, welche sich von der Hand seiner Gattin geschrieben in deren größerem Clavierbuche vorfindet[98]. Da sie hier noch vor der Arie »Schlummert ein, ihr matten Augen« aus der Cantate »Ich habe genug« ihren Platz gefunden hat, so wird sie auch früher entstanden sein, als diese, und war

---

96) Man sehe Ciacone und Passacaglio in Georg Muffats *Apparatus Musico-Organisticus.*

97) In der G dur-Ciacone H.-G. II, S. 110—122.

98) S. 76 und 77. Sie steht zwischen Auf- und Abgesang des Liedes »Bistu bey mir«; die Schreiberin hatte aus Versehen zwei Seiten überschlagen und hat den leeren Raum dann durch das Clavierstück ausgefüllt. Es trägt keine Überschrift; die Bezeichnung *Aria* hat ihr Bach erst behufs der Variationen gegeben.

demnach schon wenigstens zehn Jahre alt, ehe Bach sie zum Mittelpunkte seines großen Variationenwerks machte[99]. Zuverlässig hatte er sie ursprünglich für Anna Magdalena componirt gehabt. Daß er ihr diese neue Bestimmung gab, dazu wirkten vermuthlich noch besondere persönliche Motive mit, die wir nicht mehr erkennen können; es ist derartiges auch bei dem Quodlibet, welches die letzte Variation bildet, anzunehmen. Hätte Bach die Sarabande für die Variationen eigens erfunden, so würde er, da ihr Bass die Hauptrolle spielen sollte, diesen wohl durchweg ganz einfach geführt haben, anstatt ihn wie jetzt mit Verbindungstönen, Nebennoten und Verzierungen auszustaffiren, die seine Grundlinien manchmal etwas undeutlich machen. Am klarsten erkennt man ihn aus der 30. Variation. Hiernach würde er im Originaltakt lauten:[100]

Gelegentlich eines Variationenwerks von Johann Christoph Bach wurde darauf aufmerksam gemacht, daß Sebastian es gekannt haben dürfte, da seine eignen Variationen hier und da an dasselbe erinnern[101]. Es verdient Beachtung, daß das Thema auch dort eine Sarabande aus G dur ist.

Bach hat den Thema-Bass meistens nach Passacaglio-Art behandelt, ihn also auch in den Variationen die Grundlage der Harmonie sein lassen. In der Regel markirt ihn die erste Note des ganzen oder halben Taktes. Bei einzelnen Schritten springt er zuweilen eine Octave auf- oder abwärts, jenachdem es die Bewegung des Stückes fügt; selten wird von seinem Gange einmal abgewichen, hier und da findet sich eine chromatische Alteration. Einige Male

99) S. S. 302 f. dieses Bandes.

100) Die Grundform der ersten Hälfte hat mitgetheilt Kirnberger, Kunst des reinen Satzes II, 2, S. 172 f.

101) S. Band I, S. 126 f.

steigt er ciaconenartig in die Mittel- oder Oberstimmen auf, z. B. in Variation 18 und 25, doch so daß er als wichtige Stimme sofort vernehmbar wird, und immer nur vorübergehend. Die Consequenz der Durchführung geht so weit, daß selbst in der Moll-Variation 25 der vollständige Dur-Bass auftritt. Bach erreicht dies durch Chromatik, welche dann auch sehr kühne und fremdartige Harmonienfolgen bedingt. Darauf daß der significante Ton jedesmal am Anfang des Taktes steht, mußte er hier allerdings verzichten. Einmal, Takt 4 des zweiten Theils dient ihm ces statt h; Takt 9—11 des ersten Theils erscheint der Bass in der Tenorlage; nur Takt 7 und 8 des zweiten Theils ist h e mit b es vertauscht.

Über dem Basse entwickelt Bach eine solche Fülle von Erfindung und Kunst, daß dieses Werk allein hinreichen würde ihn unsterblich zu machen. Seine Claviertechnik zeigt sich von ihren glänzendsten und in Folge der ausgiebigsten Benutzung zweier Manuale auch wieder ganz neuen Seiten. Freie Conceptionen wechseln ab mit gebundenen, durchsichtige, fast homophone Sätze mit polyphonen Formen von größtmöglicher Künstlichkeit. So bietet Variation 7 eine Gigue, Variation 16 eine vollständige Ouverture, Variation 25 ein reich verziertes Adagio nach Violinsonaten-Art, Variation 26 abwechselnd in der linken und rechten Hand eine Sarabande, während die andre Hand in Sechzehntel-Sextolen pfeilgeschwind dahin schießt. Variation 10 ist eine Fughetta, deren Thema aus dem Grundbass hervorgeht und die trotz regelrechtester Entwicklung doch bis zum Ende dem Laufe des Grundbasses folgt. Canons sind darin vom Einklange an durch sämmtliche Intervalle bis zur None; der Quintencanon verläuft in der Gegenbewegung und noch dazu ist sein Anfang, sowie der des Secundencanons mittelst Verkürzung aus dem Themabasse gebildet. Die letzte Variation ist ein Quodlibet, in welchem über dem Basse zwei Volkslieder in einander verschlungen und imitatorisch durchgeführt werden. Und bei dem allen nicht eine Spur von Zwang. Die schwersten Fesseln sind zu Blumengewinden geworden; leicht, heiter und glücklich zieht die bunte Schaar vorüber, die wenigen Moll-Variationen dienen nur dazu, den Grundton innigsten Befriedigtseins noch stärker vorklingen zu lassen.

Die Frage drängt sich auf, welche Aufgabe bei dieser Erweiterung der Variationenform Bach dann noch für die Melodie des

Themas übrig gelassen hat. Das musikalische Motiv des Ganzen ist nicht sie, sondern ihr Bass, die durch ihn bedingte Harmonie der Mutterschooß, in welchem neue und aber neue Gestalten sich bilden. Indessen ist dadurch die variationenhafte Wirkung der Melodie selbst nicht aufgehoben. Abgesehen davon, daß sie zunächst den Hörer mit einer gewissen Grundstimmung erfüllt, welche allen Variationen zur Voraussetzung dient und zu welcher der bunte Wechsel sich schließlich auch wieder abklärt, kann sie auch als Zeichnung überall unsichtbar gegenwärtig bleiben. Der in allen Variationen sich wesentlich gleichbleibende Harmoniengang in Verbindung mit einzelnen eingestreuten melodischen Anklängen hilft dem inneren Ohre ihre Linien wieder hervorzurufen. Der volle Genuß der Variationen ist allerdings davon abhängig, daß dieses geschieht. Es wird eine stärkere Selbstthätigkeit des Hörers vorausgesetzt, als bei gewöhnlichen Variationen, er soll die Umrisse der Melodie gewissermaßen in jedes neue Tonbild selbst hineinzeichnen; insofern ist auch dieses Werk für gebildete Hörer, für »Kenner« geschrieben. Wer sich das Wesen der Choralcantate, wie wir es seinesorts entwickelt haben, vergegenwärtigt[102], dem wird die nahe Verwandtschaft zwischen jener Form und diesem Variationenwerk nicht entgehen. Auch dort als Ausgang wie als Endpunkt die volle, reine Melodie, dort wie hier in den dazwischenliegenden Stücken hülfeleistende Anklänge an dieselbe, und wie hier Bass und Harmonie durchweg dieselben bleiben, so mahnt dort unablässig an die eine und alleinige Grundlage der durch die madrigalische Form leicht verschleierte Text des Kirchenliedes. Solchergestalt ist der Tribut, welchen Bach der Variationenform, die in der Entwicklung der Instrumentalmusik eine Macht ersten Ranges gewesen war, gezahlt hat. Er hat sie in eine *hohe, ideale Region gehoben; durch ihn ist sie eine tiefsinnige, durchgeistigte Form geworden, welche auf dem unvergleichlich* höheren Niveau, das durch Bach die Instrumentalmusik erreicht hatte, wieder im Stande war, die besten und tiefsten Künstler dauernd zu fesseln. Wenn auch in der Folgezeit die ältere Variationenform, eben weil sie dem Urleben der Instrumentalmusik so nahe steht, fort und fort gepflegt worden ist und in vielen reizvollen Ge-

102) S. S. 586 dieses Bandes.

bilden neue Blüthen getrieben hat, die sinnigsten und gedankenvollsten Musiker haben bis auf die neueste Zeit in den Bachschen 30 Veränderungen ihr erhabenstes Vorbild erkannt.

Auf das Quodlibet, welches die letzte Variation bildet, ist nochmals zurückzukommen. Derartige musikalische Späße, bei welchen man auch Texte in verschiedenen Sprachen durcheinander mengte, konnten auf zweierlei Weise verfertigt werden. Entweder wurde eine bunte Zahl von bekannten Melodien nach einander gesungen oder gespielt, sodaß das innerlich ganz Unzusammenhängende in eine äußerliche musikalische Folge gebracht wurde; wenn das Nachfolgende an irgend eine unwesentliche Wendung des Textes oder der Melodie des Vorhergehenden angeknüpft werden konnte, wurde der Witz um so schlagender. Die andre Weise bestand darin, daß mehre bekannte Melodien mit möglichst contrastirenden Texten zu gleicher Zeit ertönten. Diese letztere und kunstvollere hat Bach gewählt. Die Texte der beiden verwendeten Volkslieder sind durch Bachs Schüler Kittel überliefert[103]. Sie lauten:

Ich bin so lang nicht bei dir gewest,
Ruck her, ruck her, ruck her;
Mit einem tumpfen[104]) Flederwisch
Drüber her, drüber her, drüber her.

Und:

Kraut und Rüben
Haben mich vertrieben;
Hätt mein' Mutter Fleisch gekocht,
So wär ich länger blieben.

Die Melodie des zweiten Lieds, welches auch heute noch im Volksmunde lebt, hat Bach vollständig benutzt:

103) Die Überlieferung ist durch Pölchau auf uns gekommen, welcher eine hierauf bezügliche Notiz seinem Exemplar der Originalausgabe der Variationen einfügte. Das Exemplar befindet sich auf der königl. Bibliothek zu Berlin.

104) »tumpf« ist wohl Dialektform für »stumpf«.

Die Zeilen der Melodien wurden in den Quodlibets gern aus ihrem Zusammenhange gerissen und einzeln angebracht, wo es grade paßte. So finden wir auch hier die ersten beiden Takte des Lieds in der Oberstimme Takt 3 und 4, die letzten beiden im Tenor Takt 7 und 8 und in der Oberstimme am Schluß; außerdem werden die beiden ersten Takte das ganze Stück hindurch in den drei Oberstimmen imitatorisch durchgeführt. Von dem ersten Liede läßt sich aus diesem Quodlibet nur die erste Hälfte reconstruiren. Sie lautet etwa so:

So weit meine Forschung reicht, ist dieses Lied jetzt verschollen; übereinstimmend im metrischen Bau und fast gleich im Melodieanfang ist das bekannte »Es ist nicht lang, daß g'regnet hat«. Ich finde auch nicht, daß es in einer der zahlreichen Volksliedersammlungen, welche seit Herders Zeit erschienen sind, verzeichnet worden ist. Nur die erste Zeile wird in ihrer genauen Form fleißiger durchgearbeitet. Die zweite zeigt sich undeutlich Takt 2 im Tenor, hernach kaum wieder, man müßte sie denn Takt 10 im Basse erkennen wollen. Von den übrigen Zeilen ist nur der Rhythmus benutzt worden, nämlich Zeile 3:

Die vierte Zeile wird vom Rhythmus des Basses Takt 4—5:

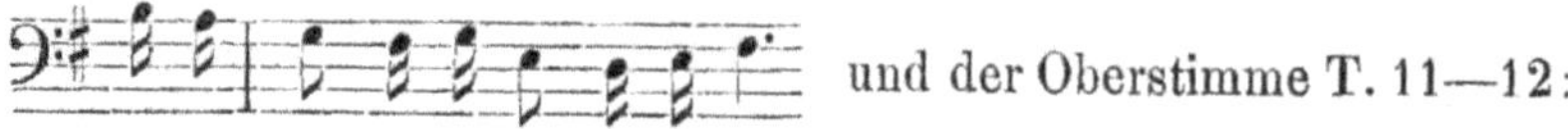

und der Oberstimme T. 11—12:

zurückgespiegelt. Ist nun das aus diesen Elementen gebildete Quodlibet schon wegen seines kunstvollen Gewebes eine außerordentliche Leistung, so hat es auch für das tiefere Verständniß von Bachs Künstlerpersönlichkeit eine hohe Bedeutung. Auf kirchlichem Gebiet zog er aus dem geistlichen Volksliede seine Hauptkraft; hier zeigt er sich auch dem weltlichen Volksgesange eng verbunden. Denn nur unter dieser Voraussetzung wird es begreiflich, wie er ein Werk, an das er das höchste Maß seines Könnens gewandt hat, in solcher Weise ausgehen lassen konnte. Deutlich erscheint hier jener altbachische Geist wirksam, welcher bei den jährlichen Familientagen seiner derben Laune im Singen derartiger Quodlibets die Zügel schießen ließ[105].

Wir besitzen aber noch ein zweites Document für Bachs Interesse am Volksgesange, das wir aus diesem Grunde hier in Betrachtung ziehen, während es als Vocalcomposition sonst an einem andern Orte hätte Erwähnung finden müssen. Am 30. August 1742 wurde dem Kammerherrn Carl Heinrich von Dieskau als Gutsherrn von Kleinzschocher gehuldigt[106]. Als Kreishauptmann war er Vorsteher der Land-, Trank-, Pfennig- und Quatembersteuer[107]. Wir erfuhren früher, daß Picander im Jahre 1743 die Stelle eines Land- und Tranksteuer-Einnehmers bekleidete[108]. Sei es daß er die Stelle erst zu erhalten, oder daß er für die erhaltene sich seinem Vorgesetzten dankbar zu erweisen wünschte — in irgend einem Zusammenhange mit diesen Dingen steht es offenbar, wenn Picander zu der Huldigung eine *Cantate en burlesque* verfaßte. Die Motive seiner Dichtung entnahm er den bäuerlichen Verhältnissen von Kleinzschocher. Mit einem im obersächsischen Dialekt gehaltenen Gesange der Bauern, welche sich des ihnen gewährten Festtages freuen, hebt er an[109]. Sodann wird ein bäuerliches Liebespaar

---

105) S. Band I, S. 152.

106) Schwartze, Historische Nachlese zu denen Geschichten der Stadt Leipzig. 1744. S. 231.

107) S. »Das jetzt lebende und *flori*rende Leipzig.« Jahrgang 1736 und 1746. 108) S. S. 170 dieses Bandes.

109) Die übrige Dichtung ist dialektfrei, doch kommen noch einzelne Ausdrücke der Volkssprache vor, wie Guschel=Mund, Dahlen=Kosen u. s. w.

eingeführt, welches den neuen Gutsherrn und dessen Gemahlin in verschiedenen Beziehungen preist, daneben allerhand Anspielungen auf den Schösser, die Recruten-Aushebung, »Herrn Ludwig und den Steur-Reviser« macht und endlich sich in die Schenke zu Tanz und Trunk begiebt. Wenn die hohen Herrschaften jener Zeit sich an französischen und italiänischen Theaterspielen übersättigt hatten, ließen sie sich des Gegensatzes halber auch einmal ein deutsches Bauern-Divertissement gefallen. Was sie ergötzen sollte, war aber nicht die gesunde, unverbildete Menschlichkeit, wie sie später Christian Felix Weiße zum Gegenstande seiner Operndichtungen nahm. Sie wollten sich als erhabene und modisch gesittete Gebieter über die geplagte, tölpelhafte Bauernschaft amüsiren. Solche Divertissements wurden nicht nur an dem schwelgerischen Hofe zu Dresden, sondern auch in dem einfacheren und ernsten Weimar und anderswo veranstaltet[110]. Auch Picanders burleske Cantate gehört zu ihnen. Es darf uns nicht befremden, daß Bach sich zur Composition bereit finden ließ. Er hat die ethische Seite der Sache wohl ganz außer Betracht gelassen; es gewährte ihm aber ein augenscheinliches Vergnügen, einmal ein Werk fast durchaus im weltlichen Volkston zu componiren. Das städtische, vornehme Element ist nur durch zwei Arien vertreten (»Klein Zschocher müsse« und »Dein Wachsthum sei feste«), deren zweite er aus dem »Streit zwischen Phöbus und Pan« nicht ohne Gewaltsamkeit übertrug. Alles übrige bewegt sich auf dem engen Gebiete volksthümlicher Formen. Einen Chor hat er nicht eingeführt; auch das erste Stück ist, wie das letzte, nur ein Zwiegesang; dazwischen wechseln Bursch und Dirne mit Recitativen und Liedern ab. Die Instrumentalbegleitung besteht nach Art eines Dorforchesters nur aus Violine, Bratsche und Bass; wenn ein Mal ein Horn hinzutritt so hat es hiermit seine besondere Bewandtniß. Dem ersten Gesange geht ein Instrumentalsatz vorher. Dies ist wieder ein aus sieben Stückchen zusammengesetztes Quodlibet. Mit einem Walzer wird begonnen, der aber erst zum Schlusse vollständig ertönt; anfänglich bricht er nach sieben Takten ab, um einer bunten Folge kurzer Sätze in verschiedenem Takt- und Zeitmaß Platz zu

---

110) S. Band I, S. 224, Anmerk. 19. — Fürstenau, Geschichte der Musik am Hofe zu Dresden. II, S. 158 f.

machen. Manches davon klingt wie echte Volksmelodie, so namentlich dieses:

In der Mitte finden sich 16 Takte im Sarabanden-Rhythmus, deren Gravität durch das *Unisono* doppelt ergötzlich wirkt. Die Tanzweisen herrschen auch in den vocalen Partien. Anfangs- und Schluß-Gesang sind Bourrées, die Arien »Ach es schmeckt doch gar zu gut« und »Ach Herr Schösser« Polonaisen. Nach Kirnbergers Anweisung, der lange in Polen gelebt und die dortige Tanzmusik studirt hatte, haben wir die Arie »Fünfzig Thaler baares Geld« für eine Mazurka zu halten[111]. Die Arie »Unser trefflicher« ist eine Sarabande, das Lied »Und daß ihrs alle wißt« ein Rüpeltanz (*Paysanne*)[112]. Kein bestimmter Typus läßt sich an der Arie »Das ist galant« erkennen, die allgemeine Haltung ist jedoch auch tanzmäßig. Alle diese Stücke sind kurz, derb und lustig, dabei aber doch geistreich gearbeitet; man achte nur auf die feine Art, wie in der Sarabande der Hauptgedanke immer wieder, schließlich auch im Basse auftaucht, oder wie in dem Rüpeltanz durch Accentverschiebungen die Trunkenheit gemalt wird. Die Melodiebildungen sind so volksthümlich, daß man wieder vermuthen kann, es haben hier und da dem Componisten bestimmte bekannte Melodien vorgeschwebt. Die Vermuthung ist um so berechtigter, als drei Volksmelodien nachweislich in der Cantate verwendet sind.

Nachdem die Dirne der neuen Obrigkeit zu Ehren eine »gebildete« Arie gesungen hat, meint der Bursche: »Das ist zu klug für dich Und nach der Städter Weise; Wir Bauern singen nicht so leise. Das Stückchen höre nur, das schicket sich für mich:

111) S. Marpurg, Kritische Briefe II, S. 45. — Der Text dieses Liedes, der in Bachs Composition etwas anders lautet als bei Picander (s. dessen Gedichte, Theil V, S. 285), scheint sich auf Ausgaben zu beziehen, welche gelegentlich des Huldigungsfestes von dem Gutsherrn gemacht waren.

112) S. Gregorio Lambranzi, Neue und Curieuse Theatralische Tantz-Schul. Nürnberg, 1716. I. Theil, Blatt 4. — Der Text der *Paysanne* hat etwas von echtem Trinkerhumor und ist für Picander entschieden zu gut. Mir scheint es, daß er hier irgend ein Studentenlied benutzt hat; im Umarbeiten fremder Erfindungen war er ja stark.

Es nehme zehntausend Ducaten
Der Kammerherr alle Tag ein.
Er trink ein Gläschen guten Wein,
Und laß es ihm bekommen sein.
Es nehme zehntausend Ducaten
Der Kammerherr alle Tag ein.

Die Melodie, auf welche er diese Worte singt, lebt noch heute mit dem Texte »Frisch auf zum fröhlichen Jagen« in aller Deutschen Munde. Als Bach die Bauern-Cantate componirte, war beides, Melodie und Text, etwa seit 18 Jahren populär geworden. Das Gedicht hat den Schlesier Gottfried Benjamin Hanke zum Verfasser, der als Accisesecretär in Dresden lebte. Er schrieb es 1724 zur Feier des Hubertusfestes für den Grafen Sporck, welcher ein großer Jagdliebhaber war. Die Melodie ist französischen Ursprungs und gehört zu dem Jagdliede *Pour aller à la chasse Faut être matineux*, dem Hanke auch den Text nachgebildet zu haben scheint[113]. Gegen 1730 war es in den böhmischen Besitzungen des Grafen schon sehr beliebt und muß sich von da rasch auch nach Sachsen verbreitet haben, da es 1742 schon als Bauernweise gelten konnte. Interessant ist uns auch das abermalige Eintreten des Grafen Sporck in die Lebensgeschichte Bachs. Man wird sich erinnern, daß derselbe zu der H moll-Messe in Beziehung stand und Picander ihm schon 1725 die ersten Früchte seiner religiösen Poesie zueignete[114]. Bei der Einführung der Melodie waltete also seitens des Componisten sowohl als des Dichters eine besondere Absicht; man begreift es nunmehr auch, weshalb grade bei diesem Stücke, und nur bei ihm, Bach ein Horn anwendet, wozu eine directe Veranlassung in Picanders Text nicht vorliegt.

113) S. Gottfried Benjamin Hanckens Weltliche Gedichte. Dreßden und Leipzig, 1727. S. 144. — Poetischer Staar-Stecher, In welchem sowohl Die schlesische Poesie überhaupt, als auch Der Herr v. Lohenstein . . . verthaydiget . . . wird. Breßlau und Leipzig. 1730. S. 70. — Der Nachweis des Ursprungs wird Hoffmann von Fallersleben verdankt; s. dessen *Horae Belgicae. Pars secunda. Vratislaviae.* MDCCCXXXIII. S. 100. — Das Gedicht beginnt ursprünglich: »Auf, auf! auf, auf zum Jagen! Auf in die grüne Heyd!« und zählt 12 Strophen. In neueren Sammlungen erscheint es auf 6 Strophen reducirt und auch im Einzelnen geändert. Die Melodie s. bei Erk und Irmer, Die deutschen Volkslieder mit ihren Singweisen. Leipzig, 1843. Erstes Heft, S. 47.

114) S. S. 523 dieses Bandes.

Die Dirne erwiedert, indem sie den Gesang des Burschen parodirt, das klänge »zu liederlich«, und würde die feine Gesellschaft zum Lachen reizen, nicht anders als wenn sie »die alte Weise« anstimmen wolle — nun folgt die zweite Volksmelodie —:

Sie singt dieselbe zu einem Text, welcher dem bisher nur mit Töchtern gesegneten Hause Dieskau viel männliche Nachkommenschaft wünscht. Der Charakter der Melodie läßt schließen, daß sie eigentlich zu einem Wiegen- oder Kinder-Liede gehört[115].

Eine dritte Volksmelodie wird im ersten Recitativ zu Zwischenspielen verwendet. Ihre erste Hälfte steht am Schluß, die zweite in der Mitte desselben. Setzt man beide zusammen und ordnet sie derselben Tonart unter, so ergiebt sich folgendes:

Wie man sieht, stimmt die erste Hälfte im wesentlichen mit der ersten Hälfte des Lieds »Ich bin so lang nicht bei dir gewest« aus dem Quodlibet der Variationen überein. Von der zweiten Hälfte hatte Bach dort nur den Rhythmus benutzt; sicher liegt sie hier in ihrer vollen Originalgestalt vor. Denn vergleicht man den Text des Recitativs an den Stellen, wo die Zwischenspiele eintreten, mit den zugehörigen Worten des Volksliedes, so offenbart sich ein enger poetischer Zusammenhang. Den durch das Recitativ angeregten Gedanken setzt das Zwischenspiel jedesmal fort und plaudert namentlich an der ersten Stelle die Wünsche des Liebhabers in bedenklicher Weise aus. Vergegenwärtigen wir uns noch, daß die Composition der Variationen und der Bauerncantate in eine und dieselbe Zeit fällt, so ist auch äußerlich leicht zu begreifen, wie Bach

115) Eine ältere Quelle für die Melodie und deren ursprünglichen Text aufzufinden ist mir nicht gelungen. Vielleicht sind Forscher wie L. Erk oder F. M. Böhme glücklicher.

darauf verfallen konnte, die Melodie in der Bauerncantate, welche etwas später entstand als die Variationen[116], abermals anzubringen[117]. —

Nach der Abschweifung, zu welcher das Quodlibet der 30 Veränderungen die Veranlassung gab, kehren wir nochmals zu Bachs Claviercompositionen zurück, um die Fugenwerke und Canons seiner späteren Zeit zu betrachten. An die Spitze des Zuges tritt die Chromatische Fantasie und Fuge. Das berühmte Werk muß spätestens 1730 componirt gewesen sein[118]. Innere Gründe treiben dazu, es noch um ein beträchtliches weiter hinauf zu rücken. Eine gewisse Verwandtschaft der Fantasie mit dem Stücke gleichen Namens, welches der großen Orgelfuge in Gmoll voraufgeht[119], springt in die Augen. Diese fällt vor 1725, und wir durften sie mit Bachs Hamburger Reise aus dem Jahre 1720 in Verbindung bringen. Wohl möglich ist es also, ja mit Hinblick auf eine noch existirende ältere Form des Werkes muß man es für wahrscheinlich halten, daß auch die chromatische Fantasie und Fuge noch vor der Leipziger Zeit entstand. Der überschäumende Charakter, welcher beide Sätze gleichmäßig durchdringt, will zu dem Geiste der leipzigischen Erzeugnisse nicht wohl passen. Auch die Fantasien Bachs pflegen sonst nicht der festen, motivisch oder thematisch entwickelten Formen zu entbehren. Hier herrscht fesselloser Sturm und Drang. Der kühne Gedanke, das Recitativ aufs Clavier zu verpflanzen, hatte schon in Bachs früher Ddur-Fantasie Gestalt gewonnen[120]; sein Keim findet sich in den Werken der nordischen Organisten, zur

116) Vrgl. Anhang A, Nr. 59.

117) Die Bauern-Cantate ist zuerst herausgegeben von S. W. Dehn bei Gustav Crantz in Berlin. Eine zweite Ausgabe erschien bei C. A. Klemm in Leipzig. — Es ist, wie hier noch erwähnt werden mag, eine Andeutung vorhanden, daß Seb. Bach der Componist des um die Mitte des Jahrhunderts verbreiteten scherzhaften Liedes sei »Ihr Schönen, höret an.« Ich halte dafür, daß die Melodie nicht von Bach stammt, muß mich hier aber darauf beschränken, meine Meinung einfach auszusprechen, und werde den Gegenstand, der sich in allerhand andre Fragen weitläufig verzweigt, demnächst an einem andern Orte behandeln.

118) P. S. I, C. 4, Nr. 1. — S. Anhang A, Nr. 60.

119) S. Band I, S. 635 f.

120) S. Band I, S. 434.

Entwicklung desselben trug die Beschäftigung mit Vivaldis Concerten sehr viel bei[121]. In der chromatischen Fantasie hat er eine großartige Ausbildung erfahren. Das Stück, in dem auch alle Kühnheiten der Modulation zusammengehäuft sind, wirkt wie eine erschütternde Scene. Die Fuge setzt das chromatische und ausgreifend modulatorische Wesen in entsprechendem Maße fort. So gewaltig ihr dämonischer Schwung, so genial verwegen ist auch die Behandlung der Fugenform.

Eine andre Fantasie mit Fuge (C moll) beschäftigte Bach gegen 1738. Bei der Composition dieses Werkes scheint ihn der Gedanke begleitet zu haben, das Kunstmittel des Überschlagens der Hände einmal in größeren Formen zur Geltung zu bringen, als es in der B dur-Partita geschehen ist. Da die Fantasie die zweitheilige repetirende Form hat, welche Bach bei Stücken dieses Namens sonst nicht anwendet, so darf man muthmaßen, daß er auch auf sie durch Domenico Scarlatti geführt worden ist, und mit Interesse sieht man, welchen Charakter der Stil des Italiäners beim Durchgange durch Bachs Phantasie angenommen hat. Zugleich zeigt uns das energische und brillante Stück ein Vorbild des Emanuel Bachschen Sonatensatzes. Von der Fuge hat Bach nur die ersten 47 Takte hinterlassen. Daß er sie ganz vollendet hatte muß man annehmen, da das Autograph nicht Entwurf sondern Reinschrift ist. Er wird durch einen Zufall verhindert sein, sie völlig ins Reine niederzuschreiben. Dies ist doppelt zu beklagen, da nach dem Fragment zu urtheilen die Fuge ein besonders kühn und groß angelegtes Musikstück gewesen sein muß[122]. Das abweichende Verhältniß, welches hier zwischen

---

121) Eines der Vivaldischen Concerte, welche Bach für Orgel arrangirte, hat ein Adagio im Recitativstil. S. P. S. V, C. 8, Nr. 3; außerdem Band I, S. 414.

122) Das Autograph ist im Jahre 1876 durch Moritz Fürstenau in Dresden wiederaufgefunden worden und gehört der Musikaliensammlung des Königs von Sachsen. Es trägt die Wasserzeichen des Oster-Oratoriums; s. Anhang A, Nr. 48. — Forkel und Griepenkerl sind in der Beurtheilung des Werkes unglücklich gewesen, da sie meinen, die Fuge gehöre weder ursprünglich zu der Fantasie, noch sei mehr von ihr als die ersten 29 oder 30 Takte authentisch. Beides ist durch das Autograph als unrichtig erwiesen worden. Griepenkerl glaubt außerdem noch, die Fantasie werde 1725 schon da gewesen sein. S. Forkel S. 56 und Griepenkerl in der Vorrede zu P. S. I, C. 9, woselbst unter Nr. 7 die Fantasie und unter Nr. 18 die Fuge veröffentlicht ist.

Fantasie, die doch sonst einen praeludirenden Charakter zu haben pflegt, und Fuge sich bemerkbar macht, besteht in vielen Praeludien und Fugen dieser Periode. Wir werden gleich darauf zurückkommen.

Eine dritte Fantasie und (Doppel-) Fuge steht in A moll. Hier hat man als Fantasie ein imitatorisches Stück im streng gebundenen Stile. Das Werk ist von einer edlen, gleichmäßigen Wärme erfüllt und nach allen Seiten in solcher Weise abgeklärt und gereift, daß es in der ersten Leipziger Periode entstanden sein dürfte[123]).

Weitaus die meisten Charakterstücke in Fugenform, welche Bach übrigens noch für Clavier geschrieben hat, faßt ein Sammelwerk zusammen, das ein Gegenstück zum Wohltemperirten Clavier abgeben sollte und als dessen zweiter Theil bekannt ist. Die Bezeichnung schließt streng genommen einen falschen Gedanken ein, und wir wissen auch nicht sicher, ob sie von Bach herrührt. Das liebevolle Interesse, welches Bach für den ersten Theil dadurch bekundete, daß er ihn wenigstens dreimal abschrieb, ist seinem jüngeren Bruder nicht geworden. Wir besitzen nicht eine einzige vom Componisten selbst gemachte Niederschrift des zweiten Theils, es ist also schwerlich mehr als eine überhaupt vorhanden gewesen[124]). Abgeschlossen war er bestimmt im Jahre 1744, wenn wir einem gewissen Zeugniß trauen dürfen schon 1740[125]). Ich nannte ihn ein Sammelwerk. Die lange gehegte und allgemein gewordene Ansicht, als habe Bach nur dem ersten Theile auch ältere Compositionen einverleibt, stellt sich als unrichtig heraus. Das C dur-Praeludium ist

---

123) Autograph fehlt. — Herausgegeben P. S. I, C. 4, Nr. 6.

124) Einstweilen kennt man nur von der As dur-Fuge ein Autograph; es ist auf der königl. Bibliothek zu Berlin. — Fragmente einer gleichzeitigen, werthvollen Handschrift besitzt Professor Wagener in Marburg. Sie haben bis jetzt fälschlich für Autographe gegolten; auch Kroll hielt sie dafür (s. B.-G. XIV, S. XVIII, Nr. 14a). Ergänzungen zu dieser Handschrift hat 1876 Fürstenau in der Musikaliensammlung des Königs von Sachsen aufgefunden. Durch sie wird die Handschrift vollständig, bis auf Praeludium und Fuge in G dur und Fuge in H dur.

125) Das Jahr 1744 giebt die Schwenckesche Handschrift an, welche sich auf der königlichen Bibliothek in Berlin befindet (s. B.-G. XIV, S. XVI, Nr. 11). Hilgenfeldt (S. 123) will ein Autograph aus dem Nachlasse Em. Bachs mit der Jahreszahl 1740 in Händen gehabt haben.

lange vor 1740 dagewesen; es zählte in seiner ursprünglichen Gestalt nur 17 Takte, die Fuge war als Fughette bezeichnet. Dann wurde das Praeludium zu 34 Takten erweitert, seine endgültige Form erhielt es aber erst durch eine nochmalige Überarbeitung[126]. Die G dur-Fuge mit ihrem Praeludium hat ebenfalls mehre Wandlungen durchgemacht. In kürzerer Form und einer so einfachen Contrapunktirung, daß man ihre Entstehung wenigstens in die früheren weimarischen Jahre verlegen muß, ist sie ursprünglich auch mit einem andern Praeludium vergesellschaftet. An dessen Stelle trat ein neues, aber noch nicht das des Wohltemperirten Claviers; die Fuge blieb einstweilen unverändert. Zuletzt wurde sie für das Sammelwerk umgearbeitet und mit einem dritten Praeludium versehen[127]. Die As dur-Fuge stand anfänglich in F dur, war um mehr als die Hälfte kürzer und hatte auch ein andres Praeludium[128]. Deutliche Zeichen eines älteren, zum Wohltemperirten Clavier nur wieder benutzten Werkes trägt ferner das Cis dur-Praeludium. Augenscheinlich war es ein selbständiges Stück, denn nur die erste Hälfte ist vorspielartig, die zweite eine leicht hingeworfene aber doch ganz ausgebildete Fughette. Es stand in C dur, und ist an seinem praeludirenden Theile ein Seitenstück zum C dur-Praeludium der ersten Abtheilung. Deshalb konnte es Bach in der Originaltonart hier nicht brauchen[129]. Was alles aber aus dem zweiten Theile des Wohltemperirten Claviers in eine spätere Schaffens-Pe-

126) Als 17 taktiges Stück steht das Praeludium in einem mit dem Datum »3. Juli 1726« versehenen Clavierbuche J. P. Kellners, das Herr Roitzsch in Leipzig besitzt und Kroll unbekannt geblieben ist. In seiner zweiten Gestalt bietet es die Fürstenausche Handschrift und die offenbar mit dieser zusammenhängenden Nr. 2, 3, 9, 16, 18 bei Kroll.

127) Die Fuge in ihrer ersten Gestalt und die beiden beseitigten Praeludien hat Roitzsch herausgegeben P. S. I, C. 3, Nr. 10 und 11. Von letzteren ist das zweite besonders schön, aber für die Fuge wohl zu gehaltvoll erschienen. Das erste nebst Fuge ist ebenfalls von Kellner in dem genannten Buche überliefert.

128) P. S. I, C. 3, Nr. 9 und Vorwort daselbst.

129) Eine Handschrift Johann Christoph Bachs zeigt es noch in C dur. Dieser Sohn Sebastians war 1732 geboren; das Stück muß also auch nach Vollendung des 2. Theils des Wohltemperirten Claviers — denn vor derselben kann es von Johann Christoph nicht abgeschrieben sein — noch seine eigne Existenz weitergeführt haben. — S. B.-G. XIV, S. 243.

riode gehört, hat man sich doch weniger mit der andauernden Absicht auf ein neues Werk von 24 Praeludien und Fugen geschrieben, als vereinzelt nach und nach entstanden zu denken. In seinen letzten zehn Jahren finden wir Bach beschäftigt, seine bedeutendsten Werke zu sammeln, endgültig zu redigiren und nach verschiedenen Seiten hin die Rechnung seines Lebens abzuschließen. Vornehmlich in diesem Sinne ist auch der zweite Theil des Wohltemperirten Claviers zu verstehen. Begreiflicherweise fehlten ihm hier und da Stücke, um nach Maßgabe des ersten Theils den Cyklus vollständig zu machen. Da griff er denn, soweit er sich zu neuer Composition nicht aufgelegt fühlte, auf ältere Werke zurück.

Diese Thatsachen lassen den Werth des Ganzen unbeeinträchtigt. Etwas, das den neu componirten Stücken nicht ebenbürtig war oder durch Überarbeitung geworden war, hätte Bach nicht aufgenommen. Im ersten Theile des Wohltemperirten Claviers stehen einige wenige Stücke gegen die andern etwas zurück. Vom zweiten Theil läßt sich dieses kaum sagen. Doch ist es im ganzen betrachtet nicht der größere oder geringere Grad der Meisterschaft, wodurch sich beide unterscheiden. Die Verschiedenheit liegt in den Lebensperioden des Meisters begründet, während welcher sie der Mehrzahl ihrer Stücke nach entstanden sind. Im zweiten Theil offenbart sich eine vergleichsweise noch reichlicher mit Musik gesättigte Phantasie, eine weiter ausgreifende Gestaltungskraft und das Bestreben, noch schärfer geschnittene Charakterköpfe in der Fugenform herauszubringen. Als ein Ganzes aber stellt sich der zweite wie der erste Theil durch eine gewisse Charaktergemeinschaft hin, welche unter den einzelnen Stücken besteht. Compositionen wie die ältere große Amoll-Fuge[130], oder die chromatische Fantasie und Fuge, hätte Bach in die Sammlung nie aufgenommen. Auch sie sollte jenes Gepräge der Innerlichkeit und Beschaulichkeit tragen, wofür das Clavichord ein so passendes Organ war[131].

Schon am ersten Theile des Wohltemperirten Claviers war zu

130) S. Band I, S. 644 f.

131) Bach überschreitet auch im zweiten Theil nicht den Tonumfang von C zu $\overline{\overline{\overline{c}}}$; nur im As dur-Praeludium findet sich einmal $\overline{\overline{\overline{des}}}$, im H dur-Praeludium zweimal Contra-H und am Schluß der A moll-Fuge Contra-A. Letztere hat allerdings auch mehr Cembalo-Charakter.

bemerken, daß einige Praeludien sich mit ihren Fugen nicht zu derjenigen Einheit verbinden wollten, die man für diese beiden Formen voraussetzt. Das Praeludium ist bei Bach schon früh zu größerer Selbständigkeit ausgewachsen, als es seinem Namen nach beanspruchen darf. Nicht wenige Praeludien des ersten Theils waren eigentlich Stücke für sich, auch das Cisdur-Praeludium des zweiten mußte uns eben als ein solches erscheinen und nach Vollendung beider Theile hat Bach einmal eine Sammlung nur von den Praeludien angelegt oder hat sie anlegen wollen [132]. Weit mehr noch als die Praeludien des ersten Theils tragen die des zweiten das Gepräge in sich ruhender Organismen. Dort stellte sich die Mehrzahl noch in der Form ganghafter Entwicklung von Harmonienfolgen dar. Hier ist zunächst schon das bemerkenswerth, daß nicht weniger als zehn Praeludien die zweitheilige Tanzform haben, die im ersten Theil nur einmal vorkommt — kleine Sonatensätze im Emanuel Bachschen Sinne, nur meistens viel polyphoner [133]. Andre bekunden wenigstens durch eine sorgfältige Durchführung eines bedeutenden Themas ihre Selbständigkeit. Daß das Bmoll-Praeludium in die Gattung der dreistimmigen Claviersinfonien gehört, ist schon an andrer Stelle bemerkt worden [134]. Es zeigt keinen wesentlichen Unterschied mehr von einer Fuge: wenn das Thema gleich anfänglich contrapunktirt auftritt, und später zweimal von einer Stimme an die andre abgegeben wird (Takt 43—44 und 49—50), so ist ersteres kaum etwas andres, als wenn Bach bei Vocalfugen den ersten Themaeinsatz mit vollen Harmonien begleitet, und letzteres kommt auch in der Gmoll-Fuge vor (Takt 12, im Gegenthema) [135]. Das Cismoll-Praeludium wird gar aus drei prägnanten, kunstvoll durchgeführten Themen entwickelt. Was der Zweck der Form eigentlich sein soll, vorzubereiten und das Interesse auf die Hauptsache zu spannen, das erfüllen die meisten von ihnen nicht. Sie regen durch sich selbst zu nachhaltig an und erschöpfen ein jedes seine eigne

---

132) S. Band I, S. 772 f. und 838.

133) Den ersten Theil des sehr eigenthümlichen, harmonisch reichen Amoll-Praeludiums versuchte Kirnberger auf seine Grundharmonien zurückzuführen; s. Die wahren Grundsätze zum Gebrauch der Harmonie. S. 107 ff.

134) S. Band I, S. 669.

135) Ebenso in der F-moll-Fuge des ersten Theils, T. 19.

Stimmung. Sie stehen mit eigenthümlichen Rechten nicht nur neben ihren Fugen, sondern manchmal selbst im Gegensatz zu ihnen. Ein jeder muß dies empfinden, der den gemüthlichen Schlenderstil des Es dur-Praeludiums mit der steifen Würde der Fuge vergleicht, die feierlich ziehende E dur-Fuge mit der muntern Rührigkeit ihres Praeludiums [136].

Natürlich ist dieses Verhältniß nicht von ungefähr, etwa bei Zusammenstellung der Sammlung, entstanden, sondern von Bach gewollt. Aus Praeludium und Fuge hat sich hier eine neue, zweisätzige Form gebildet. Sie tritt uns nicht ganz unerwartet entgegen. Um von der oben besprochenen Fantasie und Fuge in C moll zu schweigen, da auch sie in die spätere Lebenszeit Bachs fällt, so kommt doch schon im ersten Theil des Wohltemperirten Claviers, in dem Es dur-Praeludium mit Fuge, ein Beispiel dieser Form vor, und jenes Praeludium und Fuge aus A moll, das hernach zum Concert umgearbeitet wurde [137], bietet gleichfalls eins. Grade dieses letztere zu vergleichen ist besonders lehrreich, einmal weil Bach durch die Umarbeitung selbst documentirt hat, wie er sich hier das Verhältniß zwischen Praeludium und Fuge gedacht hat, und sodann weil der gigueartige Charakter, welcher der Fuge eigen ist, sich auch bei fünf Fugen des zweiten Theils vom Wohltemperirten Clavier wiederfindet (Cis moll, F dur, G dur, Gis moll, H moll) [138]. Erinnern wir uns, wie die fugirte Gigue in den Suiten verwendet wurde, so liegt es nahe hier eine ähnliche Idee vorauszusetzen. In drei Fällen ist sie auch ganz evident. Die Praeludien Cis moll, F dur, Gis moll drücken eine ernste, gehaltene, zum Theil stillschmerzliche Stimmung aus; die Fugen lösen die Ruhe und führen wenn auch mehr oder weniger entschieden ein neues, leichteres Lebensgefühl herbei [139]. Dieser Stimmungs-Gegensatz wird auch

136) S. W. Dehn hat, wie hier gelegentlich erwähnt werden möge, entdeckt, daß eine Fuge von Froberger in phrygischer Tonart fast über dasselbe Thema und denselben Contrapunkt gebaut ist (s. Analysen dreier Fugen Joh. Seb. Bachs. Leipzig, Peters. 1858. S. 31). Da Bach mit Frobergers Compositionen vertraut war (s. Band I, S. 321), wird die Übereinstimmung kein Zufall sein.

137) S. Band I, S. 417 f. und Band II, S. 623.

138) Im ersten Theile ist nur die G dur-Fuge gigueartig.

139) Von der F dur-Fuge sagt Kirnberger (Kunst des reinen Satzes II, 1,

in den Satzpaaren aus Cdur, Cisdur und Fmoll wirksam, wo keine Fuge in Gigueform vorhanden ist. In Cisdur muß der Allegro-Ausgang des träumerischen Praeludiums die Vermittlung zu dem neckischen Leben der Fuge bewerkstelligen. So weit es die Verschiedenheit des Stiles erlaubt, kann man in den zweisätzigen Claviersonaten Emanuels Bachs und Haydns Analogien zu diesen Gebilden finden. Andre Satzpaare stehen im entgegengesetzten Verhältniß: das bunte Leben klärt sich zur Festigkeit und Ruhe ab; hier sind die Contraste einigemale so scharf, daß eine gemeinsame, vermittelnde Grundstimmung kaum zu finden ist. Dann kommen auch Fälle vor, wo die beiden Sätze nur durch feinere Schattirungen von einander abgetönt sind (Ddur, Fisdur, Fismoll, Bmoll u. a.), im wesentlichen sonst von einer und derselben Stimmung getragen werden. Durchaus aber — und dieses ist nochmals zu betonen — stehen Praeludium und Fuge als zwei ebenbürtige Factoren da. Beispiele, wo das Praeludium in seiner alten vorbereitenden Function gelassen ist, sind selten, und kaum noch anderweitig als bei den Satzpaaren aus Dmoll, Gmoll und Hdur wahrzunehmen.

Die in den Fugen entwickelte Kunstfertigkeit ist erstaunlich groß und, alles gegen einander abgewogen, muß man sagen, daß der erste Theil in dieser Beziehung nicht ganz so reich bedacht ist. Die Künste der Umkehrung, Engführung, Vergrößerung sind hier und dort ziemlich gleich häufig angewendet. Dagegen macht Bach im ersten Theil vom doppelten Contrapunkt der Decime und Duodecime nur einen sehr sparsamen, mehr gelegentlichen Gebrauch[140]), während im zweiten Theile diese Mittel zu großen Wirkungen dienen. Zeigen sie sich in der Bdur-Fuge auch nur vorübergehend (T. 41 ff., s. auch 80 ff.), so bildet in der Hdur-Fuge der Contrapunkt der Duodecime ein Hauptelement der Entwicklung (s. T. 36, 43, 54, 94). Und ein leuchtendes Beispiel für den musikalischen Reichthum, der durch diese »Künste« ohne Zwang und ohne der schärfsten, lebendigsten Charakteristik irgendwie Abbruch zu thun, gewonnen

S. 120: »Soll diese Fuge auf dem Clavier richtig vorgetragen werden, so müßen die Töne in einer flüchtigen Bewegung leicht, und ohne den geringsten Druck angeschlagen werden.

140) S. den Contrapunkt der Duodecime in der Fisdur-Fuge T. 15—16 und 32—33.

werden kann, bietet die G moll-Fuge: ein schwungvolles, wuchtiges, wie mit Hammerschlägen treffendes Stück, in welchem von dem doppelten Contrapunkt der Octave, der Duodecime und der Decime Gebrauch gemacht wird. Allein wer in dem zweiten Theile des Wohltemperirten Claviers ein Muster-Fugenwerk im technischen Sinne sehen wollte, würde doch seinen Zweck verkennen. Daß es dieses nicht sein soll, kann man schon daraus abnehmen, daß die Praeludien meistens von gleichem, nicht selten gar von größerem Gewicht sind als die Fugen. Es liegt auch darin noch ein Unterschied gegenüber dem ersten Theil, daß im zweiten die Technik sich nirgendwo hervorthut. Den Fugen aus C dur, D moll, Es moll, A moll, B moll des ersten Theils, welche vom Kunstvollen sich zum Künstlichen neigen, ist aus dem zweiten nichts entgegen zu stellen. Der Vergleich zwischen der A moll-Fuge und der ähnlich construirten aus B moll im zweiten Theile zeigt, wie gänzlich fern jener Beischmack von technischer Virtuosität gehalten werden konnte, der dem älteren Werke noch anhaftet. Die Themavergrößerungen, welche in der C moll- und Cis dur-Fuge des zweiten Theils zugleich mit den natürlichen und umgekehrten Themen eingeführt werden, haben gegenüber den derartigen Führungen in der Es moll-Fuge des ersten Theils etwas leichtes und absichtsloses. Solche Combinationen werden in Instrumentalfugen schwer und selten, eigentlich nur bei ganz kurzen Themen verständlich; das Thema der Es moll-Fuge ist fast schon zu lang und darum tritt bei ihr das Ricercarartige stärker hervor. Die Gelegenheiten zu künstlichen Verwicklungen wachsen natürlich mit der Anzahl der verwendeten Stimmen. Auch dieses ist bezeichnend, daß im ersten Theil sich 10 vierstimmige und 2 fünfstimmige Fugen befinden, während der zweite Theil nur 9 vierstimmige und übrigens lauter dreistimmige Fugen enthält[141]. Ist nun unter letzteren auch eine wunderbare Tripelfuge (Fis moll), der von den dreistimmigen Fugen des ersten Theiles keine an Kunst

141) In der C moll-Fuge des zweiten Theils tritt die vierte Stimme erst gegen das Ende, und zwar sofort mit der Vergrößerung ein. Denselben Effect hat Bach in der großen C dur-Orgelfuge (B.-G. XV, S. 234), deren Construction auch sonst mit der C moll-Fuge viel Ähnlichkeit hat. Wahrscheinlich gehören also beide Fugen zeitlich zusammen, und auch die C moll-Fuge ist vielleicht ursprünglich für Orgel componirt gewesen.

gleichkommt, so tritt diese Kunst doch ganz anspruchslos auf. Es finden sich auch allerhand Freiheiten, die dem Werke nicht ziemen würden, wenn es zunächst zeigen sollte, wie sich in strengen Schranken und grade vermöge derselben ein reiches Leben anmuthig entfalten lasse. Mehr als einmal begegnen Änderungen des Themas im Verlaufe der Durchführung (F dur T. 86 und 87, E dur T. 23 ff., Fis moll T. 54 und 55, T. 60), oder unorganische Vielstimmigkeit auch an andern als Schlußstellen (F dur T. 86 und 87, G dur T. 60). Dies sind, ebenso wie die Vertheilung eines Ganges unter zwei Stimmen (G moll T. 12), wie der kecke Einsatz der Themabeantwortung auf der übermäßigen Quarte und die langen, fast homophonen Zwischensätze in der Fis dur-Fuge [142]) keine Reste jenes jugendlichen Übermuthes, der in frühen Fugencompositionen Bachs sein Wesen treibt. Sie sind aber Zeichen, daß es ihm hier vor allem auf lebensvolle, energisch und bedeutsam ausgeprägte Tonstücke ankam.

Immer wird es einer der höchsten Triumphe der Kunst bleiben, daß es möglich gewesen ist, eine Form für den individuellsten Inhalt gefügig zu machen, die durch ihre Gebundenheit nur für den Ausdruck des Allgemeinsten geeignet zu sein schien. Ganz besonders war es auch dieses, was schon zu Bachs Zeit der musikalischen Welt an seinen Fugen imponirte; »das Fremde und von dem Fugenschlendrian so sehr abgehende Wesen« nannte es jemand einige Jahre nach Bachs Tode [143]). Und ein andrer meinte: »Gerade zur Zeit, als die Welt auf einer andern Seite auszuschweifen begann, als die leichtere Melodienmacherei überhand nahm, und man der schweren Harmonien überdrüssig ward, war der selige Herr Capellmeister Bach derjenige, der ein kluges Mittel zu ergreifen wußte, und mit den reichsten Harmonien einen angenehmen und fließenden Gesang verbinden lehrte [144]). Die Fugen des zweiten Theils des

142) Vrgl. S. 231 dieses Bandes.

143) Bei Marpurg, Kritische Briefe I, S. 192.

144) Marpurg, Abhandlung von der Fuge. II. Theil. Berlin, 1754. In der Zueignung. — Eine Art von Nachahmung des Wohltemperirten Claviers lieferte Gottfried Kirchhoff (s. Band I, S. 516) mit seinem *A. B. C. musical*, vierundzwanzig Fugen aus allen Tonarten enthaltend. — Desgleichen Sorge mit seiner »Clavir Ubung, in sich haltend das I. und II. halbe Dutzend Von

Wohltemperirten Claviers gehören zu den sprechendsten Charakterstücken, die es überhaupt im Gebiete der Musik giebt, in ihrer Gattung vollends sind sie unerreicht. Auch der erste Theil hat nichts aufzuweisen, was sich den Fugen aus D moll, E moll, F moll, G moll und A moll in dieser Beziehung vergleichen ließe. Die Aufgabe aber, erschöpfend zu zeigen was die höchstentwickelte Kunst in der Fugenform zu leisten vermögend sei, hatte der Fugenmeister ohne gleichen auch im zweiten Theile des Wohltemperirten Claviers noch nicht gelöst und nicht lösen wollen. Sie blieb ihm als ein letztes für den Spätabend seines Lebens übrig.

Zwei Werke sind es, die sich unter diesem Gesichtspunkte der Betrachtung darbieten, das sogenannte »Musikalische Opfer« und »die Kunst der Fuge«. Jenes war die Vorhalle, durch welche Bach zu diesem gelangte; ohne den Werth seiner einzelnen Bestandtheile anzutasten, muß man das Musikalische Opfer als Ganzes doch als eine Studie ansehen, durch welche dem Meister der Wille zu dem zweiten, größeren Werke erstarkte. Ein Theil desselben erschien im Juli 1747, zwei Monate nachdem Bach in Potsdam vor König Friedrich II. gespielt hatte. Das Thema, welches ihm damals der König selbst zur Durchführung gab, beschloß Bach zum Mittelpunkt einer Anzahl gründlich ausgeführter, kunstvoller Compositionen zu machen, da ihm, wie er sagte, seine Improvisation über dasselbe nicht so hatte gerathen wollen, wie das ausdrucksvolle Thema es verdiente. Der Name »Musikalisches Opfer« stammt daher, weil er sie dem Könige widmete[145]. Das Werk, welches ebenso stückweise componirt wie gestochen wurde, enthält eine dreistimmige und eine sechsstimmige Fuge, acht Canons, eine canonische Quintenfuge, eine viersätzige Sonate und einen zweistimmigen Canon über einem freien Continuo. Alles ist mehr oder weniger aus einem und demselben Thema entwickelt.

---

24. melodieusen, vollstimmigen und nach modernen Gustu durch den gantzen Circulum Modorum Musicorum gesetzten Praeludiis«. Herausgegeben um 1738 bei Balthasar Schmidt in Nürnberg.

145) P. S. I, C. 12. — Ausgabe Breitkopf und Härtel in Querfolio. — Ein Autograph des sechsstimmigen Ricercars auf der königl. Bibliothek zu Berlin; es stammt aus Emanuel Bachs Nachlasse. — Über die Originalausgabe s. Anhang A, Nr. 61.

Die dreistimmige und sechsstimmige Fuge hat Bach beide als Ricercare bezeichnet. Bei letzterer erscheint der Name sofort schon deshalb berechtigt, weil es ein unerhörtes Unterfangen war, allein für Clavier ohne Pedal eine strenge sechsstimmige Fuge zu setzen. Bach wäre auf den Gedanken auch wahrscheinlich nicht gekommen, hätte nicht König Friedrich seiner Zeit in Potsdam von ihm eine sechsstimmige Fuge *ex tempore* zu vernehmen gewünscht. Damals hatte Bach dem König nur über ein passendes selbstgewähltes Thema gewillfahrtet. Hier wollte er zeigen, daß er auch das gegebene, wennschon weniger geeignete Thema sechsstimmig zu behandeln vermöge. Ein solcher Satz bedingt, zumal wenn er nur von zwei Händen ausgeführt werden soll, natürlich ein dichtes Stimmengewebe. Vergleicht man indessen die Cismoll-Fuge des ersten Theils des Wohltemperirten Claviers, welche wenn auch nicht sechs, so doch wenigstens fünf Stimmen obligat beschäftigt, und bemerkt wie auffällig viel durchsichtiger sie ist, als die Fuge des Musikalischen Opfers, so scheint es, daß Bach die sechs Stimmen absichtlich fast immer hat zugleich arbeiten lassen. Und die virtuose Lösung dieser Aufgabe ist ein zweites, wodurch das Stück den Namen Ricercar verdient. Anderweitige Künstlichkeiten, besonders prägnante Contrapunkte, geistreiche motivische Entwicklungen sind nicht darin. Ein alterthümlicher Zug, der durch Anwendung des *Tempus imperfectum* noch verstärkt wird und sich mit der grandiosen Harmoniefülle wohl verträgt, andrerseits eine das Ganze durchziehende kühne Chromatik sind die beiden Gegensätze, aus deren Mischung der eigenthümliche Gehalt des gewaltigen Werkes sich bildet[146].

Viel weniger scheint die dreistimmige Fuge dem Wesen eines Ricercars zu entsprechen. Es ist eine einfache Fuge mit ziemlich weitläufigen Zwischensätzen, in denen aber nur der chromatische Theil des Themas eine gründlichere motivische Entwicklung erfährt, und von verhältnißmäßig geringem contrapunktischen Reichthum. Die zum Thema von T. 61—66 gesellten Gegenmelodien werden an nicht weniger als drei Stellen mit demselben wiederholt,

146) In der Originalausgabe hat Bach das sechsstimmige Ricercar in Partitur stechen lassen, um dem Auge das kunstvolle Gewebe klarer vorzulegen. Im Autograph ist es auf zwei Systeme zusammengezogen.

zweimal allerdings im doppelten Contrapunkt der Octave versetzt. Die Stelle T. 38—52 kehrt T. 87—101 fast Note für Note in einer andern Tonart wieder, desgleichen 66—71 von 81—86. Auch die Zwischensätze an sich sind zum Theil befremdend. Jene plötzliche Triolenbewegung, die mit T. 38 erscheint, nach vier Takten einem andern, stark contrastirenden Zwischensatze Platz macht, sich bald ganz verläuft, und auch später zu keiner ihrer Auffälligkeit entsprechenden Ausnutzung gelangt, müßte man vom Standpunkt Bachscher Fugenkunst aus fast für unorganisch erklären. Ebenso den Zwischensatz T. 42—45; ebenso die mit T. 108 beginnende Stelle bis zum Eintritt des chromatischen Achtelmotivs: ebenso endlich den Schluß. Wir werden uns hüten, den Meister meistern zu wollen, glauben aber vollberechtigt zu sein, diese seltsamen Erscheinungen auf die Einwirkung äußerer Umstände zurückzuführen. Wenn man bemerkt, wie der Gedanke T. 42 f.:

im ersten Allegro der Sonate wiederkehrt (s. T. 48 ff. in der Flöte, 69 ff. in der Violine u. s. w.) wie die Stelle von T. 108 an auf das Andante vorbereitet, so möchte man meinen, Bach habe der Fuge absichtlich einen leichteren, praeludienartigen Charakter gegeben. Jedoch es ist nicht erwiesen, daß er bei Composition derselben schon an die Sonate gedacht hat. Denn anfänglich überreichte er dem Könige nichts weiter, als diese dreistimmige Fuge, sechs Canons und die canonische Fuge. Wahrscheinlicher ist es deshalb wohl, daß er bei der Ausführung auf die von ihm in Potsdam improvisirte Fuge Rücksicht nahm, da sie dem Könige sehr gefallen hatte, und daß er mehr von seinen augenblicklichen Einfällen in ihr beibehielt, als ihm unter andern Umständen zulässig gedünkt hätte. Jedenfalls erscheint es durchaus begreiflich, daß Bach sich mit diesem »Opfer« noch nicht genug gethan zu haben glaubte, sondern der ersten Gabe in dem sechsstimmigen Ricercar, der Sonate und noch drei Canons eine zweite, gewichtigere folgen ließ.

Von den Canons hat Bach fünf nebst der canonischen Fuge auf einen besondern Bogen drucken lassen und durch die gemeinsame Überschrift *Canones diversi super Thema Regium* gekennzeichnet.

Außerdem versah er sie mit der spielenden Inhaltsangabe: *Regis Jussu Cantio Et Reliqua Canonica Arte Resoluta*, d. h. Das vom König gegebene Thema nebst den Zusätzen auf canonische Weise entwickelt. Liest man die Anfangsbuchstaben der Worte zusammen, so hat man wieder *Ricercar*. Dem vierten Canon, der in vergrößerter Gegenbewegung sich entwickelt, hat Bach in dem noch erhaltenen Dedications-Exemplare beischreiben lassen: *Notulis crescentibus crescat Fortuna Regis* (wie hier die Noten wachsen, so wachse des Königs Glück). Neben dem fünften, einem Cirkelcanon, der durch ganze Töne aufsteigend modulirt, findet sich die Bemerkung: »*Ascendenteque Modulatione ascendat Gloria Regis* (und wie die Modulation höher steigt, so steige auch der Ruhm des Königs). In diesen netten symbolischen Spielereien, die unzweifelhaft vom Componisten selbst ersonnen sind, lebt etwas vom Geiste der niederländischen Contrapunktisten wieder auf. Die Auflösungen der Canons hat Bach selbst angezeigt. Der erste ist zweistimmig und krebsgängig, das Thema liegt in den canonisch geführten Stimmen selbst. Die übrigen sind zwar auch zweistimmig, bilden aber zugleich die Contrapunktirung zu dem als *Cantus firmus* eingeführten Thema, so daß ein dreistimmiger Satz entsteht. Fern jener phantasielosen Klügelei, die sich auf dem Felde des Canons mit Vorliebe erging, entwickeln diese kleinen Stücke ebensoviel Scharfsinn als Geist und charakteristische Empfindung. Trotz staunenswerther Künstlichkeit finden sich doch nur wenige schnell vorübergehende Härten[147]. Ein prägnanteres, interessanteres Bildchen, als der im französischen Stile geschriebene Canon *per augmentationem, contrario motu*, existirt in dieser Gattung sicher nicht. Auch die dreistimmige canonische Fuge ist ein bewunderungswürdiges, mit spielender Leichtigkeit entwickeltes Meisterstück. Welches Instrument zu den beiden Cla-

147) Kirnberger hat (Kunst des reinen Satzes II, 3, S. 47 ff.) drei dieser Canons aufgelöst. In dem Canon *per motum contrarium* kann aber Takt 3 unmöglich richtig sein. In Bachs Dedications-Exemplar ist das vierte Sechzehntel h mit rother Tinte in b corrigirt, vermuthlich auch von Kirnberger, da das Exemplar in den Besitz der Prinzessin Amalie überging. Dann müßte aber auch a in as verwandelt werden und somit wäre freilich alles in schönster Ordnung, wenn nur nicht beide Quadrate des Originalstichs dadurch eine kräftige Beglaubigung erhielten, daß vor dem letzten a des Taktes wieder ausdrücklich ein ♮ steht.

vierstimmen die oberste dritte Stimme ausführen soll, hat Bach anzugeben unterlassen; wahrscheinlich eine Flöte.

Die drei übrigen Canons stehen, wohl nur aus typographischen oder andern äußerlichen Gründen, der eine hinter der dreistimmigen, die andern beiden hinter der sechsstimmigen Fuge. Die Auflösung dieser letzteren — eines zweistimmigen und ein vierstimmigen, ohne *Cantus firmus* — hat Bach nicht angedeutet, sondern durch ein »Suchet, so werdet ihr finden,« (*quaerendo invenietis*) den Spieler oder Leser auf seinen eignen Scharfsinn verwiesen. Im vierstimmigen folgen sich die Einsätze je nach sieben Takten, der Eindruck dieser verwegensten Chromatik streift ans Abstruse [148]. Bei dem zweistimmigen setzt der Bass als zweite Stimme mit dem zweiten Viertel des vierten Taktes in strengster Gegenbewegung ein. Der Canon ist übrigens so eigenthümlich beschaffen, daß sich auch bei dem entgegengesetzten Verfahren: wenn der Bass mit der Gegenbewegung beginnt, und der Alt mit der rechten Bewegung auf dem zweiten Viertel des vierten Taktes nachfolgt, ein richtiger Satz ergiebt. Und wiederum kann man sogar den Bass mit dem zweiten Viertel des vierzehnten Taktes nachfolgen lassen. Doch ist die erste der drei Auflösungen die von Bach gewollte [149].

Nicht weniger Geist, dabei aber auch warme, reich ausströmende Empfindung zeigt die Sonate in üblicher viersätziger Form. Das Largo beschäftigt sich mit dem Thema noch nicht ernstlich, sondern praeludirt gleichsam nur über den charakteristischen Septimenschritt desselben (s. Takt 4 im Continuo, T. 13 und 14 in Flöte und Violine u. s. w.). In dem fugirten Allegro aber tritt das Thema nach und nach in allen Stimmen mit sehr schöner Wirkung als *Cantus firmus* auf; das eigentliche Fugenthema des Satzes bildet zu ihm das erste, und an manchen Stellen jener aus dem dreistimmigen

148) Die Auflösung giebt Hilgenfeldt an S. 122.

149) Eine von Agricola gefertigte Abschrift eines Theils des Musikalischen Opfers, die sich auf der Amalienbibliothek befindet, enthält auch diesen Canon und darunter die ersten beiden Auflösungen. Über die Auflösung, welche mit dem Basse beginnt, hat Kirnberger geschrieben: »Diese Auflösung ist nicht nach des Autors Sinn«, über die andre: »Die wahre Auflösung«. Die dritte wird durch einen Ungenannten angedeutet in der Allgem. Musik. Zeitung von 1806, S. 496 Anmerkung.

Ricercar wieder aufgenommene Gang das zweite Contrasubject. Das schwärmerische Andante phantasirt vorzugsweise über Motive aus dem dreistimmigen Ricercar, doch taucht mehre Male auch der Anfang des Themas deutlich empor. Im Final-Allegro erscheint das Thema genial umgebildet im Sechsachteltakt und entwickelt sich daraus zu einer lebensprühenden Fuge[150]. Und als ob die Combinationskraft des Componisten unerschöpflich wäre, bringt er nach der Sonate nochmals einen, diesesmal weit ausgeführten Canon. Er ist zweistimmig mit Generalbass und in strengster Gegenbewegung durchgeführt, welche anfänglich von der Oberquinte, später von der Unterquinte aus erfolgt. Ganz am Schlusse hat sich Bach den Spaß gemacht, das Thema auch noch im Continuo anzubringen.

Das allumfassende Combinationsvermögen, der auf den tiefsten Grund dringende harmonische Scharfsinn und die urkräftige Phantasie, welche auch in der größten Beschränkung ihre volle Lebendigkeit bewahrt, machen für alle Zeiten das Musikalische Opfer zu einer eminenten Erscheinung im Gebiete des strengen Satzes. Ein einheitliches Ganze aber ist es schon deshalb nicht, weil es für die einzelnen Theile verschiedene Ausführungsorgane voraussetzt. Die beiden ersten Fugen sind Claviermusik, auch einige Canons sind für Clavier gedacht, oder lassen sich doch auf ihm ausführen. Für andre sind Streichinstrumente erforderlich und theils auch vorgeschrieben, die canonische Fuge setzt Clavier und eine Flöte (oder Violine) in Thätigkeit, die Sonate und der Schlußcanon sind für Clavier, Violine und Flöte geschrieben, wohl mit Rücksicht darauf, daß König Friedrich selbst Flöte blies. Ein zusammengewürfelter, bunter Haufen, stückweise zu Stande gebracht, um einen und denselben Gedanken in möglichst verschiedenen Ausführungen zu zeigen. Von einer höheren Idee, alle diese kunstvollen Einzelbilder zur künstlerischen Einheit zusammen zu fassen, hat Bach dieses Mal abgesehen. Deshalb kann man das Musikalische Opfer als Ganzes eben nur eine Studie für Größeres nennen, eine halb abstracte Leistung, bei deren Werthschätzung die technischen Gesichtspunkte in den Vordergrund treten.

---

150) Die Generalbassbegleitung zu der Sonate ist von Kirnberger vierstimmig ausgesetzt. Herausgegeben P. S. III. C. S. Nr. 3.

Anders liegt die Sache bei dem zweiten Werke, der »Kunst der Fuge«. Die Idee, aus einem einzigen Thema durch Anwendung aller Mittel des strengen Contrapunkts ein großes, vielsätziges und einheitliches Kunstwerk zu entwickeln, war hier zur Vollendung gebracht. Nur der Zufall hat es verhindert, daß des Meisters Werk, wie er es bei sich abgeschlossen hatte, auch auf die Nachwelt kommen konnte. Der Hauptsache nach haben wir uns die »Kunst der Fuge« im Jahre 1749 componirt zu denken. Als Bach dann das Werk in Kupfer stechen lassen wollte, überarbeitete er sein Manuscript und vervollständigte es. Der größere Theil war unter seiner Aufsicht schon gestochen, da erreichte ihn in der Mitte des Jahres 1750 der Tod. Die Hinterbliebenen waren gegenüber dem Rest des Manuscripts, wie er sich in des Meisters Nachlaß vorfand, nicht genügend unterrichtet; die erwachsenen Söhne waren fern, die Vollendung der Ausgabe gerieth in sachunkundige Hände, welche Entwurf und Ausführung, Original und Arrangement, Zugehöriges und ganz Fremdes in wüster Unordnung auf die Kupferplatten brachten. In dieser Gestalt ging das Werk in die Öffentlichkeit hinaus. Indessen läßt sich noch erkennen, was als nicht für das Ganze bestimmt aus dem Haufen auszusondern ist, wenngleich über die von Bach geplante Anordnung der letzten Theile des Werkes Unsicherheit zurück bleiben muß. Durch Miß- oder Unverständniß geriethen in die Ausgabe ein älterer Entwurf zum zehnten Stücke, ferner eine Fuge mit drei Subjecten, an welcher Bach kurz vor seinem Tode arbeitete, die aber mit diesem Werke gar nichts zu thun hat, und endlich zwei Fugen für zwei Claviere. Die letzteren sind Arrangements jener beiden dreistimmigen Fugen, deren zweite die erste in allen Stimmen umgekehrt zeigt, und welche zum Theil sehr schwer, je nach Bachscher Art gar nicht zu spielen sind, da die Stimmen manchmal soweit auseinander liegen, daß das Gleichzeitige nur sprungweise erreicht werden kann. Um diese Augenmusik auch dem Gehöre zugänglich zu machen, hat Bach die Fugen in der Weise übertragen, daß ein Clavier zwei Stimmen, das andre die dritte und außerdem eine frei hinzucomponirte spielt. Ein paar freie Zusätze sind auch jedesmal noch beim Beginn der Fugen gemacht. Die hinzugefügte neue Stimme bezeugt wieder Bachs enorme Geschicklichkeit für solche Einrichtungen. Das Resultat aber hat als Kunstwerk nur zweifelhaften Werth, und war für das Gesammtwerk keinesfalls bestimmt, da es die Idee des Componisten, eine Fuge mit lauter umzukehrenden Stimmen zu schreiben, zerstört zeigt, und auch schon durch die Einführung eines zweiten Claviers aus dem Stil des Ganzen herausfällt[151].

Nach Ausscheidung dieser anorganischen Elemente erhalten wir ein Werk von 15 Fugen und 4 Canons über ein und dasselbe Thema in Dmoll. Die einfache, Doppel- und Tripel-Fuge, Fugen über melodische und rhythmische Umbildungen des Themas, Fugen in Engführung, mit Beantwortung in der Gegenbewegung, sowohl in gleichen Notenwerthen, als in Verkleinerung und Vergrößerung, Fugen im doppelten Contrapunkt der Octave, Duodecime und Decime, endlich Fugen, in welchen alle drei und vier Stimmen und zwar in verschiedenen Stellungen zu einander umgekehrt werden, daneben zweistimmige Canons in der vergrößerten Gegenbewegung und den drei gebräuchlichen Arten des doppelten Contrapunkts ziehen an uns vorüber. Es sind Formen von den einfachsten an bis zu den denkbar schwierigsten, wie sie selbst Bach in seinem Leben noch nicht ausgeführt hatte. Wenn wir auch nicht sicher wissen, ob der Titel »Kunst der Fuge« von Bach selber herstammt, so trägt das Werk doch deutliche Zeichen genug, daß es einem lehrhaften Zwecke dienen sollte. Dies zeigt sich schon ganz äußerlich darin, daß es in Partitur gesetzt ist, und die Stücke nicht Fugen, sondern mit Beziehung auf die Schule Contrapunkte genannt sind. Aber man würde doch sein Wesen ganz mißverstehen, wollte man in ihm

---

151) In unserm Jahrhundert ist die Kunst der Fuge zuerst wieder von Nägeli in Zürich herausgegeben, dann von Czerny bei Peters in Leipzig (P. S. I, C. 11) und neuerdings von W. Rust (B.-G. XXV[1]); letzteres eine vortreffliche, an werthvollen kritischen Resultaten reiche Leistung. Die unzugehörigen Theile auszuscheiden hat Rust noch nicht gewagt. Das Verhältniß zwischen der dreistimmigen umzukehrenden Fuge und den Fugen für zwei Claviere ist merkwürdigerweise sowohl ihm entgangen, wie M. Hauptmann, dem wir eine gediegene Analyse des Werkes verdanken (Leipzig, C. F. Peters). Aus diesem Verhältniß erklären sich aber sehr leicht die in den zweiclavierigen Fugen befindlichen Fehler, welche Rust durch zum Theil sehr kühne Conjecturen zu heben sucht: sie sind beim Zusetzen der füllenden vierten Stimme aus Flüchtigkeit entstanden, wie sie denn auch nur durch sie herbeigeführt werden.

etwa ein Lehrbuch der Fuge in Exempeln und nicht vielmehr ein echtes Kunstwerk erkennen. Die Aussicht belehrend wirken zu können weckte bei Bach die künstlerische Begeisterung. Niemals hat er vorzüglicheres geleistet, als wenn er sich vornahm, durch sein Beispiel zur Förderung der Kunstjünger beizutragen. Auch bei dem Orgelbüchlein, den Inventionen und Sinfonien, dem ersten Theile des Wohltemperirten Claviers trat uns dieser in seiner Schlichtheit so großartige Charakterzug entgegen. Der praktisch-pädagogische Zweck und die freie künstlerische Absicht durchdringen sich hier auf der höchsten Stufe ihres Wesens so sehr, daß fast nirgends Spuren eines Compromisses sichtbar werden, in dem zu Gunsten des einen Factors von den höchsten Anforderungen des andern etwas nachgegeben wäre. Unter beiden Gesichtspunkten hat man ein hochvollkommenes Werk vor sich. Wer vorzugsweise Belehrung sucht, wird sich zunächst an die einzelnen Theile halten. Er wird die unvergleichliche Gewandtheit der Stimmenverbindung studiren und jene ans Fabelhafte gränzende harmonische Fülle und Vielseitigkeit, welche wohl einmal zu der Behauptung verführen konnte, Bach habe alle Möglichkeiten der Harmonie erschöpft und nach ihm gäbe es hierin nichts neues mehr zu sagen. Die Betrachtung des Werkes als freier Kunstschöpfung hat vom Ganzen und dem durch das Ganze hervorgerufenen Eindrucke auszugehen. Es unterscheidet sich von den beiden Theilen des Wohltemperirten Claviers, auch von den Inventionen und Sinfonien wesentlich durch den tiefen Ernst seiner Grundstimmung. Eine scheinbar größere Einförmigkeit in der Charakteristik der Theile, ein tiefer in sich zurückgezogenes Leben, das besonders in den ersten Fugen den Hörer überkommt, wie die feierliche Ruhe der Winternacht. Auch das Thema, das man mit Unrecht nur musikalisch brauchbar, an sich aber unbedeutend genannt hat, ist von dieser Stimmung durchtränkt. Die innere Fortbewegung erfolgt in großen, majestätischen Gruppen. Von den schon erwähnten vier Fugen wird die erste Gruppe gebildet. Auch in ihr kann man eine Steigerung deutlich wahrnehmen. Die zweite Fuge contrastirt mit der ersten durch einen etwas belebteren Contrapunkt: die dritte führt das vermittelst Gegenbewegung umgestaltete Thema durch, welches nun mit einemmale einen tief sehnsuchtsvollen Charakter offenbart. Diesen spinnt die vierte Fuge in breiteren Verhältnissen weiter und steigert ihn von Takt 61 an zu ergreifender Stärke. Aus der fünften, sechsten und siebenten Fuge besteht die zweite Gruppe. Im Gegensatz zu der ersten ist sie über eine Umbildung des Themas ausgeführt, welche namentlich durch ihren Rhythmus wirkt, und läßt das Thema in verschiedenen Zeitwerthen im doppelten Contrapunkt mit sich selbst combinirt erscheinen. Die hierdurch hervorgerufene Belebtheit erhöht Bach in der sechsten Fuge durch Anwendung der Rhythmen des französischen Ouverturenstils und treibt sie in der siebenten Fuge, welche das Thema in natürlicher, verkleinerter und vergrößerter Gestalt zugleich bringt, bis an die Gränze des Beunruhigenden. Der Entwicklungsfortschritt der zweiten Gruppe ist vergleichsweise mehr im Äußerlichen gelegen. In der dritten (Fuge 8—11) wirken äußere und innere Factoren zusammen, den Höhepunkt zu erreichen. Dem Hauptgedanken gesellen sich jetzt selbständige, gegensätzliche Themen. Die achte Fuge beginnt sofort mit einem solchen: schlangengleich gewunden gleitet es ruhig fort, von schärfster Eigenthümlichkeit ist sowohl die rhythmische Gestaltung wie die melodische. Nachdem es sich in eigner Durchführung ersättigt hat, tritt ein zweites aufgeregt pulsirendes Thema von gleicher rhythmischer und melodischer Bedeutsamkeit ihm entgegen. Eine Doppelfuge erwächst, in der das seltsame Klopfen allmählig zum nervösen Hämmern und die aufgeregte Bewegung zum Ungestüm ausartet. Nun erst, nach Wiederkehr der anfänglichen Ruhe, tritt der Hauptgedanke hervor um zunächst allein fugirt zu werden. Aber durch Viertelpausen zerschnitten trägt er auch seinerseits den Ausdruck tief innerer Erregtheit. Die andern Themen vereinigen sich dann mit ihm und es entwickelt sich mit noch eindringenderen Mitteln abermals jene fortreißende Affectssteigerung. Eine Tripelfuge zu drei Stimmen und 188 Takte lang. Die folgende vierstimmige Fuge hat nur ein Gegenthema, das aber durch seine Versetzung im Contrapunkt der Duodecime wie für zwei wirkt, wenn es auch in beiden Lagen gleichzeitig nicht auftreten kann. Mit wildem Sprunge ansetzend stürmt es unaufhaltsam fort, aber feierlich und groß zieht in verdoppelten Notenwerthen das Hauptthema seine Bahn. Auch in der zehnten Fuge, die im Contrapunkt der Decime componirt ist, erscheint nur ein Gegenthema.

Die mild hinfließende Weise derselben besänftigt auf das Vorhergegangene und befähigt zur vollen Aufnahme der letzten Fuge, welche in vierstimmigem Satze die drei Themen der achten Fuge von neuem durcharbeitet, ihren Ausdruck bis zum Unerhörten steigert und ihren harmonischen Gehalt bis auf den letzten Tropfen aussaugt. Diese cyklisch geschlossene Gruppe offenbart den Meister in jener unheimlichen Größe, die wir an keinem andern Tonkünstler außer ihm kennen. Sie beweist zugleich aufs deutlichste, wie sehr er auch in diesem Werke bedacht war, nach rein künstlerischen Principien zu gestalten. Zur vierten Gruppe einigen sich die beiden letzten Fugenpaare. Technisch angesehen zeigen sie Bach auf einer schwindelnden Höhe. Wo für alle andern die Lebensbedingungen aufhören würden athmet er gleich leicht und frei. Die Form-Beschränkungen, denen er sich unterwirft, dienen ihm eben dazu, den Sätzen ihren eignen Kunstcharakter zu geben. Die ernste Ruhe des Anfangs ist wiedergekehrt, aber sie hat sich zu einem Ausdrucke erhoben, der mit dem Worte »grandiose Kälte« treffend bezeichnet worden ist[152]. Bachs letzten Willen in Betreff der Anordnung der Sätze wissen wir nur bis zur elften Fuge. Indessen ist füglich anzunehmen, daß er von den beiden letzten Paaren das dreistimmige dem vierstimmigen vorangehen lassen wollte[153]. Wie er die 4 Canons den Fugen hat angesschlossen wissen wollen, ob sie als Intermezzo nach der dritten Gruppe eingefügt, oder dem Ganzen nur als interessanter Anhang beigegeben werden sollten, darüber hat des Meisters vorzeitiger Tod seinen undurchdringlichen Schleier geworfen. Mir erscheint es kaum glaublich, daß Bach den großartigen Aufbau, wie er sich in der Fugenfolge offenbart, durch eine Anzahl von engeren Formen hätte unterbrechen wollen, welche, obgleich sehr geistreich und kunstvoll, doch auch an jenem Mißverhältniß zwischen Ideengehalt und Material leiden, das wir schon bei zweien der Clavierduetten bemerkten, und die deshalb nicht wohl geeignet sind den harmonischen Eindruck der Fugenfolge zu erhöhen.

Die beiden Theile des Wohltemperirten Claviers durften wir als Kunstganze betrachten, wiewohl auch jede einzelne Fuge der-

152) Hauptmann, Erläuterungen zur Kunst der Fuge. S. 10.

153) Dies ist auch die Ansicht Rusts, s. B.-G. XXV[1], S. XXVIII.

selben sei es ohne, sei es mit Praeludium einen befriedigenden Eindruck macht. Bach selber sah sie als solche an, da er sich zuweilen gestimmt fühlte, sie von Anfang bis zu Ende in einem Zuge vorzutragen[154]. In viel höherem Grade aber muß die Kunst der Fuge als eine geschlossene Einheit gelten. Nicht nur deshalb weil in allen Fugen dasselbe Thema herrscht. Hierbei wäre immer noch eine Behandlungsweise denkbar, die eine jede auf sich selbst gestellt erscheinen ließe: bei Schumanns sechs Fugen über den Namen Bach wird so leicht niemand an eine innere Zusammengehörigkeit denken. Aber in der Kunst der Fuge werden die einzelnen Theile auf einander bezogen und sind nur durch einander völlig zu verstehen. Wie die Wirkung eines im doppelten Contrapunkt geschriebenen Stückes davon abhängt, daß der Hörer die beiden Lagen, in welcher ein Gedanke gegenüber einem andern auftreten kann, als eine Einheit empfindet, die zugleich eine Zweiheit ist, ebenso tritt die Bedeutung der einzelnen Fugen dieses Werkes nur dann in das richtige Licht, wenn man die verschiedenen Abwandlungen, in welchen sich das Thema zeigt, seine verschiedenartigen Gegensätze und die hieraus gewonnenen abgerundeten Bilder sowohl mit der Grundgestalt des Themas selbst und der aus ihr entwickelten einfachsten Fugenform, als auch unter einander vergleicht. Es ist hiermit nicht die verstandesmäßige, sondern die empfindende Vergleichung gemeint; allerdings bedarf es, um sie in einer so umfassenden Weise auszuüben, einer höheren und besonderen musikalischen Bildung. Aber es wird, um nur ein Beispiel herauszuheben, bei der siebenten Fuge, wo das Thema in gerader und verkehrter Bewegung, in natürlicher, verkleinerter und vergrößerter Gestalt verarbeitet wird, schon kaum möglich sein, nur die Beziehungen der Stimmen zu einander zu verstehen, wenn das Ohr nicht durch die vorhergehenden einfacheren Combinationen vorbereitet und mit den Hauptgedanken gründlich vertraut geworden ist. Ebenso wird man nur unter dieser Voraussetzung die innere Berechtigung zur Anwendung so überaus künstlicher Formen zugestehen wollen. Dieses letzte Werk Bachs ist im Grunde nur eine einzige Riesenfuge in fünfzehn Abschnitten. Es wird daher auch in viel engerem Sinne,

154) Gerber, L. I, Sp. 492.

als die beiden Theile des Wohltemperirten Claviers, von einer Grundstimmung getragen. Jeder Abschnitt muß für sich den Eindruck des Fragmentarischen machen, und aus diesem Umstande ist es gewiß zum großen Theile zu erklären, daß auch nicht eine Fuge des wunderbar gewaltigen Werkes sich nur soweit bei der Nachwelt hat einbürgern können, wie die leichtest wiegende Fuge des Wohltemperirten Claviers. Es aber als Ganzes aufzunehmen, dazu haben wie es scheint nicht allzu viele die Kraft und Neigung gehabt. Bei dem Zustande halber Verschüttung, in dem es sich seither befand, war dies auch äußerlich erschwert, und so ist es gekommen, daß eine Composition von unvergleichlicher Kunstvollendung und unermeßlicher Empfindungstiefe, trotzdem sie als Bachs letzte große Arbeit stets mit besonderer Ehrfurcht genannt wurde, doch dem Leben des deutschen Volkes fast fremd geblieben ist.

Der Stich der Originalausgabe war ziemlich geschmacklos, plump und fehlerhaft ausgefallen[155]. Emanuel Bach übernahm den Vertrieb, in der Erwartung eines großen und schnellen Absatzes sah er sich aber getäuscht. Er setzte deshalb den Preis von fünf Thalern auf vier herab und veranlaßte F. W. Marpurg in Berlin, anstatt der kurzen Nachricht, die man dem Werke wegen seiner vermeintlichen Unvollständigkeit vorausgeschickt hatte, einen ausführlicheren Vorbericht zu schreiben. Mit ihm versehen präsentirte sich die Kunst der Fuge zuerst in der Leipziger Ostermesse 1752. Aber der Erfolg war auch jetzt nur ein mäßiger. Als Emanuel Bach bis zum Herbst 1756 nicht mehr als ungefähr 30 Exemplare verkauft hatte, gab er die Sache auf und bot die Kupferplatten »für einen billigen Preis« öffentlich aus[156]. Breitkopf verhandelte im Jahr 1760 das

155) Rust vermuthet als Stecher J. G. Schübler in Zella bei Suhl. Das auf S. 25 befindliche Monogramm, aus dem ein A als Hauptbuchstabe hervortritt, scheint gegen diese Vermuthung zu sprechen. Sicher aber ist nach Rusts Untersuchungen, daß einer der Söhne Bachs den Stich nicht ausgeführt hat, was bisher als ausgemacht galt. Auch daß Bachs Söhne nur indirect an der Herstellung des Stiches sich betheiligt hätten, läßt sich durch nichts beweisen. Die Notiz auf Beilage I des Berliner Autographs (s. B.-G. XXV[1], S. 115), aus welcher man dergleichen schließen könnte, ist meiner Überzeugung nach nicht von Em. Bachs Hand.

156) Die Schlüsse, welche Rust aus der vermeintlichen Veranstaltung von zwei Auflagen der Kunst der Fuge auf die Aufnahme des Werkes in der Öffent-

Exemplar wieder zu einem Louisd'or (= 5 Thaler)[157]. Trotz der geringen Abnahme stand indessen die Meinung über den Werth des Werkes alsbald fest. Die wenigen, die es kennen lernten, waren competente Beurtheiler. Unter den ersten Käufern befand sich Mattheson, der bis ins hohe Alter für alle bedeutenden Neuigkeiten eine seltene Frische und Empfänglichkeit behielt. »Joh. Sebast. Bachs so genannte Kunst der Fuge«, schreibt er, »ein praktisches und prächtiges Werk von 70 Kupfern in Folio, wird alle französische und welsche Fugenmacher dereinst in Erstaunen setzen; dafern sie es nur recht einsehen und wohl verstehen, will nicht sagen, spielen können. Wie wäre es denn, wenn ein jeder Aus- und Einländer an diese Seltenheit seinen Louisd'or wagte? Deutschland ist und bleibet doch ganz gewiß das wahre Orgel- und Fugenland«[158]. —

Bachs Schaffenstrieb ruhte auch nach Vollendung der Kunst der Fuge nicht. Er machte sich daran, eine Clavierfuge in den allergrößesten Verhältnissen zu componiren, von deren drei Themen das letzte seinen eignen Namen darstellt. Er hat dies Werk nur bis zum 239. Takte ausgeführt, wenigstens uns nicht mehr davon hinterlassen, und Em. Bach berichtet, sein Vater sei über der Ausarbeitung gestorben. Es ist dasselbe Werk, welches durch Mißverständniß in die Originalausgabe der Kunst der Fuge gerieth[159]. Da das Fragment nur bis an den Beginn der Combination aller drei Themen reicht, so dürften in ihm auch nur etwa drei Viertel des beabsichtigten Ganzen vorliegen, und man kann daraus sehen, in welch kolossalen Dimensionen die Fuge concipirt war. Die Stimmung ist feierlich ernst, ähnlich wie in der Kunst der Fuge; was voraussetzt, daß ihr entsprechend damals Bachs allgemeine Gemüthsverfassung

lichkeit zieht, sind unhaltbar. Er hat übersehen, daß Forkel, dem er Opposition macht, hier nicht auf Grund mündlicher Überlieferung berichtet, sondern nach einer sehr zuverlässigen, gedruckten Quelle: Emanuel Bachs eigner Bekanntmachung vom 14. Sept. 1756 in Marpurgs Historisch-Kritischen Beyträgen II, S. 575 f. An der sogenannten zweiten Auflage sind nur Titel und Vorbericht neu.

157) Breitkopfs Verzeichniß von Neujahr 1760. S. 7.

158) Mattheson, Philologisches Tresespiel. Hamburg, 1752. S. 98. — Das Buch erschien laut Zueignung und Vorbericht Ostern 1752, ist also 1751 geschrieben.

159) In der Ausgabe der B.-G. findet man es S. 93.

war. Trotz der langen Reihe musikalischer Ahnen, deren Bach sich rühmen konnte, war doch ihm die Entdeckung vorbehalten geblieben, daß selbst der Name seines Geschlechts sich in Musik auflösen lasse. Hernach ist die melodisch eigenthümliche und harmonisch vieldeutige Tonreihe von Bachs Söhnen und Schülern, von ferner stehenden Bewunderern und späteren Nachfolgern bis auf unsere Zeit ungezählte Male zu Fugen und Canons benutzt worden. Ein allbekanntes Praeludium und Fuge über den Namen Bach aus B dur, bei dem Sebastians Autorschaft lange Zeit als selbstverständlich galt, will man jetzt allgemein dem Meister absprechen[160]. Handschriftlich beglaubigt ist das Stück freilich nicht, auch existiren noch mehre andre Fugen über dasselbe Thema, für welche zu Zeiten Seb. Bach als Componist in Anspruch genommen wurde. Forkel fragte einmal Friedemann Bach, wie es sich hiermit in Wahrheit verhalte. Dieser antwortete, sein Vater sei kein Narr gewesen; nur in der Kunst der Fuge habe er seinen Namen als Fugenthema benutzt[161]. Das klingt sehr entschieden, und ist doch in doppelter Beziehung falsch. Was die Kunst der Fuge betrifft, so wissen wir nunmehr, daß das von Friedemann gemeinte Stück garnicht hinein gehört. Daß aber Sebastian lange vorher schon eine Composition über seinen Namen geschrieben haben muß, verräth uns Walther. Er sagt in dem kleinen Artikel seines Lexicons über Sebastian Bach: »Die Bachische Familie soll aus Ungarn her stammen, und alle die diesen Namen geführet haben, sollen so viel man weiß der Musik zugethan gewesen sein; welches vielleicht daher kommt, daß sogar auch die Buchstaben b a c h in ihrer Ordnung melodisch sind. (Diese *Remarque* hat den Leipziger Herrn Bach zum Erfinder)«. Niemand wird glauben, Bach habe sich mit der bloßen Beobachtung begnügt, und die so sehr brauchbare Tonreihe nicht auch sofort als Thema ausgenutzt. Walthers Lexicon erschien 1732; seine Kenntniß von Bachs Compositionen stammt aber fast ausschließlich aus der gemeinsam verlebten weimarischen Zeit, und vorzugsweise wohl aus der ersten Hälfte derselben[162]. Ihrer inneren

160) P. S. II, C. 4, Anhang.

161) Wie Forkel an Griepenkerl und dieser an Roitzsch überlieferte.

162) S. Band I, S. 388.

Beschaffenheit nach muß die in Rede stehende Fuge in den ersten Jahrzehnten des 18. Jahrhunderts entstanden sein. Wäre Bach nicht ihr Schöpfer, so ständen wir vor der seltsamen Thatsache, die Fuge eines unbekannten Musikers aus jener Zeit, und zwar eine vortreffliche, zu besitzen, während des berühmtesten Fugenmeisters eignes Werk verloren gegangen wäre. Stichhaltige innere Gründe gegen die Echtheit lassen sich meines Erachtens nicht vorbringen, sobald man daran festhält, daß die Fuge nur ein Jugendwerk sei. Dem Praeludium hat die französische Ouverture als Muster gedient, deren Form Bach schon in Weimar häufiger anwandte. Stellen wie Takt 8 ff. finden im Praeludium der großen Ddur-Orgelfuge[163] Analogien. Das Fugenthema in seiner Weiterbildung ist durchaus Bachisch: die Wendungen des zweiten Takts kehren im Thema der Hmoll-Fuge aus dem ersten Theil des Wohltemperirten Claviers wieder, im »Kleinen harmonischen Labyrinth« finden sie sich sogar mit derselben Contrapunktirung[164]. Terzengänge mit aufwärts steigender Wiederholung sind der Compositionstechnik jener Zeit, für die noch Kuhnaus Claviermusik maßgebend war, etwas ganz geläufiges; die virtuosenhafte Unterbrechung gegen den Schluß ist eine Stileigenthümlichkeit der nordländischen Meister, deren Einwirkung sich damals Bach noch nicht entzogen hatte. Das ganze jugendlich frische, wohlklingende und spielfreudige Stück paßt zu dem Charakter von Bachs früheren weimarischen Compositionen. Von den übrigen anonym cursirenden Fugen über den Namen Bach tragen die meisten den nicht-Bachischen Ursprung deutlich aufgestempelt. Nur eine:

hat einen ältlichen Zug und erinnert an Buxtehudes größere Cdur-Fuge[165]. Sie könnte daher auch wohl von Seb. Bach sein, und

163) P. S. V, C. 4, Nr. 3.

164) S. Band I, S. 654. Ich vergesse nicht, daß die Echtheit dieses Werkchens nicht hinreichend beglaubigt ist. Aber es Bach abzusprechen, fehlt es auch an Grund.

165) Nr. XVII des ersten Bandes meiner Ausgabe der Buxtehudeschen

müßte noch früher als die andre, etwa um 1707 angesetzt werden. Hat aber Walther eine derselben gekannt, was ich annehme, so war es gewiß nicht diese, sondern jene; es darf darauf hingewiesen werden, daß er das Thema in der eingestrichenen Octave notirt, nicht in der kleinen. —

Auch ohne sich dessen zu erinnern, was am Ausgange der Darstellung von Bachs weimarischer Periode gesagt wurde, wird der Leser erwarten, daß auf Orgelcompositionen noch einmal die Rede komme. Wenn Bach auf den übrigen Feldern instrumentaler Musik in Leipzig die Arbeit nicht einstellte, wie viel weniger konnte dieses auf dem Orgelgebiete geschehen, das seine älteste und eigentlichste Domäne war. Überdies steht die Orgelmusik zu Cantaten, Passionen, Motetten und Messen in nächster Beziehung, insofern sie wie diese der Kirche dient. Eine vorzugsweise in kirchlicher Musik sich bethätigende Schöpferkraft mußte immer wieder auch auf sie geführt werden. Wirklich offenbart sich zwischen den concertirenden Compositionen und den Orgelwerken, welche Bach in Leipzig schrieb, ein Gemeinsames. In der ersten Periode, da hinsichtlich der Cantaten die freie Mannigfaltigkeit der Formen überwiegt, herrschen auch in der Orgelmusik die selbständigen Formen vor. In der zweiten Periode tritt entschieden die Choralcantate in den Vordergrund, hier ergiebt sich auch der Instrumentalcomponist überwiegend dem Orgelchoral.

Im Ganzen aber ist, wie begreiflich, die Zahl der Leipziger Orgelstücke im Vergleich mit den weimarischen keine große. Nicht durch die Menge, noch auch durch Vielgestaltigkeit, wohl aber durch den Vollgehalt zeichnen sie sich aus. Von den Orgelcompositionen, die Bach in Leipzig vollendete, zweigt sich außerdem noch manches in frühere Perioden hinüber. Zwei Praeludien mit Fugen, aus C moll und F dur, sind ihrem zweiten Theile nach Erzeugnisse seiner früheren Meisterschaft, und hatten ursprünglich vermuthlich andere Vorspiele[166]. Was Bach ihnen später vorsetzte, ist so überaus gewaltig, daß es die Fugen fast zu Boden drückt. Genauer

Orgelcompositionen. — Die citirte, anonyme Fuge stammt aus Schelbles Nachlaß; ich verdanke die Bekanntschaft mit ihr Herrn Roitzsch.

166) Die Fugen haben schon Band I. S. 581 f. Berücksichtigung gefunden.

läßt sich die Entstehungszeit der gigantischen F dur-Toccate — denn diese steht in Rede — und des aus harmonischen und fugirten Perioden wie aus Tutti und Solo sich entwickelnden C moll-Praeludiums nicht angeben. Auch die edle D moll-Toccate und -Fuge, die sogenannte dorische, müssen wir uns begnügen, im allgemeinen nur der mittleren Schaffensperiode Bachs zuzuweisen[167]. Ein Praeludium mit Fuge aus G dur brachte Bach 1724 oder 1725 zum Abschluß, ein gleiches Werk aus C dur um 1730[168]. Die Entwürfe derselben reichen aber jedenfalls in die vorleipzigische Zeit zurück. Als Bach in Weimar und Cöthen die Formen der italiänischen Kammermusik für seine Kunst verarbeitete, ist ihm auch der Gedanke gekommen, nach Analogie des italiänischen Concerts eine dreisätzige Orgelform zu schaffen. Voll ausgeführt hat er ihn nur einmal, wie wir annehmen mußten in Weimar[169]. Die Idee eines Orgelstücks in der Form des ersten Concertsatzes scheint ihm nicht ergiebig genug gewesen sein. Sie macht sich in dem obengenannten großen C moll-Praeludium noch einmal geltend, obgleich sehr modificirt; übrigens aber behauptet sich die Form des thematischen Praeludiums. Nichtsdestoweniger machte Bach in den erwähnten Werken aus G- und C dur den Versuch, wenigstens die Dreisätzigkeit des Concerts festzuhalten, indem er zwischen Praeludium und Fuge dreistimmige, ruhigere Mittelstücke einlegte. Wegen dieses Experiments darf man die erste Conception der beiden Werke in dieselbe Zeit setzen. Endlich aber entfernte er die Mittelstücke wieder, da er sich klar geworden war, das was ihm vorschwebte auf einem andern Wege erreichen zu können. So sind zwei Satzpaare übrig geblieben, die man mit der D moll-Toccate und -Fuge im schönsten Sinne mittleren Charakters nennen kann: ausgereift in der Form, nach keiner Seite hin ein wohlthuendes Maß überschreitend. Eine

167) P. S. V, C. 3, Nr. 3. — B.-G. XV, S. 136 ff.

168) P. S. V, C. 2, Nr. 2 und 1. — B.-G. XV, S. 169 ff. und 212 ff. — Die Zeitbestimmung gründet sich auf die Beschaffenheit der Autographe. Das der G dur-Composition hat dasselbe diplomatische Merkzeichen, wie die älteren Stimmen der Pfingstcantate »Erschallet ihr Lieder«; s. Anhang A, Nr. 21. Das der C dur-Composition hat M A; s. Anhang A, Nr. 33. — Über die allmähligen Umgestaltungen der Werke s. Rusts Vorwort zu B.-G. XV.

169) S. Band I, S. 415 f.

festliche Stimmung spielt bei der C dur-Composition mehr ins Feierliche, bei der andern ins Freudige hinüber; der Rhythmus des Themas der G dur-Fuge, welches in der Cantate »Ich hatte viel Bekümmerniß« schon in Moll verarbeitet war, dient dem Praeludium als frei wirkendes Motiv.

Auch die Composition der berühmten großen A moll-Fuge, welche Virtuosität und Gediegenheit in vollkommenster Weise vereinigt, spannt sich augenscheinlich über zwei Lebensperioden[170]. Die erste Conception des Praeludiums, das Bachs späterer Art entgegen nur ganghaft ist, dürfte wegen gewisser an Buxtehudes Schule erinnernder Eigenthümlichkeiten (T. 22 ff. und 33 ff.) sogar in ziemlich frühe Zeit zurückreichen. Als unmittelbare Früchte der Leipziger Periode lassen sich nur vier große Praeludien und Fugen ansehen. Sie stehen in C dur, H moll, E moll, Es dur, vier Riesengestalten, in welchen das Höchste Gestalt gewann, was Bach auf diesem Gebiete zu geben hatte[171]. Die C dur-Fuge, deren fünfstimmiger Prachtbau auf dem bürglich kraftvollen Untergrunde des Praeludiums emporsteigt, wie Bachs Künstlergestalt selber aus der breiten Mittelschicht des deutschen Volkes, hat ein Seitenstück in der C moll-Fuge des zweiten Theils des Wohltemperirten Claviers. Bescheidener Art freilich: aber die künstlichen Verschlingungen des Themas in grader und verkehrter Bewegung sind ganz gleicher Art, namentlich auch der späte Eintritt der tiefsten Stimme mit der Vergrößerung, der in der C dur-Fuge mit überwältigender Majestät wirkt. Einen tief elegischen Ton, wie wir ihn so intensiv in Bachs Orgelwerken sonst nicht finden, schlägt er in Praeludium und Fuge aus H moll an. Das feine und dichte Geflecht des Praeludiums führt in romantische Irrgärten, wie sie kein neuer Componist zauberreicher hätte erfinden können. Still und melancholisch

170) P. S. V, C. 2, Nr. 8. — B.-G. XV, S. 189 ff. S. dazu das Vorwort.

171) P. S. V, C. 2, Nr. 7, Nr. 10, Nr. 9 und C. 3, Nr. 1. — B.-G. XV, S. 228, 199, 236 ff., und III, S. 173 und 254 ff. — Die drei ersteren sind mit den Fugen aus A moll (P. S. V, C. 2, Nr. 8), C dur (P. S. V, C. 2, Nr. 1) und C moll (P. S. V, C. 2, Nr. 6) unter dem Titel der Sechs großen Praeludien und Fugen bekannt. Da sie auch handschriftlich vereinigt vorkommen, so ist es möglich, daß Bach sie in seiner letzten Periode selbst zu einem Sammelwerke zusammengestellt hat.

sinnend fließt die Fuge hin. Daß Bach diese Stimmung in ein Orgelstück strengsten Stiles bannen und in den größesten Verhältnissen mit gleicher Stärke fortwalten lassen konnte, würde ihn allein schon unvergänglichen Ruhmes würdig machen. Im Gegensatze zu diesem Werke arbeitet in Praeludium und Fuge aus E moll des Meisters ganze großartige Lebensenergie. Eine Composition, bei der die hergebrachten Bezeichnungen nicht mehr ausreichen, die man eine zweisätzige Orgelsymphonie nennen müßte, um unsrer Zeit eine richtige Vorstellung von ihrer Größe und Gewalt nahe zu legen. Das Praeludium zählt 137, die Fuge erstreckt sich auf 231 Takte. Unter den Orgelfugen Bachs ist sie die längste. Von äußerster Kühnheit ist das Thema und doch, wie das Ganze, im höchsten Grade stilvoll. Die Composition muß zwischen 1727 und 1736 geschehen sein[172]. In die ersten Jahre der letzten Lebensperiode gehören Praeludium und Fuge aus Es dur, welche um 1739 im dritten Theil der Clavierübung veröffentlicht wurden. Sie bilden den Ein- und Ausgang dieser Sammlung, die eigentlich nur Orgelchoräle enthalten sollte. Obgleich also räumlich getrennt gehören sie doch innerlich zusammen; man erkennt es an dem mild-prächtigen Charakter, welcher beiden gemein ist, auch an der hier wie dort herrschenden Fünfstimmigkeit, außerdem hat Forkel nach Mittheilung von Bachs Söhnen die Zusammengehörigkeit ausdrücklich bezeugt[173]. Das weit ausgebaute Praeludium müßte man der Toccatengattung zuzählen. Jedoch ist in den nicht fugirten Partien ein eigenthümlicher Zug, der auf Emanuel Bachs und Haydns Claviermusik hinüberdeutet[174]. Die Fuge dagegen zeigt merkwürdiger Weise die mehrtheilige Buxtehudesche Form[175]; wird das Thema im zweiten und dritten Abschnitte auch fast nur rhythmisch umgebildet, so bewirken doch seine neuen Contrapunkte, daß es ein völlig andres Gesicht erhält. Dieses Werk ist demnach recht eigentlich ein Werk der Mitte: es weist voraus in die Zukunft und greift in eine vergangene Kunstperiode zurück[176].

172) Nach dem Zeichen M A der Originalhandschrift, welche bis zum 20. Takte der Fuge (einschließlich) Autograph ist.

173) S. Griepenkerls Vorrede zu P. S. V, C. 3. Nr. 1.

174) Vrgl. Band I, S. 729.

175) Vrgl. Band I, S. 322 f.

176) Eine schöne fünfstimmige Fantasie mit Fuge aus C moll ist leider nur

Jene dreisätzige Form, welche Bach vergeblich suchte, als er zwischen Praeludium und Fuge einen contrastirenden Mittelsatz einschob, hat er in den sechs sogenannten Orgelsonaten gefunden. Es sind dies Compositionen, in denen die Formen der italiänischen Kammersonate, wie sie Bach ausbildete, und des Instrumentalconcerts combinirt erscheinen. Sie bilden zu den sechs Violinsonaten mit obligatem Clavier insofern ein Gegenstück, als auch sie streng dreistimmig sind, ja noch strenger wie jene, die wenigstens hier und da Generalbassaccorde zulassen. In den Orgelsonaten führen zwei Manuale je eine Stimme, die dritte ist dem Pedal zugetheilt. Von seiner Kammermusik ausgehend ist Bach zu dieser Form gelangt. Die Musik, welche uns in ihr geboten wird, hält zwischen Orgel- und Kammerstil die Mitte und gehört sich demgemäß auch für ein Instrument, welches diese mittlere Stellung zum Ausdruck bringt. Es ist das Pedalclavier mit zwei Manualen. Die Originalmanuscripte bestimmen sie ausdrücklich dafür und die jetzt übliche Benennung »Orgelsonaten« ist genau genommen unrichtig. Für seine eigentliche Orgelmusik hat Bach sich zwar manches aus der Kammermusik zu Nutze gemacht. Aber er hat davon Abstand genommen, die Formen ohne weiteres und völlig zu übertragen. Wirkliche Orgelsonaten besitzen wir von ihm so wenig, wie Orgelconcerte. Im Gegensatze zu Händel blieb ihm die Orgel endlich doch immer ein kirchliches Instrument. Mit den sechs Sonaten verfolgte er den praktischen Zweck, den ältesten Sohn Wilhelm Friedemann zum Orgelspieler vorzubilden[177]. Sie entstanden allmählig; der erste Satz der D moll-Sonate fällt um 1722, Adagio und Vivace der E moll-Sonate gehörten anfänglich zur Kirchencantate »Die Himmel erzählen« aus dem Jahre 1723, der letzte Satz desselben Werks und das Largo der C dur-Sonate sollten zuerst Mittelsätze zwischen Orgel-

---

fragmentarisch erhalten, insofern die Fuge nur bis Takt 27 reicht. Griepenkerls Vermuthung, der ich Band I, S. 582 gefolgt bin, es möchte die Fantasie ursprünglich zu der Fuge P. S. V, C. 2, Nr. 6 gehört haben, wird sich nachdem das Autograph zu Tage gekommen ist, kaum mehr halten lassen. Das sehr große und kräftige Züge auf schönem, starkem Papier aufweisende Autograph war früher im Besitz von Professor Wagener in Marburg und ist jetzt auf der königlichen Bibliothek zu Berlin.

177) Forkel, S. 60.

Praeludien und -Fugen aus G dur und C dur sein, und entstammen demnach auch der cöthenischen oder gar weimarischen Zeit (s. oben). Zum Ganzen wurde aber die Sammlung zwischen 1727 und 1733 abgerundet, da in letzterem Jahre Friedemann Bach als Organist in Dresden angestellt wurde; genauer noch darf man wohl die Vollendung bald nach 1727 ansetzen[178]. Das musikalische Verständniß für diese Sonaten eröffnet sich am leichtesten, wenn man von den erwähnten sechs Violinsonaten ausgeht. An Reichthum schöner Gedanken, interessanter Durchführung, meisterlicher Behandlung des dreistimmigen Satzes, wie auch an scharfer Gegensätzlichkeit unter einander ihnen vollkommen ebenbürtig, haben sie jedoch ein gedrungeneres Wesen, wie solches dem weniger abwechslungsreichen Tonmaterial entspricht[179]. —

Der erste, zweite und vierte Theil der »Clavierübung« enthielten Werke, deren jedes in seiner Gattung als ein Höchstes, theilweise Abschließendes betrachtet werden mußte. Auch von dem dritten Theile ist dieses zu sagen, welcher die meisten und bedeutsamsten Choralbearbeitungen für Orgel umfaßt, die Bach in seiner letzten Lebensperiode schuf[180]. Man ist genöthigt, die 21 Choralsätze des

---

178) Beide vorhandene Originalmanuscripte tragen das Zeichen M A; s. darüber Anhang A, Nr. 33. Autograph ist aber nur eines; das andre hat bis S. 48 incl. Friedemann Bach geschrieben, von da ab Anna Magdalena, Sebastian selbst hat nur einige wenige Zusätze gemacht. Im übrigen s. Vorwort zu B.-G. XV, in welchem Bande die Sonaten herausgegeben sind und P. S. V, C. 1, mit dem Vorworte Griepenkerls.

179) Forkel, S. 60, redet noch von mehren Sonaten, die Bach außer den sechsen geschrieben habe. Solche giebt es indessen jetzt nicht mehr, nur zwei einzelne dreistimmige Sätze aus D moll und C moll sind noch vollständig vorhanden. Ersteren findet man P. S. V, C. 4, Nr. 14; letzterer ist handschriftlich auf der königl. Bibliothek zu Berlin, und umfaßt neben einem Adagio noch ein fragmentarisches Allegro. Vielleicht hat indessen Forkel auch an das *Pastorale* für zwei Claviere und Pedal gedacht, das mit drei nachfolgenden kleinen Clavierstücken, welche offenbar garnicht dazu gehören, von Griepenkerl auf Forkels Autorität hin als ein Ganzes herausgegeben ist (P. S. V, C. 1, Nr. 3). Auch das Pastorale selbst, das jetzt in F dur beginnt und sehr unbefriedigend in A moll schließt, ist sicher nur ein Fragment.

180) B.-G. III, S. 184—241. — Die Originalausgabe, welche 1739 oder spätestens Ostern 1740 erschien, kostete 3 Thaler; s. Mizler, Musikalische Bibliothek II, S. 156. — Die Bemerkungen Kirnbergers zu diesen Choralbearbeitungen (s. S. 613 dieses Bandes) findet man Anhang B, XIV.

dritten Theils als ein Ganzes zu betrachten, dem eine poetische Idee die Einheit verleiht. Den Grundstock geben 12 Bearbeitungen von sogenannten Katechismusgesängen ab. Für jedes der fünf Hauptstücke des lutherischen Katechismus und außerdem für die Beichte ist einer der bekanntesten und schönsten Choräle ausgewählt, für das erste Hauptstück »Dies sind die heilgen zehn Gebot«, für das zweite »Wir glauben all an einen Gott«, das dritte »Vater unser im Himmelreich«, das vierte »Christ unser Herr zum Jordan kam«, für die Beichte »Aus tiefer Noth schrei ich zu dir«, und für das Abendmahl »Jesus Christus unser Heiland«. Ein jeder wird zweimal bearbeitet, zuerst mit Pedal, sodann *manualiter* allein. Ihnen vorauf geht eine doppelte Bearbeitung des »Kyrie Gott Vater in Ewigkeit« und eine dreifache des »Allein Gott in der Höh sei Ehr«. Diese Choräle — Verdeutschungen des *Kyrie fons bonitatis* und *Gloria in excelsis* — haben hier als Ersatzstücke der protestantischen Kirche für die ersten beiden Acte der Messe, als welche sie auch am Anfang des Hauptgottesdienstes zu Leipzig gesungen wurden, eine besonders tiefe Bedeutung. Die musikalische Verherrlichung der dogmatischen Grundlagen des lutherischen Christenthums, welche Bach in diesem Choralwerke unternahm, stellte sich ihm unter dem Gesichtspunkte einer vollständigen Cultushandlung dar, zu deren Beginn er sich mit denselben Bitt- und Lobgesängen an den dreieinigen Gott wandte, wie es die Gemeinde allsonntäglich that. Auch in dem Umstande, daß der Choral »Allein Gott in der Höh sei Ehr« dreimal behandelt wird, prägt sich ein kirchlich-dogmatischer Charakter aus. Denn dieses Lied diente zum Preise der Dreieinigkeit, wie das Kyrie zum Gebet an dieselbe; im Kyrie wurden aber schon durch die drei verschiedenen Melodien ebenso viele Behandlungen nöthig, während beim »Allein Gott in der Höh« alle Strophen nach derselben Melodie zu singen waren. Ich sagte früher, der Pachelbelsche Orgelchoral erscheine als eine Art von idealem Gottesdienst auf rein instrumentalem Gebiet[181]. Es ist grade diese Kunstidee, welche sich in der großartigen Entwicklung, die der Orgelchoral durch Bach erfuhr, so ungemein fruchtbar erwiesen hat. Sie führte zur Choralfantasie, drängte dann zur Übertragung des *Cantus firmus*

---

181) S. Band I, S. 110.

auf den Gesang und leitete endlich in die vieltheilige Choralcantate als in die letzte und höchste Consequenz des Pachelbelschen Orgelchorals hinein. Ganz offenbar ist sie es auch, welche das Wesen des Choralwerks im dritten Theil der »Clavierübung« bestimmt hat, sofern dasselbe als Ganzes sich darstellt. Freilich hängen dessen Theile musikalisch garnicht und poetisch nur indirect, vermittelst einer abgeleiteten Vorstellung zusammen. Bach hatte es längst erkannt, daß die Erfüllung jener Kunstform nicht auf instrumentalem Gebiet erfolgen könne, und bethätigte diese Erkenntniß grade am eifrigsten zu der Zeit, da er jene Orgelchoräle schrieb. Aber lassen konnte er von der Idee auch hier nicht, um so weniger als es galt, in ihnen die Summe seiner Lebensarbeit zu ziehen.

Die reine Form der Choralfantasie hat Bach hier nur für die ersten Bearbeitungen der Melodien »Dies sind die heilgen zehn Gebot«, »Christ unser Herr zum Jordan kam« und »Jesus Christus, unser Heiland« angewandt. Es sind diese gewaltigen Stücke zugleich beredte Verkündiger seines poetischen und tonbildlichen Tiefsinns. Bach schöpfte die Grundstimmung der Orgelchoräle stets aus dem Kirchenliede als Ganzem, nicht nur aus dessen erster Strophe. So griff er auch zuweilen aus dem Gedichte irgend eine besondere Vorstellung heraus, die ihm vorzüglich bedeutsam erschien, und gab nach ihr dem Tonbilde seinen eignen, poetisch-musikalischen Charakter. In dieser Thätigkeit muß man ihm folgen, um gewiß zu werden, daß man ihn richtig versteht. Der breit und wuchtig schreitende Contrapunkt des Abendmahls-Liedes »Jesus Christus, unser Heiland« mag bei oberflächlicherer Betrachtung befremden, da er zum Wesen des Gedichtes nicht zu stimmen scheint. Wer dasselbe aber aufmerksam durchliest, findet bald die Stelle, welcher die charakteristische Tonreihe entquollen ist. Die fünfte Strophe lautet:

Du sollt gläuben und nicht wanken,
Daß ein Speise sei der Kranken,
Den'n ihr Herz von Sünden schwer,
Und für Angst ist betrübet sehr.

Unerschütterlicher, lebenstärkender Glaube, gepaart mit dem Ernst, welchen das Bewußtsein der Sündhaftigkeit bedingt, diese beiden Factoren bilden den Empfindungsgrund, auf dem das Stück ausgeführt ist. Ein Vergleich mit der nicht weniger großartigen früheren Bearbeitung desselben Chorals, auch mit der mystischen Composition »Schmücke dich, o liebe Seele«[182]) öffnet nicht nur einen neuen Einblick in Bachs Phantasie-Reichthum, sondern dient eben wegen des subjectiven Elements, das in den Orgelchorälen zu Tage tritt, ebensosehr auch der tieferen Erkenntniß seines persönlichen Charakters. Wenn sich ferner in der Bearbeitung des Chorals »Christ unser Herr zum Jordan kam« eine unablässig strömende Sechzehntelbewegung bemerkbar macht, so wird zwar kein kundiger Beurtheiler Bachs hierin ein Bild der Jordanfluthen sehen wollen. Bachs wirkliche Meinung wird aber auch er erst nach vollständiger Lesung des Gedichtes erfassen. Den sichern Schlüssel bietet die letzte Strophe: hier erscheint dem gläubigen Christen das Taufwasser als ein Symbol des Blutes Christi, dessen rothe Fluth alle ererbte und selbst begangene Sünde hinwegspült. Unmittelbarer einleuchtend ist in dem fünfstimmigen Orgelchoral »Dies sind die heilgen zehn Gebot« der poetische Sinn des im Canon der Octave geführten *Cantus firmus*. Das Bild strengster Gebundenheit, welches also entrollt wird, ist uns überdies schon bei der Cantate »Du sollst Gott deinen Herrn lieben« begegnet, wenn auch nicht in so vollständiger Ausführung. Bach hat sich bei Composition des Orgelchorals jedenfalls an den Cantatenchor erinnert; der Grund, weshalb dies angenommen werden muß, ist an jener Stelle angegeben[183]).

Häufiger sind jene weniger freien Mittelbildungen zwischen Choralfantasie und einer dem Pachelbelschen Typus nahekommenden Form, welche entstehen, wenn zwar ein Motiv oder Thema das ganze Stück beherrscht, aber aus der ersten Melodiezeile abgeleitet ist. Ich nenne zuerst die größere Bearbeitung von »Vater unser im Himmelreich«. Auch hier erscheint zu drei contrapunktirenden Stimmen die Melodie im Canon der Octave. Bach dürfte durch dieses Mittel den kindlich gläubigen Gehorsam haben symbolisiren wollen, mit welchem der Christ das vom Herrn selbst angeordnete und ihm vorgesprochene Gebet sich aneignet. Die eigenthümlich bewegten Contrapunkte haben etwas besonders instän-

---

182) S. Band I, S. 602 ff. und 607.

183) S. S. 263 dieses Bandes.

diges[184]. Sodann gehören hierher die beiden dreistimmigen Bearbeitungen von »Allein Gott in der Höh«, bei deren zweiter aber der *Cantus firmus* von den Stimmen abwechselnd, hier und da auch canonisch oder mit Wiederholung derselben Zeile vorgetragen wird. Schließlich die erste Bearbeitung des dreitheiligen Kyrie, deren majestätischer Bau in dem grandiosesten fünfstimmigen Tonsatze gipfelt.

Wie man sich denken kann, durfte in einem so erschöpfenden Werke wie diesem der reine Pachelbelsche Typus nicht fehlen, dem Bach für seinen Orgelchoral am meisten verdankte. Er erscheint an dem Buß- und Beichtgesange »Aus tiefer Noth schrei ich zu dir« sowohl in der vierstimmigen Bearbeitung für Manual allein, als auch in der sechsstimmigen für Manual und Doppelpedal. Es kennzeichnet Bachs Empfindungsweise, daß er grade diesen Choral sich erlas, um ihn zur Krone des Werkes zu erheben. Denn das ist die Composition unfraglich, sowohl wegen der Kunst der Stimmenführung, als der Fülle und Erhabenheit der Harmonien, als auch der Spielvirtuosität, welche sie voraussetzt. In dieser Weise das Pedal durchweg zweistimmig zu führen hätten sich selbst die nordländischen Meister nicht getraut. Grade sie waren es sonst, welche die zweistimmige Pedalbehandlung aufgebracht hatten, und Bach hat neben Pachelbel auch ihnen in dem Stücke Gerechtigkeit widerfahren lassen. Und nicht in ihm allein. In der Fughette über »Dies sind die heilgen zehn Gebot« grüßt uns Buxtehudes Geist ganz vernehmlich, wennschon völlig wiedergeboren aus dem Bachschen Genius. Bedeutsam sowohl für Bachs Kunst als für seine Persönlichkeit ist es, wie in diesem letzten großen Orgelwerke die Ideale seiner Jugendzeit wieder auftauchen. Was mochte der ernste Meister empfinden, als er auf höchster einsamer Kunsthöhe die Bilder alter Tage beschwor und in dankbarlicher Bewegung noch einmal durch seine Phantasie ziehen ließ! Auch Georg Böhm erscheint, das Vorbild der Lüneburger Schuljahre. Der *Basso quasi ostinato* des Orgelchorals »Wir glauben all an einen Gott« kündigt ihn deutlich an. Das Stück ist sonst eine Fuge über die erste Melodie-

184) Über die Art, wie gewisse Tonreihen derselben zu spielen sind vrgl. S. 530, Anmerk. 51 dieses Bandes.

zeile und hat mit dem Basse garnichts zu schaffen. Eben hieraus wird die Bezugnahme auf Böhm ganz klar: denn Fugen zu schreiben, in denen das Pedal sich nicht an der Themadurchführung betheiligt, auch keinen *Cantus firmus* führt, sondern nur eine kurze frei erfundene Tonreihe von Zeit zu Zeit wiederholt, war übrigens nicht Bachs Manier[185]. Damit endlich auch der Orgelchoral in einfachster Form nicht fehle, wie ihn Bach so tiefsinnig in Weimar ausbildete und hernach im »Orgelbüchlein« in den herrlichsten Exemplaren fixirte, hat er jene schöne zweite Bearbeitung des »Vater unser« der Sammlung einverleibt.

Ja, noch weiter wollte er den Bereich der Sammlung spannen. Es genügte ihm nicht, Orgelchoräle in den verschiedensten Formen zu schaffen. Er ist zurückgegangen auf den Keim derselben und hat auch wirklichen Choral-Vorspielen einen Platz gegönnt, Formen also, mit welchen er sich außer vielleicht in frühester Jugendzeit nicht beschäftigt hatte[186]. Der Orgelchoral unterscheidet sich vom Choralvorspiel dadurch, daß er ein selbständiges Kunstwerk ist, welches nur die Bekanntschaft mit der behandelten Melodie voraussetzt, während das Choral-Vorspiel nichts weiter soll als vorbereiten und seinen Schwerpunkt nicht in sich, sondern in dem nachfolgenden Gemeindegesange hat. Demnach ist hier die Behandlung der Melodie eine ganz andre, nur andeutende, und vor allem braucht die Melodie im Orgelstück nicht vollständig aufzutreten. Solchergestalt ist nun in unsrer Sammlung zuvörderst die zweite Bearbeitung des »Kyrie Gott Vater in Ewigkeit«: hier werden in allen drei Theilen nur die ersten drei Töne des jedesmaligen Chorals durchgeführt. In der zweiten Bearbeitung des Taufliedes ist zwar die volle erste Melodiezeile benutzt, jedoch auch nichts weiter als sie. Um sich aber den fast unmeßbaren Fortschritt klar zu machen, der vom älteren Choralvorspiel zum Bachschen stattgefunden hat, vergleiche man die derartigen Arbeiten Johann Christoph Bachs[187] mit den eben genannten.

Eine besondere Art des Choralvorspiels ist die Choralfuge. Auch mit ihr hatte sich Bach während seiner Meisterzeit bislang

185) Vrgl. Band I, S. 209. 186) S. Band I, S. 215.
187) S. Band I, S. 99 ff.

kaum befaßt[188]. Der dritte Theil der »Clavierübung« bringt fünf solcher Stücke und zwar über die Melodien »Allein Gott in der Höh«, »Dies sind die heilgen zehn Gebot«, »Wir glauben all« und »Jesus Christus unser Heiland«. Mit Ausnahme des ersten dient in allen nur die Anfangszeile als Fugenthema. Drei derselben sind mit meisterlicher Leichtigkeit hingeworfene Fughetten und scharf gezeichnete Charakterstücke: die kleinere Composition über das Glaubenslied im französischen Stil, die Composition zum ersten Hauptstück im Buxtehudeschen. Die Fuge über das Abendmahlslied, zugleich der Beschluß der Sammlung, zeichnet sich durch künstliche Engführungen aus und combinirt endlich die natürliche Gestalt des Themas mit seiner Vergrößerung. Von der großen Fuge über den Glauben war schon die Rede. Hier sind zwei Formideen mit einander verschmolzen, die des Böhmschen Chorals und die des Vorspiels.

Man entscheide hiernach, ob es begründet ist die Choralsammlung der »Clavierübung« eine zusammenfassende, abschließende Arbeit zu nennen. Als sie vollendet war, sah Bach sein Lebenswerk auf dem Gebiete des Orgelchorals im wesentlichen als gethan an. Er hat seitdem bis an seinen Tod noch ältere Werke gesammelt und überarbeitet[189], aber Neues wenig mehr geschaffen. Als Sammlung und Überarbeitung ergeben sich jene sechs Choräle für zwei Manuale und Pedal, welche er zwischen 1746 und 1750 durch Johann Georg Schübler in Zella St. Blasii bei Suhl verlegen ließ. Sie sind Leipziger Kirchencantaten entnommen, nachweislich bis auf einen, der aber keine Ausnahme bilden wird, und unter diesem Gesichtspunkte muß man sie betrachten, will man sie richtig würdigen[190]. Originalcompositionen sind dagegen noch die »canonischen Veränderungen« über das Weihnachtslied »Vom Himmel hoch da komm ich her«, welche bei Balthasar Schmidt zu Nürnberg in elegantem Kupferstich erschienen[191]. Nach einer nicht anzuzweifelnden Überlieferung hat sie Bach für die Leipziger musikalische Societät geschrieben, der er im Juni 1747 beitrat[192]. Sie sind aber jeden-

188) Vrgl. Band I, S. 596. 189) S. Band I, S. 819 f.
190) B.-G. XXV², II. — S. Anhang A, Nr. 62.
191) P. S. V, C. 5, Abth. II, Nr. 4. 192) S. S. 506 dieses Bandes.

falls schon ein Jahr vor seinem Beitritt componirt und auch gestochen gewesen[193]. Aus dem Titel »Veränderungen« könnte man leicht auf die Form einen falschen Schluß machen. Er ist aber werthvoll, sofern er uns die Absicht verstehen lehrt, welche Bach bei diesem Werke hegte. Um 1700 noch wurde der Name Variation auch für Partita gebraucht, welch letztere anfänglich den einzelnen Theil einer mehrsätzigen, aus Stücken gleicher Tonart bestehenden Composition, hernach erst diese mehrsätzige Composition selber zu bezeichnen pflegte. Man verfuhr in der Vertauschung beider Namen so unbekümmert, daß garnicht selten auch die erste Partita eines Variationenwerks, also das Thema, die erste Variation genannt wird. Nun kennen wir die Choralpartita als eine Form, welche Bach in seiner Jugendzeit nach Böhms Muster pflegte[194]. Ihr äußerliches und unkirchliches Wesen konnte ihm in reiferen Jahren nicht mehr genügen. In der Choralsammlung der »Clavierübung« hat sie keine Berücksichtigung gefunden. Aber der Drang nach vollständigster Erfüllung seiner Aufgabe scheint dem Meister keine Ruhe gelassen zu haben. Die »Variationen« über das Weihnachtslied sind Partiten. Man sieht es schon daraus, daß das Werk gleich mit der sogenannten ersten Variation beginnt: dies ging nur in der Partiten-Form an und kommt in diesem Sinne auch öfter, z. B. bei Pachelbel vor, während eine wirkliche Variation ohne vorhergegangenes Thema ein Unding ist[195]. Man muß also dieses Werk mit den Jugendarbeiten »Christ, der du bist der helle Tag«, »O Gott du frommer Gott« und »Sei gegrüßet, Jesu gütig«[196] vergleichen. Es zeigt sich dann ein gleich großer Fortschritt, wie beim Choralvorspiel. Die eigentliche Form der Variation, welche sich genau an den Umfang und die Gliederung des Themas hält, brauchte in den Choralpartiten nicht durchweg beobachtet zu werden, spielte aber immerhin eine bedeutende Rolle. In den Partiten über das Weihnachtslied hat Bach sie gänzlich verlassen, und zugleich auch die claviermäßige, figurative Umspielung

---

193) S. Anhang A, Nr. 63. 194) S. Band I, S. 207 ff.

195) Kirnberger (Kunst des reinen Satzes II, 2, S. 173) scheint die Form gänzlich verkannt zu haben; er ließ sich wohl durch den Namen »Variation« verleiten und dadurch, daß in der Mehrzahl der Partiten der *Cantus firmus* im Bass liegt.

196) S. Band I, S. 594.

der Melodie. Ebenso aber die unkirchliche motivische Zerpflückung derselben und das bunte Wesen Böhms, welcher das Thema bald hierhin, bald dorthin wirft, und nach Belieben eine größere oder geringere Stimmenzahl in Bewegung setzt. Eine Reihe von wirklichen Orgelchorälen zieht vorüber. ihr Typus ist der im »Orgelbüchlein« vorherrschende. Was sie zum Ganzen einigt, ist die allen gemeinsame Art canonischer Behandlung. In den ersten vier Partiten liegt der Canon in den contrapunktirenden Stimmen, eine Form, die wir im Musikalischen Opfer kennen lernten. Die Nachahmung erfolgt in der Octave, Quinte, Septime und in der Octave mit Vergrößerung. Bach hat sich aber das Ziel dadurch noch höher gesteckt, daß er nicht nur den Contrapunkt meistens aus der Melodie ableitet, sondern in der dritten Partite zwischen *Cantus firmus* und die beiden canonführenden Stimmen sogar eine sehr gesangreiche, frei erfundene Melodie einflicht. In der letzten Partite, welche eigentlich aus vier mit einander verbundenen vollständigen Durchführungen besteht, wird die Melodie selbst dem Canon der Gegenbewegung, und zwar der Sexte, Terz, Secunde und None unterworfen. Von staunenswerther Künstlichkeit sind die drei Schlußtakte, in denen die verschiedenen Stimmen alle vier Melodiezeilen zu gleicher Zeit hören lassen. An Ungezwungenheit der Bewegung stehen die Partiten über »Vom Himmel hoch« weder dem Musikalischen Opfer noch der Kunst der Fuge, noch auch den 30 Claviervariationen nach. Bach war auch bei den schwierigsten Problemen stets des völligen Gelingens sicher. Er liefert aber hier von neuem den Beweis, daß die complicirtesten Formen, denen er sich in den letzten Lebensjahren mit Vorliebe ergab, ihn nicht nur um der Technik willen reizten, daß er nicht etwa bei einem allmähligen Eintrocknen der Phantasie durch das Vergnügen am leichten Überwinden selbstgeschaffener Schwierigkeiten sich schadlos zu halten suchte, sondern daß seine immer profunder gewordene musikalische Empfindung ihn zu jenen Formen zog. Wahrlich eines urkräftigen Lebens und einer eigenartigen poetischen Empfindung sind diese Partiten voll. Wieder schweben hier die himmlischen Heerschaaren auf und nieder, tönt holder Gesang über der Wiege des Jesuskindes, springt in Fröhlichkeit die erlöste Christenschaar und singt »mit Herzenslust den süßen Ton«. Aber in die Empfindungen, die ihm früher beim Weihnachtsfeste aufblühten und denen er durch Orgelchoräle, durch das Weihnachts-Oratorium, Magnificat und andere Werke eine immer dauernde Gestalt verlieh, auch in die Stimmung, welche ihn einstmals fast noch als Knaben zu jener Kunstform drängte, die er endlich in unvergleichlicher Weise zu veredeln bestimmt war, haben sich die Erfahrungen eines sechzigjährigen reichen Lebens mit tausend Fäden hineingeschlungen. Sie haben sie schwer und gedankenvoll gemacht, wie den Blick des Greises, der unter seinen Enkeln beim Glanze des Christbaumes der eignen Jugend nachsinnt.

Wenn es für Bachs kirchliche Vocalmusik charakteristisch erscheinen mußte, daß sein Geist, nachdem er alle Weiten des Kunstgebietes durchmessen hatte, endlich in der Choralcantate sein Genügen fand, so ist es nicht weniger bedeutsam, wie er bis in die letzten Lebensjahre den Orgelchoral pflegte. In mächtigem Bogen strömt seine Kunst allgemach zu der Quelle zurück, von der sie einst ihren Ausgang nahm. Händels Entwicklungslauf ist der eines stolzen Flußes, welcher den Schiffer zuletzt in das Weltmeer hinausträgt. Bach führt durch alle Höhen und Tiefen des Lebens endlich wieder in die stille Heimath zur Ruhe und Beschaulichkeit. Er schenkt sich nicht weg an die Welt, sondern umschließt dieselbe mit seiner Persönlichkeit. Dieser subjective Zug seiner Musik wird zu keiner Zeit undeutlich, aber in der letzten Lebensperiode macht er sich stärker bemerkbar, als bisweilen in den Jahren vollster Manneskraft. Der Orgelchoral ist unter allen Formen, die Bach ausbaute, die subjectivste, und hatte sich zugleich für sein Leben als die ergiebigste erwiesen. Wie sehr sein Herz an ihr hing, bewies er wenige Tage vor dem Tode. Die letzte Composition, welche er des Augenlichtes beraubt mit Hülfe Altnikols ausarbeitete, war die Erweiterung eines Orgelchorals »Wenn wir in höchsten Nöthen sein« aus früherer Zeit. Seine tiefsten Lebenskräfte hat er bis ans Ende einer Form geweiht, deren Inhalt die Empfindung des Glückes ist, Gott in der Gemeinde loben und anbeten zu können. Wie Augustinus dachte auch Bach: »Du hast uns zu dir geschaffen, und unser Herz ist unruhig, bis es Ruhe findet in dir«.

VI.

Was über Bachs äußeres Leben seit dem Jahre 1723 bisher erzählt worden ist, hatte den Zweck seine amtliche Stellung nach ihren verschiedenen Richtungen hin, sowie seine sonstigen Beziehungen zur Öffentlichkeit in Leipzig darzustellen. Wie sich während dieser Zeit sein Verhältniß zur musikalischen Welt im allgemeinen gestaltete, davon konnte bis jetzt nur gelegentlich die Rede sein, ebenso wie von dem häuslichen Leben und der in demselben entfalteten Persönlichkeit des Meisters.

Italien, das Eldorado der deutschen Musiker, hat Bach nie gesehen; er hat überhaupt Deutschlands Gränzen nicht überschritten. Aber ein gewisser Wandertrieb steckte ihm von seinen Ahnen her im Blute. Bach ist auch von Leipzig aus verhältnißmäßig viel gereist und hat dadurch die Verbreitung seines Künstlerruhms persönlich gefördert[1]. Er war cöthenischer Capellmeister geblieben, als er sich in Leipzig niederließ, und wurde in demselben Jahre auch weißenfelsischer Capellmeister von Haus aus. Solche Ämter bedingten, daß ihre Träger die betreffenden Höfe auf Verlangen mit Compositionen versorgten, sich auch hin und wieder persönlich vorstellten. Über Bachs Beziehungen zu Weißenfels hat ein seltsames Geschick gewaltet. Sie sind dem Blicke der Nachwelt fast gänzlich entzogen worden. Keine einzige Composition läßt sich bezeichnen, welche Bach für den Hof des Herzogs Christian neu geschrieben hat, seitdem er ihn im Jahre 1716 von Weimar aus zum ersten Male mit einer Cantate ansang; wir wissen nur, daß er diese selbe Cantate später noch einmal für eine Weißenfelser Hoffestlichkeit benutzte[2]. Die Vermuthung aber darf hier stehen, daß nach dem Tode des Herzogs Christian (1736) Bach wohl kaum noch für musikalische Leistungen in Anspruch genommen worden ist. Denn der Nachfolger Johann Adolph II. ließ, um sein tief verschuldetes Haus

1) Forkel ist also bis zu einem gewissen Grade im Irrthum, wenn er S. 48 meint: »Wenn er hätte reisen wollen, so würde er, wie sogar einer seiner Feinde gesagt hat, die Bewunderung der ganzen Welt auf sich gezogen haben«. Der Feind soll wohl Scheibe sein, der aber diesen Ausspruch in anderem Zusammenhange thut; s. Critischer Musikus, S. 62.

2) S. Band I, S. 559.

wieder empor zu bringen, sofort eine sehr sparsame Verwaltung eintreten. Er starb 1746 und mit ihm erlosch diese sächsische Nebenlinie. Bach führte den Titel eines Hochfürstlich Weißenfelsischen wirklichen Capellmeisters bis an seinen Tod[3]; es folgt hieraus also nicht, daß er als solcher unter Johann Adolph noch activ war. In der Zeit von 1723—1736 aber hat er jedenfalls öfter am dortigen Hofe verweilt. Er selbst äußert gelegentlich, daß er zwischen 1723 und 1725 ein- oder zweimal *»ob impedimenta legitima«* von Leipzig habe verreisen müssen, und zwar das eine Mal nach Dresden[4]. Das andre Mal dürfen wir wohl auf Weißenfels deuten, da er kurz zuvor sein Amt von dort erhalten hatte. In der ihm unterstellten, nicht unberühmten Capelle befand sich sein Schwiegervater Johann Caspar Wülcken und seines Sohnes Emanuel Pathe Adam Emanuel Weltig.

Über Bachs Thätigkeit als cöthenischer Capellmeister von Leipzig aus wissen wir etwas mehr. Bei dem Fürsten Leopold war nach dem Tode der ersten Gemahlin das Musikinteresse offenbar in alter Stärke wieder erwacht. Die zweite Gemahlin, Fürstin Charlotte scheint selbst musikliebend gewesen zu sein, da Bach es unternehmen durfte, ihr zum 30. November 1726 mit einer Geburtstags-Cantate aufzuwarten[5]. Sie gebar in demselben Jahre (12. September 1726) ihrem Gemahl einen Erben, da Bach die erste Partita der Clavierübung als *Opus I* herausgab. Dies Zusammentreffen veranlaßte ihn, die Partita sorgfältig abzuschreiben und nebst einem Widmungsgedicht dem Erbprinzen in die Wiege zu legen. Für die gemüthvollen, ungezwungenen Beziehungen, welche zwischen Bach und dem anhaltischen Fürstenhause bestanden, ist dieses jedenfalls selbstverfaßte Gedicht ein gewichtiger Beleg. Die Widmung lautet: »Dem Durchlauchtigsten Fürsten und Herrn | Herrn *Emanuel Ludewig,* | Erb-Printzen zu Anhalt, Hertzogen zu Sachßen, | Engern und Westphalen, Grafen zu Ascanien, | Herrn zu Bernburg und Zerbst u. s. w. | Widmete diese geringe Musicalische Erst- | linge aus

---

3) S. »Nützliche Nachrichten von denen Bemühungen derer Gelehrten . . . . in Leipzig.« 1750. S. 680.

4) S. S. 45 dieses Bandes.

5) S. Band I, S. 765.

unterthänigster *Devotion* | Johann Sebastian Bach«. Das Gedicht selbst aber:

»Durchlauchtigst
Zarter Printz
den zwar die Windeln decken,
Doch den sein Fürsten-Blick mehr als erwachsen zeigt,
Verzeihe, wenn ich Dich im Schlaffe sollte wecken,
Indem mein spielend Blatt vor Dir sich nieder beugt.
Es ist die erste Frucht, die meine Saiten bringen,
Du bist der erste Printz, den Deine Fürstin küßt,
Dir soll sie auch zuerst zu Deinen Ehren singen,
Weil Du, wie dieses Blatt, der Welt ein Erstling bist.
Die Weisen dieser Zeit erschrecken uns und sagen:
Wir kämen auf die Welt mit Wünzeln und Geschrey,
Gleichsam als wollten wir zum voraus schon beklagen,
Daß dieses kurtze Ziel betrübt und kläglich sey.
Doch dieses kehr ich um, und sage, das Gethöne,
Das Deine Kindheit macht, ist lieblich, klar und rein.
Drum wird Dein Lebens-Lauff vergnügt, beglückt und schöne,
Und eine Harmonie voll eitel Freude seyn.
So Hoffnungs-voller Printz will ich Dir ferner spielen,
Wenn Dein Ergözungen noch mehr als tausenfach.
Nur fleh ich, allezeit, wie jetzt den Trieb zu fühlen,

Ich sey
Durchlauchter Printz,
Dein
tieffster Diener
Bach«[6].

Der Erbprinz Emanuel Ludwig gab indessen unserm Meister keine Gelegenheit, den Vorsatz »ihm ferner zu spielen« zur Ausfüh-

6) Die Existenz dieses Autographs wurde erst im Februar dieses Jahres vermittelst der Magdeburger Zeitung bekannt, in welcher der Besitzer eine Beschreibung desselben nebst Widmung und Widmungsgedicht veröffentlichte. Die Veröffentlichung ging dann auch in das Berliner Fremdenblatt vom 20. Februar dieses Jahres über. Die Schritte, welche ich sofort that, um mir Einsicht in das Autograph zu verschaffen, blieben erfolglos: ich erhielt auf meine Anfrage keine Antwort. Für völlige Genauigkeit der Mittheilungen kann ich daher nicht einstehen. Die Bedenken indessen, ob es unter solchen Umständen gestattet sei, hier überhaupt auf sie Bezug zu nehmen, schwanden bei genauer Erwägung von Form und Inhalt derselben, welche die Gewähr ihrer Echtheit, glaub' ich, in sich tragen.

rung zu bringen: er starb schon am 17. August 1728. Fürst Leopold folgte seinem einzigen Sohne wenige Monate später in den Tod. Daß Bach dem Gönner und Freunde zur letzten Ehre eine großartige Trauermusik in Cöthen aufführte, habe ich an andrer Stelle zu berichten gehabt. Wie sich seine späteren Beziehungen zum cöthenischen Hofe gestalteten, ist unerfindlich geblieben.

In Dresden erfreute sich Bach seit 1717 eines wohlwollenden Angedenkens. Von Leipzig aus ist er jedenfalls häufig hinüber gegangen. Manchmal nahm er seinen ältesten Sohn mit[7]. Als dieser 1733 Organist an der Sophienkirche zu Dresden geworden und Sebastian selbst 1736 in ein Dienstverhältniß zum Hofe getreten war, wird der Verkehr noch lebhafter gewesen sein. Nachweisen lassen sich indessen zwischen 1723 und 1750 nur vier Besuche. Der erste fällt zwischen 1723 und 1725; aus dem was Bach darüber gelegentlich äußert, darf man schließen, daß er von Hofe aus hinbeordert worden ist[8]. 1731 war es die erste Aufführung der *Cleofide*, welche ihn nach Dresden lockte. Am 7. Juli des Jahres war der zum Capellmeister ernannte Johann Adolph Hasse mit seiner Gattin Faustina aus Venedig eingetroffen. Seine Oper, in welcher Faustina die Hauptpartie hatte, wurde am 13. September zum ersten Male gegeben. Dies war für Dresden, wie überhaupt für die italiänische Oper in Deutschland ein Ereigniß von entscheidender Wichtigkeit. Der Enthusiasmus über Hasses Musik und Faustinas Gesang kannte keine Gränzen: ein Berichterstatter meinte, dieses Künstlerpaar zu loben sei so vergebene Bemühung, als wenn man der Sonne ein Licht anzünden wolle. Bach unternahm es, am folgenden Tage Nachmittags 3 Uhr in der Sophienkirche als Orgelspieler aufzutreten. Es scheint nicht, daß ihn jemand vom Hofe des Anhörens gewürdigt hat. Aber die ganze Capelle, also auch Hasse, war zugegen und Bachs Erfolg bei dieser Künstlerschaar ein allgemeiner und sehr großer. Selbst die Publicistik nahm davon Notiz, was unter dem Eindruck der *Cleofide* gewiß etwas bedeuten will: ein Gelegenheitsdichter erhob die staunenswerthen Wunder seiner »hurtigen Hand« über die Thaten des Orpheus. Nachdem sodann Bach 1733 *Kyrie* und *Gloria* der H moll-Messe dem König

7) Forkel, S. 48. 8) S. S. 45 dieses Bandes.

August III. persönlich in Dresden überreicht und 3 Jahre später auf nochmaliges Ansuchen den Titel eines Hofcomponisten erhalten hatte, ließ er sich wenige Tage darauf, am 1. December 1736 Nachmittags von 2 bis 4 Uhr auf der neuen Silbermannschen Orgel in der Frauenkirche hören. Diesmal bestanden die Zuhörer nicht nur aus den Capellmitgliedern. Auch viele Vornehme und andre Personen hatten sich versammelt und bewunderten den Meister[9].

Unter ihnen befand sich der livländische Freiherr Hermann Carl von Kayserling, der einige Jahre später in noch nähere Berührung mit Bach treten sollte, aber ihm auch jetzt schon bekannt und besonders gewogen gewesen sein muß. Das Decret über Bachs Anstellung als Hofcomponist war am 19. November ausgefertigt, und am 28. November dem Freiherrn zur Aushändigung an Bach übergeben worden. Jedenfalls hatte Bach den Inhalt des Decrets zuvor erfahren und sich alsbald aufgemacht, um in Dresden persönlich seinen Dank abzustatten. Sonst hätte er nicht schon am 1. December dort ein Orgelconcert geben können. Kayserlings Vermittlung aber bezeugt, daß sein Interesse für Bach am Hofe schon eine bekannte Sache war. An ihm besaß Bach einen vermögenden, hoch und vielseitig gebildeten Gönner. Bevor er als Gesandter von Petersburg nach Dresden geschickt wurde (13. Dec. 1733), hatte er den Präsidentenstuhl der Kaiserlichen Akademie der Wissenschaften in Petersburg eingenommen. König August III erhob ihn am 30. October 1741 in den Grafenstand; er weilte in Dresden noch bis 1745. Als »großer Liebhaber und Kenner der Musik« versammelte er gern die hervorragendsten Künstler Dresdens um sich. Pisendel, Weiß, Friedemann Bach verkehrten in seinem Hause, auch zureisende Musiker schätzten es sich zur Ehre dort eingeführt zu werden[10]. Diese Umstände müssen dazu beigetragen haben, Bachs Beziehungen zu der Dresdener Künstlerwelt noch inniger zu machen. Dieselben waren als solche allgemein bekannt und schon in den Jahren 1727—1731 derart, daß jemand sagen konnte, man habe vermittelst ihrer in Leipzig fast jeden Tag über die Dresdener Capelle sichere und

9) Fürstenau, Zur Geschichte der Musik am Hofe zu Dresden. II, S. 171 und 222 f.

10) Hiller, Lebensbeschreibungen. S. 45. — Fürstenau, a. a. O. S. 222, Anmerk.

gründliche Nachrichten erhalten können[11]. Pisendel, welcher schon im März 1709 auf seiner Reise von Anspach nach Leipzig Bach in Weimar aufgesucht hatte, wendete der von ihm erfundenen Viola pomposa sein Interesse zu. Er benutzte das Instrument gern zum Accompagniren; als im Jahre 1738 Franz Benda einmal zum Besuch nach Dresden gekommen war, musicirten sie bei Weiß miteinander vom Nachmittag bis um Mitternacht, indem Benda mit Pisendel nicht weniger als 24 Violinsoli und Weiß dazwischen noch 8 bis 10 Sonaten auf der Laute spielte[12]. Einer der besten Schüler Pisendels war Johann Gottlieb Graun; zu ihm hegte auch Bach ein solches Vertrauen, daß er ihm, als er 1726 von Dresden an den Hof des Herzogs Moritz Wilhelm von Sachsen-Merseburg als Concertmeister berufen wurde, seinen Sohn Wilhelm Friedemann zur zeitweiligen Unterweisung übergab[13]. Zu Zelenka, dem gediegenen Schüler des Fux, zog ihn dessen ernster und vorzüglich auf Kirchenmusik gerichteter Sinn; hierin soll er ihn über Hasse gestellt haben; ein Magnificat desselben mußte Friedemann für den Gebrauch der Thomaner abschreiben[14]. Über Bachs Umgang mit andern Dresdener Kunstgrößen, wie Buffardin, Heinichen, Hebenstreit, Quantz, fehlen die Einzelheiten. Sein Verkehr mit Hasse und Faustina aber beruhte auf gegenseitiger, aufrichtiger Bewunderung: das Ehepaar hat auch Bach mehre Male in Leipzig aufgesucht[15].

Hamburg, das Ziel der musikalischen Pilgerfahrten Bachs von Lüneburg aus und seit dem Jahre 1720 ihm noch in frischer Erinnerung, hat er 1727 von neuem, und so viel wir wissen zum letzten Male gesehen. Jakob Wilhelm Lustig, Sohn eines Hamburger Organisten, Schüler Matthesons und Telemanns und später selbst ehrenwerther Organist in Gröningen, hörte ihn damals. Die Worte, mit denen er dieses selbst erzählt, sind in ihrer Schlichtheit überaus beredt: »er hörte große Virtuosen, ja, den Herrn Bach selbst«. So sehr erschien alles, was große Spieler leisteten nur als schwaches

---

11) Scheibe, Über die musikalische Composition. Vorrede, S. LIX.

12) Hiller, a. a. O. S. 45 f.

13) Marpurg, Historisch-Kritische Beyträge I, S. 430.

14) Es befindet sich noch jetzt in Partitur und Stimmen auf der Bibliothek der Thomasschule zu Leipzig.

15) Forkel, S. 48 f.

Abbild eines einzig dastehenden Ideals. Wie Bach diesesmal mit Mattheson gefahren ist, läßt sich nicht erkennen. Matthesons Stimmung gegen ihn ist schon an einer andern Stelle charakterisirt worden. Er forderte Bach 1731 nochmals zu einem autobiographischen Beitrag für die »Ehrenpforte« auf, und überging ihn, als dieser nicht erfolgte, in jenem Werke ganz, weil er »ein unbilliges Bedenken getragen habe, was rechtes und systematisches von seinen Vorfällen zu melden«. Händel und Keiser hatten es nicht anders gemacht, wurden aber trotzdem der Aufnahme in den Ehrentempel gewürdigt. Seinen Jugendfreund Telemann, der sich wenn er nicht wankelmüthig gewesen wäre, vier Jahre vorher in das vacante Thomascantorat gemächlich hätte hineinsetzen können, ging Bach sicher nicht vorüber. Telemann nahm in das musikalische Journal »Der getreue Musik-Meister«, welches er 1728 herausgab, einen schönen vierstimmigen Canon von enormer Künstlichkeit auf, den Bach 1727 in Hamburg gemacht und dem Dr. Hudemann zugeeignet hatte. Lustig lernte auch diesen Canon kennen, machte sich darüber und löste ihn; die Auflösung theilte Mattheson zwölf Jahre später in dem »Vollkommenen Capellmeister« mit. Wie Hudemann für die ihm angethane Ehre sich erkenntlich gezeigt hat, erfuhren wir bei Gelegenheit der Cantate »Phöbus und Pan«[16].

Auch sein heimathliches Thüringen hat Bach von Leipzig aus bisweilen wieder besucht. Vom weimarischen Hofe war er geschieden, nachdem Herzog Wilhelm Ernst in pedantischer Gewissenhaftigkeit den ganz unbedeutenden Sohn Samuel Dreses zum Capell-

---

16) Bachs Hamburger Reise von 1727 war mir, als ich Band I, S. 632 schrieb, entgangen. Sie ergiebt sich aber aus Marpurg, Kritische Briefe II, S. 470, woselbst Lustig seine Lebensgeschichte erzählt. Lustig berichtet über seine Erlebnisse chronologisch. Kunze der Sohn war im September 1720 geboren, Lustig unterrichtete ihn also 1724 und 1725. Dann folgte der Compositionsunterricht bei seinem Vater und Telemann. 1728 ging er nach Gröningen. Zuvor aber hatte er Bach in Hamburg gehört; 1727 dedicirte dieser den genannten Canon an Hudemann. Also ist er jedenfalls in diesem Jahre in Hamburg gewesen und hat den Canon dort componirt. Derselbe ist außer bei Mattheson (S. 412 und 413) auch zu finden bei Mizler, Musikalische Bibliothek III, S. 482 und Marpurg, Abhandlung von der Fuge. Zweiter Theil, S. 99 f. (Tab. XXXIII, Fig. 2). Unaufgelöst hat ihn Hilgenfeldt als letzte Notenbeilage wieder abdrucken lassen.

meister gemacht hatte, während Bach das beste Recht auf diesen Posten besaß. Es ist hiernach nicht wahrscheinlich, daß zu Lebzeiten dieses Herzogs noch Verbindungen zwischen Bach und dem weimarischen Hofe bestanden. Sie sind aber jedenfalls unter Herzog Ernst August (1728—1748) wieder angeknüpft. Dieser seltsame von seinem Oheim in vielen Beziehungen grundverschiedene Herrscher scheint mit seinen Stiefbruder Johann Ernst die Liebe zur Musik vom Vater ererbt zu haben, in dessen Dienst sich Bach 1703 auf kurze Zeit befand. Er spielte eifrig Violine, manchmal gar schon des Morgens im Bette, und scheint auch an italiänischer Opernmusik, wie Herzog Christian von Weißenfels, Gefallen gefunden zu haben[17]. Eine der vielen Bestimmungen, welchen die Cantate »Was mir behagt« dienen mußte, war den Geburtstag Ernst Augusts zu feiern. Durch Vermittlung der älteren Söhne Bachs ist uns die Nachricht erhalten worden, daß der Herzog nicht minder als Leopold von Cöthen und Christian von Weißenfels dem Künstler »in herzlicher Liebe zugethan gewesen sei«[18]. Aber auch Erfurt, eine der alten Sammelstätten des Bachschen Geschlechtes; übte noch in Bachs späteren Jahren Anziehungskraft auf ihn aus. Ein Vetter Sebastians, Johann Christoph, Sohn von Aegidius Bach stand an der Spitze der Rathsmusikanten von Erfurt, als Sebastian den ihm ehrwürdigen Ort einmal wieder aufsuchte[19]. Es muß dies nach 1727 geschehen sein. Adlung war damals Organist an der Predigerkirche, eine Stelle welche seiner Zeit Johann Bach bekleidet hatte. Er schloß sich bei dieser Gelegenheit eng an Sebastian Bach an, fragte ihn wißbegierig über frühere Erlebnisse aus und legte es ihm nahe, ihm auf dem Claviere vorzuspielen, was alles der große Meister auch mit der Zuvorkommenheit und Gutwilligkeit gewährte, die ihm in solchen Fällen eigen war[20].

---

17) S. die Mittheilungen aus den Memoiren des Baron von Pöllnitz bei v. Beaulieu Marconnay, Ernst August, Herzog von Sachsen-Weimar-Eisenach. Leipzig, Hirzel. 1872. S 143 und 144. S. auch S. 104 daselbst.

18) Forkel, S. 48. 19) S. Band I, S. 27.

20) Adlung, Anleitung zu der musikalischen Gelahrtheit. S. 691: »Als Herr Bach zu einer gewissen Zeit bey uns in Erfurt war« u. s. w. Daß die »gewisse Zeit« nach 1727 fällt ergiebt sich daraus, daß erst Ende dieses Jahres Adlung von Jena wieder nach Erfurt kam. Die Worte »bey uns« deuten auf

Andre Reisen Bachs haben noch gegen 1730 und im Juli 1736 stattgefunden. Erstere war es, die den Leipziger Rath so sehr gegen ihn aufbrachte, da er versäumt hatte sich pflichtschuldigst bei diesem Urlaub zu erbitten[21]. Letztere ging dem Ausbruche des Conflicts mit Ernesti unmittelbar vorher[22]. Wir wissen weder das Ziel der einen noch der andern, erfahren aber gelegentlich dieses Conflicts, daß Bach seit Ernestis Gedenken ziemlich häufig von Leipzig abwesend gewesen sein muß, da dieser angiebt, wie er es in solchen Fällen mit seiner Vertretung zu halten pflege.

In den letzten Lebensjahren war Bach begreiflicherweise weniger mobil, und der Hang zu »einem häuslichen, stillen Leben, zu einer steten, ununterbrochenen Beschäftigung mit seiner Kunst«[23] erhielt das Übergewicht. So entschloß er sich schwer zu einem letzten größeren Ausflug, der aber von allen vielleicht das ruhmvollste Ergebniß gehabt hat. Emanuel Bach war 1740 Capellmusiker Friedrichs des Großen und dessen Accompagnist geworden. Da auch die übrigen hervorragendsten Mitglieder der Capelle: beide Graun, Franz Benda, Quantz, Nichelmann, vermuthlich auch Baron, persönliche Bekannte und zum Theil Schüler Sebastian Bachs waren, so konnte es nicht fehlen, daß der König oft von ihm reden hörte. Die Art wie dies geschah reizte sein Verlangen, den großen Künstler selbst kennen zu lernen und zu hören. Emanuel meldete dies nach Leipzig, allein der Vater fühlte sich nicht aufgelegt zu kommen. Nur weil der König immer dringender wurde, entschloß er sich Anfang Mai 1747, die Reise zu machen. Er nahm Friedemann mit, wird also seinen Weg über Halle genommen haben. Sonntag den 7. Mai traf er in Potsdam ein. Es pflegte allabendlich von 7 bis 9 Uhr Hofconcert zu sein, an welchem der König sich mit Solovorträgen auf der Flöte selbst betheiligte[24]. Emanuel und Friedemann haben die nun folgenden Vorgänge genau weitererzählt[25]. Als der König sich eben zu einem Flötenconcert anschickte, wurde ihm der Rapport über die am Tage einpassirten Fremden

---

nahe Beziehungen Adlungs zu Bachs Erfurter Verwandten. — S. ferner ebenda S. 716, Anmerk. g.

21) S. 70 dieses Bandes. 22) S. 486 dieses Bandes.

23) Forkel, S. 48. 24) Marpurg, Historisch-Kritische Beyträge. I, S. 76.

25) S. Forkel, S. 9.

gebracht. Mit der Flöte in der Hand übersah er das Papier, drehte sich aber sogleich gegen die versammelten Capellisten und sagte mit einer Art von Unruhe: Meine Herren, der alte Bach ist gekommen! Die Flöte wurde bei Seite gelegt, und der alte Bach sogleich auf das Schloß befohlen. Er war in Emanuels Wohnung abgestiegen. Es wurde ihm nicht Zeit gelassen, sein schwarzes Staatskleid anzulegen; im Reisecostüm, so wie er eben war, mußte er erscheinen. Friedemann sagte hernach, der Vater habe sich wegen der ungenügenden Toilette etwas weitläufig entschuldigt, der König habe die Entschuldigungen abgewehrt, und darüber sei ein förmlicher Dialog zwischen Künstler und Monarch entstanden[26]. Friedrich hielt viel von den Silbermannschen Fortepianos, an deren Vervollkommnung Bach selber einen Antheil hatte[27]. Er besaß mehre derselben und Bach mußte sie probiren und auf ihnen fantasiren. Dann bat dieser sich vom Könige ein Fugenthema aus, welches er sofort zur Bewunderung der Anwesenden durchführte. Am folgenden Tage ließ sich Bach in der Heiligengeistkirche zu Potsdam als Orgelspieler vor einer großen Zuhörermenge hören. Hier scheint der König nicht zugegen gewesen zu sein. Doch beorderte er ihn des Abends nochmals auf das Schloß und wünschte von ihm eine sechsstimmige Fuge zu hören, um zu erfahren, wie weit die polyphone Kunst getrieben werden könne. Hierzu durfte sich Bach ein Thema selbst wählen, da für eine so vollstimmige Durchführung nicht ein jedes geeignet ist und erntete auch nach dieser Leistung des Königs volle Anerkennung.

Er ist von Potsdam aus auch in Berlin gewesen und hat das von Knobelsdorf 1741—1743 erbaute Opernhaus besichtigt. Gespielt wurde damals nicht. Für die regelmäßigen Opern-Aufführungen waren nur die Montage und Freitage der Monate December und

26) Ob hier Friedemann Bach seiner Phantasie nicht hat die Zügel schießen lassen, mag dahin gestellt bleiben. Die Spenersche Zeitung berichtet — worauf zuerst Bitter hingewiesen hat — unter dem 11. Mai 1747 über die Vorgänge ebenfalls. Hier heißt es aber nur: . . . »ward Sr. Majestät berichtet, daß der Capellmeister Bach in Potsdam angelangt sey, und daß er sich jetzo in Dero Vor-Cammer aufhalte, allwo er Dero allergnädigste Erlaubniß erwarte, der Music zu hören zu dürfen. Höchstdieselben ertheilten sogleich Befehl, ihn herein kommen zu lassen«.

27) S. Band I, S. 656 f.

Januar bestimmt, außerdem der 27. März als der Geburtstag der Königin-Mutter[28]. Bach interessirten indessen auch die Localitäten, welche zu Musikaufführungen bestimmt waren, als solche. Es klingt fabelhaft, wenn der Erzähler seines Lebens genöthigt ist, zu der Fülle der Talente, welche diesen einzigen Mann auszeichneten, immer noch neue Gaben zu fügen. Bachs Scharfblick war indessen auch in die Geheimnisse akustisch günstiger Bauart eingedrungen. Alles was in der Anlage des Opernhauses der Wirkung der Musik vortheilhaft oder hinderlich war, und was andre erst durch Erfahrung bemerkt hatten, entdeckte er ohne einen Ton Musik darin zu hören auf den ersten Blick. Er machte seine Begleiter auch auf ein im Speisesaale des Opernhauses zu beobachtendes akustisches Phänomen aufmerksam, das wie er meinte der Baumeister vielleicht unabsichtlich angebracht habe. Die Construction der Bögen der Saaldecke verrieth ihm das Geheimniß. Wenn jemand an der einen Ecke des oblongen Saales auf der Gallerie leise gegen die Wand sprach, so konnte es von dem, der in der Diagonale gegenüber mit dem Gesicht gleichfalls gegen die Wand gewendet stand, deutlich vernommen werden, übrigens aber im Saale nirgends. Bach hatte das Vorhandensein dieser Merkwürdigkeit beim ersten Anblicke bemerkt, ein Probe bestätigte die Richtigkeit. Der Gewährsmann dieser Erzählung sagt auch, Bach habe es immer genau zu berechnen verstanden, wie große Musikstücke sich in diesem oder jenen Raume ausnähmen[29]. Es ist nicht überflüssig, hierauf nachdrücklich hinzuweisen, da manche sich den Meister so ganz in seine innere Tonwelt versunken denken möchten, daß er darüber die sinnliche Wirkung seiner Compositionen außer Acht gesetzt habe.

Bach hatte mit seinen *Ex tempore*-Vorträgen die Bewunderung des Hofes errungen: nur er selbst war mit sich nicht zufrieden gewesen. Das vom Könige gegebene Fugenthema gefiel ihm so gut, daß er sich gegen diesen sofort verpflichtete, dasselbe einer voll-

28) S. Marpurg, Historisch-Kritische Beyträge. I, S. 75. — Brachvogel erzählt in seiner Geschichte des Königl. Theaters zu Berlin (Berlin, Janke 1877) Bd. I, S. 129, Bach habe in einem Hofconcerte zusammen mit der Signora Astrua musicirt. In Wahrheit aber trat die Astrua zum ersten Male im August 1747 in einem zu Charlottenburg aufgeführten Schäferspiele auf; s. Marpurg a. a. O. S. 82. 29) Forkel, S. 20 f.

kommeneren Ausarbeitung zu unterwerfen und sie dem Könige zu Ehren in Kupfer stechen zu lassen. Das Ergebniß dieses Vorsatzes war das Musikalische Opfer, dessen Kunstwerth an andrer Stelle gewürdigt worden ist[30]. Wie beflissen er war, sein Versprechen zu erfüllen, und wie hoch er demnach den ihm gewordenen Beifall des großen Königs geschätzt haben muß, geht aus der Hast hervor, mit der das Musikalische Opfer zu Stande gebracht wurde. Denkwürdig ist auch die Dedication, welche er ihm vorsetzte:

»Allergnädigster König,

Ew. Majestät weyhe hiermit in tiefster Unterthänigkeit ein Musicalisches Opfer, dessen edelster Theil von Deroselben hoher Hand selbst herrührt. Mit einem ehrfurchtsvollen Vergnügen erinnere ich mich noch der ganz besondern Königlichen Gnade, da vor einiger Zeit, bey meiner Anwesenheit in Potsdam, Ew. Majestät selbst, ein *Thema* zu einer *Fuge* auf dem Clavier mir vorzuspielen geruheten, und zugleich allergnädigst auferlegten, solches alsobald in Deroselben höchsten Gegenwart auszuführen. Ew. Majestät Befehl zu gehorsamen, war meine unterthänigste Schuldigkeit. Ich bemerkte aber gar bald, daß wegen Mangels nöthiger Vorbereitung, die Ausführung nicht also gerathen wollte, als es ein so treffliches *Thema* erforderte. Ich fassete demnach den Entschluß, und machte mich sogleich anheischig, dieses recht Königliche *Thema* vollkommener auszuarbeiten, und sodann der Welt bekannt zu machen. Dieser Vorsatz ist nunmehro nach Vermögen bewerkstelliget worden, und er hat keine andere als nur diese untadelhafte Absicht, den Ruhm eines Monarchen, ob gleich nur in einem kleinen Puncte, zu verherrlichen, dessen Größe und Stärke, gleich wie in allen Kriegs- und Friedens-Wissenschaften, also auch besonders in der Musik, jedermann bewundern und verehren muß. Ich erkühne mich dieses unterthänigste Bitten hinzuzufügen: Ew. Majestät geruhen gegenwärtige wenige Arbeit mit einer gnädigen Aufnahme zu würdigen, und Deroselben allerhöchste Gnade noch fernerweit zu gönnen

Ew. Majestät

Leipzig den 7. Julii 1747.

allerunterthänigst gehorsamsten Knechte, dem Verfasser.«

---

30) S. S. 671 ff. dieses Bandes.

Es ist bei allen conventionellen Ergebenheits-Phrasen ein würdiges Selbstbewußtsein in dieser Widmung, entsprungen dem Gefühle, nicht nur die Gnade eines großen Königs genossen zu haben, sondern von diesem auch in der eignen Künstlergröße verstanden worden zu sein. —

Zunächst war es immer, wie natürlich, Bachs eminente Orgelvirtuosität, welche die Welt zur Bewunderung niederzwang. Sie hat ihm nach Telemanns Zeugniß schon zu seinen Lebzeiten den Beinamen »der Große« eingebracht[31]. Aber auch seine Compositionen haben sich vom zweiten Jahrzehnt des Jahrhunderts an weit und immer rascher verbreitet. Allerdings mehr nur die Instrumental-, namentlich Clavier- und Orgelwerke. Vocalcompositionen findet man selten erwähnt. Mattheson spricht von solchen 1716, kritisirt auch 1725 die Cantate »Ich hatte viel Bekümmerniß«; der Adjuvant in Voigts »Gespräch von der Musik« (1742) rühmt sich, er besitze schon drei Packete Kirchencantaten »von den berühmtesten Componisten, als: Telemann, Stölzel, Bach, Kegel und andern mehr«[32]. Die weltliche Cantate über den Caffee scheint 1739 nach Frankfurt gedrungen zu sein[33]. Aber im allgemeinen waren Bachs concertirende Gesangscompositionen theils wohl zu schwierig, theils entsprachen sie auch nicht der Zeitempfindung, welche in Telemann ihr Ideal gefunden hatte. Es ist merkenswerth, daß Samuel Petri, der ein vortrefflicher Musiker, zudem Schüler Friedemann Bachs und ein Bewunderer von Sebastians Instrumentalmusik war, diesen als Cantatencomponisten nicht einmal nennt. »Zu Telemanns Zeit«, sagt er, »suchten sich zwar mehrere im Kirchenstyle ebenfalls hervorzuthun, als Stölzel, Kramer und Römhild des letzten Herzogs von Sachsen Merseburg Capellmeister, nebst anderen, deren Genies aber zu mittelmäßig waren, als daß sie Telemann hätten gleich kommen können«[34].

31) S. Sonnett Telemanns auf S. Bach in »Neueröffnetes Historisches *Curiosit*äten-*Cabinet*. Dresden, 1751. S. 13. — Wiederabgedruckt ist das Sonnett bei Marpurg, Historisch-Kritische Beyträge I, S. 561.

32) Gespräch von der *Musik*, zwischen einem Organisten und Adjuvanten. Erfurt, 1742. S. 2.

33) S. S. 472 dieses Bandes.

34) Petri, Anleitung zur praktischen Musik. S. 99.

Es konnte nicht ausbleiben, daß Bachs immer wachsende Berühmtheit in der Welt auch auf seine Verhältnisse an dem Orte zurückwirkte, wo er seßhaft war. Künstler und Musikfreunde, vornehme und geringe, suchten mit ihm von auswärts in Verbindung zu treten oder pilgerten persönlich zu dem Hause am Thomaskirchhof. Emanuel Bach berichtet aus eigner Anschauung, wenn er in seiner Autobiographie schreibt: »es reisete nicht leicht ein Meister der Musik durch diesen Ort [Leipzig], ohne meinen Vater kennen zu lernen und sich vor ihm hören zu lassen. Die Größe dieses meines Vaters in der Composition, im Orgel- und Clavierspielen, welche ihm eigen war, war viel zu bekannt, als daß ein Musikus vom Ansehen, die Gelegenheit, wenn es nur möglich war, hätte vorbei lassen sollen, diesen großen Mann näher kennen zu lernen«[35]. Unter den vornehmen Musikfreunden nimmt neben Graf Sporck und Freiherr von Kayserling Georg von Bertuch einen hervorragenden Platz ein. Bertuch war aus Helmershausen in Franken gebürtig, studirte in Jena und machte hier die Bekanntschaft Nikolaus Bachs, mit dem er eine Reise nach Italien unternehmen wollte. Er disputirte 1693 in Kiel über eine juristisch-musikalische Abhandlung *De eo quod justum est circa ludos scenicos operasque modernas*, die 1696 zu Nürnberg gedruckt wurde. Später kam er in die militärische Laufbahn und wurde Generalmajor und Gouverneur der Festung Aggershuys in Norwegen[36]. Musik hatte er so eifrig getrieben, daß er gegen 1738 mit 24 Sonaten durch alle Dur- und Molltonarten hervortreten konnte. Ein Exemplar davon scheint er Bach übersendet zu haben; jedenfalls schrieb er ihm einen Brief, in welchem er die deutschen Componisten vor andern herausstrich und sich dabei auch auf Lotti berief, der seine Landsleute zwar für talentvoll aber nicht für Componisten erachte, sondern dafür halte, daß die wahre Composition sich in Deutschland fände[37]. Einer allerdings nicht unbedingt glaubwürdigen Quelle entnehmen wir, daß Bach mit einer vornehmen und reichen Familie aus Livland bekannt gewesen sei, deren ältester Sohn in Leipzig studirt habe, und daß Emanuel Bach

---

35) Burney, Tagebuch III, S. 201.

36) Walther, Lexicon S. 90 f.

37) Mizler, Musikalische Bibliothek. Erster Band. Vierter Theil, S. 83.

mit demselben eine Reise durch Frankreich, Italien und England habe unternehmen sollen: doch sei dieser Plan durch Emanuels Anstellung beim Kronprinzen Friedrich von Preußen vereitelt worden[38]. In Bachs letzten Lebensjahren bestanden auch Beziehungen zwischen ihm und einem Grafen von Würben, dessen Sohn 1747 in Leipzig studirt zu haben scheint[39].

Um von zureisenden Musikern nur einige zu nennen, so machte der Böhme Franz Benda 1734 auf einer Reise von Berlin nach Bayreuth Bachs Bekanntschaft[40]. Der Schwabe Johann Christian Hertel, welcher 1726 in Weimar bei der Trauermusik mitgewirkt hatte, die der Herzog Ernst August auf den Tod seiner Gemahlin aufführen ließ, nahm seinen Weg nach Dresden über Leipzig, trat bei Bach ein und bewog ihn dazu, ihm vorzuspielen[41]. Johann Francisci aus Neusohl in Ober-Ungarn reiste zur Ostermesse 1725 nach Leipzig, »hatte das Glück, den berühmten Herrn Capellmeister Bach kennen zu lernen und aus dessen Geschicklichkeit seinen Nutzen zu ziehen«[42]. Balthasar Reimann, ein wackrer Organist zu Hirschberg in Schlesien, der von seinem Landsmanne Daniel Stoppe mehrfach angesungen wird, erzählt, er sei zwischen 1729 und 1740 auf Kosten eines vornehmen Gönners nach Leipzig gereist, um den berühmten Joh. Sebastian Bach spielen zu hören. »Dieser große Künstler nahm mich liebreich auf und entzückte mich dermaßen durch seine ungemeine Fertigkeit, daß mich die Reise nie-

38) Rochlitz, Für Freunde der Tonkunst. Vierter Band. S. 185 (3. Aufl.). Rochlitz schöpfte aus Mittheilungen von Doles, Emanuels Jugendfreunde. Die vornehme Familie wird doch nicht die des Freiherrn von Kayserling gewesen sein?

39) Die Autographensammlung des Herrn Ott-Usteri in Zürich enthielt 1869 ein Blatt folgenden Inhalts:

»*Quittung.*

Daß mir Endes Gefertigtem von des *Tit:* Herrn Gravens von Werben (so) Herrn Hoffmeister Ignatz Ratsch für das Clavier vor (ein Wort unleserlich) anwiederumb seynd bezahlt worden, ein Rthlr acht Groschen thue hiermit gebührend bescheinigen.

Leipzig, d. 5. *Decemb.* 1747.

Id est 1 rthlr 8 gr. *Joh: Sebast: Bach.*«

40) Hiller, Lebensbeschreibungen S. 44.

41) Hiller, a. a. O. S. 156.

42) Mattheson, Ehrenpforte. S. 79.

mals gereuet hat«[43]. In vertraulicherer Beziehung zum Bachschen Hause scheint Georg Heinrich Ludwig Schwanenberger gestanden zu haben, Violinist in der herzoglich braunschweigischen Capelle[44]. Derselbe befand sich im October 1728 in Leipzig, da Bach grade ein Töchterchen taufen ließ. Zum Pathen war unter andern der Großvater Johann Caspar Wülcken gebeten; da dieser aber nicht persönlich erscheinen konnte, so vertrat der biedre Schwanenberger seine Stelle. Dem Besuche eines befreundeten Musikers verdankt auch ein geistreicher Canon aus Bachs vorletztem Lebensjahre seine Entstehung. Der Meister hat denselben mit sinnvollen lateinischen Sprüchen umgeben, die an die Beischriften des Musikalischen Opfers erinnern. Er hat sammt diesen folgendes Aussehen:

»*Fa Mi, et Mi Fa est tota Musica*

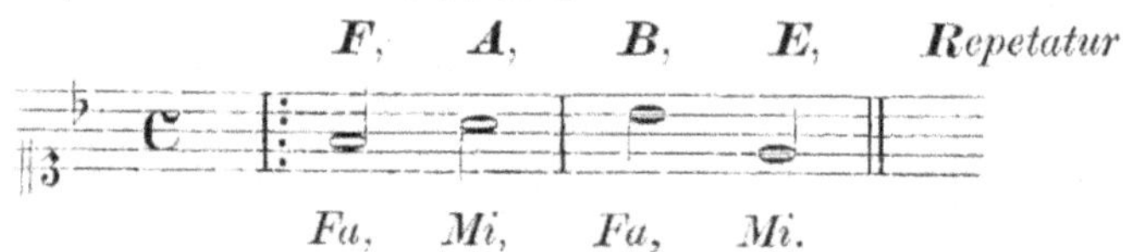

Canon super Fa Mi, a 7. post Tempus Musicum.

Domine Possessor
F*idelis* ***A****mici* ***B****eatum* ***E****sse* ***R****ecordari*
tibi haud ignotum: itaque
B*onae* ***A****rtis* ***C****ultorem* ***H****abeas*

Lipsiae d. 1 Martii
1749.

*verum am**I**cum **T**uum.*«

43) Mattheson, a. a. O. S. 292.

44) S. Chrysander, Jahrbücher für musikalische Wissenschaft. Erster Band. S. 285.

Es ist ein siebenstimmiger Canon über den *Basso ostinato* f a b e. Da diese Töne nach den Regeln der Solmisation ein zweimal wiederkehrendes *fa mi* darstellen, insofern die mittleren beiden dem sechsten, die äußeren dem fünften Hexachord angehören, so konnte Bach sagen, der Canon sei über das *fa mi* (oder *mi fa*) geschrieben. Die canonischen Stimmen setzen eine jede einen Doppeltakt (*tempus musicum*) nach der vorhergehenden ein. Außerdem bemerkt man in der Überschrift des Ostinato und wiederum in der zweiten Zeile der Unterschrift — in letzterer akrostichisch — den Namen *Faber* (Schmidt), wogegen die vorletzte Zeile der Unterschrift, ebenfalls akrostichisch gelesen, den Namen Bach ergiebt; die hervorstehenden Buchstaben der letzten Zeile *I T* bedeuten *Isenaco-Thuringum* (aus Eisenach in Thüringen). Wer die Persönlichkeit war, dem Bach das mit solch zierlichen Arabesken ausgestattete Kunstwerk widmete, läßt sich nur vermuthen. Es könnte Balthasar Schmidt aus Nürnberg gemeint sein, Sebastian und Emanuel Bachs Verleger, selber Organist und geschickter Musicus. Indessen läßt die Fassung der Unterschrift auf ein langdauerndes Freundschaftsbündniß schließen, und es fehlt an jedem Anhalte, ein solches zwischen Bach und Balthasar Schmidt zu vermuthen. Mehr Wahrscheinlichkeit hat Johann Schmidt, Organist zu Zella St. Blasii in Thüringen für sich. Dieser muß in Bachs Alter gewesen sein. Er war um 1720 Lehrer Johann Peter Kellners, welcher erzählt, daß man ihn mit Recht wegen seiner besondern Geschicklichkeit gerühmt habe[45]. Vermuthlich haben wir ihn auch unter dem Organisten Johann Ch. Schmidt zu verstehen, der am 9. November 1713 sich ein Clavierpraeludium Seb. Bachs abschrieb[46]. Darnach wäre die Verbindung zwischen ihm und Bach eine sehr alte. Johann Schmidt räumte freilich schon 1746 die Organistenstelle zu Zella seinem Sohne Christian Jacob, doch wird nicht berichtet, daß er auch in diesem Jahre gestorben sei. Und erwägt man, daß Bach grade in seinen letzten Lebensjahren zwei seiner Werke durch J. G. Schübler in

45) Marpurg, Historisch-Kritische Beyträge I, S. 441. — Eine Composition desselben bewahrt die Bibliothek des königlichen akademischen Instituts für Kirchenmusik zu Berlin.

46) S. Band I, S. 430, Anmerk. 65.

Zella stechen und verlegen ließ[47], so läßt sich mit Grund annehmen, daß diese übrigens auffallende Geschäftsverbindung Bachs mit einem unbekannten Manne in einem kleinen und entlegenen Orte durch Johann Schmidt herbeigeführt war[48]. —

Wichtiger als solche vorübergehende wenn auch sehr häufige Berührungen mit auswärtigen Musikern wurden für Bachs Privatleben die Schüler, welche ihm von nah und fern zuströmten. Aus der Mühlhäuser, weimarischen und cöthenischen Zeit hatten wir nur Schubart, Vogler, Tobias Krebs, Ziegler, Schneider und Bernhard Bach als solche zu nennen gehabt, die Bachs Unterweisung genossen. Es mag zum Theil ein Zufall sein, daß uns die Kenntniß einer größeren Anzahl abgeht. Sicher aber ist doch auch, daß Bach erst in Leipzig die stärkste Wirksamkeit als Lehrer entfaltete. Das Gefühl der Zusammengehörigkeit, welches noch immer die Glieder des großen Bachschen Geschlechtes erfüllte, veranlaßte seit Sebastian in Leipzig war den jüngeren Nachwuchs der Nebenlinien, sich mit Vorliebe diesen Ort nicht nur zum musikalischen, sondern auch zum wissenschaftlichen Studium auszuersehen. Am 7. Mai 1732 ließ sich Samuel Anton, der älteste Sohn Johann Ludwig Bachs aus Meiningen auf der Leipziger Universität inscribiren. Er ging in Sebastians Hause aus und ein und schloß Freundschaft mit Emanuel, der ebenfalls seit einem Semester Student war. Samuel Anton besaß eine reiche und vielseitige Begabung; nicht ohne Erfolg legte er sich auf die Malerei und betrieb die Musik, jedenfalls unter Nachhülfe Sebastians, mit solchem Ernst, daß er hernach in Meiningen Hoforganist werden konnte[49]. Einige Jahre später bezog Johann

47) Vermuthlich Johann Wolfgang Georg Schübler, Sohn eines Büchsenschäfters Johann Nikolaus Schübler daselbst (aus Acten des Pfarr-Archivs mitgetheilt von Herrn Pfarrer Buddeus in Zella). Eine Composition von Schübler in einem handschriftlichen Sammelband auf der königl. Bibliothek zu Berlin (s. Buxtehude, Orgelcompositionen. Band I, Vorwort S. IV, Nr. 10).

48) Den Canon ohne die Um- und Überschriften überliefert als eine Composition Seb. Bachs Marpurg, Abhandlung von der Fuge. Zweyter Theil. Tab. XXXVII, Fig. 6 und 7; vergl. ebenda S. 67. — Vollständig fand ich ihn in einer schönen Abschrift aus dem vorigen Jahrhundert im Grasnickschen Nachlasse, aus welchem er nun der königlichen Bibliothek zu Berlin einverleibt ist. — Die Auflösung ist mitgetheilt als Musikbeilage 5.

49) S. Band I, S. 12 und die Inscriptionsbücher der Leipziger Universität vom Jahre 1732.

Ernst, der Sohn Bernhard Bachs aus Eisenach die Thomasschule und studirte darauf an der Universität die Rechte. Sein Schülerverhältniß zu Sebastian zeigen 12 Vivaldische, von diesem für Clavier bearbeitete Concerte an, welche er sich abgeschrieben hat[50]. Im Frühjahr 1739 kam sogar noch Johann Elias Bach, damals schon wohlbestallter Cantor in Schweinfurt, angezogen, um sich als Student der Theologie immatriculiren und in der Musik von Sebastian fördern zu lassen. Beweisen seiner dankbaren Gesinnung gegen den großen Verwandten werden wir weiter unten begegnen[51].

In der Reihe derjenigen Schüler, die nicht durch Bande des Bluts an Sebastian Bach geknüpft waren, hat Heinrich Nikolaus Gerber den Vortritt. Er war 1702 zu Wenigen-Ehrich im Schwarzburgischen geboren, hatte das Gymnasium zu Mühlhausen besucht und hier dem genialen, aber verkommenen Friedrich Bach manches abgelauscht[52]. 1721 kam er auf das Gymnasium nach Sondershausen und im Mai 1724 als *studiosus juris* auf die Leipziger Universität. Er hegte jedoch die Absicht, auch die Musik weiter zu pflegen: *litterarum liberalium studiosus ac musicae cultor* pflegte er sich in jenen Jahren zu unterzeichnen. Seine Ehrfurcht vor Bach war so groß, daß er es ein Jahr lang nicht wagte, ihn um Unterricht zu ersuchen. Es hielt sich aber damals ein Musiker Namens Wilde in Leipzig auf, vermuthlich derselbe, welcher 1741 kaiserlicher Kammermusiker in Petersburg wurde und sich durch eine Reihe von verbessernden Erfindungen an verschiedenen Instrumenten einen Namen gemacht hatte. Dieser spielte den Vermittler und führte den Kunstjünger bei Bach ein. »Bach nahm ihn als einen Schwarzburger, besonders gefällig auf und nannte ihn von da beständig Landsmann. Er versprach ihm den erbetenen Unterricht und fragte zugleich, ob er fleißig Fugen gespielet habe? In der ersten Stunde legte er ihm seine *Inventiones* vor. Nachdem er diese zu Bachs Zufriedenheit durchstudirt hatte, folgten eine Reihe Suiten und dann das temperirte Clavier. Dies letztere hat ihm Bach mit

50) S. Band I, S. 848.

51) S. Band I, S. 154 und die Inscriptionsbücher von 1739; außerdem den Nachtrag zu I, S. XV.

52) S. Band I, S. 139.

seiner unerreichbaren Kunst dreimal durchaus vorgespielt, und er rechnete die unter seine seligsten Stunden, wo sich Bach, unter dem Vorwande, keine Lust zum Informiren zu haben, an eines seiner vortrefflichen Instrumente setzte und so diese Stunden in Minuten verwandelte.« Gerber verließ Leipzig 1727 und begab sich dahin nur noch einmal gegen 1737, um den geliebten Lehrer wiederzusehen. Er wurde 1731 Hoforganist in Sondershausen und hat als wackrer und bescheidener Künstler seinem großen Meister Ehre gemacht[53].

Johann Tobias Krebs, Bachs fleißiger und begabter Schüler während dessen weimarischer Zeit, sendete nach und nach nicht weniger als drei Söhne auf die Thomasschule. Der zweite, Johann Tobias trat 1729, dreizehnjährig, ein. Bach urtheilte über ihn, er habe »eine gute starcke Stimme und feine *profectus*«[54]. Die Musik scheint indessen bei ihm durch die Wissenschaften allmählig in den Hintergrund gedrängt worden zu sein. Er absolvirte 1740 die Schule mit Auszeichnung, wurde 1743 an der Universität *Magister philosophiae*, später Rector der Landesschule zu Grimma. Noch ausschließlicher dürfte sich der dritte Sohn, Johann Carl, den gelehrten Studien hingegeben haben, welcher 1747 mit Ehren die Schule verließ[55]. Das hervorragendste musikalische Talent aber besaß Johann Ludwig, der älteste. Er ist am 10. Februar 1713 zu Buttelstädt geboren, war von 1726 bis 1735 Thomasschüler, und studirte alsdann noch zwei Jahre auf der Universität. Das Verhältniß Bachs zu diesem Lieblingsschüler war ein besonders vertrautes. Er bewunderte seine musikalischen Leistungen und schätzte seine gelehrten Kenntnisse[56]. Scherzend soll er gesagt haben: »Das ist der einzige Krebs in meinem Bache«[57]. Im Musikverein ließ er ihn als Cembalisten anstellen[58], er empfahl ihn dem Professor Gottsched als Musiklehrer für seine

53) Gerber, Lexicon I, Sp. 490 ff.

54) S. S. 66 dieses Bandes.

55) »Nützliche Nachrichten von Denen Bemühungen derer Gelehrten« u. s. w. Leipzig. 1740. S. 67; 1746, S. 164; 1747, S. 289.

56) So berichtet Köhler, *Historia scholarum Lipsiensium*.

57) J. F. Reichardt, Musikalischer Almanach. Berlin, 1796. Bogen L 3.

58) Gerber, Lexicon I, Sp. 756.

Frau[59], und ließ sich sogar herbei seine Compositionen zu vertreiben[60]. Als Krebs die Schule verließ, stellte ihm Bach folgendes Zeugniß aus:

»Da Vorzeiger dieses Herr Johann Ludwig Krebs mich Endesbenannten ersuchet, Ihme mit einem Attestat wegen seiner Aufführung auf unserm Alumneo zu assistiren. Als habe Ihme solches nicht verweigern, sondern so viel melden wollen, daß ich persuadiret sey, aus Ihme ein solches Subjectum gezogen zu haben, so besonders in *Musicis* sich bey uns distinguiret, indem Er auf dem Clavier, Violine und Laute, wie nicht weniger in der Composition sich also habilitiret, daß er sich hören zu lassen keine Scheu haben darf; Wie denn deßfalls die Erfahrung ein Mehreres zu Tage legen wird. Ich wünsche Ihme demnach zu seinem Avancement göttlichen Beystand, und recommandire denselben hiermit nochmahligst bestens«.

Leipzig, den 24. August 1735.

Johann Sebastian Bach

Capellmeister und *Director Musicae*«.[61]

Im April 1737 wurde Krebs Organist in Zwickau und einige Monate darauf schrieb der Organist Linke in Schneeberg einem Freunde: »Vor einiger Zeit habe die Ehre gehabt, Monsieur Krebsen, den neuen Organisten in Zwickau, einen sehr starken Clavier- und Orgelspieler, zu sprechen und zu hören. Ich muß gestehen, daß es etwas wichtiges sei, was dieser Mensch als ein Organiste vor andern thut, und ist er eine Bachische Creatur«[62]. Krebs wurde im April 1744 Schloßorganist in Zeitz, wo er mit dem jüngern Schemelli zusammen wirkte[63], 1756 aber Hoforganist in Altenburg und hier ist er 1780 gestorben. Unzweifelhaft war er als Orgelkünstler Bachs würdigster Schüler, und einer der größten, welche überhaupt nach Bach gelebt haben. An Spielfertigkeit mochte ihn Vogler erreichen, als Componist steht er tief unter ihm.

59) »Der Frau Luise Adelgunde Victoria Gottschedinn sämmtliche kleinere Gedichte«. Leipzig, 1763. In dem vorausgeschickten Lebenslauf.

60) S. Tonhalle, Organ für Musikfreunde. Jahrgang 1869, S. 831.

61) Aus den Acten des Zwickauer Rathsarchivs. Zuerst mitgetheilt von Dr. Herzog im Zwickauer Wochenblatt vom 26. März 1875.

62) [Voigt] Gespräch von der Musik zwischen einem Organisten und Adjuvanten. 1742. S. 103.

63) S. S. 590 dieses Bandes.

Ein jüngerer Künstler, der seine Ausbildung durch Bach eigentlich schon in Cöthen erhielt, aber nach einer Unterbrechung auch in Leipzig wieder das Verhältniß des Jüngers zum Meister erneuerte, war Johann Schneider. Er wetteiferte 1730 mit Vogler um die Organistenstelle an der Nikolaikirche, und vermochte ihm den Rang abzulaufen. Ich habe dies an andrer Stelle schon erzählt[64]. Hier gilt es nur, einen bedeutenden Musiker nicht vorüberzugehen, von dem ein Leipziger Ohrenzeuge meldet, seine Vorspiele auf der Orgel seien von so gutem Geschmacke, daß man in dieser Gattung, ausgenommen seinen Lehrer Bach selber, in Leipzig nichts besseres hören könne[65].

1732 begab sich Georg Friedrich Einicke nach Leipzig, geb. 1710 zu Hohlstedt in Thüringen, wo sein Vater Cantor und Organist war. Er besuchte bis zum Jahre 1737 die akademischen Vorlesungen und bildete sich an Bach, zugleich aber auch durch den Verkehr mit Scheibe musikalisch weiter. Als Componist erwarb er sich einen geachteten Namen, und scheint auch bei seinem Meister in guter Erinnerung geblieben zu sein. Noch in Bachs Todesjahre fand zwischen ihnen Briefwechsel statt: Einicke war damals Cantor in Frankenhausen[66].

Eine Schaar ausgezeichneter Talente sammelte sich um Bach Ende der dreißiger und Anfang der vierziger Jahre. Ein Thomasschüler war aber nicht unter ihnen, ebensowenig unter denen, die ihm noch später zuzogen und etwas bedeutendes geworden sind. Dies ist nach allem, was zwischen Bach und Ernesti geschehen war, begreiflich, beleuchtet aber hell die ungünstige Stellung, welche Bach seitdem als Cantor einnahm. Seine besten Schüler waren fortan Studenten, oder solche die sich für den musikalischen Lebensberuf schon ganz entschieden hatten. Johann Friedrich Agricola aus Dobitschen bei Altenburg (geb. 1720) ließ sich am 29. Mai 1738 immatriculiren, studirte Jurisprudenz, Geschichte und Philosophie und empfing daneben von Bach einen gründlichen Unterricht in Spiel

64) S. S. 92 dieses Bandes.

65) Mizler, Musikalische Bibliothek. III, S. 532.

66) Marpurg, Kritische Briefe. II, S. 461. — Mattheson, Sieben Gespräche der Weisheit und Musik. Hamburg, 1751. S. 189 f.

und Composition. Bach hielt ihn für geschickt genug, im Musikverein, den er also um 1738 noch geleitet haben muß, das Cembalo zu spielen; auch verwendete er ihn bei der Kirchenmusik als Accompagnisten. Agricolas Mutter war eine Verwandte Händels und soll mit ihm zeit seines Lebens in brieflichem Verkehr gestanden haben. Mit Händels Werken beschäftigte sich Agricola eifrig schon in Leipzig, was die Anerkennung und Theilnahme, mit welcher auch Bach seinem ebenbürtigen Zeitgenossen gegenüberstand, von neuem offenbar werden läßt. Im Herbst 1741 ging Agricola nach Berlin, wurde dort bald als der beste Orgelspieler anerkannt, wendete sich aber auch mit Eifer der Oper und italiänischen Gesangskunst zu. 1751 wurde er Hofcomponist und nach Grauns Tode (1759) königlicher Capellmeister. Er schrieb Kirchen- und Instrumentalmusik, namentlich aber Opern. Seine vortreffliche wissenschaftliche Bildung befähigte ihn zugleich, als Schriftsteller mit Erfolg zu wirken. Ihm und Emanuel Bach verdankt die Nachwelt den Nekrolog über Sebastian Bach, den Mizler 1754 in seiner Musikalischen Bibliothek veröffentlichte. In seinen Anmerkungen zu Adlungs *Musica mechanica organoedi* hat er uns werthvolle Einzelheiten über Bach vermittelt. Die mit Erläuterungen und Zusätzen begleitete Uebersetzung von Tosis Anleitung zur Singkunst kann noch heute als ein classisches Werk gelten. Er starb 1774[67]).

Ebenfalls 1738 kam Johann Friedrich Doles zur Universität, der 1716 zu Steinbach im Hennebergischen geboren, zu Schmalkalden und auf dem Gymnasium zu Schleusingen vorgebildet worden war[68]). Er ist 1755 Bach im Cantorate nachgefolgt, hat sich aber mit der Richtung aufs weichliche, opernhafte und flach-populäre nicht als ein Geisteskind seines Lehrers erwiesen. Während seiner

---

67) Marpurg, Historisch-Kritische Beyträge. I, S. 148 ff. — Burney, Tagebuch III, S. 58 ff. — Ein Verzeichniß seiner Werke bei Gerber, L. I, Sp. 17.

68) Ich folge mit diesen Angaben einer von Doles selbstverfaßten lateinischen Vita, welche ich in den Leipziger Consistorialacten fand (*Acta* die Besetzung des Cantoramts bei der Schule zu St. Thomä zu Leipzig bet. L. 127). — Die ergötzlichen Geschichten, welche zwischen Friedemann Bach und Doles, der in Bachs Hause gewohnt habe, vorgefallen sein sollen (s. Bitter, Bachs Söhne II, S. 156 f.), gründen sich auf die falsche Voraussetzung, daß Friedemann damals noch in Leipzig geweilt habe. Er war aber schon seit 1733 in Dresden.

Amtsführung verkümmerte die Pflege Bachscher Kirchenmusik in Leipzig. Er legte aber Gewicht darauf, als ein Schüler Bachs zu gelten[69]. Doles erwarb sich durch sein gefälliges Talent schon zu seines Lehrers Lebzeiten in Leipzig viele Freunde. Er, und nicht Bach selber war es, der 1744 zur Jahresfeier des neugegründeten Musikvereins die Festmusik schreiben mußte. In demselben Jahre wurde er Cantor in Freiberg. Ueber seine Erlebnisse dort ist weiter unten noch einiges zu sagen.

Viel ernster gesinnt und auch von ausgiebigerer Begabung war Gottfried August Homilius, geb. 1712 zu Rosenthal an der böhmischen Gränze. Er hatte seine Studien bei Bach im Jahre 1742 beendigt, da er Organist an der Frauenkirche zu Dresden wurde. Später war er Cantor an der Kreuzschule und Kirchenmusikdirector daselbst und ist 1785 gestorben. Als Organist bewundert verschaffte er sich doch den größeren Ruhm durch seine kirchliche Vocalmusik. Das bedeutendste, was in dieser Art die zweite Hälfte des 18. Jahrhunderts aufzuweisen hat, ist unstreitig durch ihn geleistet. Wenn auch nicht durchaus ihrer Bestimmung angemessen, so tragen seine Werke doch noch einzelne Züge eines großen, edlen Kirchenstils[70].

Wieder ganz anders geartet war Johann Philipp Kirnberger, geb. 1721 zu Saalfeld in Thüringen, der durch Gerber veranlaßt wurde, sich zu Bach zu begeben und von 1739—1741 dessen Schüler war. Dann ging er nach Polen, kehrte 1751 von dort zurück und wurde Hofmusicus der Prinzessin Amalia von Preußen in Berlin, wo er 1783 gestorben ist. Als Componist wurde er nicht bedeutend, wohl aber als Compositionslehrer. Hätte er eine gründlichere Allgemeinbildung und einen systematischer geschulten Geist besessen, so wäre er unbedingt der erste Theoretiker seiner Zeit geworden. Seiner Arbeiten, welche bis in unser Jahrhundert hinein für die Methode der Compositionslehre fast ausschließlich bestimmend geworden sind, ist in diesem Buche genugsam Erwähnung geschehen.

Vorzugsweise nur Claviervirtuosen waren Rudolph Straube aus Trebnitz an der Elster, der am 27. Febr. 1740 sich auf der Universität

69) S. die Vorerinnerung zu seiner Cantate »Ich komme vor dein Angesicht«. Leipzig 1790.

70) Forkel, S. 42. — Gerber, L. I, Sp. 665.

einschreiben ließ, in den fünfziger Jahren durch Deutschland Kunstreisen machte und dann nach England ging[71]; Christoph Transchel aus Braunsdorf (geb. 1721), als Student der Theologie und Philosophie immatriculirt am 21. Juni 1742, bald Bachs Schüler und Freund, welcher bis 1755 in Leipzig und dann bis zu seinem Tode (1800) in Dresden als gesuchter Clavierlehrer thätig, und ebenso durch Feinheit des Spiels wie durch hohe allgemeine Bildung ausgezeichnet war[72]; endlich Johann Theophilus Goldberg. Diesen hatte der Freiherr von Kayserling in noch sehr jungen Jahren mit sich nach Dresden gebracht; als sein Geburtsort wird Königsberg genannt[73]. Anfänglich unterrichtete ihn Friedemann Bach[74]; später, gegen 1741, nahm ihn sein Gönner häufig mit nach Leipzig, um ihm Sebastians Unterweisung zu verschaffen. Seine Fertigkeit im Clavierspiel, dem er mit rast- und maßlosem Eifer oblag, wurde bald eine erstaunliche. Einen Maßstab für dieselbe gewähren die 30 Veränderungen, welche Bach auf Kayserlings Wunsch für Goldberg componirt hat. Kayserling war kränklich und litt an Schlaflosigkeit; er liebte es dann durch eine sanfte und etwas muntere Musik sich den Trübsinn vertreiben zu lassen. Diesem Zwecke schienen ihm die Variationen auf das vollkommenste zu entsprechen. Forkel erzählt, er habe sich nicht satt daran hören können und Bach durch eine mit hundert Louisd'or gefüllte Dose für seine Kunstgabe belohnt[75]. Goldberg trat später als Kammermusicus in die Dienste des Grafen Brühl, starb aber früh. Er war ein grillenhafter, wie es scheint Friedemann Bach in manchem verwandter Charakter. Nach dem gemeinen Urtheil reichte seine Compositionsbegabung nicht

71) Inscriptionsbücher der Leipziger Universität. — Adlung, Anleitung zu der musikalischen Gelahrtheit. S. 722. — Gerber, L. II, Sp. 599.

72) Inscriptionsbücher der Leipziger Universität. — Gerber, L. II, Sp. 671 f. und N. L. IV, Sp. 382. — Transchel schrieb 6 Polonaisen für Clavier, welche Forkel nach den Friedemann Bachschen Polonaisen für die besten der Welt halten möchte. Eine Composition von ihm enthält auch ein Sammelmanuscript auf der königlichen Bibliothek zu Berlin (s. Buxtehudes Orgelcompositionen, Band I, Vorwort S. IV, Nr. 10).

73) Forkel, S. 43. — Reichardt (Musikalischer Almanach. 1796; unter 20. April) läßt ihn in Danzig geboren sein.

74) Fürstenau II, S. 222, Anmerk.

75) Forkel, S. 51 f., s. auch S. 43.

weit: indessen ist doch ein grösseres Clavierpraeludium aus C dur ein gediegenes, dabei, wie zu erwarten, sehr brillantes Stück[76].

In den letzten Jahren waren es namentlich Altnikol, Kittel und Müthel, mit deren Ausbildung sich Bach beschäftigte. Johann Christoph Altnikol, der 1749 Bachs Schwiegersohn wurde, weilte noch bis 1747 in Leipzig und half bei den Kirchenaufführungen[77]. Ein Versuch Friedemanns, ihn 1746 bei seinem Weggange von Dresden an seine Stelle zu bringen, war mißlungen[78]. 1747 wurde er indessen Organist in Niederwiesa bei Greiffenberg, und 1748 auf Bachs Verwendung Organist zu St. Wenceslai in Naumburg, wo er nach ehrenvollem Wirken im Juli 1759 gestorben ist[79]. Johann Christian Kittel aus Erfurt ist einer der spätesten Schüler Bachs, da er bei des Meisters Tode erst 18 Jahre zählte. Er mag bis zu dem Eintritt dieses Ereignisses bei ihm geweilt haben. Von Leipzig ging er nach Langensalza und 1756 nach Erfurt, wo er im Laufe der Zeit Organist an der Predigerkirche wurde. Kittel war tüchtig als Spieler und Orgelcomponist, ausgezeichnet als Lehrer. Er hat eine große Zahl der besten thüringischen Organisten gebildet und in pietätvoller Erinnerung an seinen Meister die Traditionen Bachscher Kunst zu erhalten gesucht. Er starb hochbetagt 1809[80]. Nur wenige Wochen

---

76) Handschriftlich auf der königl. Bibliothek zu Berlin. — Daselbst auch eine Kirchencantate seiner Composition.

77) Er erhielt sechs Thaler, weil er »in denen beyden Haupt Kirchen dem *Choro Musico* von Michael. 1745 bis 19. May 1747. *assistiret*«. S. Rechnungen der Thomaskirche von Lichtmeß 1747—1748, S. 54.

78) S. das von Bitter, Bachs Söhne II, S. 356 mitgetheilte Actenstück. Vrgl. ebenda, S. 171.

79) Nach den Todten-Registern der Wenceslaus-Kirche unter dem 25. Juli. — S. noch Forkel, S. 43.

80) Genau habe ich es nicht ermitteln können, wenn Kittel nach Langensalza kam. 1751 befand er sich jedenfalls schon da, weil er sich im Februar 1752 mit Dorothea Fröhmer daselbst verheirathete. Er war Organist an der Bonifacius-Kirche und »Mägdlein - Schulmeister«. Sein Nachfolger, der zu hohen Jahren kam, erzählte, er habe sich in der Mädchenschule auf die Länge nicht wohl gefühlt, sein Eifer für Componiren und Notenschreiben habe ihn öfter verleitet, dieses in der Schule zu treiben, und dadurch sei er mehrfach in Conflict mit seiner Behörde gekommen. Deshalb habe er auch endlich die Stelle aufgegeben (Mittheilung des Herrn Kirchner Stein in Langensalza). Im übrigen s. Gerber L. I, Sp. 728 und N. L. III, Sp. 57 ff.

hat Johann Gottfried Müthel Bachs Unterricht genossen, wenn bei des Meisters Augenleiden und Kränklichkeit in dieser Zeit von einem solchen überhaupt noch die Rede sein konnte. Müthel kam vom herzoglichen Hofe zu Schwerin, wo er seit spätestens Michaelis 1748 als Nachfolger seines Bruders den Schloßorganisten-Dienst versah. Der Herzog war dem jungen, 1729 zu Mölln geborenen Künstler so sehr gewogen, daß er ihm im Mai 1750 unter Belassung seines Gehalts einen Urlaub auf ein Jahr ertheilte, damit er sich bei Bach in seiner Kunst vervollkommne. Ein Geleitsschreiben des Herzogs verschaffte ihm freundliche Aufnahme und die Vergünstigung in Bachs Hause wohnen zu dürfen. Er ist Zeuge von der letzten Krankheit und dem Hinscheiden des Meisters gewesen und hat sich dann, um sich für den vereitelten Zweck seiner Reise möglichst schadlos zu halten, nach Naumburg zu Bachs Schwiegersohne Altnikol begeben, bei welchem er am 2. Juni 1751 noch verweilte. Von Schwerin ging er im Juni 1753 nach Riga, wo er als Organist sein Leben beschloß. Die Familie Müthel blüht noch jetzt in Livland. Johann Gottfrieds Talent für Clavier- und Orgelspiel war ein außerordentliches und hoch entwickelt. Seine nicht sehr zahlreichen Compositionen galten als Probestücke höchster Virtuosität[81].

Wie weit sich nach allen Seiten hin und auch über Deutschlands Gränzen hinaus Bachs Ruhm und lebendiger künstlerischer Einfluß erstreckt hat, mag man aus diesen Mittheilungen abnehmen. Die Zahl

81) Was bei Burney III, S. 268 ff. über Müthel zu lesen ist, habe ich nach Acten des großherzoglichen Archivs zu Schwerin prüfen und ergänzen können. Den Geleitsbrief des Herzogs wird man hier mit Interesse lesen:

»Demnach Vorzeiger dieses, Unser Organist *Johann Gottfried Müthel* zu dem berühmten Capellmeister und *Music-Director Bachen* nach *Leipzig*, um sich in seinem *Metier* daselbst zu *perfection*iren, und auf ein Jahr dahin zu reisen Vorhabens; So gelanget an jedes Ohrts hohe Landes- und Stadt-Obrigkeiten, dero hohen und niedrigen *Civil-* und *Militair*-Befehligs-Habern, auch gemeine *Soldatesca* zu Roß und Fuß, und sonst jedermänniglichen Unser *respectivé* freündlich Gunst- und Gnädiges ersuchen, gesinnen und Begehren, Sie wollen bemeldten Unsern *Organisten* aller ohrten frey, sicher und ungehindert *pass*iren lassen, welches wir um einen jeden Standes erheischung nach . . . . zu erkennen und . . . wieder also zu halten geneigt seyn. Uhrkundlich . . . . Schwerin den May 1750.«

Die Anwesenheit Müthels in Naumburg constatiren die Taufregister der Wenceslaus-Kirche unter dem 2. Juni 1751.

seiner Schüler ist durch die angeführten Namen noch nicht erschöpft. Man drängte sich an ihn, manchmal nur um sich in der Welt überhaupt seinen Schüler nennen zu können. Thomaner, wenn sie auch nur im Haufen mit andern seine Unterweisung genossen hatten, setzten hierin ihren Stolz. Zu solchen gehört Christoph Nichelmann aus Treuenbrietzen (geb. 1717), später Capellmusiker bei Friedrich dem Großen. Er war 1730—1733 Bachs erster Discantist bei den Kirchenmusiken, und erhielt außerdem von Friedemann Bach Clavierunterricht[82]. Johann Peter Kellner aus Gräfenroda (geb. 1705), der wohl durch den Organisten Schmidt in Zella in Bachs Werke eingeführt und für dieselben begeistert war, pries es öffentlich als sein Glück, die Bekanntschaft »dieses vortrefflichen Mannes« genossen zu haben: er kann mit Recht wenn auch kein eigentlicher Schüler, so doch ein geistiger Zögling desselben genannt werden[83]. In einem ähnlichen Verhältniß wird Johann Trier gestanden haben. 1716 zu Themar geboren studirte er in Leipzig Theologie und war 1747 zugleich Dirigent des Telemannschen Musikvereins. Er meldete sich auch 1750 zum Nachfolger Bachs im Cantorat. Hier wurde ihm Harrer vorgezogen, dagegen schlug er 1753 in Zittau sämmtliche Mitbewerber aus dem Felde, unter denen sich auch Friedemann und Emanuel Bach, Krebs und Altnikol, also vier nachweisliche Schüler Bachs befanden. Als Organist der dortigen Kirche hat er bis 1790 in dem Rufe eines Bachschen Schülers und mit dem Ruhme eines der besten Organisten in Sachsen gewirkt und gelebt[84]. Eine Empfehlung Bachs galt als Mittel sein Glück in der Welt zu machen. Gerlach erhielt durch eine solche die Organistenstelle an der Neuen Kirche zu Leipzig, Christian Gräbner der jüngere und Carl Hartwig beriefen sich auf die von Bach genossene Unterweisung, als sie 1733 Organisten an der Sophienkirche in Dresden werden wollten[85]. Johann Christoph Dorn scheint sich mittelst eines schriftlichen Zeug-

82) Marpurg, Historisch-Kritische Beyträge. I, S. 431 ff.

83) Marpurg, a. a. O. S. 439 ff.

84) Nach Acten des Pfarr-Archivs zu Themar und des Raths- und Kirchen-Archivs zu Zittau. — Daß Trier Bachs Schüler gewesen sei, wußte Friedrich Schneider nach Überlieferung der Seinigen zu sagen; s. Kempe, Friedrich Schneider. Dessau 1859, S. 9.

85) S. S. 51 dieses Bandes. — Bitter, Bachs Söhne II, S. 159.

nisses des berühmten Mannes den Organistendienst in Torgau erobert zu haben. Das Zeugniß ist erhalten und von einem milden Wohlwollen dictirt, welches an Ähnliches des ehrwürdigen Heinrich Bach aus Arnstadt erinnert[86]. Man wird es daher gern hier lesen:

»Vorzeiger dieses *Mons.* Johann Christoph Dorn, der *Music* Gefließener, hat mich endesbenannten ersuchet, ihme wegen seiner in *Musicis* habenden Wissenschaften einig *attestatum* zu ertheilen.

Wenn denn nach bey mir abgelegtem *Specimine* befunden, daß er auf dem *Claviere* sowohl als auch anderen *Instrumenten* einen ziemlichen *habitum* erlanget, mithin im Stande sey, Gott und der *Republic* Dienste zu leisten, so habe seinem billigen *petito* nicht entgegen seyn, sondern vielmehr bezeigen sollen, daß bei zunehmenden Jahren von seinem guten *naturel* man einen gar *habilen Musicum* sich versprechen könne.

Leipzig, den 11. May 1731.

Joh. Seb. Bach
Hochf. Sächß. Weißenfl. Capellmeister und
Direct. Chori Musici Lipsiensis.«[87]. —

Nach alter Meistersitte bildeten die Lehrlinge einen Theil der Familie. Bach hielt es wie seine Vorfahren mit dem zünftigen Musikantenthum, und Müthel wird nicht der einzige Schüler gewesen sein, dem er eine Wohnstätte in seinem Hause einräumte. Die Schüler haben uns gewissermaßen in Bachs häusliches Leben eingeführt, und wie dieses und die Persönlichkeit des Familienhauptes sich ausnahm, mag noch, so weit die Mittel reichen, geschildert werden. Fragt man nach dem gewöhnlichen Verkehr, soweit derselbe nicht Künstler und Kunstangelegenheiten betraf, so dürfte er bei der Abgeschlossenheit des bürgerlichen Hauses jener Zeit, bei Bachs einfachem und haushälterischem Sinne und bei seiner ununter-

86) S. Band I, S. 32.

87) Aus den Anstellungsacten der Torgauer Organisten zuerst veröffentlicht von Dr. Otto Taubert, Die Pflege der Musik in Torgau. Torgau, 1868. S. 36. — Als Bachsche Schüler erwähnte Emanuel Bach gegen Forkel noch Schubert und Voigt in Anspach. Unter Schubert ist wohl Johann Martin Schubart, der weimarische Organist, zu verstehen. Johann Georg Vogt in Anspach blies aber Oboe und Flöte (s. Walther, Lexicon S. 640); auch der Waldenburgische Organist J. C. Voigt kann wohl nicht gemeint sein; s. Bd. I, S. 350, Anm. 25.

brochenen Beschäftigung mit Spiel und Composition nur ein enger und wenig bewegter gewesen sein. Die Persönlichkeiten, welche Bach für seine zahlreichen Kinder zu Pathen nahm, und die hierdurch gewisse familiäre Beziehungen zu seinem Hause verrathen, gehören größtentheils der höheren Beamtenwelt oder den vornehmen Kaufmannskreisen an. Auch Advocaten und Docenten der Universität sind darunter. In den späteren Jahren scheint namentlich zwischen dem Hause eines Handelsherrn Namens Bose und der Bachschen Familie ein intimeres Verhältniß bestanden zu haben. Einen regeren und durch persönliche Geneigtheit belebten Verkehr mit dem Hof-Instrumentenmacher Johann Christian Hoffmann darf man ebenfalls annehmen. Hoffmann war schon 1725 in Leipzig ansässig und wohnte auf dem Grimmaischen Steinwege[88]; er ging Bach, der mit Vorliebe über allerhand Verbesserungen an den Instrumenten nachsann, in der Construction derselben treu zur Hand. Von der *Viola pomposa* z. B. verfertigte er mehre Exemplare[89]. Als er am 1. Februar 1750 gestorben war, fand sich, daß er aus Verehrung für Bach diesem ein von ihm verfertigtes Instrument testamentarisch vermacht hatte[90].

Von einem Umgange mit den litterarischen Größen der Stadt, sofern sie nicht Collegen Bachs waren, finden sich nur einige wenige Spuren. Mit Gotsched war er durch die Trauerfeierlichkeit für die Königin Christiane Eberhardine in Berührung gekommen. Er mochte übrigens mit einem Manne, der ein abgesagter Feind der Oper war, nicht grade sympathisiren[91], und Gottscheds Bestrebungen für die Dichtkunst haben ihn schwerlich sehr interessirt. Indessen knüpfte sich zwischen dem Hause des Gelehrten und dem des Künstlers zeitweilig eine Verbindung dadurch, daß Krebs von Gottsched zum Musiklehrer seiner Frau angenommen wurde[92]. Luise Adelgunde Victoria, die 1735 als Neuvermählte ihren Einzug in Leipzig hielt,

---

88) S. Taufregister der Thomaskirche unter dem 23. Sept. 1725.

89) Hiller, Lebensbeschreibungen S. 45, Anmerk.

90) S. Anhang B, XVI, gegen Ende.

91) Sein Freund Hudemann in Hamburg trat 1732 Gottsched mit einer Vertheidigung der Oper entgegen; s. Mizler, Musikalische Bibliothek II, 3, S. 120 ff.

92) S. Leben der Gottschedinn vor ihren sämmtlichen kleineren Gedichten, herausgegeben von Gottsched. Leipzig, 1763.

besaß neben ihren hervorragenden Geistesgaben auch ein bedeutendes Talent zur Musik. Sie spielte schon vortrefflich Clavier und Laute, wollte nun auch die Composition erlernen und Krebs ward ausersehen, sie hierzu anzuleiten. Sie brachte es darin bald so weit, eine Suite und eine Cantate componiren zu können. Krebs selbst war von seiner Schülerin, die damals im Anfang der zwanziger Jahre stand, bis zur Schwärmerei entzückt. 1740 noch widmete er ihr von Zwickau aus ein Heft mit sechs Praeambulen, die er bei Balthasar Schmidt in Nürnberg hatte in Kupfer stechen lassen, und stellte sie in einem überschwänglichen Dedicationsgedicht als die Überlegene hin,

»Die den, der Dein Gehör zu unterweisen dachte,
Sobald Du nur gespielt, zu einem Schüler machte«[93].

Gottscheds Haus wurde zeitweilig zu einer Art von musikalischem Mittelpunkt. Sylvius Leopold Weiß, der einst von Dresden aus nach Leipzig gekommen war, besuchte die begabte Frau, hörte sie mit Beifall spielen und spielte ihr selbst vor: Gräfe widmete ihr die zweite Sammlung seiner Oden, auch Mizler suchte durch eine Dedication sich ihr angenehm zu machen. So wird denn wohl auch Bach zuweilen bei ihr eingetreten sein. Die Bewunderung, mit welcher T. L. Pitschel in den »Belustigungen des Verstandes und Witzes« im Jahre 1741 Bachs gedenkt, spricht dafür, dass er dem Gottschedschen Kreise um diese Zeit nicht fern gestanden und ihn wohl zuweilen durch sein Spiel entzückt hat[94].

Dauernde Freundschaft verband Bach mit einem andern beliebten, wenn auch weniger als Gottsched berühmten Universitätslehrer. Johann Abraham Birnbaum war schon am 20. Febr. 1721 neunzehnjährig zum Magister promovirt, und hatte sich am 15. October desselben Jahres als Docent habilitirt[95]. Sein Hauptfach war die Rhetorik, über welche er stark besuchte Vorlesungen hielt. Es bestand in Leipzig eine »Vertraute deutsche Rednergesellschaft«, deren Mitglied Birnbaum war: auch gab er 1735 eine Sammlung von Reden heraus, die er dort in reinem, flüssigem aber etwas ciceronianisch

93) Ein Exemplar dieses Werkes besitzt die königliche Bibliothek zu Berlin. 94) [Johann Joachim Schwabe], Belustigungen des Verstandes und Witzes. Erster Band. Leipzig, 1741. S. 499 und 501.

95) Sicul, Leipziger Jahr-Geschichte. 1721. S. 199 und 236.

phrasenhaftem Deutsch gehalten hatte[96]. Mit Bach hatte ihm seine Musikliebe — er spielte selber hübsch Clavier — zusammengebracht. Er wohnte im Brühl und starb am 8. August 1748 unverehlicht[97].

Bach erwähnt sein Ableben in einem Briefe an Elias Bach vom 2. November 1748 in einer Weise, die schließen läßt, daß der Vetter sich nach ihm erkundigt hatte. Die Freundschaft zwischen Birnbaum und Bach hatte einen thatsächlichen Ausdruck gefunden, der sie auch in weiten Kreisen bekannt machte. In der periodischen Schrift, welche Johann Adolph Scheibe unter dem Titel »Critischer Musikus« vom 5. März 1737 an herausgab, war unter dem 14. Mai desselben Jahres ein anonymer Brief erschienen, welcher einen Angriff auf Bach enthielt. Sein Name war nicht genannt, aber die Persönlichkeit unverkennbar. Scheibe gestand später, daß der Brief eine Fiction und er selbst der Verfasser des Aufsatzes sei. Es wurde in demselben zwar die außerordentliche Fertigkeit Bachs im Clavier- und Orgelspiel gerühmt, aber an seinen Compositionen ein Mangel an Natürlichkeit und Annehmlichkeit, ein schwülstiges und verworrenes Wesen und ein Uebermaß von Künstlichkeit getadelt. Der Schreiber meinte hiermit hauptsächlich die concertirende Vocalmusik und kam zu dem Schlusse, Bach sei in der Musik dasjenige, was ehemals Lohenstein in der Poesie gewesen[98]. Ein Jahr später äußerte Scheibe nochmals, »Bachsche Kirchenstücke seien allemal künstlicher und mühsamer, keineswegs aber von solchem Nachdrucke, Überzeugung und von solchem vernünftigen Nachdenken, als die Telemannschen und Graunschen Werke[99]. Mit dieser Ansicht stand er nicht allein, wie bei dem Geschmacke der damaligen Zeit und der verfälschten Vorstellung, die man von Kirchenmusik hatte, begreiflich ist. Trotzdem machte die Sache allgemein ein peinliches Aufsehen, nicht nur wegen der hohen, für unnahbar gehaltenen Stel-

---

96) Leipziger Neue Zeitungen von gelehrten Sachen. 1735. S. 603. — Eine der in der Gesellschaft gehaltenen Reden, über »den Hohen Geist des erblaßten Thomasius« erschien schon 1729. Die gräfliche Bibliothek zu Wernigerode besitzt ein Exemplar derselben.

97) Nach den Leipziger Todten-Registern.

98) Critischer Musikus S. 62.

99) Mattheson, Kern melodischer Wissenschaft. Hamburg. 1738. Anhang (»Gültige Zeugnisse« u. s. w.) S. 10 f.

lung des Angegriffenen, sondern besonders auch durch den Ton, in welchem der Tadel gehalten war, und wegen der Person des Angreifers. Scheibe war ein junger Mann von Kenntnissen, Scharfsinn und schriftstellerischem Talent, aber nur ein mäßiger praktischer Musiker. Jedermann in Leipzig wußte, daß sein Probespiel behufs Erlangung der Organistenstelle an der Nikolaikirche keine Gnade vor Bachs Urtheil gefunden hatte, und die übelsten, wenngleich gewiß übertriebenen Gerüchte liefen über dasselbe um. Scheibe war eine ehrgeizige und eifersüchtige Natur. Er hatte seitdem gegen Bach agitirt, und eine Strömung hervorgerufen oder doch sicher befördert, wider die schon im Jahre 1731 Bach und seine Anhänger sich in ihrer Art zur Wehre setzten. Daß der Charakter des Midas in der Cantate »Der Streit zwischen Phöbus und Pan« auf Scheibe zu deuten ist, glaube ich an andrer Stelle augenscheinlich gemacht zu haben[100]. Die Welt sah in diesem aus sicherer Ferne unternommenen Angriffe allgemein einen Act unwürdiger persönlicher Rache.

Bach fühlte sich durch denselben tiefer verletzt, als er vielleicht gedurft hätte. Er fiel aber gerade in eine Zeit, da er ohnehin durch den Conflict mit Ernesti in eine sehr gereizte Stimmung versetzt war. Fast scheint es, als habe er den Gedanken gehegt, selbst zu einer Erwiederung gegen Scheibe die Feder zu ergreifen. Da war es Birnbaum, der für ihn eintrat. Zunächst ließ er im Januar 1738 eine anonyme Schrift ausgehen »Unparteiische Anmerkungen über eine bedenkliche Stelle in dem sechsten Stücke des critischen Musikus«. Als Scheibe zwei Monate darauf eine »Beantwortung« derselben erscheinen ließ, trat er ihm im März mit offenem Visir und einer ausführlichen »Vertheidigung« entgegen. Beide Schriften widmete er Bach, die letztere mit einer längeren Zueignung. Sie ist bei weitem die gelungenere. In der ersteren hatte er den Tadel gegen Bachs Musik zu entkräftigen gesucht, und hier bewegte er sich doch auf einem Gebiete, das ihm nicht genau genug bekannt war. Scheibes »Beantwortung« ist ein impertinentes Pamphlet. Allerhand Klatsch, den er sich von Leipzig hatte schreiben lassen, findet darin nebst häßlichen Insinuationen, Verdrehungen und kleinlichen Wortklaubereien seine unerquickliche Verwerthung. Das Äußerste des Anmaßlichen

---

100) S. S. 475 ff. dieses Bandes.

leistet er, wenn er behauptet, Bach habe sich nicht sonderlich in den Wissenschaften umgesehen, die eigentlich von einem gelehrten Componisten erfordert würden. »Wie kann derjenige ganz ohne Tadel in seinen musikalischen Arbeiten sein, welcher sich durch die Weltweisheit nicht fähig gemacht hat, die Kräfte der Natur und Vernunft zu untersuchen und zu kennen? Wie will derjenige alle Vortheile erreichen, die zur Erlangung des guten Geschmacks gehören, welcher sich am wenigsten um critische Anmerkungen, Untersuchungen und um die Regeln bekümmert hat, die aus der Redekunst und Dichtkunst in der Musik doch so nothwendig sind, daß man auch ohne dieselben unmöglich rührend und ausdrückend setzen kann«. Auf derartiges gehörte sich eine derbe Abfertigung allgemeiner Art, und sie hat Birnbaum Scheibe zu Theil werden lassen. Übrigens war er grade in Rhetorik und Poetik selbst ein sehr competenter Beurtheiler, und was er aus eigner mit Bach gemachter Erfahrung den Ausstellungen Scheibes entgegensetzt, hat den vollsten Anspruch auf Glaubwürdigkeit. Es ist hiervon schon früher die Rede gewesen[101].

Scheibe schwieg alsdann und rächte sich nur noch durch ein boshaftes Pasquill auf Bach, das er als Brief eines gewissen Cornelius unter dem 2. April 1739 in den »Critischen Musikus« einrücken ließ[102]. Bei einer zweiten Auflage desselben konnte er es sich freilich nicht versagen, die Schriften seines Gegners, mit Anmerkungen versehen, neu zum Abdrucke zu bringen. Er unterlag in diesem Streite, nicht weil sein Tadel über Bach als sachlich unhaltbar nachgewiesen worden wäre, sondern wegen der Ungehörigkeit, mit der er ihn aussprach und weiter verfocht. Es hagelte Püffe von verschiedenen Seiten. Da er die ganze weit verzweigte Bachsche Schule gegen sich aufgebracht hatte, so verfolgte ihn das Gedächtniß an dieses sein Auftreten wie ein böser Geist durchs Leben; noch im Jahre 1779 hieb Kirnberger bei einer günstigen Gelegenheit grimmig auf ihn ein[103]. Auch wer ihm sonst die billige Anerkennung seiner Fähigkeiten und Leistungen nicht versagte, verwahrte sich, wie Mattheson und Marpurg, doch dagegen, seinem Urtheile über Bach bei-

---

101) S. S. 64 dieses Bandes.

102) S. hierüber Schröter in Mizlers Musikalischer Bibliothek III, S. 235.

103) Kunst des reinen Satzes II, 3. S. 39.

zupflichten[104]. Er selbst scheint später zu der Einsicht gekommen zu sein, diesem Großen gegenüber doch nicht den richtigen Ton angeschlagen zu haben. Aus der 1745 geschriebenen Vorrede zur zweiten Auflage des Critischen Musikus klingt es deutlich hervor[105].

An den Birnbaumschen Streitschriften nahm Bach ein ungewöhnlich lebhaftes persönliches Interesse. Scheibe wollte wissen, er habe die erste derselben am 8. Januar 1738 seinen Freunden und Bekannten »mit nicht geringem Vergnügen« selbst mitgetheilt. Seine eigne Antwort gab er, wie es ihm am besten anstand, mit der Veröffentlichung des dritten Theiles der »Clavierübung«, über welchen Mizler bemerkt: »Dieses Werk ist eine kräftige Widerlegung derer, die sich unterstanden, des Herrn Hofcompositeurs Compositionen zu kritisiren«[106]. Wenn indessen Scheibe in dem erwähnten Pasquill Bach in den Schein eines Mannes zu bringen sucht, der sich niemals die Zeit genommen, einen weitläufigen Brief schreiben zu lernen, der sich niemals mit gelehrten Sachen abgegeben, auch sehr selten musikalische Schriften oder Bücher gelesen, so ist dies entweder leichtfertige Verleumdung oder schwere wissentliche Unwahrheit. Seine Biographie für die »Ehrenpforte« hatte Bach allerdings zu Matthesons Verdruß trotz wiederholten Bittens nicht geliefert. Sonst aber bewies er, soweit seine praktische Kunstübung, die ihm mit vollstem Rechte als eigentlichster Lebenszweck galt, es zuließ mehr Interesse für litterarisch-musikalische Dinge, als mancher Zeitgenosse. Seine Bibliothek musikalischer Bücher, die nach seinem Tode größtentheils in Emanuels Hände kam, muß nicht unbedeutend gewesen sein[107]. Litterarische Fehden hat er mehrfach mit Interesse verfolgt. Als Sorge in Lobenstein 1745—1747 das »Vorgemach der musikalischen Composition« herausgegeben hatte, ließen sich Stimmen vernehmen, die seine

104) Mattheson, Anmerkungen zu den »Gültigen Zeugnissen« im »Kern melodischer Wissenschaft«. S. 10 und 11. — Marpurg, Kritische Briefe I, S. 87.

105) Birnbaums Schriften und Scheibes Entgegnungen findet man in der zweiten Auflage des Critischen Musikus, S. 833—1031.

106) Musikalische Bibliothek II, S. 156 f.

107) Emanuel schenkte mehre derselben, »seltne alte Bücher und Abhandlungen über die Musik«, an Burney; s. Tagebuch, III, S. 215.

Autorschaft anzweifelten: Telemann sollte es geschrieben und Sorge nur den Namen hergegeben haben. Bach bekümmerte sich um die Sache und neigte zu Sorges großem Leidwesen ebenfalls der Vermuthung zu, daß jener mit fremdem Kalbe gepflügt habe. Er mußte sich hierfür noch nach seinem Tode der mißgünstigen Gesinnung zeihen lassen [108]. Zu lebhaftem Meinungsaustausch gab Bachs Betheiligung an einer Angelegenheit Veranlassung, die von 1749 an die musikalischen Gemüther eine Weile erhitzte.

Doles war 1744 als Cantor nach Freiberg gegangen und wirkte dort seit 1747 unter dem durch Gelehrsamkeit ausgezeichneten Rector Johann Gottlieb Biedermann. Dieser beschloß im Jahre 1748 zur Erinnerungsfeier des vor 100 Jahren geschlossenen westphälischen Friedens durch die Freiberger Schüler ein Singspiel aufführen zu lassen. Ein blinder Dichter Namens Enderlein machte den Text: »Das nach schweren Kriegen durch einen allgemeinen Frieden erfreute Deutschland«. Act I: »Das Elend des dreißigjährigen Krieges«, Act II: »Die anscheinende Hoffnung zum Frieden, nebst denen vorgefallenen Hindernissen«, Act III: »Der völlig geschlossene Friede«, Act IV: »Der zum allgemeinen Nutzen und Vergnügen ausschlagende Friede«. Die Musik war von Doles, welcher, wie Biedermann vor dem gedruckten Texte bemerkte, seine Arbeit so eingerichtet hatte, »daß sowohl geübte als zärtliche Ohren dadurch gereizt werden«. Das Stück war keine eigentliche Oper im damaligen Verstande, sondern ein Singspiel mit gesprochenem Dialog, wie sie in der ersten Hälfte des 18. Jahrhunderts in sächsischen Schulen mehrfach aufgeführt und in ihrer Bedeutung für die Geschichte der deutschen Oper noch nicht hinlänglich gewürdigt worden sind. Der Rath hatte die Bühne erbauen lassen und dem Unternehmen auch sonst allen möglichen Vorschub geleistet. Am 14. October und folgenden Tagen, Nachmittags 4 Uhr fand im Kaufhause die Aufführung statt [109]. Die Theilnahme war groß, auch aus der Umgegend strömten die Menschen zu, den Hauptbeifall aber erhielt die Musik. Es mochte Bie-

---

108) S. Marpurg, Kritische Briefe I, S. 139.

109) Ein Exemplar des gedruckten und von Biedermann mit einem Vorberichte versehenen Textes, 2 Bogen in Folio, bewahrt die Bibliothek des Freiberger Alterthumsvereines. — Übrigens s. Beyträge zur Historie und Aufnahme des Theaters. Stuttgart, 1750. S. 596.

dermann unbequem sein, daß hierdurch das Ansehen des Cantors und sein Einfluß auf die Schüler sich bedeutend steigerte, und somit die Musik die Wissenschaften zu beeinträchtigen drohte. Auch munkelte man von allerhand Unzukömmlichkeiten, die sich bei Berechnung der Einnahmen und Honorirung des Componisten ereignet haben sollten. Kurz, der vielerorten schon erlebte Zwist zwischen Rector und Cantor wurde auch in Freiberg zur Thatsache. Biedermann gab seiner Gereiztheit in dem nächsten Schulprogramm vom 12. Mai 1749 einen nur allzu deutlichen Ausdruck. Der Grundgedanke des lateinischen Programms, welchen er gestützt auf eine Stelle aus der Mostellaria des Plautus (*Musice hercle agitis aetatem, ita ut vos decet*, Act III, Sc. 2, v. 40) ausführt, daß nämlich eine übermäßige Pflege der Musik die Jugend leicht zu einem zügellosen Leben verführe, war richtig und unverfänglich. Wenn er aber, grade nachdem wenige Monate zuvor die Musik in der Freiberger Schule einen ehrlichen, ihm aber unwillkommenen Triumph gefeiert hatte, einige schlechte Subjecte, die der Musik ergeben gewesen seien, zur Warnung vorführte, wenn er darauf hinwies, daß Horaz die Musiker in eine Classe mit Bajaderen, Quacksalbern und Bettelpriestern setze, daß die Christen alter Zeit die Musiker von ihren frommen Versammlungen fern hielten und jährlich nur einmal zum Abendmahl zuließen, so konnte sich hierdurch mit Recht der ganze Musikerstand beleidigt fühlen. Und so geschah es auch. Genannte und Ungenannte fielen über Biedermann her, Mattheson allein mit fünf Schriften. Andre wieder suchten ihn zu vertheidigen. Es entbrannte ein heftiger litterarischer Krieg, der erst 1751 sein Ende erreichte: Biedermann mußte zur Strafe seiner Taktlosigkeit viele grundlose Kränkungen erdulden.

Als Bach die Vorgänge in Freiberg erfuhr und Biedermanns Programm las, brachen alte Wunden bei ihm auf: hatte er doch mit seinem Rector ähnliche Dinge erlebt. Er schickte das Programm an Schröter in Nordhausen, ein Mitglied der musikalischen Societät, und bat ihn es zu recensiren und zu widerlegen, da er in Leipzig und Umgegend niemanden finden könne, der dazu geschickter wäre. Schröter willfahrte, sandte Bach die Recension zu und überließ ihm, dieselbe in einer periodischen Schrift zum Abdruck zu bringen. Sie entsprach Bachs Wünschen und er schrieb am 10. December

1749 an Einicke in Frankenhausen: »Die schröterische Recension ist wohl abgefaßt, und nach meinem *gout*, wird auch nächstens gedruckt zum Vorschein kommen . . . Herrn Matthesons Mithridat hat eine sehr starke Operation verursachet, wie mir glaubwürdig zugeschrieben worden. Sollten noch einige *Refutationes*, wie ich vermuthe, nachfolgen, so zweifle nicht, es werde des *Auctoris* Dreckohr gereiniget, und zur Anhörung der Musik geschickter gemacht werden«. Die Besorgung zum Druck aber übertrug er einem andern, der eigenmächtiger Weise einige Änderungen vornahm, Zusätze machte und den Ton des mäßig und würdig gehaltenen Schriftstückes verschärfte. In der veränderten Fassung wurde Biedermann zu verstehen gegeben, daß er in der heidnischen Litteratur bewanderter sei, als im Worte Gottes, daher auch die Schrift, wiederum gegen Schröters Absicht, den Titel »Christliche Beurtheilung« erhielt. Schröter war über die Behandlung, die seine Recension erlitten hatte, mehr als billig empfindlich, und ersuchte Einicke am 9. April 1750 schriftlich, Bach davon Mittheilung zu machen. Am 26. Mai 1750 antwortete Bach an Einicke: »An Herrn Schrötern bitte mein Compliment zu machen, bis daß ich selber im Stande bin zu schreiben, da ich mich alsdenn, der Veränderung seiner Recension wegen, entschuldigen will, weil ich gar keine Schuld daran habe: sondern solche einzig demjenigen, der den Druck besorget hat, zu imputiren ist«. Schröter wollte sich hiermit nicht zufrieden geben und verlangte unter anderm eine öffentliche Erklärung Bachs. Aber der Tod machte in seiner Weise der Sache ein Ende. Ganz ohne sein Verschulden war auch der gute Einicke noch in den Streit hineingezogen. Ein Vertheidiger Biedermanns hielt ihn für den Verfasser der »Christlichen Beurtheilung« und nannte ihn »einen gewissen Cantor zu F.[rankenhausen], der vorher ein schlechtes Dorfschulmeisterlein zu H.[ohlstedt] gewesen wäre«. Das veranlaßte ihn denn, Mattheson gegenüber den ganzen Sachverhalt aufzudecken[110].

110) Mattheson, Sieben Gespräche der Weisheit und Musik. Hamburg, 1751. S. 181 ff. — Ausführliches berichten über den Streit im allgemeinen Adlung, Anleitung zu der musikalischen Gelahrtheit. S. 70 ff.; Marpurg, Kritische Briefe. I, S. 253; neuerdings Lindner, Zur Tonkunst. S. 64 ff. — Die »Christliche Beurtheilung« hat Bitter, J. S. Bach II, S. 340 ff. vollständig abdrucken lassen.

Die Veranlassung einer Recension durch Schröter war aber nicht das einzige, was Bach gegen Biedermann that. Er suchte die Cantate »Der Streit zwischen Phöbus und Pan« wieder hervor, die er 18 Jahre früher zur satirischen Abwehr gegen die Tadler seiner Musik componirt hatte, und brachte sie aufs neue zur Aufführung. Es scheint, daß die Aufführung in einem der studentischen Musikvereine stattgefunden hat, obgleich Bach in directer Beziehung zu ihnen nicht mehr stand. Seit dem 12. März 1749 studirte in Leipzig Johann Michael Schmidt aus Meiningen, der einige Jahre später ein sinniges und mit großem Beifall aufgenommenes Buch, genannt *Musico-Theologia*, herausgab[111]. In diesem Buche wird Bachs verschiedene Male bewundernd gedacht; an einer Stelle aber (S. 263) heißt es, das Hauptstreben des Componisten solle sein, den auszudrückenden Gemüthszustand und die daher fließenden Handlungen wohl vorzustellen und der Natur nachzuahmen. Je mehr man die Nachahmung in seinen Stücken erkenne, desto mehr Vergnügen brächten sie. Aus dieser Betrachtung seien der musikalische Kalender, »das Bachische Gesprächspiel«, die Leyer, der Kuckuck, die Nachtigall, das Posthorn und andre Sachen hervorgekommen. Mit den übrigen Namen werden offenbar heitere Cantaten bezeichnet, die damals populär waren, uns jetzt aber unbekannt geworden sind. Das »Gesprächspiel« kann nur eine weltliche Cantate Bachs sein. An eine der dramatischen Gelegenheitsmusiken darf man in dem Zusammenhange, in welchem es hier genannt wird, nicht denken. Es bliebe also die Wahl zwischen der Caffee-Cantate und »Phöbus und Pan«. Da aber die Rede von scharfer Charakterisirung und von Nachahmung der Natur ist, was beides im weitesten Verstande in der letzteren Cantate sich findet, so wird man um so weniger zweifeln, daß diese gemeint ist, als wirklich ein geschriebenes Textbuch derselben mit der Jahreszahl 1749 vorliegt. Michael Schmidt dürfte also die Cantate mitgesungen, oder doch bei ihrer Aufführung gegenwärtig gewesen sein.

Das genannte Textbuch enthält außerdem eine Stelle, die den

111) *MUSICO-THEOLOGIA*, Oder Erbauliche Anwendung Musikalischer Wahrheiten; Bayreuth und Hof. 1754. — Vrgl. Marpurg, Historisch-Kritische Beyträge. I. S. 346 ff.

Zweck der wiederholten Aufführung deutlich verräth. Im letzten Recitativ hat Picander ursprünglich gedichtet:

> Ergreife, Phöbus, nun die Leyer wieder.
> Es ist nichts lieblichers als deine Lieder.

Daraus ist nun gemacht worden.

> Verdopple, Phöbus, nun Musik und Lieder.
> Tob auch Hortensius und ein Orbil darwider.

Und dann endgültig:

> Verdopple, Phöbus, nun Musik und Lieder.
> Tobt gleich Birolius und ein Hortens darwider.

Orbilius ist der bekannte Horazische Schulmeister[112], Birolius eine durch Umstellung der Buchstaben gewonnene Form, bei welcher das Bestreben auf den Namen Biedermann anzuspielen unverkennbar scheint. Auch die mit Hortens gemeinte Persönlichkeit glaube ich zu erkennen. Quintus Hortensius war ein Zeitgenosse Ciceros und als Redner der einzig ebenbürtige. Beide galten als Vertreter der classischen lateinischen Diction. Der Mann, welcher diese unter den Gelehrten Deutschlands im 18. Jahrhundert wiederherstellte, war Ernesti, welcher auch 1737 eine Gesammtausgabe der Schriften Ciceros veranstaltet hatte. Ihn mit dem Namen Hortensius zu beehren lag in diesem Falle um so näher, als man schon für Biedermann den Namen einer Persönlichkeit der römischen Litteratur als passend erfunden hatte. Der Rector zu Freiberg und der Rector zu Leipzig bilden hier ein Paar, das der Satire der Bachschen Cantate zur Zielscheibe dienen sollte[113]. Bachs Verbitterung gegen Ernesti zeigt sich dadurch als eine unausrottbar eingewurzelte. Biedermann blieb es übrigens keinesfalls unbekannt, in welchem Sinne Bach gegen ihn vorging. Von einer der polemischen Schriften, über deren

112) Horaz, Episteln II, 1, v. 70 und 71.

113) Wenn Dehn in der S. 479, Anmerk. erwähnten Abhandlung sagt, daß einige unter dem Hortensius einen gewissen Gärtner verstehen wollen der Bach gelegentlich den Vorwurf machte, daß er die Thomaner zu viel mit Musik beschäftige, so weiß ich nicht, worauf sich diese Vermuthung gründet. Karl Christian Gärtner, der spätere Herausgeber der Bremer Beiträge, war allerdings ein geborener Freiberger und lebte auch zeitweilig in Leipzig, aber nur bis 1745, und daß er überhaupt zu Bach je in Beziehung getreten wäre, ist unbekannt.

intellectuellen Urheber er eine unbegründete Vermuthung hatte, sagt er, sie sei »aus dem stinkenden Bach der Dummheit und Lügen geflossen«[114]. Bis zu solchen Artigkeiten hatte man sich allmählig gesteigert. Nach seinem Programm konnte man Biedermann der Verachtung der Musik allerdings nicht zeihen. Aber die Vorgeschichte desselben war jedenfalls in Leipzig durch Doles sehr genau bekannt geworden, und sie brachte den Rector in ein ungünstiges Licht. Die Leidenschaftlichkeit, mit welcher der alte Tonmeister die Ehre seiner geliebten Kunst rein zu halten sich bemüht, erhält etwas rührendes, wenn man bemerkt, wie er noch in einer andern Composition, die er in dieser Zeit bei drei verschiedenen Gelegenheiten aufführte, begeistert ihr Lob singt. Ich meine die Cantate »O holder Tag, erwünschte Zeit«, welcher bei ihrer Wiederholung ein Text ausschließlich zum Lobe der Musik untergelegt worden ist. In ihm heißt es unter andern: »Wiewohl, geliebte Musica, So angenehm dein Spiel So vielen Ohren ist, So bist du doch betrübt Und stehest in Gedanken da: Denn es sind ihrer viel, Denen du verächtlich bist. Mich dünkt, ich höre deine Klagen Selbst also sagen: 'Schweigt, ihr Flöten, schweigt ihr Töne, Klingt ihr mir doch selbst nicht schöne; Geht ihr armen Lieder hin, Weil ich so verlassen bin'. Doch fasse dich, Dein Glanz ist noch nicht ganz verschwunden Und in den Bann gethan«[115]. —

Alle diese Vorgänge erscheinen in zweifacher Hinsicht bedeutsam. Sie bekunden Bachs litterarische Interessen und lassen auch einen Charakterzug scharf hervortreten. In Bachs Natur lebte — wir wiesen schon einmal darauf hin[116] — eine gewisse Streitfreudigkeit, die ihn in dieser Beziehung als einen Geistesverwandten der lutherischen Orthodoxie erscheinen läßt, wie sie sich beispielsweise in dem Mühlhäuser Pastor Eilmar verkörperte. Wer unsern Auseinandersetzungen über Bachs Compositionen gefolgt ist, wird in ihnen denselben Zug mehrfach bemerkt haben. Ich erinnere hier nur an die Cantaten »Christ lag in Todesbanden« und »Es erhub sich ein Streit«, an den Doppelchor »Nun ist das Heil und die Kraft«. Freilich unterscheidet er sich von den Orthodoxen wieder durch die

114) S. Lindner, a. a. O. S. 85.
115) S. S. 466 dieses Bandes.
116) S. S. 479 dieses Bandes.

tiefe Innigkeit seines Empfindens und, wenn nur die rechte Stelle seines Gemüthes getroffen wird, eine rührende Naivetät. Ein voller deutscher Mann, Recke und Kind in einer Person, wild und doch wieder hingebend weich: unter den deutschen Theologen kann ihm ganz doch nur Luther verglichen werden. Auch die Hartnäckigkeit, mit welcher er sein Recht verfocht und von der wir Beispiele genug anzuführen hatten, gehört als wesentlicher Zug in dieses Bild. Reizbar wie diejenige aller Künstler konnte seine kräftige Natur wohl in unbändigem Zorne losbrechen. Der Organist der Thomaskirche, Gräbner oder Görner, soll es bei einer Probe einmal auf der Orgel versehen haben. Da riß sich Bach in Wuth die Perrücke ab, schleuderte sie dem Missethäter an den Kopf und donnerte: »Er hätte lieber sollen ein Schuhflicker werden!«[117]) Einen ungehorsamen Schüler mitten im Gottesdienst mit Lärmen vom Chor zu treiben, ihn Abends gar noch vom Speisetische kurzer Hand zu verjagen, darauf kam es gelegentlich nicht an. Da er so seiner Lehrerwürde wohl manchmal etwas vergab, wurde es ihm natürlich schwer, die Rotte der Thomaner jederzeit zu bändigen. Aber diese Schwächen konnten bei denen, die ihn näher kannten, doch die hohe Meinung von dem redlichen Ernst seiner Natur nicht vermindern. Bürgen hierfür sind seine Einzelschüler, die ausnahmslos mit unbegränzter Verehrung an ihm hingen. »Von seinem moralischen Charakter«, heißt es im Nekrolog, »mögen diejenigen reden, die seines Umgangs und seiner Freundschaft genossen haben, und Zeugen seiner Redlichkeit gegen Gott und den Nächsten gewesen sind«[118]).

Bach besaß ein berechtigtes hohes Selbstgefühl, das mußte unter andern der Leipziger Rath mehr als einmal erfahren. Aber er war wie alle großen Naturen frei von Eitelkeit und menschlich nachsichtig gegen andre. Die Schüler sollten sich nur seinen Fleiß zum Muster nehmen, über die größere oder geringere Naturbegabung rechtete er nicht mit ihnen. Lob ließ er sich nur bis zu einem gewissen Grade gefallen. Als einmal jemand seine bewunderungs-

---

117) Diese Geschichte berichtet Hilgenfeldt S. 172. Ich kann ihre Quelle nicht nachweisen. Hilgenfeldt pflegte aber in seine Compilation nichts aufzunehmen, wofür er nicht einen glaubwürdigen Gewährsmann hatte.

118) Nekrolog, S. 173.

würdige Fertigkeit auf der Orgel mit vielen Lobsprüchen erhob, sagte er ganz gelassen: »Das ist eben nichts bewunderungswürdiges, man darf nur die rechten Tasten zu rechter Zeit treffen, so spielt das Instrument selbst«[119]. Ebenso war es ihm fremd, mit seinen Leistungen affectirt oder hochmüthig zurückzuhalten. Er spielte bereitwillig und gern vor, oder musicirte gemeinsam mit andern. Als eine Eigenthümlichkeit bemerkte man es an ihm, daß er, der Meister der freien Fantasie, doch nicht mit etwas eigenem zu beginnen liebte. Gern ließ er sich zuvor eine ihm fremde Composition vorlegen und spielte diese vom Blatte, dann erst ging er zur eigenen Fantasie über, gleich als ob er eines äußeren Anlasses bedurft hätte, um die Schwingen seiner Erfindungsgabe zu entfalten. Die hierüber erhaltenen Zeugnisse sind merkwürdig genug, um wörtlich mitgetheilt zu werden. Sie rühren von einem gewissen T. L. Pitschel her, der Ende der dreißiger Jahre des Jahrhunderts in Leipzig Theologie studirte, 1740 Magister wurde und 1743 dort 27 Jahre alt starb. Er gehörte zu Gottscheds Anhängern, und veröffentlichte in dem Organe der Gottschedianer »Belustigungen des Verstandes und Witzes« ein Schreiben an einen Freund »von Besuchung des öffentlichen Gottesdienstes«. Hier sagt er: »Sie wissen, der berühmte Mann, welcher in unserer Stadt das größte Lob der Musik, und die Bewunderung der Kenner hat, kömmt, wie man saget, nicht eher in den Stand, durch die Vermischung seiner Töne andere in Entzückung zu setzen, als bis er etwas vom Blatte gespielt, und seine Einbildungskraft in Bewegung gesetzt hat«. Und später noch einmal: »Der geschickte Mann, dessen ich Erwähnung gethan habe, hat ordentlich etwas schlechteres vom Blatte zu spielen, als seine eigenen Einfälle sind. Und dennoch sind diese seine besseren Einfälle Folgen jener schlechteren«[120]. Mit dieser Eigenthümlichkeit ist es wohl in Verbindung zu bringen, daß Bach sich auch in der Composition gern durch Gelegenheiten künstlerische Motive zuführen ließ, wovon ja seine Gesangswerke so vielfältig Zeugniß ablegen.

---

119) Diese charakteristische Anekdote überliefert Köhler, *Historia Scholarum Lipsiensium.* Beiblatt zu S. 94.

120) [Johann Joachim Schwabe.] Belustigungen des Verstandes und Witzes. Erster Band. Leipzig 1741. S. 499 und 501.

Fremde Musik spielte er auch deshalb, weil es ihm von Interesse war, dasjenige was andre producirt hatten, kennen zu lernen. Ebenso ließ er sich gern fremde Compositionen vormusiciren. Was ihn besonders anzog, schrieb er sich ab und nicht blos in früherer Zeit, wo er sich noch in aufsteigender Entwicklung befand, sondern auch zur Zeit seiner höchsten eigenen Reife. Vocalcompositionen Lottis, Caldaras, Ludwig und Bernhard Bachs, Händels, Telemanns, Keisers, auch Clavierstücke von Grigny, Dieupart, ja selbst von Hurlebusch existiren in seiner Handschrift noch heute. Nicht klein wird auch die Sammlung gedruckter und von andern geschriebener Musikalien gewesen sein, die er besaß. Leider wurden sie von den Söhnen nach seinem Tode so rasch über die Seite gebracht, daß sie nicht in das Inventar seines Nachlasses aufgenommen sind. Wie weit zurück aber sein Interesse sich erstreckte, beweisen Elias Ammerbachs »Orgel oder Instrument Tabulatur« von 1571 und Frescobaldis *Fiori musicali* von 1635, Werke, die sich beide in seiner Bibliothek befunden haben[121]; daß er auch Bücher über Musik sammelte, ist oben schon bemerkt. Wenn er auswärts irgendwo über Sonntag verweilte, pflegte er der Kirchenmusik mit besonderer Aufmerksamkeit zu folgen. Kam in derselben eine Fuge vor, und er hatte etwa einen seiner Söhne bei sich, so sagte er nach den ersten Themaeintritten stets vorher, was der Componist von rechtswegen mit dem Thema weiter machen müsse und was er möglicherweise machen könne. Kam es dann so wie er gesagt hatte, so freute er sich und stieß den Sohn an[122]. Die Veranlassung zu tadeln war begreiflicherweise viel häufiger vorhanden als zu loben. Seine Söhne wußten aber zu rühmen, wie mild sein Urtheil auch in solchen Fällen stets gewesen sei, und in harten Ausdrücken über ein Werk eines Kunstgenossen zu sprechen habe er sich nie erlaubt, außer gegenüber seinen Schülern, welchen er reine, strenge Wahrheit schuldig zu sein glaubte. Hurlebusch aus Braunschweig, ein unruhiger, eitler Wandervirtuose, stellte sich einmal in Leipzig bei ihm ein, nicht um ihn spielen zu hören, sondern um sich selbst

121) S. Becker, Systematisch-chronologische Darstellung der musikalischen Litteratur. Leipzig, Friese. 1836. Sp. 384. — Band I, S. 418.

122) Forkel, S. 46 f.

hören zu lassen. Bach erzeigte ihm den Gefallen auch mit aller Geduld. Beim Abschied schenkte Hurlebusch den ältesten Söhnen eine gedruckte Sammlung seiner Claviercompositionen, mit der Ermahnung sie recht fleißig zu studiren. Daß Friedemann und Emanuel schon ganz andern Sachen gewachsen waren, wußte Bach sehr wohl, er lächelte aber nur still in sich hinein und wurde gegen Hurlebusch nicht im mindesten unfreundlicher. Seine eigne Ueberlegenheit über andre Musiker herausfordernd an den Hut zu stecken, war ihm durchaus zuwider. Von seinem Wettstreite mit Marchand, der über Deutschland hinaus das größte Aufsehen gemacht hatte, sprach er nie freiwillig. Schon zu seinen Lebzeiten bildeten sich allerhand Mythen über ihn. Man erzählte sich z. B., daß er bisweilen, als armer Dorfschulmeister verkleidet, in eine Kirche gekommen sei, und den Organisten gebeten habe, ihm seinen Platz einzuräumen. Dann habe er das Staunen der Anwesenden und des Organisten genossen, der erklärt habe, das sei entweder Bach oder der Teufel. Er wollte von solchen Geschichten, kamen sie ihm zu Ohren, nie etwas wissen[123].

Er lebte in Musik, wo er ging und stand. Eine Erzählung, die wenigstens in ihrem Kern nicht wohl erfunden sein kann, mag hierfür den Beweis liefern. Er wurde oft von gewissen Bettlern angegangen, in deren sich steigernden Klagetönen er eine Folge von musikalischen Intervallen entdeckt zu haben glaubte. Dann that er anfänglich, als wollte er ihnen etwas geben und fände nichts: nun hob sich die Klage zu eindringlichster Höhe. Darauf gab er ihnen einige Male äußerst wenig, in Folge dessen wurde den Intervallen etwas von ihrer Schärfe genommen. Endlich gab er ihnen ungewöhnlich viel, wodurch dann zu seinem Ergötzen eine vollständige Auflösung und ein vollkommen befriedigender Schluß herbeigeführt wurde[124].

Bachs Grundcharakter war übrigens ein ernster, und daher auch sein Auftreten bei aller Höflichkeit und Zuvorkommenheit, die er seinen Mitmenschen bewies, ein würdevoller und respectgebietender. Kann man den Bildern trauen, die von ihm erhalten

123) Forkel, S. 45 f.

124) Reichardt, Musikalischer Almanach. Berlin, 1796. Bogen L 2 und 3.

sind[125], so unterstützte diesen Eindruck auch seine äußere Erscheinung. Nach ihnen war er von kräftiger, bürgerlich breitschultriger Gestalt, hatte ein volles aber energisches Gesicht, bedeutende Stirn, starke, kühngeschwungene Augenbrauen und zwischen ihnen einen Zug von strengem, ja finsterem Wesen. Dagegen scheint in Mund und Nase bequeme Gutmüthigkeit ausgeprägt. Die Augen sind lebhaft, doch wissen wir, daß Bach von Jugend auf etwas kurzsichtig war[126].

Sein ganzes Wesen ruhte auf einer Frömmigkeit, die nicht in inneren Kämpfen errungen, sondern angeboren und natürlich war. Er hielt es mit dem Glauben seiner Väter. Theologische und Erbauungsbücher las er gern; seine Bibliothek umfaßte deren bei seinem Tode 81 Bände[127]. Die Autoren derselben zeugen klar für Bachs religiöse Ansichten. Allen voran ist Luther zu nennen, dessen Werke Bach sogar in zwei Ausgaben besessen zu haben scheint[128]; die Tischreden und eine Haus-Postille sind besonders vorhanden. Die Mehrzahl der übrigen Werke stammt von altlutherischen Theologen des 16. und 17. Jahrhunderts. Calovius, der mit drei Bänden in Folio vertreten ist (geb. 1612, gest. als Professor zu Wittenberg 1686), war einer der geharnischtesten Streittheologen und leiden-

125) Oelbilder gab es vier, darunter zwei von dem sächsischen Hofmaler Hausmann. Eines derselben besitzt die Thomasschule zu Leipzig; es ist mit dem Canon versehen, welchen Bach der musikalischen Societät einreichte (dessen Auflösung s. bei Hilgenfeldt. Notenbeilage Nr. 3). Das andre der Hausmannschen Bilder gehörte später Emanuel Bach. Ein drittes Oelbild besaß Kittel, ein viertes die Prinzessin Amalie; letzteres wird noch jetzt auf der Amalienbibliothek des Joachimsthalschen Gymnasiums zu Berlin aufbewahrt.

126) Nekrolog. S. 167.

127) S. die Anhang B, XVI mitgetheilten Hinterlassenschaftsacten. Den Hinweis auf diese werthvolle archivalische Quelle verdanke ich meinem Freunde Herrn Dr. Wustmann zu Leipzig, welcher dieselbe bei seinen Forschungen im Archiv des dortigen Bezirksgerichts entdeckte.

128) Die siebenbändige wird die Wittenberger von 1539 ff., die achtbändige die Jenaer von 1556 ff. gewesen sein. — Im Inventar steht nach den »Tischreden«: *Ejusdem Examen Concilii Tridentini.* Hier liegt ein Schreibfehler vor: das genannte Buch ist von *Martinus Chemnitzius*, geb. 1522, von 1547—1553 in Königsberg, dann in Wittenberg und Braunschweig, seit 1568 in Rostock. Von demselben Verfasser werden auch die beiden folgenden Bücher sein. Ich habe das Verzeichniß natürlich so abdrucken lassen, wie ich es geschrieben fand.

schaftlichsten Vorkämpfer der Orthodoxie. Sanfter geartet ist der Rostocker Superintendent und Professor Heinrich Müller (gestorben 1675), von dessen Werken Bach eine bedeutende Anzahl besaß[129]. Unter ihnen sind die »Geistlichen Erquickstunden« und die »Himmlische Liebesflamme« (ursprünglich unter dem Titel »Himmlischer Liebes-Kuß, oder Uebung des wahren Christenthums, fließend aus der Erfahrung göttlicher Liebe«) auch unserer Zeit noch wohl bekannt. Die *Schola Pietatis* des Johannes Gerhard von Jena (gestorben 1637), welcher Gelehrsamkeit, mannhaften Muth und innige Frömmigkeit in einer Weise vereinigte, die Bachs Charakter besonders zusagen mußte, enthält in fünf Büchern Abhandlungen über die Pflichten des Christen. Auch seines Lehrers und Freundes Johann Arnds, der 1621 als Generalsuperintendent zu Celle starb, weit verbreitetes Buch vom »wahren Christenthum« nannte Bach sein eigen. Mit einer Menge von Werken findet sich ferner August Pfeiffer vor, ein geschätzter Leipziger Professor und Prediger des 17. Jahrhunderts, der von 1681 mehre Jahre Archidiaconus der Thomaskirche war. Die Bücher »Evangelische Christenschule«, »Anticalvinismus« und »Antimelancholicus« erwecken uns ein besonderes Interesse, weil ihre Titel auch vorn in Anna Magdalenas Clavierbüchlein aus dem Jahre 1722 eingezeichnet sind. Diese Einzeichnungen sind also keine freien Spielereien Bachs, sondern enthüllen sich als eine Bezugnahme auf ihm liebgewordene Bücher, deren Inhalt das Clavierbüchlein gleichsam ins Musikalische übersetzt darbieten sollte[130].

Neben den Denkmalen orthodox-lutherischer Gesinnung finden wir indessen auch einige Werke mystischer Tendenz. Von besonderm Interesse ist das Vorhandensein der aus der mittelalterlichen Mystik hervorgegangenen Predigten des Dominicaner-Mönches Tauler. Speners Ausgabe von 1703, welche Quartformat hat, kann

129) Die Folio-Ausgabe von »Evangelische Schluß Kett und Krafft-Kern« erschien 1734 zu Frankfurt a. M., kann also von Bach erst in seinen späteren Lebensjahren angeschafft sein. Unter »Schaden Josephs« ist gemeint »Evangelisches Praeservativ wider den Schaden Josephs in allen dreyen Ständen, herausgezogen aus denen Sonn- und Fest-Tags-Evangelien«. Erschien in neuer Ausgabe in 4. zu Erfurt 1741. Der Schaden Josephs ist die Hoffart, s. Amos 6, 6.

130) Hiernach ist Band I. S. 756 zu berichtigen. —

nicht die gewesen sein, welche Bach besaß; das Exemplar war wohl alt und zerlesen, da es bei der Inventarisation nur auf 4 gr. geschätzt wurde. Von Matthäus Meyfart, dem Verfasser des Liedes »Jerusalem, du hochgebaute Stadt« findet sich die Schrift aus dem Jahre 1636 »Christliche Erinnerung von den aus den hohen Schulen in Deutschland entwichenen Ordnungen und ehrbaren Sitten«. Die Pietisten sind durch Spener und Francke mit je einem Werke vertreten, jener mit dem »Gerechten Eifer wider das Antichristliche Papstthum«[131], dieser mit einer Haus-Postille[132]. Es wird hierdurch wieder bewiesen, daß Bach trotz seiner alt-lutherischen Gesinnung doch kein fanatischer Parteigänger der Orthodoxie war, sondern einen höheren unparteiischen Standpunkt einnahm[133]. Johann Jakob Rambach, dessen Schriften Bach liebte[134], kann zu den eigentlichen Pietisten nicht gerechnet werden. Die »Betrachtung der Thränen und Seufzer Jesu Christi« erschien 1725 und enthält zwei Predigten zum 10. und 12. Trinitatis-Sonntage. Unter der einen jener andern »Betrachtungen«, welche das Verzeichniß noch aufweist, sind die »Betrachtungen über den Rath Gottes von der Seligkeit der Menschen« gemeint. Das Buch erschien 1737 nach dem Tode des Verfassers[135].

Ein merkwürdiges Buch ist der *Judaismus* des Hamburger

131) Aus seinen Schriften zusammengetragen von Johann Georg Pritius. Frankfurt a. M. 1714. Enthält acht Predigten, zwei Gebete und ein »Christliches Glückwunsch- und Ermunterungs-Schreiben an einen Teutschen Printzen.«

132) Wahrscheinlich die »Kurtzen Sonn- und Fest-Tags-Predigten«, die zuerst 1718 erschienen.

133) Vrgl. Band I, S. 364.

134) Vrgl. S. 177 dieses Bandes.

135) Einige der im Verzeichniß angezeigten Werke habe ich nicht constatiren können. »*Scheubleri* Gold-Grube« ist wohl die *Aurifodina theologica* oder »Glaubens,-Sitten- und Trostlehre« von Christoph Scheibler, geb. 1589 zu Armsfeld im Waldeckischen, gest. 1653 als Superintendent zu Dortmund. Johann Gottlob Pfeiffer gab 1727 in Leipzig das Buch in Folio neu heraus. Nikolaus Stenger (1609—1680), ein Erfurter Theolog, schrieb eine *Postilla evangelica* und eine *Postilla credendorum et faciendorum*; eine von beiden wird also wohl die im Verzeichniß befindliche sein. Aegidius Hunnius, von welchem die »Reinigkeit der Glaubenslehre« angeführt wird, war ein Würtemberger und starb 1603 als Professor der Theologie in Wittenberg.

Pastors Johann Müller[136]. Der Anlaß zu demselben, sagt der Verfasser in der Vorrede, sei der Zustand der Kirche gewesen, an welcher er angestellt sei. »Es wohnen in dieser Stadt viel Jüden, Hispanischer und Teutscher Nation, welche täglich für unsern Augen herum gehen, mit Christen viel conversiren, auch der Religion halber sich mit ihnen bereden . . . Es kommen auch unsere Zuhörer zu uns, und fragen um Rath, wie man den Jüden ihre Einwürfe beantworten und was man ihnen im täglichen Gespräche fürhalten solle, denen wir amtshalber Bericht und Antwort zu geben schuldig seyn. Weil auch etliche Jüden sehr triumphiren, als ob sie große Geheimnisse hätten wider unsre christliche Lehre, insonderheit wider das Neue Testament, in vertraulichem Gespräche mit guten Freunden dem christlichen Predigtamt Hohn sprechen, und sich bedünken lassen, daß ihres gleichen an Verstand in Religionssachen nicht sei, als habe ich mich bemühet, solche Geheimnisse zu erforschen und ans Tageslicht zu bringen, damit ihre Thorheit und Blindheit je mehr und mehr bekannt werden möchte: Welches alles ich in diesem Buche zusammengetragen, und auf vieler frommen Christen Begehren und eifriges Vermahnen an Tag geben wollen«. Auf 1490 Seiten in Quart hat Müller seinen Plan ausgeführt. Daß aber Bach sich mit solcher Lecture beschäftigte, zeigt wie ihm als echtem Protestanten sein Christenglaube Gegenstand des Nachdenkens war und er das Bedürfniß hatte, ihn gelegentlich mit stichhaltigen Gründen vertheidigen zu können.

Bachs Bibelkunde muß ein jeder, der seine Kirchencantaten studirt, als eine ebenso gründliche anerkennen, wie seine Kenntniß des Kirchenliedes. Wie er sich aber auch die biblische Geschichte lebendig und anschaulich zu machen suchte, zeigt Büntings (*Pintingii*) *Itinerarium sacrae scripturae*[137]. In diesem »Reise-Buche« sind alle Reisen der Patriarchen, Richter, Könige, Propheten, Fürsten und Völker, sowie Josephs und der Jungfrau Maria, der Weisen aus dem Morgenlande, Christi und seiner Apostel verfolgt und nach

---

136) *Judaismus* oder Jüdenthumb, Das ist Außführlicher Bericht von des Jüdischen Volckes Unglauben, Blindheit und Verstockung. Hamburg, 1644.

137) Erschien 1579, wurde häufig aufgelegt, im Jahre 1718 von Leuckfeld, auch 1752 noch. Heinrich Bünting, 1545 zu Hannover geboren, war Superintendent zu Goslar, und starb 1606 in Hannover.

deutschen Meilen ausgerechnet: außerdem enthält es Beschreibungen aller Länder, Städte, Gewässer, Berge und Thäler, die in der Bibel vorkommen. Mag man über den wissenschaftlichen Werth dieses Buches urtheilen wie man will; immerhin ist es ein Zeugniß, daß Bach die Bibel nicht nur als Fundgrube lyrischer Poesie und dogmatische Grundlage seines Christenthums betrachtete, sondern daß er sich in ihrer Welt nach allen Seiten hin heimisch zu machen suchte. Dasselbe bezeugt sein Besitz von Josephus' Geschichte des jüdischen Volks.

Religiöse Dichtung fand sich, außer dem umfassenden, achtbändigen Gesangbuche von Paul Wagner[138], in seinem Nachlasse nicht mehr vor, als zur Inventarisirung desselben geschritten wurde. Auch in dieser Beziehung müssen einige der Erben vorher aufgeräumt haben. Von Neumeister sind zwei Sammlungen mit je 52 Predigten aus den Jahren 1721 und 1729 angemerkt. Ganz sicher waren auch dessen geistliche Dichtungen, ebenso wie diejenigen Francks, Rambachs und Picanders in Bachs Besitz. Was er sonst noch derartiges gehabt haben mag, davon ist uns die Kunde eben so wohl entzogen worden, wie über den etwaigen Bestand seiner Bibliothek weltlicher Litteratur. —

Als Bach in die Cantorwohnung am Thomaskirchhofe zu Leipzig im Jahre 1723 mit seiner zweiten Gattin einzog, folgten ihm vier Kinder erster Ehe[139]. Aus zweiter Ehe sind ihm noch sieben Töchter und sechs Söhne geboren worden. Doch nur drei Töchter und drei Söhne sollten den Vater überleben. Von den übrigen wurden drei nur wenige Tage alt, die andern sah der Vater im Sarge liegen, als sie eben begonnen hatten zu einer regeren Theilnahme am Leben sich zu entfalten. Die Mythenbildung ist auch über Bachs Familienleben hergewuchert. Er soll einen blödsinnigen Sohn David besessen haben, der, »in der Musik ganz ununterrichtet, durch seine zwar verworrenen, doch innigen Ausdrucks vollen, melancholischen Phantasien auf dem Claviere die Zuhörer oft bis zu Thränen hingerissen« habe. Man wollte sogar wissen, daß er 14 bis 15 Jahre alt gestorben sei[140]. Diesen David hat es nie gegeben, auch ist kein Kind

138) S. S. 109 dieses Bandes. 139) S. Band I, S. 626.

140) Rochlitz, Für Freunde der Tonkunst. IV, S. 182 (3. Aufl.). Ihm ist es dann bis in die neueste Zeit nachgeschrieben worden.

Bachs in diesem Alter gestorben[141]. Jedenfalls hat Gottfried Heinrich, der erste Sohn zweiter Ehe, zur Entstehung der Fabel Veranlassung geboten. Er war nach Emanuels Urtheil ein großes Genie, das aber nicht entwickelt wurde. In den Gerichtsverhandlungen über Bachs Nachlaß wird er »blöde« genannt und als nicht verfügungsfähig erkannt. Er starb im Februar 1763 zu Naumburg, wohin ihn sein Schwager Altnikol, wie es scheint, schon vor dem Tode des Vaters, genommen hatte.

Von seinem innig gepflegten Familienleben, den Hausconcerten, welche er mit seinen Söhnen, seiner Gattin und ältesten Tochter auszuführen liebte, hat Bach uns selbst Kunde gegeben[142]. Für die Erziehung der Kinder sorgte er gewissenhaft. Ein Hauptgrund, sich zur Übersiedlung von Cöthen nach Leipzig zu entschießen, war für ihn die Aussicht auf die besseren Bildungsmittel, welche die Universitätsstadt bot. Wilhelm Friedemann, seinen Liebling, ließ er schon am 22. Dec. 1723 für die Immatriculation vormerken[143]. Dieser sowie sein jüngerer Bruder Emanuel haben sich auch, nach guter damaliger Sitte, eine vollständige akademische Bildung angeeignet. Es lag ursprünglich nicht in des Vaters Absicht, daß auch Emanuel den Musikerberuf wähle; als aber sein großes Talent ihn dennoch hineindrängte, ließ er es sich wohl gefallen. Dem musikalischen Treiben der Söhne folgte er zeitlebens mit liebevoller Theilnahme. Er vertrieb ihre Compositionen wie er die seinigen durch sie vertreiben ließ[144], verlegte mit ihnen bei demselben Verleger[145], schrieb was ihm von ihren Sachen besonders gefiel auch wohl eigenhändig ab[146]. Friedemanns Weise stand ihm näher als Emanuels;

---

141) S. Anhang B, XV. Dreizehn Kinder zweiter Ehe, wie sie dort nachgewiesen werden, giebt auch der Nekrolog (S. 170) an. Die Genealogie des Bachschen Geschlechtes weiß ebenfalls von einem David nichts.

142) S. S. 83 f. dieses Bandes. 143) Vrgl. S. 36 dieses Bandes.

144) Friedemanns Claviersonate von 1744 »in Verlag zu haben 1. bey dem *Autore* in Dresden, 2. bey dessen Herrn Vater in Leipzig und 3. dessen Bruder in Berlin.« — Sebastians sechs dreistimmige Choräle »sind zu haben in Leipzig bey Herr Capelmeister Bachen, bey dessen Herrn Söhnen in Berlin und Halle, und bey dem Verleger zu Zella.«

145) Balthasar Schmidt in Nürnberg.

146) So Friedemanns Orgelconcert in D moll. Die Handschrift ist auf der königlichen Bibliothek zu Berlin.

bei seiner großen Liebe zu diesem ältesten Sohne übersah er es vielleicht, daß derselbe schon während des Vaters Lebzeiten Gefahr lief, nur dessen Carricatur zu werden. Emanuels kleinere Tonformen haben ihre Wurzel freilich auch in Sebastians Werken. Der zweitheilige erste Sonatensatz, mit dessen Ausbildung dieser der Vorgänger Haydns wurde, steckt z. B. in den zweitheiligen Praeludien des Wohltemperirten Claviers, in weiteren Umrißzeichnungen bieten ihn auch viele Arien Sebastians, deren erster Theil nicht in der Haupttonart schließt. Ehe noch Emanuel mit den bekannten sechs Claviersonaten von 1742 hervortrat, hatte schon Krebs in seinen Praeambulen von 1740 ganz dieselbe Form gewählt. Indessen Emanuels Neigung zum Populären, Leichtanmuthigen entfernte ihn doch weiter von des Vaters Bahnen. Galt es den Kindern ihre Lebenswege zu ebnen, so scheute Bach keine Mühe. Als der dritte Sohn erster Ehe, Bernhard, 20 Jahre alt war und grade die Organistenstelle an der Marienkirche in Mühlhausen frei wurde, bemühte sich Bach, dem Sohne das Amt in der Stadt zu verschaffen, wo er selbst 28 Jahre zuvor gewirkt hatte. Der Brief, welchen er in dieser Sache nach Mühlhausen schrieb, ist erhalten:

»Hochedelgebohrner Vest und Hochgelahrter
Besonders Hochgeehrtester Herr *Senior*
Hochgeschätzter Gönner

Es soll dem Verlaut nach vor kurtzem der Stadt *Organist* zu Mühlhaußen Herr Hetzchenn daselbst verstorben, und deßen Stelle biß *dato* noch nicht ersetzet seyn. Nachdem nun mein jüngster Sohn Johann Gottfried Bernhard Bach sich zeither so *habil* in der *Music* gemachet, daß ich gewiß dafür halte wie er zu bestreitung dieses *vacant* gewordenen Stadt Organisten Dienstes vollkommen geschickt und vermögend sey. Als ersuche Ew: Hochedelgeb. in schuldigster Ehrerbietung, Sie belieben zu Erlangung mehr gemeldten Dienstes meinen Sohne Dero vielgeltende *Intercession* zu schencken, und mich dadurch bittseelig, meinen Sohn aber zugleich glücklich zu machen, damit ich hierbey noch Dero alt *Faveur* wie vor, also auch ietzo mich zu vergewißern Ursache finden und dagegen versichern könne, daß mit unveränderter Ergebenheit allstets verharre.

Ew. Hochedelgeb.

Meines besonders Hochgeehrtesten Herrn *Senioris*

Leipzig
den 2. Maji
1735

gantz ergebenster Diener
[147] *Joh. Sebast. Bach*
vormals *Organist.* zu *D Blas.*
in Mülhausen.

[Adresse:]

Dem Hochedelgeb. Vest und Hochgelahrten Herrn, Herrn *Tobia* Rothschieren, vornehmen *Jure Consulto* und Hochansehnl. MitGliede, wie auch hoch*meritir*ten *Seniori* E HochEdl. und Hochweisen Raths, bey der Kayserl. freyen Reichs-Stadt Mühlhausen

in

Mühlhausen« [148].

Nicht ohne Erfolg erinnerte Bach an die wohlwollende Gesinnung, welche ihm der Rath der Stadt seiner Zeit bezeigt hatte. Bernhard wurde gewählt, hat die Stelle jedoch nach kurzer Zeit wieder aufgegeben, um sich einem wissenschaftlichen Berufe zuzuwenden. Er ging nach Jena, dem Wohnorte Nikolaus Bachs, des würdigen Seniors der Familie. 1738 war er schon da und studirte Rechtswissenschaft. Im folgenden Jahre aber ergriff ihn ein hitziges Fieber und raffte ihn am 27. Mai dahin [149]. Es waren nun, außer Gottfried Heinrich, nur mehr vier Söhne vorhanden, auf welche der Vater seine Hoffnungen setzen konnte. Er erlebte es noch, daß Johann Christoph Friedrich (geb. 1732) in jungen Jahren als Kammermusicus beim Grafen von der Lippe in Bückeburg angestellt wurde. Als der Instrumentenmacher Hoffmann dem befreundeten Meister

---

147) Nur die Unterschrift autograph.

148) Siegel: Rosette mit Krone darüber. —
Rathsarchiv zu Mühlhausen i. Th. Actenfascikel mit der Aufschrift: »*Organista D. Blasij de Anno* 1604 *usque* 1677.« S. 47.

149) Walther, Handschriftliche Zusätze zum Lexicon: »lebet jetzo (1738) in Jena; woselbst er den 30. May 1739 am hitzigen Fieber verstorben.« Das Datum ist falsch; die Jenaer Kirchenregister sagen: »Am 27. Mai 1739 starb Herr Gottfried Bernhard Bach, der Rechtsgelahrtheit Beflissener aus Leipzig.«

ein Clavier seiner Arbeit testamentarisch vermacht hatte, überließ dieser es dem Sohne, wohl um ihn für seine neue Stellung auszustatten[150]. In dem kleiner gewordenen häuslichen Kreise scheint sich der Benjamin der Familie, Johann Christian (geb. 1735), dessen große Begabung früh bemerkt worden sein wird, einer besonders zärtlichen Zuneigung des alten Vaters erfreut zu haben. Er schenkte ihm drei Claviere mit Pedal auf einmal — eine so ungewöhnliche Bevorzugung, daß nach dem Tode Bachs die Kinder erster Ehe sie beanstanden wollten[151].

Die Töchter blieben unvermählt bis auf Elisabeth Juliane Friederike (geb. 1726), welche am 20. Januar 1749 Altnikols Gattin wurde. Daß die jungen Leute sich ihren Hausstand gründen konnten, brachte wiederum der Vater zuwege. Der Rath von Naumburg hatte 1746 behufs Reparirung der dortigen Orgel Bachs Sachkenntniß in Anspruch genommen. Seitdem war die Organistenstelle daselbst offen geworden. Als Bach dies erfuhr, bewarb er sich um dieselbe für Altnikol unverzüglich, und ohne diesen vorher zu fragen. Er empfahl ihn warm, seinen »ehemaligen lieben *Ecolier*«, der »bereits ein Orgelwerk geraume Zeit (in Niederwiesa) unter Händen gehabt, und Wissenschaft, solches gut zu spielen und zu dirigiren besitze«, der auch von »ganz besonderer Geschicklichkeit in der Composition, im Singen und auf der Violine« sei. Altnikol wurde denn auch am 30. Juli 1748 für die Stelle ausersehen[152]. Der erste Enkel, der aus dem Ehebunde von Bachs Tochter entsproß (4. Oct. 1749), wurde Johann Sebastian genannt[153].

Die einzige Hochzeit, welche in seinem Hause ausgerichtet wurde, war natürlich für Bachs Familiensinn ein besonders wichtiges Ereigniß. Es leuchtet davon etwas hervor aus dem letzteren von zwei Briefen, die er Ende des Jahres 1748 an seinen Vetter Elias Bach in

---

150) S. Anhang B, XVI gegen Ende.

151) S. Anhang B, XVI unter §. 8.

152) Die auf diese Vorgänge sich beziehenden beiden Briefe Bachs vom 24. und 31. Juli 1748 vollständig hier mitzutheilen, schien unnöthig, da sie neue Seiten von Bachs Wesen nicht hervortreten lassen. Sie wurden nach den Originalen veröffentlicht von Friedrich Brauer in der Musik-Zeitschrift Euterpe (Leipzig, Merseburger), Jahrgang 1864. S. 41 f.

153) Geburts-Register der Wenceslaus-Kirche zu Naumburg.

Schweinfurt schrieb. Diese Briefe eröffnen auch sonst einen Blick in Bachs hausväterliche und wirthschaftliche Gesinnung. Der erste bezieht sich zumeist auf eine musikalische Angelegenheit:

»Leipzig. d. 6. *Octobr*
1748.

Hoch-Wohl-Edler
Hochgeehrter Herr Vetter

Ich werde wegen Kürtze der Zeit mit wenigem viel sagen, wenn so wohl zur gesegneten Wein-Lese als bald zu erwartendem Ehe Seegen Gottes Gnade und Beystand herzlich *apprecire*. Mit dem verlangten *exemplar* der Preußischen *Fuge* kan voritzo nicht dienen, indem *justement* der Verlag heüte *consumiret* worden; (sindemahl[154]) nur 100 habe abdrucken laßen, wovon die meisten an gute Freünde *gratis* verthan worden. Werde aber zwischen hier und neüen Jahres Meße einige wieder abdrucken laßen; wenn denn der Herr Vetter noch gesonnen ein *exemplar* zu haben, dürffen Sie mir nur mit Gelegenheit nebst Einsendung eines Thalers davon *post* geben, so soll das verlangte erfolgen. Schließlich nochmahlen bestens von uns allen *salutiret* beharre

Ew. HochWohlEdlen
ergebener
J. S. Bach«

[links am Rande quergeschrieben:] »*P. S.* Mein Sohn in Berlin hat nun schon 2 männliche Erben, der erste ist ohngefehr üm die Zeit gebohren, da wir leider! die Preußische *Invasion* hatten[155]; der andere ist etwa 14 Tage alt.«

[Adresse:]

»*A Monsieur*
Monsieur J. E. Bach
Chanteur et Inspecteur
du Gymnase
a
p l'occasion. *Schweinfourth*«[156]).

154) Die Klammer ist später nicht geschlossen. 155) 30. Nov. 1745.

156) Zwei Quartblätter; der Brief füllt nur eine Seite. Siegel fast abgebröckelt. Im Besitz des Herrn Oberregierungsrath Schöne in Berlin.

Elias Bach war seit seiner Studienzeit in Leipzig Sebastian auch persönlich nahe getreten und von Dank und Verehrung gegen ihn erfüllt. Dieser Empfindung gab er durch ein Geschenk Ausdruck, welches die Veranlassung zu Bachs zweitem Briefe wurde.

»Leipzig. d. 2. *Novembr.*
1748.

Hoch Edler
Hochgeehrter Herr Vetter.

Daß Sie nebst Frauen Liebsten sich noch wohl befinden, versichert mich Dero gestriges Tages erhaltene angenehme Zuschrifft nebst mit geschickten kostbaren Fäßlein Mostes, wofür hiermit meinen schuldigen Danck abstatte. Es ist aber höchlich zu bedauern, daß das Fäßlein entweder durch die Erschütterung im FuhrWerck, oder sonst Noth gelitten: weiln nach deßen Eröffnung im [so!] hiesiges Ohrtes gewöhnlicher *visirung*, es fast auf den 3ten Theil leer und nach des *visitatoris* Angebung nicht mehr als 6 Kannen in sich gehalten hat: und also schade, daß von dieser edlen Gabe Gottes das geringste Tröpfflein hat sollen verschüttet werden. Wie nun zu erhaltenem reichen Seegen dem Herrn Vetter herzlichen *gratulire*; als muß hingegen *pro nunc* mein Unvermögen bekennen, üm nicht im Stande zu seyn, mich *reellement revengiren* zu können. Jedoch *quod differtur non auffertur*, und hoffe *occasion* zu bekommen in etwas meine Schuld abtragen zu können. Es ist freylich zu bedauern, daß die Entfernung unserer beyden Städte nicht erlaubet persöhnlichen Besuch einander abzustatten; Ich würde mir sonst die Freyheit nehmen, den Herrn Vetter zu meiner Tochter *Ließgen* EhrenTage, so künfftig *Monat Januar*. 1749. mit dem neuen Organisten in *Naumburg*, Herrn Altnickol, vor sich gehen wird, dienstlich zu *invitiren*. Da aber schon gemeldete Entlegenheit, auch unbeqveme Jahres Zeit es wohl nicht erlauben dörffte den Herrn Vetter persöhnlich bey uns zu sehen; So will mir doch ausbitten, in Abwesenheit mit einem christlichen Wunsche ihnen zu *assistiren*, wormit mich denn dem Herrn Vetter bestens empfehle, und nebst schönster Begrüßung an Ihnen von uns allen beharre

Ew. HochEdlen
gantz ergebener treüer Vetter und willigster Diener
Joh. Seb: Bach.

[links am Rande quergeschrieben:] *P. S. M. Birn*baum ist bereits vor 6 Wochen beerdiget worden.

[auf der folgenden Seite:] *P. M.*

Ohnerachtet der Herr Vetter sich geneigt *offeriren*, fernerhin mit dergleichen *liqueur* zu *assistiren;* So muß doch wegen übermäßiger hiesiger Abgaben es *depreciren;* denn da die Fracht 16 gr. der Überbringer 2 gr. der *Visitator* 2 gr. die Land*accise* 5 gr. 3 Pf. und *general accise* 3 gr. gekostet hat, als können der Herr Vetter selbsten ermeßen, daß mir jedes Maaß fast 5 gr. zu stehen kömt. welches denn vor ein Geschencke alzu kostbar ist.

[Adresse:]

A Monsieur
Monsieur J. E. *Bach*
Chanteur et Inspecteur
des Gymnasiastes, de
la Ville Imperialle
Coburg. *a*
Franquè ~~*Saalfeld.*~~ *Schweinfourt*« [157]).

Bach war, wie man auch aus diesen Briefen wieder sieht, haushälterisch und genau. Um diesen Zug seines Charakterbildes nicht zu hervortretend werden zu lassen, muß dagegen bemerkt werden, daß die gastliche Aufnahme, die ein jeder, von nah oder fern, in seinem Hause fand, allgemein bekannt und in Folge dessen sein Haus auch fast nie von Besuchern leer war [158]). Aber ohne die Eigenschaft der Sparsamkeit wäre es ihm bei seiner zahlreichen Familie unmöglich gewesen, zu jener, wenn auch einfachen, so doch behaglichen, solid ausgerüsteten Häuslichkeit zu gelangen, deren er sich in Wirklichkeit erfreute. Das Inventar seines Nachlasses ermöglicht es, sich in derselben genau zu orientiren [159]). Einen gewissen Luxus gestattete sich Bach in Instrumenten. Claviere allein besaß er fünf (oder sechs, wenn man das »Spinettgen« mit zählen will), uneingerechnet die vier Claviere, welche er seinen jüngsten Söhnen schenkte. Außerdem hatte er eine Laute, zwei Lautenclaviere, eine

157) Zwei Quartblätter, größtentheils beschrieben. Siegel abgebrochen. Im Besitz des Herrn Oberregierungsrath Schöne in Berlin.

158) Forkel, S. 45. 159) S. Anhang B, XVI.

Gambe, und Violinen, Bratschen und Violoncelle in so großer Anzahl, daß er jede einfachere concertirende Musik damit besetzen konnte. Im übrigen bietet das Hauswesen von dem mäßigen Silbergeräth an bis zu den schwarzledernen Stühlen und den mit Auszügen versehenen Schreibtische des arbeitsamen Meisters das Bild bescheidenen bürgerlichen Wohlstandes. Auch kleine Ersparnisse sind gemacht worden. Der altbachische Zug, überall wo es noth that in der Familie zu helfen, offenbart sich darin, daß er diese zum Theil an Verwandte ausgeliehen hatte[160]. —

In solchen häuslichen Verhältnissen, menschliche Trübsal fromm ertragend, das Glück deutschen Familienlebens mit ernster Heiterkeit genießend, lebte und wirkte Johann Sebastian Bach dem Tode entgegen. In seinem kräftigen Körper wohnte ein gesunder, bis ins Alter lebens- und schaffensfrischer Geist. Nur eine angeborne Schwäche der Augen war durch rastloses, in der Jugend oft Nächte hindurch fortgesetztes Arbeiten während der letzten Jahre zu einer beschwerlichen Augenkrankheit gesteigert. Im Winter 1749 auf 1750 entschloß er sich, auch dem Rath einiger Freunde folgend, durch einen wohlberufenen englischen Augenarzt, der grade in Leipzig weilte, eine Operation vornehmen zu lassen. Sie mißglückte ein erstes und auch ein zweites Mal, so daß Bach des Gesichtes nunmehr ganz beraubt war. Auch hatte die mit der Operation verbundene allgemeine ärztliche Behandlung einen so üblen Erfolg, daß seine bis dahin unerschütterte Gesundheit einen bedenklichen Stoß erhielt. Am 18. Juli konnte er plötzlich wieder sehen und das Licht vertragen. Aber es war der letzte Gruß des Lebens. Wenige Stunden darauf rührte ihn der Schlag, dem ein hitziges Fieber folgte. Er starb Dienstag den 28. Juli 1750 Abends nach einem Viertel auf neun Uhr[161].

Um das Sterbebett standen neben der Gattin und den Töchtern der jüngste Sohn Christian, der Schwiegersohn Altnikol und der letzte Schüler Müthel. Mit Altnikol hatte Bach noch wenige Tage vor seinem Tode gearbeitet. Ein Orgelchoral aus alter Zeit schwebte vor seiner sterbensbereiten Seele, dem er die Vollendung geben wollte. Er dictirte und Altnikol schrieb. »Wenn wir in höchsten

160) Die »Frau Krebsin« war Anna Magdalenas Schwester.

161) Nekrolog, S. 167. — Spenersche Zeitung vom 6. August 1750.

Nöthen sein« hatte er den Choral früher bezeichnet: jetzt schöpfte er die Stimmung aus einem andern Liede: er ließ ihn überschreiben »Vor deinen Thron tret ich hiemit«. Johann Michael Schmidt, jener junge Theologe, der Bach noch in seinem letzten Lebensjahre bewundern durfte, meinte später: was auch die Verfechter des Materialismus vorbrächten, bei diesem einzigen Beispiel müsse es alles über den Haufen fallen[162].

Die Beerdigung fand Freitag den 31. Juli früh morgens auf dem Johanniskirchhofe statt. Wie es bei Kirchen- und Schulbeamten üblich war, geleitete die ganze Schule den Todten zu Grabe. Auch großes Geläute pflegte in solchen Fällen statt zu finden. Der 31. Juli war der zweite Bußtag des Jahres. In der Kirche, durch welche während 27 Jahren so oft Bachs gewaltige Tonströme hingerauscht waren, verkündigte der Prediger von der Kanzel: »Es ist in Gott sanft und seelig entschlafen der Wohledle und Hochachtbare Herr Johann Sebastian Bach, Seiner Königlichen Majestät in Polen und Churfürstlichen Durchlaucht zu Sachsen Hofcomponist, wie auch Hochfürstlich Anhalt-Cöthenscher Capellmeister und Cantor an der Schule zu *St. Thomae* allhier am Thomas-Kirchhofe, Dessen entseelter Leichnam ist heutiges Tages christlichem Gebrauche nach zur Erden bestattet worden«[163]. Sein Grab war ihm nahe der

---

162) *Musico-Theologia.* S. 197.

163) Den Abkündigungs-Zettel, ein querbeschriebenes Quartblatt, fand ich in der Bibliothek des Vereins für die Geschichte Leipzigs. Unter den oben mitgetheilten Worten befindet sich noch die Notiz: »Ist am andren Buß-Tage als den 31 *Julii.* 1750 abgekündiget worden.« Zu dem Ausdruck »andern Buß-Tage« bemerke ich, daß damals alljährlich drei Bußtage in Leipzig begangen zu werden pflegten. — Im Leichenbuch Tom XXVIII. Fol. 292[b] steht: »1750. Freytag den 31. *Julii.* Ein Mann 67. Jahr, Hr. Johann Sebastian Bach, *Cantor*, an der Thomas Schule, starb ♂. 4. K.« Nebengeschrieben: »*accid.* 2 Thlr. 14 gr.« Das Lebensalter ist falsch angegeben; wenn die Notiz: »4. K.[inder]« richtig ist, so würde daraus wohl hervorgehen, daß Heinrich beim Tode des Vaters schon in Naumburg war. Die Leichengebühren, welche sich gewöhnlich bei ganzer Schule auf ungefähr 20 Thaler beliefen, sind hier auf 2 Thlr. 14 gr. ermäßigt, wie das bei Kirchen- und Schulbeamten immer der Fall war. Sie summirten sich aus diesen Posten: 12 gr. ins Almosenamt, 6 gr. den Todtengräbern, 12 gr. dem Leichenschreiber, 1 Thlr. 8 gr. den beiden Thürmern. — Ein auf der Leipziger Stadtbibliothek befindlicher Zettel meldet: »Ein Mann 67. J. Hr. Johann Sebastian Bach Capellmeister, und Cantor, der

Johanniskirche bereitet worden. Als in unserm Jahrhundert der Friedhof weiter von der Kirche abgedrängt und der Platz um dieselbe dem Straßenverkehr zugänglich gemacht wurde, hat man Bachs Grab mit den Gräbern vieler andrer zerstört. Genau läßt sich daher die Stätte nicht mehr bestimmen, wo man seine Gebeine zur letzten Ruhe hinabsenkte[164].

Die Trauer über Bachs Tod war eine allgemeine, wo es ernste Musiker und Musikfreunde gab. Die musikalische Societät feierte sein Angedenken durch ein Trauergedicht in Cantatenform, und Telemann widmete dem geschiedenen Freunde ein wohlgemeintes Sonnett[165]. Auch Bachs College an der Thomasschule, Magister Abraham Kriegel, gedachte seiner in einem kurzen, aber warmen öffentlichen Nachrufe[166]. Weniger schien der Rath zu empfinden, was die Stadt an Bach verloren hatte. In den Sitzungen vom 7. und 8. August fielen ironische und anzügliche Bemerkungen: »die Schule brauche einen Cantor und keinen Capellmeister« und »Herr Bach wäre zwar ein großer Musicus, aber kein Schulmann gewesen«.

Ein Testament hatte Bach nicht aufgesetzt. Sein Nachlaß ward, nachdem ihn die ältesten Söhne um den ganzen Musikalienbestand geschmälert hatten, gerichtlich abgeschätzt; dann schlossen Wittwe

Schule zu *St*: Thomas, auf der Thomas-Schule, wurde mit dem Leichenwagen begraben den 30ten *July* 1750.« Er stammt ebenfalls aus der Leichenschreiberei. Der Leichenwagen (im Gegensatz zur Leichenkutsche) wurde bei solennen Beerdigungen gebraucht. Wenn man das Datum »30. Juli« nicht für einen Schreibfehler halten will, so ließe sich wohl annehmen, die Leiche sei schon am Donnerstag Abend nach dem Leichenhause des Johanniskirchhofs übergeführt.

164) Die annähernde Bestimmung der Grabstätte giebt der Nekrolog S. 172. Keine Auskunft gewähren die Begräbnißbücher des Johanniskirchhofs. Sie wurden wohl nur nachlässig geführt, möglich ist aber auch, daß einzelne Blätter jener Listen, die erst der jetzige Inspector Heyne in dauerhafte Bände vereinigt hat, vorher verloren gegangen sind. H. Heinlein (Der Friedhof zu Leipzig in seiner jetzigen Gestalt. Leipzig, 1844. S. 202) äußert sich, als ob er ein Bach betreffendes Blatt gesehen hätte, das ihm aber unleserlich gewesen wäre.

165) Nekrolog, S. 173 ff. — Neueröffnetes Historisches *Curiosit*äten-*Cabinet*. 1751, S. 13.

166) Nützliche Nachrichten von denen Bemühungen derer Gelehrten, und andern Begebenheiten in Leipzig. 1750. S. 680.

und Kinder einen Erbvergleich. Anna Magdalena übernahm die Vormundschaft über die Unmündigen, bei Ausmachung des Erbtheils stand ihr Johann Gottlieb Görner, der zu Lebzeiten Bachs sich manchmal angemaßt hatte, sein Rival sein zu können, hülfreich zur Seite. Auch erhielt Anna Magdalena das Gnadengehalt für die Quartale Crucis und Luciae[167]. Dann ging die Familie nach allen Richtungen auseinander. Friedemann, der zugleich Emanuels Rechte vertreten hatte, kehrte nach Halle, Friedrich nach Bückeburg zurück; Heinrich fand bei Altnikol in Naumburg ein dauerndes Unterkommen, den 15jährigen Christian nahm Emanuel einstweilen zu sich nach Berlin. Mit großen, theilweise sehr großen Gaben ausgestattet versuchten die Söhne, auf den Ruhm des größeren Vaters gestützt, nunmehr ohne dessen erfahrenen Beistand in der Welt ihr Glück. Ihren Lebenswegen weiter nachzugehen, ihre Kunstleistungen abzuschätzen, liegt nicht im Plane dieses Buches. Aber sie haben es vermocht, daß wenigstens noch eine Generation hindurch der Name Bach in der deutschen Kunstwelt in hellem Glanze leuchtete.

Anna Magdalena, mit drei Töchtern zurückgeblieben, gerieth in Armuth. 1752 erhielt sie eine Geldunterstützung, da sie bedürftig sei und auch einige Musikalien überreicht habe. Wollten die Söhne ihr nicht helfen oder konnten sie es nicht, jedenfalls wurde ihre Lage immer bedrängter, sie existirte zuletzt von der öffentlichen Wohlthätigkeit. Am 27. Februar 1760 starb sie in einem Hause der Hainstraße »eine Almosenfrau«. Ihrem Sarge folgte die Viertelschule wie bei den gänzlich armen Leuten; ihr Grab kennt man nicht. So ließ die Stadt die kunstverständige Gattin eines ihrer größten Bürger zu Grunde gehen. Die zurückgelassenen drei Töchter sahen eine Zeit, welche der Musik ihres Vaters fremd und fremder wurde: Katharina Dorothea lebte noch bis zum 14. Januar 1774, Johanna Carolina bis zum 18. August 1781. Nur das jüngste Kind Regina Johanna erlebte es, daß Deutschland wieder anfing sich auf Sebastian Bach zu besinnen. Auch sie litt Noth in der Einsamkeit: ein Verdienst Rochlitzens ist es, durch einen öffentlichen Aufruf ihr endlich noch einen freundlicheren Lebensabend bereitet zu haben. Sie starb am 14. December 1809, als die letzte der Geschwister.

---

167) Ersezung Derer Schul-Dienste in beyden Schulen zu *St. Thomae* und *St. Nicolai. Vol.* III. VII *B.* 118. Fol. 43.

Wer dem Lebenslaufe eines großen Mannes bis ans Ende nachgegangen ist, dessen Blick soll nicht zu lange bei dem wehmüthigen Bilde verweilen, welches der Verfall alles dessen, was er äußerlich gebaut und zusammengehalten hat, immer darstellt. Es ist der geringste Theil seines Schaffens, was so zu Grunde geht. Freilich wirkte der schöpferische Geist Bachs auch in der Kunstwelt der nächsten Generationen matter fort, als solches sich wohl bei andren großen Genien beobachten läßt. Und grade Bachs Söhne waren es, die uns die nachlassende Kraft eines mehrhundertjährigen Aufstrebens fühlbar machen, welche in ihren Nachkommen endlich ganz erstarb. Aber dafür hat seit bald hundert Jahren das ganze deutsche Volk sich zum Erben seiner Schöpfungen erklärt. Es hat den Zusammenhang mit ihm und in ihm mit fast vergessenen Jahrhunderten seiner eignen Musik-Geschichte wieder gefunden. Was er geschaffen hat als höchster Vollender einer Kunstrichtung echt nationaler Art, die zu den Zeiten der Reformation hinabreicht und an sie anknüpft, ist wie eine edle Saat, die endlich aufgeht, um sich in immer reicheren Garben erndten zu lassen. Fortan wird es unmöglich sein, Bach wieder zu vergessen, so lange überhaupt noch deutsches Wesen ist. In den Thaten nachwachsender Künstler hat er bereits angefangen seine Renaissance zu erleben. Aber auch wir andern haben die Pflicht, ein jeder an seinem Theile daran zu arbeiten, daß das Wesen des Großen immer weiteren Kreisen seines Volkes verständlich und vertraut werde.

Anhang A und B.

Anhang A.

Kritische Ausführungen.

1. (S. 9.) Die Rathsacten »Ersetzung Derer Schul-Dienste in beyden Schulen Zu *St. Thomae* und *St. Nicolai Vol.* II. VII. B. 117«, sowie die unmittelbar nach der Einführung gemachten Aufzeichnungen, welche sich unter den Leipziger Consistorialacten in »*Acta* die Besetzung des Cantoramts bei der Schule zu St. Thomä zu Leipzig bet.« L. 127. befinden, nennen als Einführungstag den 1. Juni. Deyling aber giebt in einem 4 Wochen später geschriebenen Briefe, welcher ebenfalls in dem letztgenannten Actenconvolut enthalten ist, den 31. Mai als Tag der Einführung an. Dieses Datum ist unzweifelhaft das richtige. Der 31. Mai fiel im Jahre 1723 auf Montag und Bach wurde doch wohl am Beginn der Schulwoche eingeführt, nachdem er am Tage vorher seine erste Kirchenmusik dirigirt hatte; s. S. 184 dieses Bandes.

2. (S. 35.) In der angeführten Stelle des »Critischen Musikus« wird Görners Name nicht genannt. Es heißt dort nur: »Der Herr ꞏ ꞏ ist an einer gewissen Kirche Director.« Auch der Name des Ortes wird verschwiegen. Daß aber Leipzig gemeint ist, geht aus S. 62 hervor: hier befindet sich nämlich jene Kritik der Künstlerschaft eines großen Clavier- und Orgelspielers, »des Vornehmsten unter den Musikanten« der bewußten Stadt, die zu dem Streite zwischen Scheibe und Birnbaum Veranlassung wurde, und Scheibe hat es im Verlaufe desselben nicht verhehlt, daß er in der That Seb. Bach gemeint habe. Da die Stelle im Jahre 1737 geschrieben ist, so hat man unter dem »Director an einer gewissen Kirche« entweder Görner zu verstehen, oder Gerlach, den damaligen Organisten der Neuen Kirche. Daß ersteres das richtige ist, beweist S. 61. Der hier kritisirte Bruder ist Johann Valentin Görner, bekannt als Componist der Hagedornschen Oden und Lieder. Scheibe hegte von ihm als Künstler und Mensch eine wo möglich noch geringere Meinung, als von seinem Bruder, vgl. S. 335 f., 593, 645, 707, 1046. In der Beurtheilung von Valentin Görners Charakter mag er Recht haben, aber rundweg als »elenden Componisten« kann man den Verfasser vieler wahrhaft vorzüglicher Liedmelodien nicht bezeichnen (s. Lindner, Geschichte des deutschen Liedes im XVIII. Jahrhundert. Leipzig, 1871. S. 37 ff.)

3. (S. 51 u. 499 f.) Ueber die *Collegia musica* in Leipzig heißt es in »Das jetzt lebende und *flori*rende Leipzig. Leipzig, bey Joh. *Theodori Boetii* seel. Kindern. 1723.« S. 59: »Der *ordinai*ren *Collegiorum Musicorum* sind zwey: 1) wird unter *Direction* Herrn George Balthasar Schottens, *Organistens* in der neuen Kirchen, bey Herrn Gottfried Zimmermann, Sommers-Zeit Mittwochs, auf der Wind-Mühl-Gasse, im Garten, von 4 bis 6 Uhr, und Winters-Zeit Freytags im *Caffée*-Hause, auf der Cather-Straße, von 8 bis 10 Uhr gehalten. 2) Wird auch eines Mittwochs von 8 bis 10 Uhr, unter *Direction* Herrn Joh. Gottl. Görners, *Organi*stens bey der St. Niclas-Kirche, in Herrn Schellhafers Hause auf der Closter-Gasse gehalten.«

Fast übereinstimmend lautet eine Notiz in »Das jetzt lebende und jetzt *flori*rende Leipzig. 1732.« S. 57, ausgenommen daß unter 1) statt Schott Bach als Director genannt wird, Görner als Organist an der Thomaskirche figurirt und sein Uebungsabend statt auf Mittwoch auf Donnerstag angegeben wird.

Derselbe Leipziger Adresskalender von 1736, S. 58 f. bringt fast wörtlich dieselbe Notiz, nur daß unter 2) noch hinzugefügt ist: »ingleichen auch Winters-Zeit, Montags, von 8. biß 10. Uhr, auf Herrn Enoch Richters *Caffee*-Hause am Marckte in Herr D. Altners Hause gehalten.«

Der im October 1736 ausgegebene erste Theil der Mizlerschen Musikalischen Bibliothek enthält auf S. 63 f. folgende »Nachricht von den Musikalischen Concerten zu Leipzig. Die beyden öffentlichen Musikalischen Concerten, oder Zusammenkünffte, so hier wöchentlich gehalten werden, sind noch in beständigen Flor. Eines dirigirt der Hochfürstl. Weissenfelsische Capell-Meister und Musik-Direcktor in der Thomas und Nikels-Kirchen allhier, Herr Johann Sebastian Bach, und wird ausser der Messe alle Wochen einmahl, auf dem Zimmermannischen Caffe-Hauß in der Cather-Strasse Freytag Abends von 8 biß 10 Uhr, in der Messe aber die Woche zweymahl, Dienstags und Freytags zu eben der Zeit gehalten. Das andere dirigirt Herr Johann Gottlieb Görner, Musik-Direcktor in der Pauliner Kirche, und Organist in der Thomas Kirche. Es wird gleichfals alle Wochen einmahl auf dem Schellhaferischen Saal in der Closter-Gasse, Donnerstag Abends von 8 biß 10, in der Messe aber die Woche zweymahl, nemlich Montags und Donnerstags, um eben diese Zeit gehalten. Die Glieder, so diese Musikalischen Concerten ausmachen, bestehen mehrentheils aus den allhier Herrn Studirenden, und sind immer gute Musici unter ihnen, so daß öffters, wie bekandt, nach der Zeit berühmte Virtuosen aus ihnen erwachsen. Es ist jedem Musico vergönnet, sich in diesen Musikalischen Concerten öffentlich hören zu lassen, und sind auch mehrentheils solche Zuhörer vorhanden, die den Werth eines geschickten Musici zu beurtheilen wissen.«

Das »jetzt lebende und florirende Leipzig« von 1746 sagt S. 69: »Der *Ordinai*ren *Collegiorum Musicorum* sind Dreye. 1.) Wird eines unter *Direction* des Hn. *Organi*sten bey der Neuen Kirche Herr Gerlachen bey Herr Enoch Richtern, in zukunfft auf der Catharinen Strasse Sommers-Zeit in seinem Garten auf der hinter Gaße Mittwochs von 4. bis 6. Uhren, und

Winters Zeit Freytags im Caffée-Hause Abends von 8. bis 10. Uhr gehalten. 2.) Wird auch eines Donnerstags von 8. bis 10. Uhr unter *Direction* Herr Johann Gottlieb Görners Organistens bey der St. Thomas Kirche im Schellhafferischen Hause auf der Closter Gaße gehalten. 3.) Wird auch Donnerst. eines von 5. bis 8. Uhr unter *Direction* der Herren Kaufleute und anderer Personen in drey Schwanen im Brühle gehalten, allwo sich die grösten *Maitres*, wenn sie hieher kommen, hören lassen, deren *frequenz* ansehnlich, auch mit großer *attention* bewundert wird.«

Das Adressbuch von 1747 weist dieselben drei *Collegia musica* auf, aber für Gerlach ist jetzt »Herr Trier« Dirigent des unter 1) genannten Vereins geworden. Dieses ist Johann Trier aus Themar, der sich nach Bachs Tode um das Thomas-Cantorat bewarb und später Organist in Zittau wurde. Weitere Jahrgänge des Adressbuchs fehlen, aber man ersieht aus den oben zusammengestellten Notizen doch, daß es der Telemannsche Musikverein war, welcher aus Schotts Händen in diejenigen Bachs, von diesem auf Gerlach und von Gerlach endlich auf Trier überging. Daß es zwei jüngere Bach nahestehende Musiker waren, welche die Direction desselben nach einander übernahmen, läßt vermuthen, daß Bach noch immer einen gewissen Einfluß auf denselben ausübte und sich nur deshalb persönlich von ihm zurückgezogen hatte, weil er bemerken mußte, daß der Verein seine frühere Bedeutung gegenüber den neuen damals wirksam werdenden Bestrebungen nicht mehr zu behaupten vermochte.

Bei den Kirchenmusiken der Neuen Kirche wirkten seit Schotts Zeiten fünf vom Rathe bestellte Instrumentisten mit. Im Jahre 1736 wurde in Folge einer Vorstellung Gerlachs noch ein sechster Musiker engagirt. Seit 1738 erhielten vier Studenten, welche den Singechor bildeten, ein jährliches Honorar von 12 Thalern. 1741 wurden noch zwei Violinisten mit jährlich vier Thalern angestellt, die aber auch zeitweilig als Sänger Verwendung fanden. 1744 endlich wurden jährlich acht Thaler für zwei Personen bewilligt, welche den Streichbass und die Orgel spielen sollten. Somit bestand das in der Neuen Kirche musicirende und vom Rath besoldete Corps nunmehr aus 14 Personen, und zwar 4 Sängern und 10 Spielern. Diese Mittheilungen sind den Rechnungen der Neuen Kirche entnommen.

4. (S. 112 u. 113.) Daß um diese Zeit eine derartige Veränderung mit der Thomas-Orgel vorgenommen sein müsse, hat bereits W. Rust aus andern Indicien scharfsichtig geschlossen (s. B.-G. XXII, Vorwort S. XIV). In der ältesten Partitur der Matthäuspassion, wie sie in Kirnbergers Handschrift vorliegt, findet sich nämlich noch keine doppelte Orgelstimme; in der Rathswahl-Cantate »Wir danken dir Gott« ist dagegen eine obligate und eine accompagnirende Orgel verwendet. Jenes Werk wurde 1729, dieses 1731 zum ersten Male aufgeführt. Nun steht freilich in den Rechnungen der Thomaskirche von Lichtmeß 1730 — ebendahin 1731, S. 36 nur folgendes: »50 Thlr. Dem Orgelmacher, Johann Scheiben vor die

beschehene *Reparatur* an der Orgel laut Zettel, und des Organisten Görners Attestat.« Namhaft gemacht wird also hier das Rückpositiv nicht, und was mit ihm vorgenommen wurde, war in Wirklichkeit keine Reparatur. Indessen muss man es mit dem Rechnungsführer in stilistischer Hinsicht nicht so genau nehmen. Ueber die im Jahre 1721 vollendete große Restauration der Thomasorgel schreibt er: »217. fl. 3 ggr. oder 190. Thlr. seind Joh. Scheiben ferner — nach den aufs neue mit ihm gemachten *Contract*, zusammen 390. Thlr. — vor die gantze und völlige *Reparatur* der großen Orgel, nebst 4. neuen Blaß Bälgen und 400. neue zur *Mixtur* gehörigen Pfeiffen bezahlet worden.« Diese »400 neue zur Mixtur gehörige Pfeifen« schließen aber eine selbständige Sesquialtera für das Rückpositiv ein, welches — worauf ebenfalls Rust zuerst aufmerksam gemacht hat — eine Sesquialtera im Jahre 1670 noch nicht besaß, während Bach für die Matthäuspassion den Gebrauch dieses Registers im Rückpositiv vorschreibt. Ein erfahrener Orgelbauer, mit dem ich dieser Angelegenheit wegen Rücksprache nahm, bestätigte, daß für den Preis von 50 Thalern die in Rede stehende Veränderung in jenen Zeiten recht wohl habe hergestellt werden können. Allerdings nur mit einer Manual-Tastatur; hätten auch Pedal-Register für das Rückpositiv separirt werden sollen, wie Scheibe das 1722 an der Orgel der Neuen Kirche, die auch ein selbständiges Rückpositiv hatte, ausführte, so wäre die Sache theurer gekommen. Aber so stimmt es auch durchaus mit dem Gebrauche, den Bach später von dem Rückpositive machte. Um die Thomasorgel endlich muß es sich hier jedenfalls gehandelt haben, denn die Nikolai-Orgel besaß kein allein zu spielendes Rückpositiv, und es ist in den Rechnungen auch keine Spur davon zu finden, daß ihr Rückpositiv zu Bachs Zeit für eine solche Behandlung hergerichtet sei.

5. (S. 117.) Im Vorwort zu B.-G. I, S. XIV ist Moritz Hauptmann von der Ansicht ausgegangen, daß die Nikolai-Orgel im Kammerton gestanden habe, und hat daraus geschlossen, daß von den doppelten Continuostimmen, welche zu den Bachschen Cantaten häufig vorhanden sind, die nicht transponirte in der Nikolai-, die transponirte in der Thomas-Kirche gebraucht sei. Er konnte diese Ansicht darauf stützen, daß die Orgel der Nikolai-Kirche, welche im Jahre 1862 durch eine neue ersetzt worden ist, in der That die Kammertonstimmung hatte. Aber diese Orgel war nicht dieselbe, welche zu Bachs Zeit in der Nikolai-Kirche stand. Vielmehr wurde die alte Orgel, deren Disposition im Text gegeben ist, im Jahr 1793 durch eine neue ersetzt, welche die Gebrüder Trampeli aus Adorf für 7000 Thaler erbauten. Sie muß schlecht gearbeitet gewesen sein, da man sie schon nach kaum 70 Jahren wieder abtrug. Daß aber die alte Orgel im Kammerton gestanden habe, ist durch nichts beweisbar. Im 17. Jahrhundert war der Chorton noch ganz allgemein, die Orgel hätte also erst durch die Reparatur von 1725 auf den Kammerton gebracht sein müssen. Aber auch damals war diese Stimmung noch sehr wenig gebräuchlich, und es ist fest anzunehmen, daß, wenn sie 1725

hergestellt worden wäre, dieses sich irgendwo angemerkt finden würde. Vielleicht die erste Orgel mit Kammerton in Sachsen baute Silbermann 1741 zu Zittau, und ihre Stimmung galt als eine Merkwürdigkeit (s. Sammlung einiger Nachrichten von berühmten Orgel-Wercken in Teutschland. Breßlau, 1757, S. 103). Auch war garkein Grund vorhanden, die Stimmung der Nikolai-Orgel zu verändern und sie somit in einen ganz unfruchtbaren Gegensatz zur Thomas-Orgel zu bringen, mit welcher sie zu Zeiten einunddieselben Kirchenstücke abwechselnd zu begleiten hatte; bei der Schwierigkeit, welche die zur Tieferstimmung erforderliche Verlängerung der Pfeifen, namentlich in älteren Orgeln mit sich bringt, könnte das nur eine thörichte Vergeudung von Geld und Mühe genannt werden. Wenn bei der concertmäßigen Kirchenmusik der Chorton irgendwie als ein Uebelstand empfunden wäre, so hätte man ihn in der Neuen Kirche sicher nicht geduldet. Aber auch diese Orgel, die 1704 erbaut wurde, hatte ihn und behielt ihn auch nach der großen Reparatur, die Scheibe für den Preis von 500 Thalern 1722 mit ihr vornahm (s. Rechnungen der Neuen Kirche von Lichtmeß 1721 bis ebendahin 1722 und die einliegenden, Contracte und Gutachten enthaltenden Actenstücke). Die Disposition dieser Orgel steht übrigens bei Niedt, Musikalischer Handleitung Anderer Theil. 2. Auflage. Hamburg 1721, S. 189.

6. (S. 138.) Christian Carl Rolles Neue Wahrnehmungen zur Aufnahme und weiteren Ausbreitung der Musik. Berlin, bey Arnold Wever. 1784. 8. sind ihrer Zeit sehr abfällig beurtheilt (s. Gerber, L. II, Sp. 314) und bald wieder vergessen worden. Allerdings ist die Ausdrucksweise unbeholfen und dunkel, die Darstellung zusammenhangslos und wirr. Trotzdem enthält das Büchlein, wenn man sich durch seine ungenießbare Form nicht abschrecken läßt, gute praktische Bemerkungen und ist für den vorliegenden Zweck eine werthvolle Quelle. Der Verfasser, Cantor an der Jerusalems- und Neuen Kirche zu Berlin, war der Sohn Christian Friedrich Rolles (s. Band I, S. 514) und Johann Heinrich Rolles, des Oratoriencomponisten, älterer Bruder, gehörte also einer geachteten Musikerfamilie an; außerdem stand er in Beziehungen zur Bachschen Schule. Die im Text mitgetheilte Stelle wird ausdrücklich als Ansicht Bachscher Schüler und andrer bedeutender Musiker der Zeit bezeichnet, denn im Inhaltsverzeichniß heißt es mit Beziehung auf sie: »von einigen berühmten Ton-Setzkünstlern, welche außer ihren theatralischen Arbeiten, auch in Kirchensachen sich ausgezeichnet; zum Ehren-Gedächtnisse, durch Aufführung einiger Lebens-Umstände für dieselben aufgerichtet. Die bemerkten sind: ein Agricola, Graun, Hasse, Kirnberger, Nichelmann, Telemann; ferner einige aus den Familien derer, welche in Anverwandschaft die Namen theils Bach, theils Rolle führen.«

7. (S. 154 f.) Kuhnaus Weihnachtscantate »Nicht nur allein am frohen Morgen«, für Chor, 2 Violinen, Viola, Bass, 2 Oboen, 2 Hörner, Pauken und Continuo gesetzt und in Partitur und Stimmen auf der Leipziger Stadtbibliothek befindlich, steht in A dur. In diese Tonart sind

sowohl der bezifferte Continuo als sämmtliche Streichinstrumente gesetzt. Violinen und Oboen sollen aus denselben Stimmen spielen, welche die Vorzeichnung  aufweisen. D. h. die Oboen spielten im G-Schlüssel ohne Vorzeichnung, also aus C dur, welches in der Tief-Kammerton-Stimmung wie H dur klang, Streichinstrumente mit der Orgel dagegen aus A dur in der Chortonstimmung, welches nun ebenfalls wie H dur klang. Bei den Cantaten »Erschrick mein Herz vor dir«, »Ich hebe meine Augen auf«, »Und ob die Feinde Tag und Nacht«, welche, wie auch die unten genannte, gleichfalls auf der Stadtbibliothek zu Leipzig aufbewahrt werden, stehen die Orgelstimmen ebenfalls in der Originaltonart, mußten folglich die Geigen in den Chorton gestimmt sein. Dies ist nicht der Fall bei der Cantate »Welt ade, ich bin dein müde«; hier steht der Continuo in G, die Streichinstrumente in A, die Flöten und Oboen in B; aber man sieht aus dieser Einrichtung wieder, daß die Holzbläser tiefe Kammerton-Stimmung hatten. Die Cantate Bachs »Höchst erwünschtes Freudenfest«, ursprünglich zur Einweihung der Orgel in Störmthal geschrieben, steht in B dur. Als Bach sie zum Trinitatisfeste in Leipzig aufführte, standen auch ihm nur Oboen im tiefen Kammerton zu Gebote; seine eigenhändige Bemerkung über den Oboestimmen: »tief Cammerthon« beweist es. Das von diesen geblasene B klang also wie A, demnach mußte die Stimme der im Chorton stehenden Orgel nach G dur rücken, wie auch geschehen ist. Daß in Wirklichkeit diese G dur-Stimme für eine Leipziger Aufführung angefertigt ist, beweist die über dem zweiten Theile stehende Notiz: »*Parte 2da sub Communione*«. Sämmtliche Streichinstrumente mußten nun, um aus den einmal vorhandenen in B dur ausgeschriebenen Stimmen gespielt werden zu können, einen halben Ton herunter gestimmt werden, eine Manipulation, die Bach durch die über diesen Stimmen ebenfalls befindliche Bemerkung »tief Cammerthon« vorschreibt. Als er später dieselbe Cantate nochmals aufführte, waren Oboen im hohen Kammerton vorhanden, deshalb schrieb er nun eine neue Generalbassstimme sorgfältigst in As dur, und die Streichinstrumente konnten in ihrer gewöhnlichen Stimmung bleiben. Diese neue Stimme ist übrigens dadurch merkwürdig, daß sie nur bei zwei Recitativen Bezifferung zeigt, meistens aber dieselbe durch Ueberschreibung einer Sing- oder Instrumentalstimme ersetzt und bei zwei Stücken weder das eine noch das andre aufweist. Sie könnte auch als Directionsstimme gedient haben, zumal die Cantate in ihr verkürzt und in ihren einzelnen Theilen umgestellt erscheint. Was endlich die Stimmung der Trompeten betrifft (vergl. über sie Band I, S. 343, Anmerk.), so möge zur Begründung des im Text Gesagten hier eine handschriftliche Notiz mitgetheilt werden, die vor einer auf der königlichen Bibliothek zu Berlin befindlichen Pfingst-Cantate Kuhnaus (»Daran erkennen wir, daß wir in ihm verbleiben«) zu lesen ist. Sie lautet: »1) *NB.* Dieses Stück geht in dem Chorton in den Violen (sind alle Streichinstrumente gemeint), Singstimmen und dem General Bass aus dem B. 2) Sind die Trompeten *ex* C ♮ geschrieben. Muß also auff der Trompete ein Aufsatz bey dem Mundstücke gesetzt werden, daß die Trompeten einen Ton niedriger biß in den Cammerton klingen, so müssen auch die Pauken ein Ton tieffer gestimmt werden in den Cammerton herunter. 3) Die *Hautbois* und *Bassons* müssen Cammerton stimmen und sind diese Parteien im außschreiben schon einen Ton höher *transponi*ret, daß auf diese Art alles also *accordi*ret.«

8. (S. 161.) Gesner läßt Bach während des Dirigirens entweder Clavier oder Orgel spielen, was sich mit den thatsächlichen Verhältnissen ganz wohl in Einklang bringen läßt, wenn man letzteres auf die Traktirung des Rückpositivs bezieht. Die Erwähnung des Pedalspiels will freilich nicht passen, da das Rückpositiv kein Pedal hatte. Aber sich Bach an der großen Orgel sitzend und also den Generalbass spielend vorzustellen ist wieder mit Gesners übriger Darstellung nicht zu vereinigen und auch an sich kaum denkbar: wer 30 bis 40 Musiker zu leiten, und durch Handbewegungen, Takttreten, Kopfnicken, Tonangeben in Ordnung zu halten hat, kann ihnen nicht fortgesetzt den Rücken zukehren. Gesners Beschreibung paßt auch mehr auf Solo-Orgelspiel; es ist wohl begreiflich, daß er an Bachs großartige Orgelspiel-Leistungen grade dann dachte, als er ein Beispiel dafür anführen wollte, wie man verschiedene Beschäftigungen gleichzeitig vollbringen könne, und daß er dadurch bewogen die Genauigkeit in der Zeichnung des Gesammtbildes außer Acht ließ. So hat auch Adlung die Sache aufgefaßt, der (Anleitung S. 690) wo er von Bachs Größe als Orgelspieler redet, anmerkungsweise hinzufügt: »Was der berühmte Gesner in Göttingen von Bachen schreibt, welcher ihn in Weimar genung hören können, findet man eben daselbst [nämlich in Bellermanns *Parnassus Musarum*] S. 41 Not. p.« Die Erwähnung Weimars ist hier um so bemerkenswerther, als Gesner selbst von seinem Zusammensein mit Bach in Leipzig spricht, denn in Weimar war Bach eben vorzugsweise Organist. Daß Bach seit 1730 manchmal am Rückpositiv accompagnirt haben wird, hat Rust B.-G. XXII, S. XIV ff. schön auseinandergesetzt; einigen andren an jener Stelle niedergelegten Ansichten kann ich nicht beistimmen, da sie sich, wie aus der von mir gegebenen Darstellung der Verhältnisse hervorgeht, auf unrichtige Thatsachen stützen. — Noch muß an dieser Stelle auf den früher schon (Band I, S. 712 und 830) angeführten Ausspruch Kittels zurückgekommen werden, daß, wenn Seb. Bach eine Kirchenmusik aufführte, allemal einer von seinen fähigsten Schülern habe auf dem Flügel accompagniren müssen. Für den im Texte verfolgten Zweck ist diese Notiz unbrauchbar, weil, wie bereits früher gesagt, Kittels Schilderung nur von den Proben gemeint sein kann, von allem andern abgesehen schon deshalb, weil, als Kittel bei Bach studirte, das Cembalo in der Thomas-Kirche abgeschafft war. Er schrieb obiges mehr als 50 Jahre später; es ist nicht wunderbar, wenn seine Erinnerung ihn fehl gehen ließ. Aber in jener eingeschränkten Bedeutung ist die Notitz immerhin interessant: sie be-

weist, daß Bach in den Proben stehend taktirte und einem Schüler das Generalbassspiel übertrug. Das Local für diese Proben hätte der Schulsaal sein müssen. Indessen befand sich dort während Bachs Zeit kein Cembalo. Das Inventar der im Besitz der Thomasschule befindlichen Instrumente, welches den Jahres-Rechnungen dieser Anstalt jedesmal beigegeben ist, lautet während der Jahre 1723 bis 1750 so:

»An *Musicali*schen *Instrumenten*

1 *Regal*, so alt und ganz eingegangen.
1. *dito ao.* 1696. angeschaffet.
1. *Violon ao.* 1711.
1 *Violon.ao.* 1735. in der *Auction* erstanden. [fehlt natürlich in den Jahren vorher.]
2 *Violons de Braz*
2 *Violinen ao.* 1706. *reparir*et.
1. *Positiv* in die Höhe stehend von 4. Registern und *Tremulan*ten, gelb mit Golde angestrichen *ao.* 1685. angeschafft.
1 *Positiv* in *Form* eines *Thresores* mit 4. Handhaben, welches ein gedacktes von 8. Fuß Thon hat.
1. Dergleichen von 4. Fuß
1. *Principal* von 2. Fuß, ist *ao.* 1720 angeschaffet worden, um bey denen Hauß Trauungen zu gebrauchen.«

Da nun, von Kittels Zeugniß ganz abgesehen, die Proben, welche außer der in der Kirche am Sonnabend stattfindenden Hauptprobe abgehalten wurden, schwerlich nur unter Begleitung eines Positivs vor sich gehen konnten, namentlich wenn Bachs verwickelte eigne Compositionen einstudirt wurden, so folgt, daß das Local derselben Bachs eigne Wohnung gewesen sein muß, in welcher mehre Flügel für alle Bedürfnisse der Einstudirenden zu Gebote standen.

9. (S. 184.) Die autographe Partitur der Cantate »Du wahrer Gott und Davids Sohn« zeigt als Wasserzeichen des Papiers den wilden Mann mit der Tanne. Dieses Zeichen kommt weder in dem zu Weimar noch zu Leipzig von Bach gebrauchten Papiere vor. Dagegen findet es sich im Autograph der Cantate »Durchlauchtger Leopold« (s. Bd. 1, S. 821) und in demjenigen einer andern, erst unlängst zu Tage gekommenen cöthenischen Gelegenheitsmusik »Mit Gnaden bekröne der Himmel die Zeiten« (s. Nr. 51 dieses Anhangs); es ist also ein Merkmal der Cöthener Zeit. Nun beachte man Folgendes: 1) In Cöthen selbst hatte Bach keine Gelegenheit, Kirchencantaten aufzuführen; was er derartiges dort componirte, war für auswärts bestimmt. 2) Bach wollte am Sonntage Estomihi 1723 in Leipzig seine Probe ablegen. 3) Er hat die Partitur von »Du wahrer Gott« mit Hinblick auf einen besonders wichtigen Zweck ungewöhnlich sorgfältig und schön geschrieben, aber er hat sie nicht ganz vollendet: der Schlußchor fehlt. Daß es nicht Bachs anfängliche Absicht gewesen ist, mit dem Es dur-Chor zu schließen, so daß der Schlußchoral erst einer späteren

Idee sein Dasein zu verdanken hätte, geht daraus hervor, daß hinter dem Es dur-Chor das endübliche *S. D. G.* sich nicht findet. Außerdem würde der im Recitativ durch die Instrumente eingeführte Choral in der Luft schweben, wenn nicht auf ein endliches Auftreten desselben im Chor von Anfang an gerechnet worden wäre; auch wird erst durch den in die C-Tonart ausmündenden Choralchor der durch die einzelnen Sätze der Cantate dargestellte Tonartenkreis geschlossen. 4) Aus der Beschaffenheit der Originalstimmen ergiebt sich, daß nur ein Theil der Stimmen in Cöthen, ein andrer Theil dagegen in dem Zeitraume der ersten Leipziger Jahre angefertigt worden ist. 5) Die Texte der in Rede stehenden Cantate und der schließlich als Probestück benutzten »Jesus nahm zu sich die Zwölfe«, welcher letzteren Entstehungsjahr wir aus bester Quelle wissen, sind augenscheinlich von demselben Poeten verfaßt. Beide werden durch dieselbe tastende Unsicherheit im Gebrauch der Versmaße gekennzeichnet. Die Schreibart soll madrigalisch sein, verfällt aber nach einigen Anläufen dazu immer wieder in den unmusikalischen, aber dem Verfasser offenbar geläufigen Alexandriner. Die Schlüsse aus diesen Propositionen ergeben sich fast von selbst. Als Bach die ursprünglich zum Probestück bestimmte Cantate »Du wahrer Gott« bis auf den Schlußchor ins Reine geschrieben hatte, änderte er seine Absicht, componirte ein neues Stück und legte das erste für eine passendere Gelegenheit zurück. Als ihm diese in Leipzig gekommen schien, completirte er die Stimmen und führte es auf; sicherlich zum Estomihi-Sonntag 1724, denn der Grund weshalb er es zuerst zurückgehalten hatte fiel nun fort und das Werk war wahrlich bedeutend genug, um nicht länger unbenutzt im Pulte liegen zu bleiben. Ich bemerke noch, daß schon W. Rust, wenngleich zum Theil auf andere Gründe gestützt, zu einem wesentlich gleichen Resultate gekommen ist; s. B.-G. V, [1], Vorwort S. XXI.

Zu der Cantate »Jesus nahm zu sich die Zwölfe« existiren zwei Originalpartituren, beide auf der königlichen Bibliothek zu Berlin befindlich. Die eine ist durchgehends autograph, und die fast vollständige Abwesenheit aller Correcturen, sowie die im ersten Chor mit Lineal gezogenen Taktstriche, kennzeichnen sie als Reinschrift. Wann sie gefertigt ist, läßt sich nicht mit Sicherheit sagen; auf das Wasserzeichen des Papiers, einen Schild mit gekreuzten Schwertern, kann eine sichere Annahme über ihre Entstehung kaum gegründet werden, obgleich es in diesem Falle nicht unwahrscheinlich ist, daß dadurch ebenfalls auf Cöthen gedeutet wird (vgl. Bd. I, S. 833 f. und Nr. 30 und 46 dieses Anhangs). Die zweite Partitur ist von Anna Magdalena Bach hergestellt, Sebastian Bach hat nur einiges hineingeschrieben, z. B. eine ganze Textzeile unten auf Seite 7, ferner die sorgfältige Bezifferung, welche bis Takt 42 der ersten Arie geht. Nach Angabe des Wasserzeichens entstand die Partitur im Anfange der Leipziger Zeit. Der Kopf derselben trägt, ebenfalls von Anna Magdalenas Hand, die Worte: »NB. Dies ist das Probestück in Leipzig«.

Für die Herstellung einer Chronologie unter Bachs Cantaten sind die Wasserzeichen im Papier der Originalmanuscripte fast die wichtigsten

Anhaltepunkte. Eine durchgeführte Untersuchung und Vergleichung derselben ergiebt nämlich, daß in den Manuscripten gewisse wenige und von einander scharf unterschiedene Zeichen immer wiederkehren. Hieraus geht hervor, daß Bach zu verschiedenen Zeiten je eine bestimmte Sorte von Papier massenhaft gebrauchte, und daß demnach diejenigen Manuscripte, welchen ein und dasselbe Wasserzeichen gemeinsam ist, auch in dieselbe Zeitperiode fallen. Ganz untrüglich für jeden einzelnen Fall ist natürlich dieses Anzeichen nicht, aber bei dem Zustande, in welchem sich die Chronologie der Bach'schen Werke befindet, ist schon immer viel gewonnen, wenn es gelingt, die Masse der Cantaten in gesonderten Gruppen auf verschiedene Lebensperioden des Componisten zu vertheilen. Ist dieses geschehen so können andere Mittel zur genaueren Bestimmung der Entstehungstermine, wo sich solche überhaupt auftreiben lassen, auch erfolgreicher angewandt werden. Ich hoffe nun, daß mir eine solche gruppenweise Sonderung gelungen ist, und werde zunächst über die erste Gruppe der Leipziger Zeit mich weiter auslassen. Ich schicke voraus, daß, um mit Bestimmtheit die betreffenden Zeichen erkennen und wiedererkennen zu können, man hunderte von Manuscripten untersucht und zu verschiedenen Zeiten untersucht haben muß, weil manche, die beim ersten Male undeutlich oder sonst unverwerthbar erschienen, durch inzwischen gemachte neue Beobachtungen oft klar und bedeutungsvoll werden.

Die erste Zeitperiode erstreckt sich von 1723 bis ausschließlich October 1727; ihr Markstein ist die in diesem Monat geschriebene Partitur der Trauerode auf die Königin Christiane Eberhardine. Die Wasserzeichen der in diese Periode fallenden Manuscripte sind auf dem einen

Blatte des Bogens 

, auf dem anderen ein

Halbmond. Diese Zeichen werden von folgenden Originalmanuscripten getragen:

1. Ärgre dich, o Seele, nicht
2. Christen ätzet diesen Tag
3. Christ lag in Todesbanden
4. Dazu ist erschienen der Sohn Gottes
5. Die Himmel erzählen die Ehre Gottes
6. Du Hirte Israels
7. Du sollst Gott deinen Herren lieben
8. Du wahrer Gott und Davidssohn
9. Ein ungefärbt Gemüthe
10. Erforsche mich Gott
11. Erfreute Zeit im neuen Bunde
12. Erwünschtes Freudenlicht
13. Halt im Gedächtniß Jesum Christ
14. Herr gehe nicht ins Gericht
15. Herr wie du willt

16. Herz und Mund und That und Leben (Umarbeitung für Leipzig)
17. Himmelskönig sei willkommen (Umarbeitung für Leipzig)
18. Höchsterwünschtes Freudenfest
19. Jesus nahm zu sich die Zwölfe
20. Jesus schläft, was darf ich hoffen?
21. Ihr Menschen rühmet
22. Leichtgesinnte Flattergeister
23. Lobe den Herrn, meine Seele (zum 12. Trinitatis-Sonntag)
24. *Magnificat* in Esdur (Ddur)
25. Mein liebster Jesus ist verloren
26. Nimm was dein ist und gehe hin
27. O Ewigkeit du Donnerwort (Fdur)
28. O heilges Geist- und Wasserbad
29. und 30. *Sanctus* in Cdur und Ddur
31. Schauet doch und sehet
32. Schau lieber Gott, wie meine Feind
33. Sehet, welch eine Liebe
34. Siehe zu, daß deine Gottesfurcht nicht Heuchelei sei
35. Sie werden aus Saba alle kommen
36. Sie werden euch in den Bann thun (Gmoll)
37. Singet dem Herrn ein neues Lied
38. Wachet, betet (Umarbeitung für Leipzig)
39. Weinen, Klagen
40. Wahrlich, wahrlich, ich sage euch
41. Wo gehst du hin?

Um die Brauchbarkeit des neuen kritischen Instruments zu prüfen soll sogleich gezeigt werden, bei welchen dieser Compositionen noch andere Merkmale vorhanden sind, die sie in die Periode 1723—1727 verweisen. Von fünfen unter ihnen erfahren wir auf anderem Wege das Entstehungsjahr genau. Die Originalpartituren von »Ärgre dich o Seele nicht« und »Die Himmel erzählen die Ehre Gottes« tragen die Jahreszahl 1723, diejenige von »Mein liebster Jesus ist verloren« die Jahreszahl 1724. Die Cantate »Höchst erwünschtes Freudenfest« wurde laut eigenhändiger Bemerkung des Componisten in der Partitur und eines den Stimmen beiliegenden Textes zur Einweihung der neuen Orgel in Störmthal bei Leipzig componirt. Nach Ausweis der dortigen Kirchenrechnungen fand dieser Act am 2. November 1723 statt. Die Cantate »Jesus nahm zu sich die Zwölfe« wurde zu Estomihi 1723 in Leipzig aufgeführt, wie die Notiz Anna Magdalena Bachs erweist. Daß ferner ein Theil der Originalstimmen zu »Du wahrer Gott« aus dem Jahre 1724 stammt, ist oben wahrscheinlich gemacht. Der Text der Cantate »Ein ungefärbt Gemüthe« rührt von Neumeister her, wurde 1714 gedichtet und findet sich in den Fünffachen Kirchenandachten S. 334 ff. Der Text der Cantate »O heilges Geist- und Wasserbad« ist von Franck, stammt aus dem Jahre 1715 und steht in dessen »Evangelischem Andachts-Opffer«. Es ist natürlich, daß Bach in der ersten Leipziger Zeit, wo er mit Picander noch nicht in engerer Verbindung stand und einen ihm zusagenden Textverfertiger am Orte selbst nicht immer sogleich aufzutreiben wußte, auf ältere ihm bekannte Dichtungen zurückgriff. Sicher beweisbar ist dieses Verfahren in zwei andern Fällen. Der Text zur Cantate »Ärgre dich o Seele nicht«, welche die Jahreszahl 1723 trägt, ist ebenfalls von Franck; derjenige zur Cantate »Ihr die ihr euch nach Christo nennet« desgleichen, und in Nr. 12 dieses Anhangs wird bewiesen werden, daß auch die letztere 1723 oder spätestens 1724 componirt sein muß. Somit erscheint es auch unter diesem Gesichtspunkte als wahrscheinlich, daß die Cantaten »Ein ungefärbt Gemüthe« und »O heilges Geist- und Wasserbad« in der ersten Leipziger Zeit entstanden sind. Von den oben angeführten 41 Compositionen sind also 8 schon jetzt in Folge andrer Merkmale in die Zeit vor 1727 zu verweisen, und es wird sich das gleiche noch bei einer Reihe andrer Cantaten herausstellen. Diese Merkmale sind äußerlicher Art. Es existiren deren aber auch innere in ziemlicher Fülle; da dieselben zugleich zur Charakterisirung der betreffenden Compositionen gehören, beschränke ich mich darauf sie im Texte ihresorts darzulegen. Auch wird das Gesagte wohl schon hinreichen zu beweisen, daß man in der That ein Recht hat, die Entstehung von Manuscripten, welche übereinstimmende Papierzeichen haben, ungefähr in dieselbe Zeit zu setzen.

10. (S. 185.) W. Rust hat, um die Zusammengehörigkeit beider Cantaten wahrscheinlich zu machen, mit Recht auch auf die übereinstimmende complicirtere Notirung der Oboe d'amore hingewiesen (B.-G. XVIII, Vorwort S. XIII). Es ist für dieses Instrument sowohl der G-Schlüssel auf der zweiten, als auch der C-Schlüssel auf der ersten Linie vorgezeichnet. Die Oboe d'amore stand eine kleine Terz tiefer, als die gewöhnliche Oboe, C moll also klang wie A moll, G moll wie E moll. Bach braucht dieses Instrument hier zum ersten Male, und um bei der abweichenden Stimmung desselben sich das Lesen der Partitur bequemer zu machen, hat er den C-Schlüssel mit vorgezeichnet, was er in späteren Fällen nicht mehr that. Ganz deutlich erkennt man die Absicht aus dem instrumentalen Mittelstück der Cantate »Die Himmel erzählen«, wo, wenn die Oboestimme im C-Schlüssel richtig verzeichnet werden sollte, ein Kreuz neben demselben hätte notirt werden müssen. Das ist nicht geschehen; es genügte Bach, sich der seltenen Stimmung überhaupt nur zu erinnern. Uebrigens waren solche doppelte Notirungen grade bei den Oboen nicht selten (vergl. Nr. 7 dieses Anhanges und Bd. I, S. 795) und konnten, wie in dem vorliegenden Falle, noch den Nebenzweck haben, die Ausführung der Partie durch eine gewöhnliche Oboe oder eine Violine, wenn eben eine Oboe d'amore nicht zur Hand war, zu erleichtern. Ob Bach auch diesen Zweck verfolgt hat, läßt sich nicht entscheiden, da die betreffenden Orchester-Stimmen fehlen. Wären die Stimmen zu der Cantate »Die Elenden sollen essen« nicht ganz verloren gegangen, so würde sich vielleicht auch eher bestimmen lassen, was das am Anfange dieser Partitur unter der ersten Zeile des Instrumentalbasses befindliche »*col accomp.*« be-

deuten soll. War es eine Notiz für den Ausschreiber der Generalbass-Stimme, da die Partitur selbst keine Bezifferung aufweist, die Bezifferung gemäß den Harmonien der Instrumente hinzuzufügen? Oder soll es etwas ähnliches bedeuten wie *colla parte* und beabsichtigte demgemäß Bach einen freieren Vortrag des Ritornells, wie er bei den Gängen der ersten Oboe allerdings denkbar ist? Die Wasserzeichen des autographen Manuscripts sind auf der einen Seite ein W, auf der andern ein Pferd.

11. (S. 189.) Wenn die Cantate »Ein ungefärbt Gemüthe« nicht 1723 componirt wäre, so könnte es, da es sich hier um die Zeit zwischen 1723 und 1727 handelt (s. Nr. 9 dieses Anhanges), nur noch 1726 oder 1727 geschehen sein. Denn 1724 fiel auf den 4. Trinitatis-Sonntag das Fest Mariae Heimsuchung, 1725 das Johannisfest; in diesen beiden Jahren konnte also keine gewöhnliche Sonntagsmusik vorkommen. Daß Bach aber so spät noch, wo er schon mit Picander in naher Verbindung stand, einen so unbedeutenden Neumeisterschen Text sich zur Composition ausgesucht haben sollte, ist höchst unwahrscheinlich. — In Neumeisters »Neuen geistlichen Gedichten« (s. Bd. I, S. 469) findet sich S. 105 ein Text auf den ersten Pfingsttag: »Gott der Hoffnung erfülle euch«, zu dem eine Bachs Namen tragende Composition auf der Amalienbibliothek des Joachimsthalschen Gymnasiums zu Berlin existirt (Querfolioband Nr. 43). Diese Composition ist ganz unbachisch und sicherlich unecht; sie zeigt große Stilverwandtschaft mit der in demselben Bande stehenden Cantate »Herr Christ der einge Gottssohn«, von welcher Bd. I, S. 800 f. gesprochen ist. — Es scheint, daß Bach aus den Fünffachen Kirchenandachten noch den dem 7. Trinitatissonntage gehörigen Text »Gesegnet ist die Zuversicht« componirt hat; von der Existenz der Musik wissen wir einstweilen nur durch eine Notiz in Breitkopfs Verzeichniß zur Michaelismesse 1770, S. 9, nach welcher sie für 4 Singstimmen, zwei Flöten, zwei Violinen, Bratsche und Bass gesetzt war.

12. (S. 191.) Die Entstehungszeit dieser Cantate ergiebt sich aus einem Merkmale der Stimme für die zweite Oboe, welche Stimme unter den auf der königlichen Bibliothek zu Berlin zugleich mit der autographen Partitur befindlichen Originalstimmen vorliegt. Am Schlusse dieser Stimme steht: *Il Fine* und darunter dieses Monogramm: 

Das bedeutet, wie man sieht, die Buchstaben W F B, und ist eine knabenhafte Spielerei des Schreibers der Stimme, Wilhelm Friedemann Bachs. Die Ueberschrift, die Bemerkungen: »*Aria tacet*«, »*Recit et Aria tac:*«, »*Recit tacet*«, ferner der Violinschlüssel des nun beginnenden Stückes, die beiden Been, das C, die Ueberschrift: »*Aria all unis:*«, unten auf der Seite das *volti* und endlich unter dem Monogramm nochmals mit grossen Buchstaben *Il Fine* — dieses alles hat Anna Magdalena Bach geschrieben, das übrige aber Friedemann und zwar mit durchaus ungeübter, steifer Kinderhandschrift. Im Sommer 1723 stand Friedemann in seinem dreizehnten Lebensjahre; es ergiebt sich aus obigem, daß die musikverständige Mutter ihm die Stimme zurichtete, welche er schreiben wollte. Vielleicht war es das erste Mal, daß er sich in dieser Weise an der Arbeit des Vaters betheiligte; augenscheinlich aber war er im Stimmenausschreiben noch ein vollständiger Neuling, was im Jahre 1724 schwerlich mehr der Fall gewesen ist. Ueber das Wasserzeichen des Manuscripts s. Nr. 32 dieses Anhangs.

13. (S. 192.) Die erste Aufführung der Umarbeitung (s. Nr. 9 dieses Anhangs) muß entweder 1723 oder 1725 stattgefunden haben, denn außer diesen Jahren kam bis 1728 der 26. Trinitatis-Sonntag im Kirchenjahre nicht wieder vor. Wenn ich mich mehr dem Jahre 1723 zuneige, so geschieht es, weil ich glaube, daß Bach den verhältnißmäßig selten eintretenden Sonntag im ersten Jahre seiner Leipziger Thätigkeit nicht ohne Aufführung einer eignen Composition vorüber ließ, um so weniger, als der kirchliche Charakter des Tages etwas besitzt, was grade seine Phantasie lebhaft erregen mußte. Die Spuren einer zweiten Aufführung der Umarbeitung liegen in der obligaten Violoncellstimme und einer der bezifferten Orgelstimmen in B vor. Diese Stimmen tragen das Wasserzeichen MA, welches für eine um 1730 fallende Gruppe von Cantaten das diplomatische Merkmal bildet, s. Nr. 33 dieses Anhangs. Zwischen 1725 und 1736 kam der 26. Trinitatis-Sonntag nur noch 1728 und 1731 vor; an einem dieser beiden Tage muß also die zweite Aufführung vor sich gegangen sein.

14. (S. 198.) Daß Bach im ersten Jahre seiner Leipziger Thätigkeit wenigstens zu den wichtigsten Festen die Cantaten und übrigen Figuralmusiken sämmtlich selbst componirte, darf als gewiß angenommen werden. Wenn es überhaupt Sitte war, daß die Cantoren oder Capellmeister den Bedarf des Kirchenjahres größtentheils aus eignen Mitteln deckten, wenn Männer wie Fasch sogar in dem ersten Jahre einer neuen Wirksamkeit einen doppelten vollständigen Jahrgang, also über 100 Cantaten componirten (s. Gerber, N. L. II, Sp. 92), so war doch Bach gewiß nicht der Mann, der hierin hinter andern zurückstehen wollte. Außerdem sagt er mit eignen Worten in einem vom 15. Aug. 1736 datirten *Promemoria*, welches durch seinen Streit mit dem Rector Johann August Ernesti veranlaßt worden war, daß die Cantaten, welche er mit dem ersten Chore mache, meistens von seiner eignen Composition wären. Es kommt also nur darauf an, unter den erhaltenen Fest-Cantaten die richtigen zu treffen. Bach schrieb fünf Jahrgänge, also für jedes Fest wenigstens fünf Musiken. Zum ersten Weihnachtstage sind deren sogar sechse vorhanden und nach ihren Anfängen bezeichnet folgende:

1) Christen ätzet diesen Tag
2) Ehre sei Gott in der Höhe
3) Gelobet seist du, Jesu Christ
4) Jauchzet, frohlocket, auf preiset die Tage

5) Unser Mund sei voll Lachens

6) Uns ist ein Kind geboren.

6) ist eine frühe Arbeit aus der weimarischen Zeit (s. Bd. I, S. 481) und kann für den gegebenen Fall überhaupt nicht in Betracht kommen, man müßte denn das Unwahrscheinlichste annehmen, daß Bach für die erstmalige Feier eines der größesten Kirchenfeste in seiner neuen Stellung nichts besseres zu thun gewußt habe, als eine nicht eben bedeutende Jugendarbeit aufzuwärmen. 2) ist die Composition eines zum 1. Weihnachtstage 1728 von Picander gedichteten Textes. 3) trägt das diplomatische Merkzeichen der zwischen 1735 und 1750 componirten Werke (s. Nr. 56 dieses Anhangs). 4), zum Weihnachts-Oratorium gehörig, ist laut einer Notiz Ph. Emanuel Bachs im Jahre 1734 componirt. 5) enthält als fünften Satz ein Duett »Ehre sei Gott in der Höhe«, welches sich als eine erweiterte Umarbeitung des zu Bachs großem lateinischen *Magnificat* gehörigen *Virga Jesse floruit* erweist. Dieses wurde für die Weihnachts-Vesper zu Leipzig componirt; die Cantate 5) kann also nicht für den ersten Weihnachtstag 1723 geschrieben sein, da sonst die Umarbeitung älter sein müßte, als die ursprüngliche Gestalt. Folglich bleibt nur 1) übrig. Diesem Resultat entspricht das Wasserzeichen der Originalstimmen (s. Nr. 9 dieses Anhangs), zu seiner weiteren Befestigung trägt der Umstand bei, daß die Partie der Oboe im A moll-Duett bei einer späteren Aufführung von Bach der obligaten Orgel zuertheilt ist: dieses war erst nach der 1730 erfolgten Abänderung des Rückpositivs an der Thomasorgel möglich, also muß die Cantate vor diesem Jahre geschrieben sein.

Von den *Magnificat*-Compositionen Bachs besitzen wir nur noch eine, und ob es überhaupt mehr als zwei gegeben hat, darf man wohl bezweifeln. Die diplomatischen Merkmale der Partitur verweisen sie in den Zeitraum 1723—1727 (s. Nr. 9 dieses Anhangs). Die Wahrscheinlichkeit, daß sie zu Weihnachten 1723 und nicht erst 1724, 1725 oder 1726 entstand, wird durch die Anknüpfung derselben an eine Kuhnausche Cantate erhöht.

15. (S. 214.) Cantaten auf den zweiten Christtag sind nur noch vier übrig:

1) Christum wir sollen loben schon

2) Dazu ist erschienen der Sohn Gottes

3) Selig ist der Mann, der die Anfechtung erduldet

4) Und es waren Hirten in derselbigen Gegend auf dem Felde.

Von ihnen trägt 1) als Wasserzeichen den Halbmond ohne ein correspondirendes Zeichen auf der andern Bogenhälfte: das diplomatische Merkmal der Periode 1735—1750 (s. Nr. 56 dieses Anhangs). 4) gehört zum Weihnachts-Oratorium, fällt also in das Jahr 1734. Das Wasserzeichen von 3) ist der Schild mit gekreuzten Schwertern; wenn sich überhaupt hierauf eine Zeitbestimmung gründen läßt, so ist es jedenfalls nicht die der ersten anderthalb Leipziger Jahre, wie in Nr. 30 dieses Anhangs auseinandergesetzt werden soll. Es bleibt also 2) in Uebereinstimmung mit den Papiermerkmalen (s. Nr. 9 dieses Anhangs).

16. (S. 215.) Die gleiche Zahl von Cantaten, wie für den zweiten, liegt für den dritten Christtag vor:

1) Herrscher des Himmels erhöre das Lallen
2) Ich freue mich in dir
3) Sehet, welch eine Liebe
4) Süßer Trost, mein Jesus kommt.

1) gehört zum Weihnachts-Oratorium. 2) entstand zu gleicher Zeit mit dem sechsstimmigen *Sanctus*, welches Bach hernach der Hmoll-Messe einverleibte. Dieses *Sanctus* ist zwischen 1735 und 1737 componirt. Gegen 4) spricht das diplomatische Merkzeichen: der Schild mit gekreuzten Schwertern. Ueber 3) s. außerdem Nr. 9 dieses Anhangs. Eine Andeutung, daß Picander der Dichter von 3) sein könnte, liegt im Text des Alt-Recitativs. Ziemlich übereinstimmend mit diesem heißt es bei Picander zum Sonntag Quasimodogeniti aus dem Jahre 1729:

Welt, behalte du das deine,
Denn mein Jesus bleibet meine;
Hab ich diesen Schatz in mir,
So verlang ich nichts mehr hier,
Fülle, Reichthum und Erbarmen
Hab ich stets in Jesu Armen.

17. (S. 216.) Die Neujahrs-Cantaten der fünf Jahrgänge sind vollständig erhalten, nämlich:

1) Gott, wie dein Name so ist auch dein Ruhm
2) Herr Gott, dich loben wir
3) Jesu, nun sei gepreiset
4) Lobe den Herrn, meine Seele
5) Singet dem Herrn ein neues Lied.

Außerdem als 6) die zum Weihnachts-Oratorium gehörige »Fallt mit Danken, fallt mit Loben«. Von 5) glaubte Rust, daß nur die vier Singstimmen und zwei Violinen vorhanden wären, vergl. B.-G. XII², Vorwort S. V. Indessen liegt auch ein bedeutender Theil der autographen Partitur vor in Gestalt einer bisher für selbständig gehaltenen Cantate »Lobe Zion deinen Gott«, welche die königl. Bibliothek zu Berlin aufbewahrt. Daß diese nicht vollständig ist, läßt schon das Fehlen jeder Ueberschrift, ja selbst des stehenden *J. J.* über dem Anfange der ersten Seite vermuthen, ferner der Umstand, daß jetzt die Cantate mit einer Arie in A dur beginnt und mit einem Choral in D dur schließt, endlich daß zu diesem Choral, während im übrigen nur Streichinstrumente begleiten, noch drei Oboen, drei Trompeten und Pauken mitwirken. Die Zusammengehörigkeit der Partitur und der unvollständigen Stimme zu »Singet dem Herrn« scheint schon L. Erk (Johann Sebastian Bachs mehrstimmige Choralgesänge und geistliche Arien. Zweiter Theil. S. 124 unter Nr. 247) erkannt zu haben. Sie wird evident nicht nur durch die Congruenz der Tonart und die in Partitur und Stimmen gleichen Wasserzeichen, sondern besonders auch durch die von Picander zum ersten Jubeltage der Augsburgischen Confession (1730) gefertigte Cantaten-Dichtung. Diese ist durchaus nur eine Umdichtung des Textes der in Rede stehenden Neujahrscantate. Der Eingangs-Bibelspruch ist geblieben, die Construction des zweiten Satzes gleichfalls, nur daß die zwischen die Choralzeilen geschobenen Recitative theils etwas erweitert, theils etwas verkürzt sind. Genau angepaßt der bereits vorhandenen Musik sind die Worte zur Arie und zum Duett, wie folgende Gegenüberstellung augenscheinlich macht:

Arie der Neujahrs-Cantate.

Lobe, Zion, deinen Gott,
Lobe deinen Gott mit Freuden!
Auf erzähle dessen Ruhm,
Der in seinem Heiligthum
Fernerhin dich als dein Hirt
Will auf grünen Auen weiden.

Arie der Jubel-Cantate.

Lobe, Zion, deinen Gott,
Lobe herrlich seinen Namen.
Auf! erzähle, denke dran,
Was der Herr an uns gethan,
Darum bete für ihn an,
Rühme seines Wortes Saamen.

Duett der Neujahrs-Cantate.

Jesus soll mir alles sein,
Jesus soll mein Anfang bleiben,
Jesus ist mein Freudenschein,
Jesu will ich mich verschreiben,
Jesus hilft mir durch sein Blut,
Jesus macht mein Ende gut.

Duett der Jubel-Cantate.

Selig sind wir durch das Wort,
Selig sind wir durch das Gläuben,
Selig sind wir hier und dort,
Selig, wenn wir treu verbleiben,
Selig, wenn wir nicht allein
Hörer, sondern Thäter sein.

Es kann kein Bedenken erregen, daß der letzte Text in Picanders Gedichten *Aria* überschrieben ist, da die Bedeutung dieses Wortes auch bei Bach sich keineswegs auf ein einstimmiges Gesangstück beschränkt. Der Schlußchoral in der Jubelcantate ist die dritte Strophe des Liedes »Es woll uns Gott genädig sein« und auch die beiden noch übrigen Recitative weichen in ihrer metrischen Form von den in der Neujahrs-Cantate befindlichen ab. Jedenfalls aber wird aus den dargelegten Verhältnissen nicht nur die Zusammengehörigkeit der obengenannten Handschriften, sondern auch das ersichtlich, daß in ihren wesentlichen Theilen die Jubelcantate »Singet dem Herrn« nicht, wie bisher angenommen wurde, als verloren zu betrachten ist. Selbst der Schlußchoral dürfte in der Trinitatis-Cantate »Lobe den Herrn meine Seele« erhalten sein, worüber das nähere bei andrer Gelegenheit (s. Nr. 42 dieses Anhangs) gesagt werden soll. Es würde demnach nichts weiter fehlen als die Recitative. — Was nun die erste Aufführung der Neujahrs-Cantate »Singet dem Herrn« zum 1. Jan. 1724 wahrscheinlich macht, sind vor allem ihre diplomatischen Merkmale (s. Nr. 9 dieses Anhangs), welche sie weder mit 1) noch 2) noch 3) gemeinsam hat. 1) ist auch deshalb unmöglich, weil ihr Text von Picander erst für Neujahr 1729 gedichtet wurde. 3) wird durch seine Wasserzeichen in die Zeit um 1736 verwiesen (s. Nr. 56 dieses Anhangs). 2) hat als Wasserzeichen einen Adler, worauf sich ein Schluß auf die Entstehungszeit nicht gründen läßt, da diese Figur in Bachschen Manuscripten aus verschiedenen Zeiten sich findet. Aber in einer später hinzugeschriebenen Stimme für Violetta sind die Buchstaben M A zu bemerken, das Merkzeichen für 1727—1736 (s. Nr. 33 dieses Anhangs). Folglich ist die Möglichkeit nicht ausgeschlossen, daß das Werk selbst vor 1727 fällt, also in dieselbe Zeitperiode wie 5); wenn dieses der Fall ist, so könnte es auch zum Neujahr 1724 seine erste Aufführung erlebt haben, und würde demnach 5) auf 1725, 1726 oder 1727 zu setzen sein (s. weiteres hierüber unter Nr. 29 dieses Anhangs). Indessen die größere Wahrscheinlichkeit hat es doch immer, daß 5) mit »Christen ätzet diesen Tag«, dem Cdur-*Sanctus*, dem *Magnificat*, »Dazu ist erschienen«, »Sie werden aus Saba alle kommen«, »Mein liebster Jesus ist verloren«, »Erfreute Zeit im neuen Bunde«, »Christ lag in Todesbanden« u. s. w. — alles Werke, die dieselben diplomatischen Merkmale tragen — einem und demselben engen Zeitabschnitte angehört. In welcher Lebensperiode Bachs endlich 4) unterzubringen ist, darüber kann, da Originalmanuscripte einstweilen gänzlich fehlen, nur nach innern Gründen entschieden werden. Hier wird folgendes genügen. Für den vierten Abschnitt von 4), eine Tenor-Arie, lautet der Text:

Tausendfaches Unglück, Schrecken,
Trübsal, Angst und schneller Tod,
Völker, die das Land bedecken,
Sorgen und sonst noch mehr Noth
Sehen andre Völker zwar,
Aber wir ein Segensjahr.

Es wird also auf große gleichzeitige Kriegsereignisse Bezug genommen, von denen Sachsen unberührt blieb. Dies paßt nicht auf den Zeitraum von 1723—1730, während dessen ganz Europa im Frieden lebte.

18. (S. 218.) Außer der Cantate »Sie werden aus Saba alle kommen« sind nur noch zwei für das Epiphaniasfest vorhanden: »Liebster Emanuel, Herzog der Frommen« und »Herr, wenn die stolzen Feinde schnauben«. Die letztere bildet den sechsten Theil des Weihnachts-Oratoriums, die Cantate »Liebster Emanuel« gehört aus diplomatischen Gründen in die Zeit von 1735 an (s. Nr. 56 dieses Anhangs). Wenn hier und da, z. B. bei Mosewius (Johann Sebastian Bach in seinen Kirchen-Cantaten und Choralgesängen S. 21) eine Epiphanias-Musik »Die Könge aus Saba kamen dar« angeführt wird, so ist darunter die Cantate »Sie werden aus Saba alle kommen« zu verstehen, deren zweiter Satz in einigen Abschriften fälschlich vor dem ersten steht. Nicht nur die gleichen Wasserzeichen (s. Nr. 9 dieses Anhangs), sondern auch die im Texte an-

gegebenen musikalischen Uebereinstimmungen nöthigen dazu, die Compositionen »Sie werden aus Saba« und »Christen ätzet« in engste zeitliche Verbindung zu bringen. Wurde also letztere zum ersten Weihnachtstage 1723 componirt, so die erstere ganz gewiß zum Epiphaniasfeste 1724.

19. (S. 220.) Zu Mariä Reinigung hát Bach folgende Cantaten geschrieben:

1) Der Friede sei mit dir, du ängstliches Gewissen
2) Erfreute Zeit im neuen Bunde
3) Ich habe genug
4) Ich habe Lust
5) Ich lasse dich nicht, du segnest mich denn
6) Mit Fried und Freud ich fahr dahin.

5) gehört in das Jahr 1727; s. hierüber S. 243. 3) betreffend wird weiter unten der Beweis geführt werden, daß sie um 1730 componirt sein muß. 6) gehört in die Periode von 1735 an (s. Nr. 56 dieses Anhangs). Daß von den übrigen Cantaten es die zweite sei, welche 1724 zur Aufführung kam, läßt sich vollständig freilich nicht beweisen. 4) ist verloren gegangen bis auf eine Spur, die sich in Breitkopfs Verzeichniß zur Michaelismesse 1761, S. 19, findet, wo es heißt: »Bachs, Joh. Seb. Capellm. und Musikdirectors in Leipzig Cantate: *In Fest. Purificat. Mariae.* Ich habe Lust zu etc. *à 2 Oboi, 2 Violini, Viola, 4 Voci, Basso ed Organo. à 1* thl. *4* gr.«. Absolutes Vertrauen verdient diese Angabe nicht, denn einige Zeilen weiter sind zwei Cantaten (»Herr Christ der einge Gottssohn« und »Gott der Hoffnung erfülle euch«) unter Bachs Namen aufgeführt, welche zweifellos nicht von ihm herstammen (vgl. Nr. 11 dieses Anhangs). Außerdem sagt der Herausgeber J. G. J. Breitkopf im Vorbericht des Verzeichnisses selbst: »Einen größern Fehler haben die geschriebenen Musicalien, in der öfters, theils aus Vorsatz, theils aus Irrthum, falschen Angabe des Verfassers. So wenig ich im Stande gewesen bin, auch durch Hülfe meiner Freunde, alle diese Unrichtigkeiten zu entdecken: desto mehr wird es mich erfreuen, wenn mir die Entdeckung derselben von Kennern mitgetheilet werden wird«. Jedoch die Unechtheit der Cantate »Ich habe Lust« zu beweisen, dazu fehlt es ebenfalls an Mitteln. 1) ist zu Mariä Reinigung und zum dritten Ostertage benutzt worden. In der Gestalt, in welcher sie vorliegt, paßt sie streng genommen für keinen der beiden Tage. Der erste Abschnitt, ein Bassrecitativ, und der Schlußchoral »Hier ist das rechte Osterlamm« beziehen sich nur auf Ostern und speciell das Evangelium des dritten Feiertages. Die Arie dagegen und das nachfolgende Recitativ machen sich ausschließlich mit Empfindungen zu schaffen, die durch das Evangelium des Marienfestes angeregt werden. Da die Arie das einzige frei erfundene Musikstück der Cantate ist, welches eine feste Form hat, so muß sie der ältere Bestandtheil, die Cantate also anfangs für das Marienfest bestimmt gewesen und erst später zum Osterfest überarbeitet worden sein. Man darf aber kaum annehmen, daß Arie, Recitativ und etwa ein für den Tag passender andrer Choral ihren ganzen anfänglichen

Bestand ausgemacht haben. Hier liegen Räthsel vor, die nur mit Hülfe der Originalmanuscripte zu lösen sein dürften; solche waren bis jetzt nicht zu entdecken, es sind nur spätere Abschriften bekannt. Den Text der Arie und des Recitativs möchte ich für Francksche Poesie halten:

Arie. Welt ade! ich bin dein müde,
Salems Hütten stehn mir an,
Wo ich Gott in Ruh und Friede
Ewig selig schauen kann.
Da bleib ich, da hab ich Vergnügen zu wohnen,
Da prang ich gezieret mit himmlischen Kronen.

Recit. Nun Herr regiere meinen Sinn,
Damit ich auf der Welt,
Solang es dir
Mich hier zu lassen noch gefällt,
Ein Kind des Friedens bin.
Und lasse mich zu dir aus meinen Leiden
Wie Simeon in Frieden scheiden.
Da bleib ich, da hab ich Vergnügen zu wohnen,
Da prang ich gezieret mit himmlischen Kronen.

Auch die Musik zu diesen Worten ist mir von jeher weimarischen Ursprungs erschienen und wer nur die erste Arie der Cantate »Komm, du süße Todesstunde« vergleicht, wird gewiß dieser Meinung beipflichten. In beiden tritt zu dem Sologesange ein stimmungsverwandter einstimmiger Choral, dort »Wenn ich einmal soll scheiden«, hier »Welt ade! ich bin dein müde« — Worte, welche durch den Arientext gleichsam frei reproducirt werden. Auch die Combination mit den Instrumentalstimmen ist eine ähnliche, manche Bewegungen derselben fast ganz übereinstimmend, übereinstimmend endlich auch die Grundempfindung des Stückes. Entstand aber die Cantate in Weimar, so wird man zögern müssen anzunehmen, daß sie schon 1724 wieder aufgeführt wurde, da Bach die erstmalige Feier des Tages Mariä Reinigung, weil es ein Festtag war, gewiß lieber mit einer neuen Musik beging, als mit der Wiederholung jener, wenn auch gefühlstiefen, so doch kleinen und anspruchslosen Composition. Keinerlei Hinderniß aber steht entgegen, in der Cantate 2), deren Papierzeichen sie grade in diese Zeit weist (s. Nr. 9 dieses Anhangs) die neucomponirte Musik zu erblicken.

20. (S. 221.) Folgendes sind die fünf Cantaten Bachs auf den ersten Ostertag:

1) Christ lag in Todesbanden
2) Denn du wirst meine Seele
3) Der Himmel lacht, die Erde jubiliret
4) Ich weiß, daß mein Erlöser lebt
5) Kommt eilet und laufet.

2) gehört in Bachs Jugendzeit, s. Bd. I, S. 225 ff. Für Leipziger Zwecke hat Bach sie später noch einmal wieder hervorgesucht, doch fällt diese Bearbeitung in die dreißiger Jahre (s. Nr. 55 dieses Anhangs). 3) ist in

Weimar componirt, s. Bd. I, S. 534 ff. Auch sie ist in Leipzig wieder aufgeführt, doch zuverlässig nicht zum ersten Osterfeste, das Bach dort erlebte. 4) ist gleichfalls in Weimar componirt, s. Bd. I, S. 495 ff. 5) steht in Zusammenhang mit der Cantate für den zweiten Ostertag »Bleib bei uns, denn es will Abend werden«, und diese entstand, wie später nachzuweisen ist, ebenfalls in den dreißiger Jahren (s. Nr. 56 dieses Anhangs). Folglich bleibt nur 1) übrig, welche ohnehin schon durch ihre diplomatischen Merkmale in die Periode 1724—1727 verwiesen wird (s. Nr. 9 dieses Anhangs).

21. (S. 228 und 234.) Von den Cantaten zum ersten Pfingsttage sind folgende übrig:

1) Erschallet ihr Lieder
2) O ewiges Feuer, o Ursprung der Liebe
3) Wer mich liebet, der wird mein Wort halten
4) Wer mich liebet (größere Composition).

Die Cantate 2) ist die Umarbeitung einer Trauungs-Cantate. Muß es überhaupt unwahrscheinlich erscheinen, daß Bach bei seiner ersten Pfingstaufführung mit einem Arrangement debütirte, so läßt sich auch nachweisen, daß 2) zu gleicher Zeit mit Kirnbergers Partiturabschrift der Matthäus-Passion geschrieben ist. Wann Kirnbergers Abschrift entstand, wird sich ziemlich genau bestimmen lassen; hier genügt die Bemerkung, daß die Matthäuspassion 1729 componirt wurde. Ueber die Cantaten 3) und 4) beziehe ich mich auf Bd. I, S. 505 f. und S. 798 f. Nach den dort gemachten Mittheilungen fiele 3) ins Jahr 1716, 4) ins Jahr 1731. Letzteres muß ich auf Grund weiterer Forschungen jetzt für falsch erklären: die Cantate 4) wird, wie unter Nr. 55 nachgewiesen werden soll, 1735 entstanden sein. Ersteres bleibt bestehen. Daß trotz einer auf einer alten Copie der Partitur von 3) befindlichen chronologischen Notiz diese Cantate 3) nicht im Jahre 1731 componirt sein kann, ergiebt sich auch daraus noch, daß die Originalstimmen die Wasserzeichen der Periode 1723—1727 tragen, während die ebenfalls erhaltene autographe Partitur ein Wasserzeichen aufweist, das in keinem Leipziger Manuscript vorkommt. Bach muß demnach zur Cantate 3) in seiner ersten Leipziger Zeit neue Stimmen haben ausschreiben lassen, natürlich zum Zwecke einer abermaligen Aufführung. Daß diese nicht schon 1724 stattfand, läßt sich freilich mit Sicherheit nicht beweisen. Doch darf man auch hier annehmen, Bach habe nicht mit einem alten Werke debütirt. Wäre es aber doch der Fall gewesen, so würde 1) auf Pfingsten 1725 zu setzen sein. Die Entstehung der Composition vor 1730 steht fest. In dieses Jahr fällt die Einrichtung eines selbständig spielbaren Rückpositivs in der Thomaskirche (s. Nr. 4 dieses Anhangs). *Dieses ist in dem Duett verwendet worden*, aber, wie aus den Originalstimmen hervorgeht, erst bei einer wiederholten Aufführung. Ursprünglich war der *Cantus firmus* im Duett einem Orchesterinstrumente zuertheilt, was Bach wohl nicht gethan hätte, wenn ihm bei Composition des Werkes das Rückpositiv schon zu diesem Zwecke verfügbar gewesen wäre. Weiter ergiebt sich, daß die Composition auch vor dem Jahre 1728 entstanden sein wird, da in den zur wiederholten Aufführung angefertigten Stimmen sich das Wasserzeichen M A findet, und das mit ihm versehene Papier von Bach seit dem Herbst 1727 gebraucht wurde. Das Wasserzeichen der älteren Stimmen der Cantate 1), welches Bd. I, S. 808 als Füllhorn oder Körbchen keine zutreffende Bezeichnung erhalten hat, ist dieses:

Es befindet sich in einem Papier von auffallender Schönheit und Stärke. Beides, die Qualität des Papiers und das Zeichen, werden wieder bemerkbar an einigen Originalstimmen der Weihnachts-Cantate »Christen, ätzet diesen Tag«; sodann an einigen autographen Stimmen der Cantate »Wachet, betet«. Diese, weimarischen Ursprungs, wurde in Leipzig mehre Male wieder aufgeführt, und zwar innerhalb des Zeitraums 1723—1727 entweder 1723 oder 1725 (s. Nr. 13 dieses Anhangs). Ferner findet sich dasselbe Papier mit demselben Zeichen in der autographen Partitur und einigen Originalstimmen der Cantate »Himmelskönig, sei willkommen«. Sie wurde ebenfalls in Weimar — und zwar zu Palmarum — componirt und in Leipzig mindestens zwei Mal — und zwar zum Feste Mariae Verkündigung, da der Palmsonntag als Fastensonntag nicht musikalisch begangen wurde — wieder aufgeführt. Die eine Aufführung fällt laut Wasserzeichen M A in einer Originalstimme in die Periode ums Jahr 1730, die andre in die Periode 1723—1727 (s. Nr. 9 dieses Anhangs). Nun konnte aber diese Cantate, deren Text für Leipzig keine Umänderung erfuhr, nur dann für Mariä Verkündigung benutzt werden, wenn die Feier dieses Festes auf Palmsonntag fiel (s. S. 101). Dieses geschah zwischen 1723 und 1727 zweimal, nämlich 1723 und 1725. Zu Palmsonntag 1723 war aber Bach noch nicht in Leipzig. Also fand die erste Leipziger Aufführung der Cantate »Himmelskönig« am 25. März 1725 statt. Wir können somit die Entstehungszeit der Cantate »Erschallet ihr Lieder« mit ziemlicher Sicherheit auf den Zeitraum 1723—1725 einschränken. Im Jahre 1723 führte Bach in der Nikolai- und Thomaskirche noch keine Pfingstmusik auf; die Cantate »Erschallet ihr Lieder« könnte also, falls sie 1723 componirt sein sollte, nur für die Universitätskirche bestimmt gewesen sein. Dieses anzunehmen verwehrt der Umstand, daß sie mit einer Cantate auf den vier Wochen vor Pfingsten fallenden Sonntag Jubilate zu einer und derselben Zeit componirt zu sein scheint; ich meine die Cantate »Weinen, Klagen«. Erstens nämlich sind Papier und Wasserzeichen der Manuscripte dieselben. Zweitens ist die Beschaffenheit des Textes eine sehr verwandte und derselbe sicherlich ebenfalls von Franck gedichtet. Drittens kommen in der Cantate »Weinen, Klagen« ebenso wie in »Erschallet ihr Lieder« und auch in der Ostercantate »Christ lag in Todesbanden« die bei Bach während der Leipziger Zeit übrigens ungebräuchlichen doppelten Violen vor. Ist aber »Weinen, Klagen« mit »Erschallet ihr Lieder« in demselben Jahre componirt, so kann dieses nicht das Jahr 1723 sein, da in ihm Bach erst zu Pfingsten an der Universitätskirche, und zum 1. Trinitatis-Sonntage als Thomas-Cantor seine Wirksamkeit begann. Wir bleiben somit bei den Jahren 1724 und 1725 stehen.

22. (S. 229.) Die chronologische Bestimmung stützt sich nur auf die diplomatischen Merkmale des Papiers (s. Nr. 9 dieses Anhangs) und den Umstand, daß eine Francksche Dichtung benutzt ist. Dieses that Bach eben in der frühesten Leipziger Zeit; zum Trinitatisfeste 1723 aber hatte er sein Amt als Thomascantor noch nicht angetreten. Ich habe hier einen Bd. I, S. 809 (Nr. 28) begangenen Irrthum zu berichtigen. Wiederholte Untersuchung hat mich überzeugt, daß das Manuscript der Cantate »O heilges Geist- und Wasserbad« auf der Amalienbibliothek kein Autograph Bachs, sondern eins seiner Frau Anna Magdalena ist. Die grade hier besonders überraschend hervortretende Aehnlichkeit der Handschriften war der Grund meines Irrthums.

23. (S. 230.) Der Sonntag nach Neujahr kommt bekanntlich nicht in jedem Kirchenjahre vor. So lange Bach in Leipzig lebte, ist er nur in folgenden Jahren eingetreten: 1724, 1727, 1728, 1729, 1733, 1734, 1735, 1738, 1739, 1740, 1744, 1745, 1746, 1749, 1750. Von diesen Jahren kommt noch 1728 in Wegfall, da wegen des Todes der Königin Christiane Eberhardine vom 7. September 1727 bis zum Epiphanias-Fest 1728 »das Orgelschlagen, alle anderen Saiten- und Freuden-Spiele, das Figuralsingen in allen Kirchen, bei Hochzeiten, Kindtauffen, Leichenbegängnissen, auf der Gasse, von den Schülern vor den Thüren« u. s. w. verboten war (Consistorial-Verordnung in einem Actenfascikel auf dem Ephoralarchiv zu Leipzig »Trauer-Feiern beim Absterben der sächsischen Fürsten. Vol. I. von 1656 an«). Wir besitzen noch eine zweite Cantate Bachs auf den Sonntag nach Neujahr, »Ach Gott, wie manches Herzeleid« (B.-G. XII^2, Nr. 58), deren Originalstimmen das Zeichen M A tragen. Hiernach fällt die Composition derselben entweder 1729, oder 1733—35. Es ist nicht sehr wahrscheinlich, daß Bach in diesen selben Jahren für einen verhältnißmäßig selten vorkommenden und nicht eben wichtigen Sonntag noch eine zweite Composition gemacht haben sollte, und der reichliche Gebrauch des einfachen vierstimmigen Choralsatzes macht die Entstehung von »Schau lieber Gott« schon in dieser mittleren und noch mehr in der späteren Zeit zweifelhaft. Dagegen aber findet er sich in den ersten Leipziger Jahren mehrfach, z. B. in der schon besprochenen Weihnachtsmusik »Dazu ist erschienen der Sohn Gottes« (vgl. Nr. 15 dieses Anhangs) und in der zum 1. Sonntage nach Epiphanias des Jahres 1724 geschriebenen Cantate »Mein liebster Jesus ist verloren«. Abge-

sehen von diesen Erwägungen gehört übrigens die Cantate »Schau lieber Gott« schon wegen der diplomatischen Merkzeichen in die Periode 1723—1727 (s. Nr. 9 dieses Anhangs). Sie kann demnach nur für 1724 oder 1727 componirt sein. Die genannte Art der Choralverwendung scheint sie aber nahe an »Dazu ist erschienen« und »Mein liebster Jesus« heranzurücken. Es kommt hinzu, daß sie im Text mit der letzteren auch sonst noch eine nicht zu verkennende Aehnlichkeit hat. In beiden findet sich ein als Arioso mit imitirendem Grundbass behandelter Bibelspruch. In beiden ferner ein aus vier trochäischen und zwei daktylischen Tetrapodien gebildeter Arientext, wie ein solcher aus der Cantate »Der Friede sei mit dir, du ängstliches Gewissen« in Nr. 19 dieses Anhangs angeführt worden und übrigens in den Bachschen Cantaten selten zu finden ist.

24. (S. 232.) Original-Partitur und -Stimmen sind auf der königl. Bibliothek zu Berlin. Erstere ist unvollständig: sie enthält das erste Stück ganz, das zweite fragmentarisch, das dritte ohne Text, das vierte fragmentarisch; alles übrige fehlt. In beiden Continuo-Stimmen steht bei der Alt-Arie: *senza Basso.* Es liegt aber eine autographe bezifferte Cembalo-Stimme in A dur bei. Der Cembalo-Bass geht mit der Grundstimme der Partitur durchweg in der tieferen Octave, trägt aber Bezifferung auch bei den Schluß-Cadenzen und wo sonst noch die Oboen pausiren. Man erkennt hieraus deutlich die Thätigkeit des Cembalo als Directions-Instruments (vgl. S. 158 ff. dieses Bandes). Wesentlich für die Gesammtwirkung kann es nicht sein sollen, weil durch den Octaven-Bass der Tendenz, dem Stücke einen lichten und verklärten Charakter zu geben, gradeswegs entgegen gearbeitet würde. Um aber die Musicirenden zu leiten und zusammen zu halten war der tiefere Bass ein sehr geeignetes Mittel: er fiel den Umstehenden vernehmlicher ins Gehör und war doch wieder nicht so stark vernehmlich, daß er die Zuhörenden gestört hätte. Die Generalbass-Accorde, während die Oboen pausiren, dienen dem nämlichen Zweck, da sie dem Fortgange eine größere Sicherheit und Verständlichkeit zu Gunsten der Mitwirkenden verleihen; für die Wirkung auf die Zuhörer sind sie unwesentlich, indem sich der Harmoniengang auch mittelst des Basses allein begreift. Folgerichtig wird auch in Breitkopfs Verzeichniß zur Michaelismesse 1761, S. 19 das Cembalo gar nicht erwähnt; es heißt dort einfach: »Cantate: *In Dom. I. Epiph.* Mein liebster Jesus ist etc. *à 2 Oboi, 2 Violini, Viola, 4 Voci, Basso ed Organo*«. — Es darf angenommen werden, daß bei ähnlichen Solostücken, z. B. in der Sopran-Arie des Himmelfahrts-Oratoriums (B.-G. II, S. 35 ff.), von Bach ebenso verfahren wurde.

25. (S. 233). Der vierte Epiphanias-Sonntag kam während der Zeit von 1724—1750 nicht vor in den Jahren 1725, 1728, 1731, 1733, 1736, 1738, 1739, 1741, 1742, 1744, 1747, 1749, 1750. Da nach Ausweis der Wasserzeichen die Cantate »Jesus schläft« in die Periode 1723—1727 gehört (s. Nr. 9 dieses Anhangs), so müßte sie, wenn nicht

1724, dann jedenfalls 1726 oder 1727 componirt sein. Von diesen beiden Jahren kommt aber 1727 deshalb in Wegfall, weil 1727 auf den 4. Epiphanias-Sonntag das Fest Mariä Reinigung fiel und demnach keine gewöhnliche Sonntagsmusik gemacht werden konnte. Also kommen nur die Jahre 1724 und 1726 in Frage. Nun findet sich aber auf der letzten Seite der autographen Partitur ein durchstrichener fragmentarischer Entwurf zum ersten Chor der Epiphanias-Cantate »Sie werden aus Saba alle kommen«. Hieraus geht hervor, daß beide Cantaten in dieselbe Zeit gehören, denn es ist bei Bachs starkem Verbrauch von Notenpapier undenkbar, daß er nach einem Zeitraum von doch wenigstens zwei Jahren noch einen Bogen benutzt haben sollte, der anfänglich zum Concept der Cantate »Sie werden aus Saba« bestimmt gewesen war. Wenn also dieses Werk zum Epiphaniasfeste 1724 componirt ist, so muß die Cantate »Jesus schläft« in demselben Jahre entstanden sein.

26. (S. 236.) Die chronologische Bestimmung stützt sich zunächst auf die Wasserzeichen (s. Nr. 9 dieses Anhangs) und sodann auf die ähnliche Factur der ersten Sätze in dieser Cantate und der Trinitatismusik »O heilges Geist- und Wasserbad«. Weitere Stützpunkte lassen sich nicht gewinnen. Wer aber die immer wiederkehrende Erscheinung beobachtet hat, daß Bach es in neuen und eigenartigen Formen nicht bei einem einzigen Versuche bewenden zu lassen pflegt, sondern nicht eher ruht, bis er ihr Wesen nach verschiedenen Seiten hin zum Ausdrucke gebracht und in gewissem Sinne erschöpft hat, wird jener Aehnlichkeit eine beträchtliche Beweiskraft beimessen.

27. (S. 237.) Das Evangelium erzählt von der wunderbaren Heilung, welche Christus an einem Taubstummen vollzog. An dieses Ereigniß eine Jubel-Cantate knüpfen über die unzähligen Segnungen, mit welchen Gott die Menschen lebenslang überschüttet, ist zwar nicht ganz unmöglich, liegt aber, ohne irgend ein andres mitwirkendes Motiv, doch recht fern. Vollends wenn man die Einzelheiten des Textes betrachtet, überzeugt man sich, daß der Hauptzweck der Cantate nicht die Feier des 12. Trinitatis-Sonntags hat sein können. Nach diesem Hauptzwecke nun haben wir nicht weit zu suchen, denn in die Zeit des Sonntags fiel ungefähr auch die jährliche Rathswahl. Und vergleichen wir die Texte andrer Rathswahl-Cantaten, wie »Preise Jerusalem den Herrn« (B.-G. XXIV, Nr. 119), »Wir danken dir Gott, wir danken dir« (B.-G. V[1], Nr. 29), so beweist die übereinstimmende Haltung derselben, daß die Rathswahl in der That der eigentliche Zweck gewesen sein muß. Ueberdies hat Bach, um den Zweck noch schärfer hervorzuheben, später den Text theilweise umarbeiten und mit ausgesprochenen Beziehungen auf die Obrigkeit ausstatten lassen. Diese Umarbeitung, welche auch eine musikalische Umgestaltung nach sich zog, hat um das Jahr 1730 stattgefunden. Denn die zu diesem Zwecke in die Originalstimmen eingefügten neuen Stimmblätter weisen als Wasserzeichen die Buchstaben M A auf (s. Nr. 33 dieses Anhangs), wäh-

rend die älteren Stimmen die diplomatischen Merkmale der Periode 1723—1727 tragen (s. Nr. 9 dieses Anhangs). Ueber das Verhältniß der Umarbeitung zur Originalgestalt im Einzelnen ist die Ausgabe der Bach-Gesellschaft nachzusehen. Nun findet sich Takt 16 des zweiten Recitativs der älteren Fassung eine doppelte Lesart im Texte. Es heißt dort: »Ach sei mir nah und sprich dein kräftig Hephata!« Darin liegt eine wörtliche Bezugnahme auf das Sonntags-Evangelium; so konnte nur bei der Sonntags-Aufführung gesungen werden. Ueber »Hephata« steht als Variante das allgemeinere »gnädig Ja«. Dieses ist, wie man deutlich erkennt, von Bach selbst erst dann übergeschrieben, als die von Anna Magdalena angefertigte Stimme schon vollendet vorlag. Auf die um 1730 erfolgte Bearbeitung kann sich die Textänderung nicht beziehen, denn durch jene Bearbeitung wurde das gesammte Recitativ entfernt und durch ein neues ersetzt. Wir dürfen also zweierlei mit Sicherheit schließen: 1) Die erste Aufführung der Cantate im Rathswahl-Gottesdienste hat zwischen 1723 und 1727 stattgefunden. 2) Die Aufführung zum 12. Trinitatis-Sonntage ging der Aufführung zur Rathswahl vorher. Und da die Cantate augenscheinlich von Beginn an viel mehr für letzteren als für ersteren Zweck geschaffen wurde, so müssen beide Aufführungen in demselben Jahre vor sich gegangen sein; es kann demnach die Entstehung der Composition nur in ein Jahr fallen, in welchem der 12. Trinitatis-Sonntag früher fiel, als der Rathswahl-Gottesdienst desselben Jahres. Von den Jahren, welche in Frage kommen, fällt 1723 fort, da für dieses bereits eine Bachsche Rathswahlmusik vorliegt (s. S. 192 dieses Bandes). 1726 fiel der Rathswahlgottesdienst auf 26. Aug., der 12. Trinitatis-Sonntag auf 8. Sept., also nach jenem; 1727 der Rathswahlgottesdienst auf 25. Aug., der 12. Trinitatis-Sonntag auf 31. Aug., also ebenfalls nach jenem. Mithin bleiben übrig die Jahre 1724 und 1725. 1724 war der 12. Trinitatis-Sonntag am 27. Aug., der Rathswahlgottesdienst am 28. Aug.; 1725 jener am 19. Aug., dieser am 27. August. Wenn ich mich zwischen diesen beiden Jahren für 1724 als das Entstehungsjahr der Cantate »Lobe den Herrn, meine Seele« entscheide, so liegt der Grund auf der Hand. Grade weil 1724 der 12. Trinitatis-Sonntag und der Tag des Rathswahlgottesdienstes unmittelbar neben einander lagen, konnte Bach leicht auf den Gedanken kommen, eine Musik so einzurichten, daß sie für beide Tage brauchbar war, und somit durch eine That zweien Pflichten zu genügen. Vgl. noch Nr. 40 dieses Anhangs, am Ende.

28. (S. 244.) Die autographe Partitur zeigt in ihren vier ersten Bogen das weimarische Wasserzeichen, in den beiden letzten M A; die Stimmen dagegen tragen die Merkmale der Periode 1723—1727 (s. Nr. 9 dieses Anhangs). In der autographen Partitur der Trauerode auf den Tod der Königin Christiane Eberhardine, welche am 15. October 1727 vollendet wurde, findet sich zum ersten Male das Papier mit M A durchweg verwendet. Es muß also wohl die Anfertigung des neuen Manuscripts von »Herz und Mund« in die Uebergangszeit fallen, als welche der Sommer 1727 anzusehen ist.

29. (S. 245.) Unter Nr. 17 dieses Anhangs ist über die diplomatischen Merkzeichen der Cantate schon gesprochen und die Möglichkeit, daß sie bereits zum 1. Januar 1724 componirt sei, als eine zwar vorhandene aber doch schwache bezeichnet worden. Streng genommen läßt sich aus den Wasserzeichen nur folgern, daß die Cantate nicht später als in den ersten dreißiger Jahren geschrieben ist. Denn die Periode, in welcher Bach das Papier mit M A gebrauchte, erstreckt sich über neun Jahre (1727—1736); er gebrauchte aber während dieser Zeit auch verschiedene andre Papiersorten, hiernach hindert also nichts anzunehmen, daß auch unsere Neujahrs-Cantate später als 1727 entstanden ist und nur vor 1736 noch durch die bewußte Violetta-Stimme completirt wurde. Wenn ich sie dennoch in die erste Periode versetze, so bestimmen mich hierzu innere Gründe. Die Nachbildung des Telemannschen Stils in ihr ist so auffallend, daß sie nicht unbewußt und gleichsam zufällig geschehen sein kann, sondern eine Absicht ganz deutlich verräth. Diese Absicht findet ihre Erklärung eben in den musikalischen Verhältnissen, unter denen Bach die ersten Jahre in Leipzig verbrachte. Sie machten gewisse Rücksichten auf den herrschenden Geschmack wünschenswerth, und Bach nahm sie innerhalb der durch seine Eigenthümlichkeit gezogenen Gränzen auch nicht ungern. Gegen 1730 hin war er aber in Sachen des Leipziger musikalischen Geschmackes schon die tonangebende Persönlichkeit geworden, und ich wüßte kein Beispiel, daß er es seitdem noch einmal unternommen hätte, so absichtsvoll in einem andern Stile zu schreiben.

Daß Bach von der Kunst der bedeutendsten deutschen Tonmeister seiner Zeit innerlich berührt worden sei, war schon Winterfelds Meinung (Ev. Kirchenges. III, S. 385). Der Sache nach bin ich einverstanden, kann aber die Beispiele, durch welche Winterfeld seine Behauptung zu erhärten sucht, nicht als beweiskräftig ansehen. Ich wüßte in den Cantaten »Jesus schläft« und »Halt im Gedächtniß Jesum Christ« nichts aufzuzeigen, was auf eine directe Beeinflussung durch die Hamburger Meister hindeutete. Auch ist die Vermuthung Winterfelds, daß Bach erst in der Zeit, da diese Compositionen entstanden, von der Musik der Hamburger nähere Kenntniß genommen habe, nicht zutreffend: bei Gelegenheit der Passionsmusiken wird nachgewiesen werden, daß Bach schon in Weimar eine Keisersche Passion zur Aufführung brachte. Was aber die Cantate »Gedenke Herr, wie es uns gehet« betrifft, in welcher sich Hasses Einfluß zeigen soll (Ev. K. III, S. 386 f.), so bin ich, bis nicht zuverlässigere Quellen geöffnet worden sind, in Bezug auf ihre Echtheit absolut ungläubig. Breitkopfs Verzeichniß zur Michaelismesse 1761, wo sie S. 19 allerdings unter Bachs Namen figurirt, ist, wie ich schon unter Nr. 19 dieses Anhangs gezeigt habe, kein ausreichender Bürge, ebensowenig die Handschrift 44 des Joachimsthalschen Gymnasiums zu Berlin. Allein der erste Chor der Cantate zeigt ein paar Anklänge an den Schlußchor des ersten Theils der Matthäus-Passion. Aber auch nur Anklänge, wirklich Bachscher Geist steckt gar nicht darin, noch weniger in den übrigen Stücken. In dem ganzen Werke findet sich fast keine polyphone Stelle und nicht eine interessante Combination. Einzelne Beispiele helfen hier nichts; den Gesammteindruck halte ich für überzeugend.

30. (S. 246.) Die autographe Partitur und die Originalstimmen, welche auf der königl. Bibliothek zu Berlin sind, haben als Wasserzeichen einen Schild mit gekreuzten Schwertern. Dieses Merkmal findet sich sehr häufig in dem Papier aus jener Zeit und in dem von Bach gebrauchten in sehr verschiedenen Zeiten seines Lebens. Die Form variirt allerdings mehrfach, indessen, wo nicht die Linien des bekannten und eigenthümlichen Sachsenschildes deutlich hervortreten, ist sonst auf diesen Umstand kaum irgend ein Gewicht zu legen. (So findet sich das Zeichen in cöthenschen Manuscripten, wie in der H moll-Partie (s. Bd. I, S. 834), in Theilen der Johannes-Passion; dann wieder in der Cantate »Gott, wie dein Name, so ist auch dein Ruhm«, welche zu Neujahr 1729 gedichtet wurde, und in der autographen Umdichtung der 1728 entstandenen Cantate »Vergnügte Pleißenstadt«, dann wieder in Theilen der Lucas-Passion, ferner in den Cantaten »Ihr werdet weinen und heulen« und »Gott fähret auf mit Jauchzen«, die um 1735 fallen, sowie in einer durch die Ernestische Angelegenheit veranlaßten Eingabe Bachs an den Rath vom 12. Aug. 1736. Daß aber in früheren Leipziger Jahren ein Papier mit solchen Zeichen von Bach gebraucht ist, wird dadurch keineswegs ausgeschlossen. Nur gestattet wenigstens das bis jetzt vorliegende Material nicht, dieses schon für die ersten anderthalb Jahre anzunehmen. Die Cantaten, welche es außerdem noch führen und über deren Entstehungszeit sich sonst noch irgend eine Angabe machen läßt, sind »Gottlob, nun geht das Jahr zu Ende« (Sonntag nach Weihnachten), »Unser Mund sei voll Lachens« (1. Weihnachtstag), »Liebster Jesu, mein Verlangen« (1. Sonntag nach Epiphanias). In die Leipziger Zeit gehören sie alle, daran kann bei der Beschaffenheit der Schrift und dem inneren Gehalte der Composition nicht gezweifelt werden. Die erste kann aber frühestens am 31. December 1724 aufgeführt sein, denn 1723 kam der Sonntag nach Weihnachten nicht vor; die zweite frühestens zum 25. Dec. 1724 aus Gründen, die in Nr. 14 dieses Anhangs auseinandergesetzt sind; die dritte frühestens am 7. Januar 1725, da für den 1. Sonntag nach Epiphanias des Jahres 1724 die Cantate »Mein liebster Jesus ist verloren« vorliegt. Daß man die Cantate »Gottlob, nun geht« nicht zuweit in die Leipziger Zeit hinabrücke (es könnte sich bis zum Jahre 1730 nur noch um die Jahre 1725 und 1726 handeln, da 1728 und 1729 der Sonntag nach Weihnachten im Kirchenjahre nicht vorkam und 1727 der Landestrauer wegen nicht musicirt wurde), verwehrt Neumeisters Dichtung, denn zu den Fünffachen Kirchenandachten griff Bach augenscheinlich nur in jener Zeit, da er sich mit Picander noch nicht völlig eingelebt hatte. Und ebenso muß man über den Franckschen Text »Alles nur nach Gottes Willen« denken. Auch er ist unzweifelhaft nicht in Weimar, sondern in Leipzig von Bach componirt, und gewiß auch in den früheren Jahren, aber nach Obigem wohl nicht vor 1725.

31. (S. 254.) Die autographe Partitur der Cantate, welche B.-G. II, Nr. 20 abgedruckt ist, besitzt Herr Professor Rudorff in Lichterfelde bei Berlin. Sie besteht aus sechs Bogen, den Titel auf dem Umschlag hat Anna Magdalena Bach geschrieben. Nur im Papier des Umschlags und der ersten beiden Bogen finden sich die unter Nr. 9 dieses Anhanges mitgetheilten Wasserzeichen, in den andern Bogen ist ein Wasserzeichen überhaupt nicht zu erkennen. Diese andern Bogen enthalten alle übrigen Theile der Cantate mit Ausnahme des ersten Chors. Nicht nur das Papier ist verschieden; man bemerkt auch, daß die Notenlinien mit einem weniger breiten Rostral gezogen sind und Bach sich andrer Tinte zum Schreiben bedient hat. Ob hier nur äußere Umstände gewaltet haben, oder ob der größere Theil des Werkes später componirt ist, läßt sich hiernach nicht entscheiden. Es wäre wohl denkbar, daß dem Anfangschor ursprünglich eine andere Fortsetzung gefolgt wäre; daß er ein für sich bestehendes Stück ausgemacht haben sollte, ist des gleichzeitigen Umschlags wegen nicht möglich, denn für eine ganze Kirchen-Cantate wäre er zu kurz gewesen. Untersucht man nun die auf der Thomasschule zu Leipzig befindlichen Originalstimmen, so wird eine spätere Umgestaltung der Cantate mit Beibehaltung des ersten Chors allerdings sehr wahrscheinlich. Die Stimmen sind frühestens 1735 geschrieben, wie ihr Wasserzeichen ausweist (s. Nr. 56 dieses Anhangs). Nur in der Tenor- und Bassstimme zeigen sich die diplomatischen Merkmale der Periode 1723—1727. Bach wird also das Papier, auf welchem die erste Gestalt der Cantate fixirt war, ursprünglich nicht ganz aufgebraucht, sondern in dem Manuscript-Convolute noch einige leere Blätter vorgefunden haben, die er jetzt benutzte. Daß dergleichen öfter bei ihm vorgekommen ist, habe ich schon Band I, S. 813 dargethan.

32. (S. 265.) Die Originalstimmen der Cantate zeigen als Wasserzeichen theils eine kleine schildartige Figur, theils ein C, theils eine merkwürdige Figur mit einer Krause oben und zwei sackartig herabhängenden Zipfeln, welche sich nicht in der Mitte des Blattes, sondern näher zum Mittelknick des Bogens hin befindet. Dieses Zeichen findet sich außerdem nur noch in den Originalmanuscripten der Cantate »Ihr, die ihr euch von Christo nennet«, welche dem Jahre 1723 oder 1724 angehört (s. Nr. 12 dieses Anhangs); man wird daher die Cantate »Liebster Gott« in dieselbe Zeit verweisen müssen. Die Originalstimmen derselben, auf der Bibliothek der Thomasschule zu Leipzig befindlich, stehen in D dur statt in E dur, und im ersten Chor ist der Part der beiden *Oboi d'amore* zwei concertirenden Violinen zuertheilt. Die Vergleichung mit den Partiturabschriften der Cantate — denn eine autographe Partitur fehlt —, welche das Werk in E dur haben, macht es zweifellos, daß die letztere Tonart die originale ist. Da der Gebrauch der *Oboi d'amore* eine frühere Entstehung der Cantate als in Leipzig ausschließt, die Originalstimmen aber schon 1723 oder 1724 angefertigt sein müssen, so geht hieraus hervor, daß Bach das Arrangement, welches den Oboe-Bläsern ihre Aufgabe wesentlich erleichtert,

sehr bald nach Composition der Cantate und vielleicht bevor sie überhaupt zur öffentlichen Aufführung kam, vorgenommen haben wird.

33. Mit der Cantate »Wer nur den lieben Gott läßt walten« treten wir in eine neue Handschriften-Gruppe ein, deren Signatur die Buchstaben M A sind. Ich führe zunächst die zu dieser Gruppe gehörigen Cantaten auf, einschließlich der weltlichen und sonstigen Gelegenheits-Musiken, sowie einer Motette und Messe. Manche derselben zeigen neben M A auch noch andre Wasserzeichen, auf die ich später zurückkomme:

1. Ach Gott, wie manches Herzeleid (C dur)
2. Der Geist hilft unsrer Schwachheit auf (Motette)
3. Der Herr ist mein getreuer Hirt
4. Erhöhtes Fleisch und Blut
5. Es ist das Heil uns kommen her
6. Es ist nichts Gesundes an meinem Leibe
7. Gelobet sei der Herr, mein Gott
8. Geschwinde, geschwinde, ihr wirbelnden Winde (Der Streit zwischen Phöbus und Pan)
9. Herr Gott, Beherrscher aller Dinge
10. Ich glaube, lieber Herr
11. Ich liebe den Höchsten
12. Ich ruf zu dir, Herr Jesu Christ
13. In allen meinen Thaten
14. Jauchzet, frohlocket, auf preiset die Tage (Weihnachts-Oratorium)
15. Jauchzet Gott in allen Landen
16. Jesu nun sei gepreiset
17. *Kyrie* und *Gloria* der H moll-Messe
18. Laß, Fürstin, laß noch einen Strahl (Trauerode auf den Tod der Königin Christiane Eberhardine)
19. Laßt uns sorgen, laßt uns wachen (Cantate zum Geburtstage des Churprinzen)
20. Nun danket alle Gott
21. Preise dein Glücke, gesegnetes Sachsen (*Cantata gratulatoria in adventum Regis*)
22. Schweigt stille, plaudert nicht (Caffee-Cantate)
23. Schwingt freudig euch empor
24. Sei Lob und Ehr dem höchsten Gut
25. Tönet, ihr Pauken, erschallet Trompeten (Cantate der Königin zu Ehren)
26. Wachet auf, ruft uns die Stimme
27. Was frag ich nach der Welt
28. Was Gott thut, das ist wohl gethan (G dur, Composition des Kirchenliedes)
29. Was soll ich aus dir machen, Ephraim
30. Wer da glaubet und getauft wird

31. Wer nur den lieben Gott läßt walten
32. Wir danken dir Gott.

Die älteste dieser Compositionen ist die Trauerode: Bach vollendete sie, laut eigenhändiger Notiz auf der autographen Partitur, am 15. Oct. 1727. Auch bei andern unter ihnen findet sich das Datum der Entstehung angemerkt: die Cantate »Wir danken dir Gott« wurde hiernach 1731 geschrieben, »Ich ruf zu dir, Herr Jesu Christ« 1732, »In allen meinen Thaten« 1734, das Weihnachts-Oratorium 1734, »Laßt uns sorgen« 1733, »Tönet, ihr Pauken« 1733, »Preise dein Glücke« 1734. Die autographe Partitur der Motette »Der Geist hilft« trägt die Bestimmung zur Beerdigung des Rectors J. H. Ernesti; derselbe starb am 16. October 1729. *Kyrie* und *Gloria* der H moll-Messe überreichte Bach dem Churfürsten von Sachsen unter dem 27. Juli 1733 (s. B.-G. VI, S. XV). Für die Cantate »Wachet auf, ruft uns die Stimme«, welche auf den 27. Trinitatis-Sonntag geschrieben ist, muß bemerkt werden, daß dieser Sonntag während der Zeit, da Bach in Leipzig lebte, nur zweimal vorgekommen ist, nämlich 1731 und 1742. Der »Streit zwischen Phöbus und Pan« ist ein Gedicht Picanders und steht im dritten Theil seiner Gedichte S. 501 ff. Die Vorrede dieses Theils datirt vom 18. Februar 1732; die Ueberschrift der Dichtung sagt aus, daß die Aufführung dieses *Drama per musica* bereits stattgefunden habe. In demselben dritten Theil steht S. 564 ff. auch die Caffee-Cantate. Endlich sei noch erwähnt, daß die königl. Bibliothek zu Berlin ein bisher als Autograph angesehenes, mir jedoch als Handschrift Anna Magdalena Bachs erscheinendes Manuscript der Partita aus dem zweiten Theil der »Clavierübung« aufbewahrt, welches auch die Signatur M A trägt. Der zweite Theil der »Clavierübung« erschien laut den eigenhändigen handschriftlichen Zusätzen J. G. Walthers zu seinem Handexemplar des Lexicons, welches sich in der Bibliothek der Gesellschaft der Musikfreunde zu Wien findet, in der Ostermesse 1735. Nachdem das Werk gedruckt war, hatte Bach natürlich keine Veranlassung mehr, es abzuschreiben, oder für sich abschreiben zu lassen. Die Handschrift fällt also vor den genannten Termin, aber da das Werk doch gewiß erst nach Abschluß des ersten Theils der »Clavierübung« componirt wurde, auch nicht früher als 1731.

Die Zeit, wann Bach das Papier mit M A aufhörte zu gebrauchen, ist um 1736. Am 13., 15. und 19. August des Jahres 1736 verfaßte Bach drei Schriftstücke in Veranlassung seines Streites mit dem Rector Ernesti. In ihnen findet sich als Wasserzeichen ein Reiter, der auf einem Posthorn bläst. In Bachs musikalischen Manuscripten, soweit sie vorliegen, kommt dieses Wasserzeichen nur zweimal vor, in der Cantate »Schleicht, spielende Wellen« und in der autographen Partitur eines C moll-Concerts für zwei Claviere und Streichinstrumente, das sich im Besitze des im Herbst 1877 gestorbenen Herrn Grasnick zu Berlin befand und nun der königl. Bibliothek daselbst gehört (s. B.-G. XXI², Nr. 3 und Vorwort S. IX). Aber nur die ersten acht Bogen des letzeren Manuscripts tragen obiges Wasserzeichen, im letzten Bogen steht M A und man sieht, daß dieser Bogen kurz zuvor von Bach für einen andern Zweck bestimmt gewesen und dann zurückgelegt worden war: er trägt nämlich köpflings den Entwurf eines Cantaten-Anfangs (D dur, die Trompete beginnt:

).

Dieses Autograph fällt in die Zeit, in welcher Bach aufhörte, das Papier mit M A zu benutzen. Auf der Gränze der Periode steht auch »Was Gott thut, das ist wohlgethan«, eine Composition, die deshalb in das Jahr 1736 zu versetzen ist, weil sie mit der Cantate »Schleicht, spielende Wellen« dieselbe Art der Notirung für die *Oboe d'amore* theilt (s. das nähere hierüber unter Nr. 40 dieses Anhangs). Das häufigst vorkommende Wasserzeichen der um 1736 beginnenden letzten Periode ist ein Halbmond, der sich in der Form etwas von dem der Periode 1723—1727 unterscheidet, besonders aber daran erkennbar ist, daß ihm das correspondirende Zeichen der andern Bogenhälfte fehlt (s. das weitere hierüber in Nr. 56 dieses Anhangs). Mit dem Jahre 1737 scheint die Signatur M A ganz zu verschwinden, in einigen Autographen, wie der Cantaten »Wo soll ich fliehen hin«, »Jesu nun sei gepreiset«, kommen noch beide Zeichen neben einander vor.

34. (S. 269.) Durch die Signatur M A ist die Entstehungszeit der Cantate im allgemeinen begränzt (s. Nr. 33 dieses Anhangs). Eine größere Einschränkung dieses Zeitraumes ergiebt sich durch die Nöthigung, das Jahr 1731 und auch das Jahr 1732 oder 1733 auszuscheiden. Denn 1731 fiel auf den 5. Trinitatissonntag das Johannisfest und für 1732 oder 1733 liegt eine andre Cantate (»Siehe ich will viel Fischer aussenden«) vor. Indessen würde uns diese Einschränkung dem Ziele noch nicht viel näher bringen. Es existirt nun aber ein Gedicht Picanders (II. Thl., S. 89 der zweiten Auflage): »Bey dem Grabe Herrn C. K. Freyberg, den 6. *Jul.* 1728«., dessen erste Strophe lautet:

Geh eitle Welt, verbuhlte Dirne,
  Verbirg vor mir dein Angesicht;
Die Schminke deiner glatten Stirne
  Verführet meine Seele nicht.
Dein Anmuth ist ein Schau-Gerüchte,
Das die vergifften Sodoms-Früchte
  In ausgezierten Schaalen weist.
Weg! schnöde Lust, die Hand zurücke,
Denn dieses ist ein schlechtes Glücke,
  Wenn man den Tod in Töpffen speist.

Ihr möge die in der Cantate befindliche Paraphrase der fünfte Strophe des Neumarkschen Kirchenliedes gegenüber gestellt werden:

Denk nicht in deiner Drangsals Hitze,
Wenn Blitz und Donner kracht
Und dir ein schwüles Wetter bange macht.
Daß du von Gott verlassen seist.

Gott bleibt auch in der größten Noth,
Ja gar bis in den Tod
Mit seiner Gnade bei den Seinen.
Du darfst nicht meinen,
Daß dieser Gott im Schooße sitze,
Der täglich, wie der reiche Mann,
In Lust und Freuden leben kann.
Der sich mit stetem Glücke speist
Bei lauter guten Tagen,
Muß oft zuletzt,
Nachdem er sich an eitler Lust ergötzt,
Der Tod in Töpfen! sagen. u. s. w.

Picander war in der Bibel sehr bewandert, und liebte es dies durch entlegene Anspielungen auch auf das alte Testament zu zeigen. Wie er in den »Erbaulichen Gedancken« S. 449 plötzlich Usas Frevel an der Bundeslade (Chronica I, 14, 7 ff.) citirt, so nimmt er hier Bezug auf eine Wunderthat des Propheten Elisa (Könige II, 4, 40: »da sie von dem Gemüse aßen, schrien sie und sprachen: O Mann Gottes, der Tod im Topfe!«). Daß diese Anspielung sowohl in der Paraphrase als in der Gedichtstrophe sich findet, würde, glaube ich, schon hinreichen, die Autorschaft Picanders für den Cantatentext zu beweisen, und den Hinweis unnöthig erscheinen lassen, wie grade auch Picander es liebt, Bibelstellen und Kirchenliedstrophen mit madrigalischen Versen zu durchweben. Es steckt aber in der Gedichtstrophe auch ein ganz vernehmlicher Anklang an die fünfte Strophe des Neumarkschen Liedes, über welches die Cantate componirt ist. Ich meine die Anwendung der Worte »Glücke« und »speist« in den beiden letzten Zeilen. Man lese nun erst die Paraphrase und darnach die Strophe und man wird den entschiedenen Eindruck haben, daß diese sehr bald nach jener gedichtet sein muß, als dem Verfasser der Klang und Fall der Worte der Paraphrase noch im Ohre lag. Und vergleicht man die Daten, an welchen das Grabgedicht überreicht und die Cantate aufgeführt wurde, so passen sie darauf: jenes geschah am 6. Juli, dieses — wenn eben das Jahr 1728 das richtige sein soll — am 27. Juni. Es kann hiergegen nicht in Betracht kommen, daß von den drei Continuostimmen der Cantate das Originalmanuscript der Orgelstimme den Halbmond trägt, das Merkzeichen der letzten, von 1735 beginnenden, Periode. Denn diese Stimme kann recht wohl später erst hergestellt worden sein.

35. (S. 273.) Ich kenne diese Cantate nur vermittelst der Partitur Franz Hausers, die er im Jahre 1833 nach den auf der Thomasschule zu Leipzig damals befindlichen, jetzt nicht mehr vorhandenen Stimmen anfertigte. Ihre Entstehungszeit läßt sich mit ziemlich viel Wahrscheinlichkeit in das Jahr 1730, das Datum ihrer ersten Aufführung demnach auf den 22. Januar 1730 fest stellen. 1729 hatte Bach wegen der Matthäuspassion und der cöthenischen Trauermusik zur Composition schwerlich Zeit und 1731 kam der dritte Epiphanias-Sonntag im Kirchenjahre nicht vor.

36. (S. 272, 275, 276, 278, 286, 302, 473.) Die Wasserzeichen der autographen Partitur und der meisten Originalstimmen sind diese:

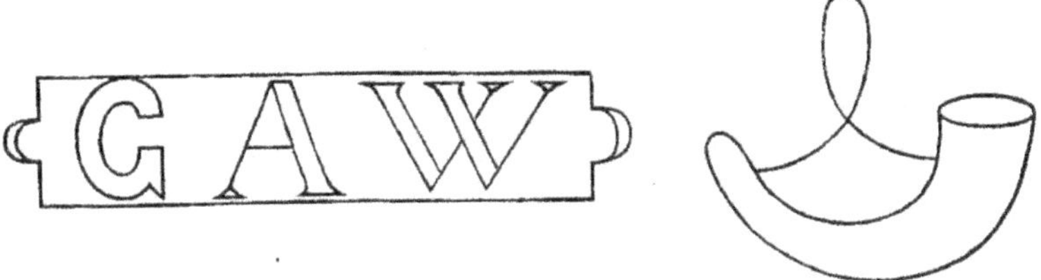

Sie kommen insgesammt in folgender kleinen Anzahl von Cantaten vor:

1) Der Herr ist mein getreuer Hirt
2) Ehre sei Gott in der Höhe
3) Geist und Seele sind verwirret
4) Gott, wie dein Name so ist auch dein Ruhm
5) Herr Gott Beherrscher aller Dinge
6) Ich bin vergnügt in meinem Glücke
7) Ich habe genug
8) Ich liebe den Höchsten von ganzem Gemüthe
9) Lobe den Herren, den mächtigen König der Ehren: außerdem in einer weltlichen Cantate, nämlich
10) Der Streit zwischen Phöbus und Pan.

In den Originalmanuscripten von 1, 5, 7, 8 und 10 findet sich neben obigen auch das Zeichen MA (s. Nr. 33 dieses Anhangs), wodurch die Entstehungsperiode der Cantaten im allgemeinen schon begränzt wird. Außerdem gehört 4) in den Picanderschen Cantaten-Jahrgang und wurde zum 1. Januar 1729 gedichtet. Nun aber wird in Cantate 3) obligate Orgel verwendet; dieses konnte allerfrühestens 1730 geschehen (s. Nr. 4 dieses Anhangs). Ferner: die Originalstimmen von 5), welche sämmtlich M A aufweisen, sind von Philipp Emanuel Bach geschrieben und mit einzelnen eigenhändigen Zusätzen Seb. Bachs versehen. Sie entstanden also, als Emanuel Bach noch im elterlichen Hause war. Er verließ dasselbe im Jahre 1733, um sich nach Frankfurt an der Oder zu begeben [1]). Folglich muß Cantate 5) spätestens in diesem Jahre componirt sein. So-

1) Die Inscriptionsbücher der Universität Frankfurt, welche sich auf diese Zeit beziehen, sind verloren gegangen. Rochlitz, der Emanuel Bachs Jugendgeschichte nach Mittheilungen von dessen Studien- und Altersgenossen Doles erzählt, sagt (Für Freunde der Tonkunst IV, S. 184. 3. Aufl.), daß er nach Frankfurt gegangen sei, nachdem er zwei Jahre in Leipzig studirt habe. Auf der Universität Leipzig wurde Emanuel Bach am 1. October 1731 inscribirt. Rochlitzens, eines sonst nicht immer zuverlässigen Gewährsmannes, Angabe findet eine gewisse Bestätigung in den Rechnungen der Thomaskirche, nach welchen Emanuel bis Neujahr 1733 das Cembalo in derselben zu stimmen hatte. Bald darauf trat Landestrauer ein und das Cembalo wurde in diesem Jahre auch nach derselben nicht benutzt. Von Ostern 1734 an stimmt es Zacharias Hildebrand.

dann: die Cantate 7) erfuhr später eine Umarbeitung. Die in Folge davon angefertigten neuen Stimmen zeigen in ihrem größten Theile als Wasserzeichen einen Adler und gegenüber ein HR (= HIR). Diese in Bachschen Manuscripten nur ganz vereinzelt zusammen vorkommenden diplomatischen Merkmale finden sich aber in dem der autographen Partitur der Glückwunsch-Cantate »Preise dein Glücke, gesegnetes Sachsen« angehefteten, von Bach selbst geschriebenen, Texte derselben. Die Cantate wurde zum 5. October 1734 aufgeführt; folglich muß die Composition der Cantate 7) früher fallen. Weiter: in der autographen Partitur der Cantate 8) sind die Violinen und Bratschen der Einleitungssinfonie von Takt 24 an eine ganze Weile, dann noch einmal an einer späteren Stelle und hier und da auch andre Partien von Wilhelm Friedemann Bach geschrieben. Im Juli 1733 wurde Friedemann Bach, welcher bis dahin bei seinem Vater gelebt hatte, Organist an der Sophienkirche zu Dresden (s. Bitter, Bachs Söhne II, S. 161). Uebrigens fiel in diesem Jahre von Estomihi bis zum vierten Trinitatis-Sonntage einschließlich die Kirchenmusik der Landestrauer wegen aus (s. »Trauer-Feiern beim Absterben der sächsischen Fürsten. *Vol. I.*« von 1656 an. Auf dem Ephoral-Archiv zu Leipzig), und 8) ist Pfingst-Cantate. Folglich kann dieselbe spätestens 1732 componirt sein. Endlich: den Text zu 10) hat Picander verfaßt; er findet sich im 3. Theil seiner Gedichte, S. 501 ff. Die Vorrede zu diesem Theil datirt vom 18. Februar 1732. Geht man die mit Seite 241 beginnenden »Schertzhafften Gedichte« durch, denen meistens Tag und Jahr ihrer Bestimmung beigedruckt sind, so merkt man, daß unter ihnen die chronologische Ordnung herrscht. Ein paar Ausnahmen kommen vor S. 395, 450 und 517. Sie betreffen aber immer nur den Monat, nie das Jahr. Cantate 10) ist ohne Datirung. Dies erklärt sich einfach daraus, daß sie offenbar für keinen besondern Zweck, sondern eben nur für eine Aufführung im *Collegium musicum* berechnet war, welches Bach damals schon dirigirte. Das unmittelbar vorhergehende Gedicht trägt den 1. November 1731, es folgen noch sieben Gedichte, die sämmtlich dem Jahre 1731 gehören, theilweise keinen Monatstag, theilweise ein älteres Datum als den 1. Nov. tragen, während eines — das letzte unter ihnen — dem 26. Dec. 1731 bestimmt ist. Das letzte überhaupt datirte Gedicht der Sammlung folgt diesem unmittelbar und ist mit 8. Januar 1732 bezeichnet. Dann schließen sich auf 18 Blättern noch »Arien«, der Text der Caffee-Cantate und Register an. Aus allem obigen ergiebt sich, daß die Dichtung von 10) mit Bestimmtheit in das Jahr 1731 gesetzt werden kann. Und da über derselben steht »in einem *Dramate* aufgeführt«, die Composition also schon vollendet war, als Picander die Dichtung zum Druck gab, so wird man erstere nicht allzuweit an das Ende des Jahres, sondern ungefähr in den Sommer 1731 verlegen müssen. Wir haben also für obige Cantaten das Kirchenjahr 1730—1731 als wahrscheinlichste Entstehungsperiode und das Kirchenjahr 1731—1732 als äußerste Gränze derselben mit ziemlicher Sicherheit feststellen können. Man bemerkt aber, daß unter ihnen sich zwei auf den 12. Trinitatis-Sonntag finden. Es muß sich demach die Periode über zwei Kirchenjahre erstrecken. Welchem der beiden die einzelnen Cantaten angehören, darüber lassen sich freilich nur stärker oder schwächer begründete Vermuthungen hegen, und selbst solche nicht einmal bei allen.

Ueber Cantate 2) enthält das Vorwort zu B.-G. XIII[1] einen ungenauen Bericht. Das autographe Fragment enthält nämlich vor dem Bass-Recitativ »Das Kind ist mein« auch noch die letzten 19 Takte einer Alt-Arie »O du angenehmer Schatz«. Das Fragment besteht nur aus einem Foliobogen, welcher oben rechts die Zahl 7 trägt. Hiernach muß der Eingangschor sehr ausgedehnt gewesen sein, vielleicht ging auch noch eine Intrumentalsinfonie vorher. Den Schlußchoral »Wohlan so will ich mich An dich o Jesu halten« führt Erk unter Nr. 278 seiner Sammlung an, doch mit unrichtigem Text und ohne seine Quelle zu kennen.

Die autographe Partitur von 4) hat das oben mitgetheilte Wasserzeichen nur in den ersten beiden Bogen; in den letzten beiden zeigt sich der Schild mit gekreuzten Schwertern (s. Nr. 30 dieses Anhangs). Diese beiden letzten Bogen sind augenscheinlich später zugefügt; sie enthalten die beiden entlehnten Stücke der Cantate: die Arie »Jesus soll mein erstes Wort« aus »Der zufriedengestellte Aeolus« und den Schlußchoral »Laß uns das Jahr vollbringen« aus »Jesu nun sei gepreiset«. Erstere ist einen Ton abwärts, dieser einen Ton aufwärts gerückt. Beide sind Reinschriften, das dazwischen stehende Recitativ dagegen ist Concept. Vermuthlich begann Bach die Cantate gegen Ende 1730, ließ sie dann aber halbfertig liegen und vollendete sie erst nach 1736.

37. (S. 278.) Aus dem Nachlasse des Professor Fischhoff in Wien besitzt die königl. Bibliothek zu Berlin eine von dem Autograph der Cantate genommene Abschrift. Das Autograph selbst ist inzwischen größtentheils verschollen: Fragmente desselben, enthaltend Takt 24—67 der ersten Arie, die zweite Arie vom letzten Viertel des 24. Taktes an, das folgende Recitativ und den Schlußchoral besaß früher Herr Professor F. W. Jähns in Berlin. Er gab sie, nachdem er sorgfältige Abschrift davon genommen, an den Autographensammler Petter in Wien. Die obere Hälfte des Partiturblattes, auf dem das Fragment der ersten Arie stand, erhielt von Petter Herr Ott-Usteri in Zürich, der im Januar 1870 die Gefälligkeit hatte, sie mir zur Einsicht zu übersenden. Auf der Vorderseite oben rechts steht die Zahl 7. Auf die Seitenzahl kann sich dies nicht beziehen sollen, da alsdann nur etwa 5 Seiten für das vorhergehende Orgelconcert angenommen werden müßten, ein Raum, der selbst für den ersten Satz desselben zu knapp wäre. Wenn sich die Zahl aber auf die Bogen bezieht, so ergiebt sich, daß nicht etwa der erste Satz, sondern nur das ganze Concert als Einleitung gedient haben kann: hierfür reicht die Bogenzahl aus, während sie für den ersten Satz viel zu groß wäre. Mit diesem Ergebniß stimmt die Bemerkung auf dem Titel der Fischhoffschen Abschrift, daß zu der Cantate als *Introitus* gehöre das Orgelconcert: (folgt das Hauptthema in Noten). Die ersten beiden Sätze desselben sind von Bach noch einmal für die Cantate »Wir müssen durch viel Trübsal in das

Reich Gottes eingehen« benutzt worden und zwar so, daß der erste Satz die Instrumental-Einleitung bildet, in das Adagio aber der Hauptchor hineingebaut ist. Die Oberstimme ist um eine Octave tiefer transponirt, sonst an der älteren Fassung des Clavierconcerts, welche man B.-G. XVII, S. 275 ff. mitgetheilt findet, nichts verändert. Wir dürfen annehmen, daß auch der Bearbeitung für die Cantate »Ich habe meine Zuversicht« jene ältere Fassung zu Grunde lag, da die spätere zu viel speciell claviermäßiges an sich trägt. Die Arie »Unerforschlich ist die Weise« steht für Singstimme und Violoncell in E moll, für die obligate Orgel in D moll. Nach einer Bemerkung auf dem Umschlag der Fischhoffschen Abschrift ist im Autograph die Singstimme im Violinschlüssel um eine Octave zu hoch geschrieben. Das soll, da sowohl bei Fischhoff als auch in der Abschrift des Jähnsschen Fragmentes die Arie im Altschlüssel steht, offenbar heißen, daß in der autographen Partitur sowohl Alt- als Violinschlüssel vorgezeichnet waren. Den Grund glaube ich zu erkennen: der Altschlüssel paßt für E moll, der Violinschlüssel für D moll, der Sänger mußte dann nur seinen Part eine Octave tiefer ausführen. Solchen doppelten Notirungen sind wir bei Bach schon öfter begegnet (s. Nr. 10 dieses Anhangs). Dann folgt freilich, daß Bach die Arie bald in E moll, bald in D moll hat singen lassen, in letzterem Falle führte er den Orgelpart auf einem im Kammerton stehenden Instrumente aus. Nicht zu leugnen ist, daß die Tonart E moll in der Modulationsordnung des g a n z e n Werkes etwas fremdartig berührt, indessen fügt sie sich zwischen das unmittelbar vorhergehende und unmittelbar nachfolgende ganz glatt ein, glatter als es D moll thut. Mit Rücksicht darauf, daß man schon sehr viel D moll vorher gehört hatte, mochte dem Componisten die Ausweichung in eine entferntere Tonart nicht unangemessen erscheinen.

38. (S. 280, 282, 284, 286, 291, 294, 302, 556.) Ueber die Entstehungszeit der Cantate »Gott soll allein mein Herze haben« bedarf es folgender Auseinandersetzung. Eine kleine Gruppe Bachscher Originalmanuscripte führt als diplomatisches Merkzeichen eine schildartige Figur, an deren beiden Seiten nach oben hin Palmblätter hervorstehen, während durch die Mitte eine nach unten hin sich gabelnde Leiste läuft. Die Cantaten-Manuscripte, welchen dieses Merkmal eigen ist, sind:

1) Ach Gott, wie manches Herzeleid (C dur)
2) Es wartet alles auf dich
3) Gelobet sei der Herr
4) Gott soll allein mein Herze haben
5) Ich armer Mensch, ich Sündenknecht
6) Ich will den Kreuzstab gerne tragen
7) Siehe ich will viel Fischer aussenden
8) Vereinigte Zwietracht der wechselnden Saiten
9) Vergnügte Ruh, beliebte Seelenlust
10) Was Gott thut, das ist wohl gethan (B dur)
11) Wer weiß, wie nahe mir mein Ende.

Unter diesen muß 8) außer Betracht bleiben, eine zum 11. Dec. 1726 geschriebene weltliche Gelegenheits-Cantate. Daß sie nicht die Zeit der gesammten Gruppe bestimmen kann, wird alsbald klar werden. Bach hat bei ihr zufällig einmal eine Papiersorte gebraucht, welche, wenn ihre Qualität auch sonst eine ganz andre ist, doch dasselbe Wasserzeichen aufweist, welches den übrigen viel später geschriebenen Manuscripten zu eigen gehört. 1) und 3) haben in einem Theil der Stimmen das Zeichen M A, wodurch demnach die Gruppe in die Periode 1727—1736 verwiesen wird (s. Nr. 33 dieses Anhangs). In 4) und 11) ist obligate Orgel verwendet; hierdurch schränkt sich die Periode auf die Jahre 1730—1736 ein. Näher heran führt uns die von Bach selbst geschriebene Stimme der obligaten Orgel von 11). Diese trägt andre Zeichen als die autographe Partitur und die übrigen Stimmen, nämlich

Nur in zwei Cantaten habe ich außerdem diese Zeichen noch gefunden, woraus geschlossen werden darf, daß sie in demselben kürzeren Zeitabschnitte componirt sind. Die Cantaten heißen:

Herr deine Augen sehen nach dem Glauben

Wir danken dir Gott, wir danken dir.

Von der ersteren ist zu merken, daß die Zeichen in den Stimmen selbst nicht, sondern nur in dem dazu gehörigen Originalumschlag, hier aber auch unverkennbar deutlich hervortreten. Von der letzteren, daß sie nur in der autographen Partitur erscheinen, während in ihren Originalstimmen sich M A findet, übrigens auch in dieser Cantate obligate Orgel vorkommt und endlich dieselbe laut Bachs eigenhändiger Aufschrift zum Rathswahlgottesdienst 1731, d. h. zu Montag dem 27. August dieses Jahres componirt worden ist. Wir nehmen somit einstweilen das Jahr 1731 als den frühesten Entstehungs-Termin der in obiger Gruppe zusammengefaßten Cantaten an; eine unten mitzutheilende Thatsache wird diese Annahme aufs bestimmteste bestätigen. Es gilt nun zunächst die späteste Gränze ihrer Entstehung aufzusuchen. Hier wird die Behauptung begründet erscheinen, daß die bewußten Cantaten, wenn man von 8) absieht, eben ihrer geringen Anzahl wegen in einem nicht allzuweit zu bemessenden Zeitraume bei einander stehen. Nun ist 7) dem 5. Trinitatis-Sonntag bestimmt. Dieser fiel 1731 aus, weil in diesem Jahre auf den 5. Trinitatis-Sonntag das Johannisfest gefeiert wurde. 3) gehört dem Trinitatis-Feste und kann darum nicht im Jahre 1733 componirt sein, weil in diesem das Trinitatisfest wegen der Landestrauer nicht mit Musik begangen wurde.

5), auf den 22. Trinitatis-Sonntag geschrieben, kann ebenfalls dem Jahre 1733 nicht angehören, denn 1733 fiel dieser Sonntag aus wegen des auf denselben Tag fallenden Reformationsfestes. Dagegen kann wiederum 1), dem Sonntage nach Neujahr zugedacht, nicht 1732 entstanden sein, weil es in diesem Jahre keinen Sonntag nach Neujahr gab, ebenso wenig aber auch 1730 und 1731, denn auch in diesen Jahren kam der Sonntag nach Neujahr nicht vor. Wir müssen deshalb 1) auf 1733 setzen und gewinnen damit eine Periode von etwa anderthalb Jahren, welche mit den 16. Trinitatis-Sonntage (9. September) 1731 beginnt und mit dem Sonntage nach Neujahr (4. Januar) 1733 abschließt.

39. (S. 287.). Bevor die autographe Partitur der Cantate bekannt wurde, hegte W. Rust die Ansicht, dieselbe sei ein früheres, etwa in Weimar entstandenes Werk. Er glaubte dieser Ansicht auch nachher treu bleiben zu müssen, obgleich die Partitur am Schlusse den eigenhändigen Vermerk Bachs trägt »*Fine. S. D. Gl.* 1734«. Zur Begründung wies er auf einige Discrepanzen hin, welche zwischen den Bezifferungen der Orgelstimme und den durch die darüber liegenden Stimmen hergestellten Harmonien bestehen. Es giebt zu der Cantate zwei Original-Orgelstimmen, eine ältere in As und eine spätere in G. Auf die letztere kann es hier nicht ankommen, denn wenn ihre Bezifferung an ein paar Stellen nicht mit den Harmonien der Partitur stimmt, so kann Bach nachträglich Aenderungen beabsichtigt haben. Dagegen ließe sich bei den Abweichungen der älteren Orgelstimme allenfalls denken, daß diese Stimme zu einer früheren Partitur, als die vorliegende ist, angefertigt wäre, und auf andre ursprüngliche Lesarten hindeutete. Der Abweichungen, welche Rust anführt, sind nicht mehr als drei. Von ihnen aber setzt S. 218, Takt 8 der Ausgabe der B.-G. meiner Ansicht nach eine andre Führung der obligaten Stimmen nicht voraus: die Collision zwischen *h* der zweiten Violine und *b* der Orgelstimme ist eine vorübergehende Härte, dergleichen sich in Bachs Werken unzählige finden. Takt 5 derselben Seite ist eine wirkliche Discrepanz, es handelt sich dabei um das Vorhandensein oder Fehlen eines Quadrats vor *es*: die ältere Orgelstimme fordert *es*, die jüngere im Einklange mit der Partitur *e*, aber es hindert nichts anzunehmen, daß Bach bei einer späteren Aufführung, zu welcher er die jüngere Orgelstimme gebrauchte, in der Partitur das Quadrat vor *es* zugesetzt habe. Es bleibt die dritte Abweichung S. 193, Takt 1 und in der Parallelstelle S. 201, Takt 2; um hier die Generalbassbezifferung möglich zu machen, müßte allerdings die erste Hälfte des Taktes ganz anders geführt werden. Ich halte die Stelle im Orgelbass einfach für verschrieben. Es kommt in Bachschen Orgelstimmen nicht selten vor, daß dieselben nicht zum übrigen passen wollen, indem Bach beim eiligen Niederschreiben die Partitur vorübergehend außer Acht ließ und sein Gedächtniß ihn über den Harmoniengang und auch wohl die Bassführung täuschte. So findet sich z. B. im ersten Chor der Cantate »Halt im Gedächtniß Jesum Christ« Takt 72 über

dem *Fis* des Basses in der nicht transponirten Continuostimme die Bezifferung $\substack{9\\7\\4}$, in der transponirten Orgelstimme dagegen $\substack{7\\4\\3}$. Rust hat die erstere aufgenommen, während meiner Meinung nach die letztere das richtige giebt, vgl. T. 51 und 102; man sieht, daß Bach beim Beziffern der untransponirten Continuostimme sich eine andre Harmonie dachte, als die wirklich von den Streichinstrumenten gebotene. Oder man muß annehmen, daß der Accord der Streichinstrumente verschrieben sei, dem Takt 2 analog lauten sollte, und Bach sich diese Harmonie vorstellte; dann gilt das Gesagte von der Bezifferung der Orgelstimme. Ein Fehler liegt in jedem Falle vor. Welch sonderbare Schreibfehler auch in Noten Bach begehen konnte, dafür liefert eine Stelle aus der Cantate »Angenehmes Wiederau« (B.-G. V[1], S. 404, Takt 3) einen Beleg, wo Bach in fünf von ihm selbst angefertigten Violin- und Bratschen-Stimmen eine ganz verkehrte, mißtönende Tonreihe hingeschrieben hat, indem er sich augenscheinlich den Gang des Basses anders vorstellte, als er war. Jedenfalls sind die Differenzen zwischen Orgelstimme und Originalpartitur verschwindend an Zahl und geringfügig. Aus ihnen einen so weitreichenden Schluß ziehen und aller Praxis entgegen behaupten zu wollen, das Datum am Ende der Partitur beziehe sich nicht auf die Entstehungszeit, sondern nur auf die Zeit der Abschrift oder eine besondere Begebenheit, scheint mir sehr gewagt. Die inneren Gründe, welche Rust noch anführt, haben wenig überzeugendes. Grade im ersten Satze finde ich eine hohe Reife und eine so außerordentliche Kunst, wie sie Bach in Weimar nach allem was wir wissen noch nicht besaß. Was den siebenstimmigen Schlußchoral und sein Verhältniß zu demjenigen der Cantate »Wachet, betet« betrifft, so möchte ich daran erinnern, daß wir diese Cantate nur aus der Leipziger Umarbeitung kennen (vgl. Nr. 13 dieses Anhangs) und daß ein ganz ähnliches Tongebilde sich auch am Schlusse der Cantate »Lobe den Herren, den mächtigen König« findet. Eigenhändige Jahresangabe des Componisten, innere Zusammengehörigkeit des Werkes mit einer Anzahl ähnlich gestalteter Cantaten aus derselben Zeit, und die diplomatischen Merkmale des Papiers (s. Nr. 33 dieses Anhangs) — alles dieses bildet einen so festen Grund für die Festsetzung der Entstehungszeit der Cantate »In allen meinen Thaten«, daß es ganz andrer Mittel bedürfte um ihn zu erschüttern, als sie Rust herbeizuschaffen vermochte.

40. (S. 293.) In den Originalstimmen dieser Cantate läßt sich ein diplomatisches Merkzeichen, das für die Bestimmung der Entstehungszeit benutzt werden könnte, nicht erkennen. Was uns veranlassen muß die Cantate in das Jahr 1732 zu verlegen, ist die Art, wie die in ihr vorkommenden *Oboi d'amore* notirt sind. Bach hat bei der Notirung dieses Instrumentes zu verschiedenen Zeiten drei verschiedene ungewöhnliche Methoden befolgt und W. Rust scheint mir durchaus im Rechte, wenn er hierin einen sichern Anhaltepunkt für chronologische Bestimmungen sieht; s. B.-G. XXIII., S. XVI f. Es ist hinzuzufügen, daß neben jenen drei

Methoden Bach während seiner ganzen Leipziger Zeit die *Oboe d'amore* auch wie die gewöhnliche Oboe notirte; so in »Es erhob sich ein Streit« (1725), Trauerode (1727), Matthäuspassion (1729), »Es ist das Heil uns kommen her« (um 1731), Weihnachts-Oratorium (1734), »Freue dich, erlöste Schaar« (nach 1737), »Du Friedefürst, Herr Jesu Christ« (1744). *Daraus folgt, daß Bach nur vorübergehend zu gewissen Zeiten für Oboi d'amore zu schreiben gezwungen war, welche eine kleine Terz unter Kammerton stimmten.* Um so mehr sind wir befugt, wenn nicht andre Umstände dagegen sprechen, die Entstehungszeiten von Compositionen, welche *Oboi d'amore* in dieser Stimmung aufweisen, so dicht wie möglich zusammen zu rücken. *Kyrie* und *Gloria* der H moll-Messe wurden am 27. Juli 1733 dem Churfürsten von Sachsen überreicht; im *Kyrie* finden sich die *Oboi d'amore* in der genannten Stimmung und in einer Notirungsweise, welche mit derjenigen in der Cantate »Christus der ist mein Leben« übereinkommt. Componirt sind die beiden Messensätze jedenfalls im Frühling 1733. S. noch Nr. 41 dieses Anhangs. — Gegen die oben citirte Auseinandersetzung Rusts möchte ich hier nur einen Einwand machen. Ich verstehe nicht warum er (S. XVII) auf Grund der Notirung der *Oboe d'amore* grade die Umarbeitung der Cantate »Lobe den Herrn meine Seele« in die Zeit zwischen 1733 und 1737 verlegen will, da dieses Instrument sich in der ersten Niederschrift der Cantate ganz ebenso notirt findet. Daß meine Untersuchungen über die Entstehungszeit der Cantate mich zu einem andern Resultat geführt haben, ist aus Nr. 27 dieses Anhangs zu ersehen. Aber auch für die Richtigkeit des Jahres 1724 gewährt die Notirung der *Oboe d'amore* eine Stütze. Denn diese Notirung findet sich auch in den zeitlich nahe stehenden Cantaten »Die Elenden sollen essen« und »Die Himmel erzählen« (1723). Daß hier außerdem der C-Schlüssel auf der ersten Linie angewendet ist, geschah des bequemeren Partiturlesens wegen (s. Nr. 10 dieses Anhanges). Ob das in der Partitur der Cantate »Lobe den Herrn meine Seele« nicht etwa auch geschehen ist, bleibt dahingestellt, da wir, wie dort die Stimmen, so hier die Partitur nicht mehr besitzen.

41. (S. 294.) Diplomatische Merkmale zur chronologischen Fixirung der Cantate sind nicht vorhanden. Doch muß folgendes hier Erwähnung finden. Wenn man die Cantate nicht in die drei ersten Leipziger Jahre setzen will, wohin sie ihrer Form nach doch nicht recht paßt, so ist die Möglichkeit ihrer Entstehung kaum wieder vor den Jahren 1730—1733 vorhanden. Denn 1726 und 1729 kam der 24. Trinitatissonntag nicht vor, 1727 fiel der Landestrauer wegen vom 13. Trinitatissonntage ab den Rest des Jahres hindurch die Kirchenmusik aus, und im Herbst 1728, wo der 24. Trinitatissonntag auf den 7. Nov. fiel, war Bach zu sehr mit andern Arbeiten beschäftigt, als daß es wahrscheinlich wäre, er habe zur Composition dieser Cantate Muße gefunden. Im Jahre 1734 gab es wieder keinen 24. Sonntag nach Trinitatis; später fällt er noch in den Jahren 1737, 1740, 1745 aus. Nun aber weist die Cantate für die *Oboi d'amore*

dieselbe Stimmung und Notirung auf, wie sie sich in der Cantate »Christus der ist mein Leben« findet (s. Nr. 40 dieses Anhangs). Wir müssen sie also derselben zeitlich möglichst nahe zu bringen suchen, und es steht nichts im Wege, sie in dasselbe Jahr zu setzen. Aus demselben Grunde würde auch die Aufführung des umgearbeiteten großen *Magnificat* auf Weihnachten 1732 zu verlegen sein, wozu dessen diplomatische Merkzeichen (M A) bestens stimmen (vgl. Nr. 9 dieses Anhangs).

42. (S. 299). Weshalb die Cantate »Herr Gott, Beherrscher aller Dinge« nicht wohl später als 1733 componirt sein kann, ist unter Nr. 36 dieses Anhangs angegeben. Die Jubelcantate »Gott man lobet dich in der Stille« kam am 26. Juni 1730 zur Aufführung. Sie ist ebenso wie die erste und dritte Jubelcantate von Picander gedichtet. Zuerst werden diese Texte wieder abgedruckt in Christoph Ernst Siculs »Des Leipziger Jahr-Buchs Zu dessen Vierten Bande Dreyzehente Fortsetzung«. Leipzig, 1731. S. 1126 ff., wozu dort bemerkt wird: »Von dem *Cantore oppidano*, Herr Johann Sebastian Bachen, sonst Anhalt Cöthenischen Capellmeister, *componi*rt«. 1732 gab sie Picander im dritten Theile seiner Gedichte, S. 73 ff. selbst heraus. Beim Vergleichen des Textes der Rathswahl-Cantate »Gott man lobet dich in der Stille« ergiebt sich, daß er zu derselben Musik paßt. Der Herausgeber derselben, A. Dörffel, hat das in Bezug auf die zweite Arie (»Heil und Seegen« Rathswahlcantate; »Treu im Gläuben« Jubelcantate) schon bemerkt. Der einleitende Bibelspruch ist in beiden Fällen derselbe. Es gilt obiges aber auch für die erste Arie, d. h. in der Composition: für den Chor, welcher dem als Arie componirten Bibelspruche folgt. Sein Text lautet in der Rathswahl-Cantate:

Jauchzet, ihr erfreuten Stimmen,
Steiget bis zum Himmel 'nauf!
Lobet Gott im Heiligthum,
Und erhebet seinen Ruhm.
Seine Güte,
Sein erbarmendes Gemüthe
Hört zu keinen Zeiten auf.

In der Jubel-Cantate:

Zahle, Zion, die Gelübde,
Zahle sie dem Höchsten aus.
Deine Hoffnung trifft dir ein,
Brunn und Quellen sind noch rein,
Seine Treue
Baut und gründet auf das neue
Seines Nahmens Ehr und Hauß.

Daß diese Zeilen im Druck mit *Aria* bezeichnet sind, beweist durchaus nicht, daß sie Bach nicht als Chor behandelt habe; *Aria* deutet hier nur einen in *Da capo*-Form gehaltenen Text an. Wenn man nun beide Texte mit der zugehörigen Musik vergleicht, so stellt sich heraus, daß die Musik nur zum Text der Rathswahl-Cantate erfunden sein kann, weil in der Bildung der Tonreihen auf das »Jauchzen« der erfreuten Stimmen und das »Aufsteigen« derselben zum Himmel ganz augenfällig Bezug genommen ist; daß also die Rathswahl-Cantate älter sein muß als die Jubel-Cantate. Der Text »Zahle, Zion, die Gelübde« paßt theilweise recht schlecht zur Musik, so daß man schwankend werden könnte, ob er wirklich derselben unterlegt worden sei; aber der Text der Trauungs-Cantate »Herr Gott, Beherrscher aller Dinge« paßt eben so schlecht, und ist doch wirklich zu der Musik auch benutzt worden (s. B.-G. XIII[1], S. XIV). Endlich ist noch zu erwähnen, daß auch die ersten Recitative beider Cantaten in ihren Anfängen wenigstens an einander anklingen (»Auf! du geliebte Lindenstadt!« Rathswahl: »Ach! du geliebte Gottesstadt«, Jubelfest). Wie übrigens die Rathswahl-Cantate jetzt vorliegt, kann sie nicht erster Entwurf, sondern muß spätere Abschrift, resp. Ueberarbeitung sein; hierüber sehe man Dörffels sorgfältige Auseinandersetzungen B.-G. XXIV, S. XXXIV f.

Es versteht sich wohl von selbst, daß Picander auch der Dichter des Rathswahl-Textes war, wenn schon in seinen Gedichten derselbe nicht steht. Daß aber die dritte, am 27. Juni 1730 aufgeführte Jubel-Cantate »Wünschet Jerusalem Glück!« gleichfalls nichts anderes ist, als die Uebertragung einer Rathswahlmusik, können wir aus Picanders Gedichten selbst nachweisen. Nicht zwar in der Einzel- aber wohl in der Gesammtausgabe seiner Werke steht S. 192 f. ein Rathswahltext, der, abgesehen von den Recitativen und dem Schlußchoral, im metrischen Bau seiner Theile ganz mit dem Jubeltexte übereinstimmt, nur daß das Arioso »Der Höchste steh uns ferner bey« ganz fehlt. Indessen dieses Arioso scheint Bach überhaupt nicht componirt zu haben, da es in den »Nützlichen Nachrichten« u. s. w. von 1741, wo S. 82 ff. der Text dieser Rathswahlcantate zuerst abgedruckt ist, gleichfalls fehlt.

Bei Untersuchungen, wie es diese sind, müssen verschiedene ähnliche Fälle die Glaubwürdigkeit des einzelnen verstärken. Ich verweise deshalb auf Nr. 17 dieses Anhanges, wo dargethan ist, daß auch die erste Jubelcantate »Singet dem Herrn ein neues Lied« auf einer älteren Composition beruht. Alle drei Werke also waren nicht im eigentlichen Sinne Originalcompositionen; das erste ursprünglich eine Neujahrsmusik, die beiden andern Rathswahl-Cantaten. Und wenn wir letzteres ins Auge fassen, werden wir mit einiger Zuversicht auch Auskunft geben können über den Schlußchoral der ersten Jubelcantate »Es danke Gott und lobe dich«, an dessen Stelle in der Weihnachtsmusik ein andrer steht. Eine Rathswahl-Cantate war auch »Lobe den Herrn meine Seele« (1724) und an deren Ende befindet sich der verlangte Choral. Daß er von dort an den Schluß der ersten Jubelcantate übertragen wurde, ist um so wahrscheinlicher, weil er auch in der Trauungscantate »Herr Gott, Beherrscher aller Dinge« einen Platz fand, und diese steht ja zu dem Jubelfeste wenngleich in indirecter so doch sehr bestimmter, nachweisbarer Beziehung.

43. (S. 303.) Die Angaben über die Originalmanuscripte dieser Cantate, welche im Vorworte der Ausgabe der B.-G. gemacht sind, muß ich theils für unrichtig, theils für unvollständig erklären. Die Mezzo-

sopran-Stimme, von welcher dort die Rede ist, hat allerdings, wie man deutlich sieht, ursprünglich in E moll gestanden, war demnach eine richtige Sopranstimme. Nachher sind die Vorzeichnung und die Versetzungszeichen sorgfältigst geändert; die Vorzeichnung aber ist [Notenbeispiel].

Das bedeutet nicht Es moll, wie im Vorworte angegeben wird, sondern C moll. Die autographe Partitur, in welcher die Cantate ebenfalls in C moll steht, begann Bach in der Absicht, den Gesang dem Mezzosopran oder Alt zu lassen; zu der ersten Arie ist denn auch der Gesang im Altschlüssel geschrieben. Dann aber wurde der Componist andern Sinnes, schrieb die Singstimme für die übrigen Theile der Cantate im Bass-Schlüssel und setzte mit Bezug auf die erste Arie unten auf die erste Seite die Worte: »Die Singstimme muß in den *Bass transponir*et werden«. Die Mezzosopran-Stimme aber enthält die vollständige Cantate. Hieraus geht klar hervor, daß die Niederschrift in E moll, also für Sopran, das erste war, wie sich denn auch eine vollständige Flötenstimme in E moll (statt der späteren Oboe in C moll) vorfindet. Dann wurde die Cantate für Mezzosopran oder Alt eingerichtet und zu diesem Zwecke nach C moll transponirt. Endlich wurde für den Alt eine Bassstimme eingesetzt. Als Sopranbearbeitung findet sich ein Theil der Cantate, nämlich Recitativ und zweite Arie, in dem Buche der Anna Magdalena Bach, wodurch das Werk seine anfängliche Bestimmung verräth. Ich habe das eben dargelegte Verhältniß erst nach dem Erscheinen des ersten Bandes in Folge wiederholter genauer Untersuchung der Handschriften entdeckt und muß daher das Bd. I, S. 757 unten Gesagte, womit ich den Angaben Rusts gefolgt bin, jetzt als unrichtig bezeichnen. Auch ist im Vorwort der B.-G. nicht mitgetheilt, daß die Partitur die autographe Ueberschrift trägt: »*Festo Purificationis Mariae. Cantata*«. Die hierin gegebene Bezeichnung des Werkes ist aber für seinen Charakter nicht unwichtig.

44. (S. 338.) Die Partitur der Lucas-Passion besteht aus 14 vollgeschriebenen und einem als Umschlag dienenden Bogen, dessen erstes Blatt zum Titel benutzt ist, dessen zweites aber das letzte und vollgeschriebene Blatt der Partitur bildet. Der Titel lautet: »*J. J. Passio D. J. C. secundum Lucam à 4 Voci, 2 Hautb., 2 Violini, Viola e Cont.*«, giebt demnach die Instrumente nicht vollständig an, da auch Flöten und Fagott angewendet sind. Die Partitur hat das Aussehen, als ob mit Unterbrechungen an ihr geschrieben sei, auch sind dreierlei verschiedene Papiersorten für sie gebraucht. Der als Umschlag dienende Bogen, sowie Bogen 1, 11, 12 und 14 haben die diplomatischen Merkmale der unter Nr. 36 dieses Anhangs aufgeführten Gruppe von Cantaten. Bogen 2, 3, 4, 5, 6, 7, 8, 9, 10 zeigen als Wasserzeichen den Schild mit gekreuzten Schwertern, Bogen 13 endlich den Adler und gegenüber die Buchstaben HIR. Diese letzteren Zeichen, von denen unter Nr. 36 ebenfalls schon die Rede war, weisen auf das Jahr 1734, das Posthorn und die Buchstaben GAW auf

die Jahre 1731 und 1732. Zwischen 1731 und 1734 wird also die Partitur geschrieben sein, und, da 1731 die Marcus-Passion zur erstmaligen Aufführung kam, so könnte sie entweder 1732, oder 1733, oder 1734 in Leipzig wieder aufgeführt sein. Indessen ist die Wahrscheinlichkeit für 1732 keine große, da Bach in diesem Jahre die Passionsmusik in der Nikolaikirche aufführen mußte, durch deren ungünstige Räumlichkeiten er sich genirt fühlte. Vielmehr scheint mir die Entstehungsgeschichte der Partitur folgenden Verlauf gehabt zu haben. Bach begann ihre Anfertigung Ende 1732 in der Absicht das Werk zum Charfreitag 1733 aufzuführen. Da trat unvorhergesehen am 1. Febr. 1733 der Tod des Königs-Churfürsten und mit ihm eine allgemeine Landestrauer ein: vom Sonntag Estomihi bis zum 4. Trinitatissonntage einschließlich fiel alle Kirchenmusik und mit ihr auch die jährige Passionsaufführung aus. Bach ließ nun die Arbeit zeitweilig liegen, nahm sie aber im Laufe des Jahres langsam wieder auf und vollendete sie am Anfang des Jahres 1734, zu dessen Charfreitag er nun das Werk in der Thomaskirche zu Gehör brachte. Daß die Partitur in ihrer vorliegenden Gestalt die Ueberarbeitung eines ganz frühen Werkes ist, ergiebt sich sowohl aus ihrem Stil, der im Context weiter unten ausführlich besprochen wird, als auch aus dem Ansehen der Handschrift.

45. (S. 339.) Ihre Entstehung während der weimarischen Zeit verrathen die Stimmen einmal durch die feine, zierliche Handschrift, die Bach in seinen jungen Jahren eigen war, ferner aber durch die Bd. I, S. 808 mitgetheilten Wasserzeichen, die bei Bachschen Manuscripten ein untrügliches Merkmal der weimarischen Periode sind. Die Stimmen werden auf der königlichen Bibliothek zu Berlin aufbewahrt und bestehen aus Sopran, Alt, Tenor, Bass, Violino 1 und 2, Viola 1 und 2 — alles einfach — und Cembalo. Es gehören zu ihnen noch Doubletten und eine Orgelstimme, welche in Leipzig geschrieben sind. Bach hat also die Keisersche Marcus-Passion dort wieder aufgeführt und zwar, nach den Wasserzeichen der Orgelstimme zu schließen, die mit denjenigen der Ostercantate »Denn du wirst meine Seele«, der Himmelfahrts-Cantate »Gott fähret auf mit Jauchzen« und der Reformations-Cantate »Gott der Herr ist Sonn und Schild« übereinstimmen (s. Nr. 55 dieses Anhangs), um die Mitte der dreißiger Jahre. Auch eine Partitur dieser Passion bewahrt dieselbe Bibliothek, welche ebenfalls Bach besessen haben muß, denn der Text derselben ist durchweg von ihm geschrieben. Auf sie hat Chrysander (Händel I, S. 436) aufmerksam gemacht. Sie trägt die Jahreszahl 1720, welche hernach in 1729 verändert ist. Aus obigem geht aber hervor, daß jene sich nicht auf die Zeit der Composition beziehen kann, die mindestens schon in der ersten Hälfte des zweiten Jahrzehnts stattgefunden haben muß.

46. (S. 353.) Die Johannespassion ist in der Ausgabe der Bach-Gesellschaft, Band XII, Erste Lieferung, von W. Rust nach sorgfältiger

kritischer Durcharbeitung des handschriftlichen Materials herausgegeben worden. Die Resultate derselben, soweit sie sich auf die Sonderung der Originalhandschriften nach den verschiedenen Ueberarbeitungen und auf die Constatirung von wenigstens vier Aufführungen des Werkes zu Bachs Lebzeiten beziehen, werden als endgültig feststehend angesehen werden können. In chronologischer Hinsicht blieb jedoch noch das meiste zu thun übrig. Ich lege die Ergebnisse meiner Untersuchungen hier vor.

Die älteste Partiturniederschrift der Johannes-Passion besitzen wir nicht mehr. Die vorliegende Partitur ist eine viel spätere Abschrift, und nur die ersten zehn Blätter derselben hat Bach selber geschrieben. Dagegen sind die für die erste Aufführung geschriebenen Stimmen erhalten geblieben, neben ihnen zugleich solche Stimmen, welche für eine zweite, und solche, welche für eine vierte Aufführung neu hinzugefügt worden sind. Hauptsächlich vermittelst dieser Stimmengruppen lassen sich die Abänderungen und Umgestaltungen erkennen, welche Bach nach und nach mit dem Werke vornahm. Es fragt sich nun, wann diese verschiedenen Stimmencomplexe, die älteren, die mittleren und die neueren, angefertigt sind. Um zur Lösung dieser Frage einen sichern Anhaltepunkt zu gewinnen, müssen wir mit den mittleren Stimmen beginnen. Ihre Wasserzeichen sind dieselben wie die der unter Nr. 9 dieses Anhanges aufgeführten großen Cantaten-Gruppe. Sie fallen also in die Periode 1723—1727. Bach hat aber bei der Aufführung, zu deren Zwecke sie geschrieben wurden, auch die älteren Stimmen nicht unbenutzt gelassen. Man sieht dies 1) aus der dem älteren Stimmencomplexe zugehörigen concertirenden Sopranstimme, Tenorstimme und ersten Violinstimme, denen ein neues Blatt mit dem für die zweite Aufführung componirten Eingangschore vorgeheftet ist; 2) aus der älteren Continuostimme, in welcher sich für das Arioso »Betrachte meine Seel« und die nachfolgende Arie »Erwäge« — ebenfalls neu hinzucomponirte Stücke — eine Einlage findet. Beides, die vorgehefteten Blätter sowohl als die Einlage, tragen das diplomatische Merkzeichen MA. Daß dieses eine neue bedeutende Gruppe von Cantaten chronologisch bestimmt, welche sich an die Gruppe 1723—1727 unmittelbar anschließt, ist unter Nr. 33 dieses Anhangs ausgeführt. Die mittleren Stimmen müssen also auf der Gränze beider Perioden, d. h. im Jahre 1727, angefertigt sein.

Wie eben schon berührt wurde, findet sich in ihnen bereits an Stelle des ursprünglichen Einleitungschors »O Mensch, bewein dein Sünde groß« der Chor »Herr unser Herrscher«. Die Annahme Rusts, jener Chor sei, um den ersten Theil der erst im Jahre 1729 geschriebenen Matthäuspassion bei deren späterer Ueberarbeitung in würdigster Weise abzuschließen, aus der Johannespassion entfernt worden, und seine Entstehung falle deshalb nach 1729, kann also nicht richtig sein. Aber zu welchem Zwecke wurde er entfernt? Daß er Bach nicht mehr genügt habe ist ein unmöglicher Gedanke. Wenn dieses bei einigen Arien der Fall war, so trägt deren Beschaffenheit den Grund offen zur Schau. Ein vollendeteres Stück aber, als den Choralchor »O Mensch, bewein«, und ein Stück, das mehr als er von echtester Passionsstimmung erfüllt wäre, hat Bach überhaupt nicht geschrieben. Er muß ihn also schon für einen andern Zweck verbraucht gehabt haben. Es kann das nach dem Inhalte des Chors nur in einer Passionsmusik geschehen sein. Denn während der eigentlichen Fasten- und Leidenszeit wurde in Leipzig nur an einem einzigen Tage concertirende Kirchenmusik gemacht: in der Charfreitags-Vesper. Um keine Möglichkeit unberücksichtigt zu lassen, sei erwähnt, daß auch am Sonntag Estomihi, obwohl er noch nicht zur wirklichen Fastenzeit gezählt wurde, weshalb an ihm auch noch Kirchenmusik sein durfte, schon auf Christi Leiden Bezug genommen zu werden pflegte. Aber daß Bach den bewußten Chor für eine Estomihi-Musik verbraucht habe, ist nahezu undenkbar, weil 1) es ganz gegen seine Gewohnheit war ein großes Werk zu Gunsten eines kleineren zu plündern, 2) der Chor mit seinen mächtigen Verhältnissen in den Rahmen einer gewöhnlichen Cantate nicht paßte und es 3) sehr unwahrscheinlich ist, Bach habe von den fünf Estomihi-Cantaten, welche er überhaupt schrieb, nicht weniger als viere allein zwischen 1723 und 1730 componirt. Es folgt hieraus also wohl, daß Bach zwischen der Zeit der älteren und derjenigen der mittleren Stimmen zur Johannes-Passion noch eine andre Passion geschaffen haben muß, ein Ergebniß, welches durch den Umstand eine Bekräftigung erhält, daß aus dem Jahre 1725 eine Passionsdichtung des damals schon für Bach arbeitenden Picander vorliegt. Soweit gelangt können wir nun den Zeitpunkt der ersten Aufführung der Johannes-Passion ziemlich sicher feststellen. Fünf Passionen hat Bach überhaupt geschrieben. Die Matthäus-Passion entstand 1729, die Marcus-Passion 1731, die Lucas-Passion in Bachs frühester Zeit, vermuthlich während der ersten weimarischen Jahre. Selbstverständlich war die erste Passionsmusik, welche er in Leipzig aufführte, von seiner eignen Composition. Die Lucaspassion kann es nicht gewesen sein, da mit einem unreifen kleinen Jugendwerke Bach sich nicht in Leipzig introduciren konnte, eine Wiederaufführung auch unter allen Umständen nicht ohne Retouchirung desselben unternommen hätte, und diese in der That erfolgte Retouchirung fand erst nach der Aufführung der Marcuspassion statt (s. Nr. 44 dieses Anhangs). Es bleiben also nur die Johannes-Passion und die verloren gegangene spätere übrig. Wäre letztere die 1724 aufgeführte gewesen — wir wollen einmal von ihrem muthmaßlichen Zusammenhang mit Picanders Dichtung aus dem Jahre 1725 absehen —, so müßte die Johannes-Passion in die vorleipzigische Zeit fallen. Für Cöthen konnte sie nicht bestimmt sein, weil Bach dort keine Kirchenmusiken zu besorgen hatte, und in der reformirten Gemeinde Passionsaufführungen überhaupt nicht üblich waren. Für Weimar stellt sie sich auf den ersten Blick als viel zu bedeutend und reif heraus. Ueberdies muß man den Zusammenhang ins Auge fassen, welcher zwischen der Johannes-Passion und der Cantate »Du wahrer Gott und Davidssohn« besteht. Eine Anzahl deutlicher Indicien läßt es als fast gewiß erscheinen, daß diese Cantate ursprünglich zu einer Leipziger Aufführung am Estomihi-Sonntage 1723 geschrieben worden ist (s. Nr. 9

dieses Anhangs). Sie schloß mit dem Choralchor »Christe, du Lamm Gottes«. Als Bach sich aber entschied, für die Estomihi-Aufführung eine andre Cantate zu componiren und diese einstweilen unbenutzt zu lassen, nahm er jenen Choralchor in die Johannespassion hinüber: daß die Entstehung wirklich in dieser Weise stattgefunden hat, und nicht umgekehrt der Choral »Christe, du Lamm Gottes« aus der Passion in die Cantate übertragen sein kann, wie Rust (B.-G. V[1], S. XIX) annimmt, habe ich ebenfalls unter Nr. 9 dieses Anhangs zu zeigen gesucht. Die Passion ist also später vollendet als die Cantate. Im Mai des Jahres 1723 aber siedelte Bach schon nach Leipzig über. Wenn man sich nun nicht an die vage Annahme klammern will, Bach habe die Johannespassion, auf Bestellung oder aus sonst irgend einer Veranlassung, für einen andern fremden Ort componirt — eine Annahme, die um so haltloser wird, als Bach grade in jener Zeit sein ganzes Streben darauf richten mußte, zunächst den Anforderungen seines neuen Amtes in würdiger Weise zu genügen — so bleibt, da wir nur zwischen zwei Passionsmusiken die Wahl haben, die verloren gegangene fünfte aber von beiden die spätere ist, und Bach an dem ersten Charfreitag, den er in Leipzig verlebte, unzweifelhaft eine eigne Composition aufführte, keine andre Möglichkeit bestehen, als daß die Johannes-Passion am 7. April 1724 zum ersten Male zu Gehör kam.

Hieraus folgt allerdings noch nicht, daß sie auch in der unmittelbar vorhergehenden Zeit componirt sei. Eine Untersuchung der älteren Stimmen belehrt uns, daß dem in der That nicht so gewesen sein wird. Das Papier derselben ist nicht dasjenige, welches Bach in Leipzig von 1723 an für die nächsten Jahre überwiegend zu gebrauchen pflegte. Als diplomatisches Merkmal tritt der Schild mit gekreuzten Schwertern hervor. Ein Papier mit solchem Zeichen gebrauchte er zwar auch in Leipzig, doch hat es sich bis jetzt nicht nachweisen lassen, daß dieses schon in den ersten anderthalb Jahren geschehen sei (s. Nr. 30 dieses Anhangs). Wohl aber spricht vieles für den Gebrauch dieses Papiers in Cöthen (s. Nr. 9 dieses Anhangs). Ich halte es deshalb für wahrscheinlich, daß die Johannes-Passion gleich der Cantate »Du wahrer Gott und Davidssohn« noch in Cöthen entworfen wurde, und zwar eben so wie diese im Hinblick auf die anzutretende Stellung in Leipzig. Da Bach sich erst spät zur Bewerbung entschloß, mußte er sich mit der Composition beeilen; hieraus erklärt es sich leicht, wenn er für sie ein Stück der frisch componirten, aber endlich für ihren Zweck doch nicht geeignet befundenen Cantate »Du wahrer Gott« benutzte. Auf eine durch Zeitmangel beeinflußte Composition deutet auch die ursprüngliche Beschaffenheit des Textes, welcher für die später erfolgte gründliche Neubearbeitung eine Hauptveranlassung war. Da dieser Umstand schon in die Charakterisirung des Werkes hineingreift, so begnüge ich mich ihn hier nur anzudeuten.

Nach der ersten Aufführung 1724 hätte also die zweite 1727 stattgefunden. Für dieses Jahr spricht auch noch der Umstand, daß, da mit den Passionen in den beiden Hauptkirchen abgewechselt werden sollte, 1724 aber in der Nikolaikirche musicirt wurde, 1727 die Aufführung der

Johannespassion in der Thomaskirche stattgefunden hätte. Dazwischen fiel die verloren gegangene Passion, welche ich um des Picanderschen Textes willen auf 1725 setze. 1729 kam die Passion nach Matthäus, 1731 diejenige nach Marcus. Man bemerkt das Bestreben Bachs, sich für seine eignen Werke, welche einen größeren Aufwand an musikalischen Mitteln erheischten, die geräumigere Thomaskirche zu wählen. Die Lucas-Passion wird 1734 aufgeführt sein, da 1733, wo die Reihe wieder an der Thomaskirche gewesen wäre, der Landestrauer wegen die Passionsmusik ausfiel (s. Nr. 44 dieses Anhangs), und die dritte Aufführung der Johannes-Passion dürften wir dann auf 1736 setzen. Bach hätte hiernach vier seiner Passionen nach der Reihenfolge der Evangelisten aufgeführt. Wann die vierte Aufführung der Johannes-Passion stattgefunden hat, läßt sich näher nicht bestimmen; auf die diplomatischen Merkmale der neueren Stimmen, welche zu diesem Zwecke angefertigt worden sind, kann man keine sichern Vermuthungen gründen. Auch die Zeit, wann die jetzige Originalpartitur entstand, läßt sich demnach nur annähernd angeben: es ist nach der Anfertigung der neueren Stimmen geschehen, jedenfalls also in der letzten Lebensperiode des Meisters.

47. (S. 367, 521, 557, 581). Der Text der Matthäus-Passion findet sich im zweiten Theil von Picanders »Ernst-Scherzhafften und Satyrischen Gedichten«, S. 101 ff. Das Jahr der Aufführung steht zwar nicht dabei und ebenso wenig findet sich auf der autographen Partitur eine chronologische Notiz. Wohl aber steht über dem gedruckten Texte die Bemerkung, daß die Musik für die Thomaskirche bestimmt war. Da der zweite Theil der Gedichte zu Ostern 1729 erschien, so wird hierdurch das Jahr der ersten Aufführung sicher gestellt. 1728 und 1730 fand die Passionsmusik in der Nikolaikirche statt, 1731 brachte Bach in der Thomaskirche seine Marcus-Passion, deren Text im dritten, 1732 erschienenen, Theile der Picanderschen Gedichte steht. Die Annahme aber, daß die Matthäus-Passion schon 1727 aufgeführt, und der Text erst zwei Jahre später in die Gedichtsammlung aufgenommen sei, wird, von allem andern abgesehen, einfach dadurch unmöglich, daß Picander schon 1727 den ersten Band seiner Gedichte herausgab, ohne daß der Text in ihm sich findet. An der Richtigkeit der Annahme, daß im Jahre 1729 die Matthäus-Passion die erste Aufführung erlebt habe, ist also nicht zu zweifeln.

Dagegen läßt sich die Wiederaufführung des Werkes in seiner erweiterten Gestalt nur annähernd bestimmen. Die ältere Fassung ist nicht im Autograph, sondern nur in einer Abschrift Kirnbergers erhalten, welche sich jetzt auf der Bibliothek des Joachimsthalschen Gymnasiums zu Berlin befindet. Wann die Abschrift gemacht ist, läßt sich ziemlich genau nachweisen. Kirnberger, 1721 zu Saalfeld in Thüringen geboren, verließ seine Vaterstadt um bei J. Peter Kellner in Gräfenroda Musik zu studiren, begab sich 1738 zur besseren Fortsetzung seiner Studien nach

Sondershausen und von da auf Anregung Heinrich Nikolaus Gerbers zu Bach nach Leipzig. Hier lebte er als einer seiner hingegebensten Schüler von 1739—1741; dann ging er ins Ausland und kehrte erst 1751, ein Jahr nach Bachs Tode, zurück. Kirnbergers Partiturabschrift kann hiernach nicht später als 1741 gemacht sein; es ist aber auch sehr wahrscheinlich, daß sie nicht vor 1739 entstand. Denn selbst wenn Kirnberger durch Vermittlung Kellners oder Gerbers zu der Partitur-Vorlage hätte kommen können, ist es glaublich, daß er schon als ihr Schüler reif für das Verständniß der Matthäuspassion gewesen wäre? ist nicht vielmehr die Abschrift eines so umfangreichen Werkes ein Zeugniß für die durch den unmittelbaren Verkehr erweckte Begeisterung eines Kunstjüngers für seinen Lehrer? Indessen wird die oben bezeichnete Wahrscheinlichkeit schon durch einen andern Umstand zur Gewißheit. Das Papier, auf welchem Kirnberger schrieb, ist ein solches, dessen sich auch Bach mehrfach für seine eignen Niederschriften bediente, und zwar ist es eine Papiersorte seltener und abweichender Art, von der man nicht annehmen kann, daß sie Kirnbergern zufällig auch an einem andern Orte habe zur Verfügung stehen können. Ihre Wasserzeichen:

finden sich in den autographen Partituren von Bachs Cantate »O ewiges Feuer« und dem Chor »O Jesu Christ mein's Lebens Licht«[1], sowie im Autograph einer aus dem *Gloria* der H moll-Messe gemachten lateinischen Weihnachtsmusik. Es dürfte also Kirnberger die Partitur sogar in Bachs eignem Hause geschrieben haben, bei dem er vielleicht, wie andre Schüler, Wohnung gefunden hatte. Nun konnte die Matthäuspassion wegen ihrer großen Massen nur in der Thomaskirche aufgeführt werden. An der Thomaskirche war die Reihe 1740 (s. Nr. 44 dieses Anhangs und Nr. 46 gegen Ende). Die Aufführung nach der neuen Bearbeitung kann also frühestens in diesem Jahre stattgefunden haben, wo-

1) D. h. dessen Umgestaltung; die Partitur der Urform hat die Wasserzeichen, wie die Partitur des Oster-Oratoriums; s. Nr. 48 dieses Anhangs.

bei man zugleich annehmen müßte, daß Kirnberger seine Abschrift in dem vorhergegangenen Jahre genommen habe. Es ist indessen einiges vorhanden, was es wahrscheinlich macht, daß die Abschrift erst um 1741 gefertigt ist. Kirnberger, der einen gründlichen Compositionscursus bei Bach durchmachte (s. Gerber, L. I, Sp. 725), kann auf ein Werk wie die Matthäuspassion erst am Ende desselben geführt worden sein. Ferner giebt es eine Johannis-Cantate J. G. Goldbergs, der grade um diese Zeit Bachs Schüler war (»Durch die herzliche Barmherzigkeit unsers Gottes« in Partitur und Stimmen auf der königl. Bibliothek zu Berlin); die autographen Stimmen derselben sind auf demselben Papier geschrieben, wie Kirnbergers Copie. Es ergäbe sich also als frühester Termin für die Neubearbeitung das Jahr 1742. Will man noch weiter zu kommen suchen, so muß man Papier und Schrift des Autographs mit andern Bachschen Autographen vergleichen. Hier stellt sich eine vollständige Uebereinstimmung zwischen den Originalstimmen und der autographen Reinschrift des sechsstimmigen Ricercars aus dem »Musikalischen Opfer« heraus, welches die königl. Bibliothek zu Berlin bewahrt. Das »musikalische Opfer« entstand 1747. Man würde demnach die Umarbeitung der Matthäuspassion erst auf das Jahr 1746 oder gar 1748 legen müssen.

Mit den Ergebnissen der chronologischen Untersuchungen über Bachs Passionen steht eine Zeitangabe in Widerspruch, welche sich bei Marpurg, Legende einiger Musikheiligen (Cöln, 1786), S. 62 findet. Friedemann Bach in Halle (s. das Register des genannten Buchs unter diesem Namen) hatte 1749 für eine Serenate, deren Composition ihm aufgetragen war, einige Arien »aus einem gewissen sehr künstlichen Passionsoratorio« benutzt. Bei der Aufführung der Serenate »fand sich unter den Zuhörern ein sächsischer Cantor unweit Leipzig, dem die parodirten künstlichen Arien bekannt waren«. Durch ihn kam es an den Tag, »daß die Arien nichts weniger als neu, und wenigstens 30 Jahre alt, und noch dazu aus der Passion eines gewissen großen Doppelcontrapunktisten entlehnt« waren. Wenn auch Seb. Bachs Name von dem Erzähler nicht ausdrücklich genannt ist, so geht doch aus der gesammten Erzählung unzweifelhaft hervor, daß es sich um eine Passionsmusik seiner Composition handelt. Um welche? darüber läßt sich aus Marpurgs Worten nichts schließen. Nehmen wir es mit den angeführten Zahlen ernsthaft, so müßte es eine Passion sein, welche spätestens 1719 componirt wäre. Dies Jahr paßt auf keine der besprochenen fünf Passionen. Meiner Ueberzeugung nach ist aber auf die genannte Zahl 30 garkein Gewicht zu legen. Wie es scheint war Marpurg selbst darüber unklar, welche der Bachschen Passionen von Friedemann mißbraucht worden war, und was wußte er denn genaueres über die Entstehungszeit dieser Werke? Ihm lag hier offenbar nur daran, einen langen Zeitraum zu bezeichnen. Daß er keine genauere chronologische Bestimmung beabsichtigte, deutet schon das Wort »wenigstens« zur Genüge an.

48. (S. 422.) Das Oster-Oratorium liegt in drei Gestalten vor. Die erste kennen wir aus Originalstimmen, die zweite aus der autographen Partitur und einigen zu ihr gehörigen Stimmen, die dritte wieder nur aus später angefertigten autographen Stimmen. Die bestimmtesten Indicien für die Chronologie giebt die Partitur. Ihre Wasserzeichen sind auf dem einen Blatte des Bogens  , auf dem andern Blatte ein M, um welches sich Arabesken schlingen. Beide Zeichen finden sich wieder in der autographen Partitur der Johannis-Cantate »Freue dich, erlöste Schaar«. Diese ist Umarbeitung einer weltlichen Gelegenheitsmusik »Angenehmes Wiederau«, welche am 28. September 1737 aufgeführt wurde. Von den Wasserzeichen des Autographs der Gelegenheitsmusik ist das eine dort und hier nicht völlig dasselbe, es stellt in der Gelegenheitsmusik sich so dar:  , also wohl N M. Nach den Erfahrungen indessen, die ich gemacht habe, braucht eine solche doch nur in einer Nebensache hervortretende Verschiedenheit nicht auch den verschiedenen Ursprung und Charakter des Papieres zu bedeuten, und wird es hier um so weniger thun, als das andre, der Schild mit der dreizackigen Krone ganz genau übereinstimmt. Der Gebrauch desselben Papieres im Jahre 1737 wird noch durch ein zweites Manuscript erwiesen: eine in Sachen seines Streites mit dem Rector Ernesti von Bach selbst geschriebene Eingabe an den König-Churfürsten vom 18. October 1737 trägt dieselben Wasserzeichen, wie die Gelegenheitsmusik. Es dürfte daher die Johannis-Cantate möglichst bald nach der Composition und Aufführung der Gelegenheitsmusik, also schon zum 24. Juni 1738 niedergeschrieben sein, und demnach die Partitur des Oster-Oratoriums zum ersten Ostertag (6. April) 1738. Unter den Stimmen, welche das Oratorium in seiner ältesten Gestalt geben, und als diplomatisches Merkmal den Schild mit gekreuzten Schwertern haben, befindet sich eine Continuostimme, auf deren letzter Seite der nacher wieder durchstrichene Anfang der zweiten Oboestimme zu der Cantate »Bleib bei uns, denn es will Abend werden« zu sehen ist. Diese Cantate ist für den zweiten Ostertag compo-

nirt; es ist also klar, daß die Notenschreiber mit der Herstellung der Stimmen zu dieser Cantate und zu dem Oster-Oratorium während derselben Zeit und vermuthlich an demselben Tische beschäftigt waren, denn es muß einer von ihnen entweder den zweiten Bogen der Continuostimme des Oratoriums, als er schon theilweise beschrieben war, für noch unbeschrieben gehalten und sich angeschickt haben, ihn für die zweite Oboestimme der Cantate »Bleib bei uns« zu verwenden, oder die anfänglich beabsichtigte Benutzung des Bogens für die Oboestimme der Cantate unterblieb aus einem nicht erkennbaren Grunde, und der Bogen fand nun Verwendung für die Continuostimme des Oratoriums. Hieraus läßt sich die sehr wahrscheinliche Vermuthung ableiten, daß beide Stücke zu einem und demselben Osterfest componirt worden sind. Das diplomatische Merkmal der Cantate »Bleib bei uns« ist aber der Halbmond. Ein so signirtes Papier begann Bach 1735 zu gebrauchen (s. Nr. 56 dieses Anhangs). Wenn nun wirklich die Ueberarbeitung des Werkes, wie die Partitur sie zeigt, 1738 stattfand, so muß die Anfertigung der älteren Stimmen und mit ihr die Composition des Oratoriums in die unmittelbar vorhergehenden 2—3 Jahre fallen. Auf 1737 wird sie nicht anzusetzen sein, weil mit der Ueberarbeitung natürlich auch eine Wiederaufführung verbunden war, und daß Bach zwei Jahre hintereinander dieselbe Ostermusik aufgeführt hätte, ist nicht anzunehmen. Die größte Wahrscheinlichkeit ist also für 1736 als Entstehungsjahr (vgl. noch Nr. 54 dieses Anhangs). Die späteren Stimmen endlich, in welchen das Oratorium in seiner dritten Gestalt erscheint, haben als diplomatische Merkmale den Adler und IR (= HIR). Ein Papier mit diesen Signaturen ist im Gebrauche Bachs bis jetzt sicher nur aus dem Jahre 1734 bekannt (s. Nr. 36 dieses Anhangs). Will man an dieser chronologischen Thatsache unnachgiebig festhalten, so wird freilich alles vorher auseinandergesetzte unmöglich. Hier stehen sich unvereinbare Zeugnisse gegenüber. Indessen muß doch bemerkt werden, daß obiges Signum sich auch in einem einzelnen Stimmblatte der Cantate »Gelobet sei der Herr« findet, welche in das Jahr 1732 gesetzt werden mußte (s. Nr. 38 dieses Anhangs), daß es also eine ganz sichere Stütze für die Zeitbestimmung nicht bietet. Und da für die Entstehung der autographen Partitur nach 1737 die gewichtigsten Gründe sprechen, indem die derzeitige Benutzung des hier in Frage kommenden Papiers mehrfach sicher bezeugt ist, da ferner die Entstehung der ältesten Stimmen nach 1735 ebenfalls viel wahrscheinliches hat und — was die Hauptsache — diese beiden Möglichkeiten sehr wohl zu einander stimmen, so muß man diesem vereinigten Zeugniß jedenfalls mehr Glauben schenken und die Benutzung eines älteren Papiers für die späteren Stimmen als eine Zufälligkeit ansehen.

49. (S. 426.) Im Nekrolog S. 168 heißt es bei der Aufzählung der ungedruckten Werke Bachs unter 4) »Einige zweychörige Moteten«. Forkel dagegen S. 61 schreibt: »Viele ein- und zweychörige Motetten« und berichtet weiter unten, daß von den doppelchörigen Motetten noch

8 bis 10 vorhanden wären, aber unter verschiedenen Besitzern zerstreut. S. 36 schreibt er sogar, daß Bach »ein-, zwey- und mehrchörige Motetten« componirt habe. Daß Forkel hier nicht ins Blaue hinein gesprochen hat, muß man annehmen. Somit wären seit 1801 noch mehre Motetten verloren gegangen oder doch verborgen geblieben. Dreichörige z. B. kennt man heutzutage garkeine, und wenn man von doppelchörigen alles zusammenzählt was unter Bachs Namen umläuft, wird immer noch nicht die von Forkel angegebene höchste Zahl erreicht. Aber unter den doppelchörigen Motetten sind mehre unechte oder wenigstens zweifelhafte. Unecht ist jedenfalls die 1819 bei Breitkopf und Härtel in Partitur herausgegebene Motette »Lob und Ehre und Weisheit und Dank«, welche später als Nr. 3 in die neue Ausgabe der Schichtschen Collection aufgenommen wurde, nachdem aus derselben die Motette »Ich lasse dich nicht« als ein Werk Joh. Christoph Bachs ausgesondert war. Daß sie in einer Handschrift der Gottholdschen Bibliothek zu Königsberg (Nr. 13569, 2) ebenfalls Bachs Namen trägt, beweist nicht viel, da die Abschriften der in dieser Sammlung befindlichen Bachschen Motetten ebenfalls auf Schicht zurückgehen dürften. Die Composition »Lob und Ehre« wimmelt von den gröbsten musikalischen Schnitzern und es ist schwer zu begreifen, wie man sie so lange als Bachs Arbeit hat gelten lassen können. In der Sammlung des Herrn Kammersänger Hauser in Carlsruhe befindet sich dieselbe Motette in Partitur und Stimmen als ein Werk Georg Gottfried Wagners; diesen werden wir uns eher als Autor gefallen lassen dürfen. Wagner, geb. 1698, war 1712—1719 Thomasschüler, studirte bis 1726 in Theologie und betheiligte sich von 1723—1726 noch an Bachs Musikaufführungen (s. Gerber, L. II, Sp. 755 f.); dann wurde er Cantor in Plauen. Aus seinem Bildungsgange erklärt sich leicht, daß die äußerliche Factur des Stückes manchmal an Bach erinnert, welchen Wagner sich augenscheinlich als Muster genommen hat.

Zum Theil zweifelhaft, zum Theil ebenfalls sicher unecht ist eine doppelchörige Motette »Jauchzet dem Herrn alle Welt«. Ueber sie findet sich in dem Katalog des Emanuel Bachschen Nachlasses und zwar unter der Rubrik der Sebastian Bachschen Compositionen S. 73 folgende Notiz: »*Motetto*: Jauchzet dem Herrn alle Welt. Für 8 Singstimmen und Fundament, in 2 Chören. In Partitur«. Diese Handschrift ist jetzt auf der königlichen Bibliothek zu Berlin. Unten rechts steht auf der ersten Seite monogrammatisch: J. G. Parlaw [1]). Die Motette besteht aus drei Sätzen; der mittlere ist der Choralchor aus der Cantate »Gottlob, nun geht das Jahr zu Ende« mit unterlegter fünfter Strophe statt der ersten — also in der That eine Composition Sebastians. Der dritte Satz, ein doppelchöriges

1) Parlaw wird ein Hamburger Musiker gewesen sein. Der Name findet sich auch auf Manuscripten der Bibliothek der Singakademie zu Berlin, die aus Pölchaus Besitz dorthin gekommen sind. — Nach Hilgenfeldt, S. 112, ist die Motette »Jauchzet dem Herrn« von J. S. Döring bei Kollmann in Leipzig herausgegeben worden; ich habe diese Ausgabe nicht gesehen.

»Amen, Lob und Ehre und Weisheit und Dank und Preis und Kraft und Stärke sei unserm Gott von Ewigkeit zu Ewigkeit« steht in Rochlitz' »Sammlung vorzüglicher Gesangstücke«. Mainz, Schotts-Söhne. 1835. Band III, S. 66 ff. als selbständiges Stück unter Telemanns Namen. Daß er thatsächlich von Telemann, gewiß nicht von Seb. Bach herstammt, sieht ein jeder, der den Stil beider Männer studirt hat. Zweifelhaft bleibt die Echtheit des ersten Satzes, welcher unverkennbar Telemannsche Züge, aber auch einen gewissen großartigen Wurf und jene Tonfülle und imponirende Sicherheit der Stimmführung zeigt, welche man eigentlich nur an Bach kennt (vgl. noch Bd. I, S. 800). Ich halte es für wahrscheinlich, daß Emanuel Bach das Werk aus heterogenen Bestandtheilen zusammensetzte. Die Angabe des Katalogs kann nicht entscheiden, da derselbe erst nach Emanuel Bachs Tode angefertigt wurde.

Derartige Contaminirungen haben grade mit Seb. Bachs Compositionen öfter stattgefunden. Die Singakademie zu Berlin bewahrt eine vierstimmige Weihnachts-Motette (D dur) »Kündlich groß ist das gottselige Geheimniß, Gott ist offenbaret im Fleisch«, mit Generalbass und einem längeren Instrumentalzwischenspiel, das vermuthlich ursprünglich von Geigen und Generalbass ausgeführt worden ist. Auch der 1869 verstorbene Professor A. W. Bach in Berlin besaß ein Manuscript dieses Werkes. Zelter hat es unternommen, dasselbe für Doppelchor zu arrangiren, und das Zwischenspiel einem Solosopran und Solo-Alt über dem Continuo zuertheilt. In einer Schlußbemerkung vom 31. December 1805 sagt er, dies Stück sei von dem großen Sebastian Bach und ursprünglich mit Instrumenten gesetzt. Das ist aber gewiß nicht der Fall; die Weichheit und ruhige Glätte neben dem Mangel an innerem Reichthum deutet auf Graun, an dessen Chor »Christus hat uns ein Vorbild gelassen« das Stück manchmal merklich erinnert. Wie mir Herr Professor Grell, der hochbejahrte frühere Leiter der Singakademie, mittheilte, hat man auch früher schon das Stück Graun zugeschrieben. Angehängt sind nun aber die beiden, wirklich Seb. Bach gehörigen Zwischensätze des großen Magnificat »Vom Himmel hoch«, nach Ddur, und »Freut euch und jubilirt« nach A dur transponirt; in letzterem wird der Continuo vom Singbass ausgeführt.

Auch die Motette »Ich lasse dich nicht« ist später durch Anhängung eines von Seb. Bach gesetzten Chorals erweitert worden (s. Bd. I, S. 93, Anmerk. 37).

50. (S. 431.) Die fünfstimmige Motette »Nun danket alle Gott« entdeckte ich in einer sehr fehlerhaften, aber der meines Wissens bis jetzt einzigen, Handschrift eines Sammelbandes der Gottholdschen Bibliothek zu Königsberg, Nr. 13569. Der Band enthält außerdem noch die Motetten »Komm Jesu komm« und »Lob und Ehre«, und ist durchweg von derselben Hand geschrieben. Das Manuscript mag um 1800 entstanden sein und wird aus dem Nachlasse Schichts stammen. Titel des Einbandes: »3 Motetten | von | J. S. Bach«. Bei jeder der andern beiden Motetten ist es

noch einmal ausdrücklich bemerkt, daß sie von S. Bach seien (was beiläufig gesagt für die Motette »Lob und Ehre« falsch ist; s. Nr. 49 dieses Anhangs); bei der letzteren steht nur »Motette | Nun danket alle Gott«. Aber daß sie dem Anfertiger der Handschrift, oder dem welcher die Handschrift anfertigen ließ, ebenfalls für Bachs Werk gegolten hat, beweist der Gesammttitel, und grade an ihrer Echtheit kann aus innern Gründen am wenigsten gezweifelt werden. Der Schlußchoral hat von zwei Noten abgesehen denselben Baß, wie der Bachsche Choralsatz, welchen L. Erk in seiner Sammlung als Nr. 270 wieder hat abdrucken lassen; nur die Mittelstimmen bewegen sich hier und da etwas freier, doch ohne die Harmonie zu alteriren, so daß die Identität beider Bearbeitungen feststeht und nur die von Erk gegebene für einen andern Zweck etwas mehr ausgeschmückt erscheint. Daß die Handschrift aus Leipzig stammt, wird übrigens schon dadurch bewiesen, daß über dem Choral »Gott Vater, dir sei Preis« in der Motette »Lob und Ehre« bemerkt steht: »Aus Nr. 584 Altes Gesb. O Gott du frommer Gott«. Nr. 584 aber führte dieses Lied eben im Leipziger Gesangbuch.

51. (S. 450.) Auf dem Umschlag des Autographs in Hochfolio steht von fremder, älterer Hand: »Sechs Bogen starckes Fragment einer eigenhändigen Cantate von Joh. Sebastian Bach auf das Geburtsfest Leopolds, Fürsten zu Anhalt-Cöthen«. Darunter von andrer Hand mit schwärzerer Tinte: »(Durch Tausch anderer Manuscripte von D. Pölchau in Berlin erhalten. D. Fst.)«.
»D. Fst.« ist »Dr. Feuerstein«, einstmaliger Besitzer einer Autographensammlung in Pirna, aus welcher nach dessen Tode der Vater des jetzigen Besitzers das Autograph erwarb. Wasserzeichen: der Harzmann mit Felljacke und Tanne (vgl. Nr. 9 dieses Anhangs). Schrift: die eines Concepts, flüchtig, eng, unsauber und mit vielen Correcturen. Bei Repetitionen sind mehrfach nur die Taktstriche gezogen und der Raum dazwischen ganz oder größtentheils zu späterer Ausfüllung frei gelassen. Letzte Seite leer; auf der vorletzten steht unten folgende Rechnung:

„Thlr.		gr.		Pf.
64	—	4	—	2
31	—	7	—	„
21	—	19	—	„
2	—	18	—	9
41	—	„	—	„
2	—	5	—	6
11	—	„	—	„
41	—	11	—	„
„	—	21	—	„
				17 Pf.
		81 gr.		
206 Thlr. 10 gr. 5 Pf.				
			3 Thlr. 9 gr.“	

Ob diese Rechnung Einnahme oder Ausgabe bedeutet, ist unerfindlich; auf Bachs eigne Finanzen wird sie sich aber wohl beziehen.

Das Manuscript beginnt mitten im 2. Theil einer Tenorarie, welcher mit angezeigtem *Da capo* schließt. Die Haupttonart war, wie man sich durch Vergleichung der parodirten Kirchencantate »Ein Herz, das seinen Jesum lebend weiß« vergewissert, B dur. Mit einem vierstimmigen Gesange in B dur schließt auch die Cantate. Da das erhaltene Fragment sehr umfänglich ist und die Länge einer gewöhnlichen Cantate fast schon überschreitet, so dürfte die Tenorarie, etwa mit vorausgehendem Recitativ, das erste Stück gewesen und nicht mehr als ein Bogen des Manuscripts verloren gegangen sein. Der Text, soweit er vorhanden ist, lautet:

Mit Gnaden bekröne der Himmel die Zeiten,
Auf Seelen ihr müßet ein Opfer bereiten,
Bezahlet dem Höchsten mit Dancken die Pflicht.

Das zweite Stück, ein Recitativ, stand theilweise auf den unteren Systemen des verloren gegangenen vorhergehenden Bogens und setzt sich auch so auf dem ersten der erhaltenen Bogen fort. Es ist ein Wechselgespräch zwischen Alt und Tenor, jedenfalls zwei allegorischen Figuren. Das dritte Stück ist ein Duett zwischen Alt und Tenor, Es dur 𝄴:

Es streiten es { siegen die künftigen / prangen die vorigen } Zeiten
Im Seegen für dieses durchlauchtigste Haus u. s. w.

Von dem Text des folgenden Recitativs muß ich mehr mittheilen:

Bedencke nur, beglücktes Land,
Wie viel ich dir in dieser Zeit gegeben.
An Leopold hast du ein Gnaden-Pfand.
Schau an der Fürstin Klugheit. Licht,
Schau an des Printzen edles Leben
Und der Princessin Tugend Krantz,
Daß diesem Hause nichts an Glantz
Und dir kein zeitlich Wohl gebricht.
Soll ich dein künfftig Heil bereiten,
So hohle von dem Sternen Pol
Durch dein Gebet ihr hohes Fürsten Wohl.
Komm Anhalt fleh üm mehre Jahr und Zeiten.

Das nächste Stück besteht aus einer Altarie G moll 𝄴; dann kommt ein Tenor- und Alt-Recitativ und endlich der Schlußgesang. Letzterer zählt 118 $^3/_8$-Takte und ist in italiänischer Arienform gehalten. Im zweiten Theile treten verschiedenfach aus dem vierstimmigen Ganzen Alt und Tenor duettirend hervor, um sich dann wieder in den vierstimmigen Satz zu verlieren. Daß dies die beiden Solostimmen der Cantate sind, sieht man besonders auch daraus, daß sie nicht ganz dieselben Worte haben: der Tenor singt »Segen« wo der Alt »Gnade«. Waren aber Alt und Tenor für zwei Solostimmen bestimmt, so folgt nothwendigerweise, daß das ganze Stück nur für einfache Besetzung gedacht war. Dem Textanfang desselben, sowie demjenigen des vorhergehenden Recitativs sind die entsprechenden Anfangsworte der Parodie untergeschrieben.

Aus den hier und im Zusammenhange der Darstellung mitgetheilten Textproben geht zur Genüge hervor, daß die Angabe der Umschlagsaufschrift, das Werk sei eine Geburtstagscantate für den Fürsten Leopold, auf einem Irrthum beruht. Die Textstelle »Bedencke nur, beglücktes Land« ist außerdem aber chronologisch wichtig. Hier werden, wie man sieht, sämmtliche damals existirende Mitglieder des fürstlichen Hauses aufgezählt: der regierende Fürst Leopold selbst; dessen Bruder, der Prinz August Ludwig; dessen jüngste Schwester, die Prinzessin Christiane Charlotte (die ältere Schwester, Eleonore Wilhelmine, war seit 1716 an den Herzog Ernst August von Sachsen-Weimar verheirathet); endlich die »Fürstin«. Es frägt sich, wen man unter der Fürstin zu verstehen hat. Ist die regierende Fürstin gemeint, so kann die Cantate nur zwischen dem 11. December 1721 und dem 13. Januar 1722 entstanden sein, weil an ersterem Tage sich der Fürst, an letzterem aber der Prinz August Ludwig verheirathete, dessen Gemahlin in dem Recitativ-Texte noch nicht erwähnt wird. Es kann dann auch nur die erste Gemahlin des Fürsten Leopold gemeint sein, weil von dieser am 21. Sept. 1722 eine Tochter geboren wurde, deren Erwähnung nicht unterlassen worden wäre. Danach müßte man denn wohl die Cantate auf Neujahr 1722 ansetzen. Aber die vorzüglichen Eigenschaften, welche der Begräbnißprediger an der jung verstorbenen ersten Gattin Leopolds so ausführlich preist, sind nicht Klugheit und Verstandeshelle, sondern Frömmigkeit, Sanftmuth und Geduld. Dagegen passen die Worte »Klugheit, Licht« durchaus auf die Fürstin Mutter, Gisela Agnes, welche von 1704—1715 mit Energie und Geschick die Regierung geführt, darauf einen Erbschaftsstreit zwischen ihren beiden Söhnen als einsichtige Vermittlerin beigelegt hatte, und ihre Klugheit auch ferner dadurch bewies, daß sie sich nach Leopolds Regierungsantritt gänzlich aus dem öffentlichen Leben zurückzog und auf ihrem Schlosse Nienburg a. d. Saale nur den stillen Werken der Wohlthätigkeit lebte (s. Krause, Fortsetzung der Bertramischen Geschichte des Hauses und Fürstenthumes Anhalt. Zweiter Theil. Halle, 1782. S. 672 ff.). Wenn also Gisela Agnes unter der »Fürstin« verstanden wird, und ich bin überzeugt, daß dieses geschehen muß, so kann die Cantate nur zwischen dem Herbste 1717 und dem Ausgange des Jahres 1721 componirt sein.

52. (S. 462.) Die Zeitbestimmung der ersten und der wiederholten Aufführung der Cantate »Schleicht spielende Wellen« gründet sich 1) auf die in den Recitativen derselben enthaltenen Anspielungen, 2) auf die späteren Umänderungen der betreffenden Stellen des Recitativ-Textes und der Partitur-Ueberschrift, 3) auf das Verhältniß zwischen Partitur und Stimmen, 4) auf die diplomatischen Merkzeichen des Papiers der Originalhandschriften.

Im Bass-Recitativ (S. 27 der Partitur der B.-G.) heißt es:

Mein Fluß, der neulich dem Cocytus gliche,
Weil er von todten Leichen
Und ganz zerstückten Körpern langsam schliche, u. s. w.

Dann:

Des Rostes mürber Zahn
Frißt die verworfnen Waffen an,
Die jüngst des Himmels harter Schluß
Auf meiner Völker Nacken wetzte, u. s. w.

Im Tenor-Recitativ (S. 33 f.):

So recht! beglückter Weichselstrom!
Dein Schluß ist lobenswerth,
Wenn deine Treue nur mit meinen Wünschen stimmt,
An meine Liebe denkt,
Und nicht etwa mir gar den König nimmt.

Im Tenor-Recitativ (S. 55):

Mir (der Elbe) geht die Trennung bitter ein,
Doch deines (der Weichsel) Ufers Wohl gebietet meinem Willen.

Im Sopran-Recitativ (S. 56):

Ach, irr ich nicht, so sieht man heut
Das längst gewünschte Licht in frohem Glanze glühen,
Das unsre Lust,
Den gütigsten August,
Der Welt und uns geliehen.

Im Sopran-Recitativ (S. 47):

Mir ist ja voll Lust[1])
Annoch bewußt
Und meiner Nymphen frohes Scherzen,
So wir bei unsers Siegeshelden Ankunft spürten, u. s. w.

Aus diesen Stellen geht hervor: 1) daß die Cantate, wie auch die ursprüngliche Partitur-Ueberschrift angiebt, zum Geburtstage des Königs bestimmt war (S. 56). Derselbe fiel auf den 7. October. 2) daß kurz vorher in Polen, oder am Weichselstrande überhaupt, Metzeleien vorgefallen waren (S. 27) und der König August in den Kämpfen endgültiger Sieger geblieben war. Dies paßt nur für das Jahr 1734, da im April die blutigen Kämpfe um Krakau stattfanden und von April bis Juli die Belagerung Danzigs. 1733 hatte August seine Gegner noch nicht bezwungen, 1735 und später aber ereigneten sich an der Weichsel keine kriegerischen Unruhen mehr. 3) Der König war, als die Cantate gemacht wurde, in Sachsen anwesend (S. 33), aber seine Abreise nach Polen stand bevor (S. 55). Wirklich reiste der König am 3. November 1734 aus Sachsen nach Polen ab, um erst am 7. August 1736 zurückzukehren (s. Mittag, a. a. O. S. 490 und 612). 4) Die Cantate sollte nach der unlängst erfolgten Ankunft des Königs in Leipzig aufgeführt werden (S. 47). Wir wissen, daß diese Ankunft im Jahre 1734 am 2. October stattgefunden hatte.

---

1) Nach »ist« scheint das Wort »sie« ausgefallen, d. h. von Bach beim Componiren übersehen worden zu sein. Sowohl Sinn als Versmaß fordern eine Einschaltung derart.

Die späteren Umänderungen des Recitativtextes betreffen die oben durch gesperrten Druck hervorgehobenen Stellen. In ihnen offenbart sich das Bestreben, die speciellen Anspielungen der theilweise veränderten Sachlage anzupassen. Die Cantate sollte jetzt nicht dem Geburts-, sondern dem Namens-Feste dienen (3. August); hiernach mußte das Recitativ S. 56 eingerichtet werden. Die Aufführung fand aber statt, da der König in Polen war; daher hieß es nunmehr im Text S. 33 (letzte der mitgetheilten Zeilen): »da mir es jetzt den König wieder nimmt«. Im Jahre 1736 war wie gesagt am 3. August der König aus Polen noch nicht wieder zurückgekehrt; später hat er während Bachs Leben nur noch 1748 seinen Namenstag in Polen begangen (s. Fürstenau, Zur Geschichte der Musik und des Theaters am Hofe zu Dresden. II, S. 260), ein Jahr, das aus unten anzuführenden Gründen garnicht mehr in Betracht kommen kann. Die Ueberschrift der autographen Partitur theile ich zur Ergänzung und Berichtigung des Vorworts von B.-G. XX[2] mit: »Drama auf Hohem Geburths- [übergeschrieben »Nahmens«] Fest *Augusti* 3 *Regis Poloniarum*[1], unterthänigst aufgeführet von *J. S. Bach*«.

Schon Rust hat in dem genannten Vorwort darauf hingewiesen, daß die Partitur Reinschrift sei und den Stimmen gegenüber die bessern Lesarten liefre. Ich stimme dieser Ansicht bei und glaube sogar, daß die Continuo-Führung auf S. 18 in der Partitur die bessere ist und deshalb hätte in den Text der B.-G. aufgenommen werden sollen. Die Annahme indessen, das Werk sei Ueberarbeitung älterer Tonstücke mit anderm Text, scheint mir bei dem sehr charakteristischen Wesen des ersten Chors nicht unbedenklich. Prüft man das Papier der autographen Partitur auf sein Wasserzeichen, so zeigt sich als solches ein Reiter, welcher auf einem Horn bläst. Dieses in Bachs musikalischen Manuscripten nur noch einmal vorkommende Zeichen findet sich außerdem aber in drei Eingaben Bachs an den Leipziger Rath vom 13., 15. und 19. August 1736 (vgl. Nr. 33 dieses Anhanges). Wenn man nun bedenkt, daß der Namenstag des Königs, welchem die wiederholte Aufführung der Cantate bestimmt war, der 3. August war, so ist es wohl nahezu als sicher zu bezeichnen, daß, da auch das Jahr 1736 außer dem Jahre 1748 das einzigste ist, auf welches die Umänderungen des Recitativ-Textes S. 33 und 56 passen, die Partitur im Sommer des Jahres 1736 geschrieben ist. Da die erste Aufführung zum 7. October 1734 erfolgt sein muß, so halte ich es für viel wahrscheinlicher, daß Bach die Partitur aus der älteren, 1734 angefertigten, Partitur nochmals abgeschrieben und bei dieser Gelegenheit die ihm wünschenswerth erscheinenden einzelnen Verbesserungen vorgenommen hat, während die Vorlage der Stimmen noch die ältere Partitur war. Daß er der Cantate die anfängliche Ueberschrift, die sie dem Geburtstage des Königs bestimmte, auch jetzt noch ließ (s. oben), stößt diese Vermuthung noch nicht um; es mochte ihm daran liegen, den ursprünglichen Zweck

1) Im Vorwort der B.-G. steht *Poloniorum*; wohl verdruckt, weil sinnlos.

der Cantate sich oder andern ins Gedächtniß zu prägen, vielleicht war es auch nur eine Flüchtigkeit. Auch manche hier und da vorkommende einzelne Verbesserungen oder die Streichung ganzer Partien der H moll-Arie in der Partitur, denen gegenüber die Stimmen von Anfang an das endlich auch in der Partitur als endgültige Lesart Festgestellte haben, lassen sich aus dem nachher wieder aufgegebenen Versuch erklären, an Stelle der älteren Lesarten bei der Herstellung der neuen Partitur andere zu setzen. Ein sonderbares Resultat aber ergeben noch die Stimmen. Allem Anscheine nach sind sie, obgleich unzweifelhaft die älteren Lesarten enthaltend, dennoch später geschrieben, als die vorliegende Partitur. Ihre Wasserzeichen sind nämlich dieselben, wie in der autographen Partitur der Cantate »Angenehmes Wiederau«, welche am 28. September 1737 aufgeführt wurde, und wie in einer auf dem Leipziger Rathsarchiv befindlichen Eingabe Bachs an den König vom 18. October 1737. Darnach müßte also Bach 1737 die Stimmen nochmals haben ausschreiben lassen, und zwar, aus irgend einem nicht erkennbaren Grunde, aus der älteren Partitur. Man ist nun vor die Frage gestellt, ob Bach etwa 1736 und 1737 die Cantate wiederaufgeführt hat, und ob beide Male zum Namenstage, oder vielleicht einmal zum Namenstage und das andre Mal wieder zum Geburtstage, oder auch umgekehrt, wobei zu bemerken wäre, daß der König vom 29. September 1736 ab einige Tage in Leipzig weilte. Eine gewisse Unentschiedenheit in der Verwendumg des Werkes hat Bach selber dadurch offenbart, daß er die Textumänderungen in den Recitativen nicht nach Streichung der älteren Fassung in den Stimmen angebracht hat, sondern daß beide Versionen neben einander stehen geblieben sind, so daß nun je nach den Umständen bald diese, bald jene, ganz oder theilweise, benutzt werden konnte. Auch die Aenderung in der Ueberschrift der Partitur ist so eingerichtet, daß unter ihr die ältere Fassung unberührt stehen blieb.

Das Ergebniß der Untersuchung ist also, daß die Cantate »Schleicht spielende Wellen« zum 7. October 1734 componirt worden ist, daß Bach eine Wiederaufführung zum 3. August 1736 beabsichtigte, daß eine solche Wiederaufführung spätestens 1737 — ob zum 3. August oder 7. October, bleibt fraglich — wirklich, vielleicht aber auch schon 1736 stattfand.

53. (S. 473.) Die autographe Partitur der Caffee-Cantate ist auf der königlichen Bibliothek zu Berlin, die autographen Stimmen angeblich auf der k. k. Hofbibliothek zu Wien. Das Wasserzeichen der Partitur ist M A; s. Nr. 33 dieses Anhangs. Den Text findet man zuerst im dritten Theil von Picanders Gedichten S. 564 als letztes Stück des Bandes. Er muß also, da die Vorrede vom 18. Febr. 1732 datirt ist, spätestens am Anfange dieses Jahres gemacht sein, und da die »schertzhafften Gedichte« des Bandes chronologisch geordnet sind (s. Nr. 36 dieses Anhangs), so dürfen wir seine Entstehung auch kaum früher ansetzen. Daraus folgt freilich noch nicht, daß auch die Composition in dieses Jahr falle, das Wasserzeichen belehrt uns nur, daß sie nicht wohl später als

1736 geschrieben sein wird. Wenn Bach sie aber seinem häuslichen Kreise bestimmte, so ist die Entstehung bald nach Verfertigung des Gedichtes doch sehr wahrscheinlich, denn grade in dieser Zeit, da auch Wilhelm Friedemann und Philipp Emanuel Bach noch bei den Eltern weilten, blühte Bachs Hauscapelle. Daß das letzte Recitativ und der Schlußgesang nicht von Picander herrühren, steht fest; denn hätte er sie, etwa auf Bachs Wunsch, später nachgedichtet, so würden sie doch in der Gesammtausgabe seiner Werke (1748) zu finden sein. Allein auch hier (S. 1244) schließt der Text mit Lieschens zweiter Arie ab.

54. (S. 520.) Originalhandschriften zur Hmoll-Messe sind drei vorhanden: die vollständige autographe Partitur (auf der königlichen Bibliothek zu Berlin), die Originalstimmen zum *Kyrie* und *Gloria* (in der Musikalienbibliothek des Königs von Sachsen zu Dresden), die autographe Partitur des *Sanctus* in seiner älteren Gestalt (auf der königlichen Bibliothek zu Berlin). Verloren gegangen sind die Stimmen zur Gesammtpartitur und zum *Sanctus*, sowie die Einzelpartitur zum *Kyrie* und *Gloria*; in der Gesammtpartitur zeigen die beiden letztgenannten Sätze einige Abweichungen von den Dresdener Stimmen, welche ergeben, daß die im Ganzen der Messe befindliche Partitur später, als die Dresdener Stimmen geschrieben ist. Doch wird es des Wasserzeichens M A wegen bis zum Jahre 1736 geschehen sein (s. Nr. 33 dieses Anhangs). Was die Entstehungszeit des *Credo* betrifft, so überrascht die Entdeckung, daß es auf demselben Papier geschrieben ist wie die Rathswahlcantate »Wir danken dir Gott« und Theile der Cantaten »Herr, deine Augen sehen nach dem Glauben« und »Wer weiß, wie nahe mir mein Ende« (s. Nr. 38 dieses Anhangs). Darauf würde sich die Vermuthung gründen lassen, das Credo sei um 1732 componirt, also früher als *Kyrie* und *Gloria*. Ihr steht indessen der Umstand entgegen, daß auch im *Agnus* hier und da dieselben Wasserzeichen bemerkbar zu sein scheinen, wenn sie sich gleich einer ganz sichern Cognition entziehen. Die Folge wäre dann, auch das *Agnus* in die Zeit vor dem *Kyrie* zu setzen, was wegen des durch das *Osanna* gebildeten Zusammenhangs desselben mit dem *Sanctus* äußerst unwahrscheinlich ist. Ich möchte daher aus innern Gründen hier den diplomatischen Merkzeichen keine entscheidende Kraft beilegen. Das *Sanctus* in der ersten Niederschrift kennzeichnet sich schon durch das anfängliche *J. J.* und das abschließende *Fine SDG.* als ein selbständiges Stück. Das Fugenthema des *Pleni sunt coeli* hatte sich Bach ursprünglich so gedacht:

und in dieser Gestalt flüchtig auf der ersten Seite hingeworfen, wie er mit Gedanken, die ihm während der Ausarbeitung eines Werkes kamen, häufiger zu thun pflegte. Als Weihnachtsmusik aber verräth sich dieses

Sanctus dadurch, daß auf derselben Seite, mit derselben Tinte wie obiger Entwurf geschrieben, sich folgendes findet:

Dieses ist ein Weihnachtslied Caspar Zieglers mit einer wenig bekannten Melodie, welche beide Bach zu einer Cantate auf den dritten Christtag verwendet hat. Offenbar notirte er sich hier die Melodie, um sie für die Cantate festzuhalten, welche er mit dem *Sanctus* zusammen an demselben Weihnachtsfeste zur ersten Aufführung bringen wollte. Das Wasserzeichen der *Sanctus*-Partitur ist ebenso wie das der Cantaten-Partitur der Halbmond in der einen Bogenhälfte bei unsignirter anderer Bogenhälfte. Ein mit diesen Merkmalen versehenes Papier begann Bach um 1735 zu gebrauchen. Nun steht aber auf derselben Seite der Partitur unter den angeführten musikalischen Notizen noch, von Bach eigenhändig geschrieben: »*NB.* Die *Parteyen* sind in Böhmen bey Graff *Sporck*«. Parteyen sind hier Stimmen. Daß »Graff Sporck« derselbe ist, von welchem weiter unten im Context gehandelt wird, darf als unzweifelhaft gelten, schon wegen dessen Beziehungen zu Picander. Der Graf starb schon am 30. März 1738; mit seinem Tode löste sich sein Hausstand auf, da er Söhne nicht hinterließ. Wenn Bach ihm die Stimmen des *Sanctus* schickte, so kann dasselbe spätestens zu Weihnachten 1737 componirt sein. Man frägt sich aber, ob er ihm nicht auch die Partitur geschickt haben wird, und der Graf nur diese zurücksendete, die Stimmen aber noch dort behielt, und ob sich aus obiger Notiz nicht schließen läßt, daß die Partitur zurückkam, als der Graf noch lebte. Ist dieses der Fall — und mir scheint, daß man sehr wohl so interpretiren kann — dann dürfte das *Sanctus* noch früher als 1737 componirt sein. 1736 möchte Bach es schwerlich geschrieben haben, da er, damals im heftigsten Conflicte mit Ernesti und dem Chore gegenüber discreditirt, gewiß nicht in der Stimmung war, für ein und dasselbe Fest zwei neue Compositionen zu machen, darunter eine von höchster Großartigkeit. Es bliebe also Weihnachten 1735; über dieses Jahr zurückzugehen, ist des Wasserzeichens wegen nicht wohl zulässig. Und wirklich läßt sich noch ein andres Moment geltend machen, das für dieses Jahr zeugt. Wenn man den Schlußchor des Oster-Oratoriums mit dem *Sanctus* vergleicht, so ergiebt sich eine eigenthümliche Verwandtschaft. Beide zeigen die Form der französischen Ouverture, beide auch in ihren zwei Theilen eine ähnliche Haltung, beide lassen auf einen Vierviertel- einen Dreiachtel-Takt folgen, bei beiden erfolgt die Modulation von jenem zu diesem in derselben Weise. Niemand aber wird glauben, daß der Chor des Oster-Oratoriums das frühere sei. Vielmehr stellt sich derselbe als ein schwächerer Nachklang des mächtigen *Sanctus* dar, als das Ergebniß eines etwas lässigen Weiterwandelns auf dem Wege, welchen der Meister sich mit dem *Sanctus* gebrochen hatte. Das Oster-Oratorium nun entstand wahrscheinlich 1736 (s. Nr. 48 dieses Anhangs).

55. (S. 553. 554.) Ein neues diplomatisches Merkzeichen begegnet in den Originalmanuscripten folgender Cantaten:

1) Ihr werdet weinen und heulen (Sonntag Jubilate)
2) Es ist euch gut, daß ich hingehe (Sonntag Cantate)
3) Bisher habt ihr nichts gebeten (Sonntag Rogate)
4) Auf Christi Himmelfahrt allein (Himmelfahrtsfest)
5) Sie werden euch in den Bann thun [A moll] (Sonntag Exaudi)
6) Wer mich liebet, der wird mein Wort halten [größere Composition] (1. Pfingsttag)
7) Also hat Gott die Welt geliebt (2. Pfingsttag)
8) Er rufet seine Schafe mit Namen (3. Pfingsttag)

Das Merkzeichen ist dieses:

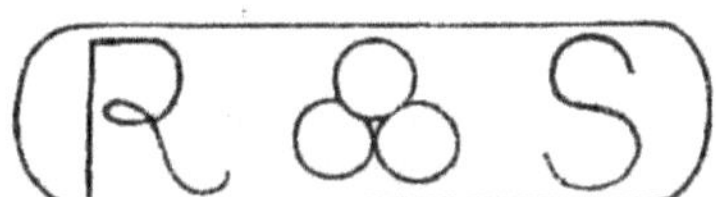

Man sieht, diese Cantaten bilden eine lückenlos vom 3. Sonntag nach Ostern bis zum letzten Pfingstfeiertage sich fortsetzende Reihe. Auf der letzten Seite der autographen Partitur von 1) steht köpflings: »*Dominica Quasimodogeniti. Concerto.*« und darunter ein 7 Takte langer durchstrichener Entwurf, dessen Oberstimme so anfängt:

Ob dieser Anfang weiter geführt ist oder nicht, ist unbekannt; wäre er es, so hätten wir den Verlust der Composition zu constatiren. Jedenfalls aber wollte Bach mit der Jubilate-Musik auch eine solche für den ersten Sonntag nach Ostern schreiben. Es fehlte demnach nur eine Cantate für Misericordias Domini, um die ganze Serie zwischen Ostern und dem Trinitatisfest vollständig zu machen, und daß diese Cantate vorhanden ist, werde ich weiter unten glaubhaft machen. Hiermit habe ich schon ausgesprochen, daß ich obige 8 Cantaten im Zusammenhang für ein und dasselbe Kirchenjahr componirt halte. Man stelle sich Bachs starken Verbrauch von Schreibmaterial vor und erwäge, daß ein Papier mit der oben nachgebildeten Signatur außer einem gleich zu erwähnenden Manuscriptbogen nur in den aufgezählten Cantaten — soweit die Bachschen Manuscripte bekannt geworden sind — vorkommt, dazu den unter ihnen bestehenden kirchenjahrmäßigen Zusammenhang — die Annahme des Gegentheils: eines zerstreuten Entstehens innerhalb mehrer Jahre, wird fast unmöglich erscheinen. Hiermit nicht genug. Es läßt sich bei 6) und 7) noch durch ein andres Mittel beweisen, daß sie zu derselben Zeit componirt worden sind. 6) ist in zweien seiner Stücke nur Umarbeitung einer älteren Pfingstcantate, deren Text mit denselben Worten beginnt (s. Bd. I, S. 505 ff. und Bd. II, Nr. 21 dieses Anhangs). Auf der Rückseite der autographen Partitur der älteren Pfingstcantate findet sich das Thema des Schlußchores von 7) nebst seiner ersten Beantwortung flüchtig hingeworfen. Bach hatte also die ältere Pfingstcantate wieder hervorgesucht, um Theile von ihr für die neuere zu benutzen. Während er in der Ausarbeitung begriffen war, fiel ihm das Fugenthema für 7) ein, und er notirte es schnell auf der unbeschriebenen Rückseite.

Die acht Cantaten gehören also zusammen, hieran ist um so weniger zu zweifeln, als sie auch bestimmte Formverwandtschaften zeigen, und besonders ein seltenes Instrument, das *Violoncello piccolo*, in mehren von ihnen benutzt wird. Aber in welches Jahr fallen sie? Laut der Partitur von 4) wollte Bach das Duett darin von der obligaten Orgel begleitet werden lassen. Da hierzu ein selbständiges Rückpositiv nöthig war, und dieses erst im Laufe des Jahres 1730 hergestellt wurde (s. S. 112 dieses Bandes), kann 4) und somit die ganze Cantaten-Gruppe nicht vor 1731 componirt sein. Nun ist aber schon sowohl eine Misericordias-Cantate (»Der Herr ist mein getreuer Hirt«) als besonders auch eine Pfingstcantate (»Ich liebe den Höchsten von ganzem Gemüthe«) vorhanden, welche aus gewichtigen Gründen in das Jahr 1731 oder 1732 versetzt werden mußten (s. Nr. 36 dieses Anhangs). Eines der beiden Jahre wird also für den jetzt vorliegenden Fall unmöglich. Ebenso unmöglich ist 1733, da in ihm von Estomihi bis zum 4. Trinitatis-Sonntage der Landestrauer wegen überhaupt keine Musik gemacht wurde. Hier darf ich gleich die Meinung äußern, daß Bach gewiß nur ausnahmsweise in zwei aufeinander folgenden Jahren für dieselben Sonntage Cantaten componirt hat und daß schon deshalb unsre Gruppe vor 1734 nicht entstanden sein dürfte. Ich wende mich sodann zu andern Beweismitteln.

Bach schrieb zum Reformationsfeste eine Cantate »Gott der Herr ist Sonn und Schild«. Auf einer freien Seite des vierten Bogens der autographen Partitur steht köpflings: »*J. J. Doică Exaudi*. Sie werden eüch in den Bann thun«, darunter ein sehr schöner, eigenthümlicher Anfang für fünf Instrumente, von denen die obersten zwei im Violin- die mittleren zwei im Alt-, das tiefste im Bassschlüssel notirt sind. Ich halte die 4 obern Instrumente für Oboen (*d'amore* und *da caccia*). Ueber dem untersten System ein unbeschriebenes für den Singbass; Tonart A moll, Taktart ₵. Das Fragment reicht nur bis zum siebenten Takt. Vergleicht man damit den Anfang von 5) unsrer Gruppe, so ist sofort klar, daß hier ein später vom Componisten aufgegebener erster Entwurf der Exaudi-

Cantate vorliegt. Könnte man nun die Entstehungszeit der Reformations-Cantate bestimmen, so wäre ein neuer, werthvoller Anhaltepunkt gewonnen. Wir wissen, daß Bach, beziehungsweise sein Textdichter, in seinen Kirchencompositionen stets den allgemeinen Charakter des Sonn- oder Festtages und im besondern auch den Inhalt des Predigttextes zu berücksichtigen pflegt. Zum Reformationstage gab es keinen für immer feststehenden Text, es wurde ein solcher für jedes Jahr höheren Orts bestimmt. Ich habe ein handschriftliches Verzeichniß der während Bachs Leipziger Zeit angeordneten Reformationstexte zu entdecken vermocht. Es findet sich auf dem Ephoralarchiv zu Leipzig, »*ACTA* die Feyer des Reformations-Festes betr. *Superintendur* Leipzig 1755«, und möge hier zunächst folgen. 1723 Sonntags-Evangelium, weil das Fest auf den 23. Trinitatis-Sonntag fiel; 1724 Psalm 15, 1—3; 1725 Ebräer 3, 7—14; 1726 Matthäus 16, 24—26; 1727 Psalm 85, 6—8; 1728 Sonntags-Evangelium (23. Trin.); 1729 Titus 2, 14; 1730 Offenbarung Johannis 14, 6—8; 1731 Lucas 13, 6—9; 1732 2. Timoth. 1, 12; 1733 Jesaias 51, 15—16; 1734 Sonntags-Evangelium (19. Trin.); 1735 Psalm 80, 15—20; 1736 Offenb. Joh. 3, 1—6; 1737 Offenb. Joh. 14, 6—8; 1738 Offenb. Joh. 3,14—18; 1739 Psalm 33,18; 1740 2. Thessal. 2, 10—12; 1741 Offenb. Joh. 14, 6—8; 1742 Römer 6, 17—18; 1743 Offenb. Joh. 3, 10—11; 1744 Jesaias 55, 10—11; 1745 Sonntags-Evangelium (20. Trin.); 1746 nicht verzeichnet; 1747 Offenb. Joh. 14, 6—8; 1748 Jesaias 26, 9—10; 1749 Jesaias 45, 22 und 25.

Gehen wir diese Texte durch, so ergiebt sich, daß der Inhalt der Cantate »Gott der Herr ist Sonn und Schild« nur auf 1733, 1735 und 1739 paßt. Das Reformationsfest trägt freilich in sich schon einen sehr bestimmten poetischen Gehalt, und wenn besondere Veranlassungen vorlagen ihn stark hervorzukehren, wie in den Jubeljahren 1730 und 1739, so könnte es irreleitend werden, dann nach Bezügen zwischen Predigttext und Cantate suchen zu wollen. Es kann daher die Cantate »Ein feste Burg« (s. S. 300 dieses Bandes) mit dem Text von 1730 sehr wohl bestehen, übrigens ist es ja auch möglich, daß sie erst 1739 geschrieben wurde. Aber nicht wohl möglich ist es, daß die Cantate »Gott der Herr« 1739 componirt wurde, denn 1) sind aus ihr mehre Stücke in die A dur- und G dur-Messe eingearbeitet, und innere wie äußere Gründe veranlassen, diese in die Zeit 1737—1738 zu setzen, 2) kommen die Wasserzeichen der Originalstimmen der Cantate wieder vor in den Originalhandschriften der Musik für den zweiten Ostertag »Erfreut euch ihr Herzen« und derjenigen für den dritten Ostertag »Ein Herz, das seinen Jesum lebend weiß«, so daß die zeitliche Nähe dieser Werke ohne weiteres angenommen werden muß. In den Stimmen der Oster-Musik »Ein Herz« findet sich aber auch das Zeichen MA, welches 1739 in keiner Bachschen Handschrift mehr nachweisbar ist. Es bleiben also die Jahre 1733 und 1735 übrig.

Der oben erwähnte erste Entwurf zu 5) steht wie gesagt auf dem vierten Bogen der Reformationscantate. Die Partitur derselben umfaßt im Ganzen sechs Bogen. Von ihnen sind die Bogen 1, 2, 5 und 6 nach Format, Wasserzeichen und Qualität übereinstimmend. Bogen 3 und 4 sind anders beschaffen, im Format abweichend und auch wieder unter sich verschieden. Man sieht, daß Bach, als er die Reformationscantate aufschreiben wollte, einige Bogen älteren, und nicht oder doch nur wenig benutzten Papieres, die ihm grade in den Griff gekommen sein mochten, mit verwendet hat. Das Umgekehrte, daß er in die vollendete Reformations-Cantate nachträglich den Entwurf zu 5) eingezeichnet haben sollte, ist undenkbar, da er sich in der Mitte der Partitur findet; wie ein jeder erkennen kann hat Bach die betreffende Seite nur übersprungen, weil sie zum Theil (es sind auch noch andre musikalische Notizen darauf) schon beschrieben war. Das Wasserzeichen des Bogens aber, auf welchem der fragmentarische Entwurf steht, ist, wenn auch nicht sehr hervorleuchtend, so doch dem geübten und geschärften Auge wohl erkennbar, eben dasselbe welches die oben aufgeführten acht Cantaten gemeinsam haben.

Hieraus folgt, daß die Exaudi-Cantate früher als die Reformations-Cantate componirt sein muß. Ist aber dieses der Fall, so folgt mit Nothwendigkeit weiter, daß das Jahr ihrer Entstehung nicht 1733 gewesen sein kann. Denn 1733 konnte Bach eine Cantaten-Serie von Jubilate bis zum 3. Pfingsttag überhaupt nicht componiren, weil von Estomihi bis zum 4. Trinitatis-Sonntag alle concertirende Kirchenmusik ausfiel. Es muß also die Reformations-Cantate 1735 geschrieben sein. Und dieses Resultat setzt uns zugleich über die Entstehungszeit der bewußten Serie ins klare; sie war ebenfalls 1735.

Ueber 6) unsrer Gruppe ist Bd. I, S. 505 und 798 f. gesagt worden, sie sei 1731 componirt. Dies geschah in Folge einer Jahreszahl, welche sich auf einer alten Copie der älteren Pfingstcantate »Wer mich liebet« befindet. Wie ich jetzt glaube, bezeichnet diese Zahl nur das Jahr der Abschrift, oder vielleicht einer wiederholten Aufführung. Ich war, als ich die erwähnten Stellen schrieb, nicht in der Lage, jede neue Vermuthung und Combination durch erneute Besichtigung der Originalhandschriften sofort zu prüfen, und gelangte erst später auf den richtigen Weg, die wirkliche Entstehungszeit von 6) feststellen zu können. Was von 6), gilt natürlich auch von 7). Alles, was sonst Bd. I, S. 799 auseinandergesetzt ist, bleibt bestehen.

Ein Bedenken knüpft sich noch an 4). Um es klar zu legen, muß von neuem auf die Reformations-Cantate zurückgegangen werden. Bogen 1, 2, 5 und 6 der Partitur derselben haben als diplomatische Merkzeichen auf dem einen Blatte einen Hirsch, auf dem andern ; in den meisten Originalstimmen der Cantate findet sich dagegen

Diese Zeichen kehren wieder in folgenden Cantaten:

a) Denn du wirst meine Seele nicht in der Hölle lassen (1. Ostertag)
b) Erfreut euch ihr Herzen (2. Ostertag)
c) Ein Herz, das seinen Jesum lebend weiß (3. Ostertag)
d) Gott fähret auf mit Jauchzen (Himmelfahrtsfest).

Und zwar haben a) und d) die Zeichen der Partitur der Reformations-Cantate, b) und c) das der Stimmen, wobei bemerkt werden muß, daß auf dem correspondirenden Blatte des Bogens bei ihnen noch die Figur eines Adlers sichtbar ist.

Daß die Cantaten a)—d) in die zeitliche Nähe der Reformationsmusik gehören, ist ersichtlich. Auch daß sie vor derselben geschrieben sind, drängt sich sofort als wahrscheinlich auf. Allzusehr macht doch das zu der Reformationsmusik gebrauchte Schreibmaterial, welches nicht weniger als vier verschiedene Papiersorten erkennen läßt, den Eindruck, als habe der sparsame Componist überallher zusammengesuchte Reste aufgebaucht. Es muß bemerkt werden, daß sich die hier in Frage kommenden diplomatischen Zeichen in andern feststellbaren Compositionen späterer Zeit nicht wieder finden, ausgenommen ein paar zu Einlagen in die Stimmen der Johannes-Passion verwendete Stückchen, deren dritte Aufführung wir auf das Jahr 1736 zu verlegen Grund hatten. Fallen nun aber die Cantaten a)—d) auch in das Jahr 1735, dann erhalten wir freilich für das Himmelfahrtsfest 1735 zwei Bachsche Compositionen, ein Ergebniß, das man nicht ganz ohne Bedenken hinnehmen kann. Wenn ich nach reiflicher Ueberlegung es mir endlich doch gefallen lasse, so geschieht es, abgesehen von Obigem, noch aus folgenden Gründen: 1) Zwei Cantaten waren zu jedem Himmelfahrtsfeste nöthig (s. S. 101 dieses Bandes). 2) Es war nichts unerhörtes, daß die Componisten jener Zeit sowohl die Vormittags- als Nachmittags-Musiken eines und desselben Sonn- oder Festtages selbst componirten (s. S. 180 dieses Bandes), und der Productionsdrang war 1735 bei Bach offenbar ein sehr starker. 3) Wenn wir, wie doch nicht wohl anders möglich, annehmen, daß die Cantaten a)—d) ebenso zusammengehören, wie die Cantaten 1)—8), so spricht für ihre Entstehungszeit in diesem Jahre auch der Umstand, daß zwei derselben, a) und c), Bearbeitungen früherer Werke sind. Es ist unverkennbar, daß Bach grade damals vielfach auf ältere Werke zurückgriff. Auch unter der Gruppe 1)—8) sind zwei Cantaten, 6) und 7), welche zum Theil aus weimarischen Compositionen bestehen. Von der Lucas-Passion wissen wir, daß sie nicht lange vorher aufgefrischt, und wahrscheinlich 1734 wieder aufgeführt wurde. Die weimarische Cantate »Komm du süße Todesstunde« ist ebenfalls in den dreißiger Jahren in Leipzig wieder hervorgesucht worden, und die begründetste Vermuthung ist, daß dies zum 2. Febr. 1735 geschah. Denn das Papier der Partitur, in welcher sie uns erhalten ist, stimmt genau mit dem vom 5. October 1734 bekannten überein (kleiner Adler und gegenüber IR; s. Nr. 36 dieses Anhangs); die Ueberschrift aber bemerkt zunächst die ursprüngliche Bestimmung der Cantate, den 16. Sonntag nach Trinitatis, und darunter die andre (spätere) Bestimmung: *Festo Purificationis Mariae*[1]). 4) endlich spricht für die Gebrauchszeit des Papiers von a) und d) eine Orgelstimme zu der von Bach schon in Weimar benutzten, in Leipzig wiederbenutzten Keiserschen Marcus-Passion. Diese zu einer Neuaufführung angefertigte Stimme hat dieselben Wasserzeichen. Bach brachte, wie wir theils wissen, theils annehmen dürfen, seine Passion nach Matthäus 1729, nach Marcus 1731, nach Lucas 1734, nach Johannes 1736. So öffnet sich für die Keisersche Passion das Jahr 1735.

Nicht verschwiegen soll werden, daß sich unter den Stimmen von 8) einige Blätter finden, welche ihren Zusammenhang mit der Partitur des Oster-Oratoriums verrathen (s. Nr. 48 dieses Anhangs). Hieraus wäre aber nur zu schließen, daß 8) zu Pfingsten 1738 abermals aufgeführt, und was an einzelnen Stimmblättern verloren gegangen durch neue ersetzt worden ist. —

Wir besäßen also aus dem Jahre 1735 eine Cantaten-Serie vom 1. Oster- bis zum 3. Pfingsttag, und für Himmelfahrt zwei Compositionen. Es fehlt in dieser Serie die Cantate für Quasimodogeniti, die von Bach jedenfalls geplant und, wenn ausgeführt, verloren gegangen ist. Die Misericordias-Cantate hat sich, glaube ich, erhalten. Ich erkenne sie in der Composition »Ich bin ein guter Hirt«. Diplomatisch steht nichts im Wege, sie hier einzureihen, weil ihr Merkzeichen (s. Nr. 56 dieses Anhangs) auch in den Partituren von 2) und 3) vorkommt. Ihrer musikalischen Beschaffenheit nach aber hat sie mit den andern Cantaten eine auffällige Verwandtschaft. Doch die Erörterung hierüber gehört an einen andern Ort.

56. (S. 569.) Das schon mehrfach erwähnte Zeichen, welches die größeste Anzahl von Cantaten der letzten Periode zu einer Gruppe zusammenschließt: ein Halbmond auf der einen bei unbezeichneter andrer Bogenhälfte, findet sich in folgenden Cantaten:

1) Ach Gott vom Himmel sieh darein
2) Ach Gott, wie manches Herzeleid (A dur)
3) Ach lieben Christen seid getrost
4) Ach wie flüchtig, ach wie nichtig
5) Aus tiefer Noth schrei ich zu dir
6) Bisher habt ihr nichts gebeten
7) Bleib bei uns, denn es will Abend werden
8) Christ unser Herr zum Jordan kam
9) Christum wir sollen loben schon
10) Das neugeborne Kindelein
11) Du Friedefürst, Herr Jesu Christ

---

1) Band I, S. 541, Anmerk. 24 ist nur die Uebereinstimmung mit den späteren Stimmen des Oster-Oratoriums hervorgehoben (s. Nr. 48 dieses Anhangs). Aus obigen Gründen möchte ich darauf jetzt das geringere Gewicht legen, und auch glauben, daß die Partitur in Bachs Hause geschrieben ist.

12) Erhalt uns Herr bei deinem Wort
13) Es ist euch gut, daß ich hingehe
14) Gelobet seist du, Jesu Christ
15) Herr Christ der einig Gottssohn
16) Herr Gott dich loben alle wir
17) Herr Jesu Christ wahr Mensch und Gott
18) Ich bin ein guter Hirt
19) Ich freue mich in dir
20) Ich hab in Gottes Herz und Sinn
21) Jesu nun sei gepreiset
22) Liebster Immanuel, Herzog der Frommen
23) Mache dich mein Geist bereit
24) Meinen Jesum laß ich nicht
25) Meine Seele erhebet den Herren
26) Mit Fried und Freud ich fahr dahin
27) Nun komm, der Heiden Heiland (H moll)
28) Schmücke dich, o liebe Seele
29) Was frag ich nach der Welt
30) Was mein Gott will, das g'scheh allzeit
31) Wo soll ich fliehen hin.

Mit Ausnahme von 6), 7), 13) und 18) sind es sämmtlich Choral-Cantaten. Das Jahr, in welchem der Gebrauch dieses Papiers beginnt, finden wir durch 6) und 13), in deren Originalmanuscripten außer dem Halbmond auch das Zeichen vorkommt, welches die in der vorigen Nummer zusammengestellte Gruppe kennzeichnet. Es ist das Jahr 1735. Weitere Versicherung gewähren 7) wegen des Zusammenhangs mit dem Oster-Oratorium (s. Nr. 48 dieses Anhangs) und 19) wegen des Zusammenhangs mit dem *Sanctus* der H moll-Messe (s. Nr. 54 dieses Anhangs). Ferner 11). Der Text dieser Cantate enthält unverkennbare Hindeutungen auf Kriegsereignisse, welche das Land betrafen. Zwar darf nicht übersehen werden, daß die nächste Veranlassung, dem Texte seinen besondern Inhalt zu geben, in der Beschaffenheit des Sonntags-Evangeliums lag, welches von dem Untergange des jüdischen Volkes prophezeit. Allein schon die Einführung des Chorals »Du Friedefürst, Herr Jesu Christ« deutet auf bestimmte damalige Erlebnisse genannter Art. Zweifelloser noch folgender Umstand. Der Text ist, wie immer in den späteren Choralcantaten Bachs, hinsichtlich der madrigalischen Stücke nur Paraphrasirung einzelner Strophen des betreffenden Kirchenliedes. Die Alt-Arie ruht auf der zweiten, das Tenor-Recitativ auf der dritten Strophe. Strophe 4 und 5 bleiben unbenutzt, Strophe 6 ist Quelle des Textes für das Terzett. Die siebente und letzte Strophe macht als einfacher Choral den Schluß. Das vorhergehende Alt-Recitativ aber ist ungebräuchlicher Weise ganz freie Dichtung und sie lautet:

Ach laß uns durch die scharffen Ruthen
Nicht allzu hefftig bluten.
O Gott, der du ein Gott der Ordnung bist,

Du weist was bey der Feinde Grimm
Vor Grausamkeit und Unrecht ist.
Wohlan, so strecke deine Hand
Auf ein erschreckt geplagtes Land,
Die kan der Feinde Macht bezwingen
Und uns beständig Friede bringen.

Diese Worte bezeichnen eine Kriegesnoth, welche nicht etwa in fernen Ländern, wie 1735, nicht auch in Polen, wie 1733 und 1734, sondern in Sachsen selbst eingetreten war. Es kann also hier nur an die schlesischen Kriege gedacht werden. Am 23. November 1745 wurden die Sachsen bei Hennersdorf geschlagen, am 30. November rückten die Preußen in Leipzig ein, legten der Stadt eine drückende Kriegssteuer auf, und überhaupt wurde im zweiten schlesischen Kriege Sachsen empfindlichst verwüstet und ausgesogen. Das alles würde vortrefflich passen. Allein die Cantate ist auf den 25. Trinitatissonntag componirt, und der 25. Trinitatissonntag kam 1745 nicht vor. Auch 1746 nicht, da freilich in Sachsen selbst auch der Friede schon geschlossen war. Der erste schlesische Krieg kann nicht gemeint sein, denn in diesem blieb das Land vom Feinde ganz verschont, auch kamen die mit Friedrich II. verbündeten sächsischen Truppen in Böhmen kaum zum Kampfe. Es bleibt nur 1744 übrig, das erste Jahr des zweiten schlesischen Krieges, der gleich mit dem Durchzug der feindlichen Preußen durch Sachsen seinen Anfang nahm. — Wir haben mit 1744 zugleich das späteste Jahr, aus welchem das diplomatische Zeichen der Cantaten-Gruppe nachweisbar ist.

Es sind unter der Gruppe auch einige Cantaten, in deren Originalmanuscripten der Halbmond und MA neben einander vorkommen, nämlich 21), 29) und 31). Diese müssen also an den Beginn der Periode 1735 bis 1744 fallen, und des MA wegen können sie nicht wohl später als 1736 componirt sein. Nun gilt aber 29) dem 9. Trinitatis-Sonntage. Am 8. und 9. Trinitatis-Sonntage (22. und 29. Juli) 1736 war Bach von Leipzig abwesend (s. S. 486 dieses Bandes). Demnach müßte wenigstens diese Cantate auf 1735 gesetzt werden. 31) gehört dem 19. Trinitatis-Sonntage. Es ist unwahrscheinlich, daß Bach 1736, nachdem er einige Wochen zuvor den Conflict mit Ernesti zu bestehen gehabt hatte und in Folge dessen zeitweilig einen entschiedenen Widerwillen gegen die Kirchenaufführungen empfinden mußte, in der Laune gewesen sein sollte, neue Werke für solche Zwecke zu produciren. Dies dürfte auch noch für 21), eine Neujahrscantate, geltend zu machen sein. Wahrscheinlich ist es daher, daß auch 31) ins Jahr 1735, 21) aber auf Neujahr 1736 gehört.

In 29) ist außer den beiden genannten Wasserzeichen noch ein drittes, ein Adler, zu bemerken. Dieses kommt aber so in vielen Gestalten und in den verschiedensten Zeiten vor, daß es für chronologische Untersuchungen unbrauchbar ist. Ich habe es versucht und die Manuscripte zusammengestellt, in welchen es genau in derselben Form erscheint. Es kämen dann in Betracht: »Jesu der du meine Seele«, »Was Gott thut, das ist wohlgethan« (Gdur, 21. Trinit.-Sonnt.), »Allein zu dir, Herr Jesu Christ«, »Nimm von uns Herr, du treuer Gott«. Diese Cantaten müßten also mit

29) in das Jahr 1735 gehören. Der Versuch scheitert aber sofort, denn am 21. Trinitatis-Sonntage war 1735 das Reformationsfest, an welchem »Gott der ist Sonn und Schild« aufgeführt sein wird; jedenfalls keine gewöhnliche Sonntags-Cantate.

57. (S. 594.) Die fünf Melodien, welche durch Johann Ludwig Krebs überliefert sind, befinden sich in einer handschriftlichen Sammlung von Orgel- und Clavierstücken, die sich von ihm auf seine Amtsnachfolger in Altenburg vererbte, bis sie in den Besitz des Herrn F. A. Roitzsch in Leipzig kam; dieser hat mir mit stets gleicher Bereitwilligkeit auch zu vorliegendem Zwecke die Benutzung seines Eigenthums gestattet.

Die Melodien beziehen sich auf die Lieder »Hier lieg ich nun, mein Gott, zu deinen Füßen«, »Das walt mein Gott, Gott Vater, Sohn«, »Gott mein Herz dir Dank«, »Meine Seele, laß es gehen«, »Ich gnüge mich an meinem Stande«. Daß Krebs sich das Buch, welches Compositionen von Buxtehude, Reinken, Böhm, Leyding, Walther, Kauffmann, Bach und anderen in bunter Folge enthält, zusammenstellte, da er Bachs Jünger in Leipzig war, ist sehr wahrscheinlich, wenn es auch nicht sicher bewiesen werden kann. Die Thomasschule besuchte er bis 1735 und studirte dann an der Universität noch bis 1737. Er verkehrte also mit Bach, als dieser den musikalischen Theil des Schemellischen Gesangbuches bearbeitete. Die genannten Melodien sind, wie man deutlich wahrnimmt, keine Entwürfe, sondern Abschriften, und manchmal nur ganz flüchtige; bei dreien ist nur die Melodie, nicht zugleich auch der Bass aufgezeichnet. Da der Schreiber sie würdig hielt, in einem Buche mit Werken der hervorragendsten Meister eine Stelle zu finden, so muß er sie hochgeschätzt haben. Sie verrathen in der That die Hand eines Meisters und tragen, wie man sich durch Augenschein überzeugen kann, ein Bachsches Gepräge.

Was uns aber direct darauf führt, daß Bach sie als Parerga seiner Schemellischen Melodien geschrieben habe, ist folgendes. Das durch Freylinghausens Gesangbuch verbreitete Gedicht »Hier lieg ich nun o Herr [mein Gott] zu deinen Füßen« steht nicht bei Schemelli. Dagegen findet sich hier, nach derselben Melodie zu singen, und durch seinen Anfang an jenes erinnernd das schöne, Johann Arndt zugeschriebene Bußlied »Hier lieg ich nun, o Vater aller Gnaden«. Weiterer Verbreitung scheint sich dieses nicht erfreut zu haben; selbst J. B. König nennt es nicht. Einer eignen Melodie entbehrt es ebensowohl wie das Freylinghausensche Gegenstück; für beide ist die Melodie »Der Tag ist hin, mein Jesu bei mir bleibe« vorgeschrieben. Die Dichtung »Hier lieg ich nun, o Vater aller Gnaden« ist aber eine solche, daß sie einen Bach sehr wohl anregen konnte, sie mit einer eignen Melodie zu versehen. Und in der That: die von Krebs überlieferte Melodie paßt nicht nur im Ganzen für die lieblich spielende Freylinghausensche Dichtung viel weniger als für die Schemellische, sondern sie schmiegt sich der letzteren auch in den Einzelheiten so eng und in so ganz Bachscher Weise an, daß meines Erachtens kein Zweifel sein kann, sie sei wirklich für die Schemellische Dichtung componirt.

Um die Vergleichung zu erleichtern, gebe ich in der Beilage die Musik mit beiden Texten.

Ein etwas anderes Verhältniß scheint bei der Melodie »Gott mein Herz dir Dank« zu walten. Die Dichtung der Gräfin Aemilie Juliane, ein Abendlied nach dem Genuß des heiligen Abendmahls, findet sich bei Schemelli nicht, wohl aber als ziemlich genaue Nachdichtung derselben ein Morgenlied eines Communicanten »Gott sei Lob, der Tag ist kommen«. Eine eigne Melodie gab es bisher für beide nicht. Auch die Dichtungen scheinen sich nur hier und da eingebürgert zu haben; »Gott sei Lob« findet sich im 2. Theil des Arnstädtischen Gesangbuchs von 1745, »Gott mein Herz« war nach Heinrich Nikolaus Gerbers Choralbuch in Sondershausen bekannt. Wenn Bach eine Melodie für Schemellis Gesangbuch erfinden wollte, so lag es im wohl nahe, sich lieber an das Original, das ihm vermuthlich aus Thüringen bekannt war, als an die Nachdichtung zu halten; jenem schmiegt sich denn auch die Melodie noch inniger an, sie paßt gleichwohl aber auch recht gut auf die Nachdichtung.

Die Dichtungen zu den drei andern von Krebs überlieferten Melodien stehen sämmtlich in Schemellis Gesangbuch. »Das walt mein Gott« hatte längst eine eigne Melodie, »Meine Seele laß es gehen« soll hier nach »Herr ich habe mißgehandelt« gesungen werden, es gab jedoch auch Originalmelodien dazu, welche Dretzel und König mittheilen. Die Krebsschen Melodien sind von den genannten ganz abweichend und kommen auch sonst nirgends vor. Ohne eine eingebürgerte eigne Melodie war das Lied »Ich gnüge mich an meinem Stande«. Dretzel, als er sein Werk »Des Evangelischen Zions Musicalische Harmonie« vorbereitete (es erschien 1731), fand in Gesangbüchern nur den Text und entschloß sich also, selbst eine Weise dazu zu setzen. Bei Schemelli findet sie aber keine Berücksichtigung; hier soll das Lied nach der Melodie »Wer nur den lieben Gott läßt walten« gesungen werden, deren letzte beide Zeilen sich mit denen der Dichtung metrisch nicht vollständig decken, und so den Wunsch nach einer eignen Weise erwecken mußten. Man erinnere sich aber, daß Bach eine Picandersche Cantate »Ich bin vergnügt mit meinem Glücke« componirt hatte (s. S. 274 dieses Bandes). Picander hatte offenbar das geistliche Strophenlied vor Augen gehabt; nicht nur der übereinstimmende Inhalt, sondern auch viele einzelne Wendungen verrathen dies. Bach mußte also schon deshalb der Dichtung bei Schemelli ein gewisses Interesse zuwenden, und es ist wohl nicht zufällig, daß die von Krebs überlieferte Melodie ebenso wie die Cantate in E moll steht.

58. (S. 633.) Ein Autograph der englischen Suiten ist nicht bekannt. Aber im Nachlasse Heinrich Nikolaus Gerbers befanden sich Abschriften von vieren derselben, die nach dem Tode des Lexicographen Ernst Ludwig Gerber in den Besitz des Hofrath André, von diesem an den Musikdirector Rühl zu Frankfurt a. M. übergingen. Der jetzige Eigenthümer ist Herr Dr. Erich Prieger in Berlin, welcher mir die Benutzung freundlichst gestattete. Gerber nahm die Abschriften, als er von 1724–1727

in Leipzig auf der Universität und bei Bach studirte. Aus der Aufschrift der ersten Suite geht dies klar hervor: er nennt sich auf derselben »*L.* [*itterarum*] *L.* [*iberalium*] *S.* [*tudiosus*]. *a* [*c*] *M.* [*usicae*] *C.* [*ultor*]«. Außerdem stimmen die Abschriften in Bezug auf Schrift, Tinte und Papier vollständig überein mit dem ausgesetzten Generalbass zu einer Albinonischen Sonate, ein Manuscript, das aus Rühls Nachlaß in meinen Besitz kam (s. S. 125 dieses Bandes). Auch noch acht andre Suiten, unter ihnen die sechs französischen, hat Gerber zu derselben Zeit in derselben Weise abgeschrieben. Er wurde hierzu unmittelbar durch den Unterricht veranlaßt, den er von Bach erhielt: sein Sohn berichtet, daß er außer den Inventionen und dem Wohltemperirten Clavier auch eine Reihe von Suiten bei Bach habe durchstudiren müssen (s. S. 607 dieses Bandes). Von den englischen Suiten hat Gerber die aus Adur, Gmoll, Emoll und Dmoll copirt. Er hat aber jedenfalls wenigstens von fünfen derselben Kenntniß gehabt. Denn er bezeichnet die Adur als erste, die Gmoll als zweite, die E moll als vierte und die Dmoll als fünfte. Also lag entweder die Fdur oder die Amoll damals ebenfalls schon fertig vor. Wahrscheinlich aber ist es, daß alle sechs bereits vollendet waren, da Bach dieselben auf Bestellung, also in einer und derselben Zeit, schrieb, und er außerdem schon 1726 an einem andern großen Suitenwerke, den sechs Partiten der »Clavierübung«, zu arbeiten angefangen hatte.

Nächst den Gerberschen Abschriften ist eine Copie der englischen Suiten von Johann Christian Bach, dem jüngsten Sohne Sebastians, von besonderer Wichtigkeit. Das Manuscript ist im Besitze von Herrn Arnold Mendelssohn in Berlin. Daß Christian Bach der Schreiber war, ergiebt sich aus dem Titelblatte der Gmoll-Suite, welches von derselben Hand, und augenscheinlich zu gleicher Zeit geschrieben, die Notiz trägt: *pp* [d. h. *proprium*] *J. C. Bach.* Auch auf dem Titel der Adur-Suite hat der Besitzer, aber offenbar erst später, bemerkt: *pp Jean Chretien Bach.* Interessant ist dieser Titel noch dadurch, daß er die Notiz aufweist: *fait pour les Anglois;* hierdurch wird dargethan, daß an Forkels Mittheilung, Bach habe die Suiten für einen vornehmen Engländer componirt, etwas wahres sein muß. Die Abschrift ist im Ganzen eine recht sorgfältige. Wann sie genommen ist, läßt sich nicht erkennen. Die Züge sind ziemlich fließend und ausgeschrieben; hätte Christian Bach sie noch zu Lebzeiten seines Vaters in Leipzig gemacht, so könnte dies, da er 1735 geboren ist, frühestens 1749 oder 1750 geschehen sein. Uebrigens ist die Handschrift nicht mehr vollständig: die Fdur-Suite fehlt.

59. (S. 635.) Nur der erste Theil der »Clavierübung« trägt, als Ganzes wie in seinen einzelnen Bestandtheilen, auf dem Titel das Jahr der Veröffentlichung. Wann die übrigen Theile herausgekommen sind, wußte man bisher nur annäherungsweise. Ueber den zweiten Theil bemerkt indessen J. G. Walther in den handschriftlichen Zusätzen zu seinem Handexemplar des Lexicons, welcher aus Gerbers Bibliothek in die Bibliothek der Gesellschaft der Musikfreunde zu Wien gekommen ist, er sei »in der

Ostermesse 1735 in Joh. Weigels Verlag, durch Kupferstich ans Licht getreten«. Den dritten Theil zeigt Mizler (Musikalische Bibliothek, Andrer Band, Erster Theil. S. 156 f.) unter den »Merkwürdigen musikalischen Neuigkeiten« an. Der betreffende Theil der Musikalischen Bibliothek erschien 1740, der nächstvorhergehende sechste Theil des ersten Bandes am Ende des Jahres 1738. Da es ganz unzweifelhaft ist, daß Mizler das Bachsche Werk sofort angezeigt hat, sobald ihm nur nach dessen Erscheinen dazu Gelegenheit gegeben war, so kann dasselbe nicht vor 1739 herausgekommen sein. Unmöglich ist es nicht, daß es auch erst 1740 erschien; aber doch unwahrscheinlich. Denn Mizlers Publikation erschien sicherlich zur Ostermesse; da auch Bach sein Werk nicht wohl früher ausgehen lassen konnte, wenn es überhaupt 1740 erscheinen sollte, so hätte Mizler davon Kenntniß gehabt haben müssen, ehe es in den Handel kam. Dann aber hätte er gewiß nicht so ganz einfach geschrieben: »Hier hat auch der Herr Capellmeister Bach herausgegeben: Dritter Theil« u. s. w. Was endlich den vierten Theil der »Clavierübung« anbetrifft, den übrigens Bach selbst nicht als »vierten Theil«, sondern einfach als »Clavier Übung« bezeichnet hat, wie denn auch sein Format ein andres ist, so läßt sich mit Sicherheit über die Zeit seines Erscheinens folgendes bestimmen. Er kam bei Balthasar Schmidt in Nürnberg heraus. Bei demselben Verleger veröffentlichte Emanuel Bach im Jahre 1742 (s. dessen Selbstbiographie bei Burney III, S. 203) die Friedrich dem Großen gewidmeten bekannten sechs Claviersonaten. Sie tragen die Verlagsnummer 20. Seb. Bachs Variationen haben die Nummer 16; sie sind also früher gestochen. Aber um wie viel früher? Balthasar Schmidt verlegte grade in jener Zeit für seine Verhältnisse ziemlich viel. 1738 finden wir ihn bei Nr. 9 (M. Scheuenstuhls Gmoll-Concert), 1745 schon bei Nr. 27 (Em. Bachs Ddur-Concert). J. G. Walther, der den bedeutenderen Novitäten des Musikalienmarktes aufmerksam zu folgen pflegte, sagt in den handschriftlichen Zusätzen zum Lexicon, Em. Bachs sechs Sonaten seien »circa 1743« erschienen. Wenn es nun der Componist selbst auch besser gewußt haben wird, so ist aus Walthers Notiz doch wohl zu schließen, daß die Sonaten nicht schon zur Ostermesse, sondern erst gegen Ende des Jahres 1742 in den Handel kamen. Seb. Bachs Variationen könnten also wohl zu Ostern 1742 ausgegeben sein. Sicher wäre dieses das Erscheinungsjahr, wenn man darauf Gewicht legen wollte, daß in dem Bericht über die Veranlassung der Variationen der hohe Besteller »Graf« Kayserling genannt wird. Denn ursprünglich war er seines Standes Freiherr, und wurde laut den Acten des sächsischen Hauptstaatsarchivs zu Dresden erst am 30. October 1741 durch August III. in den Grafenstand erhoben. Indessen ist dies eine unzuverlässige Handhabe, und wir müssen uns mit dem Resultat zufrieden geben, daß die Variationen nicht später als 1742 erschienen sein können, und wahrscheinlich in eben diesem Jahre auch erschienen sind.

60. (S. 661.) Im Nachlasse des 1877 verstorbenen Rentiers Gras-

nick zu Berlin fand sich eine Abschrift der Chromatischen Fantasie und Fuge von unbekannter Hand mit dem Datum »Den 6. *December* 1730«. Das Heft ist Kleinquerquart und zählt 14 Blätter; es ist offenbar zunächst für die Bachsche Composition angelegt, welche dasselbe auch fast ganz ausfüllt. Der Rest des Raumes ist mit kleinen Stückchen beschrieben, welche Compositionsversuche eines Anfängers darstellen. Trotz mancher Fehler, welche der scheinbar noch wenig geübte Schreiber gemacht hat, ist in Ermanglung eines Autographs dieses Manuscript von allen bis jetzt bekannten das wichtigste. Gripenkerl hat zu seiner Ausgabe der chromatischen Fantasie und Fuge (P. S. I, C. 4, Nr. 1) zwei Varianten gefügt, von denen die zweite keine selbständige Bedeutung hat, die erste aber, nach einer Handschrift des Dessauer Capellmeisters F. W. Rust vom Jahre 1757, das Werk in älterer, vermuthlich ursprünglicher Fassung zeigt. Diese Fassung bietet die Handschrift von 1730 schon nicht mehr; wir sind daher berechtigt die eigentliche Composition der chromatischen Fantasie und Fuge mindestens um 10 Jahre zurückzuverlegen. Die Richtigkeit der Fassung aber, in welcher, als vermeintlich endgültiger, Griepenkerl das Werk edirt hat, erscheint nunmehr in mehr als einem Punkte äußerst bedenklich. Denn in dem, worin die ältere Rustsche und die spätere Grasnicksche Fassung übereinstimmen, wird man, da an eine dritte Überarbeitung Bachs nicht wohl zu denken ist, doch sicher Bachs feststehenden Willen erkennen müssen. Für diese Annahme gewährt eine weitere Bekräftigung eine Handschrift Kittels, eines der letzten Schüler, und Müthels, des letzten Schülers Bachs, von der chromatischen Fantasie allein. Die genaue Collation der ersteren fand sich ebenfalls im Grasnickschen Nachlasse, die letztere besitzt seit langem die königl. Bibliothek zu Berlin. Beide stimmen in den wesentlichen Dingen mit der Handschrift von 1730 überein. Die am tiefsten einschneidende Abweichung in der Fantasie ist Takt 49 beim Beginne des Recitativs, wo es entgegen der Griepenkerlschen, jetzt überall verbreiteten Lesart heißen muß:

— eine Lesart, welche auch innerlich berechtigter erscheint. Auch die Fuge zeigt einige bemerkenswerthe Verschiedenheiten, so z. B. T. 72,

Oberstimme  .

Griepenkerl folgte der Handschrift Forkels, wie er sich denn auch dessen Auffassungen anschloß. Er veranstaltete 1819, ein Jahr nach Forkels Tode, bei Peters in Leipzig eine zweite Ausgabe der chromatischen Fantasie und Fuge unter dem Titel: »Neue Ausgabe mit einer Bezeichnung ihres wahren Vortrags, wie derselbe von J. S. Bach auf W. Friedemann Bach, von diesem auf Forkel und von Forkel auf seine Schüler gekommen«. Dazu schrieb er eine lesenswerthe Vorrede über die Art der Bachschen Spielweise, wie Forkel sie aus Friedemann Bachs Vortragsart entnommen hatte, und die sich so bis heute fortgepflanzt hat. Die chromatische Fantasie und Fuge hatte Forkel handschriftlich ebenfalls zuerst von Friedemann Bach erhalten (s. seine Schrift über J. S. Bach, S. 56). Man darf also annehmen, daß dasjenige, was als Abweichung von den vertrauenswürdigsten übrigen Handschriften in Forkels Handschrift erscheint, von Friedemann Bach herstammt, der in seinen genialischen Launen es mehr als einmal an der erforderlichen Pietät gegen die Werke des großen Vaters hat fehlen lassen.

61. (S. 671.) Ein vollständiges Exemplar der Originalausgabe des Musikalischen Opfers befindet sich auf der Amalienbibliothek des Joachimsthalschen Gymnasiums zu Berlin. Es hat deshalb noch einen besondern Werth, weil es das von Bach an Friedrich den Großen gesandte Dedications-Exemplar ist, welches demnach der König seiner Schwester überlassen haben muß. Durch dasselbe werden zwei Dinge sicher festgestellt: daß Bach unter dem Titel »Musikalisches Opfer« ursprünglich nur die dreistimmige einfache Fuge, sechs Canons und die canonische Fuge überreichte, sodann, daß er beim Beginn der Arbeit über Gang und Umfang derselben noch nicht mit sich im Klaren war. Das Dedications-Exemplar enthält: 1) 3 Blätter mit Noten und zwei Blätter mit Titel und Widmung. Das Papier ist von seltener Schönheit und Stärke, das Format größtes Querfolio. Diese fünf Blätter sind in braunem Lederband mit Goldpressung. Den musikalischen Inhalt bilden die dreistimmige einfache Fuge und ein Canon, in welchem der Alt den *Cantus firmus* führt, während Discant und Bass canonisch contrapunktiren. Der Canon hat die gestochene Überschrift *Canon perpetuus super Thema Regium*, die Fuge ist *Ricercar* benannt. 2) Einen Hochfolio-Bogen von derselben Beschaffenheit in Bezug auf Größe und Güte des Papiers. Er ist seines abweichenden Formates wegen nur beigelegt, und enthält auf den beiden Innenseiten unter der gestochenen Überschrift *Canones diversi super Thema Regium* fünf Canons und eine *Fuga canonica in Epidiapente.*

Die Blätter in Querfolio sowohl wie in Hochfolio tragen aber geschriebene Zusätze. Außer den Glückwünschen, welche dem 4. und 5. Canon des Hochfoliobogens rechts zur Seite beigegeben und von mir im Contexte mitgetheilt sind, findet sich auf der ersten leeren Seite desselben der Titel: *Thematis Regii elaborationes canonicae*; auf der ersten leeren Seite der Notenblätter in Querfolio aber: *Regis Jussu Cantio Et Reliqua Canonica Arte Resoluta.* Hierdurch sind die späteren Herausgeber veranlaßt worden, diesen Satz an die Spitze des Gesammtwerkes zu stellen. Weder dies, noch daß er auch nur der ersten Fuge nebst Canon vorausgehen sollte, war Bachs letzwillige Absicht. Die lateinischen Sinnsprüche, oder wenigstens das *Regis Jussu* u. s. w. war ihm offenbar erst eingefallen, als der Stich schon vollendet war. Da er es mit der Überreichung eilig hatte, ließ er den Spruch auf das Dedications-Exemplar schreiben. Der Sinn paßt aber für den Inhalt des Querfolio-Heftes nicht recht. Das bemerkte Bach selber und als er hernach einen Streifen mit diesen Worten hatte stechen lassen, ließ er ihn gleichfalls als Titel auf die erste Seite des Hochfoliobogens kleben, wo er besser am Platze ist. An dieser Stelle zeigen ihn die zur Verbreitung bestimmten Exemplare.

Ich sagte, daß es Bach mit der Herstellung des ersten Exemplars eilig gehabt habe. Am 7. und 8. Mai 1747 spielte er vor Friedrich dem Großem in Potsdam, vom 7. Juli desselben Jahres datirt bereits die gedruckte Dedication des Musikalischen Opfers. In zwei Monaten ist also Composition und Stich ausgeführt worden, und letzterer war um so zeitraubender, als der Stecher nicht in Leipzig wohnte. Nicht zwar auf den hier in Rede stehenden Blättern, wohl aber auf denen, welche das sechsstimmige Ricercar enthalten, steht S. 7 unten: *J. G. Schübler sc.* Sie stimmen aber mit jenen in Bezug auf Stich, Papier und zum Theil auch Format so vollkommen überein, daß der Stecher hier wie dort dieselbe Person gewesen sein muß. Schübler wohnte in Zella St. Blasii bei Suhl. Über dem Hin- und Zurücksenden des Manuscripts, der Correctur- und Aushänge-Bogen konnten bei den damaligen Communicationen leicht zwei Wochen vergehen.

Aus diesen Umständen erklärt sich nun sehr wohl die sonderbare äußere Form des Werkes: sie trägt den Charakter überstürzter Herstellung. Auch Flüchtigkeiten im Stich fallen auf Rechnung derselben. So fehlt bei dem zweiten Canon des Hochfoliobogens vor dem untern System das *Th* (Thema) und bei der canonischen Fuge die Angabe, welches Instrument die obere canonische Stimme spielen soll.

Alles übrige, was wir jetzt noch unter dem Namen »Musikalisches Opfer« mitbegreifen, und dem, wie gesehen, dieser Titel streng genommen nicht zukommt, ist von Bach später componirt und nachträglich ohne besondere Förmlichkeiten dem Könige zugesandt. Und auch dieser Rest noch zerfällt seiner äußern Form nach in zwei Partien. Das sechsstimmige Ricercar und zwei angehängte Canons bilden wieder ein Heft von 4 Blättern in Querfolio für sich, das auch seine eigene Paginirung hat. Es liegt dem Prachtexemplare auf der Amalienbibliothek ebenfalls bei, aber in gewöhnlicher Ausstattung; nicht gebunden, nicht einmal geheftet: der Rücken der Blätter wird durch eine Stecknadel zusammengehalten. Die Sonate dagegen und der Canon für Flöte, Violine und Bass sind wider in Hochfolio gestochen: drei Bogen, für jedes Instrument einer, ohne jeden Titel und auch ohne Umschlag. Sie werden auf der Amalienbibliothek besonders aufbewahrt, und scheinen auch benutzt worden zu sein, wenigstens sind in der Continuostimme mit

Tinte Correcturen eingetragen. Weshalb Bach hier nochmals das Format hat wechseln lassen, dürfte schwer zu sagen sein.

So wie das Ganze nun ist, erscheint es als ein sonderbares Conglomerat von Stücken, denen sowohl der äußere typographische, als der innere musikalische Zusammenhang fehlt. Daß Bach die Arbeit nicht nach einem bestimmten Plane begonnen und durchgeführt habe, bezeichnete ich oben als das zweite, was aus dem vollständigen Exemplar der Amalienbibliothek deutlich hervorgehe. Der Inhalt gliedert sich nach den musikalischen Formen in Fugen, Canons und Sonate. Aber sowohl die Fugen, wie die Canons sind in der Anordnung der Originalausgabe auseinander gerißen; die Canons finden sich an nicht weniger als vier verschiedenen Stellen, und sind auch hinsichtlich ihrer Form bunt durcheinander gewürfelt. Diese wüste Unordnung mag dem Autor selber fatal genug gewesen sein, war aber, nachdem er sich anfänglich mit der Herausgabe überstürzt hatte, nicht mehr abzustellen. Bach ließ zunächst 100 Exemplare abziehen, die er größtentheils an gute Freunde unentgeltlich verschenkte. Sie waren am 6. October 1748 vollständig verthan; er schrieb aber an diesem Tage an seinen Vetter Elias Bach in Schweinfurt, daß er demnächst wieder einige Exemplare abdrucken lassen wolle, und das Exemplar einen Thaler kosten solle. Ob er hierunter auch das Trio einbegriffen hat, ist nicht ersichtlich und scheint zweifelhaft, da er nur von der »Preußischen Fuge« spricht. Später kam das Werk in den Handel und wurde von Breitkopf im Jahre 1761, für 1 Thlr. 12 gr, verkauft (s. dessen Verzeichniß von Ostern 1761, S. 39). Weiter aber verbreitete es sich nach damaliger Gewohnheit durch Abschriften. Da es kein abgeschlossenes Ganzes war, so schrieb sich jeder ab, was und wie viel ihm gefiel, und in beliebiger Anordnung. Vollständige ältere Handschriften müßen äußert selten sein, mir ist keine einzige vorgekommen. Agricola schrieb die dreistimmige einfache Fuge ab und darunter drei Canons; diese Handschrift ist ebenfalls auf der Amalienbibliothek. Ueber dem ersten Canon steht: *Canone perp: sopra il soggetto dato dal Rè.* Dieselbe Ueberschrift hat Kirnberger, Kunst des reinen Satzes II, 3, S. 45 angewendet.

62. (S. 698.) Rust hat zuerst darauf aufmerksam gemacht, (B.-G. XXV[2], S. V), daß der Titel der Originalausgabe einen Anhalt zur Bestimmung der Erscheinungszeit gewähre. Er irrt nur darin, daß er sie auf 1747—1749 beschränkt. Friedemann Bach wurde schon 1746 als Organist in Halle angestellt (s. Chrysander, Jahrbücher für musikalische Wissenschaft. II. Band, S. 244), und auch zur Ostermesse 1750 ist die Publication des Werkes noch denkbar. Bach stand bis an seinen Tod mit Schübler in Geschäftsverbindung: in den Acten über seine Hinterlassenschaft findet sich unter dem Titel »Andere nöthige Ausgaben« ein Posten »Herr Schüblern bezahlt 2 Thlr. 16 gr.« Auf die »Kunst der Fuge« läßt sich diese kleine Summe nicht beziehen, abgesehen davon, daß es auch aus einem andern Grunde unwahrscheinlich ist, Schübler habe den Stich derselben besorgt. Man könnte sie aber wohl mit den sechs Chorälen in Ver-

bindung bringen und daraus folgern, daß dieselben entweder erst gegen 1750 herausgegeben, oder daß um diese Zeit neue Exemplare derselben abgezogen worden seien.

63. (S. 699). Der Nekrolog sagt S. 173 wörtlich: »Zur Societät hat er [Bach] den Choral geliefert: Vom Himmel hoch da komm' ich her, vollständig ausgearbeitet, der nachher in Kupfer gestochen worden«. Hiernach wäre das Werk erst gestochen, nachdem Bach es der Societät vorgelegt hatte. Da er im Sommer des Jahres 1747 und wohl noch über diese Zeit hinaus mit der Herstellung des Musikalischen Opfers zu thun hatte, so könnte das Choralwerk nicht gut vor 1748 erschienen sein. Dies Ergebniß läßt sich mit einem gewissen bemerkenswerthen Umstande nicht vereinigen. Emanuel Bach veröffentlichte 1745 ebenfalls bei Balthasar Schmidt in Nürnberg ein Clavierconcert mit Begleitung in D dur (s. E. Bachs Selbstbiographie bei Burney III, S. 203). Dieses Concert trägt die Verlagsnummer 27. Seb. Bachs Bearbeitungen des Weihnachtschorals tragen aber die Nummer 28, sind also in Schmidts Verlage unmittelbar auf das Werk des Sohnes gefolgt. Schmidt war als Verleger damals sehr rührig (vergl. Nr. 59 dieses Anhangs); wären die Choralbearbeitungen erst nach Bachs Eintritt in die Societät publicirt, so hätte Schmidt während eines Zeitraumes von drei Jahren gar nichts neues verlegt, was nahezu undenkbar ist. Ich glaube, daß die Choralbearbeitungen spätestens 1746 im Stich fertig gewesen sind. Der Bericht, daß sie für die Societät componirt worden sind, kann darum doch wahr bleiben. Mizler wußte es schon im Frühling 1746, daß Bach die Absicht habe einzutreten (s. S. 505 dieses Bandes). Vermuthlich wollte Bach mit einer auch äußerlich abgeschlossenen und dadurch der Discussion gewissermaßen entrückten Leistung vor der Societät erscheinen, wurde aber, als das Werk schon gestochen vorlag, durch irgend welche Gründe vom Beitritt einstweilen noch zurückgehalten. Daß dieses der wahre Sachverhalt gewesen sein wird, läßt sich auch aus dem Bericht des Nekrologs halb errathen, der in diesen die Societät betreffenden Dingen gewiß nicht Em. Bach oder Agricola und überhaupt wohl keinen Musiker zum Verfasser hat. Denn was sollen die Worte »vollständig ausgearbeitet« heißen? Halbvollendete Arbeiten pflegte man der Societät nicht vorzulegen, und am wenigsten hätte es ein Bach gethan. Und kann man bei einem Werke wie diesem von »dem Choral« sprechen? Mir scheint es, als habe der Schreiber des Satzes eine ihm gewordene Mittheilung nicht verstanden und daher entstellt wiedergegeben. Die Mittheilung aber dürfte gelautet haben: Bach hat eine Choralcomposition über »Vom Himmel hoch« ausgearbeitet und in Kupfer stechen lassen, und hernach das vollständig fertige Werk der Societät eingeliefert.

Anhang B.

Mittheilungen aus den Quellen.

I.

(Zu Seite 7.)

»*Protocoll* zum Drey Räthen vom 18. *Augusti* 1704 bis 1. *Septembr:* 1753.« sign. VIII, 53. Fol. 122.

»Den 22. *April* 1723.

Dominus Consul Regens D. Lange truge, in Versammlung aller drey Räthe, vor, es wäre bekannt, daß man wegen der *Cantor*-Stelle zu *S.* Thomas seine Gedancken auf H. Telemann gerichtet gehabt, er hätte auch versprochen alles zu thun, jedoch aber sein Versprechen nicht gehalten. Man hätte hernach auf Hn. Graupnern, Capellmeistern zu Darmstadt, sein Absehen, jedoch *privatim* gerichtet gehabt, welcher aber berichtet, daß man ihn nicht laßen wolte. Hernach hätten sich Bach, Hoffmann [Kauffmann] und Schott gemeldet. Bach wäre Capellmeister zu Cöthen, und *excellir*te im *Clavier*. Nebst der *Music* habe Er die *Information* und müße der *Cantor* in den *Colloquiis Corderi* und der *Grammatic informir*en, welches er auch thun wolte. Er habe sich *reversir*et, nicht alleine *publicè*, sondern auch *privatim*, zu *informir*en. Wann Bach erwehlet würde, so könnte man Telemann, wegen seiner Conduite, vergeßen.

Dominus Consul D. Platz. Weil die *Vacanz* so lang gewesen, so hätte man Ursach zur Wahl zu schreiten. Es wäre zu wünschen, daß man es mit dem dritten träffe. Zur *Information* der Jugend müße er sich *accommodir*en. Bach wäre geschickt darzu, und wolte es thun, gab ihm also sein *Votum*.

Dominus Consul D. Steger. Danckte vor die Sorgfalt, und wäre vorgebracht worden, warum es sich verzogen und wes wegen Hr. Bach zu nehmen. Bachs Person wäre so gut als Graupner. Er hätte sich erklähret, nicht alleine als *Cantor*, sondern auch als *Collega* bey der Thomas-Schule seine Treue zu bezeigen. Als *Collega quartus* wolte er sich mit den andern *Praeceptoribus* setzen, so seine *Vices* vertreten solten. *Votir*te gleichfalls auf Bachen, und hätte er solche *Compositiones* zu machen, die nicht *theatral*isch wären.«

Die übrigen Rathsmitglieder geben sämmtlich ebenfalls Bach ihre Stimme, worauf

»*Dominus Consul Regens.* Es wäre nöthig auf einen berühmten Mann bedacht zu seyn, damit die Herren *Studiosi animir*et werden möchten. Bach hätte seine *Dimission* zu suchen und wünschte, daß es wohl gerathen möge, wormit sich also diese *Consultation* geendiget.«

Für gewisse Verhandlungen des Raths scheint doppelte Protokollführung üblich gewesen zu sein. Auch über diese ist noch ein zweites, im wesentlichen übereinstimmendes, Protokoll vorhanden in »*Protocoll* in den Drey Räthen vom 31. *Aug.* 1722 bis 18. *July* 1736«. sign. VIII, 43. Fol. 21[b] ff. Die Frage des wissenschaftlichen Unterrichts wird durch dasselbe noch etwas heller beleuchtet; die Rathsmitglieder stimmen zu, daß Bach gewählt werde, äußern sich jedoch hinsichtlich der Information mit einem gewissen Mißtrauen: »man werde sehen, wie er das letzte [die Information] bewerckstelligen möchte«, »möchte er bey dem letzteren nicht allendhalben fortkommen können, würde man ihm, es durch andere person verrichten zu laßen, nicht entgegen seyn«, »er müße die Information entweder selbst bestreiten, oder sich mit iemand anders auf seine Kosten diesfals sezen.«

II.

(Zu S. 8.)

»Ersetzung Derer Schul-Dienste in beyden Schulen Zu *St. Thomae* und *St. Nicolai Vol.* II. VII. B. 117.« Rathsarchiv zu Leipzig.

»Den 5. *May* 1723.

Erschiene Hr. Johann Sebastian Bach, bisheriger Capellmeister an dem Hochfürstl. Anhalt-Cöthischen Hofe, in der Rathstube, und nachdem Er sich hinter die Stühle gestellet, *proponir*te *Dominus Consul Regens D.* Lange, daß sich zum *Cantor*n Dienste bey der Schule zu *S. Thomae* zwar unterschieden gemeldet: weil Er aber vor den *capab*lesten darzu erachtet worden; So hätte man Ihn einhellig erwehlet und solte Er von dem hiesigen Herrn *Superintendent*en *praesentir*et, auch ihme dasjenige gereichet werden, was der verstorbene Hr. Kuhnau gehabt.

Ille. Dankte gehorsamst, daß man auf ihn *Reflexion* machen wollen, und verspräche alle Treu und Fleiß.

Eodem.

Wurde auf E. E. Hochweisen Raths Verordnung, dem Herrn *Superintendent*en *D.* Deyling von mir vermeldet, daß der bisherige Hochfürstl. Anhaltische Capellmeister zu Cöthen, Hr. Johann Sebastian Bach, zum *Cantor*n bey der Thomas-Schule allhier, einhellig erwehlet worden, welches man Ihme zu *notificir*en der Nothdurfft zu seyn erachtet, damit Er wegen der *Praesentation*, und sonsten, alles zu veranstalten belieben möchte.

Ille. Danckte vor die beschehene *Notification*, und würde Er die *Praesentation* und alles nöthige, zubesorgen nicht ermangeln.

Eodem.

Thate dem Herrn *Pastori* bei der Thomas-Kirche, *Licentiat* Weisen gleichfalls *Notification* von der beschehenen Wahl, Hr. Johann Sebastian Bachs zum *Cantor*n bey der Schule zu *St. Thomae*, welcher sich davor schuldigst bedancket, und allen Seegen darzu wünschte.«

»*Cantoris* bey der *Thomas* Schule Revers.

Demnach E. E. Hochw. Rath dieser Stadt Leipzigk mich zum *Cantorn* der Schulen zu *St. Thomas* angenommen und einen *revers* in nachgesetzten Puncten von mir zu vollziehen begehret, nehmlich:

1) Daß ich denen Knaben in einem erbarn eingezogenen Leben und Wandel mit gutem Exempel vorleuchten, der Schulen fleißig abwarten und die Knaben treulich *informir*en.

2) Die *Music* in beyden Haupt-Kirchen dieser Stadt nach meinen besten Vermögen in gutes Aufnehmen bringen.

3) E. E. Hochw. Rathe allen schuldigen *respect* und Gehorsam erweisen und deßen Ehre und *reputation* aller Orten bestermaßen beobachten und befördern, auch so ein Herr des Raths die Knaben zu einer *Music* begehret ihme dieselben ohnweigerlich folgen laßen, außer diesen aber denenselben auf das Land zu Begräbnißen, oder Hochzeiten ohne des regierenden Herrn Bürgermeisters und der Herren Vorsteher der Schule Vorbewust und Einwilligung zu reisen keinesweges verstatten.

4) Denen Herren *Inspector*en und Vorstehern der Schule in allen und jeden was in Nahmen E. E. Hochw. Raths dieselbige anordnen werden, gebührende Folge leisten.

5) Keine Knaben, welche nicht bereits in der *Music* ein *Fundament* geleget, oder sich doch darzu schicken, daß sie darinnen *informir*et werden können, auf die Schule nehmen, auch solches ohne derer Herren *Inspector*en und Vorsteher Vorwißen und Einwilligung nicht thun.

6) Damit die Kirchen nicht mit unnöthigen Unkosten beleget werden mögen, die Knaben nicht allein in der *Vocal*- sondern auch in der *Instrumental-Music* fleißig unterweisen.

7) In Beybehaltung guter Ordnung in denen Kirchen, die *Music* dergestalt einrichten, daß sie nicht zu lang währen, auch also beschaffen seyn möge, damit sie nicht *opern*hafftig herauskommen, sondern die Zuhöhrer vielmehr zur Andacht aufmuntere.

8) Die Neue Kirche mit guten Schülern versehen.

9) Die Knaben freundlich und mit Behutsamkeit *tractir*en, daferne sie aber nicht folgen wollen, solche *moderat* züchtigen oder gehöriges Orts melden.

10) Die *Informa*tion in der Schule, und was mir sonsten zu thun gebühret, treulich besorgen.

11) Und da ich solche selbst zu verrichten nicht vermöchte, daß es durch ein ander tüchtiges *Subjectum* ohne E. E. Hochw. Raths oder der Schule Beytrag geschehe, veranstalten.

12) Ohne des regierenden Herrn Bürgermeisters Erlaubnis mich nicht aus der Stadt begeben.

13) In Leichbegängnißen iederzeit, wie gebräuchlich, so viel möglich bey und neben denen Knaben hergehen.

14) Und bey der *Universitaet* kein *Officium* ohne E. E. Hochw. Raths *Consens* annehmen solle und wolle;

Als ver*reversir*e und verpflichte ich mich hiemit und in krafft dieses, daß ich diesen allen, wie obsteht, treulich nachkommen und bey Verlust meines Dienstes darwieder nicht handeln wolle, Zu Urkund habe ich diesen *revers* eigenhändig unterschrieben und mit meinem Petschafft bekräfftiget. So geschehen in Leipzig, den 13. *Augusti* 1722.

Dergl. hat Hr. Johann Christian Bach am 5. *Maii* 1723. unterschrieben und besiegelt.

Dergl. hat auch Hr. Gottlob Harrer am unterschrieben und besiegelt.«

Wie man sieht ist dieses Schriftstück, in welchem Bach ein falscher Vorname gegeben wird, nur das Concept des Reverses.

III.

(Zu S. 10.)

Rathsarchiv Vol. II. VII. B. 117 (s. II. dieses Anhangs).

»Den 1. *Junij* 1723.

Hat E. E. Hochw. Rath dieser Stadt den neuen *Cantorem* Hrn. Johann Sebastian Bachen in der Thomas Schule gewönlicher maßen vorstellen und *introduci*ren laßen, auch zu dem Ende Herrn Baumeister Gottfried Conrad Lehmannen, als Vorstehern ietzt gemeldeter Schule, und mich, den OberStadtschreiber, dahin abgeordnet, alwo wir unten von dem Herrn *Rectore M. Ernesti excipir*et und in das obere *Auditorium* geführet wurden, in welchem der *Pastor* bey der Thomas-Kirche Herr *Lic.* Weiß sich bereits befand und uns meldete, wie der Herr *Superintendens D.* Deyling mit Überschickung der an ihn diesfals ergangenen *Consistorial*-Verordnung Ihm seine *Vices* aufgetragen, es versamleten sich hierauf in solchem Zimmer die sämtlichen Schul*Collegen* und ließen wir uns sämtlich auf die dahin gesezten Stühle nieder, also daß oben Herr *Lic.* Weiß neben Ihm Herr Baumeister Lehmann und ich, uns gegen über aber gedachte Herren Schul*Colleg*en der Reihe nach saßen, die Schüler *musicir*ten vor der Thüre ein Stück und traten nach deßen Endigung sämtlich in das *Auditorium*, ich that hierauf den Antrag folgendermaßen:

Wie es dem Allerhöchsten gefallen, den zu dieser Schule verordnet gewesenen Collegen und *Cantorem*, Hrn. Johann Kuhnauen von dieser Welt abzufordern, an deßen Stelle E. E. Hochw. Rath Hrn. Johann Sebastian Bachen, gewesenen Capellmeister an dem Hochfürstl. Anhaltischen Hoffe zu Cöthen erwehlet, dahero nichts mehr übrig sey, als daß derselbe in solch Amt ordentlich ein- und angewiesen werde, welches denn auch im Nahmen der Heiligen Dreyfaltigkeit von wohlermelten Rathe, als *Patrono* dieser Schule hiermit geschehe, dabey der neue Herr *Cantor* sein Amt treu und fleißig zu verwalten, denen Obern und Vorgesezten mit behörigen *respect* und Willigkeit zu begegnen, mit seinen Herren *Colleg*en gutes Vernehmen und Freundschafft zu pflegen, die Jugend zur Gottesfurcht und andern nüzlichen Wißenschafften treulich zu unterrichten und damit die Schule in guten Aufnehmen zu erhalten ermahnet wurde, ein gleiches geschahe an die *Alumnos* und andere, so diese Schule besuchen, zu Leistung Gehorsams und erweisung *respects* gegen den Neuen Herrn *Cantor* und wurde mit einem guten Wunsche vor die Wohlfahrt der Schule, beschloßen. Nun hätte zwar nach der Art, wie es sonst zu geschehen pflegen, der *Cantor* seine Antwort darauf thun sollen, es ließ aber Herr *Lic.* Weiß sich vernehmen, wie eine Verordnung ausn *Consistorio*, die er zugleich vorzeigte, an Herrn *Superintendent*en ergangen, krafft welcher der Neue Herr *Cantor* der Schule *praesentir*et und eingewiesen würde, dem Er eine Ermahnung zu treulicher Beobachtung des Amts und Wunsch beyfügte. Herr Baumeister Lehmann, der seine *gratulation* dem Herrn *Cantori* abstattete, erinnerte sogleich, daß diese Einweisung von dem *Consistorio*, oder dem es von demselben aufgetragen, vormahls nicht geschehen und etwas neuerliches sei, welches bei E. E. Rathe erinnert werden müste, dem ich hernach auch beytrat, es entschuldigte sich aber wohlermelter Herr *Lic.* Weiße, daß Er solches nicht gewust und Er hierbey nichts mehr gethan habe, als was ihm aufgetragen worden.

Ehe diese Erinnerung geschehen, dankte der Neue Herr *Cantor* E. E. Hochw. Rathe verbundenst, daß derselbe bey Vergebung dieses Diensts auf Ihn Hochgeneigt *reflectir*en wollen, mit Versprechen, daß er denselben mit aller Treue und Fleis abwarten, denen ihm vorgesezten mit schuldigen *respect* begegnen und sich allendhalben so erweisen werde, daß man seine *devot*este Bezeigung iederzeit spüren soll. Wornechst die andern Herren Schul*Colleg*en ihm *gratulir*et und wurde der *Actus* wiederum mit einer *Music* beschloßen.

Als wir hierauf wiederum aufs Rathhaus gelanget und daselbst, was vorgegangen, *referir*et, wurde vor nöthig erachtet, diesfals mit dem Herrn *Superintendent*en zu reden und mir solches aufgetragen, welches ich *acto* nachmittags bewerkstelligte, da derselbe sich vernehmen lies, es wäre die an ihn ergangene Verordnung des ausdrücklichen Inhalts, daß der neue *Cantor* von Ihm ein- und angewiesen werden solle, weil nun Er solches zu thun verhindert worden, habe Er es Herr *Lic.* Weißen aufgetragen und wolle hoffen, es werde derselbe von diesen Worten nicht abgegangen seyn, Er sey nicht gesonnen, E. E. Hochw. Rathe in seinen Gerechtsamen den geringsten Eingriff zu thun, müße aber auch des *Consistorij* Verordnungen nachgehen, wolle dahero es morgen bey der *Session* gedenken und müße hierunter ein andermahl eine gewiße Abrede genommen werden, Hätte E. E. Rath in dergleichen Fällen ein anderes hergebracht, wäre selbiger [so] nicht zu verdenken, daß Er sich darbey zu erhalten suche.

Carl Friedrich Menser,
Ober-Stadt-Schreiber. *mp.*

Nota. Als gleich bey unsern Eintrit Hr. *Lic.* Weiß uns vermeldete, wie von Hrn. *Superintendens* Ihm den neuen *Cantorem* einzuweisen aufgetragen worden, und wir ihm, wie es diesfals anders gehalten worden, vorstelleten, So lies Er sich vernehmen, daß er es auch dabey laßen wolle, und dennoch ist obiges von Ihm geschehen.«

»An Hrn. *Dr.* Salomon Deylingen, *P.*[*rofessorem*] *P.*[*ublicum*] Pastoren und *Superintend*enten alhier zu Leipzig.

P. P.

Wir haben seinen eingeschickten Bericht,
Den *Cantorem* an der Schule zu *St. Thomas* alhier, Johann Sebastian Bachen betreffend, verlesen.

Nachdem nun die von ihm durch den *Pastorem* an der Kirche zu *St. Thomas, Lic.* Christian Weiße, beschehene An- und Einweisung ermeldeten neuen *Cantoris* der Churfürstlich Sächsischen Kirchen-Ordnung gemäß ist;

Alß hat es dabey sein Bewenden; im übrigen laßen wir auch geschehen, daß, dem gethanen Vorschlage nach, noch zur Zeit die Information desselben in der Schule dem *Collegae Tertio* überlaßen werden möge, und begehren im Nahmen des Allerdurchlauchtigsten u. s. w. wir hiermit an denselben, er wolle sich also darnach achten.

Mochten wir demselben [nicht bergen] u. s. w. *Datum* Leipzig, den 22. *Martii* 1724.

Die Verordneten des Chur- und Fürstlichen *Consistorii* daselbst.«

»*Registratura.*

Als aus dem löblichen *Consistorio* vorherstehende Verordnung ergangen und E. E. Hochw. Rath nöthig befunden, desfalls mit dem Herrn *Superintendent*en zu *communicir*en.

So habe nach dem mir hierunter geschehenen Auftrage mich zu demselben begeben, vorhero aber aus denen Schul *Actis* die *actus*, da wohlgedachter Rath, die *introduction* derer Schuldiener allein verrichtet, *extrahir*et und selbige wohlermelten Herrn *Superintendent*en vorgezeigt, welcher darwieder nichts zu erinnern fand und sich blos auf die ehemalige *Consistorial*-Verordnung, so an Ihn ergangen, bezog, der Er nachzuleben verbunden gewesen, Er könne aber E. E. Rath nicht verdencken, daß derselbe sich bei seinen *juribus* zu erhalten suche, Ihm werde es gleichviel seyn, wie es ausgemachet werde, daß Er wegen des vorgegangnen Bericht erstattet, darzu habe er aus dem *Consistorio* selbst Veranlassung bekommen, könne ein Mittel, wie die Sache am füglichsten zu *tractir*en und einzurichten, erfunden werden, würde er es sich ganz wohl gefallen laßen.

Actum den 12. *Aprilis* 1724.

Carl Friedrich Menser.
ObersStadtSchreiber. *mp.*«

In den Leipziger Consistorialacten »die Besetzung des Cantoramts bei der Schule zu St. Thomä zu Leipzig betr.« liegt die Angelegenheit gleichfalls in ausführlicher Behandlung vor. Sie dienten zur Ergänzung und Präcisirung von Einzelheiten; eine vollständige Wiedergabe derselben erschien unnöthig.

IV.

Fünf Memoriale Johann Kuhnaus.

A.

Rathsarchiv zu Leipzig. *Consistorialia. Vol.* X. *Varia* 1619 bis 1767.

»*Magnifice*, Hoch Edler, Vest und HochGelahrter, auch Hochweiser, Hochgeehrtester Herr und *Patron*.

Ew. *Magnif.* haben ohne Zweiffel noch in Andencken, was ich neülichst in Dero Hause wegen derer in beyden Haupt Kirchen allhier befindlichen Posaunen errinnert, daß solche *Instrumenta* durch den langen Gebrauch ganz abgenuzet, zerbeüget und untauglich worden: Worauff Sie auch damahls mir Ordre ertheilten, daß ich mit dem Thomas Thürmer, Heinrich Pfeiffern, welcher in Verfertigung solcher *Instrument*en vor andern wohl geübt und erfahren ist, reden, und vernehmen solte, wie hoch der genaueste Preiß eines ganzen *Chor*es, so in 4 Stücken, nehml. in der *Quart-*, *Tenor-*, *Alt-* und *Discant - Trombone* bestehet, komme, und wie hoch hingegen er den *Chor* der alten, der nur von 3 Stücken ist, nehmlich der *Bass-*, *Tenor* und *Alt* Posaune, anzunehmen gedencke?

Nachdem ich nun mit dem Manne geredet, und ihm zugleich den in der Thomas Kirche vorhandenen *Chor* von 3 Stücken Posaunen gewiesen, er auch so wohl den allergenauesten und billigsten Preiß der neüen Posaunen (denn vor etlichen Jahren sind dergleichen *Instrumenta* gedoppelt theüer bezahlet worden), laut beykommender *Specification* auffgesezet, alß auch dabey gemeldet, wie hoch er die alten Stücke aus der Thomas Kirche anzunehmen gesonnen; So habe Ew. *Magnif.* ich hiemit solchen Auffsatz übergeben, und dabey umb Hochgeneigte *Resolution*, daß nicht alleine vor die Kirche zu *St. Thomae*, sondern auch für die zu *St. Nicolai*, und also vor jede Haupt Kirche ein neüer *Chor* Posaunen (es wäre denn daß man sie in sonderlichen auff dem Falle nöthigen Futteralen, wie wohl nicht ohne Beschwerung und gänzlichen Schaden allemahl aus einer Kirche in die andere trüge) verfertiget werden möge, unterdienstlich bitten wollen.

Und weil 6 zur Kirchen *Music* getragene *Violi*nen, davon 2 zur Schule gehören, keine Futter haben, und sie also im herumbtragen sehr bestoßen werden, so wäre es nöthig, daß zum wenigsten zu Ersparung derer Unkosten ein einiges Futter mit 6 Fachen in *Form* eines aus leichten Bretergen mit Boy gefütterten Kastens gemachet würde, daß sie also verwahret von einem eintzigen Schüler in die Kirchen könten getragen werden.

Die weil wir auch bey unsrer Kirchen *Music* die so genannten *Colochon*en (eine Art von Lauten, die aber *penetrir*en, und bey allen izigen *Musiqu*en nöthig sind),[1] immer von andern borgen müßen, sie aber nicht allemahl geliehen bekommen können; So ist zum wenigsten ein gut Stücke von solcher Art mit einem Futterale vor beyde Kirchen nöthig, und befindet man in deren Verfertigung den Stadt Pfeiffer, *Marcum* Buchnern, sonderlich glücklich.

Im übrigen ist bey unsrer beyden Haupt Kirchen *Music* dieses zu beklagen, daß sie sonderlich in Feyer Tagen und in den Meßen, da in der Neüen Kirche *musicir*et wird, durch die neülichst daselbst Veränderung und Annehmung eines neüen Organisten, der die hießigen *Oper*en machet, sehr geschwächet worden, in dem die sonsten ohne Entgelt mit zu *Chore* gehende und zum Theil von mir unterrichtete Studenten, weil sie aus der *Opera* sich einiges *lucrum* machen können, selbige Zeit, da ich am besten und stärckesten *musicir*en solte, unseren *Chor* verlaßen, und dem *Operist*en helffen. Hingegen wäre unsrer *Music* in allen 3 Kirchen am besten gerathen gewesen, wenn man mir, der ich allein mit denen *Musicis*, welche ihre ordentliche *Salaria* und *Stipendia* bekommen, zu thun habe, die *Production* derer Kirchen *Concert*en, (gleichwie ich die Lieder in allen 3 Kirchen anordne) und Vertheilung derer *Musicant*en und *Adjuvant*en in 3 Kirchen, hingegen aber die bloße *Tract*irung des Orgelwerckes entweder dem vorigen Organisten in der Neüen Kirche, *August*en, oder seinem *Successori*, (mit deßen *Directorio*, weil die aus Liebe zur Neüerung izo dahin gehende *Adjuvant*en kein *Salarium* bekommen, es doch keinen rechten Bestand, wie *August* vielmahl selbst gesehen, haben kan) gelaßen hätte. Denn auff solche Art wäre Uneinigkeit durch *Separir*ung und Vertheilung immer uneiniger und einander *aemulir*ender *Adjuvant*en, verhütet, dem Organisten nichts entzogen, und hingegen auch einem oder dem andern, der selbst was taugliches *componir*en könte, wenn er mir seine Arbeit zuvor gezeiget und ich sie vor werth an einem heyligen Orte *producir*et zu werden, befunden hätte, Gelegenheit zum *Exercitio* gegeben, an der *Music* und denen darzu nöthigen Personen nirgends kein Mangel gespüret, sonsten

1) *Colascione* (Calichon), die sogenannte italiänische Laute. Baron, Untersuchung des Instruments der Lauten. Nürnberg, 1727. S. 132 sagt, der Calichon sei nur ein Lautenbass.

auch ein jeder freywilliger *Adjuvant* zu beständiger Übung der *Music* und Besuchung unsers *Chori Musici* (sonderlich da ich schon auff einen *Modum* ihne [so!] einige Ergözligkeit davor ohne Beytrag derer Herren Kirchen *Patron*en zu wege zu bringen gedacht hatte,) angereizet worden.

Gleichwie ich nun nochmahls unter dienstl. bitte, daß Ew. *Magnif.* geruhen wolle, unsre beyden Kirchen mit obgedachten *Instrument*en zu versorgen; Also stelle ich solche beschehene Schwächung unsrer Kirchen *Music* zu fernerer Überlegung und die vorgestellte Verbeßerung Dero Gutachten anheim. Ich aber verharre

Ew. *Magnif.*
unterthäniger und
gehorsamster
Diener
Johann Kuhnau.
Cantor. *mp.*

Leipzig den 4
Decembr. 1704.

[Adresse:]

An S. *Magni-* | *ficenz*, | den regierenden Herrn, | Bürgermeister zu | Leipzig, und getreüen | Vorsteher der Kirchen | zu *St. Thomae*, | Herrn *D.* Johann | *Alexander* Christen, | Hochberühmten *ICtum. etc.* | Dienstgehorsamstes | *Memorial.*« |

B.

Schuel zu *S.* Thomas. Vol. III. *Stift.* VIII. *B.* 2. Fol. 356 ff.

»*Magnifici*, Hoch Edle, Veste, und Hoch Gelahrte, auch Hochweise, Hochgeehrteste Herren und *Patron*e!

Hiebey übergebe ich *sub. lit. A.* etliche *Punct*e, so unsere Schul und Kirchen *Music* betreffen.

Dieweil nun von Ew. *Magnif.* Hoch Edlen und Hochweisen Herren [1]) mit allem Rechte gerühmet wird, daß Sie vor den Wohlstand der Kirchen und Schulen väterliche Sorge tragen, Sie auch dabey des Göttlichen Seegens bey Deren Hochlöblichem Regiment versichert seyn können; So versehe ich mich deßen umb so viel eher, es werde auff gedachte *Punct*e einige *Reflection* gemachet, und ich dadurch immer zu mehrern Fleiße *encourag*iret werden. In übrigen verharre ich auf alle weise

Ew. *Magnif.* HochEdlen
und Hochweisen Herren
unterdienstgehorsamster
Johann Kuhnau.
Cantor. *mpp.*

Leipzig den 17
Martij 1709.

---

1) Hier, wie auch weiterhin, habe ich die gewöhnlichen Abkürzungen aufgelöst.

Q. D. B. V.

A.

Erinnerung des *Cantoris*
die Schul und Kirchen *Music*
betreffend.

1.

Ist der Schul *Violon* sehr in Stücken, und durch den täglichen Gebrauch in denen zum *Exercitio Musico* gewidmeten Stunden so übel zugerichtet, daß die bißhero von den *Currende* der Leichen Geldern zu kleinen Ausbeßerungen der Schul-*Instrumen*ten biß auff einen Thaler genommenen etlichen Groschen zur völligen *Reparatur* und zum Bezuge besagten *Violons* nicht zu reichen können.

2.

Brauchte man ein neü *Regal*, weil an dem alten immer zu flicken ist. Doch kan es, nach dem es izo wieder ein wenig zu rechte gebracht worden, zur Noth noch eine Weile mit gehen, und die Gelegenheit erwartet werden, da manchmahl was gutes von dergleichen umb einen geringen Preiß zu kauffen vorkommt.[1])

Doch wäre

3.

hingegen zum wenigsten ein guter *Colocion* so wohl zum Gebrauche in der Schule, alß auch sonderlich bei der Kirchen *Music*, dabey auffs wenigste ihrer zwey zu seyn pflegen, von nöthen. Der selige Herr Ober Postmeister Keeß hatte einen dazu hergegeben, der aber vor dem Jahre, weil man die *Donation* nicht erweisen können, dem *Choro Musico* wieder abgefordert worden. Der Stadtpfeiffer Buchner, macht dergleichen gute und von starcken Klange.

4.

Ist der Cüster zu *St. Thomas* wegen der auff dem *Choro* daselbst mangelnden Sand Uhr offt ersuchet worden, daß er vor die nöthige Anschaffung derselben sorgen wolle. Man hat aber noch nicht gesehen, daß er bey dem Herrn Vorsteher deßwegen etwas errinnert hätte.

5.

Brauchten die *Instrument*isten auff ihrem *Chör*gen zur rechten Hand hinter ihnen ein angenageltes Bret, die Geigen auffzuhängen, damit sie

---

1) Der damalige Vorsteher der Thomas-Schule, Dr. Leonhard Baudiß, begleitete dieses Memorial, das bei ihm eingereicht war, mit einigen Bemerkungen bei Übergabe an den Rath (ebend. Fol. 362 ff.). Zu Nr. 2 bemerkt er, daß dieses Regal überallhin, wo Musik sein sollte, mit herumgetragen würde.

solche nicht mehr auff den Fußboden legen, und Schaden dabei besorgen dürfften.

Gleicher gestalt ist

6.

in der Kirche zu *St. Nicolai* eine Ausbeßerung derer Tritte nöthig, worauff die StadtPfeiffer stehen, maßen einer, der sich nicht wohl versiehet, leichte, wo nicht ein Bein brechen, doch zum wenigsten den Fuß verstauchen kan.

7.

Wäre zu wünschen, daß man zur Unterhaltung derer in beyden Kirchen befindlichen großen *Clavicim*beln, dazu auffs allerwenigste ein jährliches *Interesse* von 300 Thalern gehörte (denn, im Fall man sie brauchen wil, müßen sie bey jeder *Music* auffs neüe *accommodir*et seyn, und im izigen Stande dürften sie unter 6 biß 7 Thalern kaum wieder angerichtet werden) ein Mittel ausfinden könte.

Gleichwie im übrigen sonsten

8.

zu des vorigen *Cantoris* Zeiten immer etliche Schüler (4. biß 5.) über den gesezten *Numerum* gewesen (sonderlich von der Zeit an, da ein *Chor* davon in die neüe Kirche hat müßen geschicket werden) die *Alimenta* Gott auch immer so gesegnet, daß sie zugelanget, zu geschweigen, daß weil deren einige öfters entweder verreiset oder kranck sind, der *Numerus* fast niemahls *complet* seyn kan: Also wären dergleichen *Supernumerarii* sonderlich izo, da der Haupt *Chorus Musicus* von den Studenten entblöset ist, gar sehr nöthig.[2]

Dieweil auch

9.

an der Kirchen *Music* vornehmlich aber nach der Predigt, und des Sonnabends nach der *Vesper* bey der Probe ein ziemlicher Abgang geschiehet, in dem die Schüler nach ihren 8 *Cubiculis* in 8 Sonnabend und Sonntagen nach einander zur Beichte und zum heyligen Nachtmahle gehen, so würde es so gar übel nicht gethan seyn, wenn in der Woche der ganze *Coetus* mit denen *Praeceptoribus* auff einmahl sich zu solchem heyligen Wercke einfände. Denn auff solche Art könte auch durchgehends eine gute Vor-

---

2) Hierzu bemerkt Baudiß, die Lehrer der Thomas-Schule hätten früher hierin ganz freie Hand gehabt; als sie aber zuweit gegangen wären und auch die Eintheilung der Speisen und Getränke eine Änderung erfordert hätte, so hätte man die Zahl der Alumnen auf 54 festgesetzt. Da jetzt übrigens Gelder reichlich in der Casse wären, und die Erinnerung des Cantors im übrigen begründet sei, befürwortet er die Hinzuziehung guter Vocalisten zu der gesetzlich festgestellten Alumnenzahl.

bereitung geschehen, und das junge Volck mit desto beßerer *Instruction* und Andacht dahin geschicket werden.

10.

Aber den grösten *Defect* von solcher *Music* verursachet die *Opera* und *Music* in der Neüen Kirche. Denn die meisten Schüler, (von denen neüankommenden und dem *Choro recommend*irten Studenten wil man nichts sagen) sobald sie in der *Music* bey des *Cantoris* saurer Mühe einen *habitum* erlanget und nüze seyn können, sehnen sich gleich nach der Gesellschafft der *Operist*en, thun dahero nicht viel gutes, suchen vor der Zeit ihre *Dimission*, öffters mit Unbescheidenheit und Troze, lauffen auch, im Falle der Verweigerung gar davon, wie nur neülichst der beste *Bassist*, Pezold, auff die ihm aus der *Opera* geschehenen *Promess*en gethan, dem ein andrer guter *Discantist*, Pechuel, weil ein HochEdler und Hochweiser Rath ihn nicht, wie etwa zu weilen nach Weißenfels, also auch in die *Opera* nach Naumburg hat ziehen laßen wollen, hierinne vorgegangen, der nun alle Meßen herzukommen, und nicht ohne Ärgerniß der hießigen Schule und Stadt in der *Opera* und Neüen Kirche zu singen pfleget.[3]) Die andern aber, welche mit Frieden *dimitti*ret werden, nach dem man ihnen zwar viel durch die Finger sehen müßen, machen es nicht viel beßer. Denn, an statt daß sie zur Danckbarkeit vor die große auff sie gewandte Mühe dem *Choro Musico* fernere Dienste leisten solten, so gerathen sie gleichfalls bald unter die *Operist*en. Und wie es freylich lustiger zugehet, wo man *Oper*en spielet, in öffentlichen *Caffée* Häusern auch zu der Zeit, da die *Music* verbothen ist, und des Nachts auf den Gaßen, oder sonsten immer in frölichen *Compagni*en *musiciret*, alß wo dergleichen nicht geschehen kan; Also so leisten sie auch folgentlich lieber ein ander ihres gleichen in der Neuen Kirche Gesellschafft, alß daß sie unter denen Stadt Pfeiffern und Schülern stehen, und dem wiewohl sonsten ordentlich *salarirten*, und vormahls immer wohl bestalt gewesenen *Choro Musico* beywohnen solten.

Dieweil aber nun

11.

solche Kirchen *Music*, wo man die mit großer Mühe abgerichteten Schüler und Studenten, alß das beste *Ornament* entbehren, und sich allezeit mit neüen *Incipient*en von denen auff den Gaßen sich heiser schreyenden, im übrigen kranck- und kräzigten Schülern nebenst einigen unter denen Stadt *Musicis* und Gesellen nicht gar zu geschickten *Subjectis*, sonderlich in Feyer Tagen und Meßzeiten, da frembde Leüte und vornehme Herren in den Haupt Kirchen etwas gutes zu hören gedencken, behelffen muß,

3) Johann Christian Pechuel entlief im September 1706, Nathanael Pezold im August 1708, beide durch Opern-Unternehmer verlockt (s. dasselbe Actenfascikel fol. 348b und 351). Baudiß sagt, daß den Helfershelfer beidemale ein Leipziger Bürger gemacht habe, und empfiehlt die Sache dringend der Erwägung, meint aber, ohne ein königliches Verbot werde man keinen Erfolg haben.

dieweil auch noch dazu der in gemeinen Sonntagen gehörte *Chorus* alß denn geschwächet, und einandrer aber sehr elender und bloß aus Schülern und etwa ein Paar Stadt Pfeiffer Gesellen bestehender, der doch aber eben so gut ist, alß zu Herrn Schellens Zeiten der andre *Chor* gewesen, *formi*ret wird, (An die *Music* von zwey oder mehr *Chör*en, welche in großen Festtagen solte gehöret werden, darff man vollends nicht gedencken, und kan man dergleichen nur bewerckstelligen, wenn die Studenten nicht in die neüe Kirche kommen dürffen, wie zum *Exempel* neülichst bey Herrn *D.* Abichts Trauung in der Kirche zu *St. Nicolai* geschahe) gar schlecht bestellet ist, und man sich der elenden *Execution* vieler obgleich mit Fleiße ausgearbeiteten Stücken zu schämen, dahero denn auch die *Musica*lien nach der schlechten *Capacität* der *Subjectorum* schlecht genug einzurichten hat: [4]) So wäre

12.

(sonderlich da die aus 8 Personen zusammen bestehenden Stadt Pfeiffer Kunst Geiger und Gesellen zu blasenden *Instrumen*ten, nehmlich zu 2 oder mehr *Trom*peten, 2 *Hautbois*, oder *Cornett*en, 3 *Trombo*nen oder andern dergleichen Pfeiffen, 1 *Fagott*, und einem *Basson* kaum zu langen, und man nicht sehen kan, wo zu der übrigen Geigen*Music*, welche die angenehmste ist, wie sie izo in ganz *Europa* und auch bey uns starck bestellet wird, da bey denen beyden *Violi*nen immer zum wenigsten 8 Personen stehen, und folgentlich zu denen gedoppelt beszeten *Braccie*n, zu *Violo*nen, *Violoncell*en, *Colocion*en, Paucken und andern *Instrumen*ten mehr, die Leüte herzunehmen seyn, da sie alle in die neüe Kirche gezogen werden.) niehmals so sehr alß izo nöthig gewesen, daß die vormahls auff einige Sänger, vornehmlich aber auff einen starcken *Bassis*ten (denn von der Schul Jugend sind dergleichen tieffe Stimmen nicht so leichte zu gewarten, so schickt sie sich auch theils wegen ihres steten Anfanges in der *Music*, theils weil sie auch immer die Stimme *muti*ret, und manche jahre nach dem verlohrnen guten *Discant* ganz stum bleibet, mehr zu denen *Ca*pellstimmen und denen *tutti*, alß zum *concerti*ren) und zwei ordentliche gute *Violist*en angewendeten *Stipendia* wieder dazu angewendet würden.[5]) Hiedurch würde Gottes Lob und Ehre befördert, manchem frommen, und lieber studirenden alß der lustigen *Compagnie* immer anhangenden Studenten geholffen, auch vielleicht Gottes Seegen immer mehr und mehr gespüret werden.

[Adresse:]

A n | E. H o c h E d l e n | u n d H o c h w e i s e n | R a t h | z u | L e i p z i g | unterdienstliches | *Memorial.* | «

4) Dieser Paragraph enthält wunderbarer Weise gar kein formulirtes Desiderium, weshalb auch Baudiß richtig bemerkt: »Diese Klage verstehe ich nicht recht, und weiß nicht waß darunter gesuchet wird.«

5) Baudiß: »Dieses kommt auf E. Hochedlen Hochw. Raths *Liberalität* an. In vorigen Zeitten hat man gewisse *Stipendia* hierher verwendet, nachdehm Liebhaber zur *Music* gewesen.«

C.

»*ACTA* | Den GOTTES Dienst in der Pauliner Kirche und was dem anhängig betr.« Archiv der Leipziger Universität, Repert. $\frac{II}{III}$ No. 3. Litt. B. Sect. II. Fol. 6 und 7.

»*Magnifici*, Hoch Edle, Ves[t] | und Hochgelahrte, Hochgeehrteste Herren und *Patr*onen.

Gleichwie ich mit der ganzen Stadt über den angestellten neuen Gottes Dienst in der Pauliner Kirche gefreuet, und mir dabey die Hoffnung gemachet, daß ich, da mir sonsten der *Chorus Musicus* und die Orgel solcher Kirchen anvertrauet ist, auch bey diesem Gottes Dienste meine Dienste leisten würde; Also habe ich hingegen gestern nicht ohne *Chagrin* sehen müßen, daß am verwichenen Freytage die Orgel-Schlüßel darumb von mir abgehohlet worden, daß ein anderer das Werck dabey spielen sollen. Wenn aber ich albereit in der Hochlöbl. *Universitaet* Diensten stehe, und mein Amt allemahl solchergestalt abgewartet, daß keine Klage über mich hat kommen können; Ich auch solchen Gottes Dienst Gelegenheit habe, indem ich, imfalle ich ja zuweilen in den andern Kirchen möchte auffgehalten werden, welches aber selten geschiehet, indem nach der Predigt nur kleine schwache Stücken *musicir*et werden, durch einen meiner auff der Orgel wohl *exercir*ten *Schola*ren und Studenten, die mir alle mahl zur *Music accompagnir*en, den Anfang zum Gottes Dienste machen laßen könte, biß ich selbst dazu köhme [so!]; Alß gelanget an Ew. *Magnif*. HochEdle und Hochgelahrte Herren mein unterdienstgehorsamstes Bitten, Sie geruhen hochgeneigt mir die Schlüßel zur Orgel wieder einzuhändigen, und mein *Organ*isten Amt auch auff diesen Gottes Dienst zu *extendir*en. Hiedurch köhme ich bey denen Leuthen wieder aus dem Verdachte, alß wäre ich gar abgesezet worden, und ich hätte beßere Gelegenheit meine Sonntägliche Andacht fortzusezen, und meinen auff Orgeln erlangten *habitum*, welchen auch, sonder unzeitigen Ruhm, die Abwesenden aus meinen 4 *Musicali*schen Wercken, welche zur Übung des *Clavi*eres in Kupffer Stichen der Welt *publicir*et worden, gerne gehöret haben, zur Ehre Gottes weiter zu *poussir*en. Zu geschweigen, daß ich keine üble *Consequenz*en bey der *Direction* meiner *Music* zu befahren, sondern vielmehr aus der *Communitaet* einigen Zuwachß meiner *Adjuvant*en zu hoffen hätte. Ich erbiethe mich, solche Dienste umb das wenige, was einem andern möchte gegeben werden, oder auch, so zu reden, umb Nichts, sonderlich, wenn ich etwa bey Losung der Kirchen Stühle möchte mit bedacht werden, zu verrichten. Ich versehe mich Hochgeneigter Willfahrung, und verharre

Ew. *Magnif*. HochEdl. und Hochgelahrten
Herren
unterthäniger und schuldigster
Diener
Johann Kuhnau.

Leipzigk
den 1. *Sept*. 1710.

An
Die Hochlöbliche Universität zu Leipzig
unterdienstliches
Memorial.«[1])

D.

»Schuel zu *St.* Thomas *Vol.* IV. *Stift.* VIII. B. 2.« Fol. 185. (Rathsarchiv zu Leipzig).

Magnifici, HochEdle, Vest- und Hochgelahrte, auch Hochgeehrteste Herren, und *Patro*ne!

Indem Ew. *Magnif.* HochEdle und Hochweise Herren, wie vor das Wohlseyn des gesammten gemeinen Wesens, also auch insonderheit unserer Schule zu *St. Thomae* höchstrühmliche Väterliche Sorge tragen, und zu dem Ende eine Verbeßerung der Schul-Ordnung im Wercke haben, wozu ich Gottes Gnade und Seegen wündsche; Dabey aber jedem unter uns Schul-*Collegen* die Freyheit gelaßen, etwas schrifftlich beizutragen, oder zu erinnern: So stelle auch ich mich hiermit gehorsamst ein.

Zuförderst lebe zu Ew. *Magnif.* HochEdl. und Hochw. Herren hohen Güte der gewißen Zuversicht, Sie werden nichts neues vornehmen, so der *Music*, oder mir in der Arbeit, und den wenigen *Revenue*n zum *Praejudiz* gereichen könne, sondern vielmehr alles, was zu jener Verbeßerung, und zum Beytrag meines Besten dienen könne, befördern.

Was die *Music* anbetrifft, so scheint es fast, und werden es vermuthlich die meisten *Legata* weisen, daß diese Schule umb ihrentwillen, wie hingegen die zu *St. Nicolai* wegen der andern *Studiorum*, meistens gestifft sey. Und ob zwar auch aus dieser Schule immer solche Leute gekommen, welche hernach Gott in der *Republic*, Kirchen und Schulen als gelehrte Leute dienen können; So sind doch darinne zu allen Zeiten fast mehr

---

1) Nicht von Kuhnaus eigner Hand. — In den Weihnachtstagen desselben Jahres bestellte die Musik in der Paulinerkirche *Johann Friedrich Fasch*, Studiosus der Rechte, mit einem von ihm dirigirten aus Studenten bestehenden *Collegium musicum.* Derselbe ersucht am 29. Dec. 1710 die Universität (Fol. 17 ff.) zu gestatten, die Kirchenmusik des neu eingerichteten Gottesdienstes von nun ab alle Sonn- und Festtage mit seinem Collegium musicum bestellen zu dürfen. Kuhnau habe sich freilich dazu bereit erklärt und sich über ihn (Fasch) beschwert, daß er seine vermeintlichen Rechte ihm schmälern wolle, aber diese bezögen sich nur auf die früheren gottesdienstlichen Handlungen in der Pauliner-Kirche; Kuhnau könne den Dienst in allen Kirchen unmöglich versehen, der Magistrat der Stadt wolle die Kirchen-Instrumente für den Pauliner Gottesdienst nicht mehr zur Verfügung stellen u. s. w.

An demselben 29. Dec. supplicirt auch Kuhnau noch einmal um Beibehaltung seiner Dienste (Fol. 20 ff.), sieht im Gegentheile eine Kränkung seiner Künstler-Ehre, und will, um dieser nur zu entgehen, mit dem »bißherigen *Tractament*« vorlieb nehmen.

Musici aufgewachßen, welche so wohl in Fürstlichen Capellen, als auch vornehmlich bey der Gott geheiligten Kirchen-*Music* beliebte *Membra* und *Choragi* worden. Wenn ich von denen, welche, Gott sey Danck, nur aus meiner Anführung gelaßen worden, viel Rühmens machen wolte, könte ich unter vielen andern, welche an unterschiedenen Orten als gute *Musici* Beförderung gefunden, 2 berühmte Capellmeister anführen. Einer ist unsers allergnädigsten Königs seiner, Hr. Heinichen [1], der andere ist der zu Darmstadt, Graupner, welche aber in *specie* das *Clavier* und die *Composition*, und zwar der erste auch einige Zeit vor meinem *Cantor*at bey mir gelernet, dabey auf der Schule meine *Notisten*, so meine *Concepte* und *Partitur*en *mundir*et, gewesen. Es wird aber bey uns die *Music* hauptsächlich zur Ehre Gottes in der Kirche, und der Stadt zur *Devotion exerci*ret und angewendet, dabey man sich viel Seegen nicht nur in der Schule und Kirche, sondern auch der gantzen *Republic* immer hat versprechen können.

Da nun bey dem Gottes-Dienste die *Alumni* gebrauchet werden, und 2 Gottes-Häuser mehr worden, hingegen aber der *Numerus Alumnorum* geblieben, (wiewohl etliche *Supernumerarii* zu meines *Antecessoris* Zeiten gewesen, sind sie doch, seitdem Dessen Frau Wittbe die Schul-Speisung gehabt, wieder abgeschaffet worden,) und dahero zu Bestellung solcher heiligen Verrichtung nicht zu langen, sonderlich da ich (1) in meinem ersten Chore bey der heutiges Tages gewöhnlichen starcken *Music* von viel Sing- als *Concert*- und *Capell*-Stimmen, oder den so genannten *Ripieno*, und *Instrumenten*, als viel *Violin*en, *Violen*, *Bässen*, als *Violon*en, *Violoncell*en, *Calichon*en, *Basson*en, wozu die wenigsten von den Kunst-Pfeiffern kommen, weil sie andere blasende *Instrumenta*, als *Trompete*, *Posaune*, *Hautbois* und dergleichen mehr immer zu *tractir*en haben: (2) Die *Purganten*, *Calefactores*, und Leichen-*Famuli* von allen Kirchen-Diensten befreyet sind: (3) immer etliche von Schülern verreiset oder kranck sind; (4) der Krätze zu geschweigen, die sie fast die gantze Zeit plaget, und sie nicht viel zu Kräfften, welche doch zum guten Singen (von *Tractir*ung der *Instrument*en will ich nichts gedencken,) nöthig sind, kommen läßet: (5) Die besten Sänger, und sonderlich die *Discant*isten, bey ihren vielen Singen, bey Leichen, Hochzeiten, in der *Current*e, und andern Umgängen, sonderlich des Abends in der Neu Jahrszeit bey rauher und scharffer Luft nicht geschonet werden können, wo bey sie denn die Stimmen eher verliehren, alß sie den *Habitum* erlanget, ein ihnen vorgelegtes leichtes *Concert*gen *Secur* und mit einigem *Judicio*, oder der bey dem Kirchen-*Stylo* nöthigen *Observanz* der viel zu schaffen machenden *Battuta*, zu singen, (welches gewiß ein langes und großes *Studium praesuppon*iret, maßen auch viel von *virtuosen* Sängern zu dergleichen *Perfection* nicht kommen, und nur die Sachen, wie etwa das Frauen-Zimmer die *Oper-Arien*

---

1) Dieses bezeugt Heinichen selbst (Der General-Bass in der Composition. S. 840).

und *Recitativ* nach der Larve und meistens auswendig lernen.) Bey welcher Beschaffenheit denn, und da mit neuen *Incipienten* immer *Sysiphus lapis movir*et wird, auch nach beschehener *Mutation* der *Discant*-Stimme eine andere sich entweder gar langsam, oder auch wohl bey manchen gar nicht wieder finden will, auch das beste Kirchen-Stücke zu keiner guten *Execution* gebracht werden kan. Dahero wäre es wohl von nöthen, daß außer der fast nothwendigen Vermehrung der Zahl der *Alumnorum* auch, wie in Dreßden bey der Creutz-Kirche 2 sonderliche *Discantis*ten, bloß zur Kirchen-*Music* gehalten, geschonet und wohl versorget werden, (davon ich selbst einer gewesen,) auch bey uns wo nicht dergleichen, weil wir auch in Fest-Tagen in beyden Kirchen *musicir*en, dennoch zum wenigsten ihrer 2 gehalten, und mit allen Umgängen und *Curren*te-Singen verschonet würden. Zu deren einiger Versorgung könnten die 2 fl., die ich jährlich unter die *Concertis*ten auszutheilen aus ieder Kirche bekomme, ohnmaßgeblich mit angewendet werden. Daß ich aber endlich auch auf dasjenige *Exercitium Musicum* komme, da sich 4 *Cantorey*en zum Neu Jahrs-Singen *praeparir*en müßen, so hat es freylich das Ansehen, als ob zu viel Zeit (immaßen immer von 4 Wochen geredet wird,) mit Hindansetzung derer anderen und nöthigeren *Lection*en, hierzu angewendet würde. Allein, gleich wie ich mich nicht erinnere, daß man iemahls dergleichen *Exercitium* gantzer 4 Wochen vor dem Neu Jahres Feste angestellet hätte, sondern der Anfang darzu ist entweder den Montag nach dem 3ten *Advent*-Sonntage, wie heuer, oder wenn etwa das Weynachts-Fest gleich auf die ersten Tage der Woche gefallen, endlich auch nach dem andern *Advent*-Sonntage gemachet worden; Also wendet man ja auch die iezt beniehmte (so) Zeit nicht gantz dazu an. Denn außer dem, daß denen *Lectionibus*, sonderlich aber meinen Stunden vor Mittage nichts abgehet, und die immer gehalten werden, so brauchet man nur hierzu fürnehmlich die Nach Mittages Stunden, davon aber ihrer viel eingehen, zum *Exempel* die Stunden des freyen Donnerstages und des zum Gottes-Dienst gewiedmeten Sonnabends, inngleichen die Stunden, so zu denen umb solche Zeit immer vorfallenden Leichen-Begängnissen gehören. Da aber nun zur *Execution* derer vielen *Motett*en, die mancher wohl *exercirte Studiosus* nicht treffen wird, kleinen *Vocal-Concert*en, und andern feinen *Arien*, derer von Zeiten zu Zeiten in ihren Büchern oder so genannten Stimmen immer mehr und mehr *colligir*et und unter den Bürgern beliebt worden, ja da auch bloß zu denen manierlich klingenden teutschen Liedern (dabey denn, wenn denen einmahl verwehnten Leuten hierinne keine *Satisfaction* geschiehet, das sonsten davon einkommende Geld großen Theils zurücke bleibet) eine fleißige Übung obgedachter maßen gehöret; So sehe ich nicht wie die dazu bestimmte wenige Zeit, die doch auch eben, wie die zu andern *Lectionibus*, nicht übel anwendet wird, genauer könte eingeschrenket seyn.

Was nun meine Arbeit und *Inspection* anbetrifft, so habe ich verhoffentlich mit Gottes Hülffe solche iederzeit also abgewartet, daß nichts wieder mich sonderlich zu erinnern wird gewesen seyn. Ja ich habe auch, so viel mir immer möglich gewesen, die Sonntags-*Communion*, wie es die alte Schul-Ordnung erfodern wollen, mit abgewartet, obgleich zu meines *Antecessoris* Zeiten, da sich die *Communicant*en immer gemehret, solches in *Desvetudinem* gekommen, weil es vor Leute, wenn sie sonderlich schwacher Leibes-*Constitution* sind, im Winter, ja auch im Sommer, da es bey gröster Hitze in Kirchen-Gebäuden kalt ist, fast unmöglich ist, so viel Zeit, nehmlich von Anfange des Gottes-Dienstes vor 7 Uhr, da ich gleich mit meinen Schülern und *Adjuvant*en zugegen bin, auch seyn muß, und also alle Sonntage 4 Stunden vor Mittages, und auch die zur *Vesper* nöthige Zeit auszudauren. Die Schüler haben noch ein Kohl-Feuer in der *Nicolas*-Kirche, und in der Thomas-Kirche gehen sie heraus, und lesen die Predigt, dabey der Hr. *Rector* meistentheils zugegen ist. Unser einer aber kan dergleichen nicht haben auch nicht wohl vertragen. So ist auch unter der *Communion* der *Chorus* nicht beysammen, maßen ihrer viel davon zum Büchßen tragen, und andern zum Eßen nöthigen Verrichtungen heraus gehen, auch nicht nöthig sind. Denn es ist allezeit beßer befunden worden, daß weil die *Communicant*en sich meistens dem Altar nähern, und also von dem Schüler-*Chore* weit entfernet sind, der *Praefectus* nur alleine die Lieder und *Verse* angefangen und mitgesungen, dabey aber fein auf das Volck Achtung gegeben, als wenn die andern Schüler auch starck mit und sich vollends heiser gesungen, dabey den *Praefectum* in seiner *Attention* auf das Volck nur gehindert, und also *Confusion* gemachet. Da nun sonderlich die *Praefecti* bey ihren Ammte viel genung zuverrichten und zu *observir*en haben, wolte ich fast bitten, daß sie bey ihren wenigen Einkünfften gelaßen würden. Die *Praefecti* haben ja auf allen Schulen eine gute Ergötzlichkeit vor ihre Arbeit, welches ich selbst erfahren, der ich zwar nur *Adjunctus* auf der Dreßdenischen Creutz-Schule, und dergleichen auf dem Zittauischen *Gymnasio* gewesen, wie wohl ich auch in Zittau bey dem damahligen (daß ich es so nennen mag) *interregno Chori Musici* (denn es war der *Cantor*, und Organist, als der *Director Chori*, gestorben) *Vicarius* gewesen, und das von denen Herrn *Patron*en mir davon gereichte *Salarium* nebenst denen *Accidentibus* noch mit hieher auf die *Universitaet* gebracht habe. Diesem nach wäre vor die *Conservation* des *Lucelli* unserer *Praefectorum* zu bitten, daß sie in der *Observanz* ihres Ammts nicht verdroßen würden. Jedoch gleichwie ich solches alles Ew. *Magnif.* HochEdlen und Hochweisen Herren hohen Gefallen überlaße, also habe ich vielmehr Ursache umb Ihre Väterliche Sorge vor mein eigenes *Interesse* so wohl, als vor der gantzen Schule, zu bitten: Alldieweil mein *Salarium fixum* sehr schlecht ist, und in 100 fl. bestehet, womit sonderlich ein *Musicus*, wie ich, der immer von seinen Kunst-Verwannten Zuspruch hat, auch denen *Studiosis*, so mit zu *Chore* gehen, manche Ergötzlichkeit machen muß, über dieses auch bey seinem starken Hauß-Wesen, wenig Sprünge machen kan, die *Accidentia* aber, so das Kraut machen sollen, bey denen heutigeu Beysetzungen und Hochzeiten sich sehr verschmählern. Denn zu Anfange meines *Cantorats* habe ich vor die bey öffentlichen Leichen-Begängnißen sonderlich begehrte neue *Com-*

position einiger *Moteten* und *Arien*, noch etwas bekommen; ietzo aber bey denen Beysetzungen entgehet mir nicht nur das beste *Accidens* von vielen großen halben Schulen (denn öffentllich schämeten sich die Leute der kleinen Schulen) sondern auch von besagter neuen *Composition*, und wird an mich, obgleich die Leute noch eines und das andere von sonderlichen Liedern begehren, wegen der offtmahls gehabten Mühe, da sie in 4 Stimmen gesetzet und abgeschrieben werden müßen, nicht einmahl gedacht. Bey großen Braut Meßen wird mir zwar zuweilen von Liebhabern der *Music* auf obgedachte Art ein *Accidens* gegönnet, doch aber wird mir und der Schule auch das gewöhnliche bey vielen ohne Gesang und Klang, oder sonsten auf dem Lande nach erhaltenen genädigsten Befehl angestellten vornehmen Trauungen gar sehr offt entzogen. So hat auch, ungeachtet ich es bey denen Herren *Pastoribus* Vielmahl erinnert, die Gewohnheit einreißen wollen, daß Sonntags nach der *Vesper*, nehmlich umb 4 oder 5 Uhr und hernach, welche *Vesper*-Zeit, wie in der Woche, also auch des Sonntags bloß zu gantzen BrautMeßen bestimmet ist, (gestalt auch bey meines *Antecessoris* und meines Organisten Ammtes Zeiten stets darüber gehalten worden) die Verlobten ohne Unterscheid, ob sie vornehme oder geringe, mit halben BrautMeßen, oder auch wohl gar in der Stille zur Trauung gelaßen werden. Diesem nach, und da mir hierdurch mein *Accidens* entgehet, indem ich von halben Braut-Meßen gar nichts bekomme, denen Schülern auch das von großen Braut-Meßen ihnen zukommende zurücke bleibet; So bitte ich innständigst und gehorsamst, die alte löbliche Verordnung wegen der auf die *Vesper*-Zeit gelegten gantzen Braut-Meßen wieder in Schwang zu bringen, und denen itzigen Herren *Pastoribus*, im Fall sie sich der vorigen *Observanz* in diesem Stücke nicht erinnern möchten, zu *intimir*en.

Im übrigen *repetir*e ich *priora*, überlaße alles derer HochEdlen Herren *Patron*en reiffer Überlegung und Väterlichen Vorsorge, wündsche dabey ein geseegnetes Regiment, und verharre

Ew. *Magnif*. HochEdlen, und
Hochweisen Herren
unterthäniger und gehorsamster
Johann Kuhnau,
Cantor an der Schule zu
St. Thomae. *mp*.[1])

Leipzig d. 18. *Decembr*:
Anno 1717.

---

1) Nur Name und Titel ist von Kuhnau selbst geschrieben.

E.

»*Project*, welcher Gestalt die Kirchen *Music* zu Leipzig könne verbeßert werden.

[Befindet sich jetzt auf der Stadt-Bibliothek zu Leipzig. Auszugsweise abgedruckt in der Neuen Zeitschrift für Musik. Bd. 7, Nr. 37 und 38.]

Die weil dergleichen junge Leüte, welche bißher die *Music* in der Neüen Kirche *dirigi*ret, von dem wahren Kirchen *Stylo*, wozu gar ein sonderliches und langes *studium* gehöret, nicht viel wissen können, und alles ihr Werck auff eine so genandte *Canta*ten Art hinaus läuffet; (*a*) So wäre es beßer, (ja es wird auch in dem *Corpore Juris Saxonici*, und zwar in der Schul Ordnung *Part.* 4. Von der Election und dem *Examine*, oder Amt der Schul Diener *pag. m.* 296. »Deßgleichen sollen die *Cantores*, (*b*) aus drücklich verbothen,) daß solcher *Incipien*ten, und folgentlich der heütigen jungen *Operis*ten ihre doch nur in fleischlicher Absicht verfertigten Dinge nicht in die Kirche gebracht, und der heilige Gottes Dienst dadurch *profaniret*, sondern anderer in dem *Pathe*tischen oder Zur Andacht bewegenden Kirchen *Stylo* geübter und bloß auff die Ehre Gottes Zielenden *Componis*ten Wercke von ihnen angeschaffet und gebührender maßen *musiciret* würden:

Die weil auch sonderlich in Festtagen unserm *Choro* durch die bißherige *Music* in der Neüen Kirche die meisten *Studiosi* entzogen worden, welche doch aus vielen Ursachen, fürnehmlich, weil fast die meisten aus der Thomas Schule, und meiner *Information* kommen, zur Dankbarkeit uns helffen solten, es freylich lieber mit der lustigen *Music* in der *Opera*, und denen *Caffée* Häusern, alß mit unserm *Choro* halten werden, und daher, obgleich auch noch unterschiedene bey uns bleiben, dennoch auff beyden *Chö*ren die *Music* an ein und anderer Person, welche sich zur *Execution* eines Stückes *in specie* wohl schicket, Mangel leyden muß:

Die weil ferner das OrgelWerck in der Neüen Kirche bißher, so zu reden, in die Rappuse herumbgegangen, in dem der *Director* entweder nicht selbst spielen können, oder, wenn er ja was gekont, dennoch, wie die *Operis*ten pflegen, bald zu dieser, bald zu jener Lust verreiset gewesen, und dahero immer andere ungewaschene Hände darüber gerathen, welche,

---

a) »Diese Art bestehet aus *Recitativ* und *Ari*en, wie das meiste der *Opern Music*, ist auch von einem jeden jungen Menschen, der immer dergleichen, sonderlich lustige, *Melodien* höret, leichte nachzumachen.«

b) »Die Worte lauten also: Desgleichen sollen die *Cantores, etc.* (und also auch die *Directores* der Kirchen *Music*) nicht ihre, da sie *Componis*ten seyn, oder andrer neüen angehenden, sondern der alten und dieser Kunst wohlerfahrenen und fürtrefflichen *Componis*ten, als (damahls) *Josquini, Clementis non Papa, Orlandi*, und dergleichen Gesäng enthalten, so auff Tanz Meß, oder Schand Lieder Weise nach *componi*ret, sondern es also anstellen, daß, was in der Kirche gesungen, es herrlich tapffer sey, und Zur Christlichen Andacht die Leüte reizen mag.«

wenn sie dem entstandenen Heülen, oder andern durch die Veränderung des Wetters verursachten Zufällen abhelffen wollen, dasselbe immer mehr verderbet;

So wäre es beßer, wenn das Werck einem gewissen und beständigen Organisten, und die *Direction* der *Music* zu gleich unserm *Choro* mit übergeben würde. Auff solche Art würde das wilde *Opern* Wesen verhütet, und eine *devote* Kirchen *Music*, welche ihre besondere Schönheit, Kunst, und Anmuth haben muß, eingeführet. (*c*)

Die weil die *Music* am angenehmsten, wenn sie nicht zu offte gehöret wird, und in vielen großen Städten, zum *Exempel* in Hamburg, der *Cantor* nur in einer Kirche des Sontages *musicir*et, und bey so vielen Kirchen, alß daselbst sind, späte herumb komt; So könte bey uns auch, nach dem in denen beyden Haupt Kirchen die *Music* gewesen, solche den dritten Sontag in die Neüe, alß die dritte Haupt Kirche der Stadt gebracht, und inzwischen die *Music* daselbst, wie in der Peters Kirche, eingestellet werden.

Da aber diese Einstellung der *Music* in denen Feyertagen in der Neüen Kirche, samt deren *Alternation* bedenklich seyn möchte, kan nichts desto weniger die *Music* daselbst durch unsern *Chor* wohl bestellet werden, in dem ich also in dem freyen Gebrauche derer *Studiosorum*, welche zu gleich mit denen in der Neüen Kirche befindlichen Thomas Schülern, die ich zu jeder *Music* wie sie dazu nöthig, erlesen kan, nicht gehindert werde.

Einen beständigen Organisten kan man sich auch von denen *Studiosis* versprechen, welche bey ihrer *Music* ihr Haupt *studium* fort sezen, und *practicir*en, oder sonsten einen Dienst verwalten können. (*d*)

(*c*) »Diesen Unterschied der *Music* hat neben alten berühmten Meistern der von dem Dreßdnischen Hoffe nur izo wieder nach Hause gegangene *eccellente* Italiänische Capellmeister, *Antonio Lotti*, uns nur kürzlich gewiesen. Die *Composition* seiner *Opera* zeiget neben der *Grace* ein *negligen*tes, doch sehr *brouillan*tes und schwermendes Wesen meistens von einer oder 2 Stimmen, die doch immer durch viel *Instrumente all' Unisono*, welches eine leichte und geschwinde verrichtete Arbeit ist, *secundir*et werden. Hingegen hat er in seinen Kirchen Stücken eine *admirable Gravität*, starcke und vollkommene *Harmonie* und Kunst neben der besondern Anmuth sehen laßen: Wie solches ein und andrer von seiner Arbeit vorhandener *Psalm*, sonderlich aber eine mir *communicir*te sehr lange *Missa*, oder ein *Kyrie* nebenst dem *Patrem* und denen andern dazu gehörigen Stücken, so er zu lezt vor die catholische Kirche zu Dreßden *componir*et hat, zur Genüge bezeüget.«

(*d*) »Es giebt allhier zu weilen unterschiedene Gelehrte, die das *Clavier* wohl spielen; Gestalt auch bey unsrer *Music* manchmahl ein hießiger berühmter Rechts *Consulent* und *Doctor* auff der Orgel *accompagnir*et. Es soll vormahls, wie ich *per traditionem* habe, ein hießiger Organist, oder der zum wenigsten das OrgelWerck fleißig gespielet, *Doctor* Bähr geheißen, und ein *Medicus* und *Professor* gewesen seyn. Es ist auch einer in E. HochEdlen und HochWeisen Rathes Diensten, der das *Clavier* wohl geübt, und vormahls offte zu unsrer Kirchen *Music* gespielet hat. Ich selbst habe das Amt eines Organistens und *Advocat*ens verrichtet.«

55*

Die weil auch endlich in dem Falle, wenn nicht die bloße *Alternation*, sondern zu gleich, wie in denen beyden Haupt Kirchen, die Fest Tages *Music* in der Neüen Kirche möchte gefällig seyn, wären von des Organistens *Salario* 10 biß 15 fl. zu Bestreitung der Unkosten und Mühe, welche zu Anschaffung der *Musica*lien, des Pappieres, zu denen *Copialien*, und dergleichen erfordert werden, mir leichte zu zu wenden.

Die *Volontaire*s unsers *Chori* könten auch, wie alle dergleichen *Adjuvan*ten in unsern Chur Fürstlichen und andern Landen eine Ergözligkeit haben, wenn der Klingel Beütel, wie an besagten Orten allen, vom *Choro* bliebe, und dagegen etwas zu dem so genanten *Canto*rey Essen, darüber Räthe und Geistliche in Städten halten, oder einer andern ihnen gefälligen Vergnügung *colligir*et würde. Dieses, weil es auff die Beförderung der Kirchen *Music* und der Ehre Gottes zielet, wäre ja eben und vielleicht noch eher eine *causa pia*, alß wenn das Geld auff Bettel Leüte, die dergleichen Gutes nicht *praestir*en gewendet wird.

Solte es aber mit der *Music* der Neüen Kirche im vorigen Stande bleiben so wäre zum wenigsten auff ein Mittel zu dencken, wie diejenigen *Studiosi*, so von unsrer *Thomas* Schule kommen, dahin zu bringen, daß sie, wie es gleichwohl etliche andere und fremde thun, zur Danckbarkeit gegen unsern *Chorum* es beständig mit uns halten und allda ihre Kunst, wo sie solche mit Gottes Hülffe gelernet, anwendeten.

Dieses ist also mein unvorgreifflicher Vorschlag wegen der Verbeßerung unsrer Kirchen *Music*, welchen ich aber einer reifferen Überlegung derer HochEdlen Herren *Patron*en lediglich überlaße.

Leipzig den 29sten *Maji* 1720.

Johann Kuhnau
Cant. mpp.«

V.

(Zu Seite 56.)

Rathsacten »Die Schule zu *St. Thomae* betr. *Fasc.* II.« sign. VIII. B. 6.

»Auff E. E. Hochweisen Raths Verordnung bin ich zu Herrn Bachen allhier gegangen, und habe demselben hinterbracht, wie die von ihm auf bevorstehenden Char-Freytage haltende *Music*, bis auf darzu erhaltene ordentliche Erlaubniß, unterbleiben solle. Worauff derselbe zur Antwort gab: es wäre ja allemahl so gehalten worden, er fragte nichts darnach, denn er hätte ohnedem nichts darvon, und wäre nur ein *Onus*, er wolle es den Herrn *Superintenden*ten melden, daß es ihm wäre untersagt worden, wenn etwa ein Bedencken wegen des *Text*es gemacht werden wolle, so wäre solcher schon ein paar mahl aufgeführet worden. Welches also E. E. Hochweisen Rath gehorsamst melden wollen.

Leipzig den 17. *Martii* 1739.

Andreas Gottlieb Bienengräber,
Abschreiber. *mpria.*«

VI.

(Zu Seite 58.)

Rathsacten »Schuel zu *St. Thomas. Vol.* IV. *Stift.* VIII. *B.* 2.« Fol. 411.

»An
das Chur und Fürstlich Sächsische *Consistorium* zu Leipzig.

PP.

Es ist ungefehr vor Jahresfrist geschehen, daß ich mit Vorbewust Ihro *Magnificenz* des Herrn *Superintendent*en und Einwilligung des Herrn *Cantoris* ein der reinen Evangelischen Wahrheit gemäßes Lied in meiner ordentlichen Vesper-Predigt anzugeben den Anfang gemacht, und biß daher also fortgefahren.

Nachdem aber obgedachter Herr *Cantor* unter dem eitelen Vorwand, daß Er seinen Successoribus nichts vergäbe, solches ferner nicht leiden will; Als sehe mich genöthiget, zu Euren *Magnificis* und HochEdlen Herren meine Zuflucht zu nehmen, und zu bitten, daß Sie hochgeneigt geruhen wollen, mir bey diesem allein zur Ehre Gottes abziehlenden Vornehmen, die Hand zu biethen, und mir dasjenige zu verstatten, was nicht nur andern meiner HochgeEhrtesten Herren *Collegen*, wie auch denen Herren Land-Predigern bey *Circulations*-Predigten, ia ieden *privato* bey *Copulat*ionen und Leichen-Predigten erlaubt ist. Ich versehe mich hochgeneigter Willfahrung. Gott aber, dessen Ruhm gesuchet wird, wird es vergelten, da ich im übrigen mit aller *Devotion* und *Respect* verharre

Eurer *Magnificorum* und HochEdlen Herren
gebeth und dienstschuldigster
M. Gottlieb Gaudltz.«

Leipzig den 7. *Sept.*
1728.

VII.

(Zu Seite 70 und 80.)

Rathsprotokoll »in die Enge« von 1725—1730. Vol. VIII, 60^b.

Fol. 310^b. Sitzung am 2. August 1730.

»Die Thomas-Schule sey vielmahl in *deliberation* gewesen, die Riße und Anschläge wären vorhanden, es würden aber selbige weiter zu untersuchen seyn, Wobey annoch zu gedencken sey, daß als der *Cantor* anhero kommen, er wegen der *information dispensation* erhalten, die Verrichtungen habe *M.* Pezold schlecht genug verwaltet, *tertia* und *quarta Classis* sey *seminarium totius Scholae*, folglich ein tüchtiges *Subjectum* selbiger vorzusezen seyn, der *Cantor* möge eine derer untersten *Clas*sen besorgen, es habe derselbe sich nicht so, wie es sein solle, aufgeführet, [am Rande hierneben:] *Not.* ohne Vorwissen des Regierenden Herrn Bürgermeisters einen Chor Schüler aufs Land geschicket. Ohne genommnen Urlaub verreiset [bis hier die Randbemerkung], welches ihm zu verweisen und er zu *admoniren* seyn, voriezo habe man zu überlegen, ob man nicht obige *Claßen* mit einer andern Person versorgen wolle, *M.* Kriegel solle ein guter Mensch seyn, und würde man darüber zu *resolviren* haben.

Herr HoffRath Lange, Es sey alles wahr, was wieder den *Cantor* erinnert worden und könne man ihm *admoniren* und durch *M.* Kriegeln die Besezung thun.

Herr HoffRath Steger, es thue der *Cantor* nicht allein nichts, sondern wolle sich auch diesfalls nicht erklären, halte die Singstunden nicht, es kämen auch andere Beschwerden dazu, Änderung würde nöthig seyn, es müße doch einmahl brechen, laße sich also gefallen, daß eine andere Einrichtung gemachet werde.

Herr Stiffts Rath Born, *adhaeriret* obigen *votis.*

Herr *D.* Hölzel, *Etiam.*

Hier wurde *resolviret*, dem *Cantor* die Besoldung zu verkümmern.

Herr Baumeister *D.* Falckner, *Etiam.*

Herr Baumeister Kregel, *Etiam.*

Herr *Syndicus Job*, *Etiam*, weil der *Cantor incorrigibel* sey.

Herr Baumeister Sieber, *Etiam.*

Herr Baumeister Winckler, *Etiam.*

Herr Baumeister Hohmann, *Etiam.*

Ego. Etiam.

Fol. 324b. Sitzung am 25. August 1730. Der Vice-Canzler und Bürgermeister Dr. Born trägt vor: »Mit dem *Cantor* Bachen habe Er geredet, der aber schlechte Lust zur Arbeit bezeige, frage sich, ob man nicht *M.* Krügeln, an stat Pezolds, die *Classe* anvertrauen solle, ohne neue Besoldung.

Conclusum. Soll also eingerichtet werden.«

VIII.

(Zu Seite 112.)

Beilage zu den Rechnungen der Thomaskirche von Lichtmeß 1747 bis Lichtmeß 1748.

»Zu wißen, daß, nachdem die Orgel in der *Thomas*-Kirche allhier zeithero durch den vielen Staub und Unrath bey nahe unbrauchbar worden, und, damit sie nicht in weitern Ruin verfalle, an derselben eine nöthige und hinlängliche *Reparatur* vorgenommen werden soll, zwischen den Königl. Pohln. und ChurFürstl. Sächß. Hochbestallten Geheimbden Kriegs-Rath und Burgermeistern allhier, *Tit.* Herrn *D.* Gottfried Langen, als Hochverordneten Vorstehern der Kirche zu *St. Thomas*, an einem, und H. Johann Scheiben, Orgelmachern allhier, am andern

Theile, hierüber nachfolgender *Contract* wißentlich und wohlbedächtig abgehandelt und geschloßen worden.

Nehmlich:

1.

Verspricht nurgedachter Orgelmacher, Johann Scheibe, alles dasjenige, was durch die im vorigen Jahre gewesene große Sommer-Hitze und sonst an der Orgel in der *Thomas*-Kirche schadhafft worden, mit Leim und Leder wieder tüchtig zu verwahren, und vollkommen auszubeßern.

2.

Dieweiln auch gedachte Orgel, und vornehmlich die sämtlichen Pfeifen derselben inwendig voller Staub sind, daß dieserwegen die mehresten von denenselben gar nicht mehr ansprechen; Als soll der Orgelmacher Scheibe gehalten seyn, bei dieser *Renovation* alles auseinander zunehmen und zuzerlegen, hauptsächlich das Pfeiffenwerck durch alle Stimmen, was darzu gehöret, durchgehends nicht allein vom Staube und Unrath zu reinigen und abzuputzen, sondern auch, was daran schadhafft ist, zugleich zu *reparir*en, und alles gehörigen Orts wiederum einzusetzen.

3.

Müßen alle Rohrwercke, als: der *Posaunen-Bass, Trompeten-Bass*, in dem Rück-*Positiv* die *Trompete* und Krumbhorn, desgleichen im Brust-*Positive* die zwey Register Rohrwercke an Mundstücken und Zungen von Salpeter und Gallmey gereiniget auch so etwas an denselben schadhafft, bestens wieder *reparir*et werden.

4.

Verspricht H. Scheibe alle WindLaden durch das gantze Werck aufzumachen, damit der Staub und Unrath von denen *Venti*len kann abgeputzet werden, auch nach diesen alles auf das beste wieder verwahren zu laßen.

5.

Will er auch alle Regier Wercke wieder ergäntzen, wo die Eisen und das Meßing entzwey gegangen ist, ingleichen

6.

Die beiden *Manual-Coppeln* in tüchtigen brauchbaren Stand setzen.

7.

Verspricht er, alles Pfeiffenwerck aufs neue zu *intonir*en, und einzustimmen, auch überhaupt die ganze Orgel reine und durchaus zustimmen, alles in eine gute *Harmonie* und richtige *Disposition*, auch *aequale Intonation* zu bringen. Er hat auch die Arbeit bey dieser *Renovation* so einzurichten, daß bey dem Gottes Dienste iedesmahl einige nothdürfftige Register können gebrauchet werden.

8.

Was endlich nach verfertigter Arbeit bey der Probe und *Examinir*ung des *renovir*ten und *reparir*ten Orgelwercks sich vor Mängel an demselben hervorthun möchten, solche insgesamt verspricht Hr. Scheibe ohne Wiederrede zu*corrigir*en und sogleich zuverbeßern, ohne weiter etwas, als was *accordir*et worden, dafür zu fordern. Wie er sich denn hierdurch verbindlich machet, vor die richtige und tüchtige Arbeit an diesem Orgelwercke mit seinem bereitesten Vermögen zu stehen und zu hafften.

9.

Giebet Hr. Scheibe alle zu dieser vorbeschriebenen Arbeit und der durchgängigen *Reparatur* des Orgelwercks benöthigte *Materiali*en, dergleichen hält er alles Werckzeug, lohnet und bezahlet diejenigen Leute, so er bey dieser Arbeit gebrauchet, verspricht annächst hiermit, binnen untergesetzten *dato* und nächstfolgende *Michael* das gantze Werck in vollkommenen und brauchbaren Stand zubringen und also zu übergeben. Dahingegen laßen der Herr Vorsteher, Herr Geheimbde Kriegs Rath und Burgermeister Lange, das nöthige Gerüste vor die Orgel durch die Zimmer-Leuthe aufrichten und verfertigen, damit man währender *Reparir*ung und *Renovir*ung, das Pfeiffenwerck darauf legen, auch ohne Schaden dem Wercke beykommen könne, nach vollbrachter Arbeit soll auch durch die Zimmer Leuthe das Gerüste weg genommen werden.

Für alles und jedes, wie es in diesem *Contracte specificir*et worden, geben der Herr Vorsteher der Thomas-Kirche dem Orgelmacher Scheiben überhaupt

Zwey Hundert Thaler

welche demselben aus denen Mitteln der Kirche nach und nach gegen Quittung bezahlet werden sollen.

Gleichwie nun vorstehend alles beyderseits *Contrahen*ten ernster, wohlbedachter Will und Meynung ist: Als versprechen sie solchen in allen Puncten getreulich nachzukommen; Es ist auch zu desto mehrern Festhaltung dieser *Contract in duplo* zu Pappier gebracht, und von beyden Theilen eigenhändig unterschrieben und besiegelt worden. So geschehen Leipzig, den 28. *Jun.* 1747.«

Nur Langes Contract ist untersiegelt und trägt außerdem das Datum des 23. Juni. Die Rathsverordnung zur Ausführung der Reparatur erging am 26. Juni. Scheibe erhielt die Bezahlung in sechs Raten; die letzte am 4. Nov. 1747.

IX.

(Zu Seite 348.)

Rathsarchiv »*Acta* die Kirchen-Musik E. w. d. a. betr.« VII. B. 31. Fol. 12.

»Den 3. *Aprilis* 1724.

Herrn Johann Sebastian Bachen *Cantori* bey der *Thomas* Schule Wurde vermeldet, wie bey EE. Hochweisen Rathe der Schluß gefaßet worden, daß die *Passions-Music* des Charfreytags in denen Kirchen zu *St. Nicolai* und *St. Thomae* wechselsweise gehalten worden; Nachdem aber aus dem Titul der, dieses Jahr herumgeschickten *Music* zu ersehen gewesen, daß sie wiederum in der *Thomas*-Kirche angestellet werden solle, der Herr Vorsteher der Kirchen zu St. *Nicolai* auch EE. Hochweisen Rathe vorgestellet daß vor diesesmahl mehrerwehnte *Passions Music* in der Kirchen zu *St. Nicolai* gehalten werden möchte; Als würde sich der Herr *Cantor* seines Orts darnach achten.

Hic

Er wolte solchem nachkommen, errinnert aber dabey, daß der *Titul* bereits gedrucket kein Raum allda vorhanden und der *ClavCymbel* etwas *reparir*et werden müste, welches iedoch alles mit leichten Kosten zu wercke zu richten wäre, bittet allenfalls ihme auf den Chor noch einige Gelegenheit, damit er die bey der *Music* zu brauchende Personen wohl *logir*en konte, machen, und das *Clav-Cymbel reparir*en zu laßen.

Senatus

Es solte der HErr *Cantor* auf EE. Hochweisen Raths Kosten, eine Nachricht, daß die *Music* in der Niclas Kirche vor dieses mahl gehalten werden solte, drucken, die Gelegenheit aufn Chor, so gut es sich thun liese, mit ZuZiehung des Obervoigts machen und den *Clav. Cymbel reparir*en laßen.

Johann Zachar. Trefurth. *mpria.*
Act. jur.«

X.

Fünf Texte zu kirchlichen und weltlichen Gesangscompositionen.

1.

(Zu S. 335.)

Erbauliche | Gedancken | Auf den | Grünen Donnerstag und Charfreytag | Uber den | Leidenden | JESUM, | In einem | *ORATORIO* | **Entworffen** | Von | Picandern. | 1725. |

Zion, Chor.

Aria.

Sammlet euch, getreue Seelen,
Die ihr JEsum werth geacht.

Drücket ihm vor seinem Ende,
Noch die Hände,
Nehmt die letzte gute Nacht.
Sammlet euch, getreue Seelen,
Die ihr JEsum werth geacht.

Evangelist.

Am Abend, der vor Ostern war,
Aß JEsus nebst der Jünger-Schaar
Das Oster-Mahl;
Und weil die Stunde seiner Quaal
Und seines Leidens nicht mehr weit,
So setzt er, unter Brod und Wein,
Zum Zeichen seiner Gütigkeit,
Sein Fleisch und Blut
Im Testament den Jüngern ein.

Johannes.

Aria.

Ach! wie meynt es JEsus gut!
Daß ich soll an ihn gedencken,
Will er mir ein Kleinod schencken,
Und das ist sein eigen Blut.
Ach! wie meynt es JEsus gut.

Evangelist.

Und nach gesprochnen Lob-Gesang,
War JEsus erster Gang
Zum Oel-Berg in den Garten,
Um seine Bande zu erwarten.

Soliloquium der Seele.

Schau hier, mein Hertz,
Wie JEsus seine Hände ringt,
Das Hertze kocht, die Zunge trocknet ein;
Das Auge sieht, wo Helffer seyn;
Die Seele will ersticken;
Die Sünden-Last der gantzen Welt
Liegt jetzt auf seinen Rücken:
Ja! sieh mein Hertz,
Wie ihm der Schweiß herunterwerts
Durch seine Schläfe dringt,
Und blutend auf die Erde fällt.

Aria.

Rolle doch nicht auf die Erde,
Süßer und doch Schmertzens-Thau!
Halt doch ein,
Hier soll jetzt mein Hertze seyn,
Sencke dich doch da hinein,
Daß mein Glaubens Acker-Bau,
Zu dem Himmel fruchtbar werde.
Rolle u. s. w.

Evangelist.

Und endlich kam die Mörder-Schaar
Mit Spießen und mit Stangen,
Und Judas, der ihr Führer war,
Gab JEsum, nach gemachten Schluß,
Der Feinde Raserey gefangen.
Da wollt es Petrus wagen,
Mit seinem Schwerdte drein zu schlagen.

Petrus.

Aria.

Verdammter Verräther, wo hast du dein Hertze?
Haben es Löwen und Tyger verwahrt!
Ich will es zerfleischen, ich will es zerhauen,
Daß Ottern und Nattern die Stücken zerkauen,
Denn du bist von verfluchter Art.
Verdammter u. s. w.

Evangelist.

Doch JEsus gieng gelassen fort,
Und kam zum Hohenpriester
Caipha.

Soliloquium der Seele.

Philister!
Philister über dir!
So steht die Unschuld da,
Die Boßheit soll ihr Richter seyn,
Die Nacht verklagt den Sonnenschein,
Und niemand ist der ihn vertritt.
Die Jünger sind von dir geflogen,
Der eine hier,
Der andre dort:

Ich aber komme nachgezogen,
Ach nimm mich doch, mein Heyland, mit.

Choral.

Ich will hier bey dir stehen u. s. w.

Evangelist.

Zwar Petrus blieb von weiten,
Und da ihm eine Magd,
Daß er des Heylands Jünger sey,
Ins Angesicht gesagt,
So wolt er dennoch sonder Scheu
Ihr solches wiederstreiten.
Da krähete der Hahn,
Und JEsus sahe Petrum an,
Da gieng er wiederum in sich.

Petrus.

Aria.

1.

Ihr seht mich an, ihr starren Augen,
Ihr Sonnen meiner Seeligkeit,
Da euer Abend nicht mehr weit.
Und dieses nicht von ungefehr,
Denn mein Gesicht ist auch ein Meer,
Aus diesem wollt ihr Wasser saugen.
Ach ja!
Mein Thränen-Regen ist schon da.
Ihr seht u. s. w.

Evangelist.

Und weinte bitterlich.

Petrus.

Aria.

2.

Ich flehe dich um meiner Zähren,
Verschliesse doch dein Angesicht
Vor mir an jenem Tage nicht!
Nimm mich bekannt und freundlich an,
Und laß nicht, wie ich dir gethan,
Den Rücken zu mir kehren.

Ach nein!
Mein Hertz soll nicht mehr wanckend seyn.
Ich flehe u. s. w.

Evangelist.

Der Heyland wird verklagt;
Und ob die Lügen-Zunge gleich
Ein falsches Zeugniß sagt,
Muß doch Pilatus selber sprechen:
Er find an ihm kein straffbares Verbrechen.

JEsus.

Aria.

Aus Liebe will ich alles dulden,
Aus Liebe sterb ich vor die Welt.
Aus Lieben und nicht aus Verschulden,
Bin ich der Sünder Löse-Geld.
Aus Liebe u. s. w.

Evangelist.

Doch diesem ungeacht
Ward doch der Heyland angebunden,
Und ihm mit Geisseln tausend Wunden
In seinen Leib gemacht,
Und noch zu letzt,
Dem Haupte Dornen aufgesetzt.

Zion.

Aria.

Kommt heraus, und geht vorüber,
Seht, ihr Töchter, wie mein Lieber
So erbärmlich zugericht!
Ach ihr Augen! ach ihr Wangen,
Wie ist eure Pracht vergangen,
Seyd ihrs? oder seyd ihrs nicht?
Kommt u. s. w.

[*Soliloquium.*]

Wie sieht dein Haar,
Das wie die Wolle lockicht war,
Zerrauffet und zerrissen?
Wie ist dein Angesicht,

Das schöner als der Sonnen-Licht,
Durchgraben und zerschmissen?
Wie schändlich hat dich nicht
Des Speichels Unflath zugericht?

Arioso.

Jedoch der Eiter deiner Beulen,
Soll meiner Kinder Wunden heilen.

Evangelist.

Doch dieses nicht genung,
Nunmehr verdammt man ihn zur Creutzigung.
Er muste selbst sein schweres Creutz
Bey Stossen, und bey harten Schlagen,
Zur Schädelstädte tragen.
Die Weiber folgten nach,
Wiewohl sie in den Thränen-Güssen,
Nicht gehen, sondern schwimmen müssen,
Zu welchen JEsus sprach:

JEsus.

Aria.

Brechet mir doch nicht das Hertz,
Welches selbst vor Leiden bricht;
Liebste Seelen, weinet nicht!
Euer Jammer mehrt den Schmertz:
Brechet u. s. w.

Maria, *Soliloquium:*

B r e c h e t   m i r   d o c h   n i c h t   d a s   H e r t z.
Ach du geplagtes Hertz!
Das in dem Blute schwimmt,
Und wie ein Wurm sich windt und krümmt,
Verwehre mir doch nicht,
Daß mir
Mein JEsu, auch mit dir
Das Hertz vor Wehmuth bricht.
B r e c h e t   m i r   d o c h   n i c h t   d a s   H e r t z,
W e l c h e s   s e l b s t   v o r   L e i d e n   b r i c h t!
Ach Sohn, wie beugst du mich!
Der Jammer raubt mir den Verstand,
Und meine Seel ist ausser sich,
L i e b s t e   S e e l e n!
Ja wohl ist dir bekannt,

Wie offt ich dich
Vor dem aus reiner Liebe küste,
Da du die Milch der treuen Brüste,
Als noch ein zartes Kind gesogen,
Und so, ach! so, bin ich dir noch gewogen.
Liebste Seelen weinet nicht!
Ach!
Weinet nicht!
Wie kanst du das von mir begehren?
Ich will vor dich mit Lust
Und Lachen zwar erblassen,
Doch da du selber sterben must,
Kan ich die Zähren
Unmöglich unterlassen.

Choral.

Wein, ach! wein, itzt um die Wette,
  Meiner beyden Augen Bach.
Ach! daß ich gnug Zähren hätte,
  Zu bedauren deine Schmach!
O! daß aus den Thränen-Brunnen,
Käm ein starcker Strohm gerunnen!

Evangelist.

Und als die Schaar
Zur Schädelstätte kommen war,
Ward JEsus an das Creutz gehefftet,
Und weil er gantz entkräfftet,
So gab man ihm vergällten Wein
Zu trincken ein.

Die Seele.

Aria.

Nimm es nicht, mein ander Leben,
Was sie dir zu trincken geben.
  Ist ein saurer bittrer Wein;
Aber hier aus meinen Augen
Kanst du süsse Thränen saugen
  Weil sie aus Lieb und Treu geflossen seyn.
Nimm u. s. w.

Evangelist.

Und um die neundte Stunde,
Rief unser Heyl mit lauten Munde

Es ist vollbracht!
Da gab der Geist dem Leibe gute Nacht.

Soliloquium der Seelen:

So hat mein JEsus nun die Augen zu gethan,
Mein Hertz, so lege du die Trauer an.
Erinnre dich zu allen Stunden,
Des Heylands Wunden;
Und wenn du einst verscheiden must,
So stirb geruhig und mit Lust!
Die Schulden, so dir angeschrieben,
Hat JEsus alle gut gemacht;
Auch nicht das allermindeste
Ist er noch schuldig blieben,
Er sagt es selbst: Es ist vollbracht!

Aria.

Es ist vollbracht!
Nun kan ich sterben,
Das Grab ist mir ein Ruhe-Hauß,
Komm sanffter Tod, und spann mich aus!
Welt, gute Nacht!
Nun kan ich sterben,
Es ist vollbracht!

Evangelist.

Zur Abends Zeit
Bath Joseph um die starre Leiche;
Die nahm er ab,
Und hüllte sie, auf Jüdische Gebräuche,
In reine Leinwand ein,
Und legte sie darauf in sein selbst eigen Grab,
Und weltzte vor die Grufft noch einen Stein.

Chor der Gläubigen Seelen:

Aria.

Wir setzen uns bey deinem Grabe nieder,
Und ruffen dir im Tode zu:
Ruhe sanffte, sanffte ruh!
Erquicket euch, ihr ausgesognen Glieder,
Verschlafet die erlittne Wuth;
Ruhet sanffte, sanffte ruht!
Unsre Thränen,
Werden sich stets nach dir sehnen;

Endlich soll dein Leichen-Stein,
Unser weiches Bette seyn,
Recht vergnügt schlummern wir auf solchem ein.

2.

(Zu Seite 457.)

Drama
Per Musica,
Welches
Bey dem Allerhöchsten
Crönungs-Feste
des
Aller-Durchlauchtigsten und Groß-
mächtigsten
Augusti III.
Königs in Pohlen und Churfür-
sten zu Sachsen
in unterthänigster Ehrfurcht aufgeführet wurde
in dem
Collegio Musico
durch
J. S. B.

Leipzig, den Janr. 1734.

Gedruckt bey Bernhard Christoph Breitkopf.

Tapferkeit, Gerechtigkeit, Gnade, Pallas.

Tutti.

Blast Lermen, ihr Feinde! verstärcket die Macht,
Mein Helden-Muth bleibt unbewegt.
Blitzt, donnert und kracht,
Zerschmettert die Mauren, verbrennet die Wälder,
Verwüstet aus Rachgier die Aecker und Felder,
Und kämpft bis Roß und Mann erlegt. *D. C.*

Tapferkeit.

Ja, ja!
Nunmehro sind die Zeiten da,
Daß ich den Völckern kan entdecken,
Ich sey, wie in der alten Zeit,
Auch noch jetzt der Vermessenheit
Ein offenbares Schrecken.

Man kan ja sehn,
Was nur bisher durch meine Stärcke
Dort in Sarmatien geschehn,
Wie ich es frisch gewaget,
Und jenen frechen Feind,
Eh er es selbst vermeint,
Mit Schande fort gejaget;
Ich habe mich, ob er gleich oft gedräuet,
Doch nie vor seinem Stoltz gescheuet,
Jetzt setz ich auch dem Würdigsten der Teutschen Helden
Die Crone auf sein Fürstlich Haupt,
Und will, wofern es mir erlaubt,
Der Völcker Redlichkeit, der Länder Urtheil, melden.
Nun blühet das Vergnügen,
Nachdem *August* den Thron besteigt,
Da sich an Ihm nur Großmuth zeigt,
Die Feinde zu besiegen:
So blühet das Vergnügen.

Gerechtigkeit.

Und wie? Hat mein August,
Da er nach Pohlen kommen,
So Kron, als Scepter, angenommen?
O! was vor seltne Lust
Erreget diß bey Jung- und Alten,
Weil ihnen längst bekandt,
Daß Er das Land
Durch meinen Beystand wird erhalten.

Herr! Dein Eifer vor die Rechte
Macht, daß jeder Deiner Knechte
Schutz und Hülfe finden kan.
Wird die Unschuld künfftig klagen,
Werd ich sagen:
Geh, fleh Deinen Schutz-Gott an.
Da Capo.

Der Unterthan ist nun erfreut,
Da ihm Dein Hohes Krönungs-Fest
Ein frohes *Vivat*! ruffen läßt;
Sein Hertze brennt vor innigstem Verlangen
Von Dir allein Gesetz und Rechte zu empfangen.

Gnade.

Laßt uns zum *Augusto* fliehen,
Denn Sein eifriges Bemühen,

Jedes Hertz an Sich zu ziehen,
Gründet sich auf unser Wohl
Kommt! laßt uns den Scepter küssen,
Hört ihr nicht? Er läßt uns wissen,
Daß wir sollen Schutz genüssen,
Der beständig dauern soll.

Gnade und *Pallas.*

Gnade.

Der Chur-Hut wird vor heute abgelegt,
Und da mein Fürst auch Kron und Purpur trägt,
So können wir mit gutem Grunde hoffen,
Es steh uns nun der Weg zu größrer Gnade offen.

Pallas.

Wohlan! so will ich mich
Auch jetzt zu Deinem Throne wagen,
Und Dir in Unterthänigkeit,
Bey dieser höchst-beglückten Zeit,
Des Geistes treue Regung sagen:
Doch, ich will lieber schweigen.

Gnade und *Pallas.*

Nein, nein! } er wird sich gegen { dich
Doch nein! } er wird sich gegen { mich,
Als wie ein Vater, zeigen.

Pallas.

Großer König unsrer Zeit!
Laß doch Deine Tapferkeit
Mich hinfort beschützen,
Und die Musen ruhig sitzen.
Unser Hertz bleibt Dir geweyht,
Großer König unsrer Zeit!
Drum laß Deine Tapferkeit
Mich hinfort beschützen,
Und die Musen ruhig sitzen.

Pallas und *Tapferkeit.*

Pallas.

Großmächtigster August!
Laß Dir diß Ehrfurchtsvolle Bitten
Nur nicht zuwider seyn,

Die Ruhe, so die Musen lieben,
Hat mich hierzu vor dißmahl angetrieben.

Tapferkeit.

So höre an,
Was mir Dein Herr,
Dir zu berichten, kund gethan:
Er schützet Deine Ruh
Und sagt Dir Friede zu,
Nur sollt du Ihm auch Seinen Willen
In allen suchen zu erfüllen.

Pallas.

Mein König! mein August!
Der Pierinnen Freud und Lust.

Tapferkeit.

Dein König, dein August.

Pallas.

Du Schutz-Herr meiner Ruh!

Tapferkeit.

Der Schutz-Herr deiner Ruh.

Pallas.

Du sollt in der noch späten Zeit,
Die Dir Dein Nahme Prophezeyht,
Von mir verehret werden.

Tapferkeit.

Dein König, Dein August,
Der Pierinnen Freud und Lust,
Der Schutz-Herr deiner Ruh,
Soll auch in der noch späten Zeit,
Die Ihm Sein Name prophezeyht,
Von dir verehret werden.
So lebe nunmehr ohne Schrecken,
Ich werde selbst den Helicon bedecken.
So lebet, ihr Musen! auf Helicons-Höhen,
Im Seegen und Ruh.
Kommt! eilet herzu,
Seht, hier grünt euer Wohlergehen. *Da Capo.*

Gerechtigkeit, *Gnade* und *Pallas*.

a 3.

Ihr Söhne, laßt doch künfftig lesen,
Was euch Augustus Guts gethan,
Damit die Nachwelt sehen kan,
Sein Ruhm sey Cronen-werth gewesen.

Gerechtigkeit.

Dein König wird, ohn Ansehn der Personen,
Fleiß und Gelehrsamkeit belohnen.

Gnade.

So viele Tropfen heilig Oel
Bey Seiner Salbung heute fliessen;
So viele Huld soll auch dein Musen-Chor genüssen.

Pallas.

Nun trifft es ein,
Was ich schon längst gedacht:
Augustus kan mit Recht ein Gott der Erden seyn.

Gerechtigkeit und *Gnade.*

Wir bleiben billig bey dir stehn,
Und wollen, gleichwie du, des Königs Ruhm erhöhn.

Gerechtigkeit.

Schwartze Raben
Werden eher Schwäne haben,
Eh August die Rechte bricht.

Gnade.

Und das helle Sonnen-Licht
Eher diese Welt verlassen,
Eh August die Sanfmuth hassen.

Gerechtigkeit und *Gnade.*

Der Eifer zu strafen, } verewigt den Held,
Die Liebe zu seegnen, }
Und macht Ihn zum Wunder der künfftigen Welt.

Pallas.

Wohlan! wir wollen uns mit viel Ergötzen
Auf meines Berges Spitzen setzen;

Ein jeder Musen-Sohn
Nimmt euch mit tausend Freuden auf.
Ihr Winde! fliegelt euren Lauf,
Ihr sollt, was jetzt der Sachsen Musen singen,
Vor unsers Königs Throne bringen.

Tutti.

Vivat! August, August, *Vivat!*
Bis der Bau der Erden fällt.
Herr! Dein Königlich Erhöhen
Laß Dein Hohes Wohlergehen
In erwünschtem Wachsthum stehen,
Alsdenn ists wohl um Reich und Land bestellt.
D. C.

3.

(Zu Seite 461.)

Drama
Per Musica.
Welches
Bey dem Allerhöchsten
Geburths-Feste
Der
Allerdurchlauchtigsten und Großmächtigsten
Königin in Pohlen
und
Churfürstin zu Sachsen
in unterthänigster Ehrfurcht
aufgeführet wurde
in dem
Collegio Musico
Durch
J. S. B.

Leipzig, dem 8. December 1733.

Gedruckt bei Bernhard Christoph Breitkopf.

Irene. Bellona. Pallas. Fama.

Aria.

Thönet ihr Paucken! Erschallet Trompeten!
Klingende Saiten erfüllet die Luft!
Singet itzt Lieder ihr muntren Poeten!

Königin lebe! wird fröhlichst geruft.
Königin lebe! diß wünschet der Sachse.
Königin lebe und blühe und wachse.
Da Capo.

Recitativ.

Irene. Heut ist der Tag,
Wo jeder sich erfreuen mag.
Diß ist der frohe Glantz
Der Königin Geburths-Fests-Stunden,
Die Pohlen, Sachsen, und uns gantz
In gröster Lust und Glück erfunden.
Mein Oelbaum
Kriegt so Saft als fetten Raum.
Er zeigt noch keine falbe Blätter.
Mich schreckt kein Sturm, Blitz, trübe Wolken, düstres Wetter.

Aria.

Bellona. Blaßt die wohlgegriffnen Flöten,
Daß Feind, Lilien, Mond erröthen!
Schallt mit jauchzendem Gesang!
Thönt mit eurem Waffen Klang!
Dieses Fest erfordert Freuden,
Die so Geist als Sinnen weiden.

Recitativ.

Bellona. Mein knallendes Metall,
Der in der Luft erbebenden Carthauen;
Der frohe Schall;
Das angenehme Schauen;
Die Lust, die Sachsen itzt empfindt,
Rührt vieler Menschen Sinnen.
Mein schimmerndes Gewehr,
Nebst meiner Söhne gleichen Schritten
Und ihre Heldenmäßge Sitten
Vermehren immer mehr und mehr
Des heutgen Tages süße Freude.

Aria.

Pallas. Fromme Musen! Meine Glieder!
Singt nicht längst bekannte Lieder.
Dieser Tag sey eure Lust!
Füllt mit Freude eure Brust!
Werft so Kiel als Schriften nieder!
Und erfreut euch dreyhmal wieder.

Recitativ.

Pallas. Unsre Königin im Lande,
Die der Himmel zu uns sandte,
Ist der Musen-Trost und Schutz.
Meine Pierinnen wissen,
Die in Ehrfurcht ihren Saum noch küssen,
Vor ihr stetes Wolergehn
Danck und Pflicht und Thon stets zu erhöhn.
Ja Sie wünschen, daß ihr Leben
Möge lange Lust uns geben.

Aria.

Fama. Cron und Preiß gecrönter Damen,
Königin! mit Deinem Rahmen
Füll ich diesen Creyß der Welt.
Was der Tugend stets gefällt,
Und was nur *Heldinnen* haben,
Seyn Dir angebohrne Gaben.

Recitativ.

Fama. So dringe in das weite Erden-Rund
Mein von der Königin erfüllter Mund!
Ihr Ruhm soll bis zum Axen
Des schön gestirnten Himmels wachsen
Die Königin der Sachsen und der Pohlen
Sey stets des Himmels Schutz empfohlen.
So stärckt durch Sie der Pol
So vieler Unterthanen längst erwünschtes Wohl.
So soll die Königin noch lange bey uns hier verweilen;
Und spät ach! spät zum Sternen eilen.

Aria.

Irene. Blühet ihr Linden in Sachsen wie Cedern!
Bellona. Schallet mit Waffen und Wagen und Rädern!
Pallas. Singet ihr Musen! mit völligem Klang!
Fama. Fröliche Stunden! ihr freudigen Zeiten!
Gönnt uns noch öffters die güldenen Freuden:
Königin, lebe, ja lebe noch lang!

4.

(Zu Seite 93.)

»Als die von E. Hoch-Edlen und Hoch-Weisen Rath der Stadt Leipzig umgebauete und eingerichtete Schule zu S. Thomae den 5. Jun. durch etliche Reden eingeweyhet wurde, ward folgende *CANTATA* dabey verfertiget und aufgeführet von Joh. Sebastian Bach, Fürstl. Sächs. Weißenfels. Capellmeister, und besagter Schulen Cantore, und *M.* Johann Heinrich Winckler, *Collega* IV.

Leipzig, gedruckt bey Bernhard Christoph Breitkopf.«

Aria.

Froher Tag, verlangte Stunden,
Nun hat unsre Lust gefunden,
Was sie fest und ruhig macht.
Hier steht unser Schul-Gebäude,
Hier erblicket Aug und Freude
Kunst und Ordnung Zier und Pracht.
Da Capo.

Wir stellen uns jetzt vor,
Was unser Musen-Chor
Vor dem vor einen Aufenthalt gehabt.
Zwar war es wohl zufrieden,
Ihm war ein Haus beschieden,
In welchem seine Brust,
Der freyen Künste Lust,
In Fried und Ruh genüßen konnte.
Allein von der Beqvemligkeit,
Die selbiges anjetzt erfreut,
War wenig zu erblicken.
Nun hat ein einzig Jahr,
Was alt und schlecht und wankend war,
Verwandelt und verkehrt,
Und das davor gewährt,
Wornach es längst gestrebet,
Und was ihm Sinn und Geist ermuntert und belebet.

Aria.

Väter unsrer Linden-Stadt,
Eure Vorsicht hat erbauet,
Was hier die Verwundrung schauet.
Weise Väter, jeder Morgen
Zeigt und weist auf Euer Sorgen,
Wie es diesen Sitz beglückt,
Lehr- und Wohn-Platz ausgeschmückt.
D. C.

Begierd und Trieb zum Wissen
Macht zwar vor sich schon aufgeweckt,

Und pflegt die Unlust zu versüßen,
Die uns ein rauher Ort erweckt.
Allein die Lust nimmt weit mehr zu,
Wenn man in ungestöhrter Ruh
In einem Platze wohnt,
In dem die Anmuth thront,
Die Sinn und Leib und Blut ermuntert und vergnüget.
Des Lehrers Mund trägt ganz begierig vor,
Was in der Brust verborgen lieget.
Der Schüler merkt und brauchet Aug und Ohr,
Um jeden Spruch und Satz in Herz und Geist zu schreiben.

Tutti.

So last uns durch Reden und Mienen entdecken,
Wie lebhaft das Herze, wie freudig es sey!
Eröffnet euch, Lippen, die Väter zu loben,
Die Unsere Schule so prächtig erhoben,
Erschallet in Worten, so wie sie uns ziemen,
Erkläret die Triebe durch Danken und Rühmen,
Erkläret die Freude natürlich und frey!
D. C.

Nach den Reden.

Aria.

Geist und Herze sind begierig,
Den verdienten Dank zu weyhn.
Doch vermögen sie den Willen
Auch im Werke zu erfüllen?
Nein, ach! nein, ihr ganz Bestreben
Kan sie weiter nicht erheben.
D. C.

So groß ist Wohl und Glück,
Das GOtt durch sein Geschick
Und unsrer weisen Väter Hand
Der Schule zugewandt.
Die ganze Stadt, das ganze Land
Wird Nutz und Frucht davon erfahren.
Die Kirche wird nach späten Jahren
In Geist erfüllten Lehrern sehn,
Was unsrer Linden-Stadt geschehn,
Da ihrer Schule Bau so wohl besorget worden.

Aria.

Doch man ist nicht frey und los,
Wenn man seine Schuld zu groß,

Sich zu unvermögend findet.
Pflicht und Amt ist nicht erfüllt
Wenn man seine Schwäche schilt,
Und den Dank in Worte bindet.

D. C.

Wenn Weisheit und Verstand
In Gönnern und Patronen
Als wie in schönen Tempeln wohnen:
So wird, was dem Vermögen fehlt,
Von ihrer Güte dargezehlt.
Nur lege man an Tag,
Was unser Armuth noch vermag,
Und ruffe zu des Höchsten Huld,
Dass sie an unsrer Statt die Schuld,
Durch tausendfaches Wohl ersetzen und vergelten wolle.

Tutti.

Ewiges Wesen, das alles erschafft,
Segne die Väter mit daurender Kraft,
Segne die Väter und Pfleger der Schule.
Stärke die Häupter, die Leipzig verehrt,
Schenke, was Hoffnung und Freude vermehrt,
Gründe die Kinder zur Wohlfahrt der Sachsen,
Laß sie stets grünen und blühen und wachsen.

D. C.

5.

(Zu Seite 465.)

Apollo et Mercurius

Aria à 2tto

Ten. A. { Erwehlte } Pleißen Stadt
Alt. M. { Vergnügte }

Dein { *A.* Scheinen [1] } 2. wächst und glänzt
{ *M.* Blühen }
vor andern allen

à 2 Wer seine Lust an { *A.* deinen Prangen } hat [2])
{ *M.* }

1) So vermuthlich.
2) Durchstrichen »übt«.

à 2 Wird deiner Gegend niemahls satt[1]
Dem kann es nirgends mehr gefallen.

D. C.

Ten: A. Ihr Städte die man in der Welt,
Vor weit berühmt und auserlesen hält
Komt, eilt herbey
Und sagt, ob Leipzig nicht
Ein Sonnen-Licht
Und jener Glanz ein schwaches Stern
Licht sey.

Aria

Angenehmes Pleiß Athen
Wie die Diamanten dauern
Also werden deine Mauern
Unbeweglich feste stehn.
Angenehmes Pleiß Athen
Welt berühmtes Pleiß Athen
Wer dich höret, wer dich nennt
Wer dich liebet, wer dich kennt
Wird dein Lob noch mehr erhöhn
Weltberühmtes Pleiß Athen.

M. Nicht die Gelehrsamkeit allein *Alt*
Muß, Leipzig, dein Gelücke seyn.
Mein Handel, den ich hier
Beständig pflanze
Verschaffet dir
Das meiste Theil zu deinem Glanze
Und dich, geliebter Handels Plaz
Will ich als einen theuren Schaz
In meiner Seele tragen
Und aller Welt von deinem Ruhme sagen.

Aria

Mit Lachen und Scherzen
Mit freudigen Herzen
Verleib ich mein Leipzig der Ewigkeit éin
Ich habe hier meine Behausung erkohren
Und selber den Göttern geschworen
Hier gerne zu seyn.

---

1) Durchstrichen »Der ist und bleibt in dich verliebt«. Über »ist« »wird« durchstrichen.

Drum ist gewiß *Alt*
Dein Glanz sieht keine Finsterniß
Ap. Das macht, weil die, *Tenor*
So an dem Ruder sizen [1])
Durch Sorg und Müh
Das Wohlergehen unterstüzen [2]).
M. Der Himmel cröne sie dafür *Alt*
Mit angemeßenen Vergnügen
A. So, Leipzig, wird das Glück in dir, *Tenor*
Noch größer, als es schon gestiegen.

*Aria à 2^tto^*

Alt. M. Heyl und Seegen
Muß euch, theure Schaar verpflegen [3])
Wie ein Fluß die Auen labt
Ten. A. Und die Wonne, die ihr habt
Soll und wird sich mit Ersprießen
Milder [4]) als ein Strohm ergießen.
{*A.* / *M.*} 2 So bleibet [5]) {*A.* das Wißen / *M.* der Handel} im {Blühen / Wachsen} beglückt
à 2 So werden die Zeiten mit Ehren geschmückt.

XI.

(Zu S. 491.)

ACTA, Die Bestellung der *Praefectorum* auf der Schule zu *St. Thomae* alhier betr. 1736. Ergangen bey der Rathsstube zu Leipzig. VII. B. 69. [Auf dem Leipziger Rathsarchiv.]

pr. den 12. *Aug.* 1736.

Magnifici.

HochEdelgebohrne, HochEdle, Vest- und Hochgelahrte, auch HochWeise, Hochgeehrteste Herren und *Patroni*.

Eu: *Magnificentz* HochEdelgebohrene und HochEdle Herrligkeiten geruhen hochgeneigt Sich vortragen zu laßen, daß ob zwar nach E. E. Hochw. Raths allhier Ordnung der Schule zu *S. Thomae* dem *Cantori* zu kommet,

1) Die ersten beiden Zeilen Apollos sind zuerst nur als eine geschrieben; nachträglich ist die Trennung angedeutet.

2) Vor »Das Wohlergehen« die Worte »Ihr blühend« durchstrichen.

3) Vor »theure« ist »wert« (der Anfang von »werthe«) durchstrichen. Unter »verpflegen« steht das zuerst hingeschriebene, nachher durchstrichene »begegnen«.

4) Statt »Milder« wollte Bach erst »Reicher« schreiben: das R ist unter dem M noch zu erkennen.

5) Zuerst »blühet«, durchstrichen.

die jenigen aus denen Schul-Knaben, welche er vor tüchtig erachtet als *Praefectos* zu erwehlen, und bei deren *election* nicht alleine auf die Stimme, daß sie gut und helle sey, sondern auch, daß die *Praefecti*, (besonders derjenige, so im ersteren *Chor* absinget) wenn der *Cantor* krank oder abwesend, die *Direction* des *Chori musici* führen können, acht zu haben hat; auch dieses ohne *concurrentz* des Herrn *Rectoris* biß anhero und vorhero von denen *Cantoribus* also und nicht anders gehalten worden; sich dem ohngeachtet itziger Herr *Rector, M. Johann* August *Ernesti* die Ersetzung des *Praefecti* im ersteren *Chore* ohne mein Vorwißen und Einwilligung neüerlicher Weise anmaßen wollen, gestallten er letzthin auf diese Art, den bißherigen *Praefectum* des andern *Chor*es Krausen, zum *Praefecto* des ersteren ernennet, auch hiervon aller von mir geschehenen gütlichen Vorstellung ungeachtet nicht abgehen will, ich aber, da solches obangezogener Schul-Ordnung und hergebrachten Gewohnheit zu wieder zum *praejudiz* meiner *Successorum* und Schaden des *Chori Musici* solches nicht geschehen laßen mag; als ergehet an Eu: *Magnificenz* Hochedelgebohrene und HochEdle Herrligkeiten mein gehorsamstes Bitten, diese zwischen dem Herrn *Rectore* und mir in meinem *officio* vorgefallene Irrung gütig und hochgeneigt zu entscheiden, und weilen diese von dem Hn. *Rectore* beschehene Anmaßung der Ersetzung derer *Praefectorum* zu einer *disharmonie* und Nachtheil derer Schüler ausschlagen möchte, nach Dero vor die Schule zu *S. Thomas* tragenden besondern Gütigkeit und Vorsorge, den Hn. *Rectorem, M.* Ernesti zu bedeüten, daß er die Ersetzung derer *Praefectorum* wie biß anhero, der SchulOrdnung und Gewohnheit gemäß voritzo und fernerhin lediglich mir überlaße, und hierdurch in meinem *Officio* mich hochgeneigt zu schützen; Versehe mich hochgeneigter *Deferir*ung mit gehorsamsten *respect* verharrend

Ew: *Magnificenz*

HochEdelgebohrnen und HochEdlen Herrligkeiten

Leipzig, d. 12. *August*: 1736. gehorsamster

Joh. Sebast. Bach.

[Adresse:]

Denen *Magnificis*, Hochedelgebohrnen, | HochEdlen, Vesten und Hochgelahrten | auch Hochweisen Herren, Herrn | BurgerMeister und Beysitzern | des Wohllöblichen Stadt-Regimentes zu | Leipzig. Meinen hochgeehrtesten | Herren und *Patronen*. | [1])

[Fol. 3.]

pr. d. 13. *Aug:* 1736.

Magnifici

HochEdelgebohrne, HochEdle, Veste und Hochgelahrte, auch Hochweise Hochgeehrteste Herren und *Patroni*.

Ohnerachtet albereits gestrigen Tages Ew: *Magnificentz* und Hoch-

1) Durchweg von Bach eigenhändig.

Edelgeb. Herrl. mit einem gehorsamsten *Memorial* wegen der mir zur höchsten Ungebühr von dem Herrn *Rector Ernes*ti in meiner mir bey hiesiger *Thomas*-Schule aufgetragenen *Function* der *Direction* des *Chori Musici* und *Cantoris* unternommenen Eingriffe in Ersetzung des *Praefecti* behelliget, und um hochgeneigten Schutz gehorsamst gebethen; So finde mich doch genöthiget Ew: *Magnificentz* und HochEdelgeb. Herrligk. nochmahlen dienstschuldigst vorzutragen, daß, ob zwar nur gedachtem Hn. *Rectori Ernes*ti gemeldet, daß dieserhalben bereits bey Denenselben meine Beschwerden übergeben, und in dieser Sache Ew: *Magnificentz* und HochEdelgeb. Herrligkeiten kräfftigen Ausspruch erwarte, er dem ohngeachtet mit Hintansetzung des dem HochEdl. und Hochw. Rathe schuldigsten *Respects* sich gestrigen Tages von neüen unterstanden allen *Alumnis*, bey Strafe der *relegation* und *castigation* andeüten zu laßen, daß sich keiner unterstehen solte statt des in meinem gestrigen gehorsamsten *Memorial* berührten zur *Direction* eines *Chori Musici* untüchtigen Krausen, (welchen er mir zum *Praefecto* des ersteren *Chores* mit Gewalt aufzwingen will,) weder abzusingen noch die gewöhnliche *Motette* zu *dirigiren*, dahero es denn kommen, daß in gestriger Nachmittags Predigt zu *S. Nicolai* zu meinem größten *despect* und *prostitution* kein einiger Schüler aus Furcht der Straffe das Absingen über sich nehmen, noch weniger die *Mottette* dirigiren wollen; ja es würden die *sacra* gar dadurch seyn gestöret worden, daferne nicht zu gutem Glücke ein ehmahliger *Thomaner*, Nahmens Krebs solches statt eines *Alumni* auf mein Bitten über sich genommen hätte. Gleichwie nun aber, wie in vorigem übergebenen gehorsamsten *Memorial* sattsam an und ausgeführet dem Herrn *Rectori* die Ersetzung derer *Praefectorum* der Schulverfaßung und Herkommens gemäß nicht zustehet, auch er hierdurch *in modo procedendi* gar sehr sich vergangen mich in meinem Ambte zum höchsten gekräncket, alle *autorität*, so doch über die Schüler wegen derer zu besorgenden Kirchen und andern *Musiquen* haben muß, und von E. HochEdl. und Hochw. Rath bey Antretung meines *officii* mir übergeben worden, zu schwächen, ja gar abzuschneiden gesucht, und daher zu besorgen daß bey dergleichen fortwährenden unverantwortlichen Unternehmen die *sacra* möchten gestöhret und die Kirchen *Musiquen* in grösten Verfall kommen, auch das *Alumneum* in weniger Frist dermaßen *deterioriret* werden dörffte, daß es in vielen Jahren nicht wieder in solchen Stande zu setzen, als es bishero gewesen; Als ergehet an Ew: *Magnificentz* und HochEdelgeb. Herrligk. mein nochmahliges gantz gehorsamstes und flehendes Bitten, da *vi officii* darzu nicht stille schweigen kan, dem Hn. *Rectori* das fördersamste, weiln *periculum in mora*, dahin zu weisen, daß er in meinem Ambte mich forthin nicht *turbire*, die *alumnos* gegen mich an ihre *obedience* durch sein ungerechtes Abmahnen und Androhen einer so harten Straffe nicht ferner mehr hindere, sondern viel mehr dahin sehe, daß (wie ihme so oblieget) die Schule und der *Chorus musicus* mehr verbessert als verschlimmert werde; Versehe mich hochgeneigter *deferir*ung und *protection* in meinem *officio*, mit gehorsamsten *respect* verharrend

Ew: *Magnificentz*
und
HochEdelgeb. Herrligk.
gantz gehorsamer
Johann Sebastian Bach.

Leipzig d. 13. *August.*
1736.

[Adresse:]

Denen *Magnificis*, Hochedelgebohr- | nen, HochEdlen, Vesten und Hochgelahr- | *ten* auch Hochweisen-Herren, Herrn | Bürger Meister und Beysitzern | des Wohllöbl. Stadt | -Regiments | der Stadt Leipzig. | Meinen Hochgeehrtesten Herren und | *Patronen.* |[2])

[Fol. 5.]

P. M.

Der völlige und wahrhafftige Verlauf wegen des *Alumni* Krausen, so von dem Herrn *Rectore* als erster *Praefectus* mir aufgezwungen werden will, verhält sich also: Bereits gemeldeter Krause ist schon vorm Jahre in solchem schlechten Ruffe wegen unordentlicher Lebensart und dahero entstehenden Schulden gewesen, daß seinethalber ein Convent gehalten, und darinnen ihm nachdrücklich angedeütet worden, daß, ob er wohl verdienet hätte seines liederlichen Lebens wegen so fort von der Schule gejaget zu werden, man doch in Ansehung seines dürfftigen Zustandes, (da er selbsten gestanden über 20 Thaler Schulden gemachet zu haben) und auf Angelobung sich zu beßern, noch ein Viertheil Jahr mit ihme Gedult zu haben, und so dann nach Befindung seiner geänderten Lebensarth ihme weitere Nachricht ertheilet werden solte, ob er noch ferner gedultet oder *removir*et sein würde. Da nun der H. *Rector* vor ihme, Krausen, iederzeit besondere Geneigtheit spühren laßen, auch zu dem Ende mich mündlich ersuchet, ihme eine *Praefectur* angedeihen zu laßen, ich aber Ihme *remonstr*iret, daß er darzu nicht geschickt; der H. *Rector* aber darauf *replicir*ete, daß ichs immer thun möchte, damit besagter Krause sich aus seinen Schulden reisen könte, und dadurch eine der Schule sonsten zuwachsende *blame* vermieden würde, zumahlen, da seine Zeit bald aus seyn, und man ihn also mit guter *manier* looß würde; So habe darunter dem Hn. *Rectori* eine Gefälligkeit erweisen wollen, und dem Krausen die *Praefectur* in der Neüen Kirche (als woselbst die Schüler weiter nichts als *Motetten* und *Choraele* zu singen, mit anderer *Concert Musique* aber nichts zu thun haben, weiln selbige vom Organisten besorget wird) gegeben: in Erwegung, daß ohne dem die Jahre seines *revers*es biß auf

2) Durchweg autograph.

eines verfloßen, und nicht zu besorgen, daß er weder das andere noch weniger das erste *Chor* würde zu *dirigiren* bekommen können. Da nachhero aber der *Praefectus Chori 1.* nahmens Nagel von Nürnberg bey letztverwichenem NeüenJahres Singen sich beklagete, wie daß er wegen übelbeschaffener Leibes*Constitution* nicht im Stande sey es auszutauern; als wurde genöthiget außer der sonst gewöhnlichen Zeit eine Änderung mit denen *Praefecturen* zu treffen, den zweyten *Praefectum* in das erstere *Chor*, und offt besagten Krausen aus Noth in das andere *Chor* zu nehmen. Da er aber mit dem *tact* geben verschiedene *fauten* begangen, wie aus mündlicher *relation* des Herrn *Conrectoris* (so im zweyten *Chor* die *Inspection* hat) vernommen, da nach Befragung wegen geschehener *fauten*, von denen übrigen *alumnis* die Schuld einzig und alleine dem *Praefecto* wegen unrüchtiger Führung des *tact*es beygemeßen worden; Ich auch noch ohnlängst in der Singstunde selbsten eine *probe* seines *tact* führens genommen, da er denn so schlecht bestanden, daß er nicht einmahl in denen beeden Haupt Arten des *tact*es, als neml. dem gleichen oder 4 Viertel, und dem ungleichen oder 3 Viertel *tact*, die *Mensur accurat* hat geben können, sondern bald aus $^3/_4$, einen gleichen und *vice versa* gemachet (wie solches sämtliche *alumni attestir*en müßen;) dahero von seiner Ungeschickligkeit völlig überzeüget worden; als habe ihme ohnmöglich die *Praefectur* des ersteren *Chores* können anvertrauen, zumahlen die *musical*ischen Kirchen-Stücke so im ersteren *Chore* gemachet werden, und meistens von meiner *composition* sind, ohngleich schwerer und *intricat*er sind, weder die, so im anderen *Chore* und zwar nur auf die Festtage *musicir*et werden, als wo ich mich im *choisir*en selbiger, nach der *capacitè* derer, so es *executir*en sollen, hauptsächlig richten muß. Und ob zwar noch mehrere Ursachen könten angeführet werden, welche den Krausen seiner *incapacite* noch kräfftiger überführen dörfften, so erachte doch, daß die bereits angeführten *raisons* hinlänglich, darzuthun, daß meine Ew: HochEdl. und Hochw. Rathe gehorsamst *insinuir*te Beschwerden gerecht, und einer baldigsten und schleunigen Hülffe benöthiget.

Joh: Seb: Bach.

Leipzig d. 15. *August.*
1736.[1])

[Fol. 7.]

pr. d. 17. *Aug:* 1736.

Magnifici, Hochedle Vest und Hochgelahrte Hochzuehrende Herren und *Patroni*

Ew. *Magnificenz* und HochEdlen Herrlichkeiten haben mir gestern Hochgeneigt *communicir*en laßen, was der H. *Cantor* bey hiesiger Thomas-Schule wieder mich vorbracht, und dabey anbefohlen, was ich dawieder

1) Durchweg autograph.

einzuwenden hätte, förderlichst beyzubringen. Ob nun gleich die von ihm vorgebrachte Beschwerde eigentlich nicht mich allein, sondern den Herrn Vorsteher der Schule, den Herrn *Appellations*-Rath Stiglitz zugleich mit betrift, als auf deßen Einwilligung, vermöge der ihm, laut Ew. Hoch-Edlen und Hochweisen Raths Schulordnung, zustehenden Gewalt, der von dem *Cantori* eigenmächtig und unrechtmäßiger Weise abgesetzte *Praefectus* Krause wieder in sein Amt eingesetzt worden; so habe doch um Ew. *Magnificenz* und HochEdlen Herrlichkeiten Befehl zu gehorsamen, und weil gedachter Herr Vorsteher der Schulen dermahlen abwesend, der Sachen wahre Beschaffenheit, nach meinem Gewißen, berichten und vorstellen wollen, damit der H. *Cantor* Bach mit seinen unbilligen Klagen ab, und zum Gehorsam und *Respect* gegen seine Vorgesetzten angewiesen werden möge.

Zuförderst kann ich mich nicht genung verwundern, wie gedachter H. *Cantor* sich unterfangen mögen, bey Ew. *Magnificenz* vorzugeben, daß die *Praefecturae* der 4. *Cantor*eyen iederzeit und bisanhero ohne *Concurrenz* des *Rectoris* und lediglich von dem *Cantore* ersetzet worden, da die Schul-Ordnung das Gegentheil klärlich vorschreibt, nach welcher *p:* 74 der *Cantor* 8. Knaben darunter der *Praefectus* mit begriffen, mit Bewilligung des *Rectoris* annehmen und noch auser dem die *Praefectos* dem Hn. Vorsteher iedesmahl *praesenti*ren und dessen *Consens* erbitten soll, *p:* 78. welches letztere aber der H. *Cantor* Bach niemals gethan hat.

Es hat bey Ersetzung einer *Praefectur* der *Cantor* zwar das vornehmste zuthun, in so ferne er von ihrer Geschicklichkeit im Singen urtheilen muß; weilen aber im übrigen die *Praefecti* an den *Rectorem* gewiesen, bey ihm über sie Beschwerde geführet, und von ihm nach Befinden bestraffet werden sollen, *p.* 73 ihm auch, und nicht dem *Cantori*, von denselben das ersungene Geld geliefert wird, daß er darüber Rechnung führe und es zu gesetzten Zeiten austheile; so muß derselbe, als dem ihre übrige Aufführung beßer als dem *Cantori* bewust seyn muß, urtheilen, ob ihnen dergleichen Amt ohne Gefahr anvertraut werden könne. Es ist daher bis hieher allezeit, auch in meinem *Rectorat*, also gehalten worden, daß der H. *Cantor* mir die erwehlten *Concentores* durch den *Praefectum* zugeschickt, und mich befragen laßen, ob ich etwas wieder iene oder diesen einzuwenden hätte, wie er denn nur noch bey der streitigen *Praefectur* gethan. Ja es sind Exempel vorhanden, daß der *Cantor*, wenn er aus *Affect*en ein würdiges *Subiectum* übergangen, von dem *Rectore* angehalten worden, daßelbe nicht zu übergehen.

Nun geruhen Ew. *Magnificenz* und HochEdlen Herrlichkeiten hochgeneigt sich vortragen zu laßen, was wegen der streitigen *Praefectur* ergangen, und urtheilen daraus, ob ich ihm den geringsten Eingriff in seine Rechte gethan, und ob ich nicht dagegen alles gethan, was man von einem ehrlichen und friedliebenden Manne fodern kann.

Nachdem vor ohngefehr 8. Wochen die erste *Praefectur vacant* worden war, hat der H. *Cantor* dieselbe durch den ersten *alumnum*, und andern

Praefectum, Jo. Gottl. Krausen ersetzet; wo wieder ich um so viel weniger etwas einzuwenden hatte, weil er 1) bey der andern und dritten *Praefectur* sich so verhalten hatte, daß keine Beschwerde über ihn kommen war, und die Schulordnung ausdrücklich *p:* 77 vorschreibt, daß zu dieser ersten *Praefectur* iederzeit der erste *alumnus*, und alsdenn erst der nechst folgende, wiewohl mit vorwißen des Herrn Vorstehers, gezogen werden solle, wenn iener *in musicis* nicht geschickt genung wäre; welches letztere aber dermahlen nicht statt haben konnte, weil er bereits drey *Praefectu*ren gehabt, und die andere *Praefectur* vielmehr geschicklichkeit *in musicis* erfodert als die erste; in dem der andere *Praefectus* an Festtagen vor und Nachmittage die *Music* in derjenigen Kirchen *dirigi*ren muß, darinnen der H. *ConRector* die *Inspection* hat, dahingegen der erste *Praefectus* niemals *dirigi*ret. Da aber derselbe bereits etliche Wochen dieses Amt verwaltet, schickte der H. *Cantor* am 10. *Julii* den andern *Praefectum* Küttlern zu mir, und ließ mir melden, daß er genöthigt würde eine Aenderung mit dem ersten *Praefecto* Krausen zu treffen, in dem er ihn nicht tüchtig zur ersten *Praefectur* befände, und wollte er ihn wieder zum andern, und ihn Küttlern dagegen zum ersten *Praefecto* machen. Ich gab darauf zur Antwort: Daß er wißen müste, ob einer tüchtig wäre oder nicht, und wenn es sich also verhielte, ließe ich es mir gefallen; wüntschte aber, daß er ihn gleich im Anfange beßer *probi*ret hätte. Ew. *Magnificenz* und HochEdlen Herrlichkeiten können auch hieraus sehen, daß er mir die *Concurrenz* bey Ersetzung der *Praefectu*ren eingeräumet. Der abgesetzte *Praefectus* beschwerte sich hierüber bey mir, weil er ohne sein Verschulden abgesetzt würde; ich wiese ihn aber an den H. *Cantorem*, und daferne er vermeynte, daß er aus einer andern Ursach abgesetzet sey, solle er ihm gute Worte geben, und würde ich mir es sehr wohl gefallen laßen, daß er dabey bliebe. Da er ihn nun hierauff etlichemahl bittlich angegangen, und weil er nichts ausrichten können, gebethen, ihm nur die Ursache zu sagen, warum er ihn absetze, hat er endlich aus Unbedachtsamkeit ihm entdecket, daß er ihn um meinet, des *Rectoris*, willen absetze, weil ich damahls, als ich den nachhero entlauffenen Krausen *suspendi*ret, biß er sich der Straffe unterwerffen würde, gesagt, daß er indeßen die erste *Praefectur* verwalten solle, wodurch ich ihn in seine Rechte gegriffen, indem er die *Praefectos* setze und nicht der *Rector*. Ob ich nun dadurch mir angemaßet, die erste *praefectur* alleine zu ersetzen, wie H. Bach vorgiebt, das werden Ew. *Magnificenz* und HochEdlen Herrlichkeiten leicht ermeßen können. Als ich 2. Tage darnach, als am 12. *Julii* den Hn. Vorsteher sprach, trug ich ihm diese Sache vor, und bekam von demselbigen die *Resolution*, welche Ew. *Magnificenz* und HochEdlen Herrlichkeiten selbst vor höchst billig erkennen werden. »Weil der *Cantor* keine »andere Ursache hätte als diese, und dabey so unbedachtsam gewesen, »und dieselbe unter denen Schülern bekannt werden laßen, so könne er »in die Absetzung des ersten *Praefecti* nicht willigen, sondern er müße »in seinem Amte bleiben.« Ich ließ hierauff den Hn. *Cantorem* zu mir ruffen, um mit ihm von dieser Sache zu reden; da er mir denn gleichfalls gestund, daß er um der oben angeführten Ursache diese Aenderung vornehmen wolle. Stellte ihm darauff vor, daß *suspend*iren nicht absetzen heiße, daß es ia gar im geringsten nicht wahrscheinlich, daß ich eine Stelle besetzt haben solle, die nicht ledig gewesen. Weder der H. Vorsteher noch ich würden bey so gestalten Sachen *Consenti*ren, entdeckte ihm zugleich die *resolution* des Hn. Vorstehers, und untersagte ihm also die Absetzung des *Praefecti*. Nun hätte er ia hierauff die würckliche Absetzung nicht vornehmen sollen, bevor er von dem Vorsteher und mir eine andere *resolution* erhalten hätte, und sich deshalben, wenn er nicht damit zufrieden gewesen, an den Hn. Vorsteher wenden sollen. Alleine er hat dem ohngeachtet die Absetzung des *Praefecti* vollstreckt, wie ich Sonntags in der Kirche warnahm. Hiebey wäre ich berechtiget genung gewesen, den abgesetzten *Praefectum* wieder einzusetzen: allein ich wollte ihn gerne vor dem *coetu menagi*ren, bey dem seine *Autorität* ohnedem zu weilen nicht zu reichen will, wie er sich denn der meinigen um deswillen etliche mahl bedienen müßen, und schrieb ihn daher einen Brieff, darinnen ich ihm vorstellte, wie sehr er sich vergangen, daß er bey obenerzehlten Umständen eine solche Aenderung vorgenommen, um sich wegen eines vermeynten Eingriffs in seine *iura* zu rächen, darunter nun auch der unschuldige leyden müße: Und ob ich gleich den abgesetzten *Praefectum* wieder einsetzen könnte, so wolte ich doch, um seine *autorität* zu *menagi*ren, es lieber sehen, wenn er ihn selbst wieder einsetzte, denn auff die Weise wäre uns beyden geholffen. Darauff schickte er am 17. *Julii* den Hn. *ConRectorem* an mich, und ließ mir sagen, daß er meinen Brief mit Vergnügen gelesen, und wolle er es selbst gerne sehen, wenn die Sache in der Güte abgethan werden könnte. Es kam auch endlich durch Vermittelung des Hn. *ConRectoris* dahin, daß er versprach den abgesetzten *Praefectum* in der ersten Singstunde wieder einzusetzen. Allein es hat sich nachhero gewiesen, daß er mit dem Hn. *ConRectore* sowohl als mit mir ein Gespötte getrieben. Denn die versprochene und verglichene Wiedereinsetzung erfolgte nicht. Ich ließ ihn erinnern, bekam aber zur Antwort: Er wolle 14. Tage verreisen, ich solte mich nur biß zu seiner Wiederkunfft gedulden, alsdann solle es geschehen. Auch dieses ließ ich mir gefallen. Aber nach seiner Wiederkunfft vergingen 10. Tage, und es erfolgte doch nichts. Daher schrieb ich ihm endlich am vergangenen Sonnabend wieder einen Brief, darinnen ich mich erkundigte, wie ich diese Verzögerung verstehen solle; es käme mir vor daß er in der That nicht Lust habe sein Versprechen zu halten. Ich wolte ihm also hiermit zu wißen thun, daß wenn er den *Praefectum* nicht an dem Tage wiedereinsetzen würde, ich ihn gantz gewiß Sonntags früh vermöge der *Ordre* wieder einsetzen würde, die ich vormahls von dem Hn. Vorsteher erhalten, und die er nach der Zeit nochmals wiederhohlet hätte. Aber hierauff hat er mir kein Wort geantwortet, oder antworten laßen, noch viel weniger das verlangte gethan. Nun urtheilen Ew. *Magnificenz* und HochEdlen Herrlichkeiten selbst über diese Auffführung gegen den Hn. Vorsteher und mich, und ob ich nicht mit Fug und Recht die *restitution* vornehmen können. Ich befahl also den beyden *Praefectis*, daß ein ieder wieder seine vorige *Praefectur* antreten solle: Und weil diese Anordnung auff Befehl und mit Bewilligung des Hn. Vorstehers geschehen, so werde derjenige, der sich der ersten *Praefectur* Verrichtungen, auser dem Krausen, anmaßen werde, vor einen angesehen werden, der sich nicht alleine mir, sondern auch dem Hn. Vorsteher wiedersetze, welches nothwendig harte Straffen nach sich ziehen müße, vor denen ich einen ieden warnen wolle. Sobald ihm dem Hn. *Cantori* der erste *Praefectus* auf meinen Befehl davon Nachricht gegeben, leufft er geschwinde zu dem Hn. *Superintendent*en, und bringt eben die ungegründeten Klagen wieder mich vor, die er nun erst Ew. *Magnif.* und HochEdl. Herrl. vorgebracht, nach dem er bey ienem keine gewünschte *Resolution* erhalten, und *declari*ret zugleich, daß er die Sache den Mittwoch darauff, als vorgestern dem *Consistorio* übergeben würde. Ob ihm nun gleich der H. *Superintendens* keine *Resolution* gegeben, als, daß er sich nach der Sachen Beschaffenheit bey mir erkundigen wolle, die Sache aber selbst ohne vorhergegangene *Communication* mit den Hn. *Patronis* und dem Hn. Vorsteher weder von ihm noch dem *Consistorio* entschieden werden könne: so hat er doch unter dem Vorwand eines von dem Hn. *Superintendent*en erhaltenen Befehls den andern *Praefectum* Küttlern gezwungen, wieder aus der *Nikolai* Kirche heraus, und mit ihm in die Thomas Kirche zu ersten *Canter*ey zu gehen, aus der er den *Praefectum* Krausen, der bereits gesungen mit großen Ungestüm veriaget. Ich gieng aus der Kirche zum Hn. *Superintendent*en um mich zu erkundigen, ob er dergleichen Verordnung gegeben; hörete aber daß er nichts gesaget, als was ich bereits angeführet. Ich erzehlte ihm darauf die gantze Sache, wie ich sie hier Ew. *Magnif.* und HochEdl. Herrl. vorgetragen habe; da er denn meine *Conduite* bey der Sache gäntzlich *approbi*rte, und sich gefallen ließe, daß es biß zu der Wiederkunfft des Hn. Vorstehers und nach ausgemachter Sache bey der von mir auf Befehl des Hn. Vorstehers gemachten Anordnung bliebe, weil es doch billiger sey, daß der *Cantor* dem Hn. Vorsteher und *Rectori* als diese jenem *ad interim* nachgäben. Ich ließ dieses dem Hn. *Cantori* wißen, bekam aber darauf die Antwort: daß er sich daran durchaus nicht kehre, es möchte kosten was es wolle. Da nun die beyden *Praefecti* nach Mittage wiederum jeder an den ihm von mir angewiesenen Orth gegangen waren, hat er den Krausen wieder mit großen Schreyen und Lermen von dem Chor geiagt, und dem *alumno* Claus befohlen, an statt des *Praefecti* zu singen; der es auch gethan, und sich deshalber bey mir nach der Kirche entschuldiget. Wie mag denn also der H. *Cantor* vorgeben, daß kein *alumnus*, sondern ein *student* gesungen habe? Den andern *Praefectum* Küttlern aber, hat er des Abends, weil er mir gehorchet, vom Tische gejagt. Aus dem allen werden Ew. *Magnif.* und HochEdl. Herrl. ersehen, daß die Klage des Hn. *Cantoris* ungegründet sey, als ob ich mir die Ersetzung des *Praefecti* im ersten Chor, ohne sein Vorwißen und Einwilligung neuerlicher Weise angemaßet, und den *Praefectum* des andern *Chors* zum *Praefectum* des ersten gemacht. Einen *Praefectum* zu machen ist so eine große Sache nicht, daß ich darüber jemandem Verdruß machen solte, habe es auch nie verlangt und werde es auch nie verlangen; ob ich gleich im übrigen die mir in der Schulordnung gegebene *Concurrenz*, verlange, und dabey geschützet zu werden hoffe. Der H. *Cantor* hat den gantzen *Statum Controversiae* verdrehet, welcher darinne bestehet: »ob ich nicht einen von ihm, bloß dem *Rectori* zum Tort, und wieder des Hn. Vorstehers und *Rectoris Consens* und Willen abgesetzten *Praefectum* mit Vorwißen und Einwilligung des Hrn. Vorstehers wieder einsetzen können, da es der H. *Cantor* selbst nicht thun wollen, nachdem er es doch selbst zu thun versprochen, und eben dadurch eingeräumet, daß der Knabe nicht untüchtig sey, welches aus dem obigen ohne dem erhellet.« Ich ersuche dem nach Ew. *Magnif.* und HochEdl. Herrl. gehorsamst den H. *Cantorem* mit seinen unzeitigen und ungegründeten Klagen abzuweisen, und dahin anzuhalten, daß er es bey der nunmehro mit Vorwißen des Hn. Vorstehers gemachten Anordnung bewenden laßen müße; ihm auch seinen Ungehorsam und Wiederspenstigkeit gegen den Hn. Vorsteher und mich ernstlich zu verweisen, und ihm anzubefehlen, daß er dergleichen Dinge nicht mehr ohne seiner vorgesetzten *Consens* und wieder eines HochEdl. und Hochweisen Raths Schulordnung vornehmen, auch überhaupt sein Amt mit mehrern Fleiß abwarten möge. Es gehöret nicht hierher Ew. *Magnif.* und HochEdl. Herrl. mit Klagen über ihn zu beschweren, welches mir aber auff eine andere Zeit vorbehalte; kann aber doch nicht umhin, nur dieses eintzige anzuführen, daß diese Verdrüßlichkeit nicht allein, sondern auch das Unglück, welches der arme nachher entlauffene Gottfr. Theodor Krauße gehabt, lediglich der Nachläßigkeit des Hn. *Cantoris* zuzuschreiben. Denn wäre er selbst wie ihm gebühret, und da ihm nichts gefehlet, in die Braut-Meße gegangen, und hätte nicht geglaubt, daß es ihm unanständig sey, bey einer Braut-Meß zu *dirigir*en, wo nur *Choral musici*rt werden soll, (aus welchen Grunde er sich schon mehr dergleichen Braut-Meßen, und nur neulich noch der Krögelischen entzogen, worüber sich auch, wie ich hören müßen, Ew. *Magnif.* und HochEdl. Herrl. *Musici* gegen andere Leuthe beschweret;) so würde gedachter Krauße keine Gelegenheit gehabt haben, dergleichen *Excesse* in und außer der Kirche zu begehen, auf welche von einem HochEdl. und Hochweisen Rathe selbsten so harte Straffen gesetzet sind. Ich hoffe um so viel mehr, daß Ew. *Magnif.* und HochEdl. Herrlichkeiten meine gehorsamste Bitte werden statt finden laßen, weil darunter die *Auctoritaet* und Ehre des Hn. Vorstehers, der Einen HochEdlen und Hochweisen Rath bey der Schule vorstellet, und dessen *Auctoritaet* des Raths eigene *Auctoritaet* ist, als auch meine eigene *versi*ret. Ew. *Magnif.* und HochEdl. Herrl. wißen aber beßer, als ich es sagen kann, wie nöthig die *Auctoritaet* einem *Rectori* ist, und daß ein *Rector* ohne *Auctoritaet* nicht allein ein unnützer, sondern auch schädlicher Mann ist. Ich werde, gleichwie vor alle andere Wohlthaten, als auch vor die mir hierunter erwiesene, jeder Zeit beharren

Ew. *Magnificenz* und HochEdl. Herrlichkeiten
gehorsamster Diener
M. Jo. Aug. *Ernesti.*

Leipzig, den 17. *Aug.* 1736.

Denen *Magnificis*, HochEdelgebohrnen, Vesten | und Hochgelahrten auch Hochweisen Herren, Herrn Bür- | germeistern, *Consulent*en, Baumeistern, StadtRich- | tern und übrigen hochansehnlichen Mitgliedern des | Raths zu Leipzig. |

Meinen HochzuEhrenden Herren und *Patronis*.

[Fol. 14.]

prs. den 20. *Aug.* 1736.

Magnifici,
HochEdelgebohrne, HochEdle, Veste | und | Hochgelahrte, auch Hochweise | Hochgeehrteste Herren und *Patroni*. |

Eu: *Magnificenz* und HochEdelgeb. Herrl. wird annoch in Hochgeneigten Andencken ruhen was ich wegen derer durch Veranstellung des *Rectoris* auf hiesiger *Thomas* Schule Hrn. *Ernest*i beym öffentlichen Gottes-Dienste heüte vor 8 Tagen veranlaßten *disordres* bey Denselben vorzustellen mich genöthiget gesehen. Nachdem nun anheüte Vor- und Nachmittags ein gleiches wiederum sich ereignet und ich zu Vermeidung großen Aufsehens in der Kirche und *turbationis Sacrorum* mich entschließen müßen, die *Mottette* selbst zu *dirigir*en und nachhero das Absingen durch einen *Studiossum* verrichten zu laßen, auch dieses von Zeit zu Zeit immer ärger werden wird, ich auch mich ohne Dero als hoher *Patronorum* nachdrückliches Einsehen in Zukunfft kaum weiter gegen die mir untergebenen Schüler bey meinem Amte zu *mainteniren* vermöchte, mithin entschuldiget sein würde, wenn hieraus noch mehrere und vielleicht *irreparable* Unordnungen entstünden; Als habe Eu: *Magnificenz* und HochEdelgeb. Herrl. auch dieses geziemend vorzustellen nicht Umgang nehmen können, nebst gehorsamster Bitte, Dieselben geruhen dem Herrn *Rector* ohnverzüglich hierinnen Einhalt zu thun, und durch Beschleunigung gebethenen Haupt-*resolution*, nach Dero rühmlichen Eifer vor das gemeine Beste dem zu besorgenden mehrern öffentlichen Aergerniße in der Kirche, Unordnung auf der Schule, Verkleinerung der zu meinem Amte erforderlichen *autorität* bei denen Schülern, und anderen schlimmen Folgerungen hocherleüchtet vorzubauen; Verharre

Eu. *Magnificenz* und HochEdelgeb. Herrligk.
gehorsamer
Johann Sebastian Bach.

Leipzig
d. 19. *August* 1736.

Denen *Magnificis*, HochEdel- | gebohrnen, HochEdlen, Vesten und | Hochgelahrten auch Hochweisen Herren, | Herrn BurgerMeister und Bey- | sitzern des Wohllöbl. Stadt-Regiments | der Stadt Leipzig. |

Meinen Hochgeehrtesten Herren und | *Patronen*.[1])

---

1) Durchweg Autograph.

[Fol. 15.]

P. M.

Der *communicir*te Verlauf wegen des *alumni* Krausen und der ihm eigenmächtig und ohne hinlängliche Ursache genommenen *Praefectur* ist weder völlig, wie der von mir 2 Tage nach diesem aufgesetzten Verlauf, neml. am 17. *Aug.* eingegebene Bericht anzeiget, den ich bedürffenden Falles durch des Hn. *Conrectoris* und vieler *alumnorum* Zeugniße bestätigen könnte, ia mit guten Gewißen beschweren wolte, noch wahrhaftig. H. Bach weiß nichts anzuführen, als seine Untüchtigkeit, weil er meynet, man werde ihm das Urtheil darüber nicht alleine zugestehen, sondern es auch in diesem Falle vor richtig und unpartheyisch halten. Allein gleichwie ich schon andere Proben anführen könnte, daß man sich auf seine *testimonia* hierinne nicht allezeit verlaßen kann, und wohl eher ein alter *Species* Thaler einen *Discanti*sten gemacht, der so wenig einer gewesen, als ich bin; so bin ich auch gewis versichert, daß sein vorgeben hierinne gäntzlich unrichtig ist, und versichere ich bey meiner Ehre, daß ich gleich vom Anfange nicht ein Wort zu der Veränderung hätte sagen wollen, wenn es nur die geringste Wahrscheinlichkeit hatte. Ist der Knabe zur ersten *Praefectur* untüchtig, so ist er es gantz ohnfehlbar auch zu den andern. Denn die *Praefecti* haben alle gleiche Verrichtung, welche darinnen besteht, daß sie 1) die *Motetten* in der Kirche *dirigi*ren, und der, so in der Schule unter ihnen der oberste ist, er sey erster oder anderer *Praefectus*, welches eben ietzo der Krause ist bey den *precibus* in der Schule, 2) die Lieder in der Kirche anfangen, 3) im Neüen Jahre eine *Cantorey* bey dem Singen in den Häusern *dirigiren*; der Unterschied besteht blos darinnen, daß der erste *Praefectus* das letztere auch in der *Michaelis* Messe thut, und auf Hochzeiten bey Tische einige *Motett*en singen läßt, dabey er *dirigi*rt; der andere *Praefectus* aber, die *Music* im andern Chor an Festtagen *dirigi*rt, welches der erste *Praefectus* nicht thut. Sind also die Stücken so im ersten Chor *musicirt* werden *intricat*er, dies ist das einzige *argument*, so er anführet und anführen kann, so *dirig*irt ia H. Bach und nicht der *Praefectus*. Der Vorige *Praefectus* Nagel hat nie was anders gethan, als die *violine* gestrichen. Und wie kömt es denn, daß er ietzo eben einen ersten *Praefectum* haben wil, der im ersten Chor ein schwer Stücke *dirigi*ren kann, da er ihn sonst nicht gehabt, oder wenigstens eben nicht darauf gesehen, wenn er nur sonst *affection* vor die Person gehabt? Denn wenn er sonst verreiset ist, hat er ordentlich den *Organi*sten aus der Neüen Kirche als H. Schotten und Gerlachen *dirigi*ren laßen, wie es der letztere, bedürffenden Fals, *atte*stiren wird. Wiewohl es freylich beßer ist, daß es der *Praefectus* thun kan. Aber wenn er untüchtig ist, nach seinem Vorgeben, warum ist er 1) nicht dabey geblieben, da ich schon darein *consenti*ret hatte, daß er in dem Fall, wieder anderer *Praefectus* seyn möchte, sondern sagt den *alumnis* und *NB.* mir selbst, da ich ihn darüber *constitui*re, auf meiner Stube ins Angesichte, daß er ihn um meinetwillen, und weil man ihm gesagt, daß ich etwas geredet welches seinen

*Juribus praejudicir*lich, *NB.* nicht, zu der ersten *Praefectur* nicht laßen, denn er hatte sie schon 4 Wochen und länger verwaltet, sondern wieder absetzen wolle; welches ia die Ursache ist, warum ich mich dagegen gereget, indem es ia nicht *consilii* ist, zu leiden, daß er dergleichen Dinge thut, und den Schülern seine Absichten wißen läßet. 2) Hatte er ihn in den 4 Wochen erst, und nicht schon in den 6 Jahren, die er ihn in seinen Singestunden gehabt, welches billig seyn solte, nicht vor *tact*fest befunden, so mußte ihm ia gar keine *Praefectur* gegeben werden. Denn wenn er im ersten Chor nicht *tact*fest ist, wird er es gewis im andern auch nicht seyn, und so war ia es wieder sein Amt und Gewißen, daß er mir durch den Hn. *Conrectorem* sagen und versprechen ließe, er wolle ihn auf meinen Brief, den ich ihm Tages vorher geschrieben, in der ersten SingeStunde wieder einsetzen. Die Probe so er 2 Tage nach diesem Versprechen, und da er wieder von dem entlauffenen Krausen, wie zuvor, verhetzt worden, ist eine Falle gewesen. Die Schüler, so ich befragt, sagen, er hätte es ein einzigmal versehen, und sich gleich *corrigir*et. Es wäre ein groß wunder, meines Erachtens, wenn er es gar nicht versehen hätte, da H. Bach die *intention* gehabt und gewünschet, daß er es versehen solle. Daß ich den H. *Cantorem* solte gebeten haben, dem *alumno* Krausen eine *praefectur* zu geben, ist grundfalsch. Die Sache verhält sich also: Als wir vor dem Jahre gegen *Advent* von Hn. *M. Kriegels* Hochzeit miteinander nach Hause fuhren, fragte er mich, ob dieser Krause mit *Praefectus* werden solte, denn es wäre nun Zeit, daß die gewöhnlichen Singe Stunden, so vor dem neüen Jahre gehalten werden von den *Praefectis* angiengen, und müße also nun der *NB.* vierte nicht dritte, wie H. Bach schreibt gemacht werden, denn die ersten 3. *praefecti* waren damals Nagel, Krauß und Nitsche (daß man sich doch im Lügen so leicht verräth!). Er habe das Bedencken, daß er sonst ein liederlicher Hund gewesen. Ich sagte darauf; das letzte wäre freylich wahr, und hätte er vor 2 Jahren 20 Thlr. Schulden gehabt (wobey ein Kleid à 12 Thlr. gewesen) wie ich von Herrn *Gesnern* im *Caution*-Buch angemerckt befunden; weil es ihm aber H. *Gesner communicato mecum consilio,* wegen seines treflichen *ingenii pardonn*irt, und die Schulden nun mehrentheils bezahlt wären, könne man ihn wohl nicht *praeteri*ren, wenn er anders tüchtig wäre einen *praefectum* abzugeben. Darauf antwortete er mir, wie Gott weiß, Ja tüchtig ist er wohl, und so ist er nachher dritter, anderer und erster *Praefectus* worden, und kann ich auf meine Ehre versichern, daß keine Klage über ihn kommen. Die *Faut*en so in der Kirche gemacht worden, sind vorgegangen, ehe er vierdter *Praefectus* worden. Der H. *Superint.* sagte mir neülich, seit dem Er der vielen Unordnung in der Kirche halber ein Einsehen zu haben befohlen, habe man doch nichts wieder verspühret. Das ist aber gleich nach dem neüen Jahre geschehen, da Krause noch in keiner Kirche absang. Wie kann H. Bach befunden haben, daß sie von ihm herkommen?

Leipzig d. 13. *Sept*, 1736. *M.* Jo. Aug. *Ernesti, R.*[1])

1) Ernestis Autograph.

[Fol. 17.]

E. E. Hochw. Rath der Stad Leipzigk hat mißfällig vernehmen müssen, waß maßen bey der Thomas Schule wegen Bestellung des *Praefecti Inqvilinorum*, welcher insgemein *General-Praefectus* genennet wird, Irrungen entstanden, nachdem aber in der Schul-Ordnung *Cap.* 13. §. 8. und *Cap.* 14. §. 1. und 4. deutlich enthalten, daß der *Cantor* die zu ieder deren 4. *Cantor*eyen gehörigen 8. Knaben mit Bewilligung des *Rectoris* annehmen, und daraus vier *Praefectos Chororum* mit Vorbewust und Genehmhaltung des Herrn Vorstehers erwehlen, und zur *General-* oder *Inqvilinorum Praefectur* iederzeit der erste *Alumnus* oder wenn dieser in *Musicis* nicht geschickt genung, der Nachfolgende gezogen werden solle, hierüber nach Vorschrifft erwehnter SchulOrdnung *Cap.* 2 §, 17. *Cap.* 6. §. 1. *et* 7. weder der *Rector* noch der *Cantor* noch auch die gesamten *Praeceptores* Macht haben, eigenmächtiger weise einen Schüler von der Schule oder dem Genuß eines und des andern *Beneficii* zu *excludir*en; Als sind sie solchem gebührend nachzukommen, einen oder den andern Schüler von der einmahl aufgetragenen Verrichtung vor sich zu *suspendir*en, oder gar hinwieder auszuschließen oder denen gesammten Knaben etwas *sub poena Exclusionis* anzudeuten, wann nicht vorhero nach Maasgebung des 7. §. *Cap.* 6. verfahren, nichtweniger der *Cantor* derer *Praefectorum* Obliegenheit anderen, als *Alumnis* auffzutragen, sich zu enthalten schuldig. Wie dann auch die *Praefecti* bey vorkommenden Fällen dergestalt, damit sie denenjenigen, über welche ihnen nach dem 4. §. des 14. *Cap.* einige *Inspection* zustehet, nicht verächtlich werden, zu bestrafen, solchemnach mit der *baculatione publica* gäntzlich zu verschonen; Im übrigen werden diejenigen *Praeceptores*, denen in *Cap.* 4. §. 9. mehrerwehnter Schul-Ordnung die *Inspection* derer Chöre bey dem öffentlichen Gottesdienste, so wohl bey denen Braut Meßen aufgetragen ist, ihre Obliegenheit diesfalls genau zu beobachten, und hierdurch dergleichen *Excesse*, wie Gottfried Theodor Krausen beygemeßen worden, zu vermeyden wissen, Wornach sich, da instehende Ostern die Zeit von Johann Gottl. Kraußens Auffenthalt auf der Schule zu Ende gehet, bey Ersetzung des *General-Praefecti* zu richten, auch sonst die Schul-Ordnung allenthalben, insonderheit bey vorfallenden Zwistigkeiten deren 4. §. des erstern, ingleichen der 11te und 12te §. des andern Capituls in genauer Obacht zu halten. Urkundlich mit dem gewöhnlichen Stadt*Secret.* bedrucket.

Sig. Leipzig, den 6. *Febr.* 1737.

[Fol. 19.]

Leipzigk den 20 *April* 1737.

Habe auf EE. Hochw. Raths der Stadt Leipzig Verordnung habe [so] den *Superintendent*en *Tit.* Herr *D.* Deylingen vorherstehende Verordnung, wie sie an die *Praeceptores* der *Thomas* Schule ergangen, in Abschrifft *communicir*et, welcher davor danckte und meldet, wie er bey den Hochlöbl. *Consistorio* der Sache schon eingedenck sein wolte.

Johann Zacharias Trefurth
Stadtschreiber.

[Fol. 20.]

Auff E. E. Hochw. Raths Befehl habe eine Verordnung, den *general Praefectum* auff der *Thomas* Schule betreffend, *insinuir*et

1) Dem H. *Rectori*, *M.* Johann August Ernesti, und zwar ihm selbst auf der *Thomas* Schule den 6. *Aprilis* 1737.

und

2) dem H. *Cantori* Johann Sebastian Bach, gleichfalls ihm selbst auf der *Thomas* Schule den 10. *Aprilis*, 1737.

Johann Georg Lorentz,
Nuncius juris.

[VII. B. 70. Fol. 1.]

Einkom. den 12. *Febr.* 1737.

Magnifici, Hoch Edelgebohrne Hoch-Ehrwürdige, Hoch-Edle, Vest und Hochgelahrte Hochgeehrteste Herren und Hohe *Patroni!*

Es hat der *Rector* der Schule zu *St. Thomae* allhier Herr *M.* Johann August *Ernesti* jüngsthin sich unterstanden, mir bey dem ersten *Chor*, welches von denen *Alumnis* der bemeldten Schule *formir*et wird, ein untüchtiges *Subjectum* zum *Praefecto* wieder meinen Willen aufzudringen; und als ich dieses weder annehmen können, noch wollen; hat vermelter Herr *M. Ernesti* allen *Alumnis*, daß keiner, ohne diesem seinen eigenmächtig gesetzten *Praefecto* in der Kirche die *Motette* absingen, oder *dirigir*en solte, bey Straffe der *Relegation* verbothen, auch dadurch so viel *effectuir*et, daß den Sonntag darauf in der Nach-Mittags Predigt kein einziger Schüler aus Furcht der angedroheten Strafe das Absingen über sich nehmen, und die *Motette dirigir*en wollen, ja es würden gar die *Sacra* gestöhret worden seyn, wenn ich nicht noch einen *Studiosum*, so solches verrichtet, dahin vermocht hätte.

Wenn ich dann durch dieses, des Herrn *Rectoris* Unternehmen nicht allein in meinem *Officio* gar sehr gekräncket und *turbir*et, sondern mir auch der, von denen Schülern schuldige *Respect* entzogen, und ich dadurch um meine *Reputation* bey ihm gebracht worden; da doch 1) nach E. E. Raths allhier, bey der Schule zu *St. Thomae* gemachten Schul-Ordnung *Cap.* 14. §. 4. mir die *Praefectos Chororum* aus denen Schul Knaben ohne *Concurrenz* des Herrn *Rectoris* zu erwehlen zustehet, solches auch bishero sowohl von mir, als meinen *antecessoribus* beständig also gehalten worden; gestalt dieses daher seinen vernünfftigen Grund hat, da die *Praefecti* nach obangezogener Schul-Ordnung meine, des *Cantoris* Stelle, weil ich zugleich in allen Kirchen nicht seyn kan, vertreten und *dirigi*ren sollen, ich auch über das erste *Chor* die *Inspection* und Aufsicht insbesondere habe und also, mit wem ich mir auszukommen getraue, am besten wissen muß; hiernechst 2) des *Rectoris* an die Schüler gethanes Verboth, unter einem andern *Praefectô* nicht zu singen, höchst unbillig ist, in Betrachtung wenn die Schüler mir *ratione* des Singens die *Parition* nicht leisten sollen, unmöglich etwas fruchtbarliches ausgerichtet werden kan: ich dahero damit dieses Beginnen nicht zur *Conseqvence* gereichen möge, mich deßhalb zu *movi*ren hohe Ursache habe:

Als werde Ew. *Magnif.* HochEdelg. und HochEhrwd. Herrl. bey diesem Bedrängnüs anzugehen gemüßiget, und gelanget dahero an Dieselben mein gehorsamstes Bitten:

Bey meinem *Officio* mich zu schützen, und dahero dem H. *Rectori M. Ernesti*, daß er mich in solchem fernerhin nicht beeinträchtigen, der Erwehlung derer *Praefectorum* ohne mein Wißen und Willen, wie auch eines Verboths gegen die SchulKnaben, mir bey dem Singen keine *parition* zu leisten, sich hinkünfftig enthalten solle, ernstlich zu bedeuten, dem H. *Superintendent*en, oder einem der Herren Geistlichen bey der *Thomas* Kirche aber, sonder ungeziemende Maßgebung, daß sie die SchulKinder zu dem mir schuldigen *Respect* und Gehorsam wieder anweisen, und mich hierdurch mein Amt ferner zu verrichten, in dem Stand setzen sollen, gemäße Verordnung hochgeneigt zu ertheilen.

Wie ich mich nun in meinem billigen Suchen Dero Schutz und Hülffe getröste; Also werde davor, wie allezeit mit allen *Respect* verharren,

Ew. *Magnif.* HochEdelg. HochEhrw. und HochEdl. Herrl.

gehorsamster
Johann Sebastian Bach,
Compositeur von Königl. *Maj.* in Pohlen Hoff-Capelle, und *Dir. Chori Musici* allhier.

Leipzig den 12. *Februar:* 1737.[1]

Denen *Magnificis*, HochEdelgebohrnen Hoch- | Ehrwürdigen, Hochedlen, Vesten und Hochgelahrten. | Herren Verordneten, des hochlöbl: Chur- und Fürstl. | Sächß. *Consistorii* zu Leipzig meinen hochgeehrte- | sten Herren und hochgebietenden *Patronis.* |

(Fol. 4 ein Schreiben des Consistoriums an Deyling und an den Rath vom 13. Febr. 1737 »Bach habe sich wegen des Rectors beim Consistorium beschwert, der Rath solle die Sache untersuchen und dieselbe ohne Weiterung beizulegen suchen, auch verfügen, daß beim öffentlichen Gottesdienst kein Hinderniß und Aufsehen verursachet werde«.)

1) Statt Februar 1737 stand anfänglich November 1736, und statt 12 eine andre zweistellige Zahl, die nicht mehr zu erkennen ist; die spätere Datirung ist über eine Rasur geschrieben. Das Schriftstück ist Copie und von Bach nur unterzeichnet.

[Fol. 5.]

Einkom. den 21. *Aug.* 1737.

Magnifici HochEhrwürdige, HochEdel | gebohrne Vest und Hochgelahrte, | Hochgeehrteste Herren und *Patroni*! |

Ew. *Magnif.* HochEdelgeb. auch HochEhrw. und HochEdl. Herrl. werden Sich hochgeneigt zu erinnern geruhen, welchergestalt ich unterm 12. *Febr.* dieses[1] Jahres über den *Rector* der Schule zu *St. Thomae*, Herrn *M.* Johann August Ernesti, wegen der mir in meinem *Officio* angethanen Beeinträchtigung, auch wegen der, denen *Alumnis* untersagten *Parition* und mir dadurch zugezogenen *Prostitution* mich beschweret und um Dero Schutz und Hülffe gehorsamst angesuchet habe.

Nun hat zwar seit der Zeit E. E. Rath allhier mir eine Verordnung, so in Abschrifft *sub A.* beygehet, zugeschicket; Alleine ich bin eines Theils dadurch wegen der mir von gedachten Herrn *Rectore* angethanen *Prostitution* nicht *Satisfacir*et, andern Theils damit gar sehr *gravir*et worden:

Denn gleichwie ich durch die von dem H. *Rectore publicè* in öffentlicher Kirche, auch in Gegenwart sämmtlicher *Priman*er, mit *Relegation* und Verlust der *Caution*, woferne sich einer meiner *Ordre* zu folgen würde gelüsten laßen, an die Schüler beschehene Bedrohung an meinem *Respect* gar sehr verletzet worden, weßwegen, daß meine Ehre wiederum hergestellet werde, ich nicht unbillig verlange; Also beziehet sich die obangezogene Raths Verordnung auf eine 1723 *edir*te Schul-Ordnung, mit welcher es aber diese Bewandniß hat, daß sie von der alten Schul-Ordnung in vielen Stücken *differir*et, und zu meinem großem *Praejudiz* so wohl in Ausübung meines Amts, als auch in den habenden *Acciden*tien gereichet, hingegen dißfalls niemahls vor gültig *agnoscir*et worden; gestalt, als deren *publication* einsmahls unternommen werden wolte, der seel. verstorbene *Rector Ernesti* sich dergestalt: Daß selbige vor allen Dingen dem hochlöbl. *Consistorio* eingeschicket, und was darauf verordnet werden würde, erwartet werden müste, darwieder *movir*et. Wie nun deren *Ratification* meines Wißens noch nicht erfolget, ich also mich nach solcher neuen mir *praejudicir*lichen SchulOrdnung nicht achten können, zumahlen da die *accidentia* mir gar sehr darinnen geschmälert werden sollen, mithin es bey der alten Schul-Ordnung annoch sein Bewenden haben wird; Also kan die obangeführte RathsVerordnung, so sich auf jene gründet, der Sache nicht abhelffen, Besonders kan dasjenige, was darinnen dergestalt:

Daß ich ein oder den andern Schüler, von der einmahl aufgetragenen Verrichtung zu *suspendir*en, oder gar hinwiederum auszuschließen nicht vermögend sein soll,

ausgedrucket werden wollen, nicht *procedir*en, gestalt Fälle vorkommen, da *in continenti* eine Aenderung vorgenommen werden muß, und nicht erstlich eine weitläufftige Untersuchung in solchen geringfügigen *Disciplinal-* und

---

1) Die Worte »12. *Febr.* dieses« stehen ebenfalls auf einer Rasur. Was ursprünglich gestanden, läßt sich aber nicht mehr erkennen.

Schul Sachen vorgenommen werden kan, dergleichen Änderung auch auf allen *trivial*-Schulen dem *Cantori* in Sachen die *Music* betreffend zustehet, indem sonsten die Jugend, wenn sie weiß, daß man ihr gar nichts thun kan, zu *gouverniren* und sein Amt ein Gnügen zu leisten unmöglich fallen will;

Ew. *Magnif.* HochEhrw. HochEdelg. und HochEdl. Herrl. habe dahero solches zu hinterbringen vor nöthig geachtet, und gelanget an Dieselben hierdurch nochmals mein gehorsamstes Bitten:

Bey Ausübung meines Amtes mich bey dem dazu nöthigen *Respect* zu schützen, dem Herrn *Rector Ernesti* aber alle unbefugte Eingriffe zu untersagen, auch daß meine, durch gedachten Herrn *Rectoris* Bezeugen, bey denen Schülern *laedirte* Ehre wieder hergestellet werden möge, das nöthige zu verordnen, so wohl mich wieder die neue Schul Ordnung, so weit sie mich *graviret*, und von Ausübung meines Amtes abhält, zu schützen.

Vor die mir hierunter erzeigte Hülffe werde ich, wie allezeit in gebührenden *Respect* verharren,

Ew. *Magnif.* HochEhrwd. HochEdelg. auch
HochEdl. Herrl.
gehorsamer
Johann Sebastian Bach.

Leipzig den 21. *Aug.* 1737. *ipse concepi.*[1]

Denen *Magnificis* HochEhrwürdigen, Hoch | Edelgebohrnen, HochEdlen, Vest und Hochgelahrten | Herren, des Königl. Chur und Fürstl. Sächß. Hoch- | löbl. *Consistorii* zu Leipzig Herrn Verordneten | meinen Hochgeehrtesten Herren und *Patronis.* |

(Fol. 11. Das Consistorium theilt Deyling und dem Rathe unter dem 28. August 1737 mit, daß Bach sich unter dem 21. Aug. 1737 mit neuen Vorstellungen und Gesuchen an dasselbe gewendet habe, und fordert binnen 14 Tagen über die Bewandtniß dieser Angelegenheit Bericht ein.)

[Fol. 12.]

Von GOTTES Gnaden, Friedrich August, König in Pohlen. Hertzog zu Sachßen, Jülich, Cleve Berg, Engern und Westphahlen. Churfürst.

Würdige, Hochgelahrte, lieben andächtige und getreue; Welchergestalt bey Uns Unser Hoff*Componist*, Johann Sebastian Bach, sich über den jetzigen *Rectorem* bey der Schule zu *St. Thomae* in Leipzig, *M.* Johann August *Ernesti*, daß er ohne seine *Concurrenz* die *Praefectur* und zwar mit einem *Subjecto*, welches in *musicis* sehr schlecht erfahren, zu besezen sich nicht entblödet, und alß er bey der Gewahrwerdung deßen Schwachheit, und

1) Nur die Unterschrift autograph.

der daher in der *Music* entstandenen Unordnung sich genöthiget gesehen, eine Änderung vorzunehmen, und an deßen statt ein geschickteres *Subjectum* zu erwehlen, gedachter *Rector Ernesti* seinem Vorhaben sich nicht allein *opponir*et, sondern auch, zu seiner größten Bekränckung und *Prostitution*, denen sämmtlichen SchulKnaben in *coetu publico sub poena Baculationis* untersaget, seinen Veranstaltungen *Parition* zu leisten, sich beschweret, und was er solchemnach gehorsamst gebethen, das weiset der Inschluß.

Wir begehren darauf hiermit, ihr wollet, auf solche Beschwerde, nach Befinden, die Gebühr verfügen. Daran geschieht Unser Meynung. *Dat.* Dreßden, am 17. *Decbr.* 1737.

Jacob Fridrich Schilling
Andreas Heinrich Beyer

[Adresse:]

den Hoff *componisten* Bachen betr.

Denen Würdigen und Hochgelahrten, Unsern lie- | *ben andächtigen und getreuen Verordneten des* | *Consistorii zu Leipzig.* |

Einkom. den 1. *Febr.* 1738.

[Fol. 13.]

prs. den 29. *Oct.* 1737.
Praes. d. 13. *Dec.* 1737.

Aller-Durchleuchtigster, Großmächtigster König und Churfürst Allergnädigster Herr,

Daß Ew. Königl. Maiest: aus aller*höchsten Gnaden* mir das *Praedicat* Dero Hoff-*Componist*en angedeyhen laßen, solches *venerir*e Zeit Lebens mit allerunterthänigstem Dancke. Gleichwie nun dahero Ew. Königl. Maiest. allergnädigste *Protection* ich mir in allertiefster Zuversicht zueigne, so unterwinde mich auch, um selbige bey meinen iezigen Bedrückungen allergehorsamst anzusuchen.

Es haben meine Vorfahren, die *Cantores* bey der Schule zu *S. Thomae* alhier iederzeit nach der hergebrachten Schul-Ordnung das Recht beseßen, die *Praefectos* bey denen *Choris Musicis* zu ernennen, und dieses aus der gegründeten Ursache, weil sie am sichersten wißen können, welches *Subjectum* am allertüchtigsten zu gebrauchen, und dieses *Praecipuum* habe ich auch geraume Zeit und ohne Jemandes *Contradiction* genoßen;

Nichts destoweniger aber hat sich der ietzige *Rector*, *M. Johann August Ernesti* nicht entblödet, mir iüngsthin ohne meine *Concurrenz* die *Praefectur* und zwar mit einem *Subjecto*, welches in *musicis* sehr schlecht erfahren, zu besezen; Und als ich bey Gewahrwerdung deßen Schwachheit, und der daher in der *Music* entstandenen Unordnung mich genöthiget sahe, eine Änderung vorzunehmen und an deßen statt ein geschicktetes *Subjectum* zuerwehlen, so hat gedachter *Rector*, *Ernesti*, meinem Vorhaben sich nicht allein stracklich *opponir*et, sondern auch zu meiner größten Bekränckung und *Prostitution* denen sämtlichen Schul-Knaben in *coetu publico sub poena baculationis* untersaget, meinen Veranstaltungen *Parition* zu leisten. Ob ich nun wohl meine wohl *fundi*rte *Praerogative* bey dem alhiesigen *Magistrat* in der Beyfuge *sub A.* zu *mainteni*ren gesuchet, auch das Königl. *Consistorium* allhier um *Satisfaction* der mir angethanen *Injurien sub B. implori*ret, so ist dennoch vom letztern gar nichts, vom erstern aber die abschrifftlich beigefügte Weisung *sub. C.* erfoget. Dieweilen aber, allergnädigster König und Herr, von den Rathe alhier nach der *induci*rten Beyfuge meine sonst gehabte Gerechtsame gänzlich abgeschnitten und sich auf eine neuerlich *Anno* 1723 errichtete Schul-Ordnung bezogen wird, die mich aber hauptsächlich um deswillen nicht binden kan, weilen selbige von dem hiesigen *Consistorio*, wenn sie anders gültig seyn wollen, niemahlen *confirmi*ret worden;

Als ersuche Ew. Königl *Majest.* ich in allertieffster Unterthänigkeit

1) dem allhiesigen Rathe, daß er mich in meinem *jure quaesito ratione* der zuernennenden *Praefectorum Chori Musici* ungekränckt erhalten, und dabey schüzen solle, und

2) Dem *Consistorio* alhier allergnädigst anzubefehlen, den *Rector Ernesti* zu einer Abbitte der mir angethanen Beschimpffung anzuhalten, auch sodann sonder Maßgebung dem *Superintendenten*, *D.* Deylingen aufzutragen, den ganzen *coetum* dahin anzumahnen, daß die sämtlichen Schul-Knaben mir den sonst gehörigen *Respect* und *Obedienz* erzeigen sollen. Diese allerhöchste Königl. Gnade erkenne mit unsterblicher Danck Begierde und beharre in allertiefster *Submission*

Ew. Königl. Majestät

Leipzig
den 18ten *Octobris*
1737.

allerunterthänigster
allergehorsamster
Johann Sebastian Bach.

Dem Allerdurchleuchtigsten Großmächtigsten Fürsten und Herrn, Herrn Friedrich Augusto, König in Pohlen, Groß-Herzog in Litthauen, Reußen, Preußen, Mazovien, Samogitien, Kyovien, Vollhinien, Podolien, Podlachien, Liefland, Smolenscien, Severien und Czernienhovien, Herzog zu Sachsen, Jülich, Cleve, Berg, Engern und Westphalen, des heiligen Römischen Reichs Ertz-Marschall und Churfürsten, Landgraffen in Thüringen, Marggraffen zu Meißen, auch Ober- und Nieder-Lausiz, Burggraffen zu Magdeburg, Gefürsteten Graffen zu Henneberg, Graffen zu der Marck, Ravensberg und Barby, Herrn zu Ravenstein,

Meinem allergnädigsten Könige, Churfürsten und Herrn.[1])

(Fol. 22. In Folge des Königl. Rescripts fordert unter dem 5. Febr. 1738 das Consistorium Deyling und den Rath unter Bezugnahme auf das Schreiben vom 28. Aug. 1737 nochmals energisch zum Bericht binnen 14 Tagen auf. Der am 28. Aug. 1737 geforderte Bericht war demnach nicht erfolgt.)

1) Abschrift, aber mit Bachs Siegel (Rosette mit Krone) versehen.

XII.

(Zu S. 599.)

Des
Königlichen Hoff-*Compositeurs* und Capellmeisters ingleichen
Directoris Musices wie auch *Cantoris* der Thomas-Schule
Herrn *Johann Sebastian Bach*
zu *Leipzig*
Vorschriften und Grundsätze zum vierstimmigen
spielen des *General-Bass* oder *Accompagnement*
für
seine *Scholaren* in der *Music*.
1738.[1])

Signaturen	6	43	76	7	98	9	6 5	65 43	♭7	4 3	4̸	5♭	Ohne	8
Mittel-Stimmen	3	5	3	3	3	3	3	8	3	6̸	2	3	einer	5
Verstärkungs-Stimmen	3 8 6	8	8 3	5 8	5	5	—	—	5 5♭	—	6	6	Signatur	3

Kurtzer Unterricht von den so genannten *General Bass*.

Die *Signaturen* so in *General Bass* vorkommen sind folgende *Neune* nehmlich: 2. 3. 4. $5^{\flat}$. 5. 6. 7. 8. 9.

Diese werden eingetheilet in *Consonantien* und *Dissonantien*. Viere davon sind *Consonantien*, nehmlich

3. 5. 6. 8.

Diese werden wieder eingetheilet in *perfectas* und *imperfectas*.

Consonantiae perfectae sind[2]): *Quinta* und *Octava*, und *imperfectae* sind zwo nehmlich: *Tertia* und *Sexta*.

Die übrigen Fünffe sind *Dissonantien*, nehmlich:

2. 4. $5^{\flat}$. 7. 9.

Wenn gar keine Zahl oder *Signatur* über der *Bass Note* stehet, so greifft man den *Accord* welcher bestehet aus 3. 5. und 8.

---

1) Titel von der Hand Johann Peter Kellners, welche sich auch später durch Correcturen und Zusätze hier und da bemerklich macht.

2) Statt des Kolons im Original ein Fragezeichen.

Man mus aber nicht im *Accord* zweymahl die 5 und 8 nehmen, daß sie oben zu liegen kommet sonst folgen 5ten und 8[ven] auf einander welches die grösten Fehler in der *Musique* seyn.

NB. Man gehet *vice versa*.

Zuweilen findet man auch eine 3. 5. und 8 über einer *Note*, dieses bedeutet *ordinair* den *Accord* welches auch also zu verstehen, daß 3. 5. und 8 oben genommen werde.

Nun folgen solche *Signaturen* darzu die *tertia* gegriffen wird.

Zu einer 7
6
56
65
6 5
6 5♭
7 5
♭7 5♭
8 7
8 6
98 76 — wird die 3 gegriffen.

NB. Damit man nebengesetzte Regel nicht *memoriren* darff so mercke man nur folgendes. Zu allen 6 und 7. sie mögen allein oder bey andern *Signaturen* stehen, wird allezeit eine 3 gegriffen.

Ausgenommen zur {6 4}, so sich in {3 5} *resolvirt* wird eine 8 gegriffen wie unten zu sehen.

Zur {7 4 2} wird weiter nichts gegriffen.

Nun folgen solche *Signaturen* die sich allezeit in *ordinair Accords* Griffe *resolviren*.

Zur 98 wird 3 und 5
— 43 — 5 — 8
— {65 43} — 8 ——
— {98 43} — 5 —— — gegriffen.

NB. Damit man die Regel ebenfalls nicht *memoriren* darf, so mercke man folgende.

Die jenigen *Accords* Griffe so in der *resolution* fehlen, werden zur vorhergehenden *Signatur* gegriffen.

Nun folgen solche *Signaturen* welche jede insonderheit müssen *memorirt* werden.

Zur $\begin{Bmatrix}4\\2\end{Bmatrix}$ wird die 6 gegriffen.

— $\begin{Bmatrix}4\\3\end{Bmatrix}$ wird ebenfals die 6 gegriffen.

— ♭7 wenn vor den *Fundament* auch noch ein ♯ stehet wird 3 und 5 gegriffen.

Zur 5♭ wird auch die 6 gegriffen.

Ein ♯ oder ♮ bedeutet das man die 3^{tia} *majorem* und ein ♭ das man die 3^{tiam} *minorem* greiffen soll.

Die 43. 5♭.$\begin{Bmatrix}6\\5\end{Bmatrix}$. 7 und 9 müssen

1) ordentlicher Weise schon im vorhergehenden Griffe liegen
2) In selbiger Stimme liegen bleiben
3) eine Stuffe unterwärts *resolviret* werden.

Gründlicher Unterricht des General-Basses.

Cap. 1.

Von der *Etymologia.*

Das Wort *Bassus* wird *derivirt* oder hergeleitet von dem Grichischen Wort βάσις, welches so viel bedeutet als der Grund oder *Fundament* eines Dinges. Andere führen es her von dem alten Lateinischen Wort *Bassus* welches soviel heissen soll als *profundus* tief. Wann nun das Wort allein genommen wird, so wird dardurch die Grund Stimme in der *Music* verstanden oder ein jeder *Bass* welcher den tieffen Thon hält, es werde gleich dieser Thon gesungen oder auf einen *Violon*, *Fagott*, *Posaun*. etc. gespielt.

Wann aber gesagt wird *General-Bass*, so verstehet man dardurch einen solchen *Bass*, der auf der Orgel oder auf einen *Clavier* mit beyden Händen zugleich gespielet wird also das alle oder die meisten Stimmen der *Music*, *generaliter* oder zugleich gespielet werden, oder insgemein in dieser einiger zusammen klingen. Er heist auch *Bassus Continuus* oder nach der Italiänischen Endung *Basso contin*[*u*]*o*, weil er *continuir*lich fortspielet, da mittels die andern Stimmen dann und wann *pausiren*; wie wohl auch heut zu tage dieser *Bass* zum öfftern *pausiret*, sonderlich in künstlich gesetzten Sachen.

Cap. 2.

Von der *Definition.*

Der General Bass ist das vollkommste *Fundament* der *Music* welcher mit beyden Händen gespielet wird dergestalt das die lincke Hand die vorgeschriebenen Noten spielet die rechte aber *Con-* und *Dissonantien* darzu greift damit dieses eine wohlklingende *Harmonie* gebe zur Ehre Gottes und zulässiger Ergötzung des Gemüths und soll wie aller *Music*, also auch des General *Basses Finis* und End Uhrsache anders nicht, als nur zu Gottes Ehre und *Recreation* des Gemüths seyn. Wo dieses nicht in Acht genommen wird da ists keine eigentliche *Music* sondern ein Teuflisches Geplerr und Geleyer.

Cap. 3.

Von denen *Clavibus Signatis* so im *General Bass* vorkomen.

Allerley Arten von denen *Clavibus Signatis* siehet man im *General Bass*, als *Discant. Alt. Tenor etc.* Ich will die gewöhnlich und die gebräuchlichsten ordentlich hersetzen. 1) ist das französische *Violin* Zeichen welches auf die unterste Linie also gezeichnet wird  und das eingestrichene g ist. 2) Deutsches *Violin* Zeichen wird auf die ander Linie durch obiges Zeichen also  angedeutet[3]. 3) *Discant* oder *Cantus* ist denen Sängern ein gemeines Zeichen wird also  auf die unterste Linie gesetzt und ist das eingestrichene c̄. 4) gemeiner *Alt* ist auf der mittleren Linie  und ebenfals das eingestrichene c̄. 5) *Tenor* auf der Vierten Linie  und ebenfals dasjenige c̄. 6) gemeiner *Bass* auf der Vierten Linie  [so] einen solchen *Clave* andeutet, und ist das ungestrichene f[4]. 7) Insgemein ist zu *observiren* das Zeichen  ist allenthalben wo es stehet das eingestrichene ḡ. Das Zeichen  ist allenthalben, wo es auch stehet, das eingestrichene c̄. Dies  [5]) bedeutet allezeit das ungestrichene f.

NB. Wenn ausser diesen höhere *Claves* im *General-Bass* vorkommen, so nennt man es *Bassetgen*.

---

3) Im Manuscript folgt noch das Wort »wird«.

4) Im Manuscr. »eingestrichene f̄«.

5) Diese zum Theil unrichtige Notirung des gewöhnlichen Bassschlüssels hat der Schreiber hartnäckig festgehalten. Sie ist von hier ab stillschweigend von mir corrigirt.

Cap. 4.

Von den *Tact* oder *Mensur*.

Davon soll alhier nicht viel worte gemacht werden, denn es wird *praesupponirt* daß derjenige so den *General Bass* lernen will nicht allein vorhin die Noten kennen sondern auch die *Intervalla* entweder durch vorige Übung oder sonst durch andern Vorschmack der *Music* nach ihrer *Distans* verstehen, und den Unterschied des *Tacts* wissen muss. Denn niemand wird einen so gleich den *Tact* wissen beyzubringen. Dieses aber mus man wissen das heutiges Tages ein schlechter Tact auf zweyerley Manier gezeichnet wird als C 2 die andere Art wird gebrauchet von denen Franzosen in solchen Stücken welche sollen geschwind und frisch gehen und die Teutschen thun es den Franzosen nach. Sonsten bleiben die Deutschen und Italiener meistentheils zumahl in geistlichen Kirchen Sachen bei der ersten Art, und führen einen langsamen *Tact*. Soll es geschwind gehen so setzet der *Componist* ausdrücklich darzu *Allegro* oder *presto*; soll es langsam gehen wird es mit darunter gesetz[t]en *Adagio* oder *Lento* angedeutet.

Cap. 5.

Von der *Triade Harmonica*.

Die *Trias Harmonica* hat eigentlich ihren *usum* in der *Composition* weil eben der General Bass ein Anfang ist zum *componiren* ja würcklich wegen zusammen Stimmung der *Con* und *Dissonantien* eine *Composition extemporanea* mag genennet werden welch derjenige macht so den *General Bass* schlägt so soll auch dieses Orts hievon meldung geschehen. Wann sich im übrigen ein Lehrbegieriger solchen wohl einbildet und ins Gedächtniß präget so darf er versichert seyn das er schon ein großes Theil der gantzen Kunst begriffen habe. Die *Trias Harmonica* aber ist eine zusammen verknüpfung der *Tertz* und *Quint* welche zu einer *Fundament* Note gesetzt werden welches durch alle *Ton* beydes in *dur* und *moll* kan geschehen.

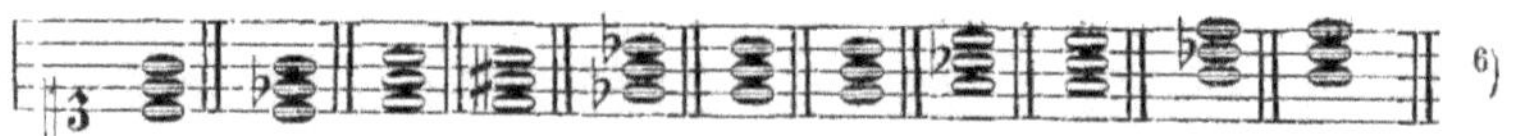 6)

und so weiter durch alle *Tone* heist sonst *Radix Harmonica*, weil alle *Harmonie* aus derselben entspringt. Ferner ist diese *Trias Harmonica* entweder *simplex* oder *aucta*. 1.) *Radix simplex* ist die schlechte und eigentliche

6) Die Beispielreihe genau nach der Handschrift trotz der Ungehörigkeit der fünften und der mangelhaften Bezeichnung des sechsten oder siebenten Dreiklangs.

so genannte *Trias* bestehet nur in 3 *Tonen* nach der Anweisung des vorigen *Exempels*. 2.) *Radix aucta* oder vermehrte *Trias* hat zum Gefehrten die *Octav* als zusehen

Cap. 6.

Etliche Regeln wie man den *General Bass* durchgehends mit 4 Stimmen spielen soll.

Regula 1

Den vorgeschriebenen *General Bass* spielt man mit der linken Hand allein, die andern Stimmen aber sie mögen durch Zahlen angedeutet seyn oder nicht mit der rechten.

Regula 2

Zu denen meisten Zahlen wird die *Tertz* mit genommen wo es nicht *express* darüber geschriebene *Secund* oder *Quart* verhindert.

Regula 3.

Zwey 5ten und 2. *Octaven* müssen nicht auf einander folgen denn solches ist nicht nur ein *vitium* sondern es klingt übel. Solches zu vermeiden, ist eine alte Regel daß die Hände allezeit gegen einander gehen müßen daß wenn die linke hinauf steiget die rechte herunter geht, und wiederum wenn die rechte hinauf steigt die linke herunter geht.

Regula 4.

Der vortheil ist zwey *Quinten* und zwey *Octaven* zu vermeiden und verhüten daß man die 6te mit zu Hülfe nimmt und damit Umwechselung hält.

Regula 5.

Die Zahlen, die oben übereinander stehen werden zugleich geschlagen was aber nach einander stehet wird auch nach einander geschlagen.

Cap. 7.

Wie man schlagen soll wenn keine Zahlen über den *Bass* geschrieben sind.

Wenn nichts über den *General Bass* gezeichnet stehet so greifft man nicht mehr als *Consonantien* nehmlich *Tertia Quinta* und *Octava* zum Exempel es stünde ein *Bass* auf solche Art:

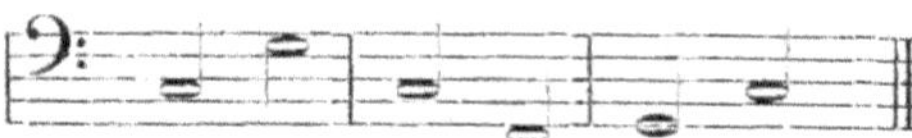

So spielt man mit der rechten Hand die *Consonantien* dazu. e, g.

Aber man ist nicht schuldig oder gezwungen allezeit auf einerley zu bleiben sondern man kan die unterste Stimme zur obersten oder zum *Discant* machen. So spielet man den vorhergehenden *Bass* darzu zum *Exempel* also:

Die mittelste Stimme giebt wieder eine andere Veränderung und sind doch einerley Noten.

Damit man aber sehen möge wie *Quinten* und *Octaven* wenn deren zwey oder mehr auf einander folgen sich nicht zusammen schicken, sondern übel klingen, ob sie gleich *perfecte Consonantien* sind soll folgendes *Exempel* zur Nachricht dienen.

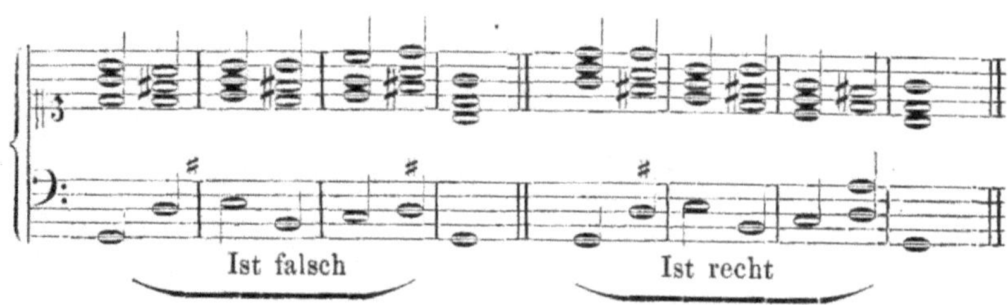

Cap. 8.

Regeln von denen Zahlen die sich über den Noten befinden.

Regula 1.

Das Zeichen ♯ wenn es über einer Note stehet zeigt die *tertiam majorem* an auch gelten diejenige Creutze die gleich in Anfange gezeichnet stehen von dem *Bass* auch in dem *Discant* gleicher maassen. Zum *Exempel* wenn über dem A ein solches ♯ stehet, muss darzu die *tertia major* nehmlich *cis* gegriffen werden, ingleichen das ♯ in *c* gezeichnet ist da man sonsten *his absentibus* nur *c* nehmen muß. Und so verhält es sich mit dem ♭ nehml. wo das ♭ über einer Noten stehet muß die *tertia minor* genommen werden welches wohl zu *observiren* ist.

Regula 2.

Wird also alles *Summatim* mit ♯ *major* und was mit ♭ gezeichnet *minor* oder das erstere *dur* das andere *moll* genannt.

Regula 3.

Wenn über einer Note stehet die Zahl 6. so bedeutet es die *Sext.* das ist ich muß von den *Fundament* oder Note ob welcher sie stehet anfangen zu zehlen, und den 6ten *Claven* anschlagen. Zu solcher wird entweder die *Tertz* oder *Sext* verdoppelt bißweilen die *Octav* darzu genommen zu mahl wenn *immediate* eine Note folgt und mit $\substack{6\\5}$ bezeichnet ist. *e. g.*

Regula 4.

Wo *Quint* und *Sext* nach einander kommen so soll die *Quint* zuvor liegen die *Tertz* und *Octav* wird alsdenn darzu genommen und die *Sext* nachgeschlagen ist es aber umgekehrt das die *Sext* vor die *Quint* stehet so liegt nichts sondern wird gespielt wie es geschrieben steht *i. e.* man nimt 8. 3. 6. die 5 nachgeschlagen man kan auch die *Sext* verdoppeln und nur die 3 darzu nehmen. *e. g.*

Regula 5.

Wann 5 und 6 über einer Note stehet so muss die 5 zuvor liegen die 3 und 6 wird dazu geschlagen. *e. g.*

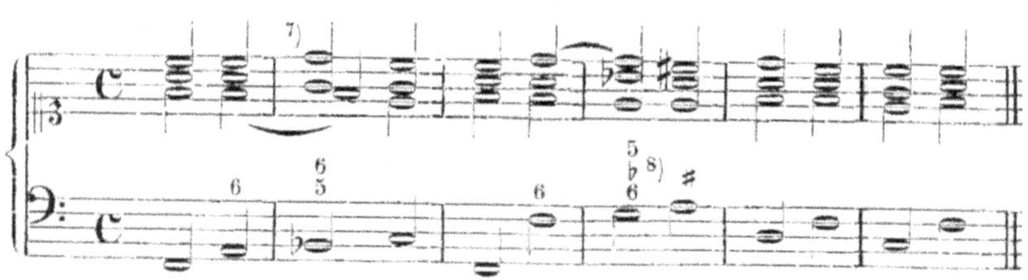

Regula 6.

Wenn *Quart* und *Tertz* bey einander stehen so muß die *Quart* allezeit liegen die *Tertz* wird nachgeschlagen die *Quint* und *Octav* muß mit genommen werden sie mögen darüber gezeichnet seyn oder nicht das liegen und zuvor liegen bedeutet so viel wenn ich nehmlich in der rechten Hand im *Discant* eine Note zum *Bass* gegriffen habe und eben dieselbe Note bey dem nachfolgenden gezieferten *Bass Clave* in der rechten Hand liegen bleibt

7) Der Bogen fehlt in der Handschrift.

8) In der Handschrift fälschlich $\overset{\flat}{5}$ 6.

9) Der Bogen fehlt.

Regula 7.

Wann *Secund* und *Quart* $\left(\begin{smallmatrix}4\\2\end{smallmatrix}\right)$ über einer Note stehet so wird ordentlich die 6 auch darzu genommen wenn es gleich nicht darüber stehet. $\left.\begin{smallmatrix}6\\4\\2\end{smallmatrix}\right\}$ wird allezeit frisch angeschlagen wann das *Fundament* liegen geblieben, $\left.\begin{smallmatrix}6\\4\\2\end{smallmatrix}\right\}$ *resolvirt* sich aber $\begin{smallmatrix}6\\5\end{smallmatrix}$ wenn der *Bass* in ein halbes *Intervallum* rückwärts geht, wie aus folgenden Exempel zu sehen ist

Regula 8.

Wo die falsche *Quint* (♭5) stehet muß solche allezeit erst liegen die 3 und 6. sie mögen darbey stehen oder nicht, müssen zugleich mit geschlagen werden als dieses folgende Exempel zeigt.

Wo *Cadentz Clauseln* stehen als die $\begin{smallmatrix}7\\3\end{smallmatrix}\begin{smallmatrix}6\\4\end{smallmatrix}\begin{smallmatrix}5\\43\end{smallmatrix}$ oder auch $\begin{smallmatrix}7\\\sharp\end{smallmatrix}\begin{smallmatrix}6\\4\end{smallmatrix}\begin{smallmatrix}5\\4\sharp\end{smallmatrix}$ so nennet man selbige *Syncopationes* weil sie gleichsam verbunden und verwickelt, biß weilen werden sie auch einfach 3443 gesetzt aber doch völlig gespielet wie folget

---

10) Statt des vierten Viertels ist im System der rechten Hand eine Lücke. Auch fehlen die Bogen.

11) Bezifferung der Handschrift $\begin{smallmatrix}6\\5\flat\\\flat\end{smallmatrix}$. Bindung $\bar{g}$—$\bar{g}$ fehlt.

Wo geschwinde und geschwänzte Noten und zwar deren viel in *General Bass* auf einander folgen bedarf es eben nicht aller Noten sondern der eines halben oder Viertel schlags, die andern Noten werden Durchläuffer genannt, weil sie gleichsam hindurch schleichen.

Cap. 9.

Regula 1.

Wo die *Septima* alleine stehet, so muß solche vorher liegen und wird die 3 und 5 oder 3 und 8 auch manchmahl die 3 verdoppelt darzu genommen.

Regula 2.

Wo *Septima* und *Sexta* neben einander stehen so muß die *Sept* zuvor liegen, sodann entweder die 3. oder 8. oder die 3. verdoppelt darzu genommen und endlich die *Sext* sie mag *dur* oder *moll major* oder *minor* seyn nachgeschlagen werden.

---

12) Handschrift in der rechten Hand $\frac{\overline{h}}{\frac{g}{d}}$.

13) Handschrift im Basse [Noten].

Regula 3.

Wo *Nona* und *Octava* neben einander stehen so muß die 9. zuvor liegen die 8. wird nachgeschlagen, und kann man die 3. und 5. zur *Nona* greiffen.

Regula 4.

Wann 9 und 7. 8 und 6 $\left|\begin{smallmatrix}9 & 8\\ 7 & 6\end{smallmatrix}\right|$ über einander stehen so muß die 7. und 9. schon liegen, die 3. mus dazu genommen werden, alsdann die 6 und 8. nachzuschlagen.

Regula 5.

Bisweilen kommen auch die Zahlen *Nona* und *Undecima*, *Octav* und *Decima* also vor $\left|\begin{smallmatrix}11 & 10\\ 9 & 8\end{smallmatrix}\right|$, zu dieser wird die 5 genommen auch muß $\begin{smallmatrix}11\\ 9\end{smallmatrix}$ liegen, $\begin{smallmatrix}10\\ 8\end{smallmatrix}$ wird nachgeschlagen. Das übrige welches mit Worten nicht so deutlich kan ausgedrücket werden sollen die letzt angesetzten Exempel zeigen.

Damit aber alles bisher gesagte noch vollkommener in das Gedächtniß kommen möge soll solches mit Worten und Exempeln angezeiget werden, und davon soll handeln

Cap. 10.

Exemplum 1.

Wann keine Zahl über einer Note stehet so wird nichts als der bloße *Accord* so in 3. 5. und 8 bestehet angeschlagen, jedoch muß dabey wohl *observiret* werden daß allezeit wann die rechte Hand herunter gehet so muß die linke hinauf gehen und wann die linke herunter die rechte hinauf gehe. Dieses wird der *motus* [15]) *contrarius* genennet auf diese weise kan man sich vor die vielen aufeinander folgenden *Quinten* und *Octaven* hüten. *e. g.*

14) Die Punkte neben den beiden Mitteltönen fehlen.
15) Die Handschrift *modus*.

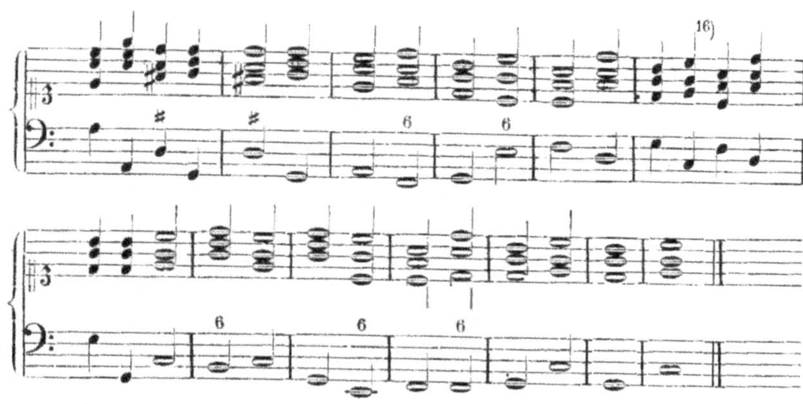

Exemplum 2.

Wann die 4. über einer Note stehet so muß sie aus dem vorhergehenden griffe schon liegen, die 5 und 8 wird alsdann darzu genommen. Darnach wird die 4. in die 3 *resolviret*.

16) In der linken Hand H. 17) Rechte Hand [Notenbeispiel] und Bezifferung $\frac{6}{5}$.

18) Bezifferung ♭6. 19) Bezifferung $\frac{6}{\flat 5}$.

Exemplum 3.

Wann 7. 6. über einer Note stehen so muß die 7. in den vorher gehenden Griffe schon liegen und wird die 3. und 5. oder 3. und 8. auch manchmahl die 3. verdoppelt darzu genommen und die liegende 7. wird in die 6. *resolviret.*

Exemplum 4.

Wann 9 und 8 über einer Note stehet, so muß die 9 [23] aus den vorhergehenden Griffe schon liegen, darzu wird die 3. und 5 genommen und die 9. in 8 *resolviret.*

20) Oberstimme $\bar{\bar{c}}$. 21) So, unvollständig und fehlerhaft.
22) Im Alt $\bar{g}$. 23) Folgt das Wort »schon«.

Exemplum 5.

Wann $^{11}_{9}$ $^{10}_{8}$ oder $^{9}_{4}$ $^{8}_{3}$ über eine Note stehet so müssen $^{11}_{9}$ oder $^{9}_{4}$ schon liegen und wird dazu die 5 genommen in die $^{10}_{8}$ oder $^{8}_{3}$ *resolviret*. Dann die 9 ist soviel als die 2. und die 10 so viel als die 3. Die 11 ist so viel als die 4 und die 12 so viel als die 5.

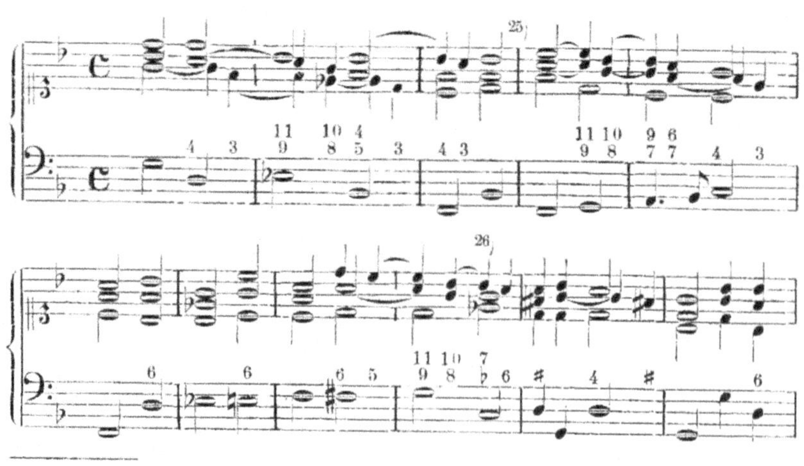

---

24) So. 25) B im Basse fehlt. 26) Bezifferung ♭7.

Exemplum 6.

Wann $\frac{6}{4}$ oder $\frac{4}{2}$ oder 2 oder 4. über einer Note stehet, so muß der *Bass* allezeit durch die vorhergehende Note liegen, und $\frac{4}{2}$ wird in die rechte Hand genommen und *resolviret* meistens in $\frac{6}{5}$ wenn der *Bass* einen halben oder gantzen Thon zurück steiget.

27) So.

Exemplum 7.

Wann 6. und 5. neben einander über einer Note stehen so werden dieselben nach einander angeschlagen und entweder die 8 darzu genommen, oder die 3 oder 6. verdoppelt, stehen sie aber über einander so wird die 3. darzu genommen und zugleich angeschlagen.

Exemplum 8.

Wann die Note vorkommet welche die 3. zu dem *Accord*, daraus das *componirte* Stück gehet *formiret*, so muß allezeit die 6 dazu angeschlagen werden sie mag darüber stehen oder nicht es sey denn das eine andere *Cadenz* aus einen andern Thone daraus erfolget. *E. G.*

Wann etwas aus dem C. gehet so muß die 6 allezeit über dem E stehen wann es aus dem A. gehet so muß die 6 über dem C. stehen.

28) Im Alt $\bar{c}$. 29) Im Tenor $\bar{g}$.

Mehrere Erleuchterung zu geben sind folgende Exempel ausgesetzet worden.

30) Quadrat vor $\overline{\text{b}}$ fehlt. 31) So.

32) Im Alt g.
33) Der Accord des dritten Viertels in der rechten Hand fehlt.

34) Das ♭ nicht vor, sondern über der Bassnote. 35) So.
36) Nur ein halber Takt. 37) Im Tenor $\bar{d}$. 38) So.

39) So. 40) Hier ist im Bass etwas falsch.

41) Im Tenor $\overline{d}$. 42) Kreuz vor $\overline{gis}$ fehlt. 43) Wird [Notenbeispiel] heißen sollen. 44) Tenor $\overline{fis}$. 45) Bezifferung 5 6. 46) Bezifferung $\frac{6}{5}$ 5.

47) Im Alt a̅. 48) So.
49) Stimmt nicht mit der Bezifferung, wäre sonst durch Annahme einer Kreuzung der Mittelstimmen allenfalls zu rechtfertigen.

50) Mittelstimmen $\frac{\overline{\text{fis}}}{\text{d}}$.   51) So.

52) Der Bass jedenfalls verschrieben. Vermuthlich

53) as der Oberstimme fehlt. 54) So.

55) g des Tenors, das die Bezifferung fordert, fehlt.

56) f im Basse wird d sein sollen. Das Kreuz in der Bezifferung hat freilich auch so keinen Sinn und sollte wohl über dem letzten Viertel stehen.

57) In der Mittelstimme nur c als Viertel.

58) a des Basses fehlt. 59) So.

60) Die Ziffer 6 steht fälschlich über a.

61) Vermuthlich so gemeint: .

62) $\overline{\text{d}}$ des Tenors fehlt. 63) Im Tenor $\overline{\text{fis}}$.

Grundsätze zum *Enquatre* Spielen.

1. Die 6. *Consecutive* unterwärts.

64) Der letzte Accord für die rechte Hand fehlt. 65) So.

Man kann zur ersten 6 die 6te *dupliren* zur andern aber die 8 nehmen und bis zu Ende *Continu*iren.

2. Die 6. *Consecutive* aufwärts.

Zur ersten 6 kann man die 8 nehmen zur andern aber die 6 *dupliren*.

3. Die 5. 6. *Consecutive*.

Man mus mit der rechten Hand fein hoch anfangen und *per motum*[66]) *contrarium* gehen bey der 6 nehme man die 8.

4.

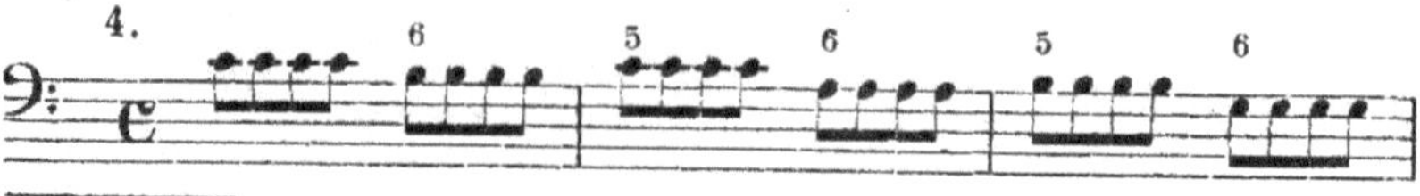

66) Die Handschrift *modum*.

Man kann die 6 *dupliren* oder man kan auch die 8 darzu nehmen, NB. daß die 3 allezeit oben liegt.

5. Die 7. 6. *Consecutive.* NB. Die *Dissonantien* werden niemahls *duplirt.*

Man kann zur 7 die 5 und zur drauf folgenden 6 die 8 nehmen auch kann die 6 *dupliret* werden. Wenn ein *Casus* käme das die 5 nicht könnte zur 7 gegriffen werden so kann man auch die 8 nehmen.

6. Die 7 so sich in *tertiam resolvirt.* Diesen Satz *Enquatre* zu *tractiren* kan man zur 7 die 5 oder die 8. nehmen.

7. Die 7 die sich in *tertiam resolvirt* so daß aus der 3 die zur 7 gegriffen eine neue 7 *formirt* wird und so *continuirt*.

67) Dies Beispiel greift zum Theil schon dem Folgenden vor, wohl nur durch ein Versehen des Schreibers.

Man kann zur ersten 7 die 5 oder 8 nehmen nimmt man zur ersten 7 die 5 so mus zur ander 7 die 8 genommen werden *et vice versa.*

8. Die $\frac{6}{5}$ *resolvirt* in 3. Dieser Satz ist an sich selbst 4 Stimmig.

Das man zur vorhergehenden 6 die 8 nehme den wenn die 6 *dupliret* wird so folgen allemahl zwey 5 auf einander und so auch mit den folgenden Sätzen.

9. Die 5♭ so oft es dieser Gang zu giebet hat gemeinschaft mit den obigen.

Durch Hülffe dieser $\frac{6}{5}$} können auch unterschiedliche ander *Signaturen* gebrauchet werden (nehmlich *Consecutive*) und durch die *Clausulas cognatas* durchgeführet werden als die 4. 3.

11. Die 9 so sich in 8 *resolviret* kann auch schön durch die $\genfrac{}{}{0pt}{}{6}{5}$ *continuiret* werden.

12. Kann die $\genfrac{}{}{0pt}{}{9}{4}\,\genfrac{}{}{0pt}{}{8}{3}$ durch Hülfe der $\genfrac{}{}{0pt}{}{6}{5}$ *continuiret* werden.

---

68) Takt 12—15 fehlen in Bass und Bezifferung die Kreuze.

69) Bezifferung über dem dritten Viertel $\begin{smallmatrix}9\\4\\3\end{smallmatrix}$.

An statt der guten 5 kan man auch die 5♭ wie oben gewiesen worden nehmen und kann man deswegen doch die $\left.\begin{smallmatrix}9 & 8\\ 4 & 3\end{smallmatrix}\right\}$ sowohl jede besonders als beyde zugleich anbringen.

13. Die $\begin{smallmatrix}4\\ 2\end{smallmatrix}$ so sich in 6 *resolviret.*

14. Die $\left.\begin{smallmatrix}4\\ 2\end{smallmatrix}\right\}$ noch auf eine andere Art anzubringen.

70) Bezifferung über dem ersten Viertel $\begin{smallmatrix}9\\ 4\\ 5\end{smallmatrix}$.

71) Bezifferung über dem dritten Viertel $\begin{smallmatrix}9\\ 4\\ 5\end{smallmatrix}$.

72) Handschrift $\begin{smallmatrix}4\\ 2\end{smallmatrix}$. 73) Handschrift $\begin{smallmatrix}4\\ 2\end{smallmatrix}$.

Die gebräuchlichsten *Clausulas*[75] *finales.*

74) Bezifferung fehlt. 75) So. 76) Bezifferung $\frac{6}{4}$.
77) Bezifferung $\frac{7}{4}$.

XIII.

(Zu Seite 599).

Einige höchst nöthige Regeln vom *General Basso di J. S. B.*
(Aus Anna Magdalena Bachs Clavierbuche von 1725.)

Scalae. Die *Scala* der 3 *maj.* ist, *tonus*, 2da ein gantzer *Ton*, 3 ein gantzer, 4 ein halber, 5 ein gantzer, 6 ein halber *Ton*, 7 ein gantzer *ton*, 8*va* ein gantzer *Ton; die Scala* der 3 *min:* ist, *tonus*, 2da ein gantzer *Ton*, 3 ein halber, 4 ein gantzer, 6 ein halber, 7 ein gantzer, 8*va* ein gantzer *Ton*; hieraus fließet folgende *Regull:*
die 2te ist in beyden *Scalis* groß; die 4 allezeit klein, die 5 und 8*va* völlig, und wie die 3. ist so sind auch 6. und 7.

Der *Accord* besteht aus 3 *Tonen*, nehmlich 3 sie sey groß oder klein, 5. und 8. als, c. e. g. zum c.

(Auf den folgenden 3 Seiten stehen von Bachs eigner Hand geschrieben:)

»Einige Reguln vom *General Bass.*

1) Jede Haubt Note hat ihren eignen *Accord;* er sey nun eigenthümlich, oder entlehnet.

2) Der eigenthümliche *Accord* einer *fundamental note* bestehet aus der 3. 5. und 8. *NB.* Von diesen dreyen *specibus* [so!], läset sich Keine weder die 3. ändern, als welche groß und klein werden kan, dahero *major* und *minor* genennet wird,

3) Ein entlehnter *Accord* besteht darinnen, wenn über einer *fundamental note* andere *species*, als die *ordinairen* befindlich.

6 6 6 5 7 9
als: 4, 3, 5, 4, 5, 7, *etc:*
2 6 3 8 3 3

4) Ein ♯ oder ♭. über der Note allein, bedeutet daß durchs ♯. 3. *major* und durchs ♭. 3 *minor* zu greifen sey, die andern beyden *species* aber *firm* bleiben.

5) Eine 5. alleine, wie auch die 8. alleine wollen den gantzen *Accord* haben.

6) Eine 6. alleine, wird begleidet auff dreyerley arth: Als 1) mit der 3. und 8, 2) mit der doppelten 3. 3) mit vertoppelter 6. und 3. *NB!* wo 6 *maj:* und 3. *mjnor* zugleich über der *no*te vorkommen darff man ja nicht die 6. wegen übellautes *dupliren*; sondern muß an statt deren die 8. und 3 darzugegriffen werden.

7) 2 über der *note* wird mit verd*oppel*ter *Quint accompagniret*, auch dann und wan mit der 4 und 5 zugleich; nicht selten zuweillen [hier scheint Bach noch etwas haben hinzusetzen zu wollen, worauf auch ein leerer Raum hindeutet].

8) Die *ordinare* 4. zu mahl wenn die 3. darauf folget, wird mit der

5. und 8 vergesellschaft. ist aber durch die 4 ein strich, so greifet mann 2. und 6. darzu.

9) Die 7. wird auch auf 3 erley arth *accompagn:* 1) mit der 3. und 5. 2) mit der 3. und 8. 3) wird die 3. *dupliert.*

10) die 9 scheinet zwar mit der 2. eine Gleicheit zuhaben, und ist auch an sich selbst die verd*oppel*te 2. alleine dieses ist der Unterschied daß gantz ein ander *accomp:* darzu gehört nemlich die 3, und 5. dann und wann auch statt der 5 eine 6. aber sehr selten.

11) Zu $\substack{4\\2}$ greiffet man die 6. auch zuweilen statt der 6. die 5.

12) Zu $\substack{5\\4}$ wird 8. gegriffen, und die 4 *resolvieret* sich unter sich in die 3.

13) Zu $\substack{6\\5}$ greiffet man die 3; sie sey nun *major* oder *minor.*

14) Zur $\substack{7\\5}$ greiffet man die 3.

15) Zur $\substack{9\\7}$ gehöret die 3.

Die übrigen *Cautelen,* so man *adhibiren* muß, werden sich durch mündlichen Unterricht beßer weder schriftlich zeigen.«

XIV.

Joh. Phil. Kirnbergers Erläuterungen zum dritten Theil der »Clavierübung«[1].

(Zu Seite 613.)

Entwickelung
einiger in Herrn. Joh. Seb. Bachs Liedern vorkommenden Ausweichungen und Transpositionen.

Auf der 30sten Seite der Bachschen Liedersammlung befindet sich das Lied:

Dieß sind die heil. 10 Gebot'.

Dieses Lied ist Mixolydischer Tonart, mithin G dur ohne fis und statt deßen f. In das F kann man in diesem Modo ordentlich ausweichen, welches weder in der Lydischen Tonart | : unser F : | noch in der Jonischen Tonart | : unser C dur : | angeht, weil dessen Untersecunde vom Hauptton nur um einen halben Ton statt einen ganzen tiefer ist; überdem ist auch in C dur kein B und in F dur kein ♭E als Untersecunde, denn C dur hat H, und F dur hat E als wesentliche Untersecunde.

Vom 25ten zum 26ten Takte ist nach F dur ausgewichen, und bleibt in F dur bis zum 36 Takte.

Anmerkung. Gewöhnlicherweise gehet man in einem Dur Modo es

---

[1]) Vergl. Kunst des reinen Satzes II, 1, S. 49.

sey Jonischer oder Lydischer Tonart in die Oberquinte mit der großen Terz als von C dur nach G dur, und von F dur nach C dur.

In der Mixolydischen Tonart | : unser G : | darf man nicht vom Hauptton G dur in deren Oberquinte D dur gehen, sondern man muß vielmehr den Uebergang nach D moll machen, weil F in der Mixolydischen Tonleiter die eigentliche Terz von D ist.

Die Ausweichung nach D moll geschieht in diesem Liede vom 39 zum 40 ten Takte.

Anmerkung. Weil der Mixolydische Modus kein Untersemitonium zum Leitton hat, folglich auch keinen Oberdominanten-Accord mit der großen Terz, durch welchen ein Hauptschluß gemacht werden könnte: so wird am Ende mit dem Dreiklange von der Unterdominante zum Hauptton geschloßen; als Die Ausweichung nach D moll auf der 35 Seite [Takt 1 — 19] mixolydischer Tonart, kömmt in verschiedenen Stellen vor, und am Ende wird in der Baßstimme von C nach dem Hauptton G der Schluß gemacht.

Das Lied: *Wir gläuben all an einen Gott* etc. auf der 37 Seite ist dorischer Tonart, und in seinem eigentlichen Ton D moll gesetzet, in welchem die große Sexte H wesentlich und die kleine Sexte B zufällig ist.

Seite 39 ist eben dieses Lied in dem nämlichen Modo anzutreffen, allein um einen Ton höher ins E transponirt; und um diesen Modum zu erhalten ist vor c ein ♯, so daß eben so, wie vom D die große Sexte H war, hier cis die große Sexte von E wird; ohngeachtet gewöhnlicher weise nur fis in der Vorzeichnung beim E moll vorkömmt.

Der folgende Choral: *Vater unser im Himmelreich* ist auch dorischer Tonart ins E transponirt, welches an dem vorgezeichneten Zeichen Cis kenntbar wird.

Seite 46 ist eben dieses Lied in seinem eigentlichen Tone D ohne B gesetzet, nämlich mit der großen Sexte H vom Hauptton D.

Das Lied Seite 47: *Christ unser Herr zum Jordan kam* etc. ist auch dorischer Tonart; aber um einen Ton tiefer ins C transponirt, welches sogleich am Anfange an der Vorzeichnung zu ersehen ist. Denn gewöhnlich ist in C moll ein ♭ vor H, E und A: hier ist aber A die natürliche wesentliche große Sexte, und A mit ♭ vorgezeichnet als ♭A die kleine Sexte vom Hauptton zufällig.

Eben dieser Choral ist Seite 50 in der dorischen Tonart in seinem eigentlichen Tone D gesetzet. Er schließt am Ende nicht im Hauptton, sondern in deßen Oberdominante A mit der großen Terz cis.

Das Lied: *Aus tiefer Noth schrei ich zu dir* etc. Seite 51 ist phrygischer Tonart E mit der kleinen Terz, mithin moll.

Anmerkung. Dieser Modus zeichnet sich von den zwei andern Molltonarten als dorisch und aeolisch, darin aus, daß deßen Obersecunde vom Hauptton eine kleine Secunde ist; als E F; wohingegen im Dorischen D E und im Aeolischen A H große Secunden sind.

Die beiden letzten Tonarten als D moll und A moll unterscheiden sich wieder darin von einander, daß man von der dorischen Tonart ins E moll ausweichen kann, weil dieses E eine zum weichen Dreiklang gehörige kleine Terz und perfekte Quinte von E G H hat.

Von A moll |: äolisch :| kann man nicht ins H ausweichen, weil das H keine perfekte Quinte in seiner Scala hat.

In der dorischen Tonart kann man nicht um einen halben Ton höher ins ♭E dur, in der aeolischen nicht um einen halben Ton höher ins B dur ausweichen, wohl aber im Phrygischen von E ins F dur.

Eben dieser Choral ist Seite 54 in dem nämlichen Modo gesetzet, aber um einen ganzen Ton höher ins Fis statt E transponirt.

Die in der Vorzeichnung vorkommenden Töne geben die phrygische Tonart zu erkennen, denn eigentlich hat ein Moll Modus ein Fis Gis vorgezeichnet, hier ist gleichwol G und dieses fis verhält sich zu G wie sich E zu F verhält.

Das Lied: *Jesus Christus unser Heiland* Seite 56 ist gleichfalls dorischer Tonart. Seite 60 ist der nämliche Choral ins F transponirt.

Anmerkung. An der Vorzeichnung erkennet man die dorische Tonart, weil vor D kein ♭ steht, sondern hier d die wesentliche große Sexte von F ist: Kommt hingegen D mit ♭ vorgezeichnet vor, so ist es als kleine Sexte vom Haupttone zufällig.

XV.

Verzeichniß der Kinder Bachs aus zweiter Ehe.

(Zu Seite 752.)

1. *Christiane Sophie Henriette*, geb. im Sommer 1723. Von diesem ersten Kinde Bachs aus zweiter Ehe war nur das Datum des Todes aufzufinden. Sie starb, 3 Jahr alt, am 29. Juni 1726.
2. *Gottfried Heinrich*, getauft den 27. Februar 1724. Pathen: 1) »Herr *D.* Gottfried Lange, Königl. Poln. Churf. Sächß. Hoffrath und Burge Meister auch Vorsteher der Kirchen zu *St. Thom.* alhier. 2) Frau Regina Maria, Herrn *M.* Johann Heinrich *Ernesti P. P.* und der Schuhlen zu *St. Thom. Rector* alhier. 3) Herr *D.* Friedrich Heinrich Graff, der Oberhoffg. *Advoc. ordin.*« — Begraben den 12. Februar 1763 in Naumburg.
3. *Christian Gottlieb*, getauft den 14. April 1725. Pathen: 1) »Herr Christiann Wilhelm *Lud*wig, Churf. Sächß. Geleitsmann alhier. 2) Frau Maria Elisabeth, Herrn Johann Tauberts, Handelßm. Eheliebste stund Frau Johanna Margaretha, Herrn Balthasar Heinrich v. Brincks Handelßmanns Eheliebste. 3) Herr Gottlieb Christiann Wagner. E. E. Raths Güther Bestäter alhier«. — Starb den 21. September 1728.
4. *Elisabeth Juliane Friederike*, getauft den 5. April 1726. Pathen: 1) »Frau Christina Elisabeth, Herrn *Appellation*-Rath *D.* Gottfried Wilhelm Küstners, Des Raths alhier. 2) Herr *D.* Johann Friedrich

Falckner *Juris Practicus* alhier. 3) Frau *Juliana*, Herrn *D. Carl* Friedrich *Romani* des Raths und Stadt Richters alhier Ehel.«. — Todesjahr unbekannt.

5. *Ernestus Andreas*, getauft den 30. Oktober 1727. Pathen: 1) »Herr *D.* Johann Ernst *Kregel*, Königl. Churf. Sächß. Hoff und Justitien Rath auch Vornehmer des Raths alhier. 2) Frau Magdalena *Sibylla*, Herrn *D.* Gottfried *Leonhard Baudisii* Stadt Richters alhier Eheliebste. 3) Herr *D. And*reas *Rivinus. Jur.*« — Starb den 1. November 1727.

6. *Regine Johanna*, getauft den 10. Oktober 1728. Pathen: 1) »Frau Anna *Magda*lena, Herrn Georg Christian Meisßners, Weißenfelsischen Hoff *Fourirs* Eheliebste st. Jfr. Re*gina* Christina, Herrn *M. Joh.* Heinrich *Ernesti P. P.* u. *Rectoris* zu *St. Thom.* ehel. Tochter. 2) Herr Johann Caspar Wilcke, Hochfürstl. Anh. Zerbstischer Hoff u. Feld *Trompe*ter auch Cammer und Hoff *Musicus.* st. Herr Georg Heinrich Ludwig Schwanenberger, Braunschweigischer Cammer *Musicus.* 3) Frau Johanna Christina, Herrn Johann Andreas Krebsens, Hochf. Anh. Zerbstischer Hoff- und Feld Trompeters auch Cammer und Hoff *Musici* Ehel. st. Jfr. Johanna *Benedicta* Herrn *M. Joh.* Heinrich *Ernesti P. P.* und *Rect. Schol. Thom.* ehel. Tochter«. — Starb den 25. April 1733.

7. *Christiane Benedicta*, getauft den 1. Januar 1730. Pathen: 1) »Jungfer *Benedicta*, Herrn *D.* Johann Gottlob *Carpzov*ens *P. P.* u. *Archidiac.* zu *St. Thom.* älteste Jfr. Tochter. 2) Herr *D.* Christian Gottfried *Moe*rlin, Rechts-*Consulent* alhier. 3) Frau Catharina *Louisa*, Herrn Johann Gottlieb Gleditschens, Buchhändlers alhier Eheliebste«. — Starb den 4. Januar 1730.

8. *Christiane Dorothea*, getauft den 18. März 1731. Pathen: 1) »Jfr. Christiana *Sibylla*, Herrn Georg Heinrich Bosens, Handelßmanns Tochter. 2) Herr *M. And*reas Winckler *S. S. Theol. Cand.* 3) Frau Christiana Dorothea, Herrn *M.* Johann Christian Hebenstreits *Conr.* zu *St. Thom.* u. *P. P.* alhier«. — Starb den 31. (30. ?) August 1732.

9. *Johann Christoph Friedrich*, getauft den 23. Juni 1732. Pathen: 1) »Herr Johann Sigißmund Beiche, Cammer-*Commissarius* und Amtmann in Pegau. 2) Jfr. Dorothea *Sophia*, Herrn *D.* Christiann Weisens, *Pastoris* zu *St. Thom.* Tochter. 3) Herr *D.* Christoph Donndorff, *Facult. Jurid. Assessor*«. — Starb am 26. Januar 1795.

10. *Johann August Abraham*, getauft den 5. Novber 1733. Pathen: 1) »Herr *M.* Johann August *Ernesti*, *Conrector* bey d. Schuhlen zu *St. Thom.* alhier. 2) Frau Elisabeth Charitas, Herr *M.* Johann *Matthiae* Geßners, *Rectoris* bey der Schulen zu *St. Thomas* alhier Eheliebste. 3) Herr *M.* Abraham Krügel, *Collega Tertius* bey der Schulen zu *St. Thomas* alhier«. — Starb den 6. November 1733.

11. *Johann Christian*, getauft den 7. September 1735. Pathen: 1) »Herr *M.* Johann August *Ernesti*, *Rector* zu *St. Thom.* 2) Jfr. Christiana

Sibylla, Herrn Georg Heinrich *Bosens*, Handelßmanns hinterl. Tochter. 3) Herr *D*. Johann *Florens Rivinus P. P.* und *Facult. Jur. Assessor*«. — Starb Anfang Januar 1782.

12. *Johanna Caroline*, getauft den 30. October 1737. Pathen: 1) »Jfr. Sophia *Carolina*, Herrn Georg Heinrich Bosens, Handelßmanns hinterl. Tochter. 2) Herr *M*. Christian Weiße, *Diaconus* zu *St. Nicolai* u. *S. S. Theol. Baccalaureus*. 3) Frau Johanna Elisabeth, Herrn Christian Friedrich Heinrici, Königl. Poln. u. Churf. Sächß. Ober Post *Commissarii* Ehel«. — Starb den 18. August 1781.

13. *Regine Susanna*, getauft den 22. Februar 1742. Pathen: 1) »Jfr. Anna Regina, Herrn George Heinrich Bosens, Handelßmanns alhier hinterl. Tochter. 2) Herr *D*. Heinrich Friedrich Graff, *Jur: Pract:* 3) Jfr. Susanna Elisabeth, Herrn George Heinrich Bosens, Handelßm. alhier hinterl. Tochter«. — Starb den 14. December 1809.

XVI.

Specificatio der Verlassenschafft des am 28. *July* 1750 seel. verstorbenen Herrn Johann *Sebastian* Bachs weyl. *Cantoris* an der Schule zu *St. Thomae* in Leipzig.

[Archiv des Bezirksgerichts zu Leipzig. *Rep.* IV. *no.* 1800.]

Specificatio.

Cap. I.

		Rthl.	Gr.	₰
Ein Kux, genannt Ursula Erbstolln, zu Klein Voigtsberg an Werthe		60 *Rthl.*	— *Gr.*	— ₰
	Facit	60 *Rthl.*	— *Gr.*	— ₰

Cap. II.

An baaren Gelde.

a) an Golde.

		Rthl.	Gr.	₰
Ein dreyfacher *Ducaten*		8 *Rthl.*	6 *Gr.*	— ₰
4. Doppel-*Ducaten*		22	—	—
1. *dito* Schaustück		5	12	—
28. einfache *Ducaten*		77	—	—
41. *Ducaten*.	*Facit*	112 *Rthl.*	18 *Gr.*	— ₰

b) An Silber Gelde.

α. An *Species* Thalern, Gulden, und halben Gulden.

		Rthl.	Gr.	₰
77. *Species* Thaler		102 *Rthl.*	16 *Gr.*	— ₰
24. alte Gulden		16	—	—
1. halber Gulden		—	8	—
	facit	119 *Rthl.*	— *Gr.*	— ₰

β. An Schau-Stücken.

		Rt.	Gr.	₰
No. 1.	1. dreyfacher *Spec.* Thaler	4 Rt.	— Gr.	— ₰
No. 2.	1. doppelter *Spec.* Thaler	2	16	—
No. 3.	2. *Spec.* Thaler *a* 1 Rt. 12 Gr:	3	—	—
No. 4.	1. doppelt *Spec.* Thaler	2	16	—
No. 5.	1. *spec.* Thaler	1	8	—
No. 6.	2. gehenckelte *Spec.* Thaler	2	16	—
No. 7.	2. viereckigte *Spec.* Thaler	2	16	—
No. 8.	4. *Species* Thaler	5	8	—
No. 9.	2. Gulden	1	8	—
No. 10.	1. Stück	—	4	—
	facit	25 Rt.	20 Gr.	— ₰

Cap. III.

An außenstehenden Schulden.

	Rt.	Gr.	₰
Eine *Obligation* Fr. Krebsin	58 Rt.	— Gr.	— ₰
dito Unruh	4	—	—
dito Haase	3	—	—
facit	65 Rt.	— Gr.	— ₰

Cap. IV.

An gefundenen Ausgebe-Geld.

	Rt.	Gr.	₰
Ausgebe-Geld	36 Rt.	— Gr.	— ₰
facit	36 Rt.	— Gr.	— ₰

wovon einige derer *Debitorum passivorum*, welche Fol. 8. *a. et. b sub* † *Cap. I. et II. Specifici*ret sind, bezahlet worden.

Cap. V.

An Silber-Geräthe und andern Kostbarkeiten.

	Rt.	Gr.	₰
1. paar Leuchter. 32. Lt. *a* 12 Gr:	16 Rt.	— Gr.	— ₰
1. paar *dito* 27. Lt. *a* 12 Gr:	13	12	—
6. *egale* Becher 63. Lt. *a* 11 Gr:	28	7	—
1. *dito* kleiner 10. Lt. *a* 12 Gr:	5	—	—
1. *dito* gestochen 12. Lt. *a* 13 Gr:	6	12	—
1. *dito* noch kleiner 10. Lt. *a* 11 Gr:	4	14	—
1. *Pocal* mit Deckel 28. Lt. *a* 13 Gr:	15	4	—
1. große *Coffee* Kanne 36. Lt. *a* 13 Gr:	19	12	—
1. *dito* kleinere 20. Lt. *a* 13 Gr:	10	20	—
1. große *Thee* Kanne. 28. Lt. *a* 13 Gr:	15	4	—
1. Zucker Schaale mit Löffeln 26. Lt. *a* 12 Gr:	13	—	—
1. *dito* kleinere 14. Lt. *a* 12 Gr:	7	—	—
1. *Tabatiere* mit einen Becher 12. Lt. *a* 16 Gr:	8	—	—
1. *dito gravi*rt. 8. Lt. *a* 16 Gr:	5	8	—
1. *dito* ausgelegt	1	8	—
2. Salz-Vößer. 11. Lt. 12 Gr:	5	12	—

		Rt.	Gr.	₰
1.	*Coffee* Teller. 11. Lt. *a* 12 *Gr.*	5 *Rt.*	12 *Gr.*	— ₰
1/2.	Dutzend, Meßer, Gabeln und Löffel in Futteral. 48. Lt. *a* 12 *Gr.*	24	—	—
1.	Gestecke Meßer mit Löffel in Futteral. 9. Lt. *a* 10 *Gr.*	3	18	—
1.	goldener Ring	2	—	—
1.	*dito*	1	12	—
1.	*Tabatiere* von *Agath* in Gold gefast	40	—	—
	facit	251 *Rt.*	11 *Gr.*	— ₰

Cap. VI.

An Instrumenten.

		Rt.	Gr.	₰
1.	*fournirt Claveçin*, welches bey der *Familie*, so viel möglich bleiben soll	80 *Rt.*	— *Gr.*	— ₰
1.	*Clavesin*	50	—	—
1.	*dito*	50	—	—
1.	*dito*	50	—	—
1.	*dito* kleiner	20	—	—
1.	Lauten Werck	30	—	—
1.	*dito*	30	—	—
1.	Stainerische *Violine*	8	—	—
1.	schlechtere *Violine*	2	—	—
1.	*dito Piccolo*	1	8	—
1.	*Braccie*	5	—	—
1.	*dito*	5	—	—
1.	*dito*	—	16	—
1.	*Bassettgen*	6	—	—
1.	*Violoncello*	6	—	—
1.	*dito*	—	16	—
1.	*Viola da Gamba*	3	—	—
1.	Laute	21	—	—
1.	*Spinettgen*	3	—	—
	facit	371 *Rt.*	16 *Gr.*	— ₰

Cap VII.

An Zinn.

		Rt.	Gr.	₰
1.	große Schüßel	1 *Rt.*	8 *Gr.*	— ₰
1.	*dito* kleiner	—	16	—
1.	*dito*	—	16	—
1.	*dito* kleinere	—	8	—
1.	*dito*	—	8	—
1.	kleine Schüßel	—	6	—
1.	*dito*	—	6	—
1.	*dito* noch kleinere	—	4	—
1.	*dito*	—	4	—
1.	*dito*	—	4	—

1.	Wasch-Becken	— *Rt.*	8 *Gr.*	— ₰
2.	Dutzend Teller, ieden *a* 3/4tel *tt* das *tt* *a* 4 *Gr.*	3	—	—
4.	Krüge mit Zinn beschlagen	1	8	—
	facit	9 *Rt.*	— *Gr.*	— ₰

Cap. VIII.

An Kupffer und Meßing.

2.	Platt-Glocken nebst Eisen	3 *Rt.*	— *Gr.*	— ₰
2.	paar Meßingene Leuchter	2	—	—
1.	Meßingene *Coffee* Kanne	—	16	—
1.	*dito* kleinere	—	16	—
1.	*dito* noch kleinere	—	6	—
1.	Meßingen *Coffee* Bret	—	16	—
1.	Keßel von Kupffer	—	8	—
1.	*dito* kleiner	—	8	—
	facit	7 *Rt.*	22 *Gr.*	— ₰

Cap. IX.

An Kleidern und was darzu gehöret.

1.	Silberner Degen	12 *Rt.*	— *Gr.*	— ₰
1.	Stock mit Silber beschlagen	1	8	—
1.	paar silberne Schuh-Schnallen	—	16	—
1.	Kleid von *Gros du Tour*, welches gewendet	8	—	—
1.	Trauer Mantel von *Drap-des Dames*	5	—	—
1.	Kleid von Tuch	6	—	—
	facit	32 *Rt.*	— *Gr.*	— ₰

Cap. X.

An Wäsche.

11.	Oberhembden	— *Rt.*	— *Gr.*	— ₰

Cap. XI.

An Hauß-Geräthe.

1.	Putz Schranck	14 *Rt.*	— *Gr.*	— ₰
1.	Wäsch Schranck	2	—	—
1.	Kleider Schranck	2	—	—
1.	Dutzend schwartze lederne Stühle	2	—	—
1/2.	Dutzend lederne Stühle	2	—	—
1.	Schreibe Tisch mit Auszügen	3	—	—
6.	Tische	2	—	—
7.	Höltzerne Betten	2	8	—
	facit	29 *Rt.*	8 *Gr.*	— ₰

Cap. XII.

An geistlichen Büchern.

In Folio.

	Rl.	Gr.	₰
Calovii Schrifften 3. Bände	2	—	—
Lutheri Opera 7. Bände	5	—	—
Idem liber. 8. Bände	4	—	—
Ej. Tischreden	—	16	—
Ej. Examen Conc. Trid.	—	16	—
Ej. Comment. über den Psalm 3ter Theil	—	16	—
Ej. Hauß-Postille	1	—	—
Mülleri Schluß Kette	1	—	—
Tauleri Predigten	—	4	—
Scheubleri Gold-Grube 11. Theile 2. *B.*	1	8	—
Pintingii Reise Buch der Heil. Schrifft	—	8	—
Olearii Haupt Schlüßel der gantzen Heil. Schrifft. 3. B.	2	—	—
Josephi Geschichte der Jüden	2	—	—

In Quarto.

	Rl.	Gr.	₰
Pfeifferi Apostolische Christen-Schule	1	—	—
Ej. Evangelische Schatzkammer	—	16	—
Pfeifferi Ehe Schule	—	4	—
Ej. Evangelischer Augapffel	—	16	—
Ej. Kern und Safft der Heil. S.	1	—	—
Mülleri Predigten über den Schaden Josephs	—	16	—
Ej. Schluß Kette	1	—	—
Ej. Atheismus	—	4	—
Ej. Judaismus	—	16	—
Stengeri Postille	1	—	—
Ej. Grundveste der Augspurg. *Conf.*	—	16	—
Geyeri Zeit und Ewigkeit	—	16	—
Rambachii Betrachtung	1	—	—
Ej. Betrachtung über den Rath Gottes	—	16	—
Lutheri Hauß Postille	—	16	—
Froberi Psalm	—	4	—
Unterschiedene Predigten	—	4	—
Adami güldener Augapffel	—	4	—
Meiffarti Erinnerung	—	4	—
Heinischii Offenbahrung *Joh.*	—	4	—
Jauckleri Richtschnur der Christl. Lehre	—	1	—

In octavo.

	Rl.	Gr.	₰
Francken Hauß Postilla	—	8	—
Pfeifferi Evangelische Christen Schule	—	8	—
Ej. Anti Calvin	—	8	—
Ej. Christenthum	—	8	—

	Rthl.	Gr.	₰
Ej. Anti-Melancholicus	— Rthl.	8 Gr.	— ₰
Rambachii Betrachtung über die Thränen Jesu . .	—	8	—
Mülleri Liebes Flamme	—	8	—
Ej. Erquickstunden	—	8	—
Ej. Rath Gottes	—	4	—
Ej. Lutherus defensus	—	8	—
Gerhardi Schola Pietatis 5. Bände	—	12	—
Neümeisteri Tisch des Herrn.	—	8	—
Ej. Lehre von der Heil. Tauffe	—	8	—
Speneri Eyfer wider das Pabstthum	—	8	—
Hunnii Reinigkeit der Glaubens Lehre.	—	4	—
Klingii Warnung vor Abfall von der luther. *Relig.* .	—	4	—
Arnds wahres Christenthum	—	8	—
Wagneri Leipziger Gesangbuch 8. Bände.	1	—	—
facit	38 Rthl.	17 Gr.	— ₰

Repartitio.

Fol				Rthl.	Gr.	₰
Fol	1. *a.*	*Cap. I.*	Ein Kux	60 Rthl.	— Gr.	— ₰
»	1. *a.*	*Cap. II.*	an baaren Gelde	—	—	—
			a) an Golde	112	18	—
»	1. *a.*	» »	*b)* an Silber Gelde	—	—	—
			α) an Thalern, Gulden und halben Gulden	119	—	—
»	1. *b.*	» »	*β)* an Schaustücken.	25	20	—
»	1. *b.*	»	*III.* an außen stehenden Schulden	65	—	—
»	2. *a.*	»	*IV.* An gefundenen Ausgabe Gelde wovon einige derer *Debitorum passivorum* welche fol. 8. *a et b. sub.* † *Cap. I. et II. specificiret* sind, bezahlet worden . . .	36	—	—
»	2. *a et b.*	*Cap. V.*	An Silbergeräthe und andern Kostbarkeiten	251	11	—
»	3. *a.*	*Cap. VI.*	an *Instrumenten*	371	16	—
»	3. *b.*	»	*VII.* an Zinn.	9	—	—
»	3. *b et* 4 *a.*	*Cap. VIII.*	an Kupffer und Meßing	7	22	—
»	4. *a.*	*Cap. IX.*	an Kleidern und was darzu gehöret	32	—	—
»	4. *b.*	»	*X.* an Wäsche 11. Oberhembden .	—	—	—
»	4. *b.*	»	*XI.* An Haußgeräthe.	29	8	—
»	5. *a. et b* 6. *a et b.*	*Cap. XII.*	an geistlichen Büchern	38	—	—
			Summa	1122 Rthl.	16 Gr.	— ₰

†

Debita-Passiva

nach ihren Auszügen, wovon einige von dem *Cap. IV.* Fol. 2. *a specificirten* Gelde bezahlet worden.

Cap. I.

An Auszügen.

Nr. I.	7 Rthl.	9 Gr.	6 ₰
» *II.*	4	—	6
» *III.*	7	8	6
» *IV.*	33	14	3
» *V. et VI.*	18	—	—
» *VII.*	7	14	—
» *VIII.*	2	1	—
» *IX.*	2	1	—
» *X.*	1	8	—
» *XI.*	1	16	—
» *XII.*	2	—	—
» *XIII.*	1	16	—
» *XIV.*	12	12	—
» *XV.*	21	10	—
» *XVI.*	14	18	9
» *XVII.*	5	—	—
» *XVIII.*	1	12	—
facit	143 Rthl.	21 Gr.	6 ₰

Cap. II.

Andere nöthige Ausgaben.

Vor nöthige Sachen	1 Rthl.	8 Gr.	— ₰
Herr Schüblern bezahlt	2	16	—
Der Magd	4	—	—
Vor das *Taxiren*	1	—	—
facit	9 Rthl.	— Gr.	— ₰

Repartitio.

fol. 8. *a* und *b*. *Cap. I.* An Auszügen	143 Rthl.	21 Gr.	6 ₰
fol. 8. *b*. *Cap. II.* An andern nöthigen Ausgaben	9	—	—
Summa	152 Rthl.	21 Gr.	— ₰

Anna Magdalena Bachin Wittbe.
D. Friedrich Heinrich Graff als *Curator*.
Catharina Dorothea Bachin.
Wilhelm Friedemann Bach vor mich, und *m. n.* meines Bruders, Carl Philipp Emanuel Bachs, wie auch als *Curator* oberwehnter meiner Schwester.
Gottfried Heinrich Bach.
Gottlob Sigismund Hesemann, als *Curator* vorstehenden Bachs.
Elisabeth *Juliana Friderica* Altnickolin, geb. Bachin.
Johann Christoph *Altnicol m. n.* und als ehelicher *Curator* meiner Frauen, Elisabeth *Julianen Fridericen* geb. Bachin.

Johann Gottlieb Görner als Vormund zu väterlicher Theilung vor
Johann Christoph Friedrich Bach.
Johann Christian Bach.
Johanna *Carolina* Bachin.
Regina *Susanna* Bachin.

Im Nahmen Gottes.

Kund und zu wißen sey hiermit denen es zu wißen nöthig, daß, nachdem der WohlEdle, Herr, Herr Johann Sebastian Bach, weyl. *Cantor* der Schule zu *St. Thomae* in Leipzig den 28. *Julij* 1750 in Gott sanfft und seelig entschlaffen, und 3. Kinder erster Ehe, nahmentlich:

Herr Wilhelm Friedemann Bachen,
Herr Carl Philipp Emanuel Bachen und
Jgfr. Catharinen Dorotheen Bachin,

nicht weniger 6. in der andern Ehe mit der ietzigen Frau Wittbe Frauen Annen Magdalenen gebohrener Wülckin erzeugte Kinder, nahmentlich:

Herr Gottfried Heinrich Bachen,
Frau Elisabeth *Julianen Friedericen* verehelichte Altnickolin,
Herr Johann Christoph Friedrich Bachen,
Jngfr. Johannen *Carolinen* Bachin, und
Jngfr. Reginen *Susannen* Bachin

wovon die letzten 4. annoch unmündig, nebst obgedachter seiner Frau Wittbe zu Erben seines Nachlaßes hinterlaßen, und denen 4. Unmündigen Kindern Herr Johann Gottlieb Görner, *Director Musices* bey E. Löbl. *Universität* Leipzig zum Vormunde, so viel die Ausmachung des Vater-Theils betrifft, so wohl Herr Gottlob Sigismund Hesemann *L. L. Studiosus* dem Blöden Herrn Gottfried Heinrich Bachen zum *Curator* gerichtlich bestätiget worden, nur gemeldete Frau Wittbe und Erben *respect.* mit Vollmacht und Genehmhaltung ihrer gerichtlich bestätigten, und zu Ende mit unterschriebenen Herrn *Curatorum*, auch derer Unmündigen Herrn Vormund folgenden unwiederrufflichen und zu Recht beständigen Erb-Vergleich unter einander verabredet, gehandelt und geschloßen. Nemlichen und zwar zum

1.

*Agnosc*iren zuförderst sämtliche Erben und in *specie* Jgfr. Catharina Dorothea Bachin, Herr Carl Philipp Emanuel Bach, Frau Elisabeth *Juliana Friderica* Altnickolin, und Herr Görner, in Vormundschaft derer 4. Unmündigen Bachischen Kinder, die, diesem Erb-Vergleiche *in Originali* Beygelegte, von der Frau Wittbe, und dem Ältesten Herrn Sohne, Herrn Wilhelm Friedemann Bachen vor sich und als Gevollmächtigter seines Herrn Bruders, Herrn Carl Philipp Emanuel Bach, auch mit Zuziehung Herrn Gottfried Heinrichs Bachs *Curatoris*, Herr Hesemanns, gemeinschafftlich gefertigte *Specification* von des *Defuncti* seel. Nachlaße durchgehends vor richtig, gestalten sie solche nach allen *Capitibus* mit Fleiß durchgegangen, und allenthalben *in activis* und *passivis* auch sonst richtig befunden, und daher *resp. cum Dominis Curatoribus* solche eigenhändig unterschrieben und erlaßen dahero einander vor sich und *resp.* seiner Mündel die eydliche Bestärckung solcher *Specification* hiernach *expresse*. Wie nun solchergestalt gedachte *Specification* zum *Fundamente* der Theilung gesetzt worden: Allß haben

2.

So viel den *Cap. I. Specificationis* bemelten Kux betrifft, sämtliche Erben sich dahin verglichen, daß derselbe in *Communione* bleiben, und der Frau Wittbe zur Verwahrung und Besorgung der Zu buße überlaßen seyn, diese auch ihren 3ten Theil davon haben und auff die übrigen $^{2}/_{3}$tel die verlegte Zu buße iedesmahl nach beschehener Eintheilung derselben von iedem Kinde wieder bekomen solle.

3.

Das baare Geld in *Cap. II. a et b* an Golde und Silbergelde ist unter die Erben *in natura* vertheilet worden, und hat die Frau Wittbe ihren 3ten Theil davon an 77 *Rthl.* 6 *Gr:* iedes Kind aber zu seinem Antheil an 17 *Rthl.* 4 *Gr:* erhalten.

4.

Gleichergestalt sind die *Cap. II. β* angegebenen Schaustücken durch das Looß *in natura* unter dieselben vertheilet worden, da dann die Frau Wittbe ihren 3ten Theil davon an 8 *Rthl.* 14 *Gr:* 8 ₰ in nachfolgenden Stücken als:

	Rthl.	*Gr:*	₰
Nr. 1. ein dreyfacher *Spec.* Thaler	4	—	—
» 3. 2. *Spec.* Thaler *a* 1 *Rthl.* 12 *Gr:*	3	—	—
» 9. 2. Gulden	1	8	—
» 10. ein Stück . . . . *a*	—	—	4
und zu deßen *Suppl*irung baar annoch	2	9	—
Summa	8 *Rthl.*	14 *Gr:*	8 ₰
Jedes Kind aber seinen Antheil an	1 *Rthl.*	21 *Gr:*	4 ₰

Durch folgende Looße bekommen, als:

Herr Wilhelm Friedemann Bach.

Nr. 5. 1 *Spec.* Thlr	1 *Rthl.*	8 *Gr:*	— ₰
und baar noch heraus	—	13	11
Summa	1 *Rthl.*	21 *Gr:*	11 ₰

Herr Carl Philipp Emanuel Bach.

Nr. 4. einen doppelten *Spec.* Thaler	2 *Rthl.*	16 *Gr:*	— ₰
deßhalben er herausgegeben	—	18	1
Summa	1 *Rthl.*	21 *Gr:*	11 ₰

Jngfr. Catharina Dorothea Bachin.

Von *Nr*. 7. einen 4eckigten *Spec*. Thaler . . .	1 *Rthl*. 8 *Gr*: — ₰
und Baar annoch	—. 13 11
Summa	1 *Rthl*. 21 *Gr*: 11 ₰

Herr Gottfried Heinrich Bach.

Von *Nr*. 7. einen viereckigten *Spec*. Thaler . .	1 *Rthl*. 8 *Gr*: — ₰
und baar annoch	— 13 11
Summa	1 *Rthl*. 21 *Gr*: 11 ₰

Frau Elisabeth *Juliana Friderica* Altnickolin.

Von *Nr*. 6. einen gehenckelten *Spec*. Thaler . .	1 *Rthl*. 8 *Gr*: — ₰
und Baar annoch	— 13 11
Summa	1 *Rthl*. 21 *Gr*: 11 ₰

Herr Johann Christoph Friedrich Bach.

Von *Nr*. 6. einen gehenckelten *Spec*. Thaler . .	1 *Rthl*. 8 *Gr*: — ₰
und baar annoch	— 13 11
Summa	1 *Rthl*. 21 *Gr*: 11 ₰

Herr Johann Christian Bach.

Von *Nr*. 8. 2. *Spec*. Thaler.	2 *Rthl*. 16 *Gr*: — ₰
deßhalben er herausgegeben	— 18 1
Summa	1 *Rthl*. 21 *Gr*: 11 ₰

Jungfer Johanna Carolina Bachin.

Von *Nr*. 8. 2. *Spec*. Thaler.	2 *Rthl*. 16 *Gr*: — ₰
deßhalben sie herausgegeben	— 18 1
Summa	1 *Rthl*. 21 *Gr*: 11 ₰

Jungfer Regina *Susanna* Bachin.

Nr. 2. einen doppelten *Spec*. Thaler	2 *Rthl*. 16 *Gr*: — ₰
deßhalben sie herausgegeben	— 18 1
Summa	1 *Rthl*. 21 *Gr*: 11 ₰

erhalten.

5.

Von denen *Cap. III. Specifi*cirten außenstehenden Schulden übernimbt die Frau Wittbe ihrer Frau Schwester der Frau Krebsin *Obligation* an 58 *Rthl*. und da ihr ohnedem der 3te Theil davon an 19 *Rthl*. 8 *Gr*: zustehet: alß hat sie so gleich den Ueberrest an 38 *Rthl*. 16 *Gr*: und also iedem Kinde 4 *Rthl*. 7 *Gr*: 1 ₰ zu seinem Antheile baar heraus gegeben, dargegen letztere, und zwar *resp. cum autoritate* ihrer gerichtlich bestätigten Herrn *Curatorum* auch Ehemannes, und Herr Görner, in Vormundschafft seiner Mündel, der Frau Wittbe *jura cessa* geben, und sothane *Obligation Cum omni jure et actione tam directa quam utili* derselben dergestalt *cedi*ren, daß dieselbe damit, als mit ihren wohlerlangten Eigenthum nach Gefallen schalten und gebaahren möge, auch die Frau Wittbe über den richtigen baaren Empfang ihrer daran gehabten Antheile in bester *Form* Rechtens hierdurch quittiren.

Was aber Unruhens und Haasens *Obligationes* betrifft, so sind diese

Personen aller angewendeten Mühe ungeachtet, nicht ausfündig zu machen, und die Posten daher vermuthlich gantz *inexigible*, dahero solche so lange, biß man nähere Nachricht dießfalls erlanget, ausgesetzt blieben, und die *Documenta* der Frau Wittbe zur Verwahrung überlaßen worden.

6.

Daß *Cap.* 4. *Specificationis* vorhanden gewesene Ausgabe Geld ist zu Bezahlung deren *sub.* ✝ *specifici*rten *Passivorum* mit angewendet worden, weßhalben unten in § 14. des Erb-Vergleichs mehrere Versehung geschehen.

7.

Von denen *Cap. V. Specificationis* benannten Silber-Wercke und andern Kostbarkeiten ist mit sämmtlicher *Interessenten* Genehmhaltung die *Tabatiere* von *Agath* in Gold gefaßet *a* 40 *Rthl.* weiln es ein Stück, so eines Theils bloß vor den Liebhaber, andern Theils auff ein Kindes-Looß zu schwer, vor ietzo gäntzlich ausgesetzt, und der Frau Wittbe, solange, biß sich ein Liebhaber und Käuffer darzu finden möchte, überlaßen worden, da denn, wenn solche verkaufft werden möchte, die Frau Wittbe ihrem *tertiam partem* von dem Kauff *Pretio* zu gewarten hat, und das übrige unter die 9. Kinder in gleiche Theile vertheilet werden soll. Das übrige alles aber ist, da es vorher von dem Goldschmiede Herrn Bertholden *taxi*ret worden, durchs Looß dergestalt vertheilet worden, daß, da die Frau Wittbe auf ihren 3ten Theil an 70 *Rthl.* 11 *Gr:* 8 ₰ folgende Stücke:

1. paar Leuchter 32. Lt. *a* 12 *Gr:*	16 *Rthl.*	— *Gr:*	— ₰
1. Becher gestochen 12. Lt. *a* 13 *Gr:*	6	12	—
Die große *Coffee*-Kanne 36. Lt. *a* 13 *Gr:*	19	12	—
Die *Thee* Kanne 28. Lt. *a* 13 *Gr:*	15	4	—
Die *Tabatiere* mit dem Becher 12. Lt. *a* 16 *Gr.* . .	8	—	—
Die ausgelegte *Tabatiere*	1	8	—
Den *Coffee*-Teller 11. Lt. *a* 12 *Gr.*.	5	12	—
Summa	72 *Rthl.*	— *Gr:*	— ₰

erhalten und dargegen die Uebermaaße an 1 *Rthl.* 12 *Gr:* 4 ₰ herausgegeben, ein iedes Kind seinen Antheil an 15 *Rthl.* 15 *Gr:* 11 ₰ durch folgende Looße bekommen, als:

Herr Wilhelm Friedemann Bach.

Die große Zucker-Schaale mit Löffeln 26. Lt. *a* 12 *Gr.*	13 *Rthl.*	— *Gr:*	— ₰
einen goldenen Ring.	1	12	—
und annoch baar	1	3	11
Summa	15 *Rthl.*	15 *Gr:*	11 ₰

Herr Carl Philipp Emanuel Bach.

6 *egale* Becher 63. Lt. *a* 11 *Gr.*	28 Rthl.	7 Gr.	— ₰
dagegen er herausgegeben	12	15	1
Summa	15 Rthl.	15 Gr.	11 ₰

Jgfr. Catharina Dorothea Bachin.

1 paar Leuchter 27 Lt. *a* 12 *Gr.*	13 Rthl.	12 Gr.	— ₰
einen goldenen Ring.	2	—	—
und annoch Baar	—	3	11
Summa	15 Rthl.	15 Gr.	11 ₰

Herr Gottfried Heinrich Bach.

1/2. Dutzend, Meßer, Gabeln und Löffel	24 Rthl.	— Gr.	— ₰
dargegen er herausgegeben	8	8	1
Summa	15 Rthl.	15 Gr.	11 ₰

Frau Elisabeth *Juliana Friderica* Altnikolin

Den *Pocal* mit Deckel 28. Lt. *a* 13 *Gr.*	15 Rthl.	4 Gr.	— ₰
und baar annoch	—	11	11
Summa	15 Rthl.	15 Gr.	11 ₰

Herr Johann Christoph Friedrich Bach

einen gestochenen Becher 10. Lt. *a* 11 *Gr.* . . .	4 Rthl.	14 Gr.	— ₰
die kleine Zucker Schaale 14. Lt. 12 *Gr.*	7	—	—
und Baar	4	1	11
Summa	15 Rthl.	15 Gr.	11 ₰

Herr Johann Christian Bach

die kleine *Coffee*-Kanne 20. Lt. *a* 13 *Gr.*	10 Rthl.	20 Gr.	— ₰
und baar	4	19	11
Summa	15 Rthl.	15 Gr.	11 ₰

Jgfr. Johanna Caroline Bachin

2 Saltz-Vößer 11. Lt. *a* 12 *Gr.*	5 Rthl.	12 Gr.	— ₰
Einen kleinen Becher 10. Lt. *a* 12 *Gr.*	5	—	—
und baar	5	3	11
Summa	15 Rthl.	15 Gr.	11 ₰

Jgfr. Regina Susanna Bachin

die *gravirte Tabatiere* 8. Lt. *a* 16 *Gr.*	5 Rthl.	8 Gr.	— ₰
ein Gestecke Meßer mit Löffel in Futteral 9. Lt. *a* 10 *Gr.*	3	18	—
und baar	6	13	11
Summa	15 Rthl.	15 Gr.	11 ₰

8.

Sind die *Cap. VI. specificirten Instrumente*, weiln solche nicht füglich zu vertheilen, auch nicht gleich Liebhaber darzu zu finden, ausgesetzt, und dieserhalben beliebt worden, daß man sich binnen hier und Ostern, solche ins Geld zu setzen bemühen wolle, dabey iedoch ein iedes derer Erben das Vorrecht vor einen Frembden, wenn es sich demselben gleichsezen wolle haben, die Frau Wittbe aber, solche *Instrumente* biß zu deren würcklichen Verkauff behalten, und den Nutzen davon alleine ziehen, auch daferne ein und das andere *Instrument* verkaufft würde, die Frau Wittbe den 3ten Theil des Kauff-*Pretii* haben, und die übrigen $^{2}/_{3}$tel unter die 9. Kinder gleich eingetheilet werden soll. Und weiln der jüngste Herr Sohn, Herr Johann Christian Bach 3. *Clavire* nebst *Pedal* von dem *Defuncto* seel. bey Lebzeiten erhalten und bei sich hat; solches auch um deßwillen nicht in die *Specification* gebracht worden, weil derselbe solche von dem *Defuncto* seel. geschenckt erhalten zu haben angeführet, und dieserwegen unterschiedene Zeugen angegeben, der Frau Wittbe auch sowohl als Herrn Altnikoln und Herrn Hesemann solches wißend ist, der Herr Vormund auch daher diesen seinen Mündel etwas darinne zu vergeben billig Bedencken gefunden, gleichwohl die Kinder ersterer Ehe, Herr Wilhelm Friedemann Bach, Herr Carl Philipp Emanuel Bach und Jgfr. Catharina Dorothea Bachin solche Schenkung gedachten ihren jüngsten Bruder zur Zeit nicht sogleich zugestehen wollen; So haben letztere ihre Rechte dießfalls wieder denselben auszuführen sich vorbehalten, da hiegegen die Frau Wittbe, der Vormund Herr Görner wegen seiner übrigen 3. Mündel, die Frau Altnikolin und Herr Hesemann, als *Curator* Herr Gottfried Heinrichs Bachs demselben die Schenkung zugestehen, und der Ansprüche dießfallß an selbigen sich begeben.

9.

Das in *Cap. VII.* und *VIII. specifici*rte Zinn, Kupffer und Meßing hat die Frau Wittbe mit aller Bewilligung und Zufriedenheit um die *Taxe* angenommen, und nach Abzug des ihr ohnedem daran zugestandenen $^{1}/_{3}$tel von 5 *Rl.* 15 *Gr:* 4 ₰ einem iedem Kinde an seinen Theil an 1 *Rl.* 6 *Gr:* und also in *Summa* 11 *Rl.* 6 *Gr:* sogleich baar herausgegeben.

10.

Das seidene Kleid, nebst dem Trauer-Mantel, den silbernen Schuh-Schnallen und dem Stocke, hat die Frau Wittbe mit aller Bewilligung und Zufriedenheit um die *Taxe* ebenfallß angenommen, und nach Abzug ihres 3ten Theils an 5 *Rl.* den Ueberrest an 10 *Rl.* baar und solchergestalt iedem Kinde seinen Antheil *a* 1 *Rl.* 2 *Gr:* 8 ₰ herausgegeben. Da hingegen der silberne Degen, der zum Heergeräthe gehörig, dem ältesten Herr Sohne, Herr Wilhelm Friedemann Bachen, der zugleich über den Empfang hierdurch quittiret, zum vorausgegeben, und die angesetzten 6 *Rl.* vor das ebenfalls zum Heergeräthe gehörige, und Gottfried Heinrich Bachen, davor überlassene Tuchkleid unter die 5. Söhne vertheilet worden, und hat ein ieder Sohn 1 *Rl.* 4 *Gr:* 9 ₰ davon erhalten.

11.

Ist mit derer *Majorennen* Zufriedenheit des *Defuncti* seel. Wäsche unter die Unmündigen vertheilet worden.

12.

Das *Cap. XI. specifici*rte Haußgeräthe aber hat die Frau Wittbe ebenfallß mit aller Zufriedenheit um die *Taxe* der 29 Rthl. 8 Gr: angenommen ihren 3ten Theil davon an 9 Rthl. 18 Gr: 8 ₰ inne behalten, und iedem Kinde seinen Antheil an 2 Rthl. 4 Gr: 1 ₰ also zusammen 19 Rthl. 12 Gr: 9 ₰ baar herausgegeben. So sind auch

13.

Sämtliche in *Cap. XII. specifici*rte Bücher durch das Looß vertheilet worden, da denn auf der Frau Wittbe daran zukommenden 3ten Theil an 12 Rthl. 21 Gr: 8 ₰.

	Rthl.	Gr:	₰
In Folio.			
Calovii Schriften 3. Bände	2	—	—
Lutheri opera 7. Bände.	5	—	—
Ej. Hauß-*Postilla*	1	—	—
Josephi Geschichte der Jüden	2	—	—
In Quarto.			
Pfeifferi Evangl. Schatz-Kammer.	—	16	—
Rambachii Betrachtung	1	—	—
In Octavo			
Franckens Hauß-Postilla	—	8	—
Neumeisteri Tisch des Herrn	—	8	—
Ej. Lehre von der heil. Tauffe	—	8	—
und baar annoch	—	8	8
Summa	12 Rthl.	21 Gr:	8 ₰

und auf iedes Kind seinen Antheil an 2 Rthl. 20 Gr: 10 ₰ durch folgende Looße gekommen, als:

Herr Wilhelm Friedemann Bach.

	Rthl.	Gr:	₰
In Quarto.			
Geyeri Zeit und Ewigkeit	—	16	—
Rambachii Betrachtung über den Rath Gottes . . .	—	16	—
In Octavo.			
Mülleri Erquickstunden	—	8	—
Ej. Rath Gottes	—	4	—
Hunnii Reinigkeit der Glaubenslehre	—	4	—
Klingii Warnung vor Abfall von der lutherischen Religion	—	4	—
Arnds wahres Christenthum.	—	8	—
und annoch baar	—	8	10
Summa	2 Rthl.	20 Gr:	10 ₰

Herr Carl Philipp Emanuel Bach.

In Folio.

	Rthl.	Gr.	₰
Lutheri Tischreden	—	16	—
Ej. Examen Conc. Trid.	—	16	—
Ej. Comment. über den Psalm, 3ter Theil	—	16	—

In Quarto.

Jauckleri Richtschnur der christl. Lehre	—	1	—

In Octavo.

Rambachii Betrachtung über die Thränen Jesu . .	—	8	—
Mülleri LiebesFlamme	—	8	—
und baar annoch	—	3	10
Summa	2 Rthl.	20 Gr.	10 ₰

Jgfr. Catharina Dorothea Bachin.

In Folio.

	Rthl.	Gr.	₰
Mülleri Schlußkette	1	—	—

In Quarto.

Pfeifferi Apostolische Christen-Schule	1	—	—
Ej. Ehe-Schule	—	4	—
Ej. Evangl. Augapffel	—	16	—
und baar annoch	—	—	10
Summa	2 Rthl.	20 Gr.	10 ₰

Herr Gottfried Heinrich Bach.

In Folio.

	Rthl.	Gr.	₰
Pintingii Reise-Buch der heil. Schrifft	—	8	—
Olearii Haupt-Schlüßel der gantzen heil. Schrifft .	2	—	—
Adami güldener Augapffel	—	4	—
Meiffarti Erinnerung	—	4	—
und annoch baar	—	4	10
Summa	2 Rthl.	20 Gr.	10 ₰

Frau Elisabeth *Juliana Friederica* Altnikolin.

In Folio.

	Rthl.	Gr.	₰
Tauleri Predigten	—	4	—
Scheubleri Goldgrube 11. *Th.*	1	8	—

In Quarto.

Pfeifferi Kern und Safft der heil. Schrifft	1	—	—

In Octavo.

	Rthl.	Gr.	₰
Pfeifferi Evangelische Christen Schule	—	8	—
und baar annoch	—	—	10
Summa	2	20	10

Herr Johann Christoph Friedrich Bach.

In Quarto.

	Rthl.	Gr.	₰
Lutheri Hauß *Postilla*	—	16	—
Froberi Psalm	—	4	—
Unterschiedene Predigten.	—	4	—
In Octavo.			
Mülleri Lutherus Defensus.	—	8	—
Gerhardi Schola Pietatis 5. Bände	—	12	—
Speneri Eyfer wieder das Pabstthum	—	8	—
Wagneri Leipziger Gesangbuch 8. Bände	1	—	—
dargegen er herausgegeben	—	7	2
Summa	2	20	10

Herr Johann Christian Bach.

In Quarto.

	Rthl.	Gr.	₰
Stengeri Postilla.	1	—	—
Ej. Grund Veste der Augspurg. *Confession*	—	16	—
In Octavo.			
Pfeifferi Anti-Calvin	—	8	—
Ej. Christenthum	—	8	—
Ej. Anti-Melanch.	—	8	—
und annoch baar	—	8	—
Summa	2	20	10

Jgfr. Johanna *Carolina* Bachin.

In Quarto.

	Rthl.	Gr.	₰
Mülleri Predigten über den Schaden Josephs . . .	—	16	—
Ej. Schlußkette	1	—	—
Ej. Atheismus	—	4	—
Ej. Judaismus	—	16	—
Heinischii Offenbahrung *Johannis*	—	4	—
und Baar annoch	—	4	10
Summa	2	20	10

Jgfr. Regina *Susanna* Bachin.

In Folio.

	Rthl.	Gr.	₰
Lutheri opera 8. Bände	4	—	—
dargegen sie herausgegeben	1	3	2
Summa	2	20	10

Was nun endlich

14.

die *sub.* ✝ *Cap. I.* und *II. Specificir*ten *Passiva* an 152 Rthl. 21 Gr. 6 ₰ anbelanget, so sind solche durchgängig richtig befunden worden, und nachdem nach Abzug des zu deren Befriedigung mit angewendeten *Cap. IV. Specificationis* angesetzt gewesenen Ausgabe-Geldes an 36 Rthl. ein *Saldo* von 116 Rthl. 21 Gr. 6 ₰ zu bezahlen übrig gewesen; Alß hat die Frau Wittbe hierzu *per tertiam partem* 38 Rthl. 23 Gr. 2 ₰ und ein iedes Kind 8 Rthl. 15 Gr. 10 ₰ gezahlet, und von denen Erb-*Portionen* sich abkürtzen laßen. Es haben sich auch überdieses Herr Wilhelm Friedemann Bach, und Jgfr. Catharina Dorothea Bachin, sowohl Herr Görner in Vormundschafft Herr Johann Christoph Friedrich Bachs, Herr Johann Christian Bachs, Jgfr. Johanna Carolina Bachin, und Jgfr. Reginen Susannen Bachin, so wohl Herr Hesemann als *Curator* Herrn Gottfried Heinrichs Bachs erklähret, sich wegen der, von der Frau Wittbe von dem Todte des seel. *Defuncti* an aufgewendeten Kost und Versorgung derselben eines billigen zu vergleichen.

Wie nun solchergestalt die gantze Erbschafft vertheilet, und ein iedes seinen Erb-Antheil richtig erhalten, und solchergestalt dieselben an solcher Verlaßenschafft, außer was in diesen Erbvergleiche *expresse*, und zwar an den *Cap. I. Specificationis* beniemten Kuxe *Cap. III.* ausgesetzten Unruhischen und Haasischen *Obligationen*, an der *Cap. V.* ausgesetzten *Agathenen Dose,* und denen *Cap. VI. Specificir*ten sämtlichen *Instrumenten* ausgesetzt worden, und die 3. Kinder erster Ehe bey den 8 § dieses Erbvergleiches sich wieder ihren jüngsten Bruder annoch vorbehalten, weiter nichts zu fordern haben; Alß quittiren dieselben einander über den richtigen Empfang ihrer Erb-Antheile auf das Beständigste, und zwar *resp.* vor sich und ihre Mündel, auch *resp. cum consensu* ihrer gerichtlich bestätigten und zu Ende mit unterschriebenen Herrn *Curatorum*, und leisten biß auf das, was ietzt bemeldetermaßen ausgezogen worden, an solcher Verlaßenschafft gegen einander hierdurch gäntzlich Verzicht, haben auch *resp.* vor sich und die Unmündigen und *resp. cum Consensu Dominorum Curatorum* zu mehrerer Festhaltung dieses Erb-Vergleichs aller denselben entgegenlauffenden Ausflüchten und Rechts Wohlthaten *tam in genere quam in specie*, besonders des Miß- oder Nicht-Verstandes, als sey die Sache anders abgeredet und niedergeschrieben, der Verletzung über oder unter die Helffte, der Uebereilung, listigen Ueberredung, der Wieder Einsetzung in vorigen Stand, *hereditatis non extraditae et Specificationis non juratae, doli*, und als ob noch etwas zu vertheilen übrig und in die *Specification* nicht gebracht worden, *item* der Rechts-Regul, daß eine allgemeine Verzicht nicht gelte, wenn nicht eine *Specielle* vorhergegangen, und wie sie sonster Nahmen haben möchten und in Rechten erdacht werden könnten, gegen einander wohlbedächtig sich begeben, und darüber *resp.* vor sich und die Unmündigen auch *cum Consensu Dominorum Curatorum* sich verglichen, und dieser Vergleich unter Vordruckung ihrer Pettschaffte, und zwar Herr Wilhelm Friedemann Bach in obhabender Vollmacht seines Herrn Bruders Herr Carl Philipp Emanuel Bachs, und Herr Hesemann, als *Actor* Frauen Elisabeth *Julianen Fridericen* Altnickolin, nach dem sich beyderseits durch die vorgezeigte Vollmachten darzu *legitimi*ret, unterschrieben. Wobey iedoch

15.

Zu gedencken, daß, der Herr Görner denen 4. Unmündigen, bloß zu Ausmachung des Vatertheils zum Vormunde bestätiget worden, solches aber durch diese Theilung und *resp.* Erbvergleich vollkommen in Richtigkeit gesetzet worden, die Frau Wittbe als Vormünderin gedachter 4. Unmündigen Kinder dererselben erwehntes Vatertheil, wie solches in diesem Erbvergleiche deutlich beschrieben, auch zum Ueberflußе in denen diesem Erb-Vergleiche hinten angeschlossenen Theilungs Zetteln *Sub. no.* 1. 2. 3. 4. *specifici*rt zu befinden, von nur gedachten Herrn Vormunde so gleich zurück erhalten und in Empfang genommen: Daher Sie dann *cum domino Curatore* gedachten Herrn Vormund über den richtigen Empfang in bester *Form* Rechtens hierdurch *quitti*ret und deßen *Facta* allenthalben *ratihabi*ret, sämtlichen *Interessenten* auch zu diesem Erbvergleich Gerichtlich sich zu bekennen, und solchen auf gemeinschafftliche Unkosten *confirmi*ren zu laßen sich erklähret. So geschehen

Leipzig den 11. *November* 1750.

[*L. S.*] Anna Magdalena Bachin Wittbe.

D. Friedrich Heinrich Graff, als *Curator*.

[*L. S.*] Catharina Dorothea Bachin.

[*L. S.*] Wilhelm Friedemann Bach, vor mich, und in Vollmacht meines Bruders, Herr Carl Philipp Emanuel Bach, und als *Curator* Jgfr. Catharina Dorothea Bachin.

Gottfried Heinrich Bach.

[*L. S.*] Gottlob Sigismund Hesemann, als *Curator* vorstehenden Gottfried Heinrich Bachs, und in Vollmacht Frauen Elisabeth *Julianen Fridericen* Altnickolin.

[*L. S.*] Johann Gottlieb Görner, als Vormund zur väterlichen Theilung von

Johann Christoph Friedrich Bach,
Johann Christian Bach,
Johanna *Carolina* Bachin,
Regina *Susanna* Bachin.

Nr. 1.

Herr Johann Christoph Friedrich Bach hat bekommen:

Von *Cap. II. a et b. Specificationis* an baaren Gelde § 3 des Vergleichs	17 *Rth.*	4 *Gr.*	— ₰
β. 1. gehenckelten *Species*-Thaler § 4	1	8	—
An baaren Gelde *Secundum alleg.* § *phum*	—	13	11
Von *Cap. III. Specificirten Obligation* an Baaren Gelde § 5	4	7	1
Von *Cap. V.* auff sein Looß gekommenes Silberwerck *Secund.* § 7	11	14	—
An Baaren Gelde *Secund.* § *alleg.* nach solchen Looß Zettel	4	1	11
Von *Cap. VII. et VIII. Specificirten* Zinn, Kupffer und Meßing *Secund.* § 9	1	6	—
Von *Cap. IX. Specificirten* Kleidern § 10	1	2	8
Vom Heergeräthe *Secund. alleg.* §	1	4	9
Von *Cap. XI. Specificirten* Haußgeräthe *Secund.* § 12	2	4	1
Von *Cap. XII. Specificirten* Büchern auff sein Looß, wie solche § 13 *specificiret* sind	3	4	—
Summa	47 *Rth.*	22 *Gr.*	5 ₰

Dagegen hat er herausgeben müßen:

Wegen der Bücher	— *Rth.*	7 *Gr.*	2 ₰
Wegen derer *Debitorum passivorum*	8	15	9
Wegen Bestätigung des Vormundes	—	9	—
Summa	9 *Rth.*	7 *Gr.*	11 ₰
Bleibt an der *Summa*	38 *Rth.*	14 *Gr.*	6 ₰

38 *Rth.* 14 *Gr.* 6 ₰.

Nr. 2.

Herr Johann Christian Bach hat bekommen:

Von *Cap. II. a et b. Specif.* an baaren Gelde § 3. des Vergleichs	17 *Rth.*	4 *Gr.*	— ₰
β. 2. *Species* Thaler, *Secund.* § 4	2	16	—
Von *Cap. III. Specificirter Obligation* an baaren Gelde § 5	4	7	1
Von *Cap. V.* auf sein Looß gekommenes Silberwerck *Secund.* § 7	10	20	—
Annoch nach solchen Looß Zettel an baaren Gelde *Secund. alleg.* §	4	19	11
Von *Cap. VII. et VIII. Specificirten* Zinn, Kupffer und Meßing *Secund.* § 9	1	6	—

Von *Cap. IX. Specifici*rten Kleidern § 10	1 Rthl.	2 Gr.	8 ₰
Vom Heergeräthe *Secund. alleg.* §	1	4	9
Von *Cap. XI. Specifici*rten Haußgeräthe *Secund.* § 12	2	4	1
Von *Cap. XII. Specifici*rten Büchern auf sein Looß, wie solche § 13 *specifici*ret sind	2	16	—
Annoch an baaren Gelde nach solchen Looß Zettel .	4	10	—
Summa	48 Rthl.	9 Gr.	4 ₰

Dargegen hat er herausgeben müßen:

Wegen der von *Cap. II.* β erhaltenen 2 *Species* Thalern	— Rthl.	18 Gr.	1 ₰
Wegen der *Debitorum passivorum*	8	15	9
Wegen Bestätigung des Vormundes	—	9	—
Summa	9 Rthl.	8 Gr.	10 ₰
Bleibt an der *Summa*	38 Rthl.	14 Gr.	6 ₰

38 Rthl. 14 Gr. 6 ₰.

Nr. 3.

Jgfr. Johanna *Carolina* Bachin.

Von *Cap. II. a et b. Specificationis* an baaren Gelde § 3 des Vergleichs	17 Rthl.	4 Gr.	— ₰
β. 2. *Species* Thaler § 4	2	16	—
Von *Cap. III. Specifici*rter *Obligation* an baaren Gelde § 5	4	7	1
Von *Cap. V.* auff ihr Looß gekommenes Silberwerck *secund.* § 7	10	12	—
An baaren Gelde *secund.* § *alleg.* nach solchen Looßzettel	5	3	11
Von *Cap. VII. et VIII. Specifici*rten Zinn, Kupffer und Meßing *Secund* § 9.	1	8	—
Von *Cap. IX. Specifici*rten Kleidern § 10.	1	2	8
Von *Cap. XI. Specifici*rten Haußgeräthe *Secund.* § 12.	2	4	1
Von *Cap. XII. specifici*rten Büchern, auff ihr Looß, wie solche § 13. *specifici*ret sind	2	16	—
Annoch an Baaren Gelde nach solchen Looßzettel .	4	10	—
Summa	47 Rthl.	4 Gr.	7 ₰

Dargegen hat sie herausgeben müßen:

Wegen der von *Cap. II.* β erhaltenen 2 *Spec.* Thaler	—	18	1
Wegen derer *Debitorum passivorum*	8	15	9
Wegen Bestätigung des Vormundes.	—	9	—
Summa	9 Rthl.	18 Gr.	10 ₰
Bleibt noch an der Summa	37 Rthl.	9 Gr.	9 ₰

37 Rthl. 9 Gr. 9 ₰.

Nr. 4.

Jgfr. Regina Susanna Bachin hat bekommen:

Von *Cap. II. a et b Specificationis* an baaren Gelde § 3. des Vergleichs	17 ℛ𝓉.	4 *Gr.*	— ₰
β. 1. Doppelt *Species* Thaler § 4	2	16	—
Von *Cap. III. Specifici*rter *Obligation* an baaren Gelde § 5	4	7	1
Von *Cap. V.* auff ihr Looß gekommenes Silberwerck *Secund.* § 7	—	9	2
Annoch nach solchen Looß Zettel an baaren Gelde *secund.* § *alleg.*	6	13	11
Von *Cap. VII. et VIII. Specifici*rten Zinn, Kupffer und Meßing § 9	1	6	—
Von *Cap. IX. specifici*rten Kleidern § 10	1	2	8
Von *Cap. XI. specifici*rten Haußgeräthe *secund* § 12	2 ℛ𝓉.	4 *Gr.*	1 ₰
Von *Cap. XII. specifici*rten Büchern auff ihr Looß, wie solche § 13. *specifici*ret sind	4	—	—
Summa	48 ℛ𝓉.	7 *Gr.*	9 ₰

Dagegen hat sie herausgeben müßen:

Wegen den von *Cap. II.* β erhaltenen Doppelten *Species* Thaler	— ℛ𝓉.	18 *Gr.*	1 ₰
Wegen der Bücher	1	3	2
Wegen derer *Debitorum*	8	15	9
Wegen Bestätigung des Vormundes	—	9	—
Summa	10 ℛ𝓉.	22 *Gr.*	— ₰
Bleibt noch an der Summa	37 ℛ𝓉.	9 *Gr.*	9 ₰

37 ℛ𝓉. 9 *Gr.* 8 ₰.

[Obigen Testamentsacten liegen noch folgende beide Schreiben bei:]

praes. den 17. *Octobr.* 1750.

Rector Magnifice

Hochwürdige, HochEdelgeborene, Hoch Rechtsgelehrte,
Hocherfahrne, HochEdle und Hochweise Herren,
Hohe *Patronen*.

Ew. *Magnificenz*, Hochwürd. und HochEdelgeb. Herren werden Sich zu erinnern wißen, daß am 17ten *hujus* um Verordnung und Bestätigung eines *Tutoris* meiner Kinder unterthänigst angehalten. Weil mich aber entschloßen, mit Verwilligung E. Hochlöbl. *Universität*, mit der Verzicht, nicht wieder zu Heyrathen, die Vormundschaft meiner Kinder namentlich

Johann Christoph Bach, alt 18. Jahr,
Johann Christian Bach, alt 15. Jahr,
Johanna Carolina Bachin, alt 12. Jahr,
Regina Susanna Bachin, alt 9. Jahr,

auf mich zu nehmen; Als ergehet an Dieselben mein Dienst ergebenstes Bitten, mich nicht nur zur Vormünderin besagter meiner Kinder gebührend zu *constituiren*, sondern auch wegen vorzunehmender Theilung der Verlaßenschaft meines seel. Mannes Herrn Görnern, *Director Musices* E. Hochlöbl. *Universitaet* und *Organist* an der Kirche zu *St. Thomae* allhier mir als *Con-Tutorem*, iedoch nur allein zur Theilung zu *adjungiren*. Womit in Unterthänigkeit verharre

Ew. *Magnificenz*,
Hochwürd. und HochEdelgeb. Herrn

Leipzig d. 21ten *Octobr.* 1750. unterthänigste

Anna Magdalena Bachin
Witwe.

praes. den 20. *Octobr.* 1750.

Rector Magnifice,

Hochwürdige, Hoch-Edelgebohrne, Hoch-Rechtsgelehrte,
Hocherfahrne, HochEdle auch Hochweise Herren
Hohe *Patron*en.

Ew. *Magnificenz*, Hochwürd. und HochEdelgeb. Herren geruhen gnädigst Sich in Unterthänigkeit vortragen zu laßen, was maßen am 28. *Julij a. c.* mein seel. Mann, Nahmens Johann Sebastian Bach, weyl. *Cantor* an der Schule zu *St. Thomae* allhier, verstorben und mir 5. unmündige Kinder hinterlaßen. Weiln nun einer Mutter, wenn solche selbst keinen *Tutorem* vor ihre Kinder vorzuschlagen weiß, obliegeт, binnen gesetzter Zeit um Bestätigung eines *Tutoris* anzuhalten; Alß gelanget an E. *Magnificenz*, Hochwürd. und HochEdelgeb. Herren mein unterthänigstes Bitten, dieselben wollen die Gnade haben und meinen unmündigen Kindern des nähesten einen *Tutorem* verordnen und bestätigen.

Wovor mit aller Hochachtung unausgesetzt seyn werde

E. *Magnificenz*,
Hochwürd. und HochEdelgeb. auch
Hochweisen Herren

unterthänig-gehorsamste

Leipzig d. 17. *Octobr.* 1750.

Anna Magdalena Bachin
Witwe.

Res. den 21. *Oct.* 1750.
Fiat utrumque.

[Auf Seb. Bachs Hinterlassenschaft bezieht sich endlich auch folgendes Actenstück aus dem Leipziger Handelsbuch von 1749, Vol. II. Fol. 512 ff., ebenfalls befindlich im Archiv des Leipziger Bezirksgerichts:]

Herr Johann Christoph Friedrich Bach.

Vor E. E. Hochw. Rath der Stadt Leipzig ist heut *acto* persönlich erschienen Herr Johann Christoph Friedrich Bach, Cammer-*Musicus* bey des Herrn Grafen von der Lippe *Excell. ex jure cesso et donationis* seines verstorbenen Vaters, Herrn Johann Sebastian Bachs, und hat nachgesetzte Quittung *in Originali* übergeben, mit Bitte, daß wohlgedachter Rath solche Obrigkeitswegen *confirmir*en, und denen Raths-Büchern einverleiben laßen wolte, es lautet aber dieselbe, von Wort zu Wort, wie folget:

Demnach Herr Johann Christian Hoffmann am 1sten *Feb. a. c.* mit Todte abgegangen,[1] vorhero aber untern 11. *Septembr.* 1748 ein Testament errichtet, in welchen er Frau Christina, gebohrne Kormartin, verehelichte *M.* Forbigerin, als Erbin seiner sämmtlichen Verlaßenschaft eingesezet, und meinen verstorbenen Herrn Vater, Johann Sebastian Bach in dem 11ten §*pho* seines Testaments ein von seiner eigenen Arbeit verfertigtes *musicali*sches *Instrument*, so ihn durchs Looß zufallen würde, vermacht. Wann dann mein oberwähnter verstorbener Herr Vater bey seinen Leben dieses *Legatum* an mich *cedir*et, geschencket und überlaßen, daß ich das durchs Looß auf ihn kommende *Instrument* als mein Eigenthum an mich nehmen und behalten solle, solches auch mir Endes genannten, heut *dato in natura* ausgeliefert worden; Als quittire hiermit gebührend mehrgedachte Testaments-Erbin, Frau Christinen, gebohrne Kormartin, verehelichte *M.* Forbigerin, über das aus Herrn Hoffmanns Testament an mich ausgelieferte *musicali*sche *Instrument*, mit Begebung der Ausflucht des Nicht-Empfangs, *renuncir*e wohl bedächtig denen, an dieser Verlaßenschafft habenden An- und Zusprüchen, leiste zu recht beständige Verzicht, und will die dieses *legir*ten *Instruments* wegen auf den erbschafftlichen Hauße hafftende *Hypothec* hinwiederum *cassir*en laßen. *Reversir*e mich auch auf den unverhofften Fall, da besagte Hoffmannische Testaments-Erbin von iemanden, wegen dieses an mich ausgeantworteten *Instruments,* Anspruch haben sollte, dieselbe dieserwegen zu vertreten und schadloß zu halten. Uhrkundlich ist diese Quittung und Verzicht von mir eigenhändig unterschrieben und besiegelt worden. So geschehen Leipzig den 6. *Aug.* 1750.

L. S. Johann Christoph Friedrich Bach.

[Folgt Confirmation der Quittung und Cassirung der Hypothek seitens des Raths unter dem 7. Aug. 1750.]

---

1) »I. C. Hoffmann, K. P. und C. F. S. zu dero Capelle bestallter Lauten- und *Instrument*macher.« Sicul, Leipziger Jahrbuch. 1. Bd. S. 498.

Nachträge und Berichtigungen

zum ersten und zweiten Bande.

Zu I, XV. Seit ich aus den Inscriptionsbüchern der Leipziger Universität gesehen habe, daß Johann Elias Bach aus Schweinfurt im Sommersemester 1739 dort Theologie studirte, glaube ich über Verfasser und Ursprungszeit der Emmertschen Genealogie noch genaueres sagen zu können. Die Vergleichung derselben mit dem Emanuel Bachschen Original macht es höchst wahrscheinlich, daß Elias Bach sie selbst verfaßt hat. Jedenfalls muß sie geschrieben sein, als er in Leipzig studirte, da Emanuels Worte: »*p. t. Cantor* in Schweinfurth« fortgelassen sind und statt ihrer gesetzt ist: »geboren zu Schweinfurth den 12. Februar 1705 früh um 3 Uhr. *Studios. Theol.*«. Aus der möglichst genauen Angabe seines Geburtsdatums, sowie aus der zwischen Nr. 39 und 40 gemachten Einschaltung seines jüngeren Bruders, Johann Heinrich Bachs, der, wie ausdrücklich hinzugefügt wird, sehr jung gestorben ist und daher weiteren Kreisen schwerlich bekannt geworden war, geht ferner mit Sicherheit hervor, daß diese Angaben von einem Gliede der fränkischen Bachs und mindestens nächsten Anverwandten von Elias Bach herstammen müssen. Nun deuten aber andere Zusätze wieder darauf hin, daß grade sie unter Einfluß Seb. Bachs entstanden sind. Nicht zwar solche der Emmertschen Genealogie selbst, welche ja erst mit Nr. 25 beginnt, aber doch Zusätze der Ferrichschen Genealogie, welcher jene zu Grunde liegt, und die vollständig erhalten ist. Weil das Todes-Jahr und -Datum von Seb. Bachs älterem Bruder in der Original-Genelogie ausgelassen ist, schlossen wir, daß dieselbe in diesem Theile nicht unter Sebastians Augen entstanden sein könne. Beides hat aber Ferrich (Nr. 22). Nehmen wir jetzt nur an, daß er dies seiner Vorlage nachgeschrieben hat, so ist, denke ich, die Wahrscheinlichkeit so groß wie nur möglich, daß Elias Bach der Verfasser jener ist. Als bekräftigendes Moment würden nun noch die subtilen Angaben über den Vater, Valentin Bach (Nr. 26), hinzukommen. Also wäre die Emmertsche Genealogie zwischen 1739 und 1743 geschrieben.

I, 93. Das alte Manuscript der Motette »Ich lasse dich nicht« auf der königlichen Bibliothek zu Berlin ist keinesfalls ein Autograph Johann Christoph Bachs. Wiederholte spätere Untersuchungen haben mich vielmehr überzeugt, daß man in ihm ein Autograph Sebastian Bachs zu erkennen hat und zwar, wie die Wasserzeichen ausweisen (siehe Band I, S. 808), eins aus der weimarischen Zeit. Der Charakter der Handschrift zeigt sich derjenigen der Mühlhäuser Rathswechselcantate noch nahe verwandt, das Manuscript dürfte also gegen 1710 entstanden sein. Der Name des Componisten der Motette ist auf demselben nicht verzeichnet. Hiernach kann man allerdings nicht umhin, die Frage, ob nicht doch wirklich Sebastian Bach ihr Verfasser sei, von neuem ernstlich zu prüfen. Die sehr frühe Zeit, in der er sie, wenn überhaupt, componirt haben würde, lassen die Stileigenthümlichkeiten des Werkes weniger befremdend erscheinen; geht es doch auch über Johann Christophs Stil in mancher Beziehung hinaus. Derjenige, welcher die Motette Sebastian Bach zuerst zusprach, ist nicht Schicht gewesen, wie Band I, S. 93, Anmerk. 37 vermuthet worden ist. Sie scheint vielmehr das vorige Jahrhundert hindurch von den Leipziger Thomanern allgemein als Sebastians Composition gesungen worden zu sein, da auch Rochlitz, ein ehemaliger Thomaner und Sänger Bachscher Motetten, erst durch Philipp Emanuel Bachs Katalog sich von der Autorschaft Joh. Christophs überzeugt zeigt (s. dessen Sammlung vorzüglicher Gesangwerke Band III, 1 Abtheilung, Vorbericht S. 8), während er in seinem Buche Für Freunde der Tonkunst II, S. 144 (3. Aufl.) sie noch als Sebastians Composition durchgehen läßt. Dagegen bleibt es immer höchst bedenklich, daß Emanuel Bach die Motette offenbar als ein Werk seines Vaters nicht anerkannt hat. Eine endgültige Entscheidung der Frage würde wohl nur herbeigeführt werden, wenn ein Autograph Sebastian Bachs zu Tage käme, auf dem er sich selbst als Componisten angiebt.

I, 99. Gerbers musikalische Hinterlassenschaft ist nicht ganz verloren gegangen. Einen Theil kaufte Hofrath André in Offenbach; vergl. Katalog CXII (aus dem Jahre 1876) von Albert Cohn in Berlin und daselbst besonders Nr. 6. Einiges befindet sich auch auf der königl. Bibliothek zu Berlin.

I, 120. Ueber Pachelbels Tabulaturbuch hat A. G. Ritter in den Monatsheften für Musikgeschichte, Jahrgang 1874, S. 119 ff. eingehende Untersuchungen angestellt. Nach ihnen stammt das Tabulaturbuch in der vorliegenden Gestalt wahrscheinlich gar nicht von Pachelbel selbst her, sondern ist von einem ungeübten Organisten aus gekürzten Compositionen Pachelbels zusammengetragen.

I, 123. »Von *Joh. Mich. Bach* sind da in Kupfer gestochene 2*chörichte Sonaten*«. Handschriftliche Bemerkung Adlungs in seinem Exemplar des Waltherschen Lexicons zum Artikel »Michael Bach«. Das Exemplar ist auf der königl. Bibliothek zu Berlin.

I, 156. Diener-Besoldungs-Buch von Michaelis 1687 bis Michaelis 1688. Auf der Ministerialbibliothek zu Sondershausen. S. 72: »Hoff *Musicus Johann Christoff Bach.* 20 Gülden jährlich.« Der Gehalt von 30 Gülden schließt also eine Zulage ein.

I, 194. Simon Metaphrastes [F. W. Marpurg], Legende einiger Musikheiligen. Cölln am Rhein, 1786. S. 74 ff.:

»Johann Sebastian Bach, auf welchen man das horazische *nil ori-*

turum alias, *nil ortum tale*, anwenden kann, pflegte sich mit Vergnügen einer Begebenheit zu erinnern, die ihm auf einer in seiner Jugend angestellten musikalischen Reise begegnet war. Er war auf der Schule zu Lüneburg, in der Nähe von Hamburg, wo damals ein sehr gründlicher Organist und Componist, Nahmens Reinecke blühete. Da er, um diesen Künstler zu hören, öfters eine Reise dahin machte, so geschah es eines Tages, da er sich länger in Hamburg aufgehalten hatte, als es das Vermögen seiner Börse erlaubte, daß er bey seiner Zurückwanderung nach Lüneburg, nicht mehr als ein paar Schillinge in der Tasche hatte. Noch nicht hatte er den halben Weg zurück gelegt, als ihn ein starker Appetit anwandelte, und er zu dem Ende in einem Wirthshause einkehrte, wo ihm bey dem köstlichen Geruch aus der Küche, die Lage, worinnen er sich befand, noch zehnmal schmerzhafter vorkam. Mitten in seinen trostlosen Betrachtungen darüber hörte er ein knarrendes Fenster öfnen, und sahe, daß aus selbigem ein paar Heringsköpfe auf den Kehrigt geworfen wurden. Als einem ächten Thüringer, fieng ihm beym Anblick dieser Figuren der Mund zu wässern an, und er säumte keinen Augenblick sich ihrer zu bemächtigen; und siehe, o Wunder! er hatte kaum angefangen sie zu zergliedern, so fand er in einem jeden Kopfe einen dänischen Ducaten versteckt; welcher Fund ihn in den Stand setzte, nicht allein nunmehro eine Portion Braten zu seiner Mahlzeit hinzuzufügen, sondern annoch mit ehestem mit mehrer Gemächlichkeit eine neue Wallfahrt zum Hrn. Reinecke nach Hamburg zu unternehmen. Besonders ist es, daß der unbekannte Wohlthäter, der ohne Zweifel am Fenster gelauschet haben wird, um zu sehen, welchem Glückskinde sein Geschenk zu theil werden würde, nicht die Cüriosität gehabt hat, die Person und Eigenschaften desselben näher zu recognosciren.«

I, 200. Melodien von Georg Böhm sollen sich in einer 1700 erschienenen Ausgabe der Elmenhorstschen geistlichen Lieder finden; s. Winterfeld, E. K. II, 502.

I, 207, Anmerk. 44. Seb. Bachs Partiten über »Ach, was soll ich Sünder machen« sind seitdem von der königl. Bibliothek in Berlin angekauft worden. Autograph ist das Manuscript nicht; echt können aber die Compositionen immerhin sein, die denen über »Christ, der du bist der helle Tag« und »O Gott du frommer Gott« sehr ähnlich sind.

I, 250. In Bachs früheste (Arnstädter) Zeit gehört auch ein Orgelchoral »Wie schön leüchtet der Morgenstern. *a 2 Clav.* Ped.«, dessen Autograph, aus vier zusammengehefteten Blättern in Kleinquerquart bestehend, früher Professor Wagener in Marburg besaß; jetzt ist es auf der königl. Bibliothek zu Berlin. Neben der Ueberschrift steht oben rechts *I. S. B.* Die Schrift ist ungemein fein und zierlich, die Schriftzeichen sind in manchem Betracht, z. B. in der Form der Quadrate, von denen der späteren Zeit abweichend. Ein Wasserzeichen trägt das Papier nicht.

I, 253. Ueber die lübeckischen Abendmusiken und deren muthmaßlichen Ursprung ergeht sich ausführlich Caspar Rüetz, Widerlegte Vorurtheile von der Beschaffenheit der heutigen Kirchenmusic. Lübeck, 1752. S. 44 ff. Neuerdings hat den Gegenstand behandelt H. Jimmerthal in einer sorgfältigen kleinen Schrift: Dietrich Buxtehude. Historische Skizze. Lübeck, Kaibel. 1877.

I, 258. Ueber Buxtehudes Orgelcompositionen darf ich auf meine inzwischen erschienene Ausgabe derselben verweisen (2 Bände. Leipzig, Breitkopf und Härtel. 1875 und 1876). Es sind in derselben mehre Stücke enthalten, die mir zur Zeit, da die Charakteristik Buxtehudes geschrieben wurde, noch nicht bekannt waren.

I, 308, Anmerk. 41. Daß Bach das Lied »Jesu meine Freude« nicht in seiner Originalgestalt componirt habe, ist ein Irrthum, zu dem ich durch Benutzung der Breitkopf und Härtelschen Ausgabe verleitet worden bin.

I, 360. »Auff das Ableben D. Eilmars, Königl. Groß-Britannischen Kirchen-Raths und Superint. in Mühlhausen 1715.

Dein Englischer Verstand, Beredsamkeit und Gaben
Sind in das innerste der Hertzen eingegraben.
Drum braucht dein Tugend Ruhm hier keinen Leichenstein,
Weil unsre Hertzen selbst dein Grabmahl ewig sein.«

Joh. Gottfried Krause, Poetische Blumen. Erstes Bouquet. Langensaltza 1716. S. 117.

I, 392. Das Fragment eines technisch sehr interessanten »*Pedal Exercitium*« von Bach besaß Professor Wagener in Marburg. Jetzt ist es auf der königl. Bibliothek zu Berlin; es scheint Autograph zu sein.

I, 410. Herr Professor Wagener in Marburg theilte mir gefälligst mit, daß das zweite Concert der Clavier-Arrangements in Vivaldis Op. 7, Nr. 2 zu finden sei, das erste in Op. 3, Nr. 7, das neunte in *Stravaganza* 1.

I, 444. Das Autograph der Cantate »Aus der Tiefe« besaß früher Aloys Fuchs in Wien. Eine Abschrift seines Autographen-Katalogs bewahrt die Stadtbibliothek in Leipzig. Hier steht wörtlich: »*Motette* »Aus der Tiefe« 4 Singst. u. Inst. (Partitur.) 1715«. Ist die Angabe richtig, so wäre die Cantate einige Jahre später geschrieben, als von mir angenommen wurde.

I, 495, Anmerk. 37. Die Handschrift der Cantate »Ich weiß, daß mein Erlöser lebt« ist ein Autograph Heinrich Nikolaus Gerbers.

I, 555. Herr Alfred Dörffel in Leipzig macht mich darauf aufmerksam, daß im Jahre 1716 der Sonntag Oculi nicht auf den 22., sondern auf den 15. März fiel.

I, 616. Es hat sich, wie mir Herr Geheimer Archivrath Siebigk in Zerbst gefälligst mittheilt, neuerdings noch ein Actenstück im vormaligen herzoglich cöthenischen Archiv gefunden: ein »Protocoll über die Fürstl. Capell- und Trompeter Gagen von 1717—18.« In diesem steht zu lesen: »Der neuangenommene Capell-Meister Herr Johann Sebastian Bach bekömbt Monatlich 33 Thlr. 8 gr. und hat derselbe 1717, 29. Dezbr. von dem 1. *Augusti*, 7 *bris*, 8 *br.*, 9 *br.* und *Decembris*, bis zum 1. *Jan.* 1718 baar laut Quittung empfangen 166 Thlr. 16 gr.« Ferner am 5. Febr. 1718 für Januar, 28. Febr. für Februar und März u. s. w. je 33 Thlr. 8 gr. Hieraus ergiebt sich als Bachs Jahresgehalt die verhältnißmäßig bedeutende Summe von 400 Thalern. Man sieht ferner, daß der Fürst Leopold dem neuen Capellmeister, der nicht vor Ende November seinen Dienst angetreten haben wird, vom 1. August ab den Gehalt berechnen und nachträglich auszahlen ließ.

Außerdem geht aus dem Actenstücke hervor, daß Bach in der That im Mai 1718 den Fürsten nach Carlsbad begleitet hat. Mit ihm gingen noch folgende Capellmitglieder:

Der Kammermusicus Johann Ludwig Rese,
Der Kammermusicus Martin Friedrich Marcus,
Der Kammermusicus Joh. Friedrich Torlée,
Der Violdigambist Christ. Ferdinand Abel,
Der Kammermusicus C. Bernhard Linike,
Der Premier-Kammermusicus Josephus Spieß.

Ihnen allen wurde am 6. Mai 1718 ihr Gehalt für den Monat Juni »zur Carlsbader Reise gezahlet.«

I, 667. In Breitkopfs Verzeichniß von Ostern 1763 steht auf S. 73: »Bach, Joh. Seb. Capellm. und Musik-Director zu Leipzig. XXII. *Inventiones* vors Clavier. Leipzig fol. *a* 1 thl. 12 gr.« Hierdurch wird die interessante Thatsache festgestellt, daß es schon 1763 eine gedruckte Ausgabe der Inventionen gegeben hat. Seltsam ist nur die Zahl, doch könnte sie aus XXX verdruckt sein; es wären dann Inventionen und Sinfonien zusammengerechnet.

I, 754. Anna Magdalena war schon vor ihrer Verheirathung als Fürstliche Hof-Sängerin in Cöthen angestellt und im September 1721 bereits die Braut Sebastian Bachs. Als solche stand sie am 25. Sept. 1721 mit ihm zusammen Pathe bei einem Kinde des fürstlichen Kellerknechts Christian Hahn, wie die Taufregister der Cöthener Cathedralkirche ausweisen.

I, 756. Herr Dr. F. L. Kollmann in Lübeck wies mich bald nach Erscheinen des ersten Bandes auf den Leipziger Professor Dr. August Pfeiffer als denjenigen hin, auf welchen mit »Anti-Calvinismus, Christenschule und Anti-Melancholicus« muthmaßlich gezielt werde. Die Richtigkeit der Ansicht wurde mir hernach durch das Verzeichniß von Bachs theologischer Bibliothek bestätigt; s. Band II, Anhang B, XVI.

I, 801 (oben). Einmal kommt es in einer unzweifelhaft echten Bachschen Cantate (»Schau, lieber Gott, wie meine Feind«) dennoch vor, daß ein einfach gesetzter Choral das Ganze einleitet. Es bleiben aber immer noch Eigenschaften genug zurück, die mit entscheidendem Gewicht gegen die Echtheit der dort erwähnten Cantate »Herr Christ, der ein'ge Gottssohn« zeugen.

Zu I, 818. Im Anfange dieses Jahres fand ich im Besitz des Herrn Ernst Mendelssohn-Bartholdy zu Berlin ein zweites Autograph zu den Chorälen des »Orgelbüchleins«. Dasselbe hat seinerzeit Felix Mendelssohn-Bartholdy zugehört, der es mit Umschlag und selbstgeschriebenem Titel versehen hat. Es ist bereits 1836 in seinem Besitz gewesen. Zwei Blätter daraus schenkte er seiner Braut für ihr Stammbuch. Ein drittes Blatt erhielt später Frau Clara Schumann. Auf dem Umschlag sind die Schenkungen vermerkt worden. Auch diese Blätter haben sich noch vorgefunden, erstere im Besitz der Frau Professor Wach in Leipzig; letzteres bewahrt Frau Clara Schumann in Frankfurt a. M. noch heute.

Das eines Originaltitels entbehrende Autograph enthält, so weit es sich in Händen des Herrn Ernst Mendelssohn-Bartholdy befindet, auf 14 unpaginirten, zierlich und schön beschriebenen Blättern in Kleinquerquart folgende Choräle:

Das alte Jahr vergangen ist (14)
In dir ist Freude (13)
Mit Fried und Freud ich fahr dahin (15)
Christe, du Lamm Gottes (19)
O Lamm Gottes unschuldig (16)
Da Jesus an dem Kreuze stund (20)
O Mensch, bewein dein Sünde groß (18)
Christus, der uns selig macht (17)
Wir danken dir, Herr Jesu Christ (21)
Hilf Gott, daß mirs gelinge (23)
Herr Gott, nun schleuß den Himmel auf (24)
Christ lag in Todesbanden (28)
Jesus Christus, unser Heiland (25)
Christ ist erstanden (29)
Erstanden ist der heilge Christ (26)
Heut triumphiret Gottes Sohn (27)
Erschienen ist der herrliche Tag (30)
Es ist das Heil uns kommen her (34)
Ich ruf zu dir, Herr Jesu Christ (36)
In dich hab ich gehoffet Herr, *alio modo* (22).

Die unpaginirten beiden Blätter der Frau Professor Wach enthalten:

Liebster Jesu wir sind hier [1] (31)
Dies sind die heilgen zehn Gebot (35)

---

[1] Auf drei Systemen, die zweite Version im Cöthener Autograph.

Vater unser im Himmelreich (37)
Durch Adams Fall ist ganz verderbt (38).

Das unpaginirte Blatt der Frau Clara Schumann enthält:
Komm, Gott Schöpfer heiliger Geist (32)
Herr Jesu Christ dich zu uns wend (33).

Im ganzen also bietet das Autograph 26 Choräle. Eine spätere Hand hat, jedenfalls behufs einer Abschrift, sich daran gemacht, dieselben anders zu ordnen. Sie hat die Choräle mit Nummern versehen, welche oben hinter den einzelnen Textanfängen in Klammern verzeichnet sind. Daß die Neuordnung nicht nach Maßgabe des reichhaltigeren Cöthener Autographs erfolgt ist, lehrt die Vergleichung, da sie mit einer Ausnahme (Christ ist erstanden) mit der Ordnung dieses Autographs nicht stimmt. Wohl aber läßt der Umstand, daß sie erst mit Nr. 13 beginnt, den Schluß zu, daß, als sie vorgenommen wurde, noch 12 Choräle mehr vorlagen. Es läßt sich dieses auch daraus schließen, daß, während die Reihenfolge der Choräle des Mendelssohnschen Autographs im großen und ganzen der Ordnung des Kirchenjahres gemäß ist, doch Advents- und Weihnachtschoräle gänzlich fehlen. Die Vermuthung ist daher begründet, daß das Mendelssohnsche Autograph ursprünglich 38 Choräle enthielt, also nur 8 weniger als das Cöthener.

Aus der Vergleichung beider ergiebt sich, daß das Mendelssohnsche um ein beträchtliches älter sein muß. Vor allem finden sich in ihm die Choräle »Christus, der uns selig macht« und »Komm, Gott Schöpfer heiliger Geist« in älteren Lesarten. Dieselben sind als solche nicht unbekannt. Griepenkerl hat sie in seiner Ausgabe der Bachschen Orgelchoräle als Varianten mitgetheilt. Als Quelle nennt er bei dem ersten die Schelblesche Sammlung, bei dem zweiten geradezu das Autograph. Da nun beide Varianten im Cöthener Autograph sich nicht finden, so wird ihm das ältere Autograph vorgelegen haben und dieses früher in Schelbles Besitz gewesen sein, von dem es Mendelssohn erhalten haben dürfte. Die seit Griepenkerls Zeit verborgen gewesene Quelle ist also jetzt wieder aufgedeckt.

Ferner wird das höhere Alter des Mendelssohnschen Autographs durch die Choräle »Hilf Gott, daß mirs gelinge« und »In dich hab ich gehoffet Herr« bewiesen. Jener, der im Cöthener Autograph Reinschrift ist, während er im Mendelssohnschen manche Correcturen zeigt, ist hier anfänglich auf zwei Systemen notirt. Als Bach aber bis in den vierten Takt geschrieben hatte, merkte er, daß er auf zwei Systemen nicht Raum genug haben würde. Er hat deshalb von hier ab aus freier Hand ein drittes System für das Pedal gezogen, welches bis zum Schlusse des Stückes fortläuft. Im Cöthener Autograph steht der Choral von Anfang an auf drei Systemen, d. h. die Pedalstimme ist durchweg in deutscher Tabulatur unter das zweite System geschrieben. Den Choral »In dich hab ich gehoffet Herr« wollte Bach, als er den Inhalt des Mendelssohnschen Autographs zusammenstellte, in zwei Bearbeitungen geben. Eine lag fertig vor; er trug sie ein, schrieb darüber *alio modo* und ließ vor ihr für die noch zu componirende Bearbeitung ein Blatt frei. Als er die umfangreichere und noch auf viel mehr Choräle berechnete Sammlung des Cöthener Autographs herstellte, war jene Bearbeitung immer noch nicht componirt, aber die Absicht dazu nicht aufgegeben; er ließ daher auch hier für sie Raum. Wenn der Inhalt des Orgelbüchleins im Cöthener Autograph seine erste Niederschrift erfahren hätte, so müßte man das Mendelssohnsche als einen Extract aus diesem ansehen. Aber wie sollte Bach dann dazu gekommen sein, hier für ein garnicht componirtes Stück eine Lücke zu lassen?

Ueberarbeitungen früherer Werke pflegt kein Componist eher vorzunehmen, als bis sie ihm in eine gewisse zeitliche Ferne gerückt sind, die ein ganz unbefangenes Urtheil ermöglicht, oder bis er in seiner Entwicklung ein erhebliches Stück über den früheren Standpunkt hinausgekommen ist. Zwischen der Entstehungszeit des Cöthener und Mendelssohnschen Autographs liegen also sicherlich mehre Jahre. Nun ist aber jenes nicht auf einmal, sondern, wie man aus der verschiedenen Schrift deutlich sehen kann, allmählig während der Cöthener Jahre angefertigt. Somit wird durch das Mendelssohnsche Autograph bestätigt, was auch aus andern Gründen wahrscheinlich erscheinen mußte, daß der Inhalt des »Orgelbüchleins« größeren Theils nicht in Cöthen componirt ist. Mindestens 26, wahrscheinlich aber 38 jener 46 Choräle sind hiernach in der vor-cöthenischen Zeit geschrieben.

Wir können noch weiter gehen. Mag das Mendelssohnsche Autograph auch in den letzten weimarischen Jahren entstanden sein, so trägt doch ein bedeutender Theil seines Inhalts unverkennbare Spuren an sich, daß er selbst in diesem Manuscript nichts als eine Abschrift noch älterer Werke ist. Ich habe Bd. I, S. 601, Anmerk. 55 darauf hingewiesen, und halte die Behauptung für unwiderleglich, daß der Choral des Orgelbüchleins »Komm, Gott Schöpfer heiliger Geist«, so wie er dort sich findet, nicht ursprünglich für dasselbe componirt gewesen sein kann. Genau genommen paßt er garnicht hinein; im Orgelbüchlein soll, wie Bach sagt, das »*Pedal* gantz *obligat* tractiret« werden, und davon geschieht hier ziemlich das Gegentheil. Dieses Stück ist als Einleitung zu einem größeren Orgelchoral gedacht worden, den wir ja auch noch besitzen. In dem ursprünglichen Zusammenhange erst erklären sich jene kurz gestoßenen, nur den Harmoniengang markirenden Pedaltöne: hernach sollte das Pedal den *Cantus firmus* übernehmen, und damit dies desto wirksamer geschehen könne, zeigt sich Bach anfänglich im Pedalgebrauch möglichst enthaltsam. Bevor also Bach das Fragment dieses Chorals in das Mendelssohnsche Autograph aufnahm, hat der größere Orgelchoral bereits existirt. Es ist ferner auffällig, daß, abgesehen von den beiden Ueberarbeitungen, die Choräle des Mendelssohnschen Autographs nur in geringfügigen Kleinigkeiten von denen des Cöthener abweichen. Die hauptsächlichsten Abweichungen sind: »Mit Fried und Freud«, T. 13, Alt, letztes Viertel:

($\bar{c}$ ist der dritten Note noch ausdrücklich beigeschrieben); »Herr Gott, nun schleuß den Himmel auf«, T. 21, Alt:

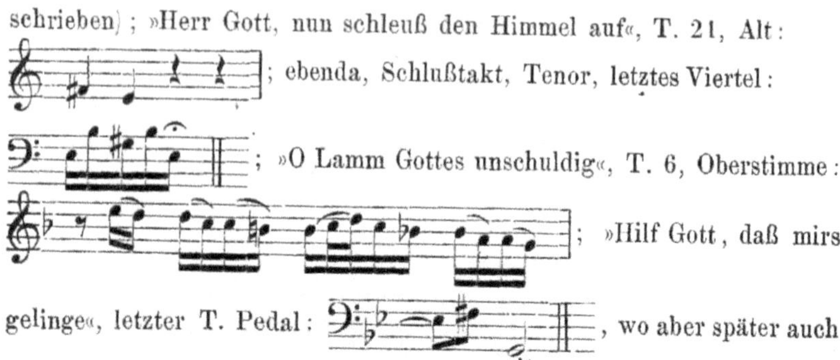

; ebenda, Schlußtakt, Tenor, letztes Viertel: ; »O Lamm Gottes unschuldig«, T. 6, Oberstimme: ; »Hilf Gott, daß mirs gelinge«, letzter T. Pedal: , wo aber später auch das tiefe Fis hinzugeschrieben ist. Dagegen finden sich mancherlei Schreibfehler, und bei nicht wenigen Stücken sind aus Versehen Bindebögen, einzelne Noten, ja ganze Tonreihen ausgelassen. So fehlen in »In dir ist Freude«, T. 3 und 4 beide Unterstimmen; in »Herr Gott, nun schleuß« T. 1 die beiden letzten, T. 13 die zweite bis sechste Note im Pedal; in »O Mensch bewein« T. 8 die erste Takthälfte im Tenor, T. 10 die ersten drei Viertel im Pedal; in »Wir danken dir« T. 1 die erste Note im Tenor; auch in »Christ ist erstanden« und »Heut triumphiret Gottes Sohn« sind Auslassungen vorhanden; nur in diesem letzten Choral hat Bach später die Lücke ausgefüllt. Dergleichen passirt, glaube ich, keinem Componisten, der ein eben vollendetes Stück ins Reine schreibt, am wenigsten dann, wenn er sich, wie Bach hier gethan hat, in den Schriftzügen selbst der Sorgfalt befleißigt. Diese Choräle sind nicht eilfertig, sie sind etwas gedankenlos und mechanisch geschrieben, und das konnte Bach nur, wenn es sich um bloßes Copiren älterer längst abgeschlossener Stücke handelte. Wir werden daher nicht zuviel wagen, wenn wir die Choräle des Mendelssohnschen Autographs zum Theil schon in die früheren Jahre der weimarischen Periode zurückverlegen.

Seit dem Erscheinen des ersten Bandes, wo ich zum ersten Male die Ansicht aufstellte, daß, abgesehen von den Versuchen frühester Zeit, alle Orgelchoräle Bachs, nach Abzug des dritten Theils der »Clavierübung«, der sechs Schüblerschen Choräle und der Partiten über »Vom Himmel hoch«, für weimarische Erzeugnisse zu halten sein dürften, hat Rust B.-G. XXV² das »Orgelbüchlein«, die 6 Schüblerschen und 18 andre, große Orgelchoräle herausgegeben. Im Vorwort vertritt er die entgegengesetzte Ansicht. Die Choräle des »Orgelbüchleins« will er unter Abrechnung von »Liebster Jesu, wir sind hier« in die Cöthener, die 18 großen Choräle in die Leipziger Periode setzen. Das Mendelssohnsche Autograph hat er nicht gekannt. Mit der Widerlegung der von mir im ersten Bande angeführten Gründe hat er es sich etwas leicht gemacht, indem er sie einfach ignorirte. Ich hebe hier nur einen Punkt nochmals hervor. Im Nekrolog (S. 163) wird gesagt, Bach habe in Weimar die meisten seiner Orgelstücke gesetzt. Für jeden, der Bachs Entwicklungsgang erkannt hat, ist es selbstverständlich, daß dieses im besondern auch von den Orgelchorälen, ja von ihnen vor allem, gelten soll. Wir besitzen deren, außer den 3 frühen Partitenwerken, zwischen 120 und 130. Wenn die 46 (oder 45) Choräle des Orgelbüchleins, die 18 großen von Rust herausgegebenen, die 16 der Clavierübung, die 6 Schüblerschen, die 5 canonischen Stücke über »Vom Himmel hoch«, also rund 90 Stücke in Cöthen und Leipzig componirt sein sollen, und außerdem noch manche zuverlässig in die Arnstädter und Mühlhäuser Zeit fallen, was bleibt dann für Weimar übrig? Rusts Beweisführung ist nicht stichhaltig. Wenn er behauptet, die Waltherschen Handschriften seien jünger als das Cöthener Autograph, so weiß ich nicht, wie er diese Behauptung erhärten will. Walthers Handschrift — und sie würde den einzigen halbwegs sicheren Maßstab bieten — ist sich sein Leben hindurch sehr gleich geblieben; ich besitze ein umfangreiches Autograph desselben von 1708, in welchem sich die Hand schon ganz so zeigt, wie in seinen Choralsammlungen. Aber hätte Rust auch Recht, so würde dadurch doch keineswegs seine, aller kritischen Methode ins Gesicht schlagende, Behauptung begründet, daß die Waltherschen Handschriften deshalb nicht auf ältere Originalvorlagen zurückführen könnten. Walther benutzte thatsächlich für seine verschiedenen Choralsammlungen durchaus nicht immer neue Vorlagen, sondern liebte sich selbst auszuschreiben und brachte bei der Gelegenheit — was in Betreff abweichender Lesarten wohl zu beachten ist — auch eigenmächtige Veränderungen an (s. meine Ausgabe der Buxtehudeschen Orgelcompositionen. Band II, Kritischer Commentar, S. VIII f.). Der Hinweis auf die Orgel der lutherischen Kirche in Cöthen kann auch nichts entscheiden. Hätten die Choräle »Gottes Sohn ist kommen« und »*In dulci jubilo*« wirklich nur auf ihr gespielt werden können, so würde sich daraus auch nur ergeben, daß eben sie in Cöthen componirt sein müßten, und nichts würde hindern, alle übrigen dennoch nach Weimar zu verlegen. Aber die Voraussetzung ist falsch; die hohen Pedaltöne f̄ und fis konnten auf der weimarischen Schloßorgel mittelst des vierfüßigen Cornett-Basses sehr wohl herausgebracht werden. Die dem Choral »Gottes Sohn ist kommen« im Cöthener Autograph beigegebene Notiz »*Ped. Tromp.* 8 *F.*« läßt höchstens schließen, daß Bach den Choral auf der Orgel der lutherischen Kirche gespielt hat; wenn er ihn in Weimar spielen wollte, mußte er nur anders registriren.

Auf ein drittes Beweismittel, das Rust anzuwenden versucht hat, muß ich nur etwas ausführlicher eingehen. Die Choralmelodien erfuhren, wie alle Volkslieder, bei ihrer Verbreitung allerhand kleine Abwandlungen, die sich dann im Gebrauch der Gemeinden festsetzten. So sang man z. B. eine und dieselbe Melodie in Nürnberg etwas anders, als in Leipzig oder Gotha oder Hamburg, und solche Verschiedenheiten werden auch zwischen andern Orten mehrfach bestanden haben. Rust nimmt nun an, Bach habe sich in seinen Orgelchorälen und kirchlichen Gesangwerken jedesmal streng an die Form der Choralmelodien gehalten, die an dem Orte, wo er das betreffende Stück componirte, gemeindeüblich war. Er stellt eine Reihe von Melodienformen auf, die wie er meint dem weimarischen Gemeindegebrauch eigneten, und wenn er findet, daß die Choräle des Orgelbüchleins mit ihnen nicht ganz genau übereinstimmen, so schließt er daraus, daß das betreffende Orgelstück nicht in Weimar componirt sein könne. Das Mittel ist bei chronologischen Bestimmungen wohl brauchbar, wenn man es neben andern, durchschlagenderen zur Nachhülfe anwendet. Will man mit ihm allein etwas ausrichten, so erweist sich als eine unter den Händen zerbrechende Stütze. Hier nur einige Beispiele. Die Melodie »Komm heiliger Geist, Herre Gott« wird in übereinstimmender Form angewendet in der weimarischen Cantate »Wer mich liebet« und der leipzigischen Motette »Der Geist hilft unsrer Schwachheit auf«. Diese Form stimmt nicht mit derjenigen, die, wie wir aus Vopelius' Gesangbuch und Vetters »Musicalischer Kirch- und Hauß-Ergötzlichkeit« schließen dürfen, im Leipziger Gemeindegesang üblich war. Der Choral »O Lamm Gottes unschuldig« steht bei Vopelius und Vetter anders, als er in der Matthäus-Passion erscheint. Die Melodie »Meinen Jesum laß ich nicht« tritt in anderer Form in der Matthäus-Passion auf, als in der ebenfalls in Leipzig geschriebenen Cantate »Mein liebster Jesus ist verloren« (1724). Eine von beiden Formen wird doch nur im Gemeindegebrauch gewesen sein; einmal wenigstens hätte sich also Bach an denselben nicht gekehrt. »Helft mir Gotts Güte preisen« existirt in zwei Formen, die nicht unerheblich von einander abweichen. Beide kommen in Leipziger Cantaten vor, die eine in »Herr Gott dich loben wir«, die andere in »Herr, wie du willt«. Ja, der Schlußchoral des Himmelfahrts-Oratoriums zeigt gar noch eine dritte Form, und endlich bietet Vetter eine vierte. »Jesu meine Freude« kommt in den leipzigschen Cantaten »Jesus schläft, was soll ich hoffen«, »Sehet, welch eine Liebe«, »Bisher habt ihr nichts gebeten« vor und in jeder mit etwas abweichender Melodieführung; eine vierte Form bietet noch, durch eine Abwandlung der letzten Zeile, die zweite Strophe des Chorals in der gleichnamigen Motette. Wo bleibt solchen Erscheinungen gegenüber, deren Zahl ich leicht noch bedeutend vermehren könnte, die Rücksicht auf die gemeindeübliche Melodie?

Rusts Annahme beruht meines Erachtens auf einer falschen Ansicht von Bachs Stellung zum Gemeindegesange. Ueberall erkennt der Meister in ihm den Mittelpunkt seines kirchlichen Schaffens, aber mit einer gewissen protestantischen Freiheit tritt er ihm dennoch gegenüber. Wenn er sich im Ganzen durch ihn gebunden erachtet, so muß dafür in Einzelwendungen sich der Choral seinem subjectiven Bedürfniß fügen. Regel ist nur bei Bach, eine Choralmelodie in der Form, wie er sie für eine Composition einmal einführt, während derselben auch festzuhalten. Von dieser Regel macht er äußerst selten eine Ausnahme. Uebrigens aber verfährt er bei der Auswahl dieser oder jener Melodieform nach seinem künstlerischen Ermessen. Dies erachtet er für sein gutes Recht; ebenso legt er Liedstrophen, deren Melodien allbekannt sind, dennoch andern Melodien unter und paßt sie ihrem Bau an; das Weihnachts-Oratorium giebt hierzu Beispiele.

Auf weitere Einzelheiten der Rustschen Argumentation einzugehen ist unnöthig; seine Schlüsse werden hinfällig, sobald es deren Voraussetzungen sind. Warum mir aber diese so erscheinen müssen, ist aus Obigem klar.

I, 822. Eine Familie Dobenecker existirte zu Bachs Zeit in Leipzig. Ein Sohn des Handelsmanns Christian Dobenecker, Christian Friedrich ging 1728 zur Universität und weilte auch 1735 noch am Orte. Uebrigens vergleiche man, was Kuhnau im »Musicalischen Quacksalber« S. 163 sagt: »er hatte eben so viel bey der Sache gethan, als etliche Dorff-Schulmeister, welche unter alle ihre *musicali*schen geschriebenen Sachen, ihre Namen unterzeichnen, darum weil sie solche abgeschrieben haben«.

I, 826. Das zweite »Autograph« der Solo-Violin-Sonaten und -Partien ist keines, sondern von Anna Magdalena Bach geschrieben ausschließlich des Titels und einiger Aufschriften, welche eine fremde Hand zeigen. Sebastian hat, wie mir scheint, nur einzelnes in der Cdur-Sonate selber geschrieben.

I, 832. Das Wort *Bifaria* könnte auch nur ein verschriebenes *Bizzarria* (Fantasterei) sein; diese Bezeichnung wurde, wie Walther in seiner Musiklehre von 1708 angiebt, in jener Zeit für Musikstücke zuweilen angewandt.

I, 835. Im November 1873 wurde mir die Wiener »Deutsche Zeitung« vom 12. Febr. 1873 zugeschickt, in welcher Herr Franz Gehring bereits auf die Uebereinstimmung des Stils von »Willst du dein Herz mir schenken« und der durch Ernst Otto Lindner veröffentlichten Lieder Giovanninis hinweist.

I, 836. Seit dem Erscheinen des ersten Bandes habe ich auch das Wagenersche Autograph der Suiten kennen gelernt, welches von den sogenannten französischen viere enthält: D moll, C moll, H moll, Es dur, außerdem die beiden jetzt separat existirenden aus A moll und Es dur. Ob es durchaus von Bach geschrieben ist, möchte ich bezweifeln. Gewiß scheint mir aber, daß es älter ist, als die Niederschriften in Anna Magdalenas Clavierbüchlein.

Zu II, S. 243. Ich habe hier nachzutragen, daß neben dem Text der Michaelis-Cantate noch ein anderer in der »Sammlung erbaulicher Gedancken« versteckt liegt. Allerdings so tief versteckt, daß er von mir trotz vielfachen aufmerksamen Lesens der Gedichtsammlung lange nicht bemerkt und endlich, leider zu spät, gefunden ist, als daß von der Entdeckung noch im Context Gebrauch gemacht werden konnte. Es handelt sich um die Cantate auf den 17. Trinitatis-Sonntag »Bringet her dem Herrn Ehre seines Namens«. Hier zunächst der von Bach componirte Text.

Chor. Bringet her dem Herrn Ehre seines Namens. Betet an den Herrn im heiligen Schmuck (Ps. 96, 8. u. 9).

Tenor-Arie. Ich eile die Lehre des Lebens zu hören,
Und suche mit Freuden das heilige Haus.
Wir rufen so schöne
Das frohe Getöne
Zum Lobe des Höchsten die Seligen aus.

Alt-Recitativ. So wie der Hirsch nach frischem Wasser schreit,
So schrei ich Gott zu dir.
Denn alle meine Ruh
Ist niemand außer du.
Wie heilig und wie theuer
Ist höchster deine Sabbathsfeier!
Da preis ich deine Macht
In der Gemeine der Gerechten.
O, wenn die Kinder dieser Nacht
Die Lieblichkeit bedächten,
Denn Gott wohnt selbst in mir.

Alt-Arie. Mund und Herze steht dir offen,
Höchster senke dich hinein.
Ich in dich und du in mich,
Glaube, Liebe, Duldung, Hoffen
Soll mein Ruhebette sein.

Tenor-Recitativ. Bleib auch mein Gott in mir
Und gieb mir deinen Geist,
Der mich nach deinem Wort regiere,
Daß ich so einen Wandel führe,
Der dir gefällig heißt,
Damit ich nach der Zeit
In deiner Herrlichkeit,
Mein lieber Gott, mit dir
Den großen Sabbath möge halten.

Choral (vermuthlich): Führ auch mein Herz und Sinn
Durch deinen Geist dahin,
Daß ich mög alles meiden,
Was mich und dich kann scheiden,
Und ich an deinem Leibe
Ein Gliedmaß ewig bleibe.

Das strophische Gedicht Picanders zum 17. Trinitatis-Sonntage lautet so:

1.

WEg, ihr irrdischen Geschäffte,
Ich hab ietzt was anders für,
Alle meiner Seelen Kräffte
Sind, mein JEsu, bloß bey dir.
Alles dichten alles dencken,
Soll sich ietzt zum Himmel lencken,
Denn in meines Hertzens Schrein
Soll des Höchsten Ruhe seyn.

2.

Eilet, ihr behenden Füsse,
Stellet euch im Tempel ein,
Ach! wie lieblich, ach! wie süße
Soll mir GOttes Stimme seyn,
Rede HErr, dein Knecht will hören,
Weil ihm deine Lebens-Lehren

Mehr als Gold und Silber sind,
Und dich dadurch lieb gewinnt.

3.

Wie ein Hirsch aus dürrer Höhle
Nach dem frischen Wassern schreyt,
Ach! so dürstet meine Seele,
GOtt, nach deiner Lieblichkeit.
Denn mein hertzliches Verlangen
Ist allein, dich zu empfangen,
Mein Vergnügen meine Ruh,
Ist sonst niemand außer du.

4.

HErr, mein Hertze steht dir offen,
Ach! so sencke dich hinein.
Lieben, gläuben, dulden, hoffen,
Soll dein Ruhe-Bette seyn.
Weder Leben, Sterben, Leiden,
Soll uns von einander scheiden,
Weil ich nach dem Geist und Sinn,
In dir eingewurtzelt bin.

5.

Oeffne mir auch deine Wunden,
O! du Felßen meiner Ruh,
Denn da bring ich meine Stunden
Ewig in Entzückung zu.
Da da werd ich alles haben,
Was mich kan unendlich laben,
Wonne hab ich nur an dir,
Wie ich will, so bist du mir.

6.

Reinige mein Hertz und Willen,
Leer es aus von aller Welt.
Laß es mit den Güthern füllen,
Die im Himmel mir bestellt,
Biß ich endlich nach dem Leiden
Mich in deinem Schooße weiden,
Und den besten Ruhe-Tag
Bey dir selber halten mag.

Daß der Cantaten-Text abzüglich des Bibelspruches und des Chorals in diesem Gedichte steckt, sieht man aus der Vergleichung. Eine ganze Strophe, wie in der Michaelis-Cantate, ist hier zwar nicht herüber genommen. Doch kehren viele Zeilen wörtlich oder fast wörtlich wieder. Ganz besonderes Gewicht aber muß auf die Uebereinstimmung des Inhalts im allgemeinen gelegt werden. Im Cantaten-Text wie im Strophenlied wird der Empfindung der Freude an Gottes Haus und Wort Ausdruck gegeben. Das Sonntags-Evangelium bietet hierzu genau genommen gar keine Veranlassung. Nur in einem Theil desselben kommt die Sabbathfeier überhaupt in Frage, und hier thut Jesus etwas, das eigentlich gegen die Heiligkeit des Sabbaths verstieß. Wie konnte jemand darauf gerathen, für diesen Sonntag einen solchen Cantatentext zu verfassen? Mit Hinblick auf die Quelle desselben läßt sich die Frage leicht beantworten. In den »Erbaulichen Gedancken« ist das Strophenlied nur die Fortsetzung einer langen gereimten Auseinandersetzung in Alexandrinern, welche in Picanders satirischer Weise die nichtigen und unwürdigen Beschäftigungen geißelt, mit denen die große Menge den Sonntag hinbringt. Von da wendet sich der Dichter zu der ernsten Aufforderung, den Tag des Herrn nach seinem Gebote heilig zu halten, und nun folgt endlich als lyrisches Resultat das Strophenlied. Nur also weil Picander den Inhalt seiner Alexandriner noch im Sinne hatte, konnte der Cantatentext so ausfallen, denn ohne jene wird er in einer Hauptsache, in seiner Beziehung zum Sonntage, unverständlich. Daraus geht aber unzweifelhaft hervor, daß Cantatentext und Strophenlied in derselben Zeit entstanden sein müssen, eine Annahme, die schon bei der Michaelis-Cantate ausgesprochen ist und hierdurch eine nachdrückliche Bestätigung erhält. Die Cantate »Bringet her dem Herrn« wird also zum 23. September 1725 componirt sein, und bildet daher mit der Michaelis-Cantate, welche am 29. September desselben Jahres zur ersten Aufführung kam, ein engverbundenes Paar. In musikalischer Hinsicht ist sie zwar nicht so großartig wie jene, aber doch von so hohem Werthe, daß sie sich voll neben ihr behauptet. Der erste Chor ist besonders schwungvoll und volksthümlich kräftig, eine wirksame Mischung von homophonen Partien und Fugensätzen über prägnante Themen. Die von drei Oboen und Generalbass begleitete Alt-Arie athmet in Substanz und Klang die echteste freudig-feierliche Sonntagsstimmung des Kirchgängers. — Ein Autograph fehlt, indessen bietet eine Handschrift Harrers, des Nachfolgers Bachs im Cantorate, einen ziemlich befriedigenden Ersatz. Sie ist auf der königlichen Bibliothek zu Berlin. Der Text des Chorals ist nicht angegeben. Erk (Choralgesänge Nr. 13) vermuthet die sechste Strophe von »Auf meinen lieben Gott«. Mir scheint die letzte Strophe von »Wo soll ich fliehen hin« dem Gange der Dichtung gemäßer.

II, 556. Die Originalstimmen der Cantate »Es wartet alles auf dich«, welche Herr Professor Rudorff besitzt, zeigen, wie ich leider zu spät bemerkte, das unter Nr. 38 des Anhanges A, am Anfang, beschriebene Wasserzeichen. Darnach würde die Cantate auf den 27. Juli 1732 zu setzen sein, und hätte an der betreffenden Stelle des fünften Buchs besprochen werden müssen.

II, 91, Zeile 6 von unten l. »Bekränkung«; 248, letzte Zeile von unten l. »1734«; 324, erste Zeile von oben ist hinter »Ulrich« das Wort »König« ausgefallen; 342, Zeile 7 von oben l. »Sopran-Arie«.

Einige geringere Satzversehen wird der Leser ohne besonderen Hinweis selbst verbessern.

Namen- und Sachregister

zum I. und II. Bande.

A.

Abel, Christ. Ferdinand, Violdigambist in Cöthen, I, 616; II, 985.
Adjuvanten bei den deutschen Singchören I, 221; II, 138f.
Adlung, Jakob, I, 135, 576f.; II, 709.
Agricola, Georg Ludwig, Capellmeister in Gotha, I, 190.
——, Joh. Friedrich, Capellmeister in Berlin, II, 723f.
Ahle, Joh. Rudolph, I, 331, 336f.
——, Joh. Georg I, 331, 333, 337f., 353.
Alberti, Joh. Friedr., I, 98f.
Albinoni, Tomaso, I, 422, 423ff.; II, 124f.
Allemande I, 681f., 697.
»Alle Menschen müssen sterben«, Moll-Melodie, I, 548; II, 595, Anmerk. 22.
Alt, Wolfgang Christoph, Hofcantor in Weimar, I, 553, 854.
Altnikol, Joh. Christoph, II, 727, 755, 759.
Anhalt. Leopold, Fürst von Anhalt-Cöthen, I, 613ff., 754, 764ff.; II, 449f. Musikverhältnisse an seinem Hofe I, 614ff. Friederike Henriette, Fürstin von A.-C., erste Gemahlin des Vorigen, I, 754, 764f. Charlotte Friederike Wilhelmine, Fürstin von A.-C., zweite Gemahlin Fürst Leopolds I, 765; II. 449.
Anspachische Capelle II, 470.
Arie, Geistliche deutsche im 17. Jahrhundert I, 228, 336, 337f. Dreitheilige italiänische I, 464.
Arioso. In der Kirchenmusik I, 226, 228, 291, 463, 568.
Armstroff, Andreas, I, 116.
Arnstadt. Kirchenbibliothek dort im 17. Jahrh. I, 36f. Wohnsitz mehrer Linien des Bachschen Geschlechtes I, 8, 29, 140, 155. Hauptsammelstelle für die Bachschen Familientage I. 151. Orgel der Neuen Kirche I, 218, 220f. Oper I, 224f. Schule I, 312.
Ausführungsgebräuche, musikalische, I, 555; II, 131ff., 141ff. (Recitative) 150ff. (Arien). 530, Anmerk. 51.

B.

Bach, Andreas, Organist in Ohrdruf I, 520, 796.
——, Anna Magdalena, geb. Wülken, Seb. Bachs zweite Gattin I, 754ff.; s. II, 985; II, 762.
——, Christoph, mittlerer Sohn des Spielmanns Hans Bach, Großvater Seb. Bachs I, 130f.
——, Georg Christoph, Cantor in Schweinfurt I, 152f.
——, Georg Michael, Gymnasiallehrer in Halle I, 13.

Bach, Geschlecht I, 3ff. Entstammt dem Bauernstande I, 14, 173. Religiöser Sinn desselben I, 14, 173 f. Vaterländischer Sinn I, 37, 173f. Sittliche Tüchtigkeit I, 40 f., 160. Empfänglichkeit für die Kunst Pachelbels I, 108, 116f. Derbe Lebenslust I, 133, 152. Gefühl der Zusammengehörigkeit I, 151, 155, 161. Familientage I, 152. Höhere Bildung I, 151 f.
——, Gottlieb Friedrich, Hoforganist in Meiningen I, 12.
——, Hans, Spielmann und Teppichflechter in Wechmar I, 8f.
——, Heinrich, jüngster Sohn des Spielmanns Hans Bach, Organist in Arnstadt I, 28 ff.
——, Jakob, Cantor in Ruhla I, 11.
——, Johann, Sohn des Spielmanns Hans Bach I, 15 ff. Seine Familie im Besitz der Stadtpfeiferstellen zu Erfurt I, 19.
——, Johann Aegidius, Rathsmusikdirector und Organist in Erfurt I, 23 f.
——, Johann Ambrosius, Stadtmusicus in Eisenach, Vater Seb. Bachs I, 154 f., 171 f., 179 f.
——, Johann Bernhard, Organist in Eisenach I, 24 ff., 116 f.
——, Johann Bernhard, Organist in Ohrdruf I, 519 f., 796.
——, Johann Christian, Clavierlehrer in Halle I, 13.
——, Johann Christian, Cantor in Wechmar I, 15.
——, Johann Christian, Director der Rathsmusik in Erfurt I, 22 f.
——, Johann Christian, Sohn Seb. Bachs, II, 755.
——, Johann Christoph, Cantor in Unter-Zimmern bei Erfurt I, 22 f.
——, Johann Christoph, Rathsmusikdirector in Erfurt I, 27.
——, Johann Christoph, Organist in Eisenach I, 29, 33, 37 ff.; Compositionen 42, 43 ff. (»Es erhob sich ein Streit«); Motetten I, 73 ff.; Choralvorspiele I, 99 ff., 117, 119; Variationen I, 126 ff.
——, Joh. Christoph, Sohn des Vorigen I, 138.
——, Johann Christoph, Hof- und Stadtmusicus in Arnstadt I, 154 ff.; II, 982, I, 169.
——, Johann Christoph, Organist in Ohrdruf I, 171, 181 ff.
——, Johann Christoph Friedrich, Sohn Sebastian Bachs II, 754 f.
——, Johann Elias, Cantor in Schweinfurt I, 154; II, 720, 756 ff.
——, Johann Ernst, Organist in Arnstadt I, 169 f.
——, Johann Ernst, Capellmeister in Weimar I, 848 f.; II, 720.
——, Johann Friedrich, Organist in Mühlhausen I, 138 f.
——, Johann Gottfried Bernhard I, 620; II, 753 f.
——, Johann Günther, Musiker in Arnstadt I, 33, 34.
——, Johann Jakob, Hauboist in der schwedischen Garde und Hofmusicus in Stockholm I, 172, 179, 231, 763.
——, Johann Lorenz, Organist zu Lahm in Franken I, XV, 154.
——, Johann Ludwig, Hofcantor und Capelldirector in Meiningen I, 11 f., 566 ff.
——, Johann Michael, Organist in Gehren I, 33, 39 f. Compositionen: Kirchencantate I, 51 ff.; Motetten 58 ff.; Choralbearbeitungen I, 105, 117 ff.; Sonate 123 (s. auch II, 982).
——, Johann Michael, der Orgelbauer I, 138.
——, Johann Nikolaus, Rathsmusikant in Erfurt I, 27.
——, Johann Nikolaus, Organist in Jena I, 129 ff. (s. auch I, 855), 585. Thätigkeit im Instrumentenbau I, 135 ff.

Bach, Johann Sebastian.

Leben.

Aeufseres. Geb. in Eisenach 1685 I, 179. Kindheit daselbst I, 180 f. Tod der Eltern I, 179. Erziehung in Ohrdruf seit 1695 I, 181 ff. Auf der Michaelisschule in Lüneburg seit 1700 I, 186 ff.

Anstellung als Violinist in Weimar 1703 I, 216 ff. Organist in Arnstadt 1703 I, 219 ff., 251. Differenzen 309 ff., 323 f.

Organist in Mühlhausen 1707 I, 332 ff., 353 f., 369, 372 ff. Hoforganist und Kammermusicus in Weimar 1708 I, 379 f. Aussicht einer Berufung nach Halle I, 508 ff. Wird weimarischer Concertmeister 1714 I, 513.

Berufung als Capellmeister nach Cöthen 1717 I, 578, 617; II, 985. Begleitet den Fürsten nach Carlsbad I, 619; II, 985; I, 623. Verhältnisse am cöthenischen Hofe werden ungünstiger I, 764.

Cantor an der Thomasschule und Musikdirector an den städtischen Kirchen in Leipzig 1723 II, 5 ff., 12 ff., 51 f., 56 ff., 81 f. Universitäts-Musikdirector II, 36 ff., 49 f. Herzoglich weißenfelsischer Capellmeister II, 36, 702 f. Conflict mit der Universität II, 38 ff. Dirigent eines studentischen Musikvereins II, 50 f., 498, 500. Differenzen zwischen Bach und der städtischen Behörde II, 65 ff. Anstalten Bachs, sein Amt niederzulegen 1730 II, 83 f. Ausgleichung 85, 90 f., 92 f. Musikalische Opposition: J. A. Scheibe II, 476 ff., 733 ff. Conflict mit dem Rector der Thomasschule J. A. Ernesti 1736 II, 483 ff. Königlich-churfürstlicher Hofcomponist 1736 II, 488. Bach geräth in eine schiefe Stellung zur Schule II, 491 ff. Tritt im Musikleben Leipzigs zurück II, 500 f., 502. Wird Mitglied der Leipziger musikalischen Societät 1747 II, 505 f. Krankheit und Tod 1750 II, 759. Begräbniß II, 760 f.

Charakter. I, 184, 311, 315, 323 f., 334 f., 511 f., 519, 624, 658 f., 760 ff.; II, 38, 57, 65, 69, 71, 79 f., 82, 91, 479, 491, 493, 742 ff., 752 f., 758 f.

Erscheinung. II, 746 f.

Familie. Vorfahren I, 3 ff. Vater I, 154 f., 171 f., 179 f. Mutter I, 171. Geschwister I, 171 f., 179 f. Erste Gattin, Maria Barbara, geb. Bach I, 324 ff., 335 f., 624. Tod derselben I, 623. Kinder erster Ehe I, 620. Zweite Gattin, Anna Magdalena, geb. Wülcken I, 754 ff., 760; II, 985. Tod derselben II, 762. Kinder zweiter Ehe II, 751 f. Familienleben I, 624; II, 83 f., 752 ff.

Künstlerthum. Entwicklung zur Meisterschaft: Erste musikalische Anregungen I, 180 f., 215. Musik-Unterricht bei dem Bruder Johann Christoph I, 182, 183 f. Art der weiteren Ausbildung in Lüneburg I, 190 f., 209, 210. Georg Böhm in Lüneburg I, 192, 193, 207, 213. Studienreisen zu J. A. Reinken nach Hamburg I, 193 f.; II, 982 f.; nach Celle I, 197 ff. Anregungen in Weimar I, 218. Ausbildung in Arnstadt I, 230 f., 251 f. Studienreise zu D. Buxtehude nach Lübeck I, 252, 256 ff. Einwirkungen von Buxtehudes Musik I, 315. Frühe Meisterschaft I, 327 f. — Clavier- und Orgelspiel I, 219, 332, 369, 372, 387, 392 f., 508, 574 ff., 628 f., 636 ff., 645; II, 478, 705 f., 707, 711, 716. Violinspiel I, 677 f. Spiel auf der Viola pomposa I, 708. Freies Fantasiren I, 640 f.; II, 744. Neue Claviertechnik I, 649 ff. Art das Clavier temperirt zu stimmen I, 651 ff. Kenntniß der Orgelstructur I, 351 ff., 374, 514 f., 629; II, 112, 114, 119 ff., 501, 755. Bach erfindet in Mühlhausen ein Glockenspiel I, 350. Erfindet die Viola pomposa I, 678; II, 708, 731. Erfindet ein Lautenclavicymbel I, 657. Interessirt sich für die Vervollkommung des Pianoforte I, 656 f. — Kunstreisen: nach Weimar I, 369; Cassel I, 507 f.; Halle I, 508 f.; ebendahin I, 621; Leipzig I, 513 f.; Meiningen (muthmaßlich) I, 565 f.; Hamburg I, 624, 627 ff.; ebendahin II, 707 f.; Weißenfels II, 703; Cöthen II, 703 ff.; Dresden I, 574 ff. (Wettstreit mit Marchand), II, 705 f.; Weimar und Erfurt II, 709; Potsdam II, 710 f. Andre Kunstreisen II, 710. — Verhältniß zu mitlebenden Künstlern: Berliner Capelle II, 710; Bernhard Bach I, 26; Ludwig Bach I, 566; Dresdener Capelle I, 574 f., II, 705 ff.; Franzosen I, 198 f., 576 f.; Fux II, 604 f.; Händel I, 621 ff.; Italiäner I, 409—427 (Frescobaldi, Legrenzi, Vivaldi, Albinoni, Corelli), II, 124 ff., 467 ff. (Lotti, Leo u. a.), 509 f. (Palestrina, Lotti, Caldara u. a.); Keiser I, 633; II, 339; Kuhnau I, 232 ff., 239 ff., 513, 514, II, 199 ff., 209, 220 f., 635; Mattheson I, 632 ff., II, 708; Scheibe II, 476 ff., 733 ff.; Telemann I, 408, 480; II, 244 f., 708, 761; Walther I, 381, 386 ff. — Freude an fremder Musik II, 745, vergl. I, 387. — Verhältniß zu Dichtern musikalischer Texte: Sal. Franck I, 524 f., II, 175 f., 368. Picander II, 173 ff., 367 f., 575 f. Rambach II, 177 f., vergl. 749. — Interesse für Schriften über Musik II, 736 f.

Lehrthätigkeit. Spiel I, 658 ff. Gesang II, 60 ff. Composition II, 598 ff.

Schüler I, 339, 516 ff., II, 719 ff. Chorleitung I, 221, 311 f., 315, II, 59 f., 64 f., 66 f., 74 f. Direction II, 157 ff.

Litterarische Bildung. Lyceum in Ohrdruf I, 184 f. Michaelisschule in Lüneburg I, 213 f. Lateinische Kenntnisse I, 666. Bach ertheilt an der Thomasschule wissenschaftlichen Unterricht II, 6 f. Dichtet Texte zur Composition II, 349 ff., 457, 461, 465. Erläutert die Compositionstechnik durch Regeln aus der Rhetorik I, 666, II, 64. Verkehrt mit J. M. Gesner I, 390; II, 88 ff.; mit J. A. Birnbaum II, 732 ff. Seine Bibliothek II, 747 ff. Klarheit und Schärfe im schriftlichen Ausdruck II, 42 ff. Handschrift I, 326 f.

Religiöse Gesinnung. I, 361 ff., II, 432, 525 ff., 747 ff.

Werke.

Für Gesang.

Cantaten.

Kirchliche: Ach Gott vom Himmel sieh darein II, 568 ff. Ach Gott, wie manches Herzeleid (A dur) II, 568 ff. Ach Gott, wie manches Herzeleid (C dur) II, 293. Ach Herr, mich armen Sünder II, 568 ff. Ach ich sehe, jetzt da ich zur Hochzeit gehe I, 546 ff., II, 595, Anmerk. 22. Ach lieben Christen seid getrost II, 568 ff. Ach wie flüchtig, ach wie nichtig II, 568 ff. Aergre dich, o Seele, nicht II, 189 f. Allein zu dir, Herr Jesu Christ II, 568 ff. Alles nur nach Gottes Willen II, 246 f. Alles was von Gott geboren I, 555 ff., s. auch II, 300. Also hat Gott die Welt geliebt II, 549 f. Am Abend aber desselbigen Sabbaths II, 564. Auf Christi Himmelfahrt allein II, 550, 552. Auf, mein Herz, des Herren Tag (So du mit deinem Munde bekennest) II, 273, 274, Anmerk. 11. Auf Menschen, rühmet Gottes Güte, s. Ihr Menschen rühmet Gottes Liebe. Aus der Tiefe rufe ich Herr zu dir I, 444 ff. Aus tiefer Noth schrei ich zu dir II, 568 ff., 429 f. Barmherziges Herze der ewigen Liebe I, 538 ff. Bereitet die Wege, bereitet die Bahn I, 550 ff. Bisher habt ihr nichts gebeten II, 551 f. Bleib bei uns, denn es will Abend werden II, 554 ff. Brich dem Hungrigen dein Brod II, 560 f. Bringet her dem Herrn Ehre seines Namens II, 992 ff. Christen ätzet diesen Tag II, 197 f. Christ lag in Todesbanden II, 220 ff. Christum wir sollen loben schon II, 568 ff. Christ unser Herr zum Jordan kam II, 568 ff. Christus der ist mein Leben II, 292 f. Das ist je gewißlich wahr I, 627. Das neugeborne Kindelein II, 568 ff. Dazu ist erschienen der Sohn Gottes II, 212 ff. Dem Gerechten muß das Licht immer wieder aufgehen II, 298 f. Denn du wirst meine Seele nicht in der Hölle lassen I, 225 ff. Der Friede sei mit dir, du ängstliches Gewissen II, 785 f. Der Herr denket an uns I, 369 ff. Der Herr ist mein getreuer Hirt II, 286 ff. Der Himmel lacht, die Erde jubiliret I, 534 ff. Die Elenden sollen essen II, 185 f. Die Himmel erzählen die Ehre Gottes II, 186 f. Du Friedefürst, Herr Jesu Christ II, 568 ff. Du Hirte Israels höre II, 249 f. Du sollst Gott deinen Herren lieben II, 261 ff. Du wahrer Gott und Davidssohn II, 181 ff. Ehre sei Gott in der Höhe II, 272. Ein feste Burg ist unser Gott II, 300; s. I, 555 ff. Ein Herz, das seinen Jesum lebend weiß II, 548. Ein ungefärbt Gemüthe II, 188. Erforsche mich Gott II, 255. Erfreut euch, ihr Herzen II, 548 f. Erfreute Zeit im neuen Bunde II, 218 ff. Erhalt uns Herr bei deinem Wort II, 568 ff. Erhöhtes Fleisch und Blut II, 301. Er rufet seine Schafe mit Namen II, 550 f. Erschallet ihr Lieder II, 226 ff. Erwünschtes Freudenlicht II, 229. Es erhub sich ein Streit II, 238 ff. Es ist das Heil uns kommen her II, 292. Es ist dir gesagt, Mensch, was gut ist II, 560 f. Es ist ein trotzig und verzagt Ding II, 559 f. Es ist euch gut, daß ich hingehe II, 551 ff. Es ist nichts gesundes an meinem Leibe II, 296 f. Es reifet euch ein schrecklich Ende II, 564. Es wartet alles auf dich II, 556 und 995. Falsche Welt, dir trau ich nicht II, 305. Freue dich, erlöste Schaar II, 557. (Gedenke Herr, wie es uns gehet II,

793 f.). Geist und Seele sind verwirret II, 278 f. Gelobet sei der Herr, mein Gott, mein Licht, mein Leben II, 286 ff. Gelobet seist du, Jesu Christ II, 568 ff. Gesegnet ist die Zuversicht II, 779 unter Nr. 11. Gleichwie der Regen und Schnee I, 485 ff. Gott der Herr ist Sonn und Schild II, 553 f. (Gott der Hoffnung erfülle euch II, 779 unter Nr. 11). Gottes Zeit ist die allerbeste Zeit I, 451 ff. Gott fähret auf mit Jauchzen II, 550 ff. Gott ist mein König I, 341 ff. Gott ist unsre Zuversicht II, 557. Gottlob, nun geht das Jahr zu Ende II, 265 f. Gott man lobet dich in der Stille II, 299 u. 301. Gott soll allein mein Herze haben II, 279. Gott, wie dein Name, so ist auch dein Ruhm II, 272. **H**alt im Gedächtniß Jesum Christ II, 248 f. Herr Christ, der einig Gottssohn II, 568 ff. Herr deine Augen sehen nach dem Glauben II, 294 ff. Herr gehe nicht ins Gericht II, 255 ff. Herr Gott, Beherrscher aller Dinge II, 299. Herr Gott, dich loben alle wir II, 568 ff. Herr Gott, dich loben wir II, 244 f. Herr Jesu Christ, du höchstes Gut II, 568 ff. Herr Jesu Christ, wahr' Mensch und Gott II, 568 ff. Herr, wie du willt, so schicks mit mir II, 245 f. Herz und Mund und That und Leben I, 565; II, 244. Himmelskönig sei willkommen I, 533 f.; II, 788. Höchsterwünschtes Freudenfest II, 194 ff. **J**auchzet Gott in allen Landen II, 302. Ich armer Mensch, ich Sündenknecht II, 302 f. Ich bin ein guter Hirt II, 551 f. Ich bin vergnügt mit meinem Glücke II, 274 f. Ich elender Mensch, wer wird mich erlösen II, 565 f. Ich freue mich in dir II, 568 ff. Ich geh und suche mit Verlangen II, 280. Ich glaube lieber Herr, hilf meinem Unglauben II, 298. Ich habe genug II, 302 ff. Ich habe Lust II, 785. Ich habe meine Zuversicht II, 277 f. Ich hab in Gottes Herz und Sinn II, 568 ff. Ich hatte viel Bekümmerniß I, 525 ff. Ich lasse dich nicht II, 243 f. Ich liebe den Höchsten von ganzem Gemüthe II, 275 ff. Ich ruf zu dir, Herr Jesu Christ II, 286 ff. Ich steh mit einem Fuß im Grabe II, 273. Ich weiß, daß mein Erlöser lebt I, 495 ff. Ich will den Kreuzstab gerne tragen II, 302 f. Jesu, der du meine Seele II, 568 ff., s. besonders auch 578 und 587. Jesu nun sei gepreiset II, 568 ff. Jesus nahm zu sich die Zwölfe II, 181 u. 183 f. Jesus schläft, was soll ich hoffen II, 232 f. Ihr die ihr euch von Christo nennt II, 190 f. Ihr Menschen rühmet Gottes Liebe II, 254 f. Ihr Pforten zu Zion, ihr Wohnungen Jakobs II, 562, Anmerk. 50. Ihr werdet weinen und heulen II, 552. In allen meinen Thaten II, 287 ff. **K**omm du süße Todesstunde I, 541 ff. und II, 834 f. mit Anmerk. **L**eichtgesinnte Flattergeister II, 248. Liebster Gott, wann werd ich sterben II, 263 ff. Liebster Jesu, mein Verlangen II, 563. Liebster Immanuel, Herzog der Frommen II, 568 ff. Lobe den Herren, den mächtigen König der Ehren II, 286 ff. Lobe den Herrn, meine Seele (B dur) II, 545 f. Lobe den Herrn, meine Seele (D dur) II, 236 f. **M**ache dich mein Geist bereit II, 568 ff. Man singet mit Freuden vom Sieg II, 276 ff. Meinen Jesum laß ich nicht II, 568 ff. Meine Seele erhebet den Herren II, 568 ff. Meine Seele rühmt und preiset II, 564 f. Meine Seele soll Gott loben I, 339 f. Meine Seufzer, meine Thränen II, 563 f. Mein Gott, wie lang, ach lange I, 554 f. Mein liebster Jesus ist verloren II, 230 ff. Mit Fried und Freud ich fahr dahin II, 569 ff. **N**ach dir Herr verlanget mich I, 438 ff. Nimm von uns, Herr du treuer Gott II, 569 ff. Nimm, was dein ist, und gehe hin II, 247 f. Nun danket alle Gott II, 287 ff. Nun ist das Heil und die Kraft II, 561 f. Nun komm, der Heiden Heiland (A moll) I, 500 ff. Nun komm, der Heiden Heiland (H moll) II, 569 ff. Nur jedem das Seine I, 548 ff.
O ewiges Feuer, o Ursprung der Liebe II, 557 f. O Ewigkeit, du Donnerwort (F dur) II, 253 f. O Ewigkeit, du Donnerwort (D dur) II, 294. O heilges Geist- und Wasserbad II, 229 f. O Jesu Christ, meins Lebens Licht II, 581, Anmerk. 78. **P**reise Jerusalem den Herrn II, 192 ff. **S**chauet doch und sehet, ob irgend ein Schmerz sei II, 258 ff. Schau lieber Gott, wie meine Feind II, 230. Schlage doch, gewünschte Stunde II, 305. Schmücke dich, o liebe Seele II, 569 ff. Schwingt freudig euch empor II, 301. Sehet, welch eine Liebe II, 214 f. Sehet, wir gehen hinauf gen Jerusalem II, 273. Sei Lob und Ehr dem höchsten Gut II, 287 ff. Selig ist der Mann, der die Anfechtung

erduldet II, 562. Siehe ich will viel Fischer aussenden II, 301 f.; s. auch 391 f. Siehe zu, daß deine Gottesfurcht nicht Heuchelei sei II, 235 f. Sie werden aus Saba alle kommen II, 216 ff. Sie werden euch in den Bann thun (G moll) II, 252 f. Sie werden euch in den Bann thun (A moll) II, 551 f. Singet dem Herrn ein neues Lied II, 215 f. So du mit deinem Munde bekennest s. Auf, mein Herz, des Herren Tag. Süßer Trost, mein Jesus kommt II, 562 f. Thue Rechnung! Donnerwort II, 255. Tritt auf die Glaubensbahn I, 552 ff. Unser Mund sei voll Lachens II, 558 f. Uns ist ein Kind geboren I, 481 ff. Vergnügte Ruh, beliebte Seelenlust II, 284. Wachet auf, ruft uns die Stimme II, 290 f. Wachet, betet, seid bereit I, 561 ff.; II, 191 f. Wär Gott nicht mit uns diese Zeit II, 547 f. Wahrlich, wahrlich, ich sage euch II, 251 f. Warum betrübst du dich, mein Herz II, 566 f. Was frag ich nach der Welt II, 569 ff. Was Gott thut, das ist wohlgethan (B dur, 21. Trinitatis-Sonntag) II, 291 f. Was Gott thut, das ist wohlgethan (G dur, 15. Trinitatis-Sonntag) II, 291. Was Gott thut, das ist wohlgethan (G dur, Umarbeitung) II, 291. Was mein Gott will, das gscheh allzeit II, 569 ff. Was soll ich aus dir machen, Ephraim II, 301. Was willst du dich betrüben II, 287 ff. Weinen, Klagen II, 233 ff. Wer da glaubet und getauft wird II, 298. Wer Dank opfert, der preiset mich II, 556. Wer mich liebet, der wird mein Wort halten II, 549 und 787 unter Nr. 21. Wer mich liebet, der wird mein Wort halten (kleinere Composition) I, 505 ff. Wer nur den lieben Gott läßt walten II, 270 ff. Wer sich selbst erhöhet I, 624 ff. Wer weiß, wie nahe mir mein Ende II, 282 ff. Widerstehe doch der Sünde II, 305. Wie schön leuchtet der Morgenstern II, 569 ff. Wir danken dir Gott, wir danken dir II, 281 f. Wir müssen durch viel Trübsal II, 558 f. Wo gehst du hin II, 250 f. Wo Gott der Herr nicht bei uns hält II, 569 ff. Wohl dem, der sich auf seinen Gott II, 569 ff. Wo soll ich fliehen hin II, 569 ff. Wünschet Jerusalem Glück II, 70 und 809.

Weltliche: Abendmusik für den König und die Königin (1738) II, 462 f. *Amore traditore* II, 468. *Andro dall colle al prato* II, 467. Angenehmes Wiederau II, 467; s. auch 557. Auf, schmetternde Töne der Muntern Trompeten II, 459 oben. Blast Lärmen, ihr Feinde (Krönungsfeier) II, 457. Die Freude reget sich II, 452. Durchlauchtger Leopold, I, 618 f. Entfernet euch, ihr heitern Sterne (1727) II, 459 f. Froher Tag, verlangte Stunden (1732) II, 93, 463. Geschwinde, geschwinde, ihr wirbelnden Winde II, 473 ff., 740 f. Ich bin in mir vergnügt II, 470 f. Laßt uns sorgen, laßt uns wachen (5. Sept. 1733) II, 460. Mer han ne neue Oberkeet (*Cantate en burlesque*) II, 656 ff. Mit Gnaden bekröne der Himmel die Zeiten II, 450 f. *Non sà che sia dolore* II, 469 f. O angenehme Melodei II, 466 und 742. O holder Tag, erwünschte Zeit II, 466. Preise dein Glücke, gesegnetes Sachsen (5. Oct. 1734) II, 461 f. Schleicht, spielende Wellen (7. Oct. 1734) II, 462. Steigt freudig in die Luft I, 765 f.; II, 301, 451. Schweigt stille, plaudert nicht (Caffee-Cantate) II, 471 ff. Schwingt freudig euch empor (zur Geburtsfeier eines Lehrers) II, 451. Tönet ihr Pauken, erschallet Trompeten II, 460 f. Vereinigte Zwietracht der wechselnden Saiten (11. Dec. 1726) II, 458 f. Vergnügte Pleißenstadt (5. Febr. 1728) II, 464 ff. und 891 ff. Was mir behagt, ist nur die muntre Jagd I, 558 ff.; II, 463, 549 f., 702, 709. Weichet nur, betrübte Schatten II, 463 f. Zerreißet, zersprenget, zertrümmert die Gruft (3. Aug. 1725) II, 455 ff.

Choräle. Melodien II, 595. Melodiensammlung mit Generalbass II, 588 ff. Vierstimmige Tonsätze II, 596; I, 493 ff. Verwendung der Kirchentonarten in ihnen II, 609 ff. Benutzung beim Compositionsunterricht II, 597, 607 f.

Geistliche Musik. Klagt, Kinder, klagt es aller Welt (Trauermusik auf Leopold von Cöthen) II, 449 f. Laß, Fürstin, laß noch einen Strahl (Trauermusik auf die Königin Christiane Eberhardine) II, 444 ff. Lieder (Arien) I, 757 f.; II, 592 ff. Siehe, der Hüter Israel (Promotions- oder Ehrentags-Cantate) II, 459. Vrgl. noch II, 270 ff.; 303 ff.

Lieder, Weltliche I, 758 f.; s. II, 661, Anmerk. 117.

Magnificat. Großes M. in Es dur (D dur) II, 198 ff. Kleines M. II, 204, Anmerk. 86. S. auch II, 510.

Messen II, 506 ff. A dur-M. II, 512 ff., 517 f. F dur-M. II, 514 ff. G dur-M. II, 510 ff. G moll-M. II, 510 ff. H moll-Messe II, 518 ff. — *Christe eleison* einer fremden C moll-M. eingefügt II, 510.

Motetten II, 426 ff. Ach Gott vom Himmel sieh darein II, 429 f., 438. Aus tiefer Noth schrei ich zu dir II, 429 f., 438. Der Geist hilft unsrer Schwachheit auf (zu Ernestis Beerdigung) II, 433, 436, 438 ff., 442. Fürchte dich nicht, ich bin bei dir II, 434, 439. (Jauchzet dem Herrn, alle Welt II, 820 f. Ich lasse dich nicht II, 981 f.) Jesu meine Freude II, 431 ff. Komm, Jesu, komm, mein Leib ist müde II, 435, 443. (Kündlich groß ist das gottselige Geheimniß II, 821.) Lobet den Herrn, alle Heiden II, 430, 438. (Lob und Ehre und Weisheit und Dank II, 820.) Nun danket alle Gott II, 430 f. Sei Lob und Preis mit Ehren II, 429, 442. Singet dem Herrn ein neues Lied II, 433, 437 f., 439 f., 440 f., 442. Unser Wandel ist im Himmel II, 426 f.

Mysterien II, 329 ff. Oratorium auf Himmelfahrt II, 424 ff.; auf Ostern II, 419 ff.; auf Weihnachten II, 400 ff. Passion nach Johannes II, 348 ff.; nach Lucas II, 338 ff.; nach Marcus II, 334 f.; nach Matthäus II, 367 ff.; nach Picanders Dichtung von 1725 II, 335 ff.

Oratorien s. Mysterien.

Passionen s. Mysterien.

Für Instrumente.

Canons. C dur (weimarischer) I, 386. Für Hudemann II, 478, 708. Für Schmidt II, 717 f. Für die Societät II, 506, 747 Anmerk. 125. S. noch Clavier unter Fugen: Kunst der Fuge und Musikalisches Opfer; Orgel: Choral-Partiten »Vom Himmel hoch«.

Clavier allein.

Capriccios. (*C. in honorem Joh. Christoph. Bachii* I, 254 f. *C. sopra la lontananza del suo fratello dilettissimo* I, 231 ff.

Clavierbüchlein. Kleineres für Anna Magdalena Bach I, 755. Größeres für dieselbe I, 756 ff. Für Wilh. Friedemann Bach I, 660 ff.

Concerte. C moll I, 415. Italiänisches II, 629 ff. (G dur II, 630, Anmerk. 39). Vivaldische Violin-C. für Clavier bearbeitet I, 409 ff.; II, 984.

Duette. II, 647 f.

Fantasien. A moll, D dur, G moll und H moll I, 432 ff. S. auch I, 667.

Fantasien und Fugen. A moll I, 644 f. A moll II, 663. B dur I, 715 und Anmerk. 50. C moll II, 662 f. D dur I, 715 und Anm. 50. D moll (chromatische) 661 f.

Fugen. A dur (Albinonisches Thema) I, 424 f. Zwei andre aus A dur I, 428. Zwei aus A moll I, 428 f. Zwei aus C dur I, 663 f. C moll (zweistimmig) I, 668. Zwei aus D moll I, 663 f. E moll I, 216. H moll (Albinonisches Thema) 4, 425 ff. Kunst der Fuge II, 677 ff. Musikalisches Opfer II, 671 ff. Fugen über den Namen Bach II, 684 ff.

Harmonisches Labyrinth. I, 654.

Inventionen. I, 665 ff.

Partiten. Die sechs P. des ersten Theils der »Clavierübung« II, 634 ff. H moll II, 644 ff. S. auch Suiten. Choralpartiten I, 207 ff., 594; II, 983.

Praeambulen. I, 661, 667; s. II, 638.

Praeludien. I, 429 ff., 661 ff., 669, 772 f.; II, 664, 666.

Praeludien und Fugen A moll I, 417 f. A moll, D moll, E moll I, 663 f. Es dur I, 320 (H moll [über ein Albinonisches Thema] I, 425 f.). Ueber den Namen Bach II, 685 f. Wohltemperirtes Clavier. Erster Theil I, 769 ff.; Zweiter Theil II, 663 ff.

Sinfonien. I, 665 ff., 672 ff.
Sonaten. Amoll und Cdur I, 692 f. Ddur I, 239 ff. Dmoll I, 688. Gdur (Fragment) I, 689.
Suiten. Fdur I, 428. Französische I, 767 f. Amoll, Esdur, Emoll I, 768. Englische II, 633 f. S. auch Partiten.
Toccaten. Cmoll I, 643 f. Dmoll I, 435 f. Emoll I, 437 f. Fismoll I, 642 ff. Gdur I, 416 f. Gmoll I, 436 f.
Variationen. Amoll (italiänische) I, 427. Gdur (Aria mit 30 Veränderungen) II, 648 ff. S. auch Choralpartiten.

Clavier mit anderen Instrumenten.

Concerte. Sieben für ein Clavier und Instrumente II, 617 ff. Drei für zwei Claviere und Instr. II, 624 ff. Zwei für drei Claviere und Instr. II, 627 ff. Eins für vier Claviere und Instr. II, 629. Concert für Clavier, Flöte, Violine mit Instr., Amoll, II, 623; für Clavier, Flöte, Violine mit Instr., Ddur, I, 742 f.; für Clavier und zwei Flöten mit Instr., Fdur II, 623.
Flöte und Clavier. Drei (vier) Sonaten mit obligatem Clavier I, 728 ff. Drei Sonaten mit accompagnirendem Clavier I, 732. Sonate für zwei Flöten mit accompagnirendem Clavier I, 725.
Flöte, Violine und Clavier. Sonate mit accomp. Cl. Gdur I, 733. Sonate mit accomp. Cl. Cmoll (im Musikalischen Opfer) II, 675 f.
Gambe und Clavier. Drei Sonaten mit obligatem Clavier I, 725 ff.
Violine und Clavier. Sechs Sonaten mit obligatem Clavier I, 718 ff. Suite (Partite) mit obl. Cl. I, 731 f. Sonate mit accompagnirendem Cl. I, 732. Fuge mit acc. Cl. I, 732. Sonate für zwei Violinen mit acc. Cl. I, 733.

Flöte.

Concerte. Für Flöte, Oboe, Trompete, Violine mit Instr. I, 739 f. Für Flöte, Violine, Clavier mit Instr. Ddur I, 742. Für Flöte, Violine, Clavier mit Instr. Amoll II, 623. Für zwei Flöten und Violine mit Instr. I, 741.
Sonaten mit Clavier s. Clavier, mit Violine und Clavier s. Clavier.

Laute.

Drei Partiten II, 646 f.

Oboe.

Concert für Oboe und Violine mit Instrumenten II, 623. Concert für Oboe, Trompete, Flöte, Violine mit Instr. s. Flöte.

Orchester.

Brandenburgische (sechs) Concerte. (Fdur', Fdur, Gdur, Gdur, Ddur, Bdur) I, 735 ff.
Marsch II, 458 f.
Partien in Cdur, Ddur, Ddur, Hmoll I, 748 ff.; II, 616.
(Quodlibet als Einleitung zur Bauerncantate II, 657 f.
Kirchen-Sinfonien und -Sonaten I, 228, 230, 370, 438 f., 452, 482, 486 f., 525, 533, 535, 553; II, 186, 187, 222 f., 234, 275, 278, 278 f., 279, 280, 281, 411, 424, 559, 564, 618, Anmerk. 8.
Sinfonie zur Kammercantate *Non sà che sia dolore* II, 470.)

Orgel.

Canzone I, 419 f.
Choräle I, 210 f., 212 f., 250 f., 394 ff., 588 ff. (Orgelbüchlein, s. auch II, 986 ff.), 595 ff.; II, 692 ff. (dritter Theil der »Clavierübung«), 698 (Schüblersche Choräle), 701, 983. (S. über einen unechten Choral I, 385.

Choralbegleitungen I, 310f., 585ff.; II, Musikbeilage IV, A.
Choralpartiten. »Ach was soll ich Sünder machen« I, 207, Anmerk. 44; II, 983. »Christ, der du bist der helle Tag« I, 207ff. »O Gott, du frommer Gott« I, 207ff. Sei gegrüßet, Jesu gütig I, 594f. »Vom Himmel hoch« II, 698ff.
Choralvariationen s. Choralpartiten.
Choralvorspiele I, 215; II, 697f.
Concerte. Arrangements Vivaldischer Violinconcerte I, 409, 413f.
Fantasien. Cdur I, 398. Cmoll II, 690. Anmerk. 176. Gdur I, 317ff. Gdur I, 319f.
Fantasien und Fugen. Cmoll (Prael. u. F.) I, 581ff. Gmoll I, 634ff.
Fugen. Cdur I, 398. Cmoll I, 248ff. Cmoll (Fragment) II, 690 Anmerk. 176. Cmoll (Legrenzisches Thema) I, 421f. Ddur (Allabreve) I, 420f. Gdur I, 320. Gmoll I, 399f. Gmoll (Arrangement aus der Cantate »Aus der Tiefe«) I, 451. Hmoll (Corellisches Thema) I, 422f.
Partiten s. Choralpartiten.
Passacaglio I, 579f.
Pastorale II, 692 Anmerk. 179.
Praeludien. Amoll, Cdur, Gdur I, 397f.
Praeludien und Fugen. Acht kleine (Cdur, Dmoll, Emoll, Fdur, Gdur, Gmoll, Amoll, Bdur) I, 398f. Adur I, 580f. Amoll I, 316f. Amoll II, 689; s. auch I, 405f. Cdur (Toccata) I, 322f. Cdur I, 400f. Cdur II, 688f. Cdur II, 689. Cmoll I, 246ff. Cmoll I, 581ff. Cmoll I, 581ff.; II, 687f. Ddur I, 403ff. Dmoll (Arrangement aus der Violinsonate in Gmoll) I, 688f. Edur s. Cdur (Toccata). Emoll I, 401f. Emoll II, 690. Esdur II, 690. Fdur I, 581ff.; II, 687. Fmoll I, 581ff. Gdur I, 403. Gdur II, 688f. Gmoll I, 405. Hmoll II, 689f.
Sonaten. Sechs (und Fragmente) II, 691f.
Toccaten. Cdur I, 322f. Cdur I, 415f. Edur s. I, 322f. S. auch Praeludien und Fugen, und Toccaten und Fugen.
Toccaten und Fugen. Cdur I, 415f. Dmoll I, 402f. Dmoll II, 688. Fdur I, 581ff.; II, 687f.
Variationen s. Choralpartiten.

Trompete.

Concert für Trompete, Flöte, Oboe, Violine mit Instr. I, 739f.

Viola da Gamba.

Sonaten, Drei, mit obligatem Clavier I, 725ff.

Viola pomposa.

Suite für V. p. allein I, 708.

Violine allein.

Partien, Drei, I, 679f., 694, 701ff.
Sonaten, Drei, I, 679f., 685ff.
Suiten s. Partien.

Violine mit Clavier.

Fuge mit accompagnirendem Clavier I, 732.
Partie mit obligatem Cl. I, 731f.
Sonaten, Sechs, mit obl. Cl. I, 718ff. Mit accomp. Cl. I, 732. Für zwei Violinen mit acc. Cl. I, 733. Für Violine u. Flöte mit acc. Cl. Gdur I, 733. Desgl. Cmoll (im Musikal. Opfer) II, 675f.
Suite s. Partie.

Violine mit Instrumenten.

Concerte. Für eine Violine mit Instr. A moll I, 734 f. D dur (Fragment) II, 618 Anmerk. 8. E dur I, 734 f. Für zwei Violinen mit Instr. I, 734 f. S. auch Concerte für Clavier, Flöte, Oboe, Trompete.

Violoncell.

Suiten, Sechs, für Violoncell allein I, 679 f., 707 ff.

Bach, Johann Philipp, Hoforganist in Meiningen I, 12.
——, Johann Valentin, Stadtmusicus in Schweinfurt I, 153 f.
——, Karl Philipp Emanuel, I, XIV f., 620, 649 ff.; II, 158, 598, 607, 710, 752 f.
——, Lips, muthmaßlicher Bruder des Spielmanns Hans Bach I, 11.
——, Maria Barbara, Seb. Bachs erste Gattin, I, 325 f., 335, 623 f.
——, Nikolaus Ephraim, Beamter der Äbtissin von Gandersheim I, 12 f.
——, Samuel Anton, Hoforganist in Meiningen I, 12; II, 719.
——, Stephan, Cantor in Braunschweig I, 13 f.
——, Veit, Stammvater der Vorfahren Seb. Bachs I, 6 ff.
——, Wendel, Großvater Ludwig Bachs I, 11.
——, Wilhelm Friedemann I, 620; II, 752 f.
Bähr (Beer), Joh., I, 214 f., 222; II, 155.
Balletto I, 681.
Baron, E. G. II, 647.
Beccau, Joachim, II, 325.
Bellermann, Constantin, I, 801 f.
Benda, Franz, II, 707, 716.
Bendeler, Joh. Philipp, Cantor zu Quedlinburg, II, 495 f.
Berliner Capelle II, 710; Oper II, 711 ff.
Bertuch, Georg von, II, 715.
Basso quasi ostinato. Sein Wesen I, 204 f.
Besser, Joh. Friedrich, Orgelbauer in Braunschweig, I, 630.
Biedermann, Joh. Gottlieb, Rector in Freiberg, II, 737 ff.
Bindersleben, Wohnsitz eines Zweiges des Bachschen Geschlechtes I, 6.
Birckenstock, Joh. Adam, I, 507 f.
Birnbaum, Joh. Abraham, II, 732 ff.
Böhm, Georg, Organist in Lüneburg, I, 192, 193, 200 ff., 757; II, 983.
Bose, Kaufherr in Leipzig II, 731.
Bourrée I, 683.
Brandenburg, Christian Ludwig, Markgraf von, I, 574, 736 f.
Branle I, 681.
Brockes, B. H., II, 179, 326.
Bruhns, Nikolaus I, 254 f., 262, 286, 502, 679.
Brunner, Joh. Sebastian, Cantor in Weimar, I, 791 ff.
Büttner, G. C., Consistorialrath in Arnstadt, I, 163.
Buffardin, P. G., Kammermusicus in Dresden, I, 763.
Burck, Joachim (Moller) von, I, 331.
Buttstedt, J. H., I, 116, 125, 474, 476.
Buxtehude, D. I, 108, 125, 252 ff.; Compositionen I, 258, Instrumentalwerke I, 260 ff., Vocalcompositionen I, 289 ff. Tod I, 309.

C.

Caffee als poetisch-musikalisches Object II, 471 f.
Caldara, Antonio, II, 509.
Cantate. Kirchencantate am Ende des 17. Jahrhunderts I, 226, 290 f. Madrigalische Texte seit 1700 I, 467 ff., 523 f.; II, 178 f. Kammercantate I, 481; II, 452 ff., 468; komische II, 472.
Cantoren. I, 182 f.
Canzone I, 96, 418 f.

Cassel. Musik am Hofe anfangs des 18. Jahrhunderts I, 507f.
Celle. Musik daselbst im 17. Jahrhundert I, 197f.
Choral. Auf der Orgel I, 96ff., 106ff. Bei Pachelbel I, 109, 111ff. Wesen des Orgelchorals als selbständiger Kunstform I, 110f. G. Böhms Choralarbeiten I, 200ff. Buxtehudes Choralarbeiten I, 284ff. Colorirung beim Gemeindegesang I, 309f., 313; Zwischenspiele I, 583ff. — Vierstimmiger Choralsatz I, 493f.; als Schluß der Kirchen-Cantate I, 494; II, 580. Choral in den Passionsmusiken II, 317ff.
Choralfantasie I, 600.
Ciacona I, 276f., 442, 703.
Clavier. Entwicklung des Clavierstils I, 124, 200; des Fingersatzes I, 645ff. — Clavier als Directionsinstrument II, 156ff., 790.
Cöthen s. Anhalt.
Compositionsunterricht. Methoden des 17. und 18. Jahrhunderts II, 602ff.
Concert. Instrumentales Kammer-C. I, 407; Concerto grosso I, 737, 744ff. Vocal-instrumentales kirchliches C. I, 481.
Corelli, Arcangelo, I, 422, 678f., 694.
Corno da tirarsi II, 260, Anm. 175.
Corrente, s. Courante.
Couperin, François, I, 647f., 696.
Courante, I, 681f., 694f., 697f.
Crüger, Johann, II, 602f.
Cuncius, Christoph, Orgelbauer in Halberstadt I, 508f., 514.
Current-Sänger und -Spieler I, 58, 181, 188f.; II, 17f.

D.

Demantius, Christoph. Dessen Johannes-Passion II, 311.
Deyling, Salomon, II, 53ff.
Dieskau, Carl Heinrich von, II, 656.
Dieupart, Ch., I, 199.
Direction von Musikaufführungen II, 155ff.
Doles, Joh. Friedrich, II, 501, 724f., 737f.
Dorn, Joh. Christoph, II, 729f.
Dresdener Capelle, II, 705ff.
Drese, Adam I, 162ff., 166.
——, Joh. Samuel, I, 390f., 854.
——, Joh. Wilhelm, Sohn des Vorigen I, 391, 854.
——, Wilhelm Friedrich, Sohn von Adam Dr. I, 165, 166.

E.

Eberlin, Daniel, I, 127.
Echo. Als Effect in Motetten I, 61. Echo-Spielerei in der geistlichen Dichtung II, 418f.
Effler, J., Organist in Gehren, Erfurt und Weimar I, 39, 217.
Eilmar, G. Chr., Archidiaconus in Mühlhausen I, 355ff.; II, 984.
Einicke, G. F., II, 723, 739.
Eisenach. Orgel der St. Georgenkirche I, 38. Wohnsitz mehrer Linien des Bachschen Geschlechtes I, 24, 38, 172. Hauptsammelstelle für die Bachschen Familientage I, 151. Musikalische Zustände daselbst I, 181. Kirchenmusik am Hofe I, 480.
Emmerling, Kammermusicus des Markgrafen Christian Ludwig von Brandenburg I, 736.
Erdmann, Georg, kaiserlich russischer Resident in Danzig, Jugendfreund Bachs I, X, 187, 520; II, 82ff.
Erfurt. Wohnsitz eines Zweigs des Bachschen Geschlechtes I, 16. Städtische Verhältnisse in und nach dem dreißigjährigen Kriege I, 16ff. Hauptsammelstelle für die Bachschen Familientage I, 19, 151.

Erich, Daniel, I, 255.
Erlebach, Philipp Heinr., I, 122, Anm. 35, 347, 469, 517.
Ernesti, Johann August, Conrector und Rector der Leipziger Thomasschule, II, 91, 483 ff.
——, Johann Heinrich, Rector der Leipziger Thomasschule, II, 23, 24 f.

F.

Falsettgesang II, 140 f.
Fasch, Joh. Friedr., Capellmeister in Zerbst II, 3, 180.
Fedeli, Ruggiero, Capellmeister in Cassel, I, 507.
Fleischer, J. Chr., I, 137 f.
Flemming, Jakob Heinrich, Graf von, I, 576.
Francisci, Joh., II, 716.
Franck, Salomo, I, 521; Dichtungen I, 521 ff., 577.
Französische Musik I, 197 f., 199, 682 f., 694 ff., 747.
Frauengesang in der protestantischen Kirchenmusik I, 324 f., 561.
Freislich, J. C., Capellmeister in Sondershausen, I, 538.
Frescobaldi, Girolamo, I, 107, 418.
Freylinghausen, Joh. Anast., Gesangbuch I, 365 ff.
Friedrich der Große II, 710 f.
Friese, Heinrich, Organist in Hamburg, I, 630.
Froberger, J. J., I, 108, 232, 320 f.
Frohne, J. A., Superintendent in Mühlhausen, I, 355 ff.
Fürstenhöfe, kleine deutsche, musikalische Verhältnisse an ihnen I, 12 f., 140, 155 f., 164 f., 166 ff., 197 f., 377 f., 380, 614 ff.
Fuge, instrumentale, im 17. Jahrhundert I, 78, 96 f., 98 f., 114 f., 337, 418.
Funcke, Cantor in Lüneburg. Dessen Lucaspassion II, 316.
Fux, Joseph, II, 603 ff.

G.

Gabrieli, Giovanni, I, 80, 82, 96.
Gagliarde I, 680 f.
Gambe I, 725.
Gandersheim, Wohnsitz eines Zweigs des Bachschen Geschlechtes I, 12, 566.
Gaspard de Roux I, 696.
Gaudlitz, G., Prediger in Leipzig, II, 57 ff.
Gavotte I, 683.
Generalbass. Ausführung desselben I, 505, 709 ff.; II, 124 ff.
Gesner, Joh. Mathias, I, 390; II, 69, 85 ff.
Gerber, Christian, I, 474 f.
Gerber, H. N., I, 139; II, 124 ff., 720 f.
Gerlach, Karl Gotthelf, Organist in Leipzig, II, 51.
Gerstenbüttel, Joachim, Cantor der Jacobikirche zu Hamburg, I, 630.
Gesang. Ästhetische Bedeutung in der Kirchenmusik I, 489 ff., 494, 497, 531.
Ghro, Joh., I, 681.
Gigue I, 682, 698 f.
Giovannini, italiänischer Componist des 18. Jahrhunderts, I, 835.
Gleitsmann, Paul, Capellmeister in Arnstadt I, 166 ff., 169 f., 222.
Görner, Joh. Gottlieb, Organist in Leipzig, II, 33 ff., 36 ff.
Goldberg, Joh. Gottlieb, II, 726 f.
Gottsched, J. Chr., II, 447, 731.
——, Luise Adelgunde Victoria II, 731 f.
Gräbner, Christian, Organist in Leipzig, II, 33 f.
Gräfenrode, Wohnsitz eines Zweigs des Bachschen Geschlechtes I, 3 f.
Graff, Joh., I, 116.

Graun, Joh. Gottlieb, II, 707.
Graupner, Christoph, Capellmeister in Darmstadt II, 5.
Grigny, N., I, 199.

H.

Händel, Georg Friedrich, I, 196, 256 f., 327, 621 f., 636 ff., 648, 677 f., 693, 744 ff., 751 f.; II, 454, 544, 643 f.
Halle. Orgel der Liebfrauenkirche I, 508 f., 514 ff. Organistenstelle an derselben I, 511.
Hamburg. Orgel der Katharinenkirche I, 629 f., der Jacobikirche I, 630.
Hammerschmidt, A., Dramatisch-kirchliche Compositionen I, 42 f. Werk von ihm durch Joh. Christoph Bach nachgebildet I, 49 f. Weihnachts-*Dialogus* I, 56. Choral-Motette »Wie schön leucht't uns der Morgenstern« I, 57. Zweistimmige begleitete Motetten I. 58. Instrumentalsatz I, 122. *Dialogi* von 1645 I, 300. Oster-*Dialogus* II, 420 f.
Hanke, Gottfried Benjamin, II, 659.
Hasse, J. A., II, 705, 707.
Hausmann, Bezeichnung für Spielmann I, 22.
Hebestreit (Hebenstreit), Pantaleon, I, 574.
Heinichen, Joh. David, I. 613, 648, 769; II, 5.
Heitmann, Joh. Joachim, Organist der Jacobikirche zu Hamburg, I, 631.
Helbig, Joh. Friedr., I, 624; II, 29.
Hennicke, Johann Christian, II, 467.
Henrici, Christian Friedrich (Picander), II, 169 ff., 335 f., 575 f.
Herda, Elias, Cantor in Ohrdruf I, 186 f.
Hertel, Joh. Christian, II, 716.
Hessen. Friedrich, Erbprinz von Hessen-Cassel, I, 508.
Hildebrand, Zacharias, Orgelbauer in Leipzig, I, 657; II, 114, 117.
Himmelfahrts-Liturgie II, 400 f., 424.
Himmelfahrts-Spiele II, 425.
Hoffmann, Christoph, aus Suhl, Lehrling und Gesell Johann Bachs I, 19 f.
——, Joh. Christian, Instrumentenmacher in Leipzig, II, 731.
——, Melchior, I, 516; II, 28 f.
Homilius, Gottfried August, II, 725.
Hudemann, Dr. Ludwig Friedr., II, 478.
Hunold, Ch. F., II, 321 f.

I.

Jena. Wohnsitz eines Zweigs des Bachschen Geschlechtes I, 129. Orgel der Stadtkirche I, 135.
»Jesus, Jesus, nichts als Jesus«, Choralmelodie I, 129.
Instrumentalmusik. Poetische I, 232, 234 f., 241 ff., 259, 696.
Instrumente. Begleiten bei Motetten I, 59 f. Unehrliche Instrumente bei den deutschen Musikanten I, 144. Verhältniß zwischen Instrumenten und Singstimmen in Compositionen des 17. und 18. Jahrhunderts II, 135 f.
Intrada I, 681.

K.

Kauffmann, Georg Friedr., I, 116; II, 5.
Kayserling, Carl Freiherr von, II, 706.
Keiser, Reinhard, I, 633; II, 339.
Kellner, Christiane Pauline, Opernsängerin zu Weißenfels I, 561.
——, Johann Peter, II, 729.
Kirchenmusik. Streit über dieselbe anfangs des 18. Jahrhunderts I, 472 ff. Wesen I, 478 f. Einzig mögliche Form derselben in der protestantischen Kirche jener Zeit I, 478 ff., 499.
Kirchentonarten. Umbildung derselben in das Dur- und Moll-System I, 78, 82 f.; II, 609 f.

Kirchhoff, Gottfr., I, 116, 442, 516, 519, 670, Anm. 144.
Kirnberger, Joh. Philipp, I, 714 f.; II, 597 ff., 613, 725, 952.
Kittel, Johann Christian, I, XVI, 712; II, 132, 727.
Koch, Joh. Sebastian, Chorpräfect Bachs in Mühlhausen I, 339.
König, Joh. Ulrich, II, 323 f.
»Komm, o komm, du Geist des Lebens«, Choralmelodie I, 128.
Kortte, Dr. Gottlieb, II, 458.
Krebs, Johann Ludwig, II, 721 f.
—, Johann Tobias, Organist in Buttelstädt, I, 517 f.
Krieg, dreißigjähriger I, 5, 14 f., 16 ff., 29 f., 31. Einfluß auf die Entwicklung der deutschen Musik I, 40, 41.
Krieger, Joh. Philipp, I, 467.
Krügel (Kriegel), Abraham, Lehrer der Thomasschule zu Leipzig, II, 485, 761.
Kühnel, August, Capellmeister in Cassel I, 508.
Kuhnau, Joh., 232 ff., 514, 515; II, 5, 27, 31, 33, 115 f., 162 ff., 199 f., 220 f., 320 f., 853 ff.
Kunstpfeifer, s. Stadtpfeifer.

L.

Lämmerhirt, Tobias, Bürger in Erfurt und Verwandter Bachs I, 336, 760 ff.
Lautenclavier I, 137 f., 657.
Legrenzi, Giovanni I, 421.
Leiding, Georg Dietrich, I, 255.
Leipzig. Consistorium daselbst II, 8, 10. Thomasschule II, 11 f.; 22 ff., 93. Cantor derselben II, 12 ff., 20 ff. Schülerchöre II, 14 ff.; 30 ff.; Schulferien II, 19. Cantoren vor Bach II, 35. Oper in Leipzig II, 26 ff. Musikvereine unter den Studenten II, 3, 4, 28 f., 33 f. Sonstiger Musiksinn II, 33. Musikaufführungen der Universitätskirche II, 36 ff.; der Neuen Kirche II, 27 f., 51. Charakter und Ordnung des Gottesdienstes II, 93 ff., 506 ff. Gesangbücher II, 108 f. Orgeln II, 111 ff. Rathsgottesdienste II, 192. Concertirende Passionsmusiken II, 348, 399 f. Umschwung im musikalischen Leben in den vierziger Jahren des 18. Jahrhunderts II, 497 ff.; das »große Concert« II, 498 f.
Leo, Leonardo II, 469.
Linike, C. Bernhard, Kammermusicus in Cöthen, II, 985.
Löw, Joh. Jakob, Organist in Lüneburg I, 190, 191.
Lorbeer, Joh. Christoph, I, 391 f.
Lotti, Antonio, II, 468 f., 509.
Lucchesini, Graf, II, 503 f.
Lübeck, Vincentius, Organist in Hamburg I, 197, 255; II, 635.
—, Sohn des vorigen, I, 630.
—, Orgel der Marienkirche I, 253. Abendmusiken I, 253 f.; II, 984.
Lüneburg. Musik daselbst im 17. und 18. Jahrhundert I, 188 ff. Orgeln I, 213. Michaelisschule I, 214.
Lustig, J. W., II, 707.

M.

Machold, Johann. Dessen Passionsmusik II, 310 f.
Madrigal, Form der Dichtkunst, I, 464 f.
Malerei in der Musik I, 488, 544 ff.; II, 379, Anmerk. 100, 396 f.
Marchand, Jean Louis, I, 575 ff.
Marcus, Martin Friedr., Kammermusicus in Cöthen II, 985.
Marpurg, F. W., II, 598, 606, Anm. 46.
Mattheson, Joh., I, 255 f., 392, 409, 470, 475, 476, 529 f., 628, 632 ff., 690 f.; II, 504, 684, 708, 738.
Mehrchörige Kirchencompositionen im 17. und 18. Jahrhundert II, 115 f.

Meiningen. Wohnsitz eines Zweigs des Bachschen Geschlechtes I, 12. Musik daselbst anfangs des 18. Jahrhunderts I, 572 f.
Menuet I, 683.
Merulo, Claudio, I, 96.
Messe. Im protestantischen Gottesdienst zu Leipzig II, 506 ff. Protestantische Kirchenmelodien verwendet II, 514 f.
Meyer, Joachim, I, 475.
Mizler, Lorenz Christoph, II, 502 ff., 605.
Möller, Karl, Hoforganist in Cassel I, 507.
Monjou, Fräulein von, Sängerinnen aus Cöthen I, 616.
Monochord, J. G. Neidthardts zum Zweck der gleichschwebenden Temperatur I, 135 f.
Motette I, 53. Entwicklung in Deutschland im 17. Jahrh. I, 53 ff. Manieren der Motettencomponisten jener Zeit I, 68, 529. Künstlerische Aufgabe des Motettencomponisten in der zweiten Hälfte des 17. Jahrhunderts I, 72 f. Unbestimmtheit des Begriffs I, 341.
Motz, Georg, I, 475.
Mühlhausen in Thüringen. Musikalische Verhältnisse I, 336, 338, 353 f.; in der Umgegend I, 339 f. Rathsmusiken I, 340 f. Orgel der Blasius-Kirche I, 350 ff.
Müller, Dr. August Friedrich, II, 455.
——, Joh. Jakob, Organist in Cöthen I, 615.
Müthel, Joh. Gottfried, II, 728.
Muffat, Georg, I, 107, 114, 115.
Musikalischen Wissenschaften, Societät der, zu Leipzig II, 504 ff.
Musikanten, deutsche, s. Stadtpfeifer.
Musiker, deutsche. Wissenschaftliche Bildung derselben im 17. und 18. Jahrhundert I, 214 f.
Musikunterricht auf deutschen Schulen im 17. und 18. Jahrh. I, 185, 187 ff.; II, 13 f., 26, 494 ff., 737 f.

N.

Neidthardt, Joh. Georg, I, 135, 652.
Neukirch, Benjamin. Dessen »Weinender Petrus« II, 323 f.
Neumeister, Erdmann, I, 465 f. Seine Cantatendichtungen I, 467 ff., 631 f.
Nichelmann, Christoph, II, 729.
Niedt, Friedr. Ehrhardt, I, 476.
Nordische Organistenschule I, 193, 195 f., 261, 263, 285.

O.

Ohrdruf, Wohnsitz eines Zweigs des Bachschen Geschlechtes I, 182. Lyceum daselbst I, 184 f.
Olearius, Joh. Christoph, der jüngere I, 164.
——, Joh. Gottfried I, 312.
Oper, In Deutschland während des 17. und anfangs des 18. Jahrhunderts I, 461 ff.
Oratorium I, 43, 48 f., 51, 56 f.; II, 321 ff., 328 f.
Orchester, älteres. Chorische Behandlung und Verhältniß zur Orgel II, 134 f.
Organisten, deutsche. Ihre Stellung im 17. Jahrh. I, 21. 24, 30, 34, 182 f. Bildung I, 136, 773.
Orgel. Begleitet bei Motetten I, 54, 59 f.; II, 109 ff.; beim Gemeindegesang I, 583 ff.; II, 109; bei der concertirenden Kirchenmusik I, 717 f.; II, 124. Stimmung II, 117, 154, 771 ff.
Orgelmusik. Entwicklung im 16. und 17. Jahrhundert I, 96 ff., 100 f., 106 ff., 111 ff., 124. Wird der Quell zur Erneuerung der Kirchenmusik I,

478 ff., 499; II, 137 f. Spieltechnik I, 645 ff.; II, 132 f. Praeludium und Postludium II, 122 f.
Orthodoxie, lutherische I, 164, 354 ff., 466.
Osterliturgie II, 400 f., 419.
Osterspiele II, 423.
Ouverture, französische. Angeblich von Pachelbel zuerst als Clavierform angewendet I, 122, vrgl. I, 206. Ouverturen Erlebachs I, 122, Anmerk. 35. Abkürzung für Orchesterpartie I, 747.

P.

Pachelbel, Joh., Leben I, 106; Compositionen I, 108 ff., 120 f. (s. auch II, 982), 122, 123, 125. Schüler I, 116 f. Freundschaftliches Verhältniß zu Michael Bach I, 121 f., 123 f.
Paduane I, 680 f.
Palestrina II, 509.
Partie (Partita) I, 125, 682, 747.
Passacaglio I, 276 f.
Passamezzo I, 681.
Passepied I, 683.
Passionsmusiken. Entstehung und Entwicklung derselben II, 307 ff.
Paurbach, Verfasser einer Passionsmusik, II, 330.
Pestel, Ernst, I, 702.
Petzold, Christian, Organist in Dresden I, 574.
Pianoforte I, 656 f.
Pietisten. I, 163 ff., 301, 354 ff., 466, 474, 522.
Pisendel, Joh. Georg, I, 574; II, 28 f., 707.
Pitschel, T. L., II, 744.
Polyphonie. In der Orgelmusik I, 100 f., 115.
Ponickau, Joh. Christoph von, II, 243.
Praetorius, Michael, I, 645.
Protestantismus. Bedeutung für die Entwicklung der Orgelmusik I, 107 f.

Q.

Quodlibet I, 152; II, 654.

R.

Rambach, Johann Jakob, II, 177.
Rameau, Jean Philippe, II, 598, 604.
Recitativ I, 463, 489 ff., 506. Vortrag desselben II, 141 ff.
Reiche, Gottfried, Trompeter in Leipzig, II, 76, Anm. 58.
Reimann, Balthasar, Organist in Hirschberg, II, 716.
Reineccius, Georg Theodor I, 389 f.
Reinken, Joh. Adam, I, 192 f., 194 ff., 286, 627 ff.
Rese, Joh. Ludwig, Kammermusicus in Cöthen, II, 985.
Richter, J. C., I, 662.
Rigaudon I, 683.
Ringk, Joh., Organist in Berlin (geb. 25. Juni 1717) II, 463 f.
Ritter, Christian, schwedischer Capellmeister I, 702.
Rivinus, Joh. Florens, II, 452.
Rockhausen, Wohnsitz eines Zweigs des Bachschen Geschlechtes I, 4 f.
Römhild, J. Th., sachsen-merseburgischer Capellmeister I, 11; II, 714.
Rolle, Christian Ernst, Organist in Cöthen, I, 615.
——, Christian Carl, Organist in Berlin, II, 130, 138.
——, Christian Friedrich, Organist in Quedlinburg, I, 514; II, 3.
Romaneska, I, 680.

Romantik, musikalische. Bei Joh. Michael Bach I, 68 ff. Bei Joh. Christoph Bach I, 82 f. Bei den nordischen Organisten I, 193, 267. Bei Seb. Bach I, 454 ff., 537, 560; II, 390 ff., 411, 555.
Rothe, J. C. Dessen Matthäuspassion II, 320.
Rudolstädter Passionsharmonie von 1688 II, 316.
Ruhla, Wohnsitz eines Zweigs des Bachschen Geschlechtes I, 11.

S.

Sachsen.
Sachsen-Weimar. Johann Ernst, Herzog von, Bruder des Herzogs Wilhelm Ernst, I, 217. Wilhelm Ernst, Herzog von, I, 374 ff.; musikalische Verhältnisse an dessen Hofe, I, 377 ff., 521. Johann Ernst, Prinz von, I, 408 f. Ernst August, Herzog von, I, 578; II, 709.
Sachsen-Meiningen. Ernst Ludwig, Herzog von, I, 572 ff.
Sachsen, Churfürstenthum. Churfürstin Christiane Eberhardine, II, 444 ff.
Sarabande I, 682, 698.
Satz, musikalischer. Licenzen der deutschen Componisten des 17. und 18. Jahrhunderts I, 62 f. Verschwinden der Polyphonie im 17. Jahrh. I, 291.
Scarlatti, Domenico, I, 685.
Scheibe, Johann, Orgelbauer in Leipzig, II, 112, 114, 118 Anm. 62, 120 ff., 154, 501.
Scheibe, Joh. Adolph, II, 34, 476 ff., 631, 733 ff.
Scheidemann, Heinrich, Organist in Hamburg, I, 627.
Scheidt, S. I, 96.
Schemelli, Georg Christian und Christian Friedrich II, 590.
Schieferdecker, Joh. Christian, Organist in Lübeck I, 309.
Schiff, Christian, I. 475, Anmerk. 17.
Schmidt, Balthasar, II, 718.
——, Johann, II, 718.
——, Johann Michael II, 740.
Schneider, Joh., Organist in Leipzig, II, 92, 723.
Schnitker, Arp, Orgelbauer in Hamburg, I, 630.
Schott, Georg Balthasar, Organist in Leipzig, II, 5, 30, 50.
Schröter, Christoph Gottlieb, Organist in Nordhausen, II, 132, 739.
Schubart, Joh. Martin, Organist in Weimar I, 339, 578.
Schütz, H., Dramatisch-kirchliche Compositionen I, 42 f. Motetten I, 54. Fördert die Pflege madrigalischer Dichtung I, 464. Passionsmusiken II, 308, 313 ff. »Sieben Worte« II, 313.
Schultz, Christoph, Cantor zu Delitzsch. Dessen Lucaspassion II, 308 f.
Schwanenberger, G. H. L., braunschweigischer Capellmusicus, II, 717.
Schwarzburg, Ludwig Günther, Graf von, I, 33, 155, 161. Anton Günther, Graf von, I, 162, 166.
Schweinfurt, Wohnsitz eines Zweigs des Bachschen Geschlechtes I, 153.
Sebastiani, Joh. Dessen Matthäuspassion II, 316 f.
Seebach, Joh. Georg, II, 325, 327.
Serenata I, 123.
Siegel in der Bachschen Familie I, 38, Anmerk. 20.
Silbermann, Gottfried, I, 656 f.
Sinfonie. Instrumentales Einleitungs- oder Zwischenstück bei Vocalwerken I, 292.
Singchöre, deutsche, im 17. und 18. Jahrh. I, 155, 185, 221; II, 25 f., 135, 138 f., 152 f.
Singstimmen. Ihr Verhältniß zu den Instrumenten in Compositionen des 17. und 18. Jahrhunderts, II, 135 f.
Solo, in der instrumentalen Kammermusik I, 709.

Sonate. Als vielstimmiges Instrumentalstück, Arten und Entwicklung I, 122 f., 292 f., 684; II, 502. Kammersonate I, 406 f., 683 ff.
Sorge, Georg Andreas, II, 736 f., 670, Anm. 144.
Spee, Friedrich. »Trutz Nachtigal« II, 393, 418 f.
Speth, Joh. I, 107.
Spiele, dramatische in Deutschland. Erfurter Friedensspiel von 1650 I, 18. Arnstädter Singspiel von 1705 »Die Klugheit der Obrigkeit in Anordnung des Bierbrauens« I, 223 f. Weimarisches Bauernspiel I, 224, Anm. 19. Zittauer Passion von 1571 II, 330. Geistliche Volksschauspiele des 17. Jahrhunderts II, 330 f., 394, 397, 402, 423, 425. Freiberger Schul-Schauspiel von 1847 II, 737.
Spieß, Joseph, Kammermusicus in Cöthen II, 985.
Sporck, Franz Anton Graf, II, 523 f., 659.
Stadt- und Kunstpfeifer. Ihre Stellung im Volksleben I, 19, 150. Musikalische Ausbildung I, 20, 150. Gesang I, 152. Zunftsitten I, 22, 140 ff. Sittliche Zustände I, 140 ff., 161, 162. Association in Ober- und Niedersachsen im 17. Jahrh. I, 142.
Stauber, Joh. Lorenz, Pfarrer zu Dornheim I, 335, 369.
Stölzel, G. H., I. 663; II, 29, 326, 714.
Störmthal. Orgelweihe daselbst II, 194 f.
Strattner, Georg Christoph, Vicecapellmeister in Weimar, I, 391.
Straube, Rudolph, II, 725 f.
Stricker, Augustin Reinhardt, Capellmeister in Cöthen I, 615 f.
Strunck, Delphin, I, 97 f.
Strungk, Nikolaus Adam, I, 198, 679; II, 27.
Suite I, 680 ff., 693, 694 ff., 697 ff., 746 f.
Sweelinck, J. P., I, 96, 192.

T.

Telemann, G. Ph., I, 50, 408 f., 469 f., 480, 481 ff., 486 ff., 626, 744, 746, 800 f.; II, 3 f., 27 f., 180, 244 f., 326 f., 708, 761.
Temperatur, gleichschwebende I, 135, 652 f.
Theile, Joh., I, 98.
Thüringen. Urheimath des Bachschen Geschlechtes I, 3. Pflege der Motette in Th. I, 57, Anm. 7, 58; der Orgelmusik I, 96, 106, 108, 109. Thüringische Knaben wegen ihrer musikalischen Fähigkeiten gesucht I, 186, 188.
Tilgner, Gottfried, I, 469, 475, 476; II, 169.
Toccate I, 96, 107. Bei Pachelbel I, 108 f., 114.
Torlée, Joh. Friedrich, Kammermusicus in Cöthen II, 985.
Transchel, Christoph, II, 726.
Treiber, Joh. Philipp, I, 223.
Trier, Johann, Organist in Zittau, II, 729.
Trio, in der instrumentalen Kammermusik I, 709.
Tromba da tirarsi II, 260, Anmerk. 175.
Trompeten, Stimmung und Umstimmung, I, 342, Anm. 22; II, 155.

U.

Uthe, Justus Christian, Prediger an der Neuen Kirche zu Arnstadt I, 324.

V.

Variation I, 124 f. Choralvariation bei Böhm I, 205. Zusammenhang mit der Suitenform I, 693, 697. — II, 649 f.
Vers. Benennung bei Choralveränderungen I, 125.
Verzierungen im Gesang II, 150 ff.
Vetter, Daniel, Organist in Leipzig, II, 32 f., 263 f.
——, Nikolaus, I, 116, 517.
Viola pomposa I, 678, 708.

Violinspiel, mehrstimmiges, I, 678 f.
Vivaldi, Antonio, I, 409 f., 984; II, 629.
Vogler, Joh. Caspar, Organist in Weimar, I, 516; II, 92.
——, Joh. Gottfried, Organist in Leipzig, II, 29.
——, Abt, Urtheil über Bachs Choralsatz II, 614, Anm. 73.
Volkslieder, weltliche. In Compositionen Seb. Bachs II, 654 ff., 658 ff.
Volta I, 681.
Volumier, Jean Baptiste, I, 574.
Vulpius, Melchior. Dessen Matthäuspassion II, 308 f.

W.

Wagner, Georg Gottfried, Cantor in Plauen, II, 820.
Walther, Joh. Gottfried, I, 116, 381 ff., 394, 395 f., 648 f.
——, Joh. Jakob, I, 679, 702.
Wechmar, Stammsitz der Vorfahren Seb. Bachs I, 6.
Weihnachtsliturgie. Dramatische Ceremonien II, 201 f., 401 f. Lectionen mit vertheilten Rollen II, 400 f.
Weihnachts-Spiele und -Lieder II, 402, 408 ff.
Weimar. Musikverhältnisse daselbst anfangs des 18. Jahrhunderts I, 217, 377 f. Orgel der Schloßkirche I, 379 f. Herzogliche Capelle I, 380.
Weiß, Sylvius Leopold, II, 732.
Weißenfels. Musikverhältnisse dort anfangs des 18. Jahrhunderts I, 467, 558 f., 561, 585; II, 702 f.
Wender, Joh. Friedr., Orgelbauer in Mühlhausen, I, 218, 350, 351.
Werkmeister, Andreas, I, 255, 652.
Westhoff, J. P., Kammermusicus in Weimar, I, 217.
Wiedeburg, gräflich geraischer Capellmeister, I, 630.
Wilderer, J. H., II, 510.
Wolff, Joh. Heinrich, Kaufherr in Leipzig, II, 465.
Wolfsbehringen. Wohnsitz eines Zweigs des Bachschen Geschlechtes I, 11.
»Wo soll ich fliehen hin«, Choralmelodie I, 121 f., 549.
Würben, Graf von, II, 716.

Z.

Zachau, Friedr. Wilh., I, 119, 509.
Zehmisch, Kaufherr in Leipzig, II, 498 f.
Zeenka, Dismas, I, 574, 746; II, 509, 707.
Ziegler, Caspar. Führt das Madrigal in die deutsche Litteratur ein I, 464 f.
——, Johann Gotthilf, I, 518 f.
Zschortau. Orgel von Bach geprüft II, 501.

SONATE

für Violine und Bass
von
T. ALBINONI.

Generalbassbegleitung von Heinrich Nikol. Gerber,
durchcorrigirt von Sebastian Bach.

Beilage 1 (zu S. 125.)

1) Gerber ursprünglich:

Stich und Druck von Breitkopf & Härtel in Leipzig.

2)
3)
2) Gerber:
3) Gerber:

Allegro.

80

[50]

4)
5)
6)
4) Gerber:
5) Gerber:
6) Gerber:

Adagio.

7)
8)
9)
Allegro.
10)
7) Gerber:
8) Gerber:
9) Gerber:
Daraus hat Bach
zuerst gemacht:
10) Gerber:

11) Gerber:

Arie „Mich vom Stricke meiner Sünden"

aus einer Marcus-Passion von Telemann.

Beilage 2 (zu S. 364).

(Bei den Ritornellen geht eine Flöte in der Octave mit.)

den.
ben.
Von der La - ster
Ja es will ein
Eiterbeu_len mich zu hei_len lässt er sich ver_wunden, verwun - den, lässt er
ewig Le_ben mir zu ge_ben selbst das Le_ben ster - - - ben, selbst das
sich ver_wun - den.
Le_ben ster - ben.

Schlusschoral des ersten Theils der Matthäus-Passion in ihrer ursprünglichen Gestalt.

Beilage 3 (zu S. 381.)

Choral „Gelobet seist du Jesu Christ"

von Seb. Bach zur Begleitung des Gemeindegesanges gesetzt.

Beilage 4 A, (zu S. 589 und I, S. 585)

Sechs geistliche Lieder

wahrscheinlich von Seb. Bachs Composition.

Beilage 4, B (zu S. 594).

I.

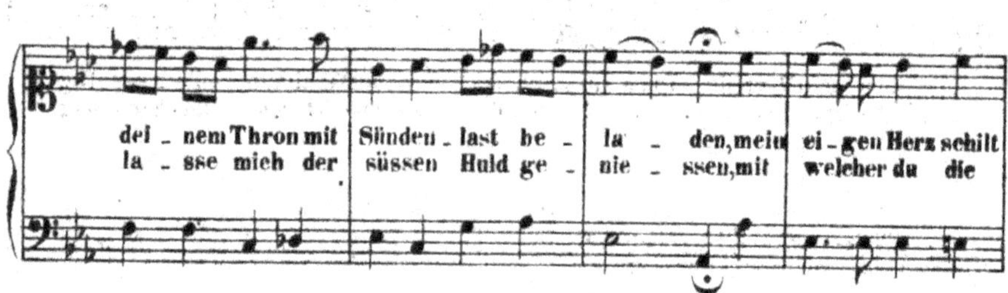

II.

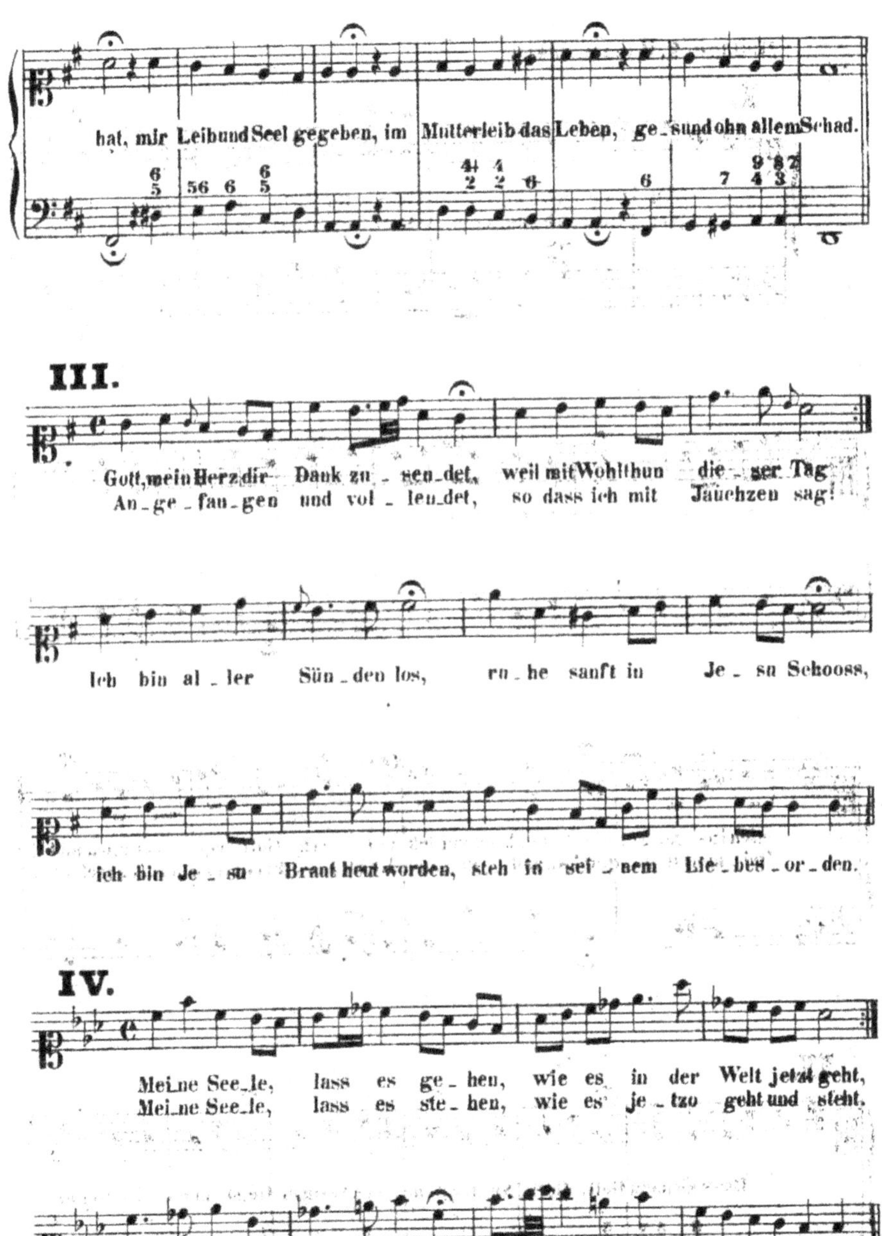
hat, mir Leib und Seel gegeben, im Mutterleib das Leben, ge_sund ohn allem Schad.
6 5 56 6 6 5 4+ 2 4 2 6 6 7 9 4 8 3 7
III.
Gott, mein Herz dir Dank zu_sen_det, weil mit Wohlthun die_ser Tag
An_ge_fan_gen und vol_len_det, so dass ich mit Jauchzen sag:
Ich bin al_ler Sün_den los, ru_he sanft in Je_su Schooss,
ich bin Je_su Braut heut worden, steh in sei_nem Lie_bes_or_den.
IV.
Mei_ne See_le, lass es ge_hen, wie es in der Welt jetzt geht,
Mei_ne See_le, lass es ste_hen, wie es je_tzo geht und steht.
Lieb_ste See_le, hal_te stil_le, den_ke, dass es Got_tes Wil_le.

V.
Ich gnü_ge mich an meinem Stande, in den der Höchste mich ge_setzt,
Und acht es gar für kei_ne Schande, bin ich nicht je_dem gleich ge_schätzt.
Ich darf so we_nig mei_nen Schö_pfer anklagen als der Thon den Töpfer.
tr
VI.
Wa_rum be_trübst du dich und beu_gest dich zur Er_den, mein
Du sorgst, wie will es doch noch end_lich mit dir wer_den, und
sehr geplag_ter Geist, mein ab_ge_mat_ter Sinn.
fährest ü_ber Welt und ü_ber Him_mel hin.
Wirst du dich nicht recht fest in
Got_tes Wil_len grün_den, kannst du in E_wigkeit nicht wahre Ru_he fin_den.

Auflösung eines Bach'schen siebenstimmigen Canons über einem Basso ostinato.

Beilage 5 (zu S. 719.)

www.ingramcontent.com/pod-product-compliance
Lightning Source LLC
Chambersburg PA
CBHW070828020826
48982CB00015B/816

* 9 7 8 3 8 6 3 4 7 9 0 5 3 *